红楼梦品鉴

（下）

徐剑峰 著

传神文笔足千秋，
不是情人不泪流。
——爱新觉罗·永忠

河海大學出版社
HOHAI UNIVERSITY PRESS
·南京·

第四部分(第 37—54 回)

纵观小说的情节发展线索,如果说第 13 回“可卿丧仪”至第 18 回“元春省亲”是贾府盛时光景“回光返照”的第一个高潮,那么第 37 回的“探春结社”至第 41 回的“贾母宴园”就是第二个高潮,第 49 回的“白雪红梅”至第 54 回的“戏彩班衣”就是第三个高潮。本部分反映贾府生活的钟鸣鼎食、一派和乐,以及这背后的种种潜流暗礁。其中,第 53—54 回堪称贾府生活由盛入衰的“明显分水岭”和由治到乱的“重大转折点”。

第三十七回　秋爽斋偶结海棠社　蘅芜苑夜拟菊花题

内容提要:探春倡议创建诗社,众人响应。探春给黛玉起名“潇湘妃子”,宝钗给宝玉起号“无事忙”和“富贵闲人”。怡红院内晴雯等四个大丫头针黹闲话。湘云补作和诗,自告奋勇当东道。宝钗邀湘云安歇,出主意请老太太吃螃蟹赏桂花,并教导湘云要以纺绩针黹为本。二人夜拟菊花题十二个。

●虽有贾母的“保护伞”,也难逃父亲的“天眼查”;今逢贾政外派离家,在宝玉看来真是天从人愿!但平心而论,作为一个世家子弟,正值青春年少的黄金岁月,却饱食终日,无所用心,“每日在园中任意纵性的逛荡”,这种不负责任、随性放纵混日子的行为,放在任何时代、任何社会、任何家庭都是难以为继的,也是难以被容忍的;更不用说,还应该受到什么特别的肯定和鼓励了。除非遇上贾赦那样的混账长辈,要反其道而挑唆之顺应之;除非遇上当今一些莫名其妙的“专家”,才要明目张胆断言:宝玉必须这样反叛,才代表着思想的进步!……“玉不琢不成器,人不学不成才”“子不教,父之过;教不严,师之惰”“少壮不努力,老大徒伤悲”等谆谆告诫,古人说得再透彻不过,为什么总有一些人会违背常理常规、常情常态,只图一时口舌之快而颠倒是非呢?

●探春写给宝玉花笺上的文字,干净利落,文采飞扬,一路写来,从容不迫:焰腾腾,大长巾帼之胆气;兴冲冲,尽扫闺阁之小心:真是壮怀激烈,文如其人!与之形成鲜明对照的,是稍后递进来的市井中的聪明人——贾芸那格式不伦不类、内容半通不通的送花帖子。该帖，发言吐辞百般扭捏，逢迎讨好，卑躬屈膝，人矮三分，读来虽令人哑然发笑，却也平添了几分烟火世界的生活气息。

●思而后行，重在于行。探春的一呼，引来众人的响应，说明身处深闺的女儿们幽闭得实在太长久太难受，需要敞开“性灵之窗”“社交之窗”来开心怀、透闷气了！尽管宝玉说“早该”，李纨也说“前儿春天我原有这个意思的”，但真正的“执牛耳”者，非探春莫属！而且众姐妹中，也只有她这个有才干见识并敢于担当作为的“本家”小姐，最适合充当振臂一呼、云集众人的“牵头人”角色。

不难想象，对这种勇于任事、开创局面、张扬个性的新奇之举，一向稳重自持的宝钗是想都不会去想的；她充其量见风使舵，依随大流，应节而舞。最具诗才的林黛玉，一贯爱惜羽毛，又鉴于寄人篱下的处境，她是不会轻易去抛头露面、喧宾夺主的；虽然她也会见缝插针，附骥参与，乐观其成。不用说，只有探春出头、宝玉号召、李纨领衔，开办诗社才真正名正言顺；也只有大家齐心协力，长短互补，相得益彰，相关活动才会顺畅有趣。“这是一件正经大事，大家鼓舞起来，不要你谦我让的。各有主意自管说出来大家平章。宝姐姐也出个主意，林妹妹也说个话儿。”关键时刻，眼见黛玉的推让，还是宝玉的适时表态，相当程度上起了感召各方、一锤定音的作用。

●作诗现场，在限定的时间内，黛玉是最后一个落笔交卷的：

> 黛玉道：“你们都有了？”说着提笔一挥而就，掷与众人。……众人看了，都道是黛玉（**前 2 字程本删**）这首为上。李纨道：“若论风流别致，自是这首；若论含蓄浑厚，终让蘅稿。”

林黛玉的故作矜持、自言自语，活脱脱表现出她登高望远、睥睨天下、横扫千军的超然气度！有的是大才子的潇洒本色，哪还有一丝一毫的闺愁少女忸忸怩怩、哭哭啼啼的模样呢？说起来，众钗中，有才者多；但要论诗心诗情、诗才诗性的诗人气质，真非黛玉莫属！（原文中黛玉这句略显矜持、故作惊讶的问话，应该是她面对自己最为拿手的诗词一道，心定神闲、成竹在胸的表现。因此，这句活画黛玉内心得意的话，宜用问号而非句号）

李纨不顾宝玉等人的腹诽，依照诗作的不同风格，评判宝钗为第一，实际上出于她自己的主观色彩和审美偏好。李纨、探春推崇宝钗的“含蓄浑厚”，宝玉偏爱黛玉的“别致风流”：仅通过评诗分歧这样一个细节，即显示了在场众人各自不尽相同的思想性格、兴趣爱好、立场观点和人际关系。至于后面湘云闻讯赶来补作的两首，写得跌宕潇洒，兴味淋漓，恰与其本人的个性吻合。这些诗，大都是“寄兴写情”，各言志趣；作者甚至把人物的未来归宿，也借她们的诗作内容隐约透露给读者了。

●“几百钱是小事，难得这个脸面”“衣裳也是小事，年年横竖也得，却不象这个彩头”“凭他给谁剩的，到底是太太的恩典”。先讲述，后议论，秋纹喜出望外的口声如闻。与之形成鲜明对照的，是晴雯的性躁、心急、爱挑刺和不惟上。

●别人是力求奖赏，湘云却是自请罚则。你听：“你们忘了请我，我还要罚你们呢。就拿韵来，我虽不能，只得勉强出丑。容我入社，扫地焚香我也情愿！”“明日先罚我个东道，就让我先邀一社可使得？”只有湘云那样的豪爽之性，方吐得如此的豪爽之语。

●一旦从诗歌创作的艺术世界抽身回返，接触到生活实际，那一时兴起忘乎所以的“阳光女孩”，便立马陷入了开口容易开锅难的尴尬境地：毕竟诗歌里的花花草草，抵不上烟火世界中的柴米油盐呀。要不是宝钗给予及时的提醒，加以物质上的全力帮助，以及活动内容形式上的周密规划、合理安排，大大咧咧的湘云，可就作难得很了！

宝钗以自己的见识和才干，以自己的热情和诚心，为湘云排忧解难，从而赢得了湘云的信任与友谊，这不是人际交往中的理所应当吗？但不少论者却因为出奇地反感一个人，于是这个人无论说什么话、做什么事的目的动机统统值得怀疑，动辄认为薛宝钗关心体贴别人，就是一门心思在收买人心，另有所图——真是不为已甚！薛宝钗家底丰厚，自己又说话算得数，关心帮助一下比自己年幼的云妹妹，又有何不可？若事事都要被“鸡蛋里面挑骨头”，处处都要被质疑“目的与动机是否纯正”的话，这人就活得太难了；人与人之间的友情，就无法确立了；社会上扶危济困、见义勇为一类的“好人好事”，更没有人敢去做了！

●宝钗体贴湘云，既在应酬等实务上替她打算，以解燃眉；又不忘在思想上给予关注，指导未来：宝钗虽有“好为人师”之嫌，却也不失“大姐大”的风度。

●“海棠结社”与“湘云入社”两段文字脉理贯通，事情的间隔也只一天。若用整整一回去写结社作诗，也未为不可；但从接受美学的角度来看，这样做写诗的格调单一，人物的表现受限，容易造成阅读者的“审美疲劳”。为此，作者在这两段故事中间有意横截，巧妙而又自然地插入了一段“怡红院内四大丫头”各见性情的“针凿闲话”，作为内容的补充调剂；这样表面上看结构上似乎有所打断，意脉上似乎不甚连贯，但其“透气窗户”式的美学结构，使艺术表达效果更佳。它不但打破阅读沉闷，避免行文板结，内容上还形成府内两个阶层人员、两种生活方式的隐约对比，加深了作品的内涵意蕴。更奇巧的是，通过袭人托宋嬷嬷送湘云礼品一事，又勾引出湘云获悉消息后火速赶来入社作诗一事，以“暗云飞渡”“交相掩映”的手法，不但将诗社首次聚会活动的前后两个精彩热闹片段不露痕迹地连接贯通，轻松达到了“疏密相间，张弛有致”的表达效果；还将同样“情趣满满”的两个不同生活场景（兴高采烈的“诗社群英欢聚”和家常散淡的“丫头针黹闲聊”），做了云遮雾绕间的氛围映衬。

●须加留意的原文脂批：

※【己卯、庚辰、戚序回前评：美人用别号，亦新奇花样，且韵且雅，呼去觉满口生香。起社出自探春意，作者已伏下回（**此字戚序本无**）“兴利除弊”之文也。】

又：【此回才放（**此字庚辰、戚序本作“犯”**）笔写诗、写词、作札，看他诗复诗、词复词、札又（**此字戚序本作“复”**）札，总不相犯。】

又：【湘云诗客也，前回写之。其今才起社后，用不寂（**此字戚序本作“即”**）不离闲人数语数折，仍归社中，何（**此字戚序本无**）巧活之笔如此？】

编者按：正如脂批所言，贾探春敢作敢为的政治家风度，就从本回倡议结社一事开始显露了。而类似的人物、事件、情节，包括各种文学体裁，呈现于作者笔下的总是各具情态、各有蕴涵、相得益彰，不重复不雷同不累赘：“总不相犯”，这恰恰是《红楼梦》艺术描写的杰出成就之一。

※宝钗笑道：“你的号早有了，‘无事忙’三字恰当的很。”【庚辰双行夹批：真恰当，形容得尽。】李纨道：“你还是你的旧号‘绛洞花王’就好。”【庚辰双行夹批：妙极！又点前文。通部中从头至末，前文已过者恐去之冷落，使人忘怀，得便一点。未来者恐来之突然，或先伏一线。皆行文之妙诀也。】宝玉笑道：“小时候干的营生，还提他作什么。”【庚辰双行夹批：赧言如闻，不知大时又有何营生。】探春道：“你的号多的很，又起什么。我们爱叫你什么，你就答应着就是了。”【庚辰双行夹批：更妙！若只管挨次一个一个乱起，则成何文字？另一花样。】宝钗道：“还得我送你个号罢。有最俗的一个号，却于你最当。天下难得的是富贵，又难得的是闲散，这两样再不能兼有，不想你兼有了，就叫你‘富贵闲人’也罢了。”

编者按：借诗社成立时的各人取号，宝钗当着众人送给宝玉两顶帽子：“无事忙”一顶，“富贵闲人”一顶，均意在劝诫讽喻，用心可谓良苦。加上旧号“绛洞花王”，以及王夫人口中的“混世魔王”，宝玉自称的“怡红院浊玉”，回目中所称的“情哥哥”“痴公子”等，可谓多矣。诸如此类的称呼，一定程度上反映出宝玉的本性真情、志趣风格、襟怀抱负。至于脂批指出的《红楼梦》“通部中从头至末，前文已过者恐去之冷落，使人忘怀，得便一点；未来者恐来之突然，或先伏一线”的“行文之妙诀”，的确是小说作者文心奇巧细密的表现，值得叹赏。

※又看宝钗的是：珍重芳姿昼掩门，【庚辰双行夹批：宝钗诗全是自写身

份,讽刺时事。只以品行为先,才技为末。纤巧流荡之词,绮靡秾艳之语,一洗皆尽,非不能也,屑而不为也。最恨近日小说中,一百美人诗词语气,只得一个艳稿。】自携手瓮灌苔盆。胭脂洗出秋阶影,冰雪招来露砌魂。【庚辰双行夹批:看他清洁自厉,终不肯作一轻浮语。】淡极始知花更艳,【庚辰双行夹批:好极!高情巨眼能几人哉!正"鸟鸣山更幽"也。】愁多焉得玉无痕。【庚辰双行夹批:看他讽刺林宝二人着手。】欲偿白帝凭清洁,【庚辰双行夹批:看他收到自己身上来,是何等身份。】不语婷婷日又昏。李纨笑道:"到底是蘅芜君。"

说着又看宝玉的,道是:秋容浅淡映重门,七节攒成雪满盆。出浴太真冰作影,捧心西子玉为魂。晓风不散愁千点,【庚辰双行夹批:这句直是自己一生心事。】宿雨还添泪一痕。【庚辰双行夹批:妙在终不忘黛玉。】独倚画栏如有意,清砧怨笛送黄昏。【庚辰双行夹批:宝玉再细心作,只怕还有好的。只是一心挂着黛玉,故手笔不警也。】

编者按:宝钗和宝玉所作的海棠诗,各见性情,符合各自的身份、经历、气质,并透露了他们内心世界的所思所想,实在是他们当下"生活状态"和精神状态的真实反映,可谓"诗如其人"也!

※袭人笑道:"少轻狂罢。你们谁取了碟子来是正经。"【庚辰双行夹批:看他忽然夹写女儿喁喁一段,总不脱落正事。所谓此书一回是两段,两段中却有无限事体,或有一语透至一回者,或有反补上回者,错综穿插,从不一气直起直泻至终为了。】

编者按:《红楼梦》行文,特别讲究结构和内容上的隔断与续连、穿插与掩映、伏笔与呼应、隐显与详略、对比与衬托。对这一类表达技巧,脂批作者深会于心,笔下多有昭示。读者当重之。

※众人看一句,惊讶一句,看到了,赞到了,都说:"这个不枉作了海棠诗,真该要起海棠社了。"史湘云道:"明日先罚我个东道,就让我先邀一社可使得?"众人道:"这更妙了。"因又将昨日的与他评论了一回。【靖藏本眉批:观湘云作海棠诗,如见其娇憨之态。是乃实有其事,非作书者杜撰也。】

编者按:艺术源于生活。娇憨爽快的史湘云形象,或许本有生活中的"原型"作参照。脂批对此直言不讳,再次以"是乃实有其事,非作书者杜撰"一句点明。

※【戚序回前:海棠名诗社,林史傲秋闺。纵有才八斗,不如富贵儿。】

※【戚序总评:薛家女子何贞侠,总因富贵不须夸。发言行事何其嘉,居心用意不狂奢。世人若肯平心度,便解云钗两不暇。】

●红楼探照之八十六：

诗歌：性灵飞扬的翅膀

结社赏花、吟咏唱和，是清代都门特别盛行的社会风气，是封建贵族阶级闲情逸致的文雅表现。曹雪芹笔下大观园的公子小姐们，亦不例外。

作者以整整两回的篇幅描写大观园儿女们的诗社活动，目的和作用至少有二：一是从各个侧面衬托出贾府走向彻底败落前的“回光返照”热闹光景；一是再辟蹊径，为表现“异样女子”们才智或者品质等方面的出色。可别低估了“海棠诗社”成立的重大意义，它在一定程度上，助推了大观园儿女真正意义上的一次“精神复活”！尽管这种青春活力的释放、自由快乐精神的焕发，时间短暂，却无限美好。完全可以这样认为：对这些关在“家”这个“狭之笼”里，难有个人意志和个人自由，养成后直接送入婚姻市场的封建时代的深闺少女们来说，“结社作诗”绝不仅仅是一种文字游戏，更是一种全新的生活方式；借助诗社这种艺术活动平台，她们的个性得以舒展，青春得以放飞，灵性得以激活，智能得以出彩，热情得以宣泄，经历得以改写。吟诗作赋，俨然之间构成了她们生命中最有意义的章节，指点江山，激扬文字，乐以忘忧，气和志达，真是善莫大焉！实际情况不正是这样么，一谈到结社，难怪她们反应都是那么兴奋热烈、积极踊跃，连一向沉默少语的“二木头”迎春也帮出主意，平常“死木槁灰”一般的李纨也自告奋勇，要担当重任。

且看第37回诗社初创，众人正忙着搭班子讲规则，乃至于热身准备创作的时候，平日里看起来沉稳低调、贞静自守的李纨，一事当前，当仁不让，忽然爆发出了少见的主动和热情：“要起诗社，我自荐我掌坛……既是三妹妹高兴，我就帮你作兴起来”，“我是定了‘稻香老农’，再无人占的”，“但序齿我大，你们都要依我的主意，管情说了大家合意”，“若不依我，我也不敢附骥了”，“原是依我评论，不与你们相干，再有多说者必罚”云云，皆出自她入社前的再三申明。乍一闻，似乎有些反客为主、先占地步、不由分说的味道，流露出一种说话行事倚老卖老、主观霸道的“大姐大”口气。这是自私自利的表现，还是有意抬高自己大嫂子的身份？不过，无论怎么说，在推进诗社制度化建设的过程中，众钗及宝玉做到了协商共议、取长补短、力求完美，初步培养并体现出了民主平等、自由协商、共建共享的“大观园精神”。其中，又以探、钗、纨三人的建言献策最多样最切实，这也为后来“三驾马车”协理家务一事，作提前铺垫。

令人颇觉惊讶的是，生活环境与人际氛围一变，人的精神气质和现实表现也跟着在变。譬如一入诗场，即意味着大观园一众年青儿女们的生活，随即进入了一生中难得一遇的“高光时刻”;尤其是最有艺术创造才华的宝、黛、钗、湘、探等人因风云际会,更显得意气风发,跃跃欲试,积极主动,团结友善。首先说,林黛玉似乎性情大变,变得空前的热情、主动、随和、阳光,也谦让和大气多了。薛宝钗呢,虽未完全摘下面具而时作冠冕堂皇之论,特别是对宝玉的思想感情、日常生活、活动参与等情况均表现出异乎寻常的关切,不时加以提醒和引导,甚而至于在轻言细语及笑谈中有所针砭;不过,她含而不露的深沉性格同样在诗社活动中发生明显变化,至少对人对事的态度变得比以往任何时候都要明朗亲切、诚恳热情得多。而在场众人的表现,也是各具情态,毫无疑问都将心结打开,“我的青春我做主”,开始“放飞自我”了。你看,仅仅是诗社宣告建立的眼下,一经探春的乘兴开社,众人便迅速各就各位,蓄势待发,准备“八仙过海,各显神通”了。当时针指向“出题限韵限时”之际,你看众人便都悄然各自思索起来;独黛玉或抚梧桐,或看秋色,或又和丫鬟们嘲笑,正所谓“忙者不会,会者不忙”是也。现实生活中孤苦伶仃的诗情女子,终于在想象浪漫、个性舒展、才艺丰沛的诗歌世界里,找到了新鲜奇异的感觉,获得了平生难得的“从容与宽慰”——作诗?小菜一碟,“百万军中取上将人头,如探囊取物耳”!出众的艺术才华所具有的压倒性优势,眨眼间转化成了姑娘藐视眼前一切“羁绊与困难”的心理优势。因此,她神采飞扬,举重若轻,行云流水,潇洒之至!

尤其是到了第38回的“林潇湘魁夺菊花诗”一节,李纨评诗,虽难免作品风格上的个人偏好,但面对黛玉高蹈卓异的诗歌才华,她还是做到了起码的尊重和公正(这当然也是林黛玉压倒性实力摆在那里,埋没不了,抹煞不了,摊平不了所致)。最可惊叹的是,一旦进入诗歌唱和的性灵世界,一旦出众才华得到众人的一致认可,一旦摆脱掉了日常生活中的鸡毛蒜皮、你亲我疏、磕磕绊绊,一旦在艺术世界获得了身心前所未有的自由与舒展,一旦感受到了一个人“快意人生”“高光时刻”应有的宽裕优雅和从容,爱哭爱闹“小性儿”的林妹妹,居然芝麻开门,脱胎换骨,一下子变成了一个爱说爱笑、能伸能曲的阳光英气女孩。更难得的是,对自己最擅长的诗词一道,她照样可以自我谦抑,真心欣赏起别人,同时严格批评起“我那首也不好,到底伤于纤巧些”来!

就这样,一旦摆脱日常生活中的庸常烦恼之境,进入艺术世界的清明澄澈天地,不少人平日里难得一见的性情“另一侧面”,就若山高月小、水落石出一般显露出来,修正并丰富着别人心目中有关于她(或他)的既成印象。通观这种情绪、心境、性情、举手投足等方面的变化,在李纨、黛玉、宝钗三人身上,无疑表现得最为明显。这大概就是诗歌艺术活动陶冶情操、滋润灵魂,纾解心理压力、提升精神境界等“移情”作用,在她们身上的神奇发挥和充分体现吧。

●红楼探照之八十七：

《红楼梦》需要“慢阅读”

《红楼梦》全书，由于涉及的社会生活覆盖面广阔，以及相关人物事件纷繁复杂，使得作者不得不十分讲究小说整体的谋篇布局以及具体描写中的“以一当十”(譬如前伏后应、左勾右连、对比暗示、曲笔象征、谶语反照等多种笔法的创新和运用)；加之，贯注全书思想内容的博大精深，文化学识的汪洋恣肆，叙述语言的凝练古雅，较多数量的反映人物性格命运、身世经历的诗词歌赋等古典文学体裁的不时穿插，以及小说反映的社会生活距今已经过去二三百年所带来的阅读理解上必有的时代隔膜等诸多因素，无不考验着现代读者的学力和阅读耐性。

譬如第37回开篇，即点明“这年贾政又点了学差，择于八月二十日起身”离家。这一离开，直到第71回才又回来。贾政离开贾府到地方做官的这么大致两三年时间，无疑给贾宝玉及大观园众钗留下了更加广阔和活跃的空间，也便于作者放手呈现“大观园世界”丰富多彩的诗意生活。

再说，活跃在全书中有名有姓有称呼的人物(历史人物、神话传说人物除外)至少五六百人，《红楼梦》小说设置的舞台再大，容量也有限。这就客观上要求作者必须根据人物形象塑造的轻重缓急等需要，随时作好故事情节的编排。特别是要作好人物活动的主辅场、上下场、明暗场的及时转换，主角、配角、群众演员的科学调配，以及远景、近景、特写等场景的生动展现，俯瞰、平视、旁观、仰视等观察角度的相机确定。否则，整个“舞台”就极有可能出现顾此失彼、凌乱不堪，甚或拥挤、空场、冷场的情况。这些，都无疑会给作家艺术家的艺术调控能力和艺术表现能力带来严峻考验和检验。眼下，为了给大观园内外众人，特别是年青一族腾挪足够的自由活动空间，适时将青春成长的“绊脚石”贾政踢出贾府，以“点了学差，择日起身离家”的名义“发配”出去：这种情节安排是合理合情的，符合“删繁就简”“情顺理通”的生活和艺术法则。

但不得不说，《红楼梦》的阅读，一定会使部分习惯了“快餐文化”的读者心生烦厌，望而却步。因为它的确是“文化大餐”，狼吞虎咽不得，浅尝辄止不得，必须要静下心缓下劲儿来作咀嚼，反刍，回味，细品的“慢阅读”才行。

为什么要“慢阅读”呢？笔者认为这首先与作品写作过程中，对生活素材的精心选择，以及对艺术题材的反复炮制有关。

我们知道，素材是作家艺术积累中原始的、零碎的生活材料，其中包括并没有明确意义的生活细节和生活现象等。素材有直接的、内在的素材，也有间接的、外在的素材。直接的，指作家本人目睹或亲身经历过的事实；间接的，指作家耳闻或从文字资料中撷取、积累的事实。作为文学创作备忘录，素材是尚未写进作品的文学原料，是孕育艺术珍品的胚胎。现实生活中可供创作的素材，或许免不了原生态的零散杂乱，但其毛坯的形态风貌、脉络板块，还是有其初步的逻辑经纬和大致的线索挽合而有迹可寻的。作家艺术家的工作，就是根据艺术形象塑造及其作品主题表达的需要，对形形色色的、只具原始风貌样式的生活素材，进行筛选整理及初步的加工比较、改造发展，使之成为作品的一个内容因素的生活材料，亦即可进一步炼造使用的艺术半成品——题材。

在此过程中，素材积累得越丰富，作家就越能够在更广大的范围中把握生活的深刻本质和它的生动表现，也就越有利于进行艺术的集中提炼，获得深刻充实的写作题材。在此基础上，作家艺术家结合自身对生活的感受、体验和认识，灌注以自身的思想感情和艺术经验才华，对艺术题材作进一步去粗取精、去伪存真、由表及里、由此及彼，进行具有高度思想指向性、艺术创造性和主观能动性的抟弄糅合、概括总结、编织穿插、隐现起伏、照应对比等艺术编排，由结构到内容，由情节到形象，由腹稿到文字组成的段落与篇章，于是一件作品的初稿得以形成。而读者阅读的所循路线，一定程度上恰与作家创作的路径相反。特别是深度阅读像《红楼梦》这样具有超复杂内容结构的作品，确实还需要借助有关曹雪芹家世、交游等方面资料的记载，特别是脂砚斋、畸笏叟等人批语中透露的有关作家作品生活和创作的原始信息，对曹雪芹小说创作过程中加工锻造使用过的材料(包括生活素材和艺术题材等)进行必要的、可能的、逆向性的解构与还原。这样，对作家打乱重组甚至抟弄变形、艺术处理过了的，散见于小说文本明暗各处的相关描写，作一番钩沉排并、归类整理，勾勒以成全书“血脉流通示意图”“骨架构成示意图”，尽可能钩玄提要、完整清晰地反映出全书的原生性样态风貌，以及作家呕心沥血加工锻造、形成作品的大致过程。

循环往复，周而复始；螺旋式上升，跳跃式前进。这个过程，有些类似于作家将地里的小麦收割晾晒、脱粒加工成面粉，然后发酵取样，蒸成包子馒头等各样精美的面食；而食客通过消费，不但亲口品尝了这些成品的美味，还可以将这些成品美味的“化合反应”过程进行来源追踪，在食材的选择、添加剂的使用、制作工艺的打磨、手法流程的创造等方面进行回溯研究，借以进一步感悟作家作品形成的艰辛，以及其中蕴含的艺术探索实践活动必有的诸多奥秘。一定程度上说，这就是“将书读薄读懂读透”的不二法门，亦为读书而“求甚解”者所遵循之惯常路径。

●红楼探照之八十八：

也说“诗如其人”

在行文中插入诗词曲赋，是中国古典小说叙事的一大特点。但多数情况下，那都是可有可无的闲文。

《红楼梦》却与此不同。它的大多数诗词曲赋，是从属于人物形象的塑造和故事情节发展需要的，是与小说其他叙事内容密切相关、甚至水乳相融因而不可分割的有机组成部分。阅读过程中，如果也像之前对待《西游记》《三国演义》《水浒传》《金瓶梅》等小说那样跳过不看的话，那就往往难以把前后文意搞清楚，或者意味着把诗词曲赋等体裁蕴含的那一部分情节做了选择性忽略。譬如第5回宝玉“神游太虚幻境”所看到的十二钗册子中的判词和曲子，无疑是作者借此作人物情节布局，要巧妙通过词曲的形式对相关人物未来的命运结局作暗示；倘若我们不懂作者的苦心孤诣而跳过不读，或者也像宝玉那样“看了不解”，觉得“无甚趣味”的话，就会直接影响对后文相关人物、情节的理解和把握。读第22回中诸人所作的灯谜诗也一样，如果只把它当作猜谜游戏而不理解谜诗中隐含的寓意，那么我们连这一回的回目“制灯谜贾政悲谶语”的意思，都弄不甚明白了，遑论其他。

而且更重要的是，曹雪芹替笔下人物代作的这一类诗文作品，个性化是非常突出的，是人物思想性格、志趣修养、心理活动等方面的高度写真。大观园的姐妹们美丽聪明、气质高雅，其诗文素养与个性特质各有不同；在小说中呈现出来的各自诗文，就如同小说家为她们“量身定制”的一样，即便不加署名，也知道该作品应归于谁的名下。譬如薛宝钗恪守礼教，城府颇深，所以她写的诗含蓄浑厚，积极向上；林黛玉孤高自许，多愁善感，其诗也清逸脱俗，风流别致；史湘云性格大度，潇洒风流，其诗则格调清新，豪放不羁……不用说，大观园中“海棠诗社”与继后“菊花诗社”的系列吟咏活动，既是时代文化精神生活的反映，更是大观园儿女各自思想个性、志趣行为的自由舒展。诗歌，就是对这种性情、性灵生活的真实写照。即便是小说中的一些诗文就其本身来看，似乎写得相当蹩脚(譬如迎春的诗，芸儿所写的书信，贾环制作的谜语，薛蟠、云儿、琪官等人所说的酒令)，但从彰显模拟对象的生活实际和个性特征来说却是惟妙惟肖，非他(她)莫属的。可以说，所谓“文如其人”“诗如其人”的现象，在曹雪芹笔下得到了生动的展示。

实际上，“文如其人”“诗如其人”，乃至于“字如其人”“画如其人”等，不但是客观存在的艺术现象，更是中国文化的一种传统观念。汉代扬雄在《法言·问神》中就曾说：“故言，心声也；书，心画也。声画形，君子小人见矣。”他的“心画心声"说,无疑是最早把人的语言、书辞与其作者的人品联系对应起来的。其后,陆机的《文赋》和刘勰的"因内符外"、"表里必符"等一类的阐述,对此又有进一步的发挥与完善。

"文如其人"的看法,与西方以布封为代表的"风格即人"的观点,一脉相通。应该说,这种观念反映了文学活动的一般情况,也是真正的作家在创作中力求达到的艺术上乘境界。但"人格与风格"的关系是相当复杂的精神现象,两者之间存在着一脉相通而又千变万化的关系;不能一概而论,将这种对文艺创作现象及其规律的概括与归纳,作绝对化、片面化的理解:只看到二者之间的对应性、密合性,简单地因人格而论作品,或者是以风格推论人格,都是有问题的。因为"人格与风格"不一致的情况,是存在的。

诗词文章,本含自我。但这个"自我",并不只是现实生活中写作者形影心神等方面,在作品中"百分之百"的对应、投影和再现;甚至一定程度上,还是对现实生活中那个众所周知、有目共睹的"自我"形象的一种疏离和背叛呢。从另一个角度说,或许正是这一类不同自己既往形象的"背反",恰恰构成了对写作者在别人心目中"既成影像"的丰富和补充呢。现实生活中,一个人的思想意识、性格品行等成分组成的"岩层构造",往往隐含有自身浑然不觉也不易为别人所感知甚或洞察的东西。这些东西,恰恰最有可能在现实中被人视为"小道"的诗词作品中崭露头角,而且还会因采用文体不同而写作者呈现的面目不同的现象发生。同样一个人,或许在现实生活中的表现已有定评,但在艺术创作活动中的表现却判若两人;而且,艺术创作活动中使用的文学样式不同,所呈现出来的有关创作者本人的"形象",也并不相同。譬如在讲究"文以载道"的诗文中呈现的面貌,或许是一本正经,与现实生活中给人的单调刻板、不易亲近一类印象大致趋同;但在"以写景抒情见长"的词曲令赋中,显露出来的却是轻俏喜乐、柔情活泼一类的风格,令人感觉到的竟然是源自写作者的身形灵动、情趣宛然:两者貌似裂变对立,实则一体多面,高度融合统一于作为"矛盾综合体"的同一个人身上而已。

因此说"以诗观人"的方法,要使用得当,不能泛滥无边。因为"人格与文格",不是一回事:"人"的面目并非全真,"为文"自然也可以饰伪。不是么,生活中既有言行一致、文如其人的现象,更不排除多有言不符行、文不符人的情况;事实上,完全通过文学作品表面上的内容和风格,来全面准确判断作品背后蕴藏的有关作者自身的人格品性等深层次的东西,确实比较困难,至少考察起来不那么浅表和直接。

"心画心声总失真,文章宁复见为人;高情千古闲居赋,争信安仁拜路尘。"这是金末元初诗人元好问《论诗绝句》中的一首,事涉魏晋文人潘岳(安仁)的形迹品性。据说此人文辞流于华美，要旨意在高雅，而做人却与此迥然千里。《晋书·潘岳传》就记载，“岳性轻躁，趋世利，与石崇等谄事贾谧，每候其出，与崇辄望尘而拜”，原来是一副溜须拍马、趋炎附势的小人相。再说首倡“文以明道”的唐代韩愈，不是也写过为实现人生抱负而折节屈身、干谒权贵的文章么？明末清初的钱谦益(1582—1664)，学识饱有，沧桑历尽，是政治立场不那么坚定，私生活方面人品道德也并非无懈可击的这么一位大文人；从他身上，我们可以看到世情的变迁、人性的复杂，却很难从时代背景、人生经历、全部作品中去考究出作者本人的人格品性究竟多高多低、多好多坏。再比如魏晋南北朝的写景诗很有成就，读来赏心悦目；但要说它们的作者，却并非个个都是流连山水、淡泊名利之人。我们当然没有理由怀疑这些优美诗作的作者当时吟咏流连之际，就一定是跟平常对人对事一样矫揉造作、虚情假意：因为在发现美、观照美和创造美的过程中，没有严格意义上的人品好坏、道德高下的区分。就说曾经大名鼎鼎的作家周作人(1885—1967)吧，其散文平和冲淡，颇有文人气质和生活气息，从中当然可以看出他作为一代著名文人真性情的自然流露，却难以凭借这些“美文”断定其人格人品的高低优劣。

在笔者看来，“诗如其人”“文如其人”只是我们艺术鉴赏活动中可供选择的一条路径，一个角度，一种方法，而绝非唯一标准。何况，这里还有一个怎样准确理解这句话的问题。大学者钱锺书认为，“文如其人”中的“文”，不是指“所言之物”，而是指作品中的格调；格调是作者性格“本相”的自然流露；虽非有意为之，还是可以从中领略到其人的创作个性和风度的。因此，他在《谈艺录》中阐释说：

> “心画心声”，本为成事之说，实鲜先见之明。然所言之物，可以饰伪：巨奸为忧国语，热中人作冰雪文，是也。其言之格调，则往往流露本相：狷急之人作风，不能尽变为澄澹；豪迈之人笔性，不能尽变为谨严。文如其人，在此不在彼也……所言之物，实而可征；言之词气，虚而难捉。世人遂多顾此而忽彼耳……常有言出于至诚，而行牵于流俗。蓬随风转，沙与泥黑；执笔尚有夜气，临事遂失初心。不由衷者，岂惟言哉，行亦有之。安知此必真而彼必伪乎。

正是这样，李白与杜甫诗歌的风格不同，其人与文的差别，确实可以看得很清楚。但为什么说“人格”和“文格”有时又不相类呢？主要原因在于文学是一种“依存美”，毕竟是人为的，不能不延伸到意识和理性层面。在这个层面上，作者完全是可以进行自我调整的，故意夸张渲染和作伪掩饰就有可能；因此出现所谓“巨奸为忧国语，热中人作冰雪文”的情况，就不足为怪了。一言以蔽之，“因内符外”、“表里必符”或“文如其人”等现象，都必须综合意、言、气、韵等多项因素加以综合考察;仅仅考察作品的题材和字面,是不能完全断定“文如其人”或“诗如其人”的。

这里必须指出的是,曹雪芹为笔下众人代作的诗文,倒是紧紧扣住了当事人的身份经历、思想性格,以及最终的命运结局等因素,进行的“个性化”摹写。它恰恰成为了“诗如其人”“文如其人”等文学现象的最好注脚。这是小说家的过人之处,更是曹雪芹的伟大之处。

●红楼探照之八十九:

“肚子里头有丘壑”
——宝钗的高超艺术理论修养

宝钗不但为人处世、打理生活的能力超强,写作诗歌的水平几与黛、湘并肩,而且艺术眼光独到,艺术见解略胜一筹,堪称“大观园当之无愧的艺术家”。品读截取于第37回原文中的四段对话,即知宝钗的艺术理论修养是多么的难得:

……迎春道:“都还未赏,先倒作诗?”宝钗道:“不过是白海棠,又何必定要见了才作。古人的诗赋,也不过都是寄兴写(**此字程本作“寓”**)情耳(**此字程乙本删**)。若都是(**前3字程本作“要”**)等见了作,如今也没这些诗了。”……

……这里宝钗又向湘云道:“诗题也不要过于新巧了。你看古人诗(**此字程本删**)中(**此处程本加“那里有”**)那些刁钻古怪的题目和那极险的韵了(**此字程甲本删;程乙本作“呢”**),若题(**此字程本作“题目”**)过于新巧,韵过于险,再不得有(**此字程本删**)好诗,终是(**前2字程乙本作“倒”**)小家(**此处程本加“子”**)气。诗固然怕说熟话,更(**此字程本作“然亦”**)不可过于求生,只要(**前2字程乙本后移三字**)头一件立(**此字程乙本作“主”**)意清新,自然(**前2字程本删**)措词就不俗了。……”

……湘云只答应着,因笑道:“我如今(**前2字程乙本删**)心里想着,昨日作了海棠诗,我如今要作个菊花诗如何?”宝钗道:“菊花倒也合景,只是前人太多了。”湘云道:“我也是如此想着,恐怕落套。”宝钗想了一想,说道:“有了,如今以菊花为宾,以人为主,竟拟出几个题目来,都是(**此字程本作“要”**)两个字:一个虚字,一个实字;实字便用‘菊’字,虚字就(**此字程本作“便”**)用通用门的。如此,又是咏菊,又是赋事,前人也没(**前2字程乙本作“虽有这么”**)作过(**前2字程甲本作“很作”;程乙本作“作的”**),也不能(**前3字程乙本作“还不很”**)落套。赋景咏物两关着,又(**此字程乙本作“也**

倒”）新鲜，又（**此字程乙本删**）大方。”……

……宝钗道：“我平生最不喜限韵的（**此字程本删**），分明有好诗，何苦为韵所缚。咱们别学那小家派，只出题，不拘韵。原为大家偶得了好句取乐，并不为（**此处程本加“以”**）此而（**此字程本删**）难人。”

的确难得！在这里，宝钗针对诗歌创作，从正反两个方面，破立结合，做了强调。一是强调诗赋重在“寄兴写情”，即便是赋景咏物也如此；因此不能拘泥于眼前的物象景象，而是要借此寄托和表达人的思想感情。二是强调诗题忌“落套”，但也不能过于新巧而坠入“刁钻古怪”一流；要讲究韵律，但也不能过于险仄，难脱小家子气，不容易得到好诗，还严重束缚了作者的手脚。三是强调写诗的目的，原是偶得了好句供“大家取乐”的，并不是以过分的限韵等方式来“难人”的。四是强调写诗忌“俗气”，首先要“立意”上下功夫：立意清新，自然措辞就不俗了。

宝钗的见解，除此之外，还见于第64回有关“作诗不论何题，只要善翻古人之意”的论说，以及第70回作《柳絮词》时的自我表白等多处。其实，“真人不露面”，原本立志要步元春后尘进入最高统治阶层服务的宝钗，多年来苦心孤诣积累获取的知识和技能，岂仅此一种！说起来，她不但懂人情、懂医药、懂养生、懂商业，懂各种女儿做人的规矩，还懂艺术；不但懂艺术门类中的写诗作文，还懂其他绘画、编织、色彩搭配等多种学问。只要读一读第42回里她对众人侃侃而谈的各类作画颜料、笔墨、用具的准备，特别是一席“宝钗论画”，就不得不惊叹她的真知灼见、博学多才了：

宝钗道：“我有一句公道话，你们听听。藕丫头虽会画，不过是几笔写意。如今画这园子，非离了肚子里头有几幅（**前2字程本作“些”**）丘壑的，才能（**前2字程本作“如何”**）成画。这园子却是象画儿一般，山石树木，楼阁房屋，远近疏密，也不多，也不少，恰恰的是这样。你就（**此字程本作“若”**）照样儿往纸上一画，是必不能讨好的。这要看纸的地步远近，该多该少，分主分宾，该添的要添，该减的要减，该藏的要藏（**前10字程本合为“该藏该减的要藏要减”**），该露的要露。这一起了稿子，再端详斟酌，方成一幅图样。第二件，这些楼台房舍，是必要用（**此字程本删**）界划的。一点（**此字程本作“点儿”**）不留神，栏杆也歪了，柱子也塌了，门窗也倒竖过来，阶矶（**此字程本作“砌”**）也离了缝，甚至于（**此字程本删**）桌子挤到墙里（**此字程本作“里头”**）去，花盆放在帘子上来，岂不倒成了一张笑‘话’儿了？第三件，要插（**前2字程本作“安插”**）人物，也要有疏密，有高低。衣折（**此字程本作“褶”**）裙带，手指（**前2字程本作“指手”**）足步，最是要紧；一笔不细，不是肿了手，就是跏（**此字程本作“瘸”**）了腿（**此字程本作“脚”**）。染脸撕发，倒是小事。依我看来，竟难的很……”(前略)宝玉道：“家里有雪浪纸，又大，又托墨。”宝钗冷笑道：“我说你不中用。那雪浪纸写字，画写意画儿，或是会山水的画南宗山水，托墨，禁得皴搜(**此字程本作“染”**)；拿了画这个，又不托色，又难滃(**此字程本作“烘”**)，画也不好，纸也可惜。我教你一个法子……”

这里宝钗谈的，尽管只是中国传统绘画中人物写意画创作应该遵守的基本原则，但实际上它是适用于一切艺术门类的。其说明和强调的要点在于：

一、生活基础的问题。一切文艺创作(包括作画)，不是闭门造车、向壁虚构的结果，为此客观上要求作家必须要有足够的生活观察和生活积累，都必须“胸有丘壑”。

二、如何反映现实的问题。实际生活中，并不缺少比较现成的素材题材；但需要作家的“创造性转化”和“创新性发展”，原封不动、照搬照抄，是不成事的。发展和转化，需要实现“眼前之竹”到“胸中之竹”，由“胸中之竹”到“笔下之竹”等阶段的不断提升和最终跨越。

三、必须考虑剪裁的问题。在对素材题材的转化发展过程中，作家作品的总体谋篇布局，至关重要。譬如艺术构思上要严密精湛，情节安排不仅符合一般的生活逻辑，还必须体现阶级的、时代的特征；结构手法上，书中人物众多、事件纷杂，要“分主分宾”，“该添的要添，该减的要减”，努力做到主次分明，意脉连贯，和谐均衡；结构布局上“该藏的要藏，该露的要露”，穿插渗透，疏密映衬，浓淡相间，动静结合。总之，宝钗提出的“添减藏露”四字，强调从“生活”到“艺术”必须经过“想象”“虚构”等环节，突出那些生活中最本质、最典型的东西，去掉不需要的多余枝蔓。特别是人物事件、情节场景等要素的布设，笔墨篇幅的投放(如详略长短)，艺术表达的方式方法运用(如视点的远近聚散高低，笔法的明暗隐显、偏正曲直、对比衬托、伏笔照应)等，无不考验着作家的智慧、耐力、能力。因此，“起了稿子”到“成一幅图样”中间，还需要反复“端详斟酌”，进行修改完善。

四、精确表达的问题。在作品总体构思蓝图绘就、作品的框架搭成之后的具体写作过程中，艺术表达的精确性，关系着作品的质量、生命和成败。

宝钗的谈论，与其当时所处的环境、面对的人物，以及与她本人的思想性格和独特经历见识，无疑是密切相关的。这与稍晚于《红楼梦》的清代长篇章回小说《镜花缘》中对女性的写法截然不同。李汝珍(约 1763—1830)在自己笔下，也曾充分肯定女子的社会地位，批判“男尊女卑”“女子无才便是德”的封建观念，并极力颂扬了女子的智慧才干；只不过虚幻的色彩过于浓重，以致成为了一种寄寓理想的空想。像黑齿国的亭亭和红红，小小年纪竟把天朝大贤、满腹才学的多九公问得“汗如雨下”“抓耳搔腮”“满面青红，恨无地缝可钻”；如骆红蕖神箭射虎的本领，远远超过男猎户；颜紫绡，女中剑侠，飞檐走壁，神出鬼没；枝兰音、林婉如，精通音韵；米兰芬，俨然是位数学家……另外，像宫娥上官婉儿"学问非凡"，"才情敏捷"，"胸罗锦绣，口吐珠玑"，作诗又快又好，朝臣竟然无不拜服。特别是为表现笔下女子的多才多艺，作者就让她们一个接一个去讲经书，谈历史，论音韵，说文艺；实际上，完全是作者借人物之口卖弄和炫耀自己的知识学问，以致刺刺不休，枯燥乏味，令人恹恹欲睡。这些形同杂货铺里摆弄的各种知识学问，连篇累牍，覆盖在人物情节之上，不但淹没了小说的特征，也与人物的个性特征几无关系。相比之下，《红楼梦》诚然也有谈诗论画，说乐理，讲脉象，乃至于配药方等多方面的学问知识讲求描写，但读者感觉它们是与作品中人物的个性特征水乳交融、血脉相连的。

说起来，在中国社会，像宝钗这种"德智体美"全面发展、人格体格健全，既懂艺术创造更懂世俗生活技能诀窍的人，无疑是很受欢迎的，是容易得到全社会尊重的。与之相反，对于林黛玉那样的具有顶尖艺术家气质和足够丰赡艺术才华的人，因其性格的孤僻、举止的荒疏、思想的古怪、思维的异类，却往往得不到世俗社会的包容理解、悦纳赏识，还最容易被主流社会千方百计地压迫排斥、摧残毁灭，以致造成整个社会卓异人才极度稀缺的后果。这是人才悲剧带来的社会悲剧。为此，对有性格缺陷，甚至是有"品格缺陷"的天才式稀有人物，倒需要全社会从下至上给予更多的宽容、理解、珍惜和呵护。

其实，听其言观其行，宝钗也是一个"矛盾的综合体"。她既与其他姑娘一样，一听结社便心神激荡积极参加，但又与全身心投入的林黛玉、史湘云等人不同。在深受封建传统思想熏陶影响的薛姑娘心中，非常清楚一个女儿要坚守的"本分"。对作诗填词一道，你听她对湘云说的：

> 湘云灯下计议如何设东拟题。宝钗听他说了半日，皆不妥当，因向他说道："既开社，便要作东。虽然是（**此字程本作"是个"**）顽意儿，也要瞻前顾后，又要自己便宜，又要不得罪了人，然后方大家有趣。你家里你又作不得主，一个月通（**此字程本作"统"**）共那几串钱，你还不够盘缠呢（**前3字程本作"使"**）。这会子又干这没要紧的事，你婶子听见了，越发抱怨你了。况且你就都拿出来，做这个东道也是（**此字程本删**）不够。难道为这个家去要不成？还是往这里要呢？"一席话提醒了湘云，倒踌蹰起来……"……究竟这也算不得什么，还是纺绩针黹是你我的本等。一时闲了，倒是（**此处程乙本加"把那"**）于你我（**前2字程本删**）深（**此字程本作"身心"**）有益的书看几章（**此处程乙本加"却还"**）是正经。"

对于宝钗来说，不管世事的大小，在她心中都是一盘棋，都有一杆秤。即便是诗社活动吧,作诗也可,不作诗也罢!要作,亦行,身心既放得进去,随风起舞,寄兴写情,忘物忘我;不作,亦无所谓,随时抽得出身来回归现实,调转心神,继续长袖善舞,继续日常经营。在"生活和艺术"的两个道口,独有宝钗闲庭信步,始终两者兼顾并在两者之间保持了一定距离,真正做到了行动自由,进退随意,不凝滞,不纠结,不挂碍。这何尝不是一种智慧,一种从容,一种修为,一种"心不为形役"的"达人"境界啊!

不过,散见《红楼梦》书中各处的宝钗"谈诗论画"等片段,说到底,还是曹雪芹创作思想的表露和抒发,因此也被很多人看作是作者美学观念的直接、具体的体现。事实上,小说中涉及的相关内容,不过是借笔下人物之口,间接体现了作者自己在艺术创作上的思考,以及写作实践活动中获得的感受、经验、见解而已;是作者把自身渊博学识和丰富的艺术理论修养,集中灌注、有意投射到笔下他最赏识最喜爱的人物形象之一的"才女兼淑女"的薛宝钗身上去了而已。特别是"画论"强调的四个方面,《红楼梦》已经以它卓越的艺术实践,为后世提供了最宝贵的创作典范。曹雪芹"披阅十载,增删五次"的过程,说明了他呕心沥血、艰苦创作的经历。当初,他面对那些原始的、散漫的,但又是无比丰富复杂的生活素材时,他是一定有过一番十分全面而又冷静深刻的思考的。他用一个天才作家几乎全部的智慧和心血,对作品中的人物、事件、环境等诸方面进行过全面全新和全力的设计安排,几乎是所有的人和事,都活在他的心里。毋庸置疑,曹雪芹的文采精华、绝世妙手,至少表明他本身就是一个"肚子里头有几幅丘壑"的人!

第三十八回　林潇湘魁夺菊花诗　薛蘅芜讽和螃蟹咏

内容提要:贾母带王夫人、凤姐及薛姨妈等进园。贾母夸宝钗细致,凡事想得妥当;又提及枕霞阁旧事,凤姐借此大开"寿星老儿"的玩笑。湘云招呼众人吃螃蟹,满堂热闹。众姊妹作菊花诗,黛玉夺得第一。宝玉作螃蟹诗,黛钗跟作,宝钗"小题寓大意"。

●凤姐说话诙谐,具有出众的口才。这无疑成为了她讨取长辈欢心的一件"制胜法宝",在贾母跟前尤显充分。不是么,无论是晨昏定省,还是饮食起居,或是家常闲叙,只要凤姐在场,总少不了贾母因其逗趣而来的开怀大笑。这天,贾母带着一大家子人在盖于池上的藕香榭欣赏风景,心里高兴,就顺口说起了自己小时候在娘家枕霞阁上玩儿,不小心失了脚掉下去,没被淹死,救上来头上被碰破了一块,至今鬓角上还留有指头顶大一个窝儿的往事。这种情况下,一般人是找不到理由开玩笑拍马屁的,可聪明的凤姐却异想天开,随口编出了一篇"不同凡响"的奉承话来,无形中又大大活跃了现场气氛,增加了众人聚会的喜乐:

……凤姐不等人说，先笑道："那时要活不得，如今这（此字程本作"这么"）大福可叫谁享呢！可知老祖宗从小儿的（此字程乙本删）福寿就不小，神差鬼使，碰出那个窝（此字程乙本作"坑"）儿来，好盛福寿的（此字程乙本作"啊"）。寿星老儿头上原是一个窝（此字程乙本作"坑"）儿，因为万福万寿盛满了，所以倒凸高（此字程乙本删）出些来了。"未及说完，贾母与众人都笑软了。

贾母笑道："这猴儿惯的了不得了，只管（前2字程乙本删）拿（此字程乙本作"拿着"）我（此处程本加"也"）取（此字程乙本作"取起"）笑（此字程本作"笑儿"）起来（前2字程乙本作"来了"），恨的我撕你那油嘴。"凤姐笑（此字程本删）道："回来吃螃蟹，恐积了（前3字程乙本作"怕存住"）冷在心里，讨（此字程乙本作"怄"）老祖宗笑一笑开（此字程甲本删）开心，一（前7字程乙本作"笑笑儿，就是"）高兴多吃两个就（此字程本作"也"）无妨了。"贾母笑道："明儿（此字程本作"日"）叫你日夜（前2字程乙本作"黑家白日"）跟着我，我倒常笑笑（此处程乙本加"儿"）觉的开心（前4字程本删），不许回家去（前5字程乙本作"也不许你回屋里去"）。"王夫人笑道："老太太因为喜欢他，才惯的他这（前2字程乙本作"这么"）样，还这样（前2字程乙本作"这么"）说，他明儿（此字程甲本作"日"）越发无礼（前2字程甲本作"无理"；程乙本作"没礼"）了。"贾母笑道："我（此处程本加"倒"）喜欢他这样（前2字程乙本作"这么着"），况且他又不是那（此处程本加"真"）不知高低的孩子。家常没人，娘儿们原该这样（前2字程乙本作"说说笑笑"）。横竖礼体（前2字程乙本作"大礼"）不错就罢（此字程本作"罢了"），没的倒叫他（此字程本作"他们"）从神儿（前3字程本妄作"神鬼"）似的作什么。"

凤姐这一段颇具艺术家天分的才情技艺表演，活画出她的世故、乖巧、灵敏和聪明。玩笑中，她专就"福""寿"两字发挥，无疑这是最切合贾母在府内至高无上的身份地位，也是最契合老年享乐人特定心理的。寿星老儿额头"凹陷变凸起"的玩笑，出人意表，充满机智，竟能将年高位尊者乍一听必有的"尴尬"，通过瞬间思维的颠覆性转换，美化成一件可喜可贺、人人歆羡的逸事趣闻！这种看上去似乎放诞无礼而实际上极有智慧和分寸的取笑话题，只有凤姐这样的人，才敢化腐朽为神奇，发挥得如此出神入化、轻松自在；只有随机应变能力超强之人，才能应口而出、趣味横生，讨得满堂喝彩！你看，拿寿星老儿作隐喻，又曲为解释，"绕个弯"都要跟眼前的贾母挂上钩，并归结到老祖宗最喜欢听的"万福万寿"等字眼上来，不是聪敏机巧至极吗？只有讨好的心意（譬如王夫人等）而无凤姐这份能说会道"机巧"能力的人，除了会鹦鹉学舌般说说"寿比南山，福如东海"一类听来耳朵起茧的老套话语之外，还能口吐莲花，说出如此这般有血有肉、有滋有味、合情合理又合景，叫当事人贾母听来心里格外舒畅的话来么？曹雪芹笔下的凤姐：贪狠，诚然贪狠至极；能干，诚然能干至极；可爱，亦真是可爱至极！人世间与之并驾齐驱者，多乎哉？真不多也！

再说，贾母在，就有“情商”在，热闹在，局面在。现代社会，一切做长辈的、做老人的、做上级的，都应该向贾母学习，能将正经严肃工作场合的氛围要求和日常生活中的随和相处有机结合，同时也能适当分开。譬如工作中，钉是钉铆是铆，必须讲层级讲规矩讲程序讲纪律讲服从，当然不允许拖泥带水；但日常生活中，则可适当柔软身段，和颜悦色一视同仁，跟大家讲自由讲平等讲和谐讲感情，努力营造一种“同志式”“家庭式”的亲热随意平和喜悦，乐于也善于为后辈、为弱小、为部属们排忧解难，难道是多余的“功课”吗？上下之间的距离，可以使人产生敬畏和遵从；而生活中平易近人的作风，却最受欢迎和感戴：两者结合，天下无敌，为什么定要像书中的贾政一样总习惯板着一副脸孔，循规蹈矩，不苟言笑，让人望而生畏，亲近不得，活泼不得，避之唯恐不及呢？

●湘云无别号，若待题诗之际临时附加，难免生砌。于是先于贾母口中说出史侯家“枕霞阁”旧事，后文即取之为号，何其自然现成！作者行文构思，真一笔不苟！

●在宝钗的赞助下，以湘云名义举办的螃蟹宴热闹非凡。且看席间东道主的表现：

> 史(**此字程乙本删**)湘云陪着吃了一个，就下座来让人；又出至外头，令(**此字程本作“命”**)人盛两盘子与赵姨娘、周姨娘(**前3字程本妄删**)送去。又见凤姐走来道：“你不惯(**前2字程乙本后移二字**)张罗，你吃你的去。我先替你张罗，等散了我再吃。”湘云不肯，又令(**此字程本作“命”**)人在那边廊上摆了两桌，让鸳鸯、琥珀、彩霞、彩云、平儿去坐。……湘云道：“虽如此(**前2字程乙本作“这么”**)说，还有别人。”因又命另摆一桌，拣了热螃蟹来，请袭人、紫鹃、司棋、侍书、入画、莺儿、翠墨等一处共坐。山坡桂树底下铺下两条花毡(**此字程本作“毯”**)，命答(**此字程本作“支”**)应的婆子并小丫头等也都坐了，只管随意吃喝，等使唤再来。……湘云出一回神，又让一回(**此字程乙本作“会”**)袭人等，又招呼山坡下的众人只管放量吃。

同情弱小，扶危济困，本是中华民族的传统美德。史湘云宅心仁厚，大有史老太君接人待物的宽厚仁慈之风，既大度豪爽又心细如发，有顾及弱势群体切身感受的自觉意识。从她跟丫头辈的袭人等旧情仍在，以及螃蟹宴上对众人(包括周姨娘和不受人待见的赵姨娘)不分尊卑贵贱、一体招呼及热情布施来看，作为名义上的东道主，湘云的一连串行为，彰显出这个贵族女孩最可宝贵的“众生平等”观念(这种观念，同样是饱经生活苦难的作者深入骨髓的观念，在他笔下心爱人物身上的折射)。她特别注意到身边处于人际关系边缘的、较为底层者的感受，并给予力所能及的尊重和照顾：如此种种，湘云跟宝钗比，有过之而无不及；跟一向刁钻势利的凤姐比，那更是后者望尘莫及的。

●席间，为了表示热络与友谊，凤姐居然主动讨酒喝，且不由分说，“一扬脖子”全部倒在喉咙里。一向瞧奴辈不起、欺凌霸道的凤姐，为什么对鸳鸯、琥珀等丫头，居然如此的尊重和客气？这跟湘云出自内心的平等待人不同，凤姐的与“民”嘻乐，是看准了对象及场合的。说到底，这些人是她最在意的贾母身边的活跃分子，地位不高，正负能量均无限。这就是凤姐这类人做人的警觉聪明之处，也是鸳鸯等“领导身边人物”的可惧可叹之处。

●席间，凤姐跟鸳鸯开了“你琏二爷爱上了你，要和老太太讨了你作小老婆”的玩笑。岂知后来“戏言成谶语”，唯一不同的是此处说的是儿子，却应验在父身。注此以写彼，目送而手挥，作者旁敲侧击，已将第46回“尴尬人难免尴尬事，鸳鸯女誓绝鸳鸯偶”的线索，在此不经意间，暗暗提动。

●观题构思、暗中较劲的“考试”场景描摹，犹如千手观音，作者笔笔俱到。因每个人的性格不同、才思才情不同、相互之间的交情深浅不同，因此构思时、落笔时、赏评时各自的情态表现，亦大不相同。

●合欢酒，惟钗、黛二人一人一口，彼此映照有情；菊花诗十二首与《红楼梦曲十二支》，俱现各人身份，前后遥遥相照。

●本轮诗社活动，从作诗的角度看，第37回“咏海棠”是铺垫，本回“咏菊花”和“咏螃蟹”才是重点；咏菊花主要写黛玉无可匹敌的诗才，咏螃蟹突出了宝钗对世事的洞察之深、眼光之毒。两者无论诗作本身的质量水准，还是诗作与人物思想性格的密合度，都达到了相当高的程度。

●对诗作的相互激赏中，“知音捉对”的现象屡屡出现：黛玉与湘云一组，探春与宝钗为伍，宝玉则穿梭群芳之间，有如护花使者。

有意思的是，在对诗作的相互观赏切磋之中，钗黛二人却并无一言交集，是“文无第一，武无第二”的心理使然，还是双方因做人的态度、写诗的风格不同，却因都有出众才华而相互忌惮，甚或是因有隐隐约约的情敌关系而相对矜持？最妙的是，宝玉的一时兴起、自加“作业”之后，钗黛之间的隐隐敌意化作了宝钗的“重拳出击”。你看，宝玉“今日持螯赏桂，亦不可无诗；我已吟成，谁还敢作呢”的话音刚落，黛玉并不答言，也不思索，提起笔来一挥，已有了一首。不过，她只是一时技痒，丝毫没有要借此将宝玉兴头打压下去的“故意”。因此，姑娘一旦意识到这样的“闹着玩”，有可能影响所恋之人的兴头时，她不假思索，“一把撕了，令人烧去”，丝毫没有当众炫耀、顾盼自雄的情态。可见二人情意，尽在不言之中；林姑娘的内心，还是非常在意宝玉的现场感受的！但无独有偶，因“菊花诗”比赛落了下风心里大不畅快的薛姑娘，其表现就与平常的含蓄蕴藉、温文尔雅不同了：延时赛么？好，来得正是时候；作诗么？你跟我也跟，看看谁怕谁！于是一首“讽刺世人太毒了些”的“食螃蟹绝唱”，瞬间就展现在了众人面前。

细心体会钗、黛二人之间为作诗展开的心理暗战，只觉得刀光剑影，擂台鼓急。不用说，林薛相较，各有千秋。若论广博精湛的技艺学识，黛似有不及；若论驾驭复杂的世故人情，薛远胜于林；若论诗歌才华及为人的本真、情感的痴迷，薛则大逊于林。总而言之，薛，人情练达，不失晶莹剔透，但难脱“山中高士”本色；林习惯于孤寂独处，却是“世外仙姝”，万人不及。

●须加留意的原文脂批：

※【己卯、庚辰回前：题曰“菊花诗”“螃蟹咏”，偏自太君前。阿凤若许诙谐中不失体，鸳鸯、平儿宠婢中多少放肆之迎合取乐，写来似难入题，却轻轻用弄水戏鱼看花等游玩事，及王夫人云“这里风大”一句收住入题，并无纤毫牵强。此重作轻抹法也。妙极！好看煞。】

※探春和李纨、惜春立在垂柳阴中看鸥鹭。迎春又独在花阴下，拿着花针穿茉莉花。【己卯、庚辰双行夹批：看他各人各式，亦如画家有孤耸独出，则有攒三聚五，疏疏密密，直是一幅《百美图》。】

编者按：以上两则脂批，开门推窗，一窥堂奥，都是总结揭示《红楼梦》艺术表达的手法的。

※宝玉忙道：“有烧酒。”便令将那合欢花浸的酒烫一壶来。【己卯、庚辰双行夹批：伤哉！作者犹记矮□舫前以合欢花酿酒乎？屈指二十年矣！】

编者按：脂批所言“二十年”前“矮□舫前以合欢花酿酒”的生活场景，似为作者与批者共同经历过的少儿时代别有情趣之事。因而作者将它艺术化反映到了自己笔下，批书者当然也还记得。估计彼时作者大概也就十来岁吧，生活暂没太大压力，才会有如此的闲情逸致、浪漫潇洒！由此可以推测，在曹雪芹三十岁左右，生活还没有后来那样的“举家食粥酒常赊”的困苦潦倒。

※【戚序本回末总批：请看此回中，闺中女儿能作此等豪情韵事，且笔下各能自尽其性情，毫不乖舛，作者之锦心绣口无庸赘渎。其用意之深，奖劝之勤，读此文者亦不得轻忽，戒之。】

●红楼探照之九十：

皴染：慢工出细活

曹雪芹笔下，对重要人物的状貌精神，对重要器物（如宝玉带的通灵玉）、重要人物的活动场所（如大观园各处）的勾勒描写，并非一气呵成，一笔写尽；而是使用了分次描写，最终实现印象（形象）整体形成的艺术表现方法。犹如绘画中的反复皴染，经过一个渐进式叠加的过程，对人、物、事、境等"形象"，最终完成了堪称"全程追加式""明暗起伏式""立体旋转式"的梯次呈现。

采用这种写作技巧的妙处很多：一是作者笔下，可获得从容和宽裕；二是形象渐出、逐步圆满的过程，符合人们认识事物的阶段性、渐进性特点；三是凭此一线式、多站点、多角度、多侧面的描写，可将反映对象作"全景全程式"的追踪探寻、审视观照，传递表达出反映对象的整体形象，及其丰富复杂的内在蕴涵。对此，甲戌本第 2 回回前有脂批的精彩评论。眼下的第 38 回，作者即对第 17—18 回大观园建造工程竣工初验之际集中推介项目中的"未尽之处"——藕香榭的位置、环境、设施、点缀等情况进行了补写，使得读者对大观园的整体布局及其状貌已"了然于胸"的基础上，又对这一隅之榭新增了印象。至于还有的"未尽之处"，譬如园中的凸碧山庄和凹晶馆等景观场所，则后置于第 76 回中，由黛湘联句、叹赏中秋之夜时，趁便补出。

由此可见，《红楼梦》一部大书，无论是整体宏观，还是局部细微，一切均在作者各个层面的精密构思之中。

第三十九回　村姥姥是信口开合　情哥哥偏寻根究底

内容提要：袭人问这月月钱为什么没有发放，平儿告诉她，凤姐早支取了在外放债。刘姥姥二进荣国府，随口讲故事，激发了众人浓厚兴趣。宝玉却记挂着"女孩儿雪地抽柴草"的故事，还当真派茗烟四处寻找庙宇踪迹，未果。

●平儿、鸳鸯、袭人等，实为贾府资深丫头队伍中的出类拔萃者，在鉴赏家宝钗看来，"妙在各人有各人的好处"。本回借李纨之口，以彩霞作陪衬，对她们进行了一一点评。平儿，是李纨当着本人的面评；其他人是现场众人交口称赞，或总评，或点评，或附和的，笔法变幻，精彩纷呈。在今天的读者看来，无论才干能力还是胸襟品格，平儿、袭人、鸳鸯等人，未必都在贾府的少爷小姐之下！她们的尽职守责，她们的有情有义，她们的悲壮之举，无不使我们在深味人世间困苦艰难的同时，仍感受到人性的温良和美好。这些身居贾府中低层的女性的优异品质和才能，与她们各自的悲剧结局命运形成反照，拓展并深化了《红楼梦》"悲金悼玉”的思想主题。

●因为李纨的“凤丫头就是楚霸王,也得这两只膀子好举千斤鼎;他不是这丫头,就得这么周到了”这句话,引出了一个沉埋已久的大话题:

> 平儿笑(**此字程本妄删**)道:“先时陪了四个丫头(**此处程本加“来”**),死的死,去的去,只剩下我一个孤鬼(**此处程本加“儿”**)了。”李纨道:“你倒是有造化的。凤丫头也是有造化的。想当初你(**此字程甲本妄删**)珠(**此字程乙本妄删**)大爷在日,何曾也没两个人?你们看,我还是那容不下人的?天天只见(**此字程乙本作“是”**)他两个(**前3字程乙本作“他们”**)不自在(**前2字程乙本作“如意”**)。所以你珠(**此字程乙本妄删**)大爷一没了,趁年轻我(**前4字程乙本作“我趁着年轻”**)都打发了。若(**此字程乙本作“要是”**)有一个(**此处程本加“好的”**)守得住,我倒(**此字程本作“到底”**)有个膀臂(**此处程本加“了”**)。”说着滴下泪来(**前4字程本作“不觉眼圈儿红了”**)。众人都道:“(**此处程本加“这”**)又何必伤心,不如散了倒好。”

借李纨与平儿的闲谈与感叹,抖露出有关李纨及凤姐的陈年往事,隐写大家庭妻妾矛盾现象的由来已久和普遍存在。当年,要么是刚嫁过来,要么是男人去世不久,主妇王凤姐和李宫裁竟然先后将男人卧榻之侧的侍妾、通房丫头这类“危险人物”大都扫地出门的“妒悍”和“无情”,可见一斑;其间,隐藏着多少骇人听闻、不共戴天的血泪故事,亦可想而知!

●“月钱”的发放,作为一种情节线索,有若“斗折蛇行”般在全书或隐或显。平儿与袭人的悄语中,再一次抖露出了王凤姐权力寻租、迟发月钱的“蛀虫”秘密:原来,凤姐利用支领、发放月钱的时间差,公款私存,放利生息,“这几年拿着这一项银子,翻出有几百来了”!此事看来虽小,却实际上干犯当时“严禁私家放账获利”的法令,消耗的是大家庭的信用口碑,牵扯着无数人脆弱敏感的神经,影响着部分“等米下锅”者的日常生活。第36回是克扣姨娘们和丫头的月钱,引人抱怨并受到王夫人的追问;时隔不久,又变换手法,牵扯面更大:凤姐的铤而走险、胆大妄为,虽事出无奈,但本质上还是主动作为,是剥削阶级贪婪本性的表现。

●随着刘姥姥的“二进荣国府”,小说的内容情节及叙事风格发生了明显的变化:花花草草变成了狗狗猫猫,忸忸怩怩变成了嘻嘻哈哈,作诗赏花一类的“大雅”,一变而为众人宴席间的大嚼大笑一类的“大俗”。错综复杂的笔墨变化,展现了生活的原生态和多样性,避免了行文的呆板和内容的单调沉闷。

●第二次来荣国府,直到第42回才满载而归的刘姥姥,不再是第6回中那个“初进荣国府”时慌里慌张、土得掉渣的乡村老太婆了;一个迅速适应新环境,自觉充当新角色，言谈活泼诙谐，随处知情识趣，不时风风火火的“老年人精”，手舞足蹈、有说有笑地向我们走来……眼下见平儿进来，聪明的老人通过众人“都忙站起来了”的表现，更加清楚了平儿的身份；你看，她那“忙跳下地来问‘姑娘好?’”的言语动作，尽管显得有点夸张和滑稽，但那应声而起的诚惶诚恐架势，却叫人无法不接纳不欢喜！后有周瑞家的转告：

> 二奶奶说：“大远的，难为他扛了那(**此字程本删**)些沉(**此字程本删**)东西来，晚了就住一夜明儿再去。”

七十五岁的老奶奶了，进城大老远“扛了那些沉东西来”，路途的艰辛、负重的劳苦、巴结的殷勤，可想而知！更重要的是，这句话告诉我们：凤姐留下刘姥姥住宿一晚，实出于对农村劳苦者的怜悯和对老人知恩图报、善良朴实表现的极度赏识；这与上次(第6回)因纯属前来诉苦告帮打秋风，因而事毕之后即刻将其打发滚蛋的态度已然不同。而且王凤姐的有意留客，还在无意之中，引起了贾母的兴趣，于是贾母产生了将刘姥姥留下“说说话儿”，以打发老年寂寞的意愿了：用周瑞家的对刘姥姥说的，就是“可是你老的福来了，竟投了这两个人的缘了”。作者这样的情节设置，既符合生活情理，也是为了反映人物性格变化发展的需要，更是为了借助凤姐发的这么一次“慈悲”和贾母的这么一次“留意”，顺势生发出一系列精彩绝伦的故事，便于展现更多的生活场景和人物活动。

●在平儿同周瑞家女人引了刘姥姥往贾母这边来的路上，作者见缝插针，利用一个似乎不起眼的小场景、小细节，展示了平儿的敢于担当和与人为善：

> 二门口该班的小厮们见了平儿出来，都站起来了(**此字程甲本前移二字；程乙本删**)，又(**此字程本删**)有两个跑上来，赶着平儿叫“姑娘”。平儿问：“又说什么?”那小厮笑道：“这会子也好早晚了，我妈病了(**此字程本作“着”**)，等着(**此字程本删**)我去请大夫。好姑娘，我讨半日假可使的?”平儿道：“你们倒好，都商议定了，一天一个告假，又不回奶奶，只和我胡缠。前儿住儿去了，二爷偏生(**此字程乙本删**)叫他，叫不着，我应起来了，还说我作了情(**此处程乙本加“了”**)。你今儿(**此字程本作“日”**)又来了。”周瑞家的道：“当真的他妈病了，姑娘也替他应着，放了他罢。”平儿道：“明儿一早来。听着，我还要使你呢，再睡的日头晒着屁股再来！你这一去，带个信儿给旺儿，就说奶奶的话，问着他那剩的利钱。明儿若不交了来，奶奶也(**此字程本删**)不要了，就越性(**此字程本作“爽性”**)送他使罢。”那小厮欢天喜地答应去了。

背着同情心极度有限的主妇，多栽花少栽刺，尽量广结善缘、平息纷争；尤其是注意与府内中下层保持着较为亲近、平和的关系：这就是在“威”凤“俗”琏“夹缝中活人”的平儿特有的人品和智慧;绝非为虎作伥、狐假虎威者所能为。值得注意的是,在对小厮的准假过程中,平儿要对方替主子“带个信儿给旺儿”催要“那剩的利钱”的话,拔出萝卜带出泥,再一次抖露出凤姐暗地里截留资金放贷生息、中饱私囊的劣迹。

●从刘姥姥即景生情、临场发挥、绘声绘色、娓娓动听的故事讲述,可见作者本人对京郊农村生活的熟悉程度,以及他那因风舞雪、借题发挥、说谁像谁的故事编述才能。

●要注意作者笔下闲叙里面的明写暗合。譬如刘姥姥故事里讲的那个“生到十七岁,一病死了”的茗玉小姐,应该就是作者借此暗示林黛玉“十七八岁上病死”的不幸结局;至于那个“养到十七八岁上死了”“后果然又养了一个,今年才十三四岁,生的雪团儿一般,聪明伶俐非常”的儿子,无疑是出于世故刘姥姥的成心忽悠,是有的放矢,为讨得贾母、王夫人等人的欢心而随口编造的“善意的谎言”呢。在讲“女孩抽柴草故事”的时候,府内南院马棚里失火:这种突发情况的出现,或许也是作者对后面贾府彻底败落过程中必将出现“火灾”等重大意外事件的一种预告。

作者文心文意的细密精巧,一至于此!难怪“天妒英才”,必令其受尽苦难,早归仙界;否则人世间通过他“天才的馈赠”而获得的艺术享受,就太过丰盈和珍稀了!一定意义上说,曹雪芹就是将“火种”盗取给人类而受到严厉惩罚的普罗米修斯。希腊神话中,普罗米修斯违背天神宙斯的旨意,将“火种”带给人类之后,被带到高加索山,用一条永远也挣不断的铁链把他缚在一个陡峭的悬崖上,让他永远不能入睡,疲惫的双膝也不能弯曲,在他起伏的胸脯上还钉着一颗金刚石的钉子。此外,宙斯还派一只可恶的鹫鹰每天去啄食普罗米修斯的肝脏(在古希腊,肝脏被认为是人类情感的所在),白天肝脏被吃完,但在夜晚肝脏会重新长出来。这样,普罗米修斯所承受的痛苦便没有尽头了。尽管如此,普罗米修斯还是没有屈服。就这样,日复一日,年复一年,直至大力神赫拉克勒斯在寻找金苹果的途中正好路过此地,见状用箭射死神鹰,并用石头砸碎铁链,将他解救了出来。

反观曹雪芹一生的悲惨遭遇:早年的锦衣玉食,后来的抄家惨痛,京城中的难以存身,贫居京郊西山时候的衣食不继,幼儿中秋死,自己除夕死,死后新妇飘零,著述残缺等,敢说不是上苍对人类将因《红楼梦》这样的书籍获得了无比丰美、令其嫉妒的“精神财富”和“精神享受”,而施加于天才身上的残酷报复么?

●宝玉“心中只记挂着抽柴的故事,因闷闷的心中筹画”:活画出公子哥儿怜香惜玉的笃实情怀。对刘姥姥的顺口胡诌,信以为真,回至房中,盘算了一夜;次日一早，便出来给了茗烟几百钱，按着刘姥姥说的方向地名，着茗烟去先踏看子虚乌有的所谓“女神庙”；偏遇见的是青脸红发的泥塑“瘟神爷”：这更是对宝玉爱意花心泛滥、走火入魔上当的一种揶揄。

●须加留意的原文脂批：

※……那刘姥姥和板儿又来了，坐在那边屋里，还有张材家的周瑞家的陪着，又有两三个丫头在地下倒口袋里的枣子倭瓜并些野菜。众人见他进来，都忙站起来了。【庚辰双行夹批：妙文！上回是先见平儿后见凤姐，此则先见凤姐后见平儿也：何错综巧妙得情得理之至耶?】

编者按：人物事件写得“错综巧妙”而又“得情得理”，正是《红楼梦》的一大艺术特色，正是作者曹雪芹深厚艺术功底和杰出文学才华的具体表现。

※【戚序回前：只为贫寒不拣行，富家趋入且逢迎。岂知着意无名利，便是三才最上乘。】

※【戚序总评：此回第一写势利之好财，第二写穷苦趋势之求财，且文章不得雷同。先既有诗社，而今不得不用套“坡公听鬼”之遗事，以振其余响，即此以点染宝玉之痴。其文真如环转，无端倪可指。】

●红楼探照之九十一：

衾枕寂寞一念间
——浅论微醉状态下李纨的言行“出格”

《红楼梦》的作者严格遵循艺术创作的辩证法，巧妙设置生活场景，让某些人物思想个性最为隐秘的一面，因摆脱日常生活的桎梏而得以本真再现，丰富了典型环境下的典型性格。譬如林黛玉为人处世的宽容、大气、热情，李纨性格中平时难得一见的“锐角”“锋芒”乃至一丝“由我不由你”的执拗与霸气，均在大观园诗社活动中得到昙花一般的“闪现”。不过，第39回李纨的一些怪异言行背后掩盖着的青春寂寞，却是在她微醉的状态之下，由酒精的作用把话撵出，而露出“真容”的：

众人又拉平儿坐，平儿不肯。李纨拉（**此字程乙本作“瞅”**）着他笑道：“偏要（**此字程乙本作“叫”**）你坐。”（**此处程乙本加“因”**）拉着（**此字程乙本删**）他身边（**此字程本作“旁”**）坐下，端了一杯酒送到他嘴边，平儿忙喝了一口就要走。李纨道：“偏不许你去。显见得（**此处程本加“你”**）只有凤丫头，就不听我的话了。”说着又命嬷嬷们：“先送了盒子去，就说我留下平儿了。”

那婆子一时拿了盒子回来说：“二奶奶说，叫奶奶和姑娘们别笑话要嘴吃。这个盒子里,是(**此字程本删**)方才舅太太那里送来的菱粉糕和鸡油卷儿,给奶奶、姑娘们吃的。"又向平儿道:"说(**此处程乙本加"了"**)使(**此处程本加"唤"**)你来你就贪住顽(**此字程乙本作"嘴"**)不去了。劝(**此字程乙本作"叫"**)你少喝一(**此字程乙本删**)杯(**此字程本作"钟"**)儿罢。"平儿笑道:"多喝了,又把我怎么样?"一面说,一面只管喝,又吃螃蟹。

李纨揽着他笑道:"可惜这么个好体面模样儿,命却平常,只落得屋里使唤。不知道的人,谁不拿你当作奶奶太太看?"平儿一面和宝钗、湘云等吃喝(**此处程本加"着"**),一面回头笑道:"奶奶,别只(**此字程甲本作"这样";程乙本作"这么"**)摸的我怪痒(**此处程本加"痒"**)的。"李氏道:"嗳哟!这硬的是什么?"平儿道:"(**此处程本加"是"**)钥匙。"李氏道:"什么钥匙?要紧梯己(**前8字程本作"有什么要紧的"**)东西怕人偷了去,却(**此字程乙本作"这么"**)带在身上。我成日家和人说笑(**此字程乙本删**),有个唐僧取经,就有个白马来驮(**此处程本加"着"**)他;刘智远打天下,就有个瓜精来送盔甲;有个凤丫头,就有个你。你就是你奶奶的一把总钥匙,还要这钥匙作什么。"平儿笑道:"奶奶吃了酒,又拿了(**此字程本删**)我来打趣着取笑儿了。"

李纨对平儿口吐的"偏要你坐""偏不许你去":两个"偏(要)"或"偏(不)"的口气,似乎胡搅蛮缠,实则醉态可掬。李纨揽着平儿赞叹同情的话,既是老实话,也是一句玩笑话;若非玩笑话,即有在凤平妻妾之间加楔子、上眼药、搞挑拨之嫌了。接着,便是写了李纨一边揽着年青俊俏的平儿,一边还在平儿身上乱摸的动作。

不用说,微醉状态下的李纨,在同样有了一点酒意的平儿面前,其言谈举止之间,的确有那么一些平日里没有见过的执拗放肆和含糊暧昧情意的表露。特别是那大惊小怪故作讶异的"嗳哟"一句,就让人察觉她平静孤独的心海里,不经意间似乎出现了那么一丝情潮的涌动……不过,曹雪芹笔下的人物,无一不是严格遵循生活逻辑和本人的性格逻辑来说话行事的。即便是李纨心海上偶然泛起的情感涟漪,也只是特定情况下并在一定限度内其心理状态的起伏脉动而已。它是绝对不会翻卷而成滔天巨浪,使得平素"木菩萨"般的李纨,陡然间变成潘氏金莲一类"不安分"人物的。说到底,李纨尽管因丈夫早逝、坚守贞节而彻底关闭了自身感触男女私情的大门,但这并不意味着她的"青春之窗"就被完全钉死,因而偶然间为春风吹度而出现一丝"心的悸动",本也在所难免。但即便如此,李纨本质上还是原来的李纨!只是现在的李纨比过去的李纨,性格层面显得更加的丰满、立体,人物形象更加真实而已!显然,这跟现当代某些作家刻意模仿《金瓶梅》笔法,大肆渲染人物的放纵癫狂,将人纯粹当作"欲望的奴隶"来展示人性的扭曲和变态，是境界不同、旨趣大异的。由此，也可见曹雪芹全面把握人物性格特征、准确抵达人物深邃内心世界、成功塑造典型艺术形象的卓绝审美。

●红楼探照之九十二：

螃蟹宴：这笔账到底该咋算

第 39 回平儿的微醉面容，从周瑞家的、张材家的二妇人的刻意奉承中看出，笔法简洁传神；又以周瑞家的念叨，补写出刚过去的螃蟹宴的花费；并由此牵扯出刘姥姥的一番计算及叹息：

> 周瑞家的道："早起我就看见那螃蟹了，一斤只好秤两个三个。这么三（**此字程本作"两三"**）大篓，想是有七八十斤呢。"周瑞家的（**此处程本加"又"**）道："若（**此字程乙本作"要"**）是上上下下只怕还不够。"平儿道："那里够（**此字程本作"都吃"**），不过都是有名儿的吃两个子。那些散众（**此字程乙本作"众儿"**）的（**此字程甲本删**），也有摸得（**此字程乙本删**）着的（**此字程甲本删**），也有摸不着的。"刘姥姥道："这样（**此字程乙本作"些"**）螃蟹，今年就值五分一斤。十斤五钱，五五二两五，三五一十五，再搭上酒菜，一共倒有二十多两银子。阿弥陀佛！这一顿的钱（**此字程乙本作"银子"**），够我们庄家人过一年（**此处程甲本加"的"**）了。"

一顿家常螃蟹宴的花费，就够"庄家人"过一年：这一消费比例，较之于普通的艺术描写和统计数字更为形象地反映了"贵族之家"日常生活的奢侈靡费。事实上，《红楼梦》的作者总是在不经意间，通过处处皆在的对人与人之间严重不平等的社会现象的精绝描写，透析出整个阶级社会的本质。譬如前有甄士隐沦落乡下"偏值近年水旱不收，鼠盗蜂起，无非抢田夺地，鼠窃狗偷，民不安生"的时代背景点染；后又有第 53 回乌进孝缴纳实物地租、货币地租之时，一纸账单的历史细节的逼真呈现。

本回刘姥姥口中的这篇账单子，内容虽然简单，但有论者将之作为清代乾隆前中期京城物价的历史记录资料来作经济学方面的考察，倒亦不失为一个可取的视角。本来嘛，艺术细节的真实，往往就来源于生活现象的真实。尽管曹雪芹写的是小说，但他的笔下包含了大量具有历史真实性和生活本质性的细节，这就为后世留下了不少具有极高认识价值的既往历史材料，从而得到学术界的重视和研究。只不过，这里要注意的是，既往历史与当今现实之间，因为时间距离较远，难免产生一定程度上的"理解隔膜"。譬如复盘刘姥姥的这篇口算，当今时代生活着的我等，能将这张账目算得这般滚瓜烂熟、一清二楚么？未必。不信，试着对照原文描写,寻着刘姥姥的思路和所用口诀去算,到底这次明以湘云名义做东举办、实则由宝钗暗中资助筹措的娱乐性宴会,所用的螃蟹有多少斤,总共又值多少两银子? 据专业人士称,这涉及古今算术算法的有所区别:刘姥姥虽然目不识丁,但是跟过去年代有社会经验的农村人一样,是能够将简单的算数方法技巧尽行掌握并运用到实际生活中去的,这无疑也是历来中国民众的聪明表现之一。你看,刘姥姥是将“这么三大篓,想是有七八十斤”的螃蟹,打总按照八十斤(不是三个“八十斤”!)的确数计算,然后将这“八十斤”分解成五十斤和三十斤之后,根据眼下单价“五分一斤”的市场行情,分别按乘法、加法口诀计算,最后合计得出总数四两;搭上宝钗湘云活动预算时曾说过的“再往铺子里取上几坛好酒,再备上四五桌果碟”(第37回)等酒菜价格,差不多“一共倒有二十多两”了呢。

●红楼探照之九十三:

“投缘”:村妪与命妇的邂逅

我们可以把人大致按照身份地位、经济状况、道德素养、知识学历、外貌体态等分类,不同类的人说话做事往往大相径庭,给人的印象完全不同。对于生活在地位悬殊的不同阶级、阶层的人物,第6回有刘姥姥初见年轻气盛的王凤姐,第39回又有刘姥姥初见雍容华贵的史太君:同一个人面对的两个陌生生活场景,遥相对应。其中,既有两个生活条件、生活阅历完全不同的老年人身心状态的对比;也有贾母与王熙凤俩婆孙,在对待地位低贱者态度上的鲜明对比:

> 平儿等来至贾母房中,彼时大观园中姊妹们都在贾母前承奉。刘姥姥进去,只见满屋里珠围翠绕、花枝招展(**此处程本加“的”**),并不知都系何人。只见一张榻上(**此处程本加“独”**)歪着一位老婆婆,身后坐着一个纱罗裹的美人一般的一(**此字程乙本删**)个(**前2字程甲本作“小”**)丫鬟在那里捶腿,凤姐儿站着正说笑。刘姥姥便知是贾母了,忙上来陪着笑,福(**此字程乙本妄作“拜”**)了几福(**此字程乙本妄作“拜”**),口里说:“请老寿星安。”贾母亦(**此处程本妄加“忙”**)欠身问好,又命周瑞家的端过椅子来坐着。那板儿仍是怯人,不知问候。
>
> 贾母道:“老亲家,你今年多大年纪了?”刘姥姥忙立(**此字程本作“起”**)身答道:“我今年七十五了。”贾母向众人道:“这么大年纪了,还这么健(**此字程本作“硬”**)朗。比我大好几岁呢。我要到这么(**此字程乙本作“个”**)大(**此字程本删**)年纪,还不知怎么动不得呢。”刘姥姥笑道:“我们生来是受苦的人,老太太生来是享福的。若我们也这样(**前6字程乙本作“我们**

要也这么着"),那些庄家活也没人作了。"贾母道:"眼睛牙齿都还好?"刘姥姥道:"都还(**前2字程乙本作"还都"**)好,就是今年左边的槽牙活动了。"贾母道:"我老了,都不中用了,眼也花,耳也聋,记性也没了。你们这些老亲戚,我都不记得了。亲戚们来了,我怕人笑我(**此字程乙本作"话"**),我都不会。不过嚼的动的吃两口,睡一觉;闷了时和这些孙子孙女儿顽笑一回(**前2字程乙本作"会子"**)就完了。"刘姥姥笑道:"这正是老太太的福了。我们想这么着也(**此字程甲本删**)不能。"贾母道:"什么福,不过是个老废物罢了(**此字程乙本作"咧"**)。"说的大家都笑了。

几笔素描勾勒,通过刘姥姥视角的观察和感受,衬托出了贾母在府内安富尊荣、至高无上的优越地位:一个是一见即"忙上来陪着笑","福了几福"后,先开口请安;一个是养尊处优,歪在榻上由丫头捶着腿,见对方施礼问好后不失礼貌地"欠身问好",又命人端过椅子来让她坐着说话;继后,一个慢条斯理过问,纡尊降贵以示关心;一个见问"忙立身"回答,受宠若惊以示恭敬。通过两个生活环境条件天悬地隔,完全不在一个平台上的老妇人见面的招呼礼节,展现了贾府日常生活交往的一个小小的侧面。作者描写一时之间贾母的尊贵和谦抑,刘姥姥的善于观察"应接",板儿的幼稚怯场等表现,分寸拿捏得恰到好处。

倒是程本将"福"字改为"拜"字,殊失分寸:刘姥姥即便如此的奴颜婢膝,世间也没有如此正当的见面礼节!只有不知天高地厚的凤姐,在当初装模作样,曾让这个上门告帮的老人给年纪轻轻、辈分很低的她下跪请安!再看眼前,地位低下的刘姥姥一听贾母打招呼问好,条件反射般地"忙立身"作答,是非常符合其身份地位和性格特征的。这之前,贾母在刘姥姥首先行礼问好之后,礼节性地"欠身问好"并"赐坐",给予了对方起码的人格尊重,这无疑是贾母作为贵族老祖母的涵养气度所致;但程本不懂曹雪芹笔下人物、场景、氛围描写的细微精妙之处,在"欠身问好"前加一"忙"字,就让贾母应有的性情和身份一下走样了!

贾母身份尊贵,但处事精明敦实之中有大气。观第29回中清虚观打醮时对被众人围攻小道士的解救,观本回她对初次见面畏畏缩缩的农村小孩板儿的关爱,以及对待乡下老妇的谦和亲近态度,"享福也惜福",倒不失贵族掌门人"老吾老以及人之老,幼吾幼以及人之幼"的慈悲胸怀!难能可贵的是,或许是受贾母道德涵养的感召吧,凤姐对待刘姥姥的态度较之第6回的初见,有了明显的调整改变。这也为后来她女儿巧姐结局中"不幸中的万幸",结下了"善缘",攒下了"阴德";只是一贯目中无人且自奋要强的凤姐,眼下正走着风光路,自己不会觉察"自己的变化"而已。

出自农妇口中的两个"生来",明确定位了两个老年人之间的社会等级差距。这既是一句随口的奉承话,也是旧时代老百姓根深蒂固的生活观念;至于"王侯将相宁有种乎”那种叛逆思想,只是少数被生活压迫逼上梁山的人物才会有的。就贾母而言,一团孙子孙女、儿子媳妇在跟前,诚然是她日常说笑开怀不请自到的工具;就是偶尔来到府里的亲戚故旧,也无一例外成为她解闷释怀的对象。对刘姥姥的热情款待,固然反映了她怜贫惜老的一面,也反映了她寻找精神刺激的一面。不用说,在贾母等贵族老少眼中,那来自乡野的刘姥姥带来的新鲜故事,以及她那令人捧腹的村野之语,为平常饱食终日的他们闻所未闻,也如饮食中的“野味”一样,为之大感新奇别致而兴趣倍增了。相比之下,那刘姥姥呢,虽是个村野人,“却生来的有些见识”,一经接触,逐步适应,便彼此显得格外“投缘”了。值得注意的是,此言中的“生来”二字,与刘姥姥稍早前说的两个“生来”对应,无疑是作者对刘姥姥这类生活在社会底层的劳动者所具有的谦虚谨慎、勤劳智慧美好品质的赞许和肯定。

●红楼探照之九十四:

“正想个地里现撷的瓜儿菜儿吃”
——《红楼梦》中隐含的乡土环保意识

第39回“二进荣国府”时,刘姥姥用口袋扛来了数量不少的产自农村自家田地上的枣子倭瓜并些野菜,首先声明这是“头茬”留下的“尖儿”,是“孝敬姑奶奶、姑娘们尝尝”的。你看,她说得多么诚恳贴心和滴水不漏啊!平常的枣子、倭瓜等农产品并些野菜,经刘姥姥这么一渲染一宣传,其优良品质及尝鲜意味,自然就不在话下了。

笔者常想,像刘姥姥这类角色,若是生活在市场经济发达的今天,一定会大有用武之地的。因为她最能够察言观色、适应环境,最了解城市消费者的舌尖需求并投其所好。这正如环境污染日益严重的当今社会,野生的食材因无农药残留,因无水土、大气等污染,又因无超短极限的不正常催生催熟,也因无转基因成分等对人体的不可预知影响,因而大受消费者青睐的情况一样。如此看来,无论古今,遵从“食不厌精,脍不厌细”信条的中国人,特别是其中的衣食无忧者,对涉及食品来源的生长环境的关注,对食材新鲜滋润口味的讲求,并无二致。

且看眼下两个老妇人初次见面,客客气气、亲亲热热的情景,由作者一路写来,声口如闻,宛若眼前:

贾母又笑道:“我才听见凤哥儿说,你带了好些瓜菜来(**此字程甲本作“儿”**),(**此处程本加“我”**)叫他快收拾去了,我正想个地里现撷(**此字程本妄作“结”**)的瓜儿菜儿吃。外头买的,不像你们田(**此字程本妄删**)地里的好吃。”刘姥姥笑道:“这是野意儿,不过吃个新鲜。依我们(**此处程本加“倒”**)想鱼肉吃,只是吃不起。”

贾母又道:“今儿(**此字程本作“日”**)既认着了亲,别空空儿(**此字程本删**)的就去。不嫌我这里,就住一两天再去。我们也有个园子,园子里头也有果子。你明日也尝尝,带些家去,你(**此字程本删**)也算(**此字程本作“算是”**)看亲戚一趟。”凤姐儿见贾母喜欢,也忙留道:“我们这里虽不比你们的场院大,空屋子还有两间。你住两天罢(**此字程本删**),把你们那里的新闻故事儿说些与我们老太太听听。”贾母笑道:“凤丫头别拿他取笑儿。他是乡(**此字程本删**)屯里的(**此字程本删**)人,老实,那里搁的住你打趣他(**此字程本删**)。”说着,又命人去先抓果子与板儿吃。板儿见人多了,又不敢吃。贾母又命拿些钱给他,叫小幺儿们带他外头顽去。刘姥姥吃了茶,便把些乡村中所见所闻的事情说与贾母(**此处程本加“听”**),贾母益发得了趣味。

一个是贫贱而通达世故的乡下老妪,一个是富贵而有闲情的贵族老太太,二人各道短长的寒暄和闲聊,令两三百年后的我们听来,不禁要为“人分三六九等,木分松柏杨柳”“萝卜白菜,各有所爱”等普遍现象百般地感叹唏嘘了!

人生际遇千差万别,富贵贫贱的境地天悬地隔。姑且不论政治地位的高低或有无,仅就各人的生活水平而言,贾母逍遥自在、高高在上,身心早已进入了尽情享受生活和艺术、颐养保健以尽天年的层次;而同是高龄妇女的乡村刘姥姥,却还在为一家老小求得温饱而投亲靠友、奔走操劳,不惜丢人现眼、卖乖讨好。要说她家树叶儿一样稠密的日子,离富足有余的小康生活,还遥不可及得很呢!由此可见,小说的作者,是无意去对当时的世情世态作任何形式上的粉饰、调和及美化的;他笔下如实而又深刻呈现的,就正是这一类世人早已司空见惯,或许早就熟视无睹了的社会严重不平等的残酷现实。

事实上,《红楼梦》的内容蕴含着海量信息,仅凭全书有的一些片言只语,若要借此引申发挥,真还可以阐发出若干经济、政治、历史等学科门类中大篇“高大上”“精深热”的时新话题来呢。譬如小说在这里呈现的历史生活材料,若注入现代生活理念,不是正可以牵扯出有关现代生态学、现代环保学的相关话题来么?不是正可用来佐证当今全国范围内生态文明建设的历史进步性和现实紧迫性么?历来政治家们强调读书要“古为今用”“洋为中用”“活学活用”的倡导,不是就可以因此落地生根了么?

再说两三百年前的曹雪芹笔下,就已经对“地里现撷的”与“外头买的”两种蔬菜(相当于现在市场上出售的“有机蔬菜”和“大棚蔬菜”)在品质上特别是口感上的差别,做了超越时代的生动描写和如实反映。可见温软人性中的田园意识、乡土情结,古今皆然;喜欢野生的,向往环保的,欣赏绿色的,品味“土生土长”的……种种饮食偏好,世人都有。而这些属于普天下大众随着生活水平的提高便会逐渐产生并增强的生活感受体验,以及这种生活的感受体验中所表现出来的朦胧的生态健康理念,在两三百年前的《红楼梦》一书中,就已经得到了艺术化的真实描写和超前反映。这令人在拍案惊奇之余,不得不为作者对世人生理、心理特点有如此深入细致的观察了解,而叹赏不绝了!

第四十回　史太君两宴大观园　金鸳鸯三宣牙牌令

内容提要:贾母王夫人商议给史湘云还席,携刘姥姥游园,先到潇湘馆,后到秋爽斋、蘅芜苑,并在藕香榭停留吃酒行令。刘姥姥告席出丑,众人大笑。黛玉行令时无意说出《牡丹亭》《西厢记》中两句词曲,宝钗侧目,记在心里。

●回目中的“两宴”:一次是在秋爽斋处的晓翠堂吃早饭,刘姥姥有意装怪出洋相,引得众人大笑;一次是在大观楼缀锦阁下,按照宝玉事前“吃的东西也别定了样数,谁素日爱吃的拣样儿做几样;也不要按桌席,每人跟前摆一张高几,各人爱吃的东西一两样,再一个什锦攒心盒子,自斟壶,岂不别致”的建议,一边自斟自饮,一边听戏曲演奏,同时观看贾母等人行酒令游戏赌博,满堂欢声笑语,无不喜气洋洋。

●两宴大观园三宣牙牌令之日,正是园中气象旺盛之时。借贾母带领、村妪凑趣下的众人游乐活动,极尽渲染铺陈之事,以反衬异日大观园光景之零落飘散(见第102、108等回的描写)。

●大观园内部设施,各处建筑的环境氛围,以及各处室主人平时的生活志趣、喜乐爱好等情况,是通过众人尤其是新来乍到的乡下老妪刘姥姥的观察感受,得到进一步展现的。这跟第5回通过宝玉的亲身感受以烘托秦可卿卧室的淫冶氛围,以及第6回借刘姥姥初次进入凤姐住处的现场感受以凸显女管家生活奢华这一类笔法,大同小异。

●人是感情动物,日常生活中的接触是可以增加感情的。薛姨妈的见缝插针,适时出现,尤其是在贾母等府内头面人物跟前的攒堆凑趣、日夕相伴,无论主观意愿如何,客观上都是在为女儿的婚姻加分助力:家中有亲人特别是有父母的好处,显而易见。

●细节见端倪:潇湘馆环境的凄清荒僻,窗纱陈旧却无人过问打理等细节,至少一定程度上表明了林姑娘生活寄人篱下,是缺少家庭温暖的。在这一点上,薛宝钗等人无疑是幸运的;史湘云也要比她强些,因为毕竟还有“史侯家”这个大家族借以栖身嘛。而林家,用贾母的话说,就是“人死绝了”,何处去安身立命、遮风避雨呢?林黛玉几乎就是一个完全意义上的、在人情世故海岸边“裸泳”的孤儿！长此以往，她的脾气性格怎么不会发生扭曲变化呢？何况她又生性自尊敏感，随时感应着自然界风花雪月的轮回，倍添精神上的孤独和忧伤；而人世间的纷纷扰扰特别是身边势利人情的细微变化，同样只会给她的心理带来无尽的烦闷苦恼和日渐强化的无依无助感。不难想见，才华横溢的女孩，大概只有在宝玉那里，才能获得一点点心理上的温暖和安慰；只有身心沉浸在诗歌畅想的艺术世界中，才能暂时遗忘个人生活中的种种不快，放飞理想，展现自我，从而获得一些精神上的宽余和寄托了。

●贾母当面向众人讲述"软烟罗""霞影纱"的历史及质地，实出于作者曹雪芹借此对自家上三代"六十年江宁织造史"的深切缅怀与不经意间的炫耀。"一个人的作品，本质上就是本人的自传"，这个著名的文学理论观点，想来还是有几分道理的。因为一个人无论在创作中怎样隐藏自己的真身，但其笔下呈现的一切，总会在不经意的地方将其有别于他人的身份地位、思想性格、气质才华、行为经历、兴趣爱好、优劣短长等情况"暴露"出来。对《红楼梦》及其作者，亦当作如是观。

●刘姥姥念佛道："人人都说大家子住大房。昨儿见了老太太正房，配上大箱、大柜、大桌子、大床，果然威武。"用这"威武"二字，来形容房屋及房屋内部家具器物的高大结实，异常的新鲜贴切，出人意表；包括前面写席间刘姥姥夹鸽子蛋不着，在"满碗里闹了一阵"中的"闹"字，何等的生动形象！难为作者怎么想来！

●因为地位和年纪所在，贾母已算得上一个地道的享乐主义者。但她精通"享乐的学问"，有相当的艺术修养和艺术品位，在日常生活中表现出来的，是真正的贵族人士具有的贵族教养。这跟身后一帮"马屁精""应声虫"的浅薄庸俗大不相同；跟家族中那群只有低级趣味，没有一点淡泊高雅追求的"浪荡子""油腻男"们，更加两样。

●作者最善于在日常生活细节的描写中，揭示人物的深层心理，彰显相互之间的关系和情感距离：

> ……说着已到了花溆的萝港之下，觉得阴森透骨，两滩上衰草残菱，更助秋情（**此字程本作"兴"**）。贾母因见岸上的清厦旷朗，便问："这是你（**此字程本删**）薛姑娘的屋子不是？"众人道："是。"贾母忙命拢岸，顺着云步石梯上去，一同进了蘅芜苑，只觉异香扑鼻。那些奇草仙藤愈冷愈苍翠，都结了实，似珊瑚豆子一般，累垂可爱。及进了房屋，雪洞一般，一色玩器全无，案上只有一个土定瓶，（**此处程乙本加"瓶"**）中供着数枝菊花（**此字程乙本删**），并两部书、茶奁、茶杯而已。床上只吊着青纱帐幔，衾褥也十分朴素。
>
> 贾母叹道："这孩子太老实了！你没有陈设，何妨和你姨娘要些。我也不理论，也没想到，你们的东西自然在家里没带了来。"说着，命鸳鸯去取些

古董来。又嗔着凤姐儿:“不送些玩器来与(**此字程乙本作“给”**)你妹妹,这样小器!”王夫人、凤姐儿(**此字程本删**)等都笑回说:“他自己不要的(**此字程乙本作“么”**)。我们原送了来,他(**此字程本删**)都退回去了。”薛姨妈也笑说:“他在家里也不大弄这些东西的(**此字程本删**)。”

贾母摇头道:“(**此处程乙本加“那”**)使不得。虽然他省事,倘或来一(**此字程乙本删**)个亲戚,看着不象;二则年轻的姑娘们,房里这样素净,也忌讳。我们这老婆子,越发该住马圈去了。你们听那些书上、戏上说的小姐们的绣房,精致的还了得呢。他们姊妹们虽不敢比那些小姐们,也不要(**前2字程乙本作“别”**)很离了格儿。有现成的东西,为什么不摆(**此处程乙本加“呢”**)?若(**此字程乙本作“要”**)很爱素净,少几样倒使得。我最会收拾屋子的(**此字程乙本删**),如今老了,没有这些(**前4字程甲本作“没这”;程乙本作“没这个”**)闲心了。他们姊妹们也还学着收拾的好:只怕俗气,有好东西也摆坏了;我看他们还不俗。如今让(**此字程本作“等”**)我替你收拾,包管又大方又素净。我的梯己(**前2字程乙本后移两字**)两件,收到如今,没给宝玉看见过,若经了他的眼,也没了。”说着叫过鸳鸯来,亲(**此字程本删**)吩咐道:“你把那石头盆景儿和那架纱桌(**此字程本作“照”**)屏,还有个墨烟冻石鼎(**此处程乙本加“拿来”**):这三样摆在这案上就够了。再把那水墨字画白绫帐子拿来,把这帐子也换了。”鸳鸯答应着,笑道:“这些东西都搁在东楼上的不知那个箱子里,还得慢慢找去,明儿再拿去也罢了。”贾母道:“明日后日都使得,只别忘了。”说着,坐了一回方出来。

从贾母来到蘅芜苑之后,对外戚宝钗生活无微不至的关怀,可以很明显地感觉到:她对自己的外孙女黛玉的疼爱,已经发生不小的偏移。不是么,林黛玉和薛宝钗的住处,虽都有贾母做主换了窗纱或床帐,但宝钗处,还格外添置了贾母珍爱异常、连宝玉都怕他见眼的三件艺术收藏品。仅此一个生活细节,便不难看出感情与人心的转移,首先从黛玉最亲近的人——贾母身上表现出来。老太太的亲情,虽然仍发散着黯淡的温暖的余晖,给一介孤女带去一丝心理上的慰藉,但随着端庄大方的富家小姐进入她的法眼,贾母心上,林黛玉的分量在减轻,那孤独病弱的身影在日渐淡远。

说起来,宝钗娘家富足,还缺吃穿用度么?加之王夫人和王熙凤大权在握,跟宝钗亲缘最接近,还有薛母穿插其间,又有哥哥的爱护,还缺生活上的照顾么?一定程度上说,贾母这么做也是移情别爱、自作多情,“损不足补有余”了!人世间,锦上添花者众,雪中送炭者稀;众人势利,不亲君子;人情冷暖,世态炎凉,已尽在其中矣!还是“股神”巴菲特说得好:“只有等到潮水退去,你才知道是谁一直在光着身子游泳。”看来，黛玉婚恋的最终败局，已无可挽回；但我们不要性急，因为生活如同河流，一切都还会继续，还会按自有的速度、体量和航道向前奔流，最终要么半道消失要么融汇到更大的生命的洪流中去了呢。

●贾母的权威通过光影的折射，在“首席大丫头”鸳鸯的身上得到反映。从王氏两代女管家对她敬畏顾忌的态度，可以窥测到第46回贾赦夫妇试图深挖贾母“墙脚”、一意谋娶鸳鸯的险恶用心。

●总的来说，乡间刘姥姥带来的，不仅仅是笑话笑料，还有扑面而来的清新的生活气息。本节通过众人的游园取乐，展示了贾府女眷日常生活既丰富又贫乏、既压抑又舒展的一面；同时以“由表及里”“由此及彼”“环境说话”等视角，展示了大观园内几处重要居处室主们各具性情风采的生活志趣，以及与之相关的人际关系。譬如潇湘馆，着笔的是环境的孤凄、书房的雅致和众人淡漠的关心；更多的笔墨，放在了贾母对“上用内造”窗纱历史及稀特品种的介绍上。秋爽斋，重点描述的是众多的器物摆设以及文具用品，凸显的是探春个性的阔朗，以及精明坚毅中寓含的大气，令人感觉到隐隐一种凛然不可侵犯的肃杀气象。蘅芜苑，藤蔓缠绕，别有洞天；房室内“雪洞一般，一色玩器全无”的“素净”氛围，暗示着主人内心世界的深邃，以及性格的天生冷淡、不近奢华。此外，黛玉处点明的，是竿竿冷色调的翠竹；探春处点明的，是后廊檐下的梧桐；薛姑娘处着力展现的，是那些“愈冷愈苍翠”且“异香扑鼻”的奇草仙藤：诸如此类的植物，皆各有象征、比喻意，含蓄蕴藉，令人回味无穷。

●须加留意的脂批：

※【戚序回前：两宴不觉已深秋，惜春只如画春游。可怜富贵谁能保，只有恩情得到头。】

※【戚序回末总评：写贫贱辈低首豪门，凌辱不计，诚可悲乎！此故作者以警贫贱，而富室贵豪，亦当于其间着意。】

●红楼探照之九十五：

凭啥叫他依你的
——试看钗黛间的真较劲

第40回游园活动，当迎春姊妹等并宝玉乘坐的游船沿河道由荇叶渚前往花溆萝港的途中，发生了一个三人“心理较劲”的小插曲：

宝玉道：“这些破荷叶可恨，怎么还不叫人来拔去。”宝钗笑道：“今年这几日,何曾饶了这园子闲了(前2字程本作“闲一闲”),天天逛,那里还有叫人来收拾的工夫。”林黛玉道:“我最不喜欢李义山的诗,只喜他这一句‘留得残荷听雨声’。偏(此字程本删)你们又不留着残荷了。”宝玉道:“果然好句,以后咱们就(此字程本删)别叫人(此字程本删)拔去了。”

一个人审美倾向的形成,莫不与其生活的环境条件、境遇氛围、文化教养、禀赋经历等因素相关。喜欢残荷听雨,折射出林黛玉因自身经历和性格而常有的落寞心情,以及对自然界“月缺花残草枯叶败”一类凄清伤感审美意象易于感知和接纳的审美偏好。

至于林黛玉说她“最不喜欢李义山的诗”,是不是因为李义山(即李商隐)诗歌本身的内容或风格为她不喜呢?

笔者认为恰恰相反。李商隐的诗歌,在晚唐独树一帜,对后世影响很大。他的诗歌特别是七言律绝,继承了杜甫七律锤炼谨严、沉郁顿挫的传统,又融合了齐梁诗的浓艳色彩、李贺诗的幻想象征手法,形成了深情绵邈、绮丽精工的独特风格。如《重过圣女祠》借爱情遇合,于写景中融合比兴象征,寄寓困顿失意的身世之感;《春雨》将李贺古体诗的奇艳移入律诗,语言绮丽而对仗工整,音律圆美婉转,意象极美。只是他的诗因爱用僻典,诗的整体意旨往往隐晦。其次,李商隐将人生慨叹的抒写向更深细隐晦方面发展,善于用艳丽精工的艺术形式表达惆怅落寞的情绪,诗中充满了迷茫与悲凉的体验,作品深婉精丽、韵味深厚,“近而不浮,远而不尽”,富有象征暗示色彩,有一种朦胧之美。著名的如《锦瑟》一诗的诗意,历来众说纷纭:有悼亡说、寄托说、恋情说、听瑟曲说、编集自序说、自伤身世说等多种解释。再则,他的诗歌从某种意义上说是其心灵的象征,是一种纯属主观的生命体验的表现。如《夜雨寄北》《夕阳楼》以及黛玉引用句出处的《宿骆氏亭寄怀崔雍崔衮》,感情细腻,意境婉约,诗中贯串着身世和时世的悲感,具有沉痛凄切的抑郁情调,堪称“伤感唯美文学的典范”。

说起来,无论从诗歌的内容还是表现风格而言,李商隐诗与林黛玉本人的精神气质,以及对现实生活处境的感怀是相当契合的,她没有排斥的理由呀。其实,联系黛玉说这句话具体语言环境,即可见端倪。

眼下,不正好是宝黛二人已经建立了感情默契,而黛玉对宝钗仍心有芥蒂的时候么?宝玉看到池中枯荷,便觉讨厌,气愤“怎么还不叫人来拔去”,俨然一副不知世事艰难的任性少爷口吻;宝钗笑着进行的解释,是出于实际情况的考虑,也是出于对表弟一时情绪的安抚。她的解释固然合乎情理,但事关黛玉对自己感情的维护:在宝黛私下已然定情的基础上,林姑娘是绝不允许有人再像第8回劝宝玉不吃冷酒,宝玉就如同遵奉“圣旨”一样乖乖放下杯子的情况出现了!再说，对宝玉的爱建立了初步自信心的黛玉，此时此际，怎肯放过抬杠扫兴宝钗以维护自己“爱的权力”的机会呢？于是强调“留得残荷听雨声”的意境之美，清楚地表达自己的个人意愿，实际上也是借此小小地回敬了宝钗一巴掌：“巧言如簧说‘没空收拾’吗？有空，我们也不收拾！就是要专门留着！”

黛玉的借题发挥，显然获得了宝玉的积极回应，态度由刚才的主张“拔去”一变而成必须“留着”了。你看，眼下的宝玉，听林姑娘的话，不是也“比奉圣旨还快”么！真不知此情此景之下，完全落了下风的宝钗，心里会不会感到特别的沮丧和失落，脸面上究竟还过得去过不去！反正她自此沉默下来，直到随后在自己住的蘅芜苑当着众人，亲身感受到贾母非同寻常的关心和宠爱，似乎扳回一局，又“吃了一颗定心丸”似的，于是压抑的心情，方告缓解；从此之后，便有意要去争取黛玉的谅解，以化敌为友了。但无论怎么说，正如第 82 回口无遮拦、心无城府的黛玉对上门试探的袭人所言：“但凡家庭之事，不是东风压了西风，就是西风压了东风。”家庭生活如此，而眼下的婚恋竞技场上的较量又何尝不是如此？一个生活中的小小细节，即真实再现了宝黛钗三人之间的微妙关系，深刻而又细腻地刻画了黛玉简单而又回环曲折的心理。

黛玉真的喜欢这句诗吗？事实上，李商隐的原诗是“留得枯荷听雨声”。如果真的喜欢，怎么会将“枯”错说成“残”？枯荷，是死亡；而残荷，只是孤单、寥落，却还有着一线生机。或许也是黛玉即景生情，将无生命活力的“枯”，有意说成了尚有观赏价值的“残”的。但无论怎么说，黛玉并不是那么喜欢这句诗；说喜欢，也不过是借以打击宝钗而已。反过来说，“我最不喜欢李义山的诗”又怎能当真？不过是用“最不喜欢”来反衬“最喜欢”而已！这就是小儿女斗口齿的闲话：说说而已，何必当真？有人非要借此解释为“黛玉的文学观”，不免太穿凿了吧。

●红楼探照之九十六：

规格与符号
——器物描写的深层含义

第 40 回对各色器物的描写较多，与第 3 回林黛玉进贾府时着意描写的笔法类似。开篇写李纨搬缀锦阁高几时，就让刘姥姥大饱了一回眼福：

> 李氏站在大观楼下往上看，令人上去开了缀锦阁，一张一张（**此处程本加“的”**）往下抬。小厮老婆子丫头齐（**此字程本作“一齐”**）动手，抬了二十多张下来。李纨道：“好生着，别慌慌张张鬼赶来（**此字程本作“着”**）似的，仔细碰了牙子。”又回头向刘姥姥笑道：“姥姥，你（**此字程本删**）也上去瞧瞧。”刘

> 姥姥听说,巴不得一声儿,便(**此字程本删**)拉了板儿,登梯上去。进里面,只见乌压压的堆着些围屏桌椅、大小花灯之类,虽不大认得,只见五彩炫耀(**前2字程乙本作"闪灼"**),各有奇妙。念了几声佛,便下来了。

以上算是对府内的家用器具总写一笔,意在突出贮藏的品种及数量之多。后来,一行人到黛玉、探春、宝钗房中浏览之际,对各色器物的特别详细描写,就不足为怪了。而缀锦阁下开饭时的器物描写,照样细致出彩:

> 这里凤姐儿已带着人摆设整齐(**前2字程本作"齐整"**),上面左右两张榻,榻上都铺着锦裀蓉簟;每一榻前有(**此字程本删**)两张雕漆几:也有海棠式的,也有梅花式的,也有荷叶式的,也有葵花式的;也有方的,也有圆的,其式不一。一个上面(**此字程乙本作"头"**)放着炉瓶(**前2字程乙本后移二字**)一分;攒盒(**前2字程乙本后移二字**)一个,上面空设着,预备放人所喜食物(**前"上面空设"至此13字,程本全删**)……攒盒式样,亦随几之式样。每人一把乌银洋錾自斟壶,一个十锦珐琅杯。

作者之所以注重对各色家用器物作如此的工笔描写,首先在于这些各式各样稀奇古怪的东西,在乡村来的刘姥姥看来,每一样都会让她咂嘴念佛,叹赏惊奇;不写她在此环境下必会有的种种或自然或夸张的反应,就可能造成刘姥姥人物形象描写上的某种程度"失真"。同时,用环境来烘托人物的性格,这也是文学艺术创造的客观需要。在潇湘馆、蘅芜苑和秋爽斋的描写中,环境的特点和人物的性格无不异常的协调。譬如三个贵族少女房中不同的装饰摆设,如同一面镜子,映照出来的,是她们各自不同的性格和志趣,某种程度上就成为了书写她们个性的标签之一。此外,各式各样的精美器物,无疑也是贾府奢侈、尊贵、讲究的生活形态的具体反映,是百年贵族之家身份、地位、资历的"符号象征"。所谓"抓铁有痕,踏石留印",这些家用器物,无论是装饰摆设还是日常使用,固化的是关于民族、时代、地域等方面积淀已久的物质文明信息,显示的是古老中国封建贵族历史文化的深刻印迹。《红楼梦》文化内涵深邃而又极度丰厚,令不同时代、地域、阶层的人百读不厌,这也是其中的重要成因。

可以说,刘姥姥在缀锦阁看到的围屏桌椅、大小花灯,以及都搬了下来预备着的舡上划子、篙桨、遮阳幔子;还有凤姐儿提到的"昨儿我开库房,看见大板箱里还有好些匹银红蝉翼纱,也有各样折枝花样的,也有流云万福花样的,也有百蝶穿花花样的,颜色又鲜,纱又轻软,我竟没见过这样的"种种;还有继后这两次园内家宴中出现的"乌木三镶银箸""老年四楞象牙镶金的"一类筷子,各式各样的餐具、桌几、菜品、点心,以及乌银洋錾自斟壶、十锦珐琅杯、黄杨根整抠的十个大套杯等形形色色的酒器物品:尽如无声电影的画面及字幕,无不显示着百年贵族潭府家底之厚、文化积淀之深；无不显示着一直以来，贾母等众人生活享受规格之高，并隐然透露出贾府生活黄花已老、气数将尽的黯淡前景；无不预示着这眼前的一切，都不过是“末日的狂欢”“散伙前的盛宴”而已。

作者对细节的真实性非常重视，强调要记叙“家庭中的一饮一食”。亦即是说，写家庭生活，应有“琐碎细腻”的生活细节描写，反对那些“只传其大概”而忽略细节的写法。在这种思想的指导下，《红楼梦》对封建贵族府内各种器物用具、玩好，包括食馔、衣履等都做了非常细腻而又逼真的描写。这种日常生活的着力、着细描写，对刻画人物性格、发展故事情节、表达思想主题、深化作品内涵，作用是明显的。

●红楼探照之九十七：

大师笔下好用心
——“写与不写”“笑与不笑”的讲究

曹雪芹的谋篇布局，大到全书，小到章节，都非常非常的考究。即如第 40 回的游园活动中，对于所经几处重要人物居室的描写，并没有依次写来，鱼贯到底；而是根据行文要讲究错综变化，实地描写又要按照众人日常生活作息规律，同时还要照顾到年纪较大的贾母、刘姥姥等人一路行来说说笑笑、吃吃喝喝、走走停停、节奏缓慢的实际特点，将各种不同的生活内容、生活画面做出恰如其分的穿插间隔和相互之间巧妙的连接照应，使得章节段落的结构内容不但显得浑然天成、疏密有致，而且气韵贯通、相辅相成。譬如大观园内几个去处的描写，潇湘馆、秋爽斋、蘅芜苑、栊翠庵、怡红院诚然是侧重点，但它们也是以那场著名的“大笑”场面作为前后两个部分的界隔，区分时段、各有侧重地去进行描述的。相比之下，倒是大观楼上的缀锦阁、紫菱洲蓼溆萝港一带，晓翠堂、荷叶渚以及缀锦阁下等众人涉足的场所，却差不多是以人的活动描写为主，所在地名只点到即止；尚有个别重要景点（譬如第 76 回才推出的最佳赏月景点凸碧山庄、凹晶馆等）因本次游园没派上用场，于是“不着一字”，留待后文择机刻画。如此突出重点、兼顾其余的场景描写，丰富而又细腻，是非常考验作者的写作功底和构思水平的。

景点物象的描写章法尚且如此，对人物特定情境下的言行举止、音容笑貌的描写，更是匠心独运，在作者笔下达到了完美极致。

乡间“丑角”刘姥姥的到来，无疑是卷起了一阵子喜乐的旋风，一时间卷走了偌大贾府男女老少惯常有的勾心斗角、装腔作势、拘谨矜持，让众人笑出了开心与随性，笑出了优越与自豪，为她们平时倍觉枯燥压抑、油腻厌倦的生活，平添了一抹自由轻松的靓丽油彩。在游园饮宴之际，发生的这场著名的“笑闹”中，少不了凤姐、鸳鸯等人的编排导演,更少不了老于世故、知理识趣、灵活机变刘姥姥的积极主动配合。一定程度上说,刘姥姥是以自己“乡下人”特有的舞手扎脚、装痴卖傻、投其所好、人格自损作代价,通过一连串的滑稽表演,笑倒了在场几乎所有的人,使众人廉价获得了精神上的超级享受,同时也给刘姥姥自己拓宽了在贾府的财路和人缘。

回放具体过程:先是凤姐将一盘子菊花横三竖四地给她插了一头,引得“贾母和众人笑得了不得”;后来在去潇湘馆的苍苔碎石路上,她只顾上头和人说话,“不防底下果踩滑了”,“咕咚”一跤跌倒,引得“众人拍手都哈哈的笑起来”;特别是到了晓翠堂早饭时,凤姐单拿一双老年四楞象牙镶金的筷子与她,她见了,以一句“这叉爬子比俺那里铁锨还沉,哪里犟得过它”的富有个性化的比喻和夸张,说得“众人都笑起来”;紧接着,她乔模怪样的一番告席辞,以及伸箸子要夹鸽子蛋往嘴里送的滑稽动作,引爆众人的欢乐情绪并将之推向了高潮,成就了大观园内一场家庭饮宴中著名的“狂欢”场面:

……只见一个媳妇端了一个盒子站在当地,一个丫鬟上来揭去盒盖,里面盛着两碗菜。李纨端了一碗放在贾母桌上,凤姐儿偏拣了一碗鸽子蛋放在刘姥姥桌上。

贾母这边说声“请”,刘姥姥便站起身来,高声说道:“老刘,老刘,食量大似(**此字程本作“如”**)牛,吃一(**此字程本删**)个老母猪不抬头。”自己(**前2字程乙本作“说完”**)却鼓着腮(**此字程本作“腮帮子”**)不语(**前2字程乙本妄作“两眼直视,一声不语”**)。众人先是(**此字程本作“还”**)发怔,后来一听(**此字程乙本作“想”**),上上下下都(**此处程乙本加“一齐”**)哈哈的(**此字程本删**)大笑起来:史(**此字程本删**)湘云撑(**此字程甲本作“掌”**)不住,一口饭(**此字程本妄作“茶”**)都喷了(**此字程乙本删**)出来;林(**此字程乙本删**)黛玉笑岔了气,伏着桌子(**此处程本加“只叫”**)“嗳哟”;宝玉早(**此字程本妄删**)滚到贾母怀里,贾母笑得搂着宝玉(**前2字程本删**)叫“心肝”;王夫人笑得用手指着凤姐儿,只(**此字程本作“却”**)说不出话来;薛姨妈也撑(**此字程甲本作“掌”**)不住,口里(**此处程本加“的”**)茶喷了探春一裙子;探春手里(**前2字程乙本删**)的饭(**此字程本妄作“茶”**)碗都合在迎春身上;惜春离了坐位,拉着他(**此处程本加“的”**)奶母叫“揉一揉肠子”;地下的无一个不弯腰屈背,也有躲出去蹲着笑去的,也有忍着笑上来替他姊妹换衣裳的。独有凤姐、鸳鸯二人撑(**此字程本作“掌”**)着,还只管让刘姥姥。

刘姥姥拿起箸来,只觉不听使,又说(**此字程本删**)道:“这里的鸡儿也俊,下的这蛋也小巧,怪俊的。我且□攮(**前2字程本妄作“得”**)一个(**此处程本加“儿”**)。”众人方住了笑,听见这话又笑起来。贾母笑的眼泪出来(**此**

处程本加“只忍不住”），琥珀在后捶着。贾母笑道：“这定是凤丫头促狭鬼儿闹的，快别信他的话了。”

那刘姥姥正夸鸡蛋小巧，要□攮一个（前5字程本妄删），凤姐儿笑道：“一两银子一个呢，你快尝尝罢，那（此字程本删）冷了就不好吃了。”刘姥姥便伸箸子（前2字程本作“筷子”）要夹，那里夹得起来。满碗里闹了一阵好的（前2字程本删），好容易撮起一个来，才伸着脖子要吃，偏又滑下来滚在地下，忙放下箸子（前2字程本作“筷子”）要亲自去捡，早有地下的人捡了（此字程乙本删）出去了。刘姥姥叹道：“一两银子，也没听见（此处程本加“个”）响声儿就没了。”

众人已没心吃饭，都看着他（此处程本妄加“取”）笑。贾母又说：“（此处程本加“谁”）这会子又把那个筷子拿了出来，又不请客摆大筵席。都是凤丫头支使的，还不换了呢。”地下的人原不曾预备这牙箸，本是凤姐和鸳鸯拿了来的，听如此说，忙收了过去，也照样换上一双乌木镶银的。刘姥姥道：“去了金的，又是银的，到底不及俺们那个伏手。”凤姐儿道：“菜里若（此字程乙本作“要”）有毒，这银子下去了就试的出来。”刘姥姥道：“这个菜里若（此字程本删）有毒，俺们那菜（前4字程本作“我们那些”）都成了砒霜了。那怕毒死了，也要吃尽了。”贾母见他如此有趣，吃的又香甜，把自己的（此处程本加“菜”）也都端过来与（此字程乙本作“给”）他吃。又命一个老嬷嬷来，将各样的菜给板儿夹在碗上。

这是一段蜚声中外的精彩场面描写，被论者引用、分析过千百遍的经典艺术范例。聚焦于刘姥姥“装怪”引发的哄堂大笑，艺术表现的镜头，既有广角也有特写；既有对整个场面的观照，更有对在场不同人物因其不同的人际关系、不同的身份地位，以及不同的性格特征、身体状况所表现出来的不同的神情动作语言，乃至失态失语等种种言行情态的生动展现。这些人当然是同时笑的，但天才的曹雪芹像高明的现代摄影师一样摇动镜头，一人一个不同的神情姿态不说，呈现中还有着迭次：

第一个“撑不住，一口饭都喷了出来”的，当然是性格豪放，对个人行为和情感从不加掩饰的史湘云。第二个是“笑岔了气，伏着桌子‘嗳哟’”的，非向来体质虚弱，猛然一笑就会身子“出状况”的林黛玉莫属；何况她也是一个不擅长掩饰感情，想哭就哭，同样的想笑就笑、该大笑就大笑的人。紧接着，是宝玉“早滚到贾母怀里，贾母笑得搂着叫‘心肝’”的一幕，呈现的是最得宠的爱孙和其祖母“粘在一起”的双面像。第五个“笑得用手指着凤姐儿，只说不出话来”的，是王夫人：她心里明白刘姥姥逗乐这事，一定出于内侄女王熙凤的背后指使但又不愿点破；何况她嘴头迟钝,又因笑得太厉害了,就只有"用手指着"的肢体语言了。写到这里,作者写笑的笔法又有了变化,是将笑得"失了态"的三人,放在一起连环呈现:坐在一旁喝茶的薛姨妈也撑不住,口里茶喷了探春一裙子;探春手里的饭碗,都合在迎春身上。探春向来心胸阔朗,喜怒由心不加掩饰,眼下想笑就笑,笑的同时还带上了相当夸张的动作呢。但被"饭碗加身"的迎春有何反应,作者留下想象空间,没去写一字。最后写到的,是惜春,她"离了坐位,拉着他奶母叫'揉一揉肠子'",可见其年龄的幼小和性格的顽皮。(在这场大笑中,作者鉴于席间人物的身份和年龄特征,是将"茶""茶碗"和"饭""饭碗"分得相当清楚的。湘云喷出的是饭;探春手里拿的也是饭碗;此前也交代过薛姨妈"是吃过饭来的,不吃,只坐在一边吃茶"的:此中笔墨之细之精之妙,值得读者用心感悟)

以上是作者写这一场忽然爆发的大笑所摄取的八个特写镜头:八个人各有各的表现;各人的表现,都跟其身份、个性,甚至与平时的身体状况、相互之间的关系融合在一起。另还有几句对"众人群笑"画面进行的扫描,以作背景的衬托。你看,曹雪芹写笑,笔法是多么地生动流畅而又富于变化!

在这场欢乐情绪的大爆发中,重要人物的笑态在曹雪芹神奇的笔下几乎都得到反映;唯独三个现场人物——薛宝钗、贾迎春和李纨,却正面未着一字。实际上,这是出于天才作家写人写事紧扣人物主要性格特征及其当下处境而来的匠心独运,亦即艺术表现上的"飞白",所谓的"不写之写"是也。

众所周知,李纨尽管性情不失开朗,但鉴于青春守寡的身份处境,她当然不能当众特别是当着婆母王夫人的面大笑的;而且她一开始就反对鸳鸯和凤姐捉弄刘姥姥,曾笑劝:"你们一点好事也不做,又不是个小孩儿,还这么淘气,仔细老太太说。"她为人忠厚,却不知道二人的淘气,正是为了讨取贾母的高兴呢。迎春一向迟钝木讷,凡事慢半拍,众人的笑神经被激发起来的时候,恐怕她还在做梦;或许分心走神,连探春手里的饭碗合在她身上,她都极有可能没完全反应过来呢;即便是反应过来随喜跟笑时已经晚了,众人都笑过了,她最多不过是一脸懵懂茫然的傻笑。再看薛姑娘宝钗,一向持重自守,老成世故,特别注重自身大家闺秀优雅的形象,在众人哄堂大笑的情况下是笑好还是不笑好,她一定是经过考虑的。若笑,又是怎么样的一个笑法:是笑不出声、笑不露齿,淡然一笑、敷衍一笑,笑得很勉强呢(这种可能性最大);还是也如其他姊妹们一样笑得舒心开怀、忘乎所以呢?原文对此,无片言只字涉及。

试问:这是笑的人多了,作者一支笔忙不过来因而疏忽遗漏了对她的描写了,还是有着其他方面的考究呢?

在笔者看来,恐怕主要还是因为平时的薛宝钗循规蹈矩、不苟言笑,此番境地中鉴于她平时一贯的为人处世风格，贾母等人笑了，她笑还是要笑的；但要写她的笑，笑的程度和分寸就确实不太好拿捏。更重要的是，曹雪芹描写人物最注重以一当十、惜墨如金，即便是重要人物的一言一语一颦一笑一举手一投足，他都要苦心孤诣、见缝插针，最大限度并恰到好处地顾及他们当下的现实处境，尤其是要写出他们各自的思想性格特征来；而"冷美人"薛宝钗，一直以来就不以"嬉笑"见长，写她的笑未必就能够给她的性格和她的形象加分而平添丰采。基于类似考虑，聪明的作者，干脆就将此时此际薛宝钗面对满场大笑，处之淡然的理性态度和"莫须有"的情绪反应，后置到了第 42 回，在她与黛玉、探春等人一处谈论前情时，方由自己现身说法，补叙理由，给出了她当时觉得那"并不值得可笑"的终极答案。

由此看来，曹雪芹妙笔描写刘姥姥一语惹群笑，真如天外飞来，眼前拾得，活灵活现。什么人该笑，什么人不该笑，什么样的人笑到什么样儿，写还是不写，当前写还是置后补写，都有一番讲求，都不是随意安排的。凭此种种，要说一部《红楼梦》，达到了古今中外文学作品精密构思的极致，也并非虚妄之言。

●红楼探照之九十八：

"写谁像谁"的又一例证

第 40 回斗牌行令过程中，席上各人的对答，一定程度上也反映了各人的身份性格及文化修养。譬如按规则要随口说出的"诗词歌赋、成语俗话"，贾母的，显得大气，洒落，明澈，恢弘有度。薛姨妈的，显得有些磕碰，内容无甚新意；但可感可知，虽平俗而稍明通，有一种靴子落地的踏实感，甚至还能引人遐想："织女牛郎会七夕""二郎游五岳""世人不及神仙乐"一类的念叨，或许作者借此隐括了她女儿女婿的未来呢。而姊妹行中牌令，则又是一番境界。湘云的，使人感觉其视野开阔，心境光明无挂碍，风流飘逸，有游仙气。宝钗的，有书卷气，但意蕴深埋，吐纳不明，令人有些费解而拿捏不准：仅从酒令的字面上看，"双双燕子语梁间"，或许隐藏了她心中对未来婚姻爱情生活的渴望；"水荇牵风翠带长"，或许是她的绵绵情意却不知寄托何人因而满眼惆怅的写照；最后两句，或许就是写她自己对将来生活的一种虚无缥缈的预感吧。黛玉的酒令，四句中就有两句出自"禁书"《牡丹亭》和《西厢记》，可见这类古典言情杂剧对她内心世界的浸润影响之深；同时也彰显了林黛玉性格中的率真任性、明快单纯的成分。迎春的酒令，"错了韵，而且又不象"，符合她性缓心钝、没有才气的一贯表现。

至于刘姥姥的酒令，独创一格，本色自然，尽管说出来让人笑掉大牙，但也恰恰是她农村老妇身份、经历、性格的确切反映；她的"俗"，恰与贵族出身老少们表现的“雅”,形成趣味盎然的对照。这个片段,可与第 28 回薛蟠行令中的粗俗不堪、丑态毕现、令人喷饭的描写对看:场景相似,都出言“本色”“粗朴”和“另类”;但境界和品味,迥然有别。此外,刘姥姥所谓的“大火烧了毛毛虫”“花儿落了结个大倭瓜”一类,是否也有着后来贾府大难临头、玉石俱焚,巧姐逃难、寄身田园等“命运终局”的意象形象之象征呢?

曹雪芹为文,如顶尖高手弈棋布局,总喜欢在别人“不经意处”落下棋子;越到后面,就越显示出之前“预伏一笔”的神奇精绝。读者对此,应细心体会,万不可粗枝大叶,轻轻放过。

第四十一回　栊翠庵茶品梅花雪　怡红院劫遇母蝗虫

内容提要:贾母带刘姥姥等一行人到栊翠庵,妙玉接着,又私下招待宝黛钗三人喝茶。鸳鸯带刘姥姥游玩,继续供众人取笑。姥姥醉卧怡红院,袭人好不容易寻来,悄悄领她出去。

●“刘姥姥二进荣国府”,无疑是前八十回写府内游玩饮宴活动中,众人最开心畅怀、气氛最热烈融洽的章节。本回开篇仍着意描写众人的饮宴,喝酒、吃饭、取笑、享乐仍是活动的主要内容,“寻欢作乐”仍是活动的主旋律。随着贵族奢侈生活画卷的渐次展开,更加奇特多样甚至是稀奇古怪的各色器具物品,以及五花八门的家常精美饮食出现,让我们目不暇接,叹为观止;其中蕴涵着的丰富历史生活内容以及可触可摸的旧时代文化气息,浸透纸面,浓重欲滴。譬如“一连十个挨次大小分下来,那大的足似个小盆子,第十个极小的还有手里的杯子两个大;雕镂奇绝,一色山水树木人物,并有草字以及图印”的黄杨根整抠大套杯;“茄鲞”等菜品;以及藕粉桂糖糕、松穰鹅油卷、一寸来大的螃蟹馅儿小饺儿、奶油炸的各色小面果等点心,都在席间一一呈现,还写得相当真切细致。揣摩作者的用意,无疑是借着刘姥姥的大惊小怪,借着众人的习以为常,尽量展示贾府生活的精致浮华,以及各色人等的沉酣如梦。

●刘姥姥游大观园,处处惊奇,处处叹息,更是处处充满对比:城乡生活的对比,贫富差距的对比,老少心理的对比,善意与恶作剧的对比,不同修养人物之间的对比,等等,不一而足。

●“倒得十来只鸡来配它,怪道这个味儿”的“茄鲞”,戚序本作“茄胙”,介绍具体制作方法及过程的文字也与诸本不同,因此它自然成为辨别是否为戚序本的一处“胎记”。曹雪芹笔下,凭此一道菜品的制作用材及复杂流程之“一斑”,便可尽窥贾府整个统治阶级穷奢极欲生活场景之“全豹”。

●具有魔力的奇妙音乐伴奏,又一次将饮宴的欢乐推向了高潮,这也是中国饮食文化的一次精彩演示。其间,写刘姥姥听见这般音乐,且又有了酒,“越发喜的手舞足蹈起来”的情态,为其酒后偏离路向而“醉卧”宝玉卧室的情节,预做了铺垫。

●一只成窑五彩小盖钟,贾母便吃了半盏,妙玉没嫌脏;剩下的半盏,交给刘姥姥一口吃尽了,立即嫌脏:贫富贵贱差距,影响着古往今来多少人的生理和心理反应啊,岂止妙玉等少数人哉!无独有偶,“笑星”刘姥姥一门心思为众人免费提供的高水平“娱乐消费”,却还被林姑娘事后讥谑丑化成“圣乐一奏,百兽率舞”背景下的“一牛”;第42回还背地里取笑称之为“母蝗虫”,一起游乐饮宴的场面被题跋为“《携蝗大嚼图》”。如此的刻薄奚落与糟蹋鄙视,当为天下贫贱者一哭!再说,贾府年轻一辈对乡下贫困老妪的鄙薄态度,与贾母对穷苦者境遇的怜悯和起码的人格尊重,形成鲜明对比。

●刘姥姥将黄杨木的酒杯,认作“一定是黄松做的”;奇怪“那笼子里的黑老鸹子怎么又长出凤头来,也会说话呢”;见了“省亲别墅”牌坊,便认作庙宇爬下磕头,还煞有介事地抬头指那字道“这不是‘玉皇宝殿’四字?”等处描写,活画出一个善于逢场作戏、装痴卖傻、亲和有趣的乡下老妇人形象。至于刘姥姥富有个性化的语言,更是地道本色,完全切合一个有见识、会表达的农村高龄妇女的身份及其丰富的生活阅历。试读下面顺手拈来的讲述片段,刘姥姥的口声如闻,神态宛若眼前:

那刘姥姥虽是个村野人,却生来的有些见识,况且年纪老了,世情上经历过的。见头一个(**此字程乙本作“件”**)贾母高兴,第二见(**此字程本作“件”**)这些哥儿姐儿们(**此字程乙本删**)都爱听,便没了说的(**前3字程本作“话”**)也编出些话来讲。因说道:“我们村庄上种地种菜,每年每日,春夏秋冬,风里雨里,那(**此字程本作“那里”**)有个坐着的空儿,天天都是在那地头子(**此字程本删**)上作歇马凉亭,什么奇奇怪怪的事不见呢。就像去(**此字程乙本作“旧”**)年冬天,接连下了几天雪,地下压了三四尺深。我那日起的早,还没出房(**此字程乙本作“屋”**)门,只听外头柴草响。我想着必定是(**此字程本删**)有人偷柴草来了。我爬(**此字程甲本作“巴”;程乙本作“扒”**)着窗户(**此字程甲本删**)眼儿一瞧,却(**此字程乙本删**)不是我们村庄上的人。”贾母道:“必定是过路的客人们冷了,见现成的柴(**此处程乙本加“火”**),抽些烤火去(**此字程乙本删**)也是有的。”刘姥姥笑道:“也并不是客人,所以说来奇怪。老寿星当个(**前2字程乙本作“打量是”**)什么人?原来是一个十七八岁的极标致的一(**此字程乙本删**)个小姑娘(**此处程乙本加“儿”**),梳着溜油(**此处程乙本加“儿”**)光的头,穿着大红袄儿,白绫裙子(**此4字程本作“白绫子裙儿”**)——”刚说到这里,忽听外面人吵嚷起来……(见第39回)

鸳鸯笑道:“酒吃完了,到底这杯子是什么木(**此字程本作“木头”**)的?”

刘姥姥笑道:"怨不得姑娘不认得,你们在这金门绣户的(**此字程乙本作"里"**),如何(**前2字程乙本作"那里"**)认得木头!我们成日家和树林子作街坊,困了枕着他睡,乏了靠着他坐,荒年间饿了还吃他,眼睛里天天见他,耳朵里天天听他,口(**此字程本作"嘴"**)儿里天天讲(**此字程本作"说"**)他,所以好歹真假,我是认得的。让我认一认。"一面说,一面细细端详了半日,道:"你们这样人家断没有那贱东西,那容易得的木头,你们也不收着了。我掂着这杯(**此字程本作"么"**)体重(**此字程本作"沉"**),断乎(**前2字程乙本作"这再"**)不是杨木,这(**此字程乙本删**)一定是黄松做的。"众人听了,哄堂大笑起来。

农村人特有的性情见识,讲说故事以停顿做"悬念"、适时"抖包袱"的聪明,以及说起自己熟悉和了解的生活津津有味,且一溜一串没个完的絮叨劲,逼真再现。读着这些如临其境、绘声绘色的对谈讲述,我们是不是觉得这个刘姥姥特别会来事,也特别会讲故事呢?且读着读着,是不是感觉在我们的脑海中,浮现出了一个历经人世间风霜雨雪,深谙人情世故,性情刚健、头脑醒豁的老奶奶的形象?她那独有的心思、面容、表情、姿态是不是特别的活灵活现,乃至于整个形象在我们眼前逐渐地扎手舞脚、摇头晃脑、挤眉弄眼地站立了起来?写活了的刘姥姥,堪称全书刻画塑造得极为成功的典型人物之一,在中国社会几乎家喻户晓。为此,我们不得不敬佩曹雪芹摹写不同人物、不同场景,要风得风、要雨得雨、写谁像谁的高超本领。

●对待刘姥姥的态度,构成一面人性的镜子,照出了贾母、袭人、凤姐、平儿、鸳鸯等众人各自不同的面貌性情。

●须加留意的原文脂批:

※【庚辰回前:此回栊翠品茶,怡红遇劫。盖妙玉虽以"清静无为"自守,而怪洁之癖未免有过,老妪只污得一杯,见而勿用,岂似玉兄日享洪福,竟至无以复加而不自知。故老妪眠其床,卧其席,酒屁熏其屋,却被袭人遮过,则仍用其床其席其屋。亦作者特为"转眼不知身后事"写来作戒,纨绔公子可不慎哉?】

编者按:"转眼不知身后事",这或许就是作者设置"刘姥姥醉卧怡红院"的深意。

※【戚序回前总批:任乎牛马从来乐,随分清高方可安。自古世情难意拟,淡妆浓抹有千般。立松轩。】

编者按:"立松轩"究系何人,或疑其为松斋;惟缺确证,聊备一说。

※那大姐儿因抱着一个大柚子玩的,忽见板儿抱着一个佛手,便也要佛手。【庚辰双行夹批:小儿常情,遂成千里伏线。】丫鬟哄他取去,大姐儿等不

得，便哭了。众人忙把柚子与了板儿，【蒙府侧批：伏线千里。】将板儿的佛手哄过来与他才罢。那板儿因顽了半日佛手，此刻又两手抓着些果子吃，又忽见这柚子又香又圆，更觉好顽，且当球踢着玩去，也就不要佛手了。【庚辰双行夹批：柚子即今香团之属也，应与缘通。佛手者，正指迷津者也。以小儿之戏，暗透前后通部脉络，隐隐约约，毫无一丝漏泄，岂独为刘姥姥之俚言博笑而有此一大回文字哉？】

编者按：《红楼梦》行文，前伏后应，见缝插针，真正有神鬼莫测之机！根据脂批点明，这里作者又一次草蛇灰线、巧妙布局，通过大姐儿（即后来的巧姐儿）与板儿互换大柚子与佛手玩耍这样一个“不起眼”的细节，暗示了此时地位与生活条件天悬地隔的两个小孩子，在将来要成就的一段可歌可泣的“改写人生”：树倒鸟散，今不如昔，巧姐被骗卖娼门，刘姥姥寻去赎回，并将她与自己的孙子王板儿结成了布衣蔬食的患难夫妻。但程高本续书却改变了作者原意，情节是巧姐闻讯逃难，结果有惊无险，最后还因祸得福嫁给了一家姓周的农村富足之家。

※只见妙玉亲自捧了一个海棠花式雕漆填金云龙献寿的小茶盘，里面放一个成窑五彩小盖钟，捧与贾母。【靖眉批：尚记丁巳春日谢园送茶乎？展眼二十年矣。丁丑仲春。畸笏。】

编者按：此批中的“展眼二十年矣”，恰与前 38 回“矮□舫前以合欢花酿酒乎？屈指二十年矣”批语中的“二十年”，遥相对应。综合两则脂批来看，估计“距今”（丁丑年，乾隆二十二年，即 1757 年）的二十年前（丁巳，乾隆二年，即公元 1737 年，曹雪芹二十二三岁的时候），曹家在京城的日子虽早已风光不再，但小康乃至于比较富裕的生活迹象还是有的。

※妙玉忙命：“将那成窑的茶杯别收了，搁在外头去罢。”【靖藏本眉批：妙玉偏辟处此所谓过洁世同嫌也他日瓜州渡口劝惩不哀哉屈从红颜固能不枯骨各示□】（此批错乱太甚，校读十分困难。周汝昌校为：妙玉偏僻处，此所谓“过洁世同嫌”也；他日瓜州渡口，各示劝惩，红颜固不能不屈从枯骨，［岂］不哀哉！或校为：妙玉偏僻处，此所谓“过洁世同嫌”也；他日瓜州渡口，红颜固［?］屈从枯骨，不能各示劝惩，［岂］不哀哉！）

编者按：该则脂批，虽出于靖藏本，但因关系到同程高续书描写情节不太一样的妙玉其人的悲惨结局，分量不轻，自当留存。至于妙玉难堪结局的分析，可参“红楼探照之二一〇”篇。

※【戚序回末总评：刘姥姥之憨从利，妙玉尼之怪图名，宝玉之奇，黛玉之妖，亦自敛迹。是何等画工，能将他人之天王，作我卫护之神祇？文技至此，可为至矣！】

●红楼探照之九十九:

芳情只自遣　雅趣向谁言
——大观园“剩女”的莫大悲哀

在第41回的栊翠庵妙玉这里,我们才真正见识到了什么是“精致的生活”,什么是中国传统的“茶道”“茶文化”。更为重要的是,十分讲究的茶叶、茶具、茶水、品茶方式,以及性格的孤僻清高乃至几分做作、几分洁癖,为我们托举出来了一个行为举止、气质才华“大不与人同”的年轻女尼形象。

这是在第17—18回有所提及之后直到本回才最后一个正式登场亮相的“十二金钗正钗”,也是作者笔下除巧姐外塑造得非常成功的“十二金钗正钗”之一。她的上场非常自然,借贾母带众人到栊翠庵游观时一笔带出,且不写容貌穿着,只写言谈举止,几乎是一步到位就进入了角色。这种出场描写,与一般小说的笔法不同。而妙玉栖身的幽僻封闭、花木繁盛的环境,珍藏使用的那些堪称“国宝”级的古稀名贵茶酒器具,对她本人的身份及独特个性而言,均为一种有力的衬托和鲜明的标识作用。

眼下,接待游园上门暂歇的贾母等众人入座喝茶以尽礼数之后,妙玉一不陪坐二不陪聊,只把宝钗和黛玉的衣襟一拉,二人随她出去,连同悄悄地随后跟了来的宝玉,耳房内招待三人喝“梯己茶”的小插曲,就显得非常有趣。“项庄舞剑,意在沛公。”我们甚至疑心这是聪明妙玉借鉴了“抛砖引玉”“暗渡陈仓”一类的法子,隔岸垂钓,牵二挂三,将她芳心暗许的翩翩公子吸引到自己身边,才是她最在意、最乐意的呢。不信?先观其行。你看,接待三个来客的时候,妙玉用两只“古玩奇珍”杯斟茶给了钗黛二人,却偏偏“仍将前番自己常日吃茶的那只绿玉斗来斟与宝玉”:一个不合礼仪、不易察觉的细小动作,是否不经意间“出卖”了不动声色的妙玉,暴露了她清高无欲的表面之下掩藏着的一颗萌动的春心?再听其言:“你这遭吃的茶是托她两个福,独你来了,我是不给你吃的。”妙玉对不请自来的宝玉的“正色”相告,娇嗔如闻,口舌生风,可笑而又可爱,它完全属于“此地无银三百两,隔壁小二不曾偷”一类的撒谎水平。岂知她内心的想法及孤寂情感上的渴望,与嘴头上的“撇清”,正好相反呢!……说起来,还是千伶百俐、心里雪亮的林姑娘,才会明察秋毫,才最懂得道姑大姐姐“寂寞的等待”;也因此才会在第50回“冒雪乞梅”之时,力主宝玉一人前去,不要他人跟随。事实上,宝玉独自去了一趟栊翠庵,顺利完成了任务,扛了一大株盛开的红梅回来,供众姊妹赏梅吟诗之用。

众所周知，黛玉一双慧眼“揉不进半点沙子”，特别是对她反感的人和事，说话往往是不奉情面、一针见血，使人一时下不了台的；孰知“卤水点豆腐，一物降一物”，大观园的栊翠庵内，还埋伏着一个说话语风更加犀利的对手，且近在咫尺呢！对她，聪明的黛玉也只有选择不予计较，尽早离开，以“避其锋芒”一策了。宝钗也是静观默察，一言未发，可见谨慎。回放喝茶的过程：

> 黛玉因问：“这也是旧年的雨水？”妙玉冷笑道：“你这么个人，竟是大俗人，连水也尝不出来？这是五年前我在玄墓蟠香寺住着，收的梅花上的雪，(**此处程本加“统”**)共得了那一鬼脸青的花瓮一瓮，总舍不得吃，埋在地下，今年夏天才开了。我只吃过一回，这是第二回了。你怎么尝不出来？隔年蠲的雨水，那有这样轻浮(**前2字程本作“清淳”**)，如何吃得。”黛玉(**前2字程乙本妄作“宝钗”**)知他天性怪僻，不好多话，亦不好多坐，吃完茶，便约着宝钗(**前2字程乙本妄作“黛玉”**)走了(**此字程乙本删**)出来。

一向清高自许、目下无尘的黛玉，入府后何曾当面被人如此地藐视和不客气地奚落？又何曾这般地知情识趣、收敛小心而没了脾气？可见针尖麦芒，总有一强！但我们透过妙玉的高冷古怪、故作矜持、言语尖刺，仍可窥见她那一颗无处安放的心。

要说妙玉的出家，也有些特别。大凡出家，《红楼梦》中大致三种情况：或者是看破红尘遁入空门的，譬如甄士隐、柳湘莲、贾宝玉之类；或者是家境贫寒生活无着，把佛门进修当作一个饭碗的，譬如那个有了情人便把寺庙称之为“牢坑”的智能儿，以及后来被迫出家的芳官、藕官、蕊官等；或者是心性奸狡，将道家或佛门当作牟利之薮的，譬如铁槛寺的老尼净虚、水月庵的智通、地藏庵的圆信等。在第18回中，林之孝家的向王夫人报告有关妙玉姑娘入府的情况如下：

> “……外有(**此字程本作“又有”**)一个带发修行的，本是苏州人氏，祖上也是读书仕宦之家。因生了这位姑娘(**前6字程本删**)自小(**此字程本作“幼”**)多病，买了许多替身儿(**此字程本删**)皆不中用，足的(**前2字程本作“到底”**)这位(**此字程本删**)姑娘亲自(**前2字程本删**)入了空门，方才好了，所以带发修行，今年才十八岁，法(**此字程本作“取”**)名妙玉。如今父母俱已亡故，身边只有两个老嬷嬷、一个小丫头服侍。文墨也极通，经文(**此字程本作“典”**)也不用学了(**前4字程本作“极熟”**)，模样儿(**此字程本删**)又极好。因听见(**此字程本作“说”**)‘长安’都中有观音遗迹并贝叶遗文，去岁(**此字程本作“年”**)随了师父上来，现在西门外牟尼院住着。他师父极(**此字程本删**)精演先天神数，于去冬圆寂了。妙玉本欲扶灵回乡的，他师父临寂(**前句“妙玉”至此14字程本全删**)遗言，说他‘衣食起居(**前4字程本删**)不宜回

乡,在此静居(**此字程本作"候"**),后来(**前2字程本删**)自有你的(**前2字程本删**)结果'。所以他竟未回乡(**前5字程本作"未曾扶灵回去"**)。"王夫人不等回完(**前4字程本删**),便说(**此字程本作"道"**):"既(**此字程本删**)这样,我们何不接了他来?"林之孝家的回道:"(**此处程本妄加"若"**)接(**此字程本妄作"请"**)他,他说'侯门公府,必以贵势压人,我再不去的。'"王夫人笑(**此字程本妄删**)道:"他既是官宦(**前2字程本作"宦家"**)小姐,自然骄傲(**前2字程本作"性傲"**)些,就下个帖子(**前2字程本作"请帖"**)请他何妨。"林之孝家的答应了(**此字程本作"着"**)出去,命书启相公写(**此字程本作"写个"**)请帖去请妙玉。

根据妇人的口头汇报,我们对妙玉的身世、家庭、出家原因、目前现状,以及被贾府郑重其事诚邀入住等情况,有了大致了解;从她"初请不来"的理由,大致可见其身世的不凡和心性的孤傲。总的说来,妙玉的出家,实在不是她的本心本愿。

曹雪芹在广阔的社会背景上,以精雕细刻的水磨工夫,塑造了一大批活生生的典型人物。其中,他不但能够把关系十分亲密者写得个性分明(譬如尤氏姐妹、薛家兄妹、迎探惜三姐妹等),而且还特别善于把同一类人物(即性别相同,年龄、性格又十分相近者)思想性格的细微差别清晰表现出来。譬如平儿的温顺中透露出善良,袭人的温顺中表现出世故;凤姐的泼辣中暗藏着狡诈,探春的泼辣中体现着严正;史湘云的豪爽和尤三姐的豪爽不同;妙玉的孤高与黛玉的孤高有别。不是么?同样是姑苏人氏,同样是出身读书仕宦之家,同样是"如今父母俱已亡故",同样是"文墨也极通""模样儿又极好"的造化神奇,同样是在京城寄居栖息:"带发修行"的尼姑妙玉和黛玉相比,如幽兰一般的气质和仙子一般的才华,一点儿都不比"大观园首席诗人"黛玉差;此外,音乐、棋艺以及扶乩等道术,更为黛玉所不及。但就是如此天赋聪慧、资质不凡、多才多艺、冰清玉洁的人间极品,却因缺少人文关怀,难有人身安全的保障,孤凄流落,无家可归,最终的结局和命运,也更为悲惨不幸!

妙玉的结局,对"黛玉之死"或许就是一种衬托。黛玉的早夭,与妙玉的"可怜金玉质,终陷泥淖中"的生死难测的苟活尴尬结局比,委实是"质本洁来还洁去,强于污淖陷渠沟"啊!想想吧,身处黑暗的世道,面对险恶的人心,平常的日子里都难免身心遭受到势利人情的凄风冷雨扑打;何况垂死挣扎于贾府彻底败落之际,按曹雪芹原有构思,连宝玉、凤姐等人都被投入"狱神庙"等处收禁关押,宝玉后来甚至落到了"寒冬噎酸齑,雪夜围破毡"的贫寒困窘境地,真不知像林黛玉一类的金闺弱质,会遭受怎样的作践和凌辱,除了一死之外,真不敢说她会有比妙玉更好的下场啊!

而眼下，最令人叹息的，是妙玉的傲岸不羁秉性以及她对宝玉的暗恋。懂她的人，就会爱怜她，疼惜她。宝玉就曾替她辩解，说："为人孤僻，不合时宜，万人不入他的目……他原不在这些人中算，他原是世人意外之人。"算是知情知性又知音，表现得比任何人更为尊重她。不懂她的人，当然嫌恶她。连心平气和的"菩萨奶奶"李纨都说"可厌妙玉为人，我不理他"（见第 49 回）；贾环更是酸葡萄心理，讥讽说"这个东西是最讨人嫌的，他一日家捏酸，见了宝玉，就眉开眼笑了"（见第 117 回）。即便是跟她有过一些接触交往的人吧，也未必认可她。譬如知根知底，与她"贫贱之交，又有半师之分"的邢岫烟，说她"因不合时宜，权势不容"，又说"他这脾气竟不能改，竟是生成这等放诞诡僻了。从来没见拜帖上下别号的，这可是俗语说的'僧不僧，俗不俗，女不女，男不男'，成个什么道理"：言下之意，就颇有些不以为然的（见第 63 回）。跟她往来较多的棋友兼道友的惜春，也说"妙玉虽然洁净，毕竟尘缘未断"。第 5 回的判词，也说她"不洁不空"。

向来任人褒贬、我行我素的妙玉，诚然是很清高孤傲的，但她的内心却并非坚冰冷漠。不近人情，是她防卫的硬壳；孤芳自赏，是她自我保护的盔甲。而这"硬壳"和"盔甲"下面，却是一颗最柔软、最炙热、最平常的青春女儿心！就传统观念来看，出了家的妙玉，的确是"六根不净"，为情所困。她取中宝玉是个"些微有知识"、有悟性的，因而芳心暗许；她在钗黛眼皮之下，用自己的绿玉斗给宝玉斟茶，可见情实难禁；她口头上拒与宝玉单独会面，却又慷慨大方地送给宝玉一剪大枝梅花，可见内心隐秘；她赠宝玉以生日贺卡，不言中的情意满满；见宝玉在旁观棋，她面红耳赤、心猿意马、神不守舍，可见春情澎湃；忘情后又主动告辞，借故邀宝玉同行，可见余韵仍在；途中，"二人在山子石上坐着"，静听潇湘馆黛玉抚琴，又暗藏无限心事（见第 87 回）；回到庵内打坐，三更后听到房上两个猫儿叫春，忽想起日间宝玉之言，不觉一阵一阵心跳耳热，可见情动于衷，难以遏止……然而，她毕竟是带发修行的女尼，按照宗教仪轨，她已离经叛道不少了；她只有努力控制住自己那颗青春火热的心，不让它烧掉自己。但正常的人性追求、正常的人之爱欲，又怎么可能被完全压制呢？它必然通过一些变态、扭曲的渠道和方式，直接、间接地表露出来，由此造成的妙玉感情世界之波动和情与爱之煎熬，便可想而知！

妙玉"爱无所爱，望眼欲穿"的遭遇，是值得同情的；一些"出格"言行的背后，浸透的是孤寂女子炽热情感无可寄托的悲苦和酸辛。妙玉对宝玉的特殊好感，是深有默契的爱慕和追求，可是幽闭的山门挡住了她的一切"非分之想"，不允许一个活生生的人走向烟火人间，这是多么的可悲可叹！客观上，妙龄女子妙玉的"情而不许，爱而不得"的心灵痛苦，以及"因不合时宜，权势不容"的命运坎坷，都是罪恶的封建势力在肉体上和精神上对一个无辜女子施加的无人性和不人道的压迫与摧残。

纵观全书中妙玉的一生,她在贾母、王夫人等权势人物面前从容自若,不卑不亢;在大观园的日子里,她与宝黛钗湘以及惜春、岫烟结下不错的友谊;她对宝玉,更是情愫早生,芳心暗许。她美丽聪颖,心性高洁,却遭人嫉恨,举世难容;她是佛家弟子,文学上却大爱庄子,感情上又尘缘未了,不洁不空;她才华馥郁,品位高雅,栊翠庵品茶,可见茶艺精湛;中秋夜联诗,堪称“红楼诗仙”。宝玉丢失通灵宝玉,岫烟请妙玉扶乩(见第 95 回);贾母病危,妙玉不请自来,探望病情(见第 109 回)。后来贾母出殡,次日妙玉被贼人掳走,宝玉为此悲伤叹惋(见第 113 回),贾环等人却幸灾乐祸;再后来,贾府传闻她在海边遇害,竟成为一些闲人茶前饭后的谈资(见第 117 回)。

说到底,妙玉的悲剧,既是个人的悲剧,也是时代的悲剧、社会的悲剧。唐代诗人韦应物,不是有一首名为《滁州西涧》的诗吗?“独怜幽草涧边生,上有黄鹂深树鸣。春潮带雨晚来急,野渡无人舟自横。”在笔者看来,妙玉就是那“涧边生”的幽草,内心最缺少的(也是最渴望的)无疑就是世间常人大都有的亲情、友情、爱情的阳光照射和雨露滋润了。脱尽浅陋世俗凡庸、置身古佛青灯世界的妙玉,偏偏生活在争名逐利的是非场中,人物和环境、理想和现实、精神和肉体,都明摆着矛盾与分裂。她自号“槛外人”,自勉蹈于铁槛之外,超越生死,超出名利,出尘出世,但事实证明,栊翠庵的山门,既挡不住生关死劫,也挡不住人的七情六欲和世间的五光十色、七嘴八舌。本来心性狷介,反成众毁销骨;看似闲云野鹤,难免苦闷悲催;企望平安一生,孰知终陷不测。在《红楼梦》一书中,至少出现了一虚写一实写的两位女子:一个是宝玉只闻其名未见其人的傅秋芳,因哥哥欲借其婚姻攀附权贵而耽误了她的青春,二十三四岁尚待字闺中;一个便是这位才貌出众的妙龄幽尼,二十岁上下的青春年华,偏处花红柳绿、富贵繁华的大观园一隅,山门紧闭,咫尺天涯,望断秋水,却与心中暗恋的对象以及理想的生活铁定无缘,无奈只有发出“芳情只自遣,雅趣向谁言”(见第 76 回)的追问和深长叹息,将自己难与人言的苦闷、寂寞、清冷和一腔幽怨诉诸秋风了。

●红楼探照之一〇〇:

调侃与讽刺的经典范例

在跟《红楼梦》同时代的著名讽刺小说《儒林外史》第 10 回,有一段“入赘婚宴”的出色描写:

到十二月初八,娄府张灯结彩,先请两位月老吃了一日。黄昏时分,大吹大擂起来。娄府一门官衔灯笼就有八十多对，添上蘧太守家灯笼，足摆了三四条街，还摆不了。全副执事，又是一班细乐，八对纱灯。这时天气初晴，浮云尚不曾退尽，灯上都用绿绸雨帷罩着，引着四人大轿，蘧公孙端坐在内。后面四乘轿子，便是娄府两公子、陈和甫、牛布衣，同送公孙入赘。到了鲁宅门口，开门钱送了几封，只见重门洞开，里面一派乐声，迎了出来，四位先下轿进去，两公子穿着公服，两山人也穿着吉服。鲁编修纱帽蟒袍，缎靴金带，迎了出来，揖让升阶。才是一班细乐，八对绛纱灯，引着蘧公孙，纱帽宫袍，簪花披红，低头进来。到了厅事，先奠了雁，然后拜见鲁编修。编修公奉新婿正面一席坐下，两公子、两山人和鲁编修两列相陪。献过三遍茶，摆上酒席，每人一席，共是六席，鲁编修先奉了公孙的席，公孙也回奉了。下面奏着细乐。鲁编修去奉众位的席。蘧公孙偷眼看时，是个旧旧的三间厅古老房子，此时点几十枝大蜡烛，却极其辉煌。

须臾，送定了席，乐声止了。蘧公孙下来告过丈人同二位表叔的席，又和两山人平行了礼，入席坐了。戏子上来参了堂，磕头下去，打动锣鼓，跳了一出“加官”，演了一出“张仙送子”，一出“封赠”。这时下了两天雨才住，地下还不甚干，戏子穿着新靴，都从廊下板上大宽转走了上来。唱完三出头，副末执着戏单上来点戏，才走到蘧公孙席前跪下，恰好侍席的管家捧上头一碗脍燕窝来上在桌上。管家叫一声“免”，副末立起，呈上戏单。忽然乒乓一声响，屋梁上掉下一件东西来，不左不右，不上不下，端端正正掉在燕窝碗里，将碗打翻。那热汤溅了副末一脸，碗里的菜泼了一桌子。定睛看时，原来是一个老鼠从梁上走滑了脚，掉将下来。那老鼠掉在滚热的汤里，吓了一惊，把碗跳翻，爬起就从新郎官身上跳了下去，把簇新的大红缎补服都弄油了。众人都失了色，忙将这碗撤去，桌子打抹干净，又取一件圆领与公孙换了。公孙再三谦让，不肯点戏，商议了半日，点了“三代荣”，副末领单下去。

须臾，酒过数巡，食供两套，厨下捧上汤来。那厨役雇的是个乡下小使，他靸了一双钉鞋，捧着六碗粉汤，站在丹墀里尖着眼睛看戏。管家才掇了四碗上去，还有两碗不曾端，他捧着看戏。看到戏场上小旦装出一个妓者，扭扭捏捏的唱，他就看昏了，忘其所以然，只道粉汤碗已是端完了，把盘子向地下一掀，要倒那盘子里的汤脚，却叮当一声响，把两个碗和粉汤都打碎在地下。他一时慌了，弯下腰去抓那粉汤，又被两个狗争着，咂嘴弄舌的来抢那地下的粉汤吃。他怒从心上起，使尽平生气力，跷起一只脚来踢去，不想那狗倒不曾踢着，力太用猛了，把一只钉鞋踢脱了，踢起有丈把高。陈和甫坐在左边的第一席，席上上了两盘点心：一盘猪肉心的烧卖，一盘鹅油白糖蒸的饺儿,热烘烘摆在面前,又是一大深碗索粉八宝攒汤,正待举起箸来到嘴,忽然席口一个乌黑的东西的溜溜的滚了来,乒乓一声,把两盘点心打的稀烂。陈和甫吓了一惊,慌立起来,衣袖又把粉汤碗招翻,泼了一桌。满坐上都觉得诧异。鲁编修自觉得此事不甚吉利,懊恼了一回,又不好说。随即悄悄叫管家到跟前骂了几句,说:"你们都做甚么?却叫这样人捧盘,可恶之极!过了喜事,一个个都要重责!"乱着,戏子正本做完。众家人掌了花烛,把蘧公孙送进新房。厅上众客换席看戏,直到天明才散。

本来,婚宴双方都是特别讲究身份排场脸面之人。作者不知因何而起的恶作剧激情,先派遣"房梁上走滑了脚落下来"的那只老鼠来捣乱,再让两条争食狗出场"抢那地下粉汤吃"添乱,又借助那只"把两盘点心打的稀烂"的"天外飞镖式"钉鞋的祸乱,加之对媒人陈和甫受惊后"衣袖又把粉汤碗招翻,泼了一桌"的慌乱等连串细节的描写,在一片鸦飞雀乱、旗靡辙乱中,硬是把这一场主人家刻意举办的排场、高档、热闹、喜庆的"入赘婚宴",搅成了颠三倒四、稀里哗啦、扫兴狼狈的"小闹剧":新郎的窘态可想而知,媒人的难堪宛若眼前,老丈人也觉得"此事不甚吉利"。"八股迷"鲁小姐的这段由父亲一力促成的包办婚姻的尴尬、不和谐,正是在婚宴出现的这一幕滑稽可笑的情景中开始的!作者对梁上老鼠、抢食的狗以及厨役钉鞋等细节和场景的描写,无异于"忽如其来"的佛头着粪,既是对两家联姻的嘲讽和戏弄,也预示着蘧公孙和鲁小姐那乌云密布、吵吵嚷嚷的婚后不和谐家庭生活氛围。读到类似情节,令人在忍俊不禁、肚腹笑疼之后,又转笑作悲,对人生、对命运中隐然包含的"荒谬性"和"不确定性"深感迷茫困惑与无可奈何!

类似的调侃揶揄乃至滑稽讽刺的笔法,在曹雪芹的笔下也有不错的运用。只不过在他这里,因为针对的对象不同,显得温婉含蓄一些,没有托尔斯泰在《复活》中,吴敬梓在《儒林外史》中,那么的嬉笑怒骂、犀利尖刻、辛辣透顶而已。《红楼梦》的思想感情表达,大致还是"怨而不怒""哀而不伤"风格的。第41回展示的"刘姥姥醉卧怡红院"一幕,就是这样:

那刘姥姥因喝了些酒,他(**此处程乙本加"的"**)脾气不(**此字程乙本后移3字**)与(**此字程乙本作"和"**)黄酒相宜,且吃了许多油腻饮食,发渴多喝了几碗茶,不免通泻起来,蹲了半日方完。及出厕来,酒被风禁(**此字程本妄作"吹"**),且年迈之人,蹲了半天,忽一起身,只觉得眼花头眩(**此字程本作"晕"**),辨不出路径。四顾一望,皆是树木山石楼台房舍,却不知那一处是往那里(**此字程本作"一路"**)去的了。只得认(**此字程本作"顺"**)着一条石子路慢慢的走来。及至到了房舍(**此字程乙本作"子"**)跟前,又找不着门;再找了半日,忽见一带竹篱。刘姥姥心中自忖道:"这里也有扁豆架(**此字亚东重排**

程乙本妄作"茄")子。"一面想,一面顺着花障走了来,得了一(此字程乙本删)个月洞门进去。只见迎面忽有(前2字程本妄删)一带水池,只(此字程乙本删)有七八尺宽,石头砌(此字程乙本作"镶")岸,里边碧浏(此字程本作"波")清水流往那边去了(前6字程乙本删),上面有一(此字程乙本删)块白石横架在上面(前3字程乙本删)。刘姥姥便度石过去(前4字程甲本作"渡过石去";程乙本改"渡"作"踱"),顺着石子甬路走去,转了两个弯子,只见有一(此字程本作"个")房门。于是进了房门,只(此字程本作"便")见迎面一个女孩儿,满面含笑(此处程乙本加"的")迎了出来。刘姥姥忙笑道:"姑娘们把我丢下来(此字程本删)了,要(此字程本作"叫")我碰头碰到这里来(此处程乙本加"了")。"说了,只觉那女孩儿不答。刘姥姥便赶来拉他的手,"咕咚"一声,便(此字程乙本作"却")撞到板壁上,把头碰的生疼。细瞧了一瞧,原来是一幅画儿。刘姥姥自忖道:"原来(前2字程乙本作"怎么")画儿有这样活(此字程本删)凸出来的。"一面想,一面看,一面又用手摸去,却是一色平的,点头叹了两声。一转身方得了一(此字程乙本删)个小门,门上挂着葱绿撒花软帘。

刘姥姥掀帘进去,抬头一看,只见四面墙壁玲珑剔透,琴剑瓶炉皆贴在墙上;锦笼纱罩,金彩珠光;连地下踩的砖,皆是碧绿凿花:竟越发把眼花了。找门出去,那里有门?左一架书,右一架屏。刚从屏后得了一(此处程本加"个")门转去(前2字程本删),只见他亲家母(前4字程本作"一个老婆子")也从外面迎了(此字程乙本作"着";此处程甲本加"他")进来。刘姥姥诧异,(此处程本加"心中恍惚:莫非是他亲家母?因")忙(此字程甲本作"连忙";程乙本删)问道:"你(此处程乙本加"也来了")想是见我这几日没家去,亏你找我来。那一(此字程本删)位姑娘带你(此字程乙本删)进来的?"他亲家只是笑,不还言。刘姥姥笑道:"你好没见世面,见这园里的花好,你就没死活戴了一头。"他亲家也不答。(前句"他亲家"至此42字,程甲本改写为"又见他戴着满头花,便笑道:'你好没见世面!见这里的花好,你就没死活戴了一头。'说着,那老婆子只是笑,也不答言";程乙本在程甲本基础上再添加"刘姥姥便伸手去羞他的脸,他也拿手来挡,两个对闹着。刘姥姥一下子却摸着了,但觉那老婆子的脸冰凉挺硬的,倒把刘姥姥唬了一跳"等54字)便心下(此字程甲本作"中")忽然想起(前7字程乙本作"猛想起"):"常听大(此字程本作"见")富贵人家有一种穿衣镜,这别是我在镜子里头呢罢(前2字程本作"吗")。"说(此字程本作"想")毕伸手一摸(此字程本作"抹"),再细一看,可不是,四面雕空紫檀(前2字程乙本作"的")板壁将(此

处程本加"这")镜子嵌在中间(**此处程乙本加"的,不觉也笑了"**)。因说:"这已经拦住,如何走(**前8字程乙本作"这可怎么"**)出去呢?"一面说,一面只管用手摸。这镜子原(**前14字程乙本作"一面用手摸时,只听'硌磴'一声,又吓的不住的眨眼儿。原来"**)是西洋机括,可以开合。不意刘姥姥乱摸之间,其力巧合,便撞开消息,掩过镜子,露出门来。刘姥姥又惊又喜,迈步(**前2字程本作"遂走"**)出来,忽见有一副最精致的床帐。他此时又带了七八分醉(**此字程甲本作"的酒";程乙本作"酒"**),又走乏了,便一屁股坐在床上,只说歇歇,不承望身不由己,(**此处程甲本加"便"**)前仰后合的,朦胧着(**此字程乙本删**)两眼,一歪身就睡熟(**此字程乙本作"倒"**)在床上。

其实,刘姥姥的误闯怡红院,也事出必然:一是去怡红院本来就容易迷路,第17—18回大观园建成之初,贾政一行人在有人导引的情况下,还险些迷了路;何况此时的刘姥姥,不但单人独马,而且还处在酒醉程度逐渐加深,只能勉强撑持着挪步的迷糊状态之中。

说起来,真是"欲洁何曾洁"!一次意外的遭遇,竟给锦衣玉食的世家公子开了一个天大的玩笑:酒醉的乡村老妪,兀自摸来,身不由己,倒身熟睡在了他的床上,酒屁臭气弄得满屋都是!妙玉不是有洁癖么?再名贵的杯子,因为乡下脏老婆子沾过唇,她就有脾气舍弃;宝玉不是很讲究么?藏娇的金屋被"母蝗虫"无意闯入,精美的床帐难掩"醉酒老人"的丑陋和肮脏,本人若知晓,真不知情何以堪!

在我们看来,这就是天才作家曹雪芹运用调侃之笔,以"梅菲斯特"式的恶作剧形式,在不露声色之中,借此类表面滑稽可笑实则悲凉入骨的故事,对贫富贵贱等级制度及其观念做了深刻的嘲讽,对人世间普遍存在的"转眼不知身后事"一类现象提供了难得的镜鉴,对眼下宝玉等人纸醉金迷、不知忧患的生活进行了善意的奚落。

众所周知,宝玉其人,从无"高人一等"的特权意识,也从无"害人坑人"的心思,对周围的人事往往持"恕而不怨"的态度,尽管后来对府内为虎作伥的婆子们不甚亲近,但对大观园内外的姐妹和丫头们却总是爱护有加的。在少爷心目中,未出嫁的女孩儿是无价之宝,嫁了人就成了没有光彩的珠子,老了成了婆子,就是颗死鱼眼睛了。所以他房中都是年轻的女孩子出入,即便是奶母李嬷嬷偶尔前来,也不甚受人待见;就是让丫头们砸了碗,原则上也不允许婆子的脚踏进屋子半步;他的东西,也不轻易允许婆子们乱动;但凡婆子们和丫头们争吵,在他看来,对的永远是丫头,错的永远是婆子。"凡女儿个个是好的""女人个个是坏的",似乎就是他的生活哲学。然而,他却万万没有想到,偏偏有一个来自乡村的老婆子,因游园醉酒迷路,竟然误闯怡红院,走入他的房间,倒在他的床上,鼾声如雷,酒屁熏天，扎手舞脚地美美睡了一觉。这件让人心理上怪难接受的尴尬糗事，还是被他最信任的袭人息事宁人，彻底地瞒了下来。过后，毫不知情的贾宝玉，依然继续在这间房子里逍遥自在，继续不允许婆子们有事无事踏进屋子里来。

孰知"世事难料""人生莫测"，贾宝玉不知道自己早晚出入的精致房间曾被一个婆子"弄脏"过，更不会想到自己的将来会"寒冬噎酸齑，雪夜围破毡"，沦落到连这个婆子的生活都不如的穷困潦倒境地！即便是本回中现身的尼姑妙玉，她的洁癖，她的清高，似乎无人能及。只是眼下，金尊玉贵的她也根本不知道自己将来会有"可怜金玉质，终陷淖泥中"，遭受人鬼不如的痛苦，煎熬生活的一天(具体分析见第112回"红楼探照")！同样，对照这次"刘姥姥二进"之时的贾府：贾母房里"比一间房子还高还大"的柜子；席上"一两银子一个"的鸽子蛋；要十来只鸡配味的茄鲞；别人家做衣裳也舍不得，却用来糊窗户的"软烟罗"；黄杨根整抠的大套杯；精致的面点，一寸来大的螃蟹馅的小饺儿；一次小规模的园内家庭便宴的钱就"够庄家人过一年的了"的花费……眼前生活得如此奢侈靡费、快乐舒心的男女老少各色人等，有谁会想到不久的将来，贾府"树倒猢狲散"，繁华富贵的大观园也将花木凋零，风流云散，鬼神出没，阴气逼人？这又何尝不是"转眼不知身后事"，繁华转荒凉，富贵成泡影啊！

世道诚然艰难，人生多有不测。纵观几千年历史的中国，总是在"治世"和"乱世"之间回环反复。生在乱世，免不了人命危浅、朝不保夕，遑论资本升值、财产保全？尤其适逢世道剧变，一切颠覆翻转之际，世态转换如车轮，人心晦明如星火，谁又能安然度过？陈忠实的小说《白鹿原》对此社会历史现象，有深刻的艺术反映。

如果你作为有产者，遭遇翻天覆地的时代，你有什么选择？面对"白骨露于野，千里无鸡鸣""千村薜荔人遗矢，万户萧疏鬼唱歌"等战乱、瘟疫以及各种重大自然灾害造成的"人间地狱"一类的惨相，你将作何感想？即便是和平时代，"富不过三代"的魔咒之下，有几家的家运能持盈保泰，真正跑赢了时光的消磨和侵蚀？有几家的后代能自强不息，并将前人的事业继续发扬光大？哲人所说的"世界上唯一不变的，就是变化本身"这句话，通透之中尽是悲凉无奈啊！

有鉴于此，你能说，曹雪芹对宝玉等人富贵迷醉生活的调侃揶揄，不是宅心仁厚、有所关怀的表现吗？有过来人痛苦经历的作者对自己家族事业灰飞烟灭的惨痛教训躬身自省，从中感悟了历史的大势，参透了俗世的盛衰，转喻世人不要过于执着当前而迷途忘返，不要"贫困难耐凄凉"，更不要"富贵不知乐业"，要对未来的不确定性保持应有的戒惧和忧患，这难道不是一片婆心的反映吗？

此外，顺便说一说引文的版本文字差异。通过所引《红楼梦》原文的不同文字版本对照，可以清楚地看出：后出程本对脂本(庚辰本)的大量修改，有多处实在是画蛇添足的、无效而有害的劳动。

首先,程本特别是其中的程乙本通过改换一些字句,譬如将单音节字换成双音节词,将一些词语进行“儿化”“通俗化”处理,将原著中并不多见的、来自生活中的、对相关人物性格修养及一时冲动的心理意绪有生动表现的“脏话”“秽字”进行“无害化”处理,也未为不可。但这样刻意改变原著的语言习惯和语言风格,以适应所谓的“大众化”“通俗化”的阅读需要,有多大程度上的必要?反而是糟蹋了原著的古色古香、原汁原味。其次,程本修改的很多地方,不但扭曲了曹雪芹的原意,还暴露出了修改者自身思想修养、知识积累、艺术境界等方面的平浅鄙陋,甚而至于还闹出了为数不少的常识性笑话。譬如亚东版程乙本将上文“忽见一带竹篱,刘姥姥心中自忖道:‘这里也有扁豆架子’”一句中的“架子”改作“茄子”:一字之差,似乎富贵年轻公子宝玉日常起居出入的温香软玉、花红柳绿之怡红院,居然被开辟成了蔬菜园,似乎一跃而成了最适合寡嫂李纨寄情栖身的“世外桃源”稻香村了。此外,程乙本还将“四面雕空紫檀板壁”中的“紫檀”二字删去,原文描写的精细度因此降低;又将刘姥姥“一歪身就睡熟在床上”句中的“睡熟”改成“睡倒”,虽也只一字之差,却因此模糊了原文对一个醉酒老人身心疲惫至极的瘫软程度的精确反映。对原文“他亲家只是笑……他亲家也不答”这一句,程甲本先已做了40余字的不合理改写;而程乙本心犹不足,又索性追加添写了“小儿打闹”“僵尸惊悚”一类性质的50余字,更成低水平的“蛇足”了。

第四十二回　蘅芜君兰言解疑癖　潇湘子雅谑补余香

内容提要:王太医给贾母诊脉看病。众人赠送衣物银两等,刘姥姥满载而归。宝钗主动释放善意,教导黛玉“不要被杂书移了性情”,黛玉心下暗服,二人关系开始和解。惜春告假一年画大观园。黛玉称刘姥姥为“母蝗虫”。宝钗当众夸赞黛玉取笑做到了“淡而有味”,比凤姐强。

●大观园一场欢喜结束,刘姥姥带着板儿,先来凤姐处道谢告辞,凤姐笑道:

> 你别喜欢。都是为你,老太太也被风吹病了,睡(**此字程乙本作“躺”**)着说(**此字程甲本删;程乙本妄作“嚷”**)不好过(**前3字程本作“不舒服”**);我们大姐儿也着了凉,在那里发热呢。

真是风霜气骨硬,温软病弱多!想来上天生人,大致也考虑到了相对平衡:不因其贫贱,就使之一无所有;也不因其富贵,就让其尽享荣华。“富贵买不来健康”,这句话是有道理的。就个体生命力的坚韧顽强而言,富贵人家出身的男女老少往往因娇而弱者甚多。譬如贾母,哪里比得上年龄“还大几岁”的乡下刘姥姥经得住劳累疲乏及筋骨摔打呢?譬如大姐儿,哪里比得上乡下来的板儿那样四处走跳,即便有一点儿头疼脑热、跌打损伤的小毛病,也没事一场呢?眼下,就凤姐随口念叨“我这大姐儿时常肯病,也不知是个什么原故”的问题,刘姥姥婉言劝告:

> 这也有的事(**此字程本删**)。富贵人家养的孩子多太(**前2字程本作“都”**)娇嫩,自然禁不得一些儿委曲;再他小人儿家,过于尊贵了,也禁不起。以后姑奶奶(**此处程本加“倒”**)少疼他些就好了。

生活条件优越的家庭的孩子,家长要“少疼些”,这是“草根教育家”刘姥姥的教育智慧,更是警世之良言。不是么,温室里的花朵,经不起风吹雨打;家里娇惯的孩子,到不了海角天涯。一个孩子老是置身“安常处顺”“衣食无忧”的家庭环境和“众人围随”“保镖跟从”的社会环境中,未必有利于成长。必要的性格磨炼、筋骨摔打,甚至去冒冒风险,都是值得的。因为它可以增强“肌肉记忆”,增强“心理韧性”,增进对“世情”“人情”“我情”的了解,以期在人生的竞技场上,最大程度立于不败之地:

> 天将降大任于斯人也,必先苦其心志,劳其筋骨,饿其体肤,空乏其身,行拂乱其所为,所以动心忍性,曾益其所不能。人恒过,然后能改,困于心衡于虑而后作,征于色发于声而后喻。入则无法家拂士,出则无敌国外患者,国恒亡,然后知生于忧患而死于安乐也。

“生于忧患,死于安乐”。两千多年前“亚圣”孟子的训诫,言犹在耳;对尽享现代物质文明而心满意足的我们,更是洪钟大吕,足以振聋发聩。

●不知细心的读者注意没有,随着小说内容的扩展深化,一向不信阴司鬼神、不听因果报应说教、刚强自是的王凤姐,对人对事的立场和态度,在悄然发生转变。这首先表现在对待乡下来的刘姥姥的态度上,以第6回初见时的蔑视、冷淡、敷衍开场,以本次离开荣国府时的平等对待、尊重感激结束。你看,一向目中无人的强势凤姐,居然还能放下身段主动提出要“借借你的寿”,让刘姥姥这个年长的“贫苦人”为自己的独生女儿起名字;听了刘姥姥新取“巧姐”一名的用意,自是欢喜,忙道谢,又笑道:“只保佑他应了你的话就好了。”真是可怜天下父母心!

由此可见,曹雪芹笔下的人物,性格、人品、观念等不是铁板一块,也在随着岁月阅历的增长、境遇心情的变化,而合乎逻辑地发展变化。凤姐性情的“软化”、观念的变化,以及后来管家“责任意识”的日渐消解等变化表明:形势比人强,谁都会改变。笔下能写出人物思想性格符合逻辑的发展变化,这也是曹雪芹在以发展的眼光看待人、以“稳中求变”的理念塑造人方面,所取得的最了不起的成就之一。笔者认为,这在浩如烟海的古今中外文学作品中,目前尚无出其右者!

●送别刘姥姥的“致辞”中,凤姐“也没有什么,不过随常的东西。好也罢,歹也罢,带了去,你们街坊邻舍看着也热闹些,也是上城一次”一席话的诚恳。王夫人转告“这两包每包里头五十两,共是一百两,是太太给的,叫你拿去或者作个小本买卖,或者置几亩地,以后再别求亲靠友的”一席话的和善。平儿“衣裳虽是旧的,我也没大狠穿,你要弃嫌我就不敢说了”的谦抑,以及“到年下,你只把你们晒的那个灰条菜干子和豇豆、扁豆、茄子、葫芦条儿各样干菜带些来,我们这里上上下下都爱吃。这个就算了,别的一概不要,别罔费了心”一席话里的诚意。鸳鸯那里打了包袱收拾好了贾母等转赠的衣物、面果、丹药、装着笔锭如意锞子的荷包,以及一并拿了东西,在角门上命小厮们搬了出去,直送刘姥姥上车去了等细心周到的安排。这一连串的接济,无不出于诚心诚意的帮助;不再是“一进荣国府”时个人对个人的随便打发了。这些“怜贫惜老”、温暖人心的举动,无不闪耀出贾府上下人等内心深处“至真至美至善”人性的光辉,令人感动！此外,叙写刘姥姥的一番付出,赢得了贾府上下人等普遍的喜悦欢心,离府时又得众人照顾,特别是王夫人、贾母等的资助,从此家道好转,经济渐渐宽裕。所有这些,也为后来贾府败落之际巧姐的逃难避灾,做了必要的物质及情感基础上的铺垫。

●作者将刘姥姥的告辞及众人各有馈赠一节的描述,分成了前后两个时间段进行。这两个情节片段之间,正好插入了贾母及大姐儿诊病的情景:

> 一时只见贾珍、贾琏、贾蓉三个人将王太医领来。王太医不敢走甬路,只走旁阶,跟着贾珍到了阶矶(**此字程本作“台阶”**)上。早有两个婆子在两边打起帘子,两个婆子在前导引进去,又见宝玉迎了出来。只(**此字程乙本删**)见贾母穿着青皱绸一斗珠(**此字程乙本作“珠儿”**)的羊皮褂子,端坐在榻上,两边四个未留头的小丫鬟都拿着蝇帚(**此字程本作“刷”**)漱盂等物;又有五六个老嬷嬷雁翅摆在两旁,碧纱橱后隐隐约约有许多穿红着绿戴宝簪(**此字程本妄作“插”**)珠的人。王太医便(**此字程乙本作“也”**)不敢抬头,忙上来请了安。……刚要告辞,只见奶子抱了大姐儿出来,笑说:“王老爷也瞧瞧我们。”王太医听说忙起身,就奶子怀中,左手托着大姐儿的手,右手诊了一诊,又摸了一摸头,又叫伸出舌头来瞧瞧,笑道:“我说(**前字程甲本作“说着”;程乙本作“要说了”**)姐(**此字程乙本妄作“妞”**)儿又(**此字程乙本作“该”**)骂我了,只是要清清净净的饿两顿就好了。不必吃煎药,我送(**此字程本作“送点”**)丸药来,临睡时(**此字程乙本删**)用姜汤研开,吃下去就是(**此字程乙本作“好”**)了。”说毕作(**此字程本作“告”**)辞而去。

这样就显得行文不板结,有变化,节奏感、层次感、内容的丰润感明显增强。特别是写刘姥姥眼中所见府内开诊时众人摆开的阵势和排场,充分显示了贾母身份的高贵、气度的雍容，以及生活的超规格享受。至于王太医面见贾母时的恭敬拘谨，恰与给大姐儿瞧病时的有说有笑、一身轻松形成对比，倍增情趣。

●读罢“刘姥姥二进荣国府”前后几个章回(第37—43回)，感觉这些日子，是贾府日常生活中人际关系最简单、最和谐，众人情绪最稳定、最热烈，活动氛围最欢乐、最轻松，最少烦杂乱事搅扰的时段。谈恋爱，结诗社，庆生日，吃戏酒，看笑话，到处欢声笑语，一派歌舞升平，一片风和日丽。遗憾的是，盛筵难再，好梦不长，多事之秋即将到来，快乐的时光总是那么短暂！有若以悲怆为主题的盛大交响乐里穿插演奏的轻快热烈的圆舞曲，在以后的章节递进中圆舞曲的轻歌曼舞时隐时现，旋律时起时伏，音调时强时弱，纠结萦绕在表现整个贾府没落命运的悲怆凝重的主旋律之中，直到幸运、欢乐、轻快的袅袅余音，最终被悲怆、阴冷、抑郁的主旋律完全掩盖、吞噬。

●须加留意的原文脂批：

※【庚辰回前：钗玉名虽两个，人却一身，此幻笔也。今书至三十八回时已过三分之一有余，故写是回使二人合而为一。请看黛玉逝后宝钗之文字，便知余言不谬矣。】

编者按：红学爱好者们耳熟能详的“钗黛合一，尽善尽美”论，大概就发源于该批中的“名虽两个，人却一身”的说法吧。小说第42回以较大的篇幅描写了钗黛二人关系的和解，惺惺相惜，彼此认可，表明宝钗、黛玉二人之间，本来就不存在“不可调和”的矛盾斗争。她们的婚恋感情悲剧，实缘于中国传统社会的思想观念、制度文化、经济条件等方面的制约。钗黛二人禀赋优异，各有所长，实属家庭和社会中的精英，可惜最终都无一例外地落入了“千红一哭，万艳同悲”的不幸境地，令人扼腕叹息！至于脂批“今书至三十八回时已过三分之一有余”的说法，参照第25回批语曾提及的“全部百回”字样，应该说《红楼梦》全书原稿，不会超过110回。周汝昌关于全书108回，且每九回为一个叙事单元的看法，虽不尽然，却也并非一无可取。

※刘姥姥忙笑道：“这个正好，就叫他是巧哥儿。这叫作‘以毒攻毒，以火攻火’的法子。姑奶奶定要依我这名字，他必长命百岁。日后大了，各人成家立业，或一时有不遂心的事，必然是遇难成祥，逢凶化吉，却从这‘巧’字上来。”【蒙府侧批：作谶语以影射后文。】凤姐儿听了，自是欢喜，忙道谢，又笑道：“只保佑他应了你的话就好了。”【靖藏眉批：应了这话固好，批书人焉能不心伤？狱庙相逢之日，始知“遇难成祥，逢凶化吉”，实伏线于千里。哀哉伤哉！此后文字，不忍卒读。辛卯冬日。】

编者按:批语又一次提及全书“后半部”相关内容。“狱庙相逢之日”,无疑就是贾府基业耗尽、大厦倾侧之际,相关人等“遇难”“逢凶”先后作“鸟兽散”之时。畸笏叟自言“此后文字不忍卒读”中的“此后”,应该是指“狱庙相逢之日”之后。可见曹雪芹的《红楼梦》原稿中,倒了的贾府,无疑就是一败涂地,毫无“翻身起来,走向复兴”点滴希望的贾府。这就跟偌大的织造府曹家一旦败落,连曹雪芹这样的嫡传子孙都不能保障一样!——悲哉,痛也!至于该则脂批的时间落款“辛卯冬日”中的“辛卯”,即清朝乾隆三十六年(1771),比庚辰本上畸笏叟标注的最晚作批系年“丁亥”(1767)还晚四年。此批,按其内容判断,显系畸笏叟手笔。

※【戚序回前:谁说诗书解误人,豪华相尚失天真。见得古人原立意,不正心身总莫论。】

※【戚序回末总评:摹写富贵,至于家人女子无不妆点,论诗书,讲画法,皆尽其妙,而其中隐语,惊人教人,不一而足。作者之用心,诚佛菩萨之用心也。读者不可因其浅近而渺忽之。】

●红楼探照之一〇一:

敌意一消心海阔
——话说宝钗和黛玉达成的初步和解

毕竟宝钗年长两三岁,阅历见识多,思想和身体成熟得早,加上家庭生活条件优裕,府内人际关系相处甚好,因此在对待隐然而为“情敌”的黛玉的态度上,就显得主动宽容一些,复杂和圆融一些。或许是因为海棠诗社搭建的活动平台,便利了两个少女彼此的交往和了解;或许也是因为深受村妇进园带来的喜乐和谐氛围之感染,增加了她们相互沟通、达成理解的意愿;或许也是一直以来两颗敏感的心,历经碰撞,“不打不相识”,转而“惺惺相惜”了吧。总之,第 42 回标志着两人关系的明显好转。这一次是宝钗有意“化干戈为玉帛”,主动先跨出一步去找到黛玉,并进行了两人之间推心置腹的单独谈话。一番善意的释放、关心的表达,确实也得到了待人真诚热情、心地单纯善良的黛玉的积极回应,于是两人一直以来内在于心的感情隔阂,大为消解:

且说宝钗等吃过早饭,又往贾母处问过(**此字程本删**)安。回园至分路之处,宝钗便叫黛玉道:“颦儿跟我来,有一句话问你。”黛玉便同了宝钗(**前4字程乙本作“笑着跟了”**),来至蘅芜苑(**此字程本作“院”**)中。进了房,宝钗便坐了(**此字程乙本作“下”**)笑道:“你(**此字程乙本妄作“你还不给我”**)跪下,我要审你(**此处程乙本加“呢”**)。”黛玉不解何故,因笑道:“你瞧宝丫头疯了！审问(**此字程乙本删**)我什么？”宝钗冷笑道：“好个千金小姐！好个不出闺(**此字程乙本妄作“屋”**)门的女孩儿！满嘴里说的是什么？你只实说便罢。”黛玉不解，只管发笑，心里也不免疑惑起来(**前2字程乙本删**)，口里只说：“我何曾说什么？你不过要捏我的错儿罢了(**此字程乙本作“咧”**)。你倒说出来我听听。”宝钗笑道：“你还装憨儿(**此处程乙本加“呢”**)。昨儿行酒令(**此处程乙本加“儿”**)你说的是什么？我竟不知那里来的。”黛玉一想，方想起来(**此字程乙本删**)昨儿失于检点，(**此处程乙本加“把”**)那《牡丹亭》《西厢记》说了两句，不觉红了脸，便上来搂着宝钗，笑道：“好姐姐，原是我不知道随口说的。你教给我，再不说了。”宝钗笑道：“我也不知道，听你说的怪生(**此字程乙本作“好”**)的，所以请教你。”黛玉道：“好姐姐，你别说与(**此字程乙本作“给”**)别人，我以后(**前2字程乙本删**)再不说了。”

宝钗见他羞得满脸飞红，满口央告，便不肯再往下追(**此字程乙本删**)问，因拉他坐下吃茶，款款的告诉他道：“你当我是谁？我也是个淘气的。从小(**此处程本加“儿”**)七八岁上也够个人缠的。我们家也算是个读书人家，祖父手里也(**此处程本加“极”**)爱藏书。先时人口多，姊妹弟兄都(**此字程本作“也”**)在一处，都怕看正经书。弟兄们也有爱诗的，也有爱词的，诸如这些‘西厢(**此处程甲本加“记”**)’‘琵琶’以及‘元人百种’，无所不有。他们是(**此字程本删**)偷(**此字程本后移四字**)背着我们看，我们却(**此字程本删**)也偷(**此字程本后移四字**)背着他们看。后来大人知道了，打的打，骂的骂，烧的烧，才(**此字程本删**)丢开了……”

俗话说：瓜熟蒂落，水到渠成。出自大姐姐之口的一番不失真诚的追怀往事、现身说法、平等喊话，无疑是以“交心”的方式，有效拉近了彼此的心理距离；以“恳谈”的方式，逐渐赢得了对方的信任。你看，宝钗为表达诚意，就先讲述自己的成长经历，不回避自己因年幼曾经犯过的错误；接着抒发感叹议论，自然而然进入对黛玉人生观和价值观等人生大方向、大问题的疏导。恳谈循循善诱，切中肯綮，既体谅人情，又显得堂皇正大，反映的是传统思想早已内化于心的“女夫子”薛宝钗那不同凡响的见识和教养，并非花言巧语、虚情假意，专门说给黛玉听的：

“……所以咱们女孩儿家不认得(**此字程本删**)字的倒好。男人们读书不明理，尚且不如不读书的好，何况你我。就(**此字程本删**)连作诗写字等事，这(**此字程本作“这也”**)不是你我分内之事，究竟也不是男人分内之事。男人们读书明理，辅国治民，这便(**此字程甲本作“更”**)好了(**前4字程乙本作“这才是好”**)。只是如今并不(**此字程本后移一字**)听见有这样的人，读了书倒更坏了。这(**此处程本加“并不”**)是书误了他，可惜他也(**此字程本删)把书糟踏了,所以竟不如耕种买卖,倒没有什么大害处。(**此处程本加“至于”**)你我只该做些针黹纺织(**前4字程本作“针线纺绩”**)的事才是,偏又认得了(**此字程本作“几个”**)字,既认得了字,不过拣那正经的(**此字程本作“书”**)看也罢了,最怕见了(**此字程本删**)些杂书,移了性情,就不可救了。”一席话,说的黛玉垂头吃茶,心下暗伏,只有答应“是”的一字。

知道黛玉喜欢读书,也擅长诗词一道,于是宝钗自然就从这两件事说起,推窗望月,开门见山,以与男人进行比较的方法,将一个女孩子应守的“本分”和“本职”娓娓道来,不显得一丝牵强。其中,特别阐明了自己的“读书观”,其要点如下。一是读书一道,并非人生唯一;有如读书读坏了,不如不读,干一些耕种买卖等实事,也未为不可。二是读书要有选择,要“拣那正经的看”,不接触“杂”书。三是读书要有明确的、正确的目标追求。四是与读书相关的作诗、写字等事,均不是男人及女孩子们的“分内之事”;男人们读书是为了“明理”基础上的“辅国治民”,女孩子“只该做些针黹纺织的事才是”。五是最让薛姑娘失望的,是如今很少听见有“读书明理、辅国治民”的男人,而“读了书倒更坏了”的人,却比比皆是;最令薛姑娘担心的是,读书的女孩子见了《西厢记》《牡丹亭》一类“杂书”,“移了性情,就不可救了”。

由薛姑娘的失望和担心,笔者想到了晚清重臣林则徐的传世家训“十无益”。这“十无益”既是他自己的修行标准,也是他教育孩子的原则,内容是:一、存心不善,风水无益;二、不孝父母,奉神无益;三、兄弟不和,交友无益;四、行止不端,读书无益;五、作事乖张,聪明无益;六、心高气傲,博学无益;七、时运不济,妄求无益;八、妄取人财,布施无益;九、不惜元气,医药无益;十、淫恶肆欲,阴骘无益。其中的第四款,就是强调读书与“正己修身”的关系。子曰:“古之学者为己,今之学者为人。”意思是说古人读书是为了自己,今人读书是为了别人。为了别人而读书,是要博取别人的认可,行为浅薄媚俗;而为了自己的读书,是修学储能,内修仁德,外修礼仪。简单说,读书是为了修身正行,如若读了满腹圣贤之书,却只为了炫耀自身,行止不端,可谓读书无益。薛宝钗对读书一道的观察与思考,与这种告诫,无疑是意脉相通的。

当私下交心、达成和解后的宝钗和黛玉,第一次双双来到稻香村在众人面前亮相的时候,既跟大家有说有笑,又相互之间一唱一和,感情显得特别融洽,情绪显得异常活跃:

李纨见了他两个,笑道:“社还没起,就有脱滑(**此处程本加“儿”**)的了:四丫头要告一年的假呢。”黛玉笑道:“都是老太太昨儿一句话,又叫他画什么园子图儿,惹的他乐得告假了。”探春笑道:“也别要(**此字程本删**)怪老太太，都是刘姥姥一句话。”林黛玉忙笑（**此处程本加“接”**）道：“可是呢，都是他一句话。他是那一门子的姥姥？直叫他是个‘母蝗虫’就是了。”说着大家都笑起来。宝钗笑道：“世上的话，到了凤丫头（**前3字程乙本作“二嫂子”**）嘴里也就尽了；幸而凤丫头（**前3字程乙本作“二嫂子”**）不认得字，不大通，不过一概是市俗取笑（**此处程乙本加“儿”**）。更有颦儿这促狭嘴，他用‘春秋’的法子，将（**此字程本作“把”**）市俗的（**此字程乙本删**）粗话，撮其要，删其繁，再加润色比方出来，一句是一句。这‘母蝗虫’三字，把昨儿那些形景都现（**此字程乙本作“画”**）出来了。亏他想的倒也快。”众人听了，都笑道：“你这一注解，也就不在他两个以下（**此处程本加“了”**）。”

李纨道：“我请你们大家商议，给他多少日子的假。我给了他一个月（**此处程本加“的假”**），他嫌少，你们怎么说？”黛玉道：“论理一年也不多。这园子盖才（**此字程乙本作“就”**）盖了一年，如今要画自然得二年工夫呢。又要研墨，又要蘸笔，又要铺纸，又要着颜色，又要……”刚说到这里，众人知道他是取笑惜春，便都笑问说：“还要怎样？”（**前句“众人”至此19字程本全删**）黛玉也自己（**此字程甲本删**）撑不住笑道：“又要照着这（**此字程乙本删**）样儿慢慢的画，可不得二年的工夫！”众人听了，都拍手笑个不住。宝钗笑道：“‘又要照着这个慢慢的画’，这落后一句最妙（**前‘又要’至此17字程本作“有趣，最妙落后一句是‘慢慢的画’。他可不画去，怎么就有了呢”**）。所以昨儿那些笑话儿虽然可笑，回想是没味（**此字程乙本作“趣”**）的。你们细想颦儿这几句话虽是淡的（**前3字程本作“没什么”**），回想却有滋味。我倒笑的动不得了。”惜春道：“都是宝姐姐赞的他越发逞强，这会子拿我也取笑儿。”

至此，宝钗将昨日刘姥姥“装怪”引发的那场大笑中，为什么独有她自己的神态表情未着一字的原因，“不打自招”了。而且，宝钗将凤黛二人的“取笑”风格做了对比概括，“扬黛抑凤”的感情倾向十分明显。由此可见，钗黛二人关系“解冻”之后的良性互动。被取笑的惜春，倒是最先察觉到了一向暗中较劲的钗黛二人微妙关系的由阴转晴、由晴向好，一句话就揭示了黛玉的“越发逞强”“拿我也取笑儿”与宝姐姐的“赞”这两者之间的联系。

多个朋友多条路，多个敌人多堵墙。说起来，人生苦短，友情可贵，心态重要，常人之间又有什么样的矛盾纠纷不能及时化解，又有什么样的感情芥蒂不能就地放下的呢？钗黛矛盾的和解、关系的向好，对双方压抑的情绪、紧绷的神经，不正是一次愉快的松绑和意外的释放吗？人生境界的宽余感充盈心间，如释重负的感觉真爽！因而在宝钗给予的几分示好带着鼓励的心理作用之下，心无城府的黛玉“给一点阳光就灿烂”，一时间心情大好，兴高采烈，忘乎所以，纵性尽情，趁势将诙谐幽默的"取笑儿"才智发挥到了极致。你看,她将众人记忆犹新、趣味盎然的"刘姥姥随游大观园"的情景再现,并做了富有创造性的形象描述、生动形容和适度夸张,不但自己笑得"两手捧着胸口",还惹得满场"都笑起来",继而"哄然大笑前仰后合",最后还"笑个不住",竟笑得湘云忘乎所以,差一点出了"安全事故":

……众人听了,又(**此字程乙本删**)都笑起来。黛玉一面笑的两(**此处程乙本加"只"**)手捧着胸口,一面说道:"你快画罢,我连题跋都有了:起个(**此字程本作"了"**)名字,就叫作《携蝗大嚼图》。"众人听了,越发哄然大笑(**此处程本加"的"**),前仰后合。只听"咕咚"一声响,不知什么倒了,急忙看时(**此字程甲本删**),原来是湘云伏在椅子背儿上,那椅子原不曾放稳,被他全身伏着背子大笑,他又不提(**此字程本删**)防,两下里错了劲(**此字程本作"笋"**),向东一歪,连人带椅(**此字程本作"椅子"**)都歪倒了,幸有板壁挡住,不曾落地。众人一见,越发笑个不住。宝玉忙赶上去扶(**此处程本加"住"**)了起来,方渐渐止了笑。

过了一会儿,林姑娘的玩笑搭乘快乐情绪的"顺风车",竟然开到了一向持重的老嫂子李纨身上:

宝玉和黛玉使个眼色儿,黛玉会意,便走至里间将镜袱揭起,照了一(**此字程本删**)照,只见两鬓略松了些,忙开了李纨的妆奁,拿出抿子来,对镜抿了两抿,仍旧收拾好了,方出来,指着李纨道:"这是叫你带着我们作针线教道理呢,你反招(**此处程本加"了"**)我们来大顽大笑的。"李纨笑道:"你们听他这刁话。他领着头儿闹,引着人笑了,倒赖我的不是。真真恨的我只保佑明儿你(**此字程本前移二字**)得一个利害婆婆,再得几个千刁万恶的大姑子小姑子,试试你那会子还这么刁不刁了。"林(**此字程本删**)黛玉早红了脸,拉着宝钗说:"咱们放他一年的假罢。"宝钗道:"我有一句公道话,你们听听……"

一向掩不住自己喜怒哀乐的黛玉,的确高兴得有些忘乎所以了!蹬鼻子上脸,嬉笑戏谑中带着那么一股子热情奔放的"挑衅",却未曾预料到不小心捋着了"虎须",被言辞老辣的群钗领班李纨一句"映射未来"的笑语一剑封喉,才压住了她那高涨的兴头,不由分说地缴获了她随处挥舞的"批判的武器"(此番李纨嘴头的初露锋芒,实为第45回她一气战胜凤姐的"挑衅"做预演)。作者行文,也借此结束了这场由黛玉"领着头儿"闹出来的园内众人的"大顽大笑",将姊妹们的商议话题"言归正传"到惜春"绘画告假"这件事上来,从而巧妙自然地实现了话题的转换和情节的推动。再则,引文中写宝玉对黛玉使个眼色儿,黛玉会意而进屋整理发鬓;被李纨笑说而脸红的黛玉,"拉着宝钗"变相求援,宝钗会意便立即转移话题……这类对生活细节的捕捉和描写,准确而又形象地反映了行为人相互间感情关系发展变化的最新程度。总之，本回钗黛经过一番谈心、说笑、论画，彼此遮掩、相互维护，缩短了感情距离，前期隐然争风吃醋形成的彼此提防的紧张微妙关系得到缓解，明显出现了“两情相悦”“不再抬杠”的积极变化。这从回末宝钗笑指说“怪不得老太太疼你，众人爱你伶俐，今儿我也怪疼你的了。过来，我替你把头发拢一拢”这句中正平和、由衷喜悦的话语，以及将她唤来身边替她“把头发拢一拢”这类亲昵友爱的动作细节，可以窥见。

我们应该为钗黛的和解感到欣慰。笔者重申，宝钗、黛玉二人之间，本来就不存在不可调和的矛盾斗争，本就不是互为对手、零和博弈而导致的两败俱伤；她们的婚恋感情悲剧，实在根源于中国传统社会僵化与落后的思想观念、制度文化的作祟和戕害，以及经济发展水平等方面的局限和制约。

至于宝钗的“论画”，反映出论者知识的广博、见解的深刻，联系曹雪芹后期以卖画为生的经历，小说中出现这样的笔墨笔意毫不奇怪，它正是作者本人实际生活的一种艺术化折射。学识广博的薛宝钗，毫无疑问也是作者笔下倾注了自己复杂感情的人物，他将那个时代十分难得的许多学识才能的优长，都凝聚在了这个令人敬畏的大家闺秀身上。

令人刮目相看的是，封建时代的深闺少女如宝钗、黛玉、湘云这样的人，具有多么神奇优异的才华禀赋，以及堪称一流的生活能力和创造能力，是多么值得世人珍惜而倍加呵护啊！你看，众人谈论的话题一旦到了宝钗独擅胜场的知识技能领域，她也如在诗歌艺术天地中游刃有余、展翅翱翔的精灵黛玉一样，底气十足，激情四射，说话滔滔不绝，理事头头是道，担责兴致勃勃，表现自信满满，完全像变了一个人似的个性张扬、意气风发，这哪里还是第 55 回里王凤姐说的“不干己事不张口，一问摇头三不知”的人哪！听听，“我说你是无事忙……”“我说你不中用”“我教你一个法子”“你不该早说？……如今我且替你收着，……今儿替你开个单子，照着单子和老太太要去。你们也未必知道的全……”，这些随口而出的话，是何等的爽利和响快啊！由此，你是不是从中明显感觉到，与黛玉初步解开了心结的宝钗姑娘，说话行事因少了不必要的疑忌与牵扯，一下子变得心窗敞亮、心情舒畅、情绪饱满，语气中的自信心和豪迈感大大增强了呢？她那居中调停、长袖善舞、指挥倜傥的高级管家形象，是不是一时跃然于纸上，显得栩栩如生呢？

说起来，人与人之间要是处于开诚布公、和谐相处、心无芥蒂、肝胆相照、包容互济、阳光温煦的状态，是多么地令人神往啊！人与人之间不纠结，不计较，不暗算，不攀比，不排斥，不伤害，不虚伪，是多么好啊！

真挚友情和浪漫诗情，是助力一个人性灵腾飞的翅膀，对黛玉是这样，对宝钗何尝不是这样？宝钗无疑是生活和艺术方面的多面手，大观园内外众钗无人能及。可惜,这样精明能干、近乎完美之人,最终也逃脱不了被那个时代、那个社会摧残毁灭的悲剧命运,想来,无不令人唏嘘和感伤;想来,这样的时代和社会,不该早些被历史的车轮压扁、碾碎么!

第四十三回　闲取乐偶攒金庆寿　不了情暂撮土为香

内容提要:贾母提出为凤姐做生,方法是集中众人凑份子,众人响应。凤姐叫尤氏看老太太眼色行事。尤氏为周姨娘、赵姨娘打抱不平,并半开玩笑地警告凤姐要节制。凤姐生日这天,宝玉借口外出,找地方祭奠金钏儿之后才赶回家。

●微恙中由凤姐送来的“野鸡崽子汤”,引出贾母出头号召攒份子为她庆生日的话题,理由是:“上两年我原早想替他做生日,偏到跟前有大事,就混过去了。今年人又齐全,料着又没事,咱们大家好生乐一日。”庚辰本此处有墨迹夹批说得好:

> 贾母犹云“好生乐一日”,可见逐日虽乐,皆还不趁心也;所以世人无论贫富,各有愁肠,终不能时时遂心如意。

“变着法儿取乐”的贾母,虽是维护家族封建秩序的支柱,但这多半已是名义上的一种象征了。实际上她早已把全部家政大权托付给了儿媳妇王夫人和长房孙媳妇凤姐料理,对儿孙们在外面的事从不过问,日常就只管带领着孙儿孙女及亲戚们游宴玩乐,以安享晚年。贾府的老祖宗这般行事,又有何不可?又有何人能去、愿去、敢去加以劝阻?说起来,日常生活的穷奢极欲,一众子孙的不求上进,主仆上下的醉生梦死、坐吃山空,管事的公权私用甚至图财害命,导致贾府巍然百年大厦的整体性、塌方式轰然倒掉,身为府内辈分和威望最高的贾母,是有着不可推卸之责的。至于阅历丰富、性格精强、寿高威重的老人为什么如此奉行享乐主义,第107回她在“散余资明大义”之时,有所坦承。

●凤姐的心窍,可谓玲珑剔透,千回百转。你看,凑份子的时候,贾母对李纨说“你寡妇失业的,那里还拉你出这个钱,我替你出了罢”,以此体现出老祖宗平日里对守节孙媳李纨的体谅和呵护。对此,凤姐并非完全认同,但最终还是担了“不如大嫂子这一分我替他出了罢了”的名分,以“空头人情”讨取贾母的欢心;实际上,事后打了马虎眼,分毫未出。对凤姐断然拦截贾母的好意来横打一炮的意图,李纨岂有不心知肚明的?贾母和凤姐争着代出份子钱的“好意”,作为当事人的李纨还能拒绝吗?她只能选择沉默,但心里未必乐意让同辈分的王凤姐因体谅她的难处而站上“道德高地”。因此可以想象李纨心中的那份不爽不快,一定会逐渐发酵,到了合适的时间、场合便定会加倍发泄出来。不信?读到第45回李纨与凤姐两个妯娌“笑谈间,樯橹灰飞烟灭”的那一场唇枪舌剑、短兵相接,就明白“症结”之所在了。

●尤氏等送邢夫人、王夫人二人散去，便往凤姐房里来商议怎么办生日一事。凤姐说：“你不用问我，你只看老太太的眼色行事就完了。”真是一语道破她一直以来讨老祖宗喜欢的不二法门。实际上，两府管理层中，聪明厚道会做人行事的，一平儿，一袭人，一宝钗，一尤氏。从尤氏“趁凤姐不在眼前”，一路悄悄退还平儿、鸳鸯、彩云以及周赵两姨娘份子钱的举动，即可看出尤氏的体谅人情、注重人缘和不欺弱小的品质。

●展眼已是九月初二——凤姐的生日，又恰恰是诗社的正经社日。园中人都打听得尤氏办得十分热闹，不但有戏，连要百戏并说书的男女先儿全有，都打点取乐顽耍，却偏遇上“天上的活龙”“地上的凤凰”“全家的宝贝”“贾母的心肝”宝玉，一早没见了踪影。原来是宝玉提前准备且瞒了众人，由小厮茗烟跟着，骑马到了荒郊野外，继后到水仙庵的井台上私祭了金钏儿一番。可见金钏儿的死，在多情公子的心上，留下了多么沉重的伤心和悔恨！

这一天，全府内恐怕也只有宝玉和玉钏儿等极少数人记得是金钏儿的生日了。一边是大张旗鼓庆生的红红火火，一边是“含耻辱”悄然独去的冷冷清清；一边是经运作安排的“有组织、有领导”，一边是四顾茫然的无情绪、无目的；一个因无心之过而被逼自戕，一个本贪婪有罪却风光做寿。两个地位不同、遭遇不同者的阴寿和阳寿，碰在一起；两个氛围有异、画面有异的场景，交错出现：暗相对比，直击人心！

●茗烟委婉劝告宝玉回家，是旁敲侧击，点明宝玉一时之间，因伤心而失神，已不知“今夕何夕”；茗烟的一席代祝，是用侧笔写出宝玉的心事，活画出宝玉的“情痛情痴”。

●须加留意的原文脂批：

※贾母笑道：“我想往年不拘谁作生日，都是各自送各自的礼，这个也俗了，也觉生分似的。今儿我出个新法子，又不生分，又可取笑。”王夫人忙道：“老太太怎么想着好，就是怎么样行。”贾母笑道：“我想着，咱们也学那小家子大家凑分子，多少尽着这钱去办，你道好顽不好顽？”【庚辰双行夹批：看他写与宝钗作生日后，又偏写与凤姐作生日。阿凤何人也，岂不为彼之华诞大用一回笔墨哉？只是亏他如何想来。特写于宝钗之后，较姊妹胜而有余；于贾母之前，较诸父母相去不远。一部书中，若一个一个只管写过生日，复成何文哉？故起用宝钗，盛用阿凤，终用贾母，各有妙文，各有妙景。余者诸人，或一笔不写，或偶因一语带过，或丰或简，其情当理合，不表可知，岂必谆

谆死笔,按数而写众人之生日哉?迥不犯宝钗。】

编者按:真应该为这则脂批的真知灼见大大"点赞"!这一段长长的批文,真值得《红楼梦》一书的现当代读者论者,一读再读,加以融会贯通,深刻领会。因为它完全可以解糊涂、破迷障,帮助我们正确阅读和准确理解《红楼梦》,而不被一些片面浅薄的论调带偏了方向,搞乱了节奏。落笔作批的脂砚斋等人,无疑是深谙原始生活素材一旦进入作品采用范围,还必须经过作者进一步的剪辑取舍、加工整理等锻造提炼过程这个文学艺术创作的起码法则的。他们是真正的"文学通"。遗憾的是,现当代不少的《红楼梦》读者论者,不及前人多也。突出表现在罔顾生活素材要经过进一步糅合分离、提炼萃取,忽略艺术题材在使用过程中作者要进行有关作品结构内容、表达方法手段等多方面创造性编排等创作常识,寻隙觅缝,不懂装懂,硬是要将"本质上属于虚构"的小说完全等同于日常生活中的"流水账",动辄做出一副迷惑不解、高深莫测的样子,指着《红楼梦》书中的此处或彼处质询:为什么没提这人?为什么没交代这事?这件事的后来呢,结果呢,怎么都没做出交代?是不是作者写作时遗漏了,修订中疏忽了,结果造成文本内容前后矛盾?……诸如此类缺乏常识的,甚至看来十分幼稚可笑的,而本人却摇头晃脑、自以为是的所谓"大胆质疑",铺天盖地,滚滚而来,令人不胜其烦,又找不到地方说去!脂砚斋等人的上述阅读指引,正好用来针砭和纠正那些不懂文学创作常识,但又最喜欢钻牛角尖并自鸣得意、斗胆妄议《红楼梦》者的种种怪毛病。

※赖大之母因又说道:"少奶奶们十二两,我们自然也该矮一等了。"贾母听说,道:"这使不得。你们虽该矮一等,我知道你们这几个都是财主,分位虽低,钱却比他们多。【庚辰双行夹批:惊魂夺魄只此一句。所以一部书全是老婆舌头,全是讽刺世事,反面春秋也。所谓"痴子弟正照风月鉴",若单看了家常老婆舌头,岂非痴子弟乎?】你们和他们一例才使得。"众妈妈听了,连忙答应。

编者按:原文描写赖大母亲等几个高年有体面的妈妈,一经召唤赶来,贾母"忙命拿几个小杌子来"的生活细节,可见"贾府风俗";在"自愿认捐"出份子钱的时候,贾母根据她们是"财主"而商定标准所说的理由,映射到曹家的家世经历,亦牵扯到后文赖家说话行事的"硬棒"底气。而这则脂批,一是提醒我们在读《红楼梦》的时候,一定要注意作者"借家庭写社会""以家喻国""以小见大""一斑窥豹"等艺术表现手法。所谓"一部书全是老婆舌头,全是讽刺世事,反面春秋也",只看全书的字面意思,不注意、不理解字面背后的东西,在批者看来只能算是"痴子弟"。此外,曹家祖上曹玺之妻孙氏做过幼时玄烨的乳母,所以在《红楼梦》中的贾府还隐约透露出一些由曹家历史上带来的“遗风”，即做过幼时主子奶娘的，在已成年的下辈主子面前，始终保持着一份尊严。为什么说贾母所言的“分位虽低，钱却比他们多”这句话，是“惊魂夺魄只此一句”呢？古人言：“物必自腐，而后虫生。”贾母所言，实际上在不经意间暴露了封建大家族内部的一个显明而又残酷的事实：内部的“蛀虫”们，必然会为了一己之利而不间断地损人肥己、假公济私；长此以往，必将导致大船倾覆而仅有扁舟（譬如依附贾府发迹的赖家）侥幸逃生的后果。

※茗烟道：“那井台儿上如何？”宝玉点头，一齐来至井台上，将炉放下。【庚辰双行夹批：妙极之文。宝玉心中拣定是井台上了，故意使茗烟说出，使彼不犯疑猜矣。宝玉亦有欺人之才，盖不用耳。】茗烟站过一旁。宝玉掏出香来焚上，含泪施了半礼，【庚辰双行夹批：奇文。只云“施半礼”，终不知为何事也。】回身命收了去。茗烟答应，且不收，忙爬下磕了几个头，口内祝道：“我茗烟跟二爷这几年，二爷的心事，我没有不知道的，只有今儿这一祭祀没有告诉我，我也不敢问。只是这受祭的阴魂虽不知名姓，想来自然是那人间有一，天上无双，极聪明极俊雅的一位姐姐妹妹了。二爷心事不能出口，让我代祝：若芳魂有感，香魄多情，虽然阴阳间隔，既是知己之间，时常来望候二爷，未尝不可。你在阴间保佑二爷来生也变个女孩儿，和你们一处相伴，再不可又托生这须眉浊物了。”说毕，又磕几个头，才爬起来。【庚辰双行夹批：忽插入茗烟一篇流言，粗看则小儿戏语，亦甚无味，细玩则大有深意：试思宝玉之为人，岂不应有一极伶俐乖巧之小童哉？此一祝，亦如《西厢记》中双文降香，第三柱则不语，红娘则代祝数语，直将双文心事道破。此处若写宝玉一祝，则成何文字？若不祝，则成一哑迷，如何散场？故写茗烟一戏，直戏入宝玉心中，又发出前文，又可收后文，又写茗烟素日之乖觉可人，且衬出宝玉直似一个守礼代嫁的女儿一般，其素日脂香粉气不待写而全现出矣。今看此回，直欲将宝玉当作一个极清俊羞怯的女儿，看茗烟则极乖觉可人之丫鬟也。】

编者按：俗话说得好，近朱者赤，近墨者黑。小厮茗烟，一定程度上说，就是宝玉“肚里的蛔虫”，宝玉的隐秘心思他往往一猜一个准，很多时候他都可以自觉按主子的心意去行动。即使这样，不免要承担一些被贾府家长们责罚的风险，也在所不辞。而一段长长的脂批，直将作者精心安排“茗烟代祝”这一故事情节隐约细腻而又深邃别致的文心文意，昭然揭示，值得点赞。

※【戚序回前：了与不了在心头，迷却原来难自由。如有如无谁解得，相生相灭第传流。】

※【戚序回末:攒金办寿家常乐,素服焚香无限情。】

又【写办事不独熙凤,写多情不漏亡人。情之所钟,必让若辈,此所谓“情情”者也。】

●红楼探照之一〇二:

背靠大树好乘凉
——凤姐比尤氏硬气之所在

对贾母攒金庆生的主意,王夫人的态度是“老太太怎么想着好,就是怎么样行”;众丫头婆子的态度是“见贾母十分高兴,也都高兴”;“乌压压挤了一屋子”“地下满满的站了一地”的被请来商议的众人,听贾母笑着把方才一席话说了,谁不凑这趣儿;再也有和凤姐儿好的,有情愿这样的;有畏惧凤姐儿的,巴不得来奉承的;况且都是拿得出来的,所以一闻此言,都欣然应诺。经过一番说笑声中的自觉自愿或讨价还价,一场涉及范围较为广泛的“集资摊派”活动,就这样热热闹闹亦别别扭扭地开展起来。

细心的读者一定会注意到:府内众人在凑份子的过程中,有着明显的接受程度上的“感情温差”。贾母、薛姨妈、王夫人等自然是很乐意的;赖大之母为头的三四个有身份地位的财主老妈子,也乐于响应并趁机奉承讨好;鸳鸯接受贾母安排,去平儿、袭人、彩霞等还有几个小丫鬟那里,募集到一二两不等,表明这些人对此也不反感。接着呈现的一个生活细节,暴露出了大家族内部不甚和谐的人际关系“暗疾”:

> 凤姐又笑道:“上下都全了。还有二位姨奶奶,他出不出,也问一声儿。尽到他们是理,不然,他们只当小看了他们了。”贾母听了,忙说:“可是呢,怎么倒忘了他们!只怕他们不得闲儿,叫一个丫头问问去。”说着,早有丫头去了。半日回来说道:“每位也出二两。”贾母喜(**此字程乙本作“喜欢”**)道:“拿笔砚来算明,共计多少。”尤氏因悄(**此字程乙本作“悄悄的”**)骂凤姐道:“我把你这没足厌(**此字程本作“够”**)的小蹄子!这么些婆婆、婶子来凑银子给你过生日,你还不足(**此字程乙本作“够”**),又拉上两个苦瓠子作什么?”凤姐也悄(**此字程乙本作“悄悄的”**)笑道:“你少胡说,一会子离了这里,我才和你算账。他们两个为什么苦呢?有了钱也是白填送(**此字程本作“还”**)别人,不如拘(**此字程本作“拘了”**)来咱们乐。”

众人不分老小上下,大都因为情感联系或者基于现实利害关系的盘算,主动或带一点被动地响应贾母的号召,将“摊派”任务认领了。只有作为当事人的凤姐算无遗策、“想得周到”，偏偏要摆出尊重和团结“不同意见者”的姿态，将自己平日里排斥厌恶到极点的赵姨娘等“苦瓠子”最紧缺的银两，“拘来咱们乐”。这初看是一种关怀、一种气度，实则一网打尽、居心不良，是一种恶作剧的戏谑心理在作怪。孰料经凤姐“特别提醒”，贾母便叫丫头去告知两个姨娘，半日回来说道：“每位也出二两。”这个“半日”才见回音，不用说，一下子就表明了“被征求意见方”态度的迟缓、内心的矛盾，对凤姐生日明目张胆勒索行为的反感和抵触，只是顾忌贾母的脸面，她们敢怒不敢言，最终不得不听任凤姐按人头的“收割”。

何须这样：作一次生，非但不能纳福添寿，反而招怨生恨惹人诅咒，搞乱人的心情！换作其他任何人，都不会这么蹬鼻子上脸，这么放肆招摇，这么搜罗务尽，这么锱铢必较的。按道理，长辈牵头为自己作生，礼节上小辈是担待不起的，何况还要兴师动众，动员拉扯了这么多的“婆婆婶子”、园内姊妹和丫头媳妇们来，人人“进贡”个个“放血”。但凤姐就是这样的贪心不足，不放过任何搜刮钱财的机会，哪怕是眼前飞过的蚊蝇，她也敢于“理直气壮”地去剐一点脂油下来拌饭炒菜。

尤氏将生活清苦，“政治上”经常受到各方排斥挤兑打压的周姨娘、赵姨娘等，称为“苦瓠子”，真是绝好的比喻！这类人名分上被压制，经费上被克扣，人格上受污辱，交往上受欺凌，且忍气吞声、逆来顺受者多，敢于抗命、破釜沉舟者少，怎一个“苦”字了得！遗憾的是，出于尤氏之口的当面讽诫如风过耳，无异于对牛弹琴：凤姐正处人生得意的巅峰期、集资取乐的兴头上，同情心原本稀缺，金钱欲一向旺盛，狠毒心肠岂易柔软？不识字的“女汉子”不知收敛、不知惜福、不知敬畏，不懂弄巧成拙、得不偿失、物极必反一类的道理，何时表现过谦虚谨慎、戒骄戒躁的半点好作风来？古语曰：天作孽，犹可违；自作孽，不可活。俗语也说：永远叫不醒装睡之人。之前，秦可卿临终遗言，她一直置若罔闻；本回，尤氏的冷言冷语，对她，照样无济于事！只不过，登高必跌重，乐极而悲生：远的悲惨下场不说，眼前的“打脸”报应，端端就将在凤姐过生日这天，姗姗来临。

再说，一向少露痕迹的尤氏，自本回开始走近中心舞台的边缘，被“塑造形象”的散光灯照射在身上了。尤氏作为贾府长房的当家奶奶，最与众不同的，是她与全书人物无一人有血缘关系：尤老娘，是她的后母；尤二姐、尤三姐，与她虽称姐妹但异父异母；贾蓉，称她母亲，也非亲生。她出身的家庭，看来也比较平常。这一切，决定了她虽处宁国府家政管理岗位上一个十分重要的段位，特殊时期也能够自行决策，独当一面(见第 63 回“独艳理亲丧”)，却无凤姐那般的雄厚家族背景来衬托，以及盘根错节、强而有力的社会关系做支撑。正因缺乏骄傲的本钱和放肆的底气，她在小说中远无王凤姐那样的威势和作为，也是合乎生活逻辑的。总之，尤氏和凤姐，各自作为两府的内管家，辈分上是妯娌关系，性格上却形成鲜明对比。这一点,和荣府中邢、王二夫人的情形相近。

根据小说的描写,在贾府同辈及晚辈女性中,恐怕除了李纨,只有尤氏敢于当面取笑戏谑凤姐两句,将其狂妄骄纵和贪婪鄙陋稍做嘲讽讥刺,甚至有时还嬉笑怒骂,不留情面;尽管她常常不是凤姐的对手,而且凤姐内心也根本瞧她不起(第68回"酸凤姐大闹宁国府",一番短兵相接之中,尤氏的口齿、心机、才能相形见绌)。不过,尺有所短,寸有所长,对尤氏的品性才能,本回有一条脂批,说得颇为公道:

> 尤氏亦可谓有才矣,论有德比阿凤高十倍,惜乎不能谏夫治家,所谓"人各有当"也;此方是至理至情,最恨近之野史中,恶则无往不恶,美则无一不美,何不近情理之如是耶?

千真万确,尤氏虽远不及王凤姐的精明、泼辣、妒悍和行事的高调霸道,但也算有德有才之辈。此人的才德,主要表现在本回受命操办凤姐生日,以及第63回"独艳理亲丧"两件事情的对待处理过程中:事情办得很妥帖,可见精明能干;还注意协调各方关系,照顾各方利益,虑及别人感受,特别是对相对弱势者给予关心和同情,就更显得难能可贵了。

第四十四回　变生不测凤姐泼醋　喜出望外平儿理妆

内容提要:生日当天,贾琏趁机在家与鲍二女人幽会却被凤姐回去撞见,一场打闹发生。贾母当场弹压。宝钗劝平儿,袭人劝平儿,宝玉替人给平儿道歉并协助平儿理妆,事后思及平儿薄命,不禁为之落泪。贾母坐镇干预,叫贾琏为凤姐赔不是,又叫琏凤给平儿赔了不是。其后,鲍二媳妇上吊,凤姐称愿,贾琏偷偷送银,又亏王子腾帮忙,方了此事。

●本回主要内容,正如回目所示,由"凤姐泼醋"和"平儿理妆"两个部分组成。前半回重点写凤姐,带写贾琏;后半回主要写平儿,兼写宝玉。

●《荆钗记》剧情中男祭必到江边,与宝玉焚香寻至井上的举动,暗相关合。由批评王十朋的一语双关,透露出宝玉的隐秘行踪。宝玉的神秘去向,一经黛玉说出,宝钗却沉默以对,心照不宣。

●闲闲一语伏下后文,所谓"风光易尽,盛筵难再",后事可伤:

> 凤姐儿笑道:"你要安心孝敬我,跪下我就喝。"尤氏笑道:"说的你不知是谁!我告诉你说(**此处程乙本加"罢"**),好容易今儿这一遭,过了后儿,知道还得像今儿这样不得了?趁着尽力灌丧两钟罢。"凤姐儿见推不过,只得喝了两钟。

类似"节目预告"之语,近期尤氏已经说过至少三次了:开阖一张乌鸦嘴,岂知戏言转成真!

●极写生日宴上贾母的抬举和众人的呼应,反衬下文凤姐的受窘受辱境地。

风光背后是阴影，狂欢过后是失落，情热之后是背叛，这又是作者笔下惯于“悲喜交接，以笑寓哭”的奇妙写法。且看生日宴上，热闹非凡，凤姐成了众人敬酒的“众矢之的”。造成如此热烈局面，皆因贾母发动，尤氏响应，接着众姊妹紧跟；赖大妈妈见贾母这等高兴，也少不得来凑趣儿，领着些嬷嬷们也来敬酒；鸳鸯等也来硬灌。于是凤姐的醉酒，必不可免；事出意外的一场家庭闹剧，猝然爆发，免无可免。

●贾母把握节奏，瞅准时机，一番训诫和劝慰之后，命人将凤琏平三人送回房去，离开时还不忘再加一道保险：“有一个再提此事，即刻来回我，我不管是谁，拿拐棍子给他一顿。”于是，我们看到在“宝玉挨打”之后，贾母又一次展现了她临危不乱，轻松化解家庭各类矛盾冲突的才能和经验。在众人的劝阻特别是贾母的调解和弹压之下，一场家庭闹剧就此落下帷幕，告一段落。

●贾母的平息事端，一路写来，委婉曲折，情景宛然。至于回到房中，凤姐见无人在场后所做的一番沉痛哀怨哭诉，以及贾琏“太要足了强也不是好事”的安慰劝告，也是这次家庭轩然大波之后的尾水余澜。

●须加留意的原文脂批：

※宝玉忙走至妆台前，将一个宣窑瓷盒揭开，里面盛着一排十根玉簪花棒，拈了一根递与平儿。又笑向他道：“这不是铅粉，这是紫茉莉花种，研碎了兑上香料制的。”平儿倒在掌上看时，果见轻白红香，四样俱美，摊在面上也容易匀净，且能润泽肌肤，不似别的粉青重涩滞。然后看见胭脂也不是成张的，却是一个小小的白玉盒子，里面盛着一盒，如玫瑰膏子一样。宝玉笑道：“那市卖的胭脂都不干净，颜色也薄。这是上好的胭脂拧出汁子来，淘澄净了渣滓，配了花露蒸叠成的。只用细簪子挑一点儿抹在手心里，用一点水化开抹在唇上；手心里就够打颊腮了。”平儿依言妆饰，果见鲜艳异常，且又甜香满颊。宝玉又将盆内的一枝并蒂秋蕙用竹剪刀撷了下来，与他簪在鬓上。忽见李纨打发丫头来唤他，方忙忙的去了。【庚辰双行夹批：忽使平儿在绛芸轩中梳妆，非但世人想不到，宝玉亦想不到者也：作者费尽心机了。写宝玉最善闺阁中事，诸如脂粉等类，不写成别致文章，则宝玉不成宝玉矣；然要写，又不便特为此费一番笔墨，故思及借人发端。然借人又无人，若袭人辈则逐日皆如此，又何必拣一日细写，似觉无味；若宝钗等又系姊妹，更不便来细搜袭人之妆奁，况也是自幼知道的了。因左想右想，须得一个又甚亲又甚疏，又可唐突又不可唐突，又和袭人等极亲又和袭人等不大常处，又得袭人辈之美又不得袭人辈之修饰一人来，方可发端。故思及平儿一人方如此，故放手细写绛芸闺中之什物也。】

编者按:原文写无辜挨打遭骂受了极大屈辱的平儿,来到怡红院,通过她第一次近距离现场细心观察和切身感受,突出了院主一直以来对青春女儿珍重友爱、费心操劳的态度,细化、丰富和发展了“闺阁中良友”贾宝玉的性格。从宝玉房中自制化妆品的种类、品质、使用效果,以及宝玉对胭脂配置用料、流程、使用方法的熟悉和讲究,其平时在闺房事务方面的着意用心可见一斑!这样一个能平等待人,特别是对善良弱势女性呵护有加,对她们的日常生活深感兴味,真正懂得“作养脂粉”的真情公子,怎么不让人觉得稀缺?怎么不让人刮目相看,油然而生尊重和亲近之意呢?而一段见情见理的脂批,又深入探讨并揭示了作者设置“忽使平儿在绛芸轩中梳妆”的情节,借此“放手细写绛芸闺中之什物”的构思所在。

※平儿忙走上来给凤姐儿磕头,说:“奶奶的千秋,我惹了奶奶生气,是我该死。”凤姐儿正自愧悔昨日酒吃多了,不念素日之情,浮躁起来,为听了旁人的话,无故给平儿没脸。今反见他如此,又是惭愧,又是心酸,忙一把拉起来,落下泪来。平儿道:“我服侍了奶奶这么几年,也没弹我一指甲。就是昨儿打我,我也不怨奶奶,都是那淫妇治的,怨不得奶奶生气。”说着,也滴下泪来了。【庚辰双行夹批:妇人女子之情毕肖,但世之大英雄羽翼偶摧尚按剑生悲,况阿凤与平儿哉?所谓此书真是哭成的。】

编者按:原文可见凤姐平儿妻妾之间,矛盾客观存在,但真情也不缺少,这才是她们之间复杂微妙关系的最真实反映。其中,平儿的忍辱负重、善解人意、聪明伶俐、见好就收,在“忙走上来给凤姐儿磕头”的行为,以及受到“不公正对待”后所表现出来的识大体、顾大局的“自我检讨”并将矛头指向“那淫妇”的话语中,得到有效突出;凤姐的反躬自问、愧悔心酸,“落下泪来”等表现,也反映得相当真实,恰如其分。一段描写,“妇人女子之情毕肖”,脂批所言甚是。所谓“此书真是哭成的”,无疑是说此书“借女子写世人”“借闺阁写世道”等“以小喻大”的写作宗旨,以及以深入、细腻之笔触写“儿女之情”,写出了它的真实,它的幽微,它的诸多感人动人之处。

※正说着,只见一个媳妇来回说:“鲍二媳妇吊死了。”贾琏凤姐儿都吃了一惊。凤姐忙收了怯色,反喝道:“死了罢了,有什么大惊小怪的!”【庚辰双行夹批:写阿凤如此。】一时,只见林之孝家的进来悄回凤姐道:“鲍二媳妇吊死了,【庚辰双行夹批:倒也有气性,只是又是情累一个,可怜!】他娘家的亲戚要告呢。”凤姐儿笑道:【庚辰双行夹批:偏于此处写阿凤笑。坏哉阿凤!】“这倒好了,我正想要打官司呢!”林之孝家的道:“我才和众人劝了他们,又威吓了一阵,又许了他几个钱,也就依了。”凤姐儿道:“我没一个钱!有钱也不给,只管叫他告去。也不许劝他,也不用震吓他,只管让他告去。告不成倒问他个‘以尸讹诈’!”【庚辰双行夹批:写阿凤如此。】林之孝家的正

在为难，见贾琏和他使眼色儿，心下明白，便出来等着。贾琏道："我出去瞧瞧，看是怎么样。"凤姐儿道："不许给他钱。"贾琏一径出来，和林之孝来商议，着人去作好作歹，许了二百两发送才罢。贾琏生恐有变，又命人去和王子腾说，将番役仵作人等叫了几名来，帮着办丧事。那些人见了如此，纵要复辨亦不敢辨，只得忍气吞声罢了。贾琏又命林之孝将那二百银子入在流年账上，分别添补开销过去。【庚辰双行夹批：大弊小弊，无一不到。】又梯己给鲍二些银两，安慰他说："另日再挑个好媳妇给你。"鲍二又有体面，又有银子，有何不依，便仍然奉承贾琏，【庚辰双行夹批：为天下夫妻一哭。】不在话下。

编者按：乍闻"鲍二家的吊死了"的消息，"贾琏凤姐儿都吃了一惊"；但实际上凤姐有恃无恐，她才不怕呢！几句"喝道""笑道"的言语表情，将凤姐对封建法律秩序、对人命官司的无视藐视态度，暴露无遗。这种刁狠和肆无忌惮，恶性发展到后来陷害无辜尤二姐等人的时候，竟然达到了登峰造极、令人发指的地步。眼下，倒是贾琏意识到事件的严重性，虑事周全，不乏老练，不但以银钱的力量解决了鲍二媳妇娘家上门纠缠的难题，还借助衙门亲戚王子腾的威势，将这桩不甚光彩的死亡案件"大事化小"了。鲍二媳妇娘家要上告的人，知道贾府的官方背景，"只得忍气吞声罢了"。封建衙门制度的腐败黑暗，继全书第 4 回"葫芦僧乱判葫芦案"被曝光之后，又一次浮出水面，吞噬公平和正义；只不过前详写，后略叙，此处仅"点到"而已。此外，贾琏又命林之孝"将那二百银子入在流年账上"做手脚的细节，真实无误地反映了贾府财政管理方面无处不在的"黑洞"。再则，又梯己给鲍二些银两，安慰他说"另日再挑个好媳妇给你"；在此情况下，鲍二"又有体面，又有银子，有何不依，便仍然奉承贾琏，不在话下"：这一类世态人情的描写，真是穷形尽相，入骨三分，令人叹息！

※【戚序回前：云雨谁家院，飘来花自奇。莺莺燕燕斗芳菲，枝枝因风滴玉露，正春时。】

※【戚序回末总评：富贵少年多好色，哪如宝玉会风流。阎王夜叉谁曾说，死到临头身不由。】

●红楼探照之一〇三：

雪泥鸿爪　亦见精神
——再论形象塑造中对小人物的重视

我们普通读者对《红楼梦》最感兴味的，大多是人物形象的塑造。作者对于他笔下的人物，当然是有爱有怨、有怒有憎等感情倾向的，但他完全避免了肤浅的夸张和概念化的涂饰,而是以深入细致的体察和全面准确的描写为凭借,表现出人物思想性格的复杂以及人性内涵的丰富。在前八十回中,有来自天上地下以及人世间不同阶层,具有不同文化背景的至少五六百号人物在活动,而且大都具有各自的言谈举止和个性风采。

同样是追求人物个性表现的准确生动,《红楼梦》和《儒林外史》的朴素、简练、明快的笔法有所不同。它更讲究人物思想性格、情景场面的对比映衬和精雕细刻,哪怕是出场不多的人物,譬如老奴焦大,小厮茗烟、兴儿,乳母李、赵、赖三嬷嬷,丫鬟金钏儿、彩霞(彩云)、莺儿、紫鹃、翠缕诸人,竟也是写得惟妙惟肖、栩栩如生、跃然纸上;甚至只是召之即来、挥之即去的串场人物,譬如一些连姓名都没交代的小丫头、众婆子等,即便是一晃而过,也要"人过留名,雁过留声",留下精彩一瞬。诸如此类,足以显示作者杰出的文学才华和一丝不苟的写作精神。用譬喻的方法来说,《红楼梦》犹如一位天才导演和一群天才演员天衣无缝的合作,不论角色的主次、戏份的多少,哪怕仅仅是一个动作、半句台词,也定要全力以赴、全神贯注,演得有声有色、有情有味、有板有眼,不肯随随便便敷衍过去的。

眼下的第44回,文学大师曹雪芹就有本事让两个无名小丫头一旦在笔下出现,哪怕只出现这么一次,飞鸿一瞥,也要让人过目难忘、记忆犹新呢。这两个小丫头,不用说,都是被趁空偷情的男主子贾琏特意安排在凤姐院门内外,站岗放哨的;未曾想恰恰碰上了王凤姐因醉酒临时决定要"回家歇歇"。事出意外,猝不及防,她们先后躲闪不过,只好撒谎犟嘴或主动迎合,虽都被识破而被打耳光,但各自的"应急反应",却大相径庭。

最先的一个,正在那里站着望风,履行"职责",眼见凤姐和平儿两个来了,第一反应就是回身便跑,引得凤姐疑心忙叫。且看情节的进一步演变:

> 那丫头先只装听不见,无奈后面连平儿也(**前3字程本妄作"声儿"**)叫,只得回来。凤姐儿越发起了疑心,忙和平儿进了穿堂(**此字程本作"廊"**),叫那小丫头子也进来,把槅扇关(**此字程本妄作"开"**)了,凤姐儿坐在小(**此字程乙本作"当"**)院子的台阶上,命那丫头子跪了,喝命平儿:"叫两个二门上的小厮来,拿绳子鞭子,把那(**此字程本删**)眼睛里没主子的小蹄子打烂了!"那小丫头子已经唬的魂飞魄散,哭着只管碰头求饶。凤姐儿问道:"我又不是鬼,你见了我,不说规规矩矩(**前5字程本作"识规矩"**)站住,怎么倒往前跑?"小丫头子哭道:"我原没看见奶奶来。我又记挂(**前2字程乙本作"惦记"**)着房(**此字程本作"屋"**)里无人,所以跑了(**前4字程乙本作"才跑来着"**)。"凤姐儿道:"房(**此字程本作"屋"**)里既没人,谁叫你来(**此字程本作"又来"**)的?你便(**此字程本作"就"**)没看见我(**此字程本删**),我和平儿在后

> 头扯着脖子叫了你十来声，越叫越跑。离的又不远，你聋了（**此字程甲本作“子”**）不成（**前2字程乙本作“吗”**）？你还和我强嘴！”说着便（**此字程乙本删**）扬手一掌（**此字程乙本作“巴掌”**）打在脸上，打的那小丫头一栽；这边脸上又一下，登时小丫头子两腮紫胀起来。平儿忙劝：“奶奶仔细手疼。”凤姐便说：“你再打着问他跑什么。他再不说，把嘴撕烂了他的！”
>
> 那小丫头子先还强嘴，后来听见凤姐儿要烧了红烙铁来烙嘴，方哭道：“二爷在家里，打发我来这里瞧着奶奶的（**此字程乙本删**），若（**此字程本作“要”**）见奶奶散了，先叫我送信儿去的（**此字程乙本作“呢”**）。不承望奶奶这会子就来了（**此字程甲本删**）。”凤姐儿见话中有文章，便又问道：“叫你瞧着我作什么？难道怕（**前2字程乙本作“不叫”**）我家去不成（**前2字程乙本作“吗”**）？必有别的原故，快告诉我，我从此以后疼你。你若（**前字程本作“要”**）不细（**前字程乙本作“实”**）说，立刻拿刀子来割你的肉。”说着，回头向头上拔下一根簪子来，向那丫头嘴上乱戳，唬的那丫头一行躲，一行哭求道：“我告诉奶奶，可别说我说的。”平儿一旁劝，一面催他，叫他快说。丫头便说道：“二爷也是才来房里的，睡了一会醒了，打发人来瞧瞧奶奶，说才坐席，还得好一会才来呢。二爷（**前“房里的”至此31字程本作“了”**）就开了箱子，拿了两块银子，还有两根（**前字程乙本作“支”**）簪子，两匹缎子，叫我悄悄的送与鲍二的老婆去，叫他进来。他收了东西就往咱们屋里来了。二爷叫我来瞧着奶奶，底下的事我就不知道了。”

“猝然事发”的紧急情况下，这个不失几分倔强的小丫头显然头脑简单了一些，反应也迟缓、被动了一些，慌乱中暴露了她行迹的可疑；被凤姐和平儿强行叫住之后，先还兀自犟嘴，但面对凤姐势不可挡的凌厉凶悍，瘦弱幼小的肩膀，岂能扛住如此险恶的威逼胁迫！无奈之下，她不得不速将贾琏收买、勾引鲍二的老婆前来“报到”的“惊天秘密”，和盘托出，以求自保。只是在“老实交代”之前，还忘不了“哭求”，要对方听了，别说是她说出去的：真是人之常情，可叹可悯！

再看另一个小丫头的应对：

> 凤姐听了，已气得浑身发软，忙立起（**此处程本加“身”**）来一径来家。刚至院门，只见又（**此字程本妄删**）有一个小丫头在门前探头儿，一见了凤姐，也缩头就跑。凤姐儿提着名字喝住。那丫头本来伶俐，见躲不过了，越性（**前2字程本妄作“越发的”**）跑了（**此字程乙本后移二字**）出来，笑道：“我正要告诉奶奶去呢，可巧奶奶来了。”凤姐儿（**此字程本删**）道：“告诉我什么？”那小丫头便说：“二爷在家……”这般如此如此（**前2字程本删**），将方才的话也说了一遍。凤姐啐道：“你早作什么了？这会子我看见你了，你来推干净

儿!”说着也(**此字程本删**)扬手一下,打的那丫头一个趔趄,便蹑手蹑脚地走(**前7字程本妄作“便蹑脚儿走了。凤姐来”**)至窗前。

与最先出现的那名负责“守望”的无名小丫头比,负责“第二道岗哨”的无名小丫头随机应变,显得机灵得多。尽管化被动为主动的“投名状”递交迟了,仍没躲过已知内情、恼羞成怒的管家婆那高高扇下的凶狠耳光,但横遭责罚的力度,还是有所减弱。听其言,王凤姐恼怒憎恨她们的,只是没有事先跑去她那里检举揭发呢!事实上,气急败坏之下,凤姐的话语之毒、出手之狠、心机之诈,是无坚不摧、无人不惧的;且不说小丫头子扛不住,即便活活的大男人,一样被吓趴!读到后面第67回“闻秘事讯家童”一节,见识了她很快将来兴、来旺两弟兄“拿下马来”的软硬兼施手段;读到第68回她撒野放泼“大闹宁国府”,吓得贾珍闻风而走,搞得尤氏狼狈不堪、贾蓉不得不下跪求饶的丑陋一幕,就知道她的厉害了!

且看眼下,酒吃多了的凤姐跟平儿走到窗前的见闻,以及各自的反应:

往里听时,只听里头说笑。那妇人笑(**前4字程本删**)道:“多早晚你那阎王老婆死了就好了。”贾琏道:“他死了,再娶一个也是(**此字程本删**)这样(**前2字程乙本作“这么着”**),又怎么样呢?”那妇人(**前3字程乙本作“那个又”**)道:“他死了,你倒是把平儿扶了正,只怕还好些。”贾琏道:“如今连平儿他也不叫我沾一沾了。平儿也是一肚子委曲不敢说。我命里怎么就该犯了‘夜叉星’?”

凤姐听了,气的浑身乱战,又听他俩(**前2字程本作“他们”**)都赞平儿,便疑平儿素日背地里自然也有愤(**此字程本删**)怨语(**此字程乙本作“言”**)了,那酒越发涌了(**此字程本后移二字**)上来,也并不忖夺,回身把平儿先打了(**此字程甲本删**)两下(**此处程乙本加“子”**),一脚踢开(**此处程本加“了”**)门进去,也不容分说,抓着鲍二家的(**此处程乙本加“就”**)撕打一顿(**前2字程乙本删**)。又怕贾琏走出去(**前2字程乙本作“了”**),便(**此字程乙本删**)堵着门,站着骂道:“好淫(**前字程本作“娼”**)妇!你偷主子汉子,还要治死主子老婆!平儿过来!你们淫妇忘八(**前4字程本作“娼妇们”**)一条藤儿,多嫌着我,外面儿你哄我!”说着又把平儿打(**前字程本作“打了”**)几下。打的平儿有冤无处诉,只气得干哭,骂道:“你们做这些没脸的事,好好的又拉上我做什么!”说着也把鲍二家的撕打起来。

这里,姑且不论凤姐气急之下,蛮横无理地责怪和冤屈平儿,只说说这个接收银物、召之即来的妇人吧。通奸也就罢了,还背后诅咒凤姐死,这个白天前来与主家汉子偷情的女人,也实在算不上善茬!她若是要与第21回出现的暗娼——多姑娘比,对道德礼法遗责的承受能力还差得老远,难怪一旦猝然事发,连自身的性命都难以延续下去呢！只是平日里温柔得像绸子一样的平儿特别无辜，遭凤、琏两头打骂，双双出气不说，还偏被心肠阴毒的女主将其架到火上烧烤，逼着她一打再打鲍二家的。凤姐以此借平儿之手，狠“扇”贾琏的脸，以解心头之恨！再机智的平儿，当此之际，除了跑出去“找刀子要寻死”外，还有什么巧法儿避祸去嫌呢？

跟《金瓶梅》对社会中下阶层市井生活的原生态呈现，特别是通过对世俗家庭生活中围绕“金钱权势”和“情色欲望”而形成的种种人际关系(包括男女关系、主奴关系等)的生动展示，从而对人的内心世界深邃、现实、复杂状态做出了前所未有的烛照和反映相比，仅就对“人性阴暗丑陋面”的深刻描写而言，《红楼梦》一书虽说整体上对人性阴暗面揭露的深度、广度，较之前书似有不及；但它对人性的描写和反映，却是全面而又辩证的。《红楼梦》卓越的艺术描写中所反映出来的人性，不只有阴暗丑恶令人不齿的一面；还更有纯净光明令人感到希望和暖心的一面呢。

就说眼前死了老婆的男人——书中次要角色鲍二其人吧。失去女人之后，未见他表现出来哪怕半点痛惜懊悔，以及对恶人的丝毫愤憎。夫妻情分淡薄到这个份上，正如脂批所言，足为“天下夫妻一哭”！当然，若站在奴仆鲍二维持生计的心理逻辑上看：人在矮檐下，不得不低头；何况，“存者且偷生，死者长已矣”，大不了，主子帮着再找一个！

俗语称：端人碗，受人管。与贾府主子有着割舍不去的封建人身依附关系的鲍二，对妻子绝情的、负心的表现，反映的是古代社会一些人“极端现实主义”的生活态度，以及“兄弟如手足，妻子如衣履”这类根深蒂固的“重男轻女”偏见。在笔者看来，虽然鲍二其人在妻子死后的表现，没有《金瓶梅》里来旺儿因妻子受辱而有的复仇激愤，没有宋惠莲因丈夫来旺儿被害而羞愤自杀的刚烈，但也不能认为他的事后“认怂”，就一定是没有骨气的表现。现实生活中，不少人为了生计而万不得已，忍耻含垢委身于人甚至腆颜事仇，大概都是这样子走过来的吧。《金瓶梅》一书中的韩道国、王六儿夫妇，以及熊旺的老婆如意儿、贲四的老婆叶五儿等不少人，更是这一类艺术典型。再说，沈从文(1902—1988)笔下的“船妓”及其男人们的生存状态，亦似乎如此；法国文学家莫泊桑笔下，那个因得不到勋章而牢骚满腹，最后当他的妻子以色相换来勋章时他便全身心地陷入狂喜之中，根本不顾及自己的人格尊严的那个心理变态者——萨克尔芒，不也大致如此，而且还变本加厉了么？

《红楼梦》中的小人物，包括连名字都没有给的婆子、丫头、小厮、仆妇，以及小道士、小太监等一旦出场，基本上具有了“形象识别”的符号，大都带上了“个性化”的特征。即便是因写作需要才出场一次的不知名的小丫头,前有第24回跑来给小红丢下鞋样子抬脚就跑的一个,后有第78回出现在宝玉视野,并分别向他讲述晴雯临死之际惨状的两个,均勾勒刻画得活灵活现,令人印象深刻,过而难忘。

●红楼探照之一〇四:

一旦鸡蛋碰上石头
——话说王凤姐精神上的“软肋”

第44回的“凤姐泼醋”,重在写一个“泼”字。因生日被众人灌得半醉,要回家歇息一阵子,途中感觉诡异,相继扇了两个小丫头子的耳光;走近家门,隔窗听见贾琏和另一个女人在说笑,于是借着酒劲,以怪罪平儿、厮打鲍二家的“开场”了:

> 贾琏也因吃多了酒,进来高兴,未(**此字程乙本作“不”**)曾作的机密,一见凤姐来了,已(**此字程乙本作“早”**)没了主意。又见平儿也闹起来,把酒也气上来了。凤姐儿打鲍二家的,他已又气又愧,只不好说的;今见平儿也打,便上来踢骂道:“好娼妇!你也动手打人!”平儿气怯,忙住了手,哭道:“你们背地里说话,为什么拉我呢?”凤姐见平儿怕贾琏,越发气了,又赶上来打着平儿,偏叫打鲍二家的。平儿急了,便跑出来找刀子要寻死。外面众婆子、丫头忙拦住解劝。这里凤姐见平儿寻死去,便一头撞在贾琏怀里,叫道:“你们一条藤儿害我,被我听见了(**此字程本删**),倒都唬起我来。你也(**此字程乙本作“来”**)勒死我(**此处程本加“罢”**)!”贾琏气的墙上拔出剑来,说道:“不用寻死,我也(**此字程本作“真”**)急了,一齐杀了,我偿了命,大家干净。”正闹的不开交,只见尤氏等一群人来了,说:“这是怎么说,才好好的,就闹起来。”贾琏见了人,越发“倚酒三分醉”,逞起威风来,故意要杀凤姐儿。凤姐儿见人来了,便不似先前那般泼了,丢(**此字程乙本作“撂”**)下众人,便哭着往贾母那边跑。

这里,从一路的大撒其泼,到后来的装受委屈,王凤姐的妒悍个性得到了充分展现。而一场混打混闹场景,由凤姐到平儿到“野鸳鸯”鲍二家的,再到贾琏,继后到众人出场,最后到贾母出面:空间随时间推移,镜头切换有序,情节链条流畅而又弹跳完整。

“凤姐撒泼”,又带写了贾琏。“俗男子”贾琏,背地里偷鸡摸狗,已属惯常形态,第21回与多姑娘儿苟合不是就差一点被凤姐“歪打正着”了吗?他本就是

“气管炎”(妻管严),何况做贼心虚,这次又被“抓了现行”,按理说,就成了鸭子的嘴巴——瘪了。但不可思议的是,一场打闹,自始至终,凤姐都不敢直接动手抓打自己那“不要脸”的男人,只敢“隔空交手”——在通房丫头平儿和“野女人”鲍二家的身上出气;孰知继后贾琏趁着醉意逞强,还公然挺身仗剑,追赶着“要杀了她”。见此情景,凤姐也只能“三十六计,走为上计”,一趟子跑到贾母面前求救;求救不打紧,还得撒谎编造理由,不敢理直气壮地申诉自己作为女人所遭受的“被男人背叛”的天大冤屈!结果,威高望重的贾母,不是照样稀里糊涂,只在事后喝斥了贾琏一顿吗!

说到底,贾琏之所以敢“做这些没脸的事”被现场曝光的情况下还兀自气壮如牛,还不是因为作为“男人”的他,受到了千百年来封建宗法制度和伦理道德的偏袒和保护!封建社会是等级社会,也是男权社会,奉行的是“男尊女卑”“男荡女贞”那一套著名“双标”。有权有钱有势有闲的男人,不但可以在家三妻四妾,即使“外遇”“出轨”也无大碍,甚至在交际场中吃喝嫖赌寻欢作乐,都算是“风流韵事”,还可歌以咏之,文以载之。作为男权附属品的女人,不得不依照“三从四德”的要求,守望家中,从一而终,贵则相夫教子,贫则亲操井臼,对自家男人出门在外发生的诸如此类行为,还不能过问,更不要说公然提出什么抗议或采取什么措施了。如此,若女子过得好且不说,若寂寞难耐而红杏出墙,则是万劫不复,轻则口水唾沫谴责,次则休弃羞辱娘家,重则幽闭惩罚甚至极尽侮辱而剥夺生存于世的权利。因此,贾府内外的男人,在两性关系上才会那么肆无忌惮;贾母等妇女,才会对贾琏等人的放荡无耻行为轻描淡写,不以为意。也因此,鲍二家的一条人命,才能够不了了之。凤姐在封建社会“男权”的威压及封建礼教的强大势力面前,要以一己之力去抗衡封建社会的礼教制度,有如鸡蛋碰石头,深知自己闹下去,只能落得头破血流、自取其辱、注定失败;何况截至目前,凤姐的肚皮不争气,只为男人生养了一个女孩,而封建时代的女孩是没有“传宗接代”“撑持自家门面”资格的,因此后来才有贾琏偷娶尤二姐,继而将父亲“赏赐”的秋桐引进家门的有恃无恐。基于自己面对的种种不利,眼下的凤姐也才表现得那般无助,而不得不将自己的泼悍大为收敛:

> 这里邢夫人、王夫人也说凤姐儿。贾母道:“什么要紧的事!小孩子们年轻,馋嘴猫儿似的,那里保得住不这么着(**前4字程乙本作“呢”**)?从小儿世(**此字程甲本妄作“是”;程乙本妄作“人”**)人都打这么过的(**此字程乙本删**)。(**此处程乙本加“这”**)都是我的不是,他(**此字程本作“叫你”**)多吃(**此字程乙本作“喝”**)了两口酒,又吃起醋来(**此处程本加“了”**)。”说的众人都笑了。

贾母这句众人一听“都笑了”的幽默话,大事化小,小事化了,有明显为浪荡子贾琏开脱的意思。封建社会妇女的实际地位,以及贾府的家风之不严谨,特别是封建道德的两面性和虚伪性,由此可见一斑!

本回的“祸起萧墙”“变生肘腋”,前与“焦大醉闹”“宝玉挨打”呼应,后与“鸳鸯抗争”“粉硝霜露纠纷”“抄检大观园”等事件遥照。它诚然是对“成日家说嘴,霸王似的”(贾母语)凤姐个人威势的一次劈头盖脸的沉重打击,也是全书巍巍百年贾府开始明显跌落的“路标警示”:经过近百年家族崛起和强势发展的贾府,其政治经济“行情”自此开启“断崖式下降”。就凤姐而言,最早秦氏的“月满则亏,水满则溢”“登高必跌重”“树倒猢狲散”“盛筵必散”“乐极生悲”等警示提醒,眼下尤氏“太满就溢出来了”等再三警告,在她听来不但逆耳,还如秋风过耳,不以为意;岂知就在她最得意的“高光时刻”,后院忽然起火,家丑猝然爆发,贾琏不仅在她生日这天公然将外面的野女人带回了家,还趁着几分酒意仗剑追杀她!看她跑到贾母跟前,爬在贾母怀里,只说“老祖宗救我!琏二爷要杀我呢!”的可怜相,我们的心情好复杂,因为强而有力的凤姐尚且如此不战而退,更何况天下其他女性!不禁要问:是“何方神圣”显灵作祟,居然使得“登泰山而小天下”的“女强人”,一时如泄了气的皮球,软弱窝囊到如此不堪一击的地步?同时,你或许还会猜想:尤氏等平素本就看不惯她欺凌霸道、风生水起的人,见老虎成了病猫的觳觫样,说不准还在心里暗乐呢。

其实,凤姐作为荣府内管家,精明能干,颇有作为;遗憾的是她有才干,缺德行,把持在手的权力又缺乏有效的监督和约束,日久天长,种种劣根性自然暴露,贪婪盘剥,欺凌弱者,张狂自大,甚至玩弄司法,戕害人命,在邪恶的道路上越陷越深、越走越远。因此,“错把平台当本事,错把人脉当能力,错把有所作为当胡作非为”的她,等演到“败走麦城”的那一天,彻彻底底受到命运的惩罚,只是早晚的事;与其他不肖子弟合力拱倒贾府大厦,自己同时失去立足之地而同归于尽,也同样只是早晚的事。作者无疑是欣赏她的才干的,但也如实地写出了她自身悲剧形成的“咎由自取”。

●红楼探照之一〇五:

“意淫”:源自心灵深处的感应

第 44 回的“平儿理妆”,主要写了平儿所受的屈辱以及她的委曲求全,同时也兼写了宝玉的怜香惜玉,体现了他对一个薄命女子不幸遭遇的深刻同情和细心关怀。

事情是这样的。一场因男人“趁空偷情”引发的夫妻打闹丑剧中，平儿夹在中间被双方当作发泄的对象，无辜被打被骂，逼得她“找刀子要寻死”；虽被李纨拉入大观园去了，仍然“哭的哽咽难抬”。后经宝钗劝解一阵，加之琥珀走来传达了贾母安慰她的话，可怜的女儿“自觉面上有了光辉”，方才渐渐的好了一些。见此情景，宝玉便让平儿到怡红院中来落脚暂歇，由袭人陪伴着。又经一阵劝解之后，平儿便听从了宝玉的劝慰，洗脸梳头，熨衣搽粉，戴花理妆，逐步缓解了自己悲伤低落的情绪。也正是在平儿内心最惨痛、最凄苦、最需要外界给予理解宽慰和同情体谅的时候，宝玉用自己的真诚和细心，赢得了平儿的信任，达成了两人之间精神上的沟通和默契。

“理妆”一节，实际上是在“非正常情况下”发生的。客观上，它演变成了打破了府内青年男女“授受不亲”严格界限的一次“自然而又大胆”的异性间感情交流行为。有如心理核聚变一样，这定会在两个聪明儿女的心灵深处，产生持久而又强烈的影响。

仅就“呵护女人”“疼爱女人”“也招女人喜欢”这一点来说，《红楼梦》中的多情公子贾宝玉，跟香港武侠小说巨擘金庸（1924—2018）《天龙八部》中的大理国王爷段正淳倒有几分类似，只是没有后者那么风流和滥情而已。“理妆”事件发生之前，宝玉鉴于平儿是贾琏的爱妾又是凤姐心腹的敏感身份，因封建礼教的限制，不便也不敢贸然与之接触；因不能略尽寸心，常引为恨事。不料因这次平儿的不幸遭遇，竟给他释放和升华对女儿的同情心和关爱心，提供了难得的机会。平儿呢，素习只闻人说宝玉专能和女孩儿们接交，但毕竟没有亲身感受体验过；这次，因刚受贾琏和凤姐两口子的折辱，成了他们共同发泄怒气的活靶子，饮恨忍受，余痛未息，只能在多情公子这里得到一点同情和宽慰了。眼下，对宝玉的关心备至、殷勤热诚，自然倍感暖心惬意，因而“心领神会”“言和意顺”，愉快接受了宝玉的好意；尤其是亲眼看着，让宝玉亲手“将盆内的一枝并蒂秋蕙用竹剪刀撷了下来，与她簪在鬓上”。如此的心理不再设防，如此的态度不再见外，这对平时严守“男女分界和规矩”的聪明贤惠的平儿来说，无异于一次小小的“情变”，一定程度上是对一贯“负心”“花心”的男人——贾琏的报复和背叛了！

事实上，“理妆”事件发生后，平儿基于对宝玉情感和人品的认可和感激之情，有如懂事的大姐姐常以自己柔嫩稚弱的翅膀为可爱小弟弟尽力遮蔽外界不时袭来的恶风腥雨一样，总是在利用自己的权力和影响，对怡红院的大小事务给予了最大程度上的周全和照顾。而眼下的宝玉呢，因有这段“奇遇”，心满意足、怡然自乐之余，又感伤不已：

> 宝玉因自来从未（**此字程本作“不曾”**）在平儿前尽过心，且平儿又是个

极聪明、极清俊的上等女孩儿，比不得那起俗蠢(**此字程本后移一字**)拙物，深为(**此字程乙本作“以为”**)恨(**此字程甲本后移一字**)怨。今日是金钏儿的生日，故一日不乐。不想落后(**前2字程乙本作“后来”**)闹出这件事来，竟得在平儿前稍尽片心，亦(**此字程本作“也算”**)今生意中不想之乐也(**此字程本删**)。因歪在床上，心内怡然自得。忽又思及贾琏惟知以淫乐悦己，并不知作养脂粉。又思平儿并无父母兄弟姊妹，独自一人，供应贾琏夫妇二人，贾琏之俗、凤姐之威，他竟能周全妥帖，今儿还遭荼毒，想来此人薄命(**前6字程本作“也就薄命的很了”**)，比黛玉尤甚(**前5字程本删**)。想到此间，便又伤感起来，不觉洒然泪下(**前6字程本删**)。因见袭人等不在房内，尽力落了几点痛泪(**前句17字程本全删**)。复(**此处程本加“又”**)起身，又(**此字程本删**)见方才的衣裳上喷的酒已半干，便拿熨斗熨了叠好；见他的手帕子(**前3字程乙本作“绢子”**)忘(**此处程乙本加“了”**)去，上面犹有泪渍(**此字程本作“痕”**)，又拿至(**前2字程本作“搁在”**)脸(**此字程本删**)盆中洗了晾上。又喜又悲，闷了一回，也往稻香村来，说一(**此字程乙本作“了”**)回闲话，掌灯后方散。

平心而论，宝玉关注贾琏的侍妾平儿和后来薛蟠的侍妾香菱(见第62回)，感官的审美愉悦诚然是有的，却又是“发乎情，止乎礼义”的。这种出自赤子本性和内心深处的人道与善良，特别是对金钏儿、平儿、黛玉等一众遭受重重人生苦难的天下女子于“同情”基础上一往情深的体贴和呵护，不掺杂任何情色欲望，没混夹任何非分之想；与他愤愤不平的将中意的女性仅仅作为“出火”对象的贾琏薛蟠等人的丑陋粗俗行径相比，截然不同。它是宝玉一直以来内存于心、外现于行的真情实感的自然流露，是以自由联想、内心独白等方式来进行细致描写和生动体现的。

“平儿理妆”一节，于极度气恼中夹写极度怜爱，读来有“山重水复疑无路，柳暗花明又一村”之感。曹雪芹洞察人心人性的细腻笔触，进入悲悯人性的深处，表现了宝玉对一个薄命女儿的深刻同情和悉心照顾，表现了深厚的人道主义情怀，读来令人感喟不已！姚燮在《读红楼梦纲领》中曾总结说：

宝玉于园中姊妹及丫头辈，无不细心体贴，钗黛晴袭身上，抑无论矣。其于湘云也，则怀金麒麟相证；其于妙玉也，于惜春弈棋之候，则相对含情；于金钏也，则以香雪丹相送；于莺儿也，则于打络时哓哓诘问；于鸳鸯也，则凑脖子上嗅香气；于麝月也，则灯下替其篦头；于四儿也，则命其翦烛烹茶；于小红也，则入房倒茶之时，以意相眷；于碧痕也，则群婢有洗澡之谑；于玉钏也，有吃荷叶汤时之戏；于紫鹃也，有小镜子之留；于藕官也，有烧纸之庇；

于芳官也，有醉后同榻之缘；于五儿也，有夜半挑逗之语；于佩凤、偕鸾也，则有送秋千之事；于纹、绮、岫烟也，则有同钓鱼之事；于二姐三姐也，则有佛场身庇之事。而得诸意外之侥幸者，尤在为平儿理妆、为香菱换裙两端。

红楼女儿统统放在心上，无论对方出身贫寒或出身贵族，无论对方身为奴隶或身为小姐，都像对待无论宝贵还是平常的瓷器一样珍惜和重视，这就是对天下女儿一贯寄予“多情”“体贴”“尊重”的护花使者——贾宝玉的风格！只不过，宝玉的“护花之心”虽然发自肺腑，但在现实生活的“凄风苦雨”中，却越来越力不从心，以致最终以愤然决绝的方式，跟这个冷酷势利的“无情”世界，彻底割断了联系。

第四十五回　金兰契互剖金兰语　风雨夕闷制风雨词

内容提要：针对诗社活动“人齐鼓不齐”的问题，探春提议凤姐“必得你去作个监社御史，铁面无私才好。”凤姐初有推脱之意，但经不住“领班”李纨的一番唇枪舌剑，只好借驴下坡乖乖答应。宝钗周到地应付各方面关系，黛玉则因病常接待不周。黛玉与宝钗谈自己病。雨夜，宝玉上门探望。黛玉作《秋窗风雨夕》寄托孤寂情怀。

●通常情况下，《红楼梦》每回的回目均为八字构成的一副对联，上下两个半联，对应本回前后两部分的主要内容。而第45回有所不同，上下两联所包含的情节，都倾注在本回的后半段去了：上半联指的是钗黛谈心，推心置腹；下半联指的是黛玉作《秋窗风雨夕》。而本回前半部分内容，虽然没有在回目中得到显示，但也是写人写事很重要、很精彩的部分。其中包括：一、李纨出头，为诗社拉凤姐“入伙”而展开了一场“笑骂”形式的斗争，逼得凤姐身处下风，不得不满口答应在资金、物质等方面给予诗社大力支持，以此端正了态度；二、赖嬷嬷及赖大家的，来邀请贾府头面人物出席为其孙子升官举办的家庭喜宴，透露出有关贾府和赖家种种历史的、现实的信息。

●赖嬷嬷的一番讲述，内涵丰富，耐人寻味。其中牵扯有曹家一丝半缕的锥心沥血往事，折射出曹家作为清代皇室的“包衣”贵族几代为奴、艰难崛起的“沉痛而又光荣”的历史。只是这些字面背后的隐秘，只有认真阅读并了解了相关资料才能领会。

●赖嬷嬷明面上对眼前的宝玉，实际上也针对不在自己面前的孙子所施行的“忆苦思甜”“艰苦奋斗”的传统教育，特别是在讲述自己孙子一路成长的幸运和顺畅时那副暗自得意又有所担心的神态口吻，活画出贾母之外又一个“老祖母”的生动形象：

"……前儿在家里给我磕头,我没好话,我说:'哥哥儿(**前3字程甲本作"哥儿";程乙本作"小子"**),你(**此字程本删**)别说你是官儿(**此字程本删**)了,横行霸道的!你今年活了三十岁,虽然是人家的奴才,一落娘胎胞(**此处程乙本加"儿"**),主子(**此处程本加"的"**)恩典,放你出来,上托着主子的洪福,下托着你老子娘,也是公子哥儿似的读书认字,也是丫头、老婆、奶子捧凤凰似的。长了这么大,你那里知道那'奴才'两字是怎么写的(**此字程本删**)!只知道享福,也不知道你爷爷和你老子受的那苦恼,熬了两三辈子,好容易挣出你这么(**此字程本删**)个东西来(**此字程本删**)。从小儿三灾八难(**此处程甲本加"的"**),花的银子也(**此字程本删**)照样(**此处程乙本加"也"**)打出你这么(**此字程本删**)个银人儿来了。到二十岁上,又蒙主子的恩典,许你捐个(**此字程本作"了"**)前程在身上。你看那正根正苗的(**此字程本删**)忍饥挨饿的要(**此字程乙本作"了"**)多少?你一个奴才秧子,仔细折了福!如今乐了十年,不知怎么弄神弄鬼的(**此字程本删**),求了主子,又选了(**此字程本删**)出来(**此处程乙本加"了"**)。州县官儿(**前4字程本妄作"县官"**)虽小,事情却大:为(**此字程乙本作"做"**)那一州(**此字程本作"处"**)的州(**此字程本删**)官,就是那一方的父母。你不安分守己,尽忠报国,孝敬主子,只怕天也不容你。'"

唠唠叨叨之中,赖家孙子的成长过程历历在目;反反复复之中,赖嬷嬷对自己的脱籍当官的孙子,似嗔实爱。之后,她又话锋一转,由自己对"子孙教育"的感怀,延伸到了对别人的孙子——贾宝玉的"旁敲侧击"上。话语中,透露出贾府历代教育的风格手段,以及在这种"严厉而无人道"的家教环境下,敬赦政一代人当初一路走来磕磕绊绊的依稀面影,为小说平添了"回望并品咂历史"的良多趣味:

因又指宝玉道:"不怕你嫌我,如今老爷不过这么管你一管,老太太(**此处程本加"就"**)护在头里。当日老爷小时挨(**此字程甲本作"讨";程乙本删**)你爷爷的(**此字程甲本删;程乙本作"那个"**)打,谁没看见的?老爷小时,何曾象你这么天不怕地不怕的了(**此字程甲本作"呢";程乙本删**)。还有那(**此处程本加"边"**)大老爷,虽然淘气,也没象你这扎窝子的样儿,也是天天打。还有东府里你珍哥儿(**前3字程本作"珍大哥哥"**)的爷爷,那才是火上浇油的性子,说声恼了,什么儿子,竟是审贼!如今我眼里看着,耳朵里听着,那珍大爷管儿子倒也象当日老祖宗的规矩,只是管的(**前2字程本删**)到(**此字程本作"着"**)三不着两的。他自己也不管一管自己,这些兄弟、侄儿怎么怨的不怕他?你心里明白,喜欢我说;不明白,嘴里不好意思,心里不知怎么骂我呢!”

一个资深的老奴才,现今春风得意、吃穿不愁的“老封君”,闲谈中抖露出这么一些历史资料来,可信度是毋庸置疑的。借赖嬷嬷口中训说宝玉一番,暗补宁、荣两府昔日家教之严,以见当下之放纵。赖嬷嬷的话,牵扯历史往事的同时,确实还映照到现实实际,直指当下活跃于贾府内外的一小撮老少爷们敬、赦、政、珍以及宝玉等人,让人警醒。可以说,这些贾府上两三代责罚儿子们的“陈谷子烂芝麻”旧事,上承宝玉挨打,下启对贾珍的指责,无形中对贾府子孙的成长道路和家族的今后发展走向,均有“旁补”和“反讽”的作用。由此可见,曹雪芹笔下没有一个“闲人”,也没有一处真正意义上的“闲笔”。他的“闲人闲笔”,总是带上了无限丰富复杂的社会人生内容,既为贾府的发展轨迹敷设历史广角背景,又凭此增加了作品反映社会生活的历史深厚程度。可谓“以一当十”“毫无冗余”。

●赖家婆媳二人请人赴宴,态度恭敬诚恳,言辞谦抑低调,让人推却不得。凤姐当即表态必去,但又提早声明:“我是没有贺礼的,也不知道放赏,吃完了一走,可别笑话。”论精明,谁能胜过“少说也有一万个心眼子”的王凤姐?只是一个荣府的大管家,做事如此的“小家子气”,令人纳闷。实际上,作者通过这一个细节一个侧面,便写出因受限于整个荣府经济的入不敷出,使得一向讲虚荣、要面子、爱热闹的权势者,“一跳八丈高”的心气,几乎要泄露无遗了。

●借赖大因儿子“得官请酒”的情节设置,一石多鸟,不但引出第 47 回酒宴期间薛蟠“调情遭苦打”事件,趁势伏下第 56 回“探春整顿大观园”的潜在诱因;且见荣府声势煊赫以致奴辈后代沾光分润,实现了“阶层逆袭”“政治翻身”的事实,借此又反照第 118 回贾政借银不得的“忘恩负义”。

●补写周瑞之子在凤姐生日这天的酒醉无礼,为该日“泼醋”余波;且见凤姐生辰,内外上下俱有躁动气象,暗伏后来贾府败没之际,一众“忘八羔子们”必有的“无法无天”表现。而周瑞家的儿子犯事,竟得赖嬷嬷当面求情,凤姐照准,亦可见老奴才、老奶妈的脸面不小!

●宝钗无疑是中国社会并不少见的“人缘学大师”,最擅长锦上添花,也不时注意雪中送炭,给需要帮助的人以帮助。对宝钗要从自家那里送来燕窝一事,黛玉忙笑道:“东西事小,难得你多情如此。”宝钗道:“这有什么放在口里的!只愁我人人跟前失于应候罢了。”你看,各自一句话,写出了黛玉对人际往来中感情的倍加珍惜,显示了宝钗在优化人际关系方面深耕广种、多方营求的惯常理念。

●黛玉心事向宝钗实说,不但写出黛玉平日多心,且见宝钗贤德,并暗写出众人背后种种议论。

●黛玉对宝钗诉说心中的烦难,虽指向丫头婆子一类“小人”,但何曾只是小人,上层她是不便说的。其实,压迫她的,带给她日甚一日、驱之不去的精神痛苦的,是整个社会的落后制度,是整个贾府的势利环境,是整个"吃人"的礼教文化,是人本身无处不在的局限性和劣根性在作祟。黛玉心中的无尽烦难,和盘托出一个父母双亡、寄人篱下的姑娘那难得的自知之明和难言的孤独无告,预示着今后一旦贾府人事发生重大变故,她的朝不保夕、无人过问,只能自怨自苦、自生自灭的悲惨境地。

●这里黛玉喝了两口稀粥,仍歪在床上,不想日未落时天就变了,淅淅沥沥下起雨来。秋霖脉脉,阴晴不定,那天渐渐的黄昏,且阴得沉黑,兼着那雨滴竹梢,更觉凄凉。知宝钗不能来,便在灯下随便拿了一本书,却是《乐府杂稿》,有《秋闺怨》《别离怨》等词。黛玉不觉心有所感,亦不禁发于章句,遂成《代别离》一首,拟《春江花月夜》之格,乃名其词曰《秋窗风雨夕》,真是景、境、情、文交融酿出来的心灵的悲泣!只不过前词是以"春江花月夜"为背景,表现了游子对爱人的思念,情深意远,音韵流转,洋溢着恬静自然之美;后者以"秋窗风雨晚夕"为背景,抒写了离人的满腔愁绪,意境凄苦,格调感伤,情绪较《葬花吟》更为低沉。该诗同为《红楼梦》中的诗词名篇之一,也可见林黛玉的才华,大观园内外罕有其匹!

●因天气变化,雨夜难行,不便打扰,宝钗事先答应来而届时未来,但答应的东西还是送来了;相比之下,宝玉没说来,却不避风雨天黑,亲自登门看望来了。对病中黛玉的探视,一个漫应,不缺小惠;一个深情,更见痴心;一个见面说气色不好,真话中缺少善意;一个见面说气色好多了,谎话中倒充满了体贴和柔情。

●宝玉夜探,一见面,虽是平淡的问候和举灯照面观察,却也充满了细腻贴心的关怀和深情的爱意。而黛玉投桃报李,真情如画,她当然愿意宝玉多待,但同样出于关爱,劝他:"我也好了许多,谢你一天来几次瞧我,下雨还来。这会子夜深了,我也要歇着,你且请回去,明儿再来。"宝玉披蓑戴笠出去了,又翻身进来问道:"你想什么吃,告诉我,我明儿一早回老太太,岂不比老婆子们说的明白?"黛玉则关心对方:"可有人跟着没有",并叫他拿了玻璃绣球灯去,还埋怨生怕失脚滑倒打破了灯的宝玉说:"跌了灯值钱,跌了人值钱?……就失了手也有限的,怎么忽然又变出这'剖腹藏珠'的脾气来!"二人短暂照面和赓即辞别之间的言语,句句普通、随和、淡然,并没有丝毫的男欢女爱、轻薄轻佻字眼,却情意绵绵,字字充满无限关切,写出了宝黛之间刻骨铭心的人间真爱。

●宝玉夜探,因穿戴的蓑衣斗笠棠木屐,解释说"这三样都是北静王送的,他闲了下雨时在家里也是这样",不经意间又展露出贾府与北静王府密切交往的蛛丝马迹。只是黛玉对来自王府的稀奇物件,并无太大兴趣,对宝玉"我送你一顶,冬天下雪戴”的好意，也不予领受，态度与第16回将“不知哪个臭男人”拿过的鹡鸰香串掷而不取一样。不过，值得注意的是“北静王”这条线索，在全书一直未断。作者细编密织，不时点染，草蛇灰线，寓意长远。后来贾府败没，因“北静王府”这层关系，要么发酵，受到政治上的牵连；要么因祸得福，受到照顾而绝处逢生。

●回末，对也打着伞提着灯，受命前来送上燕窝等物品的蘅芜苑婆子，黛玉关心备至，亲切交谈，充分理解她们的娱乐方式及生活艰辛，反映出贵族少女对社会弱势群体生活的关注以及对这类人境遇的体谅同情。“命人给他几百钱，打些酒吃避避雨气”，这样一个不起眼的生活细节，与第26回佳蕙小丫头提到的“见我去了，林姑娘就抓了两把给我，也不知多少”的类似细节一样，反映出林黛玉善良高贵的品质以及举手投足间的洒落与大方，这是对林黛玉丰富性格内涵的又一次补充。同时，园内值宿人等开场聚赌实为惹事根由，于此处无意中带出，也可见作者的文思细巧，鬼斧神工。

●回末写移灯下帘，黛玉睡下，自在枕上感念宝钗，一时又羡他有母兄；一面又想宝玉虽素习和睦，终有嫌疑。这些描写，是非常符合黛玉这个时期与宝玉情感日深、与宝钗关系和解情况下的特定心理的。接着写她“又听见窗外竹梢焦叶之上，雨声淅沥，清寒透幕，不觉又滴下泪来。直到四更将阑，方渐渐的睡了”的情景，令人感怀而怜悯顿生。

●须加留意的原文脂批：

※宝钗笑道：“将来也不过多费得一副嫁妆罢了，如今也愁不到这里。”【庚辰双行夹批：宝钗此一戏，直抵通部黛玉之戏宝钗矣。又恳切又真情，又平和又雅致，又不穿凿又不牵强，黛玉因识得宝钗后方吐真情，宝钗亦识得黛玉后方肯戏也。此是大关节大章法，非细心看不出。二人此时好看之极，真是儿女小窗中喁喁也。】

编者按：一直以来，钗黛二人因各自思想性格不同、处世为人的风格不同、对宝玉的情感心思不同，相互关系总不免微妙、别扭。但随着时间的推移、年岁的增长，以及各自处境或明或暗发生着的变化，又因宝钗首先采取主动，跨出了“和解”的第一步，伸出了友谊的橄榄枝，于是二人的关系得到大幅度缓和；尤其是随着黛玉的心结解开之后的有感必应、投桃报李，促进了二人之间姊妹情谊的迅速回暖升温。“黛玉因识得宝钗后方吐真情，宝钗亦识得黛玉后方肯戏也”，脂批的分析恰切，确非隔靴搔痒之论。很多人将宝黛婚恋悲剧的主要原因，归罪到听天由命而又有所作为的宝钗身上，是有失公允的。

※婆子笑道：“不瞒姑娘说，今年我大沾光儿了。横竖每夜各处有几个

上夜的人,误了更也不好,不如会个夜局,又坐了更,又解闷儿。今儿又是我的头家,如今园门关了,就该上场了。”【庚辰双行夹批:几句闲话,将潭潭大宅夜间所有之事,描写一尽。虽偌大一园,且值秋冬之夜,岂不寥落哉?今用老妪数语,更写得每夜深人定之后,各处灯光灿烂、人烟簇集,柳陌之上、花巷之中,或提灯同酒或寒月烹茶者,竟仍有络绎人迹不绝,不但不见寥落,且觉更胜于日间繁华矣。此是大宅妙景,不可不写出。又伏下后文,且又衬出后文之冷落。此闲话中写出,正是不写之写也。——脂砚斋评。】

编者按:诸如此类揭示艺术现象及艺术规律、构思技巧的批语,有情有理,带血带肉,应为文学爱好者所重视而加以学习借鉴。

※【戚序回前:富贵荣华春暖,梦破黄粱愁晚。金玉作楼台,也是戏场妆点。莫缓,莫缓,遗却灵光不远。】

※【戚序回末总评:请看赖大,则知贵家奴婢身份,而本主毫不以为过分。习惯自然,故是有之,见者当自度是否可也。】

●红楼探照之一〇六:

忙人不跟闲人斗
——凤姐与李纨“斗嘴”落败引出的教训

第45回王凤姐与李纨猝然发生的一场斗嘴,结果凤姐落了下风,搞得自己灰头土脑一事,教训深刻,值得总结。特别是现代职场中身处相对优势地位者,更应从中得到启发和智慧。

话说第37回海棠诗社成立之初,经园中众姊妹热议,诗社的组织管理架构,以及开展诗歌创作活动的时间、场地、规则等大致都得以明确,接下来还分先后两个阶段做了现场热身比赛。遗憾的是,大概是受“君子言道不言钱”的观念影响,该项活动经费的保障问题,却没有人虑及,也更没有人提出。除了湘云兴高采烈之余,贸然自告奋勇要做东道搞一次活动,继后由家底丰厚的宝钗替她排忧解难提供钱物,办成了一场热热闹闹、皆大欢喜的螃蟹宴以助诗兴外,再没有人出此“风头”,当此“冤大头”的了。因此,诗社开展活动的经费空悬,还是没有着落。按道理,从探春手里夺占了“社长”职位的“大观园财主”李纨,大家陪着她一起高兴,她也应该有所表示才是;但她就是在出钱这个“关键的问题上”装睡,一声不吭。结果,还得由诗社发起人探春出面,以巧妙的理由,当面向凤姐提出要借重她的身份和威望出任诗社“监社御史”一职的请求。至于成不成,就看凤姐能不能体谅,自不自觉“接招”和乐不乐意“上套”了。

聪明透顶的王凤姐，何尝不明白这一群尚未成家立业的姊妹们“等米下锅”的难处，以及下此“聘书”把戏的真实意图：

凤姐儿笑道：“你们别哄我，我猜着了：那里是请我作监社御史，分明是叫我（**前2字程乙本作“叫了我去”**）作个进钱的铜商（**此处程乙本加“罢咧”**）！你们弄什么社，必是要轮流作东道的（**此字程乙本作“儿”**）；你们的月（**此字程本删**）钱不够花了，想出这个法子来拗（**此字程本作“勾”**）了我去，好和我要钱。可是这个主意（**此处程乙本加“不是”**）？”一席话（**前3字程本删**）说的众人都笑起来了（**前3字程本作“道：‘你猜着了。’”**）。

面对姊妹们彼此心领神会的笑，或许这个时候，一向嗜银钱如命的王凤姐还有一些难为情，“接招还是不接招”的决定，尚在迟疑之中。在此“成与不成”的节骨眼上，恰巧躲在一旁的李纨一句似乎隐含恭维取悦的话，瞬间让凤姐找到了话茬的着力点，转而以半开玩笑半认真的态度，对李纨银钱吝啬、遇事旁观的行为大不以为然：

……李纨笑道：“真真你是个水晶心肝玻璃人。”凤姐儿笑道：“亏（**此字程乙本作“亏了”**）你是个大嫂子呢！把（**此字程本删**）姑娘们原交给你带着念书学规矩针线的（**此字程甲本删；程乙本作“哪”**），他们不好，你要劝（**前7字程乙本删；程甲本作“俱要教导他们的”**）。这会子他们（**前2字程本删**）起诗社，能用几个钱，你就不管了？老太太、太太罢了，原是老封君。你一个月十两银子的月钱，比我们多两倍银（**此字程本删**）子。老太太、太太还说你寡妇失业的，可怜，不够用，又有个小子，足的又添了十两（**此处程本加“银子”**），和老太太、太太平等；又给你园子（**此处程本妄加“里的”**）地，各人取租子；年终分年例，你又是上上分儿。你娘儿们，主子奴才共总没（**此字程本作“没有”**）十个人，吃的穿的仍旧是官（**此字程本作“大官”**）中的。一年（**前2字程本删**）通共算起来，也有四五百银子。这会子你就每年拿出一二百两银子（**前2字程本删**）来陪（**此字程本作“陪着”**）他们顽顽，能（**此字程甲本作“能有”；程乙本作“有”**）几年的限（**此字程本作“呢”**）？他们各人（**此字程本作“明儿”**）出了阁（**此字程乙本作“门子”**），难道还要你（**前3字程乙本作“你还”**）赔不成？这会子你怕花钱，调（**此字程本作“挑”**）唆他们来闹我，我乐得去吃一个河涸（**此字程乙本作“落”**）海干，我还通（**此字程本删**）不知道呢！”

令李纨没有想到的是，一句并无恶意的“水晶心肝玻璃人”赞叹，竟招致了凤姐不甚领情的一连串抱怨和指责。笑谈间，对寡嫂受到大家庭多方面“优厚待遇”却一毛不拔的“铁公鸡”行为，确实隐含着那么一丝嫉妒不满。细品这些话语，若说曝光了贾府财物资产（如租地、年例、吃穿）分配状况，以及上层人物贾母、邢王二夫人、凤姐自己的月钱收入情况不打紧，却恰恰也将寡嫂藏着掖着的个人小家庭不菲的日常收入账目，公之于众了！这实实在在触碰了李纨甚为敏感的"神经"，牵扯到了李纨必须自己挺身出来捍卫的切身利益，关键还涉及她作为贾府的"道德模范"和"园内姑娘领班"在一众姊妹中的"正面形象"是否得以维持的重大问题。是可忍，孰不可忍！完全可以想见，向来心气平和、自满自足的李纨，被凤姐言语挑动之下的气恼和说不出的激愤。这种非常不爽的情绪体验，又瞬间激活并强化了之前几桩生活小事上对凤姐的怨气和不满，于是"忍无可忍"的"菩萨奶奶"李纨，迅疾拉下了"温良恭俭让"的面纱，展现出了平常难得一见的尖利口齿，针锋相对，火力全开，夹枪弄棒，连皮带肉，毫不客气，一顿挖苦嘲笑加上人格贬低，竟使得一向言辞锋利、反应敏捷的王凤姐，瞬间失去了招架之力：

李纨笑道："你们听听，我说了一句，他就疯了（**前2字程本删**），说了两车的（**此字程本后移二字**）无赖（**此处程本加"的话，真真"**）泥腿市俗（**前2字程乙本作"光棍"**）专会打细算盘分斤（**此字程本妄作"金"**）拨（**此字程本作"掰"**）两的话出来（**前3字程本删**）。这（**此字程本作"你这个"**）东西，亏他（**此字程本作"了还"**）托生在诗书大（**此字程乙本作"仕"**）宦名门（**前2字程本删**）之（**此字程本作"人"**）家做小姐，出了嫁（**前3字程本后移四字**）又是这样（**此字程本作"么"**），他（**此字程本删**）还是这么着；若（**此字程乙本作"要"**）是（**此字程本删**）生在贫寒小户（**前2字程本作"小门小户"**）人家，作个小子（**此处程本加"丫头"**），还不知怎么下作贫嘴恶舌的（**前5字程本删**）呢！天下人都被（**此字程乙本作"叫"**）你算计了去！昨儿还打平儿呢（**此字程本删**），亏你伸的出手来！那黄汤难道灌丧了狗肚子里去了？气的我只要给平儿打报（**此字程本作"抱"**）不平儿。忖度了半日，好容易'狗长尾巴尖儿'的好日子，又怕老太太心里不受用，因此没来，究竟气还未平。你今儿又（**此字程本作"倒"**）招我来了。给平儿拾鞋也不要（**前3字程本作"还不要呢"**）！你们两个，只（**此字程本作"很"**）该换一个过子（**此字程本作"儿"**）才是。"说的众人都笑了。

凤姐儿忙笑道："（**此处程本加"哦，我知道了"**）竟不是为诗为画来找我，这脸子（**前3字程本删**）竟是为平儿来（**此字程本后移二字**）报仇的（**此字程本作"了"**）。（**此处程本加"我"**）竟不承望（**前2字程本作"知道"**）平儿有你这一（**前2字程乙本作"这么"**）位仗腰子的人。早知道，便（**前4字程甲本作"可知就像"，程乙本作"想来就像"**）有鬼拉着我的手打他（**前2字程本作"似的"**），（**此处程本加"从今"**）我也不（**此字程本作"不敢"**）打了（**此字程本作"他了"**）。平姑娘，过来！我当着（**此处程本加"你"**）大奶奶、姑娘们替你赔个不是，担待我酒后无德罢。”说着，众人又（**此字程本删**）都笑起来（**前2字程本删**）了。

李纨笑问平儿道：“如何？我说必定（**此字程本删**）要给你争争气才罢。”平儿笑道：“虽如此，奶奶们取笑（**此处程乙本加“儿”**），我（**此处程本加“可”**）禁不起（**此处程本加“呢”**）。”李纨道：“什么（**此处程本加“禁的起”**）禁不起，有我呢。快拿了（**此字程本删**）钥匙叫你主子开了楼房（**前4字程本作“开门”**）找东西去（**此处程本加“罢”**）。”

一顿惊风密雨、嬉笑怒骂之下，明显落了下风的凤姐，只得一退再退，气馁中“好嫂子”连声，以示弱讨饶：

凤姐儿笑道：“好嫂子，你且同他们回（**此字程乙本作“去”**）园子里去。才要把这米帐合（**此处程本加“他们”**）算一算；那边大太太又打发人来叫，又不知有什么话说，须得过去走一趟（**此字程本作“走”**）；还有年下你们添补的衣服（**此字程乙本作“裳”**），还没（**前2字程本删**）打点给他们（**前2字程本作“人”**）做去（**此处程本加“呢”**）。”李纨笑道：“这些事情我都不管，你只把我的事完了我好歇着去，省得这些姑娘小姐（**前2字程乙本作“们”**）闹我。”凤姐忙笑道：“好嫂子，赏我一点空儿。你是最疼我的，怎么今儿为平儿就不疼我了？往常你还劝我说，事情虽多，也该保养（**此字程本作“全”**）身子，捡点着偷空儿歇歇，你今儿反（**此字程本后移一字**）倒逼（**此字程本作“逼起”**）我的命了（**此字程本作“来了”**）。况且误了别人的年下衣裳无碍，他姊妹们的若（**前6字程本作“他姐儿们的要”**）误了，却是你的责任，老太太岂不怪你不管闲事，这（**此字程本作“连”**）一句现成的话也不说？我宁可自己落不是，岂（**此字程本作“也不”**）敢带（**此字程本删**）累你呢（**此字程本作“呀”**）。”

李纨笑道：“你们听听，说的好不好？把他会说话的！我且问你：这诗社你（**此字程本删**）到底管不管？”凤姐儿笑道：“这是什么话？我不入社花几个钱，（**此处程本加“我”**）不成了大观园的反叛了（**此处程本加“么”**），还想在这里吃饭不成？明儿（**此字程本作“日”**）一早就到任，下马拜了印，先放下五十两银子给你们慢慢（**此处程本加“的”**）作会社东道（**此处程乙本加“儿”**）。过后几天（**前4字程乙本删**），我又不（**此字程乙本作“不会”**）作诗作文（**此处程乙本加“的”**），只不过是个（**此处程本加“大”**）俗人罢了。‘监察’也罢，不‘监察’也罢，有了钱了，（**此处程本加“愁着”**）你们还（**此字程本作“还不”**）撵出我来！”说的众人又都笑起来。

说起来，凤姐终不失为一个爽快的聪明人！一旦领教了李纨的厉害，又念及平日里众姊妹的本有的情分，在做出对诗社活动积极支持的明确表态之后，便立即拿出实际行动,一路绿灯高高挂起来了。犹如“乌江自刎”前当众展示了自己精湛武艺的楚霸王一样,绵里藏针的李纨在咄咄逼人的“绝地反击”取得完胜之后,也就在“谈笑间”握手言和,全身而退了。

在这里,读者要特别注意李纨唇枪舌剑、争取支持的强势反击过程中,她是非常注意把握斗争的原则、策略和分寸的:话语虽锋利,也戳到了对方的痛点和软肋,听上去确实有些不奉情面的恶毒和刻薄;但一切,都是在为平儿打抱不平的名义下展开的,性质上仍然属于妯娌之间“不乏善意和友情”的嬉笑怒骂,充其量使得王凤姐一时脸红心虚理亏显得有些狼狈而已,对其本人并不构成有损人格、污辱尊严等“实质性伤害”(但程本的改动却忽略了这些细微处、精准处的表达)。不然,作者也不会在这个笑骂过程中,至少四次特别提点到“说得众人都笑起来了”“说得众人都笑了”“说着,众人又都笑起来了”“说得众人又都笑起来”这一类表示氛围相当友好、群情特别活跃的场景了。

说起李纨轻易不露的口角锋芒,其实第 42 回的林黛玉就曾领教过她的厉害。时隔不久,一向强势的王凤姐,不幸又撞到了她“硝烟并未散尽”的枪口上,用李纨的话说,就是“究竟气还未平,你今儿又招我来了”。因此,在这场“府内大忙人”与“园内大闲人”的短兵相接中,没有多少心理准备,又缺少向对方攻击的子弹:凤姐焉得不败!何况,论文化李纨读书识字能作诗,王凤姐目不识丁,望尘莫及;论修为李纨能秉承传统道德,深受上下钦敬,凤姐虽能诙谐幽默善于取笑,但上不了档次,连宝钗对她都持保留意见;论资历顺位,李纨原本是王夫人之后荣国府天然的管家接班人,只因“守节”不宜抛头露面,才送给了凤姐依次递补进位的机会;论才能,王凤姐的干练泼辣诚然盖过李纨,但单论口才,凤姐未必就是李纨的对手。总之,回顾纨凤交锋的过程,可以看出,在李纨的连珠炮式的凌厉攻势下,凤姐只有转攻为守,直至举手敛额,乖乖投诚了。要问原因何在?姑且不论各人的素质能力,只看她们在家族群体中各自所处的位置,笔者认为:

一、从家政事务管理方面看,李纨无疑是具有一定话语权因而资历显得比较深厚的“在野党”,问题看得清,脉搏把得准,自身的毛病也不容易暴露,有其独特的“闲来无事”“位置超脱”优势。必要之时,她当然可以意气用事,借题发挥,畅所欲言,指东打西,无所顾忌的。

二、李纨平时身处二线,并未“担任实职”,也没有被哪一级聘任成“参事”“顾问”(只有第 55 至 63 回凤姐歇肩养病期间,曾被王夫人临时指定为园内事务管理的“三人小组”成员之一),除受命带一群小姑娘念念书、写写字、学学规矩、做做针线外,剩余时间就是关起门来过日子,要么数数自家账户上的银子,要么看看稻香村田地里的收成,要么陪陪自己亲手教养的儿子,完全置身于大家族随处可见的矛盾漩涡之外，富甲一方，自得其乐；加之一直以来奉行“多栽花，少栽刺”“不在其位，不谋其政”的为人处世原则，因此收获的口碑甚好，坐立都有道德优势，赢过凤姐也就不足为奇了。

三、反观王凤姐，大权在握又喜欢逞能，于是揽的事情越多，留下的过失就越多。加上“酒后失德”，前不久才发生了无端打骂凌辱自己身边人的恶劣行为；当着众人的面，又被自己的花心男人仗剑赶杀，虽有贾母保驾，但毕竟公众形象受损、自尊心同样受伤，眼下精气神尚未完全恢复过来呢。此类“家丑”话柄，作为“证据”和“弹药”，早已落到大奶奶这里，正好用来开端发飙呢。

四、李纨无疑是道德包装甚好的所谓“精致的利己主义者”。她不是“推倒油瓶不扶”的人，贾迎春那样的忍气吞声是不合她脾性的；她有的是口角锋芒，只要你不冒犯她，大家和谐共处，相安无事；一旦你惹着了她，具有“独狼”风格的她，就会利剑出鞘，直捣黄龙，打蛇七寸，连眼都不眨一下的。“于是余有叹焉”，想到了职场上彼此间的相处。

说起来，位尊权重责大者，还是要经常关注、关怀部属的生活疾苦和思想动态，主动给予体谅和照顾才好。因为他们是一个活生生的人，有七情六欲，有家庭付出，有工作烦恼，也有事业追求，甚至还有人在心灵深处隐藏着对社会现实、对自身现状的种种不满。负面情绪积压太多，又找不到合适的释放渠道，一旦达到极点就会“破防”泄露，带来不小的戾气。这样，轻则影响个人的生活学习工作状态，拖累本人的身心健康；重则影响团队的荣誉、效能与人际关系，破坏生态，毒化氛围，酿成乱局，影响整体事业的发展。首长不好当、队伍不好带的原因，也在这。因此一定要有合适的上下联系、左右沟通渠道，要建立健全各层级干部职工负面情绪及时得到发散疏导的管理机制才好。

就说封建专制时代吧，即便是高高在上的封建帝王，也非常忌讳朝堂上有臣子上演“面折廷争”的戏码。因为无论事情本身的是非曲直，当面被臣下谏诤扫脸，总不见得是一件“喜闻乐见”的赏心事：处理得好，是英主明君，是贤臣忠臣；处理不好，是无道昏君，是乱臣贼子。所以无论君臣如何相处，都是一场危险的游戏，稍有不慎，就可能两败俱伤。广而论之，人际间上下左右、男女老少、贤与不肖的关系相处，当慎之又慎，不要轻视任何人和忽略任何群体。非有十分必要，就不要轻易去触碰一些人脆弱敏感的神经，就不要去动其隐秘，乃至于戳其软肋，铲其逆鳞，揭其伤疤，开挖其“祖坟”，诅咒其“子孙”；特别是非有必要，就不要动辄去触犯一个人切身的、既得的、重大的、实际的利益。否则，猝然之间，遭受一顿李纨那样的猛烈的“排炮”攻击，除了搞得你晕头转向、狼狈不堪、心情败坏、威信降低之外，还能得到什么呢！

就说基础教育阶段的学校管理吧。县内有某一规模较大的老牌学校,上届校长鸡肠小肚,最喜欢在细枝末节上用功,习惯于鸡毛蒜皮上较劲。走马上任伊始,就以“强化规范管理,细化各项考核”为名,有意拿临近退休年龄的人员作法,杀鸡儆猴,今天要“打卡”,明天要“曝光”,后天要“解聘”,一时搞得一团老者群情激愤,集体上访;后经多方调解,事态虽有缓和,但该负责人并未汲取教训,依然我行我素,管理不得法又固执己见,斗争性强,灵活性差,感召力无,不惮得罪同事,不惜将自己一半以上的时间精力放在与各类前来“理论”的教职员工的“争吵”和“缠斗”上,以致工作难有起色,内部大不平顺,教学质量滑坡。一脉不和,周身不遂,连续几年的“差评”之下,此人只得黯然离职,悻悻而走。

令人欣慰的是,后任一反斤斤计较的风格,一开始就抓大放小,突出重点,真正落实“教学为中心”的主体地位,高举“质量是生命”的大旗,“下大力气优化队伍建设”,并实行“队伍分层管理”“教师分类施策”的治校方略,实打实推进“青蓝工程”。具体做法是,适当减少老同志的课业负担,保持作息时间上一定的弹性,但又加重了他们乐于接受的“传帮带”方面的责任;与此同时,以“课堂为主渠道”,将工作开展、经费投入、进修福利以及严格督查考核的重点,毋庸置疑地放在了中青年教师身上,以“逼”带“促”,“爱”在“严”中,“细”在“实“中”,致力于这个原本就富于生机、活力、希望以及提升空间的群体,尽早尽快地走向成功和成才。一系列的配套政策落地,加上近一两年的持续努力,学校的面貌发生了巨大而又可喜的变化:老教师心情舒畅,工作积极,事业用心,反而少了“迟来早走”“无病呻吟”“小病大养”等现象;中青年教师身担重任,眼见前途,有压力更有赋能成长的动力,不用扬鞭自奋蹄;整个单位“老树新花”,风清气正,和谐奋进,各得其所,各项工作风生水起、纲举目张、成效显著,获得社会广泛赞誉;该校负责人事业的格局和眼界进一步放开,工作的轻松感和生活的宽裕感、幸福感也大大增强。这不恰与前任成天陷身于与群众的“争执”“吵闹”局面,形成了鲜明对照吗?王凤姐“大吃眼前亏”的沉痛教训,不是得以避免了吗?两者治校的胸襟格局和素质能力,不是高下立判了吗?

●红楼探照之一〇七:

闷声方能发大财
——赖家发迹变泰的秘诀

第 45 回有关赖家婆媳的一段对话描写,内涵丰富。它不但侧面反映了封建时代家族奴才“托主子的福”逐渐崛起,后代也能通过捐前程、应科举、当官作宰、荣宗耀祖的历史事实和社会现实，而且顺带牵扯出贾府前代人管教子女的乖戾，以及贾敬、贾赦、贾政等人过去成长路上的“一鳞半爪”。这在无形中，又增加了小说的历史蕴含，补充了贾赦、贾政等人的生活既往。其间穿插赖嬷嬷为周瑞家的儿子向凤姐“求情”以得宽免的情节，一定程度上，也反映了贵族家庭内部复杂微妙的人际关系。

你看，那个口齿灵便，善于察言观色、讨乖弄巧的赖嬷嬷一出场，便一口一个“主子洪福”，一口一个“主子恩典”，听上去悦耳顺心，无疑表明她本人无论如何是不忘根本，明白自家是几斤几两的。无论这话的真诚度有多高，总比那个年龄越大往府里来得越少、忘恩负义行迹隐然显露、后来果然很不像话的孙子赖尚荣，要好得多吧！

在笔者看来，凭出场次数本就不多的赖嬷嬷的谈吐和气场，她在赖家的地位和影响，定然有如贾母之于贾府一样，均可算是各自家族无与伦比的“精神领袖”了。眼下的赖家，与他们几代人作为“衣食父母”靠着的老主子家——贾府那急剧下滑的发展态势相比，恰恰相反：日积月累，家底厚实，金钱铺路，蓄势待发，孙辈出头，未来可期。根据小说描写，赖大、赖二分任宁荣二府都总管，身居有利位置，把持相当权利；赖嬷嬷虽已“荣退”，安享丰衣足食的“夕阳红”生活了，但这个见多识广、老谋深算的老太婆并没有真正闲着，还在利用自己辈分高、面儿熟、路道清等人脉资源优势，自觉为拓展子孙的“利益边疆”，发挥着炎炎“余热”呢。你看她，以前曾一见贾母喜欢自己在外头买来的标致伶俐小丫头晴雯，便二话不说、双手奉上以作“孝敬”（见第 77 回）；遇到贾母一时心血来潮想着要为辈分很低的王凤姐“攒金庆寿”之际，便第一个站出来响应号召，并做出极为心甘情愿“多出血”、多给份子钱的慷慨架势。除了这些外，平日里她还不时亲身前来，到贾府老祖宗等头面人物面前晃动晃动，笑谈笑谈，以联络感情，固宠希荣。不管其主观意愿如何，客观上起着翼蔽后代暗中攒劲发展的不可替代也不可小觑的作用呢。

赖嬷嬷口口声声将“主子恩典”挂在嘴上，客观上也是一种炫耀，一种掩盖。炫耀的是“贵家老奴婢身份”处处受到尊敬的优待；掩盖的是喧宾夺主、老树新花这一类最易引起别人心理不适的家族“隐秘发展”的迹象。不难推想，借助贾府的威势以及赖家至少三代为奴替主家打理事务期间，对公私财物处心积虑的攫取（后四十回中有多处暗示，但始终没去作正面描写），赖家家底逐渐充实，家业逐渐抬头；这个时候，树大招风，他们当然担心后来居上的势头要么引起主子的警觉，要么招来同阶层的嫉妒。因此，他们尽量韬光养晦，保持低调行事，时时念叨“主子的洪恩”，经常以“感恩主子”一类漂亮话以掩人耳目，以炫耀主子的恩宠来震慑那些对他们“过上了好日子”而心怀不满的人,以最大限度地减少自家势力崛起乃至膨胀所必然带来的震动和阻力。

不用说,赖家至少有三四代人依附着百年贾府这棵大树取荫乘凉,不显山不露水,低头攒实力,闷声发大财,已经成为了贾府奴才辈中兴家立业最成气候的一家;赖大家的花园子,就是一面小小的镜子,照出了赖家发家的惊人程度,以及其中隐藏着的“向主家比发展”“向管理要效益”的莫大秘密。跟贾府的大观园比,第47回不是交代说它“虽不及大观园,却也十分齐整宽阔,泉石林木,楼阁亭轩,也有好几处惊人骇目的”吗?此外,赖家花园树木花草的承包管理方式,居然让贾家三姑娘探春开了眼界、长了见识、受到启发,后来还将类似的经验作法“复制移植”,引入到了大观园的物业管理机制变革中,为展现红楼女儿的个性和才干风采,还浓墨重彩添了一笔呢。

不过,赖家的生存发展之道,在我们看来,不过是镜鉴“树大招风”“钱多肇祸”等社会生活方面的教训,秉持“水滴石穿”“财不外露”“乌龟有肉长壳里”等这一类东方古老民族的生存理念,去做了兴家立业、借势发展的生动实践而已。一定意义上说,赖家诚然是至少三代接力,攀附强援,上下其手,吃里爬外,明拿暗盗,滚雪球一般做大做强了自己家业的。作为偌大贾府奴仆队伍中的后起之秀,赖家首先注重的是财富方面的日积月累,其次是政治方面的步步为营,譬如趁机脱掉孙辈奴籍,一心送孩子读书仕进,以致最终脱胎换骨,摇身一变,逆袭而成“吃官家饭的人”之类。应该说,赖家的兴家战略是很成功的,其中也不乏脚踏实地、艰苦奋斗、忍辱负重、迎难而上的坚韧精神。就现状而言,赖家老大、老二应饶有兴趣地继续在贾府“履职”,赖尚荣应有足够底气继续在新任县太爷的岗位上进取,赖嬷嬷当然就更有理由为赖家的发展壮大深感自豪和骄傲了!

在这里,姑且不论赖家当下的劣迹,以及后来在主家彻底败落之际所表现出来的凉薄背离态度,只说赖家当初为改变自身条件,几代接力,不离不弃,借势图强,闷声发财的心气和精神,就不得不令人叹服。

●红楼探照之一〇八:

钗黛时间去哪啦

一个人平时的精力和时间投放何处,与其人生和事业的成败得失密切相关。从该角度来考察寄居于贾府大观园内的两位聪明少女的为人处世,不失为一个饶有趣味的话题。

那么,宝钗的时间哪里去了呢?第45回原文有交代:

宝钗因见天气凉爽，夜复渐长，遂至母亲房中商议打点些针线来。日间至贾母处（**此字程乙本删**）王夫人处省候（**前2字程本后移二字**）两次，不免又承色陪坐半时（**前2字程本删**）；（**此处程本加"闲时"**）园中姊妹处也要度（**此字程本作"不"**）时闲话一回，故日间不大得闲，每夜灯下女工必至三更方寝。

再说，黛玉平日里干什么去了？本回原文也有交代：

黛玉每岁至春分秋分之后，必犯嗽（**此字程本作"旧"**）疾；今秋又遇（**此字程本作"遇着"**）贾母高兴，多游玩了两次，未免过劳了神，近日又复嗽起来，觉得比往常又重，所以总不出门，只在自己房中将养。有时闷了，又盼个姊妹来说些闲话排遣；及至宝钗等来望候他，说不得三五句话又厌烦了。众人都体谅他病中，且素日形体娇弱，禁不得一些委屈，所以他接待不周，礼数粗（**此字程本作"疏"**）忽，也都不苛责（**前2字程本作"责他"**）。

一个日常生活内容排满，"穿梭外交"频繁，白天的时间不够用，晚间还需夜以继日地手工劳作；如此的昼夜活动，轨迹分明，不辞劳苦；如此的善解人意，身体健康精力旺盛：这样的人，能不受各方欢迎吗？而另一个呢，老是有病，受不得劳累，一到气候只在自己房中将养总出不了门，有时闷了盼望人来，人来了说不得几句话又厌烦了；尽管众人体谅她的"接待不周，礼数粗忽"，但这友谊及关爱又能持续多久，能深厚到几许呢？

钗黛对比，谁招人悦纳亲近，谁被人淡而远之；谁的身心熬得过意外灾难与漫漫岁月，谁的身体虚弱、先天不足、后天失调，抵不住秋风扫落叶带来的生命飘零：答案不是昭然若揭、不言而喻了吗？因此，仅就宝黛婚恋的成功机率而言，希望的渺茫与最终的破灭，是不是只是时间的早晚而已呢？你是不是觉得黛玉固然值得同情，而宝钗也值得怜悯和痛惜呢？

且说这日宝钗来看望黛玉，因说起这病症来，一席知根知底的剖析，足见宝钗生活知识和经验的深厚积淀。《红楼梦》的作者是将"非凡的、全面的修养"，几乎毫无保留地赋予了他笔下的这个可敬可畏的通达女孩。她几乎无所不知无所不能，不但擅长诗画戏曲等艺术门类的理论及创作，也通晓各类饮食、医药、食疗养生等学问，还了解那个时代商品经济往来中有关信用凭证、物品制作、市场行情等实务；更不用提，她在善处人际关系方面所达到的"大师级"水平。袭人、湘云等人亲身感受到她给予的温暖，心地纯净的黛玉被她的人格魅力所打动所征服，也是早晚会发生的事。

宝钗总是在一个人最需要帮助的时候，提供最切实的帮助：所谓"雪中送炭"是也。用林姑娘的话说就是：

人家才拿你当个正经人，把心里的烦难告诉你听；

东西事(**此字程本作“是”**)小,难得你多情如此;

你素日待人,固然是极好的,然我最是个有(**此字程本作“多”**)心的人,只当你心里(**前2字程本作“有心”**)藏奸。从前日你说看杂书不好,又劝我那些好话,竟大感激你。往日竟是我错了,实在误到如今。细细算来,我母亲去世的早(**此字程本作“时候”**),又无姊妹兄弟,我长了今年十五岁,竟没一个人象你前日的话教导我。怨(**此字程本作“怪”**)不得云丫头说你好。我往日见他赞你,我还不受用;昨儿我亲自经过,才知道了。比如若是(**前2字程本删**)你说了那个,我再不轻放过你的;你竟不介意,反劝我那些话:可知我竟自误了。若不是从前日看出来,今日这话,再不对你说。

上述“互剖金兰语”,写了钗黛二人单独相处而来的推心置腹;尤其是来自宝钗的关心,竟然使得孤女倍感人情的温暖,竟当面诚恳表示悔悟:“往日竟是我错了”。

实际上,林黛玉对待宝钗态度的逐渐好转,内心对宝钗一定程度的敞开和接纳,是有迹可循的。第42回“兰言解疑癖”,因宝钗的主动示好而关系“解冻”;至本次谈话交心,至情至真少女林黛玉一阵感叹自责之后,钗黛二人的关系实现正常化,并逐步亲近起来,以致第49回写宝玉对她俩的和好亲近颇感纳闷,直到黛玉说了前情后,方明白过来。

此外,引文中黛玉提到她“今年十五岁”这句话,值得商榷。根据书中描写,第25回点明宝玉降临人世间“十三载”这个中心人物的年龄刻度之后,接着就写了黛玉“春困发幽情”;写了盛夏时节众人的“午睡”;写了贾雨村不嫌天气热,跑来拜访并指明要见宝玉;写了这年贾政“点了学差,择于八月二十日起身”;写了探春成立诗社众人热闹;写了刘姥姥二进荣国府;一直到眼下,黛玉即将作《秋窗风雨夕》的时候。屈指一算,时间似乎才只过去了近一年,怎么黛玉的年龄一下子就增加了这么多?小说的描写,尽管是“小说家言”,虽然跟历史书的撰写应处处讲究时间、地点、事件及有关人情物理的完全“落实”“合理”等要求不同,用不着那么严丝合缝,一一对应;但严格说来,这不能不算是长篇小说创作中,因作者疏忽留下来的一处“矛盾”。

至于黛玉说到的“昨儿我亲自经过,才知道了”一语,应该就是指第42回黛玉开玩笑说宝钗罗列绘画所需物品是“把她的嫁妆单子也写上了”,宝钗对此并未多加计较一事。阅读《红楼梦》,因其结构内容的复杂精密,必须左右勾连、瞻前顾后、回环往复多次,将相关材料对接,做一番排列组合、打乱重来的功夫,才能把准人事线索,识得角色形神,掌握小说的脉络肌理,传成对小说思想表达、艺术创造等各方面全面、清晰、准确、完整的印象。

再有,黛玉对宝钗的诉说中感叹自己父母去世早缺人教导,又无姊妹兄弟一路陪伴的孤独、辛酸、苦涩的人生况味，溢于言表。由此可知，黛玉性格的孤僻敏感小气，实在与她凄凉的身世经历有关。黛玉的身世及其感受，也告诉我们：一个人的健康成长，是需要来自父母和亲人们不失时机的关心呵护、教育引导的，是需要有同龄人一起成长进步的；无人管教、放任自我、野蛮生长，或者形只影单、顾盼唯我，都是不好的。对此，薛蟠和后文出现的夏金桂这一对"奇葩冤家"的成长经历及不良秉性，可作旁证。

第四十六回　尴尬人难免尴尬事　鸳鸯女誓绝鸳鸯偶

内容提要：邢夫人叫过凤姐，商议贾赦授意要求娶鸳鸯为妾这一"尴尬事"。凤姐先表示反对，后又连忙改换口气，并约同娘儿俩一起去贾母处关说。邢夫人见到鸳鸯，拉手道喜，鸳鸯一直不说话。鸳鸯见到平儿和袭人，表明了自己坚决不从的态度；适逢嫂子赶来贺喜，被鸳鸯迎头痛骂。贾赦不死心，叫贾琏去南京找鸳鸯家人，贾琏借故不去，被贾赦辱骂继之以毒打。"强娶"一事，被鸳鸯闹到贾母面前剪发明誓，事态暂告平息。

●邢夫人与凤姐上演的这一场"离心离德"的家庭闹剧，反映的不仅仅是长房内部婆媳间的矛盾。追根究底，还牵涉到荣国府长房与二房之间，尤其是邢、王二夫人之间的矛盾，以及贾母与长房的矛盾。这些矛盾酝酿潜伏日久，如地面下的岩浆，奔突，运行，一旦内外因素勾连作用而爆发，就会迅速成为可以吞噬掉一切生命的火山泥石流。

●整个事件的进程，可分以下几层：一是邢夫人先找凤姐商议，再找鸳鸯当面说明；其间凤姐的机灵，鸳鸯的沉默，邢夫人的昧于知人，跃然纸上。二是心中主意早已拿定的鸳鸯和平儿、袭人等商议，诉说一腔苦恼，表达抗争到底的决心，继后当面指斥了兴冲冲赶来道喜说项的嫂子；使得家奴与男性荒唐老主子的矛盾，凸显并逐渐表面化、白热化。三是邢夫人不得已回话；贾赦不死心，欲派人去南京叫来鸳鸯的父母施压，并斥骂说明其父母病老不能前来情况的贾琏，然后直接找来鸳鸯的哥哥进行当面威胁，进一步施压。四是鸳鸯面临人生悬崖，已经退无可退。她不得不利用贾母及众人在场的机会，将事情原委一一诉说明白，将"尴尬"摆在了台面上，同时宣示了自己宁死不从的决心。她用这种破釜沉舟的决绝，将荒唐缺德的贾赦夫妇架到了火上烤，也将自己的人生退路拦腰斩断，陷入了无安全感、无确定性、无未来可期的"数着天数过日子"的困难境地。五是贾母被激怒。先是不分青红皂白迁怒于人，清醒过来之后，立即叫来大媳妇当面做出交代，软硬兼施，出面阻止了大儿子的忤逆荒唐行径。于是贾赦借娶鸳鸯觊觎家产的如意算盘，一时落空，但由此激发的新旧矛盾更加严重和深沉。

●令人特别感叹的是,曾几何时,还在联手凤姐尽情戏弄取笑刘姥姥的,甚至"三宣牙牌令"之际,在众人面前虽遵命而行但也口风凌厉、自有几分得意的贾母身边大丫鬟鸳鸯,"转眼不知身后事"。由于自身无可摆脱的"家生子"地位,一经家内主子动了念头,她的命运就身不由己,隐然被推到了悲惨而又险恶的"人生悬崖"边沿,生命有如飘飞的落叶了!

●鸳鸯进园,平儿、袭人、宝玉先后出现的情节结构,颇有"螳螂捕蝉,黄雀在后""黄雀延颈,弹丸其下"的章法意趣。

●"真真这话论理不该我们说,这个大老爷太好色了,略平头正脸的,他就不放手了。"这句略带谴责意味的话,究竟是平儿接着说的,还是刚到场的袭人听了平儿讲述鸳鸯遭遇后说的,因版本不同,说这句话的人也不同。从三人见面说话各见性情,彼此语言稍加交替间隔的角度看,以袭人说出的效果最好。程本将这句话放在袭人身上,诚然不错;但又将就事论事的"好色"二字,改作严词谴责的"下作",未免太过:袭人一向奴性较重,即便是替好姐妹抱打不平,嘴里说出对方"好色"就算勇气可嘉了,岂敢去说荣府大老爷"下作"。

●贾琏被贾赦传唤问事,因引得贾赦不快,喝了一声,又骂了一句。贾琏摸不着头脑,在外书房伺候着,又不敢家去,又不敢见他父亲,只得听着。一时金文翔来了,小幺儿们直带入二门里去,隔了五六顿饭的工夫才出来去了。贾琏暂且不敢打听,隔了一会,又打听贾赦睡了,方才过来。贾琏的三个"不敢",反映出儿子在父亲面前的胆怯卑微,反衬出老子在儿子面前的淫威和霸道。

●王凤姐比喻形容自己和平儿是"烧糊了的卷子",意在奉承贾母会调教人,将鸳鸯调教得"水葱儿一般"惹人眼馋!"烧糊了的卷子"一语,在第 51 回又挂在她嘴上。她两次引用的"烧糊了的卷子",本指烤焦了的长方形馒头,这里比喻面目焦黑丑陋。

●阅读本回"鸳鸯抗命"事件的发生发展过程,要注意作者描写人物活动时间、空间的几次转换。

●须加留意的原文脂批:

※【庚辰回前:此回亦有本而笔,非泛泛之笔也。】

编者按:根据脂批提示,本回章节对以贾母及贾赦夫妇等为代表的封建大家族内部一系列错综复杂矛盾的深刻揭露,取材于曹雪芹熟悉掌握,甚而至于是亲身经历过的现实生活。即所谓的"有本而笔"也。

※【庚辰回前:只看他题纲用"尴尬"二字于邢夫人,可知包藏含蓄文字之中莫能量也。】

编者按:“尴尬”,本义是指行为不端正,造成处境窘困,不易处理;亦指神色、态度不正常。根据脂批,回目中的“尴尬人”,是指邢夫人;“尴尬事”则当指一味顺从荒淫老男人意愿,亲自出面为之所作的拉纤做媒讨娶小老婆这件让人匪夷所思的事了。

※平儿听了,自悔失言,便拉他到枫树底下,【庚辰双行夹批:随笔带出妙景,正愁园中草木黄落,不想看此一句,便恍如置身于千霞万锦、绛雪红霜之中矣。】坐在一块石上,越性把方才凤姐过去回来所有的形景言词始末原由告诉与他。鸳鸯红了脸,向平儿冷笑道:“这是咱们好,比如袭人、琥珀、素云、紫鹃、彩霞、玉钏儿、麝月、翠墨,跟了史姑娘去的翠缕,死了的可人和金钏,去了的茜雪,【庚辰双行夹批:余按此一算,亦是十二钗,真镜中花、水中月、云中豹、林中之鸟、穴中之鼠,无数可考、无人可指、有迹可追、有形可据,九曲八折、远响近影、迷离烟灼、纵横隐现,千奇百怪、眩目移神,现千手千眼大游戏法也。——脂砚斋】连上你我,这十来个人,从小儿什么话儿不说?什么事儿不作?这如今因都大了,各自干各自的去了,【庚辰双行夹批:此语已可伤,犹未“各自干各自去”,后日更有各自之处也,知之乎!】然我心里仍是照旧,有话有事,并不瞒你们……”

编者按:鸳鸯为驱遣郁闷心情来到大观园,路遇平儿,便聚在一处诉说自己的心事。她顺口提到的十几个小姐妹,应都是少小年代在贾府相交相伴,一起成长起来的(平儿由于王熙凤小时候常来贾府,与鸳鸯等人属“总角之交”,想来也在情理之中)。

原文中,鸳鸯列举的袭人、琥铂等“从小儿”关系亲密的姑娘,不计自己和对面说话的平儿,数量的确是十二个。大概这十余人,就是书中丫鬟以及丫鬟出身侍妾序列中,所谓“十二钗”的部分组成人物吧。此外,鸳鸯口述的资深丫头名单中出现的“彩霞”,虽然在后来的写作过程中又分化出了一个“彩云”,但据此批语内容推断,在曹雪芹的初始构思中,王夫人身边的大丫头应为彩霞而无彩云,彩云是后文的衍生;而“可人”,则应属于《红楼梦》中的虚拟角色,只在鸳鸯的口中出现了这么一次。可人的身世很令人好奇:她是谁,曾经是谁的丫头,又为什么死了?她又经历了什么?第5回宝玉睡梦中呼叫的“可卿救我”中的“可卿”,会不会就是这个“可人”的口误?对此,原文没有交代,只能说疑似贾宝玉房中曾有的丫头,与媚人、袭人等同。而名字称之为“媚人”的女孩,全书仅仅在第5回提到过一次就再无下文了,会不会这个媚人就是本回鸳鸯口中提到的这个“死了的”可人呢?《红楼梦》创作的过程中,人物的年龄有些混乱,而且有些丫鬟写着写着就写丢了、写着写着戏份又加到了另外一个人身上去了的现象,是存在的。

比如贾宝玉房中的媚人、绮霰、檀云、紫绡，以及王夫人身边的彩霞、彩云，就是这种情况。这种现象，在一定程度上真实地反映了该书创作过程中的原始面貌；又因为前八十回曹雪芹尚未来得及做“最后的”“彻底的”统稿，因此这类原始面貌就随着作者的遽然离世而保存，成为这部伟大作品身上磨洗不掉的“遗漏印迹”了。

※一语未了，又听身后笑道：“四个眼睛没见你？你们六个眼睛竟没见我！”三人唬了一跳，回身一看，不是别个，正是宝玉走来。【庚辰双行夹批：通部情案，皆必从石兄挂号；然各有各稿，穿插神妙。】

编者按：“通部情案，皆必从石兄挂号”一语，强调了贾宝玉在全书人物群像中的核心位置；“各有各稿，穿插神妙”，则指明了《红楼梦》在刻画人物、塑造形象方面的鲜明特点：通过不同生活场景以及描写笔墨的穿插变换，各见人物的形神情态和思想性格；彼此或对比强烈、反差明显，或相映成趣、相得益彰，但均能相辅相成、相反相成，而各臻其美、各尽其妙。

※那边邢夫人因问凤姐儿鸳鸯的父母，凤姐因回说：“他爹的名字叫金彩，【庚辰双行夹批：姓金名彩，由“鸳鸯”二字化出，因文而生文也。】两口子都在南京看房子，从不大上京。他哥哥金文翔，【庚辰双行夹批：更妙！】现在是老太太那边的买办。他嫂子也是老太太那边浆洗的头儿。”【庚辰双行夹批：只鸳鸯一家，写得荣府中人各有各职，如目已睹。】

编者按：平儿、凤姐、贾赦、贾琏相关的话语中，均提到鸳鸯一家她爹两口子、她哥哥嫂子的情况。类似细节描写，可见一府横跨南北，一家分居两处。这就是曹雪芹笔下设计的百年贾府的历史地域格局，从一个重要侧面反映了贾府几代经营发展、家族势力盘根错节的现状，恰与开篇第 2 回冷子兴、贾雨村演说的两府老宅在金陵的情况，相遥照、相应证。

※【戚序回前：裹脚与缠头，欲觅终身伴。顾影自为怜，静住深深院。好事不称心，恶语将人慢。誓死守香闺，远却杨花片。】

※【戚序回末总评：鸳鸯女从热闹中，别具一副肠胃。“不轻许人”一事，是宦途中药石仙方。】

●红楼探照之一〇九：

“难道你不愿意不成？”
——“鸳鸯抗命”的悲壮性及描写的层次感

贾母的大丫头鸳鸯，是一个世代为奴的“家生女儿”。根据书中的交代，其父母年事已高，疾病缠身，远在贾府的原籍南京看房子；哥哥嫂嫂在贾府内各有职事，属于最底层的管理服务人员。由于她是贾母视为身边最可信任依托，特别是生活照顾等方面的不可或缺之人；又由于她本人的正直、公道、自重以及善良随和，因此在贾府上下赢得了普遍的尊重与信任。她比平儿和袭人刚烈，比晴雯沉着老练，比司棋纯洁正大，比尤三姐地位优越。大观园女儿国里，她是“四烈女”中，品质、个性都极具光彩者。

曹雪芹笔下的“鸳鸯抗命”事件，看似猝发，实则必然。他不但将之写得波澜曲折、惊心动魄，而且写得层层演进、流光溢彩，通过一件事写活了一群人，又一次显示了作者叙事写人的高超艺术表现手段。

先说事件的发生。这天，凤姐儿因邢夫人召见，不知何事，赶到后只见邢夫人将房内人遣出，悄说“老爷因看上了老太太的鸳鸯，要她在房里，叫我和老太太讨去”这件令她感到“为难”但又觉得“这倒平常有”的事，并流露出“只是怕老太太不给”的担心。凤姐儿听了，第一反应就是忙加阻止并实打实地申明了理由。她首先说明鸳鸯本人对照顾老太太日常起居生活的不可或缺；继而透露了老太太平日里本来就对老爷“放着身子不保养，官儿也不好生做去，成日家和小老婆喝酒”一类荒唐行为的不屑不满；顺势提出了“依我说，竟别碰这个钉子去”的好意相劝，同时还不失委婉地对“一心想促成好事”的婆母给予了善意的提醒：

> 老爷如今上了年纪，行事不妥（**前2字程本作“不免有点儿背晦”**），太太该（**此字程本作“劝”**）劝才是。比不得年轻，作这些事无碍；如今兄弟侄儿儿子孙子一大群，还这么闹起来，怎样见人呢？

儿媳妇直言不讳公公“上了年纪，行事不妥”，又委婉批评了婆婆听之任之的行为，算是权谋凤姐难得的一次“精诚所至”。孰知愚犟的邢夫人，对媳妇的诚心相待和好言相劝，不但不以为然，还带着情绪冷笑着振振有词地申明：

> 大家子三房四妾的也多，偏咱们就使不得？我劝了也未必依。就是老太太心爱的丫头，这么胡子苍白了又作了官的一个大儿子，要了作房（**此字程乙本作“屋”**）里人，也未必好驳回的。我叫了你来，不过商议商议，你先派上了一篇不是。也有叫你去的理？自然是我说去。你倒说我不劝，你还（**此字程本作“还是”**）不知道（**此字程乙本作“老爷”**）那性子的？劝不成，先和我恼了（**前2字程乙本作“闹起来”**）。”

卖了自己还要帮着数钱的贵妇，只为一心满足丈夫的淫欲，居然自己亲自出马，明知山有虎，偏向虎山行：贾赦的淫威和邢夫人的愚犟，可知一斑！对此，本来与公婆关系就不冷不热的凤姐，一旦意识到公婆“又弄左性，劝了不中用”，便连忙见机行事，改弦易辙，陪笑奉承，甚至怂恿对方一门心思撞网跳坑，自己顺势避嫌脱身不说，还反而讨得了她的“欢喜”。不用说，邢夫人究竟属何品性，儿媳

妇心如明镜:

> 凤姐儿(**此字程本删**)知道邢夫人禀性愚犟(**此字程本妄作"弱"**),只知承顺(**前2字程乙本作"奉承"**)贾赦以自保,次则婪取财货为自得,家下一应大小事务,俱由贾赦摆布。凡出入银钱事务(**前2字程甲本作"事";程乙本删**),一经他(**此处程乙本加"的"**)手,便克啬(**此字程本作"扣"**)异常,以贾赦浪费为名:"须得我就中俭省,方可偿补。"儿女奴仆,一人不靠,一言不听的(**此字程乙本删**)。

邢夫人在书中,以前一直以配角身份出现,难有表现的机会。这次由她本人亲自出马落实丈夫的"最高指示":去将自己看上的小老婆要回来。你看她那么急匆匆、兴冲冲的样子,真是可鄙可笑:既不能知己又昧于知人,既愚蠢又固执,邢夫人跟混账男人贾赦倒是天造地设的一对"绝配"!其实,邢夫人热心为荒淫的丈夫张罗小老婆一事,表面看来似乎不可思议,实际上却完全合乎她的处境、追求和一贯的性格逻辑:是不合理的封建家庭制度,造成了她在丈夫面前的被动地位;也是因为她对财货的婪取和吝啬,蒙蔽了她的双眼;而"儿女奴仆,一人不靠,一言不听"的极度封闭狭隘、偏执自私性格,无疑又捆住了她的手脚。可以说,邢夫人身为大家族的贵妇,同样也是一个不折不扣的"尴尬人"。至于指使大老婆出面施行"尴尬事"的背后,那犹如鬼魅一般的"尴尬人"贾赦,虽然此时只是在暗中行事尚未公然跳将出来,但府内一隅鬼影重重,早已阴风习习。他的恶德淫行,就是这样通过老婆的抱怨、儿媳妇的微词与不屑,以及儿媳妇口中转告的他亲生老母背后的极度不满和指责,叠加传导,渲染层出,从而得到间接反映的。

曹雪芹笔下着力描写的人物,并不是一次刻画成功,而是根据人物事件情节的设置需要,通过反复"皴染",前后映照,分割穿插,交替进行。这样做,不仅有利于最大限度控制小说的篇幅,还有利于最大程度增强小说反应社会生活的浓缩度以及人物思想性格的丰满度。书中塑造主要人物形象如此,一些次要人物也如此。譬如本回的中心人物——鸳鸯的穿着,第24回在宝玉眼里就有展现;鸳鸯的容貌,自本回邢夫人的着意打量中,首次透出:

> 邢夫人听了有理,便自往贾母处(**此处程本加"来"**),和贾母说了一回(**此字程乙本作"会儿"**)闲话(**此处程乙本加"儿"**),便出来假托往王夫人房(**此字程乙本作"屋"**)里去,从后(**此字程甲本作"后房";程乙本作"后屋"**)门出去,打鸳鸯的卧房(**此处程本加"门"**)前过。只见鸳鸯正然(**此字程本妄删**)坐在那里做针线,见了邢夫人,忙(**此字程本妄删**)站起来。邢夫人笑道:"做什么呢?我瞧瞧(**前2字程甲本作"看看"**);你扎的花儿越发好了。"一面说,一面便(**此处程甲本妄加"进来"**)接他手内的针线瞧(**此字程甲本作**

"看")了一瞧(**此字程甲本作"看"**),只管赞好(**前句"邢夫人笑道"至此42字,程乙本作"邢夫人笑道:'做什么呢?'一面说,一面便过来接他手内的针线,道:'我看看你扎的花儿。'看了一看,又道:'越发好了。'"**)。(**此处程乙本加"遂"**)放下针线,又浑身打量。只见他穿着半新的藕合(**此字程本删**)色的(**此字程本删**)绫袄,青缎掐牙背心(**前2字程乙本作"坎肩儿"**),下面水绿裙子;蜂腰削背,鸭蛋脸面(**此字程本删**),乌油头发,高高的鼻子,两边腮上微微的几点雀斑。

在邢夫人的浑身打量中,鸳鸯穿着的"半新藕合色绫袄,青缎掐牙背心,下面水绿裙子"一览无余;"蜂腰削背,鸭蛋脸面,乌油头发,高高的鼻子"迭次呈现;连对方"两边腮上微微的几点雀斑"更未忽略。这满意而又挑剔的眼光,像不像曾经在美洲、非洲奴隶市场上出没的掮客或人贩子们那评头品足、论斤说两、评估物色"人肉商品"的眼光?难怪鸳鸯见这般看她,自己倒不好意思起来,心里便觉诧异:

因笑问道:"太太,这会子不早不晚的,过来做什么?"邢夫人使个眼色儿,跟的人退出。邢夫人便坐下,拉着鸳鸯的手笑道:"我特来给你道喜来了(**此字程本作"的"**)。"鸳鸯听了,心中已猜着三分,不觉红了脸,低了头不发一言,听邢夫人道:"你知道,你(**此字程本删**)老爷跟前竟没有个可靠的人,心里再要买一个,又怕那些人(**此字程本删**)牙子家出来的不干不净;也不知道毛病儿,买了来家(**此字程本删**),三日两日,又要(**此字程本删**)□(**此字程本作"弄"**)鬼吊(**此字程本作"掉"**)猴的。因满府里要挑一(**此字程乙本删**)个家生女儿收了(**前2字程本删**),又没个好的:不是模样儿不好,就是性子不好;有了这个好处,没了那个好处。因此(**此处程本加"常"**)冷眼选了半年,这些女孩子里头,就只你是个尖儿:模样儿,行事作人,温柔可靠,一概是齐全的。意思要和老太太讨了你去,收在屋里。你比不得(**前3字程甲本作"不比"**)外头新买(**此处程甲本加"新讨";程乙本加"了来"**)的,你(**此字程乙本删**)这一进去了,进门(**前2字程本删**)就开了脸,就封你(**此处程本加"作"**)姨娘,又体面,又尊贵。你又是个要强的人,俗语说的,'金子终得(**前2字程本作"还是"**)金子换',谁知竟被(**此字程乙本作"叫"**)老爷看重(**此字程本作"中"**)了你(**此字程本移至下句开头**)。如今这一来,你(**此字程乙本后移三字;程甲本删**)可遂了素日志大(**前2字程本后移二字**)心高的愿了,也(**此字程本作"又"**)堵一堵那些嫌你的人的嘴。跟了我回老太太去!"说着,拉了他的手就要走。

鸳鸯红了脸,夺手不行。邢夫人知他害臊,因(**此字程本作"便"**)又说道:“这有什么臊处(**此字程乙本作“的”**)?你(**此字程乙本后移三字**)又不用说话,只跟着我就是了。”鸳鸯只低了(**此字程本删**)头不动身。邢夫人见他这般,便又说道:“难道你(**此处程本加“还”**)不愿意不成?若果然不愿意,可真是个傻丫头了。放着主子奶奶不作,倒愿意作丫头?三年二(**此字程本作“两”**)年,不过配上个小子,还是奴才。你跟了(**此字程本删**)我们去,你知道我的性子又好,又不是那不容人的人;老爷待你们又好。过一年半载,生下(**此字程本删**)个一男半女,你就和我并肩了。家里的人,你要使唤谁,谁还不动?现成主子不做去,错过这个(**前2字程本作“了”**)机会,后悔就迟了。”鸳鸯只管低了(**此字程本删**)头,仍是不语。邢夫人又道:“你这么个响(**此字程本作“爽”**)快人,怎么又这样积粘起来?有什么不称心之处(**前2字程乙本作“的地方儿”**),只管说与我(**前2字程乙本删**);我管(**此处程本加“保”**)你遂心如意就是了。”鸳鸯仍不语。邢夫人又笑道:“想必你有老子娘,你自己不肯说话,怕臊。你等他们问你(**此处程本加“呢”**),这也是理。让(**此字程乙本作“等”**)我问他们去,叫他们来问你,有话只管告诉他们。”说毕,便往凤姐儿房中(**前2字程乙本作“屋里”**)来。

听了来人的絮絮不止及两次“拉手”动作,鸳鸯的态度是“心中已猜着三分,不觉红了脸,低了头不发一言”;“红了脸,夺手不行”;“只低了头不动身”;“只管低了头,仍是不语”;“仍不语”:在表现出女孩子羞怯的同时,表现出惊人的沉着机敏;无论邢夫人如何以摇唇鼓舌为能事,又是夸奖,又是许愿,又是揣摩分析,说得两嘴流蜜天花乱坠,但她就死死抱定一个宗旨不为所动,始终保持沉默中的抗拒,直到自作聪明的邢夫人不得要领,又无计可施,只得悻悻离去为止。整个试探和诱导过程中,邢夫人的愚蠢刚愎,鸳鸯的沉默坚毅,以及稍早前王凤姐的善于察言观色、言语的知进善退,都得到了生动展现。

再看,面对平静生活中陡然出现的变故,鸳鸯的情绪也有一个逐渐积累、变化的过程。先是听了邢夫人“瞎子点灯白费蜡”的一番唠叨,惹了一肚子闷气;交代琥珀“老太太要问我,只说我病了,没吃早饭,往园子里逛逛就来”之后,进了大观园,各处游玩散心。不想这里正遇见平儿,被拉到枫树底下,把方才凤姐过去回来所有的形景言词、始末原由告诉与她。鸳鸯听后红了脸,向平儿历数了“从小儿什么话儿不说?什么事儿不作?这如今因都大了,各自干各自的去了”的袭人、琥珀、素云、紫鹃、彩霞、玉钏儿、麝月、翠墨,以及眼前的平儿等这十来个人自小的交情,同时也向“亲姊妹一般”的平儿交了底:

“别说大老爷要我做小老婆,就是太太这会子死了,他三媒六聘(**此字程乙本作“证”**)的娶我去作大老婆,我也不能去!”

铁心豹胆，严词拒绝，语气沉稳如山，态度毅然决然，心迹毫无含糊；即便是平儿以及凑巧前来的袭人“不过无人处偶然取个笑儿”，她也“又是气，又是臊，又是急”，还骂出了“两个蹄子不得好死的！……你们自为都有了结果了，将来都是做姨娘的；据我看，天下的事未必都遂心如意。你们且收着些儿，别忒乐过了头儿”这一类难听的话来。针对鸳鸯抱定“不去”的主意，见多识广的平儿，向她提出了预警：

“你不去，未必得干休。大老爷的性子，你是知道的。虽然你是老太太房里的人，此刻不敢把你怎么样，将来（**前2字程本删**）难道你跟老太太一辈子不成？也要出去的。那时落了他的手，倒不好了。”

平儿的担心不无道理。贾母死后鸳鸯不得不自戕的残酷事实，无疑验证了平儿的警惕性和预见性！

作为家生女身份的鸳鸯，敢于断然拒绝世袭了荣国府爵位且又居官在位的大老爷之“求配”，可谓胆大包天，“欺人太甚”！这无异于当众扇了贾赦的老脸，亦无异于铤而走险，将自己置身于极其危险的人生绝壁之前。不少专家将这一事件称之为“鸳鸯抗婚”，严格地说，这种说法是不确切的。贾赦欲将贾母身边的鸳鸯讨去做“小老婆”，鉴于她的家生女身份，老头子是“索取”“强要”，因而是谈不上明媒正娶、羊酒花红、吹吹打打、郑重其事那套讲究的。鸳鸯对贾赦欲求的断然拒绝，无异于“抗命”，同时又何尝不是与自己实难摆脱的“命运”作生死抗争。你看，鸳鸯是敢于正视将来失去“老太太的保护”之后极有可能遭到报复的严重后果，断然表示了“纵到了至急为难，我剪了头发作姑子去；不然，还有一死。一辈子不嫁男人，又怎么样？乐得干净呢”的决绝态度。情绪虽激烈，但整体尚在可控之中。因为眼下，对从小一起走过来的“铁三角”，平、袭做不到义愤填膺，鸳鸯也无须怒形于色；直到不知就里而兴冲冲前来“道喜”的嫂子撞到枪口上，被激怒了的鸳鸯才情绪失控，一顿痛骂，兜头一瓢粪水，浇灭了她嫂子这类惯于追腥逐臭、拉纤做媒、邀功请赏小人物的冲天激情。

就这样，鸳鸯的情绪，从面对邢夫人的低头不语、凝然不动；到平儿、袭人跟前的私下表白，以及对嫂子的兜头谩骂；再到被贾赦一连串动作逼急了，才终于迈出决定性的一步——当众揭发，愤怒声讨，并表明自己宁死不从的态度：

可巧王夫人、薛姨妈、李纨、凤姐儿、宝钗等姊妹并外头的几个执事有头脸的媳妇，都在贾母跟前凑趣儿呢。鸳鸯喜之不尽（**前4字程本妄作“看见”**），（**此处程本加“忙”**）拉了他嫂子，到贾母跟前跪下，一行（**此字程本作“面”**）哭，一行（**此字程本作“面”**）说，把邢夫人怎么来说，园子里他（**此字程甲本删**）嫂子又如何（**前3字程乙本作“怎么”**）说，今儿他哥哥又如何（**前

> **2字程乙本作“怎么”**)说,(**此处程乙本加“说了一遍。又道”**)“因为(**此处程乙本加“我”**)不依,方才大老爷越性(**此字程本作“发”**)说我恋着宝玉,不然要等着往外聘,(**此处程本加“凭”**)我到天上,这一辈子也跳不出他的手心去,终久要报仇。我是横了心的,当着众人在这里,我这一辈子莫(**此字程本作“别”**)说是‘宝玉’,便(**此字程本作“就”**)是‘宝金’‘宝银’‘宝天王’‘宝皇帝’,横竖不嫁人就完了!就是老太太逼着我,我(**此字程本删**)一刀子抹死了,也不能从命!若有造化,我死在老太太之先;若没造化,该讨吃的命,(**前句“若有”至此21字,程本全删**)服侍老太太归了西,我也不跟着我老子娘、哥哥去,我(**此字程本删**)或是寻死,或是剪了头发当尼姑(**前2字程本作“姑子”**)去!若(**此字程乙本作“要”**)说我不是真心,暂且拿话来(**此字程本删**)支吾,日后再图别的,(**前6字程本作“这不是”**)天地鬼神,日头月亮照着嗓子,从(**前3字程本删**)嗓子里头长疔烂了出来,烂化成酱在这里(**前句“烂了”至此11字程本全删**)!”

整个“抗命”事件,经鸳鸯情绪反应的“三部曲”,被推向了最高潮。这里,鸳鸯用自己的凛然正气,响亮回答了贾赦的“极限施压”和无耻“胁迫”。同时,借助贾母晚年生活对自己的依赖,既当众出了贾赦的丑,又通过绞发明志的决绝,有效地保护了自己,表现了一个聪明女孩在情急之下的沉着机智。果然贾母被激怒:

> 贾母听了,气得浑身乱(**此字程本妄作“打”**)战,口内只说:“我通共剩了这么一个可靠的人,你(**此字程本妄作“他”**)们还要来算计!”因见王夫人在旁,便向王夫人道:“你们原来都是哄我的!外头孝敬,暗地里盘算我:有好东西也来要,有好人也(**此处程本加“来”**)要。剩了这么(**此字程本删**)个毛丫头,见我待他好了,你们自然气不过,弄开了他,好摆弄我!”王夫人忙站起来,不敢还一言。薛姨妈见连王夫人怪上,反不好劝的了。李纨一听见鸳鸯的(**此字程本作“这”**)话,早带了姊妹们出去。

鸳鸯终于以“宁为玉碎,不为瓦全”的坚定和讲究斗争策略的成熟,暂时保住了自己作为女儿的清白与尊严。不对贾赦之流抱有任何幻想,表现出她对残酷现实的清醒与绝望。此外,引文中出现的“宝金”“宝银”“宝天王”“宝皇帝”一类称呼,有没有影射当朝皇帝的隐秘用意,也难以定论;因为曹氏腕下无闲笔,后代读者由此疑心,也不足怪。

在这桩“逼嫁”事件中,平儿、袭人对鸳鸯的姊妹之情也得到一定程度上的体现。而李纨在贾母处“一听见鸳鸯的话,早带了姊妹们出去”的敏感贤淑,贾母作为老祖宗的强大威势,探春这位敏小姐敢于诤言“犯上”的胆识,王夫人受了错怪后的惶恐和顺从，薛姨妈装聋作哑般的圆滑，事后凤姐插科打诨式的调侃，鸳鸯哥嫂在权势者面前的猥琐，贾琏在其父淫威之下的恐惧等，都有传神的描摹。

总的来说，第46回是全书情节发展的一个较大转折，可谓“一波未平一波又起”。作为一丘之貉的贾赦贾琏父子，自第44回儿子不以偷情为耻，还乘醉仗剑追杀媳妇闹得一家鸡犬不宁之后，转眼间乃父为满足一己淫欲，又公然不顾廉耻跳了出来并闹得更凶，弄得府内上下个个心惊。家族“命运交响曲”中一个跟一个的“不和谐音符”的搅乱，一起不了一起又生的家反宅乱凶兆出现，清清楚楚表明：贾府彻底败落的日子，越来越加迫近了！说起来，贾赦在府内府外算得上是有头有脸的人物了，“胡子苍白了”，儿孙一大团，却仍色心不改，老大不尊，这也罢了；远近多少女孩都不要，却偏要贾母身边那个老人家离开了连“饭也吃不下去的”丫头鸳鸯，可见此老孝道全无，胡作非为到了丧心病狂、无可理喻的程度。从本回贾赦的言行上看，其人穷凶极恶，无耻之尤。虽然此前涉及此人的笔墨较少，面目还不是那么清晰，但一经出场，并经众口非议，他的顽冥任性、强横霸道的秉性和作风，便让人感到心惊胆战。

俗话说得好：国将亡，定生妖孽；家欲败，必有逆子。随着贾赦这种“恶魔式”的人物登台亮相并大刷存在感，以及当前和今后跟贾府命运相关联的“灰犀牛”“黑天鹅”事件的不断上演，贾府整个家族的发展命运，正式进入了大动荡前夕“山雨欲来风满楼”的阶段。挖坑埋雷，布线引爆，触发燃点，毁灭在即，就是这一阶段各种矛盾交织激化的显著特征。

●红楼探照之一一〇：

“传真写实”与“过滤提纯”
——论《红楼梦》《金瓶梅》文本的“净化”

《红楼梦》《金瓶梅》是诞生于明清时代，前后跨越两个朝代的两部有“血缘关系”的堪称伟大的文学作品。曹雪芹的写作，对《金瓶梅》一书多有借鉴。这种借鉴，既有深刻的传承，也有彻底的摒弃。针对两部作品经常令人侧目从而引起争议的所谓“肮脏字眼”的使用以及对两性生活的描写，试做如下分析。

一

且说《红楼梦》第46回的主要故事情节，无疑就是贾赦胁迫逼索下的“鸳鸯抗命”。贾赦的穷凶极恶和荒淫无耻，贾府上下皆知。鸳鸯、平儿、袭人等一众女子，平日里本就对大老爷邪淫霸道的作风腹诽而畏忌，孰知本次此人为了扩充日益庞大的小老婆队伍,竟然将“收编”的黑手伸向了自己老母亲的身边,公然打发大老婆先行出面保山撮合,指名道姓意欲攘夺攫取的对象,正落在贾母最满意最可靠而须臾不可暂离的“服务人员”身上!鸳鸯本人,初闻“采花使者”的来意,无异于晴天霹雳!邢夫人那自作聪明的一番说辞,又是夸奖,又是许愿,又是以己度人的一番劝说,无疑带给姑娘一肚子闷气,只是鉴于主奴上下的身份,她不好发作。借口进园散心,鸳鸯先后碰到闺蜜平儿、袭人,两人都为她的艰难处境着急担心,但也无法给她带来实质性的帮助。正在鸳鸯烦闷焦急、情绪激愤、走投无路,决心以死相拼的时节,其嫂子——一个“老太太那边浆洗的头儿”,因受邢夫人的指派,便兴兴头头地赶来找她,满以为“天大的喜事”,“只望一说必妥”。孰料端端碰在她小姑子怒火中烧的灼热枪口上,猝然之间被骂得狗血喷头,不知所以:

> 鸳鸯道:“什么话?你说罢。”他嫂子笑道:“你跟我来,到那里我(**此字程本、甲辰本删**)告诉你,横竖有好话儿。”鸳鸯道:“可是大(**此字程本、甲辰本删**)太太和你说的那话?”他嫂子笑道:“姑娘既知道,还奈何我!快来,我细细的告诉你,可是天大的喜事。”鸳鸯听说,立起身来,照他嫂子脸上下死劲啐了一口,指着他(**此字程本删**)骂道:“你快夹着(**此处程本加“你那”**)□(**此字戚序本、蒙府本作“油”**)嘴离了这里,好多着呢!什么‘好话’!宋徽宗的鹰,赵子昂的马,都是好画儿(**前15字程本、梦稿本全删**)。(**此处程本、梦稿本加“又是”**)什么‘喜事’!状元痘儿灌的浆儿——又满是喜事(**前13字程本、梦稿本全删**)。怪道成日家羡慕人家女儿(**前2字程本作“的丫头”**)作了小老婆了(**此字程乙本删**),一家子都仗着她横行霸道的,一家子都成了小老婆了!看的眼热了,也把我送在火坑里去。我若得脸呢,你们外头横行霸道,自己就(**此字程乙本后移一字**)封(**此处程本加“了”**)自己是舅爷了(**此字程本删**);我若(**此字程乙本作“要”**)不得脸败了时,你们把忘八脖子一缩,生死由我(**此处程本加“去”**)。”一面说(**此字程本作“骂”**),一面哭,平儿袭人拦着劝(**此处程本加“他”**)。

一顿臭骂,犹如飓风席卷,泥沙俱下,摧枯拉朽,惊心动魄!其间五味杂陈,有酸楚,有恨怨,有激愤,有控诉,有绝望,更有对无耻压迫者及其跟随奉承者的极端蔑视和仇视。这种壮士断腕、金刚怒目式的硬怼,这种丝毫不留情面的当众揭露,这种将对方逼入墙角的同时也不给自身留丝毫余地的毅然决然态度,根植于鸳鸯的高洁品质、凛然正气和刚强个性;源于鸳鸯对富贵人家小妾生活处境、命运等实际情况的熟悉了解和格外警惕;源于鸳鸯对贾赦等辈丑陋嘴脸及恶劣品质的极端憎恶,以及对这些人“改邪归正”的可能性不抱任何希望和幻想。面对人生突如其来的腥风血雨，倔强刚直的清净女儿没有丝毫的畏惧退缩、妥协哀怨和侥幸，有的只是逆风飞扬，向死而生，直面灾难与死亡的勇毅。“风萧萧兮易水寒，壮士一去兮不复回！”我们不得不佩服封建时代的一个弱女子在人生危急紧要关头，为了自己的人格尊严和人身自由，不惜与邪恶势力和自身宿命背水一战、视死如归的抗争精神！眼下，在好友为鸳鸯漆黑的前途悲愤不已的时候，倒是这位一经邢夫人传唤，便觉受宠若惊，满怀喜悦和自信找来，以为小姑求之不得而自己也可“立首功一件”的鸳鸯嫂子，做梦都没有想到被鸳鸯一顿抢白加辱骂，又被在场的袭人和平儿顶了几句之后，灰头土脸，羞恼沮丧至极！

回看鸳鸯针对她嫂子要急切告诉她的“好话儿”和“天大喜事”，巧借“话”与“画”二字的谐音，顺手拈来两句生活中极具表现力的歇后语，极尽嘲讽和怒叱之能事，语言辛辣而又犀利，大雅大俗中将一个刚烈火辣女孩的形象托举纸上，呼之欲出。原著嬉笑怒骂的辛辣语言，为凸显鸳鸯的品行和个性，真是增色不少！遗憾的是，一向欠缺艺术板眼的程高本，未能深刻体会曹雪芹笔下赋予人物语言鲜明的个性化色彩，毫无道理地一笔删去了“宋徽宗的鹰，赵子昂的马，都是好画儿”“状元痘儿灌的浆儿——又满是喜事”等字句，使得刚烈鸳鸯富有强烈愤激色彩的语言中那辛辣嘲讽的意味大减，对邪恶势力的代表贾赦以及为虎作伥的邢夫人等辈极尽蔑视的杀伤力明显削弱。

特别是鸳鸯骂语中出现的“油嘴”一类言辞，表面上看去，似乎有些粗俗和尖刺，与鸳鸯的青春女儿身份以及她长期生活在贵族老太太身边所受的文明熏陶有些不相吻合。事实上，此处粗俗字眼的使用，对表现鸳鸯极度愤激的情绪是恰如其分，简直无可替代；非此，就不能表现出这个刚烈女孩愤激情绪的冲动几近失控的强烈程度！诚然，鸳鸯作为贾母的首席大丫头，长期与身份尊贵的贾母相处，耳濡目染，相沿成习，确实受到了老太太雅重礼让、刚健大气一类贵族气质的影响，行事说话不怒自威，令人敬服；但鸳鸯毕竟还不是贵族。即便是具有真正贵族身份、气质的贾母，在情绪愤激之下，不是照样有赵姨娘“话没说完，被贾母照脸啐了一口唾沫”等不文明行为发生，并随之以“烂了舌头的混账老婆”“你们这起淫妇”等一连串令人无地自容的难堪话语骂出口来了吗(见第 25 回)？说起来，鸳鸯愤激之下的出言不逊以及含讥带讽、犀利尖刻、势不可挡的语言风格，几与贾母相当；只不过，显得更加泼辣，更加不奉情面，更加粗朴野性并带上了世俗“脏话”的明显标记而已。

二

曹雪芹笔下的人物语言，是完全从人物的身份、地位、性格等因素出发，从对话的具体场景出发，对某些粗话和“脏字”并未采取完全规避的态度。正因为如此，曹雪芹笔下的人物个性更加鲜明突出，所描绘的场景也更加可触可摸。

作为一部以社会现实生活为主要描写内容的长篇人情世情小说，书中出现了不少嘲戏呵斥詈骂的场面，一些经常挂在某些社会群体口头的粗言俗语，作为城乡社会“生活原生态”的一种贴近摹写和客观再现，接接地气，也未尝不可。说到底，这正是作者借以塑造艺术形象，展示典型环境中典型人物性格及其生产生活生存状态所能动用的文学表达手段之一。这种手段的使用，在曹雪芹的笔下是非常节制的，丝毫没有被滥用。

曹雪芹是中国有史以来举世公认的、当之无愧的语言大师。他的笔下，的确出现了上述一类经常挂在市井人物尤其是基层社会年龄偏大、文化不高、生活不易的女性嘲戏或骂人的嘴上，白纸黑字又显得确有那么几分醒目刺眼的“脏俗”字眼。但好就好在他能以一当十，将之运用得恰到好处，从这类不雅谈吐中尽可窥见相关人物的身份教养、生存状态，以及彼时彼地的心理意绪、个性色彩，对刻画她们的形象无疑是“面上贴金”，而非“佛头着粪”。这种做法，与现当代一些作品立意不高，审美意识欠缺，为表现底层社会的世态人情而毫无节制地大量引入淫言秽语，带来满纸乌云浊雾的“恶俗”笔法相比，泾渭分明，高下立判。

三

那么，要以怎样的“平常心”正确地看待《红楼梦》《金瓶梅》这一类中国古典文学名作中存在的“秽字”“秽言”“秽行”等“三秽”现象呢？

其实，《红楼梦》在清代就曾被视作“诲淫之书”而遭查禁；但毕竟涉及的地域范围有限，延续的时间不长，结果也并未奏效。可《金瓶梅》的遭遇就不同了。它自万历二十年（1592）前后诞生以来，就因为书中有一定数量的相当露骨的性生活的描写笔墨而被社会普遍视作“淫书”（至今还有一些人谈“金”色变，或根本上就避而不谈呢）。于是，一部蜚声中外、震古烁今的经典名作，幽闭冷宫、束之高阁、命运多舛的结果，就自然生成。实际上，仅就夹杂着少量性描写内容而言，该书也是“瑕瑜互见”且“瑕不掩瑜”的，却因世人受阅读“屏蔽效应”的影响，一味聚焦并无限放大散见于全书中的有限色情笔墨，一叶障目不见泰山，因此产生严重的阅读理解偏差，将一部出色地展示了明代社会历史横断面的巨幅写真，生生打入了“淫书”序列，惨遭长期被幽闭、冷冻、贬斥的命运，实为中华思想文化史上的一大悲哀。

作为明代“四大奇书”之首的《金瓶梅》，不但是中国文学史上第一部文人独创的长篇小说，还是第一部细致描述社会常人常态及家庭琐事的小说。全书描写了西门庆的一生及其家庭从发迹到败落的兴衰史，并以此人为中心，一方面辐射市井社会，一方面反映官场生态，展现了一个历史时代横截面的广阔图景，彻底暴露出人世间的肮脏与丑恶，从客观上表明了这个“欲望社会”的无可救药。同时，它又以相当多的篇幅，描写了西门庆及其妻妾的家庭活动，写出了这个“罪恶之家”的林林总总，反映了人性惨遭扭曲和异化的过程。以潘金莲、李瓶儿、庞春梅为代表的诸多女性，尽管出身、性格、遭遇不尽相同，但都被超常的情欲、物欲所支配。她们以扭曲的人性，去对抗道德沦丧的夫权社会；又在人性的扭曲中，走向自身的堕落和毁灭。作品在“原始欲望”的文本表象下，同时具备了对“人性本质”的拷问，于是“善与恶的分界”在这本书中，有了一种特别的解释。因此说，作为明代后期社会生活“百科全书”性质的“全真写实”，《金瓶梅》一书所反映的彼时彼地的社会生活内容，是非常深广的，又何止纸面上遗留的那一点点性的笔墨？何况，这类笔墨，也并非完全意义上的“自然主义”的泛滥情欲描写，它们或直接或间接均与作者对人物的性格刻画，与对人和人之间因为财势地位不同而客观存在的“占有与被占有”“利用与被利用”“凌辱与被凌辱”“毁灭与被毁灭”等形形色色社会关系的真切反映，以及与进一步推动故事情节的发展需要等主观意愿，是紧密联系在一起的。

《金瓶梅》是一部思想内容非常丰富、深邃、前卫的书；在阅读理解的层面，也是仁者见人，智者见智：从世态的角度，可见人情冷暖；从哲学的角度，可见生死与虚无；从经济的角度，可见商业业态与金钱社会；从人性的角度，可见市井男女无尽的欲望。而《红楼梦》与《金瓶梅》是不太一样的。一部《红楼梦》，任何年龄，都可以走进它，随时翻阅它；不同的年龄，感悟的还不大一样：少年时注意的，多是宝黛等人的爱情和浪漫；人到中年体会更多的，是各种世态人情；越往后走，就越能体会到“繁华过尽”之后有关历史、社会、人生的沧桑和苍凉。

阅读《金瓶梅》，更需要耐心、阅历，以及在此基础上对人性的深刻理解。

相较而言，超越《金瓶梅》甚多的《红楼梦》，书中成句成段的情色描写更少：仅见那么两三个场合，涉及那么两三个男女淫滥人物，算起来是非常节制和隐晦的了！究其原因，恐怕主要还在于两部作品描写的社会生活层面、形态和阶段不同：一是享誉京城的钟鸣鼎食之家，一是恶名昭著的县域暴发之户；一是百年之后的高峰跌落，一是二十来年发迹变泰即走完了兴盛废替发展的整个过程。再则，《金瓶梅》反映的主要是世风日下、人情浇薄的明代中晚期市井生活，着眼点和侧重点在商业、资本与欲望；《红楼梦》描写的主要是以贾府为代表的没落封建贵族阶级的生活、命运与结局，重点表现的是“体面背后的虚弱”“繁华转身后的悲凉”，以及孕育新希望前的痛苦和艰难：时代特征不同，描写对象有异，笔墨的使用上当然也不会一样。同时,文学也在随社会历史的进步而向前发展。曹雪芹的小说,“脱胎”于文学名著《金瓶梅》,毫无疑问,后来者是完全有条件和理由充分汲取前行者反映社会生活、刻画人物形象、探测人性深处隐秘等方面的经验教训,并充分注意到对“男欢女爱”“两性生活”过分描写所带来的负面影响的。因此在自己笔下,不得不涉及这一类描写的时候,曹雪芹就尽量在语言和行为上做到含蓄蕴藉、点到即止了。当然,曹雪芹的选择,还与他所处历史时期统治阶级维护封建道统的大力倡导,知识阶层重视阐发和宣扬儒家理学的时代氛围,以及整个社会总体上振作向上的风气尚未消解殆尽等因素有关。

总结《金瓶梅》对两性生活着力描写的艺术实践,笔者认为:文学作品对性生活的描写,在把握好“暴露尺度”和“篇幅占比”的情况下,应当是可以的,甚至是必须的。马克思就曾说过,男女之间的关系,是人与人之间最直接的、最自然的和必然的关系。性生活本身,虽然具有明显的与动物相区别的隐秘性和道德性,虽然本质上属于人的正常生活所必需,但也有性质上的区别:或为两情相悦,又合理合法;或为胁迫屈从、别有所图、作奸犯科、法理难容。它是一面镜子,大而言之,反映的是一个社会物质文明、精神文明的发育发展程度;小而言之,反映的是一个生命个体的性格特征、身心状态、生活状态以及人际关系等。它既有动物性的自然呈现(繁衍后代的需要、寻欢作乐的需要等),又有着越来越多的社会性反映(为了交际、索取、展示、炫耀等)。说到底,性生活的自然属性与社会属性,完整构成了人的私生活的“一币两面”,彼此难以分割。因此,文艺作品中性生活的描写,关键要看它纯粹是一种动物性的表现,还是借此较为深刻地描写人性、刻画性格、展示人际关系、反映社会生活某些本质。若前者,是借文学以“宣淫”;若后者,则为艺术表现的有效手段之一。所幸,中国晚明的《金瓶梅》及后来清代的《红楼梦》,均属于后一种情况。两部书中出现的“秽字秽言”以及“秽行”的描写,均属于文学艺术表现的合理手段,毋庸置疑。

当然,如果将《金瓶梅》的性描写与另外一些文学名著中的性描写相比较,还是有尺度上、境界上的明显区别的。《金瓶梅》的性描写,反映的几乎全是情欲,爱情的成分稀缺。因此,尽管它对作者生活的时代社会特征、世态人情现状、人性的至深至暗等方面的艺术反映具有无可替代的巨大认识价值,却终因“美的色彩”的淡薄,缺乏足够的感染人、打动人、鼓舞人、塑造人的道德力量。这种情欲旺盛而爱情稀薄的性的描写,在《红楼梦》中几乎是不存在的,因为即便是“花心男人”的代表贾琏,前期对待与他交欢的多姑娘,中期对待前来幽会的鲍二媳妇,以及后来对待“先偷后娶”的尤二姐,性的交易中还少不了“情”的浸润。更不说《金瓶梅》中性的描写,与外国的《静静的顿河》中,对主人公格里高利与阿克西妮亚经历了“战争与和平”岁月无数波折和苦难的“肉欲中的爱情”描写；与中国作家张贤亮《绿化树》中对“动乱与饥饿”时代普通劳动妇女马缨花等人那苦难而又执着美好的“同情中的爱情”描写；与陈忠实《白鹿原》中对“喧哗与骚乱”历史时期，北方封闭农村俗男俗女们基于生育、享乐、依附、解脱等原始欲望和现实需求交相糅合的性爱描写等：相比之下，更是大异其趣了。因为后一类作品的性描写中，不但有情欲所代表的原始生命力的激动与勃发，更有爱情对原始情欲的渗透和“文化”提升。因此，这类作品中生活美、人性美的意蕴丰盈，更容易发挥文学作品教育人、引导人的功能作用，更容易为世人所理解和接受。（较原稿有删减）

第四十七回　呆霸王调情遭苦打　冷郎君惧祸走他乡

内容提要：贾母当面讽刺邢夫人替男人说媒“倒也三从四德，只是这贤慧也太过了”，继后叫来众人打牌散闷。凤姐巧借输钱说笑，缓和现场尴尬气氛。贾琏替贾赦来请邢夫人，遭贾母数落；转身后贾琏抱怨，邢夫人说他“不孝”。贾母带领王夫人、薛姨妈及宝玉姊妹等到赖家赴宴；席间薛蟠调戏柳湘莲，被诱至郊外挨揍。薛姨妈要告诉王夫人等巡拿柳湘莲，被宝钗劝阻。

●贾母为“鸳鸯抗命”一事正余气未消，不知内情的邢夫人偏偏“触网”而来。“王夫人听见邢夫人来了，连忙迎了出去”，这完全符合弟媳主动出迎长嫂的礼节；但客观效果，却是将邢夫人引进了狼狈受训境地，使之无法回避。

●当众人都借故离开现场之后，贾母才开始了对长媳一对一的训导。一席话娓娓道来，语重心长，对邢夫人有爱惜有讥刺，有体谅有指责，既注意了说话的场合、分寸以顾及邢夫人的脸面，又设身处地告诉了对方自己离不开鸳鸯照顾的理由，继而表明了在贾赦索妾这件事上不容商议，但在其他方面尚可给予补偿的态度：绵里藏针而又苦口婆心，滴水不漏而又留有余地，展现了老太太高超的析事论理、调和矛盾、掌控大局的能力。

●府内贾母的地位至高无上，威势震慑全场。王夫人的唯唯诺诺，邢夫人的缩手缩脚，以及凤姐不时的插科打诨、有意的居间调停，无不形象地反映了封建社会大家庭常见的婆媳关系。

●众人被叫来重新聚集在贾母身边斗牌取乐的时候，气氛的沉闷别扭不难想见。当下，正需要说话诙谐、善于凑趣的凤姐来发挥作用呢。王凤姐果然不负众望，借故打趣，指着贾母素日放钱的一个木匣子，将没有灵性的铜钱赋予生命并形容得活灵活现，引出了全场的一片笑声。云开雨霁，一时尴尬压抑的气氛一扫而空。只是被婆母冷遇“罚站”的大房媳妇，在旁不知做何感想！此情此景之下，一个小插曲又发生了。原来是贾琏不听平儿劝阻前来，果然受到贾母气头上

的一顿奚落,不但牵扯出私通鲍二媳妇的前情,还惹出了贾母对自己身世经历的一番感慨:

……提起这些事来,不由我不生气!我进了这门子作重孙子(**此字程甲本删**)媳妇起(**此字程乙本作"了"**),到如今我也有了(**此字程本妄作"个"**)重孙子媳妇了,连头带尾五十四年,凭着大惊大险、千奇百怪的事也经了些,从没经过这些事。还不离了我这里呢!

有关贾府历史发展的信息碎片,在阅历丰富的老太太抱怨声中"闪现"。它至少表明老祖宗的内心,因对自家家风、家业、家运的观察对比而来的切身感受,早就有了"今不如昔""时不再来"的失落感和困惑感。原文"连头带尾五十四年",如此精确的时间概念,绝对说明作者笔下的贾母,在曹雪芹心目中一定是有着生活原型作参照的;何况,从曹玺首任江宁织造开始到曹頫被撤职抄家,曹家一家三代四人任此肥缺的时间长达58年,这是不是跟小说中贾母嫁到贾府的前后时间形成"巧合"了呢?

●邢夫人提醒贾琏"这几日生气,仔细他捶你"的话,逗引第48回贾琏被打、平儿讨药的情节,可谓前伏后应,构思精巧。

●本章节下半回描写,由贾府至赖家的花园、客厅、小书房,然后移至北门外荒郊野外;薛蟠被揍后被人找到,生活场景又拉回到赖家席面及薛家家中:时间顺延,空间几次切换,情节腾挪闪现,场面随之不同,可见作者书写得跌宕起伏。

●赖大家宴请,因请了几个现任的官长并几个世家子弟作陪,以此顺便带出了柳湘莲的出场。

●宝玉、湘莲见面,提起秦钟修坟上供一事:一、可见二人的重情重义;二、可见二人的关系友好。宝玉"我只恨我天天圈在家里,一点儿做不得主,行动就有人知道,不是这个拦就是那个劝的,能说不能行;虽然有钱,又不由我使"的抱怨叹息,设身处地去考量,也并非人心不足;只是身在福中不知福,患了"世家子弟"不知世道艰难的通病而已。曹雪芹作为典型的败落世家子弟,他与现实生活中像敦敏、敦诚哥俩那样的柳湘莲一类人应该有交往。因此,他对这些人的思想观念及生活状况,应该是非常熟悉了解的。作者笔下的世家子弟柳湘莲,读书不成,父母早丧,素性爽侠,不拘细事,酷好耍枪舞剑、赌博吃酒,以至眠花卧柳、吹笛弹筝、无所不为,如今家贫如洗、萍踪浪迹的情况,以及因其年纪又轻生得又美,不知他身份的人误认作优伶一类的经历,在曹雪芹时代,除了他自己,一定还多有这一类的生活原型。

●薛蟠挨揍,贾蓉等人加以奚落甚至嘲弄,可见一帮酒肉朋友为人的不甚厚道。

●须加留意的原文脂批：

※宝玉便拉了柳湘莲到厅侧小书房中坐下，问他这几日可到秦钟的坟上去了。【庚辰双行夹批：忽提此人使我堕泪。近几回不见提此人，自谓不表矣。乃忽于此处柳湘莲提及，所谓“方以类聚，物以群分”也。】

编者按：秦钟自第16回夭亡之后，除本回宝玉念及，第34回宝钗想到“当日为一个秦钟，还闹的天翻地覆”的情景外，很少被人提起。原文通过宝玉询问“这几日可到秦钟的坟上去了”这个细节，一方面暗笔补写了生者与死者曾经的交往；同时也可见出宝玉和湘莲的笃于友情，正如脂批所谓的“方以类聚，物以群分”也。

※【戚序回前：不是同人，且莫浪作知心语。似假如真，事事应难许。着紧温存，白雪阳春曲。谁堪比？船上要离，未解奸侠起。】

编者按：“要离”，系春秋时期吴国人，生活在吴王阖闾时期。其父为职业刺客；要离为屠夫，后由于成功刺杀庆忌，为春秋时期著名的悲情刺客。其生平事迹，主要记载于《吴越春秋》卷四《阖闾内传》。

※【戚序回末总评：自“斗牌”一节，写贵家长上之尊重，卑幼之侍奉；“遭打”一节，写薛蟠之呆，湘莲之豪，薛母、宝钗之言，无不逼真。】

●红楼探照之一一一：

赌性花钱：贾赦的无声抗议

强娶鸳鸯的兴头被一时打灭之后，且看第47回“恶”老爷贾赦的情绪反应和他采取的后续行动：

邢夫人将方才的话只略说了几句。贾赦无法，又（**此处程本加“且”**）含愧，自此便告（**此处程本加“了”**）病，（**此处程本加“且”**）不敢见贾母，只打发邢夫人及贾琏每日过去请安。只得又各处遣人购求寻觅，终究费了八（**此字程乙本妄作“五”**）百两银子，买了一个十七岁的（**此字程乙本删**）女孩子来，名唤嫣红，收在屋内，不在话下。

白花花的800两银子，可不是一个小数目！就这样，一时满足了贾赦老而不死的花心，暂填了大老爷没有道德底线的欲壑。为什么出价如此之高？追根溯源，还要从这之前白发老母，为了稍加补偿“如今也是孙子、儿子满眼了”的大儿子那因小老婆队伍“扩编”计划受挫而极有可能产生的怨愤不平，曾经对邢夫人做过安抚式的表态说起：

我正要打发人和你老爷说去：他要什么人，我这里有钱，叫他只管一万八千的买(**此字程乙本作“买去就是”**),就只这个(**前4字程本作“要这个”**)丫头不能。留下他服侍我几年,就比(**此字程乙本作“和”**)他日夜服侍我尽了孝的一般(**前2字程本作“一样”**)。你来的也巧,你(**此字程本删**)就去说,更妥当了。

毫无疑问,贾赦一挥手重价购买小妾的这笔钱,应该是贾母给他提供的。这实际上也间接表明,一计不成又施一计的贾赦,事后的确借此由头,不知羞耻地向自己的母亲伸手,索要了这笔添置姑娘的专门款项;也可见贾母说话算数,给出了这笔事先承诺的封口费。

一直以来的贾母,不但在对待贾府儿孙接受文化教育一事上,持不置可否的态度;就是在儿孙们的男女关系问题上,也对自己身边的老少爷们持宽容放纵的态度。她的两个儿子,小儿子贾政总体上循规蹈矩,除了应付内外世务的实际能力差一点外,倒没听说家里宅外有什么花红柳绿、风吹草动;但袭了官位的大儿子贾赦,在家里养着可观但不知具体数目的丫头、通房不说,还带动了他的儿子贾琏有样学样;要不是凤姐有“先见之明”,加之以“严防死守”之策弹压着,逼得贾琏只敢在外偷鸡摸狗解决问题,不然早就在家里眼馋肚饱、拈花惹草了!

江山易改,本性难移。眼下,家里一向横冲直撞无人敢于拦阻的大老爷,完全没有料想到区区府内一个毛丫头给脸不要脸、明目张胆抗命不遵不说,自己那一贯偏心弟弟一家的老妈,居然对自己小小的欲求,也没有给予理会!胡子花白的贾赦,正为自己的意愿没有得到满足,憋着一肚子的气呢!破罐子破摔的“大老爷的性子”发了,那是要赌上脾气,跟人较量一盘的!跟谁死抠呢?他自己的老妈——年事已高的贾母呗!

那么,怎样“恶心”这个一贯不甚待见自己的“偏心”老妈呢?贾赦自有他“邪恶的智慧”。

你瞧“如今兄弟侄儿儿子孙子一大群”的他,理所当然就要在贾母的“承诺兑现”上做文章:不是你亲口说的你“有钱”,叫我“只管一万八千的买”吗?好呀,我这就叫你挨了宰,出了血,还抱怨不出口来!反正不是我掏腰包!我就是要出令人咋舌、“吓你一跳”的大价钱,将一个与自己年龄相差在三十五岁左右的17岁姑娘,比你当作宝贝的鸳鸯还年青水灵、乖觉可喜的侍妾买了来“以充下陈”,满足愿望,咋啦?我就是要敲敲你的“竹杠”醒醒你的脑,给你上把草料,添些闷堵,叫你知道轻易得罪了老儿子的后果!其实,恶霸淫欲未逞而来的凶暴顽劣,还不仅仅只是将泄愤撒野的矛头暗指自己的母亲;在这之前,他就已经找碴拿自己的亲生儿子贾琏出气,将其罚站、辱骂、毒打过一遭了:种种恼羞成怒的迹象,倒是最符合荣府大老爷一向执拗凶暴的性格特征的。不是么,第46回邢夫人、平儿等人在说话中提到“大老爷的性子”时那无不心有余悸的模样，亦可见平日里贾赦残暴任性的脾气，无异于“丛林中的野兽，小院里的流氓”，是众所周知且无人不怕的。

实际上，一直以来，贾母也拿她这个忤逆不孝的大儿子没有办法，只好“睁只眼闭只眼”算了。说起来，也难怪贾母背后多次流露出对两个亲生儿子尤其是对其中的大儿子贾赦的严重不满；也难怪贾母抱怨自己嫁过贾府来五十余年后，感觉“现状”特别奇怪；也难怪贾母因对未来贾府的家业、家运没有信心而表现出“不问兴废”“及时行乐”这一类近乎沮丧颓唐、无所作为的生活态度！这一切，皆源于老人对后出贾府男性主子们人品能力等现实表现的深度失望啊！

这里，顺便要说到一个文本上的有趣现象。与庚辰本等版本比较，程高本在文字上做了相当多的改动。其中，就包括程乙本对在原文的“数字上”做一些莫名其妙变动的“特别偏爱”。且不说续书第 105 回那一篇“查抄清单”里，程乙本与程甲本在品种、数目上的差别甚大；也不说前八十回中，程高本将第 13 回贾珍为贾蓉买“五品衔”职位所花的 1 200 两改为 1 000 两，其中的程乙本第 5 回将“美酒一瓮”改作“美酒几瓮”，第 18 回将“清钱五百串”改为“清钱三百串”，第 25 回将“蠲资二十两”改作“捐资三十两”，第 61 回将“十来斤肉”改作“一二十斤肉”，第 72 回将“这会子再发个三二百万的财就好了”中的“三二百万”压减成“三五万”等；只说本回中，程乙本又将贾赦购买十七岁姑娘嫣红的身价银，由“800 两”调减为“500 两”用意恰恰走偏。

程乙本之所以如此改动，似乎是借此将调减下来的银两数目与当时的市场价格接上轨，不至于相差得太多；但就没有想到这样的数目调减，看似不要紧，却大大辜负了曹雪芹的精密构思和精确表达。岂知作者就是要通过一个看似不甚合理的生活细节的描写，以期达到透视贾赦其人赌性使气，在耗费老母的银钱上，一点都不皱眉、一点都不顾惜的反派邪淫心理呢！

●红楼探照之一一二：

“文人”也能写“武戏”

第 47 回薛蟠与柳湘莲调情，委实是“又犯了旧病”。呆霸王被打，活该；呆霸王挨揍时乔模乔样的表现，读来令人捧腹，喷饭！这场“鲁提辖拳打镇关西”式的惩凶罚劣，在曹雪芹笔下写得痛快淋漓，确有《水浒传》的流风余韵；但场面描写的细致曲折程度，又远非施耐庵所能及。

正如第 9 回回评中笔者曾指出过的，《红楼梦》一书，鉴于题材的规定性，“写情圣手”曹雪芹呈现给读者的，多是贾府内外日常生活中因饮宴娱乐活动而有的你来我往、无处不在的男欢女爱,以及围绕权钱财色等资源展开的人与人之间的矛盾冲突等生活场景。其间对家里家外的哭闹争吵、嬉笑打闹、你争我夺场面(譬如老奴的醉闹,奶娘的哭诉,家塾众顽童的群殴,恋爱中男女的斗嘴,妇人与浪荡丈夫的撕扯,大丫头领人对园内厨房物品的打砸,凤姐因尤二姐一事上宁府的搅扰,夏老婆子对芳官的欺凌,芳官等人与赵姨娘的缠斗,以及夏金桂在家里的肆行撒野放泼等)的描写,比比皆是;但像《水浒传》一书中那样的"全武打"场面,却并未涉及。即便是如本回柳湘莲教训薛霸王那稍带"武行戏"的情节,全书也仅此一见;而且柳湘莲惩戒对方的目的、选择的环境、下手的轻重、苦打的方式、历经的过程以及造成的后果等,均与鲁达三拳打死恶棍镇关西的"传奇"写法,明显不同。

我们深感佩服的是,曹雪芹作品中所表现出来的多姿多彩且异乎寻常的生动笔墨:写爱情亲情友情一类的"文戏",委婉曲折,细腻入微,情意绵绵,令人感动;偶一涉及拳击、醉闹、群殴等生活场面,又写得诙谐幽默,活龙活现,形神毕现,满纸生辉,阳刚之气满满。毋庸置疑,作者具有多种人物、多种生活场景描写的艺术才华,堪称艺术表现丰富性方面的"千手观音"。这种综合艺术素养及高强的艺术表达本领,对一个小说家来说,非常难得。戚蓼生本《红楼梦》序言,就生动形象而又恰如其分地描述、概括了全书别具一格的表达方式,以及由此获得的非同凡响的艺术效果。现抄录如下,以广见闻:

> 吾闻绛树两歌,一声在喉,一声在鼻;黄华二牍,左腕能楷,右腕能草。神乎技也,吾未之见也。今则两歌而不分乎喉鼻,二牍而无区乎左右,一声也而两歌,一手也而二牍,此万万所不能有之事,不可得之奇,而竟得之《石头记》一书。嘻!异矣。
>
> 夫敷华掞藻、立意遣词,无一落前人窠臼,此固有目共赏,姑不具论。第观其蕴于心而抒于手也,注彼而写此,目送而手挥,似谲而正,似则而淫,如《春秋》之有微词、史家之多曲笔。试一一读而绎之:写闺房则极其雍肃也,而艳冶已满纸矣;状阀阅则极其丰整也,而式微已盈睫矣;写宝玉之淫而痴也,而多情善悟不减历下琅琊;写黛玉之妒而尖也,而笃爱深怜不啻桑娥石女。他如摹绘玉钗金屋,刻画芗泽罗襦,靡靡焉几令读者心荡神怡矣,而欲求其一字一句之粗鄙猥亵,不可得也。盖声止一声,手止一手,而淫佚贞静,悲戚欢愉,不啻双管之齐下也。噫!异矣。其殆稗官野史中之盲左、腐迁乎?
>
> 然吾谓作者有两意,读者当具一心。譬之绘事,石有三面,佳处不过一峰。路看两蹊,幽处不逾一树。必得是意,以读是书,乃能得作者微旨。如捉水月,只挹清辉;如雨天花,但闻香气。庶得此书弦外音乎?乃或者以未

窥全豹为恨，不知盛衰本是回环，万缘无非幻泡。作者慧眼婆心，正不必再作转语，而千万领悟，便具无数慈航矣。彼沾沾焉刻楮叶以求之者，其与开卷而寤者几希！

为便于理解，将之转换成现代白话如下：

我听说绛树能同时唱两支歌，一支歌通过喉咙发声，一支歌通过鼻腔发声；黄华双手能同时写字，左手写的是楷体字，右手写的是草体字。这真是神奇的技艺啊，可是我从来没有真正地见到过。现在是同时唱两支歌却不区分喉咙和鼻腔，同时写两种字却没有区分左手和右手，一处发声也能同时唱两支歌，一只手也能同时写出两种字体：这是绝对不可能有的事儿，不可能实现的奇迹，然而竟在《石头记》一书中实现了。啊！太神奇了。

在《石头记》中，作者铺张辞藻、遣词立意，没有一处陷入前人的老套子。这本来是有目共赏的，我们暂且不去具体地讨论它们。首先看他把蕴含在内心的情感用手抒发出来，注视的是那个然而实际写的是这个，目送归鸿的同时又手挥五弦。好像是在玩弄手段欺诈读者，而实际是合乎道理的；好像是在描写一些我们可以效法的榜样，而实际他们是淫荡的。就如同《春秋》里的隐晦批评，以及史家往往出于顾虑而不去直接书写历史事实一样。我试着一一地把这些内容读出来：作者描写闺房之事是极其的和睦庄重的，然而艳丽妖冶却已经满纸都是了；作者形容四大家族的门第家世，是极其的高大宽敞、井然有序，然而四大家族由盛到衰的迹象，已经满眼都是了；作者刻画贾宝玉的放纵沉溺和痴情，然而他的多情善感，却比历下、琅琊少不了多少；作者刻画林黛玉的嫉妒和尖钻刻薄，然而她的厚爱怜悯，却和桑娥、石女一个样儿。再比如描绘女儿的房屋，刻画飘香的衣着，作者娓娓道来几乎使读者到了神魂颠倒、不能自持的地步了，但是想要在其中找出粗野鄙陋、下流不堪的一个字一句话，却不能得到。声音只有一个，手也只有一只，然而淫佚和贞静、悲戚和欢愉，就如同双管齐下一个样儿。啊！太神奇了。作者莫非就是稗官野史中的左丘明和司马迁？

但是我觉得作者虽然立意有两个，读者应该具有一心。用绘画打个比方。画石之法虽分三面，优美之处不过就是一峰而已；画路之法虽看两蹊，幽深之处不过就是一树而已。读者一定要领会这层意思，再来读这本书，这样就能了解作者想要表达的隐晦旨意。就如同水中捉月，我们仅取月光；就如同天花飘落，我们只闻香气。有谁能够明白此书的言外之意呢？有人或许以不能看到此书的全壁为遗憾，却不知道盛衰本就是循环往复，一切因缘都只不过是过眼云烟。作者具有敏锐的眼力和慈悲善良的心地，恰好没有必要再写那些令我们读者恍然大悟的机锋话语,而许许多多的领悟,便被无数脱离了生死苦海的人领悟了。那些执着地挖空心思地探求《石头记》后半部的人,他们和《石头记》开篇入梦的甄士隐,又有什么区别呢?

戚蓼生,浙江湖州德清县人,清代乾隆年间的进士,于乾隆三十五年(1770)至乾隆四十五年(1780)在京做官。这段时间他整理出了抄录有脂批的《石头记》,并为之作序。他对这本书的写作成就非常推崇,虽然为这本书没有写完感到十分遗憾,但他并不主张由他人补上续书,因非一人之作,思想、才情等诸多方面恐难与原著相合。俞平伯非常赞赏他的这种观点,周汝昌也说该序"笔调非凡,见地超卓,已足名世不朽"。

这篇序文,当视为我国古典小说美学中的重要文献。序文的确写得有声有色,才情兼具,行云流水,典雅不俗,高度概括了《红楼梦》的艺术精髓:一是指出了《红楼梦》文体的双重性、多重性问题,即优秀的文艺作品,总能引起读者丰富联想的原因;二是从《红楼梦》令读者"心荡神怡",但又风雅满纸,"欲求一字一句之粗鄙猥亵"而不可得的现象,提出了人性的深度描写与文化审美规范相契合的问题;三是从《红楼梦》盛中写出衰、痴中写出悟、妒中写出情,提出了情节发展的预示性问题。戚蓼生已经意识到了广邈深邃的人的内心世界的复杂性以及人性的复杂性,认为优秀的文学作品就该向人性的深邃性、复杂性、矛盾性、模糊性靠近,并根据作者所处的文化传统,找寻出一种恰切的表达方式。此外,序文不但高度赞扬了作者娴熟驾驭语言的能力,还指出了作品既对立又统一的多种语言艺术风格。"似谲而正,似则而淫",是说它的艺术表现具有既神奇诡谲又平淡朴实,既遵循法则,又恣肆酣畅的特点。同时,"注彼而写此,目送而手挥""如春秋之有微词,史家之多曲笔"的说法,也指出了该书具有寓意深远婉曲、语义双关、意在言外等特点,值得我们反复研磨体会,阐释发挥。

第四十八回　滥情人情误思游艺　慕雅女雅集苦吟诗

内容提要:薛蟠自己提出要和老伙计南去做生意,薛姨妈先是不许,经宝钗劝说后答应。薛蟠离家,香菱和宝钗搬来园内同住。平儿前来讨棒疮药,抱怨贾赦因强索石呆子古扇不成而暴打贾琏,并大骂助纣为虐的贾雨村是"没天理",是"半途中那里来的饿不死的野杂种"。黛玉自愿热心教导香菱写诗,香菱的诗才大有长进。

●"至次日,薛姨妈命人请了张德辉来,在书房中命薛蟠款待酒饭,自己在后廊下,隔着窗子,向里千言万语嘱托张德辉照管薛蟠"、"薛姨妈便和宝钗、香菱,并两个老年的嬷嬷连日打点行装"、"薛姨妈、宝钗等直同薛蟠出了仪门,母女两个四只泪眼看他去了，方回来”等细节，描画并突出了薛家母子之间、兄妹之间的深厚亲情，期待与忧虑尽在“四只泪眼”之中。

●作者安排薛蟠离家远行，有多方面的考量：一是“挨打”之后事态发展之必然；二是促进此人经历成长之必要；三是为香菱进园表现“生命的精彩”之必需。至于更远的构思用意，是为薛蟠后来半路遇盗结交湘莲、认亲夏家引出一段“恶姻缘”等情节的发展，预做铺垫。本回叙述的重点由上半回“薛蟠挨打”的余波，自然转向了下半回香菱的“雅集苦吟诗”情节上。

●香菱进园，宝钗招呼她要“先出园东角门，从老太太起，各处各人你都瞧瞧，问候一声儿，……回来进了园，再到各姑娘房里走走”的交代，可见宝钗为人处世的细心、周到、圆融。

●贾赦毒打贾琏一事，由平儿口中补出，固然节省笔墨；但若特地来说，殊不得体，故以来讨“棒疮药”为由，顺势拈出。而平儿的到来，表现出她与薛家的友好；对薛家姑娘坦言直告“我们家的新闻”，更表现出了她本人对宝钗的信任。事实上，贾赦“夺扇”事件，事跨两地，时隔经年，人涉多方，认真叙述起来并不是三言两语即可了清的；借由平儿之口转述，时空自然跨越，事态线索分明，叙述者的神情、心理，也跃然纸上。真是奇思妙想，一举多得。

●贾琏受责，原其根由，已在贾赦谋取鸳鸯之时。贾琏的无端挨揍，贾赦的恶霸行为，贾雨村的巧取豪夺，无辜平民石呆子的怀璧其罪，均经平儿之口一一道出，何其省力！环顾整个社会政治的黑暗，有抱璞于怀却自身不保的收藏者，就会有见财起意不获不休的大老爷，更会有杀鸡取卵，并送上门来讨好的贾雨村。这是什么世道，作者笔下告诉得还不清楚吗？

●须加留意的原文脂批：

※【庚辰回前：题曰“柳湘莲走他乡”，必谓写湘莲如何走，今却不写，反写阿呆兄之游艺；了却柳湘莲之分内走者而不细写其走，反写阿呆不应走而写其走。文牵歧路，令人不识者如此。】

又：【至“情小妹”回中，方写湘莲文字，真神化之笔。】

编者按：鉴于全书的严整构思以及各章节内容板块之间的精密编织，曹雪芹笔下的艺术门道，可谓错综复杂，千奇百妙。

※薛姨妈听了，笑道：“正是我忘了，原该叫他同你去才是。我前日还同你哥哥说，文杏又小，道三不着两，莺儿一个人不够服侍的，还要买一个丫头来你使。”宝钗道：“买的不知底里，倘或走了眼，花了钱小事，没的淘气。倒是慢慢的打听着，有知道来历的，买个还罢了。”【庚辰双行夹批：闲言过耳无

迹,然又伏下一事矣。】一面说,一面命香菱收拾了衾褥妆奁,命一个老嬷嬷并臻儿送至蘅芜苑去,然后宝钗和香菱才同回园中来。【庚辰双行夹批:细想香菱之为人也,根基不让迎探,容貌不让凤秦,端雅不让纨钗,风流不让湘黛,贤惠不让袭平,所惜者青年罹祸,命运乖蹇,至为侧室,且虽曾读书,不能与林湘辈并驰于海棠之社耳。然此一人,岂可不入园哉?故欲令入园,终无可入之隙,筹划再四,欲令入园必呆兄远行后方可。然阿呆兄又如何方可远行?曰名不可;利,不可;无事,不可;必得万人想不到,自己忽发一机之事方可。因此思及"情"之一字及呆素所误者,故借"情误"二字生出一事,使阿呆游艺之志已坚,则菱卿入园之隙方妥。回思因欲香菱入园,是写阿呆情误;因欲阿呆情误,先写一赖尚荣:实委婉严密之甚也!——脂砚斋评】

编者按:原文是写薛蟠离家之后,薛家母女的一段闲谈。闲谈中交代了宝钗身边服侍的丫头,一个是文杏,一个是莺儿,本不够用;但宝钗又不同意立即买一个来补充,于是侍妾香菱在薛蟠离家期间顺理成章就来到了小姑子身边做了她的陪伴。至于短批中所谓的"闲言"里"伏下一事"究竟指后文出现的哪件事,不好确定。落款"脂砚斋评"的这一段著名评批,通过对香菱原生家庭、容貌性情、命运遭遇等情况的梳理和点评,明确了香菱在大观园人物群像中的重要位置;并站在作者写人叙事、构思行文的角度,分析了赖家贺喜、"阿呆情误"、"呆兄远行"与"菱卿入园"、"香菱学诗"等相关情节链的构成延伸中,所包含的有机联系。

※香菱听了,喜的拿回诗来,又苦思一回作两句诗,又舍不得杜诗,又读两首。如此茶饭无心,坐卧不定。宝钗道:"何苦自寻烦恼。都是颦儿引的你,我和他算账去。你本来呆头呆脑的,再添上这个,越发弄成个呆子了。"【庚辰双行夹批:"呆头呆脑的",有趣之至!最恨野史有一百个女子皆曰"聪敏伶俐",究竟看来,他行为也只平平;今以"呆"字为香菱定评,何等妩媚之至也。】

编者按:"呆"与"呆"不同。薛蟠的"呆",是做事胆大妄为、不计后果,纯粹是蠢头村脑;香菱的"呆",则是文艺创作过程中的专心致志、心无旁骛。

※原来香菱苦志学诗,精血诚聚,日间做不出,忽于梦中得了八句。梳洗已毕,便忙录出来,自己并不知好歹,便拿来又找黛玉。刚到沁芳亭,只见李纨与众姊妹方从王夫人处回来,宝钗正告诉他们说他梦中作诗说梦话。【庚辰双行夹批:一部大书起是梦,宝玉情是梦,贾瑞淫又是梦,秦之家计长策又是梦,今作诗也是梦,一并"风月鉴"亦从梦中所有,故"红楼梦"也。余今批评亦在梦中,特为梦中之人作此一大梦也。——脂砚斋】众人正笑,抬头见他来了,便都争着要诗看。

编者按：这是本回脂砚斋明确署名的第二则批语。内容是以“梦”发端，解释了“红楼梦”的寓意，表明了自己超脱现实、沉酣理想、苦心孤诣解析全书的心迹。

※【戚序回前：心地聪明性自灵，喜同雅品讲诗经，姣柔倍觉可怜形。皓齿朱唇真袅袅，痴情专意更娉娉，宜人解语小星星。】

※【戚序回末总评：一扇之微，而害人如此其毒！藏之者固是无味，构求者更觉可笑，多少没天理处，全不自觉。可见，好爱之端，断不可生。求古董于古坟，争盆景而荡产，势所必至，可不慎诸！】

编者按：该则批语最后一句中提到的“求古董于古坟，争盆景而荡产”，是否确有所指，是否在此透露出后半部将出现贾赦一伙外引内联、作孽添乱，导致贾府四面树敌、八方惹祸等相关的内容情节线索，因缺乏确证，实难认定。

●红楼探照之一一三：

欲加之罪　何患无辞
——支持亲哥“跳出家门干正事”有错吗

薛蟠在外因惹是生非挨了一顿狠揍，对此一家人所持的态度是有差异的。香菱是“哭得眼睛肿了”，这自然是她作为小妾，嫁鸡随鸡、嫁狗随狗的应有情感态度反应。看到儿子脸上身上虽有伤痕，却并未伤筋动骨，于是又是心疼，又是发恨，骂一回薛蟠，又骂一回湘莲，意欲告诉王夫人，遣人寻拿打人凶手，这自然又是出于一个母亲惯有的偏爱和短视。独宝钗能通情达理，明辨是非，本着息事宁人的原则，责人先责己，并着眼“坏事向好事转化”的极大可能性：

……宝钗忙劝道：“这不是什么大事，不过他们一处吃酒，酒后反脸常情。谁醉了，多挨几下子打，也是有的。况且咱们家（**此处程本加“的”**）无法无天（**此处程乙本加“的人”**），也是人所共知的（**此字程甲本删**）。妈（**此字程本作“妈妈”**）不过是心疼的缘故。要出气也容易，等三五天哥哥养好了出的去时（**此字程本作“时候”**），那边珍大爷、琏二爷这干人也未必白丢开了（**此字程乙本作“手”**），自然备个东道，叫了那个人来，当着众人替哥哥赔不是认罪就是了。如今妈（**此字程本作“妈妈”**）先当件大事告诉众人，倒显得妈（**此字程本作“妈妈”**）偏心溺爱，纵容他生事招人。今儿偶然吃了一次亏，妈（**此字程本作“妈妈”**）就这样兴师动众，倚着亲戚之势欺压常人。”薛姨妈听了道：“我的儿，到底是你想的到，我一时气糊涂了。”宝钗笑道：“这才好呢。他又不怕妈（**此字程本作“妈妈”**），又不听人劝，一天纵似一天，吃过两三个亏，他倒（**此字程乙本作“也”**）罢了。”

身为贵族深闺少女,遇事竟能如此通达,如此的理性对待、换位思考,实在难得!特别是对自家一直以来的“无法无天”,以及“兴师动众,倚着亲戚之势欺压常人”等惯常做法腹诽反省,自知理亏,镜鉴警觉,不纵恶,不隐过,不私己,秉持公道正派之心,一视同仁对人,身处优势地位而不恃强凌弱、自以为是、惹是招非的襟怀气度和明哲保身的智慧,令人感佩!这大概就是第42回教导黛玉“读书要明理”的自身体现吧。而有的论者却最喜欢“鸡蛋里面挑骨头”,以此作为宝钗没有亲情、心肠冷酷的证据:真不知道这是什么逻辑!薛宝钗身上这种对人、对事、对己的“冷酷无情”,不正是一个正常的、平等和谐的社会中,最应该提倡发扬的优秀品质么?为什么一涉及薛宝钗,就什么都错了?你内心可以不喜欢宝钗这一性格类型的人,但不能对她所做的一切,都加以歪曲和全盘否定呀!

再说挨打回家躺倒在炕的薛蟠,刚开始还一边痛骂柳湘莲,一边又要命小厮们去拆他的房子,打死他,和他打官司,兀自折腾;继而被薛姨妈连哄带骗之后,其气渐平;三五日后,疼痛虽愈,伤痕未平,只装病在家,愧见亲友。第48回接写“展眼已到十月”,因听了席间老伙计张老头的一番生意盘点,竟唤醒了皇商后代薛蟠的“职业意识”。且看呆子的谋定而动:

“我(**此字程本后移二字**)如今捱了打,正难见人,想着要躲个(**此字程本作“避”**)一年半载,又没处去躲;天天装病,也不是事(**此字程乙本作“常法儿”**)。况且我长了这么大,文又(**此字程本删**)不文,武又(**此字程本删**)不武,虽说做买卖,究竟戥子、算盘从没拿过,地土风俗、远近道路又不知道。不如也打点几个本钱,和张德辉逛一年来。赚钱也罢,不赚钱也罢,且躲躲羞去;二则逛逛山水,也是好的。”心内主意已定,至酒席散后,便和(**此处程本加“气平心与”**)张德辉说知,命他等一二日,一同前往。

这也算是一顿暴揍,给此人带来的一点“觉醒”!可知之前贾珍知薛蟠为湘莲所打,笑着说的“他须得吃个亏才好”这句话不无道理。但儿子有儿子的想法,母亲也有母亲的情肠。母子二人站在各自立场讲话,似乎各有各的道理;尤其是薛呆子的一席话,声口如闻,性情毕现,静极思动,听上去似乎还蛮有道理:

晚间,薛蟠告诉了(**此字程本删**)他母亲。薛姨妈听了,虽是欢喜,但又恐他在外生事,花了本钱倒是末事,因此不命(**此字程本作“叫”**)他去,只说:“好歹(**前2字程本后移一字**)你守(**此字程乙本妄作“跟”**)着我,我还能(**此字程乙本删**)放心些;况且也不用做(**此字程本删**)这(**此处程乙本加“个”**)买卖,也不等着(**前4字程本作“等不着”**)这几百银子来(**此字程本删**)用(**此字程乙本作“使”**)。你在家里安分守己的,就强似这几百银子了(**此句18字程本全删**)。”

> 薛蟠主意已定，那里肯依，只说："天天又说我不知世事（**此字程本作"务"**），这个也不知，那个也不学；如今我发狠把那些没要紧的都断了，如今要成人立事，学习着做（**前2字程本删**）买卖，又不准我了！叫我怎么样呢？我又不是个丫头，把我关在家里，何日是个了日（**此字程本作"手"**）？况且那张德辉又是个年高有德的（**前5字程本作"有年纪的"**），咱们和他世交（**前2字程本妄作"是世家"**），我同他去（**此字程本删**），怎么得有外（**此字程本删**）错？我就（**此处程本加"有"**）一时半刻有（**此字程本删**）不好的去处，他自然说我劝我；就是东西贵贱行情，他是知道的，自然色色问他，何等顺利？倒不叫我去！过两日我不告诉家里，私自打点了一（**此字程本妄删**）走，明年发了财回家（**此字程本作"来"**），那时（**前2字程本删**）才知道我呢。"说毕，赌气睡觉去了。

最终，还是宝钗远思近虑，好说歹说，劝说母亲要改变对儿子总想"藏着掖着、念着想着"的保守家庭观念，要试着大胆给成年男子"闯荡世界"创造机会：

> 薛姨妈听他如此说，因和宝钗商议。宝钗笑道："哥哥果然要经历正事，正是好的了（**前5字程本作"倒也罢了"**）。只是他在家时（**此字程本作"里"**）说着好听，到了外头旧病复犯（**此字程本作"发"**），越发（**前2字程本删**）难拘束他了。但也愁不得许多。他若是真改了，是他一生的福；若不改，妈（**此字程本作"妈妈"**）也不能又有别的法子：一半尽人力，一半听天命（**此字程本删**）罢了。这么大人了，若只管怕他不知世路，出不得门，干不得事，今年关在家里，明年还是这个样儿。他既说的名正言顺，妈（**此字程本作"妈妈"**）就打谅（**此字程本作"量"**）着丢了八百一千（**前4字程本妄作"一千八百"**）银子，竟交与他试一试。横竖有伙计们（**此字程本删**）帮着（**此处程本加"他"**），也未必好意思哄骗他的。二则他出去了，左右没有（**此字程本作"了"**）助兴的人，又没了（**此字程本作"有"**）倚仗的人，到了外头，谁还怕谁？有了的吃，没了的饿着，举眼无靠，他见（**此处程本加"了"**）这样，只怕比在家里省了事，也未可知。"薛姨妈听了，思忖半晌说（**此字程本删**）道："倒是你说的是。花两个钱，叫他学些乖来也值了（**此字程本删**）。"商议已定，一宿无话。

听君一席话，胜读十年书。真是"了不起"的薛宝钗！对哥哥薛蟠要突破藩篱、走出家门、"经历正事"的想法，她总体上持赞赏和积极促成的态度。当然，她又很了解自己哥哥的秉性，更清楚这次放哥哥出去跟着一帮伙计经风雨、见世面的利弊得失，对经商的风险、旅途的艰难、前程的"不确定性"早有预估，虽有担心却仍然全力说服母亲放手，遂了哥哥明面上要出去历练一番的主观意愿。一番劝说，金玉良言，苦口婆心，鞭辟入里，尽显这个封建时代才干女子实事求是、站位高远、非同凡响的心胸见识。以我们激赏敢闯敢试精神的现代人眼光看来，宝钗深明事理，顺势而为，明确赞成并支持哥哥出去闯荡江湖、历练世道的态度，无疑是积极可取，也难能可贵的。

常言道：人之一生，必须学习。所谓学习，贵在要学要习；只学不习，眼高手低；只习不学，手勤眼拙。这里的“学”，指学知识学技能，重在理论掌握；这里的“习”，主要指见习实习，重在操作演练。人的学习进步，既有先天禀赋，更有后天的养成。物竞天择，适者生存。鸟儿不学习飞翔，走兽不练习奔跑，鱼类不知道游动，人不获得必要的求生存、谋发展的知识与技能，能在这大千世界占有一席之地么？俗语说，宝剑锋从磨砺出，梅花香自苦寒来；人在世上走，刀要石上磨；海阔凭鱼跃，天高任鸟飞。又说：近水知鱼性，近山识鸟音；不入虎穴，焉得虎子；不上灵山，难得真经；真金不怕火炼，英雄需要摔打。还说：天才忌讳封闭，人杰最怕闲散；鸡窝周围飞不起雄鹰，池塘浅水跃不出蛟龙……诸如此类，均属明理明道之言。人是需要经历和磨炼的。为什么战争年代，往往英雄辈出？不正是因为战争时期，一定的物质条件之下，最需要也最容易发挥将士的主观能动性吗？战场上的激烈搏杀生死对决，拼的是命，见的是血，斗智斗勇斗力，生死攸关之下，容不得半点懒惰与疏忽，必须全力以赴甚至超常付出，因此才最容易激发人求生的欲望、创造的潜能和敢打必胜的斗志，以最大的牺牲去争取获得最大荣耀的呀！而承平时代，往往循规蹈矩、按部就班，拼的是时间、资源、资历、运作和为人处事等，最容易消磨人的精神意志和生命活力了。临渊羡鱼，不如退而结网；坐而论道，不若起而行之。一个人的成就，往往取决于他的器量与格局；而恢弘的器量与格局，又与其足够的生活经历和意志精神的磨炼相关。

从这些角度去考察，薛家三人，真还不是鸡肠小肚、鼠目寸光之辈！他们对人生的理解，对世情的感悟，对一个人“安身立命之本”的重视，表现出商家出身的薛家人相当程度上的见事开明和处事睿智。你听，“花两个钱，叫他学些乖来也值了”，薛姨妈的指望，入情入理；“一半尽人力，一半听天命”、“这么大人了，若只管怕他不知世路，出不得门，干不得事，今年关在家里，明年还是这个样儿”，薛宝钗的前瞻和务实，喜忧参半，充满对亲哥的关心；“我又不是个丫头，把我关在家里，何日是个了日”，呆霸王对“圈养”表达抗议的“呆话”，亦是不无道理！细品薛家母子、母女两代人的一席对话，对如今某些宠儿无上限的家庭是不是有所警示呢？

●红楼探照之一一四：

学诗与写诗
——苦难人生中仅存的美好记忆

香菱是《红楼梦》中最早登场的人物之一，作者在她身上倾注了无限的悲悯和同情，但又在她身上承载了天下柔弱女性几乎所有的悲惨与不幸。一定程度上说，她成了无情命运的抟弄物，社会冷酷的试验品，家庭暴力的受害者，世情浇薄的见证人。

不是么，年幼时生活在一个衣食无忧的温情小康之家。三岁即在家门口看灯会的晚上被人拐跑，从幸福的顶端跌落进苦难的深渊。隔了七八年，在人贩子倒手出卖时，总算碰到了一个看上她并真正喜欢她的年青买主，竟破价立意买她做妾；这英莲受了拐子这几年折磨，才得了个头路，且又是个多情的，若能聚合了倒是件美事；眼看生活的转机出现，料想不到"半路杀出个程咬金"，被倚财仗势的薛蟠横刀夺爱，打死冯渊，竟将她生拖死拽拖去。来到薛家，呆霸王起初也视之如珍宝，千方百计据为已有；孰知花花公子新鲜劲一过，便将她置之于脑后，又使得她很快失去了爱的依托。好不容易，有了这次混账男人因躲羞远行，她才得以跟从小姑子宝钗进入大观园中与众姊妹相会，一时之间品尝到了短暂青春带来的欢乐；但后来薛蟠的娶妻，又使她的生活陷入了更加惨痛绝望的境地，以致最终被懦夫、恶妇磨折而死。

香菱，这个小名英莲，谐音"应怜"，"平生际遇实堪伤"的不幸女子，暗淡无光的一生中，大观园这一时段的快乐时光，特别是拜"园内首席诗人"黛玉学诗作诗，"速成"后跟着园内姊妹们吟咏叹赏彼此的诗作，无疑就是她残存记忆中最美好的"人生印记"了。

香菱苦心学诗，黛玉耐心教授，一时成为大观园天真聪慧女孩们富有诗性生活的生动写照；无疑也谱写了一方苦学一方善教，师生相得益彰、彼此共同成就的一段教育佳话。其中寓含的教育精神、教育原理、教育方法，值得后世教育工作者学习借鉴。

首先说香菱的"苦学"。你看，她在黛玉的悉心指导和及时鼓励之下，先借了王维的诗集，拿回蘅芜苑，"诸事不顾，只向灯下一首一首的读起来，宝钗连催她数次睡觉，她也不睡"；看完《王摩诘全集》又看杜律，并能细细揣摩和领会诗中滋味；接着又学作咏月诗，前后三易其稿，竟弄得"茶饭无心，坐卧不定"，"挖心搜胆，耳不旁听，目不别视"，"或坐在山石上出神，或蹲在地下抠土，……皱一回眉，又自已含笑一回"，"嘟嘟哝哝直闹到五更天才睡下"；连探春劝她"闲闲"，她也答非所问;“满心中还是想诗,至晚间对灯出了一回神,至三更以后上床卧下,两眼鳏鳏,直到五更方才朦胧睡去了”。苦心孤诣,心无旁骛,真成了宝钗所形容打趣的“诗魔”和“呆子”了!

其次说黛玉的“善教”。先举重若轻地总结概括,将作诗之道简明扼要交代出来,以减轻初学者茫然四顾、不知从何下手的心理压力;次论作诗的原则并提醒注意事项,大处着眼,高屋建瓴;接着指明学诗的正确路径和具体的步骤方法,小处入手,不绕弯路。在香菱由读诗、讲诗、写诗,最后登堂入室成为“诗翁”的过程中,香菱的咀嚼回味、反复练习、苦心孤诣的上好表现,辅之以黛玉的一丝不苟、随时点拨、不时鼓励,以及彼此之间的交流切磋和讨论讲究,竟使得香菱学诗的效果立竿见影,进步日新月异了。

针对香菱的下水试作,黛玉尤其显得不厌其烦。首先给予肯定加鼓励,接着指出问题及症结所在,同时明确要求她“把这首丢开,再作一首,只管放开胆子去作”;香菱的第二首诗写出来,黛玉秉持一贯的认真细致、诲人不倦态度,再一次指出不足,肯定进步,同时严格要求,绝不浅尝辄止、半途而废、敷衍塞责。就这样,在黛玉的精心辅导之下,香菱终于做出了令众人赞叹的第三首好诗,从此正式跨入“大观园诗人”序列,体验了一把她苦难人生中虽然昙花一现,却极为难得的一段“诗和远方”的生活。

第 48 回的香菱学诗,不只验证了“天下无难事,只怕有心人”的一般道理,更包含了“禀赋天生,环境造人”的深刻寓意。之前,香菱的才情,被苦难压抑的生活所遮蔽;一旦来到一片自由开放、青春快乐的天地,她生命中的美好潜质便被迅速激发,聪慧用心和天真无邪的性格光辉得以充分展现。

“生活虐我千百遍,我待生活如初恋”的典型性格;特别是意味着她短暂心酸一生中这段时期蕙质兰心、诗意才情的“复活”奇迹,令人刮目相看,也着实令人叹惋。难怪一向同情和爱惜女儿们的宝玉,也为此发出了由衷的感叹:

> 这正是“地灵人杰”,老天生人,再不虚赋情性的。我们成日叹说“可惜他这么个人竟俗了”,谁知到底有今日!可见天地至公。

香菱令人惊异的才华气质,宝玉为天下女儿不俗性情发出的叹赏,实际上也是在为下回即将出现的宝琴、岫烟、李氏姊妹齐聚大观园写诗填词等情节预热和作引。

第四十九回　琉璃世界白雪红梅　脂粉香娃割腥啖膻

内容提要:王仁、薛蝌及薛宝琴、李绮、李纹、邢岫烟等,皆投奔贾府而来。众姐妹欢聚一堂,商议在芦雪广赏雪作诗。湘云和宝玉向贾母要了一块鹿肉作烧烤。众人吃鹿肉，湘云、黛玉等相互打趣，一片欢声笑语。贾母、凤姐赶来凑趣，期间平儿的镯子被盗，隐而未发。

●连续几个章节满纸的恶雨腥风之后，本回笔锋一转，描写四路亲戚不约而同，结伴来到荣国府，有如“众星捧月”“有凤来仪”，喧哗热闹，喜气洋洋，大观园的生活场景及情调气氛，为此一变；众人压抑郁闷已久的情绪，为此一振。

●荣府来客，若逐家分起各叙，头绪既繁，文亦冗杂，有失文章并叠类叙之妙。这诚然是曹雪芹笔墨行文一向富有的机巧变化；也是囿于小说篇幅必须打紧安排，将人物尽可能集中一起加以描写塑造的写作需要；更缘于封建大家族常有的盛大热闹气象的又一次“回光返照”。对此盛况，作者选取黛玉为视点，写了这个孤女在热闹中的独特感受：先是欢喜，次后想起众人皆有亲眷，独自己孤单无个亲眷，不免又去垂泪；好在身边还有一个宝玉深知其情，十分劝慰了她一番方罢。

●宝玉见到众多优秀女儿而生的“魔意”，实际上是对女性“青春美”的惊叹，是对人世间一切美好事物的万分珍惜，是人生不分贵贱男女一律平等友爱“理想之光”的折射，是贾宝玉“心灵美”的又一次生动展现。在封建男权社会，不尊重女性，乃至于千方百计“以制度作保证”“以权势为后盾”压制摧残糟蹋女性的言行比比皆是，令人触目惊心；而像贾宝玉这样认为“原该多疼女儿些，才是正理”者，实为凤毛麟角。这也是新时代的“早产儿”、旧时代的“多余人”——贾宝玉身上最可宝贵也最为悲哀的地方。且看原文的描述：

然后宝玉忙忙来至怡红院中，向袭人、麝月、晴雯等（**此字程本妄删**）笑道：“你们还不快（**此处程本加“着”**）看人（**此字程本删**）去！谁知宝姐姐的亲哥哥是那个样子，他这叔伯兄弟形容举止另是一样了（**前3字程本作“个样子”**），倒象是宝姐姐的同胞弟兄（**前2字程本作“兄弟”**）似的。更奇在你们成日家只说宝姐姐是绝色的人物，你们如今瞧瞧（**前字程本作“见”**）他这妹子，更（**此字程本作“还”**）有大嫂嫂这（**前2字程本作“子的”**）两个妹子，我竟形容不出（**此处程本加“来”**）了。老天，老天！你有多少精华灵秀，生出这些人上之人来！可知我井底之蛙，成日家自（**此字程本作“只”**）说现在的这几个人是有一无二的，谁知不必远寻，就是本地风光，一个赛似一个。如今我又长了一层学问了。除了这几个，难道还有几个不成？”一面说，一面自笑自叹（**前2字程本删**）。

袭人见他又有了（**此字程本作“些”**）魔意，便不肯去瞧。晴雯等早去瞧了一遍回来，嘻嘻笑（**前3字程本作“带笑”**）向袭人道（**此字程本作“说道”**）：“你快瞧瞧去！大太太的一个侄女儿，宝姑娘一个妹妹，大奶奶两个妹妹，倒象一把子四根水葱儿。"

曹雪芹笔下最喜欢也最擅长"捉对"描写人物,或难分伯仲,或泾渭分明。薛家薛宝钗、薛蟠、薛蝌、薛宝琴四兄弟姊妹,以及宝玉房中的晴雯和袭人两个大丫头,就是这样互相衬托着,彼此映照成趣的。眼下,宝玉闻所未闻、见所未见的一众"绝色人物"前来欢会,让多情公子生发了多么由衷的惊喜和热切的感叹啊!惊喜和赞叹声中,激荡着人文主义精神,充满了对"人情美""女儿美""青春美"的陶醉和激赏。恍惚之间,我们的耳畔,仿佛有莎士比亚名剧《哈姆雷特》中关于"人被发现"后的台词响起:"人类是一件多么了不起的杰作! 多么高贵的理性! 多么伟大的力量! 多么优美的仪表! 多么文雅的举动! 在行为上多么像一个天使! 在智慧上多么像一个天神! 宇宙的精华! 万物的灵长!"有道是"天涯何处无芳草",与外部世界相对隔绝的大观园幸有客至,似乎猛然之间打开了宝玉由此观察广阔世界的一扇窗户,使他自觉"又长了一层学问",初步感悟到大千世界山外有山、人外有人、园外有园,个人不过芸芸众生中的沧海一粟,从而促进了他作为个体生命对自己人生的全面审视和清醒定位。

此外,与袭人一开始的无动于衷不同,晴雯对同龄人到来的欢喜雀跃,以及由此而来的形容感叹,莫非她也在这些美少女们身上,感受到了美的慰藉、美所带来的精神昂奋? 再则,不写来客外表,交由宝玉、晴雯二人做一番惊喜叹息议论,笔法空灵飘逸,真所谓"重形神而略容貌"了。

●香菱会作诗,引出许多能诗闺秀来;若不于此时叙入,则香菱讲诗几无了结之时:撇上启下,灵动自然。而对众亲友女孩的到来,宝玉黛玉等人惊喜的惊喜、感伤的感伤,独有探春立即前瞻到"咱们的诗社可兴旺了"的前景,可见其热情明敏。

●从王凤姐对邢岫烟生活的照顾安排,见出二人的可疼可爱之处;亦反衬出邢夫人的狭隘自私,亲情淡薄,为富不仁。

●贾母王夫人因素喜李纨贤惠,且年轻守节,令人敬服,今见她寡婶来了,便不肯令她外头去住;那李婶虽十分不肯,无奈贾母执意不从,只得带着李纹、李绮在稻香村住下来:可谓爱屋及乌,一人有幸,全家沾光。

●点明湘云的叔父——保龄侯史鼐迁委了外省大员,不日要带家眷去上任;贾母因舍不得湘云,便留下她,将她接到身边:湘云至此在贾府,一直生活到第76回之后。且说"十二金钗"之一的史湘云作为贾府生活的重要参与者和见证人,作为大观园诗社的得力干将,作为全书被刻画得生动活泼、逗人喜爱的个性化人物,作者在她身上并没有少花笔墨。纵观全书,湘云自第13回提及,第20回出现,第22回曾因心直口快说出黛玉"象戏子"的冒失话,惹出一场小小风波;第31回同丫头翠缕论说“阴阳之理”,在园中拾得宝玉丢失的金麒麟;第32回,劝宝玉讲“仕途经济学问”,曾引起宝玉反感;第37回一气呵成两首海棠诗,众人叹赏为压卷之作。自本回起,作者便有意将她拉入大观园,走近了全书的舞台中心,不时加重戏份着力表现,重要场合见第50、62、76回;最后的结局命运情况,见第106、110、118回。

●跟贾母走到哪里,哪里就是一片欢声笑语一样,史湘云在哪里出现,哪里的空气就不会稀薄,哪里的人们就不会寂寞:

> 如今(**此处俄藏本作“看”**)香菱正满心满意只想作诗,又不敢十分(**前2字戚序本无**)罗唣宝钗,可巧来了(**此处俄藏本多“一”**)个史湘云。那史湘云又是(**前2字梦稿、程本均无**)极爱说话的,那里禁得起(**此字梦稿、程本均无**)香菱又请教他谈(**此字俄藏作“改”**)诗,越发高了兴(**前2字戚序作“兴起来”**),没昼没夜高谈阔论起来(**前2字俄藏无**)。宝钗因笑道:“我实在聒噪的受不得了。一个女孩儿(**此字俄藏无**)家,只管拿着诗作正经(**此字俄藏作“紧”**)事讲起来,叫有学问的人听了,反笑话说不守本分的(**此字梦稿、程本均无**)。一个香菱没闹清(**前3字俄藏作“爱学诗”**),偏又添了你这么(**此字程本无**)个(**前2字俄藏无**)话口袋子(**此字戚序无**),满嘴(**此字梦稿作“口子”;甲辰程高本作“口”**)里说的是什么:怎么是杜工部之沈郁,韦苏州之淡雅,又怎么是温八叉之绮靡,李义山之隐僻(**此字戚序误作“碎”**)。放着两个(**前2字戚序后移三字**)现成(**此字戚序误作“在”**)的诗家不知道,提那些死人做什么!”湘云听了,忙笑问道:“(**此处俄藏、戚序多“现在”**)是那两个?好姐姐,你告诉我。”宝钗笑道:“呆香菱之心苦,疯湘云之话多(**此字甲辰本作“灵”**)。”湘云香菱听了,都(**此处戚序多“大”**)笑起来(**前句“李义山之隐僻”之后至段末,梦稿、程高本均作“‘痴痴癫癫,那里还象两个女儿家呢。’说得香菱湘云二人都笑起来”,可见两个版本血缘之近**)。

一番绘声绘色、有滋有味的善意调侃,将宝钗、湘云、香菱对诗歌“创作与欣赏”的不同态度和盘托出,三人不同的性格、情趣也同时跃然纸上。相比之下,宝钗对诗词一道,既能沉浸深入口吐莲花,又能卸载解脱视有如无,举重若轻的艺术修养令人佩服!

●最令“素习深知黛玉有些小性儿,且尚不知近日黛玉和宝钗和解之事,正恐贾母疼宝琴他心中不自在”的宝玉暗暗纳罕的是,黛玉一反常态,对宝钗竟然是那样言和意顺,与宝琴相处得更是“亲敬异常”。审度她面对宝钗的“犹自嘲笑”,面对琥珀的轻率冒失,面对湘云的不则一声,并不计较,声色亦不似往时,因此“心中闷闷不解”。经又一次借用《西厢记》词句巧妙试探,直到黛玉坦率说明

个中原因,方知自己的担心纯属多余:

> 黛玉笑道:“谁知他竟真是个好人,我素日只当他藏奸。”因把说错了酒令起(**前字程本作“宝钗怎样说他”**),连送燕窝,病中所谈之事,细细(**此处程本多“的”**)告诉了(**此字程本无**)宝玉。宝玉方知缘故,因笑道:“我说呢,正纳闷‘是几时孟光接了梁鸿案’,原来是从‘小孩儿(**此处程本多“家”**)口没遮拦’(**此处程本多“上”**)就接了案了。”黛玉因又说起宝琴来,想起自己没有姊妹,不免又哭了。宝玉忙劝道:“你(**此字程本作“这”**)又自寻烦恼了。你瞧瞧,今年比旧年越发瘦了,你还不保养。每天好好的,你必是自寻烦恼,哭一会子,才算完了这一天的事。”黛玉拭泪道:“近来我只(**此字程甲本作“自”**)觉心酸,眼泪却象比旧年少了些的;心里只管酸痛,眼泪却不多。”宝玉道:“这是你哭惯了,心里疑的(**此字程本作“惑”**),岂有眼泪会少的!”

黛玉“近来我只觉心酸,眼泪却象比旧年少了些的;心里只管酸痛,眼泪却不多”一类惨淡疑心的话,在满园热闹喜乐的氛围中,发散出的“好景不长盛筵难再”的缕缕悲音,暗示着紧随贾府的日益败落,众钗悲苦落难的命运即将到来。

●原文中引文“孟光接了梁鸿案”明明七个字,“七”字被误写误抄为“五”字,由来已久;目前,只有少数当代版本譬如周汝昌校本、红研所三校本、吴铭恩汇校本做了纠正。

●大段描述众钗各式各样、稀奇古怪的穿着打扮,衬托出青年男女们踏雪出行的富贵气象。其中,特别突出了湘云的英姿飒爽、与众不同;也适当凸显了“仍是家常旧衣,并无避雪之衣”的贫家女儿邢岫烟的自重自持和深可怜悯的淡泊孤寒。

●宝玉的雪装中,披的玉针蓑、戴的金藤笠、登的沙棠屐,首现于雨夜探望黛玉的第45回。

●写宝玉天亮起来,出了院门,“四顾一望,并无二色,远远的是青松翠竹,自己却如装在玻璃盒内一般”:这显然是一种以观察者自身为圆心,远高近低、脚下定点的环顾视角。继而“走至山坡之下,顺着山脚刚转过去,已闻得一股寒香拂鼻。回头一看,恰是妙玉门前栊翠庵中有十数株红梅如胭脂一般,映着雪色,分外显得精神,好不有趣”。这又是视角的峰回路转、移步换形,先有较远处庵中的梅香袭来,回头方见红梅花盛开的一片冷艳。一段雪中景色的描写,恰为下文宝玉前去栊翠庵“乞梅”隐然伏笔。

●宝玉湘云“算计”鹿肉的心思行为,事先只有黛玉懂得并猜到:可见黛玉天纵聪明,是何等的善于观察与揣测!

●湘云与宝玉等人放浪形骸、大吃烧烤,在曹雪芹年代算是惊悚之举了。难怪“那边宝钗黛玉平素看惯了,不以为异,宝琴等及李婶深为罕事”;李纨以为他们将茹毛饮血、生吞活剥，亦忙加阻止！你看，湘云一面吃，一面还要标榜："我吃这个方爱吃酒，吃了酒才有诗。若不是这鹿肉，今儿断不能作诗。"对站在一旁的黛玉发出的嘲笑，湘云还冷笑着轻松回敬：

你知道什么！"是真名士自风流"，你们都是假清高，最可厌的。我们这会子腥膻（**前2字程本作"腥的膻的"**）大吃大嚼，回来却是锦心绣口。

"唯大英雄能本色，是真名士自风流"一联：真湘云之谓也！那么，黛玉所谓的"一群化子"，是些什么样的人组成的呢？根据原文的叙述，户外赏雪活动前先烧烤鹿肉吃，是湘云的新鲜主意，宝玉一拍即合，于是便由二人挑头策划并做好了相关物资及场地准备，继后现场亲自动手，趣味盎然；而先后加入烧烤队伍的，有平儿、探春、宝琴、凤姐等人，热闹非凡。这里，最耐人寻味的，是宝钗的态度。她自己在一边陪着黛玉、李纨等人，没有去大快朵颐；但听了湘云对"傻子"宝琴的召唤，便鼓动嫌那"怪脏的"宝琴："你尝尝去，好吃的。你林姐姐弱，吃了不消化，不然他也爱吃。"宝琴听了，便过去吃了一块，果然好吃，便也吃起来。——己所不欲，勿施于人，由此可见宝钗为人处世不乏随和的态度。

●须加留意的原文脂批：

※【庚辰回前：此回系大观园集十二正钗之文。】

编者按：本回无疑是浓墨重彩叙写贾府内外众钗欢聚取乐的章节。宝琴、岫烟以及李氏姐妹等人，似应为曹雪芹全书末回"警幻情榜"上所列之人；其他能在大观园内聚集的"十二正钗"，就只有钗黛湘、迎探惜、凤纨，以及轻易难露一面的庵内妙玉跟尚未成年的巧姐等10人了。

※大家叙起来又是亲戚，因此三家一路同行。后有薛蟠之从弟薛蝌，因当年父亲在京时已将胞妹薛宝琴许配都中梅翰林之子为婚，【蒙府侧批：宝琴许配梅门，于叙事内先逗一笔，后方不突然。此等法脉，识者着眼。】正欲进京发嫁，闻得王仁进京，他也带了妹子随后赶来。

编者按：贾府的彻底败落以第53回为界，即将进入下半场的描写。而自本回始，原文以邢家、李家、薛家、王家等外戚络绎前来贾府欢聚，烘托了一番热闹繁盛气象，越发显示了之后不久大厦倾颓、月落花残的凋零伤惨。至于批语中提到的"宝琴许配梅门，于叙事内先逗一笔，后方不突然"一类的笔法，全书比比皆是，运用得出神入化，读者想必早已见惯不惊了。

※宝玉笑道："这倒不妨，原该多疼女儿些才是正理。明儿十六，咱们可该起社了。"探春道："林丫头刚起来了，二姐姐又病了，终是七上八下的。"宝玉道："二姐姐又不大作诗，没有他又何妨。"探春道："越性等几天，他们新来

的混熟了,咱们邀上他们岂不好?这会子大嫂子宝姐姐心里自然没有诗兴的,况且湘云没来,颦儿刚好了,人人不合式。不如等着云丫头来了,这几个新的也熟了,颦儿也大好了,大嫂子和宝姐姐心也闲了,香菱诗也长进了,如此邀一满社岂不好?……”宝玉听了,喜的眉开眼笑,忙说道:“倒是你明白。【蒙府侧批:观宝玉“到底是你”数语,胸中纯是一团活泼泼天机。】我终久是个糊涂心肠,空喜欢一会子,却想不到这上头来。”

编者按:引文的主要内容,是宝玉和探春的对话;话题主要围绕诗社开展活动,对涉及的有关人员的情况进行商议。总的来看,对青春女儿及以她们为主体开展的活动,宝玉有的是爱心、热情,以及感召力、凝聚力,但计划要做到统筹兼顾而又周全细密,行动组织要做到人人踊跃、皆大欢喜,则非大观园内组织策划力、动员实施力堪称佼佼者的“敏探春”莫属!与探春的务实作风相比,宝玉“倒是你明白,我终久是个糊涂心肠,空喜欢一会子,却想不到这上头来”的自愧自惭,态度也算得十分真诚。脂批认为这几句话,吐露出宝玉胸中“纯是一团活泼泼天机”,看出了宝玉天性中对青春清净女儿满怀的亲近尊重、欢喜期待之情,堪称知人之言。

※那宝琴年轻心热,【庚辰双行夹批:四字道尽,不犯宝钗。——脂砚斋评。】且本性聪敏,自幼读书识字,【庚辰双行夹批:我批此书,竟得一秘诀以告诸公,凡野史中所云“才貌双全佳人”者,细细通审之,只得一个粗知笔墨之女子耳;此书凡云“知书识字”者,便是上等才女,不信时只看他通部行为及诗词诙谐皆可知。妙在此书从不肯自下评注云“此人系何等人”,只借书中人闲评一二语,故不得有未密之缝,被看书者指出:真狡猾之笔耳!】今在贾府住了两日,大概人物已知。

编者按:宝琴的“年轻心热”,的确与宝钗的遇事冷静,对人内心比较冷淡的性情“不犯”雷同。脂批将《红楼梦》一书的描写用语,与野史中类似的泛泛之言相比,突出了前书对人物形象性格特征的准确、深切把握。此外,脂批揭示的曹雪芹小说“从不肯自下评注云‘此人系何等人’,只借书中人闲评一二语,故不得有未密之缝,被看书者指出”的“狡猾之笔”,恰与恩格斯(1820—1895)有关作品思想倾向“应由情境和情节本身产生出来,而不应特别把它指点出来”,应该“通过情节发展本身生动活泼地仿佛自然而然地表现出来”的艺术主张,以及中国古典美学中“立象以尽意”的要求,一脉相通,不谋而合。

※【戚序回前批:此回原为起社,而起社却在下回。然起社之地、起社之人、起社之景、起社之题、起社之酒肴,色色皆备。真令人跃然起舞。】

※【戚序回末总批:此文线索在斗篷。宝琴翠羽斗篷,贾母所赐,言其亲

也；宝玉红猩猩毡斗篷，为后雪披一衬也；黛玉白狐皮斗篷，明其弱也；李宫裁斗篷是哆罗呢，昭其质也；宝钗斗篷是莲青斗纹锦，致其文也；贾母是大斗篷，尊之词也；凤姐是披着斗篷，恰似掌家人也；湘云有斗篷不穿，着其异样行动也；岫烟无斗篷，叙其穷也：只一斗篷，写得前后照耀生色。】【又：一片含梅咀雪图，偏从雉肉、鹿肉、鹌鹑肉上以渲染之，点成异样笔墨；较之雪吟、雪赋诸作更觉幽秀。】

编者按：一件小物件——斗篷，因其质地花纹样式，以及有了不穿、要穿却无等情况，折射出了人与人之间境遇的不同，感情距离的不同，身份、地位、体质、性格等多方面的不同。堪称“以小见大”的又一写作范例。

●红楼探照之一一五：

两处歧异文字的考证辨识

凝重的雾霾暂时消散，欢乐的时光似又重来。随着第49回李纨的婶母及堂姊妹李纹、李绮，与邢夫人的侄女邢岫烟的结伴而至，贾府内院又出现了更多的欢声笑语和人往人来。原文交代说：

> 此时大观园中比先更热闹了（**此字戚序本后移二字**）多少。李纨为首，余者（**前2字梦稿本作“其余”**）迎春、探春、惜春、宝钗、黛玉、湘云、李纹、李绮、宝琴、（**此处甲辰本多“还有”**）邢岫烟，再添上凤姐儿和宝玉，一共十（**此处俄藏本多“二”**）三个（**此处戚序本多“人”**）。叙起年庚，除李纨年纪最长，他（**此字戚序本作“这”**）十二个人皆不过十五（**此字俄藏本无**）六七岁，或有这三个同年，或有那五个共岁，或有这两个同月同日，那两个同刻同时，所差者大半（**前2字俄藏本无**）是（**此字甲辰本无**）（**此处俄藏本多“天年”**）时刻月分而已；连他们自己也不能细细分晰（**前“李纨年纪最长”至此处一段文字，梦稿本作“凤姐次之，余者皆不过十五六七岁，大半同年异月，连他们自己也不能记清谁长谁幼，并贾母、王夫人及家中婆子丫头也不能细细分清”，程本与此全同；甲辰本只最后一句的12字改作“连他们自己也不能记清谁长谁幼，并贾母、王夫人及家中婆子丫头也不能细细分清”，其它文字与梦稿及程本同；俄藏本除该句中的“他们”作“他”、“分清”作“分晰”外，戚序本除该句中的“并”作“连”、“分清”作“分别”之外，余同梦稿及程本**），不过是“弟”“兄”“姊”“妹”四个字，随便乱叫。

出于作者的疏忽，将凤姐的年龄与李纨除外的其他人相提并论，最大超不过十七岁，这就显得很不合情理了。因为据第46回鸳鸯与平儿在园中的一番对话中叙及彼此相处年久的语意推测,则凤姐嫁来贾府多年,此时绝不只十七岁。严格意义上说,凤姐此时若是这个年龄,与小说描写的有关时空转换、人事演变的进程是不相吻合的。最保守推算,她的女儿巧姐的年龄,尽管忽大忽小弹性很大,但眼下也至少在三五岁之间了,为此凤姐进贾府的时间至少也在五年以上。若按此处的交代,莫非她十一二岁就嫁过来作“童养媳”了么?显然不可能的。

若试作修改,将原文中的“十二”改成“十一”,将“凤姐次之”四字新添于“李纨年纪最长”之后,即告圆满。

除己卯、庚辰本之外的其他现存版本也意识到了原文这个问题,尽管删繁就简地做了技术处理,但有得有失:得在于消除了此处叙写的凤姐年龄上的矛盾;失在于过于笼统,抹平了李纨、凤姐之外其余十一人相互之间的年龄段差别,模糊了曹雪芹文字表述上特有的“具体和细致”“巧妙和自然”特点,使得第62回园内众人欢聚时,因“怡红庆寿”带出平儿、宝琴、岫烟“生日同天”的情况,就多少显得有些突兀而缺少事前必要的交代和过渡了。君不见,曹雪芹的写作大笔如椽而又心细如发,结构行文特别注意瞻前顾后、左牵右带、摇曳多姿,思虑是何等的精密,笔触是何等的细致入微;犹如一个高明的三军统帅,是多么地善于布局对垒或巧妙设伏、明修栈道而暗度陈仓的啊!

再说芦雪广。它作为大观园内重要景点,这次众人娱乐欢会的重要平台,至第49回根据人物活动的需要才顺带推出。作者先简明扼要地交代出它的位置、构造及周围环境:

> 原来这芦雪广(**此字甲辰、程高本作“亭”,戚序本作“庵”,梦稿本作“庭”,俄藏本作“庐”:皆误**)盖在傍山临水河滩之上,一带几间,茅檐土壁,槿(**此字程本误作“横”**)篱竹牖,推窗便可垂钓,四面都(**此字程本作“皆”**)是芦苇掩覆,一条去径逶迤穿芦度苇过去,便是藕香榭的竹桥了。

这里的“广”字,在庚辰本第49回出现七次,第50回出现了一次,字形皆作“广”,读音 yǎn。该字始见于小篆,实际产生时间可能更早,东汉许慎《说文解字》说:“因广为屋,象对刺高屋之形。凡广之属皆从广,读若俨然之俨。”其本义是依山崖建造的房子,如韩愈《陪杜侍御游湘西两寺独宿》诗句“剖竹走泉源,开廊架崖广”中,就有对该字的运用。而现代汉语中的“广”(guǎng)字,繁体写作“廣”,始见于西周金文,属于形声字。其中“黄”为声旁;“广(yǎn)”是象形字,这里作形旁,意指这个字的本义与房屋或场所有关。需要指出的是,1956年汉字简化之前的“广(yǎn)”和“廣(guǎng)”,是两个不同的字。因此《红楼梦》中的“芦雪广”的“广”字,读音为 yǎn,是指利用山崖独特地势起造的尖顶高耸小房子。这恰与小说正文中对它位置“盖在傍山临水河滩之上”的描述,严丝合缝。

反观“庵”字，有“圆形草屋”“多为尼姑所居的小庙”“旧时文人书斋”名等三个义项；“庭”字，有“堂前之地”“厅堂”“朝庭”等三个义项；“亭”字，有“行人停留宿食的处所”“一种有顶无墙的建筑”等义项；“庐”字，也有“田中小屋”“寄居”等义项。它们的含义，很显然与书中的描述是不符合的。

那么，为什么会出现除现存己卯、庚辰本之外其他各种版本对此字的书写错误呢？主要原因在于，“芦雪广”的“广”字，是一个古汉字，很少单独使用；当时的人对此不甚了了，于是根据自己的理解，把学识渊深的曹雪芹笔下原本是正确的“广”字，自出心裁改写成了“庵”“亭”“庭”“庐”等字了。

第五十回　芦雪广争联即景诗　暖香坞雅制春灯谜

内容提要：凤姐起头，众人联句，后又罚宝玉去栊翠庵妙玉处乞梅并作“乞梅诗”。贾母也来了，吃糟鹌鹑，叫大家作灯谜正月里玩。闲谈间贾母流露出欲求宝琴与宝玉为配的意愿，薛姨妈说明情况。李纨三姊妹用《四书》作谜，内容艰深，只黛玉、探春、宝琴猜着，湘云半对半错；宝钗见状，提出灯谜要雅俗共赏。湘云作“点绛唇”词，宝玉猜出谜底。

●栊翠庵的梅花，前回已经闻香露面；眼下对梅枝、梅花的着意细描，方呈奇崛与绚烂：行文的层次和节奏分明。

●三首《咏红梅花》，各见写作者性情：“看来岂是寻常色，浓淡由他冰雪中”，诚然是邢岫烟置身贫富差距悬殊的环境中心神沉稳、凝然不动、孤芳自赏品格的真实写照；“冻脸有痕皆是血，酸心无恨亦成灰；误吞丹药移真骨，偷下瑶池脱旧胎”，透露出李纹心中的感伤，写的是她的清高明艳；“闲庭曲槛无余雪，流水空山有落霞；幽梦冷随红袖笛，游仙香泛绛河槎”，描写梅花的艳丽奢华，衬托出宝琴自身的端庄贵气。此外，贾宝玉的《访妙玉乞红梅》一诗，系有感而发，处处流露出真性情，充满了对幽居尼姑生活处境的深切理解同情，一定程度上的关爱仰慕，以及对她慷慨赠梅的感戴。

●第 37 回白海棠诗，湘云一人补题二首，为余波；本回红梅诗，邢岫烟等三人各吟一首，又宝玉另作乞梅一首，为联句余波。遥遥关照，而文法变化不同，笔意活泼有趣。

●凤姐所开“躲债”玩笑，调侃戏谑之中，将旧时代走家串户、无孔不入、巧借名目、骗取钱财的“债主”——姑子们以“来送年疏”为名，实际上是冲着“年例香例银子”而来的真实意图，一语道破。也可见贾府深宅大院中，不时飘浮着“三姑六婆”的鬼影。

●第 41 回妙玉当面告诉宝玉“若独自个来，不给茶吃”的话，言犹在耳；何以不久之后宝玉一人前去,偏能将一树红艳艳的梅花折来?且又去第二次,分送各人一枝?心口不一,行胜于言,可见妙玉心中宝玉的位置,与众人大不相同。前说"不给茶吃"是撇清,此番分送红梅亦是掩饰:愈假愈真,神情可想。同时,妙玉送钗黛梅花,两人不谢妙玉而转谢宝玉费心:文人深笔,不可不察。

●李氏三姊妹各自编写的两个灯谜均源于《四书》,李家家学严谨保守的传统,可见一斑。但其内容隐晦艰深,不能雅俗共赏,难怪连一贯思想正统的宝钗都要加以引导和纠正了。接下来众人所作的春灯谜,除湘云的那一支《点绛唇》的谜底被宝玉猜着外,宝钗、宝玉、黛玉、宝琴等四人所作的共计十三首灯谜诗,因该书作者有意"卖关子",借由书中众人"猜了一回,皆不是",致使谜底如石沉大海,不可复现。尽管后人为此绞尽脑汁也未能猜中,遂使各诗谜真成了"千古之谜"!其实,聪明的现代读者,完全可以不去理会曹雪芹故设的"阅读陷阱",只将它们统统视作"自然新巧"的怀古诗去品读领会,不就万事大吉了?

●响应宝钗"雅俗共赏"的号召,湘云编创的春灯谜"溪壑分离,红尘游戏,真何趣?名利犹虚,后事终难继",众人不解,想了半日,也有猜是和尚的,也有猜是道士的,也有猜是偶戏人的,只有宝玉笑了半日,猜出了那是"被人剁了尾巴耍的猴子":这何尝不是宝玉的自画像,一生经历的缩影以及最终结局的暗示呢?一首春灯谜,湘云编,宝玉猜,别具深意,岂同寻常!此外,各灯谜,或猜着,或不及猜,同样写得灵活多样,变换不板。

●须加留意的原文脂批:

※【戚序回前:此回着重在宝琴,却出色写湘云。写湘云联句极敏捷聪慧,而宝琴之联句不少于湘云,可知出色写湘云,正所以出色写宝琴。出色写宝琴者,全为与宝玉提亲作引也。金针暗度,不可不知。】

编者按:"金针暗度",脂批在第8、36回均曾使用过这一文学批评术语。它是指曹雪芹笔下表面在写一回事,而实际上有另外的、比这更深的含义,或是指运用巧妙的艺术表现手段而不露痕迹。

※从里边游廊过去,便是惜春卧房,门斗上有"暖香坞"三个字。【庚辰双行夹批:看他又写出一处,从起至末一笔一部之文也有,千万笔成一部之文也有,一二笔成一部之文也有。如"试才"一回,起若都说完,以后则索然无味,故留此几处以为后文之点染也。此方活泼不板,耳目屡新。】

编者按:大观园景点之一的"暖香坞",至本回方完成其具体位置、周围环境、内部构造、氛围特点等要素的交代"点染"。与此类似的,是第76回借中秋深夜黛湘联句之机,对"凸碧堂"和"凹晶馆"两处园内景观的位置、环境以及取名的由来的顺势补写。诚如脂批所言，如此布局行文，可达“活泼不板，耳目屡新”之效。

※【戚序回末总批：诗词之峭丽，灯谜之隐秀不待言，须看他极整齐、极参差，愈忙迫愈安闲，一波一折路转峰回，一落一起山断云连，各人局度各人情性都现。至李纨主坛而起句却在凤姐，李纨主坛而结句却在最少之李绮，另是一样弄奇。】

又：【最爱他中幅“惜春作画”一段，似与本文无涉。而前后文之景色人物，莫不筋动脉摇；而前后文之起伏照应，莫不穿插映带。文字之奇，难以言状！】

编者按：“筋动脉摇”“穿插映带”等处的形容描述，可见脂批作者文学素养深厚，是很善于将感性思维和理性思维相结合的。在他们看来，曹雪芹笔下人事纷纭、气象万千，前伏后映、左牵右带，确实是精彩迭出；而其间呈现的“文字之奇”、结构之巧、篇章之美，真个是“难以言状”，无与伦比！

●红楼探照之一一六：

老祖宗特宠宝琴的背后

直到第49回全书接近过半才出场的薛宝琴，是作者非常钟爱的人物，也是曹雪芹笔下理想色彩突出的人物。她的美艳与纯真，与同行而来的邢岫烟的内敛与清高，与李纹、李绮的超脱与淡然，截然不同，十分耀眼。

后来作诗，她年纪最小，才又敏捷，连黛玉、湘云也表示佩服。譬如芦雪广争联即景诗，她与宝钗、黛玉共战湘云，妙句迭出，从容自如；后来吟红梅诗，技压李纹、岫烟；第70回众人填柳絮词，唯独她那首《西江月》声调壮美；尤其是第51回，她一人独作《怀古诗》，十首一气呵成，以所经各省内的古迹为题，寄寓个人丰富情怀，还因每首各隐一件物品作谜，不但令当场诸人猜不出谜底，更凭此难倒了后世所有的《红楼梦》读者论者。就谜诗本身的内容来说，有论者认为这十首“新编怀古诗”，暗示着书中十位女子的命运，只是它们分别是在暗示谁，又各说不一。但不管怎么说，这十首诗的出现，使这一人物在全书中的分量大增，是显而易见的。

更值得注意的，是她独一无二的经历。她的走南闯北，见多识广，其实远在宝玉和“金陵十二钗”中任何一钗之上！

宝琴如此绝色奇才，书中又写她“年轻心热”等许多优点，几乎讨得贾府上下所有人的喜欢。不是么，宝玉一见，如睹天人；晴雯一见，赞不绝口；连最豁达大度的宝钗，都在玩笑中对自己的堂妹流露出一丝醋妒。探春干脆说得更明白：

“据我看,连他姐姐并这些人,总不及他。”贾母见了,更是“喜欢的无可不可”,不但“逼着太太认了干女儿”,并且还把一件珍重无比的、连自己爱孙宝玉都不使其“见眼”的金翠辉煌的“凫靥裘”送给了她。

贾母对宝琴的宠爱之中,一开始还隐含着另一种深意。这天,大观园赏雪,贾母远远望去,四面粉妆银砌,忽见宝琴披着凫靥裘站在山坡上遥等,身后一个丫鬟抱着一瓶红梅;说话之间,又见宝琴背后转出一个披大红猩毡的人来,那就是宝玉。这幅雪地里环境与人相得益彰、红梅与人交相辉映的天然剪影,不用说,立即触发了“贾母的心事”。继后,薛姨妈的到来,更适得其时:

> 贾母因又说及宝琴雪下折梅,比画儿上还好;因(**此字程本删**)又细问他的年庚八字并家内景况。薛姨妈度其意思,大约是要与宝玉(**前2字程本作“他”**)求配。薛姨妈心中固(**此字程本作“因”**)也遂意,只是已许过梅家了;因贾母尚未明说(**前2字程本作“说明”**),自己也不好拟定,遂半吐半露告诉贾母道:“可惜(**此处程本多“了”**)这孩子没福,前年他父亲就没了。他从小儿见的世面倒多,跟他父母(**前2字程本妄作“父亲”**)四山五岳都走遍了。他父亲是(**此字程本无**)好乐的,各处因有买卖,带着家眷,这一省逛一年,明年又往(**此字程本作“到”**)那一省逛半年,所以天下十停走了有五六停了。那年在这里,把他许了梅翰林的儿子,偏第二年他父亲就辞世了。(**此处程本多“如今”**)他母亲又是痰症。”
>
> 凤姐也不等说完,便嗐声跺脚的说:“偏不巧,我正要作个媒呢,又已经许了人家。”贾母笑道:“你要给谁说媒?”凤姐儿说道:“老祖宗别管,我(**此字程甲本无**)心里看准了他们两个是一对。如今已许了人(**前4字程乙本作“有了人家”**),说也无益,不如不说罢了。”贾母也知凤姐儿之意(**前2字程乙本作“的意思”**),听见已有了(**此字程本无**)人家,也就不提了。

感应贾母求亲的心意,薛姨妈半吐半露向贾母介绍了宝琴的家境、经历,以及目前父母存亡、婚姻许配等情况,无疑使读者借此增进了对宝琴非凡经历的了解,也客观上打消了贾母为爱孙求婚的念头;而凤姐在旁的声东击西,借题发挥,去点破贾母心事,纯属自作聪明的表现。不过,反观老祖宗中意宝琴一事,可见截至目前,关于贾宝玉最适合的婚配对象,在贾母的心中还虚悬未定呢。黛玉接近排除,不多作考虑;宝钗位列“备份”,也只是作为替补,行不行还要看后来事态的发展和缘分。因此,推测贾母心中中意宝琴的原因,大致如下:

一是宝琴年龄小于宝玉,性格单纯,活泼,阳光;不像她堂姐宝钗那样不但比宝玉大两岁,还城府较深,对生活抱有比较超脱因而略显阴郁寡淡的态度,过于恬静,不露声色,不苟言笑,这对单纯而又好动的宝玉来说,实在不好对付。

二是家庭成员情况不同。宝钗的哥哥薛蟠和宝琴的哥哥薛蝌秉性和作为完全异样，薛蟠带给一家人的，无疑是没完没了的是非和祸端。宝玉今后摊上这么一个妻兄，无疑是给亲戚家"埋雷"，说不准哪天祸从天降，野火烧身，这实在不能让老祖宗放心。

三是出于贾母在宝玉婚姻选择上的"平衡心理"。俗话不是说"两虎相争，必有一伤"、"两害相权取其轻，两利相权取其重"么？有如让黛玉与宝钗为了一个宝玉争得头破血流，大家夹在中间"选边站队"，"不好做人"，莫如干脆跳出格局，李代桃僵，走马换将，选一个此前置身事外与冲突各方均无"过节"之人，"空降"来做宝玉媳妇。如此这般洗一手牌，各有所得，各有所失，就都怪不着我了：薛家宝钗没有中彩，不是有宝琴顶上了吗？而自己的外孙女怨谁呢？总比眼睁睁看着一直以来的"对手"直接上位获胜，心理好接受一点吧！

大概出于上述考虑，贾母将自己长期以来治家理事过程中积累的，具有中国传统政治色彩的"平衡术"经验，再次做了出神入化的运用。说起来，这个时候的贾老太君，在对待宝玉的终身大事上，态度审慎，甄别挑选，内心还不是十分看中宝钗来作孙媳妇，也是情理可原的。只是到了后来，黛玉因病日渐不起，家族眼见大难临头，宝玉的婚姻对象别无选择，月老的红绳终于将钗、玉拴紧，贾母等府内主事者这才下定决心，做出了不利于宝黛爱情的抉择。生活就是这样，一把牌在手，穿插组合，各有机缘；但一旦成势，即有定数，谁人都无法改变了！

细揣作者的本意，是要将中途出现的宝琴塑造成一个光彩夺目、越顶众钗的异样女子，可惜未竟全功。"年轻心热，且本性聪敏，自幼读书识字""见的世面多，走的道路也多"的宝琴，在全书中仿佛只是被作者贴上了"优异"的标签，个性不突出，面目较模糊，形象大写意。尽管作者着意强调她才貌的出类拔萃，但读者始终觉得她只是昙花一现，像是在水一方的"所谓伊人"，云遮雾绕，有些漂浮失重的不真实感。犹如现代绘画中的人物速写，或是造型艺术中的沙雕雪雕一类作品，只取其概貌而已；也恰似塑料洋囡囡，可爱是可爱，却缺少了鲜活生命应有的性情和血肉。一言以蔽之，曹雪芹笔下的宝琴，作为典型人物的塑造，不是特别成功。

●红楼探照之一一七：

群像刻画中的个性彰显

在欢乐的气氛氤氲之中，在鹿肉烧烤趣味的蔓延之下，一场别有情趣的诗歌联句接力赛开始了。

在才华与智力的现场比拼中,要数当仁不让的冠军,非“我也不是作诗,竟是抢命呢”的湘云莫属;其次便是黛玉、宝琴;再次才是宝钗、探春;剩下的李氏三姊妹及邢岫烟,仅有一两句挤进去,“重在参与”了!“联句”这种智力游戏,跟当今的汉字、成语、歌词等形式的接龙比赛一样,多人参与;考的是参与者平时的积累,临场的发挥,相互的配合。类似第 50 回这样的诗歌联句接力比拼场景,再现于小说的第 76 回;只是那时已到中秋,人事寥落,环境凄清,整个过程只三个孤女——黛玉、湘云,以及最后的出场妙玉而已。

现当代读者阅读“联句”的情节内容,因为时代的隔膜,未必感到那么津津有味,情趣盎然。不过,我们还是不要忽视了作者行文变化中一些颇有意味的生活细节的呈现,以及对一些重要人物神情、态度、个性的随处点染。譬如李纨中途起身笑说“我替你们看热酒去罢”,就打破了联句游戏描述的“一竿到底”;“宝钗命宝琴续联”之际,黛玉“一面说,一面推宝玉,命他联”等细节,就精准表现了他们彼此间情感关系的亲密程度;特别是对湘云“笑得弯了腰,喊道‘石楼闲睡鹤,’黛玉笑得握着胸口,高声嚷道‘锦罽暖亲猫’”等“抢命联句”情景的生动描画,突显了才华出众又是性情中人的黛湘形象,深可玩味。

联句比赛,诚然是“高才捷足者先登”。但遇着湘云那样的“抢命”,除诗才敏捷的黛玉、宝琴尚可勉力一拼外,其他人望尘莫及。这在一定程度上,确实容易给众人参与活动的积极性带来负面影响的。于是由宝钗发言倡议,黛玉首先赞同,修改了作诗的游戏规则;于是小说行文又来了一次自然巧妙中的变化。在此过程中,李纨处处不放过小叔子宝玉的态度,耐人寻味;宝玉作诗、黛玉书写,湘云拿了一支铜火箸敲击手炉计时催促,这一类的场景细节,令人难忘。此后,喜欢热闹的贾母闻讯赶来,善于趋奉的凤姐、薛姨妈等又追踪而至,平添了大观园的喜乐与和谐;席间,贾母的微露心迹,薛姨妈的婉辞解释,凤姐的心领神会,众人的听而不言等情境,无疑大大增加了本回艺术描写的丰富蕴涵。

第五十一回　薛小妹新编怀古诗　胡庸医乱用虎狼药

内容提要:宝琴出示新编《怀古诗》十首,众人评说。袭人因母病回家,晴雯夜唬麝月受凉生病,陌生大夫、王太医先后进园诊治。麝月宝玉均不识戥子。晴雯不叫在屋里熬药,怕熏了宝玉。凤姐建议天冷了姑娘们在园里吃饭,王夫人贾母皆赞同。

●继第 19 回袭人被接回娘家吃了一天的“年茶”才返回贾府后,为什么又要在本回安排袭人再一次回娘家,并一直呆到第 53 回才回府进园呢?在笔者看来,这种情节安排出于以下考虑:一是符合生活的常情常理,也符合贾府对待下人“总是恩多威少”的实际情况，正如王夫人所言：“人家母女一场，岂有不许她去的？”二是借袭人的随从、穿着、出行等方面的规格待遇以及回家之后的起居要求，标明了袭人“候补姨娘”的身份；三是塑造人物的需要。借袭人的暂时出离，便于表现晴雯、麝月等人和宝玉的亲近；特别是为晴雯出头担责，发挥前所未有的“主观能动性”，提供了可能性和必然性，从而有利于晴雯品格、个性的进一步深化和拓展。

●凤姐接受王夫人的指示，为袭人回家探望母病作精心打理，还贴上了自己的两件好衣服，还让自己收获了众人频次颇多的当面“称颂”。实际上，凤姐对袭人的“大手大脚”，跟平儿基于真心同情因而主动将一件大红羽纱找出来带给邢岫烟的“雪中送炭”相比，只能算是“锦上添花”：

“……昨儿那么大雪，人人都是有的（**前3字程本作“穿着”**），不是猩猩毡，就是羽缎羽纱（**前2字程本删**）的，十来件大红衣裳，映着大雪，好不齐整。就只他穿着那件旧毡斗蓬（**此句程本作“只有他穿着那几件旧衣裳”**），越发显得拱肩缩背，好不可怜见的！如今把这件给他罢。”

第49回邢岫烟跻身富贵儿女丛中却因家境贫寒、无人照顾的狼狈情景，借由平儿眼中口中透出说出，前后映照鲜明。

●怡红院袭人暂时离任缺位后，王凤姐所作的一番调理安排，篱笆牢扎，滴水不漏，反映了她虑事的周到细密。再看袭人走后的当晚，晴雯、麝月、宝玉三人之间关系的亲密互动：

晴雯只在熏笼上围坐。麝月笑道：“你今儿别装小姐了，我劝你也动一动儿。”晴雯道：“等你们都去尽（**此字程本作“净”**）了，我再动不迟。有你们一日，我且受用一日。”麝月笑道：“好姐姐，我铺床，你把那穿衣镜的套子放下来，上头的划子划上，你的身量比我高些。”说着，便去与宝玉铺床。晴雯“嗐”了一声，笑道：“人家才坐暖和了，你就来闹。”……至三更以后，宝玉睡梦之中，便叫袭人。叫了两声，无人答应，自己醒了，方想起袭人不在家，自己也好笑起来。晴雯已醒，因笑（**此字程本无**）唤麝月道：“连我都醒了，他守在旁边还不知道，真是个（**此字程本无**）挺死尸的（**此字程本作“呢”**）。”麝月翻身打个哈气（**前2字程本作“哈什”**），笑道：“他叫袭人，与我什么相干？”因问作什么。宝玉（**此处程本多“说”**）要吃茶，麝月忙起来，单穿（**此处程本多“着”**）红绸小棉袄儿。宝玉道：“披上我的袄儿（**前2字程本作“皮袄”**）再去，仔细冷着。”……麝月笑道：“你们两个别睡，说着话儿，我出去走走回来。”晴雯笑道：“外头有个鬼等着你呢。”宝玉道：“外头自然有大月亮的，我们说（**此处程本多“着”**）话，你只管去。”一面说，一面便嗽了两声。麝月便开了后（**此**

处程本多“房”)门,揭起毡帘一看,果然好月色。

晴雯等他出去,便欲唬他玩耍,仗着素日比别人气壮,不畏寒冷,也不披衣,只穿着小袄,便蹑手蹑脚的下了薰笼,随后出来。宝玉笑(**此字程本无**)劝道:“看(**此字程本作“罢呀”**)冻着,不是顽的。”晴雯只摆手,随后出了房(**此字程本作“屋”**)门。只见月光如水,忽然(**此字程本作“听”**)一阵微风,只觉侵肌透骨,不禁毛骨森(**此字程本作“悚”**)然。心下自思道:“怪道人说热身子不可被风吹,这一冷果然利害。”一面正要唬麝月(**前2字程本作“他”**),只听宝玉高声(**前2字程本后移二字**)在内道(**此字程本作“说道”**):“晴雯出去(**此字程本作“来”**)了!”晴雯忙回身进来,笑道:“那里就唬死了他(**此处程本加“了”**)?偏你(**此字程乙本无**)惯会这(**此处程本加“么”**)蝎蝎螫螫老婆汉像的(**前5字程甲本作“老婆子样儿”;程乙本作“老婆子的样儿”**)!”宝玉笑道:“倒不为唬坏了他,头一则(**此字程本作“件”**)你冻着也不好;二则他不防,不免一喊,倘或(**此字程甲本作“若”**)唬(**此字程本作“惊”**)醒了别人,不说咱们是顽意(**此处程本加“儿”**),倒反说袭人才去了一夜,你们就见神见鬼的。你来把我的(**此字程本后移二字**)这边被掖一(**此字程乙本无**)掖(**此处程本加“罢”**)。”晴雯听说,便(**此字程乙本作“就”**)上来掖了(**此处程本多“一”**)掖,伸手进去(**此处程本加“就”**)渥(**此字程乙本作“焐”**)一渥(**此字程乙本作“焐”**)时(**此字程本无**),宝玉笑道:“好冷手!我说看冻着。”一面又见晴雯两腮如胭脂一般,用手摸了(**此字程本无**)一摸,也觉冰冷。宝玉道:“快进被来来(**此字程本无**)渥渥(**前2字程乙本作“焐焐”**)罢。”……晴雯因方才一冷,如今又一暖,不觉打了两个喷嚏。宝玉叹道:“如何?到底伤了风了。”麝月笑道:“他早起就嚷不受用,一日也没吃饭(**前2字程本作“吃碗正经饭”**)。他这会还不保养些(**此句程本作“他这会子不说保养着些”**),还要捉弄人。明儿病了,叫他自作自受(**此处程甲本多“的”字**)。”宝玉问(**此处程本多“道”字**):“头上可热(**前2字程乙本作“热不热”**)?”晴雯嗽了两声,说道:“不相干,那里这么娇嫩起来了。”说着,只听外间房中十锦格上(**前6字程甲本作“房内槅上”;程乙本作“屋里槅上”**)的自鸣钟“当当”(**此处程本多“的”**)两声,外间值宿的老嬷嬷嗽了两声,因说道:“姑娘们睡罢,明儿再说(**此处程本多“笑”**)罢。”宝玉方悄悄的笑道:“咱们别说话了,(**此处程本多“看”**)又惹他们说话。”说着,方大家睡了。

此情此景,描摹如画,可见三人的和谐相处,几乎是亲密无间。尽管宝玉对麝月颇多关心,对晴雯颇多体贴,有一些不避嫌疑的亲昵亲近动作,但毫无亵渎邪淫之念。从晴雯自己选择在熏笼上值守,推麝月在暖阁外边作陪伴的铺位安排，以及受冻渥了渥手便“仍回自己被中去了”等细节来看，晴雯委实是心净如水、守身如玉，与疼爱她的公子相处亲近如友、相敬若宾，始终保持着一定距离，没有丝毫的私心杂念等“小九九”萦绕于心。这与绝大多数的女孩，特别是看起来老实正经的袭人一类人对待心仪异性的态度，截然不同！然而，正是这样一个冰清玉洁、光明磊落的美丽女孩，却因其自身的聪慧美貌成为“原罪”，被一些戴上有色眼镜者横挑鼻子竖挑眼，贴上“勾引”“教坏”男人的“狐狸精”标签不说，还必欲铲草除根而后快；而明里暗里作祟的真正意义上的“狐狸精”，却被视作“心地纯良”“言行可靠”而一再获得信用和奖赏！黄钟毁弃，瓦釜雷鸣。世事的迷乱，造成了多少人与人之间认知的混淆颠倒和境遇的千差万别啊，哪能一句话说得清！

●作者笔下北方冬夜冷月的惨淡、寒气的凛冽，不但令书中亲历现场的人物“侵肌透骨，不禁毛骨森然”，即便是读者读到这里，似乎感同身受，也觉得身上起寒心里发紧了。

●写麝月被夜间园里的大锦鸡“吓了一跳”，隐伏并遥照第 101 回凤姐月夜园内被吓，第 102 回栓儿跟随众人入园被吓等情节：一部大书，因为类似的情节、线索巧为联结牵动，显得格外血脉贯通。

●麝月说晴雯“你死不拣好日子”，谁知一语成谶，竟“不幸而言中”后来晴雯的悲惨结局；而晴雯“等你们都去尽了，我再动不迟；有你们一日，我且受用一日”的话，未免言之过早，结果是别人都尚在，她却独去了！

●从晴雯诊病过程中描写的诸多细节，可以看出封建社会贵族豪门内部关防之严密、规矩之烦琐、等级之森严，以及公子小姐丫鬟们生活的养尊处优、大手大脚；更可以看出身为青年公子的贾宝玉，对晴雯一类女奴人格的平等尊重以及生活上的悉心照顾（包括一定程度上，对院内值班守夜婆子处境及其辛劳给予的体谅）。“金子需要金子换”。正是因为宝玉对晴雯金子般的真心，才换来了晴雯甘泉一般清冽、烈焰一般灼热、磐石一般坚定的深情。这种深情，“富贵不能淫”“威武不能屈”“贫贱不能移”，不受外界的任何干扰及自身境遇顺逆的影响，地老天荒，生死不渝。

●麝月取银打发医生一节，暗描纨绔公子的不知物力之艰难，补写出院内平日一切内务俱是袭人料理之实情。可说是：袭人虽去，影子不散。

●晴雯因夜间伤风感冒，有些鼻塞声重，懒怠动弹，好在还有宝玉罩着，吩咐：

> 快不要（**前 2 字程乙本作“别”**）声张！太太知道（**此处程本多“了”**），又（**此字程乙本作“又要”**）叫你搬了（**此字程乙本作“回”**）家去养息（**此字程乙本作“着”**）。家去（**此字程本作“里”**）虽（**此字程本作“纵”**）好，到底冷些，不如在这里。你就在里间屋里躺着，我叫人请了大夫，悄悄的从后门来（**此字程本作“进来”**）瞧瞧就是了。

不难看出,宝玉的悉心关怀,与继后李纨传达的“两剂药吃好了便罢,若不好时,还是出去为是;如今时气不好,恐沾带了别人事小,姑娘们的身子要紧的”意见所显示出来的“公事公办”态度,温差明显;更与宝玉暖心话语中提及的王夫人等封建家长知道后“又叫你搬了家去养息”的冷酷无情,隐然形成鲜明对比。眼下宝玉的嘘寒问暖、关心体贴,恰与第77回晴雯重病在身却被逐撵出去,面对哥嫂家冷锅冷灶、冷言冷语,孤苦无告的凄凉悲惨境地遥相对照。

●深可注意的是,本回为数不少的细节描写,有若丝丝缕缕,隐然缠护、贯通于后文。譬如诊病之际,那晴雯手上“足有三寸长,尚有金凤花染的通红的痕迹”的两根指甲,就再现于第77回晴雯与宝玉临终诀别之时:类似细节的出现,非常符合“契诃夫之枪”的道具设置原则。

●面对同样一个“问题大夫”胡庸医,或因主人的细心而未着其道,或因主人的大意而阴谋得逞。譬如晴雯病中,就因得到宝玉的关心守护和用药上的严格把关,病情逐渐好转;而第69回尤二姐身上“一个已成形的男胎”被一剂虎狼药打了下来,致使贾琏“盼子”的梦想转眼成空,继后尤二姐也因伤心绝望而选择自杀。

●曹雪芹的写实笔触,继续深入豪门大宅内部的方方面面,不但涉及骨肉血脉,甚至细小至毛细血管和神经末梢。譬如宝、麝的不识秤具,第57回中湘、黛的不识当票,在那个相对保守封闭的时代,实在是很普遍的现象。倒是薛家一家,因经商背景,诸事讲求实际,银钱量入为出,最怕坐吃山空;特别是宝钗的博学务实,宝琴的随父游历,包括薛蟠的拒作“宅男”,都与一般封建家庭抱残守缺的家教家风有所不同。惜乎,皆因男权社会中女子的地位、作用的严重受限,致使宝钗宝琴这类出色人物不能充分发挥“正能量”,只能眼睁睁看着薛蟠一类男人,将家业败光而无所措手!

●出于内心对女儿的痴情真爱,宝玉不惜将自己比作“那野坟圈子里长的几十年的一棵老杨树”,将青春女儿比作“秋天芸儿进我的那才开的白海棠”,与封建社会宣扬的“男尊女卑”一套,不但格格不入,还要变本加厉,反其道而行之。试问:古往今来,像宝玉一样的真正意义上的“女性崇拜者”有几!

●从宝玉分析的药理、药性、药用等情况来看,作者曹雪芹对中华民族的“国粹”中医药学,不但有着非常浓厚的兴趣,还有着非常深透的了解。难怪世人感叹:曹雪芹才大如海,《红楼梦》无所不包!

●为了宽慰病中的晴雯,稳定她的易于激动的情绪,多情公子真是穷尽办法,没有想到的想到了,没有说到的也说到了:

说着,只见老婆子取了药来。宝玉命把煎药的银吊子找了出来,就命在火盆上煎。晴雯因说:“正经给他们茶房里煎去(**此处程乙本加“罢咧”**),弄得这屋里药气,如何使得?”宝玉道:“药气比一切的花香果子香(**前3字程本删**)都雅(**前2字程甲本作“还香得雅呢”;程乙本作“还香呢”**)。神仙采药烧药,再者高人逸士采药治药,最妙的一件东西。这屋里我正想各色都齐了,就只少药香,如今恰好全了。”一面说,一面早命人煨上。

宝玉的解释,虽有些牵强附会,但饱含一片苦心:这样的贴心细心之人,不获对方的回报都难!此外,这一番关于“花香”“药香”的议论,又与第52回潇湘馆中宝玉黛玉的相关议论遥相呼应,不同的只是黛玉的看法更胜一筹。仅屋子里的“药香”“花香”,就牵连着并显示出宝、黛、晴三人之间情感和性情的内在联系:曹雪芹的笔下,真是神奇迭出!

●须加留意的原文脂批:

※【戚序回前:文有一语写出大景者,如“园中不见一女子”句,俨然大家规模;“疑是姑娘”一语,又俨然庸医口角、新医行径。笔大如椽。】

编者按:曹雪芹的描述,总是量体裁衣、文如其人、见人见性,细致之处颇见真切的。

※众人看了,都称奇道妙。宝钗先说道:“前八首都是史鉴上有据的;后二首却无考,我们也不大懂得,不如另作两首为是。”【庚辰双行夹批:如何必得宝钗此驳方是好文,后文若真另作亦必无趣;若不另作,又有何法省之:看他下文如何?】黛玉忙拦道:【庚辰双行夹批:好极!非黛玉不可。——脂砚斋】“这宝姐姐也忒‘胶柱鼓瑟’,矫揉造作了。这两首虽于史鉴上无考,咱们虽不曾看这些外传,不知底里,难道咱们连两本戏也没有见过不成?那三岁孩子也知道,何况咱们?”探春便道:“这话正是了。”【庚辰双行夹批:余谓颦儿必有尖语来讽,不望竟有此饰词代为解释。此则真心以待宝钗也。】李纨又道:“况且他原是到过这个地方的。……如今这两首虽无考,凡说书唱戏,甚至于求的签上皆有注批,老小男女,俗语口头,人人皆知皆说的。况且又并不是看了《西厢》《牡丹》的词曲,怕看了邪书。这竟无妨,只管留着。”宝钗听说,方罢了。【庚辰双行夹批:此为三染无痕也,妙极!天花无缝之文。】

编者按:宝琴的十首灯谜诗一出,众人都称奇道妙。宝钗担心宝琴的诗涉及“禁书”的敏感内容而巧做掩饰,提出“不如另作两首为是”的意见。这当然是出于宝钗对自己妹妹的爱护,也是她本人一直以来思想性格的自然反应。但这却首先遭到黛玉善意的反对。只是黛玉虽言辞犀利但态度诚恳,并非挑刺,正如脂批所言“不望竟有此饰词代为解释,此则真心以待宝钗也”;而黛玉的意见,又得到了探春的简短附和,以及不失道学气的李纨长篇大论的支持。宝钗听说,方才作罢。实际上,这几个人的讥评,无论是黛玉一针见血中的巧做遮掩,无论是探春的言简意赅,还是李纨“此地无银”性质的旁征博引,均属言不由衷,无疑都是“睁眼说瞎话”,都是说给别人听的。究其实,都是怕自己担了“偷看禁书”的嫌疑,因此才这般地彼此心照不宣,揣着明白装糊涂,“虚伪做作”得十分自然而又认真呢。真是一笔写出了大家闺秀们身处封建礼教阴影下的可笑而又可爱!

※【戚序回末总评:此回再从猜谜着色,便与前回重复,且又是一幅即景联诗图矣,成何趣味?就灯谜中生一番讥评,别有清思,迥非凡艳。】

又:【搁起灯谜,接入袭人了,却不就袭人一面写照,作者大有苦心。盖袭人不盛饰,则非大家威仪;如盛饰,又岂有其母临危而盛饰者乎?在凤姐一面,衣服车马仆从房屋铺盖等物,一一点检、色色亲嘱,即得掌家人体统,而袭人之俊俏风神毕现。】

又:【文有数千言写一琐事者,如一吃茶,偏能于未吃之前既吃以后,细细描写;如一拿银,偏能于开柜时生无数波折,平银时又生无数波折,心细如发。】

编者按:批语揭示了《红楼梦》一书人事纷繁纠结、相互映照衬托、分寸把握精准、注重细节描写等艺术特点。可见行文的奇思妙想、千变万化,尽在曹雪芹的心中及腕底。

●红楼探照之一一八:

曹雪芹笔下的几类医生

侯门深似海,园内故事多:难怪被临时叫来瞧病的新大夫,将丫头当小姐、将公子的住处认作小姐的绣房了。第51回作者借此陌生外人(前有第24回的贾芸、第41回的刘姥姥)闯入进来时的一番观感及错觉,又将贵公子宝玉的起居之处做了一次不经意间的“皴染”,再一次加深了读者对怡红院环境及众人日常生活的印象。

至于本回出现的这个下药手狠、形迹可疑的医者,在书中系初次露面,因偶然机会被叫来贾府为大丫头晴雯诊病的;本回仅在回目中称之为“胡庸医”,正文中并未点明其身份姓名。此人再次出现于第69回进府为尤二姐诊病之时,受人私下指使,撞下大祸后,卷包逃走;而且也是到了该回,作者才在小说正文中点明了此人是“姓胡的太医,名叫君荣”。

纵观曹雪芹笔下出现的医者,根据他们各自的表现,大致分如下几种类型:

一种是没本事又不负责任的。出现于第10回中的那一组集体出场，负责给秦可卿诊治的“滑头”庸医，即属此类。据尤氏的观察，他们“断不透是喜是病，又不知有妨碍无妨碍”，“一个个都是听着人的口气儿，人怎么说，他也添几句文话儿说一遍。可倒殷勤得很，三四个人一日轮流着倒有四五遍来看脉。他们大家商量着立个方子，吃了也不见效”，以致造成了“大奶奶这个症候，可是那众位耽搁了”的严重后果。

一种是同回出现的张友士，因上京给他儿子捐官，经人介绍被请入贾府奉为上宾，并为病入膏肓的秦可卿诊病下药。举荐人所言“学问最渊博的，更兼医理极深，且能断人的生死”之赞誉，基本属实。

一种是经常被请来府内诊病的王太医、张太医。书中后者仅顺笔提及，前者才是实写。王太医系太医世家，第42回曾为贾母和巧姐儿治病；本回是私医胡庸医被打发后，接着被请来为晴雯诊病处方的，应算一个跟贾府上下有交往的，有官方资历认可并有相关经验技术的医生。只是据第69回交代，因“回来好讨荫封”，王太医“亦谋干了军前效力”去了。可见，即便有些真才实学的、专业资质能力尚可的医者，求取名利的思想观念也是根深蒂固，难以转移的。

第四种就是本回初露江湖行迹的胡太医。“胡”之谓，顾名思义，即为不讲医德、胆大妄为、胡作非为之“胡”也。严格意义上说，就前前后后胡君荣的所作所为来看，他不仅是“庸医”，更是“劣医”和“恶医”。

第五种便是在第80回才出现的以售卖膏药赚钱的天齐庙滑稽老道。此人专在江湖上卖药，弄些海上方治人射利，庙外现挂着招牌，丸散膏药，色色俱备，亦常在宁荣二府走动惯熟，都给他起了个诨号，唤他做“王一贴”，言其膏药灵验，一贴病除。王一贴着墨不多，形象却活灵活现；他的故事看似简单，却耐人寻味。总的说来，这是一个见过人世万象，颇具生活智慧，心思活泛，油嘴滑舌，玩世不恭，性情谈吐带有几分“喜感”，善于察言观色，用膏药忽悠别人钱财的江湖混混。

总之，《红楼梦》前八十回中出现了为数不少的医生。其中才德突出令人钦佩者，屈指可数；为了一口饭吃而“混”字当先者，倒是不少。

第五十二回　俏平儿情掩虾须镯　勇晴雯病补雀金裘

内容提要：平儿对麝月悄说坠儿偷虾须镯的事；晴雯无意间听见，病中撵打坠儿。晴雯带病为宝玉夜补雀金裘，几至奄奄一息。

●在后园门里头的五间大房子内开设临时锅灶单给园内姊妹们弄饭的主意，一经凤姐提出，贾母、王夫人当即表示同意。贾母还当场赞扬凤姐虑事周到诚心，后又点头叹道：“我虽疼她，我又怕她太伶俐也不是好事。”且看在场者听了这话之后的反应：

> 凤姐儿忙笑道："这话老祖宗说差了。世人都说太伶俐聪明，怕活不长。世人都说得(**此字程本删**)，人人(**前2字程本作"世人"**)都信，独老祖宗不当说，不当信。老祖宗只有伶俐聪明过我十倍的，怎么如今这样福寿双全的？只怕我明儿还胜老祖宗一倍呢！我活一千岁后，等老祖宗归了西，我才死呢。"贾母笑道："众人都死了，单剩下(**此字程本删**)咱们两个老妖精，有什么意思？"说的众人都笑了。

受到夸奖的王凤姐当着在座的薛姨妈、李婶、邢夫人及尤氏婆媳等众人面的一番应答，高调响亮，自鸣得意，妙语生花，也媚态可掬。表面上，她是接过贾母的话头贬低自己，实际上是借此抬轿贾母，讨得贾母的欢心喜悦。遗憾的是，眼下骄傲自满的当家人，一点都没有体察到老祖宗为她的未来隐隐约约的担心。俗话说：人逢喜事精神爽，月到中秋分外明。这个时期的王熙凤正处于"权势"和"欲望"的巅峰期，仰望更上层楼，焉能垂头自审，看得到脚下之路已越走越黑、越走越窄呢？此外，养尊处优之下"老妖精""老废物"(第39回初见刘姥姥时自称)一类的自嘲，亦格外显示出贾母的机智与豁达。

●一桩事关怡红院众人名声和脸面的盗窃事件，竟因房中卧床养病者的疑心引出，又居然让伏窗户根的主人偷偷听见：作者结构情节链条、表现人物的文心之巧，令人惊叹！原文写道：

> 宝玉因记挂着晴雯袭人等事，便先回园里来。到(**此处程本加"了"**)房(**此字程本作"屋"**)中，药香满屋，一人不见，只见(**此字程本作"有"**)晴雯独卧于炕上，脸面(**此字程本作"上"**)烧的飞红，又摸了一摸，只觉烫手；忙又向炉上将手烘暖，伸进被去摸了一摸身上，也是火烧(**此字程本作"热"**)。因说道："别人去了也罢，麝月秋纹也这样(**此字程乙本作"么"**)无情，各自去了？"晴雯道："秋纹是我撵了他去吃饭的(**此字程本作"了"**)，麝月是方才平儿来找他出去了。两人鬼鬼祟祟的，不知说什么，必是说我病了不出去。"宝玉道："平儿不是那样人；况且他并不知你病，特来瞧你。想来一定是找麝月来说话，偶然见你病了，随口说特瞧你的病，这也是人情乖觉取和(**此处程本加"儿"**)的常事。便不出去，有不是，与他何干？你们素日又好，断不肯为这无干的事伤和气。"晴雯道："这话也是，只是疑他为什么忽然间(**此字程本作"又"**)瞒起我来。"宝玉笑道："让(**此字程本作"等"**)我从后门出去，到那窗根下听听说些什么，来告诉你。"……宝玉听了，又喜又气又叹：喜的是平儿竟能体贴自己(**此处程本加"的心"**)；气的是坠儿小窃；叹的是坠儿那样一个(**前2字程本删**)伶俐人(**此字程本删**)，作出这丑事来。因而回至房中，把平

儿之话一长一短告诉了晴雯。又说:“他说你是个要强的,如今病着(**此字程本作“了”**),听了这话越发要添病(**此处程本加“的”**),等好了再告诉你。”晴雯听了,果然气的蛾眉倒蹙,凤眼圆睁,即时就叫坠儿。宝玉忙劝道:“你(**此字程本删**)这一喊出来,岂不辜负了平儿待你我之(**此字程本作“的”**)心了(**此字程本作“呢”**)。不如领他这个情,过后打发他(**此处程本加“出去”**)就完了。”晴雯道:“虽如此说,只是这口(**此字程本删**)气如何忍得(**此处程本加“住”**)!”宝玉道:“这有什么气的?你只养病就是了。”

窗外平儿对麝月的悄言密语,细心和善良尽在其中;室内宝玉对晴雯的劝慰交流中,平和稳重与急躁狭隘的性情对比鲜明。宝玉对人情世故的把玩,对平儿的领情、对麝月的友好,尤其是对晴雯的爱护和信任,真是处处可见!事实上,不久前的坠儿偷窃事件的发生,牵扯到前些年良儿偷玉的往事,确实事关怡红院大小丫头及主人贾宝玉的名声脸面;平儿宅心仁厚,作情低调慎重处理,实源于对平日里特别是自己遭难时(见第44回)宝玉曾给予过自己真诚理解和深切同情的一种感激,一种回报。为大事化小,平儿在主子面前也没说真话;而一席圆谎的话,实也为后半部“误窃宝玉”“凤姐扫雪见玉”等情节内容(已佚)张本伏根。

●“晴雯那蹄子是块爆炭,要告诉了他,他是忍不住的,一时气了,或打或骂,依旧嚷出来不好,所以单告诉你留心就是了。”平儿说给麝月的这句话,分明见出宝玉房中大丫头晴、麝二人之间个性上的显著区别。以“是块爆炭”四字来形容晴雯的急性,何其形象!

孰料到了后来,性急的晴雯还是忍不住急火攻心而自作主张,以宝玉的名义将坠儿撵出怡红院,因此还惹出一场激烈的争吵;若不是麝月出面,伶牙俐齿、有理有节地予以压制,几乎不好收场!反观晴雯在与坠儿娘的“口水战”中,未占丝毫上风,一发急红了脸,居然说出“我叫了他的名字了,你在老太太跟前告我去,说我撒野,也撵出我去”这一类气骄志满的话,实在是出于对对方强词夺理、凌厉攻势的难以招架;更算是冥冥之中,对自己在第77回的“背锅”被撵下场,做了提前预告!

●因身边小丫头的“小偷小摸”而借故强行将之逐撵出门这件事,一定程度上表现了晴雯品性的光风霁月、疾恶如仇,同时可见她性情暴躁、头脑简单、处事无策、易走极端的性格特征。晴雯后来的蒙冤被屈,婆子上眼药,墙倒众人推,特别是被心地狭隘又偏听偏信的王夫人所厌弃,未经请示贾母便先斩后奏将她迅速扫地出门的悲惨结局,无不与平常这一类事件中晴雯的处理不当、四面树敌、无视权威的性情密切相关。

●要说嘴头厉害、舌端锋利,大观园内外,不乏其人;而丫头群体中的小红、麝月二人,则堪称翘楚。

●平儿以“爆炭”喻晴雯,麝月以“蓬头鬼”笑晴雯,后来王夫人以“狐狸精”抹黑晴雯:三个称呼,竟构成了晴雯“性格与命运”的因果链。

●第5回宝玉在宁府小书房见到《燃藜图》;第50回众人提到老太太屋里挂的“仇十洲画的《双艳图》”;本回宝玉来到潇湘馆赞叹眼前呈现“好一副‘冬闺集艳图’”;宝钗设想下一个诗社活动,头一个诗题为“《咏〈太极图〉》”:几图连缀,相映成趣。

●薛宝琴所说的“外国美人”做中国诗的奇闻,不论真假,要使人相信,这就得有一定的现实基础。这个基础,就是历史上我国民族文化在对外交流中曾产生过很大的影响,清代的工商交通事业和海外贸易都有新的发展,当时的确就有一批像宝琴父亲那样为出海经办洋货的商人。作者涉笔此类对外经贸文化交往题材,无疑增添了这部小说批判现实主义厚重底蕴上的奇光异彩。

●宝玉房中与秋纹并列的丫头“檀云”的名字,第23回在宝玉“四季即景诗”中出现,又于本回再现后,再无踪迹。

●宝玉出门,贾母临时起意赠与“乌云豹的氅衣”(即后文所称之贵重珍稀的“雀金裘”),顺笔写到了他与鸳鸯见面的情景:

> ……宝玉磕了一个头,便披在身上。贾母笑道:“你先给你娘瞧瞧去再去。”宝玉答应了,便出来,只见鸳鸯站在地下揉眼睛。因自那日鸳鸯发誓决绝(**前2字程本作“绝婚”**)之后,他总不和宝玉讲(**此字程本作“说”**)话。宝玉正自日夜不安,此时见他又要回避,宝玉便上来笑道:“好姐姐,你瞧瞧,我穿着这个好不好?”鸳鸯一摔手,便进贾母房中(**前2字程乙本作“屋里”**)来了。

宝玉的尴尬示好,鸳鸯的回避不理,均属于第46回贾赦渔色的荒唐行为给无辜者心理及人际关系上带来的伤害。

●作者笔下呈现的宝玉出门排场细节,颇让现代人匪夷所思:

> 老嬷嬷跟至厅上,只见(**此处程本加“宝玉的”**)奶兄李贵和王荣(**前3字程甲本误作“王和荣”**)、张若锦、赵亦华、钱启、周瑞六个人,带着茗烟、伴鹤、锄药、扫红四个小厮,背着衣包,抱(**此字程本作“拿”**)着坐褥,笼着一匹雕鞍彩辔的白马,早(**此字程乙本妄删**)已伺候多时了。老嬷嬷又吩咐了他六人(**前3字程本作“他们”**)些话,六个人忙答(**前2字程本作“连”**)应了几个“是”,忙捧鞭(**此字程本妄作“鞍”**)坠镫。等他(**前2字程本作“宝玉”**)慢慢的上了马,李贵和(**前字程甲本后移一字**)王荣笼着嚼环;钱启、周瑞二人在前引导;张若锦、赵亦华在两边,紧贴宝玉后身(**前2字程本作“身后”**)随行(**前2字程本删**)。……于是出了角门,门(**此字程甲本删**)外又有李贵等六

人的小厮并几个马夫，早预备下十来匹马专候。一出了(**此字程本删**)角门，李贵等都各上了马，前引傍围的(**前10字程本作“各上马前引”**)一阵烟去了，不在话下。

少主子出门，阵势和派头如此！算一算有多少人马跟随陪伴加保护？想一想偌大贾府，像宝玉这样的老少主子又有多少？像宝玉这样手下的奴才又有多少？奴才的奴才又有多少？供养这一类大大小小、老老少少、里里外外的人物和马匹，又需要付出多少？据笔者粗略统计，仅荣国府专门服侍宝玉这个“小皇帝”的丫鬟、婆子、小厮的人数，就在35人以上。譬如奶妈有李赵张王等嬷嬷4人(见第62回，此处出现的李贵是奶兄，则除钱启、周瑞外的其他三人应该就是宝玉的奶弟了)；大小丫头有袭人、晴雯、麝月、碧痕、秋纹、春燕、四儿、芳官等19人；女仆有老宋妈，跟班有茗烟等10余人。这些都还只是怡红院里，直接为宝玉提供各种生活服务的人员；要说其他间接为宝玉效劳的，加在一起，更不知凡几！实际上，写宝玉出门仆从簇拥、众人请安的俨然阵势，恰恰反衬后来衰败之时孤单凄凉的惨淡光景。

●骂大夫，骂小丫头子，打骂并逐撵“眼皮子又浅，爪子又轻，打嘴现世”的坠儿，无疑是病中晴雯负面情绪的积累和发泄，更是对身边人不良行为的过度激切反应。

●从第51回麝月称袭人为“花大奶奶”的微讽口吻来看，从本回晴雯口称“什么‘花姑娘’‘草姑娘’，我们自然有道理”话语中满含的“不以为然”来看：因为母丧暂离怡红院的袭人，在同伴麝月和晴雯的心里，分量未必那么重要，位置也未必那么“不可或缺”。

●平日里，宝玉和晴雯之间本来就存在着一种非常奇特的主奴关系：一方面身份地位天然有别，是主奴从属关系；一方面又像知心朋友或亲兄妹一般，相互欣赏，相互吸引。因此，晴雯任情率性，宝玉体贴谅解；宝玉从不会在女孩子面前颐指气使，晴雯更不会在主子面前低声下气。这种超越主奴关系的深厚友情，在第31回“晴雯撕扇”中已有突出表现，又在本回的“拼死补裘”中得到进一步的深化和朝向爱情的方向转化。

事情的起因是老太太郑重其事送给宝玉的雀金裘，穿了只半天，却被手炉里的火迸上，留下指顶大的烧眼，而且明天又是舅老爷生日的正日子，老太太、太太说了，还叫穿这个衣服去。这可急坏了怡红院上上下下，麝月叫人悄悄地拿出去找人织补，孰料不但能干织补匠人，就连裁缝绣匠并作女工的问了，都不认得这是什么，都不敢揽活。正当众人一筹莫展之时，一旁卧病在床听了半日的晴雯，忍不住翻身说：“拿来我瞧瞧罢。没个福气穿就罢了，这会子又着急。”等她接过雀金裘一看,就知道该怎么补了;但办法虽有,却只有她一个人有这种技艺,而她恰又病着。晴雯几乎没有思考,脱口而出:“说不得,我挣命罢了。”继后,小说通过层层深入细腻的描写和多种艺术手法的渲染,突出了晴雯为知己“挣命补裘”的精神和状貌,展示了宝玉和晴雯之间“惺惺相惜”“心心相印”的特殊情分:

宝玉忙道:“这如何使得!才好了些,如何做得活?”晴雯道:“不用你蝎蝎螫螫的,我自知道。”一面说,一面坐起来,挽了一挽头发,披了衣裳,只觉头重身轻,满眼金星乱迸,实实撑(**此字程甲本作“掌”**)不住。若(**此字程本作“待”**)不做,又怕宝玉着急,少不得恨(**此字程本作“狠”**)命咬牙捱着,便命麝月只帮着拈线。晴雯先拿了一根比一比,笑道:“这虽不很象,若(**此字程乙本作“要”**)补上,也不很显。”宝玉道:“这就很好,那里又找俄罗斯国的裁缝去。”晴雯先将里子拆开,用茶杯口大(**此字程本作“大小”**)的一个竹弓钉牢(**此字程本作“绷”**)在背面;再将破口四边,用金刀刮的散松松的;然后用针纫(**此字程本作“缝”**)了两条,分出经纬,亦如界线之法,先界出地子(**此处程本加“来”**)后,依本衣之(**前2字程本删**)纹来回织补。补两针,又看看,织补两针,又端详端详。无奈头晕眼黑,气喘神虚(**前四句“又看看”后18字程本删,仅留一“织”字**),补不上三五针,(**此处程本加“便”**)伏在枕上歇一会。

宝玉在旁,一时又问:“吃些滚水不吃?”一时又命:“歇一歇。”一时又拿一件灰鼠斗篷替他披在背上,一时又命(**此字程本删**)拿个拐枕(**前2字程本作“枕头”**)与(**此字程乙本作“给”**)他靠着。急的晴雯央道:“小祖宗!你只管睡罢。再熬上半夜,明儿把(**此字程本删**)眼睛抠搂了,怎么处(**前3字程本作“那可怎么好”**)!”宝玉见他着急,只得胡乱睡下,仍睡不着。一时只听自鸣钟已敲了四下,刚刚补完;又用小牙刷慢慢的剔出绒毛来。麝月道:“这就很好,若(**此字程乙本作“要”**)不留心,再看不出的。”宝玉忙要了瞧瞧,说(**此字程本妄作“笑”**)道:“真真一样了。”晴雯已嗽了几阵(**此字程乙本妄作“声”**),好容易补完了,说了一声:“补虽补了,到底不象,我也再不能了!”嗳哟了一声,便(**此字程本作“就”**)身不由主倒下(**前2字程乙本妄作“睡下”,淡化了晴雯精疲力尽的程度,极不妥**)了。

为使宝玉不急,晴雯“挣命”,带病缝补;期间,仅为担心影响了宝玉的休息,急得晴雯发出央告:晴雯对知己者所作的自我牺牲和奉献,真可谓至真至纯至大至深也!真可谓惊天地泣鬼神也!此外,以上描述的内容,是心灵手巧的晴雯千方百计弥补纺织品破绽的情况,其中是否有言外之意,暗喻着《红楼梦》这一类长篇小说的修补续写之法?“若不留心,再看不出的”“补虽补了,到底不像”,是否也有作者对自己身后《红楼梦》续书劳而无功的宿命有所预感,因而对后来者有所交代，有所寄托，有所敬告之意？

●须加留意的原文脂批：

※只闻麝月悄问道："你怎么就得了的？"【庚辰双行夹批：妙！这才有神理，是平儿说过一半了。若此时从宝玉口中从头说起一原一故，直是二人特等宝玉来听方说起也。】平儿道："那日洗手时不见了，二奶奶就不许吵嚷，……我们只疑惑邢姑娘的丫头，本来又穷，只怕小孩子家没见过，拿了起来也是有的。再不料定是你们这里的。幸而二奶奶没有在屋里，你们这里的宋妈妈去了，拿着这支镯子，说是小丫头子坠儿偷起来的，被他看见，来回二奶奶的。【庚辰双行夹批：妙极！红玉既有归结，坠儿岂可不表哉？可知"奸贼"二字是相连的。故"情"字原非正道，坠儿原不情也，不过一愚人耳，可以传奸即可以为盗。二次小窃皆出于宝玉房中，亦大有深意在焉。】……"

编者按：原文写窗内宝玉蹑脚"潜听"，窗外麝月与平儿悄言密语：真是有"你站在桥上看风景，看风景的人在楼上看你"的意境，两相映照！而关涉怡红院声誉脸面的"虾须镯"失窃事件的真相，也由专程赶来告知实情，并要求做低调处理的平儿一番好心好意说出。脂批所谓"二次小窃皆出于宝玉房中，亦大有深意在焉"，似乎是微讽因宝玉宽大为怀，一味袒护，造成自己方寸之地的"灯下黑"，小人物们乘机"作案捣乱"现象频发（如第60回"粉硝霜露"事件的策源地又在怡红院）的吧。

※宝玉见他着急，只得胡乱睡下，仍睡不着。一时只听自鸣钟已敲了四下。【庚辰双行夹批：按"四下"乃寅正初刻，"寅"此样写法，避讳也。】

编者按：曹雪芹无疑是曹寅的后代，《红楼梦》无疑是曹寅的后人所写。至于有人认为《红楼梦》是曹雪芹的父亲曹頫所写或者是曹雪芹与曹頫父子二人合作书写，这类主张只要言之有据，推断合理，也并非不可以作为学术问题进行充分讨论。因为它至少把《红楼梦》的作者，圈定在一个正确合理的范围；这比近年那些头脑发昏，仅凭一点不及其余、牵强附会随意发挥，把《红楼梦》的作者东拉西扯、张冠李戴，错得荒谬还自鸣得意的所谓"学者教授"们的"妄言"要好得多！作品在叙事的过程中，对"寅"字有意无意做了些避讳的现象，这无疑意味着作者在自己笔下打上的自己是曹寅后人的"标记"。脂砚斋所写的这则批语，无疑为《红楼梦》是曹寅的后人所写，提供了确凿的证据。红学家冯其庸（1924—2017）在《瓜饭楼重校评批红楼梦》一书中，对该批又加批云：

此批极为重要，明明指出曹雪芹是避其祖曹寅的讳，故不写"寅正初刻"，而写"自鸣钟敲了四下"。此处若非脂砚斋批，则一般读者也想不到此。唯有脂砚斋熟悉作者家世，亦熟悉作者用意，才能批出。凡以为《红楼梦》作者不是曹雪芹的,都来看此批。……“寅”字避讳的脂批,是此庚辰本所独有,证明作者要避“寅”字讳。这条批对否定《红楼梦》的作者是曹雪芹,是当头一棒,可以把他的谬误击得粉碎,读者于此批当三致意焉。

应该说,曹雪芹关于祖上姓名“寅”字的避讳,在无可无不可之间,并没那么刻意,因此反映在自己笔下,这种避讳并不严格;但既然出现了这种文本现象,我们也不能视而不见,去否定它所显示的意义。譬如第 14 回中有“那凤姐必知今日人客不少,在家中歇宿一夜,至寅正,平儿便请起来梳洗”一句;第 10 回写到秦可卿的病有“肺经气分太虚者,头目不时眩晕,寅卯间必然自汗,如坐舟中;脾土被肝木克制者,必然不思饮食,精神倦怠,四肢酸软”的描述;第 69 回有天文生关于尤二姐“明日寅时入殓大吉”的交代:这三处标明时辰的“寅”字,就没有避讳,也确实不好因避讳而改用其他方式来作表述的。更不说第 26 回,作者甚至还借笔下草包薛蟠之口,开起了“寅”字的玩笑:

薛蟠笑道:“你提画儿,我才想起来(**此处程本加“了”**)。昨儿我看人家一张(**此字程本作“本”**)春宫(**此处程本加“儿”**),画的着实(**前 2 字程乙本作“很”**)好。上面(**此字程本作“头”**)还有许多的字,(**此处程本加“我”**)也没细看,只看落的款,是(**此字程本作“原来是什么”**)‘庚黄’画(**此字程本删**)的。真真的(**前 2 字程本删**)好的了不得!”宝玉听说,心下猜疑道:“古今字画也都见过些,那里有个‘庚黄’?”想了半天,不觉笑将起来,命人取过笔来,在手心里写了两个字,又问薛蟠道:“你看真了是‘庚黄’(**此处程本加“么”**)?”薛蟠道:“怎么看不真(**前 3 字程乙本作“没看真”**)!”宝玉将手一撒,与(**此字程乙本作“给”**)他看道:“别(**此字程本作“可”**)是这两(**此字程本作“两个”**)字罢? 其实与‘庚黄’相去不远。”众人都看时,原来是“唐寅”两个字,都笑道:“想必是这两(**此字程本作“两个”**)字,大爷一时眼花了,也未可知。”薛蟠只(**此字程本作“自”**)觉没意思(**前 3 字程乙本作“没趣”**),笑道:“谁知他(**此处程本加“是”**)‘糖银’,(**此处程本加“是”**)‘果银’的。”

我们不能因书中另有几处文句没有避“寅”字的讳,就简单地凭此否定曹雪芹是曹寅后代;当然也不能认为脂批对曹雪芹笔意的理解,就显得处处正确高明而完全符合原作者的用意。其实,本处用“自鸣钟已敲了四下”来报告时间,更有身临其境的感觉,更贴合宝玉在一旁“睡不着”,深为晴雯“带病挣命补裘”担忧的心理状态。曹雪芹在其他地方多次写到钟表打点。譬如第 6 回写乡下刘姥姥初涉贵地时的一番见识:

忽见堂屋中柱子上挂着一个匣子,底下又坠着一个秤砣般一物(**前 3 字程乙本作“似的”**),却不住的乱幌。刘姥姥心中想着:“这是什么爱物儿(**前**

3字程本作“东西”)?有甚用呢(前4字程本作“有啥用处呢”)?”正(此处程乙本加“发”)呆时,只(此字程本作“陡”)听得“当”的一声,又若金钟铜磬一般,不防倒唬的一展眼(此句8字程甲本作“倒唬了一跳,展眼”;程乙本作“倒吓得不住的展眼儿”)。接着又是(前2字程乙本后移二字)一连八九下。

又比如第58回就写袭人说“方才胡吵了一阵,也没留心听钟几下了”。如此写来,不是现场感大大增强了吗?

※【戚序回前:写黛玉弱症的是弱症,写晴雯时症的是时症;写湘云性快的是快性,写晴雯性傲的是傲性。彼何人斯?而具肖物手段如此!】

※【戚序回后总评:此回前幅以药香、花香联络为章法,后幅以西洋鼻烟、西洋依弗哪药、西洋画儿、西洋诗、西洋俄罗斯(原作哦啰嘶)国雀金裘联络为章法,极穿插映带之妙。】

又:【写宝玉写不尽,却于仆从上描写一番,于管家见时描写一番,于园工诸人上描写一番。园中马是慢慢行,出门后又是一阵烟,大家气象、公子局度如画。】

又:【中一段写黛玉与宝玉满怀愁绪,有口难言,说不出一种凄凉,真是吴道子画顶上圆光。】

编者按:《名画录》载,“吴道子尝画佛,留其圆光,当大会中,对万众举手一挥,圆中运规,观者莫不惊呼。”吴道子在万众信徒的仰望中一挥而就,充满了仪式感。“画顶上圆光”,当指神来之笔的意思。

●红楼探照之一一九:

《红楼梦》典型人物的性格在发展

林黛玉的绝顶聪明,屡次反映在她对别人隐秘的心思、别有的用意、随口的谎话都能“猜得到”和“识得破”上;但林黛玉的短处,也在于她不像宝钗那样“虽识破”却可以“不说破”,给别人留余地,给自己以从容。不是么,第52回宝琴为外国美女写的汉文诗“带没带来而扯”的小谎,恰被黛玉识破并当众“揭发”,弄得宝琴“红了脸,低头微笑不语”,要不是姐姐宝钗出面解围,恐怕一时还真下不来台:可见事事较真,并非全然必要;含混包容,才易与人相处。只是在众人和乐嬉戏之中,作者的灵动之笔,仍不忘见缝插针,对宝黛的爱情进行描写:

宝玉因让诸姊妹先行,自己落后(前2字程本作“在后面”)。黛玉便又叫住他问道:“袭人到底多早晚回来。”宝玉道:“自然等送了殡才来呢。”黛玉还有话说,又不曾(此字程本作“能”)出口,出了一回神,便说道:“你去罢。”

宝玉也觉心里有许多话,只是口里不知要说什么,想了一想,也笑道:“明日再说罢。”一面下了阶矶(**前2字程本作“台阶”**),低头正欲迈步,复又忙回身问道:“如今的(**此字程本删**)夜越发长了,你一夜咳嗽几遍(**此字程本作“次”**)？醒几次(**此字程本作“遍”**)?”黛玉道:“昨儿夜里好了,只(**此处程乙本加“咳”**)嗽(**此处程甲本加“了”**)两遍,却只睡了四更一个更次,就再不能睡了。”宝玉又笑道:“正是有句要紧的话,这会子才想起来。”一面说,一面便挨过(**此字程本作“近”**)身来,悄悄道:“我想宝姐姐送你的燕窝——”一语未了,只见赵姨娘走了(**此字程本删**)进来瞧黛玉,问:“姑娘这两天好(**此处程本加“了”**)?”黛玉便知他是从探春处来,从门前过,顺路的人情。黛玉(**前2字程本删**)忙陪笑让坐,说:“难得姨娘想着,怪冷的,亲自走来。”又忙命倒茶,一面又使眼色与宝玉。宝玉会意,便走了出来。

处于情感默契阶段的宝黛二人的相互挂念,欲言又止,欲行又停,情深深,意绵绵,语迟迟的情状,历历在目。正如庚辰本此处的双行夹批感言:

此皆好笑之极,无味扯淡之极,回思则沥血滴髓之至情至神也。岂别部偷寒送暖、私奔暗约,一味淫情浪态之小说可比哉?

而宝玉此处关于“燕窝”的断头话,直到第57回方得到接续补写。燕窝一物,前应第45回,后呼第57回:仅此一端,即可见全书构思行文的针脚是何等的细密!

再说此处黛玉对赵姨娘“顺路的人情”,识破不说破,还“忙陪笑让坐”“忙命倒茶”,这与第25回赵姨娘来看宝玉,“独凤姐只和林黛玉说笑,正眼也不看他们”之时稚气未脱的黛玉,判若两人。这一生活细节的变化,无疑表明:黛玉待人接物的态度,也在与时俱进,发生转变。说起来,生活之美,寓于运动之中;生活的形态,有如江河的奔流不息,本来就不会一成不变。沉浮于大千世界中的人,其思想性格、观念情绪等,也必然会按照生活的逻辑与自身性格的逻辑,发生相应的调整变化。《红楼梦》超越诸多文学长篇大作的高超卓绝之处,往往就在于作者注意到了这种变化,把握住了这种变化,并在自己文学创造的卓越实践中,不但以不同凡响的艺术手段塑造出了数以百计的“典型人物”“典型形象”,还在于以震撼人心的艺术力量写出了相当数量典型人物他们思想性格令人信服的发展变化。林黛玉、贾宝玉、薛宝钗、王熙凤、贾政、薛蟠、贾雨村、尤氏姐妹、晴雯、袭人等艺术形象的完成,难道不都是这样的吗?

就说眼下的晴雯吧。这个平常心灵手巧、直道而行、爱憎分明,特别是一直以来对男女隐秘私情不甚了然的美貌姑娘,因为与多情公子相处日久,日久生情,特别又是在袭人离开怡红院后的这段日子里,病中切身感受到宝玉的悉心关怀和爱护，对宝玉的态度也在不知不觉之间，发生着前所未有的明显不过的“化合反应”，露出来深厚的“友情”向“痴情”转化的端倪：

宝玉回来，看晴雯吃了药。此夕宝玉便不命晴雯挪出暖阁来，自己便在晴雯外边；又命将熏笼抬至暖阁前，麝月便在薰笼上(**此处程本加“睡”**)。一宿无话。至次日天未明时(**此字程本删**)，晴雯便叫醒麝月道：“你也该醒了，只是睡不够！你出去叫人给他预备茶水，我叫醒他就是了。”麝月忙披衣起来……

通过铺位调整、取暖设备的挪动等生活细节，表现出宝玉对晴雯、麝月两个丫头的体贴爱护。尚在病中的晴雯，较之于平时也多了一分温顺，对宝玉的生活照顾显得更加“上心”和“细心”。你看她，天未明时，就提早叫醒了麝月，要她出去叫人预备茶水，服侍宝玉梳洗穿戴和吃喝，打发他出门等。较之既往，积极主动的负责精神体现得多么充分；继后的“病补雀金裘”一节，更是达到了令人感泣的程度！

就这样，曹雪芹笔下，他不但写出了诸多人物思想性格的丰富性、复杂性，还写出了思想性格符合逻辑的流动性：这才是一种真正了不起的文学成就呢！

●红楼探照之一二〇：

“礼数”：岂能缺失

书中说得明白，贾府是“诗礼簪缨之族”，因此在其家庭日常生活中贵贱有别，长幼有序，等级分明，礼法森严的现象，有目共睹。据统计，全书中“规矩”一词，至少出现过72次，大都当“标准”“法则”“规范”讲，内容包括衣食住行和人际关系等各方面的约束要求。通过阅读第52回文本的相关细节描写，有助于我们感受和认识旧时代高门大户中父子及主仆上下，那万万不可含糊的各路“礼数”。譬如路过老爷的书房，门虽锁着，但宝玉仍要坚持下马步行：这是儿子对父亲应有的尊崇“礼节”。譬如赖大进来，宝玉忙笼住马，意欲下来，赖大忙上来抱住腿，宝玉便在镫上站起来，笑携他的手，说了几句话：这是少主子和年长管家见面，相互间应有的谦让“礼节”。譬如又见一个小厮带着二三十个拿扫帚、簸箕的人进来，见了宝玉，都顺墙垂手立住，独那为首的小厮打千儿，请了一个安；宝玉不识名姓，只微笑点了点头儿；马已过去，那人方带人去了：这又是年青奴才辈见了少主子后，应持的表示敬奉或亲近的“礼节”，以及作为主子的宝玉对奴辈们应持有的“谦和”的“态度”。

又譬如上一回中，外面请来大夫给府中的晴雯看病，事前李纨已遣人知会过后门上的人及各处丫鬟回避，那大夫进来就只见了园中的景致，并不曾见一女子的严谨;即便入室诊病,也是由两三个后门口的老嬷嬷带进来,放下暖阁上的大红绣幔,晴雯从幔中单伸出手去让其诊脉而不现病容的举动;还有婆子介绍的"王太医和张太医每常来了,也并没个给钱的,不过每年四节大趸送礼,那是一定的年例;这人新来了一次,须得给他一两银子去""少了不好看,也得一两银子,才是我们这门户的礼"等人情世故:均是对封建时代大户人家接待外来者必具的"规矩"和"礼节"的真实反映。

举凡这些规矩和礼节,不能错的;错了,就会出乱子、招笑话的。中国自古便称"礼仪之邦",礼节真是无处不有,无时不在,渗透在社会生活中的方方面面,对人的言行举止无疑施加了太多太多的严格细致的规范和约束!阅读《红楼梦》这一类文学经典,可以增进我们对过去时代的历史、社会、家庭等各方面形态的观察了解,这也是作为文学作品"认识功能"的具体体现。

●红楼探照之一二一:

春江水暖鸭先知
——略论曹雪芹对"外来文明"的开放包容精神

《红楼梦》书中,有了"洋"字号人物及林林总总的外洋物品出现。在两三百年之后的我们看来,作品透过这种现象向我们传递出了怎么样的时代信息呢?围绕该课题,试做简要梳理。

一

第53回写勇晴雯带病缝补雀金裘之后,伤寒感冒症状加重,不但"王太医又来诊视,另加减汤剂",宝玉还命麝月"取鼻烟来,给他嗅些,痛打几个嚏喷,就通了关窍"。于是我们就因贾宝玉的多情多义,有缘见识了曹雪芹时代普通中国民众绝少见到的"汪恰洋烟"等物品:

麝月果真去取了一个金镶双扣(**此字程本妄删**)金星玻璃的一个(**前3字程本删**)扁盒(**前2字程本作"小扁盒儿"**)来,递与(**此字程乙本作"给"**)宝玉。宝玉便揭翻(**此字程本作"开"**)盒扇(**此字程本作"盖"**),里面有(**此字程本作"是个"**)西洋珐琅的黄发赤身女子,两肋又有肉翅,里面盛着些真正汪恰(**前2字程本作"上等"**)洋烟。晴雯只顾看画儿,宝玉道:"嗅(**此字程本作"闻"**)些,走了气就不好了。"晴雯听说,忙用指甲挑了些嗅(**此字程本妄作"抽"**)入鼻中,不怎样(**前3字程本作"不见怎么"**),便又多多挑了些嗅(**此字程本作"抽"**)入。忽觉鼻中一股酸辣透入囟门,接连打了五六个嚏喷,眼泪鼻涕登时齐流。晴雯忙收了盒子,笑道:"了不得,好爽快(**前3字程本作"辣"**)!(**此处程本加"快"**)拿纸来。"早有小丫头子递过一搭子细纸,晴雯便一张一张的拿来醒(**此字程乙本作"擤"**)鼻子。宝玉笑问:"如何?"晴雯笑道:"果觉(**此字程本作"然"**)通快些,只是太阳还疼。"

宝玉笑道:"越性(**此字程本作"发"**)尽用西洋药治一治,只怕就好了。"说着,便命麝月:"和(**此字程本作"往"**)二奶奶要去,就说我说了:姐姐那里常有那西洋贴头疼的膏子药,叫做'依弗哪',找寻一点儿。"麝月答应了(**此字程本删**),去了半日,果(**此字程本作"果然"**)拿了半节来。便去找了一块红缎子角儿,铰了两块指顶大的圆式,将那药烤和了,用簪挺摊上。晴雯自拿着一面靶镜(**前2字程本作"靶儿镜子"**),贴在两太阳上。麝月笑道:"病得蓬头鬼一样,如今贴了这个,倒俏皮了。二奶奶贴惯了,倒不大显。"

根据描述,这盛放洋烟的扁盒内那肉翅黄发赤身女子,不用说就是西方绘画作品中常见的天使"安琪儿"的形象,有些类似中国敦煌壁画中的"飞天"。洋烟洋药治感冒的效果,在曹雪芹的笔下,无疑是立竿见影的。这种现象,符合当时历史的真实。

常言道:一斑窥豹,一孔见天。《红楼梦》对贾府生活中不时出现的西方外来物品消费使用情况的描写,如实反映出清朝前中期随着国力的逐渐强盛,中外经贸有所发展,相当数量和品种的洋货为部分国人所认同和喜爱,已然堂而皇之地登堂入室渗透到贵族社会日常生活并占有一席之地的历史现象,以及这种历史现象蕴涵的时代特征和时代气息。

众所周知,中国的对外开放,不自清代始。随着十八世纪中后期发轫的西方近代工业经济的崛起,以及伴随这种强势崛起在世界范围内对古老僵化的封建秩序、传统落后力量格局的剧烈冲击碰撞和激荡交融中的重组重塑,外洋人员及货物往来越来越多,大清朝"闭关锁国"的状态被逐渐消解并打破,隐然已成历史发展的"大趋势"。无论是对外开放初期,"拉着倒退,打着才走"的扭扭捏捏、不情不愿、半推半就,还是干脆被后来的西方殖民主义"坚船利炮"轰得龇牙咧嘴、国门洞开,一个全然陌生的外部世界越来越清晰地出现在国人面前。被"钢铁怪兽"一般的外部势力接连不断的侵略和掠夺搞得狼狈不堪的封建中国,不得不在懵懵懂懂中逐渐醒来,"睁眼看世界""踉跄跟潮流",历经了"凤凰涅槃"一般的磨难,付出了无比惨痛的代价,中华民族才在层出不穷的"内忧""外患"中,逐渐适应并跟上了世界发展的大势。特别是自中华人民共和国建立之后,尤其是改革开放以来,对外开放的势头山呼海啸,内部变革的深度广度远迈从前,逐步形成了今日与世界各国密切交流来往、互利合作共赢的良好局面,形成了当下全域性的商品流、资金流、人才流、信息流的四海交流,产业链、供应链、资金链、价值链等环环相扣,各方利益攸关的“经济全球化”磅礴气势。

现实的世界,是“历史的世界”演变而来。当初,这些稀见于同时代文学作品中深具“异域文明”性质的生活形态,这些蕴含着历史巨变新端倪的时代浪花,这些正在萌发的“小荷尖尖角”,就被天才的青年作家曹雪芹所感知、所关注、所撷取、所采纳,并在自己的作品中得到描写和反映了。

小说《红楼梦》因为有了这一类“异域文明”因子,在两三百年后的今天看来,愈显其珍贵和神奇;这也是中国的曹雪芹越顶世俗、远迈前代、囊括四海、包容天下的非凡眼界胸襟和格局见识的强烈艺术折射。仅因此,我们就不得不惊叹于中国天才作家曹雪芹在其作品中,所展示出来的惊人的历史洞察力,超前的时代感知力,以及超强的艺术表现力!

二

《红楼梦》是一部旷代奇书,惊世骇俗的地方岂止一处!

要说反映中华传统文化吧。它反映得那么源远流长、古旧雅致、全面透彻、博大精深、精髓尽现,天下无出其右者!

要说近距离反映作家当代的社会生活,努力写出所处历史方位的新特征、新气象吧。曹雪芹身处繁华盛世,不但早已嗅出国家肌体行将彻底衰败腐朽的几分尸臭,并以卓越的艺术描写,宣告了整个封建社会已经无可避免地进入到了下行通道中的“末世”阶段;还极其敏锐而准确地捕捉到了传统社会母体中蕴涵的未来世界最新动态及其表象特征,令人隐约感知到整个“时代与社会”未来可能出现的发展新趋势、新局面、新风气,以及孕育的新人物:譬如透过贾宝玉、林黛玉等为代表的新生代的“青春烦恼”,折射出“探索未来却找不到出口”而来的“时代苦闷”;譬如以薛宝钗、薛宝琴等为代表的或传统或时尚的优秀女性,在实际生活中所表现出来的“突破书本”“走出家门”“睁眼看世界”等意识,以及“识时务”“重实学”“敢经历”的鲜明人生价值取向;譬如以书中大量外来物品为标志表现出来的旧时代新风尚中,隐约可见外洋输入商品日渐增多,对国内贵族中上阶层日常生活产生着严重渗透的新动态;还有跟中原王朝友好交往的茜香国女王、识汉字作汉诗的真真国女孩等异域人物,或隐或显、或近或远地从书中向我们走来,昭示着汉文明由来已久的魅力影响,等等。

最难能可贵的,是第 53 回描写的宝玉对西洋鼻烟、西洋药膏等西医西药的悦纳认同,以及实际操作中表现出来的中西结合、辨证施治等新的理念和方法,从中可见曹雪芹对“外来文明”所持的“海纳百川”“开放包容”“为我所用”的思想观念。对比至今都还在纠结于“西医中医孰优孰劣”“物质精神何舍何求”等命题的榆木脑袋们，康乾时代的曹雪芹是多么的意识超前、思想解放啊！

三

文学作品的不少内容虽然是虚构的，但离不开作者本人在社会生活中的见闻阅历，特别是离不开置身其间的生存环境；社会生活以及具体的生存环境对一个人的影响，必然会在其笔下得到不同程度的反映，是不可能做到主观意愿上的完全屏蔽或尽行剔除的。即便要隐藏故事情节发生的真实历史社会背景，作者有意做了一些“移花接木”“张冠李戴”“云遮雾绕”“时空穿越”的改变，但对人物所处的具体生活环境，特别是这种环境条件下各类客观存在的物质物品却不得不照实描述和恰切反映，也就难免让人从中感知察觉到“真时代”“真地点”“真人物”存在的痕迹了。譬如西洋物品与普通物品相比所见稀少，在我国流入的时间、地域、范围，以及物品的数量、用途、类别等情况，大致都是有迹可循、有据可查的。若以作品中的外洋物品为切入点，通过对曹家上三四代人及其重要姻亲（譬如苏州织造李煦家）的仕途经历、职权范围和外洋人的交际往来等情况进行梳理，是可以对全书故事发生的时代背景，进行确认的。

毫无疑义，清代康乾年间的中国经济繁荣，国力强盛，中外往来贸易甚多，是构成《红楼梦》故事开展的历史大背景之一。据本回交代，薛宝琴小时候就曾跟着父亲去“西海边上”购买舶来品，还见到过一位来自“真真国”的女孩子。《红楼梦》中的“西海”，当指世界范围内中国西边的海洋。此前，明成祖时期的郑和曾“七下西洋”，到达过今孟加拉湾、波斯湾、红海、东非等地，因此本书提到的“西海”似可泛指中国东南沿海一带。宝琴提到的那女孩十五岁左右，“黄头发上戴着珊瑚、猫儿眼和祖母绿等宝石，穿一身金丝锁子甲洋棉袄，腰间佩戴镶金嵌宝的倭刀”，看上去洋气极了，表明当时已经有不少洋人在我国沿海一带逗留，中西方文化也有了明显的融合交流。难怪第 16 回王凤姐就曾炫耀过：“那时候我爷爷单管各国进贡朝贺的事，凡有的外国人来，都是我们家养活。粤、闽、滇、浙所有的洋船货物都是我们家的。”而贾府的日常生活中，就有很多物件是珍贵的舶来货。根据书中的描写，就其大致类别可分为：

一、纺织衣物类。本回出现的“雀金裘”氅衣，名曰“乌云豹”，据贾母介绍说来自俄罗斯，是由孔雀羽和金丝拈成线织就而成，看起来金翠辉煌，碧彩闪灼，名贵异常；后来被贾宝玉不小心烧了个洞，普通的绣娘匠人都没见过，所以只能由晴雯带病修补，成为全书写得非常有名的片段。此前，贾母送给宝琴的另一件斗篷，同样金翠辉煌，是野鸭子头上的毛织成的俄罗斯产“凫靥裘”。此外，还有第

28 回出现的茜香国红汗巾子，夏天系在身上，不生汗渍，肌肤生香，是避暑佳品；第 3 回王夫人在荣禧堂大炕上铺设的猩红“洋毯子”，显得富丽堂皇；凤姐出场时，身上穿着缕金百蝶穿花“大红洋缎窄裉袄”，外罩五彩刻丝石青银鼠褂，下着翡翠撒花的“洋绉裙”，更加珠光宝气；第 6 回接见刘姥姥时，凤姐身上穿的是“大红洋绉银鼠皮裙”，可见凤姐对洋货的偏爱！第 49 回写园中诸钗的雪装，不管众人穿的是“羽毛缎”，还是“羽缎”“青哆罗呢”“洋线番羓丝”等，都是来自海外的珍贵物事，难得的很呢！

二、赏玩小物类。一类是西洋自鸣钟。钟表自康熙年间由西方传教士带到宫廷，因机械制造精致大受欢迎。譬如第 6 回刘姥姥初入贾府，就见到凤姐堂屋柱子上挂的西洋钟；第 58 回宝玉房中被芳官摆弄坏了坠子要“收拾”修理的，就是自鸣钟。一类是玻璃制品。如第 34 回王夫人拿给宝玉的两个玻璃小瓶，却有三寸大小，上面螺丝银盖，鹅黄笺上写着“木樨清露”，另一个写着“玫瑰清露”的金贵物品，从包装的精美程度看应是西洋贡品；第 41 回宝玉房中装了西洋开关的玻璃镜屏，第 45 回黛玉房中拿给宝玉夜间照明的，就是玻璃绣球灯；第 53 回出现于贾母席间的“联三聚五玻璃芙蓉”彩穗灯、漆干倒垂荷叶灯；第 71 回贾母过寿，邬将军家送来一架玻璃屏风：均属当时珍贵稀奇的玻璃制品。此外，还有第 62 回宝玉生日，凤姐送来的“一件波斯国所制玩器”等。

三、奇巧食物食材。有第 25 回出现的暹罗国(今泰国)茶叶，第 26 回出现的暹罗国灵柏香熏猪，第 53 回乌进孝账单上的西洋鸭。

四、外用药品。本回出现的鼻烟壶里装着的“汪恰洋烟”及外贴药膏“依弗哪”，或为欧美一些国家出口转运而来。书中的“真正汪恰洋烟”处，有脂批“汪恰，西洋一等宝烟也”字样。据学者周策纵考证，汪恰洋烟是产于北美弗吉尼亚的上等烟草；“汪恰”，就是“弗吉尼亚”的中文译音。

五、贾府除了以上物件之外，还有许多来自番邦的舶来货。如第 70 回放风筝时，林黛玉手里用过的“银制西洋小剪子”；贾府举办宴席时候的“西洋布手巾”(第 40、59 回)，乌银洋錾自斟壶，十锦珐琅杯；宝玉房间的西洋自行船(第 57 回)，喝的葡萄酒(第 60 回)，搁在身上赏玩计时的怀表(第 45、63 回)；以及第 53 回提到的极轻巧洋漆描金小几、洋巾，贾母使用的老花镜、小洋漆茶盘，等等。

综上所述，《红楼梦》里有很多的西洋元素：譬如西洋钟表，西洋镜子，西洋人像画，西洋自行船，西洋葡萄酒，西洋餐具，洋漆物品，西洋布手巾，西洋布衣服，西洋毯子，西洋鼻烟及鼻烟盒，西洋膏药，西洋眼镜，西洋剪刀，西洋语言，等等。只不过，这些西洋东西在当时是稀罕物、稀罕现象，只有皇宫和贵族家庭才能知晓和使用，不像当今社会这么普遍而已。一部小说中有这么多包括西方物品在内的外来物品以及域外知识，在《红楼梦》之外，是不多见的。这说明曹雪芹比当时一般的文人学士要敏感得多、见识广得多，所以他才能够在自己的笔下对“康乾盛世”时期中西贸易和中西文化交流情况，做出如此真切的艺术反映。

四

最令人颇感惊异的是，产生于十八世纪四五十年代古老封建专制中国的一部仅百万字篇幅的小说，在其博大精深几乎无所不包的历史和现实的生活内容中，居然不但纳入了如许之多的外来物品，还出现了一些当时极少人知的外来文明的“语言符号”！单就宝玉还懂几句欧洲音译，知道法国叫“福朗思牙”，就是我们说的 France；还说那个国家有金星玻璃宝石，他们那儿把金星玻璃叫“温都里纳”，因而宝玉就给芳官起了法语名字叫“温都里纳”一事，就特别应该令长久以来认为中国人一直都是封闭保守、孤陋寡闻的西方人士格外汗颜了。

至于书中“真真国”究竟影写哪一国，或认为是真腊国(今柬埔寨)，或认为是南洋，或认为是荷兰等。总之，众说纷纭。回顾历史，荷兰殖民者曾于明末崇祯十五年(1642)侵占我国领土台湾，“筑室耕田，久留不去”，并与我国闽广两省人民有着频繁的接触；清初顺治十八年(1661)，郑成功光复台湾，但荷兰殖民者仍在我国沿海一带活动。据《清文献通考》《清会典》《清史稿》等史籍记载，荷兰从顺治初年起就与清廷建立联系，屡次要求贸易通商；特别是康熙二十二年(1683)，“以助剿郑成功首请开禁通商，许之”，从此荷兰人在我国贸易经商的，就更多了。书中写到的“真真国”女孩，可能就是一个在我国台湾居住多年的荷兰姑娘。她通晓中国文字，所写五言律诗中“水国”以及“岛云蒸大海，岚气接丛林”等地域环境特征，又十分符合台湾的情况。再看外表，“那脸面就和西洋画儿上的美人一样”。西洋，一般指欧洲；“黄头发”，也是欧洲人的特征；而头上戴着珊瑚、猫儿眼、祖母绿这些宝石，身上穿着金丝织的锁子甲洋锦袄袖，带着镶金嵌宝的“倭刀”这一类装束，迹似中东中亚，更接近我国台湾高山族等地的风俗了。

不过“真真国”者，在曹雪芹笔下，大概也含有“真真假假”之意。这里面无疑含有一些“子虚乌有”的夸张虚构成分，所谓“事之所无，理之必有”者也。比较而言，从面容、发型发色、头饰风格、身上装束来考察，这个“真真国女孩”，以久居台湾的荷兰人身份，最为合理。一定程度上讲，这倒也与清代前中期国门初开，内地很少有人能像薛宝琴一家那样走南闯北、见多识广，大多数人只能通过别人的讲述、坊间的传闻，以及跟外来人员、商品偶然的接触，而形成的对“外来文明”印象不那么全面真切的实际情况相符合。

五

令人颇感惊异的还有:为什么对这些纷至沓来的,令人“称奇道异”的外来文明信息,一点儿也不带偏见与傲慢、诧异与排斥,居然那么顺手拈来而又精彩纷呈于一个康乾时期贵族世家落魄公子的笔下?

不可否认,中国古典小说中,确有一些作品存在矮化、丑化甚至是妖魔化“番邦”的现象。譬如明代的《杨家府演义》,《警世通言》中的《李谪仙醉草吓蛮书》,《二拍》中的《转运汉巧遇洞庭红》,以及清代乾隆年间的《说岳全传》等,都有类似笔墨。即便是产生于《红楼梦》之前的长篇名著,真正写到外国的国情或外来物品的,也不多见。《三国演义》写诸葛亮七擒孟获,孟获屡战屡败,遂搬请了乌戈国主兀突骨率领的藤甲兵;这些藤甲兵还真厉害,一度给孔明添了不少麻烦。那这个乌戈国在哪里呢?《三国演义》里说“此去东南七百里”,应该是现在的东南亚某国。《水浒传》里,曾提到混江龙李俊等“尽将家私打造船只,从太仓港乘驾出海,自投化外国去了,后来为暹罗国之主”,便没有了后文。其续书《水浒后传》,倒是描写了李俊到海外创立新国,特别是成为暹罗国(今泰国)王之后,他又外结高丽(今朝鲜半岛)为兄弟之邦,“尽忠天朝,共御强倭”,很有趣地折射出当时中国人的一种战略思维。《西游记》里,提到了许多国家,譬如傲来国就是孙悟空的出生之地,西天路上还有宝象国、乌鸡国、车迟国、女儿国、祭赛国、朱紫国、狮驼国、比丘国、灭法国、天竺国等。这些外国除天竺(今印度)实有其国之外,其他都是子虚乌有,不过是中国社会的投影而已。相比之下,倒是比《红楼梦》晚出六七十年的《镜花缘》,书中写了君子国、女儿国、无肠国、犬封国、聂耳国、玄股国等几十个国家,或是以人们形体或生活方式的奇异,或是以人们特有的才学技能,或是以地方风土特点或特有的古迹文物,从各方面表达出作者极力扩张古人的幻想,要向中国本土之外发现不同的国家地区、不同的社会形态的愿望。

《红楼梦》中的洋货品类繁多,吃的用的不一而足,实际产地或来源地就有福朗思牙(法国)、汪恰(美洲)、波斯(伊朗)、暹罗(泰国)、倭(日本)、俄罗斯,以及虚构的茜香国等。另有人物口中提到的“爪哇国”(今印尼)、“西天大树国”(佛教传说)。而薛宝琴所说的“真真国”,则在虚实有无之间;女儿国,在《西游记》《红楼梦》《镜花缘》里,倒均有提及。

在中国古典小说中,《红楼梦》无疑是描写洋货最多、最普遍、最深入的作品。在笔者看来,这首先与曹雪芹生活时代清朝基本实现了国家大一统,带动了国势走强的国情有关,更与作者作为天才的艺术家感应时代新潮流、吮吸时代新气息、拥抱时代新变化、努力反映时代新意识的卓异个人素养特质有关,也与作者的父祖三代四人六十来年在江宁织造府“专差久任”的独特履历，以及作者与之相关的成长经历、交游见识等情况有关。

仅就一首“真真国”女孩汉语诗作而言，作者笔下的众人听了，都道“难为她！竟比我们中国人还强”的话，就无不折射出作者秉持中华文明对外来文明一贯的态度，欣赏借鉴、悦纳包容、自信开放的胸襟气度非常难得。说起来，作者的真正大才表现在一部小说中，居然可以将当时的时代风云、社会生活尽收笔底，写得触处生春，波澜壮阔，宛若眼前。其中，来自外洋的众多生活物品，以及具有一定洲际包容、本土开放意识的外国人和中国人家庭的出现，显示了康乾盛世中外贸易、文化交流等方面的融合发展，不经意间，将一个“腐朽与新生此消彼长”“封闭与开放激荡共存”社会的时代特征，作了崭新的描述，以及及时的甚至是超强的艺术反映。

特别让人寻味的是，生活在封建社会“回光返照”历史时期的曹雪芹，为什么要挤出非常宝贵的笔墨，在自己内涵满满的作品中，着意加进去了具有传奇经历的美丽浪漫女孩薛宝琴，以及会讲“五经”、能做中国诗词的十五岁“外国美人”这一类饶有趣味的描写？其中作者要表达的命意何在？尽管红学界对此见仁见智，各说不一，但无不认为这样的笔墨，确实是极大程度上发掘并拓展了小说反映的社会生活内容，突出了小说鲜明的时代特征。有人赞叹《红楼梦》一书百科尽有，无所不包，这又是一个显著的实例。

六

正如有的学者所言，曹雪芹在描写外来物品和外来文化的时候，并不曾意识到西方资本主义对中国社会整体发展带来的潜在危险，也不可能预见他身后由于资本主义列强的侵略所引起的中国历史的重大转折和变化。但是，如果从世界范围和历史长河中去考察，曹雪芹恰好生活在西方资本主义迅猛发展并开始进行工业革命的时代，生活在中国历史即将发生“大转折”和“大变动”的前夜。令人感到意味深长的是，正是在《红楼梦》程乙本刊行的当年，即 1792 年的 9 月，英国政府正式任命马戛尔尼(1737—1806)为正使，乔治·斯当东为副使，以贺乾隆帝八十大寿为名出使中国。这是西欧国家政府首次向中国派出正式使节，有随员 80 余人(包括天文数学家、艺术家、医生)以及 95 名卫兵，由兵船护送；所携“贡品”，内有天文地理仪器、图书、毯毡、军用品、车辆、船式，总计 600 箱，俱为用心选购，以炫耀英国文明的发展水平。但当时的清廷固守朝贡礼仪，屡以“与天朝体制不合”和“天朝特产丰盈，无所不有”为由，拒绝英人的贸易要求，无疑表达出对西方文明成果的漠视和排斥。这与康熙时期对外相对开放的态度截然不同。此后,清廷在面对外部世界的冲击时,愈益保守封闭;半世纪后,即爆发鸦片战争。

可以说,《红楼梦》不但是在中国历史的转折时期,而且也是在古代中国与外部世界联系与交往的转折时期诞生的。书中所涉种类和数量颇多的东西洋物品与事务,反映了在"全球化"早期与东西方外部世界的联系,和对中国上层社会生活的影响。这是理解《红楼梦》应具有的关于其历史背景的认识。

无可讳言,书中对这些内容的描写虽有难能可贵之处,但也并非无懈可击。恰恰相反,倒是误差时有。譬如,在"晴雯补裘"情节的具体描写中,恰恰反映出曹雪芹对俄罗斯物产情况的不甚了解。以寒冷著称的俄罗斯能将热带、亚热带珍禽孔雀的羽毛织成"雀金裘",不但于史无据,也不合常理。显然,是小说为显示雀金裘的珍稀名贵而杜撰的,体现出作者虽有一定的境外知识,但这些知识又还是相当零散、肤浅和不确切的。出现这种现象,无须大惊小怪。因为它与当时整个国家对外部世界"不甚了了"的时代局限性直接有关,也与作者本身生活经历和阅历见识的个人局限性有关。洋洋大观的"中国封建社会百科全书",暴露出作者国际地理、经济等方面知识短缺的现象,无不表明"艺术创作离不开生活基础"这个道理的无可辩驳。不难想见,作者在写作《红楼梦》的时候,虽然曹家已经败落,但是他毕竟有过豪门生活的经历,在衣食住行等方面的细节描写上就容易得心应手,顺手拈来。至于离自己的生活相当遥远的外国的国人国情,包括外国地理和外国人的生活,因为缺少实际了解和实地接触,涉笔写到的,就只能含糊些、粗糙些了。因此出现细节方面的点滴误差,亦实在是不足为怪的。

第五十三回　宁国府除夕祭宗祠　荣国府元宵开夜宴

内容提要:乌庄头送地租及年货来,说地方受灾,年成不好。贾珍等人私下议论荣府经济的窘境。贾珍现场观看年货分发,乘机训斥贾芹。贾府腊月三十祭宗祠,场面壮观,气氛庄重严肃。十五之夕,贾母摆家宴宴请诸子弟,贾赦回家自己取乐去了。

●晴雯将雀金裘补完,已使得力尽神危。等到天已大亮,宝玉且不出门,只叫快传大夫:

> 一时王太医(**前2字程本作"大夫"**)来了,诊了脉,疑惑说道:"昨日已好了些,今日如何反虚微(**此字程本后移一字**)浮缩起来,敢是吃多了饮食?不然就是劳了神思。外感却倒清了,这汗后失于(**此字程甲本作"了";程乙本删**)调养,非同小可。"一面说,一面出去开了药方进来。宝玉看时,已将疏散驱邪诸药减去了(**此字程本删**),倒添了(**此字程乙本删**)茯苓、地黄、当归等

益神养血之剂。宝玉(**此处程本加“一面”**)忙命人煎去,一面叹说:“这怎么处!倘或有个好歹,都是我的罪孽。”晴雯睡在枕上,嗐道:“好太(**此字程本妄作“二”**)爷!你干你的去罢!那里就得痨病了(**此处程本加“呢”**)。”宝玉无奈,只得去了。至下半天,说身上不好就回来了。

晴雯病情的反复,特别是突然加重,无不表明为救急“补裘”,她为自己钟爱的人付出了多少!宝玉担心“倘有好歹”,是正照晴雯的未来夭亡;晴雯说“那里就得痨病”,是反衬自己身后尸骨无存!眼下,晴雯因病中为公子的事发急,宝玉就不是昵称的“宝玉”或平日里略示身份区别的“二爷”了,俨然就是“好太爷”“小祖宗”(见第52回)了!简短一个称呼,便将晴雯的钟情和急性,一笔道出!此处程本改称“好太爷”为“好二爷”,一字之差,原意顿失。曹雪芹笔下在写人记事、传情达意的细微度上,屡见精准贴切、新奇妙绝,岂为拙手所及!

●根据原文对晴雯招病、治病、养病情况的叙述来推断,本次袭人告假回家给母亲送终,继后送殡,时间在十天左右。袭人回来,麝月便将平儿所说宋妈、坠儿一事,并晴雯将小丫头撵逐出去等话,一一回过她;袭人也没别说,只说太性急了些。至于“勇晴雯病补雀金裘”一事带给袭人的不适感乃至心理上的冲击,颇有心计的她心中有数却此处不言,似乎尚待进一步观察后再论。袭人对“晴雯补裘”一事的感触,直到第62回因宝玉过分宠护芳官而醋妒未消之际,方由她自己以玩笑的方式对晴雯说出。彼时的晴雯,因被对方捅到内心深处的隐秘情感,也一言不发,既不否认也不承认,以“装憨卖痴”的态度含混过去了。

●临近年关,人事纷繁,作者顺笔交代有关事宜,准备作笔墨转换:

只因李纨亦因时气感冒;邢夫人又正害火眼,迎春、岫烟皆过去朝夕侍药;李婶之弟(**前4字程甲本作“李纨之兄”**)又接了李婶和(**此字程本作“娘”**)李纹、李绮家去住几日(**此字程乙本作“天”**);宝玉又见袭人常常思母含悲,晴雯犹(**此字程本作“又”**)未大愈:因此诗社之日(**前2字程本作“一事”**),皆未有人作兴,便空了几社。当下已是腊月,离年日近,王夫人与凤姐(**此处程本加“儿”**)治(**此字程乙本作“置”**)办年事。王子腾升了九省都检点;贾雨村补授了大司马,协理军机,参赞朝政。不题(**此字程乙本作“提”**)。

巧借年关临近,交代部分人物的现状,符合生活实际。李婶母女暂离贾府,实为生活中的常情常理;同时也是作为全书“总导演”的作者,借此“清场”,为笔力集中展示“祭宗祠”和“开夜宴”两台大戏,预做准备。至于王、贾升补,明勾暗连,则继续构成贾府生活舞台的大背景之一。

●本回着意描写的贾府年节期间的生活,无疑是全书内容、结构上由“春夏阳光地带”过渡到“秋冬沼泽阴冷地带”前的一个小小高地:生活场景横跨荣、宁两府,时间自除夕延续至新年正月十五元宵节;重要的情节有乌进孝缴租进府,贾珍父子接见并闲谈,继后是族中年货发放,除夕祭祖大典,正月十五晚贾母宴会;等等。

●贾府分宁荣二府,宁府居长,但全书描写的重点落在荣国府。荣府家大业大,生活豪华奢侈,在林黛玉初次进贾府以及贵妃回家省亲之际,已有了比较详尽的描写;至于宁府的豪奢,虽借秦可卿丧事的铺张有过渲染,但工笔描写其内部的房屋格局、装修档次、器具质地等情况,一直阙如。本回借除夕宗祠祭祀大典,将宁国府上上下下、里里外外做了一番补充描述,丰富了全书另一人物活动重要场所——宁国府的人文内涵,凸显了封建大家族分崩离析前"瘦死的骆驼比马大"般的气象和势派。

●仅仅为了过年打赏所用的一茶盘押岁金锞子,即耗费碎金一百五十三两六钱七分;尚不说倾制银锞子等玩意,还需要耗费去多少银子呢:宁府的豪奢,仅此即略见一斑。

●对于"春祭恩赏",贾珍对妻子尤氏有一段声口如闻的自我炫耀:

> 咱们家虽不等这几两银子使,多少是皇上天恩,早关了来,给那边老太太见过(**前2字程本妄作"送过去"**),置了(**此字程本作"办"**)祖宗的供,上领皇上的恩,下则是托祖宗的福。咱们那怕用一万银子供祖宗,到底不如这个又(**此字程本作"有"**)体面,又是沾恩锡福的(**此字程本删**)。除咱们这样(**此字程本作"么"**)一二家之外,那些世袭穷官儿家,若(**此字程乙本作"要"**)不仗着这银子,拿什么上供过年?真正皇恩浩大,想的周到。

话虽不多,却活画出贾珍其人表面上冠冕堂皇、感恩戴德,骨子里却井底之蛙般的自高自大,实际上早已"忘本""变质"的纨绔子弟轻薄嘴脸;从中也反映出封建时代深入国人头脑中浓厚的"帝王权威至上""祖宗崇拜优先"这一类根深蒂固的"集体无意识"现象。

●作者借贾珍、贾蓉父子会见乌庄头时的交谈,透露出有关贾府历史和现实经济状况的内部信息:

> 乌进孝笑道:"那府里如今虽添了事,有去有来,娘娘和万岁爷岂不赏的(**此字程本作"呢"**)?"贾珍听了,笑向贾蓉等道:"你们听(**此字程本作"听听"**),他这话(**前2字程本作"说的"**)可笑不可笑?"贾蓉等忙笑道:"你们山坳海沿子上的人,那里知道这道理。娘娘难道把皇上的库给了(**此字程本删**)我们不成!他心里纵有这心,他也(**此字程甲本删**)不能作主。岂有不赏之理,按时到(**此字程本作"按"**)节不过是些彩缎、古董、顽意儿。纵赏银子(**前4字程本作"就是赏"**),(**此处程本加"也"**)不过一百两金子,才值了一千

(**此处程本加"多"**)两银子,够一年的(**前3字程本删**)什么? 这二年,那一年不多(**此字程本删**)赔出几千(**此处程本加"两"**)银子来! 头一年省亲连盖花园子,你算算那一注共(**此字程本删**)花了多少,就知道了。再两(**此字程本作"二"**)年再一回省(**此字程本前移二字**)亲,只怕就精穷了。"贾珍笑道:"所以他们庄家(**此字程本作"客"**)老实人,外明不知里暗的事。黄柏木作(**此处程本加"了"**)磬槌子——外头体面里头苦。"

贾蓉(**此处程甲本加"又说"**)又笑向贾珍道:"果真那府里穷了。前儿我听见凤姑娘(**前3字程本作"二婶娘"**)和鸳鸯悄悄商议,要偷出(**此字程本删**)老太太的东西去当银子呢。"贾珍笑道:"那又是你(**此字程本删**)凤姑娘的鬼,那里就穷到如此? 他必定是见去路太多(**前2字程本作"大"**)了,实在赔的狠(**此字程本作"很"**)了,不知又要省那一项的钱,先设此法(**前3字程本作"设出这法子来"**)使人知道,说穷到如此了。我心里却有一(**此字程本删**)个算盘,还不至如(**此字程本删**)此田地。"说着,(**此处程本加"便"**)命人带了乌进孝出去,好生待他,不在话下。

借宁府贾珍父子俩背地里的闲聊,间接透露出荣府财政经济的日益困难。这样的视角去写,好处不少:

一、所谓"旁观者清",荣府的财政收支吃紧的情况,由最知底细的邻府珍蓉父子私下闲谈中道出,格外令人信服。

二、宁府珍蓉,虽然私德污糟,但都是世上所谓的"聪明人",有一定头脑,处世不失精明。因相比荣府摊子略小些,家里的财政收入尚能支撑一时,亏空也没有荣府那么明显;而且也因血缘上与宫中的元妃远了一层,出入交往的耗费、麻烦自然没有那么多。因此他们当然可以适当远离政治与经济的漩涡,相应的"隔岸观火"而深感身心"怡然自得"了。

三、与"前儿我听见凤姑娘和鸳鸯悄悄商议,要偷出老太太的东西去当银子"就下判断"果真那府里穷了"的贾蓉相比,自诩"我心里却有一个算盘"的贾珍,无疑要老练得多。他老人家对年青凤姐的肠肠肚肚、弯弯绕绕,可心如明镜呢!

四、讲述别人家的艰难,洞若观火;对自家的危机却视而不见,还沾沾自喜,自鸣得意,更谈不上对整个家族衰亡命运"至暗时刻"的即将到来有丝毫的警觉了! 醉生梦死,得过且过,可见这父子俩的家族忧患意识,在零线以下。

五、贾珍对荣府经济状况的了解和判断,实际上也是作者借此告诉读者:眼下荣府财政危机,已经接近已经显露尚未充分显露、即将爆发尚未最后爆发的临界点了。"哪里就穷到如此""还不至如此田地",也只是眼下一时的苦撑。

总而言之,一席闲聊的话里话外,不但刻画了说话人的心思、品性,还将贾府的整个经济形势做了生动贴切的反映:可谓一举多得。

●“黄柏木作磬槌子——外头体面里头苦”,贾珍的一句“新鲜趣语”,直将凤姐管辖下的荣国府财政入不敷出、捉襟见肘的困窘境地,形容得穷形尽相。

●贾珍吩咐分取、留用、派发过年物资,“看着收拾完备供器,靸着鞋,披着猞猁狲大裘,命人在厅柱下石矶上太阳中铺了一个大狼皮褥子,负暄闲看各子弟们来领取年物”的大模大样,俨然一副悠哉游哉、漫不经心,天地之间唯我独尊的族长大爷派头。作为现任族长,又是长辈,贾珍当面训斥打压贾芹这一类暗地里调戏女性、胡作非为的后辈(见第 93 回),本职责所系,只可惜“正人先正己,不正己焉能正人”的古训未入其心,未见其行;他“坏和尚”的形象,可能带出身后的“好模样”么?同样是一族之长,虽然各自所处的时代、社会,以及自身的生活条件、政治地位完全不同,但就各人的品性与作为而言,贾珍与当代中国作家陈忠实笔下那个正直仁义、刚健有为、敢于担当、自律甚严的白鹿村族长白嘉轩,能相提并论么?

●贾珍的圆滑,表现在他一见风头不好就藏躲起来,或是脚板搽油溜之大吉。本回一听人说“北府水王爷送了字联、荷包来了”,忙命贾蓉出去款待,并招呼“只说我不在家”,公然躲起“人情债”来了;下次的见事躲避,则发生在第 68 回王凤姐因尤二姐之事打闹上门来的时候。

●春节期间,众人安乐,作者并未忘记贾府“文”字辈中的两个“奇葩”。贾政出差在外,自然不论。只说贾敬贾赦二人,作为家长级别的长辈,除了在除夕日两场重大的祭拜活动有此二人领头外,其他集体场合就很难见到他们的尊容,显得格外与众不同。且看:

> 至十五日之夕(**前 3 字程本作“这一晚上”**),贾母便在大花厅上命摆几席酒,定一班小戏,满挂各色佳(**此字程本作“花”**)灯,带领荣、宁二府各子侄、孙男、孙媳等家宴。贾敬素不茹酒(**前 2 字程本作“饮酒茹荤”**),也(**此字程本作“因此”**)不去请他。于后(**前 2 字程本删**)十七日祖(**此字程本后移一字**)祀已完,他便仍(**此字程本删**)出城去(**此字程本删**)修养;便(**此字程本作“就是”**)这几日(**此字程乙本作“天”**)在家内,亦是(**前 2 字程本作“也只”**)静室默处,一概无听(**前 2 字程本删**)无闻,不在话下。贾赦略(**此字程本删**)领了贾母之赐(**此字程本作“赏”**),也便(**前 2 字程本删**)告辞而去;贾母知他在此彼此(**前 2 字程本删**)不便,也就(**此字程本删**)随他去了。贾赦自(**此字程本删**)到家中,与(**此字程乙本作“和”**)众门客赏灯吃酒,自然是(**前 3 字程本删**)笙歌聒耳,锦绣盈眸,其取便快(**前 2 字程本删**)乐另(**此字程本删**)与这边(**此字程本作“里”**)不同。

如此看来，贾敬对家族命运的不闻不问，一如既往，毫无改变；贾赦的别扭好色、不忠不孝、放纵自我，特别是与老母亲的离心离德，更是变本加厉，毫不加以掩饰。

●庚辰本原文介绍“慧纹”时说：“凡这屏上所绣之花卉，皆仿的是唐、宋、元、明各名家的折枝花卉，故其格式配色皆从雅，本来非一味浓艳匠工可比。”戚序本删去句中“明”这一敏感字眼，俄藏本干脆将“唐宋元明”四字统统删去，更是欲盖弥彰。其中，因涉及的朝代有“明”，这就相当于在无形之中，该书作者明明白白地告诉了读者：小说《红楼梦》反映的时代背景，千真万确就是他生活的现当代——满清的康乾时代！

●正月十五晚宴，为了体现大家族团圆热闹的精神，贾母也曾差人去请族中众男女前来欢会。但族大人多，被邀请者会众星捧月、欣然而至么？原文以评述的方式，对此做了反映：

奈他们或有年迈懒于热闹的；或有家内没有人不便来的；或有疾病淹缠，欲来竟不能来的；或有一等妒富愧贫不来的；甚至于有一等憎畏凤姐之为人而赌气不来的；或有羞手羞脚，不惯见人，不敢来的（**以上内容程本作“奈他们有年老的，懒于热闹；有家内没有人，又有疾病淹留，要来竟不能来；有一等妒富愧贫，不肯来的；更有憎畏凤姐之为人，赌气不来的；更有羞手羞脚，不惯见人，不敢来的”**）：因此族众（**此字程本妄作“中”**）虽多，女客（**此字程本作“眷”**）来者只（**此字程本删**）不过贾菌（**此字程本作“蓝”**）之母娄氏带了贾菌（**此字程本作“蓝”**）来了（**此字程本删**），男子（**此字程本作“人”**）只有贾芹、贾芸、贾菖、贾菱四个现是（**此字程本删**）在凤姐麾下办事的来了。当下人虽不全，在家庭间（**此字程本删**）小宴中（**此字程本删**），数来（**前2字程本删**）也算是（**此字程本删**）热闹的了（**此字程乙本删**）。

仅此一端，也可见一片笙歌燕舞的表面和乐之中，家族内部难以化解的种种矛盾依然突出。显而易见，偌大的贾府，宗法社会的血脉联系日渐淡化，精神纽带早已松弛并开始断裂了。小小一个生活细节，牵扯到家运盛衰、人心向背；眼见秋风萧瑟，落叶飘零，试问：冰冻三尺的寒冬，还会远吗？

●须加留意的原文脂批：

※【戚序回前：“除夕祭宗祠”一题极博大，“元宵开夜宴”一题极富丽。拟此二题于一回中，早令人惊心动魄，不知措手处。乃作者偏就宝琴眼中款款叙来，首叙院宇匾对，次叙抱厦匾对，后叙正堂匾对，字字古艳。槛以外槛以内是男女分界处，仪门以外仪门以内是主仆分界处，献帛献爵择其人，应

昭应穆从其讳,是一篇绝大典制文字。最高妙是神主“看不真切”一句,最苦心是用贾蓉为槛边传蔬人,用贾芷等为仪门传蔬人,体贴入细。噫!文心至此,脉绝血枯矣。谁是知音者?】

编者按:“祭宗祠”一节,的确算得上肃穆庄严大场面描写。尽管参与这场家族祭祀活动的人物众多,程序严格,但正如批语点明,该回盛大场面的展示,是以客居时间不长的外来女薛宝琴作为观“视点”的。作者通过巧妙选取宝琴作为旁观者,从一个聪慧灵敏、见多识广的姑娘现场观察感受的角度“款款叙来”,人物层次分明,事件井然有序,气氛庄重肃穆,一切进行得有板有眼,写作者的“文心”自现,观察者的见识也尽在其中。真是一篇以冷静淡然之笔,写出热烈盛大之境的“绝大典制”之文!

※【靖藏回前批:“祭宗祠”“开夜宴”一番铺叙,隐后回无限文字。宏恩浩荡,亘古所无。先兄(早逝),孀母无依,屡遭变故,(生)不逢辰,回首令人肠断心(摧)!积德于今到子孙,都中旺族首吾门。可怜立业英雄辈,遗脉谁知祖父恩。】

编者按:此批批者为谁,众说不一,在笔者看来应为畸笏叟所作。理由:一是联系曹頫在康熙54年所上两个奏折中有“仰副万岁垂悯孤孀”“不幸父兄相继去世,又蒙万岁旷典奇恩,亘古未有”等内容及表达感激的字样和口气,恰与批语相合。二是对“宏恩浩荡”(或曰“旷典奇恩”)为“亘古所无”这一句话的真正含义,要作准确理解。因为一些论者所谓的“家里有女被选为妃或被立为后”这类的“浩荡宏恩”,历朝历代并不少见,谈不上“亘古未有”;倒是一代英主在位期间对一“内务府奴才”家几十年宠信不衰,还不止一次地亲自安排过问死者后事、生者供养等家务这一类极为少见的亲近做法,被受恩者感激涕零,视为“亘古所无”的“旷典奇恩”和君臣遇合的异数,不亦宜乎?由此,我们怎么不可以推断畸笏叟就是曹頫呢?实实在在地说,这种合理推断,对于增进对《红楼梦》创作过程的了解,对于增进对脂批的主要作者脂砚斋、畸笏叟之间,以及他们与小说作者曹雪芹之间关系的把握,是甚有帮助的。

※一时贾珍进来吃饭,贾蓉之妻回避了。【庚辰眉批:自可卿死后未见贾蓉续娶,此回有“蓉妻回避”语,是书中遗漏处。绮园。】

编者按:自秦可卿死后未见贾蓉续娶,此回有“尤氏正起来同贾蓉之妻打点送贾母这边针线礼物”“蓉妻回避”“蓉妻”等语。贾蓉续弦出现得有些突然,确实算是书中一处应提早交代而未做任何交代的情节疏漏处。至于批语署名为“绮园”的,庚辰本眉批有八条。此人是谁,尚待查考;从批语内容看,绮园要晚于其他脂批者,并是曹雪芹亲友之外的人。

※贾芹道:“我家里原人口多,费用大。”贾珍冷笑道:“你还支吾我。你在家庙里干的事,打谅我不知道呢。你到了那里自然是爷了,没人敢违拗你。你手里又有了钱,离着我们又远,你就为王称霸起来,夜夜招聚匪类赌钱,【庚辰双行夹批:这一回文字断不可少。】养老婆小子。【靖藏眉批:“招匪类赌钱,养老婆小子”,即是败家的根本。】这会子花的这个形象,你还敢领东西来?领不成东西,领一顿驮水棍去才罢。等过了年,我必和你琏二叔说,换回你来。”贾芹红了脸,不敢答应。

编者按:贾珍端起族长架子责骂贾芹的话,揭露了贾芹等人背地里“一朝权在手,便把令来行”的胡作非为,并为第93回中“掀翻风月案”事件埋下伏笔。

※【戚序回后总评:叙元宵一宴,却不叙酒何以清,菜何以馨,客何以盛,令何以行。先于香茗古玩上渲染,几榻坐次上铺叙,隐隐为下回张本,有无限含蓄,超迈獭祭者百倍。】

又:【前半整饬,后半疏落,浓淡相间。祭宗祠在宁府,开夜宴在荣府,分叙不犯手。是作者胸有成竹处。】

●红楼探照之一二二:

从缴租清单上着眼
——试析贾府的经济来源及程高版本的缺陷

《红楼梦》一书,无论就其文本的文字样式本身,还是这些文字所反映的广阔深厚的社会生活内容,从不同的角度去阅读探究它,就会得到不同的观感和启示。

一

归根究底,《红楼梦》只能算是一部小说。但由于作者在不少地方使用了“纪实”笔法,特别注意了“细节”的真实和典型,因此小说已作艺术描写的不少内容片段就在诸多“细节的真实性”中,具有了相当程度的历史真实性。譬如第53回贾蓉去国库领取“春祭恩赏”,装金银口袋的颜色、印记、大小字迹,以及文字内容、画押格式等细节,逼真写来,确凿得简直可以视作权威的史料记载了,而类似的历史真实,在正规史料中往往付诸阙如了。特别是本回出现的黑山村乌庄头送来的一篇庄田出产清单,罗列了大量实物地租及折现银两数据,生动而又真切地反映了清代前中期封建庄园大地主与雇佣佃农之间的社会经济关系,封建土地私有制框架下生产力的实际发展水平,以及隐藏在这一切现象背后激烈尖锐的阶级矛盾。

这种近似于百年之后法国批判现实主义作家巴尔扎克在鸿篇巨制《人间喜剧》中的笔意和写法,在我国小说发展史上绝无仅有,后人完全可以将这些写进小说的原始经济数据,作为反映一个历史时期社会经济活动的材料利用起来,进行相关领域历史横截面的深入研究考察。不得不说,我国古代史籍,历来就不太重视一个国家或地区经济活动的精细反映,特别是对经济数据的收集整理及其全面准确的记录,往往付诸阙如。这种情况,差不多成为后世考察以往时代经济发展状态和水平的"一大短板",成为我国经济社会史研究方面的"最大缺憾"。而千古一人的曹雪芹,居然可以将自己生活年代相当数量的经济数据素材顺手拈来,真实形象而又恰如其分地反映在自己笔下的小说中,真是别具手眼!这些蕴涵着丰富历史信息的数据素材,与整个作品的非凡成就联结一起,有如一个个硕大坚实的石础,托举着《红楼梦》思想艺术大厦的千秋不倒,万代景仰!恩格斯曾评价《人间喜剧》说:

巴尔扎克,我认为他是比过去、现在和未来的一切左拉都要伟大得多的现实主义大师,他在《人间喜剧》里给我们提供了一部法国社会特别是巴黎上流社会的卓越的现实主义历史。……他汇集了法国社会的全部历史,我从这里,甚至在经济细节方面(诸如革命以后动产和不动产的重新分配)所学到的东西,也要比从当时所有职业的史学家、经济学家和统计学家那里学到的全部东西还要多。

若将革命导师的这段话移植到我国清代文学家曹雪芹的《红楼梦》上,似乎量身定制,无为不可。就《红楼梦》隐约透露的时代背景来看,荣宁二府当是"国朝"(即清朝)定鼎,以佐命元勋的身份而在政治上发迹的"异姓贵族"。他们祖上不只地位显赫,而且像清初那些"从龙入关"的王公贵族一样,关内关外占有大量庄田、山场和牧地。在他们为满清政权打天下的"九死一生"中(第7回老奴焦大有吐露),自然包括以武力掠夺的方式,分领圈地,逼民"投充","滋生"余地,霸占民田,贱买人口等。小说虽然没有对贾府国公爷们如何"挣下"这份家业的过程做过细致交代,但对这国公府以何为生计,除第72、107回等处有零零星星的提及之外,却有着第53回"贾珍和老婆儿子私议",又特别是"乌进孝缴租上供"这一段著名情节描写。不用说,一张乌庄头的账单,穿插在小说之中,既推动了情节的发展,又承载着一部地方风俗与物产史,饱含着有关荣宁贵族府前世今生中十分丰富的经济、历史和生活信息:

(贾珍)因在厅上看着小厮们抬围屏,擦抹几案金银供器。只见小厮手里拿着个(**此字程本作"一个"**)禀帖并一篇帐目,回(**此字俄藏本作"因"**)说:"黑山村的(**此字程本无**)乌庄头来了。"贾珍道:"这个老砍头的,今儿才来。"

说（**此字甲辰本无**）着（**前2字程本无**）贾蓉接过禀帖和账目，忙展开捧（**此字蒙府本作“举”**）着，贾珍倒背着两手，向贾蓉手内只（**此字蒙府、程本无**）看（**此字程本作“看去，那”**）红禀帖（**此字蒙府、程本无**）上写着：“门下庄头乌进孝（**前“贾珍道”至此56字俄藏本全删**）叩请爷、奶奶万福金安，并公子小姐金安。新春大喜大福，荣贵平安，加官进禄，万事如意。”贾珍笑道：“庄家人（**此处蒙府本加“到”**）有些意思。”贾蓉也忙笑说：“别看文法，只取个吉利罢了（**前2字程本作“儿罢”**）。”一面忙（**此字蒙府本无**）展开单子看时，只见上面写着：

大鹿三（**此字俄藏本作“二”**）十只，獐子五十只，狍（**此字蒙府、戚序本作“麅”**）子五十只，暹猪二十个，汤猪（**此字蒙府、戚序本作“羊”**）二十个，龙猪二十个，野猪二十个，家腊猪二十个，野羊二十个，青羊二十个，家汤羊二十个，家风（**前2字蒙府本、戚序本作“风干”**）羊二十个，（**“野羊”至此22字俄藏本全删**）鲟鳇鱼二（**此字甲辰、梦稿、程本均妄作“二百”；蒙府、戚序、俄藏本均作“二十”，亦误**）个（**此字戚序、俄藏本作“尾”**），各色杂鱼二百斤（**此字戚序、俄藏本作“尾”；蒙府本作“个”**），活鸡、鸭、鹅各二（**此字俄藏本作“三”**）百只，风鸡、鸭、鹅（**此处蒙府、戚序本多“各”**）二百只，野鸡兔子（**前2字甲辰、梦稿、程本均妄作“野猫”**）各二百对，熊掌二十对，鹿筋二十斤，海参五十斤，鹿舌五十条，牛舌五十条，蛏干二十斤，榛、松、桃、杏（**前4字蒙府、戚序本作“榛、杏、桃、松”**）穰（**此字蒙府、戚序本作“仁”**）各二口袋，大对虾五十对，干虾二百斤，银霜炭上等选用一千斤、中等（**此处戚序本多“的”**）二千斤，柴炭三（**此字俄藏本作“二”**）万斤，御（**此字蒙府、戚序本作“玉”**）田（**此字俄藏本作“用”**）胭脂米二（**此字蒙府本作“五”**）石（**此字梦稿、程本作“担”**），碧糯五十斛，白糯五十斛，粉粳（**此字蒙府本作“抗”；戚序本作“粇”**）五十斛，杂色粱（**前2字蒙府、戚序本无**）谷各五十斛，下用常米一千石（**此字梦稿、程本作“担”**），各色干菜（**此字蒙府、戚序本作“果”**）一车，外卖粱谷（**前2字蒙府、戚序本作“粮食”**）、牲口各项之银共（**前3字梦稿、程本无**）折银二千五百两。外门下（**此处蒙府、戚序本多“庄头”**）孝敬哥儿姐儿（**前2字甲辰、梦稿、程本均妄删**）顽意（**此处程本加“儿”**）：活鹿（**此字俄藏本作“麛”**）两对（**前2字蒙府、戚序本作“四只”**），活（**此字梦稿、程本妄删**）白（**此字蒙府、戚序本作“黑”**）兔（**此处俄藏本多“儿”**）四对，黑（**此字蒙府、戚序本作“白”**）兔（**此字蒙府本作“兔儿”**）四对（**前4字俄藏本无**），活锦鸡两对，西（**此字戚序本无**）洋鸭两对。”

首先，从这篇送货单上得知，荣宁二府拥有（或曾经拥有）大片的庄园、山场、牧地，而且是在远隔千里之外的“山坳海沿”，进京的单程时间至少在一个月以上。其次，从运单上可以看到，这些远离京都的庄田山场，每年要为这些贵族庄主们供奉大量的租谷、银两和大量其他的物品。仅乌进孝代管的庄子，在“灾欠之年”，为宁府缴纳的御田胭脂米等珍稀品质米仍在 100 公斤以上，碧糯、白糯、粉粳米等特色米 900 公斤以上，杂色粱谷 3 000 公斤左右；各种米谷 1 000 多石，大致相当于现在的六万公斤；还不包括“外卖粱谷、牲口各项之银”共折银 2 500 两在内。此外，供单上还有大批活体的或加工制作的山珍海味、鸡鸭鹅鱼兔等各种土特产品，以及供取暖和炊食使用的银霜炭上等选用 1 000 斤、中等 2 000 斤，柴炭 30 000 斤，庄头讨好“孝敬”以供赏玩的鹿、兔、西洋鸭、锦鸡等活禽活兽若干。真可谓花样不少，榨取的额度非常沉重！而荣府的数量，还会更加庞大！两府的收入，除此之外，还有来自多处房租、地租的进项呢。

二

仅就本回贾珍对乌进孝所缴纳的供奉一百个不满意，表现出来的皱眉抱怨、吃相难看的态度来看，贾府统治者这样不恤下情、罔顾庄农死活的榨取盘剥，庄户奴隶们还有什么“生产”和“扩大再生产”的意愿和能力呢！不言异地进贡物品押运途中的艰难困苦，想来定超白居易笔下的卖炭翁“夜来城外一尺雪，晓驾炭车辗冰辙”辛劳程度的百十倍，只说继后乌庄头的一番讲述形容，让远离京城贾府千里之外的庄田佃户们饱受天灾人祸、饥寒无告，在死亡线上苦苦挣扎的生活惨景，宛若眼前。不难想见，官僚地主家族对农业、农村、农民等“三农”问题的漠不关心，对庄户人家施加的政治压迫，特别是不顾死活、竭泽而渔式的经济掠夺，最终导致的结果无疑就是民穷财尽，彼此拖累，同归于尽！由此可见，一部《红楼梦》，内容除了描写人世间的男欢女爱、家庭生活中的吃喝玩乐之外，那个时代的政治、经济、文化、社会等领域所谓的“重大问题”和“重大题材”，在作者笔下还屡屡涉及呢！

事实上，《红楼梦》主要反映的是京城上层贵族社会的生活，但不仅局限于此。曹雪芹的笔触往往在我们不经意间，就向当时社会的其他领域延伸了；而且延伸的目的，显然是为了形成对照、拓宽视界、深化主题，并非可有可无的闲散笔墨可比。譬如对当时农村经济凋敝、农民生活贫困艰难的重大社会现实问题，即有深切的侧面反映。如：第 1 回甄士隐家中被火烧之后回到田庄上，“偏值近年水旱不收，鼠盗蜂起，无非抢田夺地，鼠窃狗偷，民不安生，因此官兵剿捕，难以安身”的遭遇；第 6 回写京郊农民王狗儿一家日子年关难过的“烦恼”；第 39 回刘姥姥“这一顿的钱够我们庄家人过一年了”的叹息，以及她后来对农村生活场景的讲述。尤其是本回对于京城之外千里之遥的黑山村一带，荣宁两府关外庄地年成收入因受灾大幅减产的情况，作者即通过乌进孝赶来缴租，见面不几句就诉说言苦，尽情道出：

贾珍便命(**前2字程本作“看完说”**)带进他来。一时，只见乌进孝进来，只在院内磕头请安。贾珍命人拉他(**此程本后移一字**)起来，笑说：“你还硬朗。”乌进孝笑回：“托爷的福，还能走得动。”贾珍道：“你儿子也大了，该叫他走走也罢了。”(**“硬朗”后至此33字程本全删，致使下一句话变得没头没脑**)乌进孝笑道：“不瞒爷说，小的们走惯了，不来也闷的慌。他们可不是都(**此字程乙本前移二字**)愿意来见见天子脚下世面？他们到底年轻，怕路上有闪失，再过几年就可放心了。”贾珍道：“你走了几日？”乌进孝道：“回爷的话：今年雪大，外头都是四五尺深的雪，前日忽然一暖一化，路上竟难走的很，耽搁了几日。虽走了一个月零两日，因(**此字程本删**)日子有限了(**此字程本删**)，怕爷心焦，可不赶着来了？”贾珍道：“我说呢，怎么今儿才来。我才看那单子上，今年你这老货又来打擂台来了。”

乌进孝忙进前了(**此字程本删**)两步，回道：“回爷说，今年年成实在不好。从三月下雨起(**此字程本删**)，接接连连(**前4字程本作“连接着”**)直到八月，竟没有一连晴过五(**此处程本加“六”**)日；九月里(**此字程本删**)一场碗大的雹子，方近一千三百里地(**前6字程本作“二三百里地方”**)，连人带房并牲口粮食，打伤了上千上万的，所以才这样。小的并不敢说谎。”贾珍皱眉道：“我算定了(**此字程本删**)你至少也有五千两(**此字程本删**)银子来，这够作什么的！如今你们一共只剩了八九个庄子，今年倒有两处报了旱涝，你们又打擂台，真真是又(**此字程本删**)教(**此字程本作“叫”**)别过年了。”乌进孝道：“爷的这地方还算好呢！我兄弟离我那里只一百多里(**此字程乙本作“地”**)，谁知(**前2字程本删**)竟(**此处程本加“又”**)大差了。他现管着那府里(**此字程本删**)八处庄地，比爷这边多着几倍，今年也只(**此字程本作“是”**)这些东西，不过多(**此字程本妄删**)二三千两银子，也是有饥荒打呢。”贾珍道：“正是呢，我这边都可(**前2字程本作“倒可以”**)，已(**此字程本删**)没有(**此字程本删**)什么外项大事，不过是一年的费用(**此处程本加“我受用些就”**)费些，我受些委屈就省些。再者，年例送人请人，我把脸皮厚些，可省些(**前3字程本删**)也就完了。比不得那府里，这几年添了许多花钱的事，一定不可免是要花的，却又不添些银子产业。这一二年倒(**此字程本作“里”**)赔了许多，不和你们要，找谁去！”

根据前文描写，贾府过年的收入来源，大致有两个渠道：一是以朝廷名义发放的“春祭恩赏”以及娘娘和皇帝爷的赏赐,总的来说数量有限,入不敷出,仅此一项用贾蓉的话说就是“这二年那一年不多赔出几千银子来”;再则就是各处庄地、山场、牧地的收入以及地租房租收入,应该算是维持庞大家族奢侈生活的最大物质和资金保证了。“这一二年倒赔了许多,不和你们要,找谁去!”贾珍理直气壮的追索背后,无疑就是庄农们租地佃种的沉重负担。

反观乌进孝口中描述的涝灾雹灾情况,难说里面就没有一点夸大其词的水分,但无疑还是十分惨重的。其延续时间之长、被灾范围之广、受灾程度之深,听来惊心动魄,令人毛骨悚然。而其背后,庄农们的生活,因“天灾”又加“暴令”“诛求”一类的“人祸”,殚其地之出,竭其庐之入,号呼而转徙,饥渴而顿踣,呈现出怎样的饥寒交迫、度日如年、愁惨劳损、苦不堪言,乃至于卖儿卖女、逃难逃荒,转死于沟壑之间的惨象,庄头未敢一言涉及,作者也无意去做更为“详细”和“正面”的描写。但仅此一篇口头报告,与城市贵族骄奢淫逸生活形成巨大反差对照的民瘼艰难程度和惨景,即可想而知了! 此外,关外宁府庄田年成收入情况,由亲自押租的庄头乌进孝一一道明,因他哥哥照管着荣国府的庄田摊子,其年成收入情况便由其兄弟叙出,以免从旁饶舌。一人说出两处实情,方便彼此对照,且又俭省笔墨,真是匠心独运,棋高一筹。

三

从一纸进贡账单,不但可以探究封建社会土地私有制度存在的大弊端和大罪恶;还可以通过对照不同的版本文字,以账单上一些文字特别是数字的变化,洞悉程高一类版本改窜原文的大荒谬和大错乱。

仅就乌进孝的供货单中,庚辰本写有“鲟鳇鱼二个,各色杂鱼二百斤”“野鸡、兔子各二百对”等进献物品而言,也未逃脱程高等版本的“乱改”。表面上看,对曹雪芹笔下这篇账单的数字改动不多,似乎下笔还有些慎重,殊不知就是这稍微改动的几个字,照样闹出了“天大的笑话”!

首先说,将几处的计量词“石”换成“担”,倒也无伤大雅;但将原文的“鲟鳇鱼二个”改成了“二百个”,虽只一字之差,却失之千里,一下子就暴露出了删改原文者对相关渔猎生产情况及产品长途运输艰难情况的一无所知。

鲟鳇鱼,系鲟鱼和达氏鳇两种鱼类的统称。达氏鳇,是鲟鱼的一种,分布于黑龙江、乌苏里江,以及松花江下游、嫩江等水域,起源于一亿三千万年前,曾与恐龙在地球上共同生活,素有水中“活化石”之称。其成年鱼的体重,可达几百斤至上千斤,是我国淡水鱼类中体型最大的,堪称“淡水鱼王”;且数量稀少,有“水中熊猫”的美称。古时曾作为贡品送往京城向皇帝敬献,因运输保鲜艰难,一般贵族之家较少享用。根据《清稗类钞》中记载,“吉林岁贡”的鲟鳇鱼也不过三尾,因为这种鱼极大,一条可长达数丈重三四百斤,两三条就不少了。《北游录》还记载过四五丈长的鲟鳇鱼吞食一男子的奇闻,可见鲟鳇鱼之长之大了。据此推断,在删改者那里,对“鲟鳇鱼”是怎样的一个品种,体型体重啥样,压根儿就没有概念。因为有限的见闻见识大大限制了他们的想象,在这些人的脑袋瓜里,或许这关外的“鲟鳇鱼”超不过惯常所见的两三尺长,顶破天就几斤乃至几十斤重的鲤鱼、鲢鱼和草鱼罢了,更不用说想象得到要千里迢迢地运送那样一些硕大无朋的长尾巴家伙上路的艰难情景了!不难想见,两三百年前的曹雪芹时代,完全靠畜力驮运鲟鳇鱼这样从深水中捕获起来的、一身滑溜的大家伙在乡村风雪泥泞道上行走,其摇摇晃晃、颠颠簸簸、缓慢而又危险的程度了!

此外,将供货单中的“野鸡、兔子各二百对”改成“野鸡、野猫二百对”,虽三字之差,一样将擅改者严重缺乏生产生活常识,对诸如“野猫”一类小动物的生活环境、地域、习性、功用价值等情况一窍不通的“狐狸尾巴”暴露无遗,令人哑然失笑。

《红楼梦》时代,“二百对”干制兔子的备办,倒并不是多大的难事;但要捕获辽东沿海一带数量有限、出没无常的野猫“二百对”,却绝非举手之劳了!姑且不论野猫是否为当地特产,究竟容不容易捕获;只说千里之外专送这类东西至京城抵租“上贡”,常理上讲,送的就不会是活体,那么主家看中的是有限的毛皮观赏价值,还是肉体风干后的食用价值呢?若是以供食用,请问野猫的味道如何?是不是当时京城贵族男女老少们已经习惯的野味呢?何况还数量不菲,足足“二百对”呢!再说,所谓“野猫”,究竟是“何方神圣”呢?一查即知:这是一种栖息于草原、沼泽地和海拔 1 000 米以下的盆地或低地山区森林地带的小动物,对环境的适应性较强,生活在非常多样的栖息地;但一般不进入冬季严寒和积雪覆盖地区,从不出现在积雪超过 20 厘米的地方;常见于平原和草原、荒漠和半荒漠地区,并经常出没于有灌丛的沙漠;独居,单独在夜间或晨昏活动,白天隐匿于树穴或灌丛中;行动敏捷,性情凶猛,善于攀爬,吃啮齿动物、昆虫、鸟类和一些小的哺乳动物;领域性也很明显……如此看来,千里迢迢风霜雨雪泥泞路,送这“二百对”既不中看也不中吃还不易捕获的“野猫”来干什么?恐怕只有程高本的删改者才知道了。

四

要说作上述这类随意修改,程高本中可不只一处两处。譬如第 8 回有“宝玉因夸前日在那府里珍大嫂子的好鹅掌鸭信”一句,句中的“鸭信”的“信”就是“舌头”的意思;如“蛇信”“鸭信”,就是指“蛇舌”“鸭舌”。程乙本删去“鸭信”二字,显然是不知道“鸭信”为何物。又譬如第54回有叙述宝玉洗手的一个细节:

宝玉洗了手,那小丫头子拿小壶(**此处程本加“儿”**)倒了些(**此字程本删**)沤子在他手内,宝玉沤了(**前2字程甲本作“洗了手”**)。秋纹、麝月也趁热水洗了一回,沤了(**前2字程本删**),跟进宝玉来。

这段文字几次提到的“沤子”,是一种润肤防冻的香蜜。程高等人见识有限,显然不知这“沤子”为何物,于是就把“宝玉沤了”改为“宝玉洗了手”,连与前面的“宝玉洗了手”显得重复而且也没有涂了润肤香蜜又用水洗去的道理,也不顾了。出于同样的原因,程本把后面“沤了”两字也同时删去。

即便是这第53回吧,庚辰本、戚序本、俄藏本原文中,均有“原来绣这璎珞的也是个姑苏女子,名唤慧娘”处起,至“贾母爱如珍宝,不入在请客各色陈设之内,只留在自己这边,高兴摆酒时赏玩”处止的一段长达406字的内容,是介绍“慧绣”来历的。初看,这段文字似乎与全书表达的“婚姻爱情悲剧”和“家族衰亡命运”主题关系不大,实际上,它既与本书要着力塑造“行止见识”皆出我辈“须眉”之上的女子群体形象的创作目的紧相扣合,还容易触发读者的自然联想和延伸思考,由才华出众无奈生命短暂的慧娘身上,依稀看到同属绝代佳人的林黛玉的悲剧,还可借此“慧绣”珍稀之物来渲染贾府贵族生活的豪奢典雅,并彰显小说厚重的文化内涵。这正如小说第1回通过一僧一道关于红尘生活意义的论议,增加了小说哲学思想内涵;第25回薛蟠乍见黛玉的美貌后丢魂失魄丑态的描画,增加了该人物形象内涵;第63回借贾宝玉为芳官“改名”“换装”而“开心作戏”的一大段论说调侃,增加了小说的历史内涵一样。但就是上述四段不可多得的绝妙文字,除首回一僧一道的议论文字大致因其他脂本漏抄而只存于现存的甲戌残抄本之外,其他三处却均被现存的甲辰、梦稿、程高等版本尽行删除了!不细心对照各类版本,你还以为原书文字的面貌就“本来如此”呢!难怪后世治红学版本者,为此蹙眉疾首、屡作谴责之词,却又终究无可奈何!

红学家周汝昌曾极力称道《红楼梦》是中国唯一一部称得上“文化小说”的作品。其言外之意,是说该书内容中“文化”的印记明显,文化的内涵丰泽,文化的气息浓郁。试看本回对当时纺织手工艺稀缺精品——“慧绣”的介绍,我们深有同感。但若只接受并阅读程高本,这段值得称道的文字却毫无影迹可寻,岂不有遗珠之憾!

五

其实从甲辰本、梦稿本等手抄本开始,发展到一脉相承而又变本加厉的程高刻印本，除一字一句多如牛毛般的增删改之外，大段大段地删改《红楼梦》原本文字，岂止一处！但不了解脂评本和程高等版本演变过程及文字差异的读者论者们，对此却如蒙鼓中！因此，笔者反复致意：研究《红楼梦》各版本文字的异同并能正确细致地加以对勘比较，择优选取，委实为红学的一项基本功，不可轻视。不然"张公吃酒李公醉"，将程高等擅改对原作造成的"伤害"，不明就里统统归结到曹雪芹身上，岂不是大失公允！

再说，对原著文字的自出心裁之擅改，若要追根溯源，程高也并不是"始作俑者"，因为至少现存的甲辰本、梦稿等抄本就擅行在先了。程高本在后世屡遭诟病，一定程度上说，虽是自作自受，但其中也有代人"受过""背锅"的成分，因为他们对曹雪芹原著原文的糟蹋，实在不能尽负其责。事实上，在程高刻印本出世之前，就至少有了现存甲辰本、梦稿本等一类传抄本，对原脂本已经做了诸如此类的、程度不同的妄改(譬如"沤子"一例，甲辰本就犯了同样的错误)了。应该说，程高本就是以这类不知转了多少次手抄过录的本子作为主要参照底本，做了一番他们自以为是的文字内容等方面的对照选择之后，再以刻印本的形式将这一部历经三四十年手抄流传过程的旷世奇书推向了更大范围流传的。程高本最大的失误，在于他们不但几乎全盘接受了甲辰、梦稿等一类手抄本对原著原文的擅删擅改，还要变本加厉，进行再度"错上加错"的删增改，无异于在绿叶的背面留下了处处"虫害"，使天地间的一本奇书带上了累累"暗伤"。因此，我们不得不说：程高等人传抄或刊刻《红楼梦》的功，在焉；随意修改、处处失当的过，亦在焉！也因此说，《红楼梦》各版本特别是早期脂本与后出程本之间，有关内容情节文字的对照比较、择善而从，无疑是一件烦琐辛苦而又功德无量的基础性工作。

六

保守估计，仅程甲本对甲戌、己卯、庚辰等早期脂本的改动，字数就在二三万字以上；而程乙本在程甲本的基础之上，又增加了二万字左右的增删改动，当然它离曹雪芹的原著原笔相差就更远了些。

客观上说，大段大段的文字修改，对作品思想艺术、人物形象造成的损害，还容易辨识；相比之下，造成对原文"暗伤处处"的一字一词乃至于一句一段的增删改换，散见于前八十回的各个篇章段落，多如牛毛，却很难辨识。而且，最让人无语的，恰恰是这些难以计数的随意的字词改动。粗略看上去吧，无可无不可，似乎无关痛痒、不关紧要；但认真比较，结合前后文细心阅读考量起来，才会真正体会到原文表达的精确细致、简练含蓄、传神别致和深刻婉曲；而删改换过的文字所模糊和冲抵勾销的，往往就是与原本文字在语气的表达、语感的完美、语汇的丰富、语义的现场感分寸感等方面的“细微差别”，特别是在人物性情、场景内心等方面“细微程度的区分”。而恰恰又是这种“细微之处见彼此”“区分度上见高低”“身临其境出丰神”的艺术表达，构成了曹雪芹语言造诣的高妙绝美、奇特卓异之处。

《红楼梦》，是作者“批阅十载，增删五次”而成的小说精品，从表达上来看，往往大处落墨而又不乏精雕细刻，一语传神一字千金之处俯仰皆是，绝非俗手所能轻举妄动的。它的精美和贴切，有如宋玉《登徒子好色赋》中形容的美人，“增之一分则太长，减之一分则太短；著粉则太白，施朱则太赤”，简直是完美到了极致，确实不是别人能够随意涂抹的。诸如将第10回张友士说的“大奶奶这个症候，可是那众位耽搁了”这句话中的指代词“那”字删去；却又将第21回袭人对宝玉说的“我那里敢动气，只是从今以后别进这屋子了”这句话中的“从今以后”前硬塞了一个“你”字；在第30回“一句没说完，只听喊道：‘好了！’宝林二人不防，都唬了一跳，回头看时，只见凤姐儿跳了进来，笑道”一句中，将活画凤姐形象的动词“喊”“跳”，改作“嚷”和“跑”；将第41回“扁豆架子”，改作“扁豆茄子”；将第36回“众人见他如此疯癫，也都不向他说这些正经话了”一句中的“这些”删去，以及将“我就死了，再能够你们哭我的眼泪流成大河”一句中的“们”字删去；将第47回“只得又各处遣人购求寻觅，终究费了八百两银子买了一个十七岁的女孩子来，名唤嫣红，收在屋内”一句中的数量词“八”，缩改为“五”；将第55回媳妇们讨好平儿的“太阳影里且歇歇”中的“影”改作“地”，还将“兰小子更小，环儿更是个燎毛的小冻猫子”句中的“更小”去掉，把秉性出身不同的二人相提并论、混为一谈；第59回麝月为了镇住吵闹不休的婆子，便“回头叫小丫头子：‘去把平儿给我们叫来’”中的“叫”和“我们”，改作“命”和“我”；第61回将探春、宝钗偶尔点炒的“枸杞芽儿”，改作大路菜“豆芽儿”；第62回将“在厨房内正乱着接收”中的“乱着”改作“乱”，以及将宝玉葬花时“用树枝儿抠了一个坑”中的“抠”改作“挖”字；第65回将尤二姐在枕边衾内也常劝贾琏说“你和珍大哥商议商议”这句话中的“哥”改称“爷”；等等。这些虽是“一字之差”，却“谬之千里”的例子，前八十回中，简直举不胜举！

即便是将小说中有限的所谓“秽字”“秽语”大部分清除，以追求文本的干净(前文有专论)；即便是将小说中一些稍显文言色彩的字词转换成一种比较通俗浅近的表达，如将一些语词“儿化”，将单音节词转换成双音节词等之类，美其名曰“推动语言的大众化”；但你能做得到彻底改变笼罩全书的，具有曹氏独特思想艺术魅力的，表现出他深厚文学功底和鲜明个性色彩的整体语言风格么？更何况，还是导致了“叙述语言丢弃了分寸感”“人物语言损失了个性化”“典型形象的思想性格及其所反映的社会生活，降低了复杂性和深刻性”一类的擅删擅改！

为此，笔者斗胆直言：在这位思想家和文学巨匠面前，几乎所有的人，都只能算是小草望大树、只眼看星空，应该保持足够的敬畏才是，焉能毫无自知之明地去随意改动他基本上已经定稿了的天才作品中的一字一句，乃至于一段一篇？实际上，要是认真将早期脂本文字与程高改本，做一番认真细致的对照比较，会吓一跳的！当然，比也得有个比法，比较的结果，亦关乎一个人的眼光格局和素养水平。像一些所谓的专家学者，不惜全盘美化程乙本，并以此贬低早期脂本的价值，竟然违背常识地声称程乙本改动后的语言文字“更好接受”了，改动后的尤三姐等形象“更完美无瑕”了，因此“更符合大众的审美需求”了，得出的结论，不用说，就是“程乙本的价值远胜各本”了！对这一类任事都要“反其道而行之”的论调，你只能摇头无语，并在内心深处对这些人如此的信口雌黄、大失水准，觉得大失所望的同时，又深感匪夷所思：莫非这些头顶各种光环的形形色色的“家”们，其文学素养及艺术鉴赏的眼光能力，确实被我们高估过顶得太多太多了？

●红楼探照之一二三：

“祭宗祠”中的“礼俗文化”

不少读者对中国现代作家鲁迅、沈从文、汪曾祺小说中带有淡淡哀愁的民俗风情画色彩甚为叹赏。其实，类似笔法在《红楼梦》中早已出现，并得到成熟运用。透过曹雪芹笔下对贾府众人的“节庆”“丧葬”“祭祀”，以及平日里稍带贵族文人气息的诗社活动和稍显平民化的“放风筝”“猜谜语”“打秋千”“斗草”等娱乐活动的描写，可以大大增进我们对两三百年前京城社会部分中国人的生活习俗、生存状态等方面的感性认识。譬如第 53 回中作者对贾府“过年”习俗的叙述和描写，展现在我们面前的，就是一套有限范围内的社会关系网、人物活动图、民俗风情画和家族祭祖仪式录！

且看，从零冬腊月起，经过烘托的过年节庆气氛越来越浓了。贾珍那边，开了宗祠，着人打扫，收拾供器，请神主，又打扫上房，以备悬供遗真影像。此时的荣宁二府内外上下，皆是一片忙忙碌碌的景象：宁府中尤氏正起来同贾蓉之妻打点送贾母这边的针线礼物，收缴在外加工制作的押岁金锞子和银锞子。贾蓉赶去领取朝廷春祭的恩赏。两府商量拟定请人吃年酒的日期单子。贾珍在厅上看着小厮们抬围屏，擦抹几案金银供器，并当面收取本府田庄乌庄头不远千里，费时一月有余，专程赶来缴纳的实物地租等大量“土特优”产品以及货币地租；又吩咐将方才收取各物，留出供祖的来，将各样取了些命贾蓉送过荣府里；然后自己留了家中所用的,余者派出等例来一份一份地堆在月台下,命人将族中的子侄唤来领取回去。接着,荣国府也送了许多供祖之物及与贾珍之物。贾珍看着收拾完备供器,负暄闲看各子弟们来领取年物,遇上别家送了字联、荷包来,便借故躲开,以避"人情之债"。

腊月二十九日,各色齐备,两府中都换了门神、联对、挂牌,新油了桃符,焕然一新。宁国府从大门、仪门、大厅、暖阁、内厅、内三门、内仪门并内塞门,直到正堂,一路正门大开,两边阶下一色朱红大高照,点得两条金龙一般:过年的氛围越来越重,热烈的情绪逐渐进入高潮。

次日除夕,由贾母有诰封者,皆按品级着朝服,先坐八人大轿,带领着众人进宫朝贺,行礼领宴毕回来,便到宁国府暖阁下轿;诸子弟有未随入朝者,皆在宁府门前排班伺候,然后引入宗祠。作者借初来乍到、在府做客的外戚薛宝琴的眼界和视角,不但工笔描写了贾府宗祠的建筑规模、房屋格局、大门前的匾额、长联,院内的甬路、绿植、月台上的青铜古铜鼎彝等器物,以及御笔题写的两道匾额和对联,而且同样细致地描绘了盛极一时的祭祀大典:

只见(**前2字程本删**)里边香(**此字程本作"灯"**)烛辉煌,锦帐绣幕,虽列着(**此处程本加"些"**)神主,却看不真切(**此字程本删**)。只见贾府人(**此字程乙本作"诸"**)分(**此处程本加"了"**)昭穆排班立定:贾敬主祭,贾赦陪祭,贾珍献爵,贾琏、贾琮献帛,宝玉捧香,贾菖、贾菱展拜垫,守焚池。青衣乐奏,三献爵,拜(**此字程本后移一字**)兴毕,焚帛奠酒。礼毕,乐止,退出。众人围随贾母至正堂上,影前锦幔(**此字程本作"帐"**)高挂,彩屏张护,香烛辉煌。上面正居(**此字程甲本作"房"**)中悬着宁、荣二祖遗像,皆是披蟒腰玉;两边还有几轴列祖遗影(**此字程本作"像"**)。

贾荇、贾芷等从内仪门挨次列(**此字程本后移一字**)站,直到正堂廊下;槛外方是贾敬、贾赦;槛内是各女眷。众家人小厮皆在仪门之外。每一道菜至,传至仪门,贾荇、贾芷等便接了,按次传至阶上(**此字程本作"下"**)贾敬手中。贾蓉系长房长孙,独他随女眷在槛内(**此字程本作"里"**)。每贾敬捧菜至,传于贾蓉,贾蓉便传于他妻子(**前2字程本作"媳妇"**),又传于凤姐、尤氏诸人,直传至供桌前,方传于王夫人。王夫人传于贾母,贾母方捧放在桌上。邢夫人在供桌之西,东向立,同贾母供放。直至将菜饭汤点酒菜(**此字程本作"茶"**)传完,贾蓉方退出下阶(**前2字程甲本删,程乙本作"去"**),归入贾芹阶位之首。(**此处程本加"当时"**)凡从文旁之名者,贾敬为首;下则从玉者,贾珍为首;再下从草头者,贾蓉为首:左昭右穆,男东女西。俟贾母拈香下拜,众人方一齐跪下,将五间大厅,三间抱厦,内外廊檐,阶上阶下两丹墀内,花团锦簇，塞的无一些空地。鸦雀无闻，只听铿锵叮当，金铃、玉佩微微摇曳之声，并起跪靴履飒沓之响。

成龙配套的礼仪动静，直将旧时代封建大家族“除夕祭祖大典”时的肃穆氛围和雍容势派场面勾勒而出。不难看出，这里的一切，富有仪式感，隆重威严；一切制式程序，细节考究，环环相扣，一丝不苟。这些讲究，都是精心设计的无声语言，都是在一个劲儿地强调着各色人等均要固守“上下尊卑”的封建秩序。在类似的盛大场合中，尊贵者的“宽厚慈爱”和“体面尊严”要得到体现和切实维护，低小一辈的“恭顺”和“孝敬”一样要得到表露和彰显。慑于历来的“祖宗崇拜”心理，再顽劣丑恶、荒诞不经的人物，一旦身心沉浸于祭祀祖先亡灵那严肃认真而又几分神秘的浓厚氛围之中，都会不由自主地屏声静气、规矩收敛……这就是封建“礼教”对人心、对人性施加的潜移默化影响。从这个意义上看，习俗礼仪实乃“文化”的构成要素之一；封建统治者以及封建家族势力的代表们，无不深谙其中“便于笼络和教化人心”的奥秘。

接下来，以贾母为中心展开的年节拜贺活动，无疑就是“孝亲尊老”传统道德在家族生活中的生动实践和具体展现；其中，作者的一双巧手还错综穿插进了对尤氏上房中贾母凤姐等人音容笑貌、思想性格的描写，行文节奏富有变化，显得更加张弛有度而富于可读性：

一时礼毕，贾敬、贾赦等便忙退出，至荣府专候与贾母行礼。尤氏上房地下早已袭地（**前4字程本删**）铺满红毡，当地放着象鼻三足鳅沿（**前2字程本作“泥鳅”**）鎏（**此字程本作“流”**）金珐琅大火盆。正面炕上铺（**此处程本加“着”**）新猩红毡子（**此字程甲本删**）；设着大红彩绣“云龙捧寿”的靠背、引枕（**此处程甲本加“坐褥”**），外另（**此处程本加“有”**）黑狐皮的袱子搭在上面；大白狐皮坐褥：请贾母上去坐了。两边又铺皮褥，让贾母一辈的两三个妯娌坐了。这边横头排插之后小炕上，也铺了皮褥，让邢夫人等坐了（**此字程乙本作“下”**）。地下两面相对十二张雕漆椅上，都是一色灰鼠椅搭小褥，每一张椅下一个大铜脚炉，让宝琴等姊妹坐了（**此字程本删**）。尤氏用茶盘亲捧茶与贾母，蓉妻（**前2字程本作“贾蓉媳妇”**）捧与众老祖母；然后尤氏又捧与邢夫人等，蓉妻（**前2字程本作“贾蓉媳妇”**）又捧与众姊妹。凤姐李纨等只在地下伺候。

茶毕，邢夫人等便先起身来侍贾母（**此处程本加“吃茶”**）。贾母吃茶（**前2字程本删**）与年老妯娌闲话了两三句，便命看轿。凤姐儿忙上去挽（**此字程本妄作“搀”**）起来。尤氏笑回说：“已经预备下老太太的晚饭。每年都不肯赏些体面用过晚饭过去，果然我们就不及（**此字程甲本作“济”**）凤丫头不成(**前2字程乙本作"了"**)?"凤姐儿搀着贾母笑道:"老祖宗快走(**前2字程本作"走罢"**),咱们家去吃去,别理他。"贾母笑道:"你这里供着祖宗,忙的什么(**此处程本加"儿"**)似的,那里还搁得住(**此处程本加"我"**)闹。况且每年(**前2字后移一字**)我不吃,你们也要送去的;不如还送了来,我吃不了留着明儿再吃,岂不多吃些?"说的众人都笑了。又吩咐他:"好生派妥当人夜里(**此处程本加"坐着"**)看香火,不是大意得的。"尤氏答应了。一面走出来至暖阁前上了轿(**前3字程本妄删**)。尤氏等闪过屏风,小厮们才领轿夫,请了轿出大门。尤氏亦随邢夫人等同(**此字程乙本妄作"回"**)至荣府。

这里轿出大门,这一条街上,东一边合面(**前2字程本删**)设列(**此字程本作"立"**)着宁国公的仪仗执事乐器,西一边合面(**前2字程乙本删**)设列(**此字程乙本作"立"**)着荣国公的仪仗执事乐器(**此句"西一边"至此18字程甲本妄删**),来往行人皆屏退不从此过。

一时来至荣府,也是大门正厅(**此字程本作"门"**)直开到底(**前4字程本作"一直开到里头"**)。如今便不在暖阁下轿了,过了大厅,便(**此字程本删**)转弯向西,至贾母这边正厅上下轿。众人围随同至贾母正室(**此字程乙本作"堂"**)之中,亦是锦裀绣屏,焕然一新。当地火盆内焚着松柏香、百合草。贾母归了座,老嬷嬷来回:"老太太们来行礼。"贾母忙又(**此字程本删**)起身要迎,只见两三个老妯娌已进来了。大家挽手,笑了一回,让了一回。吃茶去后,贾母只送至内仪门便(**此字程乙本作"就"**)回来,归(**此处程本加"了"**)正坐。

贾敬、贾赦等领(**此处程本加"了"**)诸子弟进来。贾母笑道:"一年价(**此字程本作"家"**)难为你们,不行礼罢。"一面说着(**前4字程本删**),一面男一起,女一起,一起一起俱行过了礼;左右两旁(**前2字程本删**)设下交椅,然后又按长幼挨次归坐受礼。两府男妇(**此字程本妄作"女"**)、小厮、丫鬟,亦按差役上中下行礼毕,(**此处程本加"然后"**)散(**此处程本加"了"**)押岁钱(**此处程本加"并"**)、荷包、金银锞(**此处程本加"等物"**)。摆上合欢宴来,男东女西归坐,献屠苏酒、合欢汤、吉祥果、如意糕。毕,贾母起身进内间更衣,众人方各散出。

当(**此字程本作"那"**)晚各处佛堂、灶王前焚香上供。王夫人正房院内设着天地纸马香供。大观园正门上也(**此字程本删**)挑着大明(**前2字程本删**)角灯,两溜(**此字程本作"旁"**)高照,各处皆有路灯。上下人等,皆(**此字程本删**)打扮的花团锦簇。一夜人声嘈杂(**前2字程本作"杂沓"**),语笑喧阗,爆竹起火,络绎不绝。

这年的春节节庆活动，展示的重点时段，当数“宁府除夕祭祖”和下一回要重点描写的“荣府元宵夜宴”。这年节的两头两尾之间空档中的活动，虽不可少，作者却是以“一笔带过”处理了：

> 至次日五鼓，贾母等又(**此字程本作“人”**)按品大妆，摆全副执进宫朝贺，兼祝元春千秋。领宴回来，又至宁府祭过列祖，方回来。受礼毕，便换衣歇息(**此处程本加“所有贺节来的亲友，一概不会，只和薛姨妈、李婶娘二人说话随便，或和宝玉、宝钗等姐妹赶围棋摸牌作戏”**)。王夫人与凤姐是(**此字程本删**)天天忙着请人吃年酒，那边厅上(**此处程甲本加“与”；程乙本加“和”**)院内皆是戏酒，亲友络绎不绝，一连忙了七八日才完了。早又元宵将近，宁荣二府皆张灯结彩。十一日是贾赦请贾母等，次日贾珍又请(**此处程本加“贾母”**)，贾母皆去随便领了半日(**前句10字程本删**)。王夫人和凤姐儿连日被人请去吃年酒，不能胜记。

贾母牵头举办的元宵家宴，由饮食器具到环境摆设，由环境摆设到席间的节目安排，也是成龙配套，气象不凡。特别是那满台撒钱，只听见“豁啷啷满台的钱响”的热闹场面，似乎带有“烈火烹油”“鲜花着锦”的尾音余响，有着“酒不醉人人自醉”的快意境界，令人追思，令人惊喜，更令人叹息：

> 当下又有林之孝之妻带了六个媳妇，抬了三张炕桌(**前6字程乙本作“每二人抬了一张炕桌共三张”**)，每一张上搭着一条红毡，毡上(**此2字程本删**)放着选净一般大新出局的铜钱，用大红彩(**此字程本删**)绳串(**此处程本加“穿”**)着，每二人搭一张，共三张(**前9字程乙本删**)。……(贾母)说了一个“赏”字，早有三个媳妇已经手下预备下簸箩(**前2字程本作“小笸箩”**)，(**此处程本加“听见一个‘赏’字”**)走上去向(**此字程本作“将”**)桌上的散钱堆内(**前5字程本作“散堆钱”**)，每人便撮了一簸(**此字程本作“笸”**)箩，走出来向戏台说：“老祖宗、姨太太、亲家太太赏文豹买果子吃的！”说着(**此字程本作“毕”**)，向台上便(**前2字程本删**)一撒，只听豁啷啷满台的钱响。……贾母大悦。

接着，贾母等内眷听书，听曲，点戏，击鼓传花说笑话，放炮仗；命小戏子打了一回“莲花落”，撒了满台钱，命那孩子们满台抢钱取乐。最后，撤去残席，外面另设上各种精致小菜；大家随便随意吃了些，用过漱口茶，方才散了。十七日一早，又过宁府行礼，伺候掩了宗祠，收过影像，方回来。此日便是薛姨妈家，十八日便是赖大家，十九日便是宁府赖升家，二十日便是林之孝家，二十一日便是单大良家，二十二日便是吴新登家等几家，排班等候，请吃年酒。之后，年节已过，生活又进入常轨。

综上所述,展现古老中国封建时代中后期贵族大家庭的节庆场合场景,不但整个推演过程得到完美呈现,因有足量的“细节描写”加持,更使得作者笔下的大家族年俗礼仪风习,有条有理,有板有眼,扑面而来,如闻如见。其中,特别是元宵夜宴,合家团聚,摆酒取乐,看戏听书,好不热闹!尤其是晚宴期间先后两次撒钱时“只听满台钱响,贾母大悦”“撒了满台钱,命那孩子们满台抢钱取乐”一类的年节生活场景,令人印象特别深刻。是啊,满台撒钱,叮叮当当;钱雨缤纷,喜气洋洋。这是过去富贵人家常见的一种“放飞自我”的年节习俗,是营造春节喜庆祥和、兴旺发达气氛的需要,更是当家人寄望来年或升官或发财或添喜增丁等事事处处皆要“遂心”“如意”的心理诉求。

不用说,眼见满台的钱币欢乐滚动,耳闻满台的钱币叮当脆响,这对进入暮年的贾母而言,既是一种强烈的心理需要,更是一种满满幸福感的外溢。泯然之间,老人日见疲惫的身心就最容易进入“无思无虑,其乐陶陶;兀然而醉,豁尔而醒。静听不闻雷霆之声,熟视不睹泰山之形,不觉寒暑之切肌、嗜欲之感情,俯观万物,扰扰焉,如江汉之载浮萍”的跌跌撞撞和恍恍惚惚啊!

古老的中国,原本是十足的人情社会,历来重家国重群体重责任,崇中央崇祖先崇礼仪。具体表现在重视社会交往,重视尊老爱幼,重视扶危济困,重视亲情融洽,重视上下有序等方方面面。这些“集体无意识”,无疑已彰显于中国古老的文化习俗之中,并深深渗透在中华儿女的骨肉血脉里。

第五十四回　史太君破陈腐旧套　王熙凤效戏彩斑衣

内容提要:元宵夜宴上,贾珍、宝玉先后在席间斟酒;贾母问起袭人怎么不见,王夫人、凤姐代为回答。贾母说起鸳鸯母亲不久前死了,这时袭人和鸳鸯正好做伴。宝玉外出小解。贾母批《凤求鸾》等才子佳人书。凤姐斟酒掰谎,击鼓传梅,贾母和凤姐讲笑话,众人放炮仗,撒钱抢钱取乐。

●席间,贾母问起袭人怎么不见,王夫人忙起身解释。王凤姐一听,忙过来找补,于是贾母又牵扯出袭人、鸳鸯两人的前情后事:

> 贾母因又叹道:“我想着,他从小儿服侍了(**此字程本删**)我一场,又服侍了云儿一场(**前2字程本删**),末后给了一(**此字程本删**)个魔王宝玉(**前2字程本删**),亏(**此字程甲本作“与”;程乙本作“给”**)他魔了这(**此处程本加“好”**)几年。他又不是咱们家的(**此字程本删**)根生土长的奴才,没受过咱们什么大恩典。他妈(**此字程本作“娘”**)没了,我想着要给他几两银子发送(**此处程本加“他娘”**),也就忘了。”凤姐儿道:“前儿太太赏了他四十两银子,也(**此字程本删**)就是了。”贾母听说,点头道:“这还罢了。正好鸳鸯的娘前儿

(前2字程本前移四字)也死了,我想他老子娘都在南边,我也没叫他家去走走(前2字程本删)守孝。如今(此处程本加"他两处全礼,何不")叫他两个一处作伴儿(此字程本删)去。"又命婆子将些果子、菜馔、点心之类与他两个(前2字程本作"二人")吃去。

一席家常闲谈,表现出贾母的仁慈待下富有人情味,也间接反映了王夫人对袭人格外的关心和照顾。凤姐借照应园中及预备宝玉回房等事开脱袭人不来伺候的理由,又引出贾母说明鸳鸯因母死不来伺候的原因。叙事见缝插针,足见作者对人物的描写,不但笔笔都不空放,而且往往还牵此及彼,错综穿插,触类旁通,一笔多用。

●于极热闹时插入宝玉出席回园以及袭人、鸳鸯闲话,既写宝玉关心疼爱袭人,又补出了鸳鸯父母俱丧,以见其心中更无牵挂:构思细巧。

●写宝玉外出小解及洗手等事,足见平日他娇养已极。期间,两个小丫头子的伶俐小心,两个媳妇子的礼貌规矩,麝月秋纹的稍显强势,老婆子"提着一壶滚水走来"的看人看事,以及宝玉的和颜悦色,对两个媳妇子的"倒和气,会说话,他们天天乏了,倒说你们连日辛苦,倒不是那矜功自伐的"满意赞赏,都是通过一连串具体生动的细节描写,一一得到展示的。特别是宝玉对麝月等人笑着说的"你们是明白人,耽待他们是粗笨可怜的人就完了"一句,令人不禁为宝玉待人的平等、诚实、友好和博爱而感叹和敬爱。继后,有关宝玉为姐妹们尤其是对黛玉斟酒的描写,击鼓传梅过程中有关鼓声的描写,以及最后燃放各色花炮情景的描写,均可圈可点,体现出了文学作品中细节描写的巨大表现力。

●夜宴上贾母的"破陈腐旧套",是对小说第1回批评"佳人才子等书"观点的再次强调和补充延伸,向来为研究者所重视:

贾母笑道:"这些书都(此字程本作"就")是一个(此字程本删)套子,左不过是些佳人才子,最没趣儿。把人家女儿说的那(此字程本作"这")样坏,还说是佳人,编的连影儿也没有了。开口都是书香(前2字程本作"乡绅")门第,父亲不是尚书就是宰相,生(此字程本删)一个小姐必是爱如珍宝。这小姐必是通文知礼,无所不晓,竟是个绝代佳人。只一(此字程本妄删)见了一个清俊的男人,不管是亲是友,便(此字程本删)想起(此处程本加"他的")终身大事来,父母也忘了,书礼(此字程本妄删)也忘了,鬼不成鬼,贼不成贼,那一点儿是(此字程本作"像个")佳人?便是满腹文章,做出这些(此字程本作"样")事来,也算不得是佳人了。比如(此处程本加"一个")男人(此处程本加"家")满腹(此处程本加"的")文章去作贼,难道那王法就说(前2字程乙本作"看";程甲本作"就")他是(此处程本加"个")才子,就不入贼情一案(**此处程本加“了”**)不成? 可知那编书的是自己塞了(**前2字程本作“堵”**)自己的嘴。再者,既说是世宦书香大家(**此处程乙本加“子”**),小姐都(**此字程乙本作“又”**)知礼读书,连夫人都知书识礼,便(**此字程本作“就”**)是告老还家,自然这样大家人口(**前6字程乙删**)不少(**前2字程本删**),奶母(**前2字程甲本作“奶奶”;程乙本作“奶妈子”**)丫鬟(**前2字程乙本作“丫头”**)服侍小姐的人也不少,怎么这些书上,凡有这样的事,就只小姐和紧跟的一个丫鬟(**前2字程本作“丫头”;此处程乙本加“知道”**)? 你们白(**此字程甲本作“自”;程乙本删**)想想,那些人都是管(**此处程本加“做”**)什么的,可是前言不答后语(**此处程甲本加“不是”;程乙本加“了不是”**)?”

众人听了,都笑说:“老太太这一说,是谎都批出来了。”贾母笑道:“这(**此字程本删**)有个原故:编这样书的(**此处程本加“人”**),有一等妒人家富贵(**此处程本加“的”**),或(**此字程本作“或者”**)有求不遂心,所以编出来污秽(**前2字程本作“遭塌”**)人家。再一等(**前3字程本作“再有一等人”**),他自己看了这些书看魔(**此字程本作“邪”**)了,他也想(**前3字程本作“想着得”**)一个佳人(**此处程本加“才好”**),所以编了(**此字程本删**)出来取乐。何尝他(**此字程乙本前移二字**)知道那世宦读书家(**此字程乙本作“人家儿”**)的道理! 别说他(**此字程本删**)那书上那些世宦书礼(**前4字程乙本删**)大家(**此处程乙本加“子”**),如今眼下真的(**前2字程本删**),拿我(**前2字程本作“拿着咱”**)们这中等人家说起,也没有这(**此字程本作“那”**)样的事,别说是那些大家子(**前8字程本删**)。可知是(**前3字程本作“别叫他”**)诌掉了下巴的话(**前2字程本作“颏子罢”**)。所以我们从不许说这些书,(**此处程本加“连”**)丫头们也不懂这些话。这几年我老了,他们姊妹(**前2字程乙本作“姐儿”**)们住的远,我偶然闷了,说几句听听;他们一来,就忙歇(**前2字程本作“忙着止住”**)了。”李薛二人都笑说:“这正是大家(**此处程本加“子”**)的规矩。连我们家也没(**此字程本作“没有”**)这些杂话给(**此字程本作“叫”**)孩子们听见。”

借贾母随口发表的相关议论,既符合贾母的身份地位,又间接反映了作者的创作主张。说起来,平日里的老太太,说话行事本来是相当随和变通并不教条僵化的,缘何一涉及“男女之大防”以及“自由恋爱”等话题,就如此的“义正词严”、毫不客气? 至于外圆内方的贾母针对才子佳人作品中故事的胡编乱造、生活细节的不合情理,以及由此反映出来的创作者心理不健康、虚构心理补偿等现象所作的尖锐批评,尤其是对书中“佳人”和“才子”一类的激烈言辞和对自由恋爱一类现象的变相严厉警告,是否一语双关、话里有话、似有所指? 对此,虽不敢妄断,但若问席间众人“谁最有可能”闻言心惊,继而面红耳赤、垂头丧气,除了贾母自己的嫡亲外孙女林黛玉外，尚有何人！

●也许因贾母对才子佳人、自由恋爱现象的一阵火力全开，搞得现场气氛有点儿紧张严肃了吧。关键时刻，还是要靠凤姐儿出头，以斟酒为名，走上来现编现说《掰谎记》。一番插科打诨，转换话题，方才化解了尴尬，缓和了气氛。集体娱乐场合，像凤姐这样善于察言观色、能说会道、活跃气氛者，真不可缺少！

●凤姐的插科打诨，引来一片笑语欢声。其间薛姨妈、凤姐和贾母还有一段愉快的对白：

> 薛姨妈笑道："你少兴头些，外头有人，比不得往常。"凤姐儿笑道："外头的只有一位珍大爷（**此字程本作"哥哥"**）。我们还是论哥哥妹妹，从小儿一处淘气（**此处程本加"淘"**）了这么大。这几年因做了亲，我如今立了多少规矩了。便不是从小儿的（**此字程本删**）兄妹，便以伯叔论（**前5字程本作"只论大伯子小婶儿"**），那《二十四孝》上'斑衣戏彩'，他们不能来'戏彩'引老祖宗笑一笑，我这里好容易引的老祖宗笑了（**此字程本删**）一笑，多吃了一点儿（**此字程本删**）东西，大家喜欢，都该谢我才是，难道反笑话（**此字程本删**）我不成?"贾母笑道："可是这两日我竟没有痛痛的笑一场，倒是亏他才一路（**此处程本加"说"**）笑的我心里（**前2字程本作"这里"**）痛快了些，我再吃一钟酒。"吃着酒，又命宝玉："也（**此字程本作"来"**）敬你姐姐一杯。"凤姐儿笑道："不用他敬，我讨老祖宗的寿罢。"说着，便将贾母的杯拿起来，将半杯剩酒吃了，将杯递与丫鬟，另将温水浸的杯换了（**此字程本删**）一个上来。于是各席上的杯（**此字程本删**）都撤去，另将温水浸着待换的杯（**前2字程本删**）斟了新酒上来，然后归坐。

对白各见性情，特别是凤姐的一席话，还透露出自己和目前的宁府当家人贾珍既往生活经历中的交集，无疑是对第13回贾珍当面恳求王凤姐代理宁国府时所言"从小儿大妹妹顽笑着就有杀伐决断"一语，在结构上的遥相呼应和内容上的补充丰富；同时，也坦露了凤姐"说笑以娱亲"的理直气壮，活脱脱展示了凤姐说话行事不让须眉的性格风采。凤姐无疑是贾母面前的"弄臣"，在讨取贾母欢心的时候不惜充当小丑角色，"孝心"和"苦心"俱存，与莎士比亚戏剧中的"佞幸"类似。

●贾母与薛姨妈闲谈中提到的"有戏的人家"，在清代中后期，的确是属于富贵有实力人家上层生活的"标配"，这与京剧的起源、发展、兴盛的时代背景，密切相关。

●元宵夜宴中，贾母安排的戏曲配乐，别具匠心，颇有新意：

> 众人都鸦雀无闻，薛姨妈因（**此字程本删**）笑道："实在亏他（**前2字程本删**），戏也看过几百班，从没见（**此处程本增"过只"**）用箫管的。"贾母道："也

(此字程本作“先”)有,只是象方才《西楼·楚江晴(此字程本作“情”)》一支,多有小生吹箫和(此字程本作“合”)的。这(此处程本加“合”)大套的实在少。这也在主(此字程本删)人讲究不讲究(前3字程本删)罢了。这算什么出奇?”指(此字程乙本作“又指着”)湘云道:“我象他这么大的时节(前2字程本作“时候儿”),他爷爷有一班小戏,偏有一个弹琴的凑了来,即如(前3字程本删)《西厢记》的《听琴》,《玉簪记》的《琴挑》,《续琵琶》的《胡笳十八拍》,竟成了真的了。比这个更如何?”众人都道:“这(此字程本作“那”)更难得了。”贾母便命个媳妇来(前6字程本作“于是叫过媳妇们来”),吩咐文官等,叫他们吹(此字程本作“吹弹”)一套《灯月圆》。媳妇领命而去。

原来一直以来,贾母在日常生活中表现出来的艺术欣赏品味颇高的修养,自有家学渊源。她话语中提到的《续琵琶》,来源于现实生活,确系曹雪芹祖父曹寅撰写的传奇剧本,今存抄本;其第27出《制拍》,内容是表现蔡文姬写作和弹奏《胡笳十八拍》,倾诉自己一生的遭遇和心情的。而家祖作品的信息,从作者的笔下泄露,不知是有意还是无意。但凭此端,可作如下推断:一、这是作者又一次暗示《红楼梦》的写作时代为康乾时代;二、这是《红楼梦》作者为曹雪芹的又一重要内证。

●席间贾母所讲的笑话故事,若要对号入座里面的人物,凤姐无疑会入彀中。面对贾母的打趣,聪明而又懂事的她既然不能加以辩驳,便只好装痴卖傻,笑道:

好的(此处程本加“呀”),幸而我们都(此字程本作“都是”)笨(此字程本作“夯”)嘴笨(此字程本作“夯”)腮的,不然也就吃了猴儿尿了。

难为情的心思神色,恍然如画!再说贾母的笑话,反映的是婆母这类人的心思;凤姐的笑话,反映的是管家娘子整天要应对的那数不清的人事纠葛。一定程度上,都是“言为心声”“行为意指”。不过,晚宴到了夜深人静、灯火阑珊之时,凤姐即兴编造的“吃了一夜酒就散了”“咱们也该‘聋子放炮仗——散了’罢”一类的笑话,说者无心,作者有意,是借以暗示贾府即将走向家破人散的败亡结局,而眼前众人尚沉酣不醒,就像那连放炮仗都感觉不到的“聋子”一样。元宵夜宴这场热闹,就在凤姐“冰凉无味”的贫嘴和“咱们也该‘聋子放炮仗——散了’罢”的双关语中,戛然而止。因此,可以说在全书的艺术结构上,“元宵夜宴”是预示贾府兴衰的一个不折不扣的转折点;散场时,接写四五个“散了”,最有深意。事实上,元宵以后的贾府气象,就真的是日见萧索了。

●须加留意的原文脂批:

※【庚辰回前:首回楔子内云“古今小说千部共成一套”云云,犹未泄真;

今借老太君一写，是劝后来胸中无机轴之诸君子不可动笔作书。】

编者按：首回楔子内“古今小说，千部共成一套”等借题发挥，以及本回借贾母之口对历来“才子佳人”小说情节细节描写不合情理等多方面的指责，宣示了曹雪芹“本于写实”的现实主义的创作主张和创作原则。书中这一类议论，完全可以视为作者借机阐发的文学创作“曹氏理论”。理论及理论思维对各领域实践的重要性是不言而喻的。这当然包括文学艺术领域的创作活动，一个人的文学艺术理论素养的有无和高低，对其写作实践和写作建树的成败和高低是必然会产生重大影响的。

正如批语作者所意识到的，曹雪芹写作《红楼梦》，除了必需的生活积累、自身的思想艺术修养水平，还“胸中”有“机轴”，然后才“动笔作书”的。换句话说，曹雪芹写作《红楼梦》这部小说，是有着明确的写作意图，并在成熟文学理论（理念）指引下的自觉实践。他不是为了炫耀才华，不是为了茶余饭后的无聊消遣，更不是借此满足自己某种不便言说的低俗欲望。他是在认真总结并充分汲取前人创作经验教训的基础上海纳百川而又别出心裁，勇闯新路，以自己满腔的“深哀剧痛”和“孤愤痴情”来客观、真实、全面、深入地反映社会现实生活的。完全可以说，正是先进创作理论指导下的卓越写作实践，促成了《红楼梦》思想艺术上的继往开来，并获得空前成功和伟大成就。

※【庚辰回前：凤姐乃太君之要紧陪堂，今题“斑衣戏彩”是作者酬我阿凤之劳，特贬贾珍琏辈之无能耳。】

编者按：凤姐千方百计讨得贾母欢心，既有获取利益的现实需要，也有孝敬尊长的心思，是“苦心”和“孝心”的混杂和结合。作此比较，更显得贾赦之无德，“贾珍琏辈之无能”矣！

※【戚序回前：积德于今到子孙，都中旺族首吾门。可怜立业英雄辈，遗脉谁知祖父恩。】

编者按：这则批语，应出自畸笏叟之手，为后来的戚序作者所引用。慎终追远，肃立高端，是站在维护家族利益、关注家族兴衰命运的高度，作追思怀想，表失落叹息的。

※【戚序回末总批：读此回者凡三变。不善读者，徒赞其如何演戏，如何行令，如何挂花灯，如何放爆竹，目眩耳聋，应接不暇；少解读者，赞其座次有伦，巡酒有度，从演戏渡至女先，从女先渡至凤姐，从凤姐渡至行令，从行令渡至放花爆，脱卸下来，井然秩然，一丝不乱；会读者须另具卓识，单着眼史太君一席话，将普天下不近理之“奇文”、不近情之“妙作”一起抹倒。是作者借他人酒杯消自己块垒，画一幅行乐图，铸一面菱花镜，为全部总评。噫！

作者已逝，圣叹云亡，愚不自量，辄拟数语，知我罪我，其听之矣!】

编者按:同样一回文字，由此及彼，由浅入深，不同的人便有不同的阅读理解程度和路径。至于评批者称"作者借他人酒杯消自己块垒，画一幅行乐图，铸一面菱花镜，为全部总评"一语，实为吹糠见米，一针见血之确论。

●红楼探照之一二四:

海纳百川　有容乃大
——简论《红楼梦》内容的延展性

艺术真实源于并高于生活真实，它具体表现在艺术描写的逼真写实，以及无处不在的精雕细刻。曹雪芹书中大量存在的、饱含丰富社会历史生活内容的细节描写，使得《红楼梦》竟可以作为"七分虚，三分实"的社会历史演义类小说来读了。特别是它艺术描写反映的部分内容，已经跃升为后世研究清代前中期历史、社会各阶层关系，以及清代社会民风民俗、节庆礼仪文化、对外经贸交往、物价水平等多方面社会生活实际的宝贵素材。譬如要真切了解清代京城贵族之家的过年习俗，包括中华礼仪文化的倡扬及年节禁忌，各种祭拜仪式的举行，礼尚往来的讲究，相关娱乐庆祝活动的开展等情况，特别是要追寻其中蕴涵的政治学、民俗学、文化学等方面意义，都可以在第53回"除夕祭宗祠""元宵开夜宴"等生活场景的艺术描写中得到感性认识。

由此，我们不得不感叹作者书写社会生活内容的广泛、深刻、卓绝。一部百万字的《红楼梦》，描写了中国十八世纪以城市为主的社会生活的各个方面，虽然其主要着眼点是"四大家族"中的贾家荣宁二府的贵族生活，却又不仅仅局限于此。它包含了那么多有关前人的历史文化、经济法律、生活哲学、生存状态、思想感情等的全谱信息，以其巨大的社会容量及渊泽的历史真实和历史深刻，将一部小说推上了至少已经长达百年时间的、旨在对中国历史以及中国社会进行全面探究、考察、识别的学术研究平台，形成了一门长盛不衰的专门学问——红学，实非偶然。

《红楼梦》的超学科特点，《红楼梦》丰泽深厚的文化、艺术、历史、学术等价值，自该书面世并不断得到广泛流传以来，愈来愈得到人们的认识、叹赏、迷醉和重视，成为不少普通民众及文化学者、政治人物生活学习工作中不可或缺的精神食粮，特别是给很多人的著述带来了题材素材"顺手拈来""妙不可言"的取用方便。犹如在地面上只要戳破一点，地底下就会冒出一股股满带着大地深处神秘信息，有着极高丰度、纯度的优质矿泉，清洌甘甜，源源不断。它可以涵养并不断激发你的灵性智慧，助推你以书中某个方面的文字内容为触发点和连接点，向相关知识领域作更深层次、更宽范围、更高境界的挖掘拓展和提升发挥，形成多学科、多门类的学问。这种学问、学术上的巨大的包容延展性，似乎只有《红楼梦》这一类具有“百科全书”性质的书籍才能拥有；也似乎只有曹雪芹这样的稀世天才，方能在自己腕底全新创造、全新赋予。这是天才曹雪芹发愤著述的“独家秘笈”，也是该书神奇绝妙，为其他任何小说门类书籍都难以并肩甚至超越的地方！

完全可以这么说：在现当代中国，哲学、社会科学领域内的至少半数以上的著述，内容很少不直接或间接牵扯到《红楼梦》的。在中国“言必称希腊”者少，“三句不离《红楼梦》”者尽多；曹雪芹的影响，几乎无处不在！平心而论，专家学者论者们的著书立说、立论取材，确实不容易与《红楼梦》这座横亘面前的经济政治、思想文化等百科富矿割舍得开！读者只要翻开《写作艺术示例》《汉语言文学》，以及凡是带“中”字号的书籍（譬如《中国民俗学》，《中国美学史话》，《中国哲学思想》，等等），书中定然少不了谈到《红楼梦》的。

围绕一部古典文学名著形成的中国传统文化“美丽的风景线”，在人们的心中，的确具有美不胜收而又难以取代和逾越的位置。认识它，珍惜它，利用好它，是我们做学问、养性情、增智慧、强才干应有的态度和有效的途径。

第五部分(第55—63回)

以探春为首的“三驾马车”内部改革为中心事件，着重展示了来自府内各个方面，特别是下层社会的矛盾。

第五十五回　辱亲女愚妾争闲气　欺幼主刁奴蓄险心

内容提要：凤姐因病休养，王夫人将家务交给李纨、探春“合同裁处”，后又请来宝钗照管帮忙，共同打理。恰逢赵国基死，探春在赏赐丧银的标准上力主公事公办，惹得赵姨娘大吵大闹。探春未作丝毫让步，并将对凤姐的气撒在平儿身上，继后又免除了贾环、贾兰家学里的重复支出。平儿跟凤姐通气，凤姐称赞探春并对贾府的经济及人事状况做了详细分析。

●本回反映的气势排场不大，但生活内容丰富而又深刻。从反映贾府盛衰命运的角度看，它无疑标志着“向下急跌”的通道，正式打开；滋生多年“致命病毒”的“潘多拉魔盒”，正式打开。

●作者巧借凤姐患病休养，将李纨、探春、宝钗等三人推到了协同管理家务的前台：

> 且说元宵已过，只因当今以孝治天下，目下宫中有一位太妃欠安，故各嫔妃皆为之减膳谢妆，不独不能省亲，亦且将宴乐俱免。故荣府今岁元宵亦无灯谜之集(**前句“元宵”至此61字程本妄删**)。(**此处程本加“荣府中”**)刚将年事忙过，凤姐儿(**此处程本加“因年内外操劳太过，一时不及检点”**)便小月了，在家一月(**前4字程本删**)，不能理事，天天两三个太医(**前2字程乙本作“大夫”**)用药。凤姐儿自恃强壮，虽不出门，然筹画计算，想起什么事来，便(**此字程乙本作“就”**)命平儿去回王夫人，任人谏劝，他只不听。王夫人便觉失了膀臂，一人能有许多的精神？凡有了大事，(**此处程甲本加“便”；程乙本加“就”**)自己主张；将家中琐碎之事，一应都暂令李纨协理。李纨是(**此字程本作“本是”**)个尚德不尚才的，未免逞纵了下人。王夫人便命探春合同李纨裁处，只说过了一月，凤姐将息(**此字程乙本作“养”**)好了，仍交与(**此字程**

乙本作“给”)他。

谁知凤姐禀赋气血不足,兼年幼不知保养,平生争强斗智,心力更亏,故虽系小月,竟着实亏虚下来,一月之后,复添了下红之症。他虽不肯说出来,众人看他面目黄瘦,便知失于调养。王夫人只令他好生服药调养,不令他操心。他自己也怕成了大症,遗笑于人,便想偷空调养,恨不得一时复旧如常。谁知一(此字程本删)直(此字程本后移四字)服药调养到八九(前2字程本妄作“三”)月间,才渐渐的起复过来,下红也渐渐止了。此是后话。

巧借“太妃欠安”继而“薨逝”(见第58回)的理由,便将元妃再一次省亲的可能性排除,自然也将大观园“集体狂欢”的机会做了相应压减,这在一定程度上腾空了舞台,方便剧情转场,以顺应贾府加速败亡的节奏。这种人物情节、生活场景的自然转换,正凸显了作者编排故事、调控舞台的好手段!

再说王熙凤的这次病休,一是她本人长期以来忙碌烦劳、自身又不知保养给身体健康带来的必然后果,预示着她最终的心劳日拙,迟早要落得家庭拆散、家族分崩、被人遗弃的悲惨结局,也预示着贾府无可挽回的“接班人危机”日益严重。同时,作者也是为了借凤姐病休期间的时间空档,安排贾家年青一辈中最能干的三姑娘上场,给了“才自清明志自高”的三姑娘一次充分展示性格、才华的机会,让她做了一次挽救家族衰败命运的“尝试”和努力。其结果,不能说“新班子”的治理手段有多么高明,治理的成效有多么显著,只能说探春等人在有限范围、有限程度上的一番革故鼎新、兴利除弊、振作有为,还是给后来人留下了深具意味的思考……

偌大贾府,实际上也是中国传统社会“治理和运转”结构的一个小小“缩影”,各种人事纠葛、人世间存在的各种利害关系大都在这里汇集和显现。你看作者笔下,王夫人尽管“倦政”,一心追求耳根清净,但毕竟出身世族大家又经多年历练,起码的管家才能和胸襟见识还是有的。内侄女病情不轻,使之“便觉失了膀臂”,但她没有埋怨指责,而是给与了应有的体恤和关心,“只令他好生服药调养,不令他操心”。这自然出自王夫人的一片好意,不存在趁此“夺回”家政大权,从而李代桃僵、另授他人的不良用心。此外,困难时刻,王夫人也没有逃避自己的责任,像其丈夫贾政一样任事袖手旁观,而是“凡有了大事,自己主张;将家中琐碎之事,一应都暂令李纨协理”;继后,考虑到“李纨是个尚德不尚才的,未免逞纵了下人”,便又命探春合同李纨裁处,只期望“过了一月,凤姐将息好了,仍交与他”;哪知凤姐病情加重,一时不见好转,探春与李纨“暂难谢事”,代理还得继续;王夫人又因园中人多,恐失于照管,不得不在人力资源上“加码”,因又“特请了宝钗来,托他各处小心照看”。古人云“举贤不避亲,举亲不避嫌”,王夫人这样做,并没有错。

●正当性情明敏、体格健壮的探春、宝钗等人,被王夫人派上用场、“委以重任”之际,原文交代说:“时届孟春,黛玉又犯了嗽疾;湘云亦因时气所感,亦卧病于蘅芜苑,一天医药不断。”真是别有一番用意!身体健康没有了,生命不保了,你还能干成什么事业,成就什么梦想呢?釜底抽薪,灯枯油尽,林黛玉一类病弱女子的生命悲剧,着实令人叹息!

●在荣国府家务管理架构发生了阶段性的调整变化之后,且看下层社会众人的阶段性反应:

> 众人先听见李纨独办,各各心中暗喜,以为(**前2字程乙本作“因为”**)李纨素日原是个厚道多恩无罚的(**此处程乙本加“人”**),自然比凤姐儿好搪塞(**此处程乙本加“些”**);便添了一个探春,也(**此字程乙本删**)都想着不过是个未出闺阁的青年(**前2字程本作“年轻”**)小姐,且素日也最平和恬淡。因此都不在意,比凤姐儿前更(**此字程本作“便”**)懈怠了许多。只三四日(**此字程乙本作“天”**)后,几件事过手,渐觉探春精细处不让凤姐,只不过是言语安静、性情和顺而已。可巧连日有王公侯伯世袭官员十几处,皆系荣、宁非亲即友或(**前2字程本删**)世交之家,或有升迁,或有黜降,或有婚丧红白等事,王夫人贺吊迎送,应酬不暇,前边更无人(**此处程本加“照管”**)。他二人便一日皆在厅上起坐,宝钗便一日在上房监察,至王夫人回方散。每于夜间针线暇时,临寝之先,坐了小(**此字程本删**)轿,带领园中上夜人等各处巡察一次。他三人如此一理,更(**此字程乙本作“便”**)觉比凤姐儿当差(**此字程本作“权”**)时倒更谨慎了些。因而里外下人都暗中抱怨说:“刚刚的倒了一个‘巡海夜叉’,又添了三个‘镇山太岁’,越性(**此字程本作“发”**)连夜里偷着吃酒顽的工夫都没了。”

层层写来,剥茧抽丝,可见人心如魅:一个社会群体中的上下阶层之间,围绕各自的权、责、利益而展开的斗争和博弈,昭然若揭。家下众人的感受,由暗喜到搪塞,由轻视到懈怠,由警觉到谨慎,由小心到暗中抱怨,写出了府内人事变动初期的“众生相”。一方面是众人的观察揣测,被动适应;一方面是探春等人的不动声色,严密防控。这也从一个侧面反映出了王夫人的知人善任,委派得当。以上还是对“家务代理”初期情况作“面”上叙写,至于探春的精细以及由母系弱势引来的烦恼,还将在接下来的一场事关“公正与亲情孰先孰后”的吵闹中,得到“点”上细致的描绘。也就是在这样一个机心四伏的环境氛围中,吴新登家的和赵姨娘两个身份不同的女人,一前一后,登台发难了;而探春洞若观火、处变不惊的应对能力,做事前立稳脚跟、做事时咬紧牙关的凌厉作风,也将在这矛盾冲突的激烈漩涡中得到验证。

●探春实属贾家几姊妹中最有才干、最具性格锋芒者。聪明、果断、要强是她为人处世的一贯风格，但庶出姑娘的地位，却端端成了她最为憋气的“阿喀琉斯之踵”，造成她在等级森然的大家庭中处境的复杂尴尬，加上生母的不识时务、无理取闹，以及亲弟弟贾环的阴毒邪门，更增加了这位自尊自强姑娘的心理负担。第55—56回，展示了她性格的两个重要侧面：一是对自己的庶出身份较为敏感，痛恨母弟不消停不争气，充满对母亲赵家的鄙视，显得有些凉薄无情；二是能干、果断、明敏，有强烈地维护大家族发展利益的责任感和主人翁精神，以及因自己“男性社会女儿身”带来的遗憾和隐痛。

●上任履职之初，探春就碰上了一件棘手的事：亲舅舅赵国基迟不死早不死，恰恰在外甥女代管事务前后死了，丧事赏银多少的问题，便立刻摆上了桌面，直接考验着探春的裁决能力。事实上，通过这件牵扯到“人情和亲情”事的办理，表现出了探春在种种复杂尖锐的矛盾漩涡中能够保持头脑清醒，继而处置得法的才干。你看，她先是揭穿了吴新登家的存心刁难，使这个藐视她的女人“满面通红”，羞愧而出，不得不立马“取了旧账来”，以供其决断参考；接着又不顾情面，顶住了前来泄私愤讨说法的生母的哭闹纠缠，绝不徇私违例给她提供“搭顺风车”的方便；继而又断然拒绝了幕后凤姐传答的好意，旗帜鲜明，公事公办，绝不苟且，还就势开端作法，更进一步，蠲免了宝玉、贾环、贾兰等三人学堂里的不合理开销……一连串的出手，显露出了贾家三姑娘不同凡响的“政治家气魄”：上以凤姐作法，有意拿眼前的平儿“煞性子”“扫面子”；下以吴新登家的作法，当面打脸，杀鸡吓猴，以示权威；左，以亲舅和生母作法，依例行事，甚至分寸把握得还要严格和认真一些，绝不因自己的“疏忽”授人以柄；右，以宝玉、贾环、贾兰三人作法，敢拿“不合理支出”开刀，敢向“那阴微鄙贱的见识”（见第27回探春语）叫板，绝不为眼前的裙带亲情所拖累。就这样，说一不二，敢作敢为，一两件事经手即立竿见影，震住了府内一班心性乖滑、门缝瞧人的众媳妇们，使她们再“不敢如先前轻慢疏忽了”。可以说初露锋芒、初战告捷，个人的威信得到初步确立。

●本回除将探春的性格放在家庭矛盾的激烈斗争中予以表现，通过与同为“三驾马车”之一的李纨、宝钗的对比来凸显外，作者还借凤姐和平儿的冷眼旁观及私下议论，旁衬出探春与众姊妹不同的思想面貌和性格风采：

> ……咱们且别虑后事，你且吃了饭，快听他（**此处程本加“们”**）商议什么。这正碰了我的机会，我正愁没个膀臂。虽有个宝玉，他又不是这里头的货，纵收伏了他也不中用。大奶奶是个佛爷，也不中用。二姑娘更不中用，亦且不是这屋里的人。四姑娘小呢。兰小子更小（**前2字程本妄删**）。（**此**

处程甲本妄加"与";程乙本妄加"和")环儿更是个燎毛的小冻猫子,只等有热灶火坑让他钻去罢。——真真一个娘肚子里跑出这个(此字程本作"样")天悬地隔的两个人来,我想到这(此字程甲本作"那")里就不伏(此字程本作"服")。再者,林丫头和宝姑娘他两个(此处程本加"人")倒好,偏又都是亲戚,又不好管咱(此处程本加"们")家务事。况且一个是美人灯儿,风吹吹就坏了;一个是拿定了主意,'不干己事不张口,一问摇头三不知',也难十分去问他。倒只剩了三姑娘一个,心里嘴里都也来的,又是咱家的正人,太太又疼他,虽然面上淡淡的,皆因是赵姨娘那老东西闹的,心里却是和宝玉一样呢。比不得环儿,实在令人难疼,要依我的性(此处程本加"子")早撵出去了。如今他既有这主意,正该和他协同,大家做个膀臂,我也不孤不独了。

凤姐当着平儿对宝玉、李纨、迎春、惜春、贾兰、贾环、探春、宝钗、黛玉等人的或多或少的点评,与第65回作者巧借小厮兴儿之口将大观园内外众人评说了一番的文字,遥遥相照,相映成趣。"横看成岭侧成峰,远近高低各不同。"曹雪芹塑造艺术形象之所以生动活泼,令人过目不忘,确实与他创造的多层面、多角度(包括借用他人的旁观评说等)加以刻画的手法有关。

●当探春气愤渐平,预约平儿"吃了饭快来","有一件大事,早要和你奶奶商议"之后,平儿答应着回到了凤姐身边。于是,一场内涵十分丰富的、围绕大小家务如何看待和处理的私房话语,在妻妾之间逐层展开。通观凤姐、平儿的对话,内容大致涉及如下几个方面:

一、对适才探春"敢于碰硬"的表现,表示认可。应该说,整个事件描写中,凤姐虽处局外,但通过平儿的串联传达,事情的来龙去脉、发生发展情况一清二楚;凤姐不仅连赞三个"好"字,还为探春"命薄,没托生在太太肚里"感到"可惜"。凤姐的一番叹惋,一语道尽了那个时代"庶出"主子姑娘们心中绝大的苦恼!

二、凤姐道出了自己勉力维持一个日渐衰败大家庭的财政运转,越来越感吃力的"苦恼"和"艰难":

你知道,我这几年生了多少省俭的法子,一家子大约也没个不(此字程本后移三字)背地里恨我的。我如今也是骑上老虎了,虽然看破些,无奈一时也难宽放。二则家里出去的多,进来的少。凡百(此字程乙本作"有")大小事(此处程本加"儿")仍是照着老祖宗手里的规矩,却一年进的产业又不及先时多。省俭了,外人又笑话,老太太、太太也受委屈,家下人也抱怨刻薄;若不趁早儿料理省俭之计,再几年就都赔尽了。

凤姐对心腹"袒露"的重重心事,应该说是一点水分都没有;零言碎语之间,已经实实在在地将偌大贾府日渐严重的财政危机暴露无遗了。这对贾府命运发展轨迹漫不经心者来说，无异于平地一声惊雷！这种“河涸海干”（见第45回）的情况，也恰与第53回贾珍、贾蓉父子的私下议论相印证，都清楚表明贾府塌方式垮掉的日子，在加快到来！

三、针对平儿对府内“将来还有三四位姑娘，还有两三个小爷，一位老太太，这几件大事未完”的担心，凤姐通过算账分析，举重若轻，不当回事；但她最担心害怕的是“如今平空又生出一两件事来，可就了不得了”，因为心劳日拙，心理承受能力已近极限，稍加最后一根稻草，就会压死她这匹“挣命的骆驼”的！

四、人一病，难免消极。一场病，消减了凤姐往昔高涨的心气和旺盛的斗志，不再是“协理宁国府”“弄权铁槛寺”时的那个意气风发、得意洋洋、藐视一切的凤姐了！就在这瞻望前途不寒而栗，回头四顾又后继乏人之际，探春的一力担当，敢作敢为，当然最容易引起凤姐的“惺惺惜惺惺”了！通过对府里府外七八个“膀臂”候选者的一一比较分析，在一贯眼界很高的王凤姐看来，只有探春身份合适，才堪入选，而且深知对方“虽是姑娘家，心里却事事明白，不过是言语谨慎；他又比我知书识字，更厉害一层了”。因此，凤姐打定的主意，就是趁“如今他既有这主意，正该和他协同，大家做个膀臂，我也不孤不独了”。继而，她还对眼下的平儿推心置腹，再一次流露了她性格中的核心成分——自私与机诈：

> 按正理（**此字程本作“礼”**），天理良心上论，咱们有他这个（**此字程本作“一个”**）人帮着，咱们也省些心，于太太的事也有些（**此字程本删**）益。若按私心藏奸上论，我也太行毒了，也该抽头（**此字程本作“回”**）退步，回头看了（**此字程本删**）看；再要穷追苦克，人恨极了，暗地里（**前3字程本作“他们”**）笑里藏刀，咱们两个才四个眼睛两个心，一时不防，倒弄坏了。趁着紧溜之中，他出头一料理，众人就把往日咱们的恨暂可解了。

自知之明中，纵然包含着足够的世故和狡猾，但照顾大局，欲互相借重依靠，结成“统一战线”以对付共同的“敌人”，以延缓大家族的颓败危亡，这也是身处“围城”之中甚感孤立无援的凤姐要联手探春的“初衷”和“诚意”啊！换一个角度看，凤姐对探春的倚重，表现在她对自身“骑上老虎”处境的正视，对大家庭日渐严重的经济危机和人才危机的担忧；一定程度上说，能够比较尊重知识、尊重人才、知道自身不足的她，也并不是一味拈酸吃醋、恃强凌弱、不识大体、嫉贤妒能之辈。事实上，探春代理家务，面对的就是凤姐的原班人马和贾府的既成体制，仅凭一己之力要有多么大的作为迥非易事，如果没有来自凤姐的理解和支持，探春便会举步维艰。

五、凤姐与心腹平儿的私房话，亦反映了妻妾二人之间“亲密而有间”的

关系:

还有一件,我虽知你极明白,恐怕你心里挽不过来,如今嘱咐你:他虽是姑娘家,心里却事事明白,不过是言语谨慎;他又比我知书识字,更利害一层了。如今俗语(**此处程本加“说”**)“擒贼必先擒王”,他如今要作法开端,一定是先拿我开端。倘或他要驳我的事,你可别分辩,你只越恭敬越说驳的是才好。千万别想着怕我没脸,和他一犟(**此字程本作“强”**),就不好了。

好一个凤姐,将探春的一番态度、举动及背后的心理纹路,有如平儿的把脉一样,搞得一精二准!知道平儿已将工作做到了前头,笑道:

我是恐怕你心里眼里只有了我,一概没有别(**此字程本作“他”**)人之故,不得不嘱咐。既已行在先,更比我明白了。……

归根结底,凤姐还是太自信了!……一个妄自尊大的人,往往会高估自己在他人心目中的分量和位置。岂知眼前平儿的心里眼里,除了你,还装着大家呢!尽管如此,平儿还是谨守本分不敢造次,面对凤姐招呼“过来坐下,横竖没人来,咱们一处吃饭是正经”的优待礼遇,仍“屈一膝于炕沿之上,半身犹立于炕下,陪凤姐儿吃了饭,服侍漱盥”,可见其一如既往的谨小慎微。

总之,凤姐与平儿的一番私下议论,各有声口,情态不一:凤姐的心机,平儿的机敏,话题所及的众人之性情,栩栩如生。尤其是凤姐论事析理、表情达意,自是娓娓道来,妙语迭出。譬如“擒贼必先擒王”“不干己事不张口,一问摇头三不知”等俗语的引用,“我如今也是骑上老虎了”的形容,“环儿更是个燎毛的小冻猫子,只等有热灶火坑让他钻去罢”“一个是美人灯儿,风吹吹就坏了”一类的比喻,随口而出,异常的贴切生动!

●须加留意的脂批:

※【戚序本回前总批:此回接上文,恰似黄钟大吕,后转出羽调商声,别有清凉滋味。】

编者按:贾府盛衰的分水岭(第53、54回)一过,当然就会换一副笔墨来着力描写它那悲凉不景气的日子了。虽然,贾府败落,宝黛梦醒,众人离散,会有一个逐次呈现的过程;但从本回开始,随着贾府财政危机的日渐显露,随着凤姐等人的心力交瘁,随着府内外各种乱象的迭次出现,“四面楚歌”的氛围逐渐形成,“忽喇喇似大厦倾,昏惨惨似灯将尽”的末日,正加速来临!

本回中凤姐病倒,宫中太妃重症,无疑就是一个不祥征兆。探佚者认为,在曹雪芹原来的构思中,本准备自本回开始描写贾府形势的急转直下,一个重大的标志事件就是他们深宫中的政治靠山——贾元春突发急病而薨逝;继后,在对原稿反复的研磨修改中，觉得这样收尾太急促，不利于从容展示贾府“末世”败落过程中必然出现的种种值得后来人警醒鉴戒的教训，于是作者索性将“元妃”的病亡，放在了一个地位相当，但未交代“姓甚名谁”的这个先病后死的“太妃”身上。尽管如此，敲山震虎、打草惊蛇、提前布局，“贾府政治靠山倒台为时不远”的信息，借此还是得到了暗示。

※【戚序回末总批：噫！事有难易哉！探春以姑娘之尊，以贾母之爱，以王夫人之付托，以凤姐之未谢事，暂代数月；而奸奴蜂起，内外欺侮，锱铢小事，突动风波，不亦难乎！以凤姐之聪明，以凤姐之才力，以凤姐之权术，以凤姐之贵宠，以凤姐之日夜焦劳、百般弥缝，犹不免骑虎难下，为移祸东吴之计，不亦难乎！况聪明才力不及凤姐，又无贾母之爱、姑娘之尊、太太之付托，而欲左支右吾，撑前达后，不更难乎！士方有志作一番事业，每读至此，不禁为之投书以起，三复流连而欲泣也！】

编者按：上述长批表达的意思，一言以蔽之，即在强调贾府衰败的大趋势已经形成，非人力所能轻易挽回了。

●红楼探照之一二五：

小说堪作剧本读
——《红楼梦》精彩的对话描写

第55回写关心家族命运兴衰，颇有“经世致用”之才的贾探春，经过几个回合的斗争，赢得了众人的敬畏和尊重，为继后的“大观园改革”打下了必需的威信基础。至于她与自己的生母赵姨娘疏远而抵死不肯认赵国基为舅舅一事，在今天看来似乎显得亲情凉薄、做人势利，但在当时却并不违背封建礼仪习俗的规范要求。《周礼》即有申明：庶出子女视父亲的正室为嫡母；只有嫡母的亲属，才能够成为父亲家庭的正式亲戚呢。因此一定程度上说，探春只认“年下才升了九省检点”的王子腾为“亲舅舅”，也是“按理尊敬”，并不违背相关的道德原则的。

事实上，庶出身份的贵族少女探春，是非常在意这次王夫人之信托的。遇事不徇情，先从自身做起，从自己的至亲做起，就这种考虑及做法的本身而言，无可厚非；但遗憾的是，她的苦心却没有得到狭隘自私的生母的丝毫体谅。在赵姨娘看来，自己的兄弟死了，主家赏银的多少不仅仅牵扯到娘家的实际利益，还关系着自己在府内活人的绝大脸面，即便是想要搭一搭亲身女儿暂掌家政大权的“顺风车”，也如前不久王夫人厚赏袭人的娘家一样增加一二十两赏银，九牛一毛，轻松搞定，加之常情常理在那，何须自己找来，多费口舌？本就不是什么大不了的原则问题,奈何亲生女儿却偏要计较,偏要抠门,偏要认真,叫自己为娘的,如何不气破肚皮!……就这样,一方要“搭天线”,着眼亲戚照顾;一方要“划界限”,强调主奴之别。于是母女二人围绕“赏银的多少”,言来语去,针尖对麦芒,都揭着对方的短,都撕破了各自的脸,都用最难听的话戳着对方的玻璃心。

从人性、亲情的角度来看,这的确是一出带有强烈喜剧色彩的人世间情感悲剧,令人格外地叹惋痛心!其间,各有各的凭借,各站各的立场,各有各的感受:谁长谁短,孰是孰非,也真难一概而论。要笔者来说,母女二人为这件事“打嘴仗”“掰手腕”,两败俱伤,有些不值。虽说是赵姨娘找上门来发难在先,显得愚昧而不识大体,探春是被迫应对,不得不与生母及赵家划开界限,撇清关系,但要说有错,都有错,要说没错,都没错。不过,仅从艺术反映的角度来看,母女的这场“嘴仗”,倒是写得声态并作,精彩纷呈,性情毕现,完全可作为符合现代话剧体例规范的剧本来阅读,来鉴赏,来演出:

舞台背景:议事厅上。忽见赵姨娘进来,李纨探春忙让坐。

赵姨娘(开口便说道):这屋里的人都踩(**此字程本作“踹”**)下我的头去还罢了。姑娘你也想一想,该替我出气才是。(一面说,一面眼泪鼻涕哭起来)

探春(忙道):姨娘这话说谁,我竟不解(**此字程本作“懂”**)。谁踩(**此字程本作“踹”**)姨娘的头?说出来我替姨娘出气。

赵姨娘道:姑娘现踩(**此字程本作“踹”**)我,我告诉谁(**此处程本加“去”**)!

探春(听说,忙站起来说道):我并不敢。(李纨也站起来劝)

赵姨娘道:你们请坐下,听我说。我这屋里熬油似的熬了这么大年纪,又有你和(**前2字程本删**)你兄弟,这会子连袭人都不如了,我还有什么脸?连你也没脸面,别说(**此处程本加“是”**)我了(**此字程本作“呀”**)!

探春(笑道):原来为这个。我说我并不敢犯法违理(**此字程本作“礼”**)。(一面便坐了,拿账翻与赵姨娘看,又念与他听)

探春(又说道):这是祖宗手里旧规矩,人人都依着,偏我改了不成?(**此处程本加“这”**)也不但袭人,将来环儿收了外头的,自然也是同(**此字程乙本作“和”**)袭人一样。这原不是什么争大争小的事,讲不到有脸没脸的话上。他是太太的奴才,我是按着旧规矩办。说办的好,领祖宗的恩典、太太的恩典;若说办的不均(**此字程甲本作“匀”;程乙本作“公”**),那是他糊涂不知福,也只好凭他抱怨去。太太连房子赏了人,我有什么有脸之处(**前2字程乙本作“的地方儿”**);一文不赏,我也没什么没脸之处(**前2字程乙本作“的”**)。依我说,太太不在家,姨娘安静些养神罢了(**此字程乙本删**),何苦只要操心。

太太满心疼我，因姨娘每每生事，几次寒心。我但凡是个男人，可以出得去，我必（**此字程乙本删**）早走了，立（**此处程乙本加“出”**）一番事业（**此处程乙本加“来”**），那时自有我（**此字程乙本删**）一番道理；偏我是女孩儿家，一句多话也没有（**此字程本删**）我乱说的。太太满心里都知道，如今因看重我，才叫我照（**此字程乙本删**）管家务。还没有做一件好事，姨娘倒先来作践我。倘或太太知道了，怕我为难不叫我管，那才正经没脸（**此处程本加“呢”**），连姨娘也（**此字程本后移一字**）真没脸（**此处程本加“了”**）！（一面说，一面不禁滚下泪来）

赵姨娘（没了别话答对，便说道）：太太疼你，你（**此处程乙本加“该”**）越发拉扯拉扯我们。你只顾讨太太的疼，就把我们忘了。

探春道：我怎么忘了？叫我怎么拉扯？这也问你（**此字程本作“他”**）们各人。那一个主子不疼出力得用的人？那一个好人用人拉扯的（**此字程乙本作“呢”**）？

李纨（在旁只管劝说）：姨娘别生气。也怨不得姑娘，他满心里要拉扯，口里怎么说的出来？

探春（忙道）：这大嫂子也糊涂了。我拉扯谁？谁家姑娘们拉扯奴才了？他们的好歹，你们该知道，与我什么相干？

赵姨娘（气的问道）：谁叫你拉扯别人去了？你不当家，我也不来问你。你如今现（**此字程本作“现在”**）说一是一，说二是二。如今你舅舅死了，你多给了二三十两银子，难道太太就不依你？分明太太是好太太，都是你们尖酸刻薄，可惜太太有恩无处使。姑娘放心，这也使不着你的银子。明儿（**此字程本作“日”**）等出了阁，我还想你额外照看赵家呢；如今没有长羽毛（**前2字程本作“翎毛儿”**）就忘了根本，只拣高枝儿飞去了！

探春（没听完，已气的脸白气噎，抽抽咽咽的一面哭，一面问道）：谁是我舅舅？我舅舅年下才（**前3字程乙本作“早”**）升了九省（**此处程乙本加“的”**）检点，那里又跑出一个舅舅来？我倒素习按理（**此字程本作“礼”**）尊敬，越发（**前2字程乙本作“怎么”**）敬出这些亲戚来了？既这么说，（**此处程本加“每日”**）环儿出去，为什么赵国基又站起来？又跟他上学？为什么不拿出舅舅的款来？何苦来！谁不知道我是姨娘养的，必要过两三个月寻出由头来，彻底来翻腾一阵，生（**此字程本删**）怕人不知道，故意的表白表白。也不知（**此字程本作“知道是”**）谁给谁没脸？幸亏我还明白，但凡糊涂不知理（**此字程本作“礼”**）的，早急了！（李纨急的只管劝，赵姨娘只管还唠叨）

（忽听）有人说：二奶奶打发平姑娘说话来了。（赵姨娘听说，方把口止住。只见平儿进来）

赵姨娘(忙陪笑让坐,又忙问):你奶奶好些?我正要瞧去,就只没得空儿。

李纨(见平儿进来,因问他):来做什么?

平儿(笑道):奶奶说,赵姨奶奶的兄弟没了,恐怕奶奶和姑娘不知有旧例。若照常例,只得二十两;如今请姑娘裁夺(**此字程本作"度"**)着,再添些也使得。

探春(早已拭去泪痕,忙说道):又好好的添什么?谁又是二十四个月养下来(**前2字程本删**)的?不然也是那出兵放马背着主子逃出命来过的人不成?你主子真个倒巧:叫我开了例,他做好人,拿着太太不心疼的钱,乐的做人情。你告诉他:我不敢添减,混出主意。他添他施恩,等他好了出来,爱怎么添了去(**前3字程本作"怎么添"**)。(平儿一来时已明白了对半,今听这一番话,越发会意,见探春有怒色,便不敢以往日喜乐之时相待,只一边垂手默侍。)

曹雪芹笔下人物的对话,与中外经典话剧中的对白相比,在个性化、动作化、口语化方面做得毫不逊色!实际上,二十世纪不少中国戏剧作家尚在剧本创作中借鉴西方而"摸着石头过河"的时候,曹雪芹的小说,就已经在距今二百多年前先行一步,摸索出了不少后来被称之为"戏剧艺术"的表现手段和方法呢。他将一部长篇小说的人物对话,写得达到了经典话剧人物的独白、对白及旁白的超高水平,你能说他是一个平常的作家吗?他不该得到后世心悦诚服的"顶礼膜拜"吗?

●红楼探照之一二六:

平儿:居间调停为哪般

"知我护我者,平儿也!"第55回里走马上任代理家务之初,好不容易摆脱掉了人事纠纷、亲情困扰的贾探春,或许在心底就有这么一声感叹了!

原来,在探春因刁奴而生愤、因生母吵嚷而气恼之际,同情体谅其尴尬处境,并自觉充当了探姑娘"出气筒"和"现任"探春跟"前任"凤姐之间"防波堤"的人,就是这个善于在夹缝中生存的平儿!特别是在被"有限授权"协管家务,急需建立并提高自身威望的三姑娘面前,就是这个平儿不惜压低身段委屈自己,对有意要当众显示威严的探春给予了格外的尊重和顺从,还有意以身作则,率先垂范,以自己的无声语言,毫不含糊地向周围那些"看菜下碟"的家下众人们传递出"要识时务"的信息,可谓用心良苦!

作为凤姐管家不可或缺的左膀右臂以及花花公子贾琏名义上的侍妾，平儿的乖觉可怜和可亲可敬，往往就表现在这些甘于"以身饲虎"的地方！且无论是对眼下的探春，还是一直以来不得不妥为周旋的凤姐和贾琏，无不如此。诸人轻松爽快的背后，孰知她吞咽了多少苦涩隐忍的泪水！

作者为什么要在本回安排平儿上场，并给了她不少的"戏份"呢？想来大概出于以下考虑：

一、凤姐尽管因病暂时休养，也是万不得已；一向攥权在手舍不得松动的她，情绪再沮丧颓唐，眼下也不可能对家里家外的事情全然丢开不管不顾。这种情况下，她与府内上下左右之间的穿针引线者，传达或收集意见者，就非平儿莫属；何况平日里，平儿作为凤姐最信任的身边人，一直以来就充当了这样的重要角色。因而，凤姐暂时病休、平儿更多上场的现象，是必然的。

二、娘母间的吵闹，外人不好插嘴，连李纨夹在中间做好人打圆场，都因探春不领情而被当面顶回。这个时候，就需要赵姨娘平时特别忌惮害怕的王凤姐"替身"——平姑娘出场，来作有效的震慑和制止了；探春也正好趁势借题发挥，借力打力，借向平儿发威，将矛头间接指向众人均感惧怕的王凤姐，借此立威；而聪明平和的平儿适得其选，深知其意，亦自愿入局配合。于是平儿在"杀气"颇重的探春面前，"避猫鼠儿"（见第56回）一般的小心翼翼，唯唯诺诺，烘托出了探春的气势和威严，同时也彰显了平儿本人克己利人的善良和厚道。

三、平儿的诚惶诚恐，平儿的毕恭毕敬，平儿的小心侍候，众人都看在眼里，记在心上。这无疑是对藐视探春的众人带来的一种警告，也是对急需立信树威的探春，给予的一种极为难得的理解和扶持。连在场的宝钗、李纨皆笑道"好丫头，真怨不得凤丫头偏疼她"；连性气刚硬的探春也因感动而领情，实话实说、以诚相待地笑道：

> 我一肚子气，没人煞性子（**前5字程本删**），正要拿她奶奶出气去，偏她碰了来，说了这些话，叫我也没了主意了。

可见，平儿作小伏低、以柔克刚，避免"枪打出头鸟"的应对策略，无疑是对头的。

四、平儿在人际关系方面息事宁人、广结善缘、长袖善舞、左右逢源的个性特点，在她与众媳妇、婆子们的接触，以及密切交流、良性互动的过程中，"润滑剂"和"防滑链"的作用同样得到了凸显：

> 平儿忙答应了一声出来。那些媳妇们都忙（**此字程本删**）悄悄的拉住笑道："那里用姑娘去叫？我们已有人叫去了。"一面说，一面用手帕（**前2字程乙本作"绢子"**）掸（**此字程甲本作"摊"**）石矶上（**前3字程乙本作"台阶的土"**）说："姑娘站了半天，乏了，这太阳影（**此字程本妄作"地"**）里且（**此字程**

乙本删)歇歇(此处程乙本加"儿罢")。"平儿便坐下(此字程甲本作"了")。又有茶房里的两个婆子拿了个坐褥铺下,说:"石头冷,这是极干净的,姑娘将就坐一坐儿罢。"平儿忙(此字程乙本妄删)陪(此字程乙本作"点头")笑道:"多谢。"一个又捧了一碗精致新茶出来,也悄悄笑说:"这不是我们的(此字程本后移二字)常用茶,原是伺候姑娘们的,姑娘且润一润罢。"

平儿忙(此字程乙本妄作"遂")欠身接了,因指众媳妇悄悄说道:"你们太闹的不象了。他是个姑娘家,不肯发威动怒,这是他尊重,你们就藐视欺负他。果然招他动了大气,不过说他个(此字程本作"一个")粗糙就完了,你们就现吃不了的亏。他撒个娇儿,太太也得让他一二分,二奶奶也不敢怎样(此字程乙本作"么")。你们就这么大胆子小看他,可是鸡蛋往石头上碰。"众人都忙道:"我们何尝敢大胆了,都是赵姨奶奶(前2字程本作"娘")闹的。"

平儿也悄悄的说(此字程本作"道"):"罢了,好奶奶们。'墙倒众人推',那赵姨奶奶(前2字程本作"娘")原有些(此处程本加"颠倒")倒(此字程本作"着")三不着两,有了事就(此字程甲本删)都赖他。你们素日那眼里没人,心术利害,我这几年难道还不知道?二奶奶若(此字程乙本作"要")是略差一点儿的,早被(此字程乙本作"叫")你们这些奶奶(此处程本加"们")治倒了。饶这么着,得一点空儿,还要难他一难,好几次没落了你们的口声。众人都道(此字程乙本作"说")他利害,你们都怕他,惟我知道他心里也就不算不怕你们呢(此字程本作"的")。前儿(此字程甲本作"日")我们还议论到这里:再不能依头顺尾,必有两场气生。那三姑娘虽是个姑娘,你们都横看了他。二奶奶(此处程本加"在")这些大姑子小姑子里头,也就只单畏(此字程本作"怕")他五分(此处程乙本加"儿")。你们这会子倒不把他放在眼里了。"

从一连串的细节描写中可见,凤姐的手下尽管各自钩心斗角,但她们在感情上却与平儿贴近得多;平儿就事论事,立论也公正、持平、光明得多。在门外碰面之际,相互对待的动作姿态中的几个"忙"字,以及说话过程中四处"悄悄"(或"悄悄的")的神情语气摹写,细节还原,情态毕现,准确形象地展示了身为侍妾的平儿与众人休戚与共、平等友好、心照不宣的人际关系,表现了身处要冲却并不为虎作伥的平儿与管事媳妇及婆子阶层的良性互动。继后拦截并劝阻秋纹不要前去自讨没趣,更是表明了平儿对怡红院上下的关照,以及对探春性格、心理、脾气的准确透彻把握:

(此处程本加"正说着")只见秋纹走来,众媳妇忙赶着问好,又说:"姑娘也且歇一(此字程乙本删)歇,里头摆饭呢。等撤下饭桌子(前3字程本作

“**桌子来**”)，再回话去(**此处程乙本加“罢”**)。”秋纹笑道：“我比不得你们，我那里等得!”说着便直要上厅去。平儿忙叫：“快回来!”秋纹回头，见了平儿，笑道：“你又在这里充什么外围(**此处程本加“子”**)的防护?”一面回身便坐在平儿褥上。

平儿悄问：“回什么?”秋纹道：“问一问宝玉的月钱、我们的月钱多早晚才领。”平儿道：“这什么大事！你快回去告诉袭人，说我的话：凭有什么事，今儿都别回。若回一件，管驳一件；回一百件，管驳一百件。”秋纹听了，忙问：“这是为什么了(**此字程乙本删**)?”平儿与众媳妇等都忙告诉他原故，又说：“正要找几件(**此字程本作“处”**)利害事与有体面的人开例作法子，镇压与众人作榜样呢，何苦你们先来碰在这钉子上？你这一去说了，他们若拿你们也作一二件榜样，又碍着老太太、太太；若不拿着你们作一二件，人家又说偏一个向一个，仗着老太太、太太威势的就怕，也(**此字程本删**)不敢动(**此字程本作“惹”**)，只拿着软的作鼻子头。你听听罢，二奶奶的事他还要驳两件，才压的众人口声呢。”

秋纹听了，伸舌(**前2字程本作“伸了伸舌头”**)笑道：“幸而平姐姐在这里，没的臊一鼻子灰。我(**此字程本删**)赶(**此字程本作“趁”**)早知会他们去。”说着，便起身走了。

简简单单的几句话，一个知趣识理的丫头形象跃然纸上。秋纹的机警、平儿的善意，无疑亦提醒职场中人：伴君如伴虎，虎恶必伤人，对待凌驾自己职位之上而又特别自尊敏感之人，一定要注意相机接触以说事进言之际的时间、场合，以及表达意愿诉求的火候、分寸，不能贸然大意，草率行事；尤其是要关注这类人的喜怒哀乐，要懂得禁忌，要回避锋芒，不要无意中触碰了对方的逆鳞，倒了对方的胃口，败坏了对方的情绪而自己尚在梦中。……现实生活中，每个人都很难没有心理失调，说话行事表现出严重情绪化的时候；这个时候，若梦里糊涂地误撞到他们负面情绪正需要发泄的枪口上，尽管你事先做足了功课，但由于摸不准对方的脾性，临场又搭错了脉息，结果事与愿违不说，还做了他们迁怒于人的出气筒，就太不值了！对此种情况，《韩非子·说难》篇中，有深刻的描述和分析，读者可以自行查阅。

第五十六回　敏探春兴利除宿弊　时宝钗小惠全大体

内容提要：宝钗引用朱子言论指导理家实践；探春兴利除弊，担当作为。甄家进京祝贺，派人送礼请安。贾宝玉梦见甄宝玉，醒后方知是镜中之影。

●本回的重头戏，无疑就是探春倡导的大观园园务改革。回目尽管写得不错,但内容的涵盖面上却有重大缺失:它用来概括探春、宝钗的这番“改革”措施出台过程情况,无疑全面准确;但对下半回较多篇幅描写的“真”“假”宝玉情节,却无一字提及。下半回,实际上由贾母接见江南甄府来人的一番闲聊和宝玉的梦境组成,这部分内容对深化和丰富宝玉的性格形象,相当有益。

●围绕大观园产业的分片承包事宜,四人商议,集思广益。改革的思路经过比对,先由探春提出并说明这样做体现的原则,以及可以获取的四重益处之后,立即得到“正在地下看壁上字画”,仿佛漫不经心的宝钗的肯定,李纨也笑着表示赞同。作为凤姐代言人的平儿,也说出了站在各自地位上的感受,并由此引出了一个颇具喜剧性的、令人动容的真情场面:

> 宝钗忙走过来,摸着他的脸笑道:“你张开嘴,我瞧瞧你的牙齿、舌头是什么作的。从早起来到这会子,你说(**此处程本加“了”**)这些话,一套一个样子:也不奉承三姑娘,也没见你(**前3字程本作“不”**)说奶奶才短想不到;也并没有三姑娘说一句,你就说一句是;横竖(**前“也并”至此18字程本全删**)三姑娘一套话出(**此处程本加“来”**),你就有一套话进去(**前2字程本作“回奉”**);总是三姑娘想的到的,你(**此处程本加“们”**)奶奶也想到了,只是必有个不可办的原故。这会子又是因姑娘(**此处程本加“们”**)住的园子,不好因省钱令人去监管。你们想想这话:若(**此字程本作“要”**)果真交与(**此字程乙本作“给”**)人弄钱去的,那人自然是一枝花也不许掐,一个果子也不许动了,姑娘们分中自然(**此处程本加“是”**)不敢(**此处程本加“讲究”**),天天与(**此字程本作“和”**)小姑娘们就吵不清。他这远愁近虑,不亢(**此字程甲本作“抗”**)不卑,他(**此处程本加“们”**)奶奶便不是和咱们好,听他这一番话,也必要自愧的变好了,不和也变和了(**前6字程本删**)。”
>
> 探春笑道:“我早起一肚子气,听他来了,忽然想他主子来,素日当家使出来的好撒野的人,我见了他便(**此字程本作“更”**)生了(**此字程本后移一字**)气。谁知他来了,避猫鼠儿似的,站了半日,怪可怜的;接着又说了那么些话,不说他主子待我好,倒说‘不枉姑娘待我们奶奶素日的情意了’。这一句(**此处程本加“话”**),不但没了气,我倒愧了,又伤起心来。我细想:我一个女孩儿家,自己还闹得没人疼没人顾的,我那里还有好处去待人?”口内说到这里,不免又流下泪来。
>
> 李纨等见他说的恳切,又想他素日赵姨娘每生诽谤,在王夫人跟前亦为赵姨娘所累,亦都不免流下泪来,都忙劝他……

宝钗的半开玩笑半认真的极度赞赏,探春不由自主的感慨流泪,活画出平儿“人见人亲”“人见人敬”的聪明平和形象。被宝钗许以“远愁近虑,不亢不卑”八字好评的平儿，对探春的理解尊重，又一次获得了来自千金小姐层面人物的真情回报。李纨等人的“流泪”，也写出了她们对探春处境的理解和同情。

●从甄府来人递交的礼单上五种“上用”或“官用”缎纱绸绫物品的质地、花色、品种、数量、档次等情况来看，显系当初的江宁织造府——曹家所出。由此可见小说中的贾府，确实是以历史上的江宁织造府为主要生活原型进行塑造的。

●贾母与甄家四个中年女人的谈话，随和亲切，情态宛然，充满家常生活气息。“就是弄性，也是小孩子的常情；胡乱花费，这也是公子哥儿的常情；怕上学，也是小孩子的常情”这一类絮絮叨叨中，说话人的神情，宛若眼前。

●作者笔下的贾府宝玉，梦中出现了一个互认而又互斥的甄家宝玉：“好容易找到他房里头，偏他睡觉，空有皮囊，真性不知那去了”“我因找宝玉来到这里，原来你就是宝玉”“宝玉快回来，快回来”等话语中包含着深幽婉曲的文意，需一番推究后方可明白。

●探春、宝钗、李纨等热议园内事务改革并有声有色地予以推动之时，宝玉不见人影，黛玉、湘云、凤姐皆在养病。宝黛对这场由探春代理部分家务期间发动的“园务改革”所持态度，由第 62 回两人的私下议论补出。

●须加留意的脂批：

※【戚序回前：叙入梦景，极迷离，却极分明。牛鬼蛇神不犯笔端，全从至情至理中写出，《齐谐》莫能载也。】

※【戚序回后总评：探春看得透，拿得定，说得出，办得来，是有才干者，故赠以“敏”；宝钗认得真，用得当，责得专，待得厚，是善知人者，故赠以“识”。“敏”与“识”合，何事不济?】

又：【叙园圃事极板重，却极活泼。营心孔方，带以图记，劳形案牍，不费讴吟。高人焉肯以书香混于铜臭也哉!】

●红楼探照之一二七：

“小事”要干好　“学问”不可少
——话说理论思维的重要性

第 47 回写探春“年里往赖大家去”，参观了“还没有咱们这一半大，树木花草也少多了”的赖家花园；继后在和“他家女儿说闲话儿”的过程中，对“那么个园子，除他们带的花、吃的笋菜鱼虾之外，一年还有人包了去，年终足有二百两银子剩”的做法深感兴趣，除增长了“一个破荷叶，一根枯草根子，都是值钱的”难得见识外,还因此留了心,要趁本次协理家务的机会将赖家园务管理中“包”的办法,借鉴过来,如法炮制。而在第56回诸人的对谈取笑中,被探春称为“通人”的宝钗,针对探春“才办了两天时事,就利欲熏心,把朱子都看虚浮了;你再出去见了那些利弊大事,越发把孔子也看虚了”的单纯经济学观点以及“以利益为主导”的事务主义倾向,一阵善意的调侃中,既肯定了探春这类平日间足不出户的千金小姐在“经世致用”方面的可贵进步,拓展并深化了“天下没有不可用的东西,既可用便值钱”的认知;还针对李纨插言中所涉及的“正事”与“学问”两个概念,以虚带实,由近指远,发表了她的高明见解:

……李纨笑道:“叫了(**此字程本删**)人家来,不(**此字程本作“又不”**)说正事,且(**此字程本后移二字**)你们对讲学问。”宝钗道:“学问中便是正事。此刻于小事上用学问一提,那小事越发作高一层了(**前“此刻”至此21字程本全删**)。(**此处程本加“若”**)不拿学问提着,便都流入市俗去了。”

宝钗的话,虽是出于对答闲谈,认真想来却不同凡响,耐人寻味。它的精神实质,恰与我们耳熟能详的“没有理论的实践,是盲目的实践;没有实践的理论,是空洞的理论”这一类观点,有一脉相通之处。在这里,无疑涉及对理论思维重要性的认识。所谓理论思维,是与感性思维、经验思维相对应,以理论为中介认识事物本质和规律的一种高级抽象的思维形式,它是人类理性能力的最高表现。同那种仅仅以经验事实为根据、按照经验的惯性而进行的思维(即单纯的经验思维)不同,理论思维不受经验事实的特殊时空限制,而是运用分析综合、归纳演绎等科学抽象方法,超越事实,从有限中把握无限,从相对中认识绝对,从特殊中认识一般,透过现象把握本质,对万事万物获得规律性的认识。而理论思维,又是和经验思维相辅相成的。

老子有言:“天下难事必作于易,天下大事必作于细。”通常情况下,身处和平年代,不可能天天都有大事做,且人人都能做大事。大多数人面对的,还都是些平凡琐碎不过的小事情。但从“小事不小,小中见大”“小事成就大事,细节成就完美”的角度来看,对待“小事”的态度,却至关重要。因为做事的态度以及这种态度所表现出来的格局视野,通常取决于一个人站位的高度、思想的深度和努力的程度。诚然,小事需要“小处着手”,可并不意味着就不需要从“大处着眼”呀。“高山成于垒土,江海源自涓流。”世界上任何一件大事都是由无数小事贯串联结,因此重视小事,一定程度上说就是重视大事。小事不小,尽管它细小繁杂,琐碎重复,让人劳累,认真做起来是要耗费我们大量的时间和精力的,但真正要把小事做好,做到极致,做出乐趣,就不是那么轻而易举的了。做好它,既需要我们脚踏实地、苦干实干、精益求精、毫不懈怠的“钉钉子”精神,更需要我们以梦想作牵引、凭学问获提升、用境界去超越的智慧和勇气。否则，头痛医头脚痛医脚，只见树木不见森林，埋头拉车不抬眼看路，坐井观天，夜郎自大，只顾眼前，就很容易陷入“事务主义”“经验主义”和“主观主义”泥潭，以致事业难有突破，学习丧失激情，工作缺少乐趣，人生的成就感、获得感和幸福感被大大地打了折扣。

试以笔者熟悉的教书职业为例。常见不少教师自学校毕业走上三尺讲台后，教书育人，勤奋努力，不但致力于自身思想道德修养的不断提高，还十分注重教学中的总结、反思和不断改进。在逐渐获得了比较丰富的教学经验之后，他们并不自满，还会在日复一日的教学实践中继续总结提升，勇于扬弃，以致逐步形成具有鲜明个性化特征的教学风格、教学模式和教学理论。在此基础上，还会在接下来的教育实践中检验、修订、完善，从而将理论和模式更加科学有效地服务于具体多样的教育教学整体实践，如此地循环往复，良好的职业习惯也就在一直以来的“坚持不懈”中逐渐养成。同时，深具“教育情怀”的他们，还十分注重业务的进修学习，不断充电获取新知，不断提升新强技能，在不间断学习以有效提升自己能力、素质、品位的奋斗历程中，在“教学互相促进”“师生共同成长”的丰富教育实践活动中，品尝到了教书育人职业带来的无尽快乐。面对未来，他们更加意气风发，斗志昂扬，信心百倍，并以勇立教育教学改革的潮头而自砺自荣自强不息。这一类特别珍惜时间、特别注重研修学习的教师，十有八九，终有所成。他们是教育界的精英，是活跃在各个教育平台上名副其实的教育工作者、教育专家、教育家，是国家和民族教育事业的中坚和脊梁。遗憾的是，也有部分教师，在校求学期间，他们的表现称得上生龙活虎、朝气蓬勃，甚至才华横溢、前程无量；可走上工作岗位以后，学习停滞了，进步减少了，冲劲没有了，精神状态和工作状态一年不如一年了，乃至于最终发展到未老先衰，花落果稀，个人职业生涯中可圈可点处甚少，于是严重的职业倦怠不请自来，“事业无成，人生失败”八个字，就定然落在了他们身上。说来，这既是教育神圣职业的悲哀，也是作为师者个体生命价值沦落的悲哀。究其个人的深层次原因，恐怕是他们对职业的认识和把握一开始就出现了偏差，总觉得教书没有奔头，没有甜头，没有搞头，缺少了成就事业和人生所必需的“情怀”，以及正确方向、正确路径下的持续努力。

客观上说，在基层从事教育工作，因为落点低，条件艰苦，一个人后续发展的机会成本较大，成功很大程度上取决于本人对事业的热爱程度，对工作的投入程度，对环境、条件等制约因素的超越程度。教书育人的工作，说崇高也崇高，说卑微也卑微。你说“日新月异”亦可，你说“换汤不换药”亦行，反正有数不清的课业要准备，有数不清的事务要处理，认真起来确实难得清闲的时候。你认为学校里的事，都是小事吧，的确，除了学生的“安全压倒一切”外，其他的也似乎算不上什么惊天动地的大事了。但事情的“大”与“小”,价值与意义是相对的。你说“小”,确实小。教育无小事。学校教育,至少关系到一家一户孩子的健康成长和是否成才;合起来看,又确实关乎一个国家一个民族的前途与命运呀!从这个角度去考察,教育(尤其是基础教育)的意义,可就“大”着去了。

但在我们一些老师看来,自己所干的似乎都是些备课啦,讲课啦,批改作业啦,与学生谈话啦等这类平凡不过,也不值一提的小事;干长了,就觉得简单重复,了无新意,索然无味。是啊,年年都是那些教材内容,岁岁都是那些或生或熟的面孔,天天都是念诵“纪律”啦,“听话”啦,“自觉”啦等千篇一律的《劝世文》,叫人耳朵起茧;时时还要听“为学生的安全负责”啦,“为学生的终身负责”啦等一类的训词,等等。有时,甚至还要遭受社会上少数学生家长找上门来的无理取闹、羞辱围攻啦,等等。久而久之,厌烦恼火、抵触不满的情绪潜滋暗长,又找不到地方说去,于是严重的负面情绪越来越多地反映到工作上来,偷奸耍滑磨洋工者有之,不学习不思考不研究者有之,看破红尘佛系躺倒一切由它而去者有之。有起码职业良心的,工作仍按部就班、兢兢业业,但低效劳动的状态不改;没有职业操守的,三心二意,敷衍塞责,误人子弟也就在所不惜了。试想,当初这些聪明劲足、可塑性强的学业“优等生”们,最终变成了这样一些没有职业理想、没有职业追求、没有职业进步,精神、能力和人格严重退化萎缩的“机械手”,或者是不务正业、狂放浪荡的“游侠儿”,不知是造化弄人,还是自我放逐!造成这一类人生悲剧,在笔者看来,或许原因很多,但与他们没有充分认识自己所从事职业的意义与价值,在平凡的岗位上没有处理好“做好小事”与“成就大事”的辩证关系,没有将“正事”与“学问”紧密联系起来,缺少对职业的新鲜感、成功感、幸福感的体验和感受,是大有关系的!

由此看来,小说中宝钗姑娘论及的“小事”“正事”与“学问”之间的辩证关系,是值得所有职场中人深加注意的。依笔者之见,它大致包含了以下几个方面的意思:

一、事情和事业,诚然有大小之分,但没有绝对意义上的“大”“小”之别。大事,也是由很多环节上的细小链条组成的;做好小事,方能成就大事;而且很多时候,需要我们“跳出小事干小事”,这样才能看出小事中蕴涵着的非同寻常的价值和意义,从而激发我们脚踏实地做好小事的激情、耐心和负责到底的精神。这就是做小事需要的眼界和智慧。

二、怎么样才能“跳出小事干好小事”呢?这就需要理论思维作牵引,以学识学力做支撑了。事实上,无论干大事小事,都不能眼界低下,格局狭窄,就事论事,特别是“于小事上用学问一提,那小事越发作高一层了”的理念和智慧不可或缺。否则,就难免沾染上俗气和小气,就极有可能陷入事务主义的泥潭难以自拔，终日忙忙碌碌而又庸庸碌碌，久而久之，就容易因一地鸡毛般的诸多“小事”缠身，而丧失踔厉奋发、积极有为的主观能动性，以及删繁就简、独辟蹊径的创造性。《红楼梦》中，“讲学问”也是“做正事”的“薛氏理论”，就是指通过学问（亦即理论思维）的牵引，有效提升思维品质，努力挖掘并充分理解诸多“小事”中蕴含的不平凡价值和意义，尽可能地通过“学问”将它们与大目标、大事业、大战略、大追求联系起来，端正态度，提高效能，增强自觉性，减少盲目性，哪怕就是一件再平常不过的小事，只要它与“大目标”相勾连，就要将它做得与众不同，干得有滋有味，搞到尽善尽美。如此这般，也才容易克服惰性，摆脱倦怠。情有所钟，心有所系，方能乐在其中啊。

三、“看似平常最奇崛，成如容易却艰辛。”人世间不计其数的小事，的确需要人们抬高境界，焕发精神，善始善终，善作善成。当然，这里主要是就所谓的“小事”作怎样对待，才能有效提升动手并用心干好这类“小事”必须要有的心胸、格局与眼界所展开的讨论；而对待意义非凡的“家国大事”，占位就更要适当地高低结合，方能更好地深入实际，深入人心，调动各方面的积极性了。譬如中华人民共和国成立之初，爆发的那一场前后延续了三年的惊心动魄、气壮山河的“立国之战”，动员全国人民紧急行动起来同仇敌忾的口号，不就是将“抗美援朝”的伟大壮举，与广大民众最易理解和接受的“保家”“卫国”理念很好地联系在一起了吗？又譬如改革开放前中期影响广泛的“要想富，先修路”等口号，不就是把抓好各地交通建设的“大战略”与过惯了苦日子的世人“渴望宽裕生活”的“小心思”，作了很好的结合吗？这些，不就是举世皆知的“中国智慧”和“中国经验”吗？

●红楼探照之一二八：

“暂停键”被按下的玄机
——“横云断岭”叙事法的再示例

第56回写“打破大锅饭”的改革新政的初步方案一经形成，探春就主动提出要平儿回去报告一声，以达成“前台”与“幕后”、“接任”与暂时的“卸任”之间及时的沟通协调。这既是对王熙凤的尊重，也是“新生代”们争取关键人物的支持，以减少“新政”阻力的聪明之举。

当平儿返回，表示了“这样好事，奶奶岂有不依的”意见之后，探春便和李纨命人将园中所有婆子的名单要来，大家参度，大概定了几个人选。又将她们一齐传来，李纨将事情大概告诉她们。众人听了，无不愿意，且有人积极踊跃报名，气氛热烈。探春才要说话，人回：“大夫来了，进园瞧姑娘。”众婆子只得去接大夫。

文意至此一顿，原有叙事被按下了“暂停键”。这样的笔法，有何妙处？笔者认为，它至少有几层用意：

一、这种打断原有叙事节奏，穿插进其他生活内容，继后再相机接续原有叙事流程的写法，实为《红楼梦》一书中常用的“横云断岭法”。它能最大限度使行文错综变化，显得文情跌宕，波澜起伏，力避叙事的单调、呆板；

二、这种技巧，实出于作者构思、行文过程中匠心独运的艺术创造，却因符合生活常态而不露丝毫的人为斧凿痕迹。有论者说得好，阅读《红楼梦》，一个总的感受就是它像生活本身一样丰富复杂，又像生活本身一样生动真实、天然浑成；它是“有自然之理，得自然之气”的“天然图画”；它是中国古典小说中“生活原生态”保存和反映得最完整、最真实、最鲜活的一部作品。

三、适时穿插进其他生活内容，一定程度上也反映了社会生活本身的五色杂陈以及不时出现的“偶然”与“意外”，最大程度增加了作品的生活容量和丰富色彩。

四、眼下，原有叙述被打断，众人暂离，正好预留下一小段时间空档，以方便探春、宝钗、李纨等进一步细化改革方案，圈定合适的分片分类、承包揽总人选，方便作者进一步勾画目前主谋其事的这四个人性格、行为、见识等方面的风姿丰采。特别是在婉言谢绝平儿推荐莺儿娘的好意，提议“那是个诚实老人家，他又和我们莺儿的娘极好”的怡红院茗烟的娘——老叶妈来负责管理园内花草一事上，凸显了薛宝钗心思的细密、虑事的周到，以及避嫌远害、公私兼顾，善于洞察并巧妙利用复杂人际关系行事的精明，以及善于站在“政治”的高度对待处理具体经济事务的高明。整个商议过程中，宝钗的心思如画，口声如闻：她极善于总结归纳，两个“如此一行……”，干脆利落；说到“归账”一事，连接的三个“不过是……”，举重若轻；三处“我倒替你们想出一个人来……”“我替你们算出来了……”“所以我如今替你们想出这个额外的进益来……”，表明既参与其事，适时建言献策；却又显示了自己一定程度上置身事外的身份和态度，显得进退自如，优雅大气，见识通透，极有章法。

●红楼探照之一二九：

“小修补”中的“大智勇”
——简述大观园改革的特点及意义

“代理家政”期间，贾探春倡导并与宝钗等合力推行的大观园“园务管理体制改革”，是曹雪芹笔下颇具异彩奇光的一页。它虽然无法与后世的诸多改革等量齐观，但这一场源自封建社会大家族内部“新生代”发动的，在并未触动封建私有制“根本”前提下所进行的“小修小补”“小打小敲”，其中仍然包含着古老中国深刻而又丰富的社会历史文化内涵，读来发人深省。

从苦难中一路走来的同时又创造了举世辉煌成就的中华民族，本来就充满着内部变革和向外开放的强烈精神。几千年前，先民们秉持“周虽旧邦，其命维新”的理念，开启了缔造中华文明的伟大实践。以大历史观去考察中国社会数千年的蜕变发展，“变革和开放”总体上属于我国的历史常态，而“封闭保守僵化”不过是历史的惰性与现实的反动结合而有的“插曲”和“片段”。应该说，中华民族以改革开放、吸纳包容的姿态历经风雨，书写成功的篇章，是有着深厚的历史渊源和文化根基的；集中国传统文化精华之大成的世情小说《红楼梦》，书中蕴涵的“补天”“革新”一类的生活哲学理念，无不闪耀着中国传统智慧的夺目光辉！

那么，如何看待书中贾探春们在大观园推行的“承包改革”呢？笔者认为：

一、它是建立在“有限授权”基础上，由统治阶级“新生代”担当“有限责任”，并在“有限范围”内推行的。虽然影响范围有限，特别是对根深蒂固、积重难返的各种利益固化格局的调整和利益藩篱的触碰，程度不深，动作不大，但破立结合、勇开新路的精神，是难能可贵的。

二、它是由贾府统治阶级的中间阶层人物发动的，是得到原先的主要直接负责人——凤姐的默认乃至比较理解支持的情况下开始实施的。因此，源自中上层的掣肘较少，反而是来自被触动了具体利益的基层反应较为激烈，闹得不可开交。由此可见，改革不可能不触动部分人的实际利益，因此激化矛盾实在难以避免。

三、它是由名正言顺的“正经主子姑娘”——贾探春力主倡导的；并且是在她“上任之初”，经与众人包括与自己的亲人激烈的矛盾冲突和面对面的斗争，初步建立起权威尊严的基础上推行的。仅此说明，推行改革者需要有作为担当，需要有足够的威信和能力，还要有坚定的意志和敢于斗争、自我牺牲的精神；否则，就难以战胜阻力，破冰前行。

四、改革需要借鉴和合力。首先它是建立在主事者留心观察，在现实生活中有所发现、有所探寻、有所借鉴的基础上，与李纨、宝钗、平儿等“智囊团”成员一起讨论协商，评估论证，抛出方案，继而交由各利益相关方解说宣传，征求意见，接受反馈，促进理解，达成基本共识之后，才落地生根，付诸实践的。它不是探春头脑发热、突发奇想、单打独斗的“独角戏”，而是个人意志与集体智慧的结合，是少数“顶层设计者”的聪明勇决与“绝大多数人”利益得到照顾、积极性得到调动之后的“共舞”。

五、改革需要多向发力，重点突破。这次改革，大致说来是将大观园闲置资源加以利用，采取了所有权不变、下放园内花草树木等经营管理权和收益权的办法。它在一定程度上打破了原有的“大锅饭”格局,目的是落实收益权,强化责任感,调动积极性,性质上属于“开源”;而这之前,探春毅然决然将几项不尽合理的小笔人头开支蠲免,继而又触动了“账房”等“吃拿卡要”部门的既得利益,打通“肠梗阻”,避开“拦路虎”,是向“太岁头上动土”一类性质的小试牛刀,路径上算是“节流”。因此说,开源节流,双管齐下,是探春改革的一大特点。

六、这场局部的、有限的改革,虽有中层管理者的理解和积极参与,虽有下层的响应和接受,但没有也不可能改变全府上下重大利益分配格局。因而这场意义非凡的“园务改革”,并未引起上层的关注,更缺乏来自家族内部“家长”的明确有力支持。不久之后,因府内意外事件频发(贾敬猝亡,尤氏姐妹夭亡等),上下注意力转移,于是一场勇敢的内部改革便被淹没在了大家族颓败没落的污泥浊水之中再无下文,终究只能是从“闹闹嚷嚷”中开场,又不得不在“乱乱糟糟”中结束。“无疾而终”的改革,留给局里局外者的,只是一种淡漠的记忆和偶尔的怀想而已。

七、一场改革的虎头蛇尾不了了之,并非探春等辈无德无能,实乃贾府彻底败落的大趋势已经演成,无可避免,也无可挽回,实乃贾氏家族的时也运也命也!但这场出自封建时代闺中女儿们的经济改革,无异于腐败家族内部新生力量有感于集体命运的深刻危机而自发启动的一次“自我救赎”,尽管无疾而终,留给世人的思考和回味,却是深长的。

八、为了改革的顺利推进,实践过程中采用的一些有效的方法策略,表现出来的一些正确的理念和思想,譬如在树立聚少成多的财富观念方面,在实现资源利用的最大化方面,在对人情物欲的客观分析、准确把握方面,在如何处理好改革的台前与幕后、理念与实践、效率与公平、多数与少数、独占与共享、主观意愿与客观效果、物质满足与精神感召,以及积极与稳妥、自为与自觉、保底与创收、减少中间环节等复杂矛盾关系方面,大观园优秀“女儿”们所表现出来的勇敢和智慧、大胆和小心,令人叹服,也令人叹惋!这些人在小小改革中所遇到的困难,所面临的问题,所采取的对策,所留下的遗憾,对身处新时期的中国人,无疑是富有启发和参考价值的。

●红楼探照之一三〇:

改革试验场中的好搭档
——略论“才干型少女”探春和宝钗的异同

探春和宝钗,无疑是大观园众姊妹中屈指可数的两个具有政治家潜质的厉害角色。

与第38回由探春出头首倡成立“海棠诗社”并在其中充当重要角色参与吟咏活动有所不同，在眼下第56回发轫的这场兴利除弊的“一试牛刀”中，探春本人自始至终都处于主导地位。她勇于任事，敢于担当，明于决断，但又不自鸣得意、耀武扬威，体现出明敏性格中较深的智慧底蕴。你看，在受命协理园内事务的“三驾马车”上，尽管她处于“主驾”位置，但对“辅座”上的寡嫂李纨不失尊重，对“客卿”身份的宝钗，也保持了足够的敬意；尤其是对病休暂退的“前任”凤姐，经过平儿的信息传递以及意见的参与，体现了应有的信任和尊重，以致获得了对方的体谅和对新改革举措的容忍与支持。事实上，就头脑清醒，识见不凡，处世为人精明能干而言，她与宝钗不相上下；但两人的性格、身份、经历，以及做事的风格又有明显不同：

一、客观上说，探春是贾府的正宗主子姑娘，宝钗是外来寄居客人。涉及贾府内部事务，探春可以单刀直入，名正言顺，当仁不让，较少顾忌；但作为外戚的宝钗却不好过分介入，只是置身其间，却又无法完全超脱。适值探春倡议园务改革，在一旁耳听探春通过对比算账的方式讲述了“园务改革”的初步考虑及其理由，眼睛“正在地上看壁上的字画”，似乎有些“心不在焉”的她，听探春“如此说一则”，她“便点一回头”，等探春说完，便以“善哉，三年之内无饥馑矣”的笑叹，加以明确的鼓励和赞赏；后来几经情绪的预热即进入了“帮办”角色，变得更加积极、主动了一些。但潜意识中，聪明的她始终对贾府的事务保持着一定的距离，无论是对探春、李纨、平儿说话中总称对方为“你们”怎样怎样，或面向众婆子的演讲中也几次表白自己的“亲戚”“外人”身份如此如此：不即不离、不卑不亢的态度中，均见其持重的身份和谨慎的性格。

二、两人都熟谙诗书，宝钗更是知书达理、满腹经纶，比探春等人显得见闻广博，娴熟庶务；即便是谈起学问来，宝钗引经据典、出口成章、收放自如，探春则相形见绌，望尘莫及。此外，宝钗对园内各色人等的人际关系往来情况了如指掌，对园内开支譬如除头油、胭粉、香、纸外，还有“各处笤帚、撮簸、掸子并大小禽鸟、鹿、兔吃的粮食”等琐细事务，统统心知肚明，可以做到随口列举，顺手拈来，如数家珍。这种精细深入的程度，远非探春诸人能及。

三、处事的方式和风格不同。二人都能处理大事端，应付大场面，但探春偏向“谋定而动”之后的“锋芒毕露”，敢于较真逗硬，杀伐决断，立说立行，一了百了，显得干脆利落，无所畏忌；而面对同样的局面、类似的问题，宝钗则站位高、考虑细、照顾全，具体措施又入得深、下得细、落得实。她善抓头绪、化繁为简、绵里藏针，惯于小处入手、大处着眼，实际与理论相结合，注重宣讲道理以求沟通，注重调节利益以达平衡，注意照顾“大多数人”的感受以显仁德，总的来说思想行为显得更理性,更务实,更圆熟,更洒脱大气一些。如果说,探春理家理出了她的才智、气概和威力,那么宝钗管家就管出了她的精明、格局和宽厚仁德。

四、具体地说,倡导改革的探春,最不缺乏的,是兴利除弊的胆识和勇气。她不但在管理体制上做出“顶层设计”,对大观园产业物业的维护、孳息等实行了分类分片承包,还及时听取意见,发现问题,堵塞漏洞,以“快刀斩乱麻”的方式一并解决了运行机制方面(主要是财务管理环节上,吃拿卡要“又剥一层皮”的“堵点”问题)的积弊和陋习,体现了“改革是一个系统工程,必须加以整体推进”的正确理念,表现了探春“刀刃向内,敢于突破”的勇毅精神和敏锐视角。而宝钗更是体察人情世故,洞察人性幽微,进一步将中间环节——“账房”的掣肘和渔利的可能性消解于无形,将“改革的红利”更多地派发给了参与其中的“一线员工”,着力体现了改革的“利益均沾”“普惠共享”精神,以期获得“各得其所”而又“皆大欢喜”的最好效果。这就是宝钗姑娘一力倡导的“大体”,一种原则性的态度。它体现的,是她以及她所代表的主子家开明、睿智和“不与民争利”“不斤斤计较”的超脱。可以说,这是曹雪芹时代的闺中少女们参与社会实践,思想观念所能达到的最深程度和最高水平。

平心而论,改革尤其是启动改革的初期,着眼点诚然要“体现公平”并“突出效率”,但调整结构,发展产业,搞活经济,增加财富,尽量做大可供分配的蛋糕,才是根本。不患寡而患不均,损有余而补不足,原本就是古老中国的传统政治智慧;若能与时俱进,不但要“切分好蛋糕”以体现公平,还要“努力做大蛋糕”以更多地惠及众人,该多好啊!探春们的改革,有朝此方向尝试努力的用意。尽管她不能像现代中国这样通过更大范围、更深程度的改革实践总结出一套完整而又科学的理论,却也难为了这些二三百年前“大门不出,二门不迈”的深闺幽阁中的千金小姐们敢闯敢试了!应该说,《红楼梦》作者要通过写小说为“闺阁立传”的创作立意和宗旨,通过他诸如此类精彩篇章的卓越艺术描写,是达到了“彼岸”的!下面重点说一说宝钗在其中的表现。

针对“小惠”和“大体”的关系,宝钗一番设身处地、换位思考、正反结合的析事论理,层次清晰,重点突出,态度真诚,论说有力,恩威并重,感染性强,达到了激奋人心、鼓舞上进、统一思想认识的预期效果,表现出薛家姑娘围绕中心话题进行动员演说、征服人心的卓越才能。

先看她重点面对三个改革伙伴所作的“思想启发”。针对平儿“这几宗虽小,一年通共算了,也省的下四百两银子”的言外之意,宝钗笑着指出,也不能小看这笔节省,两年“取租的房子也能看得了几间,薄地也可添几亩”呢;但又话锋一转,说明不能一味在银钱利益上斤斤计较,要体察承包管事者们的辛苦,虽然还有敷余的，“也要叫他们剩些，贴补贴补自家”，继而强调“虽是兴利节用为纲”，若“失了大体统也不象”；然后从“外头账房”“他们里头”“这些没营生的妈妈们”“园子里花木”及“你们”等五个方面着眼，说明了她主张的“这么一行”所带来的好处，让人不得不在信服之余，将她强调了三遍的“大体”二字，牢牢记住！接着，深谙人情世故的薛姑娘又提出了“如今这园里几十个老妈妈们，（余利）若只给了这个，那剩的也必抱怨不公”的现实问题，针对“他们只供给这个几样，也未免太宽裕了”的实际情况，推出了“一年竟除这个之外，他每人不论有余无余，只叫他拿出若干贯钱来，大家凑齐，单散与园中这些妈妈们”的具体办法，并阐释了如此这般进行“利益调节”，权责利相对平衡，又能照顾“最大多数人”利益，最大限度减少阻力，保证改革平稳顺利推进等几方面的理由。宝姑娘的一番言论，站位高，算计细，条分缕析，面面俱到，将一件事情“是什么”“为什么”“怎么办”讲得汤清水白，通俗易懂，表现出商人式的精明和政治家的务实。一番训词中，表现出来的超出常人的智慧、见识和气度，不由人不敬服：

> ……众婆子听了这个议论，又去了账房受辖制，又不与凤姐儿去算账，一年不过多拿出若干贯（**此字程本作“吊”**）钱来，各各欢喜异常，都齐（**此字程本作“齐声”**）说：“愿意。强如出去被他揉搓着，还得拿出钱来呢。”那不得管地的，听了每年终又（**此字程本删**）无故得分（**此字程本删**）钱，也（**此字程乙本作“更”**）都喜欢起来，口内说：“他们辛苦收拾，是该剩些钱粘（**此字程乙本作“贴”**）补的。我们怎么好‘稳坐（**此字程本删**）吃三注’的（**此字程本作“呢”**）？”
>
> 宝钗笑道：“妈妈们也别推辞了，这原是分内应当的。你们只要日夜辛苦些，别躲懒纵放人吃酒赌钱就是了。不然，我也不该管这事。你们一般听见（**前4字程本作“也知道”**），（**此处程本加“我”**）姨娘亲口嘱托我三五回，说大奶奶如今又不得闲儿（**此字程本删**），别的姑娘又小，托我照看照看。我若不依，分明是叫姨娘操心。你们奶奶（**前4字程本妄作“我们太太”**）又多病多痛（**前2字程本删**），家务也忙。我原是个闲人，便是个（**此字程本删**）街坊邻居，也要帮着些（**前3字程甲本作“个帮忙的”；程乙本作“帮个忙儿”**），何况是亲（**此字程本妄删**）姨娘托我？我免不得去小就大（**前8字程本删**），讲不起众人嫌我。倘或我只顾了小分（**前3字程本删**）沽名钓誉（**此处程本加“的”**），那时酒醉赌博（**此字程甲本作“输了”**），（**此处程本加“再”**）生出事来，我怎么见姨娘？你们那时后悔也迟了，就连你们素日（**此字程本作“昔”**）的老脸也都丢了。这些姑娘小姐（**前2字程本妄删**）们，这么一所大花园子（**此字程甲本删**），都是你们照看（**此字程甲本作“管”；程乙本作“管着”**），皆因看

得你们是三四代的老妈妈，最是循规遵矩的（**此字程本删**），原该大家齐心，顾些体统；你们反纵放别人，任意吃酒赌博。姨娘听见了，教训一场犹可；倘或（**此字程本作“若”**）被那几个管家娘子听见了，他们也不用回姨娘，竟教导你们一番（**此字程本作“场”**），你们这年老的反受了年（**此字程本删**）小的教训。虽是他们是管家管的着你们，何如自己存些体统（**此字程乙本作“面”**），他们如何得来作践（**此处程本加“呢”**）。所以我如今替你们想出这个额外的进益来，也为（**此字程本作“为的是”**）大家齐心，把这园里周全的谨谨慎慎（**此处程本加“的”**），使那些有权执事的看见这般严肃谨慎，且不用他们操心，他们心里岂不敬伏（**此字程本作“服”**）？也不枉替你（**此字程本妄作“他”**）们筹画（**此处程本加“些”**）进益（**此处程本加“了”**），既能夺他们之权，生你们之利，岂不能行无为之治，分他们之忧（**前“既能”至此25字程本删**）。你们去细（**此字程本作“细细”**）想想这话。”

家（**此字程本作“众”**）人都欢声鼎沸（**前4字程本作“欢喜”**）说：“姑娘说的很是。从此姑娘奶奶只管放心，姑娘奶奶这样疼顾我们，我们再要不体上情，天地也不容了。”

听宝钗所作的这一篇情理皆备而且“政治色彩”比较浓厚的动员报告，真有耳熟能详、恍然如昨的感觉，真要为宝钗没有生在当今见解与口才异常重要的时代而感到可惜！如果说，探春是冲锋在前的实干家，那么宝钗无疑就是顶尖一流的宣传鼓动者。在“使之以权，动之以利，再无不尽职”（李纨语）的“园务改革激励方案”宣布之后，针对众婆子表现出来的欢欣鼓舞、群情激奋，宝钗并没有为此满足为此陶醉，而是趁热打铁，因势利导，话锋一转，面向众婆子做了一番紧锣密鼓的说服教育性质的鼓动宣传！《红楼梦》中的薛宝钗向来是被视作代表儒家文化的完美女性，但她洞明世事、练达人情、宽厚仁爱、左右逢源的生存智慧，简约行事、节用非乐的行为方式，在某些方面又契合了墨家思想观念，带上了墨家功利务实鲜明色彩。她是惯于站在一定的政治高度，看待和解决经济问题的。而且，这一类最见功力、最见性情、最见教养的道德说教和舆论宣传的“功课”，实为宝钗一直以来乐于搬弄的拿手好戏。你看，她首先笑着，劝那些将因园务管理体制改革而得到意外收益的妈妈们“也别推辞了”，声明这原是她们辛苦一场“分内应当的”之后，立即紧扣重点，突出主题，将众人的兴趣点和注意力迅速转移并集中到看门守户、尽职守责、规范约束自身言行，以自尊自爱赢得上下敬服这个话题上来，明确给这些一时兴高采烈的劳动者，戴上了纪律约束的“紧箍咒”，提出了工作上的最低标准和起码要求。

因为有“我如今替你们想出这个额外的进益来”做感情铺垫，宝钗这一席充满底气的长篇讲话，辅之以合情合理的人事安排、利益调控，既明晰了相关举措的利弊得失，趁势强调了受益者的工作态度，并再三言明了自己受托管事的苦衷，可以说是激励与约束并重，正面与反面均提，感情与礼义兼顾。因她强调的是一个人的言行自律，激发的是一个人的脸面自尊，正大光明又深接地气；加之讲得又头头是道，情理交融，娓娓动听，打动人心，以致出现众人高度认同、响应热烈的效果，也就是意料中事了。就这样，事情虽不大，但牵涉面不小，举凡人事关系、规章制度、思想工作等都得到了妥帖的处理，没有挫伤得罪任何一个人，又调平理顺了多方面的利益关系，使人尽其才、地尽其力、物尽其用，上者得其利，下者沾其惠，上下相得，左右摆平，运筹帷幄，彰显出自己治世理家的杰出才能。在曹雪芹时代，像薛宝钗、贾探春这样的女子，如果身为男人，如果运气稍好一点，是完全可以入世辅国治民，有一番作为的。可惜理想很丰满，现实太骨感了！“金紫万千谁治国，裙钗一二可齐家”，想必曹雪芹在写到这些篇章，涉及这类人物之际，心中一定充满了挥之不去的感伤和深深叹惋！

不过，细细品味这篇说辞，在极为佩服薛宝钗的不凡智慧、见识和气度的同时，总还明显感觉到有一种截夺别人风头，抬高自己身价，不惜自我标榜、老是道德说教的意味在其间，令人心生一丝反感和警觉。其实，这种“一币两面”的复调笔法才正是曹雪芹塑造人物形象的“高明之处”；在他笔下呈现的，也才正是那个立体多面、性格复杂的活脱脱的薛宝钗呢！

●红楼探照之一三一：

人物话语中的蛛丝马迹
——有关曹家家庭成员情况的一点推测

既然众所周知前八十回为曹雪芹手笔，既然众所周知书中“江南甄府”影射的主要是江宁织造府曹家的生活，既然曹雪芹在书中落笔写到“甄家”之事时态度是那么的慎重，既然二三百年以后有关作者的身世、成长、交游、经历等第一手资料仍然那么奇缺，那么，我们为什么不可以将第 56 回由书中甄府来人讲述给贾母(实际上是作者有意抛料，透露点滴家庭及本人情况给了我们呢)听的有关情况，有选择性地视作曹家及曹雪芹本人曾经有过的经历呢？即便是不能与实际生活中的情况一一对上号，也应该是“八九不离十”的呀。

譬如，根据甄府来人的回话，我们大致可以推断当初曹家被抄之前，曹家家眷情况是：有“老太太和哥儿、两位小姐并别位太太”，还有奉旨进京的“太太”和她带来的“三姑娘”；三姑娘“尚没有人家”；出嫁的“大姑娘和二姑娘”这两家，生活在京城;“二姑娘更好,更不自尊自大,所以我们才走得亲密”。谈到“哥儿”的情况是:“跟着老太太”;“今年十三岁,因长得齐整,老太太很疼,自幼淘气异常,天天逃学,老爷太太也不便十分管教”;“因老太太当作宝贝一样,他又生的白,老太太便叫作宝玉”;“所使唤的人都是女孩子们”。特别是甄府来人向颇感兴趣的老太太介绍的有关自家宝玉的情况,更值得留意:

> 四人听了,都笑道:“老太太这话正是。虽然我们宝玉淘气古怪,有时见了人(**此字程本删**)客,规矩礼数更(**此字程本删**)比大人有礼(**前2字程本作“还有趣”**),所以无人见了不爱,只说:‘为什么还打他?’殊不知他在家里无法无天,大人想不到的话偏会说,想不到的事他(**此字程本删**)偏要(**此字程本作“会”**)行,所以老爷、太太恨的无法。就是弄性,也是小孩子的常情;胡乱花费,这(**此字程本删**)也是公子哥儿的常情;怕上学,也是小孩子的常情:都还治的过来。第一,天生下来这一种刁钻古怪的脾气,如何使得?”一语未了,人回:“太太回来了。”

正当甄府来人絮絮不止,势必要将更多的有关“哥儿”的情况透露出来之时,大概是作者曹雪芹觉得这样的“泄密”足够了,再说下去就会“露陷”,从而将自己年幼时的真实面貌完全暴露了,于是便赶紧收笔,借“一语未了,人回:‘太太回来了’”的插曲,叫停了前面的“真相抖露”。于是,读者凭借上述语言信息,为“哥儿”勾画成像的企图,也只得戛然而止。不过,联系第2回作者通过贾雨村所言中点滴透露的当初在“甄家”处馆期间的见闻,前后参照,综合考察,一个奇言异行、颇多叛逆的少年公子形象,还是可以勾勒出大致轮廓来的:

> 雨村笑道:“去岁我在金陵,也曾有人荐我到甄府处馆。我进去看其光景,谁知他家那等显(**此字程本作“荣”**)贵,却是个富而好礼之家,倒是个难得之馆。但(**此处程本加“是”**)这一(**此字程本删**)个学生虽是启蒙,却比一个举业的还劳神。说起来更(**此字程甲本作“还”**)可笑,他说:‘必得两个女儿伴(**此字程乙本作“陪”**)着我读书,我方能认得字,心里(**此字程本作“上”**)也明白;不然我自己(**前2字程本后移二字**)心里糊涂。’又常对(**此处程本加“着”**)跟他的小厮们说:‘这“女儿”两个字,极尊贵,极清净的,比那阿弥陀佛、元始天尊的这两个宝号还更尊荣无对的呢(**前句“阿弥”至此22字,程本妄作“瑞兽珍禽、奇花异草更觉希罕尊贵呢”**)!你们这(**此字程本作“这种”**)浊口臭舌,万不可唐突了这两个字(**此处程本加“要紧”**)要紧。但凡要说时(**此字程本作“的时节”**),必须先(**前2字程本删**)用清(**此字程本作“净”**)水香茶漱了口才(**此字程本作“方”**)可;设若失错,便要凿牙穿腮(**此字程本作“眼”**)等事(**前2字程本作“的”**)。’其暴虐浮躁(**前2字程本删**),顽劣

憨痴(**前2字程本删**),种种异常。只一(**此字程本删**)放了学,进去见了那些女儿们,其温厚和平、聪敏文雅,竟又(**此字程本删**)变了一个(**此处程本加“样子”**)。因此,他令尊也曾下死笞楚过几次,无奈(**前2字程本删**)竟不能改。每打的吃疼不过时,他便‘姐姐’‘妹妹’(**此处程本加“的”**)乱叫起来。后来听得里面女儿们拿他取笑:‘因何打急了只管叫姐妹做甚(**前2字程本作“什么”**)?莫不是求(**前2字程本作“叫”**)姐妹(**此处程本加“们”**)去说(**此字程本作“讨”**)情讨饶?你岂不愧些!’他回答的最妙。他说:‘急疼(**此字程本作“痛”**)之时,只叫“姐姐”“妹妹”字样,或可解疼也未可知,因叫了一声,便(**此字程本删**)果觉不疼了(**前3字程本作“疼得好些”**)。遂得了秘法,每疼痛之极,便连叫姐妹起来了。’你说可笑不可笑?也因(**前2字程本作“为他”**)祖母溺爱不明,每因孙辱师责子,因此我就(**前4字程本作“我所以”**)辞了馆出来(**此处程本加“的”**)。如今在这巡盐御史林家做馆了。你看,(**前“如今”至此15字程本全删**)这等子弟,必不能守祖父之根基(**前3字程本作“基业”**),从师长(**此字程本作“友”**)之规谏(**此字程本作“劝”**)的。只可惜他家几个(**此处程本加“好”**)姊妹都是少有的。”

应该说,甄家宝玉十三岁前的种种情状,无疑就是少年时代作者生活的写真,其中就有他顽劣轻狂面影的翻版。读者完全可以想见,能对人情世故了然于胸,能对贵族家庭文化及生活谙熟至此的人,一定自小就鬼怪精灵、世人难及的,哪会是生来循规蹈矩、木讷呆痴之辈呢?结合皇家宗室诗人敦诚、敦敏兄弟俩的诗歌中,对随性恣意、文采风流而又命途多舛的中年曹雪芹“扬州旧梦久已觉”“燕市哭歌悲遇合”“卖画钱来付酒家”“高谈雄辩虱手扪”“一醉酕醄白眼斜”形象的勾画,也可看出幼年生活对中晚年曹雪芹抹不去的影响。

参考本回甄家来人所介绍的有关“哥儿”的家庭成员结构,综合运用上述直接或间接材料,试对作者曹雪芹本人及其父母姊妹的大致情况考察、索隐如下:

根据原文描写推测,或许在曹家被抄家之前,江宁织造府的核心家庭成员就只是“哥儿”(曹颙的遗腹子——作者)和万分宠爱他的“老太太”(曹寅的遗孀李氏——贾母的生活原型),以及太太(曹颙的遗孀马氏,作者生母——王夫人、李纨等人的生活原型)在一起生活;此外就是伯父兼养父、被甄府来人称之为“老爷”的曹頫(贾政的生活原型),以及曹頫名下的太太和两个小姐了。而这里所谓“大姑娘”“二姑娘”,是指已嫁京城“皆为王妃”的曹寅的女儿;“三姑娘”待嫁,本次由甄夫人带着“进宫请安”。从第57回首段称呼为“甄夫人母女”来看,“三姑娘”跟前面的“大姑娘”“二姑娘”似乎不是一个辈分的姊妹,应与在家未一起出行的“两个小姐”身份差不多的,当然也有可能是跟迎春、探春、惜春类似的同辈分的堂姊妹或姨表姊妹。只可惜“三姑娘”究竟是实有还是作者顺笔虚构的人物,无据可考。这里所谓的“太太”(甄夫人)似应为曹頫的妻子;而原文中提到的“别位太太”,对应下来,似应为“哥儿”的生母马氏了。

第五十七回　慧紫鹃情辞试忙玉　慈姨妈爱语慰痴颦

内容提要:王夫人领宝玉会见甄夫人。紫鹃以“顽话”试探宝玉,故意说黛玉明年春天或秋天要回苏州,致使宝玉“急痛迷心”,发起疯呆病;最后紫鹃说明了原委,误会解除,宝玉病愈。薛姨妈生日,托贾母做主,定下了邢岫烟与薛蝌的婚事。宝钗母女看望黛玉,三人闲聊,黛玉说“明日就认姨妈做娘”,薛姨妈随口说“要把黛玉说给宝玉”,紫鹃一听,忙跑来催促,被臊。继后,湘云手里拿着一张当票走来,黛玉等也不认得,经宝钗说明,方知原委。

●比较本回回目的异同,蒙府本、甲辰本、程本同庚辰本,唯庚辰本中作“忙玉”二字,余下三本均作“莽玉”;俄藏本上句的“忙玉”作“宝玉”,下句的“慈姨妈”作“薛姨妈”;戚序本、梦稿本上句与之同,下句作“慈姨母”;只是梦稿本在“宝玉”处又旁改为“莽玉”,“姨母”处旁改为“姨妈”了。可见“忙玉”二字,应为作者原笔。因为它不但最接近曹雪芹遣字组词的用语习惯,同时一个“忙”字,最能概括并描画出宝玉“爱博而心劳”的“无事忙”生活状态,准确而又形象。

●前数回“家族主题”写足,本回又回到“人物主题”特别是“宝黛爱情主题”上来了。

●紫鹃正言拒宝玉,宝玉发呆;谎言试宝玉,宝玉痰迷:由浅入深,文有层次。借紫鹃问话补出贾母“每日送燕窝”一事,了结前文,一丝不漏;又借吃燕窝,说起“明年回去”一事,绝无有心痕迹。作者行文,天衣无缝。

●紫鹃试探宝玉对黛玉的感情深浅程度,关键在“试”上。这一试,不仅试出紫鹃的“慧心”,更试出了宝黛爱情的至真至深,不可逆转。

●本回的情节并不复杂,但作者却写得一波三折。纵观前后,紫鹃试玉,共经三次。第一番试玉,是一反常态,避而远之,使得乘兴而来的宝玉情绪陡然沮丧失落:

> 宝玉见了这般景况,心中忽(**此字程本作“像”**)浇了一盆冷水一般,只瞅着竹子,发了一回呆。因祝妈正来(**此字程本作“在那里”**)挖笋修竿(**前4字程本作“刨土种竹,扫竹叶子”**),便怔怔的走出来,(**前7字程本作“顿觉”**)一时魂魄失守,心无所知(**前4字程本删**),随便坐在一块山石上出神,不觉滴下泪来。直呆了五六(**前2字程本作“一”**)顿饭工夫,千思万想,总不知如何是可。

眼前宝玉的嗒然若丧,与歌德笔下的少年维特在生命之火即将熄灭之前对绿蒂朗诵奥西恩悲歌时候的情景恍然类似。

第二番试玉，紫鹃又转冷为热，不仅说话带笑，而且还"挨他坐着"，先从燕窝谈起，由远而近、不露声色地带出黛玉要回苏州林家去的事，还煞有介事地说出归去的时间，以及要相互归还儿时赠物的话。这番话完全出乎宝玉的意料，"宝玉听了，便如头顶上响了一个焦雷一般"，紫鹃"看他怎样回答，只不作声"。这"不作声"的细节，传神勾画出紫鹃兰心慧性、胸有成竹的神态。紧接着，笔锋一转，写晴雯出现，借有事将宝玉拉走。然后借怡红院晴雯、袭人及应急赶来的李嬷嬷等人的视角，写出了宝玉发病的症状及过程，异常地生动形象。继后，气急败坏的袭人找到潇湘馆询问紫鹃缘由，又因此引发了不明真相的黛玉情绪上的剧烈反应，继而又连锁反应至贾母、薛姨妈等众人那里。

第三番试玉，是在宝玉病情好转之后，紫鹃借守护之机进行的。这一回，她单刀直入，直接提到了宝玉最敏感的问题——"定亲"。这一试，终于使宝玉完全敞开了心扉，以他特有的方式，发誓一般倾吐出他对黛玉的一片深情："活着，咱们一处活着；不活着，咱们一处化灰化烟。"由此，也解开了紫鹃担心宝玉心有旁骛、意念不坚的纠结。她的"试探"见真见底，于是就有了后面她和黛玉单独相处时对黛玉婚事的担心和提醒，以及一见有说话的机会，便立即跑出来催促和恳求的言行。

●紫鹃试玉，不但测试出了宝黛两人的爱情深度，同时还试出了第一时间赶到宝玉发病现场的几个重要人物的态度，特别耐人寻味：王夫人看在眼里，或许恨在心上，于是当面不发一言。贾母心里应该比谁都亮堂，但面上却佯装不知，轻描淡写地有意减轻这一事件的"严重"性质，只是请医问药、遣人细心照料不止。薛姨妈呢，更是花言巧语，极力淡化宝玉疯呆表现中的"爱情"性质，事后还引而不发，当着决定"明日起就认姨妈为娘"的黛玉的面，扮演了一次慈爱妈妈的角色，其实是口惠而实不至，揣着明白装糊涂，随便那么念叨念叨一下而已。宝钗的反应，比较隐晦，事后在与黛玉玩笑的过程中，竟然说出要将黛玉说给自己的混账哥哥做老婆的话，似乎多少带有一丝嫉妒报复意味的戏谑，听来未免刺耳，连她母亲都觉得自己的儿子根本就配不上呢！

●本回借邢岫烟在寄居贾府期间的艰窘困难处境，写尽了落难乞食者的酸辛悲苦。没有类似经历和切身感受者，怎能写得出！作者最终给了贫家优秀女儿邢岫烟一个较好的归宿，算是对她贞静人格和不幸生活的一种补偿与安慰吧。

●作者借雪雁讲给紫鹃听的"笑话儿"，一是"一斑窥豹"见出雪雁对主子姑娘并不怎么亲近和依附的孤介品性，为其后来的结局暗做铺垫；二是从赵姨娘兄弟死了明儿送殡去，跟她的小丫头子小吉祥儿没衣裳，要借雪雁的月白缎子袄儿而不肯这样的生活细节，凸显了身为贾政小老婆的赵姨娘物质条件的艰难，以及府内人际关系的糟糕。

●本回宝玉发病疯傻情状,可与第29回"砸玉"一节对看;"化灰化烟"之语,也可与第19回对袭人发誓时的类似表述对看。

●须加留意的脂批:

※【戚序回前:作者发无量愿,欲演出真情种,性地圆光,遍示三千。遂滴泪为墨,研血成字,画一幅大慈大悲图。】

※【戚序回后总评:写宝玉、黛玉呼吸相关,不在字里行间,全从无字句处,运鬼斧神工之笔,摄魄追魂,令我哭一回,叹一回,浑身都是呆气。】

又:【写宝钗、岫烟相叙一段,真有英雄失路之悲,真有知己相逢之乐。时方午夜,灯影幢幢,读书至此,掩卷出户,见星月依稀,寒风微起,默立阶除良久。】

●红楼探照之一三二:

"细读细嚼,方有无限神情滋味"
——《红楼梦》人物语言艺术再举隅

第57回有几段日常生活中一二人之间的闲谈或家常小聚会中不多几个人之间的絮语。表面看上去,云淡风轻,大雪无痕;细读之下,你才会于无声处听惊雷,在作者不动声色的描写叙述中,发现人物家常絮语中人情事态即将甚或已然发生"裂变"的隐含讯息。

一处是丫头紫鹃在摸清了宝玉的"感情底牌"之后,夜间悄向自己的主子黛玉进言的情景:

林(**此字程本删**)黛玉近日闻得宝玉如此形景,未免又添些病症,多哭几场。今见紫鹃来了,问其原故,已知大愈,仍遣琥珀去服侍贾母。夜间人定(**此字程本作"静"**)后,紫鹃已宽衣卧下之时,悄向黛玉笑道:"宝玉的心倒实,听见咱们去就那样(**前2字程乙本作"这么病"**)起来。"黛玉不答。

紫鹃停了半晌,自言自语的说道:"一动不如一静。我们这里就算好人家,别的都容易,最难得的是从小儿一处长大,脾气情性都彼此知道的了。"黛玉啐道:"你这几天还不乏,趁这会子不歇一歇,还嚼什么蛆?"紫鹃笑道:"倒不是白嚼蛆,我倒是一片真心为姑娘。替你愁了这几年了:无(**此字程乙本作"又没个"**)父母无(**此字程乙本删**)兄弟,谁是知疼(**此字程甲本作"冷"**)着(**此字程甲本作"知"**)热的人?趁早儿老太太还明白硬朗的时节,作定了大事要紧。俗语说‘老健春寒秋后热’,倘或老太太一时有个好歹,那时虽也完事,只怕耽误了时光,还不得趁心如意呢。公子王孙虽多,那一个不是三房五妾,今儿朝东,明儿朝西?要(**此字程本作“娶”**)一个天仙来,也不过三夜五夕(**此字程本作“夜”**),也(**此字程本作“也就”**)丢(**此字程本作“撂”**)在脖子后头了,甚至于为妾为丫头(**前5字程本作“怜新弃旧”**)反目成仇的。若(**此字程乙本删**)娘家有人有势的还好些(**此字程乙本删**),若是(**前2字程乙本作“要像”**)姑娘这样的人(**此字程乙本删**),有老太太一日还好(**前2字程乙本作“好些”**)一日,若(**此字程乙本删**)没了老太太,也只是凭人去欺负了(**此字程本作“罢了”**)。所以说,拿主意要紧。姑娘是个明白人,岂不闻(**前3字程乙本作“没听见”**)俗语说(**此字程乙本作“说的”**):‘万两黄金容易得,知心一个也难求’!”黛玉听了,便说道:“这丫头今儿不疯了?怎么去了几日,忽然变了一个人。我明儿必回老太太退回(**此处程本加“你”**)去,我不敢要你了。”紫鹃笑道:“我说的是好话,不过叫你心里留神,并没叫你去为非作歹,何苦回老太太,叫我吃了亏,又有何(**此字程本作“什么”**)好处?”说着,竟自(**此字程本作“自己”**)睡了。

黛玉听了这话,口内虽如此说,心内未尝不伤感,待他睡了,便直泣(**此字程本作“哭”**)了一夜,至天明方打了一个盹儿。

紫鹃满带着深情厚谊的一席劝导,忠心可悯。她以公子王孙“三房五妾,喜新厌旧”的家庭生活常态做对比,将黛玉自身的条件、所处的环境、宝玉感情的笃实和难得,特别是“老太太”贾母在成就黛玉婚事上举足轻重甚至一锤定音的地位和作用,以及“若没了老太太,也只是凭人去欺负了”的可能出现的严重后果,分析得清清楚楚;在此基础上,给出“拿主意要紧”的督促和提醒,足见紫鹃的“心之诚”与“性之慧”。而千金小姐身份的林黛玉,囿于性格,特别是囿于封建礼教的藩篱,对紫鹃亲姊妹般“知疼着热”的话,却不敢接招,也不敢承认,反而还要装模作样、言不由衷地加以否认和掩饰。知心不敢交心,却又“心内未尝不伤感,待她睡了,便直泣了一夜”:语言描写与心理描写无缝对接,水乳交融,将一个深闺中生活无助少女的愁惨和痛苦,一笔带出。事实上,紫鹃的担心并非多余,后来事态的发展直至宝黛爱情之梦的完全破灭,不但超出紫鹃的预料,而且比她眼下所预估的情况,还要严重得多!

一处是薛姨妈生日期间,邢岫烟与薛蝌婚事刚说定之后,宝钗路遇未来的堂兄弟媳妇的一番“关怀备至”。你看,宝钗首先是从“这天还冷的很,你怎么倒全换了夹的”问起;当她了解到邢岫烟处境的艰难和日用开支的窘迫情况之后,倒为不能尽快将其娶过薛家以免“熬煎出病来”而“愁眉”叹息。继后,还是自己替对方做主,要邢岫烟连那余剩的月钱银子也越性不要了,以后也不用白给迎春房里的那些妈妈丫头们买东买西吃了,并吩咐:“他尖刺让他们去尖刺,很听不过了,各人走开;倘或短了什么,你别存那小家儿女气,只管找我去”。接着,又从对方身上的妆饰说起:

宝钗又指他裙上一个碧(**此字程本作“璧”**)玉珮问道:“这是谁给你的?”岫烟道:“这是三姐姐给的。”宝钗点头笑(**此字程本删**)道:“他见人人皆有,独你一个没有,怕人笑话,故此送你(**此字程本删**)一个。这是他聪明细致之处。但还有一句话你也要知道,这些妆饰原出于大官富贵之家的小姐,你看我从头至脚可有这些富丽闲妆?然七八年之先,我也是这样来的,如今一时比不得一时了,所以我都自己该省的就省了。将来你这一到了我们家,这些没有用的东西,只怕还有一箱子。咱们如今比不得他们了,总要一色从实守分为主,不比他们才是。”岫烟笑道:“姐姐既这样说,我回去摘了就是了。”宝钗忙笑道:“你也太听说了。这是他好意送你,你不佩着,他岂不疑心。我不过是偶然提到这里,以后知道就是了。”(**前句“但还有一句话”至此处190字,程本全删**)

岫烟忙又答应(**前4字程本删**),又问:“姐姐此时那里去?”宝钗道:“我到潇湘馆去。你且回去,把那当票(**此字程本作“票子”**)叫丫头送来,我那里悄悄的取出来,晚上再悄悄的送给你去,早晚好穿。不然风扇(**此字程本作“闪着”**)了事大(**前3字程本作“还了得”**)。但不知当在那里了?”岫烟道:“叫作(**此处程本加“什么”**)‘恒舒典(**此字程本删**),是鼓楼西大街的。”宝钗笑道:“这闹在一家去了。伙计们倘或知道了,好说‘人没过来,衣裳先过(**此字程本删**)来(**此字程甲本作“到”**)了’。”岫烟听说,便知是他家的本钱,也不觉(**此字程本作“答言”**)红了脸一笑,二人(**前2字程乙本删**)走开。

这一段无疑是宝钗推心置腹,将尚未娶亲过门的邢岫烟已经视作自家人而预先打的招呼。她首先肯定了探春送给未来弟媳一个碧玉珮的好意,然后话锋一转,要对方心里明白:居家过日子,“总要一色从实守分为主”,切忌跟别人家去攀比,这些“富丽闲妆”,在她看来都是些“没有用的东西”。在这里,宝钗并没有居高临下、板着脸孔教训人,而是从关心、爱护对方的角度出发,以自己的亲身经历和感受体会来“现身说法”,说明自己眼见家境的日渐没落,跟“七八年之先”披金戴银的习惯比,如今早就“该省的就省了”。前一番说辞,带有薛宝钗为人做事一贯的“大处着眼,细处落笔”的风格和精神,是凸显其朴素简约、讲求实际、近忧远虑、不卑不亢鲜明个性的“出彩”一笔。同时,作者借宝钗对岫烟善意而不失亲切的说教,似乎不经意间就透露出了作为“四大家族”之一的薛家日渐走向衰落的讯息以及隐然可见的轨迹；以此深化作品所反映的社会生活内涵，并暗示读者：贾府高位跌落的趋势不但形成，离彻底败亡的末日已经不远！只可惜，从“但”字起始到“岫烟忙又答应”之前的所有文字，都被甲辰、梦稿、程高本一笔删除，片甲不留了！

说到程高等对原文的妄改，的确是“令人发指”之处甚多。譬如本回稍早前宝玉与紫鹃的一段对话，庚辰本、戚序本等脂本作：

宝玉听了，又惊问：“谁定了亲？定了谁？”紫鹃笑道：“年里我听见老太太说，要定下(**此字程本作“了”**)琴姑娘呢。不然，那么疼他？”宝玉笑道：“人人只说我傻，你比我更傻。不过是句顽话，他已经许给梅翰林家了。果然定下了他，我还是这个形景了？先是我发誓赌咒砸这劳什子，你都没劝过说我疯的(**前 4 字程本作“吗”**)？(**此处程本加“我病的”**)刚刚的这几日才好了，你又来怄我。”一面说，一面咬牙切齿的又说道：“我只愿这会子立刻我死了，把心迸出来你们瞧见了，然后连皮带骨，一概都化成一股灰，——灰还有形迹，不如(**前 7 字程本删**)再化(**此处程本加“成”**)一股烟，——烟还可凝聚，人还看见，须得(**前 11 字程本全删**)一阵大乱(**此字程本妄删**)风，吹的四面八方，都登时散了，这才好！”一面说，一面又滚下泪来。

上文中宝玉“咬牙切齿”说的这句誓言，甲辰本未作删改；梦稿本、程高本将“灰还有形迹”“烟还可凝聚，人还看见，须得”等多处文字删除，于是宝玉的话竟然变成了所谓“我”的尸身业经两变，先变成灰，再化成了一股烟了，烟也不行，还要乱风一吹才散了，真是岂有此理！纵观宝玉谈论死亡，想象自己死亡的境界，在前八十回还是有一个逐渐发展演变的过程：最早在第 19 回，是赌气之后跟袭人谈的；中间是第 36 回，是高兴之时跟袭人描述的；最后一次在第 57 回，就是眼下这次跟紫鹃发誓时说到的。尽管宝玉当着紫鹃的面信口开河，“以死明志”，似乎显得有些幼稚可笑，却更见对黛玉情爱的深挚；特别是宝玉凭想象描绘的“死的境界”和表达的“死的向往”，却如缕缕悲音，给读者传递的，恰恰是宝玉爱情婚姻梦想破灭之后逐步走向空门的惨痛命运结局。

第四处，是薛姨妈母女和黛玉等人之间，有一搭没一搭的闲聊。话题是由黛玉一句感叹“天下的事真是人想不到的，怎么想得到姨妈和大舅母又作一门亲家”引起的。而关于“月下老人”的传说，不知是出自薛姨妈的有感而发、稍加暗示还是有心的劝告，反正是由“两姊妹”的眼前生活说起，将女孩子“姻缘无定”的线索，抛向了不可预测的未来：

管姻缘的有一位月下老人，预先注定，暗地(**此字程本作“里”**)只用一根红丝把这两个人的脚绊住，凭你两家(**此处程本加“哪怕”**)隔着海(**此处程本**

加“呢”),隔着国,有世仇的,也(**前8字程本作“若有姻缘的”**)终久有机会作(**此处程本加“成”**)了夫妇。这一件事,都是出人意料之想(**此字程本作“外”**),凭父母本人都愿意了,或是年年在一处的(**此字程本删**),以为是定了的亲事,若月下老人不用红线拴的,再不能到一处。比如你姐妹两个的婚姻,此刻也不知在眼前,也不知在山南海北呢!

按薛姨妈的理解,婚姻的成功与否,关键取决于这位传说中“月下老人”的意愿:无情的两个,他可以使彼此结缘;有情的一对,他可以使双方的美梦成空。在读者看来,前一种可能映射在“两宝”身上,后一种可能就端端落在了“二玉”身上;所谓“红丝线”,暗喻只知道照顾家族的利益需要,而罔顾恋爱婚姻当事人双方感情的封建家长意志;所谓“月下老人”,就是那些主宰子女婚姻选择,导致过无数起家庭婚恋悲剧的封建家长势力。接着,原文由宝钗在薛姨妈跟前的撒娇,引出黛玉的感伤流泪;由薛姨妈的善言安抚,引出黛玉主动申请“认娘”,继而又由宝钗开口说出“妈明儿和老太太求了他作媳妇,岂不比外头寻的好”这似乎有些“恶毒”意味的玩笑;直到薛姨妈似乎自言自语、自娱自乐、自欺欺人地“口吐莲花”:

我想着(**此字程本删**),你宝兄弟老太太那样疼他,他又生的那样,若要外头说去,(**此处程本加“老太太”**)断不中意。不如竟(**此字程本删**)把你林妹妹定与(**此字程本作“给”**)他,岂不四角俱全?

此言一出,因风鼓浪,请看其本人、黛玉、宝钗及在场其他人特别是紫鹃和婆子们的反应:

林(**此字程本删**)黛玉先还怔怔的听,后来见说到自己身上,便啐了宝钗一口,红了脸,拉着宝钗笑道:“我只打你!你(**此字程本删**)为什么招出姨妈这些老没正经的话来?”宝钗笑道:“这可奇了!妈(**此字程本作“妈妈”**)说你,为什么打我?”

紫鹃忙也(**此字程本删**)跑来笑道:“姨太太既有这主意,为什么不和(**此处程本妄加“老”**)太太说去?”薛姨妈哈哈(**前2字程本删**)笑道:“你这孩子,急什么?想必催着你(**此字程本删**)姑娘出了阁,你也要早些寻一个小女婿(**此处程本加“子”**)去了。”紫鹃听了(**前2字程本删**),也(**此字程乙本删**)红了脸,笑道:“姨太太真个倚老卖老的起来(**前2字程本删**)。”说着,便转身去了。黛玉先骂:“又与你这蹄子什么相干?”后来见了这样,也笑起来说(**前3字程本作“道”**):“阿弥陀佛!该,该,该!也臊了一鼻子灰去了!”薛姨妈母女及屋内(**前2字程本删**)婆子丫鬟都笑起来。

婆子们因也笑道:“姨太太虽是顽话,却倒也不差呢。到闲了时和老太太一商议,姨太太竟做媒保成这门亲事是千妥万妥的。”薛姨妈道:“我一出

这主意，老太太必喜欢的。”（**此段婆子及薛姨妈的话共计66字，程本全删**）

说到这，还有下文吗？没有了！作者借“湘云走来”一语打断，于是不好再说下去，本有几分微妙敏感的话题就此叫停，新话题自然就转到了“当票子”等其他事上去了。于是薛姨妈当着众人之面所说的要给宝黛说媒的漂亮话，也就没再提起；留给众人特别是紫鹃黛玉的，就是无望的期待。这就是人情的乖觉之处、诡谲之处、无常之处、虚假之处，更是没有亲爹热娘疼爱痛惜的女孩人生无助的落魄断肠之处！你看，作为林姑娘说不出口的“人生最大心愿”的代言人，丫头紫鹃的心情是多么的急迫呀！为了减轻姑娘心灵的忧伤和幸福生活的渴望，她是多么勇敢地不避嫌疑，不顾自身地位的卑微啊！反观林黛玉，当着众人的面，口不由心，不得不显出十分的矜持和正统，对自己丫头闻言恳求的“莽撞行为”似乎毫不领情，反而“先骂”，见果然被碰了软钉子臊红了脸之后“也笑起来”，加以奚落。但实际上，又有谁真正读懂了一个在爱情上长久无助，渴望得到家长层面的襄助，但又在面子上不得不做出“非礼勿言”“满不在乎”假象的孤女，那一颗惶恐脆弱而又矛盾纠结的心呢？

事实上，来自薛姨妈母性的光辉照临在黛玉身上，只是出自一念之间，转眼就消失了。但平心而论，彼时彼地的薛姨妈也并没有成心要去欺哄“没妈的孩子”！因为她要“做媒保成”宝黛这门“千妥万妥”的亲事，是建立在“老太太必喜欢的”这层心理预期上，如果有朝一日贾母的心思并不在自己的外孙女身上了，她还会去多嘴多舌么？何况，为了自己女儿宝钗的幸福，她也不会先人后己去帮助林黛玉心想事成的。眼下，面子情上的漂亮话，既是蜜糖也是毒药，只是偶尔心动，随口说说而已，谁上心了，谁较真了，谁去相信了呢？她知道即便是随口打哈哈的“爱语”，也会给父爱、母爱严重缺失的林黛玉那“亲情之沙漠”带来雨露甘霖般的慰藉；但她却意识不到这一时的戏语，会给彷徨歧路、孤立无援的黛玉带去何等样的想象悬测和焦首期盼啊！

电影《妈妈再爱我一次》中“有妈的孩子是块宝”“无妈的孩子像棵草”的歌，唱出了天下孤儿心中的“最苦最痛”！通常情况下，要说从内心深处最疼爱孩子，能够做到时时处处为孩子的现在和未来着想，并不计得失、不惜牺牲、不求回报、不离不弃、无怨无悔的，天下做父母者，恐怕占比最高。如果说，林黛玉寄人篱下的生活中，最感伤心和遗憾的是什么，无疑就是因自小父母离世导致的父爱、母爱的双双缺失了，以致在她人生的紧要关口需要来自原生家庭成员物质支持、精神慰藉的时候，却只有人微言轻的丫头紫鹃能义无反顾地站出来帮助她！这一类亲情的“缺失”，平时可能感受不一定那么深刻、需求不那么迫切，只有到了在生活中感到最孤苦无援的时候，才会蓦然回首，顾影自怜，痛定思痛，痛不欲生！

不用说,事关自己及亲生女儿的心事,平和慈善、遇事“无可不可”、心性不失乖滑的薛姨妈,是绝对不会昏了头自断后路,去发扬什么“助人为乐”“舍己为人”这一类的崇高精神的!换成是你作母亲,你会诚心诚意去帮助自己女儿婚姻的隐性竞争对手遂了她的心愿么?这可是一场三角婚恋博弈中的“零和游戏”,一方赢意味着另一方输,“利己”的同时必然造成“损人”后果的呀!人之常情,焉能免俗!如果凭此将“对黛玉的态度太虚伪、太阴险了”的帽子,扣在为人比较随和的薛姨妈头上,亦非合适。

另外还应特别注意,在场人听到薛姨妈的漂亮话之后,紫鹃和婆子们反应,实际上是存在温差的。很显然,在家常随和的氛围之下,尽管双方对黛玉的婚事都有些期许,但热心的程度明显不同:一方是喜出望外,真心实意,雪中送炭,带有催促对方落实、见诸行动的意味;一方是顺水推舟,无关痛痒,指望的是薛姨妈“闲了时”和老太太商议商议。而且,建议去提亲撮合的路径也不同:一方说去找王夫人,直截了当,好说好了;一方说去找老太太,迂回曲折,可行可止。同样是为宝黛的提亲敲边鼓,但“温差”中,准确地显示了各自与黛玉之间存在的感情距离。遗憾的是,婆子们说的凑趣话和薛姨妈的夸口应答的内容,大概是因为与续书中凤姐施行“掉包计”、贾母冷淡黛玉的情节形成隐然矛盾,于是甲辰本、梦稿本、程高本将这一段全删掉了。

综上所述,可见《红楼梦》的语言,“文虽浅近,其意则深”,它的精妙主要不在其语词运用的表层意义上,而是熔铸在语言深层次的意蕴中。“淡极始知花更艳”,读者只有认真阅读文本,仔细加以玩索品味,才会得其精髓,在平淡之中读出“绚烂之至”。清人邹弢在《三借庐笔谈》中曾说过“《石头记》笔墨深微,初读忽之,而多阅一回,便多一种情味”的话,确属经验之谈。

第五十八回　杏子阴假凤泣虚凰　茜纱窗真情揆痴理

内容提要:贾母、邢王二夫人等因皇家丧事外出近两个月,两府无人,尤氏留守;因又托了薛姨妈在园内照管众姊妹丫鬟。贾府遣散家庭戏班,“十二官”中不愿离府的七八人由人认领,分别跟从了新主人。清明,病后初愈的宝玉出门,仰望园中树上的青杏大发感慨;恰遇藕官烧纸闯祸,宝玉为之遮掩。宝玉去探望黛玉。芳官和干娘闹得不可开交。芳官向宝玉说明藕官园内烧纸的隐情。

●开篇即交代第55回所表的那位老太妃已薨,凡诰命等皆入朝随班按爵守制。贾母、邢、王、尤、许等婆媳祖孙诸人均要每日入朝随祭以及送葬等,耗时一月光景。因此大家计议,家中无主,便报了尤氏产育,将她腾挪出来,协理荣宁两处事体。因又托了薛姨妈在园内照管,薛姨妈只得也挪进园来。荣宁两处主人既如此不暇，并两处执事人等也都各各忙乱。两处下人无了正经头绪，也都偷安，或乘隙结党，与权暂执事者窃弄威福。种种不善，在在生事，也难备述。作者之所以要设置“宫中太妃薨逝”的情节，大致用意在于：

一、向读者发出贾府的政治靠山——贵妃贾元春“死期不远了”的明确信号。

二、至少客观上无情揭露了封建皇权制度的专制霸道、违反人道人性的罪恶本质。不是么，封建社会“皇权至高无上”的大背景之下，即便一个老太妃的薨逝，也惊动不小，俨然就是国家大事。按当时制度规定，凡有爵位、诰命身份地位者都要每日“入朝随班按爵守制”，继后还要跟随盛大的丧葬仪式请灵安灵，近两个月人心都不得安宁呢。更有甚者，还要敕谕颁布天下，硬性规定“有爵之家，一年内不得筵宴音乐；庶民皆三月不得婚嫁”，无异于因皇家一老妇人的丧亡，就要全国举哀，尽行剥夺天下臣民娱乐、婚嫁等正常生活的权利！这不是小说的虚构笔法，而是古代中国历史上历朝历代屡见不鲜的实例！在现代人看来，这是多么荒谬和反人道、无人性的强制行为啊！但在当时，却是天经地义的大事一桩呢：有关人等趋之若鹜，不少官员唯恐居丧不哀、场面不大，谁敢道半个“不”字！

三、正因为有专制制度的硬性要求，贾母、邢、王、尤、许等婆媳祖孙，以及贾珍等一帮人不得不放下家中的所有事务倾巢出动，每天前去随班致祭，继后还要离家跟随浩浩荡荡的队伍前去请灵安灵，前后忙乱两个月，不累个人疲马乏才怪！在此特殊背景之下，偌大贾府的“统治力量”为之一空，后院起火、家反宅乱的大小事件连接不断，成了贾府末日到来之前的一次大混乱、大溃败、大结局的情景预演。

四、在朝廷规定“有爵之家，一年内不得筵宴音乐”的背景之下，各官宦家，凡养优伶男女者，一概蠲免遣发。由此引发贾府遣散家庭戏班的连锁反应，“十二官”走的走，留的留，均进入“人生的下半场”。

五、为展现贾府与北静王府的密切关系，提供了方便。贾母等入朝随祭期间，租赁的以供歇息的下处，恰与北静王一家邻院，“太妃少妃每日宴息，见贾母等在东院，彼此同出同入，都有照应”。不知作者见缝插针，忙中偷闲，专门写到这样一个细节，用意何在？想来贾府与北静王一贯交好，或许是政治上的机缘，因此难免互相牵连，成为后来导致贾府政治上遭受打击的“肇祸之端”。究竟是哪种可能，就看作者的表达需要了。

以上所述情况，均构成了两府无主、乱象迭出，尤其是荣府底层社会骚动不宁、内乱纷呈的大背景。

●且说大观园中，因贾母、王夫人天天不在家内，又送灵去一月方回，各丫鬟、婆子皆有闲空，多在园内游玩；加之戏班解散，梨香院内服侍的众婆子一概撤回并散在园内听使,更觉园内人多了几十个。林子大了,各种鸟儿都有。矛盾首先在众婆子与留下来的七八个优伶女孩之间激化并先后引爆。究其产生纠纷的客观原因,在于文官等一干人在戏班养着的时候,或心性高傲,或倚势凌下,或拣衣挑食,或口角锋芒,大概不安分守理者多。因此与众婆子已存有积怨,只是口中不敢与她们分证;如今散了学,大家称了愿,也有丢开手的,也有心地狭窄犹怀旧怨的,因将众人皆分在各房名下,一时还不敢来厮侵而已。也就是在这园内隐藏矛盾积聚的小背景之下,怡红院的主人出场了。

●可巧这日乃是清明之日,贾琏已备下年例祭祀,带领贾环、贾琮、贾兰三人去往铁槛寺祭柩烧纸;因宝玉未大愈,故不曾去得。饭后发倦,袭人因说:"天气甚好,你且出去逛逛,省得丢下粥碗就睡,存在心里。"宝玉听说,只得拄了一支杖,靸着鞋,步出院外。首先,映入他眼帘的是一片有忙有闲、层次分明的景象:

> 因近日将园中分与众婆子料理,各司各业,皆在忙时:也有修竹的,也有□树的,也有栽花的,也有种豆的,池中(**此处程本加"间"**)又有驾娘们行着船夹泥(**此处程本加"的"**)种藕(**此处程本加"的"**)。香菱、湘云、宝琴与(**此处程本加"些"**)丫鬟等都坐在山石上,瞧他们取乐。

宝玉慢慢行来,跟湘云等说笑几句,坐下看着众人忙乱了一回,便起身辞了她们,拄拐从沁芳桥一带堤上往潇湘馆走来。接着便是自然景象与人物心境交融互汇而成的一段意境优美、感染人心的情景描写:

> 只见柳垂金线,桃吐丹霞;山石之后,一株大杏树,花已全落,叶稠阴翠,上面已结了豆子大小的许多小杏。宝玉因想道:"能病了几天!竟把杏花辜负了,不觉倒'绿叶成荫子满枝'了。"因此仰望杏子不舍。又想起邢岫烟已择了夫婿一事,虽说是男女大事,不可不行,但未免又少了一个好女儿,不过两(**此字程本作"二"**)年,便也要"绿叶成荫子满枝"了。再过几日,这杏树子落枝空;再几年,岫烟未(**此字程本作"也不"**)免乌发如银、红颜似槁(**此字程本作"缟"**)了,因此不免伤心,只管对杏流泪(**前2字程本删**)叹息。正悲叹时,忽有一个雀儿飞来,落于枝上乱啼。宝玉又发了呆性,心下想道:"这雀儿必定是杏花正开时它曾来过,今见无花空有子(**此字程本删**)叶,故也乱啼。这声韵必是啼哭之声,可恨公冶长不在眼前,不能问他。但不知明年再发时,这个雀儿可还记得飞到这里来与杏花一会了(**此字程本作"不能"**)?"

这段"伤春伤逝""对禽惜花"文字,完全可以说是从有关唐诗宋词元曲中化出而构成的一种新的意境,其语词浅近,意蕴颇深,读来但觉"艳恨秾愁,香流满纸"(见本回脂批)。从贾府局势之变,从大自然物色之变,从诗词歌赋中感悟到青春之变,以及自身及亲人生死存亡的境遇之变,宝玉的悲伤,已经上升为哲学层面对世事与生命无常的反思与悲叹，表现出一种宗教的形而上学探求的终极关怀。不是么，病后初愈的宝玉，步入园中，对一段时间以来大自然的变化而惊讶沉吟不止，其中有对“花褪残红”的感叹，有对“女儿出嫁”的担忧，有对“时光流逝”的惆怅，有对“红颜易老”的伤心。本来，暮春初夏鸟啼花落、红颜枯槁，最易动人情肠；何况宝玉对青春的流逝十分敏感，至性痴情兼及杏、鸟和他人。此为佛家大慈大悲之心，文人墨客常有之情，几达庄子“虚己以游世，乘物以游心，独与天地精神相往来”的至高至虚境界。试想，我们在现实生活中，见到过宝玉这样的随时随地能与自身、他人、外物进行情感直接交流的悲感式痴情呆性之人么？这段引文，作者虽写宝玉痴呆，而文情曲折，令人无限低徊，可与第35回傅试家来的两个婆子关于宝玉“真有些呆气”的那节文字对照阅读，从而增进对宝玉独特性格和精神气质的了解。不用说，对时间与生命的敏锐感受，对生命存在与人生价值的反思和追问更是时常困扰着宝玉，使他敏感而忧伤，彷徨又无助。大自然循环往复的生命现象、诗词歌赋甚至日常琐事，都可能引发他对本体生命及其命运的联想与哀恸。宝玉具有普泛广阔的爱心，具有“感伤诗人”的气质，思想观念似乎还受到佛教禅定“由止得定，由观得慧，止观交替运用”这类神秘主义哲学思想观念的影响，因“心”的繁忙而多思多感，忧患日甚。对此，鲁迅看得十分清楚，说他“爱博而心劳，而忧患亦日甚矣”；还说“悲凉之雾，遍被华林，然呼吸而领会之者，独宝玉而已”。

●麝月提及的“摆弄钟表坠子”细节，活画出芳官平日里的“淘气”。继后，众人在场，宝玉一个“眼色”，芳官本自伶俐，又学几年戏，何事不知？便装说头疼不吃饭了。于是众人出门吃饭，留下她和宝玉独处的机会，正好方便宝玉打探藕官背人烧奠的原因。

●“菂官”二字，已卯、庚辰、列藏本同，其余各本均误作“药官”。“菂”，系莲子的别称；它正与藕官之名的“藕”字配搭，岂有作“药”字之理？仅此，也可见前面三个版本文字的相对可靠。

●须加留意的原文脂批：

※【戚序回前：用清明烧纸徐徐引入园内烧纸，较之前文用燕窝隔回照应，别有草蛇灰线之趣，令人不觉。前文一接，怪蛇出水；此文一引，春云吐岫。】

※在大内偏宫二十一日后，方请灵入先陵，地名曰孝慈县。【庚辰双行夹批：随事命名。】这陵离都来往得十来日之功，如今请灵至此，还要停放数日，方入地宫，故得一月光景。【庚辰双行夹批：周到细腻之至。真细之至，

不独写侯府得理，亦且将皇宫赫赫，写得令人不敢坐阅。】

编者按：何止此一处描写“周到细腻之至”，全书经典的细节描写，随处可见，以致不少人忘记了《红楼梦》本质上是一部“以虚构为主”的人情世情小说，反而不恰当地将其作为严格的“历史写实”一类书籍去对待了。

※王夫人因说：“这学戏的倒比不得使唤的，他们也是好人家的儿女，因无能卖了做这事，装丑弄鬼的几年。如今有这机会，不如给他们几两银子盘缠，各自去罢。当日祖宗手里都是有这例的。咱们如今损阴坏德，而且还小器。如今虽有几个老的还在，那是他们各有原故，不肯回去的，所以才留下使唤，大了配了咱们家的小厮们了。”尤氏道：“如今我们也去问他十二个，有愿意回去的，就带了信儿，叫上父母来亲自来领回去，给他们几两银子盘缠方妥。若不叫上他父母亲人来，只怕有混账人顶名冒领出去又转卖了，岂不辜负了这恩典。若有不愿意回去的，就留下。”王夫人笑道：“这话妥当。”尤氏等又遣人告诉了凤姐儿。【庚辰双行夹批：看他任意鄙俚诙谐之中，必有一个“礼”字还清，足是大家光景。】一面说与总理房中，每教习给银八两，令其自便。

编者按：王夫人等人对“十二官”的处置，算有始有终、有情有义、慎重其事。这种建立在人道主义思想基础上的态度，值得肯定。应该说，贾府“十二官”，这个由小女孩组成的家庭表演小戏班，随贾府的盛势巅峰而聚合，又随贾府命运的不济而解散，最后随贾府局势的大混乱、大衰败而离去，没有一个逃脱了被冷酷社会淹没掩埋的悲惨命运。其中，性格鲜明的龄官，应该是不愿留下的这“四五人”之一，但人一去便杳如黄鹤，再无影踪了；在曹雪芹笔下曾给予了一些“戏份”的芳官和藕官，抄检大观园期间同其他唱戏女孩子一起被打发，芳藕二人及蕊官结伴吵闹着，以“本人自愿”的名义跟随水月庵的智通、地藏庵的圆心出家，作“活使唤”去了。至于脂批所言，是指尤氏作为大家贵妇，尽管有时与凤姐会面时免不了“任意鄙俚诙谐”一番，但行事讲“礼”，即顾及大家族事务管理的规矩程序，不回避凤姐，不越权办事；即便是协助王夫人处理“十二官”解散安置善后事宜，她一样细心妥帖，说到做到。

※因此不免伤心，只管对杏流泪叹息。【庚辰双行夹批：近之淫书满纸伤春，究竟不知伤春原委。看他并不提“伤春”字样，却艳恨秾愁，香流满纸矣。】

编者按：正如批语所言，宝玉“伤春”一段细腻描述，深入主人公敏感多情的内心世界，不但生动描画了他“伤春”的情态之“然”，还细笔揭示了这种伤感情绪触发“原委”这个“所以然”。

※婆子道:“我说你们别太兴头过余了,如今还比你们在外头随心乱闹呢。这是尺寸地方儿。”指宝玉道:“连我们的爷还守规矩呢,你是什么阿物儿,跑来胡闹。怕也不中用,跟我快走罢!”【庚辰双行夹批:如何?必是含怨之人,又拉上宝玉,画出小人得意来。】

编者按:平时对藕官等人深怀怨愤、伺机报复的婆子,以为攥住了对方的把柄,当着少年主子的面,振振有词、洋洋得意的嘴脸,跃然纸上。

※娘儿两个吵起来。袭人忙打发人去说:“少乱嚷,瞅着老太太不在家,一个个连句安静话也不说。”晴雯因说:“都是芳官不省事,不知狂的什么也不是,会两出戏,倒象杀了贼王,擒了反叛来的。”袭人道:“一个巴掌拍不响,老的也太不公些,小的也太可恶些。”宝玉道:“怨不得芳官。自古说:‘物不平则鸣。’【庚辰双行夹批:自来经语,未遭如是用也。】他少亲失眷的,在这里没人照看,赚了他的钱,又作践他,如何怪得?”

编者按:对芳官与婆子争吵一事,同在怡红院的三人,各自态度不同。其中,只有宝玉对芳官处境的同情理解最深,竟然引用了一句通常在严肃正经场合下使用的“物不平则鸣”,来证明芳官反抗欺凌和压迫的正当性和必然性。

※【戚序回后总评:道理彻上彻下,提笔左萦右拂,浩浩千万言不绝。又恐后人溺词失旨,特自注一句以结穴,曰诚曰信。】

又:【杏子林对禽惜花一席话,仿佛茂叔庭草不除襟怀。】

●红楼探照之一三三:

生活中各有各的难处
——从麝月压制婆子怨愤一事说起

第58回写藕官在园内烧纸祭奠,没想到犯了大忌,偏被走来的夏婆子抓住了挟嫌报复的把柄,意欲向上告发并要立即将其从现场带走。若不是适遇宝玉全力解救,用杖敲开那婆子的手将其气焰强行压制下去的话,那么刚进园来生活不久的藕官,恐怕是免不了一场更加难以经受的羞辱和气恼的。

当宝玉回到怡红院,偏又遇上了芳官与其干娘何婆子的一场大闹。打闹声中,婆子的粗野放肆,芳官的恃宠娇惯,晴雯的公正浮躁,袭人的忍让聪明,麝月的口舌锋利,宝玉的偏心袒护,历历在目,口声如闻,个性化、场景化非常鲜明,完全达到了“闻声识人”的程度。尤其是情急之下,麝月出面操演的一场有声有色的“熄火”活剧,令人神旺:

袭人唤麝月道:“我不会和人拌嘴,晴雯性太急,你快过去震吓他两句。”

麝月听了,忙过来说道:“你且别嚷。我且(**此字程乙本作“问”**)问你:别说我们这一处,你看满园子里,谁在主子屋里教导过女儿的?便(**此字程本作"就"**)是你的亲女儿,既(**此处程本加"经"**)分了房,有了主子,自有主子打得骂得(**前4字程本作"打骂"**);再者,大些的姑娘姐姐们(**此处程本加"也可以"**)打得骂得,谁许(**此处程本加"你"**)老子娘又半中间管(**此字程本作"管起"**)闲事了(**此字程本作"来了"**)?都这样管,又要叫他们跟着我们学什么?越老越没了规矩!你见前儿(**此字程本作"日"**)坠儿的娘(**此字程本作"妈"**)来吵,你(**此处程本加"如今"**)也来跟(**前2字程乙本作"跟着"**)他学?你们放心,因连日这个病那个病,(**此处程本加"再"**)老太太又不得闲心(**此字程本删**),所以我没回(**前2字程本作"也没有去回"**)。等两日消闲了(**前3字程本删**),咱们(**此处程本加"去"**)痛回一回,大家把(**此处程本加"这"**)威风煞一煞儿才好(**此处程本加"呢"**)。(**此处程本加"况且"**)宝玉才好了些,连我们(**此处程本加"也"**)不敢大声(**前2字程本删**)说话,你反打的人狼号鬼叫的。上头能出了几日门,你们就无法无天的,眼睛里没了我们(**前7字程本作"眼珠子里就没了人了"**);再两天,你们就该打我们了。他(**此处程乙本加"也"**)不要你这干娘,怕粪草埋了他不成?"

宝玉恨的用(**此字程本作"拿"**)拄杖敲(**此字程本妄作"打"**)着门槛子说道:"这些老婆子都是些铁心石头肠子(**前4字程本作"石肠似的"**),也是件(**前3字程本作"真是"**)大奇的(**此字程本删**)事。不能照看,反倒折挫(**此字程乙本作"磨"**)(**此处程本加"他们"**),天长地久(**前4字程本作"地久天长"**),如何是好!"晴雯道:"什么'如何是好',都撵了出去,不要这些中看不中吃的(**此处程乙本加"就完了"**)!"

那婆子羞愧难当,一言不发。那(**此字程乙本作"只见"**)芳官只穿着海棠红的小棉袄,底下丝(**此字程本作"绿"**)绸撒花袷(**此字程本作"夹"**)裤,敞着裤腿,一头乌油似的头发披在脑后,哭的泪人一般。

好个伶牙俐齿的麝月!一开口就针尖麦芒,以毒攻毒,趁着对方凭恃母女"名分"无理取闹的盛气,祭出"降魔"法宝,以更重更高的府内主奴"名分"以及园内"规矩",将小女孩原生家庭中的"母女"名分瞬间挤扁,压塌,无从提起。继后,再次针对婆子因有"前儿坠儿的娘来吵"的前例而有恃无恐的心理,主动出击,以攻助守,凭借"宝玉的病,需要安静"这个压倒一切的理由,抓住婆子们内心对"老太太"以及"上头"王夫人、王熙凤等主子最感恐惧的心理,泰山压顶,釜底抽薪,直斥婆子发威打闹行为性质之严重,是"无法无天的,眼睛里没了我们";并在最后发出严厉的警告,预示了婆子们最忌惮出现的灾难性后果:"她不要你这干娘,怕粪草埋了他不成?"真是连珠炮响,弹无虚发,凌厉的火力有点射有交叉,有延伸有覆盖；尖利的话语中有明言有暗示，有提醒有警告，更有压制和威胁。加上宝玉和晴雯严厉而又强硬的发声谴责，婆子一拳难敌四手，何况她又处在奴才的地位，不被打蒙而“羞愧难当，一言不发”才怪！于是，继第52回搞翻那个因女儿被撵前来找碴的坠儿娘之后的又一场“舌战”，就这样，又以“搴旗斩将”的麝月一方完胜而收场了。

这之后，不懂院内规矩的夏婆子为了取和讨好献殷勤，接碗想要帮着“吹汤”的一幕，自取其辱，可笑而又可怜，从另一侧面写出了这一类下层老妪为了顾全自家的生计而不得不在人格上所做的忍受。

说起来，人世间无论什么家庭，无论何等样人物，生活都是不容易的，都“各有各的难处”啊！连贵为大家公子小姐的宝玉、探春、黛玉，平日里养尊处优的贾母、邢王二夫人，以及无法无天的王熙凤等，何曾都事事顺心过，处处满意过！第6回中凤姐不是曾对前来“告帮”“化缘”的刘姥姥，不无矫情地说过“大有大的艰难去处”吗？其实，小户人家又特别是社会底层的贫苦人家，生活中的麻烦和艰辛更甚！说到底，见识过世间人情百态的曹雪芹，虽出身富贵之家，但历经后来的苦难贫穷之后，增进了对社会上无数小人物悲苦生活及不幸命运的同情和理解，相当程度上摆脱了贵族人物常有的鄙视劳苦者的“傲慢与偏见”。不是么，你看，前有京郊平民王狗儿一家，因生计的窘迫不得不让刘姥姥进城攀亲靠友打秋风；中有金荣寡母胡氏，为了送儿子上学节省开支甘愿“忍受欺辱”；再有府外边缘人物贾芸投靠凤姐、贾琏之时，千方百计地为“谋事”而“苦心钻营”：无不是原生态地展现了大千世界中世人各自不同的生存状态，描写了他们维持家计共有的屈辱和艰辛；对他们的境遇和改变现状做出的努力，作者笔下均给予了足够的体谅与同情。由此看来，作者曹雪芹无疑是一位真正意义上的人道主义者，他的确是在以“世法平等”“悲天悯人”的观念和眼光看待社会上的一切，不以衣冠取人，不以年纪地位、贫富贵贱论人的。

●红楼探照之一三四：

“假凤虚凰”的人生悲剧

《红楼梦》一书中，描写了除“黄昏恋”之外几乎所有的“情”和“爱”的类型，其中有歌颂，有讽刺，有肯定，有惋惜，寄寓多种。其中，荣府曾有家庭戏班中充当演员的十二个小女孩(即“十二官”)，其中扮演小生的藕官先后与小旦药官、蕊官在剧情中的卿卿我我，竟然演化成了现实生活中疯疯傻傻的依恋，就真真算得上是别样意义的人生慰藉和更加惨痛的人生命运了。这种由剧情中的夫妻演变而成的生活中的过度依恋,实因生活环境的幽闭、反常而产生,反映了从事家庭戏剧表演的优伶们精神上的孤独寂寞,以及难与人言的生理心理上的巨大扭曲和隐痛。

且说第58回中的这一天,藕官在园内烧纸祭奠自己的亡友,因不懂园内的禁忌和规矩,险些被挟嫌报复的婆子恶狠狠强行拉走,幸亏邂逅宝玉获得解救,婆子才悻悻而去。她为什么要在怡红院内烧纸呢?感激之余,藕官自己不好意思向方才庇护了她的少主宝玉解释,只是含泪带哭地说:"我也不便和你面说,你只回去背人悄问芳官就知道了。"说毕,留下悬念,扬长而去。继后,宝玉等到有了跟芳官单独相处的机会,方得探询:

> 这里宝玉和他只二人(**此句程本删**),宝玉便(**此字程本删**)将方才从火光发起,如何(**前7程本删**)见了(**此字程本删**)藕官,又(**此字程本删**)如何谎言护庇,又(**此字程本删**)如何藕官叫我问你,从头至尾(**前4字程本删**),细细的告诉他(**此字程本删**)一遍;又问他祭的果系何人(**前4字程乙本作"到底是谁"**)。芳官听了,满面含笑(**前4字程本作"眼圈儿一红"**),又叹一口气,说道:"这事说来可笑又可叹(**前5字程本作"藕官儿也是胡闹"**)。"宝玉听了,忙问如何。芳官笑(**此字程本删**)道:"你说他祭的是谁(**前7字程本删**)?(**此处程本加"他"**)祭的是死了的药官(**前2字程本作"药官儿"**)。"宝玉道:"这是友谊(**前4字程本作"他们两个也算朋友"**),也(**此处程本加"是"**)应当的。"
>
> 芳官笑(**此字程本删**)道:"那里是友谊(**此句程本作"那里又是什么朋友哩"**)?他竟是疯傻的(**前6字程本作"那都是傻"**)想头:说他自己(**前4字程本作"他"**)是小生,药(**此字程本作"药"**)官是小旦,常做夫妻,虽说是假的,每日那些曲文排场,皆是真正温存体贴之事,故此二人就疯了,虽不做戏,寻常饮食起坐,两个人竟是你恩我爱。(**前"常做夫妻"至此处53字程本改写作"往常时他们扮作两口儿,每日唱戏的时候都装着那么亲热,一来二去,两个人就装糊涂了,倒像真的一样儿。后来两个竟是你疼我,我爱你"等55字**)药(**此字程本妄作"药"**)官(**此处程本加"儿"**)一死,他(**此处程本加"就"**)哭的死去活来(**此处程本加"的"**),至今(**前2字程本作"到如今"**)不忘,所以每节烧纸。后来补了蕊官,我们见他一般的温柔体贴(**前7字程本作"也是那样"**),也曾问他得新弃旧的(**此句9字程本作"就问他为什么得了新的就把旧的忘了"**)。他说:'这又有个大道理。比如男子丧了妻,或有必当续弦者,也必要续弦为是。便只是不把死的丢过不提,便是情深意重了。若一味因死的不续,孤守一世,妨了大节,也不是理,死者反不安了。'你说可

是又疯又呆？说来可是可笑？”（前面转述藕官的话至段末88字，程本改写作“他说：‘不是忘了。比如人家男人死了女人，也有再娶的，只是不把死的丢过不提就是有情分了。’你说他是傻不是呢？”）

豆蔻年华的少女，在戏曲中常有的爱情故事滋养浸润下情窦初开，带着错误的性别认知，将剧中人的依依恋恋、生生死死，化作了自身的恩恩爱爱、酸酸楚楚。

本来，渴望爱情是人的天然欲望，即便是在礼教森严的封建社会，也是“野火烧不尽，春风吹又生”的。它反映在明代《牡丹亭》作者汤显祖的笔下，“颜色如花”的杜丽娘想到自己“年已及笄”不得“早成佳配”，竟然在梦中与一书生柔情缱绻，后来竟为此“情”而死而生；反映在清代李渔（1611—1680）的《合影楼》中，一对父母有仇的中国式的“罗密欧与朱丽叶”，隔水对影竟也可以将情爱谈说起来；反映在继后曹雪芹的《红楼梦》中，更是呈现出千姿百态、丰富多彩。在贾府这个不允许“自由恋爱”的荒诞世界里，爱情就像野草一样滋生蔓延，其中既有宝黛青梅竹马、刻骨铭心的知己之爱，也有司棋与表哥色授魂与、私订终身的爱；既有尤三姐一厢情愿的爱，也有后来宝钗、宝玉被强扭促成的爱；既有贾珍、贾琏等花花公子“大水漫灌”式的肉体之爱，也有藕官等人幽闭困守环境下的“假凤虚凰”式的精神之爱。

芳官说出的隐情，不经意间撩开了旧时代部分唱戏女孩们心酸痛苦感情生活的隐秘一角。藕官们因为家庭贫困，被贾府从江南买来学戏以备不时之需，犹如雀鸟被关在笼子里圈养着，人身不得自由，命运不由自主，青春女儿的感情无以寄托。这样一来二去，一些女孩或许因对戏里人生的沉迷，演变为其对人生爱情的渴望。它端端触碰到了人性的最深处，显示出一个被富贵人家歧视和玩弄的社会特殊群体中，适龄女孩婚恋情感世界的荒漠和黑夜一般的死寂。这何尝不是另一种形式的、令人格外触目惊心的女儿青春悲剧啊！这何尝不是黑暗世道、“人吃人”社会的罪恶啊！由此，我们也自然联想得到：身为贵族小姐的贵妃贾元春，在深宫那“不得见人的地方”被禁锢幽闭着的“囚徒”困境，以及天长日久、难与人言的痛彻感受！

至于经芳官转述藕官所宣称的这篇“大道理”，表面上看，“可是又疯又呆，说来可是可笑”；实际上，一样的可悲可悯。它表达的，似乎是一种跟世俗有别的开明豁朗的“婚恋观”和“生死观”。难怪宝玉听说了这篇“呆话”，独合了他的“呆性”，不觉又是欢喜，又是悲叹，又称奇道绝，说出“天既生这样人，又何用我这须眉浊物玷辱世界”这一类感叹中深含钦佩的话了！

在笔者看来，这里的药官映射后来的黛玉，蕊官映射后来与宝玉成婚的宝钗,藕官映射宝玉;药官死后,藕官不忘旧情,时作纪念,映射黛玉死后宝玉不忘旧情,时作纪念。支撑着宝玉跟宝钗成婚并过了一段时间夫妻生活的理念,或许就源于类似“疯傻”藕官具有的婚恋观、生死观,以及她那不同凡响的人生观吧!

第五十九回　柳叶渚边嗔莺咤燕　绛云轩里召将飞符

内容提要:途中莺儿扯下柳条编花篮,引起管护婆子的不满。春燕的姨妈和亲娘先后撒野打骂春燕。平儿带信惩罚春燕娘,婆子流泪哀求方免。

●俗话说:猪吵要卖,人吵要败。开篇即写贾府大小人众因皇家丧葬“送灵”等事繁忙奔走,将府中人员尽量出空,让平日里难有表现机会的下层人众——婆子、丫头等一类人物纷纷抛头露面、粉墨登场,上演一出出“奴仆造反”“家翻宅乱”的闹剧,表明贾府从此再无宁日。

●借闺中“宝钗春困已醒,搴帷下榻,微觉轻寒,启户视之,见园中土润苔青,原来五更时落了几点微雨”等描写,点明眼下的季节气候;以“湘云因说两腮作痒,恐又犯了杏癍癣,因问宝钗要些蔷薇硝来”为由,促成莺儿和蕊官的出行;同时又以“蔷薇硝”一物的出现,牵动第 60 回“粉硝露霜事件”的线索:作者编制故事情节的手法之精巧,无与伦比。

●仿佛鬼使神差:一个来怡红院不多久的小丫头春燕(极伶极俐,名如其人)走来,与正用柳条忙着编织的莺儿招呼之际,蕊藕二人也到了跟前。四个女孩的先后出现及碰巧扎堆,一定程度上也显示了人心之美、艺术制作之美,恰与这满园明媚的春光和美好的景色相互映衬,相得益彰。这种富有诗情画意的生活场景,又恰与婆子们出现后的吵闹、搒打、谩骂等污糟恶劣行为,形成鲜明对比。

●阅读过程中,你是不是对最后出场过问事件处理情况的平儿那“‘得饶人处且饶人’,得省的将就省些事也罢了”的治家格言,深以为然?对她深感无奈的“能去了几日,只听各处大小人儿都作起反来了,一处不了又一处,叫我不知管那一处的是”的见闻,深感忧心?对她一席话语中,透露出来的“正和珍大奶奶算呢,这三四日的工夫,一共大小出来了八九件了;你这里是极小的,算不起数儿来,还有大的可气可笑之事”等府内反乱迹象,感到心惊肉跳?所谓“外寇未兴,内患已萌”,若认作叙事闲笔,则大大辜负了作者的苦心。

平儿在府内由于所处地位特殊,加之秉性善良、长于协和,一向居中调停,受到多方信任,信息灵通而又全面,应该说,她掌握的情况是比较充分的,可信度比较高的;而且她也没有必要去夸大事实,耸人听闻。因此,从平儿反馈的种种反乱迹象来看,贾府长期以来维系人心的道义约束大为松弛,利益捆绑机制也接近断裂。随着维系家族统治的资源和力量日渐枯竭，偌大贾府必将深陷弹尽粮绝、人疲马乏、乱者为王、一盘散沙的困境和绝境，最后只能轰然倒塌。本回的描写及前后篇章的叙事，都是在蓄势积能，以成“山雨欲来风满楼”之势；一旦内外矛盾总爆发，贾府及各色人等的末日，就会猝然而至了。

●从宝玉眼中，写出大观园园内众人的“春忙”；从小丫头春燕口中，透露出她姨妈“一得了这地方，比得了永远基业还厉害，每日早起晚睡，自己辛苦了还不算，每日逼着我们来照看，生恐有人糟踏”的勤谨负责态度；从夏婆子见有人采摘了园内柳条“心疼肝断”并借机对自己的亲侄女又打又骂的恶劣表现，可见大观园园务管理体制改革，给“利益攸关方”带来的心理上、行为态度上的显著变化。这种变化，既有令人欣慰之处，亦有令人倍加警觉之处。

●须加留意的脂评：

※【戚序回前：山无起伏，便是顽山；水无潆洄，便是死水。此回于前文叙过事，字字应；于后回未叙事，语语伏：是上下关节。至铸鼎象物手段，则在下回施展。】

※【戚序回后：苏堤柳暖，阆苑春浓，兼之晨妆初罢，疏雨梧桐，正可借软草以慰佳人，采奇花以寄公子。不意莺嗔燕怒，逗起波涛；婆子长舌，丫鬟碎语，群相聚讼，又是一样“烘云托月”法。】

●红楼探照之一三五：

“喧哗与骚动”
——下层婆子们的心理逻辑和生存困境

贾府里有很多仆妇，从身份上来说，可分为老年嬷嬷、管家媳妇、陪房、奶娘、杂役婆子等几类。仆妇内部也有职责等级之别，这从对她们的称呼上可以看出。尽管其年龄身份各不相同，但恭顺、善变、嗜利等群体特征明显。曹雪芹无疑是洞悉人性隐秘、明察世情人情，最善于描写各类人物在特定情境下心理活动的高手。在他笔下的第58—59回中，将依附贾府生活的婆子（即小丫头春燕的妈——何婆，姨妈——夏婆）这两个最底层的仆妇，其言行的粗鲁愚妄及内心的七荤八素、愤愤不平，层次清晰地展现出来，自成肌理，可触可摸，完全合乎生活逻辑、事理逻辑和各自的性格逻辑。

毋庸讳言，等级森严、贫富悬殊的封建社会，底层人物的生活因充满了各式各样的酸楚悲辛，内心也是最容易受到屈辱伤害而显得支离破碎的。前有附学金荣的母亲胡氏（见第10回）之忍气吞声，本回又有春燕的老娘及姨妈这一对

“老姊妹”的迁怒于人,无不表现出她们维持生计、聊以度日的困苦艰难;从中也足见《红楼梦》作者对社会底层人物日常生活、心理健康问题的关注。什么是“温饱”,什么叫“有尊严的生活”,且看两三百年前曹雪芹笔下一群底层边缘人物,是怎样以她们的言行对这些现代理念作注脚的。

春燕的娘和姨妈,老姑嫂两个,本是愚顽之辈,兼之年近昏耄,惟利是命,一概情面不管,不撞南墙不回头,撞到南墙又可怜。尽管“可怜之人,必有可恨之处”,但若以人性人道、宽恕宽容的态度来观察,她们无一不是恶劣社会环境的产物,是被穷困苦难生活压扁抽干了血肉性灵的一群“被侮辱和损害的人”。她们应该有求自身生存、求家人温饱的权利,何况她们确实也是在以自己的劳苦付出试图维持自己最低限度的生活。园务承包,无疑唤起了一群人的责任感和劳动的积极性。虽然这些人对承包范围内的园内花草视同己出、爱惜如命,态度却显得那么锱铢必较、无可理喻。且听小丫头春燕对莺儿、藕官、蕊官的讲述:

> ……别人不知道,只说我妈和姨妈他老姊妹(**前2字程本作“姐儿”**)两个,如今越老了,越把钱看的真了。先时(**此字程本作“是”**)老姐儿两个在家抱怨没个差使,没个(**前2字程本删**)进益;幸亏有了这园子,把我挑进来,可巧把我分到怡红院,家里省了我一个人的费用不算外,每月还有四五百钱的余剩,这也还说不够。后来老姊妹(**前2字程本作“姐儿”**)二人(**此字程本作“个”**)都派到梨香院去照看他们,藕官认了我姨妈,芳官认了我妈,这几年着实宽裕(**此字程本作“绰”**)了。如今挪进来,也算撒(**此字程本作“撂”**)开手了,还只无厌,你说好笑不好笑?我姨妈刚和藕官吵了,接着我妈为洗头就和芳官吵。芳官连要洗头也不给他洗。昨日得月钱,推不去了,买了东西先叫我洗。我想了一想:我自有钱,就没钱要洗时,不管袭人、晴雯、麝月,那一个跟前和他们说一声,也都容易,何必借这个光儿?好没意思。所以我不洗。他又叫我妹妹小鸠儿洗了,才叫芳官,果然就吵起来。接着又要给宝玉吹汤,你说可笑死了人?我见他一进来,我就告诉那些规矩。他只不信,只要强做知道的,足的讨个没趣儿。(**前句“我姨妈”至此210字,程本删减为“接着我妈和芳官又吵了一场,又要给宝玉吹汤,讨个没趣儿”24字**)幸亏园里的人多,没人分(**此字程本删**)记的清楚谁是谁的亲故;若(**此字程本作“要”**)有人记得,只有我们一家人吵(**前句8字程本作“我们一家子叫人家看着”**),什么意思呢!你这会子,又跑(**此字程本作“撂”**)来弄这个。这一带地(**此处程本加“方”**)上的东西,都是我姑娘(**此字程本作“妈”**)管着。(**此字程本加“他”**)一得了这地方(**此字程本删**),比得了永远基业还利害(**前句10字程本全删**),每日早起晚睡(**前4字程本作“起早睡晚”**),自己辛苦了还不算,

每日逼着我们来照看，生恐（**此字程本作“怕”**）有人糟踏，（**此处程本妄加“我”**）又怕误了我的差使。如今（**此处程本加“我们”**）进来了，老姑嫂两个照看得谨谨慎慎，一根草也不许人（**此处程本妄加“乱”**）动。你还掐这些（**此处程本加“好”**）花儿，又折他的嫩树（**此处程本加“枝子”**）。他们即刻就来，仔细（**前2字程乙本作“你看”**）他们抱怨。

婆子们自私自利的行为，诚然让小姑娘有些打不上眼。但联系她们非人道的生活待遇，以及毫无自由和尊严的生存环境，你能不为之心存几分同情与怜悯吗？春燕对藕官说的几句有点“套近乎”意味的话，以及她与众人当面“自弹自唱”的一大篇，使我们不但加深了夏婆子告发藕官烧纸一事的印象，也搞明白了该婆子和怡红院的“临时用工”何婆（春燕娘）的亲戚关系，清楚了前不久发生的“芳官哭闹”一事的来龙去脉（程本将这部分内容删去，将丰富饱满的社会生活内容风干变瘪了）；而且还了解到了春燕的寡母及姨妈“老姊妹”二人在家待业的困苦，顺便掌握了她们入园有事做之后，特别珍惜这穷人家难得的“有进益”的机会，早起晚睡，勤勤慎慎，对所管事务无论大小都极端较真负责的履职情况。最为可贵的是，这个名如其人、伶俐聪明的小女孩，在讲到跟自己血脉相连的两个亲人无理取闹的恶劣表现时并没有偏心袒护，而是据实道来，是啥说啥，还颇为公正、鲜明地表明了自己“并不以为然”的态度，使得一个不知世事之艰难、生活之酸辛的稚气未脱小丫头形象，脱颖而出，跃然纸上。事实上，这个出身于贫家小户的小姑娘春燕，口头表达能力是很出色的：几句话，就把两件纠葛事件的前因后果，交代得一清二楚；几个字，就把姨妈和亲娘的变态心性，揭示得毫厘不爽。“近朱者赤，近墨者黑。”显而易见，她的“是非观”来自怡红院主人宝玉的影响。你听小女孩说的：

“……怨不得宝玉说：‘女孩儿未出嫁，是颗无价之（**此字程本删**）宝珠；出了嫁，不知怎么就变出许多的（**此字程本删**）不好的毛病（**此处程本加“儿”**）来，虽是颗珠子，却没有光彩宝色，是颗死珠了（**前句17字程本全删**）；再老了，更变的（**前2字程本删**）不是珠子，竟是鱼眼睛了。分明一个人，怎么变出三样来？’这话虽是混（**此处程本妄加“账”**）话，倒也有些不差（**前6字程本作“想起来真不错”**）……”

对出自宝玉之口的这一类“混话”，春燕不但记住了，开口即能背诵，而且还有几分心理上的认同。不然，她怎么会对“我妈和姨妈，她老姊妹两个，如今越老了越把钱看的真了”的现实表现，持大不以为然的态度呢？

春燕，这个颇有几分正义感的伶俐小丫头，也许正因为未经世事，还保持着一份难得的童真，确实还算是一颗未经人情雕琢的“宝珠”、未经世故污染的“青莲”。但身处浑浊势利的人世间,生老病死,衣食住行,重重的生活重压之下,谁又能够始终保持初心和本色而一心求真尚美向善呢！世道多变,生活艰难,“越老了越把钱看的真了”的春燕妈和姨妈的当年,或许跟眼前她们的小女春燕这个“无价之宝珠”一样,天真精灵,鲜蹦活跳,可喜可爱得很呢！孰知时间是块磨刀石,笑着笑着纯真就没了,走着走着心态就老了！

眼下,正当春燕为同伴采摘了园里花柳(夏婆子经管守护的“命根”!)而担心的话还未说完的时节,不巧,她姑妈果然拄了拐走来。那婆子见采了许多嫩柳,又见藕官等都采了许多鲜花,心内便不受用;看着莺儿编织,鉴于她的身份又不好说的。本来“正心疼肝断,无计可施”,又听了莺儿的玩笑,便倚老卖老,借酒撒疯,拿起拄杖来向春燕身上击上几下,又骂。偏又有春燕的娘——何婆出来找女儿,闻声赶来。几个人几件事凑在一处,于是一场谩骂和追打的闹剧,不可避免地鸣锣开场了:

他娘也正为芳官之气未平,又恨春燕不遂他的心,便走上来打(**此处程本加“了个”**)耳刮子,骂道:“小娼妇,你能上去(**此字程本删**)了几年(**此处程本加“台盘”**)?你也跟那起轻狂(**此字程本作“薄”**)浪小妇学,怎么就管不得你们了?干的我管不得,你是我□里掉(**前3字程本作“自己生”**)出来的,难道也不敢管你不成!既是你们这起蹄子到的去的地方我到不去,你就该(**此字程本删**)死在那里伺候,又跑出来浪汉(**此处程本加“子”**)。”一面又抓起柳条子来,直送到他脸上,问道:“这叫作什么?这编的是你娘的□(**此字程本作“什么”**)!”莺儿忙道:“那是我们(**此字程本删**)编的,你老(**此字程本删**)别指桑骂槐(**此处程本加“的”**)。”

那婆子深妒袭人晴雯一干人,已知(**前2字程本妄作“早知道”**)凡房中大些的丫鬟都比她们有些体统权势,凡见了这一干人,心中又畏又让,未免又气又恨,亦且迁怒于众;复又看见了藕官,又是他令姊(**前2字程本作“姐姐”**)的冤家:四处凑成一股怒(**此字程甲本作“怨”**)气。

那春燕啼哭着往怡红院去了。他娘又恐问她为何哭,怕他又说出自己打她(**前4字程本作“来”**),又要受晴雯等之(**此字程本作“的”**)气,不免着起急来,又忙(**前6字程本作“赶着来”**)喊道:“你回来!我告诉你再去。”春燕哪里肯回来,急的他娘跑了去又(**此字程本作“要”**)拉他。他(**此字程本作“春燕”**)回头看见,便也往前飞跑。他娘只顾赶他,不防脚下被青苔滑倒,引(**此字程乙本作“招”**)的莺儿三个人反都笑了。莺儿便(**此字程本删**)赌气将花柳皆掷于河中,自回房去。这里把个婆子心疼的只念佛,又骂:“促狭小蹄子!糟踏了花儿,雷也是要打(**此字程本作“劈”**)的。”自己且掐花与各房送去不提（**前2字程本删**）。

面对一直追撵女儿进了怡红院中的婆子，连一向“不言不语是好性的”袭人也不免生气。最终，还是由宝玉护着春燕，仍然由“老将”麝月出马，断然祭出“一物降一物”的“杀招”：

麝月又向婆子及众人道：“怨不得这嫂子说我们管不着他们的事，我们虽无知，错管了。如今请出一个管得着的人来管一管，嫂子就心服口服，也知道规矩了。”便回头叫（**此字程本妄作“命”**）小丫头子：“去把平儿给我们（**前2字程本妄作“我”**）叫来！平儿不得闲，就把林大娘叫了来。”那小丫头应了就走。众媳妇上来笑说：“嫂子，快求姑娘们叫回那孩子（**此处程本加“来”**）罢。平姑娘来了，可就不好了。”那婆子说道：“凭你（**此字程本作“是”**）那个平（**此字程本删**）姑娘来（**此处程本加“了”**），也（**此字程本作“也要”**）凭（**此字程本作“评”**）个理，没有（**此处程本加“见个”**）娘管女儿（**此字程本作“孩儿”**）大家管着娘的。”众人笑道：“你当是那个平姑娘？是二奶奶屋里的平姑娘（**此处程本加“啊”**）！他有情呢（**此字程本作“么”**），你说（**前2字程本作“说你”**）两句；他一翻脸，嫂子你吃不了兜着走！”

说话之间（**此句程本作“说着”**），只见（**此处程本加“那个”**）小丫头子回来说：“平姑娘正有事，问我作什么，我告诉了他。他说：‘既这样，且（**前4字程乙本作“叫先”**）撵他出去，告诉了（**此字程本删**）林大娘在角门外（**此字程甲本删；程乙本作“子上”**）打他（**此字程本删**）四十板子就是了。’”那婆子听（**此处程本加“见”**）如此说（**此处程本加“了”**），自不舍得出去（**此句程本删**），便又（**前2字程本妄作“吓得”**）泪流满面，央告袭人等说：“好容易我进来了，况且我是寡妇（**此处程本加“家”**），家里没人，正好（**前6字程本作“没有坏心”**）一心无挂的（**前3字程本删**）在里头服侍姑娘们。姑娘们也便宜，我家里也省些搅过（**此句14字程本全删**）。我这一去，又要去自己生火过活，将来不免又没了过活（**前“又要”至句尾程本作“不知苦到什么田地”**）。”

袭人见他如此（**此处程本加“说”**），早（**此字程本删**）又心软了，便说：“你既要在这里，又不守规矩，又不听说（**此字程本作“话”**），又乱打人，那里弄你这个不晓事的来？天天斗口（**此处程本加“齿”**），也叫人笑话，失了体统（**前4字程本删**）。”晴雯道：“理他呢！打发（**此处程本加“他”**）去了是（**此字程本删**）正经。谁（**此字程本作“那里那么大工夫”**）和他去（**此字程本删**）对嘴对舌的。”那婆子又央众人道：“我虽错了，姑娘们吩咐了，我（**此字程本删**）以后改过。姑娘们那不是行好积德？”一面又央（**此处程本加“告”**）春燕道：“原是我（**此字程本删**）为打你起的，究竟（**前2字程本作“饶”**）没打成你，我如今反受了罪。你也替我说说(**前6字程本作“好孩子,你好歹替我求求罢”**)。”宝玉见如此可怜,只得(**前2字程本作“便命”**)留下,吩咐他不可再闹。(**前7字程本作“不许再闹!再闹,一定打了撵出去。”**)那婆子走来(**前2字程本删**)一一的(**此字程本删**)谢过了(**此字程本删**)下去。

人在矮檐下,不得不低头。两次吵闹怡红院的婆子,前不久(见第58回)在怡红院本来已遭受过了麝月的一次敲打,被强行压制之后,内心尚不服气;此番再经麝月用婆子“最能够听懂的语言”,招将飞符,搬出平儿、林大娘等“县官不如现管”的人物出场威慑镇压,才立竿见影迅速平息了事态;泪流满面的婆子,这才偃旗息鼓,脑洞大开,前倨后恭,输得心服口服。

在对待和处理婆子吵闹事件的过程中,袭人“见他如此,早又心软了”,同情贫弱给予出路的善念,值得嘉许;宝玉适可而止见好就收,不对生活中的不幸者穷追猛打,为之预留一线生机的做法,不失厚道;倒是晴雯一撸到底、不留后路的性格,瑕瑜互现,且终将反噬自身,令人特别为之担忧。至于婆子,一个寡妇拉扯着两个未成年的女孩过日子,时间不得不耗费在大人小孩一日三餐的精打细算中,精力不得不寄托在鸡毛蒜皮的得失计较上,喜怒哀乐不得不浸泡在满世界势利人情的冰水里:其维持生计的艰难程度,超乎想象!对这些人来说,活着就是遭罪,养家就是受累,哪里还有“诗和远方”!这,或许就是“鱼眼睛”、“死珠”和“无价之宝珠”之间的截然差距吧。

在下回,作者笔下又出现了何婆和春燕和解之后受宝玉指派前往莺儿处道歉,娘儿俩一面走着一面说闲话儿的亲情融洽情景。这篇“闲话儿”,写出了融融泄泄的母女情,令人读来倍生感动;尤其是何婆子“吃一堑长一智”的自嘲,听了女儿转告宝玉“将来这屋里的人,无论家里外头的,都要回太太全放出去,与本人父母自便”的话之后,那欢天喜地“念佛不绝”的反应,以及吸取教训“自此便百依百随的,不敢倔强了”的表现,翻洗出了人世间这类“辛苦恣睢而生活”的人物本质上的朴实和善良……从这些地方,也尽可看出:悲天悯人的曹雪芹,对社会底层含辛茹苦、夹缝求生人物艰难生活处境的深切同情和真正理解。

第六十回　茉莉粉替去蔷薇硝　玫瑰露引来茯苓霜

内容提要:芳官把茉莉粉给贾环以作蔷薇硝的替代品,被发现后赵姨娘进园大闹。柳家的想通过芳官帮忙叫女儿去宝玉房中当差。芳官送来半瓶玫瑰露,柳家的倒了一些给患病的侄儿送去,哥嫂将门卫上得来的一包茯苓霜送给五儿。

●面对袭人“何事这等忙乱”的询问,平儿借“说来也好笑,等几日告诉你,如今没头绪呢,且也不得闲儿”,欲言又止,语焉不详,引而不发,虚晃一枪;实际上,这是作者的“惯用伎俩”，以此制造悬念，激发读者对后文的强烈关注。但作者犹嫌不够，又以“横云断岭”之法，借“一语未了，只见李纨的丫鬟来了”一语，以李纨的催促为名，将平儿催离了现场。实际上，是借此不露痕迹地将前面作者稍微提及但不详细叙述，也不作轻易点破的有关“家反宅乱”的话题，巧妙地截断了。

●因上回何婆打闹得罪亲戚一事，宝玉打发春燕母女前去道歉，由此成为本回“粉硝霜露事件”的穿针引线者。

●贾环、贾琮二人来问候宝玉，宝玉并无与之可谈之语：可见荣府三弟兄的关系和感情。

●人必自重而后人方重之。贾环见物伸手，意在取悦炫耀于女友，难怪芳官蔑视。

●奴才打骂哭闹，主子装病逃学：贾府的后事堪忧。

●围绕蔷薇硝的替代品“茉莉粉”，赵姨娘与儿子贾环的言来语去，相互顶撞，相互伤害，听来既觉可笑也甚觉可悲。其中，贾环的愧急气狠和一定程度上的识相忍受；彩云的息事宁人，胆小怕事；赵姨娘的浮躁粗俗，蛮横无理，乘人之危的脸相：一一跃然纸上。

●自恃有理，“遇火即着”的赵姨娘，被儿子“你不怕三姐姐，你敢去，我就伏你”一句话戳肺，激怒之下丑态百出，竟喊说：“我肠子爬出来的，我再怕不成！这屋里越发有的说了。”一面说，一面拿了那包子，便飞也似往园中去。路途中，又碰巧遇上藕官的干娘，听了夏婆子不怀好意的一番挑拨鼓动，赵姨娘越发得了意，仗着胆子便一径闯进了怡红院中。于是，一场“自取其辱”“两败俱伤”的打斗闹剧，又开场了。

●矛盾此起彼伏，故事丝丝入扣，情理鞭辟入里，看上去眼花缭乱，读起来趣味盎然。通观发生在怡红院的又一场打斗闹剧，可以说赵姨娘是有意跑来兴师问罪的，芳官是猝然之间，匆忙应对；赵姨娘是风雨兴焉，既打又骂；芳官是口舌便利，毫不示弱，言语回敬中泥沙俱下，还略占上风。在这个过程中，最可叹的，无疑是现场其他人“隔岸观火”甚至于“唯恐天下不乱”的态度：

> 众人一面劝，一面拉芳官（**前2字程本删**）。晴雯悄拉袭人说：“别（**此字程本作“不用”**）管他们，让他们闹去，看怎么开交！如今乱为王了，什么你也来打，我也来打，都这样起来，还了得呢！”外面跟着赵姨娘来的一干人听见如此，心中各各称（**此字程本作“趁”**）愿，都念佛说：“也有今日！”又有那一干怀怨的老婆子见打了芳官，也都称（**此字程本作“趁”**）愿。

紧接着，闻讯赶来的藕官、蕊官以及跟湘云的大花面葵官、宝琴的豆官等四人加入缠斗。最难堪的，还是闻讯赶来的探春：

> 问起原故，赵姨娘便（**此字程本删**）气的瞪着眼，粗了筋，一五一十，说个

不清。……探春便说:“那些小丫头子们原是些(此字程本删)顽意儿,喜欢呢,和他说说(前2字程本作“玩玩”)笑笑;不喜欢,便(此字程本删)可以不理他(此处程本加“就是了”)。便(此字程本删)他不好了,也(此字程本删)如同猫儿狗儿抓咬了一下子,可恕就恕;不恕时,也只该叫了管家媳妇们去(此字程本删),说给他去责罚。何苦自己(此字程本删)不尊重,大吆小喝,(此处程本加“也”)失了体统。你瞧周姨娘,怎不见(前3字程本加“怎么没”)人欺他,他也不寻人去?我劝姨娘且回房去煞煞性(此字程乙本作“气”)儿,别听那些(此字程本作“说瞎话的”)混账人的(此字程本删)调唆,没的(前2字程本删)惹人笑话自己呆,白给人(此字程本作“人家”)作粗活(前3字程本作“做活”)。心里有二十分的气,也忍耐这几天,等太太回来,自然料理。”一席话说得赵姨娘闭口无言,只得回房去了。

这里探春气的和尤氏李纨说:“这么大年纪,行出来的事总不叫人敬伏(此字程本作“服”)。这是什么意思,也值得吵一吵,并不留体统?耳朵又软,心里又没有计算(前2字程本作“算计”)。这又是那起没脸面的奴才们的(此字程本后移2字)调停(此字程本作“唆”),作弄出个呆人,替他们出气。”越想越气,因命人查是谁调唆的。媳妇们只得答应着,出来相视而笑,都说是“大海里那里寻(此字程本作“捞”)针去?”只得将赵姨娘的人并园中(此处程本加“人”)唤来盘诘,都说不知道。众人(此处程本加“也”)没法,只得回探春:“一时难查,慢慢访查(前2字程本作“的访”),凡有口舌不妥的,一总来回了责罚。”探春气渐渐平服,方罢。

可巧艾官便悄悄的回探春说:“都是夏妈和我们(前2字程本作“这芳官”)素日(前2字程本前移三字)不对,每每的造言生事(前4字程本作“造出些事来”)。前儿(此字程本作“日”)赖藕官烧纸,幸亏是宝玉叫他烧的(前6字程本删),宝玉(前2字程本作“宝二爷”)自己应了,他才没话说(此字程本删)。今儿(此字程本作“日”)我与姑娘送手帕(前2字程甲本作“手巾”;程乙本作“绢子”)去,看见他和姨奶奶在一处说了半天,嘁嘁喳喳的,见了我(此处程本加“来”)才走开了。”探春听了,虽知情弊,亦料定他们皆是(此字程本删)一党,本皆淘气异常,便只答应,也不肯据此为实(此字程本作“证”)。

探春劝告母亲的一席话,沉痛而理性;将之劝离现场之后,对尤氏和李纨说的话,清醒而又无奈。总的来说,她对自己母亲性情的掌握和整个事件中事态扩大原因的分析判断,无疑是精准的;因命人查是谁调唆的,当然是徒劳而无益的。因为媳妇们的阳奉阴违、虚与委蛇,大搞“上有政策,下有对策”的一套,于是此事便暂告一段落而不了了之。俗语曰“难得糊涂”,估计探春也没有足够的兴趣和有效的办法,为生母“不光彩”的事去刨根究底了;即便有身边艾官不怀善意的告密,她听了也不为所动。这些地方,表现出了三姑娘特有的、足够的明敏理智和镇静。

●一波刚伏,一波又起。由探春处当役的夏婆子的外孙女——蝉姐儿,得到探春身边丫头翠墨的密告,对芳官一班人怀恨在心,牵扯出芳官跟柳家母女的瓜葛,借此表现出小小大观园内你中有我、我中有你、矛盾重重的复杂人际往来,以及盘根错节的利益纠葛,为“粉硝霜露事件”的发生创造了必要条件。

●所谓茉莉粉、蔷薇硝,是一种用花瓣等调和制作的、有搽脸治癣等药用价值的化妆品;所谓玫瑰露和茯苓霜,是以玫瑰、茯苓等为原料精心制作而成的汁状饮品。因此,粉硝和霜露,是两类不同作用的物品,不能混为一谈。

●芳官出门,偶遇蝉姐,两个小丫头明争暗斗,你言我语中火药味十足。特别是芳官戏耍对方,居然拿着热糕问到后者脸上,继后“还将手内的糕一块一块的掰了,掷着打雀儿顽”这一类的言语、动作、神态,将芳官的恃宠骄横的个性心理,表现得淋漓尽致。而针尖对麦芒的小蝉说话中的含沙射影和一定程度上的忍气吞声,也同样将这个女孩“玫瑰带刺”的性格暴露无遗。

●对赵姨娘闯入自己的居处打闹,当时并不在场的宝玉做何感想,原文有交代:心中自是不悦,说又不是,不说又不是,只得等吵完了,打听着探春劝了她去后,方从蘅芜苑回来,劝了芳官一阵,方大家安妥。

●芳官将小半瓶玫瑰露送与正在厨房里的柳家母女之后出来,二人的一番私言密语,性情、见识尽在其中:芳官对五儿所托事务,分析到位,拿捏精准,态度真诚,特别是对求情时机的分析,吹糠见米,合情合理,使我们不得不对芳官这一类“鬼精灵”女孩在洞察人情、练达世务方面的早熟,感到惊讶和佩服;而五儿的一番倾诉,展露的是一颗体谅、报答慈母疾苦的玲珑剔透女儿心,亦令人感动。

●前往哥嫂家探望侄儿病情时,柳家的忽见一群人来,内中有一个小伙姓钱名槐便推说不得闲,起身走了。钱槐原系何人,这般让柳家的避之唯恐不及?且看原文介绍:

> 可巧又有家中几个小厮同(**此字程乙本作“和”**)他侄儿素日相好的(**此处程本加“伴儿”**),走来问候(**前2字程本作“看”**)他的病。内中有一小伙名唤(**前4字程本作“个叫做”**)钱槐者(**此字程本删**),乃系(**前2字程本作“是”**)赵姨娘之内侄(**此字程本作“亲”**)。他父母现在库上管账,他本身又派跟贾环上学。因他有些钱势(**前4字程本作“手头宽裕”**),尚未娶亲,素日看上了(**此字程本删**)柳家的五儿标致,(**此处程本加“一心”**)和父母说了,欲(**此字程本删**)娶他为妻。也曾央中保媒人,再四求告。柳家父母却也情愿。争奈五儿执意不从,虽未明言,却行止中已带出(**此句7字程本作“却已中**

止”),(此处程本加“他”)父母未敢应允。近日又想往园内去,越发将此事丢开,只等三五年后放出来(此字程本作“时”),自向外边择婿了。钱家(前2字程本作“钱槐家中人”)见他(此字程本删)如此,也就罢了。怎奈钱槐不得五儿,心中又气又愧,发恨定要弄取成配,方了此愿。今日也同人来瞧(此字程本作“看”)望柳侄(前2字程本作“柳氏的侄儿”),不期柳家的在内。

钱槐,身份是“家内几个小厮”之一,又系赵姨娘之内侄,派跟贾环上学的随从。从他对柳家五儿的穷追不舍,不管对方情不情愿,“发恨定要弄取成配,方了此愿”的狠劲来看,此人绝非善类,十有八九会在最后贾府“墙倒众人推”的过程中掀波起浪、惹是招非的。只可惜,随着曹雪芹后半部原稿的“迷失”,有可能牵扯到此人“一番作为”的描写,无缘再见。不过,曹雪芹在本回推出此人现身,并对他的家庭情况、个人气性、婚姻追求等情况,做了如此慎重其事的介绍,绝非闲笔。参照“契诃夫之枪”的戏剧性原则,以及曹雪芹设置人物情节一贯的别具匠心来看,曹雪芹笔下的钱槐(“槐”字谐音“坏”),绝不是仅仅只现身眼下这一次。此人绝对是贾环一样的阴狠角色,也绝对会在贾府彻底走向败落的过程中发挥作用的。由此可见,曹雪芹早已在为全书的“后半部”反映贾府“忽喇喇似大厦倾,昏惨惨似灯将尽”的宿命,提前做人物、情节等方面的布局了。

●就牵涉面较深、较宽的“粉硝霜露事件”而言,前些回是预伏线索,本回是蓄势铺垫,下一回才是燃点引爆。

●须加留意的脂批:

※【戚序回前:前回叙蔷薇硝,戛然便住;至此回方结过蔷薇案,接笔转出玫瑰露,引起茯苓霜,又戛然便住:着笔如苍鹰搏兔,青狮戏球,不肯下一死爪。绝世妙文!】

※【戚序回后:以硝出粉是正笔,以霜陪露是衬笔。前必用茉莉粉才能构起争端,后不用茯苓霜亦必败露马脚。须知有此一衬,文势方不径直,方不寂寞。宝光四映,奇彩缤纷。】

●红楼探照之一三六:

世态人情　随笔点染
——《红楼梦》中到处可见的“后门”现象

厨役柳家的和五儿,是曹雪芹笔下一对令人难忘的母女形象。作为小家碧玉的柳家女儿,自第60回方出场亮相。其大致情况如下:

原来这(此字程本删)柳家的有个女儿(前2字程本作"女孩儿"),今(此字程甲本删)年才十六岁,虽是厨役之女,却生得人物与平、袭、紫、鸳皆类。因他排行第五,便叫他是(此字程本删)"五儿"。因(此字程乙本作"只是")素有弱疾,故没得差(此字程本作"差使")。近因柳家的见宝玉房中的(此字程本删)丫鬟差轻人多,且又闻得(此字程本删)宝玉将来都要放他们,故如今要送他(此字程本删)到那里(此处程本加"去")应名儿(此字程本删)。正无头路(前2字程本作"路头"),可巧这柳家的是梨香院的差役(此字程本作"使"),他最小意殷勤,服侍的芳官一干人比别的干娘还好,芳官等亦(此字程本后移二字)待他们(此字程本删)极好。如今便和芳官说了,央芳官去与(此字程本作"和")宝玉说。宝玉虽是依允,只是近日病着,又见事多(前3字程本作"有事"),尚未说得(前2字程本作"得说")。

曹雪芹笔下的人物,没有本质上的高低贵贱,"鸡窝里飞出金凤凰"的女性比比皆是,何只"五儿"一人!再说,柳家的煞费苦心,全力营求,盘算着要走芳官的后门捷径,顺便将女儿送到怡红院那里"占个编制",找份轻松体面的差事来"应名儿",实属爱女心切,人之常情。而五儿自身容貌资质不错,心气也高,又因母亲最小意殷勤,服侍得芳官一干人比别的干娘(譬如对藕官和芳官非打即骂的何婆、夏婆子等)还好,因此获得了"芳官等亦待她们极好"的情感回报。有了交情,就有了可利用的人脉资源。于是刨开门路,巩固成果,不断深化与宝玉身边受宠丫头的情分,就成为母女二人实现梦想的必然选择。说到底,柳家母女七弯八绕"曲径通幽"般的人脉关系营求,也正是人情社会中"后门现象"的真实反映。

人情社会,讲究礼尚往来。柳家的将芳官"走后门"送来的玫瑰露作为"稀罕物",倒了半盏给患了热病想喝清凉的侄男送去;她的嫂子投怀送抱,也将"昨儿有粤东的官儿"来"走后门","送了上头两小篓子茯苓霜,余外给了门上人一篓作门礼,你哥哥分了这些"的茯苓霜,包了一包,暗地里递与柳家的带回给五儿吃,并且言明:

本来我要瞧瞧他去,给他带了去的,又想(此字程本作"想着")主子们不在家,各处严紧,我又没甚么差使,有要没紧(前4字程本删)跑些(此字程本删)什么?况且这两日风声,(前字程本删)闻得(此字程本作"着")里头家反宅(此字程甲本作"作")乱的,倘或沾带了倒值多的(此字程本作"了")。姑娘(此字程本作"妈")来的正好,亲自带去罢。

几句亲戚妇人间的嘀嘀咕咕,便将封建时代地方官上京城跑门路送"孝敬",还要被雁过拔毛给"门礼"等陋规鄙习,和盘托出;也从社会影响层面,将贾府"这两日风声,闻得里头家反宅乱的"的不良舆情,再次做重度渲染。由此可见,当时社会上形形色色"走后门"现象,是多么的普遍;贾府的内乱,已经到了众人皆知,且避之唯恐不及的严重地步。尤其要注意的是,有关贾府内乱频发的惊雷般的讯息,作者竟然不动声色,是巧借府内、府外有亲戚关系的两个"无关紧要"的局外人,通过"私下悄语""旁敲侧击"的方式,而作间接发布的。

第六十一回　投鼠忌器宝玉瞒赃　判冤决狱平儿行权

内容提要:司棋泄愤,领人捣乱厨房。柳五儿将母亲带回的茯苓霜,分出一半偷空给园内芳官送去;回来的路上,却被当贼拿住。宝玉替彩云瞒赃,凤姐还要追究,被平儿劝止。

●这场由迎春房中大丫头司棋发起,房内小丫头子们紧随其后配合的"厨房打砸事件",看似猝发,实为积怨;时间虽短,性质恶劣。它虽直接打脸柳家的,冲击的却是园内的管理秩序和全府一直以来"太平无事"的气氛。事情是由司棋派小丫头莲花儿去厨房要炒鸡蛋,厨头柳家的抱抱怨怨并不买账引起的:

> 莲花儿赌气回来,便添了一篇话,告诉了司棋。司棋听了,不免心头起火。此刻伺候迎春饭罢,带了小丫头们走来,见了许多人正吃饭,见他来的势头不好,都忙起身陪笑让坐。司棋便喝命小丫头子动手,"凡箱柜所有的菜蔬,只管丢出来(**前3字程本作"扔出去"**)喂狗,大家赚不成。"小丫头子们巴不得一声,七手八脚抢上去,一顿乱翻乱掷的(**此字程本删**)。
>
> (**此处程本加"慌的"**)众人一面拉劝,一面央告司棋说:"姑娘别误听了小孩子的话。柳嫂子有八个头(**此字程乙本作"脑袋"**),也不敢得罪姑娘。说鸡蛋难买是真。我们才也说他不知好歹,凭是什么东西,也少不得变法儿去。他已经悟过来了,连忙蒸上了。姑娘不信,瞧那火上。"司棋被众人一顿好言(**此字程本作"言语"**),方将气劝的渐平(**此处程本加"了"**)。小丫头们也没得摔完东西,便拉开了。司棋连说带骂,闹了一回(**此字程乙本作"会"**),方被众人劝去。
>
> 柳家的只好摔碗丢盘,自己咕嘟(**此字程本妄作"唧"**)了一回,蒸了一碗蛋(**此字程本作"鸡蛋"**),令人送去。司棋全泼了地下了(**此字程本删**)。那人回来也不敢说,恐又生事。

司棋不问青红皂白,做事不考虑后果,意气用事,蛮横无理,打闹厨房后余恨未消,还将蒸了送来的一碗蛋全泼地下了,说起来,还是有些过分!司棋后来的不幸遭遇,诚然值得同情;但眼下的仗势欺人,算得上胆大妄为。司棋的弄性逞能,不但伏后来被撵之由,亦可见迎春素日性情软弱,弹压不住身边众人。此外,"摔碗丢盘自己咕嘟了一回",还得"蒸了一碗蛋令人送去"的细节,也真实反映了厨头柳家的这一类生活中的小人物,遇事不得不忍气吞声、无可奈何的境地。真要感叹作者手中这支鬼斧神工般的笔，道出了人世间芸芸众生因为各种不同的生活，而各具情态的喜怒哀乐！

●"厨房造反"过程中的翻箱倒柜，也为后文小丫头子莲花儿提供厨房玫瑰露瓶这个"贼赃"线索，留下了伏笔。

●一场打砸事件之后，园内一隅一度混乱紧张的气氛，似乎缓和下来。岂知柳家母女运气不好，因五儿要进园将"来自舅舅家的贵重物品"茯苓霜分赠芳官，出园时恰撞在"网里"，被人盘查之际表现得辞钝色虚，引起巡园的林之孝家的怀疑；又因"宿敌"小蝉、莲花儿适逢其时的弄舌栽赃，于是因露及霜，牵三挂四，遂引发了一桩人事关系复杂、涉及园内园外多方的"粉硝露霜事件"……真是无巧不成书！作者通过整个事件来龙去脉的生动展现，揭露了府内错综复杂的利益矛盾和人际关系。其间，莲花儿的落井下石；小蝉儿的乘人之危；林之孝家的主观臆断，敷衍塞责；凤姐的刻毒狠辣而又心气不高；众人的隔岸观火，幸灾乐祸；晴雯的检举揭发，有失厚道；平儿的息事宁人，面面俱到；以及怡红院男男女女们的投鼠忌器，左右为难；彩云的一时肝胆；秦显女人的急欲取人而代之，偷鸡不成倒蚀把米等丑态：屡屡触及人性中的光明与阴暗、真善美与假恶丑的上下两端，让人感叹唏嘘不止。

●须加留意的脂评：

※【戚序回前：数回用蝉脱体，络绎写来，读者几不辨何自起、何自结，浩浩无涯。须看他争端起自环哥，却亦起自彩云；争端结自宝玉，却亦结自彩云。首尾收束精严，六花长蛇阵也。识者着眼。】

※【戚序回后：赵姨痛儿，弄得羞愧满面；柳家惜女，几至鞭楚随身：可知养子种孙自有大体，莫学那溺爱禽犊。柳家婆煮糕烹茶，何等殷勤，未得些儿便宜；秦家婆偷仓盗库，百般赔垫，反伤无数钱财：可知君子安贫，达人知命，原有乐处。】

●红楼探照之一三七：

咬文嚼字：有"情赃""情权"的说法吗

第61回回目己卯、庚辰、甲辰本相同，皆作"投鼠忌器宝玉情赃　判冤决狱平儿情权"；唯己卯本又于两个"情"字旁，分别添改"瞒"和"行"二字，与程甲本类似。蒙府(该回正文佚散，全书存有总目)、戚序本文字除下联"情权"作"徇私"外，其余回目文字全同庚辰本。梦稿本此回回首缺数页，系据程甲本补；列藏本两处"情"字，分别作"讯"和"行"。那么，就曹雪芹的原笔原意而言，该回目中"情赃”和“瞒赃”以及“情权”和“行权”,究竟孰是孰非,何去何从呢?

首先,曹雪芹是语言大师,一部《红楼梦》无论是从文学语言艺术的角度去赏析它,还是从汉语语言学的角度去研究它,都会让人大有收获,领略其无穷魅力。如果要以一部中国古代小说的语法事实为主要标准,从中总结归纳出现代汉语语法规律,以此为基础构建一种新的中国现代语法系统的话,这部小说,就非《红楼梦》莫属。因为它是用标准的北京话写的,合于现代汉语的基本条件;同时它的语言材料也最为丰富,语言实践最具创造性和通用性。

不过,作为汉民族语言运用者和卓越创新者的曹雪芹,是有着自己个人独特的语言文字表达习惯的,具体表现在一些常用字词的搭配使用方面,未必跟现代汉语的语法习惯完全吻合。譬如“情”字,在《红楼梦》一书中,无疑是一个非常重要的、非常具有个性化色彩的概念。它是曹雪芹思想性格自我“标识”的独特符号,是《红楼梦》作者观察世界、描写人物活动的重要思想理念和方法手段。而表现在用字构词上,他就更喜欢将“情”“赃”“权”等名词,跟“赠”“遗”等动词直接粘连搭配,从而表现出丰富而又绵远的意蕴。这种字词的搭配,虽未必完全符合现代汉语语法规范,但深具曹雪芹个人的思想感情色彩,我们不能以己为是,以彼为非。

姑且不论脂批中屡见不鲜的“情情”“情不情”等提法,仅就小说前八十回回目中出现的这一类曹雪芹风格的“情”字用语来看,是屡见不鲜的。譬如有第9回的“情友”,第28回的“情赠”,第32回的“情烈”,第36回的“情悟”,第52回“情掩”,第57回的“情辞”,第62回的“情解”,第64回“情遗”。另有第6回回目中的“云雨情”,第19回的“情切切”,第26回的“发幽情”,第29回的“痴情女情重愈斟情”,第34回的“情中情因情感妹妹”,第39回的“情哥哥”,第43回的“不了情”,第47回的“调情”,第48回的“滥情人情误思游艺”,第58回的“真情揆痴理”,第66回的“情小妹耻情归地府”,第77回的“美优伶斩情归水月”等,又比较符合现代汉语组词习惯的有关“情”字的用法。因此,就最接近曹雪芹原笔,最贴近曹雪芹用语习惯的角度去考察,第61回回目中的两个“情”字,无疑是保持了原作原貌的,当予保留;而其他“瞒”“徇”“行”字等,均为臆改,就未必可取了。

●红楼探照之一三八:

“一场欢喜忽悲辛”
——且说柳家母女的人生“过山车”体验

第61回开篇,紧承上回回末内容,作者涉笔成趣,状写厨头柳氏自哥嫂家得了一包茯苓霜回来,进入园门之际,按捺不住心头的喜悦,与调皮的守门小厮大开了一阵“粗野而不失亲热”的玩笑。打牙犯嘴之间，来自世俗生活的浓烈气息阵阵袭来，令人神旺：

（**此处程本加“话说”**）那柳家的（**此处程本加“听了这小么儿一席话”**）笑道：“好猴儿崽子，你亲婶子找野老儿去了，你岂（**此字程乙本删**）不多得一个叔叔（**此处程乙本加“吗”**），有什么疑的！别（**此字程甲本作“不要”**）讨（**此字程本作“叫”**）我把你头上的杩子盖似的几根□（**此字戚序本作“黄”；甲辰本删**）毛（**前6字蒙府、梦稿、程本妄删**）挦（**此字程本作“揪”**）下来！还不开门让我进去呢。”这（**此字程甲本删；程乙本作“那”**）小厮且不开（**此字程本作“推”**）门，且（**此字程甲本作“且又”；程乙本作“又”**）拉着笑说：“好婶子，你这一进去，好歹偷些（**此字程本作“几个”**）杏子（**此字程本作“儿”**）出来赏我吃。我这里老等。你若（**此字程本作“要”**）忘了时（**此字程本删**），日后半夜三更打酒买油的，我不给你老人家开门，也不答应你，随你干叫去。”

柳氏啐道：“发了昏的，今年不（**此字程本作“还”**）比往年，把这些东西都分给了众奶奶（**前2字程本作“妈妈”**）了。一个个的不象抓破了脸的，人打树底下一过，两眼就象那黧鸡似的，还动他的果子！昨儿我从李子树下一走，偏有一个蜜蜂儿往脸上一过，我一招手儿，偏你那好舅母就看见了。他离的远看不真，只当我摘李子呢，就□（**此字戚序本作“波”；甲辰本作“鸟”**）声浪嗓喊起来，说又是‘还没供佛呢’，又是‘老太太、太太不在家还没进鲜呢，等进了上头，嫂子们都有分的’，倒象谁害了馋痨等李子出汗呢。叫我也没好话说，抢白了他一顿（**前句“昨儿”至此120字，蒙府、梦稿、程本全删**）。可是你舅母、姨娘两三个亲戚都管着，怎（**此字程本作“怎么”**）不和他们要的（**此字程甲本作“去”；程乙本删**），倒和我来要？这可是‘仓老鼠和（**此字程本作“问”**）老鸹去借粮——守着的没有，飞着的（**此处程本加“倒”**）有’？”

小厮笑道：“哎哟哟，没有罢了，说上这些闲话！我看你老（**此处程本加“人家从今”**）以后就用不着我了？就便（**此字程本删**）是姐姐有了好地方（**此处程乙本加“儿”**），将来更（**此字程本删**）呼唤着（**此字程本作“我们”**）的日子多（**此处程本加“着呢”**），只要我们多答应他些就有了。”柳氏听了，笑道：“你这个小猴（**此处程本加“儿”**）精，又捣鬼（**此字程乙本作“蛋”**）吊白的（**前3字程本作“了”**），你姐姐有什么好地方了（**此字程乙本作“儿”**）？”那小厮笑道：“别（**此字程本作“不用”**）哄我了，早已知道了。单是你们有内牵（**此字程本作“纤”**），难道我们就没有内牵（**此字程本作“纤”**）不成？我虽在这里听哈（**此字程本作“差”**），里头却也有两个姊妹（**前2字程本作“姐姐”**）成个体统的,什么事瞒了我们(前4字程乙本作“瞒的过我”)!”

从柳氏对顽皮守门小厮近似“要挟”提出的“偷些杏子出来赏我吃”的请求甚感为难之表现,作者非常巧妙地借府内中下层职事人员的视角,从一个重要侧面反映出大观园实行“分包责任制”之后物业管理的加强,以及随之出现的人际关系变化:因直接关系到经济收益,相关人员养护周到,看管严密,不容侵犯,使其他人进园大感“瓜田不纳履,李下不整冠”的警觉氛围。而柳家媳妇绘声绘色讲述的亲身经历,也大大增强了我们对园内“改革新政”成效的感性认识。遗憾的是,己卯、庚辰、戚序、俄藏本等脂本中这段精彩绝伦的个性化语段,甲辰本尚作基本保留;而蒙府、梦稿、程高本却毫无道理地一笔删去,以致一字不留,使得下文柳氏反唇相讥的“可是你舅母姨娘两三个亲戚都管着,怎不和他们要的,倒和我来要;这可是‘仓老鼠和老鸹去借粮——守着的没有,飞着的有’”等字句,缺少了必要的人物关系过渡,且语意的衔接显得有些生硬牵强,不再那么尖新泼辣而又圆溜顺滑了。

紧接着园门口男女二人的随口闲话,似乎不经意间又牵扯出了更多的园内生活内容;特别是柳家女儿“有了好地方”一事,更透露出了园内外各种人际关系的敏感复杂和潜流涌动。俗话说:“世上没有不漏风的墙。”柳家母女的夤缘攀附和试图实现的“阶层逆袭”,想来不让人知道也难,不招人嫉恨更难。继后,柳家母女类似坐上过山车那样的“登高必跌重”人生际遇体验,无不说明“乐极生悲”“否极泰来”“荣辱自古周而复始”这类“真言”“咒语”的超级灵验。不是么,自以为“上层路线”走通,“掌上明珠”未来可期,那一时之间乐不可支、谈笑风生的厨娘何曾想到:转瞬之间,意外发生,一家子可期可盼的生活竟然就从美好梦想的云端里,一个倒栽葱下来,跌落到了冰冷僵硬的现实地板上!职位被人顶替,人身失去自由,爱女也被关押,前途一片黑暗,说不尽的失魂落魄、恐惧莫名、觳觫可怜、以泪洗面……眼下,回想前不久还激情满怀的野心和热望,真不知她们是否会有“今夕何夕,恍若隔世”的感觉!

说起来,人世间无处不有的祸福相依、攻守异势、贫富转换、对错颠倒,而让不幸遭遇者哭笑不得甚而至于怀疑人生的事,又何止这一件两件,又何止这一人两人啊!“人往高处走,水往低处流”,本自然之理;但无如现实生活中锦上添花者多,雪中送炭者少;明哲保身、隔岸观火者多,路见不平、拔刀相助者少。诸如“恨你有,笑你无;嫌你弱,怕你强;资源少,相互咬”的现象,“上等人,帮人;中等人,挤人;下等人,踩人”的现象,以及英国哲学家培根(1561—1626)所说的“人可以允许陌生人的发迹,却决不能原谅一个身边人的上升”等现象,不是非常普遍而且严重么?

且看柳家母女猝然倒霉之后，她们自身的感受以及周围众人的态度：

这里五儿被人软禁起来，一步不敢多走。又兼众媳妇也有劝他说："不该做这没行止之(**此字程本作"的"**)事。"也有报怨说："正经更还坐不上来，又弄个贼来给我们看(**此字程本作"看守"**)。倘或眼不见寻了死，(**此处程本加"或"**)逃走了，都是我们(**此处程本加"的"**)不是。"于是(**前2字程本删**)又有素日一干与柳家不睦的人，见了这般，十分趁愿，都来奚落嘲戏他。这五儿心内又气又委屈，竟无处可诉；且本来怯弱有病，这一夜思茶无茶，思水无水，思睡无衾枕，呜呜咽咽直哭了一夜。

谁知和他母女不和的那些人，巴不得一时撵出他们去(**前5字程本作"就撵他出门去"**)，惟(**此字程本作"生"**)恐次日有变，大家先起了个清早，都悄悄的来买转平儿，一面送(**前3字程本作"送了"**)些东西，一面又奉承他办事简断，一面又讲述他母亲素日许多不好(**此处程本加"处"**)。

真是"墙倒众人推""鼓破万人捶"！大概是平日里柳家女人心眼灵活口齿便利，巴结讨好了部分人的同时，对另一部分人有所怠慢有所得罪了吧。你看，素日一干与柳家不睦的人，见她倒霉，便"十分趁愿，都来奚落嘲戏他"，"巴不得一时撵出他们去"，还"惟恐次日有变"，于是一致采取集体行动要"痛打落水狗"，还不忘给主事的平儿传达"民意"，变相施加"必须严惩对方才行"的心理压力。

种瓜得瓜，种豆得豆；世间一切，皆有因果。大概是一向以来与大家"平起平坐"的柳家媳妇时来运转了吧，除了献殷勤刨门路拉关系，换来了女儿即将攀上高枝的机缘不说，现在又有了园内小厨房"捞油水"的职位之便，这怎能让平日里"彼此彼此"的大家伙儿心里平顺？眼看其人日子过得顺风顺水，生活一成不变的众人不与她产生积怨、不切盼她倒霉才怪！不过，这些心理不平衡的人趁机背后捅捅刀子，要将之绊倒并"打趴在地"的行为，尚不奇怪；但生活中总有一些人，尽管与当事者素昧平生无冤无仇，却偏偏喜欢在人家落难倒霉时节，不分青红皂白，一律幸灾乐祸，恨不得踩上一脚的种种行为，往往让"线性思维者"纳闷而不明就里。说到底，这或许是一些人看到别人倒霉就不自觉地产生幸运的心理，或是因不满于现状而忌妒比自己过得好的人而产生的阴暗狭隘心理吧。

人生，充满"阴差阳错式"的不确定性；有时，也会出现"峰回路转式"的戏剧性插曲。谁曾料到，因为主事者平儿的明察，一件几乎众口一词、板上钉钉的冤假错案，居然得到了及时的、正确的纠正。于是，背时倒灶的柳家女人恢复了原职，照常从事园内厨房事务的管理；而急着填补职位空缺，还要忙着查找前任"亏空"的"关系户"，惊魂未散、垂头丧气、极度郁闷之余，只好狼狈地卷包离去，屁股上还因"暂理期间"留下的一笔烂账要自己去偿还，方脱得了干系呢！

但“否极泰来”的柳家媳妇,也不会高兴得太早。因为遭此一劫,她寄托了无限希望的“奴才命小姐心”的女儿却因身体病弱、心理脆弱,犹如春花弱柳经受不住这次暴风骤雨般的摧残袭击,以致一蹶不振,奄奄一息,不久之后即玉殒香消,不幸离世了。不用说,柳五儿的死,会给她母亲带来何等深重的伤痛;至少说,柳家媳妇的人生,定会因这场鸡飞蛋打的悲剧失去光彩,曾经高涨的心气无论如何也是恢复不到从前的。第 73 回交代贾母雷厉风行查处园内赌博活动的时候,柳家媳妇之妹也因放头开赌得了不是。第 74 回写园中“有素与柳家不睦的”,便又揪住不放,前来告发,说柳二媳妇和她妹子通同开局,凡妹子所为都是她做主,赚了钱两个人平分。因此凤姐要治柳家之罪。那柳家的闻讯,便慌了手脚,因思素与怡红院人交情最为深厚,故走来悄悄地央求晴雯和金星玻璃(即芳官)告诉了宝玉,要他转为求情缓解。要不是手握权柄的凤姐心灰意懒不想再管闲事,因而打马虎眼放过了她,那么仅此一次,柳家媳妇就又将重蹈覆辙、在劫难逃了。可见,惯于职务范围内看菜下碟、殷勤讨好主子身边人因而也得罪了不少旁人的厨娘,尽管仍在贾府当差,却也是实实在在地走着人生和职场的下坡路了。

●红楼探照之一三九:

繁复之中见丰神
——大师笔下妇人的絮絮叨叨

第 61 回写春风得意、兴高采烈、心情大好的柳家媳妇回到园中,回到自己可以“当家做主”的小厨房,按着房头分派菜馔的时候,忽见迎春房里的莲花儿走来传达“二层主子”的旨意:“司棋姐姐说了,要碗鸡蛋,炖的嫩嫩的。”面对这些动辄走来要东要西、白占便宜的小丫头,又特别是平时就不大受人待见的二姑娘房里来的人,惯于“看菜下碟儿”的厨头柳家的,根本就没有将她们放在眼里。因此应对的态度,就大不耐烦:

> 柳家的道:“就是这样(**此字程本作“一样儿”**)尊贵。不知怎的,今年这(**此字程本删**)鸡蛋短的很,十个钱一个还找不出来。昨儿(**此字程本作“日”**)上头给亲戚家送粥米去,四五个买办出去,好容易才凑了二千个来。我那里找去?你说给他,改日吃罢。”
>
> 莲花儿道:“前儿(**此字程本作“日”**)要吃豆腐,你弄了些馊的,叫他说了我一顿;今儿(**此字程甲本作“日”**)要鸡蛋,又没有了。什么好东西,我就不信连鸡蛋都没有了,别叫我翻出来。”一面说,一面真个走来,揭起菜箱一看,只见里面果有十来个鸡蛋,说道:“这不是?你就这么利害!吃的是主子的

(**此字程本作“分给”**),我们的分例,你为什么心疼?又不是你下的蛋,怕人吃了。”

柳家的忙丢了手里的活计,便上来说道:“你少满嘴里混唚!你娘(**此字程本作“妈”**)才下蛋呢!通共留下这几个,预备菜上的浇头(**前2字程乙本作“飘马儿”**)。姑娘们不要,还不肯做上去呢,预备接急(**前2字程本作“遇急儿”**)的。你们吃了,倘或一声要起来,没有好的,连鸡蛋都没了。你们深宅大院,水来伸手,饭来张口,只知鸡蛋是平常物件(**前2字程乙本作“东西”**),那里知道外头买卖的行市呢?别说这个,有一年连草根(**此字程本作“棍”**)子还没了的日子还有呢。我劝他们,细米白饭,每日肥鸡大鸭子,将就些儿也罢了。吃腻了膈(**此字程本作“肠子”**),天天又闹起故事来了。鸡蛋、豆腐,又是什么面筋、酱萝卜炸儿,敢自倒换口味。只是我又不是答应你们的,一处要一样,就是十来样。我倒别伺候头层主子,只预备你们二层主子了。”

莲花听了,便红了脸,喊道:“谁天天要你什么来?你说上这(**前2字程乙本作“这么”**)两车子话!叫你来,不是为便宜,却(**此字程乙本作“是”**)为什么?前儿小燕(**前4字程本作“前日春燕”**)来,说晴雯姐姐要吃芦蒿(**前2字程乙本作“蒿子杆儿”**),你怎么忙的还问肉炒鸡炒?小(**此字程本作“春”**)燕说:‘荤的因(**此字程本删**)不好,才(**此字程乙本删**)另叫你炒个面筋的(**此字程本作“儿”**),少搁油才好。’你忙的倒(**前2字程乙本作“着就”**)说自己发昏,赶着洗手炒了,狗颠(**此处程本加“屁股”**)儿似的亲(**此字程乙本作“亲自”**)捧了去。今儿反倒拿我作筏子,说我给众人听。”

柳家的忙道:“阿弥陀佛!这些人眼见的。别(**此字程甲本作“不要”**)说前儿(**此字程本作“日”**)一次,就从旧年一立厨房(**前4字程本删**)以来,凡各房里(**前4字程乙本作“那屋里”**)偶然间不论姑娘、姐儿们要添一样半样,谁不是先拿了钱来,另买另添?有的没的,名声好听。说我单管姑娘厨房省事,又有剩头儿,算起账来,惹人恶心(**此句23字程本全删**):连(**此字程本作“算着连”**)姑娘带姐儿们四五十人,一日也只管要两只鸡,两只鸭子,十来(**前2字程本作“一二十”**)斤肉,一吊钱的菜蔬。你们算算,够作什么的?连本项两顿饭还撑持不住,还搁的住这个点这样,那个点那样,买来的又不吃,又买(**此字程本作“要”**)别的去?既这样,不如回了太太,多添些分例,也象大厨房里预备老太太的饭,把天下所有的菜蔬用水牌写了,天天转着吃,吃(**此字程本删**)到一个月现算倒好。连前儿(**此字程本作“日”**)三姑娘和宝姑娘偶然商议(**此字程本作“量”**)了要吃个油盐炒枸杞芽(**前3字程本妄作“豆**

芽")儿来,现打发个姐儿拿着五百钱来(**此字程本删**)给我,我倒笑起来了,说:'二位姑娘就是大肚子弥勒佛,也吃不了五百钱的去(**此字程本删**)。这三二(**前2字程本作"二三"**)十个钱的事,还预(**此字程本删**)备的起。'赶着我送回钱去,到底不收,说赏我打酒吃,又说:'如今厨房在里头,保不住屋里的人不去叨登,一盐一酱,那不是钱买的?你不给又不好,给了你又没的赔。你拿着这个钱,全(**此字程本作"权"**)当还了他们素日叨登的东西窝儿。'这就是明白体下的姑娘,我们心里只替他念佛。没的赵姨奶奶听了又气不忿,又(**此字程本作"反"**)说太便宜了我,隔不了十天,也打发个小丫头子来寻这样寻那样,我倒好笑起来。你们竟成了例,不是这个,就是那个,我那里有这些赔的?"

正乱时,只见司棋又打发人来催莲花儿,说他:"死在这里了(**此字程本删**),怎么就不回去?"莲花儿赌气回来,便添了一篇话,告诉了司棋。

出自柳家媳妇之口的一大堆鸡零狗碎的风凉话,风摧雨送,泥沙俱下,牵三挂四,左顾右盼,说得有鼻子有眼儿,读来趣味盎然。不但形象本色,怨态可掬,更重要的是,这一席个性化极强的唠唠叨叨中,勾画出一个厨娘复杂、隐曲的内心世界,透露出无比丰富和色彩斑斓的社会生活内容,令人不得不为曹雪芹笔下普通劳动者口头表达能力的超乎一流而叹赏不绝!

读到《红楼梦》中诸如此类的口声若闻、性情毕现、勾魂摄魄、精彩纷呈的人物语言描写,我们不得不惊叹曹雪芹对世态人情(包括复杂人性)那大纵深、宽领域、全方位、多侧面的透彻了解;并由此联想到第39回中刘姥姥对乡村生活的描述,联想到第53回中乌庄头对东北田庄受灾情况的描述,联想到第7回"焦大醉骂"中对他青壮年时代跟随贾家上代主子风霜雨雪战斗经历的碎片式记忆;甚而至于联想到现代作家鲁迅著名小说《祝福》中那个快嘴媒人卫老婆子的絮絮叨叨,以及苦命祥林嫂在独子阿毛被狼吃了之后孑然一身来到鲁镇,见人就有的"我真傻,真的……"那一段惨痛至极让人不忍听闻的血泪倾诉。"饥者歌其食,劳者歌其事"。这些人讲述的,往往都是自己亲身的经历见闻,切身的感受体验;流露的,多是自己在生活中的所思所想、所愿所恨、所急所盼:本色自然,深接地气;往往话中有人,话中有事,话中有话;婆婆妈妈、唠唠叨叨中传神写影,生动勾画出说话人的音容笑貌和性情心理,同时反映出极其丰富的社会现实生活内容。柳家媳妇的一席絮絮叨叨,无疑也属于这种情况。总括她的当众剖白,至少包含如下用意:

一是数说厨房食材物品的价格行情,对"二层主子"们隔空伸手、挑肥拣瘦、"倒换口味",甚至有道无数地前来蹭吃蹭喝,不能体谅自己工作的辛苦,不能在吃喝上"将就些儿"的表现,深感愤懑不满和鄙夷不屑。其中,顺口而出的"有一年连草根子还没了的日子还有呢"一句,听来无异于平地霹雳,石破天惊。或许正是说者无意,作者有心,借此暗照将来贾府彻底败落、子孙流散、衣食无着的惨淡光景。

二是念叨厨房出入账,反复申明是在亏本赔补,勉为其难地维持运转,"洗白""辟腥"自身有可能存在的克扣数量、中饱私囊等嫌疑。这既是数落给小丫头听的,更是"项庄舞剑,意在沛公",有意要说给所有在场的手下员工听的。

三是大讲厨房供饭供菜"规矩"。申明各房偶然间不论姑娘、姐儿们要添一样半样,都是"先拿了钱来再办",并顺手拈来"大厨房里预备老太太的饭"的规格,含讥带讽一番之后,还现举"前儿三姑娘和宝姑娘"作榜样,以反衬来人张嘴索要"炖鸡蛋"的妄自尊大和无理取闹。

四是以人作法,随口点了赵姨娘的名,为她"也打发个小丫头子来寻这样寻那样"的贪占小便宜行为感到"好笑";最后,又归结强调:"我哪里有这些赔的?"言外之意,无疑就是当面打脸迎春房里的小丫头:要吃小灶么?可以,但必须先拿钱来!

一篇饱含社会生活内容的数落话,巧舌如簧又软硬兼施,夹枪弄棒又有的放矢;而厨役职业的劳累和苦衷,亦尽含其中矣!柳家的也算全书中的巧语能言者!这一段性情毕现的语言描写,若与第45回写凤姐盘算李纨家庭的收入账、结果却被对方反戈一击的对话比较阅读,必倍增兴味;若将李纨奚落凤姐的"真真你是个水晶心肝玻璃人","你们听听,我说了一句,他就疯了,说了两车的无赖泥腿市俗专会打细算盘分斤拨两的话出来……天下人都被你算计了去"这两句话,挪移过来评点柳家的这一番颇有算计的唠叨数落,正恰如其分呢。

再看小丫头莲花儿,受命前来"要碗鸡蛋",本也不是什么大不了的事儿,却被"两只眼睛看人"的厨头视作"就是这样尊贵"而加以婉拒,惹得她恼羞成怒,当面揭穿,惹出一场口舌和继后的祸端。一个小丫头,居然如此的伶牙俐齿,不奉情面,要是宝玉听了,也必"又是欢喜,又是悲叹,又要称奇道绝",发出:"老天,老天,你有多少精华灵秀,生出这些人上之人来"(见第49回),或是发出"天既生这样人,又何用我这须眉浊物玷辱世界"(见第58回)一类的感叹了!不过,成年的柳家女人,何尝是一盏省油的灯?一篇抱怨数落的话冒出来,犹如密集的开花炮,小丫头子嘴头再快再硬,焉能抵挡得过纷纷落下的弹雨?恰赶着司棋打发人来催促,小丫头趁机撤离,于是双方的吵闹暂告一段落,而更大的风暴——"厨房打砸事件",不久即将上演!

●红楼探照之一四〇：

装聋作哑　佛系躺平
——有感于女强人难得的一次“权力下放”

第61回发生的柳五儿被怀疑与盗案有关，因而母女被暂押一事，牵扯到多方矛盾和利益，即便李纨接手办理也未必搞得汤清水白；若经由探春究问，又多有不便，因此非平儿不可。但平儿何能自主？故借凤姐已晚间歇息，吩咐发落，五儿才得跪诉冤屈，平儿始得走访袭人，宝玉方肯冒名代认：层层剥笋，不露痕迹，皆出于作者设置故事情节的妙想巧思。先看内管家传达出来的处置决定：

凤姐方才歇(**此字程本作“睡”**)下，听见此事，便吩咐：“将他娘打四十板子，撵出去，永不许进二门。把五儿打四十板子，立刻交给庄子上，或卖或配人。”

这何止是个人的狠毒，完全是“权力的任性”！如此一行，并无多大过错的柳家母女，无疑要遭受覆盆之冤！好在千幸万幸，遇上了一贯与人为善而又明察事理、公道正派的平儿。平儿无疑是忠心辅佐凤姐的，代表和维护的也多是凤姐的利益和权威。你看她，听了主子的吩咐，出来正要依言执行之际，听了唬得哭哭啼啼给自己跪着的五儿细诉了事情的原委，便立即停止了对“错误决定”的遵照执行，进而第一时间经过走访查证，多方交流，赓即做出准确判断，并果断睿智地做出了相应安排。可以说，同样一件事情，就对待处理的态度、方法，表现出来的风格、品质而言，平儿与“鹰派”女主是截然两样的。她没有那么霸道，那么狠毒，那么粗枝大叶自以为是，即便事涉盗案，她也没有图省事嫌麻烦，没有忘记给对方以起码的申诉的机会，也同时给自己预留下进一步去作调查了解，弄清楚事情的来龙去脉和是非曲直的回旋余地，哪怕会因此导致案情“翻盘”。最后，还是以自身的最大努力居中调停，统筹兼顾，求得问题能被比较公平的圆满解决，把该事件对各方的伤害程度降到了最低。这就是平儿处世为人的厚道之处，亦更是她超越王凤姐，获得不少人的感戴之处！

事实上，一桩吵吵嚷嚷多日，牵连着多方敏感神经的“贼喊捉贼”疑案，经平儿的细心访查和人格感召，终于水落石出，真相大白；又经平儿等反复斟酌商议，以最大限度减少事件负面影响、保全各方脸面为宗旨，善意“串供”，统一口径，并由平儿向幕后病中的凤姐做了选择性的“情况汇报”，意在获得当家人的许可。而凤姐听后平儿的报告，再一次表现出来的独裁武断作风，以及她那一直以来的惯性思维和惯用手段，令人咋舌：

(平儿)说毕，抽身进了卧房，将此事照前话(**此字程本作“言”**)回了凤姐儿一遍。凤姐儿道："虽如此说，但宝玉为人不管青红皂白爱兜揽事情。别人再求求他去，他又搁不住人两句好话，给他个炭篓子戴上，什么事他不应承？咱们若信了，将来若大事也如此，如何治人？还要细细的追求才是。依我的主意，把太太屋里的丫头都拿来，虽不便擅加拷打，只叫他们垫着磁瓦子跪在太阳地下，茶饭也别给（**前2字程本作"不用给他们"**）吃。一日不说跪一日，便（**此字程乙本作"就"**）是铁打的，一日也管招了。又道是（**此字程本删**）'苍蝇不抱无缝的蛋（**前4字程本作"没缝儿的鸡蛋"**）'。虽然这柳家的没偷，到底有些影儿，人才说他。虽不加贼刑，也革出不用。朝廷家（**此字程本删**）原有挂误的，倒也（**前2字程本作"到底"**）不算委屈了他。"

这就是眼下心气"衰而未竭"的王凤姐！一个头脑并不糊涂，从来也不盲从轻信，一旦涉及下人的事根本就"不算是事"，无意去作什么调查研究也不管别人的死活，一律视之为草芥，迷信"强行打压"政策，不惜一手制造"冤假错案"的内管家！

要说"极限施压"的残忍手段，历史上曾给人们的身体和心灵带来过多么严重的摧残和伤害，真是罄竹难书。两千多年前因直言进谏而身遭腐刑的历史学家和文学巨匠司马迁，在其笔下曾坦言自己一旦置身"独与法吏为伍，深幽囹圄之中"那暗无天日又孤立无援的境地，就难免表现出"见狱吏则头抢地，视徒隶则心惕息"的模样，真是令人痛惜；大秦丞相李斯身陷囹圄、惨被酷刑、遭受愚弄之后的言不由衷和任人摆布；西汉铁血将军周勃因遭诬陷有口难辩，出狱后那一声"吾尝将百万军，然安知狱吏之贵乎？"的痛心疾首；立志"精忠报国"的宋代大英雄岳飞居然因"莫须有"罪名被一群奸佞设局虐杀，直叫人不禁废书而叹，悲从中来。

试问：诸如"严刑拷打""严词逼供"这类极限施压手段，就一定有好结果么？若以眼下凤姐"还要细细的追求"的主张，暂且不论是否能查出全部案情，即便能，查出案情后也根本得不到平儿那样妥善周到、宽严有度的处理，而且还不知道因此滥及多少无辜，又有多少人要惨遭责罚，遭受飞来横祸的折磨！何况，果真要去肆意打压，就难免"打草惊蛇""投鼠忌器"，严重伤及探春和王夫人等人脸面的。"杀人三千，自损八百"，肆意妄为的"反噬"后果，是区区凤姐一人"所能承受之重"吗？好在一旁察言观色、体谅女主，而又尽力护佑众人的平儿，有效地施行了劝阻：

平儿道："何苦来操这心！'得放手时须放手'，什么大不了的事，乐得不（**此字程本删**）施恩呢。依我说，纵在这屋里操上一百分的（**此字程本删**）心，终久咱们（**前2字程本删**）是（**此处程本加"回"**）那边屋里去的。没的结些小人(**此处程乙本加"的"**)仇恨,使人含怨(**前2字程本作"含恨抱怨"**)。况且自己又三灾八难的,好容易怀了一个哥儿,到了六七个月还掉了,焉知不是素日操劳太过,气恼伤着的?如今乘(**此字程本作"趁"**)早儿见一半不见一半的,也倒罢了。"一席话,说的凤姐儿倒笑了,说道:"凭你这小蹄子发放去罢。我才精爽些了,没的淘气(**"凭你"至此20字,程本作"随你们罢!没的怄气"**)。"平儿笑道:"这不是正经(**此处程本加"话"**)!"说毕,转身出来,一一发放。

引文中的"得放手时须放手"一句,与第59回平儿与袭人交流时所说的"得饶人处且饶人",遥相呼应,碰巧成对;包括下回开篇时,平儿对林之孝女人说的"大事化为小事,小事化为没事,方是兴旺之家"的说教,均是平儿这类人笃意奉行的生活哲学和一向处事为人的经验之谈。

世俗社会喧闹嘈杂,纷纷扰扰,充满了权诈、争斗、是非、诱惑;名缰利锁之下,一个人是很容易失去灵魂和自由的。因为人的心灵世界,并非无限广阔,过多的计较谋划,会使心灵的有限空间被茅草一样的各种欲望和盘算挤占、塞满,从而失去凌空蹈虚、自由伸展、顺畅吐纳等功能,久而久之,成为一个"实心"的异化人。有若一个画家,心中倘若填满了名利世故,未给艺术留下一片虚灵之地,那么要想在笔下开辟境界,抒写性灵,自在发挥,恐怕很难。是啊,如果一个人老于世故精于算计,太喜欢耍弄手腕,那么此人的内心世界怎么会是豁达开朗和灵动纯洁的呢?而且,如果一个人太聪明,那也很可能"聪明反被聪明误"。何况有太多的世务要应酬,有太多的人情要打理,有太多的方面要顾及,更有太多太多的目标任务要完成。不用说,其中的焦虑、担忧、不安等负面情绪和糟糕心情,在所难免。"得放手时须放手,得饶人处且饶人""归师勿掩,穷寇莫追""眼前留一线,日后好见面""话不要说死,事不要做绝,情不要断尽",以及"冤家宜解不宜结""相逢一笑泯恩仇"等中华古老训诫,虽然表面上看来,似乎包含了太多的退让与逃避,但实际上它们却包含了一种深刻的生活智慧和辩证开放的理性思维。

客观上看,"难得糊涂"带来的体谅宽容,是可以帮助我们更好地应对生活中"不确定性"带来的困难挑战的,是可以帮助我们建立更加健康、积极、和谐的人际关系的。"人生短暂,难得糊涂。"所谓"糊涂",不是两眼昏花、脑袋进水,而是表面糊涂内心清明的"大巧若拙"和"大智若愚"。想得开,放得下,朝前看,这样身心才能从种种琐屑和无谓的纠纷中解脱出来,从而达到"宠辱不惊,闲看庭前花开花落;去留无意,漫随天外云卷云舒"这种比较高端的人生境界。一旦进入"既欣赏美丽绽放,又接受黯然消落"这一类境界,是可以切身感受生活中的浪漫、轻松和喜悦,是可以为自由向上、求真求美的人生,保留一份天性、诗意和童趣的。

眼下，对平儿的悉心规劝，幸亏一向刚愎自用的凤姐听了进去。否则，一场伤人害己的祸端难免。也因平儿的规劝中，带出来了凤姐“好容易怀了一个哥儿，到了六七个月还掉了”的信息，使我们对近期凤姐的生理心理和家庭生活情况，才有了进一步的切近了解。由此看来，再强势的能人也需要亲身经受病痛和灾难，才可能使其一向强硬的性气得到消磨和退减的。当然，凤姐心理上的这种消极变化，也需要以辩证的观点去审视。是啊，注重身体康健，万事不必较真，保持心情愉悦，“多栽花少栽刺”的生活态度，从个人养生的角度来看，诚然是需要的；但扩而广之，对推进集体事业的兴旺发达而言，负有一定领导责任者如果看穿思想严重，好人主义盛行，任事得过且过，自觉“佛系”“躺平”，表现得无原则担当，无奉献作为，无斗争精神，则无异于一场灾难了！仅就维持贾府内外事务的通常运转而言，凤姐“睁只眼闭只眼式”的退缩、忍让和责任放弃，未必就值得肯定和赞美。因为它一定程度上可视为贾府统治阶层的骨干分子“当家做主”的主观愿望大幅调低，“迎难而上”的内生动力明显减弱，偌大家族“无人担责”“乏材可用”的严重危机已经悄然来临。从这个意义上来说，平儿对凤姐“得放手时须放手”的一番出自好意的规劝，对其管理尽责的精神意志，难道不是一种非常厉害的“攻心”、“策反”和“釜底抽薪”式的消融和瓦解吗？

说起来，一段妻妾之间云淡风轻的言谈，竟然包含了如此丰富而又深厚的社会生活内容，也只有在曹雪芹这类大作家的笔下，方见呈现！

第六十二回　憨湘云醉眠芍药裀　呆香菱情解石榴裙

内容提要：宝玉、宝琴、平儿、岫烟四人同天生日。探春提议凑份子给平儿过生，参加者众，热闹非凡。湘云醉倒在青石板上。闲谈中黛玉忧虑贾府后手不接，宝玉对此漫不经心。斗草活动中，香菱裙子弄脏，宝玉教袭人给她换了一件，香菱心有所动。

●本回下半段描写的，是“大观园狂欢节”上半场。故事情节先由宝玉和宝琴的生日引起，继后平儿和岫烟的生日被牵引出来。因感念往日平儿对自己尴尬处境给予的足够理解，“代理”家务的探春当面对平儿表示要替她过个生日，吩咐丫头告知凤姐同意后，平儿也就暂时摆脱了羁绊，与众同乐了。加之，贾母、邢王二夫人等当家人因皇家丧事尽行外出，辈分和年纪偏大的薛姨妈虽在场，也能随和相处；期间，又由探春出头打包票，将带人巡察的林之孝女人等挡了驾。于是一场府内青春儿女为主体的生日庆祝活动，排除了一切外界干扰，逐渐拉开了序幕，只见参与者越来越多，欢乐的气氛越来越热烈，以致最终实现了宝玉对芳官等人的承诺——“今儿大家开斋”,在晚间的怡红院内,上演了一出和谐喜庆、群体陶醉的“欢乐颂”。

●本回中的人物对话,话语间多明暗照应,体现在:

一、相关人物的照应。先是赵姨娘百般安慰彩云“好孩子,他辜负了你的心,我看的真”云云,涉及儿子的负心绝情;“换裙”一节中,宝玉也说香菱的裙子“既系琴姑娘带来的,你和宝姐姐每人才一件,他的尚好,你的先脏了,岂不辜负他的心”云云,涉及并不在场的薛家宝钗和宝琴。

二、人物现场去向上的照应。集体场合中,先是没了平儿的人;原来她是出去打发生日送礼者去了。中途,“大家方起席散了一散,倏然不见了湘云”;结果她因席上被罚多喝了几杯酒,躲一边“醉眠”去了。后来,宝玉又发现:“这半日没见芳官,他在哪里呢?”袭人四顾一瞧说:“才在这里几个人斗草的,这会子不见了。”原来芳官因为“你们吃酒不理我,教我闷了半日”,回房躺到床上睡觉去了。平儿、湘云、芳官三人先后的“不见”,巧妙而又极其自然地串联起了三个相互衔接的重要生活片段。

三、前情后事的照应。体现在三个场景中:一是“二宝”之间的谈话,透露出具有“政治家头脑”的宝钗,对贾府内乱局势的研判及担忧;二是“二玉”之间的谈话,表现了病愈后的黛玉,对之前探春的兴利除弊改革行为的完全理解和认同,同时也透露出这个闺中少女对贾府经济“入不敷出”情况的观察和思考;三是闺中女儿袭人和晴雯之间的打趣。因宝玉对芳官等人“少亲失眷的,在这里没人照看”(第58回)而给予的格外宽容、顾惜和关照,引出晴雯隐隐的一丝醋妒;由晴雯的隐隐醋妒,又逗引出了袭人对晴雯的隐隐醋妒。原文对此,有一段饶有情趣的描写:

> 宝玉便笑着将方才吃的(**此字程本后移一字**)饭一节,告诉了他两个。袭人笑道:“我说你是猫儿食,闻见了香就好,隔锅饭儿香(**前两句11字程本全删**)。虽然如此,也该上去陪他们多少应个景儿。”晴雯用手指戳在芳官额上,说道:“你就是个(**此字程本删**)狐媚子!什么空儿跑了去吃饭,两个人(**此字程本删**)怎么就(**此字程本删**)约下了?也不告诉我们一声儿。”袭人笑道:“不过是误打误撞的遇见了(**此字程本删**),说约下了(**此字程本删**),可是没有的事。”
>
> 晴雯道:“既这么着,要我们无用。明儿我们都走了,让芳官一个人就够使了。”袭人笑道:“我们都去了使得,你却去不得。”晴雯道:“惟有我是第一个要去:又懒又笨(**此字程本作“夯”**),性子又不好,又没用。”袭人笑道:“倘或那孔雀褂子(**此处程本加“襟”**)再烧个(**此字程本作“了”**)窟窿,你去了,谁

可会补呢？你倒别和我拿三撇（**此字程本作“撇”**）四的，我烦你做个什么，把你懒得横针不拈、竖线不动。一般也不是我的私活烦你，横竖都是他的，你就都不肯（**此处程乙本断句**）做。怎（**此字程乙本作“什”**）么我去了几天，你病得七死八活，一夜连命也不顾，给他做了出来，这又是什么原故？你到底说话（**此处程本加“呀”**），别只佯憨（**前4字程本作“怎么装憨儿”**），和我笑，（**此处程本加“那”**）也当不了什么。”（**此处程本加“晴雯笑着啐了一口”**）大家说着，来至厅上。

“勇晴雯病补雀金裘”，是第52回中袭人因母丧回家期间发生的晴雯对宝玉“有情有义，感天动地”的生活事件。第53回春节期间，袭人就已经回到了怡红院。这件事，究竟会在一向将宝玉“视为己有”的袭人身上产生什么样的心理影响，一向遇事“颇沉得住气”的袭人不吭声，“狡猾”的作者也一直不言明；直到相隔十回之后的这个时候，方借晴雯对芳官格外“受宠”略生醋妒的当儿，由袭人自个儿以半开玩笑半认真的方式泄露。朝花夕拾，往事重提，可见袭人对晴雯曾有的“醋妒”，埋藏心中久矣！晴雯被袭人的几句调侃，敲动了内心深处那扇只为宠护她的少主开启的隐秘天窗，道破了人世间青春男女“剪不断，理还乱”的暧昧情意：要爽快承认吧，不妥；要矢口否认吧，又实在不愿。面对袭人醋妒的追问，难为情，不说话，“只佯憨”着对她“笑”的晴雯，其内心的踌躇、面上的憨傻，简直生动得难以描画！此外，晴雯此时复杂微妙的神态表情，尽从对方眼中透出，话里说出。这种对面飞来、双面打印、彼此镜像映照的笔法，对同时表现袭人及晴雯说不出的神态和心理，再精准不过！这种间接通过其他人物的观察、感受和态度来描写人物性格，塑造人物形象的高妙艺术手法，在曹雪芹笔下的黛玉、宝玉、凤姐等人物身上有集中反映；在《战争与和平》中的娜塔莎身上，托尔斯泰也频繁地加以了运用。

●大观园青春儿女举办的自由、平等、快乐的狂欢盛宴过程中，插入林之孝家的带人巡查一事，绝非多余笔墨。这跟第63回插入这伙人夜间巡查打招呼一幕，两两对照，笔法周密。其作用在于：一是真实反映了封建大家族的严谨生活秩序，呈现出旧时代高门大户日常管理中应有的“气象”、“规矩”和“常态”。因为贾府家长遇上朝廷有事，几乎倾巢出动了；家中留守的执事人等守土有责，看门护院，提防意外，是她们最基本的职责底线；哪怕走过场，也是必需的。否则，个个都成木雕土偶了，岂成体统！二是行文过程中，适当转换笔墨，有利于避免叙事的平板单调；同时适当舒缓和调节众人娱乐狂欢活动的节奏，照顾一下读者阅读过程中“要换口气”的心理需求，也未为不可。最后当然是见缝插针，出于迭次刻画人物形象的写作需要了。

●在芳官身上,本回作者用了足够笔墨,对其性格和园内地位进行了摹写和渲染。譬如写她见众人划拳赌酒热闹,自己掺和不进去,“闷了半天”,索性回房中睡觉去了;经宝玉回房拉起并许愿,才渐渐缓和过情绪来,虽答应参加晚上的活动,却先提条件,有言在先,写出了芳官在宝玉跟前的恃宠娇惯、自主任性。继后,面对柳家媳妇百忙之中做好并遣人送来的精致饭菜,芳官还说:“油腻腻的,谁吃这些东西!”接着,五儿进园一事也在春燕、芳官、宝玉的笑谈中,轻松得到解决。由此,芳官念念于兹的一件大事,终于落地放心;也可见柳家的给芳官送吃送喝一类的殷勤小心,功夫没有白费。

●令人跌足叹惋的是,跟林黛玉一样“素有弱疾”,又在“粉硝霜露事件”中遭受了一番磋磨的柳家女孩,娇花嫩柳,不堪摧折,已近凋残。据第63回春燕报告:“我才告诉了柳嫂子,他倒喜欢的很。只是五儿那夜受了委屈烦恼,回家去又气病了,哪里来得!只等好了罢。”宝玉听了,不免后悔长叹。但五儿至此,就已经一病不起了。第77回借王夫人的口,表明了她“已死”的结局。程高本后第40回中不仅把本已死去的五儿复活做了宝玉的丫头,还因为长得像晴雯而被宝玉错爱。为了掩去前后情节的矛盾,程高本将第77回中王夫人的话“我且问你,前年我们往皇陵上去,是谁调唆宝玉要柳家的丫头五儿了?幸而那丫头短命死了,不然进来了,你们又连伙聚党遭害这园子呢”一段彻底删去,反倒是让五儿在该回再度登场,加添了宝玉偷偷去探望晴雯病情之际柳家母女受袭人之托也前来探望的情节,并有一大段平庸的言语、动作、神情描写。续书试图把五儿写成“晴雯之影”,可惜没有达到目的。

●须加留意的脂批:

※【戚序回前:众姊妹一番赠贶,诸僧尼一番祷祝,确是宝玉生辰。园中行礼,不亢不卑;席上设筵,不丰不啬:确是宝玉分地。】

又:【探春围棋理事,气象严厉;香菱斗草善谑,姿态俊逸。湘云喜饮酒,何等疏爽;黛玉怕吃茶,何等妩媚。晴雯刺芳官,语极尖利;袭人给裙子,意极醇良。字字曲到。】

※【戚序回后:写“寻闹”是贾母不在家景况,写“设筵”亦是贾母不在家景况。如此说来,如彼说来,真有笔歌墨舞之乐。】

又:【看湘云醉卧青石,满身花影,宛若百十名姝,抱云笙月鼓而簇拥太真者。】

●红楼探照之一四一：

魔盒打开闭合难
——试析“粉硝露霜事件”的了而未了

就家里新近发生的物品失窃案的侦破情况做了汇报之后，征得凤姐的首肯，成竹在胸的平儿走出门来，正气昂然地对着心有鬼胎的林之孝家的当面发落：

“大事化为小事，小事化为没事，方是兴旺之家。若（此字程乙本作“要”）得不了（前3字程本作“是”）一点子小事，便扬铃打鼓的（此字程本删）乱折腾起来，不成道理。如今将他母女带回，照旧去当差；将秦显家的仍旧退（此字程本作“追”）回。再不必提此事，只是每日小心巡察要紧。”说毕，起身走了。

好个对对方徇私舞弊行为心如明镜的平儿，言辞语气没有丝毫的游移和半点客气！不过，针对林之孝家的协理事务的身份，平儿也是非常讲究说话的分寸艺术的。你看，先是简要阐明“治家原则”，高屋建瓴，站住地步，令人无可辩驳；继之抛出具体人事处理方案，态度鲜明，直截了当，不容置疑；再以一句“再不必提此事”，简单明了，直接封口，不给对方任何置喙申辩或是讨情说好的机会！“只是每日小心巡察要紧”，既是打招呼又是作提醒，要对方回归职责本位，认真履职，不容半点疏忽；“说毕，起身走了”的肢体语言，传递出的信号再清楚不过，就是无意给对方以任何说话和企图转圜的可能。平儿的判冤决狱、不怒而威的神情面容，真是跃然纸上，令人神旺。

第62回“粉硝露霜事件”的处理，大出常人的预料。林之孝家女人趁机徇私，先斩后奏，试图以“既成事实”插手园内人事安排的企图落空，内心的郁闷可想而知；搞裙带关系的司棋，更是“空兴头了一阵”；特别是那趁人之危，得意忘形，大搞“不正之风”的秦显家的女人更是首当其冲，被拦头一棒，几乎打晕：

那秦显家的好容易等了这个空子钻了来，只兴头上（此字程本作“了”）半天。在厨房内正乱着（此字程甲本妄删）接收家伙、米粮、煤炭等物，又查出许多亏空来，说：“粳米短了两石（此字程本作“担”），常（此字程甲本作“长”）用米又多支了一个月的，炭也欠着额数。”一面又打点送林之孝家（此字程甲本妄删）的礼，悄悄的备了一篓炭、五百斤木柴（前5字程本删）、一担粳米在外边，就遣了（此字程本删）子侄（前2字程本妄作“人”）送入（前字程本作“到”）林家去了。又打点送账房（此处程本加“儿”）的礼；又预（此字程本删）备几样菜蔬请几位同事的人，说：“我来了，全仗（此处程本妄加“你们”）列位扶持。自今以后，都是一家人了，我有照顾不到的，好歹大家照顾些。”

正乱着,忽有人来说与他(**前2字程本删**):“看过(**前2字程本作“你看完了”**)这(**此处程本加“一顿”**)早饭就出去罢。柳嫂儿原无事,如今还交与他管了。”秦显家的听了,轰去(**此处程本加“了”**)魂魄,垂头丧气,登时掩旗息鼓,卷包而出(**此字程本作“去”**)。送人之物,白丢了(**前3字程本作“白白去了”**)许多,自己倒要折变了赔补亏空。连司棋都气了个倒仰(**前2字程本作“直眉瞪眼”**),无计挽回,只得罢了。

回顾历史或重温现实生活,类似的活生生案例,因一己之私“急于”或“惯于”剃人之头而到头来自己的头却被人剃去者,何其多也!可笑可叹而又可恨的是,眼下这个秦显家的,被职场中好不容易等来的“天降馅饼”砸昏了头脑,即便是李代桃僵尚立足未稳,却一点儿都“沉不住气”,鸡毛当令箭,上蹿又下跳。你看她,真是长袖善舞,一边请客送礼,沟通串联;一边笼络周围,猫鼠同眠,布局未来;一边还要将身遭不测的前任使劲儿往深坑里推,定要将之搞得身败名裂一身精光而后止。孰知到头来,却是事与愿违,得不偿失,偷鸡不成倒蚀把米:别人没逼死墙角,自己却搞得狼狈不堪,彷徨歧路!

老实说,这是一个深谙人情世故、懂得利益交换的“很会来事儿”的女人。不过,或许她错误估计了形势,过于放大了林之孝家女人的权力影响,因而一叶障目不见泰山,以为“有她老人家罩着”,凭她一句话,就可以所向披靡;或许是她过于相信了柳家媳妇的被打倒已成“铁板钉钉”,不会再有“反复”的可能。因此,她初来乍到就肆无忌惮,不但敢于重打锣鼓重唱戏,不惜大搞“翻脸不认前任”那一套,而且明火执仗、急不可耐地在第一时间就查出倒霉前任的“许多亏空来”。就凭这一手,不难想见,她十有八九已有了趁势而上,浑水摸鱼,要为自己去“各方打点讨好”,留足冲账报销的余地了!她的目的,就是要努力将前任的问题扩大化,让被打趴在地的倒霉蛋,还要承受自己跳上去的重重一脚。

这是一个做事只顾前行不留后路的人,结果也是机关算尽搬起石头却砸了自己脚的人。她的所作所为,不但真实反映了贾府内部各种小团体、小派系之间盘根错节的利益矛盾,抖露出园内小厨房众人抱团徇私的黑暗内幕,勾画出秦显家女人这一类社会生活中常见的小人们“一朝权在手,便把令来行”,狐假虎威,轻举妄动,急着要“翻天覆地”“抢班夺权”“反攻倒算”的猖狂嘴脸;同样,也影射出柳家女人过去执掌小厨房期间的所作所为,照样少不了“跑冒滴漏,大有猫腻”的问题。只不过,一时倒霉的柳家母女因为碰巧遇上了平儿的公正和明察,才侥幸脱险。但尽管她们一个职务恢复,重掌厨头;一个洗脱冤屈,晋升在即;可最终身心娇弱的柳家女儿,因为在这个事件中受了惊吓和刺激,一病之下,呜呼哀哉了。说到底,柳家还是为此付出了惨重代价。

“粉硝露霜事件”的处理,还引出了一个常人预料不到的后果:“狗咬吕洞宾,不识好人心”的贾环,不但不领情,反而疑心和怪罪对他一向舍得付出真感情的彩云。此人所说的绝情话,所行的绝情事,连赵姨娘都急得骂他是“没造化的种子,蛆心孽障”;也气得彩云姑娘“哭个泪干肠断,赌气将贾环照脸摔出来的自己平时私赠之物,一顿包起来,乘人不见时,来至园中,都撇在河内,顺水沉的沉、漂的漂了”。一个青春女儿的一段粉红色的幻梦,因为“所遇非人”,就这样很快地飘飞破灭了!

紧接着,扰扰攘攘的一页翻过,明媚青春的大观园似乎获得了短暂的喘息机会:借众人的生日喜庆,搬演出了大观园“最后的狂欢”。之后,欢乐曲终,楚歌四起,辉煌日落,败家乱象纷呈,各种死亡相继,贾府“政经行情”全面下跌的通道,便彻底打开了。

●红楼探照之一四二:

以氛围感人　以细节取胜
——简析园内众人祝寿的几处描写

第62回写宝玉生日,正巧宝琴、平儿、岫烟也是同一天。因为贾母、王夫人等家长均不在家,没有了管束,于是大家“凑份子”在芍药栏中红香圃内摆下宴席给宝玉等人祝寿,一时热闹非凡。须知,这次不令而行、自觉自愿的“凑份子”,与第42回凤姐的“攒金庆寿”,性质完全不同!在这个众人兴高采烈、自由放飞的过程中,一些生活画面的展示、人物情节的安排,以及有关细节的描写,匠心独运,颇多讲究。

一是宝玉生日这天的相关礼节。尽管贾母、王夫人等人不在家,“不曾象往年闹热”,但他必须要尽的礼节,一样不能少。譬如一早设下天地香烛,炷香行毕,奠茶焚纸;之后,便至宁府中宗祠祖先堂两处行毕礼,出至月台上,又朝上遥拜过贾母、贾政、王夫人等;继后要向荣府其他辈分、年纪长者,包括至李、赵、张、王四个奶妈家礼让了一回,方进园来,等等,一定得脚步走到。别人要随的礼,也必随的。譬如常来府内走动的,张道士送了四样礼,换的寄名符儿;还有几处僧尼庙的和尚姑子送了供尖儿,并寿星纸马疏头,并本命星官值年太岁周年换的锁儿;家中常走的女先儿来上寿,等等,一样不能少。重要亲戚,王子腾那边,仍是一套衣服,一双鞋袜,一百寿桃,一百束上用银丝挂面;薛姨娘处减一等。其余家中人,尤氏仍是一双鞋袜;凤姐儿是一个宫制四面和合荷包,里面装一个金寿星,一件波斯国所制玩器。姐妹中皆随便,或有一扇的,或有一字的,或有一画的,或有一诗的,聊复应景而已。诸如此类人际交往中的礼尚往来,亦即所谓的“大家规矩”,活灵活现地艺术呈现于曹雪芹的笔下,是极具中华民俗学认识考察价值的。

二是宝玉生日这天的气氛。尽管兄弟侄儿辈的贾环、贾兰等来了,似有应景之嫌;但绝大多数来人的态度,都是出自内心的兴奋和喜悦。包括“只听外面咭咭呱呱”,都抱着红毡笑着走进来的翠墨、小螺、翠缕、入画、篆儿、彩鸾、绣鸾等前来拜寿的一群丫头,包括接踵而至的探春、湘云、宝琴、岫烟、惜春,以及“也打扮的花枝招展的来了”的平儿等前来祝贺,无不表明:“青春女儿的守护神”贾宝玉,人缘的确不错,让人乐于亲近。相比之下,倒是当众数说众人生日的时候,探春偏偏将“二月十二是林姑娘”的生日遗漏了记不得了的细节,一定程度上表明了她和黛玉之间存在的感情隔膜。

三是按贾府这种等级森严大家族的规矩,身为侍妾的平儿根本上不了台盘,更没有自己庆寿的资格。但偏偏是最讲究“名分等级”,甚至为此有些不近人情的探春,出于对平儿过去曾给予自己不利处境足够的体谅,以及在理家事务上给予鼎力支持的感激之情,明确表示“只是今儿倒要替你过个生日,我心才过得去”。接着,探春便吩咐了丫头去告诉凤姐,“就说我们大家说了,今儿一日不放平儿出去,我们也大家凑了分子过生日呢”,由此取得了凤姐同意,解除了平儿的顾忌;一面遣人去问李纨、宝钗、黛玉,一面遣人去传柳家的进来,吩咐她内厨房中快收拾两桌酒席。这里,探春又邀了宝玉,同到厅上去吃面,等到李纨宝钗一齐来全,期间又遣人去请薛姨妈与黛玉。因天气和暖,黛玉之疾渐愈,故也来了,花团锦簇,挤了一厅的人。一连串的安排指挥,环环相扣,滴水不漏,彰显了贾府三姑娘的有情有义、敢于担当,而又善于统筹兼顾、重在落实的精明强悍个性。

四、在展示宝玉生日热闹场景的同时,不忘提及薛蝌送寿礼给宝玉,并为亲妹宝琴生日“治了寿酒,互相酬送,彼此同领”的插曲。这样的情节安排,不但文思细巧,不留遗漏,符合生活常情常理;更重要的是,借此时空交错,给宝玉、宝钗姊妹同行回来路上的情况交流,提供了方便。

五、行文有层次,节奏感很强,特别是叙事过程中善起波澜,有效避免了平铺直叙,让一场青春儿女为主体的“嘉年华”活动,充满了生活气息和生活乐趣。众人会合期间,先是发生了“没见了平儿踪迹”的插曲。原来平儿出去,是因有赖林诸家送了礼来,连三接四,上中下三等家人来给她拜寿送礼的不少,平儿忙着打发赏钱道谢,一面又色色的回明凤姐儿,不过留下几样,也有不收的,也有收下即刻赏与人的。忙了一回,又直待凤姐儿吃过面,方换了衣裳往园里来。《红楼梦》是世情小说,书中当然少不了对形形色色人情世故、酬酢往来的反映。众人因祝贺生日送礼,虽各有所图,但其中也不乏真情实意,同时也可见平儿不错的人缘。这与她有权不骄、有钱不捞的持重品性以及厚道为人的处事风格,大有关系。等到平儿归位,大伙划拳输酒、兴致高昂,继后的暂作休歇期间,又出现了一个"倏然不见了湘云"的"意外"。由这小小的"意外",推动众人失惊打怪,"不得不去附近寻找"的情节发展,于是作者便将全书最富有诗情画意的动人场景——"湘云醉眠"一幕,水到渠成地推送到了读者面前。

六、红香圃中,筵开玳瑁,褥设芙蓉。正当众人推让排座的时候,被邀请来到现场,全场唯一一位身份辈分较高、年纪偏大的薛姨妈说:

> 我老天拔地,又(**此字程本删**)不合你们的群儿,我倒觉(**此字程本删**)拘的慌,不如我到厅上随便躺躺去倒好。我又吃不下什么去,又不大吃酒,这里让他们倒便宜。

不多的两句言辞,便活画出一个性情平和、识理知趣、倚老卖老,有意无意之间也要效仿贾母"养尊处优""自得其乐"派头的中年贵妇形象。

七、众人归座,宝玉提议"行令",全场众说纷纭,响应热烈:这是广镜头作"面"上的描写。接着便是分镜头重点人物聚焦。宝钗觉得"射覆"这种令,"比一切的令都难,这里头倒有一半是不会的",主张"不如毁了,另拈一个雅俗共赏的",这符合薛姑娘一直以来"照顾大多数"的行为习惯;而探春的意见是"既拈了出来,如何又毁?如今再拈一个,若是雅俗共赏的,便叫他们行去,咱们行这个",两头兼顾,各得其宜,表现出一位"未来政治家"善于调和的潜质。接着写袭人拈了一个,却是"拇战"。该行令方式,首先得到史湘云的赞同,笑着说:"这个简断爽利,合了我的脾气;我不行这个'射覆',没的垂头丧气闷人,我只划拳去了。"言为心声,细处落墨,即便是在一个小小的"行令方式"的选择上,亦可见湘云干脆爽快、毫不拘泥规则的性情。继后又是一连串交错镜头的出现。行令过程中,湘云见香菱射不着,众人击鼓又催,便悄悄地拉香菱,教她说"药"字。黛玉偏看见了,说"快罚他,又在那里私相传递呢。"哄得众人都知道了,忙又罚了一杯,恨的湘云拿筷子敲黛玉的手。"射覆"一轮尚未结束,湘云等不得,早和宝玉"三""五"乱叫,划起拳来;那边尤氏和鸳鸯隔着席,也"七""八"乱叫划起来。平儿袭人也做了一对划拳,叮叮当当只听得腕上的镯子响。于是"欢乐颂"逐渐演奏出阶段性高潮。就这样,席前席后席中,一连串令人眼花缭乱的"细节",推动着故事情节的发展,链接成集体欢乐的生动画面,表现出和谐热闹氛围中众人的不同情态和性格。同时,也为席间"活跃分子"湘云继后的"花间醉眠",做了气氛上、饮酒量上的必要铺垫。

八、“射覆”游戏中,宝钗有意覆了宝玉所佩通灵玉的“玉”字,宝玉回射了宝钗名字中的“钗”字:两字扣合的细节,耐人寻味。接着宝玉的解释,湘云的异议,特别是香菱针对“宝玉”“宝钗”两个名称所作的引经据典考证,令人遐想。加上众人短暂疏散期间,发生的一个不甚起眼的小场景,更是意味深长:

> 宝玉正欲走时,只见袭人走来,手内捧着一个小连环洋漆茶盘,里面可式放着两钟新茶,因问:“他往那(**此字程本作“那里”**)去了(**此字程甲本作“了”;程乙本作“呢”**)?我见你两个半日没吃茶,巴巴的倒了两钟来,他又走了。”宝玉道:“那不是他?你给他送去。”说着,自拿了一钟。袭人便送了那钟去,偏和宝钗在一处,只得一钟茶,便说:“那位渴了(**前2字程本作“喝时”**)那位先接了,我再倒去。”宝钗笑道:“我却不渴(**此字程本作“喝”**),只要一口漱一(**此字程本删**)漱就够了。”说着,先拿起来喝了一口,剩下半杯递在黛玉手内。袭人笑说:“我再倒去。”黛玉笑道:“你知道我这病,大夫不许我(**此字程本删**)多吃茶,这半钟尽够了。难为你想的到。”说毕饮干,将杯放下。

这“三人两盅茶”的细节安排,令人不由得联想到历史上有名的“二桃杀三士”典故,其中是否含有攸关宝黛钗三人婚恋关系“实质性递转”的隐喻和“悲剧性结局”的暗示呢?在笔者看来,一贯惜墨如金的作者,紧扣一个喝茶的细节来这么一段刻意描写,绝非漫不经心的闲笔。可以说,这是作者巧借钗黛共饮一杯茶水的细节,既隐喻也象征了钗黛二人与宝玉的婚恋,最终一个只得到了宝玉的爱情,一个只获得了跟宝玉名义上的婚姻,结果都极不圆满的悲惨命运结局。这或许也是作者向来“怀金悼玉”真实态度的不经意间流露吧。只是眼下钗黛一度僵持的关系已经和解,二人早已跳出了“情敌”关系的窠臼,和谐相处,形同姐妹了。这个“吃茶”的细节,无疑是带有作者旁敲侧击、以小喻大用意的“暗笔”。

仅举上述几例,可见作者笔下的生动细节,是将本回及下回的“大观园青春狂欢活动”中众人的表现巧妙地串联起来,扣人心弦而又井然有序地将之推向了相对平等自由、开放和谐包容的人生快乐之境,表现了曹雪芹构撰情节、刻画人物、反映生活的高超本领,值得我们用心鉴赏。

●红楼探照之一四三:

于无声处听惊雷
——《红楼梦》“冷热悲喜”复调笔法再举隅

第62回所描写的生活内容,丰富而又平实。其主旋律是几个人碰巧同时过生日,众人欢欣鼓舞,一派喜乐欢愉;但其中时不时有着不和谐的音符出现,泄露出一般人不易感知的缕缕悲音。现例举如下：

一处是众人饭后休闲取便的间歇里。林之孝家的和一群女人带了一个媳妇进来。那媳妇愁眉苦脸，也不敢进厅，只到了阶下，便朝上跪下了，碰头有声。经林之孝家的情况汇报和探春的“现场办公”，这个“嘴很不好”“说的话也不敢回姑娘”的四姑娘屋里小丫头彩儿的娘，竟被撵了出去，一下子丢掉了衣食饭碗。期间，正一门心思下棋的探春“什么事”“怎么不回大奶奶”“怎么不回二奶奶”的连发三问，凸显了探春“一心二用”之际神情的凝重、态度的严正，以及遇事注意与李纨、凤姐等其他管理者及时沟通协调的明智，亦借此显示了惜春平日里对房内婢妪们的管教不力。只是这个被撵出的媳妇，究竟因何“愁眉苦脸”，见了探春为何一言不发，令人疑窦丛生：是林之孝家的狐假虎威，小题大做，还是有其他未便言明的隐情所致？不难想见，这个被三言两语逐撵出门去的沉默而又扭曲的背影，绝对是贾府新增的“不安定因素”之一。

一处是宝玉和薛家姊妹进园的路上。宝钗亲自掌管锁门钥匙的行为，以及她对宝玉所作的“以后留神小心就是了”的慎重提醒：

> 一进角门，宝钗便命婆子将门锁上，把钥匙要了自己拿着。宝玉忙说：“这一道门何必关？又没多的人走。况且姨娘、姐姐、妹妹都在里头，倘或（**此处程本加“要”**）家去取什么，岂不费事?”宝钗笑道：“小心没过逾的。你瞧（**前2字程本删**）你们那边，这几日七事八事，竟没有我们这（**此字程本妄作“那”**）边的人，可知是这门关的有功效了。若（**此字程乙本作“要”**）是开着，保不住那起人图顺脚，抄（**此字程本作“走”**）近路从这里走，拦谁的是?不如锁了，连妈（**此字程本作“妈妈”**）和我也禁着些，大家别走。纵有了事，就（**此字程本作“也就”**）赖不着这边的人了。”
>
> 宝玉笑道：“原来姐姐也知道我们那边近日丢了东西?”宝钗笑道：“你只知道玫瑰露和茯苓霜两件，乃因人而及物。若非因人（**前4字程本作“要不是里头有人”**），你（**此处程本加“是”**）连这两件还不知道呢。殊不知还有几件比这两件大的呢。若以后叨登不出来，是大家的造化；若叨登出来（**此处程本加“了”**），不知里头连累多少人呢。你也是不管事的人，我才告诉你。平儿是个明白人，我前儿也告诉了他：皆因他奶奶不在外头，所以使他明白了。若不（**此处程本加“犯”**）出来，大家乐（**此字程本作“落”**）得丢开手；若犯出来，他心里已有（**此处程本加“了”**）稿子（**此字程本作“儿”**），自有头绪，就冤屈不着平人了。你只听我说，以后留神小心就是了。这话也不可对（**此字程本作“告诉”**）第二个人讲（**此字程本删**）。”

一个锁门带钥匙的细节，活画出宝钗在贾府多事之秋来临之际谨小慎微、避灾远祸的心思;一段听来颇让人毛骨悚然的话,清楚地表明近期在贾府内外已然发生的多起事件事态之严重,影响之恶劣,不由人不为贾府当下的局势而担忧,为其未来的走势而恐惧。从原文多方面、多频次透露出来的异常情况来看,从薛姑娘一贯出言审慎的性格来看,她之所言,绝非空穴来风、危言耸听!宝钗给“不管事”的局外人宝玉提醒式的预警,实出于对表弟的真心爱护;因为她没有任何必要刻意显示自己的经验老到,也没有必要将正处“锦衣玉食”迷醉中,浑然不觉大难临头的宝玉猛然“吓醒”!“于无声处听惊雷”,倒是作者借宝钗之言,令读者对贾府表面巍然不动的大厦在惊风密雨之下的倾颓倒塌,有了一点点心理准备。这也是作者惯于“旁敲侧击”“热中有冷”“喜中含悲”这类“复调”笔法,在书中的巧妙运用。

一处是对探春“现场办公”的情景,在一旁观望的宝黛二人发出的感言,听来多少有些沉重:

> 黛玉和宝玉二人站在花下,遥遥知意(**前2字程本妄作“盼望”**)。黛玉便说道:“你家三丫头倒是个乖人。虽然叫他管些事,倒也(**前2字程乙本作“也倒”**)一步儿(**此字程乙本删**)不肯多走。差不多的人,就早作起威福来了。”宝玉道:“你不知道呢。你病着时,他干了好(**此字程本删**)几件事。这园子也分了人管,如今多掐一(**此字程本作“一根”**)草也不能了。又蠲了几件事,单拿我和凤姐姐作筏子禁别人(**前3字程本删**)。最是心里有算计的人,岂只乖而已(**前2字程本作“呢”**)。”黛玉道:“要这样才好,咱们家里(**前2字程本妄删**)也太花(**此字程本删**)费了。我虽不管事,心里每常闲了,替你们(**前2字程本妄作“他们”**)一算计(**此字程本删**),出的多进的少,如今若不省俭,必致后手不接。”宝玉笑道:“凭他怎么后手不接,也短(**此字程本后移一字**)不了咱们两(**此字程甲本作“四”**)个人的。”黛玉听了,转身就往厅上寻宝钗说笑去了。

一个担忧“咱们家里也太花费了……出的多进的少,如今若不省俭,必致后手不接”;一个只顾自己眼前享乐得过且过,不管未来哪怕是洪水滔天!“当局者迷,旁观者清”“我心忧伤,惄焉如捣”,谁说黛玉只知道为爱情而流泪,为写诗而费心呢?聪明的少女,无疑已经意识到了共坐身下的这只船有朝一日翻侧颠覆的危险,懂得“皮之不存,毛将焉附”的浅显道理。再说,贾府经济上入不敷出、难以为继的问题,连深处幽闺的她都看在眼里,忧虑在心了;可是贾家正宗少主却视而不见,听而不闻,浑然不觉,还淡而无味:奈何!其实,身处富贵繁华之境而纸醉金迷、乐以忘忧的贾府老少爷们,包括贾母、凤姐等一众女性家主,聪明人多着呢,对整个家族走下坡路的形势和现状,从上到下谁不清楚?只是“温水青蛙”

们舒适的日子过惯了，已经失去了像贾探春那样的“绝地反弹”“向死求生”，以“自我救赎”的清醒意识、足够能力和起码的勇气了，只能眼见冰山消融，大限来临，一起被活埋了！而宝钗、黛玉等外姓女子，也只是“皇帝不急太监急”而已，又有何用！眼见对牛弹琴，在攸关贾府“生死存亡”这个重大问题上跟宝玉没有共同语言的实际，聪明的姑娘也只好“转身就往厅上，寻宝钗说笑去了”。

这一节宝黛间的密语，与本回稍早前宝钗宝玉二人路上所言，如出一辙；更与后文（第 71 回）中宝玉与尤氏、李纨等人家务闲聊情景，遥相呼应：均表现了以寄居贾府两个姑娘为代表的女性对贾府局势和现状的深深担忧，暗示着未来难以预料的激流凶险；只是，黛玉侧重经济上的奢靡无度坐吃山空，宝钗侧重在政治上的秩序混乱人心涣散而已。同时，宝黛的个别交谈，还显示出二人对“代理家政”期间探春的一番改革作为所持的不同态度：一个几乎是毫无保留地予以理解支持；一个因对方管事较真动了自己的奶酪，以致鼠目寸光，颇有微词。由此可见贾府的败亡，确实无可挽回；由此可见曹雪芹笔下人物的对比描写，确实无处不在。

●红楼探照之一四四：

一样情致　各有神韵
——话说“湘云醉眠”“香菱换裙”

第 62 回“湘云醉眠”一幕，发生在白天众人欢聚娱乐的过程中。这些人因贾母王夫人不在家，众人少了些管束，便多了些自由。席间任意取乐，呼三喝四，喊七叫八。满厅中红飞翠舞，玉动珠摇，真是十分热闹。尤其是一向倜傥洒脱的湘云虽没有坐在寿星席上，但她比任何人都还要活跃，兴高采烈，又说又笑，又玩又闹，左一杯，右一杯，渐渐喝得酩酊大醉。大家起席暂作疏散休歇期间，倏然不见了湘云，只当她外头自便就来，谁知越等越没了影响，使人各处去找，一时没找着。还是一个小丫头笑嘻嘻地走来：“姑娘们快瞧云姑娘去，吃醉了图凉快，在山子后头一块青板石凳上睡着了。”众人听说，都笑道：“快别吵嚷。”说着，都走来看时：

> 果见湘云卧于山石僻处一个石凳（**此字程本作“磴”**）子上，业经香梦沉酣，四面芍药花飞了一身，满头脸、衣襟上皆是红香散乱；手中的扇子在地下，也半被落花埋了；一群蜂蝶（**前 2 字程本作“蜜蜂蝴蝶”**）闹穰穰的围着他（**此字程本删**），又用鲛帕包了一包芍药花瓣枕着。众人看了，又是爱，又是笑，忙上来推唤挽（**此字程本作“搀”**）扶。湘云口内犹作睡语说酒令，唧唧嘟

嘟(**前4字程本作“嘟嘟囔囔”**)说:“泉香而酒洌,玉盏盛来琥珀光,直饮到梅梢月上,醉扶归,却为宜会亲友。”(**湘云醉语程本作“泉香酒洌,……醉扶归,……宜会亲友”**)众人笑推他,说道:“快醒醒儿吃饭去,这潮凳(**此字程本作“磴”**)上还睡出病来呢。”

湘云慢启秋波,见了众人,(**此处程本加“又”**)低头看了一看自己,方知是醉了。原是来(**此字程本删**)纳凉避静的,不觉的(**此字程本删**)因多罚了两杯酒,娇嫋(**此字程甲本作“袅”;程乙本作“娜”**)不胜,便睡着了,心中反觉自愧。连忙起身扎挣着同人来至红香圃中,用过水(**前“连忙”至此18字程本作“早有小丫头端了一盆洗脸水,两个捧着镜奁。众人等着,他便在石磴上重新匀了脸,拢了鬓,连忙起身,同着来至红香圃中”**),又吃了两盏釅茶(**前4字程本作“两杯浓茶”**)。探春忙命将醒酒石拿来,给他衔在口内;一时又命他喝(**此字程本作“吃”**)了一(**此字程本删**)些酸汤,方才觉得好了些。

仅四百余字,就描绘出了一副有声有色、有静有动、有花香、有梦境、有诗意的少女醉眠图。这是一个安详宁静的世界,一个落英缤纷的世界,更是一个“人面芍药相映红”的诗情四溢的世界。工笔和大写意结合的绝美图画中,有着美的意境;美的意境,又源于美的人物,美的气质,美的性格风采和美的人格魅力。席上快人快语、攘臂划拳、屡因多话而被罚酒但豪情依然不减的,只能是颇具魏晋名士风度的湘云;醉眠花丛、香梦沉酣,梦里余兴未歇“犹作睡语说酒令”的,也只能是憨顽率真、坦荡光明、脱略形骸、豪放不羁、不拘小节的幸福使者湘云!因为脆弱感伤的林黛玉,不可能这么旷达随意;举止娴雅、品格端方的薛宝钗,不可能这么浪漫天真。

就美好浪漫的情致而言,美少女醉眠于园内一角花枝花叶的掩映之下,“四面芍药花飞了一身,满头脸衣襟上皆是红香散乱,手中的扇子在地下,也半被落花埋了,一群蜂蝶闹穰穰的围着他,又用鲛帕包了一包芍药花瓣枕着”的动人描写,与第23回写宝玉在春日早饭后走到沁芳闸桥边桃花底下一块石上坐着,从头细玩《会真记》,正看到“落红成阵”之际,“只见一阵风过,把树头上桃花吹下一大半来,落的满身满书满地皆是”的出色笔墨,有异曲同工、前后映照之妙。

而本回与“湘云醉眠图”形成映照的画面,则是另外一种情致色彩的“香菱换裙”。

事情发生在宝玉这个不拘形迹的生日当天,天缘凑巧,还出现了一个多情公子向香菱尽心的机会。原来,香菱与几个小丫头做“斗草”游戏,玩笑打闹间香菱被推进了水坑里,新做的石榴裙子湿了一大片,流下泥水来。宝玉赶来加入斗草游戏时,几个闹事的丫头已经跑了,独见香菱站在那里低头弄裙子。了解事情经过后，宝玉深为香菱担忧：一来怕她会被嘴碎悭吝的薛姨妈责怪；二来这裙子是宝琴送的，怕宝琴多心。期间，想起袭人上月刚做了一件一样的，正好袭人有孝在身不能穿，宝玉便说跟袭人要来换掉。香菱深受感动，点头应了，并要求让袭人亲自送来。

在回怡红院叫袭人取裙的路上，宝玉还想到："可惜这么一个人，没父母，连自己本姓都忘了，被人拐出来，偏又卖与了这个霸王。"因又想起上日平儿也是意外想不到的，今日与香菱走得这么近，更是意外之意外的事了。一壁胡思乱想，来至房中，拉了袭人，细细告诉了她原故。接着，原文写道：

香菱之为人，无人不怜爱的；袭人又本是个手中撒漫的，况与香菱素相（**前2字程本删**）交好，一闻此信，忙就开箱取了出来，折好，随了宝玉来寻着（**此字程本删**）香菱，（**此处程本加"见"**）他还站在那里等呢。袭人笑道："我说你太淘气了，足的（**前2字程本作"总要"**）淘出个故事来才罢。"香菱红了脸，笑说："多谢姐姐了，谁知那起促狭鬼使（**此处程本加"的"**）黑心。"说着，接了裙子，展开一看，果然同自己的一样。又命宝玉背过脸去，自己叉手（**前2字程本删**）向内解下来，将这条系上。袭人道："把这脏（**此字程本作"腌脏"**）了的交与我拿回去，收拾了再（**此字程本删**）给你送来。你若（**此字程乙本作"要"**）拿回去，看见了也（**此字程本作"又"**）是要问的。"香菱道："好姐姐，你拿去，不拘给那个妹妹罢。我有了这个，不要他了。"袭人道："你倒大方的好（**此字程本作"很"**）。"香菱忙又万福（**前2字程本妄作"拜了两拜"**）道谢（**此处程本加"袭人"**），（**此处程本加"一面"**）袭人拿了脏裙便走（**前4字程本作"那条泥污了的裙子就走"**）。

香菱见宝玉蹲在地下，将方才的夫妻蕙与并蒂菱用树枝儿抠（**此字程本妄作"挖"**）了一个坑，先抓些落花来铺垫了，将这菱蕙安放好（**此字程本作"上"**），又将些落花来掩了，方撮土掩埋平服（**此字程本作"伏"**）。香菱拉他的手，笑道："这又叫做什么？怪道人人说你惯会鬼鬼祟祟，使人肉麻的事（**前2字程本作"呢"**）。你瞧瞧，你这手弄的泥乌苔滑的，还不快洗去。"宝玉笑着，方起身走了去洗手，香菱也自走开。

二人已走远（**此字程本删**）了数步，香菱复转身回来，叫住宝玉。宝玉不知有何话（**此字程本作"说话"**），扎（**此字程本作"扎煞"**）着两只泥手，笑嘻嘻的转来问："（**此处程本加"做"**）什么？"香菱（**此处程本加"红了脸"**）只顾（**此字程本作"管"**）笑。（**此处程本加"嘴里却要说什么，又说不出口来"**）因那边他的小丫头臻儿走来说："二姑娘等你说话呢。"香菱（**此处程本加"脸又一红"**）方向宝玉道："裙子的事，可别向你哥哥说才好（**前2字程本作"就完**

了")。"说毕,即转身走了。宝玉笑道:"可不(此处程本加"是")我疯了,往虎口里探头儿去呢。"说着,也回去洗手去(前3字程本删)了。

这段意外的插曲,既写了青春女儿的天真可爱,更写了宝玉超越性爱之上的怜香惜玉之情。在此过程中,即便是香菱有感于来自多情公子的关心而"心有所动",也不会"情有所系";因为"心有所动",那也不过是青春女儿烟波浩渺的心海上,偶尔被温暖潮湿季风吹起的一丝涟漪甚或是微妙感情的一束腾跳闪烁的小小浪花而已。这是人皆有之的美好情愫,无可厚非,亦无需大惊小怪。

何况一直以来的香菱,以"呆"出名,单纯得要命。眼下,心存感激之余,少了几分戒备,多了几分信任,于是并没有十分避讳宝玉在场,在"命宝玉背过脸去"之后,换裙就换裙,没想那么多;再说,袭人不是也在场吗?虽然如此,这在特别讲究"男女大防"的年代,又摊上薛蟠那样醋劲十足的粗蠢男人,这点动作也是"犯忌"的,是不能让人完全释疑释怀的。旁的不说,如果薛蟠知道有宝玉在场的情况下香菱背转身就换裙这件事,不仅轻饶不了香菱,可能连宝玉都要"负连带责任"的。紧接着,原地换好裙的香菱,半天才想到"就近换裙"之时男女"相互都没有回避"上来,于是忐忑不安,欲说还休,走远了又回转身来,"试着"提醒宝玉:裙子的事,要注意对我那个老公保密哟!事实上,香菱是一个特别命苦的女孩,逆来顺受惯了,思想意识也是非常传统保守的。这次无意之间,没有让异性成年男子规避的情况下就近距离地完成了"换裙"动作,实在也是因"情"而起,因"情"而"解"的无心之过了。

但程高本囿于世俗狭隘鄙陋的心胸眼界,罔顾人物的个性特点,偏又要在"两性关系""桃色新闻"上涂抹色彩,大做文章。具体表现在:对"换裙"动作中青春儿女内心深处或许就有的那么一点点说不出的"羞涩"和"脉动",一心去作放大渲染,以昭示天下。譬如将"二人已走远了数步,香菱复转身回来叫住宝玉"之后的"香菱只顾笑",改成了"香菱红了脸,只管笑,嘴里却要说什么,又说不出口来";继而又在"香菱方向宝玉道"处,塞进他们最感兴趣的描写,变成了"香菱脸又一红,方向宝玉道"(甲辰本同庚辰本,未作改动;梦稿本跟程高本比较,只少了前面一处"红了脸",其他改文相同)。总之,将那原文表达的朦朦胧胧似有实无之处,非要改写得实实在在明明白白,方心满意足。只是这样一来,一对品性纯净、都有"呆"名的青春儿女之间感情的格调被明显降低,显得只有情欲没有情愫,只有暧昧没有真情,只有粗俗没有美感,只有裸奔没有了含蓄。更有可笑的是,有一个晚清的洪秋蕃在其所著的《红楼梦抉隐》一书中,抉来抉去,竟然还抉出了"隐藏"在该回文字背后湘云趁醉与宝玉、宝玉趁醉与芳官之间发生的风流韵事呢!——你说,这书是怎么读的?

综上，如果说“湘云醉眠”的场景，呈现于读者面前的，是一幅美轮美奂的少女娇媚情态图，显得风和日丽、人面如花的话；那么“香菱换裙”一幕表现出来的，就有点近似于唐代诗人张若虚笔下那“江流宛转绕芳甸，月照花林皆似霰”“玉户帘中卷不去，捣衣砧上拂还来”一类淡淡的欣喜、淡淡的哀愁氤氲着的“可意会难言传”的迷离境界了。

第六十三回　寿怡红群芳开夜宴　死金丹独艳理亲丧

内容提要：大伙宴聚玩耍至二更方散；怡红院内的众人，喝酒唱曲一直玩到四更方尽兴。妙玉下帖祝寿，宝玉询问邢岫烟后郑重其事做了回复。平儿还席，众人欢乐未尽之际，即有贾敬死讯传来。尤氏理丧，尤老娘母女三人被请来宁府看家。贾珍父子等往家赶，贾蓉趁机调戏二姨。

●第 63 回的内容，明显分为上下两个部分。上半回仍然接写宝玉生日，白天在红香圃小敞庭内饮宴，兴犹未尽，乃继之以夜宴。先写宝玉因与袭人商议“晚间吃酒”的事，定下“大家取乐，不可拘泥”的原则。按袭人的安排，自己跟晴雯等房内八人集资，“我们单替你过生日”；按晴雯说法，管他有钱没钱，“这原是各人的心”，宝玉只管领情就是了。原计划只是准备在怡红院内这个小天地里，宝玉和晴雯、袭人等几个关起门来，卸妆宽衣，无拘无束，饮酒取乐，却因行“占花名儿”酒令，“人少了没趣”，经由大家提议，于是因此及彼、牵三挂四，干脆又邀请宝钗、黛玉、探春等姐妹一起前来欢聚。因为已经到了晚间该安歇的时候，袭人始而提醒行酒令要“斯文些的才好，别大呼小叫，惹人听见”，继而又担心“开门喝户的闹，倘或遇见巡夜的问呢”；宝玉几个“怕什么”之后，大家安下心来，分头去请来了众姐妹。以上是“寿怡红”的前奏曲，算预热阶段。

●“群芳夜宴”开始后，席上歌喉婉转，杯盏交错，谈笑风生。夜宴的重头戏是“占花名”，签上的花名及诗句皆有寓意，一如既往地隐括了抽签人的性格和命运。这种笔法，妙处还在于个人掣签时的神态表情及心理活动，以及抽签饮酒时的笑谑打趣等细节，同样凸显了各人的性格特征。而且八个人，八根花签，不是平铺直叙，也不是平均着墨；而是摇曳多姿、起伏有致，丝毫没有重复累赘、单调疲沓之感，同样显示了曹雪芹叙事的超高水平。

●袭人是八个人中最后一个抽签的，抽了一个桃花签，签上注明要“杏花陪一盏，坐中同庚者陪一盏，同辰者陪一盏，同姓者陪一盏”，于是又引起一阵调笑，满座热闹有趣，掀起了夜宴最后一个高潮。紧随着“有人叫门”，原来是薛姨妈打发人来接黛玉了。不知不觉中时间已经到了“二更以后”，众姊妹于是才纷纷告辞。其实，这来得恰是时候的“叫门”声，正是作者的精巧构思及行文需要：以“接人”的插曲中断众人欢宴，客观上打断袭人之后不得不继续对第九位、十位……抽签者有关性格及命运的描写，何其巧妙而又自然！一切服从写作的需要，即表现人物性格及其命运结局的需要，该蝉联展开时用墨如泼，该节制收敛时惜墨如金，正应了北宋文章大家苏东坡在《答谢民师书》中所言“(写文章)大略如行云流水，初无定质，但常行于所当行，常止于所不可不止，文理自然，姿态横生”的境界。

●作者借袭人签上注明的陪酒对象是“同庚者”的要求，将涉及的宝钗、袭人、晴雯、香菱等在场四人年纪“同龄”的情况做了首次明示，亦可见用笔的综合和细密。

●群芳大都离散，但怡红院内的夜宴尚有尾声。关了门，大家复又行起令来。彼此有了三分酒，便猜拳赢唱小曲儿。那天已四更时分，酒坛已罄，众人方收拾盥漱睡觉，直到大家黑甜一觉不知所之，这才为整场“群芳夜宴”活动，落下了最后一个快乐的音符。

●“怡红夜宴”，着墨展示宝玉跟身边一群侍女们亲昵友好的关系，让宝玉把“众生平等”的理念发挥得淋漓尽致。忘情的欢乐，放飞的畅快，标志着大观园和谐快乐生活的顶峰，更成为青春狂欢的绝响。次日，几个人回想昨夜又吃又唱“连臊也忘了”的情景，“俱红了脸，用两手握着笑个不住”；连平时一本正经的袭人，都情不自禁地对“笑嘻嘻的走来”的平儿说：

> 告诉不得你。昨儿夜里热闹非常，连往日老太太、太太带着众人顽，也不及昨儿这一顽。一坛酒，我们都鼓捣光了。一个个吃(**此字程本作“唱”**)得把臊都丢了，三不知的(**前4字程本删**)又都唱起来。四更多天，才横三竖四的打了一个盹儿。

这类笔墨，实际上是作者借此对怡红院后半夜“余欢”的补写和“回放”。可见昨夜的欢宴，是多么的短暂；昨夜的星辰，是何等的美好！怡红庆寿，前后时间只那么一天有余，但整个园内充满着真情至性，聪慧才情，衣香鬓影，笑语欢声。良辰美景稍纵即逝，青春小鸟一去不回。它足令这些“现实生活多苦恼”的姑娘们一生回味，万般珍惜，莫名惆怅呢。走笔至此，笔者耳际似乎响起那哀婉悱恻的《昨夜星辰》电视剧的旋律和歌词，聊作对姑娘们转瞬即逝美好生活的祭奠吧：

> 昨夜的昨夜的星辰已坠落，消失在遥远的银河；
> 想记起，偏又已忘记，那份爱换来的是寂寞。
> 爱是不变的星辰，爱是永恒的星辰，绝不会在银河中坠落；
> 常忆着那份情那份爱，今夜星辰今夜星辰，依然闪烁……

●作者借邢岫烟之口，抖露出了妙玉的身世和不幸遭遇，从侧面对她“脾气竟不能改,竟是生成这等放诞诡僻”的性格再作皴染。据岫烟说她是“因不合时宜,权势不容,竟投奔到这里来”的。究竟妙玉当初因“权势不容”,遭遇过何种严重的迫害和威逼竟至于不得不远离故土,邢岫烟的话,语焉不详;这无疑也是作者无意对此展开而旁逸笔墨,于是以“虚笔”“暗笔”点到为止,埋下了一段妙玉的“伤心往事”不提。

●别的人之生日一概无视,偏偏记得并要刻意向宝玉芳辰表达祝贺:一个细节,便将“寂寞嫦娥”的“思凡”情结,暗描牵引而出。

●一张字帖,在了解妙玉性情为人的邢岫烟看来,是她“僧不僧,俗不俗,女不女,男不男”做派的反映。聪明的姑娘也从中看出,眼前的贾宝玉,确实算得上一个令所有女性尊重和信赖的男人;受其“平等对待,尊重体贴”精神的感召,相处时间不长的岫烟对眼前的这个年轻男子多了一份信任,于是才尽其所知,将妙玉的思想观念之“底”,毫无保留地全告诉给了他。值得注意的是,作者借邢岫烟转述妙玉的见解之机,将贾府家庙铁槛寺命名“铁槛”二字的出处,巧妙点明;同时,借此也将脂批的重要作者“畸笏叟”化名中的这个“畸”字,做了近乎原文“畸人者,他自称是畸零之人”的解释。小说正文中出现的这种独特文字表述,作者必有一番苦心孤诣在内,绝非漫不经心之笔。

●宝玉为芳官的两度改名:一次是“起个番名,叫作‘耶律雄奴’”,自有寓意;一次改名叫“温都里纳”,据宝玉解释是源于“海西福朗思牙,闻有金星玻璃宝石,他本国番语以金星玻璃名为‘温都里纳’”。小小一个细节,从中:一可见宝玉的开放意识;二可见作者对西方国家传闻的关注。

●榆荫堂中以酒为令,大家玩笑,击鼓传花,热闹了一回。期间,又插入了门上“甄家有两个女人送东西来了”的报告:仅此一笔,有若草蛇灰线,将甄家与贾府的往来联系,不时照应点到。

●因饭后平儿还席,说红香圃太热,便在榆荫堂中摆了几席新酒佳肴;接着写“尤氏又带了佩凤偕鸳二妾过来游顽”,实为作者因即将转换笔墨描写“贾敬死讯传来”一事,提前暗中布局,作叙事上几无斧凿痕迹的缓冲和情节过渡。

●佩凤偕鸳两个去打秋千顽耍,宝玉便说:“你两个上去,让我送。”慌的佩凤说:“罢了,别替我们闹乱子,倒是叫‘野驴子’来送送使得。”这样一个细节,真实反映了旧时代男女特别是青年男女之间严格遵从封建礼教“授受不亲”约束的程度。作为跟宝玉“不常见面”,又被贾珍视作禁脔的闺中“青年姣憨女子”,佩凤偕鸳岂敢贸然接受邻府另一年青男子欲替她们推送秋千的好意,那岂不是“替我们闹乱子”!所以佩凤的慌忙和婉拒,甚可理解;也因此更加明白,宝玉之前由于偶然的机会得以亲近平儿和香菱,自觉自愿为她们排忧解难了一次,是多么的“意外”和“意外中的意外”了!

●幸亏宁府尤氏在府,居然可以“独艳理亲丧”! 在贾敬死讯传来之后,你看她迅速稳住心神做出反应,及时应变“自行主持”,采取了一连串有效措施,将贾敬死丧前期的大小事务安排得滴水不漏、妥妥帖帖,显示了紧急为难情况下,尤氏“独当一面”的才干;同时也体现出作者心中常念叨“虽我之罪固不能免,然闺阁中本自历历有人,万不可因我不肖,则一并使其泯灭也”,因而要立志写书,“使闺阁昭传”的深切用意。

●也就是在尤氏对丧事做出全面安排而又显得人手不够的情况下,将她继母接来宁府看家;她这继母只得将两个未出嫁的小女带来,一并起居才放心。一切都显得顺理成章,实际上也必须如此。于是眼见得羊羔送入虎口、鲜花将被揉搓,尤氏两姊妹“命运终结”的日子来临了!

●作者笔下,通过对经皇帝特批回家理丧的贾珍、贾蓉父子半路上听取家人汇报情况时语言神情的描写,父子俩一到灵堂便放声大哭的描写,贾蓉回家中面见姨娘尤二姐之际下流表现的描写,犹如双面镜像,照出了贾蓉等人的恬不知耻,也照出了尤家姐妹的放荡无羁。贾蓉的下作无耻,贾蓉的馋嘴急色,贾蓉的振振有词,真是传承有自,外加超级发挥;而尤氏姐妹的浮荡,也为后文故事情节的发生、推演,以及终场的出现,埋下了伏笔。

●宝玉给芳官“改妆”“改名”,不过是闹着玩的同时,寻求新奇刺激。而跟风仿效者,首先是“素习憨戏异常,也最喜武扮的,每每自己束銮带,穿折袖”的“假小子”湘云,还有李纨、探春、宝琴等。值得注意的是,对以上人等的“独出心裁”“标新立异”,宝钗和黛玉却没有亦步亦趋,或许是二人觉得类似的“开心作戏”,显得有些胡闹和“小儿科”了?

●须加留意的脂批:

※【戚序回前:此书写世人之富贵子弟易流邪鄙,其作长上者有不能稽查之处。如宝玉之夜宴,始见之文雅韵致,细思之,何事生端不基于此?更能写贾蓉之恶赖无耻,亦世家之必有者。读者当以“三人行必有我师”之说为念,方能领会作者之用意也,戒之!】

※【戚序回后:宝玉品高性雅,其终日花围翠绕,用力维持其间,淫荡之至,而能使旁人不觉,被人不厌。贾蓉不分长幼微贱,纵意驰骋于中,恶习可恨。二人之形景天渊,而终归于邪,其滥一也,所谓“五十步”之间耳。持家有意于子弟者,揣此以照察之可也!】

●红楼探照之一四五：

暴亡背后有影射
——且说贾敬丑陋的"非正常死亡"

第63回众人的生日庆祝嘉年华活动余欢未尽，忽有贾敬暴亡的讯息传来：

> 正顽笑不绝（**前5字程本删**），忽见东府中（**此字程本作"里"**）几个人，慌慌张张跑来说："老爷宾天了。"众人听了，唬了一大跳，忙（**此字程乙本后移一字**）都说："好好的并无疾病，怎么就没了？"家下（**此字程本删**）人说："老爷天天修炼，定是功行（**此字程本作"成"**）圆满，升仙去了。"

联欢谢幕，喜乐收场；乐极悲生，笔墨陡转。自第63回的下半回起，一直到第70回"林黛玉重建桃花社"之前的这接近八个章节的内容，即是以"贾敬之丧""二尤之死"为主要线索，将锋利而又辛辣的笔触直指贾府统治阶层人物，穷形尽相、力透纸背地揭露了他们道德沦丧、心意歹毒、胆大妄为的种种不法劣迹。其中，又以贾珍、贾蓉父子的表现最为无耻，以王熙凤害人的手段最为阴狠。不用说，"自作孽"的过程，就是他们沆瀣一气，将摇摇欲坠的家族大厦合力推倒而自身也免不了"不可活"的殉葬过程。

对贾敬的猝死，作者不动声色的写实笔墨中，饱含着辛辣的幽默和讽刺。即如上段引文中，"老爷宾天了"一句，出自慌慌张张跑来报丧者之口，字句简短，下气不接，以"宾天"二字，以示尊崇；接写的"好好的并无疾病，怎么就没了"一句，出自众人之口，实话实说，自然反应，显然是震惊之余深感蹊跷，自然而然要发出的疑问；而家下人大概是最了解贾敬平日里任性妄为情况的，一句"老爷天天修炼，定是功行圆满，升仙去了"的话，表现出恭维之中见惯不惊、由他去吧般的"淡定"和"幽默"！

纵观宁府上一代极不称职的家长贾敬其人的死，有如下几个特点：

一、事出意外，死得非常突然。

二、不听劝告，执意妄为，实属咎由自取。

三、死得丑陋，死相难看。借现场看视的太医们的了解和观察，"素知贾敬导气之术总属虚诞，更至参星礼斗，守庚申，服灵砂，妄作虚为，过于劳神费力，反因此伤了性命的；如今虽死，肚中坚硬似铁，面皮嘴唇烧的紫绛皱裂"；诊断的结论是"吞金服砂，烧胀而殁"。贾敬的死因和死状，跟历史上搞垮曹家的那个"抄家皇帝"雍正的"暴毙"，情形大同小异：这还不会让人自然发生某种联想吗？

四、死得简直不是时候。首先，早不死晚不死，恰死在"目今天气炎热，实不得相待"的盛夏，借用第51回麝月笑谑晴雯的话，就是"死不拣好日子"了！其次,死在国丧期间两府家主几乎全部外出,府中缺人照管,只有一帮老弱病残、妇女儿童留守的情况下,实足给家中添乱不说,还因“国丧期间”的氛围和规制所限,享受不到他老人家平日里本该有的“哀荣”了。

五、儿子给他办理丧事的三心二意,以致“葬儿媳”重于“送亲爹”。曹雪芹对“贾敬之死”的描写非常简略,丧礼场面的描写就“丧仪昆耀,宾客如云,自铁槛寺至宁府,夹路看的何止数万人”这么二十来个字。为何对于宁国府主人的丧事,竟如此的轻描淡写?说到底,还是因为作者这之前借“秦氏之丧”将贾府的权势和奢侈写尽了,写绝了。曹雪芹在写作上不但不屑落入窠臼,他也根本不会重复自己的。眼下,他要借“贾敬之死”,来写出新的内容,那就是反映封建贵族贾珍之流道德沦丧的严重程度;通过他们种种为非作歹、无可救药的恶劣表现,深刻揭示贾府走向彻底败落的必然性。

你看,贾敬猝死,为之理丧的,居然就是那位当初儿媳妇死了借口“胃疼躺在床上”撂挑子的宁国府大奶奶。这一回,她“独艳理亲丧”,快刀斩乱麻,在宁府主事的男人回来之前,就做好了前期一切准备工作,办事效率和胆识表现,令人刮目相看!继后,贾珍等人奔丧回来,装模作样嚎哭一阵子之后故态重萌,不久即派儿子去家里看望早就跟他父子二人不干不净的尤氏姐妹了。贾蓉见面,嬉皮笑脸,第一句话就是:“二姨娘,你又来了,我们父亲正想你呢。”你看,死了贾敬,倒成了贾珍等人跟小姨子鬼混的天赐良机。贾珍对待父丧的态度,跟秦氏死后他表现出来的“如丧考妣”般的哀痛欲绝,以及“尽其所有”大事操办的举动相比,不是形成了尖锐而又绝妙的讽刺吗?

平心而论,贾敬其人不但“无功于国”,更有罪于家。再说,一心寻求长生不老者,连正常的寿命都不能延续;执意于参星礼斗者,连自己死后适宜停灵治丧的时段都预估和等候不到:贾敬的虚妄,也就无可言说得很了!总之,贾敬“吞金服砂,烧胀而殁”的意外死亡,写尽了中国历史上无数帝王将相、无知草民因“参星礼斗,守庚申,服灵砂,妄作虚为,过于劳神费力,反因此伤了性命的”迷信、偏执及愚妄。呈现于作者笔下的贾敬意外丑陋的死亡,是否有借小说影射雍正同样“不正常死亡”的隐曲深意呢?——在笔者看来,未必就一定没有。

●红楼探照之一四六:

一段嬉闹文字背后隐写的历史

第63回写宝玉独出心裁为芳官改妆,并两次改换了男名,还振振有词、郑重其事地向她申述了这样做的理由。于是,全书出现了一大段看上去极不寻常的文字：

因又见芳官梳了头，挽起纂来，带了些花翠，忙命他改妆，又命将周围的短发剃了去，露出碧青头皮来，当中分大顶，又说："冬天作大貂鼠卧兔儿带，脚上穿虎头盘云五彩小战靴，或散着裤腿，只用净袜厚底镶鞋。"又说："芳官之名不好，竟改了男名才别致。"因又改作"雄奴"。芳官十分称心，又说："既如此，你出门也带我出去。有人问，只说我和茗烟一样的小厮就是了。"宝玉笑道："到底人看得出来。"芳官笑道："我说你是无才的。咱家现有几家土番，你就说我是个小土番儿。况且人人说我打联垂好看，你想这话可妙？"

宝玉听了，喜出意外，忙笑道："这却很好。我亦常见官员人等多有跟从外国献俘之种，图其不畏风霜，鞍马便捷。既这等，再起个番名，叫作'耶律雄奴'。'雄奴'二音，又与匈奴相通，都是犬戎名姓。况且这两种人自尧舜时便为中华之患，晋唐诸朝，深受其害。幸得咱们有福，生在当今之世，大舜之正裔，圣虞之功德仁孝，赫赫格天，同天地日月亿兆不朽，所以凡历朝中跳梁猖獗之小丑，到了如今竟不用一干一戈，皆天使其拱手俛头缘远来降……"芳官笑道："既这样着，你该去操习弓马，学些武艺，挺身出去拿几个反叛来，岂不进忠效力了。何必借我们，你鼓唇摇舌的，自己开心作戏，却说是称功颂德呢。"宝玉笑道："所以你不明白。如今四海宾服，八方宁静，千载百载不用武备。咱们虽一戏一笑，也该称颂，方不负坐享升平了。"芳官听了有理，二人自为妥贴甚宜。宝玉便叫他"耶律雄奴"。

究竟贾府二宅皆有先人当年所获之囚赐为奴隶，只不过令其饲养马匹，皆不堪大用。湘云素习憨戏异常，他也最喜武扮的，每每自己束銮带，穿折袖。近见宝玉将芳官扮成男子，他便将葵官也扮了个小子。那葵官本是常刮剔短发，好便于面上粉墨油彩，手脚又伶便，打扮了又省一层手。李纨探春见了也爱，便将宝琴的荳官也就命他打扮了一个小童，头上两个丫髻，短袄红鞋，只差了涂脸，便俨是戏上的一个琴童。湘云将葵官改了，换作"大英"。因他姓韦，便叫他作韦大英，方合自己的意思，暗有"惟大英雄能本色"之语，何必涂朱抹粉，才是男子。荳官身量年纪皆极小，又极鬼灵，故曰荳官。园中人也有唤他作"阿荳"的，也有唤作"炒豆子"的。宝琴反说琴童书童等名太熟了，竟是荳字别致，便换作"荳童"……（众人）一时到了怡红院，忽听宝玉叫"耶律雄奴"，把佩凤、偕鸳、香菱三个人笑在一处，问是什么话，大家也学着叫这名字，又叫错了音韵，或忘了字眼，甚至于叫出"野驴子"来，引的合园中人凡听见无不笑倒。宝玉又见人人取笑，恐作践了他，忙又说："海西福朗思牙，闻有金星玻璃宝石，他本国番语以金星玻璃名为'温都里纳’。如今将你比作他,就改名唤叫‘温都里纳’可好?”芳官听了更喜,说:“就是这样罢。”因此又唤了这名。众人嫌拗口,仍翻汉名,就唤“玻璃”。

这几段亦庄亦谐的文字,通过对宝玉替芳官“改装”“改名”并大发议论的描写,及湘云等人有样学样继而引来众人尽情玩乐嬉戏的日常生活场景展现,彰显了大观园自由民主、活泼快乐的青春气息,彰显了宝玉一向少见的男儿英雄气概以及一向以来对芳官等弱势群体女孩给予的发自内心的理解、欣赏和无处不在的爱护。而“假小子”湘云的憨玩、洒脱个性,在此也得到了生动体现。遗憾的是,这段见诸于己卯本、庚辰本、蒙府本、戚序本的蕴含深厚的文字,却被现存的俄藏本、甲辰本、梦稿本、程高本一笔勾销了。只不过,程高本一并将后文中凡是与此处芳官换妆、改名有关的文字剔除干净了,不留丝毫删除痕迹。而俄藏、甲辰、梦稿三本,却没有将继后第 70 回出现的一处“温都里纳”和五处“雄奴”,第 73 回出现的一处“金星玻璃”和“玻璃”,第 74 回出现的两处“金星玻璃”,第 77 回出现的一处“耶律雄奴”等与芳官改名有关的字样一一清除,造成读者为后文忽如其来的这类稀奇古怪名字感到一头雾水、莫名其妙,不知道是书中何处冒出来的神秘人物,为此露出了这些版本擅删擅改的马脚。由此也可推见,当初俄藏、甲辰、梦稿三本的形成(至少是第 63 至 77 回这部分),要么是依据了同一个底本抄录,要么是这三本之间本来就存在相沿过录的关系。

应该说,较早期的脂本都是存留有这段宝玉等人嘴上“开心作戏”“称功颂德”的文字内容的。它有可能(尽管极小!)是与曹家命运攸关的评批者(譬如畸笏叟)在作者身后添加,意在用以冲抵和降低《红楼梦》小说“间有碍语”可能招致的“文字狱”风险;当然,它更有可能(笔者认为这几乎是百分之百!)是曹雪芹亲笔书写,是他本人在深感当下朝廷开疆拓土、一统天下局面的同时,多少隐含那么一点“未必尽如其然”的忧患之思和微讽之意。但无论怎么说,如果将第 63 回出现的芳官所改之名视作“草蛇灰线”的话,那么在第 70、73、74、77 回等章节中露出的峥嵘一角,即可见作者情节编织贯串的深思熟虑、细致严密,以及此起彼伏、前后照应等运用自如的手法。因此,这几段“奇崛”文字绝非信笔由之,随意写下。何况,它还关乎宝玉要为芳官“改名”“换妆”的用意和依据所在。如果没有这个“时代背景镜像”的存在,那么突出当事人——宝玉、芳官以及湘云等人性情见解不同流俗的这一情节设置,便成空穴来风了。想来,或因申说芳官“改名改装”理据的文字涉及当时的时事,容易让人产生联想,于是便被后来的某位有心人在原文抄录的过程中索性将它删去了。事实上,对这段“怪异”文字的理解,历来不是也众说纷纭吗?有人认为它纯属调侃玩笑笔墨,乃怡红公子闲极无聊的信口开河;有人认为它是败笔,不伦不类,别扭乖离,与作品一贯的思想情调和表达风格难以耦合;也有人认为它就是曹雪芹“反满”思想的暴露,是皮里阳秋,意在言外,笔法奇崛;等等。

通观这几段文字,其核心内容,无疑是写宝玉在刚刚享受了因生日“群芳聚会庆寿辰”所带来的自由浪漫而倍感心甜意洽之际,替曾做优伶的亲密伴当芳官又是“改妆”,又是“改名”,并且还煞有介事地抒发了一通并不见得多么符合其年龄及性格特征的高谈阔论。它确如芳官所言,带有“你鼓唇摇舌的,自己开心作戏,却说是称功颂德”的戏谑、夸张成分。但细细品味,这一席彰显大清天下来源正当的傥言宏论,虽表面上颇有模仿上代君王雍正皇帝在颁告天下的《大义觉迷录》一书中所表现出来的那种雄视百代、天下无敌、自诩正统、洋洋得意的架势和口吻,却也在相当程度上反映了清代曾经发生过的重大历史事件的客观真实性以及社会主流意识无处不在的渗透性。即便是两个不谙世事的小儿女,闲聊话题所及的“咱家现有几家土番”“我亦常见官员人等多有跟从外国献俘之种,图其不畏风霜,鞍马便捷”等生活情况,以及“究竟贾府二宅,皆有先人当年所获之囚赐为奴隶,只不过令其饲养马匹,皆不堪大用”等旁叙文字所透露的时代信息,尽管隐隐约约点点滴滴,有如蛛丝马迹,但无不属于当时重大军事历史事件的留真写影。鉴此,能说这类笔墨,是作者漫不经心的描写吗?

事实上,清朝前中期实乃中国历史上少有的几个疆域辽阔、镇边抚远卓有成效的朝代之一。入关之后,清朝不仅全盘继承了明朝的内地领土,在边疆领土的对待处理上也比以往历朝历代显得更加强势,譬如漠北、东北、西南、青藏、新疆等地,都在清朝政府实实在在的统治之下,特别是在清代乾隆时期(1711—1799),清朝中央政府对这些地区的有效管理提高到了一个新的水平,直接控制的版图超越了历史上的任何一个皇朝。

根据白寿彝主编的《中国通史》以及戴逸主编的《简明清史》等官方史书的记载,这里只说《红楼梦》作者有生之年发生的相关历史大事件。

提及准噶尔部众,汉民族多以“西蒙古”“厄鲁特”“卫拉特”和“瓦剌”称之;其俗耐劳苦,擅格斗。明代,制造了“土木堡之变”并俘虏了明英宗的,就是这个彪悍部族的一大“杰作”。清初,准噶尔部崛起于天山南北,其首领噶尔丹野心勃勃。在他的带领下,攻势凌厉的准噶尔骑兵很快就征服了现大半个新疆,赫然成为西域霸主。准噶尔部这个割据势力就如同一片黑色的魅影徘徊飘忽在西部,随时窥视着内地的安全,让连续几代清朝统治者食不甘味、寝不安席。康雍两朝多次用兵,各有胜负,问题未能得到彻底解决。时间到了乾隆十八年,当皇帝得知准噶尔发生严重内乱纷争的消息后,先后三次出兵,耗时三年,终于将准噶尔汗国及其附庸——大小和卓木反叛势力彻底剿灭。准噶尔部的覆灭,完成了康雍两朝“积年未成之功”。这不但铲除了准噶尔部东犯喀尔喀进而威胁京师及大西北的祸根，保持了西北、漠北以及青海西藏的社会安定，而且广阔的西域地区也再次回到中国版图。值得注意的是，清代康雍乾时期不仅领土广大，对边疆地区的实际控制力也前所未有。作家张宏杰在《乾隆皇帝的十张面孔》一书中，就此阐述说：

> 中国的武功，自成吉思汗以来，还没有谁如此一举荡平二万余里，深入不毛。元代之后，中国的疆域从来没有如此巨大，中国国家的统一从来没有如此巩固。朝野上下，一致赞叹“国家如天之福”。文人学士纷纷进表上赋，欢呼庆祝。时为庶吉士的纪昀撰写了《平定准噶尔赋》，称“三十六国，咸遵正朔，浩乎大哉，此王道之极盛，而三五之遐躅也。”赵翼在《平定回部铙歌》中唱道：“一统车书大覆函，持盈睿虑倍寅严；从知兵甲全消日，文德逾敷万国咸。”后世史学家也高度评价这一战争。王先谦说：“高宗皇帝成两朝未竟之志，准回平而北无汉世匈奴之患，金川定而西无唐代吐蕃之扰，保世恢基，其极于无外。”

平准之后，清朝在各个方面都实现了对历史的超越；统一新疆，更标志着乾隆朝达到了“康乾盛世”的巅峰阶段。对此，当时的国人大都引以为荣，“盛世”“全盛”等词汇便开始越来越频繁地出现在了清朝臣民的书面和口头。世人不是常常追慕和称颂历史上的“秦汉雄风”和“盛唐气象”么？其实，封建社会延续至“康乾盛世”，中国农耕文明的发展又到达一个顶峰。号称“中国封建社会百科全书”的《红楼梦》，诞生在这个非凡的历史时期，绝非偶然；而置身“四海宾服，八方宁静”的“坐享升平”时代，作品中人物贾宝玉与芳官言谈中流露出来的那种虽似调侃戏谑实则正大庄严的强烈家国情怀，产生于乾隆前中期这几次对内对外用兵都终获大胜的历史背景之下，更是不难理解。

红学家冯其庸在《红楼梦学刊》2009 年第 6 辑《〈红楼梦〉63 回与中国西部的平定》一文中也认为，曹雪芹笔下这段似乎是“生拉活扯”“一反常态”地对统治阶级文治武功不惜大唱赞歌的“奇异”文字，实系作者受乾隆二十年(1755)西部平准大捷、达瓦齐等酋首被押送京城献俘午门等场景所激起的全国上下极度振奋欢腾热烈情绪和氛围所感染，继而增写进去的。理由是：庚辰本第 75 回回前，就有“乾隆二十一年五月初七日对清”及“缺中秋诗，俟雪芹”两条脂批。脂批无疑表明，该年“五月初七日”这天，在脂砚斋等人将经过先后四次对稿抄录的作业进度赶到“第七十五回”这里之前，小说作者完全就有可能已经将这一鼓舞人心的重大历史事件，通过“假语村言”的形式，巧妙而又艺术地反映进了自己的作品中。

在笔者看来，该推断无疑合乎情理，但思路仍未打开。因为，既然说是“增写”，曹雪芹为什么不可以在“乾隆二十一年五月初七日对清”这个有记录的时间节点前后，又特别是二十四年(1759)十月清朝彻底戡定西域局势之后，随即增补进去的呢？而且，这个时候，距离庚辰本定稿的时间(1760年)，不是还有一两年的时间么，距离作者去世的时间不是还有三四年的时间吗，他完全可以利用给大致定稿的前八十回“打补丁”的机会，将“首征金川”“戡定准部”“统一回疆”这类举国同庆的历史性事件通过小说的人物情节及时反映到自己笔下的呀。

要说当时处于“康乾盛世”顶峰时期的旷世奇才曹雪芹以及他笔下多情善感的贾宝玉们，为国家“大一统”强盛局面和整个社会“烈火烹油”“鲜花着锦”繁华热闹气象所激发的那种只有大国子民才真正拥有的强烈自信心和空前豪迈感，不正与我们当下国人意气风发的精神状态有些相似相通么？因此，要说《红楼梦》全书反映的主题，其关键词无论是“家运”“族运”“国运”也好，“爱情”“青春”“生命”也好，“历史”“社会”“人生”也好，还是“既往”“当下”“趋势”也好，看来都无为不可。

第六部分(第64—69回)

围绕全书“衰败”主题，主要描写“二尤事件”。不仅表现了尤氏姊妹的人生悲剧，反映了贾珍父子、贾琏等男性主子们私生活的糜烂，还突出刻画了王熙凤心肠的毒辣和害人手段的卑劣。

第六十四回　幽淑女悲题五美吟　浪荡子情遗九龙珮

内容提要：黛玉病体恹恹，情绪低落，作《五美吟》释闷；宝玉宝钗先后前来看望。贾母王夫人等回家，先到宁府哭灵后回去歇息。众人送殡至铁槛寺，贾珍、尤氏并贾蓉仍在寺中守灵，家中仍托尤老娘母女照管。贾蓉游说二姐给贾琏做二房。贾珍等人出面，逼着张华与尤二姐退了婚。

●本回己卯、庚辰本原缺；蒙府、戚序、梦稿、甲辰本、程高本均存，文字虽各有出入，但内容大同小异。

●简笔叙写贾府请灵柩进城时的“丧仪焜耀，宾客如云”，可见尽管荣府的经济状况一路下行，但尚未跌进谷底；贾敬的丧仪，虽与从前操办其孙媳可卿丧事的盛大声势和金钱实力无法比拟，但表面的排场架势似乎不可缺少。只是两府的财政透支“黑洞”，由此不得不继续撕开；两府的命运双双走向没落，再无一处可以幸免！

●首次点明“近亲只有邢大舅相伴未去”。邢大舅为邢夫人之胞弟邢德全，不是之前前来投亲靠友的邢岫烟之父邢忠(见第49回，第57回)。邢大舅好赌，到第75回方带“戏份”上场。

●灵柩由贾敬死亡的道观穿城请回宁府，停放在正堂之内。供奠举哀已毕，亲友渐次散回，只剩族中人分理迎宾送客等事。且看作者笔下亡灵子孙们的“出色”表现：

> 贾珍贾蓉此时为礼法所拘，不免在灵旁藉草枕块，恨苦居丧。人散后，仍乘空寻他小姨子们(**前6字程乙本作“在内亲女眷中”**)厮混。

——好个“恨苦”！好个“厮混”！一把撕下了贾珍父子的假悲假孝面具，裸露出丧心病狂、色欲横流的本来面目。也难怪此后一连串的丑事、造孽事、稀奇事，就发生在贾珍等人的"百日居丧"期间了。

●贾琏回府，带来了"老太太明日一早到家"的消息，标志着第58回至此，因所谓的"国丧"，贾府当家人倾巢出动，其他贵族之家照样鸡犬不宁、十室九空的"热闹戏"，暂告一段落。正是在她们外出的这一两个月内，府内一连串的人事颠倒、家反宅乱、败象显现，即便贾母、王夫人等一众家主赶回，但她们"巢穴"的平安顺心日子一去不返。

●外出，是奔皇家的丧事，必须面带愁容；急着回府，面对的又是重要家人的丧事，贾母等人难免锥心疾首：

> 当下贾母进入里面，早有贾赦、贾琏率领族中人哭着迎了(**此字程乙本后移二字**)出来。他父子一边一个挽了贾母，走至灵前。又有贾珍、贾蓉跪着扑入贾母怀中痛哭。贾母暮年人，见此光景，亦搂了珍、蓉等痛哭不已。贾赦、贾琏在旁苦劝，方略略止住。又转至灵右，见了尤氏婆媳，不免又相持大痛一场。哭毕，众人方上前，一一请安问好。

先后出现的，尽是一片哭声。特别是不肖子孙贾珍、贾蓉灵前"跪着扑入贾母怀中痛哭"的一幕，既本真亦虚假，既夸张亦常情，既是循礼节必须如此，也是因亲情的必然表现，令人感怀。

●在贾敬出殡至铁槛寺停灵期间，按丧礼贾珍、尤氏并贾蓉必须守灵，等过百日后，方可扶柩回籍，家中仍托尤老娘并二姐、三姐照管。于是，贾琏与贾蓉父子合演的一场道德堕落闹剧，就适得其时，粉墨登场了：

> 却说贾琏素日既闻尤氏姐妹之名，恨无缘得见；近因贾敬停灵在家，每日与二姐(**此处程本加"儿"**)、三姐(**此处程本加"儿"**)相认已熟，不禁动了垂涎之意。况知与贾珍、贾蓉等素有聚麀之诮，因而乘机百般撩拨，眉目传情。那三姐(**此处程本加"儿"**)却只是淡淡相对，只有二姐(**此处程本加"儿"**)也十分有意，但只是眼目众多，无从下手。贾琏又怕贾珍吃醋，不敢轻动，只好二人心领神会而已。
>
> 此时出殡以后，贾珍家下人少，除尤老娘带领二姐(**此处程本加"儿"**)、三姐(**此处程本加"儿"**)并几个粗使的丫鬟、老婆子在正室居住外，其余婢妾都随在寺中。外面仆妇不过晚间巡更，日间看守门户，白日无事，亦不进里面去。所以贾琏便欲趁此(**此字程本作"此时"**)下手，遂托相伴贾珍为名，亦在寺中住宿；又时常借着替贾珍料理家务，不时至宁府中来勾搭二姐(**此处程本加"儿"**)。

从贾琏对尤氏姐妹由歆羡到动心，由有所顾忌到伺机"下手"来看，贾琏与贾珍等人可谓臭味相投、一丘之貉。这就是贾府中撑持门面的弟兄叔侄间的“感情”！面对贾琏的挑逗，尤氏姐妹虽“久入鲍鱼之肆而不闻其臭”，但回应的温差是不一样的：尤三姐心存戒备，淡然相对，态度不冷不热；二姐却投怀送抱，一拍即合，很快就“被诱惑”了。

●贾敬丧事的操办，作者仅以小管家俞禄来回复贾珍所言“前者所用棚杠孝布并请杠人青衣，共使银一千一百十两，除给银五百两外，仍欠六〇十两”这一笔，即可见支出浩繁之“一斑”：

> 贾珍道：“你且向库上领去就是了，这又何必来回我？”俞禄道：“昨日已曾上库上去领，但只是老爷宾天以后，各处支领甚多，所剩还要预备百日道场及庙中用度，此时竟不能发给。所以小的(**前2字程本作“奴才”**)今日特来回爷，或者爷内库里暂且发给，或者挪借何项，吩咐了小的(**前2字程本作“奴才”**)好办。”贾珍笑道：“你还当是先呢，有银子放着不使？你无论那里借了给他罢。”俞禄笑回道：“若说一二百，小的(**前2字程本作“奴才”**)还可以挪借(**前3字程本作“巴结”**)；这五六百，小的(**前2字程本作“奴才”**)一时那里办得来。”贾珍想了一回，向贾蓉道：“你问你娘去，昨日出殡以后，有江南甄家送来打(**前字程本作“吊”**)祭银五百两，未曾交到库上去；你先要了来(**前5字程本作“家里再找找，凑齐了”**)，给他去罢。”贾蓉答应了，连忙过这边来回了尤氏。

屋漏偏逢连夜雨，“管涌”恰碰回头浪。连一向自恃府内支出尚可应付局面的贾珍(见第53回)，也有些无从措手了。就在小管家感到为难、贾珍左支右绌之际，适逢贾琏走了进来，主动提出回府取钱垫付。贾珍听从，并让贾蓉跟着陪伴，于是一段造孽的“外室”姻缘，就此促成。此外，原文又一次提及“江南甄家送来打祭银五百两”，以示两府联系之亲密。

●贾琏在宁府内室，与尤二姐投怀送抱、眉来眼去、相互勾引的情状，描写如画；其间，也透露出二姐平素的花心偷情痕迹，暗补出姊妹俩既往生活史中的不堪隐情。期间，尤老娘絮絮叨叨中“家里自从先夫去世，家计也着实艰难了，全亏了这里姑爷帮助”这类感叹话的背后，意味着尤氏母女为了生活不得不做出人格尊严方面的牺牲，蕴含着尤老娘不得不眼睁睁看着自己花朵儿一样的两个女儿被那一伙“施舍救济”者肆意玩弄的酸涩。由此，贾珍将尤二姐包占又将尤三姐玷污的“乘人之危”，也就可想而知。说起来人本来就是环境的产物。尤氏母女人生的酸涩悲苦和命运灰颓，首先源自生活的艰难无告，源自社会上贫富差距悬殊的残酷现实。而这些身处苦难中的社会灰色群体，也实在有许多的“身不由己”啊！

●尽管同样是与贾琏贾蓉叔侄二人嘲戏玩笑，但尤氏姐妹的表现明显不同。形象最不堪的是贾蓉，虽聪明，实猥琐，夹在父亲与叔叔及姨娘之间，以“碰瓷”“揩油”作外快，捞“残羹剩汁”为光荣，处心积虑，乐此不疲，赤裸裸暴露了人性中的卑劣。你看，见面之际，一连串动作娴熟、配合默契的打情骂俏，活画出他们之间那种不伦的关系，表现贾蓉厚颜无耻的同时，亦表现出了尤二姐的不自重。

●当贾蓉奔走相告、牵线搭桥于贾珍和贾琏之间，顺利促成了贾琏要娶尤二姐做二房的事并受父命“走过来将此事告诉了”之后，宁府主妇尤氏的态度是：知此事不妥，因而极力劝止；无奈贾珍主意已定，素日又是顺从惯了的，况且他与二姐本非一母，不便深管，因而也只得由他们闹去了。可以说，在对待贾琏“偷娶”这件事上，知情者中唯一保持了清醒头脑、虑及不良后果，并竭力表明了劝止态度而最终无能为力不得不放手的人，就是作为女人的尤氏！从这个意义上说，造成贾府彻底败落的原因，主要是男权社会中一帮男人的胡作非为，女人们说到底，仍然是一群受害的人！

●贾珍父子为了贾琏与尤二姐的成婚，“帮忙帮到底”，除了出头料理，给房给人，又使人将张华父子叫来，逼勒着与尤老娘写了退婚书。借此，作者顺带补叙出“指婚”一事的原委：

> 却（**此字程本作“再”**）说张华之祖，原当皇粮庄头，后来死去。至张华父亲时，仍充此役。因与尤老娘前夫相好，所以将张华与尤二姐指腹为婚。后来不料遭了官司，败落了家产，弄得衣食不周，那里还娶得起媳妇呢。尤老娘又自那家嫁了出来，两家有十数年音信不通。今被贾府家人唤至，逼他与二姐（**此处程本加“儿”**）退婚，心中虽不愿意，无奈惧怕贾珍等势焰，不敢不依，只得写了一张退婚文约。尤老娘与（**此字程乙本作“给”**）了二十两银子，两家退亲不提。

在宁府人等的干预之下，张家“心中虽不愿意，无奈惧怕贾珍等势焰，不敢不依”的窝囊，将“天下者，钱权势焰者之天下也”的世情，昭然揭示；张家的被强迫，亦预埋了后文“告状”的伏笔。同时，作者顺笔一点皇粮庄头张家“不料遭了官司，败落了家产，弄得衣食不周，哪里还娶得起媳妇”一事，又一次“以小见大”“旁敲侧击”到全书要表达的“盛衰兴旺，世情难测”一类宏大主题。

●回末段文字“贾珍又给了一房家人，名叫鲍二，夫妻两口，以备二姐过来时服侍”处，程高本有百余字的内容，交代说“多浑虫”（第 21 回出现）已死，其风流之妻转嫁了鲍二。这种人物关系安排，恰与梦稿本同，却与蒙府、戚序、甲辰本等脂本第 77 回有“多浑虫”再次出现的情节设置不合：应属梦稿、程高本的添改。

●须加留意的原文脂批：

※【戚序、俄藏本回前：此一回紧接贾敬灵柩进城，原当铺叙宁府丧仪之盛。但上回秦氏病故，凤姐理丧，已描写殆尽；若仍极力写去，不过加倍热闹而已。故书中于迎灵、送殡极忙乱处，却只闲闲数笔带过，忽插入钗玉评诗、琏尤赠珮一段闲雅文字来，正所谓"急脉缓受"也。】

※【俄藏回前题曰：深闺有奇女，绝世空珠翠。情痴苦泪多，未习颜憔悴。哀哉千秋魂，薄命无二致。嗟彼桑间人，好丑非其类。】

※宝玉看了，赞不绝口，又说道："妹妹这诗恰好只做了五首，何不就命曰《五美吟》。"于是不容分说，便提笔写在后面。【戚序、甲辰双行夹批：《五美吟》与后《十独吟》对照。】

编者按：《十独吟》诗，后四十回续书中不见，当是已散失的后半部原稿中宝钗或者湘云所写。从诗题看，大概是借古史或传说中十个女子，如寡母、弃妇、尼姑和离别丈夫的守妇等人的哀怨愁苦来抒发自己感怀的。

※【戚序回后总评：五首新诗何所居，颦儿应自日欷歔。柔肠一段千般结，岂是寻常望雁鱼?】

又：【五百年风流债，一见了偏作怪。你贪我爱自难休，天巧姻缘浑无奈。】

又：【父母者于子女间，莫失教训说前缘。防微之处休弛纵，严厉才能真爱怜。】

●红楼探照之一四七：

水至深处无声　情到浓处无痕
——宝玉一日间的足迹和见闻

第64回开篇交代完"居丧"背景，作者宕开一笔，以宝玉的活动为线索，以一连串充满生活情趣的细节描写，见缝插针，继续展现怡红院、潇湘馆、凤姐处一干人的日常生活状态，以及丰富典型环境下相关人物的典型性格。

当宝玉进入自己怡红院的门来，只见院中寂静无人，有几个老婆子与小丫头们在回廊下取便乘凉，也有睡卧的，也有坐着打盹的，"宝玉也不去惊动"。仅此一笔，即展示出宝玉待下态度一直以来的平和与友善。接着，写他对嬉闹成一团的芳官、晴雯等人的护持，对一边躲着赶做手工活儿的袭人的关心(紫绡，第27、28回出现过，本回为该丫头最后一次被提到)。当他径往隔三岔五便要去的"打卡地"——潇湘馆看黛玉，半途遇见雪雁领着两个老婆子，手中都拿着菱藕瓜果之类往里送，于是推测：

“……大约必是七月，因为瓜果之节，家家都上秋祭（**此字程本妄改作“季”**）的坟，林妹妹有感于心，所以在私室自己奠祭，取《礼记》‘春秋荐其时食’之意，也未可定。但我此刻走去，见他伤感，必极力劝解，又怕他烦恼郁结于心；若（**此处程本加“竟”**）不去，又恐他过于伤感，无人劝止：两件皆足致疾。莫若先到凤姐姐处一看，在（**此字程乙本作“到”**）彼稍坐即回，如若见林妹妹伤感，再设法开解，既不至使其过悲，哀痛稍申，亦不至抑郁致病。”想毕，遂（**此处程乙本加“别了雪雁”**）出了园门，一径到凤姐处来。

宝玉爱意绵绵，心细如丝，对黛玉特殊情绪、心理的掌握，几达无微不至的精深程度；对黛玉病态、病理的分析以及对待的策略，几达现代心理学的专家水平！有人说，宝玉甚有“女人缘”。在我们看来，这女儿家“人见人爱”的缘分，也是宝玉凭自身平实善良的作风与善于关心体谅他人的人格魅力所赢得的啊！当他来到凤姐处，见到的又是另一派繁忙景象：

正有许多执事（**前2字程乙本删**）婆子们回事毕，纷纷散出，凤姐儿正（**前2字程乙本删**）倚着门和平儿说话呢。一见了宝玉，笑道：“你回来了么。我才吩咐了林之孝家的，叫他使人告诉跟你的小厮：若没什么事，趁便请你回来歇息歇息；再者那里人多，你那里禁的住那些气味。不想恰好你倒来了。”宝玉笑道：“多谢姐姐记挂（**前2字程乙本作“惦记”**）。我也因今日没事，又见姐姐这两日没往那府里去，不知身上可大愈否（**此字程乙本作“了”**），所以回来看视（**此字程乙本删**）看视（**此字程乙本删**）。”

凤姐道：“左右也不过是这样，三日好两日不好的。老太太、太太不在家，这些大娘们，嗳！那一个是安分的？每日不是打架，就（**此字程乙本作“就是”**）拌嘴，连赌博、偷盗的事情，都闹出来了两三件了。虽说有三姑娘帮着办理，他又是个没出阁的姑娘，也有叫他知道得的，也有往（**此字程乙本作“对”**）他说不得的事，也只好强扎挣着罢了，总不得心静一会儿。别说想病好，求其不添，也就罢了。”宝玉道：“（**此处程乙本加“姐姐”**）虽如此说，姐姐还要保重身体，少操些心才是。”

凤姐对宝玉一直以来的真切关心和照顾，有如亲密的姐弟情，未必尽出于对贾母王夫人的奉承讨好。平心而论，府中的宝玉，禀赋优异，言谈举止跟凤姐见惯不惊的众多衣冠禽兽迥然不同。这样的男孩，不招女性喜欢，可能么？但当今有些论者，出于自身的低级趣味，动辄就“无中觅有细搜求”，要千方百计考查出凤姐和宝玉姐弟之间所谓的“关系苟且”来说事，除了浅薄无聊外，尚有何言！在曹雪芹笔下，绝对没有人物之间无实际生活内容的纯粹闲聊，即便是絮絮叨叨的家常话,其中也性情毕现,社会动态、府内人事等信息包含多多。譬如眼下"老太太、太太不在家,这些大娘们,嗳,那一个是安分的?每日不是打架,就拌嘴,连赌博偷盗的事情,都闹出来了两三件了"的情况,就是作者借因病暂时歇肩不管事的凤姐见面时的一句随口话,再次呈现府内"树欲静而风不止"的骚乱动荡局面,再次发出了"贾府前景不妙,陷入多事之秋"的凄厉信号。显而易见,凤姐对局势的抱怨和无奈,恰与身处局中或局外的平儿、宝钗、探春、黛玉等人的观察和感受,形成了前后、明暗、远近之间的相互对照和映衬。

当宝玉重返进了潇湘馆院门看时,只见炉袅残烟,奠余玉醴,紫鹃正看着人往里搬桌子收陈设呢。走入屋内,只见黛玉面向里歪着,"病体恹恹,大有不胜之态"。接着的几句感人肺腑的问候安慰和劝告,一波三折的细腻深爱的心理活动,竟至宝玉"早已滚下泪来"。而被宝玉不由分说命名的《五美吟》,据黛玉自己解释,是"曾见古史中有才色的女子,终身遭际令人可欣可羡可悲可叹者甚多,今日饭后无事,因欲择出数人,胡乱凑几首诗以寄感慨"的。对诗作的具体内容,接踵而至的宝钗亦评说道:

> 作诗不论何题,只要善翻古人之意。若要随人脚踪走去,纵使字句精工,已落第二义,究竟算不得好诗。即如前人所咏昭君之诗甚多,有悲挽昭君的,有怨恨延寿的,又有讥汉帝不能使画工图貌贤臣而画美人的,纷纷不一。后来王荆公复有"意态由来画不成,当时枉杀毛延寿";永叔有"耳目所见尚如此,万里安能制夷狄":二诗俱能各出己见,不与人同。今日林妹妹这五首诗,亦可谓命意新奇,别开生面了。

善哉此言!宝钗的学识,广博而且精微,无论评诗论画,还是点评编织用材、配色等技艺,都切中肯綮,不乏真知灼见。眼下,薛姑娘的随口"论诗",以"命意新奇,别开生面"八字,充分肯定了林妹妹这五首绝句借古讽今、独出机杼,赞赏之意明显。我们在惊佩林妹妹的出众诗才的同时,难道对宝姐姐的卓识可以视而不见么?

第六十五回　贾二舍偷娶尤二娘　尤三姐思嫁柳二郎

内容提要:新婚宴尔,贾琏以"奶奶"称呼二姐,将凤姐一笔勾销。两月光景之后,贾珍趁夜晚悄悄前来探望。贾琏回家,并不介意,并积极撮合贾珍与尤三姐苟合,激起后者强烈愤慨,由此引发"三姐闹宴"。从此,珍琏蓉等难得清静了。尤三姐向姐姐、姐夫坦露心迹。兴儿向二姐介绍大观园众人,特别是凤姐的为人。

●呈现在作者笔下的尤二姐同贾琏的新婚生活,情投意合,风调雨顺,丰衣足食,小日子过得似乎非常不错:

……那贾琏越看越爱，越瞧越喜，不知怎生(**前2字程本作"要怎么"**)奉承这二姐(**此处程本加"儿才过得去"**)，乃命鲍二等人不许提三说二的(**此字程本删**)，直以"奶奶"称之；自己也称"奶奶"：竟将凤姐一笔勾倒。有时回家中(**此字程本删**)，只说在东府有事羁绊(**前2字程本删**)，凤姐辈(**此字程本删**)因知他和贾珍相得(**前2字程本作"好"**)，自然是或(**前4字程本删**)有事商议，也不疑心。再(**此字程本删**)家下人虽多，都(**此处程本加"也"**)不管这些事。便有那游手好闲专打听小事的人，也都去奉承贾琏，乘机讨些便宜，谁肯去露风。于是贾琏深感贾珍不尽。贾琏一月出五两银子，做天天的供给。若不来时，他母女三人一处吃饭；若贾琏来了(**此字程本删**)，他夫妻二人一处吃，他母女便(**此字程乙本作"就"**)回房自吃。贾琏又将自己积年所有的梯己，一并搬了(**此字程本作"来"**)与(**此字程乙本作"给"**)二姐(**此处程本加"儿"**)收着；又将凤姐(**此处程本加"儿"**)素日之为人行事，枕边衾内(**此字程本作"里"**)尽情告诉了他，只等一死，便接他进去。二姐(**此处程本加"儿"**)听了，自是愿意(**前4字程本作"自然是愿意的了"**)。当下十来个人，倒也过起日子来，十分丰足。

引文中的"一笔勾倒"四字令人惊悚，它刨露出了天下滥情人"喜新厌旧"的劣根；贾琏对与凤姐的夫妻感情之背弃，可见端倪。而受到转嫁"包养"的尤氏母女一家，看来一家一户的小日子别有洞天，生活得相当滋润幸福；殊不知恰如釜底游鱼，虽摇头摆尾悠哉游哉，却离被煎被熬的下场，为期不远。

●贾琏与尤二姐成亲两个月之后，这天贾珍在铁槛寺作完佛事，晚间回家时，因与他姨妹久别，竟要去"探望探望"：一笔画出贾珍的贼肝贼胆、花痴花心、丑面丑态。反观贾琏对夜间闯入自家别院与姨妹鬼混的贾珍并不排斥，反而极力撮合"有福同享"的表现，写出了纨绔子弟心性的乖滑尖巧，以及他们在性道德上的厚颜无耻，毫无底线。前后跟从荒淫主子而来的三个心腹小厮的一番言行举止，同样表现出了这类走卒的下流堕落：主奴对照，相映成趣。继后，忽听马棚内闹将起来，原来二马同槽，不能兼容，互相蹶踢起来：人畜对照，人不如畜！——天下的讽刺，还有比这更辛辣、更"恶毒"、更绝妙的么？此点，戚序本回末总评中有涉及。

●一段房中私语，写出了二姐心地的绵软善良，以及她对眼前浪荡子的百般依恋和信托：

尤(**此字程本删**)二姐听见马闹，心下便(**此字程本作"着实"**)不自(**此字程本删**)安，只管用言语混乱贾琏。那贾琏吃了几杯，春兴发作，便命收了酒果，掩门宽衣。尤(**此字程乙本删**)二姐只穿著大红小袄，散挽乌云，满脸春色,比白日更增了颜色(**前2字程乙本作“俏丽”**)。贾琏搂他笑道:“人人都说我们那夜叉婆齐整(**前2字程乙本作“俊”**),如今我看来,给你拾鞋也不要。”尤二姐(**前3字程本作“二姐儿”**)道:“我虽标致,却无品行。看来到底是不标致的好。”贾琏忙问道(**前2字程本作“说”**):“这话(**前2字程甲本后移三字**)如何说?(**前3字程乙本作“怎么说这个话”**)我却(**此字程乙本删**)不解(**此字程本作“懂”**)。”尤二姐滴泪说道:“你们拿我作愚(**此字程本作“糊涂”**)人待,什么事我不知道?我如今和你作了两个月夫妻,日子虽浅,我也知你不是愚(**此字程本作“糊涂”**)人。我生是你的人,死是你的鬼,如今既作了夫妻,我(**此字程本后移2字**)终身靠你,岂敢瞒藏一(**此处程乙本加“个”**)字。我算是(**此处程本加“有倚”**)有靠(**此处程本加“了”**),将来我妹子却如何(**前3字程乙本作“怎么是个”**)结果?据我看来,这个形景(**此处程本加“儿”**),恐非(**前2字程乙本作“也不是”**)长策,要作(**此字程乙本作“想”**)长久之计方可(**前4字程乙本作“的法儿才好”**)。”贾琏听了笑道:“你且(**此字程乙本删**)放心,我不是(**此处程本加“那”**)拈酸吃醋之辈(**前2字程本作“的人”**)。前事我已尽知(**此句程本作“你前头的事,我也知道”**),你也(**此字程甲本删**)不必惊慌(**前4字程乙本作“你倒不用含糊着”**)。你因妹夫是作兄的,自然不好意思,不如我去破了这例。”(**前句22字,程乙本作“如今你跟了我来,大哥跟前自然倒要拘起形迹来了。依我的主意,不如叫三姨儿也和大哥成了好事,彼此两无碍,索性大家吃个杂会汤。你想怎么样?”。其中,“碍”字,程甲本作“拘束”;“吃个杂会汤”5字,程甲本作“作个通家之好”;“你想怎么样”,程甲本作“你的意思怎么样”**)

“我虽标致,却无品行。看来到底是不标致的好。”心甜意洽之时,尤二姐对过去生活中有失检点行为的沉痛自省,态度诚恳。“我生是你的人,死是你的鬼”“既作了夫妻,我终身靠你”云云,袒露了曾经轻佻的二姐一旦有了婚姻和家庭,自认为“算是有靠”之后,要“嫁鸡随鸡,嫁狗随狗”,真心实意跟着男人过日子的真实想法……对二姐来说,“与君为新婚,菟丝附女萝”,找到一个可以终身倚靠、衣食无忧的男人嫁给他、顺从他、依附他,无疑是这类“小家碧玉型”女孩奋斗的唯一生活目标;而前面的轻佻之举、混乱之行,不过是为后面的“终身之靠”寻找对象罢了。一旦有了终身之靠,她们还是非常贤惠和贞洁的。

作者笔下,也写了贾琏有感于二姐的一厢情愿和一往情深,对二姐过去的轻佻之举,特别是曾经失身的“不光彩历史”所给予的包容,以及贾琏对引起二姐忧虑的“妹子却如何结果”一事的内心盘算。诸如此类描写,无不是曹雪芹塑造人物“好处说好,坏处说坏”创作思想的生动实践。

此外，引文中，程乙本有一段“依我的主意，不如叫三姨儿也和大哥成了好事，彼此两无碍，索性大家吃个杂会汤”的内容添加；其后，程高等人又将一大段“三姐闹宴”的精彩文字，做了不少“画蛇添足”“化金成铁”“化雅致为流俗”“化蕴藉为外露”的妄添妄删妄改：读者要注意比对，择善而从。

●尤三姐性情的倜傥不羁，见识的不同凡响，表现在与二姐“议婚”过程中，对只照过几次面的宝玉却能够一眼看透其真性情上；表现在“我们有姊妹十个，也嫁你弟兄十个不成？难道除了你家，天下就没了好男子了不成”这种择偶眼界的相对宽阔和高远上。无可讳言，她的悲剧也恰恰源于这种“宽泛”“高远”，以及后来的“死心塌地”上。

●正当尤三姐在姐姐及姐夫的盘问下，暗示她中意的婚姻对象“姐姐只在五年前想”的时候，吐露心曲的话题忽然被来人截住。这种行文笔法，有如正欲探胜寻幽，忽被白云遮断，文势跌宕起伏，曲折纡徐之外，还有一举多得之妙：一是将此间尚未展开的话题，留待夜间进行；二是借贾琏出去接受父亲临时交派事务，为其因此事第二次外出期间凤姐闻讯而来，顺藤摸瓜，将尤二姐赚骗进府一事，预做铺垫；三是为将来贾府抄家与这次“出远门办的机密事”有牵连，预埋伏笔。

眼下，尤二姐正好有机会在留下来“答应人来事务”的小厮兴儿面前，打探荣府内有关的大小事务。于是一篇生活气息扑面、生活信息丰富的“大观园重要人物性情谱”被顺势带出。其间，不仅兴儿直接论及的九个人物性情毕现，就是说话人、问话人、插话人的口声心思及神态个性，均如闻如见，宛若眼前。同时，兴儿的“多嘴多舌”带出来的一些平日里众人很少了解到的生活信息，譬如凤琏夫妻各自跟班的权势有大小强弱，凤平妻妾之间的感情关系有纠结因果，宝玉“长了这么大，独他没有上过正经学堂”等情况，都是我们从这个荣府“二门上该班的”小厮的“饶舌”中，首次获悉的。

●兴儿的开场白中，对尤二姐有意讨好的一段话的背后，甚有隐意，需要阅读时参透：

> ……但凡小的们(**此字程本删**)有造化，起先娶奶奶时，若(**此字程乙本作“要”**)得了奶奶(**前2字程本删**)这样的人，小的们也少挨些打骂，也少提心吊胆的。如今跟爷的这(**此字程本删**)几个人，谁不(**此处程本加“是”**)背前背后称扬奶奶圣(**此字程本作“盛”**)德怜下？我们商量着叫二爷要出来，情愿来答应(**前2字程本作“伺候”**)奶奶呢。

真个是“世上没有不漏风的墙”！正因为兴儿几个人在“背前背后”的嘀嘀咕咕，才造成不经意间跑风漏气，向外泄露了“贾琏偷娶”的惊天秘密，从而为王凤姐所察觉，继而引出了一场家败人亡的惨祸。此外，中断“议婚”话题，巧妙支走贾琏,也是为了方便二姐接下来对妹子婚姻意向的细加“盘问”;其后由二姐将“盘问”的情况,向贾琏做了转述,稍后又插入了三姐走来面对面向他们表达强烈心愿。一连串情节的安排,非常合乎生活的情理。总之,话题转换,一波三折,行文内容因此有了曲折变化,平铺直叙、一贯到底的弊端被有效克服,这不是更加符合生活实际和艺术表现的需要吗?一定程度上说,《红楼梦》艺术表达别具匠心而又不露痕迹,最大限度上保持了生活流水一般汪洋的原生状态,得益于作者笔下这些生活场景的精雕细刻,以及诸多生活细节上的精准捕捉和别具匠心的生动描写。

●回末兴儿的演说,生动活泼,脍炙人口,为《红楼梦》中著名的语言描写经典片段。其中提及贾琏、凤姐、平儿夫妻妾三人之间的历史渊源,以及吃醋争风、相生相克、相习相处的情况,与第21、39回有关描写遥相呼应,彼此对照,相得益彰;只是出自小厮口中的描述,更加细致、完整和形象真切而已:

尤二姐笑道:“猴儿□的(**前4字程本作“你这小猾贼儿”**),还不起来呢(**此字程本删**)。说句顽话(**此字程本作“话儿”**),就唬的那样起来(**前4字程本作“这个样儿”**)。你们作什么(**此处程本加“往这里”**)来,我还要找了你奶奶去呢。”兴儿连忙摇手说:“奶奶千万不要去。我告诉奶奶,一辈子别见他才好。嘴甜心苦,两面三刀;上头一脸(**前2字程本删**)笑(**此字程本作“笑着”**),脚(**此字程本作“脚底”**)下(**此处程本加“就”**)使绊子;明是一盆火,暗是一把刀:(**此处程乙本加“他”**)都占全了。只怕三姨(**此处程本加“儿”**)的(**此字程乙本删**)这张嘴还说他(**此字程本后移二字,并加“呢”**)不过。奶奶这样(**此字程乙本作“么”**)斯文良善人,那里是他的对手!”

尤氏笑道:“我只以礼(**此字程甲本妄作“理”**)待他,他敢怎么样(**此字程乙本作“着”**)(**此处程本加“我”**)!”兴儿道:“不是小的吃(**此字程本作“喝”**)了酒放肆胡说,奶奶便有(**此字程甲本作“用着”**)礼让(**前4字程乙本作“就是让着他”**),他看见奶奶比他标致,又比他得人心(**此处程本加“儿”**),他怎(**此字程本作“就”**)肯干休善罢(**前4字程本作“善罢干休了”**)?人家是醋罐子,他是醋缸醋瓮。凡丫头们(**此处程乙本加“跟前”**)二爷多看一眼,他有本事当着爷打个烂羊头(**此处程本加“似的”**)。虽然平姑娘在屋里,大约一年二年之(**前3字程本删**)间(**此字程乙本作“里头”**)两个有一次到(**此字程本作“在”**)一处,他还要口(**此字程本作“嘴”**)里掂十(**此处程本加“来”**)个过子(**此字程本作“儿”**)呢。气的平姑娘性子发了(**前2字程本作“上来”**),哭闹一阵,说:‘又不是我自己寻来的,你又浪着劝我(**前5字程本作“逼着我”**),我原不依(**此字程本作“愿意”**),你反(**前2字程本作“又”**)说我反了,这会子又这样(前2字程乙本作"这么着")。'他一般的也罢了,倒央告(此字程乙本妄作"求")平姑娘。"尤二姐笑道:"可是扯(此字程本作"撒")谎?这样(此字程乙本作"么")一个夜叉,怎么反怕屋里的人呢?"兴儿道:"这(此字程本删)就是俗语说的'天下逃(前3字程本作"三人抬")不过一个理字去'了。这平儿(此字程本作"姑娘")是(此字程本作"原是")他自幼(此处程本加"儿")的丫头。陪了(此字程乙本删)过来一共四个,嫁人的嫁人,死的死了(前9字程甲本作"死的,嫁的";程乙本作"死的死,嫁的嫁"),只剩了(此字程本作"下")这个心腹(前2字程乙本作"心爱的")。他原为(前3字程本删)收了屋里(前4字程乙本作"收在房里"):一则显他贤良名儿(前2字程本删),二则又叫(此字程本删)拴爷的心。好不外头走邪的。又还有一段因果:我们家的规矩,凡爷们大了,未娶亲之先都先放两个人服侍的。二爷原有两个,谁知他来了没半年,都寻出不是来,都打发出去了。别人虽不好说,自己脸上过不去,所以强逼着平姑娘作了房里人。(前句"好不外头"至此91字程本全删)那平姑娘又是个正经人,从不把这一件事放在心上,也(前11字程本全删)不会挑妻(此字程本作"三")窝夫(此字程本作"四")的,倒一味忠心赤胆服侍他,(此处程本加"所以")才容下了。"

尤二姐笑道:"原来如此。但(此字程本作"但只")我听见你们家(此字程本妄删)还有一位寡妇奶奶和几位姑娘。他这样利害,这些人如何依得(前4字程甲本作"如何依他";程乙本作"肯依他吗")?"兴儿拍手笑道:"原来奶奶不知道。我们家这位寡妇奶奶,他的诨名叫作'大菩萨'(该句9字程本全删),第一个善德人。我们家的规矩又大,寡妇奶奶们(前13字程本全删)不(此字程本作"从不")管事(此处程甲本加"的"),只宜清净守节。妙在姑娘又多,只把姑娘们交给他,(前"只宜"至此20字程本作"只教姑娘们")看书写字,学(此字程本删)针线,学(此字程本删)道理,这是他的责任(前2字程本作"事情")。除此问事不知,说事不管(前10字程本全删)。只因这一向他病了,事多(前10字程本作"前儿因为他病了"),这大奶奶暂管(此处程本加"了")几日(此字程乙本作"天")(此处程本加"事")。究竟也无可管(前6字程本删),不过是按例而行(前7字程本作"总是按着老例儿行"),不象他(此处程本加"那么")多事逞才(此处程本加"的")。我们大姑娘不用说,但凡不好也没这段大福了(前11字程本作"是好的了")。二姑娘的诨名(此字程本作"名儿")是(此字程本作"叫")'二木头',戳一针也不知嗳哟一声(此句10字程本全删)。三姑娘的诨名(此字程本作"名儿")是(此字程本作"叫")'玫瑰花(此处程本加"儿")'。"尤氏姊妹忙笑问何意。兴儿笑道:"玫瑰花(**前16字程本全删**)又红又香,无人不爱的(**此字程本删**),只是(**此处程本加"有"**)刺戳(**此字程本作"扎"**)手。也是一位神道(**此句程本删**),可惜不是太太养的,'老鸹窝里出凤凰'。四姑娘小,他(**此字程本删**)正经是珍大爷(**此处程本加"的"**)亲妹子,因自幼无母,老太太命(**前9字程本全删**)太太抱过来(**此处程本加"的"**)养(**此处程本加"了"**)这么大,也是一位不管事的。奶奶不知道,我们家的姑娘(**此处程本加"们"**)不算(**此处程本加"外"**),另外(**前2字程本作"还"**)有两个(**此字程本作"位"**)姑娘,真是天上(**此字程本作"下"**)少有,地下无双(**前4字程本删**)。一个(**此字程本作"位"**)是咱(**此字程本作"我"**)们姑太太的女儿(**前2字程甲本作"女孩儿"**),姓林,小名儿叫什么黛玉,面庞身段和三姨不差什么,一肚子文章,只是一身多病,这样的天,还穿夹的,出来风儿一吹就倒了。我们这起没王法的嘴都叫他'多病西施'。还有(**前句"姓林"之后至此65字,程本全删**)一位(**此处程本加"是"**)姨太太的女儿(**前2字程甲本作"女孩儿"**),姓薛,叫什么宝钗,竟是雪堆出来的(**前两句至此12字程本全删**)。每常出门或上车,或一时院子里瞥见一眼,我们鬼使神差,见了他两个,不敢出气儿(**前句"每常出门"至此33字,程本改作"这两位姑娘都是美人一般的呢,又都知书识字的。或出门上车,或在园子里遇见,我们连气儿也不敢出"**)。"尤二姐笑道:"你们大(**此字程本后移三字**)家规矩,虽然你们(**前4字程本删**)小孩子进的去,然(**此字程本删**)遇见小姐(**前2字程本作"姑娘"**)们,原该远远藏开(**前2字程本作"的藏躲着,敢出什么气儿呢"**)。"兴儿摇手道:"不是,不是。那正经大礼,自然远远的藏开,自不必说。就藏开了,自己不敢出气,(**前30字程本作"不是那么不敢出气儿"**)是生(**此字程本删**)怕这气(**此字程本作"气儿"**)大了,吹倒了姓林的(**前3字程本作"林姑娘"**);气(**此字程本作"气儿"**)暖了,(**此处程本加"又"**)吹化了姓薛的(**前3字程本作"薛姑娘"**)。"说的满屋里都笑起来(**前2字程本删**)了。

兴儿口中对李纨、迎春、探春、黛玉等四人分别称呼为"大菩萨""二木头""玫瑰花""多病西施"的直观形象;对凤姐所作的"人家是醋罐子,他是醋缸醋瓮。凡丫头们,二爷多看一眼,他有本事当着爷打个烂羊头""嘴甜心苦,两面三刀,上头一脸笑,脚下使绊子;明是一盆火,暗是一把刀"等处的形容评价;对宝钗、黛玉独特的禀赋气质所作的"自己不敢出气,是生怕这气大了,吹倒了姓林的;气暖了,吹化了姓薛的"等俏皮夸张;以及第66回中说到宝玉时,那"成天家疯疯癫癫的,说的话人也不懂,干的事人也不知。外头人人看着好清俊模样儿,心里自然是聪明的,谁知是外清而内浊,见了人,一句话也没有。所有的好处,虽没上过学,倒难为他认得几个字。每日也不习文，也不学武，又怕见人，只爱在丫头群里闹。再者也没刚柔，有时见了我们，喜欢时，没上没下大家乱玩一阵；不喜欢，各自走了，他也不理人。我们坐着卧着，见了他也不理，他也不责备。因此，没人怕他，只管随便，都过得去”等情况的刻画勾勒、娓娓道来：穷形尽相，惟妙惟肖，令人忍俊不禁，要为小厮的巧语能言而拍手叫好了！这些带着原汁原味的生动素材、生活细节，无疑是对凤姐等人既成形象性格经历的丰富补充，使这些人的艺术形象更加立体和清晰。此外，作者还借兴儿之口，将奶奶（王熙凤）的“这张嘴”以及林姑娘的“面庞身段”，与“三姨”（尤三姐）相提并论，做了“相似度”上的拈连：“一击两鸣”笔法，曲尽相互掩映彰显之妙。

●须加留意的脂批：

※【戚序回前：笔笔叙二姐温柔和顺，高凤姐十倍；言语行事，胜凤姐五分：堪为贾琏二房。所以深著凤姐不念宗祠血食，为贾宅第一罪人。纲目书法！】

又：【文有双管齐下法，此文是也。事在宁府，却把凤姐之奸毅刻薄，平儿之任侠直鲠，李纨之号菩萨，探春之号玫瑰，林姑娘之怕倒，薛姑娘之怕化，一时齐现，是何等妙文！】

※【戚序回后总评：房内兄弟聚麀，棚内两马相闹；小厮与家母饮酒，小姨与姐夫同床：可见有是主必有是奴，有是兄必有是弟，有是姐必有是妹，有是人必有是马。】

●红楼探照之一四八：

上有所好　下必甚焉
——且说贾府不良风气的泛滥

第 65 回描写贾珍、贾琏兄弟的“皮肤滥淫”，又带出了一个厉害泼辣、辖制丈夫、善湫上水的鲍二女人，又出现了一个“多浑虫”式的无血性、无肝胆的脓包男人，还顺势带出了一帮跟随主人也同样变得下流无耻的小厮喜儿、寿儿、隆儿等“一丘之貉”：

（**此处程本加“却说”**）跟的两个小厮，都在厨下和鲍二饮酒，（**此处程本加“那”**）鲍二女人（**此处程本加“多姑娘儿”**）上灶。忽见两个丫头也走了来嘲笑，要吃酒。鲍二因说：“姐儿们不在上头服侍，也偷（**此处程本加“着”**）来了？一时叫起来没人，又是事。”他女人骂道：“糊涂浑呛了的忘八！你撞丧那黄汤罢。撞丧醉了,夹着你那(**此字程乙本作"的"**)膝子(**前2字程本作"脑袋"**)挺你的尸去。叫不叫,与你□(**此字程本改作"什么"**)相干!一应有我承当(**此处程本加"呢"**),风雨(**此2字程本作"风啊雨的"**)横竖洒(**此字程本作"淋"**)不着(**此字程本作"到"**)你头上来。"这鲍二原是(**此字程本删**)因妻子发迹的(**前3字程本作"之力",并加"在贾琏前十分有脸"**),近日越发亏他(**此句6字程本作"近日他女人越发在二姐儿跟前殷勤服侍"**)。(**此处程本加"他便"**)自己除赚钱吃酒之外,一概不管,贾琏等也不肯责备他,故他视妻如母(**前"贾琏等"至此15字程本作"一听他女人吩咐"**),百依百随,且(**此字程本作"当下又"**)吃够了(**前2字程乙本作"了些"**)便去睡觉。这里鲍二家的(**前4字程甲本作"女人";程乙本作"他女人"**)陪(**此字程乙本作"随"**)着这些丫鬟小厮吃酒,讨他们的好(**前5字程本作"又和那小厮们打牙撂嘴儿的玩笑,讨他们的喜欢"**),准备在贾珍前上些好话儿(**前5字程本作"讨好儿"**)。

四人(**前2字程乙本删**)正(**此字程本作"正在"**)吃得高兴,忽听(**此字程本作"听见"**)扣门之声(**前2字程本作"的声儿"**)。鲍二家的(**前2字程本作"的女人"**)忙出来开门,看(**此字程本作"看时"**)见是贾琏下马,问有事无事。鲍二女人便悄悄(**此处程本加"的"**)告(**此字程本作"告诉"**)他说:"大爷在这里西院里呢。"贾琏听了,便回(**此字程本妄删**)至卧房。只(**此字程本删**)见尤二姐和他母亲都(**前4字程本作"两个小丫头"**)在房中(**此处程本加"呢"**),见他来了,二人面上便(**前5字程本作"脸上却"**)有些讪讪的。贾琏反推不知,只命:"快拿酒来,咱们吃两杯好睡觉。我今日很(**此字程本删**)乏了。"尤二姐(**前3字程本作"二姐儿"**)忙上来(**前3字程本作"忙忙"**)陪笑,接衣奉(**此字程本作"捧"**)茶,问长问短。贾琏喜的心痒难受。一时鲍二家的(**前2字程本作"的女人"**)端上酒来,二人对饮。他丈母不吃,自回房中睡去了(**前句12字程本全删**)。两个小丫头分了一个过来(**前6字程本作"在地下"**)伏侍。

贾琏的心腹小童隆儿拴马去,见已(**前2字程本作"瞧见"**)有了一匹马,细瞧一瞧,知是贾珍的,心下会意,也来厨下,只见喜儿、寿儿两个正在那里坐着吃酒。见他来了,也都会意,故(**此字程本删**)笑道:"你这会子来的巧。我们因赶不上爷的马,恐怕犯夜,往这里来借宿一宵的(**前5字程本作"借个地方儿睡一夜"**)。"隆儿便笑道:"有的是炕,只管睡(**前7字程本删**)。我是二爷使我送月银的,交给了奶奶,我也不回去了。"(**此处程本加"鲍二的女人便道:'咱们这里有的是炕,为什么大家不睡呢?'"**)喜儿便说:"我们吃多了,你来吃一钟。”

隆儿才坐下端起杯(**此字程本作“酒”**)来,忽听马棚内闹将起来。原来二马同槽,不能相容,互相(**此字程甲本删**)蹶踢起来。隆儿等慌的忙放下酒杯,出来喝马,好容易(**前5字程乙本删**)喝住,另拴好了,方(**此字程本删**)进来。鲍二家的(**前2字程本作“的女人”**)笑说:“你三人就在这里罢,茶也现成了,我可去了。”说着,带门出去。(**前句“你三人”至此23字,程乙本作“‘好儿子们,就睡罢!我可去了。’三个拦着不肯叫走,又亲嘴摸乳,口里乱嘈了一回,才放他出去”**)

这里喜儿喝了几杯,已是楞子眼了。隆儿、寿儿关了门,回头见喜儿直挺挺的仰卧(**前2字程本作“躺在”**)炕上,二人便推他说:“好兄弟,起来好生睡。只顾你一个人(**此处程本加“舒服”**),我们就苦了。”那喜儿便说道:“咱们今儿可要公公道道的(**此字程本删**)贴一炉子烧饼(**此处程本加“了”**)。要有一个充正经的人,我痛把你妈一□。”(**前句“要有”至此16字程本全删**)隆儿、寿儿见他醉了,也不必(**此字程甲本作“便”**)多说,只得(**前7字程乙本作“也不理他”**)吹了灯,将就睡(**此字程本作“卧”**)下。

鲍二不会察言观色、逢场作戏,还狗咬耗子——多管闲事,督促起“走了来嘲笑,要吃酒”的两个丫头来。很明显,这两个丫头眼见院内来了“吃混汤锅”的珍大爷,不好老是在那里碍手碍脚,于是干脆一走了之,跑到厨下来避一避尴尬和嫌疑,准备吃酒买醉了。但缺少心眼的鲍二,不懂其中诀窍,还认真以为“姐儿们不在上头服侍,也偷懒”,是“工作态度”出了问题了呢,于是被深谙人情世故的老婆劈头盖脸一顿训斥和辱骂,就只差用饭勺铁锅直敲他的额头了。再说,他自己本来就是吃软饭的,家里靠女人进油水撑面子,他则“除赚钱吃酒之外,一概不管”。而且贾琏等大概也是看在他女人的份上,才不肯责备他,因此他“视妻如母,百依百随”,打不还手骂不还口,乖乖接受老婆的教训,丢下自己的女人和一帮丫头、小厮在厨下吃喝玩乐胡闹,眼不见心静,“且吃够了便去睡觉”了。你看,多浑虫一类绵软男人的现实主义生活哲学以及得过且过的生活态度,表现了人性中的至暗至深;鲍二女人对自己脓包男人的一顿风卷残云般的臭骂,酣畅淋漓,活龙活现地描摹出了她一旦顺风顺水、有所凭仗便强势霸蛮、不可一世!

说到骂人的片段,曹雪芹笔下多有呈现。在现实生活中,动辄骂人的现象当然不好;但这跟小说中作为艺术表现形式的骂人,又恰恰是两码事。小说中的骂人场景写好了,无疑也是“经典瞬间”“精彩笔墨”。因为骂人最见骂人者的个性,骂人有各式各样的骂法,骂人也可以成为一种为人物个性、场景氛围增光添彩的表现手段。在曹雪芹笔下,每个人的身份地位不同,现实处境不同,素质修养不同,也决定了他们骂人的方式方法不同。但不管是长骂短骂,真骂假骂,恨骂昵骂;或者是当面骂背后骂,文雅骂粗俗骂,直接骂拐弯骂,随口骂刻意骂,破口大骂还是嘟嘟囔囔骂,都必须为展示具体的社会生活场境,彰显相关人物鲜明个性特征服务。

大致说来,《红楼梦》全书中花样百出,经常骂人的,数凤姐最多;因心理失衡,经常抱抱怨怨骂骂咧咧的,数赵姨娘最多;无事生非,借端吵闹,叫骂泄愤的,数婆子们最多。当然,偶一为之者也不少。譬如全书开口第一骂,即骂出"岂有这样放屁的事!打死人命就白白的走了,再拿不来的"的新任知府贾雨村,骂人不恶心,恶心的是他的做作;第25回骂赵姨娘"烂了舌头的混帐老婆,谁叫你来多嘴多舌"的贾母,骂人就骂得直截了当,不容置喙;第30回借戏名嘲骂宝黛"负荆请罪",展示的是宝钗骂人的机巧;第42回私下戏称刘姥姥为"母蝗虫",透露出黛玉骂人的文雅和聪明;而第48回咬牙骂"都是那贾雨村什么风村,半路途中那里来的饿不死的野杂种!认了不到十年,生了多少事出来!""那没天理的",则表现了一向待人平和的平儿,为自家男人贾琏受对方拖累遭父亲一顿毒打而激发的气恨不平。至于文字描写较长的骂人片段中,趁着酒兴撒野,先数落管家的不是,被贾蓉稍加干涉之后不但不依,反而火上浇油更让其发作起来,竟至于指名道姓连宁府臭不可闻的"家丑"都敢翻搅出来,结果不得不让人捆绑并"用土和马粪"封嘴的,是老奴焦大(见第7回);恼羞成怒、怀恨在心、尖酸刻薄、恶毒阴狠的,是破口在前的王凤姐(见第36、68回);意气风发、嬉笑怒骂、絮絮不止的,是巴结在后的柳家女人(见第61回);怒不可遏之下,骂得妙语连珠、痛快淋漓、最有文采、最富有气势的,是贾母的得力干将金鸳鸯(见第46回);义愤填膺之下,四脚八叉站在炕上,指着对方一顿作践笑骂或是泼声厉言痛骂,让其无地自容还不敢偷空溜走的,是被逼到墙角、无所顾忌的"带刺野玫瑰"尤三姐;而骂人骂得最狠、最具侮辱性,粗俗不堪,连皮带肉,入骨三分,让人开不了腔、抬不起头来的"领军人物",当属眼下这个玩弄自家男人于股掌上的尚未透露真名实姓的鲍二家的女人!

再说贾琏的心腹小童隆儿,以及随偷鸡摸狗的主子贾珍先到别人家院一步的喜儿和寿儿,彼此对自己主子的所作所为都心知肚明;虽见面之际免不了言语掩饰,但实际上早已经见惯不惊,心照不宣,不予介意了。"和尚摸得,我也摸得"的阿Q一般的心理逻辑,也使得紧密跟从荒淫主子的小厮们变得更加言语放肆和行为下流起来,不但躲在厨下男女混杂一处饮酒嘲戏,醉了还有人骂些不堪入耳的脏话,想着些难与人言的混账事……这些跟班的言行,犹如一面镜子,一面直接暴露了他们丑陋不堪的本来面目,一面也间接表明了"上行下效"之中,主子恶劣品性对身边人的恶劣影响。对此，作者意犹未尽，还以他们的坐骑都有“二马同槽，不能相容，互相蹶踢起来”的习性来与堂堂的“人”的出格表现做鲜明对比，辛辣嘲讽了贾府家风的败坏，无情暴露了全府上下这些“衣冠禽兽”们聚麀淫乱，一窝子肮脏腥臭到底的本相。

本回程高本、梦稿本与其他脂本的内容，文字差异屡见。总的来说，因为前者的擅改，将原文的本色、凝练和神韵之处斫丧太多，令人叹惋。即如上面这几段引文写鲍二女人痛骂自己男人不懂板眼的超级“村话”，何其辛辣爽利也，却被他们改得个性化有些模糊、粗野辣狠劲相对不足，有如“好铁不加钢，有如泥巴汤”般的软绵了。其中，关键是将表面上看起来“不洁”的男女器官俗称分别换成了“脑袋”和“什么”，继而还出现了“夹着脑袋”睡觉这样莫名其妙的说法！继后，梦稿本还将毒骂后的一段叙述文字，通俗化、冗长化了；程高本呢，除将梦稿本该句中的“贾琏等也不肯责备他，故”10 字去掉外，其他改文全盘接受。不仅如此，还要更进一步地将隆儿向喜儿打招呼的“有的是炕，只管睡”这句表示挽留歇夜的话，不合情理地改判在了鲍二女人头上，一时之间，竟变成了该厨下女人“咱们这里有的是炕，为什么大家不睡呢?”的主动留客夜宿。说起来，鲍二家的女人再放肆，也不敢明目张胆和厚颜无耻到这种瓜田李下、惹火烧身的地步呀！

更有甚者，程乙本及梦稿本均添加有鲍二女人出门时，男女双方举行“告别式”的描写。这“三个拦着不肯叫走”的下流难堪一幕，要表达“上行下效，主脏奴臭”之意，未为不可；但笔墨显得分散，且少了原作对这一类描写本有的节制，反而带上了一种“以肉麻当有趣”的《金瓶梅》的味道了。反观与梦稿本、程高本传承关系接近的甲辰本，只是将一个俗称换作“甚”字后，其它地方未动；可见它对原文的删改，与梦稿、程高本比，态度尚属谨慎。而且，甲辰本基本上是只删不改，不像梦稿本和程高本对脂本原文又删又改又增，糟蹋的地方更多，范围更大，更不容易辨识。

●红楼探照之一四九：

“破着没脸，人家才不敢欺负”
——试析尤三姐人生的“悬崖困境”

要说尤氏姐妹初次登场的时间，倒也不晚。第 13 回秦可卿的丧事期间，在交代人物亲属关系时曾经提及，因此留下一条伏线；直到第 63 回尤氏“独艳理亲丧”的时候，这对“尤物”才被正式推上舞台，拉开了她们悲剧人生命运的序幕。说起来，她们就根本不姓尤，只是宁府大奶奶尤氏挂名的妹妹、贾珍挂名的小姨子而已。对于这样毫无血缘关系的妹妹,尤氏不可能有发自心底的温情和照顾;除了垂涎她们的花容月貌必欲占有而后快之外,贾珍贾蓉等好色之徒,就更不会去尊重她们的人格,顾惜她们的名声,虑及她们作为青春女儿的感受了。

第65回写心怀鬼胎的贾珍趁夜前来,本想与尤二姐重温旧梦,见已经被贾琏"金屋藏娇"了的对方不甚兜揽,便转而去"碰瓷"她的妹妹。正当贾珍和尤三姐关门鬼混之际,没想到贾琏回到家来。他进房听二姐这么一说,当然就明白是怎么回事,于是打定主意,要去揭开这层窗户纸和遮羞布了。且看他边说边走,来到西院中,只见窗内灯烛辉煌,二人正吃酒取乐;贾琏便推门进去,笑说来意并表明态度,意在将玩伴慷慨"转让",以示彼此的"兄弟情分"。对此,贾珍自然心领神会,故作姿态,半推半就;却万没料到这俩兄弟将自己视作玩物,拉纤说媒"私相授受"的侮辱性行为,激发了尤三姐的满腔怒火。于是"三姐闹宴"的精彩一幕,顿时呈现在了我们眼前。

一

一方是贪恋美色的流氓公子,一方是貌美如花的孤弱女孩。"天生丽质"的巨大吸引力,加上身份地位悬殊的力量对比,本已让三姐她们陷入了一种难以摆脱的困境,更何况她们对宁府还有一直以来割舍不断的经济上的依赖。这种情况之下,最容易产生的后果,就是人格尊严丧失,以仰承鼻息、逆来顺受、有所牺牲的方式,换取寄人篱下得一席安身之地的生活待遇。二姐走的,大致就是这个套路。但尤三姐独立不羁、勇敢泼辣,又聪明过人、慧眼独具,对自家的尴尬不利处境心知肚明,把一切都看得眼里,也想得透彻。她是不肯屈从命运的安排,不甘心被贾府主人视作尤物去尽情玩弄的。且看三姐长期以来被压抑的愤怨,在瞬间被触发被点燃的情形:

> 尤三姐(**此处程本加"听了这话,就跳起来"**)站在炕上,指(**此字程本作"指着"**)贾琏笑(**此字程本作"冷笑"**)道:"你不用和我花马吊嘴的,咱们清水下杂面,你吃我看见(**此字程本删**)!见(**此字程本删**)提着影戏人子上场(**此处程本加"儿"**),好歹别戳破这层纸儿。你别油(**此字程本作"糊涂油"**)蒙了心,打量我们不知道你府上的事!这会子花了几个臭钱,你们哥儿俩拿着我们姐儿(**前2字程本作"姊妹"**)两个权当粉头来取乐儿,你们就打错了算盘了!我也知道你那老婆太难缠,如今把我姐姐拐了来做二房,偷(**此字程本作"偷来"**)的锣(**此字程本作"锣鼓"**)儿敲(**此字程本作"打"**)不得。我也要会会那凤奶奶去,看他是几个脑袋几只手。若大家好取和(**此处程本加"儿"**)便罢;倘若有一点叫人过不去,我有本事不(**此字程本删**)先把你两个

的牛黄狗宝掏了(**此字程本删**)出来，再和那泼妇拼了这(**此字程本作“这条”**)命，也不算是尤三姑奶奶(**前9字程本全删**)！喝酒怕什么，咱们就喝！”说着，自己绰(**此字程本作“拿”**)起壶来斟了一杯，自己先喝了半杯(**此字程本作“盏”**)，搂(**此字程本作“揪”**)过贾琏的脖子(**前3字程本妄删**)来就灌，说：“我(**此处程甲本加“倒不曾”；程乙本加“倒没有”**)和你哥哥已经(**前2字程本删**)吃(**此字程乙本作“喝”**)过了(**此字程本删**)，(**此处程本加“今儿倒要和你喝一喝”**)咱们来(**此字程本作“也”**)亲香(**此字程本作“近”**)亲香(**此字程本作“近”**)！”唬的贾琏酒都醒了。

尤三姐愤激之下，将自家姐妹俩在贾府中的卑微地位和群狼环伺的险恶处境一语道破。接着，穷追不舍，咄咄逼人，以攻助守，开始了强行灌酒中的放胆“调戏”。几手放荡不羁的动作，一场毫不留情的笑骂，有如火山爆发，泥流滚滚；挟风带雨中的欲擒故纵，任意敲打，无异于彻底清醒后的绝地反击！不用说，尤三姐的决绝，是建立在对自身处境的万分清醒而又悲凉沮丧的情感基础之上的；是建立在对“牛黄狗宝”们既要攀花折柳、又要脸面遮羞的矛盾心理有着透彻了解的认识基础之上的；是建立在吸取既往姊妹俩被凌辱、被欺侮的惨痛教训的心理基础之上的；更是建立在身处人生的“悬崖边上”，退无可退又忍无可忍，于是不惜暴露个人的一切于光天化日之下，不惜“拼个鱼死网破”的勇敢决绝的抗争信念基础之上的。

二

年龄和身份都相差悬殊的情况下，两个风流场中耍惯了的酒色之徒，哪里见识过这样一个自幼丧父，随母亲多处漂泊，既缺少正规教育，也不屑规则束缚的泼悍小女孩？女人忸怩，在他们眼中无异于欲迎还拒；女人轻浮，在他们那里正求之不得；唯有这种“反客为主”“一不做二不休”“以其人之道还治其人之身”的凌厉攻势，才彻底镇住了两个色欲熏心的臭皮囊：

贾珍也不承望尤三姐这等无耻老辣(**前4字程本作“拉的下脸来”**)。弟兄(**前2字程本作“兄弟”**)两个本是风月(**此字程本作“流”**)场中耍惯的，不想今日反被这(**此字程本作“这个”**)闺女一席话说住(**前2字程本作“说的不能搭言”**)。尤三姐(**此处程本加“看了这样，越发”**)一叠声又叫：“将姐姐请来！要乐咱们四个(**此处程本加“大家”**)一处同(**此字程本删**)乐。俗语说(**此字程本作“说的”**)‘便宜不过当家’，他们是弟兄，咱们是姊妹(**前10字程本作“你们是哥哥兄弟，我们是姐姐妹妹”**)，又不是外人，只管上来。”尤二姐反不好意思起来。贾珍得便就要一(**此字程本删**)溜，尤三姐(**此处程本加**

"儿")哪里肯放? 贾珍此时方(此字程本作"反")后悔,不承望她是这种为(此字程本妄删)人,与贾琏反不好轻薄起来。

面对是挂名亲戚的、两个都早当爹了的、成年好色贵族男人的无耻围猎,十几岁的小家小户女孩——尤三姐既然不肯就范去屈从命运,就只有奋然一击,引爆自身,以"彻底豁出去了"的精神撞破罗网,并不惜与对方同归于尽一策。这个时候,她表现出来的,岂止是锋利的言辞、放纵的动作,还有那无坚不摧的情色挑逗、肉体诱惑,以及随之而来对登徒子们"垂涎落魄,欲近不能,欲远不舍,迷离颠倒,她以为乐"的戏弄和惩罚呢!且让我们屏住呼吸,静下心神,一起来领略曹雪芹卓越文笔书写之下的"荡女"尤三姐,她那绰约风流、勾魂摄魄、力敌千钧,不容敌人压倒而我必压倒敌人的大无畏气概吧:

这尤三姐松松挽着头发(此句程本作"只见这三姐索性卸了妆饰,脱了大衣服,松松的挽个纂儿";只是程甲本无句前的"只见"二字),(此处程本加"身上只穿着";程乙本只少其中的"只"字)大红袄子(此字程本作"儿")半掩半开,(此处程本加"故意")露着(此字程本作"出")葱绿抹胸、一痕雪脯。底下绿裤红鞋,一对金莲或翘或并(前8字程本作"鲜艳夺目。忽起忽坐,忽喜忽嗔"),没半刻斯文。两个坠子却似(前2字程本作"就和")打秋千一般,灯光之下,越显的柳眉笼翠雾(此字程本删),檀口点(此字程本作"含")丹砂(此字程本删)。本是一双秋水眼,再吃了(此处程本加"几杯")酒,又添了饧涩淫浪,不独将他二姊压倒,据珍、琏评去,所见过的上下贵贱若干女子,皆未有此绰约风流者。二人已酥麻如醉,不禁去招他一招,他那淫态风情,反将二人禁住。那尤三姐放出手眼来略试了一试,他弟兄两个竟全然无一点别识别见,(前句"又添了饧涩淫浪"至此96字,程本改写作"越发横波入鬓,转盼流光,真把那贾珍二人弄的欲近不能,欲远不舍,迷离恍惚,落魄垂涎。再加方才一席话,直将二人禁住。弟兄两个竟全然无一点儿能为,别说调情斗口齿,竟"等69字)连口中(前2字程本删)一句响亮话都没了,不过是"酒色"二字而已(前9字程本全删)。(此处程本加"尤三姐")自己高谈阔论,任意挥霍(此处程本加"村俗流言")洒落一阵,(此处程本加"由着性儿")拿他弟兄二人嘲笑取乐,竟真是他嫖了男人,并非男人淫了他(前15字程本全删)。一时,他的酒足兴尽,也(此字程本作"更")不容他弟兄多坐,(此处程本加"竟")撵了出去,自己关门睡去了。

文中所谓"金莲"者,是喻指旧时代妇女曾经裹缠形成的"小脚"也;所谓"秋水眼"者,喻其美目有若秋水一般清丽明澈、顾盼多情也。整段引文的容貌勾画、神态捕捉、细节描写之中,对比衬托,妙喻频出,视角灵活,朦胧不失逼真,美艳不掩风流。其所用句式，长短结合，以短为主，骈散错落如玉盘珠落；加之语气凝重而又飘逸，惊奇与赞赏之中略含一丝怜悯和调侃，附着一种流畅爽利、动感张力极强的韵律和节奏：令人激赏！特别是三处红绿色彩的对比，直将一个性情刚烈、野性尚侠、言行出格，又同时能将"时尚女性"的妩媚风流全部释放并充分展现出来了的尤三姐，托举而出。眼下的尤三姐，比希腊文学中那个人面鱼身、惯以迷人歌声而将无数舟子拖入水中溺毙的海妖塞壬，形象显得更生动更丰满，也更具有艺术典型的感染力和视觉冲击力。再看，此时的尤三姐，继续战斗，尽情报复，"誓将'玩弄'进行到底"所表现出来的泼悍和霸气：

自此后，或略有丫鬟、婆娘不到之处，便将贾珍、贾琏、贾蓉三个泼声（**前2字程本删**）厉言痛骂，说他爷儿三个诓骗了他寡妇孤女。贾珍回去之后，以后（**前2字程本删**）亦不敢轻易再来。有时尤三姐自己高了兴（**前句10字程本作"那三姐儿有时高兴"**），悄（**此字程本作"又"**）命小厮来请（**此字程本作"找"**），方敢去一会（**前句5字程本全删**）；（**此处程本加"及至"**）到了这里，也只好随他的便（**此处程本加"干瞅着罢了"**）。谁知这尤三姐天生脾气不堪，仗着自己风流标致，偏要打扮得出色，另式作出许多万人不及的淫情浪态来，哄的男子们垂涎落魄，欲近不能，欲远不舍，迷离颠倒，他以为乐。（**前句"谁知"至此68字，程本改写作"看官听说：这尤三姐天生脾气，和人异样诡僻。只因他的模样儿风流标致，他又偏爱打扮的出色，另式另样，做出许多万人不及的风情体态来。那些男子们，别说贾珍、贾琏这样风流公子，便是一班老到人，铁石心肠，看见了这般光景，也要动心的。及至到他跟前，他那一种轻狂豪爽、目中无人的光景，早又把人的一团高兴逼住，不敢动手动脚。所以贾珍向来和二姐儿无所不至，渐渐的俗了，却一心注定在三姐儿身上，便把二姐儿乐得让给贾琏，自己却和三姐儿捏合。偏那三姐一般合他顽笑，别有一种令人不敢招惹的光景"等207字。**）

他母姊二人（**前5字程本作"他母亲和二姐儿"**）也十分相劝，他反说："姐姐糊涂！咱们金玉一般的人，白叫这两个现世宝沾污了去，也算无能。而且他家有一（**前2字程本作"现放着"**）个极利害的女人，如今瞒着他不知，咱们方安（**前7字程本作"自然是好的"**）。倘或一日他知道了，岂有（**此字程本作"肯"**）干休之理（**此2字程本删**）！势必有一场大闹，（**此处程本加"你二人"**）不知谁生谁死。趁如今，我不拿他们取乐作践准折，到那时白落个臭名，后悔不及（**前句"趁如今"至此26字程本作"这如何便当作安身乐业的去处"**）！"因此一说，他母女见不听劝，也只得罢了（**前句"因此"至此16字程本作"他母女听他这话，料着难劝"**）。那尤三姐天天挑拣穿吃，打了银的，又要金的;有了珠子,又要宝石;吃的(**此字程本作"着"**)肥鹅,又宰肥鸭。或不趁心,连桌一推;衣裳不如意,不论绫缎新整,便用剪刀剪(**此字程乙本作"铰"**)碎,撕一条,骂一句,究竟贾珍等何曾随意了一日,反花了许多昧心钱。

充满淫欲的动物性男人,怎么可能显出世家子弟品质的高贵?恐怕只有碰到"反过身来去'嫖'男人"的泼辣刚烈之尤三姐,以大大超越贾珍等人的"想象力"和"心理承受能力"的、几近无耻的、火辣辣的进攻,方能将惯于在风月场中追欢买笑、"皮肤滥淫"的珍琏弟兄吓醒;吓醒之后,纨绔子弟既好色不舍又死要面子的弱点,又导致他们只有被继续玩弄。

三

透过尤三姐宁为玉碎、痛彻心肺、有意捣乱的激烈言行,试问:

你见过"金玉一般女孩"的自尊自重么,这就是!

你见过对"现世宝"男人的压根儿的鄙弃与恶意报复么,这就是!

你见过"得寸进尺""猫捉老鼠"一类的智力游戏么,这就是!

你见过"我是流氓我怕谁""过把瘾就死"一类的痞子精神么,这就是!

还有,你见过"孤注一掷、向死求生"的无奈和决绝么,这就是!

不难看出,令人击节称快的尤三姐的嬉笑怒骂,不仅是一个豪爽女子真性情的爆发,也是对贾氏兄弟流氓行为的报复,更是对自己注定被蹂躏命运的顽强反抗。尤三姐"糟蹋人""毁坏物品"的毁灭性报复背后,有着她"灵魂的高傲和自由",有着她对现实世界中富贵淫乐者极度的蔑视和厌弃,也有着她长期处于被"包养"环境中蓄积已久、压抑已久的苦闷、悲伤和无尽的怨愤委屈,更有着对自己曾被成年花心男人欺侮玩弄而未能醒悟和加以抗拒而来的悔恨。

她是怎样曾被欺侮的呢?是由于自轻自贱么?是由于贪图财势么?是因为自己原生家庭的种种不幸么?是因为贾珍等人无所不用其极的诱惑和勾引么?除了生活的艰辛、处境的尴尬外,或许恰恰是为了一个"情"字吧。情,曾经蒙蔽了她清澈见底的双眼;情,又终究唤醒了她的敏感自尊。作家聂绀弩(1903—1986)在《略谈〈红楼梦〉的几个人物》一文中说得好:

> 说老实话,我很喜爱经过改造的尤三姐,主要的是她和珍琏夜饮,贾琏调戏她、她灌贾琏酒的那一段,真是龙跳虎跃、狮吼雷鸣,是一段回肠荡气的解秽文章。她是个心有所爱的人。在那时代,心有所爱是无可告语的事,她自己无法和她的所爱接触,无法向他剖白心情。到了珍、蓉之流未诱惑她时,她觉悟到心有所爱,对于她是太奢侈了。丢掉那奢念吧,只要能被爱也就够了。……谁知刚一"被爱",立刻觉察到,这不是被爱而是被欺骗、被亵

玩、被践踏！……多次经验更使她成长，使她坚强，使她憎恨那些践踏她的人：他们是谁呀，他们自己不就是父子兄弟么？所谓公子王孙，原来如此！她会一下子觉得自己比他们都高大、尊严，她应该居高临下地唾弃这些无耻而吃人的蛆虫们！而她也真这样做了！就是灌贾琏酒的那一段，一点也不是什么“无耻老辣”；当女娲捉上一个腿空里的小人儿时，你能说她是“无耻老辣”么？……那段文章是恨、是怒、是哭、是歌、是反抗，是血淋淋的真实，是封建制度的无边黑暗的揭露，天生地造是个“淫奔女”的豪举。

打得一拳开，免得百拳来。娇小的尤三姐以透支自己青春女儿的名誉和生命作代价的，形式上又极端、暴烈的“抗争”，舍生忘死，风雷激荡，确实达到了横扫千军，威震敌胆，人我之间一时相持相安的奇特效果。但随着贾珍的缓过神来，随着贾琏对二姐的激情潮退，特别是随着她最担心的府内女主——王熙凤“魔影”的显露，尤氏姐妹的悲惨结局，将很快到来。

四

尤三姐的反抗还在进行，给相关方面带来的影响还在发酵。且看经过两三个月的“热恋”，贾琏和尤二姐达到的感情程度：

贾琏来了，只在二姐房内，心中也（**此处程本加“渐渐的”**）悔上来（**此处程本加“了”**）。无奈二姐（**此处程本加“儿”**）倒是个多情人，以为贾琏是终身之主了，凡事倒还知疼着痒（**此字程本作“热”**）。若论起温柔和顺，凡事必商必议，不敢恃才自专，实较凤姐高十倍；若论标致，言谈行事，也胜五分。虽然如今改过（**前44字程本改写作“要论温柔和顺，却较着凤姐还有些体度，就论起那标致来，及言谈行事，也不减于凤姐”**），但已经失了脚，有了一个“淫”字，凭有甚（**前3字程本作“凭他什么”**）好处，也不算了。偏这贾琏又说：“谁人无错？知过必改就好。”故不提已往之淫，只取现今之善，便如胶投漆，似水如鱼，一心一计，誓同生死，那里还有凤平二人在意了？

作者站在旁观者的立场，客观冷静地对比了尤二姐和王凤姐各自的优劣长短：从适配作妻的角度看，无论才貌言谈气性，二姐都不只是略胜一筹；她唯一短在曾经失足与姐夫有“不正当关系”的历史污点上，这在世俗的社会中世俗的人们看来，“红颜是祸水”“男人岂有过，全是女人错”了！尽管这个时候的贾琏，天良尚在，宽恕犹存；但日久天长，他抵挡得住世俗观念的浸染、异样眼光的打量，克制得住他自身作为浪荡子“吃碗里看锅里”“喜新厌旧”本性的复发和故态重萌么？何况在道学家们看来，“饿死事小，失节事大”，女孩子婚前失去贞洁，无论如何都是人所不齿的事儿，是不容易被人理解、原谅和宽恕的。原文“虽然如今改过,但已经失了脚,有了一个'淫'字,凭有甚好处,也不算了"的旁白,通过隐身书后的叙述者以冷峻的口吻说出,语气是何等的辛酸凄凉、沉重哀伤啊!人言可畏,礼教杀人,男子薄幸:这就是封建时代的女性们,不时要面对的残酷现实!

眼下,尚沉浸在"二人世界"中感到幸福满足的尤二姐,是不乏自知之明的。从她对自己将要终身依靠的夫主所作的一番"自我解剖"式的忏悔言辞来看,她对贾琏的态度是非常真诚的。虽然她的忏悔,得到身边男人的原谅包容;但她不知道"原罪"已成,魅影尚在,一旦所依靠的"良人"对她的"肉体依恋"淡薄下来,她的好日子就走到头了。不过,自身有了"依靠"之后,她一丁点儿都没有担心自己的未来;她最放心不下的,倒是自己妹妹的何去何从:

> 二姐在枕边衾内,也常劝贾琏说:"你和珍大哥(**此字程本妄作"爷"**)商议商议,拣个熟的人(**前3字程本作"相熟的"**),把三丫头聘了罢。留着他不是常法子,终久要生出事来(**前3字程甲本作"事故";程乙本作"事的"**),怎么处(**前3字程本删**)?"贾琏道:"前日我曾(**此字程本作"也曾"**)回过大哥的,他只是舍不得。我(**此处程本加"还"**)说'是(**此字程本作"就是"**)块肥羊肉,只是(**前2字程本作"无奈"**)烫得慌;玫瑰花儿可爱,刺太(**此字程本作"多"**)扎手。咱们未必降得住,正经拣个人聘了罢。'他只意意思思(**此处程本加"的"**),就丢(**此字程乙本作"撂"**)开手了。你叫我有何(**此字程本作"什么"**)法(**此字程本作"法儿"**)?"二姐(**此处程本加"儿"**)道:"你放心。咱们明日先劝三丫头,他肯了(**前3字程乙本作"问准了"**),让他自己闹去。闹得无法,少不得聘他。"贾琏听了说:"这话极是。"

一阵枕头风吹过,取得贾琏赞同的意见之后,二姐立即行动起来。至次日,二姐另备了酒,贾琏也不出门,至午间特请她小妹过来,与她母亲一起上坐。尤三姐便知其意,酒过三巡,不用姐姐开口,先便滴泪泣道:

> 姐姐今日请我,自(**此字程本作"自然"**)有一番大礼(**此字程本作"道理"**)要说。但妹子(**前2字程本作"只我也"**)不是那愚(**此字程本作"糊涂"**)人,也不用絮絮叨叨(**此处程本加"的"**),提那从前丑事(**前6字程本作"从前的事"**),我已尽知,说也无益。既如今姐姐也得了好处安身,妈(**此处程本加"妈"**)也有了安身之处,我也要自寻归结去,方(**此字程乙本作"才"**)是正理(**此字程本作"礼"**)。但终身大事,一生至一死,非同儿戏。我如今改过守分,只要我拣一个素日可心如意的人,方跟他去。若凭你们拣择,虽是富比石崇,才过子建,貌比潘安的(**前句"我如今"至此46字,程本改写作"向来人家看着咱们娘儿们微息,不知都安着什么心,我所以破着没脸,人家才不敢欺负。这如今要办正事,不是我女孩儿家没羞耻,必得我拣个素**

日可心如意的人，才跟他。要凭你们选择，虽是有钱有势的”等81字），我心里进不去，也白过了一世。

作为封建时代万事不由自主的女孩，不乏在自己寻求生活出路之前，将自己的母亲和姐姐等至亲之人的“安身之处”考虑得如此周全完备者；但还有谁能将自己的“婚姻观”和“人生观”，说得比这更坦诚，更开明，更透彻，更响当当、清亮亮、硬梆梆的吗？那风雨如磐的惨淡岁月，那“理学杀人”的反动落后时代，那“妇女不是人”的男权社会，敢于追求个人幸福，坚持婚姻选择自主，不以“才貌”“富贵”决定取舍的女性，凤毛麟角啊！

不用说，尤三姐的话，是十分坦荡的。她并没有掩饰自己曾经失足的“从前丑事”，也清楚地表明“如今改过守分”的态度；并且出于对“终身大事，一生至一死，非同儿戏”的明确认识，表示要“拣一个素日可心如意的人，方跟他去”，并申明了“我心里进不去，也白过了一世”的理由。这就是醒了，不再混了，也不想再闹了的“新生”的尤三姐！这就是思想见识有几分超凡脱俗，行动上有几分惊世骇俗，也不乏自我救赎精神，落水失身之后还要爬上岸来立誓重做“新人”的尤三姐！戚序本第65回回目，独作“膏粱子惧内偷娶妾，淫奔女改行自择夫”，将尤三姐过去的不堪经历与现在的悔过自新行为，做了比较准确的概括。

五

尤三姐的命运结局是不幸的。尽管最初丢了贞操，最终也丢了爱情，可她的孤高凛然的人品风格，依然令人充满着同情和敬畏。但不得不说，自《红楼梦》诞生以来，还是有很多人非常忌讳曹雪芹原作之中尤三姐曾有的“淫奔女”经历；从梦稿本开始，就有不少的“好心人”竭力要将书中有关尤三姐失身于姐夫贾珍等人的“劣迹”，千方百计从原文的描述中抹去，不但尽行清除还要添加一些字句，极力将尤三姐的形象“美化”“洗白”成“一尘不染”的“静女”或“贞女”。这种倾向，发展到程高本即达到顶峰，也从此得到休止。但无论怎么说，由于不同版本文字内容的差异，还是造成了“两个尤三姐”现象的客观存在。我们不敢说哪一个版本中的尤三姐就“更好”，但曹雪芹笔下的尤三姐形象，惊世骇俗，振聋发聩，远超后来改本中那个得到人为“净化”“美化”其实无异于“庸俗化”了的尤三姐，却是不争的事实。

事实上，一个“出淤泥而不染”的美丽女孩被肮脏污糟的社会环境所吞噬、所淹没的悲剧，与一个已被环境玷污但不甘最终堕落，即便丢脸拼命，也要争取自身“清白”和人格尊严以及起码的人身权利（包括美好的爱情和婚姻），却仍免不了被残酷无情的社会所断送、所毁灭的悲剧相比，后一种悲剧的深刻性和震撼性,恐怕是前者远远不及的!程高等版本对尤三姐形象所作的“遮羞”和“美化”,相当程度上,降低了该形象深刻的社会意义和形象本身所达到的审美高度,实际上是一种庸俗的人生观和平浅的艺术价值观的综合反映:焚琴煮鹤,买椟还珠,甚不足取。

第六十六回　情小妹耻情归地府　冷二郎一冷入空门

内容提要:尤三姐吐露心事,说她暗恋柳湘莲五年,坚称非此人不嫁。贾琏路遇柳湘莲而有意关说,湘莲以祖传鸳鸯剑托他转交三姐作为婚姻定礼。继后湘莲悔婚,前来索要定礼,三姐闻后自刎。湘莲悔之晚矣,遂出家为道。

●兴儿那一席并不比第2回“冷子兴演说荣国府”逊色的“闲篇”,以隆儿进门而作截断,进而以“有事,带了兴儿,也回去了”作挽结:情节构思巧妙自然,不露丝毫斧凿痕迹。这里,尤二姐命掩了门早睡,盘问她妹子一夜。至于“盘问”的情况,至次日午后因贾琏将出远门而前来告辞之际,方由二姐向他娓娓道出:笔墨的详略明暗,何其集约细致!

●兴儿说宝玉“糊涂”,是反衬继后尤三姐认定宝玉的“不糊涂”;尤三姐冷眼旁观宝玉的表现,是旁衬她择嫁柳湘莲的热心和痴情。

●尤二姐说三姐与宝玉“已情投意合”;兴儿说宝黛二人,“若论模样儿行事为人,倒是一对好的。只是他已有了,只未露形,将来准是林姑娘定了的:因林姑娘多病,二则都还小,故尚未及此;再过三二年,老太太便一开言,那是再无不准的了”等语,均是反挑后文,极写宝、黛、尤等人的婚恋不幸。

●五年前的往事,借由二姐口中叙出;柳二郎的为人及下落,又借由贾琏口中叙出:笔墨俭省,安排得当。

●将自己的青春梦想,长期隐秘于心,任由漫漫岁月去浸泡,任由春花秋月去打理,任由望眼欲穿去等待:这本身就是一种人生的大无奈大悲哀啊,可怜的尤三姐!

●“平安州界”不平安,伙盗出入强劫财:这还是“太平盛世”么?作者笔下之隐意,不言而喻矣。

●大字不识几个的薛蟠,性情不失豪爽。半道巧遇贾琏之后,快人快语讲述了“巧遇”大侠柳湘莲一节,令人产生无限遐想:

> 薛蟠笑道:“天下竟有这样奇事!我同(**此字程本作“和”**)伙计贩了货物,自春天起身,往回里走,一路平安。谁知前日(**此字程乙本作“儿”**)到了平安州界(**此字程本作“地面”**),遇(**此字程本作“遇见”**)一伙强盗,已将东西劫去。不想柳二弟从那边来了,方把贼人赶散,夺回货物,还救了我们的性

命。我谢他又不受，所以我们结拜了生死弟兄，如今一路进京(后略)。”

引文中薛蟠说“把贼人赶散，夺回货物，还救了我们的性命”的柳二弟，是“从那边来”的。但不知他口中所言的“那边”，是指哪边？要么这出于文化浅薄、语汇贫乏的薛呆子一贯的叙事口吻(第26回有类似描述)，语焉不详，没有深意；要么就是呆子学乖了，藏头露尾，半开半掩，隐指一些红学探佚专家所推断的“瓦岗寨”“八百里水浒梁山”这一类打家劫舍者借以存身活命的营盘巢穴。全书第1回的《好了歌解》中有“训有方，保不定日后作强梁”一句，句中的“日后”处，标有“言父母死后之日”的甲戌侧批；“强梁”处，有“柳湘莲一干人”的甲戌侧批：这就是该探佚观点持有的唯一依据。因原稿后半部迷失，柳湘莲浪迹江湖的生涯中究竟有没有“落草”或与“草寇交往”的经历，已不可考。对此，姑存一说，聊作谈资。

●贾琏一日到了平安州，见了节度，完了公事，有“因又嘱他十月前后务要还来一次”的情节安排。实为借此预伏一笔，为后文贾琏再次外出办事期间，凤姐出动将尤二姐骗来府中造成时间上的空当：文心巧细，一至于此！

●一段叙述描写，将贾琏离家外出前夕话别以及事情办结归来欢聚的小家庭生活场景，描画而出：

> 且说贾琏一日到了平安州，见了节度，完了公事，因又嘱他十月前后务要还来一次，贾琏领命。次日连忙取路回家，先到尤二姐处(**此字程本作“那边”**)探望。谁知自贾琏出门之后，(**前11字程本删**)(**此处加“且说”**)尤二姐(**前3字程本作“二姐儿”**)操持家务，十分谨肃，每日关门合(**此字程本作“闭”**)户，一点外事不闻。她小妹子(**前4字程本作“那三姐儿”**)果是个斩钉截铁之人，每日侍奉母姊(**此字程本作“亲”**)之余，只安分守己，随分过活(**前9字程本作“只和姐姐一处做些活计”**)。虽是夜晚间孤衾独枕，不惯寂寞，奈一心丢了众人，只念柳湘莲早早回来，完了终身大事(**前句35字程本改写作“虽贾珍趁贾琏不在家，也来鬼混了两次，无奈二姐儿只不兜揽，推故不见。那三姐儿的脾气，贾珍早已领过教的，那里还敢招惹他去？所以踪迹一发疏阔了”等61字**)。
>
> (**此处程本加“却说”**)这日贾琏进门，见了(**此2字程本作“看见二姐儿三姐儿”**)这般景况，喜之不尽，深念二姐(**此处程本加“儿”**)之德。大家叙些寒温之后(**前2字程本删**)，贾琏便将路上相(**前2字程本删**)遇(**此处程本加“柳”**)湘莲一事说了出来(**前2字程本作“一回”**)，又将鸳鸯剑取出，递与三姐(**此处程本加“儿”**)。三姐(**此处程本加“儿”**)看时，上面龙吞夔护，珠宝晶荧，将靶一掣(**前4字程本作“及至拿出来看时”**)，里面却是两把合体的。一

把上面錾着(**此字程本删**)一“鸳”字,一把上面錾着(**此字程本删**)一“鸯”字,冷飕飕,明亮亮,如两痕秋水一般。三姐(**此处程本加“儿”**)喜出望外,连忙收了,挂在自己绣房床上,每日望着剑,自笑(**此字程本作“喜”**)终身有靠。

通过贾琏的亲眼观察和切身感受,写出了他外出期间尤氏姐妹的贤惠贞静表现。客观上,以姊妹俩自身的行为,清洗出这两个曾陷落淤泥、遭人非议的“金玉般的人”(出于第65回三姐之口)的底色,突出了二姐善于持家的才德,彰显了三姐悔过自新、信守诺言的内在品质,使得读者对她们即将到来的人生厄运,倍感同情和痛惜。特别是贾琏将路遇湘莲一事说了,又将鸳鸯剑取出递与三姐收管这一段描写,令人几欲坠泪!是啊,痴情等待,一晃五年,不想意料之外的机缘巧合、天开一线,怎么不使得“单相思”的三姐喜出望外,欢欣雀跃呢!你看她,连忙将“信物”收了,并将这带着自己倾心向往、梦寐以求的“心上人”那满满诚意的鸳鸯宝剑,挂在了自己绣房床上朝夕相伴。那“每日望着剑,自笑终身有靠”的惊喜陶醉、稚气满足的神态心理栩栩如画,竟使得善良重情的读者,禁不住要为其心想事成而祈祷上苍的保佑了。但一想到转眼间风云突变,剧情反转,品貌一流的少女希望落空,猝然梦碎,由不得人悲从中来,深叹造化弄人,命运不公,深为尤三姐的悲惨遭遇而捶胸顿足了!

●剑虽至宝,终属凶器;以此定亲,殊非吉兆。此外,浪荡子充当花鸟使,亦未必适宜。

●尤三姐自刎后,在场诸人对待柳湘莲的态度,各有彼此。其间,活画出尤老娘对女儿死于非命的痛惜和悲愤,活画出贾琏的慌急和匆忙,突出了尤二姐的贤惠和遇事的冷静理性,彰显了猝然事发之后柳湘莲的悔悟和情义。

●尤三姐之死,直接带来两个后果:一是导致了二姐失去家中亲妹的屏障和依靠,轻易上当受骗,直到“白落个臭名,后悔不及”;二是导致了柳湘莲的梦醒出家。

●尚在突如其来的变故中惊魂未定,情绪和心神极度沮丧、失落的柳湘莲,似梦非梦,似醒非醒。作者笔下,出现了此人极度悲伤悔恨之后的幻觉:

出门(**此处程本加“正”**)无所之,昏昏默默,自想方才之事:“原来尤三姐(**前3字程本删**)这样标致(**此处程甲本加“人”;程乙本加“人才”**),又这等刚烈!”自悔不及(**此处程本加“信步行来,也不自知了”**)。正走之间,只见薛蟠的小厮寻他家去,那湘莲只管出神。那小厮带他到新房之中,十分齐整(**前句“只见”至此32字程本全删**)。忽听环珮叮当(**前6字程本作“只听得隐隐一阵环佩之声”**),尤三姐从外而入(**前7字程本作“三姐从那边来了”**),一手捧着鸳鸯剑,一手捧着一卷册子,向柳(**此字程本删**)湘莲泣(**此字程本妄作**

"**哭**")道:"妾痴情待君五年矣(**此字程本删**),不期君果冷心冷面,妾以死报此痴情。妾今奉警幻(**此处程本妄加"仙姑"**)之命,前往太虚幻境修注案中所有一干情鬼。妾不忍一(**此字程本作"相"**)别,故来一会,从此再不能相见矣。"说着便走(**前4字程本作"说毕,又向湘莲洒了几点眼泪,便要告辞而行"**)。湘莲不舍,忙(**此字程乙本作"连忙"**)欲上来拉住问时,那尤三姐便说:"来自情天,去由情地。前生误被情惑,今既耻情而觉,与君两无干涉。"说毕,一阵香风,无踪无影去了(**前句"那尤三姐便说"至此44字,程本作"那三姐一摔手,便自去了"**)。

尤三姐前来作别时所泣诉之语,一是了结她的未尽之情;更重要的是,作者借此暗示大观园死亡相继的"秋冬季"即至。此外,还以尤三姐"来自情天,去由情地。前生误被情惑,今既耻情而觉"等语,交代了作者在尤三姐形象塑造上蕴涵的"情误""情耻"等寓意。

●甄士隐、柳湘莲的先后出家,均为宝玉出家作引。

●文中清楚交代:凤姐已大愈,出来理事行走了。它无疑预示着紧随尤三姐之死,尤二姐命中"灾星"出现,夺命追杀的打击将很快降临。

●须加留意的脂批:

※【戚序回前评:余叹世人不识"情"字,常把"淫"字当作"情"字;殊不知淫里无情,情里无淫,淫必伤情,情必戒淫,情断处淫生,淫断处情生。三姐项下一横,是绝情,乃是正情;湘莲万根皆削,是无情,乃是至情。生为情人,死为情鬼,故结句曰"来自情天,去自情地",岂非一篇尽情文字?再看他书,则全是"淫"不是"情"了。】

※【戚序回后总评:尤三姐失身时,浓妆艳抹凌辱群凶;择夫后,念佛吃斋敬奉老母。能辨宝玉,能识湘莲,活是红拂、文君一流人物。】

又:【鸳鸯剑能斩鸳鸯,鸳鸯人能破鸳鸯,岂有此理?鸳鸯剑梦里不会杀奸妇,鸳鸯人白日偏要助淫夫,焉有此情?真天地间不测的怪事!】

●红楼探照之一五〇:

三姐自刎:罪归谁身

第66回中尤三姐暗恋五年的"心事",以及非柳湘莲不嫁的"决心",不但借由姐姐口中说出,还由她自己当面做了表达:

二人正说之间,只见尤(**此字程本删**)三姐走来说道:"姐夫,(**此处程本**

加“你也不知道我们是什么人。今日和你说罢”)你只放心,我们不是那心口两样的人,说什么是什么。若有了姓柳的来,我便嫁他。从今日(此字程乙本作“儿”)起,我吃(此处程本加“常”)斋念佛,只(此字程本删)服侍母亲,等他(此字程本删)来了,嫁了他去;若一百年不来,我自己修行去了。”说着,将(此处程本加“头上”)一根玉簪(此处程本加“拔下来”),击(此字程本作“磕”)作两段,(此处程本加“说”)“一句不真,就如(此字程本作“和”)这簪子(此处程本加“一样”)!”说着,回房去了,真个竟“非礼不动,非礼不言”起来。

尤三姐在自主选择婚姻对象上所表现出来的勇气和坚持,令人感佩。但她这种将爱意隐藏心间的“暗恋”方式,以及毫无凭借的漫长等待,不但极大程度上耗费着自己的青春生命,还种下了“一头热”“单相思”的悲剧宿因。时光荏苒,人世沧桑;路途漫漫,鸿雁何方?跟对方仅有一面之识,却从无再见面的机缘,遑论表达爱意痴情机会的孤贫女孩,知不知道在她与她所暗恋的心上人之间,横亘着多少遥山远水,存在着多少阴差阳错啊!幸,也不幸的是,五年之后,她的婚姻大事,终于有人提起;她“自己择偶”的心愿,又居然由自己说出。接着,似乎天缘凑巧,信托人路途中恰又邂逅到了她所钟情之人,一问对方竟然也还是单身;而且一番言辞之下,对方居然听信了并且领情,解下随身宝物转交给她做定礼。而正当我们要为五年苦苦相思等待的尤三姐终于有了着落而以手加额的时候,谁知变故不期而遇,宿命中的灾难依然到来!可怜闺中女孩盼来的,不但是青春梦想的破灭,还是一场人格尊严的极度羞辱。能怪谁呢?怪宝玉对他的好朋友柳湘莲,既没有实话实说,也没有替作为亲戚的她遮羞掩丑,美言几句么?且看原文描述:

次日又来见宝玉,二人相会,如鱼得水。湘莲因问贾琏偷娶二房之事,宝玉笑道:“我听见茗烟一干人(前3字程本删)说,我却未见,我也不敢多管。我又听见茗烟说,琏二哥哥着实问你,不知有何话说?”湘莲就将路上所有之事,一概告诉(此处程乙本加“了”)宝玉。宝玉笑道:“大喜,大喜!难得这个标致人,果然是个古今绝色,堪配你之为人。”

湘莲道:“既是这样,他那里(此字程本删)少了人物,如何只想到我?况且我又素日不甚和他相厚,也关切不至(此处程本加“于”)此。路上忙忙的,就那样再三要定(前2字程本作“要求定下”),难道女家反赶着男家不成?我自己疑惑起来,后悔不该留下那(此字程本作“这”)剑作定礼(此字程本删)。所以后来想起你来,可以细细问个(此字程本作“了”)底里才好。”宝玉道:“你原是个精细人,如何既许了定礼,又疑惑起来?你原说只要一个绝色的,如今既得了个绝色(此处程本加“的”)便罢了。何必再疑?”湘莲道:“你既不知他娶（**此字程本作“来历”**），如何又知是绝色？”宝玉道：“他是珍大嫂子的继母带来的两位小姨（**前2字程本作“妹子”**）。我在那里和他们混了一个月，怎么不知？真真一对尤物，可巧（**前2字程本删**）他又姓尤。”

湘莲听了跌足道：“这事不好，断乎做不得了（**此字程本删**）！你们东府里，除了那两个石头狮子干净（**此处程本加“罢了”**），只怕连猫儿狗儿都不干净。我不做这剩忘八！”（**前18字程本全删**）宝玉听说，红了脸。湘莲自惭失言，连忙作揖说：“我该死胡说！你好歹告诉我，他品行如何？”宝玉笑道：“你既深知，又来问我做甚么？连我也未必干净了。”湘莲笑道：“原是我自己一时忘情，好歹别多心。”宝玉笑道：“何必再提，这倒似有心了。”湘莲作揖告辞出来，心下想：若去（**前5字程本作“心中想着要”**）找薛蟠，一则他现卧病（**前3字程本作“病着”**），二则他又浮躁，不如去索（**此字程本作“要”**）回定礼。主意已定，便一径来找贾琏。

二人见面的一席对话中，宝玉对朋友的坦诚，对亲戚尤三姐“绝色”的激赏，对尤三姐“堪配你之为人”所持的欢欣鼓舞、极为认同态度，难道表达得还不够明确么？有必要去横挑鼻子竖挑眼，一口咬定“一向怜香惜玉的贾宝玉，竟没有为三姐说一句好话，客观上成了将她推向毁灭深渊的背后黑手之一”么？

至于对方打探的女方“品行”问题，跟平时幽处深闺、难得见面的尤氏姐妹相交甚浅的宝玉，哪有机会和兴趣去做什么深入切实的了解调查，从而给挚友拍胸脯作保证呢？你要宝玉出于对尤三姐形象的维护而对朋友当面撒下弥天大谎，才觉得此人方可完全不为尤三姐的悲剧担责了么？何况，什么是女孩的“好品行”或“坏品行”，恐怕向来视天下女儿为“至纯”“至尊”“至宝”的怡红公子，评判起来的标准，定会与世俗的见解大相径庭。要说有遗憾，就遗憾在尤三姐能透过表象看出宝玉少为人知的“真性情”，而宝玉在不多几次的接触中，却看不透三姐“出格”表象下具有的“好本质”。不难想见，宝玉当然也会在平日里耳闻尤氏姐妹与贾珍父子之间“不干不净”的传言，对府内外的这些淫滥男人们的行为，他怎能心中无数！所以面对至交的询问，他只能就三姐容貌的“绝色”，大加赞许；至于三姐的“品行”，他并没有“哪壶不开提哪壶”，也并没有“玩深沉”去装聋作哑，但鉴于自己跟双方都有牵连的关系，他表现出含糊其词，不做正面回应，只是劝朋友不要“求全”“深究”的态度，难道错了吗？对方是何等聪明之人，自然从宝玉的含糊其词中，听出了一点难言之隐、一丝话外之音。特别是湘莲一听说三姐竟然来自以“淫乱窝”出名的宁府后，难听的话夺口而出，断绝联系的决心立下。因此，这能怪罪宝玉对湘莲和三姐的婚事没给力、没尽心吗？

再说，此时因柳湘莲失言，正在为宁府的臭名声“红了脸”的宝玉，自己还一时回不过神来呢。他能为尤三姐等人事实上存在的“秽闻”,有意去遮羞掩丑,强颜去做她们“清白”的见证人和辩护人吗?即便去辩护,除继续挥手打肿打木自家的脸反而加深对方的疑心外,还有什么能为?冷心冷面的“精细人”柳湘莲,是轻易能被人忽悠欺哄的人吗?不用说,宝玉也是聪明人,睁眼说瞎话的虚伪,他还没有学会;效果适得其反的话,成心欺骗朋友的事,他是不会去说,也不会去做的。其实,最后他尴尬“笑着”对柳湘莲说的话,倘若对方冷静下来细加回味,是定会意识到宝玉对他与尤三姐的婚姻是由衷赞成的,是寄托了希望的,是留有了余地的,是进行过委婉解劝的;只是“牛不喝水强按头”的事儿,宝玉打死也不会去做的!

如此说来,演成尤三姐的自戕惨剧的原因,究竟何在?

怪她自己生长在那个亲缘关系复杂,彼此相处颇为尴尬的破碎家庭么?但又有谁能选择自己的“原生家庭”呢?

怪她自己当初没有守身如玉么?出身不高,无依无靠,又遇着贾珍那样的出身豪富、动机不纯的挂名姐夫,没有付出(包括两姊妹的身体)能养活自己及母亲等人,勉强过上衣食无忧的、“稍有尊严”的生活吗?何况当初失足上当的时候她还那么幼小,又有谁能够完全摆脱不幸生活带来的巨大影响呢?你能要求一个改嫁的尤老娘,拖油瓶般带着两个幼小的女儿去井臼操作,自食其力,完全拒绝名义上来自“姐夫家”的救济和供养么?

怪她自己“一见即钟情”“暗恋五年不罢休”的这种感情托付方式“太古典”“太幼稚”“太不可思议”“太不靠谱”了么?但又有谁来打破隐秘,关注青春,牵线搭桥充当“青鸟”呢?“可怜无定河边骨,犹是春闺梦里人”。沉浮于俗世、依托于“非人”,你能忍心不让尤三姐心中有个“念想”,精神上存一丝美好的寄托么?何况,从三姐凭仅有的一两次碰面机会便一眼识准了宝玉真性情一事来看,她“巨眼识英豪”,仅从五年前老娘家里做生日的时候见过戏台上客串小生柳湘莲的那一面,便立誓要此人才嫁,你能说她就一眼看错了人吗?

事实上,此人的情况,早在第 47 回就有介绍:原是世家子弟,读书不成,父母早丧,素性爽侠,不拘细事,酷好耍枪舞剑,赌博吃酒,以至眠花卧柳,吹笛弹筝,无所不为;而且年纪又轻,生得又美,是一个业余的戏剧演员,最喜串戏,擅演生旦风月戏文,在书中和宝玉最合得来。由“世家子弟”到“串场小生”,再由“江湖剑侠”到“出世隐者”,可以说柳湘莲的人生经历是颇具传奇色彩的,虽只在第 47 回及第 66 回担任了比较重要的角色,然而他又是作者笔下屈指可数的几个获得肯定评价的“须眉浊物”。应该说,仅凭一面之缘,仅凭对方在戏台上的表演,即认定此人适合自己,而将终身幸福的赌注押在他的身上,这正如贾琏说的

“果然眼力不错”呀。

怪她自己一旦醒来，就表现出对生活不再苟且、不再回头的“斩钉截铁一根筋”么？是啊，早知道了这是一个“梦醒了无路可走”的炎凉世道：同流合污，还可以与贾珍等人相安无事；一旦“幡然醒悟”“改过自新”，却反而事与愿违，绝路一条！但人生一世，若草生一春，她为什么不能挣脱千百年来传统社会强加在女性身心上的精神枷锁，义无反顾、一往无前地去争取实现自己人生的“最大希望和梦想”呢？

怪她一心一意痴情等待的柳湘莲特别挑剔么？道听途说，初衷顿改，上门索礼，的确无情；听信传言，疑心多虑，偏见傲慢，出尔反尔，不经一番全面细致的调查研究就主观臆断，搞“有罪推定”，一竿子打翻一船的人，这的确显得草率孟浪了。但宁府道德败坏的臭名远扬，不由得他不生疑心而唯恐避之不及；何况其间还有传话人出于心理顾虑，未对“婚姻系本人自择”的情况向男方做过明确说明，因而又怎能让湘莲不对“他那里少了人物，如何只想到我？况且我又素日不甚和他相厚，也关切不至此。路上忙忙的，就那样再三要定，难道女家反赶着男家不成”的现象，疑窦丛生呢？但那个时代的女孩(即便是泼辣洒脱的尤三姐)，那“自行择夫”的话能说出口么？说出口来，不觉得太掉自己身价么？再说，一个正常的男子，又特别是特立独行的江湖侠士柳湘莲，谁不在乎自己择偶对象的生活环境，以及其本人的人品格次呢？又有谁能保证寄居在男女关系特别混乱的“淫窝”宁府中的美丽女孩，是一朵怒放在野渎寒塘中的“出淤泥而不染”“可远观而不可亵玩”的红荷花呢？连柳湘莲这样的洒脱之人，都不能接受“女家反赶着男家”，三姐还能到天下何处，去寻觅知音呢？

还要怪她看得比自己生命都还重要的暗恋对象“冷心冷面”“无情无义”，即便是真正了解到了她或因家贫、或因幼稚、或因赌气等原因失去了少女贞操的陈年往事之后，没有给予她足够的包容理解么？但尤三姐生活的年代，又有哪一个正常的男子不会在乎婚姻对象的贞节品行呢？再看柳湘莲，对待婚事的态度本来还是严肃认真的，不然，他就不会以随身的祖传宝剑为信了；但这又同时暴露了他豪爽性格的另一面：一时意气，草率行事！你看他，一听到宝玉说三姐是宁府珍大嫂子继母带来的小姨，便不分青红皂白，直截了当道：“这事不好，断乎做不得了。你们东府里，除了那两个石头狮子干净，只怕连猫儿狗儿都不干净。我不做这剩忘八。”随即找到牵线人贾琏，也不由分说：“弟愿领责领罚，然此事断不敢从命。”在未做任何详细调查的情况下，他又一次草率行事，提出退婚，造成誓不二嫁的尤三姐闻讯之后不哭不闹，只得愤然自刎的严重后果：喜庆的气氛，骤然转为悲凉；柳湘莲又一次为他的草率，付出代价！

怪贾珍么？诚然可以。但尤三姐翻脸后，此人虽有不舍，却还是逐渐丢开手，并没有死缠烂打，继续进行骚扰呀。

怪贾琏么？可以。但为了姨妹子的婚姻大事，他也算是尽心尽力了呀。

真正要怪，就只能怪宁府的家声不好、臭名远扬，以致外界难分良莠，看上去府内都是清一色的“淫魔色鬼”，以致三姐等无辜者都不得不直接为之买单，成为贾府腐败堕落的殉葬品了！

真正说来，造成尤三姐命运悲剧的根本原因，绝不只是一人一事一具体的生存环境，而是纷繁复杂的人事沧桑，特别是封建专制社会中人与人之间严重的贫富两极分化，尊卑地位的严重悬殊，以及传统习俗文化中落后观念的综合发酵。它们是包装的“鸩酒”，慢性毒害全身；它们是软刀子，杀人不见滴血；它们是暗箭，瞬间夺取鲜活生命；它们是以贾府为代表的封建势力，专为无数可怜妇女(包括本质有如“金玉般”美好的失足妇女)量身定做，早就预备下了人生羁绊和精神枷锁。因此，完全可以这么说：在贫富悬殊的男权社会，在男女隔绝、无缘沟通的封闭环境，在女性失足便要罪加一等的落后时代，尤三姐等人的死，几乎是铁定的宿命；无论当事人做出怎样艰苦卓绝的努力，都是逃无可逃免无可免的，都是只准堕落不容新生的！

●红楼探照之一五一：

大师笔下有“诗意”
——以尤三姐的死亡描写为例

经第65、66两回文字的层层铺垫，尤三姐的死，已势成必然。但尤三姐的愤然自杀，仍让人觉得痛惜，不忍卒读：

> 贾琏正在新房中，闻得湘莲来了，喜之不禁，忙迎了出来，让到内室(**此字程本作“堂”**)与尤老(**此处程本加“娘”**)相见。湘莲只作揖称“老伯母”，自称“晚生”，贾琏听了诧异。吃茶之间，湘莲便说：“客中偶然忙促，谁知家姑母于四月间(**此字程本妄删**)订了弟妇，使弟无言可回。若(**此字程本作“要”**)从了老兄(**前2字程本妄作“二哥”**)背了姑母，似非(**此字程本作“不”**)合理。若系金帛之订(**此字程本妄作“定”**)，弟不敢索取；但此剑系祖父所遗，请仍赐回为幸。”贾琏听了，便(**此字程本作“心中自是”**)不自在，还说(**前2字程本作“便道”**)：“(**此处程本加“二弟，这话你说错了”**)定者，定也。原怕反悔所以为定。岂有婚姻之事，出入随意的？还要斟酌(**前4字程本作“这个断乎使不得”**)。”湘莲笑道：“虽(**此字程本删**)如此说，弟愿领责领

（**此字程乙本作"备"**）罚，然此事断不敢从命。"贾琏还要饶舌，湘莲便起身说："请兄外坐一叙，此处不便。"

那尤三姐在房明明听见。好容易等了他来，今忽见反悔，便知他在贾府中得了消息（**前4字程本作"听了什么话来"**），自然是嫌（**前4字程本作"把"**）自己（**此处程本加"也当作"**）淫奔无耻之流，不屑为妻；今若容他出去和贾琏说退亲，料那贾琏必（**此处程本加"不但"**）无法可处，（**此处程本加"就是争辩起来"**）自己岂不（**前2字程本作"也"**）无趣（**前字程本作"趣味"**）！一听贾琏要同他出去，连忙摘下剑来，将一股雌锋隐在肘后，出来便说："你们（**此处程本加"也"**）不必出去再议，还你的定礼。"一面泪如雨下，左手将剑并鞘送与湘莲，右手回肘只往项上一横。可怜：

揉碎桃花红满地，玉山倾倒再难扶。

芳灵蕙性，渺渺冥冥，不知那边去了（**前14字程本全删**）。当下唬得众人急救不迭。尤老（**此处程本加"娘"**）一面嚎哭，一面又（**此字程本作"大"**）骂湘莲。贾琏忙（**此字程本删**）揪住湘莲，命人捆了送官。尤二姐（**前3字程本作"二姐儿"**）忙止泪，反劝贾琏："你太多事（**前4字程本删**），人家并没威逼他死（**此字程本删**），是他自寻短见。你便送他到官，又有何益？反觉生事出丑。不如放他去罢，岂不省事（**前4字程本删**）？"贾琏此时也没了主意，便放了手，命湘莲快去。湘莲反不动身，（**此处程本加"拉下手绢"**）泣（**此字程本作"拭泪"**）道："我并不知是这等刚烈贤妻（**前2字程本作"人"**），可敬，可敬（**前4字程本作"真真可敬！是我没福消受"**）！"湘莲反扶尸（**前5字程本删**）大哭一场。等买了棺木，眼见（**此字程本作"看着"**）入殓，又俯（**此字程本作"抚"**）棺大哭一场，方告辞而去。

一个年轻美丽的生命，就这样被断送！作者用诗一样悲怆的语言，将这鲜活生命瞬间消逝的悲惨场面，以"快闪镜头"迅即定格在了亦真亦幻、亦虚亦实、艺术美感极为浓郁的凄迷之境；令人在倍感心理的震撼和精神的哀恸之余，因眼前尤三姐一腔的热血，止不住地因此及彼，由人及己，对人生的太多变幻充满惆怅和深深叹惋！老实说，这种对血腥死亡场景所作的艺术化处理，是最容易激发人的感情，调动人的想象，唤起人对真善美生活之渴望的。这种近乎"诗化"的语言描写，是完全契合东方人喜欢柔美，屏蔽血腥，不习惯"欣赏死亡"惨象的审美倾向的。

尤三姐的人生命运惨苦，深具悲剧性。她的自杀，并非单为柳湘莲殉情，而是偏向对自己的心灵致奠，在浑浊、肮脏的俗世，以"不如归去"的决绝，讨回女儿的清白和公道，所谓"妾痴情待君五年矣，不期君果冷心冷面，妾以死报此痴情"

也;所谓"来自情天,去由情地,前生误被情惑,今既耻情而觉,与君两无干涉"也。经典悲剧理论认为,悲剧性就是人对死亡、苦难和外界压力的抗争本性;悲剧主体具有强烈的自我保存和维护独立人格的欲望,往往因为对现状的不满而显示出强烈的不可遏制的超越动机,并能按自己的意志去付诸行动;即使命运使他陷入苦难或毁灭境况之中,他也敢于拼死抗争,表现出"虽九死其犹未悔"的悲剧精神。在悲剧中,主人公不可避免地经历挫折,遭受磨难,甚至失败丧命;但其合理的意愿动机、理想激情等,预示着胜利和成功的到来。亚里士多德曾说:"悲剧借激起怜悯和恐惧来达到这些情绪的净化。"毫无疑问,悲剧中蕴含着崇高感,同样崇高感也提升着悲剧的张力,并起到净化人心和提振精神的作用。

无可讳言,死亡一类的画面,往往是血腥丑陋、悲惨残酷的。反观曹雪芹笔下的死亡,倒是有多种多样的呈现。其中,既有贾瑞、贾敬、秦可卿一类人丑陋难言的死,也有鸳鸯、司棋、尤三姐等女孩敢于奋起抗命的慷慨赴死;既有冯渊等无辜者惨遭飞来横祸的死于非命,更有林黛玉的泪尽绝望死,贾迎春身遭家暴折磨被逼死,晴雯、香菱、尤二姐等更多不幸者因悲惨命运的难以摆脱所致的"不得不死"。老实说,曹雪芹要着力表现和深入发掘的,是各式各样的死亡现象背后所蕴藏着的有关于"人的"生产生活生存"密码",亦即有关各式各类人物生产生活的历史背景、社会环境,以及他们个人生理心理、思想性格等多方面的内因内涵,而不仅仅是展示"死亡"本身具有的种种骇人听闻、惨不忍睹之表象。而这样的"解码",倒反而写出了死亡的"深度"和"美感",倒反而有利于涤荡人的内心,净化人的灵魂,增进读者对历史社会和人性人生的深刻感悟。

第六十七回　见土仪颦卿思故里　闻秘事凤姐讯家童

内容提要:宝钗不以湘莲出家为意,将薛蟠从南方带回来的当地特产分送众人,惹出黛玉思乡情肠。贾琏"偷娶"一事泄密,凤姐审问旺儿和兴儿,得到实情,引而不发。

●《红楼梦》第 67 回,现存的庚辰本原缺。其余各本中即便保存了这一回书,文句也有很多不同,人物语言、性格刻画等多方面出入极大。将类似生活内容所作的不同文字表述进行对照阅读,一定获益匪浅。

●根据现存第 67 回内容的异同,可将其分为两种类型:戚序、俄藏、甲辰等本为一类,俗称"繁版第 67 回";梦稿、程甲等本为另一类,俗称"简版第 67 回"。现存的己卯本,本缺此回,原藏书者武裕庵"按乾隆年间抄本"做了补抄,其所据底本属于梦稿、程甲本系列。蒙府本,也是据程甲本补配。

●开篇即写尤三姐自戕事件发生之后各方的反应。湘莲自不必说,见尤三姐身亡,尚有痴情眷恋,却被道人数句偈言打破迷关,竟自削发出家,不知何往了。尤老娘以及二姐、贾珍、尤氏、贾蓉、贾琏等闻之,俱各不胜悲痛伤感,忙着人治买棺木盛殓,送往城外埋葬。这里的贾珍,对尤三姐悲剧的演成,当然负有不可推卸的责任,但即便是这种贵族家庭的败家子,心肝也未全黑,人性也未彻底沉沦。此前,受三姐一次又一次严重的戏弄羞辱之后,他并没有采取什么"断然措施",而是唾面自干,继续容忍;三姐死后,贾珍等人还有"不胜悲痛伤感"的表现,还有"忙着人治买棺木盛殓,送往城外埋葬"的行为:说明作者在刻画人物的时候,不溢美,也不隐恶,是非常注意分寸拿捏的。事实上,在曹雪芹笔下没有十全十美的所谓"好人",当然也很少五毒俱全、十恶不赦的天生坏蛋和地狱魔鬼。

●尤三姐自杀、柳湘莲出家这件事,贾珍贾蓉等人的反应,作者不得不提,但又不愿多写。倒是薛家一家的反应,作者给予了更多的关注。薛姨妈的念念叨叨,薛蟠在事发后的到处着急寻找,以及大哭一场后犹自泪痕不干、情绪低落等表现,恰与薛宝钗的"并不在意",只一味强调抓紧时间"打理事务要紧"的冷心冷肠,形成对比。清人涂瀛在《读花人论赞·薛蟠赞》中说:

> 薛蟠粗枝大叶,风流自喜,而实花柳之门外汉,风月之假斯文,真堪绝倒也。然天真烂漫,纯任自然,伦类中复时时有可歌可泣之处,血性中人也,脱亦世之所希者与?晋其爵曰"王",假之威曰"霸",美之谥曰"呆",讥之乎?予之也。

看来曹雪芹果然不简单,笔下竟有这般力气,使薛蟠这个人物形象避免了"扁平化""单一化",性格显得丰富立体。不过,涂瀛在这里侧重肯定了薛蟠性情中的"直爽粗豪""心无芥蒂"的一面;至于这一类人平日里对社会公平正义的破坏,对别人的伤害过程中经常表现出来的"凶残霸道""粗俗丑恶"一面,却有所忽略。

●叙薛蟠酬客,宝钗送物,文情迂回曲折,引人入胜。借由薛姨妈口中"把你自已娶媳妇应办的事情,倒是早些料理料理"的话,将薛蟠即将与夏家联姻的线索,轻轻提起;借由薛姨妈对儿子提醒的"你也回家半个多月了,想货物也该发完了,同你去的伙计们,也该摆桌酒给他们道道乏才是:人家陪着你走了二三千里的路程,受了四五个月的辛苦,而且在路上又替你担了多少的惊怕沉重"一席话,将薛蟠出门"躲羞"这一趟的行程经历等大致情况,做了挽结;并借由莺儿的观察及报告,引出凤姐的闻风而动:作者用笔,远针近线,丝丝入扣;情节勾连,环环相接。

●借由薛蟠出远门带回来的各类礼物,写尽了呆子的细心;但临期又搁置而忘记发放,活画出呆子的粗心以及对朋友的热诚。借由宝钗分送众人礼物的情节,带出了黛玉的思乡伤感以及紫鹃、宝玉等人对她的悉心劝慰;尤其是借此带出了莺儿、袭人先后从凤姐处出来之后所感受到的“紧张怪异”气氛,为下文凤姐“讯童”情节的展开,做了环境气氛上的精心准备:作者的巧于情节布局,由此可见一端。

●贾琏出门,“又往平安州去了”一事,借由他人的言行点明。

●凤姐“讯童”一节,写得扣人心弦,极有章法,也充分印证了受审者兴儿第65回里对“夜叉”女主心性的描述,是何等的透彻精准!可惜,本回却是他自己因私下议论,妄加对比,无意中走风漏气而落入网中,被请君入瓮,深受其害了。通观“讯童”一案,有如下要点:

一、贾琏趁凤姐在宅内歇肩养病的机会,在外“偷娶”“收养”二房之事,尽管做得十分机密,但世上没有不漏风的墙,时间一长,纸包不住火,露馅只是迟早的事。而“破案”的线索,是由“小丫头子”无意中听到,引起注意,进而报告给平儿,平儿转身报告给凤姐的。在此过程中,平儿起着中介作用,但她做梦也没有想到这件事牵扯出来,竟然产生了那么严重的系列后果,难怪后来她那么懊悔。

二、凤姐表面上风光无限、强势霸道,但实际上因为她长期以来的不仁不慈、不忍不让、不生男孩,早已引得丈夫和婆母厌憎,以及府内不少人的怨愤了。她有病在身,内心已经脆弱,安全感也严重不足了。

三、“偷娶”的理由是“为了子嗣”,实际上却传递出贾琏背弃凤姐、另起炉灶的企图。出于对自身利益的维护,出于凶恶自私的本性,“卧榻之侧,岂容他人酣睡”,凤姐对任何一个介入自己家庭生活妄想“分得一杯羹”者,无论是以前夫妻双方的跟从侍妾还是陪嫁丫头,还是目前暂时还置身外室的尤二姐,毫无疑问,都会被她视作“异己”和“威胁”,予以赶尽杀绝。尤二姐,只是又一个给她“祭刀”的牺牲品而已。

四、眼下叫进来旺儿,一因旺儿是王熙凤的心腹小厮,媳妇本是王熙凤的陪嫁丫头,两人都是王熙凤的得力助手,凤姐在外面放高利贷等机密事儿向来都是经由来旺儿操办,信息灵通,处事老到,一直颇受凤姐信任,因此有理由要求他必须对主人忠实;同时,据报告旺儿曾当场制止兴儿、喜儿的私下议论,因此作为知情人,他脱不了干系;再说,狡猾的凤姐也正要从他这里打开案情“侦破”的缺口,以便顺藤摸瓜,寻获最大的斩获呢。

五、作为凤姐的心腹家奴,旺儿一而再再而三地阳奉阴违,不再言听计从,这足令人寒心。但凤姐对身边亲信出现的此种近似于“反叛”的迹象,并未有丝毫的反省和警惕。

六、旺儿心性乖滑。一进门被问,先是借故推脱,佯装不知;一旦凤姐出手打一张小牌，一句点到，逼其就范，旺儿便立马交代事情原委，并“移祸东吴”，巧妙地将矛盾转嫁到了私下议论是非的“主要嫌疑人”兴儿等人身上；即便是自己的弟弟，也照拱不误，在所不惜。凤姐也趁势藏锋，稳住旺儿，然后攥住主要人物线索，先攻薄弱以寻求突破。于是作为“主要突破口”的兴儿，便被提审上来：

> 却说兴儿正在账房儿里和小厮们玩呢，听见说二奶奶叫，先唬了一跳，却也想不到是这件事发作了，连忙跟着旺儿进来。旺儿先进去，回说：“兴儿来了。”凤姐儿厉声道：“叫他！”那兴儿听见这个声音儿，早已没了主意了，只得乍着胆子进来。凤姐儿一见，便说：“好小子啊！你和你爷办的好事啊！你只实说罢！”兴儿一闻此言，又看见凤姐气色及两边丫头们的光景，早唬软了，不觉跪下，只是磕头。
>
> 凤姐儿道：“论起这事来，我也听见说不与你相干；但只你不早来回我知道，这就是你的不是了。你要实说了，我还饶你；再有一字（**此字程乙本作“句”**）虚言，你先摸摸你腔子上几个脑袋瓜子！”兴儿战战（**此字程乙本删**）兢兢的朝上磕头道：“奶奶问的是什么事，奴才同爷办坏了？”凤姐听了，一腔火都发作起来，喝命：“打嘴巴！”旺儿过来才要打时，凤姐儿骂道：“什么糊涂忘八崽子！叫他自己打，用你打吗！一会子你再各人打你那嘴巴子还不迟呢。”那兴儿真个自己左右开弓，打了自己十几个嘴巴。凤姐儿喝声“站住”，问道：“你二爷外头娶了什么新奶奶旧奶奶的事，你大概不知道啊。”
>
> 兴儿见说出这件事来，越发着了慌，连忙把帽子抓下来，在砖地上咕咚咕咚碰得头山响，口里说道：“只求奶奶超生，奴才再不敢撒一个字儿的谎。”凤姐道：“快说！”兴儿直蹶蹶的跪起来回道……

大棒，讹诈，胡萝卜，翻脸，再大棒，谁能经受得住凤姐这般的吹风刮雨、夹枪弄棒、威逼利诱？曾几何时能说会道的小厮兴儿，面对王凤姐高深莫测的心机、笑里藏刀的暗示，以及出其不意、攻其不备的手段，除了坦白投降以求宽大，还有什么选择！你看他，只得跪地将贾琏“偷娶”一事说出，并在凤姐的紧紧追问之下，倒核桃一般，将已经泄露了的“天机”，交代得更加清楚、明白和具体。看来，奴性世人皆有，人性脆弱往往是经不住威胁拷打的！

七、审问的过程中，凤姐机心敏锐，善抓线索，善捞“干货”，如期获得了满意“口供”。你看她，不时“啐道”“使劲啐道”“回头瞅着平儿道”“回头便望丫头们说道”等神情动作，独自张狂，气场十足。审问期间，还因兴儿的失言失态“怄笑了”，还因意外收获而露出“微微冷笑”，还要不时与在场的平儿及众丫头交换会心的眼神，传递自己既洋洋得意又心如针扎的怪异感受！这个，就是“谈笑间樯橹灰飞烟灭”的王管家；这个，就是恼羞成怒之后必伤人害人的王熙凤！

八、凤姐将最终不得不老实交代事实真相的兴儿做了一番“威胁加警告”给打发出门之后，继而对自己的心腹来旺儿的审视及威胁，描绘出凤姐的心情复杂、言犹未尽，体现出作者用笔的神情兼具、力透纸背：

凤姐又叫道：“兴儿！”兴儿赶忙答应回来。凤姐道：“快出去告诉你二爷去，是不是啊?”兴儿回道：“奴才不敢。”凤姐道：“你出去提一个字儿，隄防你的皮！”兴儿连忙答应着才出去了。凤姐又叫：“旺儿呢?”旺儿连忙答应着过来。凤姐把眼直瞪瞪的瞅了两三句话的工夫，才说道：“好！旺儿，很好！去罢。外头有人提一个字儿，全在你身上。”旺儿答应着，也慢慢的退出去了。

无论何人，经受了凤姐这般的挫磨和考量，不心有余悸、后背发凉才怪呢！

九、整个审讯过程中，平儿都不敢言语，不敢作声；也没有因为兴儿的丑态，把凤姐儿倒怄笑了，两边的丫头也都抿嘴儿笑了，她也跟着大家笑。或许，秉性善良的平儿已经从凤姐严厉审问的过程中，意识到了事态发展下去的莫大危险，内心紧张，面上哪里还笑得出来呢？且看最后审案结束，凤姐便叫倒茶：

小丫头们会意，都出去了。这里凤姐才和平儿说：“你都听见了？这才好呢！”平儿也不敢答言，只好陪笑儿。

不用说，此刻平儿惶恐不安的反应，是完全合乎她的性格逻辑的。

●红楼探照之一五二：

良莠自在对照中
——论第67回“简版”“繁版”的真伪和优劣

《红楼梦》早期抄本中，庚辰本缺第64、67两回，己卯本这两回原缺，后系嘉道年间的武裕庵抄配，文字与程甲本大同小异；甲戌、舒序、郑藏本系残本，不知道该两回原来的有无；其他早期抄本则都有这两回。总的来说，第64回各版本的文字差异不大；而对于第67回，程乙本引言里就特别提到“是书沿传既久，坊间缮本及诸家所藏秘稿，繁简歧出，前后错见。即如六十七回，此有彼无，题同文异，燕石莫辨”的现象。现存的蒙府、戚序、俄藏、甲辰、梦稿及程高本，均存有该回的完整内容，但它们文字样貌又明显地分成两个系统：蒙府、梦稿和程甲本文字比较简练，内容大同小异，论者称为“简版”；戚序、甲辰和俄藏本文字比较繁复，内容大同小异，论者称为“繁版”。

正因为《红楼梦》第67回流传下来有两个差异很大的版本序列，又均不见之于曹雪芹生前最后的定稿本——已卯本和庚辰本中，于是它们版本的“真伪”，以及内容文字方面的“优劣”，成了红学界一段有名的公案，至今尚未获得圆满解决。

通过两种不同版本文字的反复阅读比较，笔者认为，《红楼梦》第67回的“繁版”“简版”作为一种客观存在，无所谓“真伪”，都有保存流传以供阅读研究的必要；当然，若就故事情节的精心设置、人物性格的准确刻画、叙述语言的简洁传神，以及人物语言个性化等方面而言，“简版”无疑是最接近曹雪芹的原作或者就是直接从曹雪芹原稿过录而来的。不过，同样是己卯本、庚辰本因一时“迷失”而内缺的两回中，第64回现存各版本的内容文字虽有异同，甚至俄藏本还显露出了曹雪芹最终定稿前的原始体貌，但总的说来仍是大同小异，不像第67回“简版”和“繁版”文字内容的区分度那么明显。

说起来，这就有些奇怪了。莫非同样属于“缺补”性质的第64回、第67回，是失而复得，有先有后，而又来源不同？而繁版第67回的大致内容情节（包括一些地方的语言表达），与简版第67回相同或相近的现象，更令人困惑不解：基本情节大致相近，但描述文字差异极大的两个版本，究竟有没有相互直接传承过渡的关系存在呢？因为繁版第67回比简版第67回多出三千余字，当然你可以认为简版是对繁版的文字进行了大幅度删削和改写而产生，因此总体质量上远优于繁版。的确，从版本源流看，第67回的繁、简两个版本，虽然都不见于曹雪芹生前最后的定稿本——已卯本和庚辰本，确实缺乏了早期版本依据，但从情节内容、人物性格、语言风格等方面来看，简版情节的链接密合无间，人物思想性格的前后统一还有发展、语言文字的简练深刻，与曹雪芹原著各回呈现的风格确实难以区别；而繁版行文较少章法，情节零散破碎，语言拉杂俗气，人物的思想性格多有歪曲走样：繁简两版相较，高下立见。下面举例说明之。

一

我们知道，一个成熟的作家都有自己的语言习惯；这种语言习惯，一旦形成独特的语言风格（它包括语言的民族风格、时代风格、流派风格、个人风格、语体风格和表现风格，包含词汇、语法、语音和修辞手段等风格要素），犹如一个成年人的背影一样，殊难改变。因为作家的语言风格，是其独特的生活经历、实践经验、思想观点、性格气质、知识修养和艺术才华结晶所表现出来的一种格调和氛围，他人的作品及其文笔是难以与之混淆的。现以第67回的两种版本文字，来加以比较。先看简版对赵姨娘收到宝钗送贾环礼品之后的描写：

> 且说赵姨娘因见宝钗送了贾环些东西，心中甚是喜欢，想道：“怨不得别人都说那宝丫头好，会做人，很大方，如今看起来果然不错。他哥哥能带了多少东西来，他挨门儿送到，并不遗漏一处，也不露出谁薄谁厚，连我们这样

没时运的他都想到了。若(**此字程乙本作“要”**)是那林丫头,他把我们娘儿们正眼也不瞧,那里还肯送我们东西?”一面想,一面把那些东西翻来覆去的摆弄,瞧看一回。忽然想到宝钗系王夫人的亲戚,为何不到王夫人跟前卖个好儿呢?自己便蝎蝎螫螫的拿着东西,走至王夫人房中,站在旁边,陪笑说道:“这是宝姑娘才刚给环哥儿的。难为宝姑娘这么年轻的人,想的这么周到,真是大户人家的姑娘,又展样,又大方,怎么叫人不敬服(**此字程乙本作“奉”**)呢。怪不得老太太和太太成日家都夸他疼他。我也不敢自专就收起来,特拿来给太太瞧瞧,太太也喜欢喜欢。”王夫人听了,早知道来意了。又见他说的不伦不类,也不便不理他,说道:“你自管收了去,给环哥顽罢。”

赵姨娘来时兴兴头头,谁知抹了一鼻子灰,满心生气,又不敢露出来,只得讪讪的出来了。到了自己房中,将东西丢在一边,嘴里咕咕哝哝,自言自语道:“这个又算了个什么儿呢。”一面坐着,各自生了一回(**此字程乙本作“会”**)闷气。

因得到几件小小的礼物,便深有感怀,还屁颠屁颠地跑去讨好卖乖,活画出小人物见财心喜,最容易被物质打动和金钱收买的丑态;更可见家财丰足的宝钗,布施人情中的长袖善舞、面面俱到,反衬出黛玉在贾府寄人篱下,不受小人待见的不利处境。而大致的情节内容,呈现在繁版中则成“恶札”:

且说赵姨娘因见宝钗送环哥儿物件,忙忙接下,心中甚喜,满嘴夸奖:“人人都说宝姑娘会行事,很大方,今日看来,果然不错。他哥哥能带了多少东西来,他挨家送到,并不遗漏一处,也不露出谁薄谁厚,连我们搭拉嘴子,他都想到,实在的可敬。若是林姑娘,也罢了么,也没人给他送东西带什么来;即或有人带了来,他只是拣着那有势力、有体面的人头儿跟前才送去,哪里还轮得到我们娘儿们身上呢!可见人会行事,真真露着各别另样的好。”赵姨娘因环哥儿得了东西,深为得意,不住的托在掌上摆弄瞧看一会。想宝钗乃系王夫人之表侄女,特要在王夫人跟前卖好儿。自己叠叠歇歇的拿着那东西,走至王夫人房中,站在一旁说道:“这是宝姑娘才给环哥的,他哥哥带来的。他年轻轻的人想的周到,我还给了送东西的小丫头二百钱。听见说姨太太也给太太送来了,不知是什么东西?你们瞧瞧这一个门里头,这就是两份儿,能有多少呢?怪不得老太太同太太都夸他疼他,果然招人爱。”说着,将抱的东西递过去与王夫人瞧,谁知王夫人头也没抬,手也没伸,只口内说了声“好,给环哥玩罢咧”,并无正眼看一看。

赵姨娘因招了一鼻子灰,满肚气恼,无精打彩的回至自己房中,将东西丢在一边,说了许多劳儿三、巴儿四,不着要的一套闲话;也无人问他,他却自己咕嘟着嘴，一边子坐着。可见赵姨娘为人小气糊涂，饶得了东西，反说许多令人不入耳生厌的闲话，也怨不得探春生气，看不起他。

满纸都是婆婆妈妈、拖泥带水、缠夹不清和鹦鹉般的学舌！不但出现了曹雪芹笔下绝不会有的“叠叠歇歇”“搭拉嘴子”“劳儿三，巴儿四，不着要”这一类从生活中顺手撷取，但未经艺术锤炼的不伦不类的拉杂用语（前面薛姨妈口中还出现了将薛蟠的伙计称为“吃工食劳金的人”呢）；还出现了“可见赵姨娘为人……看不起他”这一类小说叙述者打破常规直接从书中走出，对自己笔下人物的言行进行评头品足的内容：这还有一点曹雪芹原著语言“亮丽飘逸”而又“丰美厚重”的韵味么？这还是曹雪芹一贯坚持的让人物用自己的言行说话，而作者隐藏书后不露声色，不轻易对笔下人物的言行举止作价值判断（要褒贬，也多是通过其他人物之眼看出、之口说出）的一贯叙事风格么？而且，平常有如幼鼠见了猫一样的赵姨娘，居然当面说出“听见说姨太太也给太太送来了，不知是什么东西”这样没有规矩的话来，这还是那个内心非常畏忌主妇王夫人的赵姨娘么！再看繁版写接到宝钗礼物的黛玉，跟赶来探望的宝玉见面的情景：

宝玉本是聪明人，而且一心总留意在黛玉身上最重，所以深知黛玉之为人心细心窄，而又多心好强，不落人后，因见了人家哥哥自江南带了东西来送人，又系故乡之物，勾想起痛肠来，是以伤感是实。……宝玉忙走到床前，挨着黛玉坐下，将那些东西一件一件拿起来……一味的将些没要紧的话来支吾。搭讪了一会，黛玉见宝玉那些呆样子，问东问西，招人可笑，稍将烦恼丢开，略有些喜笑之意。宝玉见他有些喜色，便说道：“宝姐姐送东西来给咱们，我想着，咱们也该到他那里道个谢去才是，不知妹妹可去不去？”黛玉原不愿意为送那些东西就特特的道谢去，不过一时见了，谢一声就完了。今被宝玉说得有理难以推托，无可奈何，同宝玉去了。这且不提。

文中的“是以伤感是实”：这还是我们一向熟悉的曹雪芹的语言风格么？“深知黛玉之为人心细心窄，而又多心好强，不落人后”“见宝玉那些呆样子，问东问西，招人可笑”：这还是一对有情人眼中尚未“走样”的对方么？再看繁版中宝玉拉了黛玉至宝钗处来道谢的场面，那就形象猥琐，废话更多：

彼此见面，未免各说几句客言套语。黛玉便对宝钗说道：“大哥哥辛辛苦苦的能带了多少东西来，搁得住送我们这些处，你还剩什么呢？”宝玉说：“可是这话呢。”宝钗笑道：“东西不是什么好的，不过是远路带来的土物儿，大家看着略觉新鲜似的。我剩不剩什么要紧，我如今果爱什么，今年虽然不剩，明年我哥哥去时，再叫他给我带些来，有什么难呢？”宝玉听说，忙笑道：“明年再带什么来，我们还要姐姐送我们呢。可别忘了我们！”黛玉说：“你只管说,不必拉扯上'我们'的字眼,姐姐你瞧,宝哥哥不是给姐姐来道谢,竟是又要定下明年的东西来了。"宝玉笑说:"我要出来,难道没有你的一份不成?你不知道帮着说,反倒说起这散话来了。"黛玉听了,笑了一声。

宝钗问:"你二人如何来得这样巧,是谁会谁去的?"宝玉说:"休提,我因姐姐送我东西,想来林妹妹也必有,我想要道谢,想林妹妹也必来道谢,故此我就到他房里会了他一同要到这里来。谁知到他家,他正在房里伤心落泪,也不知是为什么这样爱哭。"宝玉刚说到"落泪"两字,见黛玉瞪了他一眼,恐他往下还说。宝玉会意,随即换过口来说道:"林妹妹这几日因身上不爽快,恐怕又病扳嘴,故此着急落泪。我劝解了一会子,才拉了他来了。一则道谢;二则省得叫他一个人在房里坐着只是发闷。"

宝钗说:"妹妹怕病,固然是正理,也不过是在那饮食起居、穿脱衣服冷热上加些小心就是了,为什么伤起心来呢?妹妹难道不知道,一伤心,难免不伤气血精神,把要紧的伤了,反倒要受病的。妹妹你细想想。"黛玉说:"姐姐说得很是。我自己何尝不知道呢,只因我这几年,姐姐是看见的,哪一年不病一两场?病得我怕怕的了。药,无论见效不见效,一闻见,先就头疼发恶心,怎么不叫我怕病呢?"宝钗说:"虽然如此说,却也不该伤心,倒是觉着身上不爽快,反自己勉强扎挣着,出来走走逛逛,把心松散松散,比在屋里闷坐着还强呢。伤心是自己添病的大毛病。我那两日不时觉着发懒,浑身乏倦,只是要歪着,心里也是为时气不好,怕病,因此偏扭着它,寻些事情作作,一般里也混过去了。妹妹别怪我说,越怕越有鬼呢!认真的果有鬼,你又该骇哭了。"

黛玉因此笑道:"姐姐说得很是。很该说他,谁叫他嘴快!"宝玉说:"有人说我的不是,你就乐了。你这会子也不懊恼了,咱们也该走罢。"于是彼此又说笑一会,二人辞了宝钗出来。宝玉仍把黛玉送至潇湘馆门首,自己回家。这且不提。

如此写来,宝黛钗三人碰头,均若小孩"过家家"一般,孩子气十足,哪里还有半点千金小姐和富贵公子的见识气度和说话口吻?鸡毛蒜皮,絮絮叨叨,性格走形,心理扭曲,关系古怪:好像宝玉就是来宝钗面前揭发告状黛玉的,且偏要当着宝钗面跟黛玉"秀亲爱";好像黛玉不是前来道谢,而是来打探还有没有剩余物品该送还没有送到自己那里去的!最让人不可思议的是,一向端庄稳重有涵养的薛姑娘,居然不怕别人多心,当面查考起了宝黛二人的行踪是"谁会谁去的";竟然不嫌忌讳,当面大谈起黛玉的病情,并因安抚和劝慰黛玉,而两次提起令人发瘆的"鬼"来!

二

繁版第67回不但语言拖沓俗气，与前八十回具有曹雪芹鲜明个人色彩的用语习惯、行文风格大相径庭，而且相关人物的性格同样发生了不同程度上的“走样”。譬如贾琏在外“偷娶”一事被凤姐风闻后，她的院子内外充满了一种诡异而又紧张的气氛。这种不同寻常的气氛，首先是由前去送“东西”的莺儿所感知，回来后将自己的疑心悄悄告诉宝钗的：

却说莺儿带着老婆子们送东西回来，回复了宝钗，将众人道谢的话并赏赐的银钱都回完了，那老婆子便出去了。莺儿走近前来一步，挨着宝钗，悄悄的说道：“刚才我到琏二奶奶那边，看见二奶奶一脸的怒气。我送下东西出来时，悄悄的问小红，说刚才二奶奶从老太太屋里回来，不似往日欢天喜地的，叫了平儿去，唧唧咕咕的不知说了些什么。看那个光景，倒象有什么大事的似的。姑娘没听见那边老太太有什么事？”宝钗听了，也自己纳闷，想不出凤姐是为什么有气，便道：“各人家有各人的事，咱们那里管得？你去倒茶去罢(**此字程乙本作“来”**)。”莺儿于是出来，自去(**此字程乙本作“己”**)倒茶不提。

以上是简版文字，叙事简洁，重点突出，人物间的关系非常清晰。繁版作：

宝钗送东西的丫头回来，说：“也有道谢的，也有赏钱的，独有给巧姐儿的那一份，仍旧拿回来了。”宝钗一见，不知何意，便问：“为什么这一份没送去呢，还是送了去没收呢？”莺儿说：“我方才给环哥儿送东西的时候，见琏二奶奶往老太太房里去了。我想，琏二奶奶不在家，知道交给谁呢，所以没有去送。”宝钗说：“你也太糊涂了。二奶奶不在家，难道平儿、丰儿也不在家不成？你只管交给他们收下，等二奶奶回来，自有他们告诉就是了，必定要你交给才算么？”莺儿听了，复又拿着东西出了园子，往凤姐处去。在路上走着，便对拿东西的老婆子说：“早知道一就市儿送了去不完了，省得又跑这一趟。”老婆子说：“闲着也是白闲着，借此出来逛逛也好。只是姑娘你今日来回各处走了好些路儿，想是不惯，乏了，咱们送了这个，可就完了，一打总儿再歇着。”两人说着话，到了凤姐处，送了东西，回来见宝钗。

宝钗问道：“你见了琏二奶奶没有？”莺儿说：“我没见。”宝钗说：“想是二奶奶没有回来么？”丫头说：“回来是回来了。因丰儿对我说：‘二奶奶自老太太屋里回房来，不像往日欢天喜地的，一脸的怒气，叫了平儿去，唧唧咕咕的说话，也不叫人听见。连我都撵出来了，你不必见，等我替你回一声儿就是了。’因此便着丰儿拿进去，回了出来说：‘二奶奶说，给你们姑娘道生受。’赏了我们一吊钱,就回来了。”宝钗听了,自己纳闷,也想不出凤姐是为什么生气。

叙述同一件事,繁版的字数超出简版一倍多。但两相比较,不难看出:繁版的描述,过程冗长,颠三倒四,语言平庸,行文没有一点技巧和张力,絮絮叨叨,婆婆妈妈,使人感觉不到莺儿带回的消息有什么值得神秘和紧张的!再说,一向灵巧的莺儿专程给巧姐送礼物去,见王熙凤不在,居然带着礼物原路返回了,聪慧的莺儿竟成了“傻大姐”了!她的言语中,还竟然出现了“一就市儿”“道生受”这类令人感到特别突兀另类和啰里啰嗦的词语,与《红楼梦》一贯的既通俗晓畅又精炼传神的人物语言风格,截然不同!

三

如果说前面借莺儿回来与宝钗的一席耳语,陡然之间便将读者的疑惑与担心吊到了嗓子眼;那么紧接着一贯擅于“造势”的曹雪芹却不慌不忙,将这“悬念”之锤高高举起之后并不急于落下,而是有意放缓行文节奏,继莺儿去后又驱遣袭人前去探望;但探望又并不一步到位,而是安排她在途中停留下来,先与婆子大谈一阵果木管理养护办法之后,才继续前行:

> 却说袭人因宝玉出门,自己作了回(**此字程乙本作“会”**)活计,忽想起凤姐身上不好,这几日也没有过去看看,况闻贾琏出门,正好大家说说话儿。便告诉晴雯:“好生在屋里,别都出去了,叫宝玉回来抓不着人。”晴雯道:“嗳哟,这屋里单你一个人记挂(**前2字程乙本作“惦记”**)着他,我们都是白闲着混饭吃的。”袭人笑着,也不答言,就走了。
>
> 刚来到沁芳桥畔,那时正是夏末秋初,池中莲藕新残相间,红绿离披。袭人走着,沿堤看顽了一回(**此字程乙本作“会”**)。猛抬头,看见那边葡架底下,有人拿着掸子在那里掸什么呢。走到跟前,却是老祝妈。那老婆子见了袭人,便笑嘻嘻的迎上来,说道:“姑娘怎么今日(**此字程乙本作“儿”**)得工夫出来逛逛?”袭人道:“可不是(**此处程乙本加“吗”**)。我要到琏二奶奶家(**此字程乙本作“那里”**)瞧瞧去。你在(**此字程乙本删**)这里做什么呢?”那婆子道:“我在这里赶蜜蜂儿。今年三伏里雨水少,这果子树上都有虫子,把果子吃的疤瘌流星的掉了好些下来(**前2字程乙本作“了”**)。姑娘还不知道呢,这马蜂最可恶的:一嘟噜上只咬破三(**此字程乙本后移一字**)两个儿,那破的水滴到好的上头,连这一嘟噜都是要烂的。姑娘你瞧,咱们说话的空儿没赶,就落上许多了。”
>
> 袭人道:“你就是不住手的赶,也赶不了许多。你倒是告诉买办,叫他多

多做些小冷布口袋儿，一嘟噜套上一个，又透风，又不遭塌。”婆子笑道：“倒是姑娘说的是。我今年才管上，那里知道这个巧法儿呢？”因又笑着说道：“今年果子虽遭塌了些，味儿倒好，不信摘一个姑娘尝尝。”袭人正色道：“这那里使得？不但没熟吃不得，就是熟了，上头还没有供鲜，咱们倒先吃了。你是府里使老了的，难道连这个规矩都不懂了？”老祝忙笑道：“姑娘说得是。我见姑娘很喜欢，我才敢这么说，可就把规矩错了。我可是老糊涂了。”袭人道：“这也没有什么。只是你们有年纪的老奶奶们，别先领着头儿这么着就好了。”说着遂一径出了园门，来到凤姐这边。

引文中袭人介绍的“多多做些小冷布口袋儿，一嘟噜套上一个，又透风，又不遭塌”的方法，近年颇见于农村果树基地使用。莫非现代农艺中的“果树套袋技术”，也有从《红楼梦》这一类古典文学作品中受到启发的？要么二三百年前的曹雪芹时代，就有人想出了在苹果、梨子、葡萄等这类果实的成熟期为防风、防雨、防冻、防病虫害，干脆给果子套袋以作保护的“巧法儿”了？总之，简版中的袭人与老祝妈这段对话，写得新意迭出，本色自然，内容丰实。特别是人物语言通俗地道，绘声绘色，将一个在葡萄架下劳作不休的婆子对自己劳动果实的精心呵护做了充分表现；对袭人待人和善、行事中规中矩、通情达理有见识的性格特征，做了进一步的突显。与此形成对照的，则是将本不到六百字的简版文字拉长至一千一百余字的繁版文字：

袭人笑道：“好小爷，你也不用夸我，你只在家同他们好生玩；好歹别睡觉，睡出病来，又是我担沉重。“宝玉说：“我知道了，你只管去罢。”言毕，袭人遂到自己房里，换了两件新鲜衣服，拿着把镜儿照着，抿了抿头，匀了匀脸上脂粉，步出下房。复又嘱咐了晴雯、麝月几句话，便出了怡红院来。

至沁芳桥上立住，往四下里观看那园中景致。时值秋令，秋蝉鸣于树，草虫鸣于野；见这石榴花也开败了，荷叶也将残上来了，倒是芙蓉近着河边，都发了红铺铺的咕嘟子，衬着碧绿的叶儿，倒令人可爱。一壁里瞧着，一壁里下了桥。走了不远，迎见李纨房里使唤的丫头素云，跟着个老婆子，手里捧着个洋漆盒儿走来。袭人便问：“往哪里去？送的是什么东西？”素云说：“这是我们奶奶给三姑娘送去的菱角鸡头。”袭人说：“这个东西，还是咱们园子里河内采的，还是外头买来的呢？”素云说：“这是我们房里使唤的刘妈妈，他告假瞧亲戚去，带来孝敬奶奶的。因三姑娘在我们那里坐着看见了，我们奶奶叫人剥了让他吃。他说：‘才喝了热茶了，不吃，一会子再吃罢。’故此给三姑娘送了家去。”言毕，各自分路走了。

袭人远远的看见那边葡萄架底下，有一个人拿着掸子在那里动手动脚的,因迎着日光,看不真切。至离得不远,那祝老婆子见了袭人,便笑嘻嘻的迎上来,说道:“姑娘怎么今日得工夫出来闲逛,往哪里去?”袭人说:“我哪里还得工夫来逛,我往琏二奶奶家瞧瞧去。你在这里做什么?”那祝婆子说:“我在这里赶马蜂呢。今年三伏里雨水少,不知怎么,这些果木树上长了虫子,把果子吃得巴拉眼睛的,掉了好些下来,可惜了儿的白扔了!就是这葡萄,刚成了珠儿,怪好看的,那马蜂、蜜蜂儿满满的围着蚰,都咬破了。这还罢了,喜鹊、雀儿他也来吃这个葡萄。还有一个毛病儿,无论雀儿虫儿,一咕噜上只咬破三五个,那破的水淌到好的上头,连这一嘟噜都是要烂的。这些雀儿马蜂可恶着呢,故此我在这里赶。姑娘你瞧,咱们说话的空儿没赶,就蚰了许多上来了。”袭人道:“你就是不住手的赶,也赶不了这许多;你刚赶了这里,那里又来了。倒是告诉买办说,叫他多多的作些冷布口袋来,一嘟噜一嘟噜的套上,免得翎禽草虫遭塌,而且又透风,捂不坏。”婆子笑道:“倒是姑娘说的是。我今年才上来,哪里就知道这些巧法儿呢。”

袭人说:“如今这园子里这些果品有好些种,倒是哪样先熟得快些?”祝老婆子说:“如今才入七月的门,果子都是才红上来,要是好吃,想来还得月尽头儿才熟透了呢。姑娘不信,我摘一个给姑娘尝尝。”袭人正色说道:“这哪里使得?不但没熟吃不得,就是熟了,一则没有供鲜,二则主子们尚然没有吃,咱们如何先吃得呢?你是府里的陈人,难道连这个规矩也不晓得么?”老婆子忙笑道:“姑娘说得有理。我因为姑娘问我,我白这样说。”口内说,心里暗说道:“够了!我方才幸亏是在这里赶马蜂,若是顺手儿摘一个尝尝,叫他们看见,还了得了!”袭人说:“我方才告诉你要口袋的话,你就回一回二奶奶,叫管事的做去罢。”言毕,遂一直出了园子的门,就到凤姐这里来了。

繁版情节语言的拉拉杂杂姑且不论,只说这袭人出行前往凤姐住处的路上,竟然出现了“秋蝉鸣于树,草虫鸣于野”这一类不合曹雪芹平时“四字格”遣词造句风格和习惯的“五字格”对偶句式;出现了“倒是芙蓉近着河边,都发了红铺铺的咕嘟子”这一类乔模乔样的描述;出现了“时值秋令,……见这石榴花也开败了”这一类不合时令的违背自然规律的说法;出现了“口内说,心里暗说”这一类的平庸表达:这会出自天才的曹雪芹之手吗?此外,众所周知,袭人是一个“出了名的贤人”,说话委婉,心思细密,很少要去得罪人的。眼下,面对婆子的好意,她会像主子般地“正色”去训诫对方吗?

四

当袭人一到凤姐院里,一番见闻,愈加让人感觉到这里环境气氛的紧张和怪异。对此，简版做了如下描写：

一到院里，只听凤姐说道："天理良心，我在这屋里熬的越发成了贼了。"袭人听见这话，知道有原故了，又不好回来，又不好进去，遂把脚步放重些，隔着窗子问道："平姐姐在家里呢么？"平儿忙答应着迎出来。袭人便问："二奶奶也在家里呢么，身上可大安了？"说着，已走进来。

凤姐装着在床上歪着呢，见袭人进来，也笑着站起来，说："好些了，叫你惦着。怎么这几日不过我们这边坐坐？"袭人道："奶奶身上欠安，本该天天过来请安才是；但只怕奶奶身上不爽快，倒要静静儿的歇歇儿，我们来了，倒吵的奶奶烦。"凤姐笑道："烦是没的话。倒是宝兄弟屋里虽然人多，也就靠着你一个照看他，也实在的离不开。我常听见平儿告诉我，说你背地里还惦着我，常常问我。这就是你尽心了。"一面说着，叫平儿挪了张杌子放在床旁边，让袭人坐下。丰儿端进茶来，袭人欠身道："妹妹坐着罢。"一面说闲话儿。只见一个小丫头子在外间屋里，悄悄的和平儿说："旺儿来了。在二门上伺候着呢。"又听见平儿也悄悄的道："知道了。叫他先去，回来再来。别在门口儿站着。"袭人知他们有事，又说了两句话，便起身要走。凤姐道："闲来坐坐，说说话儿，我倒开心。"因命平儿："送送你妹妹。"平儿答应着送出来。只见两三个小丫头子，都在那里屏声息气，齐齐的伺候着。袭人不知何事，便自去了。

袭人识相知趣，世故圆滑，带着满腹狐疑，便自去了："山雨欲来风满楼"的形势和笔法，双管齐下！而繁版的叙事，则是"懒婆娘的裹脚布——又臭又长"：

正是凤姐与平儿议论贾琏之事。因见袭人他是轻易不来之人，又不知是有什么事情，便连忙止住话语，勉强带笑说道："贵人从哪阵风儿刮了我们这个贱地来了？"袭人笑说："我就知道奶奶见了我，是必定要先麻烦我一顿的，我有什么说的呢！但是奶奶欠安，本心惦着要过来请请安，头一件，琏二爷在家不便，二则奶奶在病中，又怕嫌烦，故未敢来。想奶奶素日疼爱我的那个份儿上，自必是体谅我，再不肯恼我的。"凤姐笑道："宝兄弟屋里虽然人多，也就靠着你一个儿照看，也实在的离不开。我常听见平儿告诉我说，你背地里还惦着我，常问，我听见就喜欢得什么似的。今日见了你，我还要给你道谢呢，我还舍得麻烦你吗，我的姑娘！"袭人说："我的奶奶，若是这样说，就是真疼我了。"

凤姐拉了袭人的手，让他坐下。袭人哪里肯坐，让之再三，方才挨炕沿脚踏上坐了。平儿忙自己端了茶来。袭人说："你叫小人们端罢，劳动姑娘我倒不安。"一面站起，接过茶来吃着，一面回头看见床沿上放着一个活计簸罗儿内,装着一个大红洋锦的小兜肚,袭人说:“奶奶一天七事八事的,忙得不了,还有工夫作活计么?”凤姐说:“我本来就不会作什么,如今病了才好,又着兼家务事闹个不清,哪里还有工夫做这些呢?要紧的我都丢开了。这是我往老太太屋里请安去,正遇见薛姨太太送老太太这个锦,老太太说:‘这个花红柳绿的倒对,给小孩子们做小衣小裳儿的,穿着倒好玩呢!’因此我就向老祖宗讨了来了。还惹得众人都笑了。你是知道我是脸皮厚不怕说的人,老祖宗只管说,我只管装听不见,拿着就走。所以才交给平儿,给巧姐儿先做件小兜肚穿着玩,剩下的等消闲有功夫再作别的。”

袭人听毕,笑道:“也就是奶奶,才能够怄的老祖宗喜欢罢咧。”伸手拿起来一看,便夸道:“果然好看!各样颜色都有。好材料也需得这样巧手的人做才对。况又是巧姐儿她穿的,抱了出去,谁不多看一看。”平儿说:“方才宝姑娘那里送了些玩的东西来,他一见了很希罕,就摆弄着玩了好一会子,他奶妈子才抱了出去,想是乏了,睡觉去了。”袭人说:“巧姐儿比先前自然越发会玩了。”平儿说:“小脸蛋子,吃得银盆似的,见了人就赶着笑,再不得罪人,真真的是我奶奶的解闷的宝贝疙瘩儿。”凤姐便问:“宝兄弟在家做什么呢?”袭人笑道:“我只求他同晴雯他们看家,我才告了假来了。可是呢!只顾说话,我也来了好大半天了,要回去了。别叫宝玉在家里抱怨,说我屁股沉,到那里就坐住了。”说着,便立起身来告辞,回怡红院来了。这且不提。

简版447字一变而成繁版的858字,阅读起来深有一种文笔啰唆、情节琐碎、毫无章法的,似乎有无数黑蚂蚁在后脊背上爬动一样的陌生、怪异感觉!此时的凤姐,正在气头上呢,即便是要极力掩饰自己的不良情绪,她也不可能以如此轻松调侃的口吻和兴致,跟不期而至的大丫头袭人“虚与委蛇”“东拉西扯”如此一篇冗长的闲篇呀!

姑且不论因“小兜肚”引出的话题,是多么的空洞无聊吧。仅就三人见面后的描写来看,“贵人从哪阵风儿刮了我们这个贱地来了”“你是知道我是脸皮厚,不怕说的人”,这种赵姨娘一样的阴阳怪气、自轻自贱的身份口吻,还是自视高人一等的王熙凤见了袭人这些大丫头们一贯的说话风格么?“别叫宝玉在家里抱怨,说我屁股沉”“我就知道奶奶见了我,是必定要先麻烦我一顿的”云云,这还是一向谨小慎微、中规中矩的袭人说话的风格么?此外,更令人匪夷所思的是,凤姐和袭人之间竟然相互称起“我的姑娘”和“我的奶奶”,凤姐竟然生疏地将亲姑妈称起“薛姨太太”来了,而且一向关系亲密的袭人和平儿之间,居然也那么“客气”“见外”来了:这不是一下子就改变了之前她们业已形成的主要性格,以及相互间的社会人际关系了么?

尤其是凤姐"讯童"审案一节，简版做了重点描写，冯其庸说它是"文字之老辣，犹如酷吏之断狱"。但繁版却没有了凤姐紧紧攥住有限线索，顺藤摸瓜，威胁讹诈，穷追猛打，"挤牙膏"式的最终获悉了贾琏"偷娶"所有情况的过程描写，而是写兴儿知道凤姐的厉害，与其抗拒从严，不如坦白从宽，见势不妙之下，不等动刑，就来了一个顺水行船，把个事情原原本本、前前后后一股脑全盘托出，尽情坦白。所有交代，都只是起了验证事前凤姐掌握的有关情况的作用而已。你看，繁版中的他，不但交代了贾琏"偷娶"的问题，而且"买一赠一"，还顺带说出来贾珍、贾蓉父子的"帮凶"作用，并牵连到"珍大奶奶"尤氏的身上，关键是，还节外生枝地说出了尤二姐自幼曾经许配张家，"珍大爷"如何帮着强行退了亲等糗事。机关算尽的凤姐，万万没想到却被别人算计了，其恼羞成怒的程度可想而知。接下来，将会是怎么样的一场疾风暴雨呢？出乎意料的，凤姐并没有再对兴儿发火，只是在跟前没人的时候，忍不住当着平儿的面把贾琏、贾珍一直到尤氏，都大骂了一通而已。这样一来，不但篇幅上轻重颠倒，详略失当，还一点紧张的氛围都没有，一点叙事的张力都没有，一点人物性格的凸显和对比都没有。总之，是一点"戏剧冲突"的成分，都没有了！

五

"笔势突然降格，脉络存在断点"。总之，读起繁版中这类行文平淡、情节破碎、文笔很差的描写，感觉正与学者王伯沆（1871—1944）相同，甚至觉得多处描写，连二三流写手的水平都有所不及！相比之下，简版绝大部分文字传神精当，情节结构错综合理，人物性格心理把握恰如其分，笔墨饱满流畅，颇具曹雪芹一贯的笔致笔意的优点。

毋庸讳言，阅读戚序、俄藏、甲辰本留存的所谓"繁版"文字，感觉是比较怪异的：叙事的合理性，存在一定疏漏；对人物的刻画，又多荒腔走板。特别是叙事语言和人物对话空洞乏味、啰里啰唆、俗里俗气，很多语言，不是源于生活而是来自想象和编造，尤其是废话太多！譬如繁版大大压缩了简版中凤姐"讯童"过程中富有张力的对话描写，却又不惜笔墨在兴儿爽快招供之后，添写了一大段拖沓冗长且与平素二人性格为人迥异的"凤平对谈"文字。你看，作大管家的贾琏妻子王熙凤，居然当着侍妾平儿的面，恶毒咒骂自己的男人和自己的"亲叔伯兄弟"！再看，一贯奉行"得饶人处且饶人""得放手处且放手"生活哲学的侍妾平儿，居然一反常态，火上浇油，将祸水引向贾珍犹嫌不足，还要引向珍大奶奶才过瘾！又看，为了让凤姐"略消了些气恼"，平儿居然"跪在地下再三苦劝安慰一会子"！试问：这还是第55回里那个"屈一膝于炕沿之上，半身犹立于炕下，陪着凤姐儿吃了饭”的不卑不亢的平儿么？这还是第61、62回中那个判冤决狱、瞒赃行权，连凤姐的“邪恶冲动”都可以有效遏止的善良能干的“家政助手”平儿么？是不是前后的平儿，判若两人了？类似描写拉拉杂杂，胡扯乱编，真是到了令人“无法容忍”“难以卒读”的地步！为对比分析方便，姑引该段繁版全文如下：

且说凤姐见兴儿出去，回头向平儿说：“方才兴儿说的话，你都听见了没有？”平儿说：“我都听见了。”凤姐说：“天下那有这样没脸的男人！吃着碗里，看着锅里，见一个爱一个，真成了喂不饱的狗，实在是个弃旧迎新的坏货。只可惜这五六品的顶带给他！他别想着俗语说的‘家花哪有野花香’的话，他要信了这个话，可就大错了。多早晚在外面闹一个很没脸、亲戚朋友见不得的事出来，他才罢手呢！”

平儿一旁劝道：“奶奶生气，却是该的。但奶奶身子才好了，也不可过于气恼。看二爷自从鲍二的女人那一件事之后，到很收了心，好了呢，如今为什么又干起这样事来？这都是珍大爷他的不是。”凤姐说：“珍大爷固有不是，也总因咱们那位下作不堪的爷他眼馋，人家才引诱他罢咧。俗语说‘牛儿不吃水，也强按头’么？”平儿说：“珍大爷干这样事，珍大奶奶也该拦着不依才是。”

凤姐说：“可是这话咧！珍大奶奶也不想一想，把一个妹子要许几家子弟才好，先许了姓张的，今又嫁了姓贾的；天下的男人都死绝了，都嫁到贾家来！难道贾家的衣食这样好不成？这不是说幸而那一个没脸的尤三姐知道好歹，早早而死了，若是不死，将来不是嫁宝玉，就是嫁环哥儿呢。总也不给他妹子留一些儿体面，叫妹子日后抬头竖脸的见人呢？妹子好歹也罢咧！那妹子本来也不是他亲的，而且听见说原是个混账烂桃。难道珍大奶奶现做着命妇，家中有这样一个打嘴现世的妹子，也不知道羞臊，躲避着些，反倒大面上扬明打鼓的，在这门里丢丑，也不怕笑话么？再者，珍大爷也是做官的人，别的律例不知道也罢了，连个服中娶亲、停妻再娶使不得的规矩，他也不知道不成？你替他细想一想，他干的这件事，是疼兄弟，还是害兄弟呢？”

平儿说：“珍大爷只顾眼前，叫兄弟喜欢，也不管日后的轻重干系了。”凤姐儿冷笑道：“这是什么‘叫兄弟喜欢’，这是给他毒要吃呢！若论亲叔伯兄弟中，他年纪又最大，又居长，不知教导学好，反引诱兄弟学不长进，担罪名儿，日后闹出事来，他在一边缸沿儿上站着看热闹，真真我要骂也骂不出口来。再者，他在那边府里的丑事坏名声，已经叫人听不上了，必定也叫兄弟学他一样，才好显不出他的丑来。这是什么作哥哥的道理？倒不如撒泡尿浸死了，替大老爷死了也罢咧，活着作什么呢！你瞧，东府里大老爷那样厚德，吃斋念佛行善，怎么反得了这样一个儿子孙子？大概是好风水都叫他了人家一个人拔尽了。”平儿说：“想来不错。若不然，怎么这样折着格儿呢？”凤姐说：“这件事幸而老太太、老爷、太太不知道，倘或吹到这几位耳朵里去，不但咱们那没出息的二爷挨打受骂，就是珍大爷珍大奶奶也保不住要吃不了兜着走呢！”连说带詈，直闹了半天，连午饭也推头疼，没过去吃。

平儿看此光景越说越气，劝道：“奶奶也煞一煞气儿，事从缓来，等二爷回来，慢慢的再商量就是了。”凤姐听了此言，从鼻孔内哼了两声，冷笑道：“好罢咧，等爷回来，可就迟了！”平儿便跪在地下，再三苦劝安慰一会子，凤姐才略消了些气恼。喝了口茶，喘息了良久，便要了拐枕，歪在床上，闭着眼睛打主意。平儿见凤姐儿躺着，方退出去。

偏有不懂眼的几起子回事的人来，都被丰儿撵出去了。又有贾母处着玛瑙来问：“二奶奶为什么不吃饭？老太太不放心，着我来瞧瞧。”凤姐因是贾母处打发人来，遂勉强起来，说：“我不过有些头疼，并没别的病，请老太太放心。我已经躺了一躺儿，好了。”言毕，打发来人去后，却自己一个人将前事从头至尾细细的盘算多时，得了个“一计害三贤”的狠主意出来。自己暗想：须得如此如此方妥。主意已定，也不告诉平儿，反外面作出嘻笑自若、无事的光景，并不露出恼恨妒嫉之意。

不敢说《红楼梦》一书的情节处处天衣无缝，也不敢说曹雪芹的语言就句句十全十美，但是在第 67 回一个章回中如此的毛病百出，它绝不可能出自曹雪芹之手！即便是认为简版源于繁版吧，因为删改掉了繁版多处较为明显的啰唆及表达上的错误，它的质量，总体上也要比繁版好得多。

六

要说第 64—69 回的内容，本来就是以“红楼二尤”的故事为主体，一环扣一环建构的一个相对独立的小说情节单元。冯其庸在其红学名作《论庚辰本》中以“关于脂本《石头记》六十四、六十七回的缺失和重出的情况的推测”为专题做了深入的探究，认为：现存第 64 回和第 67 回，均以程甲本为代表的“简版”序列文字为优，它们很有可能是曹雪芹的旧文重出；可能是先出现了第 64 回，于是被较早地纳入了脂本抄录序列；继后十年左右，原先被人丢失的第 67 回原稿或它的过录稿出现，大约正赶在蒙府本过录之前或过录的过程中，于是被纳入了此本的抄录。与此同时，当时社会上另有一些抄本，辗转过录，留存下来，成为后来程甲本该两回的祖本。冯先生的推测，是符合情理的；但不好解释该两回，特别是第 67 回两个序列版本的内容，何以天差地别到如许程度。

在笔者看来,第 64 回和第 67 回的原稿,是绝对写成了的。或许因作者放错了地方一时寻找不到,或因被人借阅出去一时回收无果等原因,曹雪芹本人也无意穷其全力去追索或补写,因为他以为后面还有的是时间和机会。因此,现在我们看到的作者生前基本定稿并在有限范围内开始流传的己卯本、庚辰本中,这两回内容,就只好暂缺在那。直到作者遽然辞世之后,经过脂砚斋或畸笏叟(此人可能性最大)的努力追索,第 64 回最先找着,但第 67 回却一时看不到"失而复得"的希望。为补"遗珠之憾",在不得已的情况下,他们只好凭自己以前阅读该回的记忆将其大致内容写了出来。虽然凭多年之后的记忆写下来的这个章节,内容似是而实非,但也算是勉为其难地将前八十回的内容,最终配齐了。而这,就是现在我们有缘见到的繁版第 67 回。只是当初没有想到,阴差阳错,曹雪芹的第 67 回遗落稿,继后又因偶然的机会浮出水面,于是这才有了后来同属第 67 回的两个版本——繁版和简版,一并得到流传的情况出现。

当然以上说法,只能说还是一种分析和推测,均无法提供为什么己卯和庚辰两种早期抄本,独缺第 64 回和第 67 回这两回的直接证据。考虑到当初程伟元、高鹗整理排印《红楼梦》全本的时候,曹雪芹也才故去二三十年,可以想见他们手中能够收集和掌握的各类手抄《红楼梦》版本,一定比后来人特别是今天的我们看到的,要丰富得多,齐全得多,版本甄别选择的余地更大。因此可以说,在第 67 回文字内容的择善而从上取简版而不取繁版,程高等人表现出来的艺术眼光,还是非常值得赞赏。正因为如此,笔者恰恰对一些红学家所持的"两个版本各有所长""繁版优于简版"一类意见,就跟一些《红楼梦》论者偏偏要说"后四十回比前八十回写得好,读起来特别上味"一样,感到特别的难以理解。笔者一直很纳闷:为什么一些在我等看来确实还算学有所长的"专家",居然也睁起眼来说瞎话?难道他们的艺术鉴赏力,连普通文学爱好者的水平都不如吗?是什么遮蔽了他们善于感受和辨别的"慧眼""法眼"呢?实话实说,笔者阅读繁版第 67 回,深感其文字表达的拙劣,总有些说不出来的"怪怪的"感觉,甚而至于觉得这一章节的人物刻画,特别是细节描写、语言风格以及行文技巧等,连后四十回中写得最差的部分都赶不上;而后四十回的语言,总体上看是酷似或者至少是比较接近曹雪芹的风格的,不少篇章或文字片段的精彩,并不输前八十回呢。为此,笔者倒宁愿相信程本简版第 67 回就是曹雪芹的原作,或至少是当时程高等人手中所有可资参考比较的稿件里,最接近曹雪芹风格和水平的文本。

在此,笔者郑重建议并呼吁:今后有关方面要出《红楼梦》原文的会校本,除必有蒙府本、梦稿本、程甲本序列的第 67 回简版外,若能够将戚序、俄藏、甲辰本序列的繁版第 67 回全文一并附后,以利读者比较鉴别。当然,像周汝昌、吴铭恩等校注本那样，看重繁版并将之作为正文，但不忘同时将简版第 67 回全文附之于后的做法，亦未为不可。倘若将简版抽掉，只留繁版内容，那就不足为训了。

第六十八回　苦尤娘赚入大观园　酸凤姐大闹宁国府

内容提要：凤姐登门游说，将二姐骗进府内居住；继后二姐衣食不周，备受暗气。凤姐花钱支使张华状告贾琏，自己出头大闹宁国府，拉着贾蓉来撕掳尤氏，将母子作践个够，并敲诈五百两银子离身。

●凤姐心下早已算定，只待贾琏前脚一走，她就紧锣密鼓地行动起来：她要打的，就是这个“时间差”。

●善姐不“善”，恰被凤姐作枪使；善姐嗔说二姐，不用说，就是凤姐在背后教唆所致。凤姐的狠毒下作，也反映在她无所不用其极，一而再、再而三地对一个被她骗取前来的弱女子，一日三餐、头油等饮食日用品都不能作起码供给等这一类生活细节上。

●连大观园中的丫头婆子，尚且知道贾琏国孝家孝中所行的“偷娶”一事关系非常，都不敢沾染；连凤姐挑唆的张华，都深知“告琏二爷国孝家孝之中，背旨瞒亲，仗财依势，强逼退亲，停妻再娶”严重性质的“厉害”，而“先不敢造次”。凤姐却宣称：“便告我们家谋反，也没事的；不过是借他一闹，大家没脸。若告大了，我这里自然能够平息的。”由此可见，此人胆大妄为，已经到了不顾身家性命的地步，正所谓“天要你灭亡，必使你疯狂”是也！

●王熙凤，一贵族府深闺妇人而已，凭着贾府的门面以及叔叔王子腾的权势，凭着区区几百两金银的打点，居然就将皇城根下封建衙门的司法权威肆意践踏，将京城堂堂的都察院从上到下操纵于股掌之中，真是写尽了封建司法“权钱交易”“官官相护”的黑暗和反动现象！原文中写的“都察院”和“察院”，一是指负责检察事务的理事衙门，一是指该衙门中管事的“头儿”。衙门中讲“实惠”，一旦有钱到手，又加情面，何事不可妄为？仅此一件“恶作剧”式的家务官司，察院头儿即受贿凤姐三百两，继后又笑纳贾珍二百两，典型的“吃了原告吃被告”！

●凤姐为一桩“偷娶”性质的家庭矛盾，竟然不依不饶，小题大做，机关算尽，胡闹到底，不惜暴露家丑，不惜闹出人命，不惜经官动府，不惜授人以柄，将贾府一窝子当家男人置于不仁不义、不忠不孝的危险境地，无异于丧心病狂。这类身上焕发着“邪恶的生气”的强势人物，成心消耗别人的同时，也在不断地损害着自己。俗语曰：杀敌三千，自损八百；天作孽犹可恕，自作孽不可活！这一场罪恶情绪的“大发泄”，无异于王凤姐在将家人逼近悬崖、落水溺毙的同时，也是在自掘坟墓、自绝后路。实际上，即便没有续书中对凤姐“力诎失人心”“历幻返金陵”等情节的安排,仅就曹雪芹前八十回对此人言行作为的生动展示,凤姐的个人生活道路已经走完了贾琏的"被服从"到"指令她"的阶段,"被休弃遣返,哭回娘家"的结局命运大趋势,已经隐然形成。老实说,凤姐长期以来的所作所为,不但导致她个人罪孽的日渐深重,而且还导致了她本人生存环境的日趋恶劣:周围人等对她的忌惮妒恨,丈夫及婆母对她无可挽回的嫌弃,自己染上"恶疾"的身体状况,以封建时代休弃妇女的"七出"条例来看,凤姐的最终结局也是无可更改的。再说,凤姐闯入宁府大撒其泼的过程中,不止一次叫嚷"给我休书,我就走路""只给我一纸休书,我即刻就走"等语,一方面活画出她的破罐破摔、肆无忌惮,一方面也暗示了她终有一日要被休弃走人的下场。

●如果用一个词来概括王熙凤对尤二姐的迫害致死,对宁府的强行打闹上门,对自己丈夫的一告再告妄告举动,那就是:过分!特别是到宁府里的一番打闹讹诈,将其泼悍和无耻发挥到了登峰造极的地步。你看她,对尤氏"照脸一口唾沫"的粗俗,"一面说,一面大哭,拉着尤氏,只要去见官"的凶恶,"滚到尤氏怀里,嚎天动地,大放悲声"的做作,"说了又哭,哭了又骂,后来放声又哭起祖宗爹妈来,又要寻死撞头,把个尤氏揉搓成一个面团,衣服上全是眼泪鼻涕"的胡搅蛮缠,甚而至于哭着两手搬着尤氏的脸,紧对相问道:

> 你发昏了?你的嘴里难道有茄子塞着?不(**此字程乙本作"要不"**)然(**此字程本作"就是"**)他们给你嚼子衔上了?为什么你不(**此处程本加"来"**)告诉我去?你若告诉了我,这会子平安(**前2字程本后移一字**)不了?怎(**此字程本作"怎么"**)得经官动府,闹到这步田地,你这会子还怨他们!自古说:"妻贤夫祸少,表壮不如里壮。"你但凡是个好的,他们怎得(**此字程本作"敢"**)闹出这些事来!你又没才干,又没口齿,锯了嘴子的葫芦,就只会一味瞎小心图(**此字程本作"应"**)贤良的名儿。总是他们也不怕你,也不听你。"(**前句12字程本全删**)说着,啐了几口。

这一类"严重人身攻击"性质的羞辱谩骂、人格作践,端然发生在这个豪门贵族的高级管理者身上,真是让人匪夷所思!

●本回上半场露面诓骗二姐的王熙凤,是满口仁义道德的通情达理、温文尔雅之贵妇人;下半场打闹上邻府大门的王熙凤,却是一个放刁撒泼不要脸的恶俗悍妇:善变若此,不知何者为真,何者为假?且看她,进入宁府大门,揪住尤氏和贾蓉一阵大闹,眼见把女主"作践够了";眼见贾蓉"磕头有声"还"自己举手,左右开弓,自己打了一顿嘴巴子"了;眼见众姬妾、丫鬟、媳妇"已是乌压压跪了一地"陪笑求情了;明知"再难往前施展了,只得又转过了一副形容言谈来",与尤氏反陪礼道歉,排忧解难,一副大好人的模样;对贾蓉,也是极尽哄骗笼络之能事,居然口吐“好侄儿,你若疼我……”这一类肉麻求告的甜言蜜语。善变若此,不知何者为可笑可耻,何者为可悲可怜!

●凤姐闹上门来,贾珍见势不妙,趁空溜走。在此情况下,贾蓉则由平素的花面狐狸,一变而成窝囊糠糟的可怜昆虫。程高本出于一贯的毛病,总喜欢在男女暧昧关系上添彩着色,说道一番。于是在本回回末又“不厌其烦”“兴趣倍增”地将原文中的“尤氏忙命丫鬟们服侍凤姐梳妆洗脸,又摆酒饭,亲自递酒拣菜;凤姐也不多坐,执意就走了”一句,增扩三百余字,特地用来点染凤姐和贾蓉的私情蜜意,将曹雪芹笔下风月情浓的“雾里看花”,演变成了现场展演的“铁板钉钉”:

> 尤氏、贾蓉一齐笑说:“到底是婶娘宽洪大量,足智多谋!等事妥了,少不得我们娘儿们过去拜谢。”凤姐儿道:“罢呀,还说什么拜谢不拜谢。”又指着贾蓉道:“今日我才知道你了。”说着,把脸却一红,眼圈儿也红了,似有多少委屈的光景。贾蓉忙陪笑道:“罢了,少不得饶恕(**前2字程乙本作“担待”**)我这一次(**此处程乙本加“罢”**)。”说着,忙又跪下了。凤姐儿扭过脸去不理他,贾蓉才笑着起来了。
>
> 这里尤氏忙命丫头们舀水,取妆奁,服侍凤姐儿梳洗了,赶忙又命预备晚饭。凤姐儿执意要回去,尤氏拦着道:“今日二婶子要这么走了,我们什么脸还过那边去呢?”贾蓉旁边笑着劝道:“好婶娘,亲婶娘,以后蓉儿要不真心孝顺你老人家,天打雷劈!”凤姐瞅了他一眼,啐道:“谁信你这——”说到这里,又咽住了。一面老婆、丫头们摆上酒菜来,尤氏亲自递酒布菜。贾蓉又跪着敬了一钟酒。凤姐便合尤氏吃了饭。丫头们递了漱口茶,又捧上茶来。凤姐喝了两口,便起身回去。贾蓉亲身送过来,才(**此字程乙本删,并加“进门时,又悄悄的央告了几句私心话,凤姐也不理他,只得怏怏的”**)回去了。

这样的添油加醋,艺术效果如何,读者可以自品。其实,凤姐淫邪丑恶的一面,通过曹雪芹笔下一连串事件的描写,展示得已经够充分了,完全不用刻意在她的“私生活”方面捕风捉影,再做渲染。

●悲哉!守寡两次的尤老娘,一路追逐着生活的小康优裕,辛辛苦苦将一对如花似玉的美貌女儿拉扯长大,没有想到随着小女的离去,自己终已活不下去!尤老娘的结局,从回末凤姐的言辞中带出,并在第69回贾母面前凤姐转述张华老子“亲家母死了,你们就接进去作二房”的话中,得到进一步印证。

●仅在本回出现的丫头善姐以及小厮庆儿,实为作者写作之际顺手拈来、挥之即去的小人物。王信,系凤姐心腹家人,也仅在本回及第70回尤二姐送殡队伍中露形现身。

●须加留意的脂批:

※【戚序回前:余读《左氏》见郑庄,读《后汉》见魏武,谓古之大奸巨猾,惟此为最。今读《石头记》,又见凤姐作威作福,用柔用刚,占步高,留步宽,杀得死,救得活。天生此等人,斫丧元气不少!】

※【戚序回后总评:人谓"闹宁国府"一节极凶猛,"赚尤二姐"一节极和蔼。吾谓"闹宁国府"情有可恕,"赚尤二姐"法不容诛;"闹宁国府"声声是泪,"赚尤二姐"字字皆锋。】

●红楼探照之一五三:

开端意味着结束
——"不对称"平台上的生死冤家

王熙凤出生在四大家族之一的金陵王家,虽是女流,但见多识广,性格泼辣,杀伐决断,男人也比不上她。凭着心机才干和王夫人内侄女的特殊身份,她成为荣国府威重令行的管家奶奶。此人既有大家闺秀之雅,又有市井人物之俗,更有破落无赖之泼以及阴鸷凶狠之毒。第68回写王熙凤做局陷害尤二姐,步步煞费苦心,招招剔骨见血;不但紧锣密鼓,而且还擅打"时间差",擅借"第三只手"来促成一系列阴谋。你看,一等贾琏前脚离开,她就立即行动起来,先是"传各色匠役,收拾东厢房三间,照依自己正室一样装饰陈设",摆好了迎接来人的架势,实际上是收拾好了软禁来人的"囚笼";然后瞒着贾母、王夫人出府,轻车简从,不事声张,且由熟门熟路的、被收服了的贾琏小厮兴儿引路,"直捣黄龙府",来到二姐门前叩门。开门的鲍二家的一见这个阵势,猝然间"顶梁骨走了真魂,忙飞进报与尤二姐"。对此"意外事故"的出现,且看二姐的反应:

虽也一惊,但已来了,只得以礼相见,于是忙整衣迎了出来。至门前,凤姐方下(**此字程本作"下了"**)车进来。尤二姐一看,只见头上皆(**此字程本作"都"**)是素白银器,身上月白缎(**此字程本作"缎子"**)袄,青缎(**此字程本作"缎子"**)披风(**此2字程本作"掐银线的褂子"**),白绫素裙;眉弯柳叶,高吊两梢;目横丹凤,神凝三角。俏丽若三春之桃,清洁(**此字程乙本作"素"**)若九秋之菊。周瑞、旺儿(**此处程乙本加"的",但又未将后面的"二"字删掉,极不妥**)二女人搀入院来。尤二姐陪笑忙迎上来万福(**前2字程本作"拜见"**),张口便叫(**此处程本加"姐姐,说"**):"(**此处程本加"今儿实在不知"**)姐姐下降,不曾远接,望恕仓促之罪(**前6字程本作"求姐姐宽恕"**)。"说着便福(**此字程本作**

“**拜**”)了下来(**前3字程本作“下去”**)。凤姐忙陪笑还礼不迭。二人携手(**前4字程本作“赶着拉了二姐儿的手”**),同入室(**此字程本作“房”**)中。

眼见不速之客找上门来,虽“一惊”,但并没有因此慌乱而举止失体:尤二姐的简单和善良,尽在其中。再看初次见面中,近乎沉静的尤二姐眼中看过去的大娘子,其神情、衣装及一身“冷艳”“凛然”的气质,恰与第3回黛玉眼中“彩绣辉煌,恍若神妃仙子”的鲜艳热辣,形成强烈的对比。想起来,这就有点怪了。凤姐的衣装颜色,竟然以“素白”“月白”“青”“白”二色为主,无疑是这个心怀险恶的妇人刻意为之。这是一种无声语言,昭示着眼下依然还是“家孝”“国孝”期间。而二姐眼中的平儿呢,“打扮不凡,举止品貌不俗”,这又与第6回刘姥姥眼中的“遍身绫罗,插金带银,花容玉貌”的粗浅印象,不尽相同。至于尤二姐自己的形象,作者笔下只在她进园时,略提了一句“众人见她标致和悦,无不称扬”便罢。为什么没有写凤姐初见尤二姐的印象呢?大概是伪装贤良的王熙凤,目空一切,心中本来就没有对方的什么分量和位置存在的缘故吧。接下来,就是凤姐一大篇反复致意、不断重申、滴水不漏、口是心非的花言巧语:

凤姐(**此处程乙本加“在”**)上座,尤二姐命丫鬟拿褥子来(**此字程本删**)便行礼,说:“奴家(**前2字程本作“妹子”**)年轻,一从到了这里,诸事皆系(**前2字程本作“都是”**)家母和家姐商议主张。今日(**此字程乙本作“儿”**)有幸相会,若姐姐不弃奴家(**前2字程本删**)寒微,凡事求姐姐的指示教训(**前4字程本作“指教”**)。奴亦(**此2字程本作“情愿”**)倾心吐胆,只服侍姐姐。”说着,便行下礼去。

凤姐儿(**此字程本删**)忙下座以礼相还(**前4字程本作“还礼”**),口内忙说:“皆因奴家(**前2字程本作“我也年轻,向来总是”**)妇人之(**此字程本作“的”**)见(**此字程本作“见识”**),一味(**此处程本加“地”**)劝夫慎重(**前4字程本作“只劝二爷保重”**),不可(**前2字程本作“别”**)在外(**此字程本作“外边”**)眠花卧(**此字程本作“宿”**)柳,恐惹父母担忧(**前7字程本作“恐怕叫太爷太太担心”**)。此皆(**前2字程本作“这都”**)是你我之(**此字程本作“的”**)痴心,怎奈(**前2字程本作“谁知”**)二爷错会奴意(**前4字程本作“倒错会了我的意”**)。眠花宿柳之事瞒奴或可(**前10字程本作“若是外头包占人家姐妹,瞒着家里也罢了;”**),今娶姐姐二房之大事亦人家大礼,亦不曾对奴说(**前20字程本作“如今娶了妹妹作二房,这样正经大事,也是人家大礼,却不曾合我说”**)。奴亦曾劝二爷早行此礼,以备生育(**前14字程本作“我也劝过二爷,早办这件事,果然生个一男半女,连我后来都有靠”**)。不想二爷反以奴(**此字程本作“我”**)为那等嫉妒之妇(**前4字程本作“妒忌不堪的人”**),私自行此大事,并不说知(**前8字程本作“办了”**)。使奴(**前2字程本作“真真叫我”**)有冤难(**此字程本作“没处”**)诉,(**此处程本加“我的这个心”**)惟(**此字程本作“惟有”**)天地可表。前于十日之先奴已风闻(**前10字程本作“头十天头里,我就风闻着知道了”**),恐二爷不乐(**前5字程本作“只怕二爷又错想了”**),遂不敢先说。今(**此字程本作“目今”**)可巧远行在外(**前4字程本作“二爷走了”**),故奴家亲自拜见过(**前8字程本作“所以我亲自过来拜见”**),还求姐姐(**前2字程本作“妹妹”**)下体奴心(**前4字程本作“体谅我的苦心”**),起动大驾,挪至(**此字程本作“到”**)家中。你我姊妹同居同处,彼此合心(**此处程本加“合意的”**),谏劝二爷,慎重(**前2字程本作“谨慎”**)世务,保养身体(**此字程本作“子”**),方是大礼(**前4字程本作“这才是大礼呢”**);若姐姐在外,奴在内,虽愚贱不堪相伴,奴心又何安?(**前句20字程本作“要是妹妹在外头,我在里头,妹妹白想想,我心里怎么过的去呢”**)再者,使外人闻知,亦甚不雅观。(**前10字程本作“叫外人听着,不但我的名声不好听,就是妹妹的名儿也不雅”**)二爷之名也要紧,倒是谈论奴家,奴亦不怨;所以今生今世,奴之名节,全在姐姐身上(**前句33字程本作“况且二爷的名声更是要紧的,倒是谈论咱们姐儿们还是小事”**)!(**此处程本加“至于”**)那起下人小人之言,未免见我素日(**此字程本作“昔”**)持家太严,背后(**前2字程本作“背地里”**)加减些言语(**前2字程本作“话”**),自(**此字程本作“也”**)是常情。姐姐乃何等样人物,岂可信真(**前12字程本作“妹妹想:自古说的:‘当家人,恶水缸’”**)。若我实有不好之处(**前8字程本作“我要真有不容人的地方儿”**),上头三层公婆,中有无数姊妯娌(**前7字程本作“当中有好几位姐姐、妹妹、妯娌们”**),况贾府世代名家(**前7字程本删**),岂容我到今日(**前6字程本作“怎么容的我到今儿”**)。今日二爷私娶姐姐在外,若别人则怒,我则以为幸。正是天地神佛不忍我被小人们诽谤,故生此事(**前“今日”至此39字程本作“就是今儿二爷私娶妹妹,在外头住着,我自然不愿意见妹妹,我如何还肯来呢?拿着我们平儿说起,我还劝着二爷收他呢。这都是天地神佛不忍的叫这些小人们遭塌我,所以才叫我知道了”**)。我今(**此字程本作“如今”**)来求姐姐(**前2字程本作“妹妹”**)进去和我一样(**此字程甲本作“样儿”;程本作“块儿”**)同居同处,同分同例,同侍公婆,同谏丈夫。喜则同喜,悲则同悲,情似亲妹,和比骨肉(**前“同居”至此32字程本作“住的、使的、穿的、带的,总是一样儿的。妹妹这样伶透人,要肯真心帮我,我也得个膀臂”**)。不但那起小人见了,自悔从前错认了我(**前10字程本作“堵了他们的嘴”**),就是二爷来家(**前2字程本作“回来”**)一见,他作丈夫之人,心中也未免暗悔(**前13字程**

本作“他也从今后悔，我并不是那种吃醋调歪的人，你我三人，更加和气”）。所以姐姐（**前2字程本作“妹妹”**）竟（**此字程本作“还”**）是我的大恩人（**此处程本加“呢”**），使我从前之名一洗无余了（**此句11字程本删**）。若（**此字程本作“要是”**）姐姐（**此2字程本作“妹妹”**）不随奴（**前2字程本作“和我”**）去，奴亦情愿在此相陪（**前8字程本作“我也愿意搬出来陪着妹妹住”**）。奴愿作妹子，每日服侍姐姐梳头洗面。只求姐姐在二爷跟前替我好言方便方便，容我一席之地安身，奴死也愿意。”（**前句“奴愿”至此45字，程本改写作“只求妹妹在二爷跟前替我好言方便方便，留我个站脚的地方儿，就叫我服侍妹妹梳头洗脸，我也是愿意的”**）说着，便呜呜咽咽哭将起来（**此处程乙本加“了”**）。

这段费尽心机的骗词，无论怎么样云遮雾绕，娓娓动听，其居心所在就是要调虎离山，请君入瓮，掐头去尾，以便掌控。围绕这个目标，凤姐将自己的出众口才又做了一次超常发挥，对“待宰的羔羊”晓之以理，动之以情，导之以行，说的比唱的好听。你看，她先申说“你我之痴心”，不惜放低身段，竭力拉拢与对方的心理距离，与对方搭建共同的情感基础；接着申诉委屈，怨怪贾琏“错会奴意”，私自行此“娶姐姐二房之大事”，使之“有冤难诉”；再则编造谎言，宣称自己“十日前”已经风闻，恐二爷不乐，遂不敢先说；然后直接挑明来意，要二姐“起动大驾，挪至家中”，并说尽了如此这般去做的绝多好处，以及关系之重大。凤姐还是非常善于站在别人立场上考虑问题的。估计到自己的名声在外，二姐难免听了有顾虑、防范和警觉之心，于是她又针对“那起下人小人之言”进行了一番拆解辩白，情与理俱到。在扫清了对方的思想障碍之后，接着又在二姐面前彩笔勾画出了一幅和谐美好、令人向往的“大家庭快乐生活图景”，诱惑对方更加动容动心。眼见对方步步上钩，她便将二姐“进府一起生活”与“自己的名声”作“道德绑架”，口气在绵软中逐渐强硬起来，干脆指出“不这样做”的后果不堪设想。一面是声泪俱下，可怜兮兮；一面是以退为进，绵里藏针，变相的威逼要挟：一时之间，善于做戏的凤姐，硬是将恶意欺骗的功夫，做足到了极致！

通观王凤姐表演的一出骗局骗辞，其心机及性格展露无遗。首先是随机应变，假惺惺故作亲热；继而刻意做小伏低，摇摆身段，以近乎乞求的卑辞和谦抑的态度诱惑对方，目的是要对方同意搬离，前去跟自己同吃同住同“享受”。在这里，她口口声声“大事”“大礼”，牢牢把握道德的制高点，处处居高临下压人一头，强调的是“二爷之名”“奴之名节”，满嘴是表达恳请祈求之意的“求”字；而且颇有“预见性”“针对性”地对有关“下人小人之言”进行了有理有节的辨析，设身处地，换位思考，彻底解除了对方心理上哪怕是仅存的一点疑忌和防范；最后竟然以自己留下“陪伴”“服侍”对方，变相要挟，几近要赖，却又故作可怜，让对方除了听从,别无选择!可以说,王凤姐为了达到自己“陷人于死地”的不可告人目的,不惜处心积虑,大动干戈,不惜折损人格尊严,不惜悲情虚伪表演,不惜动摇自己安身立命之本,牺牲整个家族利益的阴毒和疯狂,达到了令人发指的地步!

相比之下,还是尤二姐这类人的善良和轻信,令人叹息。尽管第65回兴儿当面对她讲的关于王熙凤“嘴甜心苦,两面三刀,上头一脸笑,脚下使绊子;明是一盆火,暗是一把刀,都占全了……奶奶这样斯文良善的人,哪里是她的对手”的这番话言犹在耳,但二姐还是经不住对方充满机诈的设局行骗,以及“欲夺先与”的一通见面重礼,轻易“认她是个极好的人,小人不遂心诽谤主子亦是常理,故倾心吐胆,叙了一会,竟把凤姐认为知己”了。再加上同来的周瑞媳妇等人,在旁配合演戏,故意称扬凤姐素日的许多善政,给“心软意痴”的尤二姐灌足了迷魂汤。尤二姐心中早已要进去同住方好,今又见如此,岂有不允之理?呜呼,别人正张网设饵以待,自己却对即将到来的危险浑然不觉,连自身保底的“财产”都迅即交给对方轻易掌控了:尤二姐的轻信与糊涂,让人无言!不过,王凤姐将这样一个“人畜无害”者,自始至终当作敌人,并一门心思要置之于死地而后快,真可谓欺人太甚,亦“胜之不武”,有损阴骘!而曹雪芹最了不起的地方,就在于写出王熙凤才干的可惜可叹之同时,并没有放过对她人品性格中的可鄙可怕之处的揭露。人世间,极度自私自利,虽才干多有,但做事不讲规则,平生不积阴德的“王熙凤”,实在是为数不少!

王熙凤的最大问题,是“不放手”:一是抓住权力不放手;二是抓住钱财不放手;三是抓住男人不放手;四是整人害人不放手。眼下,要是换作别人,骗也将人骗进笼子里装着了,闹也闹得一家子够呛了,告也告得差不离了,为什么不适可而止,转过来善待二姐,团结家人,追求一家子的和衷共济、和睦相处呢?设若这样,既可令珍蓉尤氏等辈领情,又可借此显示自己的贤良,拴住浪荡子贾琏的心,还有利于家庭建设,有利于添丁进口,又何乐而不为呢?何况,温良和善、心痴面软的二姐,自生活有了着落之后,已经悔过自新,前非顿改,善于持家,容易满足,甘于居家过日子了。这对主妇王熙凤而言,不但堪作膀臂还便于驾驭,对其现有地位和利益构不成任何实质性威胁。因此,对于这样的小家碧玉,为什么一定要大动干戈,十面埋伏,穷追到底,搞得鱼死网破,导致多方的怨愤忌恨呢?得不偿失呀!在笔者看来,以狮虎之力搏杀一兔,显得多么的虚弱不堪和空洞无聊啊!如此行事,是内心缺乏安全感,还是罪恶的本性膨胀所导致?

要说凤姐作恶多端、坏事做绝,数陷害尤二姐一事最令人发指,最不可饶恕。从她使出浑身解数必欲置二姐死地而后止的种种心机和手段,往前推,可以想见当初她刚嫁来贾府的时候,是怎样排挤掉贾琏身边的两个侍妾以及随自己陪嫁过来的三个通房丫鬟的；往后看，也可见夏金桂对香菱的排挤打压和摧残，与之如出一辙，甚至更狠；中间看，也可想见平儿这么些年来身处荡子与妒妇的夹缝中，生活是多么的不容易，不简单！老实说，在《红楼梦》王熙凤、夏金桂、五夫人等恶毒妇人身上，是刻印着《金瓶梅》中潘金莲、庞春梅、吴月娘等人之背影的。

反观尤二姐跟着包藏祸心的凤姐入了府，自以为得其所也，却不知从此失去自由、失去依靠，自己的小命也被紧紧攥在了阴险歹毒的大妻手中，只得任其摆布了！我们禁不住要为如花似玉的尤二姐又将死于非命，而深深一叹！

●红楼探照之一五四：

人生如戏　全靠演技
——凤姐肉麻自称“奴”“奴家”的原因

第68回王凤姐带着礼物登门拜见，并力促尤二姐迅速搬离原处的阴谋之所以得逞：一是此时三姐已死，贾琏又暂离身边，二姐身单力弱，孤立无援；二是凤姐确实善于伪装，长于表演，欺骗有术，二姐虽伶俐，也不由不落入彀中；三是二姐的地位弱势，系贾琏犯禁期间在外偷娶，本性又那么的良善温和，几乎没有心机和手段，与之较量不在同一个量级，何况其鉴于自家出身的寒素，早有心思要融进贾府那个大家庭，去名正言顺地充当一个“妾”的角色呢。

至于二人初次见面，为何都自称“奴”或“奴家”，有不少论者为此深感怪异。有鉴于此，梦稿本、程高本不但统统将之改为“我”或“我的”，还添加了诸如“当家人，恶水缸”“就是今儿二爷私娶妹妹在外头住着，我自然不愿意见妹妹，我如何还肯来呢？拿我们平儿说起，我还劝着二爷收她呢。……妹妹这样伶透人，若肯真心帮我，我也得个膀臂”等一大段放低身段极尽笼络之言。反观在文字删除方面经常与梦稿、程高保持一系的甲辰本，此处凤姐口中一连串的“奴”及“奴家”等谦称，跟庚辰、戚序等脂本一样，未做臆改。那么，曹雪芹笔下为什么要在王凤姐设局骗人的“演说词”中，用上这古里古气的“奴”或“奴家”称谓呢？笔者认为：

一、“奴”及“奴家”，系旧时代女子的谦称，多见于早期白话小说及古装戏曲。此处见面，尤二姐自称“奴”及“奴家”在前，王凤姐鹦鹉学舌在后，说明后者很善于临场表演、随机应变和投其所好。

二、王凤姐与尤二姐一见面的情景很有趣：你称呼我为“姐姐”，我也称呼你为“姐姐”；你谦称“奴”“奴家”，我也谦称“奴”“奴家”。凤姐在彼此的称呼上，有意示弱，有“你敬我一尺，我敬你一丈”的心理考量，以示平视和尊重，深怀笼络忽悠、欺骗麻痹对方之心。

三、王凤姐一见面“奴”及“奴家”不离口,不嫌肉麻太做作,确实是外示谦卑,内藏狡诈,犹如戏剧表演中的人物道白,逢场作戏的意味特浓,活画出凤姐的虚诈滑稽、不嫌肉麻的嘴脸。不过,表演到后来,凤姐口中就“奴”“我”不分了;且一会儿称呼对方为“姐姐”,一会儿称呼对方为“妹子”,不经意间露出了她言不由衷、化妆做戏的狐狸尾巴。你看,仅一个小小的人物称呼,“变”与“不变”之中,就透露出了说话人隐秘诡诈的心思:这就是作者笔墨功夫的精到之处!

四、凤姐本来就具有语言表达的天赋,虽不识字,但口齿灵便,自小到大因为生活在富贵之家,观看戏剧的机会一定不少。真要她模仿戏剧角色的表演,包括自称“奴”及“奴家”这一类半文半白的台词,可谓顺手拈来,是不费吹灰之力的。对特别场合下凤姐的腔调,作者模拟得惟妙惟肖,读者大可不必为她自称“奴”“奴家”一类的做派,就感到滑稽古怪,不可理解!

一般而言,《红楼梦》原著的叙述语言都比较古雅精炼,有时略带文言;而人物语言,则纯用白话口语。这两者在语言的风格、色彩、音调等方面,都是有明显区别的。到了程高本,叙述语言有向白话转变的明显取向,而人物语言又减弱了口语的成分,也趋向一般的白话。这样,一定程度上斫丧了原作人物个性化语言的神情韵致,又使得两种语言的界限,变得有些混淆模糊起来。这是总的情形,但也有特例。譬如这次凤姐初见尤二姐之际的发音吐词,就是用半文言写的。凤姐本来是个不识字的“泼辣货”,鉴于她的个性和身份,作者写她的对话,一向很少用半文言写成;即便有也仅此一例,说到底,这是作者的别有用意。

当凤姐得知贾琏在外金屋藏娇的秘密之后,经过一番紧锣密鼓的布置,第一次出现在对手面前的这样一个特殊场合,用这种酷似戏剧表演言辞的半文言,比白话口语更能彰显这个管家婆“阴险而又伪善”的性格特征,从而创造出一种“虚诈而又滑稽”的情景氛围。这在艺术上,是很有独创性的。再说,日常生活中的王熙凤,一直以来也少不了接受通俗戏剧文学感染熏陶的机会,在“初会尤二姐”这样一个微妙场合,她心怀鬼胎,谎话连篇,模仿着戏剧舞台上的角色口吻,说着半文半白的戏词,不正是因为她具有天生的“演戏”才能,又有现场演戏给人看的实际需要吗?不正是“人在戏中戏弄人”吗?程高等人不懂艺术表现的“此中三昧”,随手将曹雪芹妙笔生花的、具有半文言色彩的个性化台词,统统改成了日常生活中的大白话,确实是“弄巧成拙”“化神奇为腐朽”了。

第六十九回　弄小巧用借剑杀人　觉大限吞生金自逝

内容提要:凤姐使人挑唆张华告状索要原妻,贾母要凤姐出面料理。贾琏出差回来,贾赦赏丫头秋桐为妾。凤姐挑唆秋桐气恼二姐,二姐走投无路,吞金自尽。

●凤姐在衙门中上下其手，如心使臂，如臂使指，兴风作浪，畅通无阻，写尽了封建司法的荒唐和窳败。

●为了一步步将尤二姐制于死命，凤姐不但将丫头善姐作枪使，还将贾母、秋桐等人一样当枪使：真是不为已甚！一场由凤姐挑动的官司，居然是家运急剧下跌、眼见朝不保夕的荣宁二府之间的实力消耗，真是荒唐之至！

●凤姐一番处心积虑的运筹，除了人格掉价，除了将自己丧尽天良、草菅人命的丑恶嘴脸暴露无遗，除了将善良温和无辜的尤二姐逼上绝路吞金而逝，除了使自己身边人更加寒心更加警惕，除了深度败坏两府的名声之外，还有什么？物极必反，最终不过是搬起石头砸自己的脚，从根本上动摇了自己在家庭中的地位，彻底搞砸了自己的形象而已！倒是张华父子，浑水摸鱼，因祸得福，约共也得了有百十金，发了一笔小财，然后溜之大吉，从凤姐的视野里彻底消失了。但凤姐的害人之心并没有止息，还胆大包天，竟然欲将知情者张华治死，以杀人灭口，剪草除根。天下歹毒凶狠之人，还有比她更甚的吗？好在旺儿念在"人命关天，非同儿戏"的严重性上，对凤姐的指示阳奉阴违，张华才侥幸保全了一条小命。

●封建没落大家庭中的事儿，无奇不有。且看：

> 贾琏外出办事回来(**此句程本扩写为"那贾琏一日事毕回来，先到了新房中，已经静悄悄的关锁，只有一个看房子的老头儿。贾琏问起原故，老头子细说原委，贾琏只在镫中跌足"**)，少不得来见贾赦与(**此字程乙本作"和"**)邢夫人，将所完之事回明。贾赦十分欢喜，说他中用，赏了他一百两银子，又将房中一个十七岁的丫鬟名唤秋桐者(**此字程本删**)，赏他为妾。贾琏叩头领去，喜之不尽。

"聚麀"乱伦，已成百年贾府的顽瘴痼疾、糟烂家风？不然，父亲何以如此荒唐，儿子何以如此混账！只是未必尽如所愿的凤姐，舌灿莲花，腹藏利刃，心中一刺未除，又平空添了一刺；说不得吞声忍气，将好颜面换出来遮掩。好在她很快就会化敌为友，将新来者拉为所用。不用说，淫邪秋桐的加持，使得尤二姐有如老鼠钻进了风箱——两头受气，其境遇更惨，死亡更速。

●尤二姐的梦中泣诉，表达了她内心深处对自己过去"淫奔不才，品行既亏"行为的反省愧悔，反映出她本质的善良软弱，以及经历惨痛教训后对凤姐的伪善和狠毒本性已有所察觉有所认识。这种梦境的描写，实际上也属于人物心理描写范畴。尤二姐自寻死路过程中的心理描写，可与巴金小说《家》中"鸣凤投湖"一段对看。

●在尤二姐的惨剧中，秋桐的刻薄愚蠢秉性暴露无遗。对二姐百般欺侮，她哪里意识到自己无非是王熙凤借之以陷害他人的枪手而已。说到底,凤姐之所以能够挑唆秋桐赤膊上阵,与尤二姐近距离对峙和贴身争夺,是看准了秋桐妄自尊大所产生的强烈嫉妒心,是巧妙利用了她容不得尤二姐与自己并列争宠的致命弱点。刚刚十七岁的女孩,缺少见识,头脑简单,心胸狭窄,哪会懂得"物伤其类,齿竭唇亡"的道理?哪有惺惺相惜的慈悲?哪有"养寇自重""抱团取暖"的智慧?哪会明白她和二姐同属天涯沦落人?哪会知道落井下石同室操戈的后果呢?恶毒且愚蠢的人,注定没有好下场;而聪明人是斗智不斗气的。不是么,在这场贾琏妻妾之间的明争暗斗中,倒是平儿努力地平衡各方,巩固和强化着她一直以来的隐忍、厚道、机智和八面玲珑的形象,继续为拓展人生坦途、获得挤压中的喘息,创造着必要的环境条件。

●第 51 回曾经出现的胡庸医,本回鬼影一般再度现身;他对尤二姐病情的乱诊断、乱用药,显然是受了凤姐的暗中指使。从此人诊断病情时"请奶奶将金面略露一露,医生观观气色,方敢下药"的执意;从他一见二姐的脸面就"魂魄如飞上九天,通身麻木,一无所知"的怪异反应;从他风闻贾琏发怒命人去打告他的消息,"早已卷包逃走"举动的背后,不难推断:胡庸医的胆大妄为以及事后的闻风出逃,应该是有人授意并及时传递消息做出安排的。其实,落入王氏之手,尤二姐坠胎亦死,不坠胎亦死,与胡庸医做不做手脚、害不害掉人命,没有多大关系。

●二姐惨死,获得的是众人的眼泪和叹息;凤姐处心积虑非要置二姐于死地,得到的是日渐冷淡的人心。众叛亲离的现象,早晚都将发生;而众叛亲离的迹象,首先从她最信任的旺儿、贾蓉、平儿身上表现出来:这难道不是王熙凤做人的彻底失败么?

●一个人死了都还不放过,处处作梗,事事为难,凤姐"做事必做绝,从不留余地"的阴狠,无与伦比!

●为办丧事,银钱短缺,贾琏求告无门,只得开了二姐箱柜,去拿自己的梯己;及开了箱柜,一滴无存,只有些折簪烂花并几件半新不旧的绸绢衣裳,都是尤二姐素习所穿的。由此暗补凤姐早已下手,将贾琏寄存于二姐之处的"私房"搜罗一空的前情;同时也是将第 68 回中凤姐在二姐被诓骗出门时招呼周瑞家的"记清,好生看管"一语的呼应和落实。

●凤姐既暗害二姐,又欲暗害张华:刻毒阴险,肆无忌惮,令人生畏。

●旺儿之谎报,平儿之怜悯,均是反衬凤姐之妒恶。

●须加留意的脂批:

※【戚序回前:写凤姐写不尽,却从上下左右写。写秋桐极淫邪,正写凤姐极

淫邪;写平儿极义气,正写凤姐极不义气;写使女欺压二姐,正写凤姐欺压二姐;写下人感戴二姐,正写下人不感戴凤姐。史公用意,非念死书子之所知。】

※【戚序回后总评:凤姐初念在张华领出二姐,转念又恐仍为外宅,转念即欲杀张华,为斩草除根计。一时写来,觉满腔都是荆棘,浑身都是爪牙。安得借鸳鸯剑手刃其首,以寒千古奸妇之胆。】

又:【看三姐梦中相叙一段,真有孝子悌弟、义士忠臣之概。我不禁泪流一斗,湿地三尺。】

●红楼探照之一五五:

追风夺命　步步紧逼
——凤姐指向弱女子的计计杀招

纵观凤姐设局陷害尤二姐的全过程,用心之险恶,伪装之巧妙,手段之下作,令人切齿。其手法归结起来,大致如下:一、摸清底细,乘虚而入;二、驱鸟离巢,断绝退路;三、前台幕后,纳入掌控;四、操纵官司,罪加一等;五、打脸宁府,恶搞对手;六、背后捣鬼,借剑杀人;七、散布流言,剥夺尊严;八、断人念想,取人性命;九、猫哭老鼠,欺世盗名。总之,一招招一步步,密不透风,硬是将一个弱势者、无辜者、贤良者逼上绝路直到整死,方偃旗息鼓,心满意足。

尤二姐受骗受气受害的过程,淋漓尽致地表现了王熙凤纵横捭阖、诡计多端、阴毒狡诈、虚伪贪婪的罪恶本性。两回的篇幅,把此人的"阴鸷"和"恶毒"简直写活了,写绝了!王熙凤后来的路死路埋、咎由自取,虽让人深感世道荒凉、人生无定,但因其几次三番的造孽作恶,草菅人命,特别是机关算尽,蓄意将尤二姐这样一类"人畜无害"的贤惠柔弱善良女子迫害致死,亲手酿成继贾瑞、张金哥之后的又一桩惨剧,而大大减少了对此人不幸结局本应有的几分怜悯和同情。

且说第69回写贾琏回家,秋桐新进,借由他人之手挑动的官司最终难以"将二姐强行带走"的情况下,凤姐对尤二姐的排挤和迫害更是有增无减,变本加厉,花样翻新,硬是将一个无辜的生命"连根拔起",一步步推向死亡的陷阱:

一、发动心理战,通过极限施压,在精神上打垮对方。使用的方法是制造心理阴影,增大心理压力,不择手段摧毁尤二姐活在世上的自尊心和自信心。具体表现在表面上与之相处和美异常,"更比亲姊亲妹还胜十倍",暗地里却添油加醋,散布流言,刻意糟蹋对方的品德形象,将二姐"在家做女孩儿就不干净,又和姐夫有些首尾"的"黑历史"刨根问底,抖露张扬出来;并装作自己气病了,茶饭也不吃,以此调动起了一班丫头媳妇(除了平儿)的"同情心"和"义愤感",强化这些人“路见不平”“挺身护主”的意愿，对二姐“无不言三语四、指桑说槐、暗相讥刺”，借此恃强凌弱，趋奉讨好，将矛头集中到尤二姐身上。以此造成对尤二姐极为不利的舆论氛围，弄得花容月貌的她自惭形秽，在众人面前越来越抬不起头。

二、构筑人际关系的围城，切断一切同情及外援，最大限度将困守一隅的尤二姐隔离孤立起来，使其势单力薄，只能坐以待毙。园中姊妹和李纨、迎春、惜春等人，皆以为凤姐是好意；宝、黛一干人暗为二姐担心，虽都不便多事，唯见二姐可怜，常来了倒还都悯恤她，但也杯水车薪，仅此而已。相比之下，倒是平儿对二姐逆境中的同情和帮助非常难得，却终因秋桐的说舌、凤姐的警告和敲打而不得不加以收敛。可怜的尤二姐，内无粮草，外无救援，坐困愁城，以泪洗面，除了等死，尚能何为！

三、口蜜腹剑，充当好人，不露一点使坏的行迹。以此最大限度麻痹二姐生活中唯一可以依靠的男人，使之来家时，“见了凤姐贤良，也便不留心”，对二姐唯一可以带来的一点点保护作用也因此消解于无形。她还利用贾琏“在二姐身上之心，也渐渐淡了，只有秋桐一人是命”的喜新厌旧心理，屡次激发秋桐强烈的嫉妒心，对着二姐“天天大口乱骂”，就是要给二姐添堵添气：

> （**此处程本加“且说”**）秋桐自为（**此字程本作“以为”**）系贾赦之赐，无人僭他的，连凤姐、平儿皆不放在眼里，岂肯容他。张口是“先奸后娶没汉子要的娼妇，也来要我的强”（**前“岂肯”至此24字程本改写作陈述句“岂容那先奸后娶，没人抬举的妇女”**）。凤姐听了暗乐，尤二姐听了暗愧暗怒暗气（**此句11字程本全删**）。……凤姐虽恨秋桐，且喜借他先可发脱二姐，自己且抽头（**前5字程本删**），用“借剑（**此字程本作“刀”**）杀人”之法“坐山观虎斗”，等秋桐杀了尤二姐，自己再杀秋桐。主意已定，没人处，常又私劝秋桐说：“你年轻不知事。他现是二房奶奶，你爷心坎儿上的人，我还让他三分，你去硬碰他，岂不是自寻其死？”那秋桐听了这话，越发恼了，天天大口乱骂说：“奶奶是软弱人，那等贤惠，我却做不来。奶奶把素日的威风怎（**此字程本作“怎么”**）都没了？奶奶宽洪大量，我却眼里揉不下沙子去。让我和他（**此字程本删**）这淫（**此字程本作“娼”**）妇做一回，他才知道（**此处程本加“呢”**）。”凤姐儿在屋里，只装不敢出声儿。气的尤二姐在房里哭泣，（**此处程本加“连”**）饭也不吃，又不敢告诉贾琏。次日贾母见他眼红红的肿了，问他，又不敢说。

三个“不敢”，加上这之前面对丫头善姐等人明目张胆的欺侮，因怕人笑她不安分不贤良，少不得忍着：落入陷阱的尤二姐，真是针尖上过日子——度日如年！

四、手段下作，继续在生活用度上克扣数量，压低标准，肆意欺凌作践，就是要在身体上搞垮对方。凤姐既装病，便不再装模作样和尤二姐一起吃饭了，每日只命人端了菜饭，到她房中去吃，那茶饭都系不堪之物：这叫尤二姐怎能忍受！

五、充分利用人性之恶，最大限度发挥秋桐尖嘴利舌的“杀伤力”。凤姐趁秋桐抓乖卖俏、自鸣得意之时，借她的嘴在贾母等人跟前肆意诽谤中伤，挑动贾母等人对二姐观感印象的逐渐恶化；众人见贾母不喜，不免又往下踏践起来，弄得这尤二姐要死不能，要生不得，孤身一人，完全失去了庇护。其间，虽然亏了平儿看她这般，时常背着凤姐，与她排解排解，算是雪中送炭稍得一丝同情慰藉，但根本上也改变不了她的狼狈艰难处境。那尤二姐原是个花为肠肚、雪做肌肤的人，如何经得这般折磨，不过受了一个月的暗气，便恹恹得了一病，四肢懒动，茶饭不进，渐次黄瘦下去了。

六、充分利用贾琏的粗心大意，暗中布置，里外配合，铲草除根。不用说，是凤姐授意医道不通、心术不正且胆大包天的胡太医擅用虎狼之剂，竟将二姐身上一个已成形的男胎打了下来的。以此残忍手段，断了贾琏与二姐的感情纽带，断了二姐唯一可望翻身的资本，也给自己彻底解除了因未生育男孩而有的种种后顾之忧。这种将胎儿的生命扼杀于母腹之中，而杀人者自己却脱了干系的手段，比那些为夺爱争宠而亲自下场动手的行径，无疑要阴狠无数倍！

七、继续伪善表演，烧香拜佛，迷惑众人。男胎被打掉，二姐即病倒之际，她通陈祷告说：“我或有病，只求尤氏妹子身体大愈，再得怀胎生一男子，我愿吃长斋念佛。”贾琏及众人见了，无不称赞。你看，胆大的凤姐不但敢于欺人欺心，还敢于欺天欺地欺鬼神呢！

八、双管齐下，连环计出，不死不休。一手继续挑动秋桐持续不断给本有伤病的二姐添堵添烦恼；一手制造内容翻新的虚假舆情，为下一步惩治嚣张一时的秋桐“挖坑”，预做“填埋”准备。最终，鉴于“病已成势，日无所养，反有所伤，料定必不能好；况胎已打下，无可悬心”的情况，产生“何必受这些零气，不如一死，倒还干净”的念头，选择趁早离开这无情的世界，就成了尤二姐惨苦命运的必然。

●红楼探照之一五六：

弄巧成拙是何苦
——再说程本对原文的不当修改

第 69 回各版本文字，差异处甚多。究其主要原因，实为甲辰、梦稿、程高本等一系版本对原文的删削过多。脂本原文中笔画纤细、意蕴丰富、鲜活生动的故事情节，特别是其中的生活细节，在程本的删、改、增之下，常常变成干枯死板的故事梗概了。下面列举几处，以见其失。

先看庚辰本第 69 回原文有这么一段，是写贾赦侍妾不能安分，贾琏父子家

风败坏、男女关系混乱不堪的:

> 贾琏来家时,见了凤姐贤良,也便不留心。况素习(**此字程本作“昔”**)以来,因(**前3字程本作“见”**)贾赦姬妾、丫鬟最多,贾琏每怀不轨之心,只未敢下手。如这秋桐辈等人,皆是恨老爷年迈昏愦,贪多嚼不烂,没的留下这些人作什么,因此除了几个知礼有耻的,余者或有与二门上小幺儿们嘲戏的。甚至于与贾琏眉来眼去,私相偷期的,只惧贾赦之威,未曾到手。这秋桐便和贾琏有旧,从未来过一次。(**前句“如这”至此97字程本全删**)今日天缘凑巧,竟(**此处程本加“把秋桐”**)赏了他,真是一对烈火干柴,如胶投漆,燕尔新婚,连日那里拆得开?那(**此字程本删**)贾琏在二姐身上之心,也渐渐淡了,只有秋桐一人是命。

程高本将原著无情暴露封建大家庭荒淫主子们私生活的混乱丑陋不堪等“刺心”笔墨,做了大量删节,大大冲淡了蕴含其间的辛辣嘲讽意味以及强烈批判色彩。这无疑是对人性之“恶”的遮掩。再看庚辰本该回写尤二姐临死之前,平儿夜晚趁便前来看望,二人交心诉说:

> 晚间,贾琏在秋桐房中歇了,凤姐已睡,平儿过(**此处程本加“尤二姐那边”**)来瞧他,又悄悄劝他(**前7字程本作“劝慰了一番”**):“好生养病,不要理那畜生。”尤二姐拉他哭道:“姐姐,我从到了这里,多亏姐姐照应。为我,姐姐也不知受了多少闲气。我若逃得出命来,我必答报姐姐的恩德,只怕我逃不出命来,也只好等来生罢!”平儿也不禁滴泪说道:“想来都是我坑了你。我原是一片痴心,从没瞒他的话。既听见你在外头,岂有不告诉他的?谁知生出这些个事来!”尤二姐忙道:“姐姐这话错了。若姐姐便不告诉他,他岂有打听不出来的?不过是姐姐说的在先。况且我也要一心进来,方成个体统,与姐姐何干!”(**前“好生养病”至此183字程本全删**)二人(**前2字程本作“尤二姐”**)哭(**此字程本作“哭诉”**)了一回,平儿又嘱咐了几句,夜已深了,方去安息。

两个苦命人的这一段对诉交心描写,无疑彰显了平儿等人身上人性的善良和温暖;但到了程高本,却毫无道理地删除净尽,240余字的生动描写就只剩下区区50余字的干巴巴叙事了。这无疑又是对人性“美真善”的忽视。再看尤二姐死后,庚辰本有贾琏郑重其事对待尤二姐停灵出灵哭灵安灵,以及贾蓉暗示尤二姐死因、贾琏会意等内容的一段重要表述,它至少事关继后贾琏即以“尤二姐死得不明”等理由休弃凤姐的总体构思中所作的重要伏笔:

> 当下合宅皆知。贾琏进来,搂尸大哭不止。凤姐也假意哭:“狠心的妹妹!你怎么丢下我去了!辜负了我的心!”尤氏、贾蓉等也来哭了一场,劝住贾琏。贾琏便回了王夫人,讨了梨香院停放五日,挪到铁槛寺去。王夫人依

允。贾琏忙命人去开了（前2字程本作“往”）梨香院的门（前2字程本删），收拾出正房来（前4字程本删）停灵。贾琏嫌后门出灵不像，便对着梨香院的正墙上，通街现开了一个大门。两边搭棚，安坛场做佛事。用软榻铺了锦缎衾褥，（前句“贾琏嫌”至此47字程本全删）将二姐抬上榻（此字程本删）去，用衾单盖了。八个小厮和几（此字程本妄作“八”）个媳妇围随，从内子墙一带（前6字程本删）抬往梨香院来。那里已请下天文生（此后至“我替你报仇”处103字程本全删）预备，揭起衾单一看，只见这尤二姐面色如生，比活着还美貌。贾琏又搂着大哭，只叫：“奶奶，你死的不明，都是我坑了你！”贾蓉忙上来劝：“叔叔，解着些儿，我这个姨娘自己没福。”说着，又向南指大观园的界墙，贾琏会意，只悄悄跌脚说：“我忽略了，终久对出来，我替你报仇。”天文生回说：“奶奶卒于今日正卯时（前14字程本作“择定”），五日出不得，或是三日，或是（前6字程本删）七日方可。明日寅时入殓大吉。”（前8字程本整体前移十五字，放在“五日出不得”之前）贾琏道：“三日断乎使不得，（前7字程本全删）竟是七日。因家叔家兄皆在外，小丧不敢多（此字程本作“久”）停，等到外头，还放五七，做大道场才掩灵。明年往南去下葬（前句“等到”至此22字程本全删）。”天文生应诺，写了殃榜而去。

程高本将引文内容删得七零八落，丢掉了不少弥足珍贵的生活细节，以及对人物性情的生动刻画（譬如对贾蓉夹在凤琏之间两面讨好的“二丑”嘴脸的勾画），无异于将一副有血有肉的鲜活躯体，一变而为一具僵硬干枯的木乃伊！再看贾琏忙进去找凤姐，要银子治办棺椁丧礼，被凤姐推有病，忌三房，不愿见，还挑动贾母对治丧发表反面意见，并以此为挡箭牌，刻意给贾琏治办二姐丧事制造障碍的一段：

宝玉已（前字程本妄作“一”）早过来陪哭一场。众族中（此字程本删）人也都来了。贾琏忙进去找凤姐，要银子治办棺椁（前2字程本删）丧礼。

凤姐见抬了出去，推有病，回：“老太太、太太说我病着，忌三房，不许我去。”（此处程本加“我”）因此也不出来穿孝（前句程本与红研所校注本，以及程甲本和程乙本之间的标点断句，均有不同），且往大观园中来。绕过群山，至北界墙根下往外听，隐隐绰绰听（前5字程本删）了一言半语，回来又回贾母说如此这般。贾母道：“信他胡说，谁家痨病死的孩子不烧了一撒（前2字程本删），也认真的（此字程本删）开丧破土起来？既是二房一场，也是夫妻之（此字程本作“情”）分，停五七日抬出来，或一烧，或乱葬地（此字程本作“埂”）上埋了完事。”凤姐笑道：“可是这话。我又不敢劝他。”

正说着，丫鬟来请凤姐，说：“二爷（此处程本加“在家”）等着奶奶拿银子呢。”凤姐只得来了，便问他：“什么银子？家里近来（此字程本作“日”）艰难，你还不知道?咱们的月例,一月赶不上一月,鸡儿吃了过年粮(**前7字程本全删**)。昨儿我把两个金项圈当了三百银子(**此字程本删**),你还做梦呢(**前5字程本删**)!这里还有二三十两银子(**此句10字程本作"使剩了还有二十几两"**),你要就拿去。"说着,命平儿拿了出来,递与贾琏,指着贾母有话,又去了。恨的贾琏没话可说,只得开了尤氏箱柜(**此字程本作"笼"**),去拿自己的梯己。及开了箱柜,一滴(**此字程本作"点"**)无存,只有些折簪烂花并几件半新不旧的绸绢衣裳,都是尤二姐素习所(**前2字程本作"日"**)穿的,不禁又伤心哭了起来(**前2字程本删**)。(**此处程本加"想着他死的不分明,又不敢说。只得"**)自己用个包袱一齐包了,也不命(**此字程本作"用"**)小(**此字程本作"小厮"**)丫鬟来拿,便(**此字程本删**)自己提着来烧。

平儿又是伤心,又是好笑,忙将二百两一包的(**此字程本删**)碎银子偷了(**此字程本删**)出来,到厢房拉住贾琏(**前7字程本删**),悄递与他(**此字程本作"贾琏"**)说:"你只(**此字程本删**)别作声(**前2字程本作"言语"**)才好,你要哭,外头(**此处程本加"有"**)多少哭不得,又跑了这里来点眼。"贾琏听说,便说:"你说的是。"接了银子,又将一条裙子(**前2字程本作"汗巾"**)递与平儿,说:"这是他家常穿(**此字程本作"系"**)的,你好生替我收着,作个念心儿。"平儿只得掩(**此字程本作"接"**)了,自己收去。贾琏拿(**此字程本作"收"**)了银子与众人,走来(**前5字程本删**)命人先去(**前2字程本删**)买板(**此处程本加"进来"**)。好的又贵,中的又不要。贾琏骑马自去要瞧,至晚间果抬了一副好板进来,价银五百两赊着(**前句"好的"至此36字程本全删**),连夜赶造。一面分派了人口穿孝守灵,晚来(**此处程本加"自己"**)也不进去,只在这里伴宿(**此处程甲本加"要知端的,下回分解";程乙本加"放了七日,想着二姐旧情,虽不大敢作声势,却也不免请些僧道超度亡灵。一时,贾母忽然来唤。未知何事,下回分解"**)。

《红楼梦》的语言,本有极高的造诣。它的叙事文字,既是成熟的白话,简洁而略显文雅,或明朗或暗示,描写人情物象准确有力;它的对话部分,尤能切合人物的身份、教养、性格以及特定场合中的心理神情,活灵活现,使读者似闻其声,似见其人。眼下,抛开贾琏因银钱短缺,办理二姐丧事不能随心所欲的矛盾心理表现(不经意间贾府的经济危机苗头又一次展露),以及因二姐之死导致了琏凤夫妻感情出现明显裂痕等细节描写不说,只说程高本在这里,将凤姐敷衍贾琏话语中的"鸡儿吃了过年粮""你还做梦呢"等这一类异常通俗形象的话语删掉,改变了整个句子的语调,失去了凤姐语言的生动、泼辣、咄咄逼人风格的做法,就令人难以接受。

第七部分(第70—80回)

叙大观园中风波迭起,颠倒错乱频出,贾氏宗祠先灵不安,宁、荣二府呈现衰亡之兆。继之,贾府迎春误嫁、薛家薛蟠悔娶,一嫁一娶,均受其殃。休戚相关的两家,同时进入多事之秋,以成贾府彻底败落前"山雨欲来风满楼"之势。

第七十回　林黛玉重建桃花社　史湘云偶填柳絮词

内容提要:宝玉逐渐走出因受连串打击而"情色若痴""语言常乱"的心理阴影。众人改海棠社为桃花社,推黛玉为社主,继后开社写词吟咏柳絮,宝钗夺魁。众人剪放风筝,各有寄怀;黛玉欲放走晦气,祛除"病根儿"。

●死亡不断发生,但生活还得继续。第64至69回贾敬治丧期间发生的"二尤事件",随着尤家母女的相继离世而结束,作者的笔墨又重新回到园内人物刻画及事务描写上来。

●本回开篇即交代年近岁逼、诸务猬集,又有林之孝开了一个人名单子来,共有八个二十五岁的单身小厮,应该娶妻成房,等里面有该放的丫头们好求指配一事,为第72回"来旺妇倚势霸成亲"张本;又借"大家商议,虽有几个应该发配的,奈各人皆有原故",趁势交代"未了之人"和"未了之事",无痕接入了前书相关情节:

> 第一个鸳鸯,发誓不去。自那日之后,一向未和(**此字程本作"与"**)宝玉说话,也不盛妆浓饰;众人见他志坚,也不好相强。第二个琥珀,(**此处程本加"现"**)又有病,这次不能了。彩云因近日和贾环分崩,也染了无医之症。只有凤姐儿和李纨房中粗使的大丫鬟(**此处程本加"发"**)出去了。其余年纪未足,令他们外头自娶去了。

引文中明确交代"彩云因近日和贾环分崩,也染了无医之症",可见下回"来旺妇倚势霸成亲"的彩霞,与眼下的彩云,又成了两个不同的人。

●当初海棠社建立,只作了几次诗。诗社这样不景气的原因,原文交代如下:

原来这一向因凤姐(**此处程本加"儿"**)病了,李纨探春料理家务不得闲暇,接着过年过节,出来(**前2字程本删**)许多杂事,竟将诗社搁起。如今仲春天气,虽得了工夫,争奈宝玉因冷遁了柳湘莲,剑刎了尤小妹,金逝了尤二姐,气病了柳五儿(**前"冷遁"至此24字程本作"柳湘莲遁迹空门,又闻得尤三姐自刎,尤二姐被凤姐逼死;又兼柳五儿自那夜监禁之后,病越重了"**),连连接接,闲愁胡恨,一重不了一重添。弄得情色若痴,语言常乱,似染怔忡之疾。慌的袭人等又不敢回贾母,只百般逗他顽笑。

接着写这日清晨方醒,只听外间房内咭咭呱呱,笑声不断,原来是晴雯和麝月二人按住芳官胳肢。随着宝玉的助阵,四人裹在一处乱滚,怡红院洋溢出久违的青春的快乐,借此转换压抑已久的消沉的气氛,为下文诗社的重启蓄势。继而借碧月前来寻找手帕,顺势交代了近期园内的人员变化,对比交代了李纨处的郁郁寡欢;随着湘云打发了翠缕来说"请二爷快出去瞧好诗",又顺势将宝玉带到了沁芳亭上,跟黛玉、宝钗、湘云、宝琴、探春等"活跃分子"汇合:层层写来,步步转圜,新的生活场景逐渐出现。

●竟然以深闺弱女黛玉为肇端振奋精神。一篇《桃花行》,鼓起了众人的诗兴,一经商议,诗社重启,改名"桃花社"。惜乎,这也是青春大观园的"夕阳晚照""欢乐余绪"了!

●《桃花行》与《葬花吟》《秋窗风雨夕》的基本格调一致,不同程度上都含有"诗谶"的成分,是专为命薄如桃花的林黛玉之夭亡,提前奏响的"哀音"。湘云看了,极口称赞并提议"这首桃花诗又好,就把海棠社改作桃花社"。且看其他人看了这首诗的反应:

宝玉看了并不称赞,却(**此字程本作"痴痴呆呆,竟要"**)滚下泪来。便知出自黛玉,因此落下泪,(**前句11字程本全删**)又怕众人看见,又(**此字程本删**)忙自己擦(**此字程本作"拭"**)了。因问:"你们怎么得来?"宝琴笑道:"你猜是谁做的?"宝玉笑道:"自然是潇湘子稿(**此字程甲本作"的稿子",程乙本作"的稿子了"**)。"宝琴笑道:"现(**此字程乙本作"现在"**)是我作的呢。"宝玉笑道:"我不信。这声调口气,迥乎不像蘅芜之体,所以不信(**前8字程本删**)。"宝钗(**前2字程本妄作"宝琴"**)笑道:"所以你不通。难道杜工部首首都作'丛菊两开他日泪'之句(**前2字程本删**)不成?一般的也有'红绽雨肥梅''水荇牵风翠带长'之媚语(**前3字程本作"等语"**)。"宝玉笑道:"固然如此说(**前字程本删**)。但我知道姐姐断不许妹妹有此伤悼语(**此字程乙本作"之"**)句,妹妹虽(**此字程本作"本"**)有此才,是(**此字程本作"却也"**)断不肯作的。比不得林妹妹曾经离丧,作此哀音。"众人听说,都笑了。已至稻香村中，将诗与李纨看了，自不必说，称赏不已。

“曾经离丧，作此哀音”八字，写出宝玉对黛玉桃花一诗的深切理解，实为他人所不及；即便是宝钗的评论，也主要是针对“一个诗人的语言风格以及感情色彩，可以呈现多种多样”这类创作实践说的。正因为该诗的触发，众人余兴再鼓，于是诗社得以重建，只是改名“桃花社”，公推林黛玉为社主了。

●“桃花社”是从前“海棠社”的绝响余韵。从此以后，大观园萧索景象日显，风流云散，盛会难再，故桃花一社实在是有名无实，虎头蛇尾，无疾而终。总的说来，桃花命薄，柳絮风飘，风筝断线，均为不祥意象。

●柳絮填词，偶然一聚；之后接写剪放风筝，飘摇星散，早有了凄凉诀别景况。作者善于紧扣“衰败”主题，作步步推衍。

●原定新开诗社的日子，因为有园内事务冲击，时间一推再推，可见此事一波三折，开局就不同往日的顺畅。究其客观原因：一是适逢探春的寿日，虽不摆酒唱戏的，少不得都要陪她在老太太、太太跟前顽笑一日，因此不得闲空；二是偏生近日王子腾之女许与保宁侯之子为妻，择日过门，凤姐儿又忙着张罗，常三五日不在家，众人也因为相关事务又有了耽搁，不能脱身；三是贾政书信到了，说六月中准备进京回家，由此导致诗社的支柱型人物——宝玉不得不留意收心，加班加点“抢做作业”，以应付贾政回家后必有的“查考”。因此社日活动，便无从谈起。而就其主观原因，恐怕还在于府内外一连串的风波迭起，弄得众人精神不振，心气已亏，没有开展娱乐及艺术创作活动的闲情逸致了。

●借宝玉的心思，点明贾政自第37回出差离家，到目前已经过去了“三四年的工夫”。

●鉴于宝玉在府内所处的重要地位及一向的招人喜爱，为他一人的着慌临时抱佛脚，弄得府内上下老小均替他担心的担心，分劳的分劳。那贾母听了孙子用功，便十分欢喜，转又怕急出病来；王夫人听了，既埋怨儿子：“临阵磨枪，也不中用。有这会子着急，天天写写念念，有多少完不了的？”又担心儿子“这一赶，又赶出病来才罢”；终究还是年轻一辈“善体上意”，主动为她们排忧解难：

> 探春宝钗等都笑说：“老（**此字程本妄删**）太太不用急。书虽替他（**此字程本后移2字**）不得，字却替得的。我们每人（**前2字程本后移2字**）每日临一篇给他，搪塞过这一步（**此字程本作“步儿去”**）就完了：一则老爷到家（**前2字程本妄删**）不生气，二则他也急不出病来。”贾母（**前2字程本妄作“王夫人”**）听说，喜之不尽（**前4字程乙本作“点头而笑”**）。

对探钗提议“通同作弊”以应付检查，帮宝玉渡过难关的主意，贾母听说了，居然正中下怀，喜之不尽，可见老祖宗对宝玉的溺爱，发展到了何种程度！最令

人感佩的,还是林黛玉不事张扬中的雪中送炭,以及帮忙的功夫到家:

原来林(**此字程本删**)黛玉闻得贾政回家,必问宝玉的功课,宝玉肯(**此字程本作“一向”**)分心,恐(**此字程本作“到”**)临期(**此处程本加“自然要”**)吃了(**此字程本删**)亏(**此处程乙本加“的”**)。因此(**此字程甲本删**)自己只装作(**此字程本删**)不耐烦,把诗社便(**此字程本作“更”**)不(**此处程本加“提”**)起,也不以外事去勾引他(**前9字程本全删**)。探春宝钗二人每日也临一篇楷书字与宝玉,宝玉自己每日也加工,或写二百三百不拘。至三月下旬,便将字又集凑出(**前2字程本作“了”**)许多来(**此字程本删**)。这日正算(**此处程本加“着”**),再得五(**此字程乙本作“几”**)十篇,也就混(**此字程本作“搪”**)的过了。谁知紫鹃走来,送了一卷东西与(**此字程本删,且此处断句**)宝玉,拆开看时,却是一色老油竹(**前3字程本作“去油”**)纸上临的钟王蝇头小楷,字迹且与自己十分相似(**此字程本作“类”**)。喜的宝玉和紫鹃作了一个揖,又亲自来道谢。史(**此字程本作“接着”**)湘云宝琴二人亦皆(**此字程本作“都”**)临了几篇相送。凑成虽不足功课,亦足(**此字程本作“可”**)搪塞了。宝玉放了心,于是将所(**此字程本删**)应读之书,又温理过几遍(**此字程本作“次”**)。

为帮助宝玉渡过“查考”难关,探春、宝钗、湘云、宝琴等人虽然都伸出了援手,但相比之下还是林黛玉暗中努力,下的功夫最深,“代劳”的效果最好!只不过,这一次众人算是虚惊一场,白操心白忙活了一阵!

●正当宝玉因担心功课被查而天天用功弥补的时候,好事降临了:

可巧近海一带海啸,又遭蹋了几处生民,地方官题本奏闻,奉旨就着贾政顺路查看赈济回来。如此算去,至冬底(**前2字程本作“七月底”**)方回。宝玉听了,便把书字又搁(**此字程本作“丢”**)过一边,仍是照旧游荡。

贾政延期回家,对宝玉来说,真是以手加额“天助我也”的幸事。……顽劣子弟缺乏自觉、不喜务正的怠惰心性,宛然如昨!这也变相表明:一个青少年的成长,的确需要来自家庭、社会、政府等多方面的管束与督促。没有规矩,难成方圆。纵观贾府子弟的“群体性堕落”,尽管原因是多方面的,但与贾敬等家长放弃自己应有的管教责任,贾珍等长期缺少来自祖父辈家长的严格督促训导有直接的关系。相比之下,影响贾宝玉成长的家庭因素,可谓多也;但其中来自父亲贾政那虽不得法却持之以恒的“规引入正”教育,对冲着宝贝儿子身边数不清的爱宠娇惯,成为他不像其他家族子弟那样完全走上邪路的一个不可忽略的外部重要原因。当然,作者将贾政在外“即归未归”一事,作如此安排,自有用意:一是为不久后大观园自由快乐生活的结束,埋下伏笔;二是因贾政回家时间的推迟,将众人的一颗着急的心,高高举起而又轻轻放下,从而为下文诗社开展吟咏活动,创造了必要的氛围条件。

●首先是史湘云转换情绪，打破沉寂，见暮春柳絮飘舞，便偶成小令，起社填词活动的机缘，由此出现。说来还是黛玉对湘云的诗情首先做出了回应。你看，她一面吩咐预备了几色果点之类，一面就打发人分头去请众人；这里，她二人便拟了“柳絮”之题，又限出几个调来，写了，绾在壁上。……众人到来之后，每人各拈一小调，限时作好。宝玉没有写成，却一时兴起续完了妹妹探春的半阕；宝钗嫌众人写的诗词格调“过于丧败”，声明“柳絮原是一件轻薄无根无绊的东西，然依我的主意，偏要把它说好了，才不落套”，于是她诌了一首，一反悲观低落的情绪，赢得众人拍案叫绝，都说“果然翻得好气力，自然是这首为尊”了。

●纵观这次诗社创作，各人“词牌名”的字面意思，恰又与本人的性格、身份、情趣等，大致吻合。譬如湘云的调寄《如梦令》，宝钗的《临江仙》，宝琴的《西江月》，探春的《南柯子》，黛玉的《唐多令》，宝玉的《蝶恋花》，都很容易激发读者的相关联想。而词的内容，又大都属于每个人未来生活的自况。譬如湘云的词，从“占春”一转而为“惜春”“留春”，情绪上是那样地无可奈何，正预示着她后来婚姻结局的不幸；探春为人，刚毅果决，志在远方，但身为女儿，命运不由自主，后来远嫁难归的结局，已尽现于前半阕词的字里行间；同时，探春的四句词，用来暗示哥哥宝玉的将来，似乎也同样合适。唯其如此，宝玉“反倒动了兴开了机”，接着续写了下半阙。这一续，全首就都像是说他自己的命运和结局了：“去休惜，来自知”，所谓随缘而化，踪迹难寻，聊以自慰自解；“莺愁蝶倦晚芳时”，人如柳絮飘散，“纵是明春再见”，早已是物是人非，恍若来世了。

●黛玉的词，缠绵婉转，哀怨悱恻，“飘泊亦如人命薄，空缱绻，说风流”，真词如其人；“草木也知愁，韶华竟白头”，不但以柳絮之色白比人因悲愁而青春老死，而且也能与她曾自称的“草木之人”巧妙照应；“叹今生谁舍谁收”，“凭尔去，忍淹留”的词意，联系《桃花行》中“泪眼观花泪易干，泪干春尽花憔悴。憔悴花遮憔悴人，花飞人倦易黄昏。一声杜宇春归尽，寂寞帘栊空月痕”等诗句抒发的空寂落寞情绪，带给我们的，无疑就是黛玉“将不久于人世”的不祥预感。

●薛宝琴这首小令，与她以前所作的《赋得红梅花》诗，以及口述的《真真国女儿诗》对照起来看，就不难相信朱楼梦残，“离人恨重”，正是她未来命运的写照。宝琴个人生活的萧索前景中，也反映出当时一些封建大家族摆脱不了的“历史周期律”，已经或者必将陷入到风飘残絮、落红遍地一样的惨淡境地了。“三春事业付东风，明月梅花一梦”，这既是宝琴的惆怅，更是作者的深深叹息。

●宝钗与黛玉，尽管眼下的私交不错，但思想、性格上的隐然对立，一时殊难改变。作者让宝钗作欢愉振奋之词，来翻黛玉词作情调缠绵悲戚之案，表面上只是诗词吟咏上的互相争胜，实际上也是作者借以刻划钗黛二人不同思想性格的一种艺术手段。细看该词的双关隐义，“蜂围蝶阵乱纷纷”，或许正是“大变故”来临时，大观园人事纷乱情景的写照和象征。众所周知，宝钗一向以端庄高洁自持，人情练达，尽管同黛玉一样都是寄居贾府，一如漂泊的柳絮一样“无根”，但她始终能保持定力，充分利用各方面人脉资源，创造机会，争取主动，有所为有所不为，锲而不舍，游刃有余，最终达成了自己的部分人生目标。词中以“解舞”“均匀”自诩，以“几曾随逝水，岂必委芳尘”自励，以“万缕千丝终不改，任他随聚随分”自照，以“好风频借力，送我上青云”自傲，抒写了一个有自我、有才干、有追求的姑娘的胸襟与豪情。尤其是“好风”“青云”一句，成为宝钗不凡心志的写照，也是她自鸣得意情绪的不经意间流露，更是被一些论者锁定为她“踩别人之肩上位”，“一心一意”要李代桃僵爬上“宝二奶奶”御座的所谓“野心”和“罪状”的不打自招。其实，“青云”一词，未必就一定指我们惯常理解的“谋取高位的途径”之意，它何尝不可以喻指“远大的抱负和志向”，以及“高远的、超脱的清明境界”呢？

●须加留意的脂批：

※【戚序回前：空将佛事图相报，已触飘风散艳花。一片精神传好句，题成谶语任吁嗟！】

※【戚序回后总评：文与雪天联诗篇一样机轴，两样笔墨。前文以联句起，以灯谜结，以作画为中间横风吹断；此文以填词起，以风筝结，以写字为中间横风吹断：是一样机轴。前文叙联句详，此文叙填词略：是两样笔墨。前文之叙作画略，此文叙写字详：是两样笔墨。前文叙灯谜，叙猜灯谜，此文叙风筝，叙放风筝：是一样机轴。前文叙七律在联句后，此文叙古歌在填词前：是两样笔墨。前文叙黛玉替宝玉写诗，此文叙宝玉替探春续词：是一样机轴。前文赋诗后有一首诗，此文填词前有一首词：是两样笔墨。噫！参伍其变，错综其数，此固难为粗心者道也！】

●红楼探照之一五七：

关公面前舞大刀
——三说程本对原文的不当修改

第 70 回回末，写众人正围绕词作发表议论，却被“窗外竹子上一声响”打断。众人吓了一跳。丫鬟们出去瞧时，帘外丫鬟嚷道：“一个大蝴蝶风筝，挂在竹梢上了。”

这风筝，来得倒正是时候！刚吟咏完漂泊的柳絮，作者意犹未足，似乎也是怕读者认不准、识不透柳絮的象征意义，于是紧接着再推出一款飘落之物——那摇摇荡荡的风筝来，以作暗示。借风筝放飞的画面，将曲终人散的“寓意”，做了进一步的引申和强化：

这里小（**前3字程本删**）丫头们听见放风筝，巴不得一声儿，七手八脚，都忙着拿出（**此字程本作“出来”**）一个美人风筝来（**前7字程本作“也有美人儿的，也有沙雁儿的”**）。也有搬高凳去的，也有捆剪子股的，也有拨籰的（**前句“也有搬”至此19字程本改写作“丫头们搬高墩，捆剪子股儿，一面拨起籰子来”**）。宝钗等都（**此字程本删**）立在院门前，命丫头们在院外敞地下放去。……宝玉细看了一回，只见这美人做的十分精致，心中欢喜，便命（**此字程本删**）叫放起来。此时探春的也取了来，翠墨带着几个小（**前7字程本删**）丫头子（**此字程本删**）们在那边（**此字程本删**）山坡上已放了（**此字程本删**）起来。宝琴也命人将自己的（**前7字程本作“叫丫头放起”**）一个大红蝙蝠也取（**前2字程本删**）来。宝钗也高兴，也取了一个来，却是（**前10字程本作“放起个”**）一连七个大雁的，都放起（**前4字程本删**）来。独有宝玉的美人（**此处程本加“儿再”**）放不起来。宝玉说丫头们不会放，自己放了半天，只起房高，便（**此字程乙本作“就”**）落下来了（**此字程乙本删**）。急的宝玉头上出汗（**前2字程本作“的汗都出来了”**），众人又笑（**前2字程乙本作“都笑他”**）。宝玉（**前2字程乙本作“他便”**）恨的掷（**此字程乙本作“摔”**）在地下，指着风筝道（**此字程本作“说道”**）：“若（**此字程本作“要”**）不是个美人，我一顿脚，跺个稀烂！”黛玉笑道：“那是顶线不好，拿出去另使人打了顶线，就好了（**前13字程本作“拿去叫人换好了，就好放了。再取一个来放罢”**）。”

宝玉一面使人拿去打顶线，一面又取一个来放。（**前句19字程本作“宝玉等”**）大家都仰面看天上，这几个风筝都（**此字程本删**）起在半（**此字程本删**）空中去了（**前2字程本删**）。一时（**此处程本加“风紧”**），（**此处程本加“众”**）丫鬟（**此字程甲本作“头”**）们（**此字程本删**）又拿了许多各式各样的“送饭的”来，玩了一回。紫鹃笑道：“这一回的劲大，姑娘来放罢。”黛玉听说，（**前句“又拿了”至此37字程本全删之后，加“都”**）用手帕垫着（**此字程甲本删**）手，顿了一顿，（**前4字程本作“黛玉”**）果然（**此字程本作“见”**）风紧（**此字程本后移一字**）力大（**此字程乙本作“了”**），接过籰子来，随着风筝的势（**前11字程本作“过去”**）将籰子一松，只听（**此处程甲本加“得”**）一阵（**前2字程乙本后移三字**）“豁刺刺”响，登时籰子（**前2字程本删**）线尽（**此处程本加“风筝随风去了”**）。黛玉因让众人来放。

> 众人都笑道:“各人都有,你先请罢。”黛玉笑道:“这一放,虽有趣,只是不忍。”李纨道:“放风筝图的是这一乐,所以又说放晦气,你更该多放些,把你这病根儿都带了去就好了。”紫鹃笑道:“我们姑娘越发小气了。那一年不放几个子?今忽然又心疼了。姑娘不放,等我放。”说着,向雪雁手中接过一把西洋小银剪子来,齐籰子根下寸丝不留,“咯登”一声铰断,笑道:“这一去把病根儿可都带了去了!”那风筝飘飘飖飖,只管往后退了去,一时只有鸡蛋大小,展眼只剩了一点黑星儿,再展眼便不见了。众人皆仰面睃眼说:“有趣,有趣。”宝玉道:“可惜不知落在那里去了。若落在有人烟处,被小孩子得了还好,若落在荒郊野外,无人烟处,我替他寂寞。想起来,把我这个放去,教他两个作伴儿罢。”于是也用剪子剪断,照先放了去。**(此段274字,程本改写作“众人都说:‘林姑娘的病根儿都放了去了,咱们大家都放了罢。’于是丫头们拿过一把剪子来,铰断了线。那风筝都飘飘摇摇随风而去,一时只有鸡蛋大,一展眼只剩下一点黑星儿,一会儿就不见了。众人仰面说道:‘有趣,有趣!’说着,有丫头来请吃饭,大家方散”等100字。)**

放飞风筝的“众乐图”中,除了全书的一号人物宝玉不可或缺必须写到之外,屈指一算在场大致有三位算不上命运“飘离”的:李纨没有放,湘云也没有放,宝钗虽放而不细写。于是命运如风筝一样飘落消逝的黛玉,以及飘散远嫁的探春,在作者笔下均做了重点描写;特别是紧承宝玉将风筝放走之后,重点落墨探春所放风筝,将“风筝”作为一种象征意象,明明白白地写道:

> 探春正要剪自己的凤凰,见天上也有一个凤凰,因道:“这也不知是谁家的?”众人皆笑说:“且别剪你的,看他倒像要来绞的样儿。”说着,只见那凤凰渐逼近来,遂与这凤凰绞在一处。众人方要往下收线,那一家也要收线,正不开交,又见一个门扇大的玲珑“喜”字儿带响鞭,在半天如钟鸣一般,也逼近来。众人笑道:“这一个也来绞了。且别收,让他三个绞在一处,倒有趣呢!”说着,那“喜”字果然与这两个凤凰绞在一处。三下齐收乱顿,谁知线都断了,那三个风筝,飘飘飖飖都去了。众人拍手,哄然一笑,说:“倒有趣,可不知那‘喜’字是谁家的,忒促狭了些!”黛玉说:“我的风筝也放去了,我也乏了,我也要歇息去了。”宝钗说:“且等我们放了去,大家好散。”说着,看他姊妹都放去了,大家方散。

总之,飘飞的柳絮和风筝,作为一种命运的寄托、一种意象的展示,作者借以传达出了强烈的“大观园时光不再,众芳即将群体性飘散零落”的悲剧讯息。对曹雪芹别具匠心的这一大段形象生动、蕴涵丰富的“风筝放飞图”描写,甲辰本大概觉得冗余,于是不但将林黛玉放风筝一段场景描写做了大幅删减压缩,将李纨、紫鹃、宝玉各见性情的对白统统删去外，还将“探春放风筝”这一 260 字的描写段落几乎尽行删除；梦稿本除保留李纨的话外，其他地方的删节与甲辰本基本一致；程高本的删改内容跟甲辰本基本相同，但跟梦稿本一样，都在回末增添了如下一段别本所无的文字：

> 从此宝玉的工课，也不敢像先竟撂在脖子后头了。有时写写字，有时念念书，闷了也出来，合（**此字程乙本作“和”**）姐妹们顽笑半天，或往潇湘馆去闲话一回（**此字程乙本作“会”**）。众姐妹都知他工课亏欠，大家自去吟诗取乐，或讲习针凿之事（**前 2 字程乙本删**），也不肯去招他。便是（**此字程乙本作“那”**）黛玉更怕贾政回来宝玉受气，每每推睡，不大兜揽他。宝玉也只得在自己屋里，随便用（**此字程乙本作“做”**）些工课。展眼已是夏末秋初。一日，贾母处两个小（**此字程乙本删**）丫头，匆匆忙忙来叫宝玉。不知何事，下回分解。

这段添写，与第 71 回开篇添写的一大段文字一样，都是为贾政回家一事而作的衔接和过渡。这本无可厚非，不过跟庚辰等脂本原文对照，百余字虽增扩到三倍之多，但语言风格不同，表意重复啰嗦，是不能与曹雪芹文笔的精当而又蕴藉的风格相提并论的。

第七十一回　嫌隙人有心生嫌隙　鸳鸯女无意遇鸳鸯

内容提要：贾母八旬寿庆期间，贾母只叫史、薛、琴、林、探五人会见南安太妃。邢夫人为此心怀不满，借故有意扫凤姐的脸。鸳鸯、尤氏、李纨、探春等聚在一处，议及家务和做人之难。鸳鸯遇见司棋与其表兄幽会，保证不向外张扬。

●回目文字与第 46 回回目“尴尬人难免尴尬事　鸳鸯女誓绝鸳鸯偶”相对应。彼处的“尴尬人”及本回的“嫌隙人”，均可指不识大体、性情扭曲、举止古怪的邢夫人：忙着为胡子都花白了的任性丈夫张罗年青女孩的，是她；因自身行事不妥，却抵不住身边小人的调唆，遗恨迁怒于儿媳、弟媳的，也是她。

●世路艰难，官场不易，游子归来，“因年景渐老，事重身衰，又近因在外几年，骨肉离分，今得晏然复聚于庭室，自觉喜幸不尽”，写出了封建时代中老年官员的特别经历与感受。不是么，年纪和阅历，是一把双刃剑，最容易将一个人的理想与信念消磨，导致热血凝结、激情退减，而滋生“魂归桑梓”“心系故园”一类情结呢。

●接写贾母八旬之庆，又来一次“花团锦簇”“富贵风流”的场景展示，只可惜是夕阳西下、晚景堪忧的时候了！

●借贾母寿辰，再次提点贾府与朝廷、内宫，与北静王、南安郡王、永昌驸马、乐善郡王,并几个世交公侯应袭和江南甄家的联系交往,以示其贵族势力的盘根错节、回光返照、“死而不僵”。期间,重点展现了南安太妃对贾府人等的亲热,实为作者因应后文故事情节的发展需要所预伏的“特笔”:一是太妃请见姑娘们,贾母回头命凤姐儿去把史、薛、林带来的同时,不忘“再只叫你三妹妹陪着来罢”,由此引起邢夫人怀怨,以致后来的迁怒发作;二是按曹雪芹绝对不会无缘无故将“戏份”安排在一个可有可无人物身上的一贯构思及笔法,既然本回着意描写太妃对出场的几位姑娘,又特别是对贾府千金探春的特别留意和特殊好感,实为后来探春的“受命远嫁”,种下宿因。

●南安太妃与北静王妃一样,系本回新推出人物。作为年长位尊的贵妇,太妃颇具外交口才礼仪及贵重雍容风度,令人过目不忘。本章节着意表现她对府内年青女孩,又特别是对“三姑娘”探春的亲近和欣赏,并非闲笔,应该是预伏了“后半部”中南安太妃变相逼迫探春“远疆和亲”一事的相关情节线索(据考证探佚)。

●一面是人来客往、家人跪拜、冠冕堂皇的风光礼仪,一面却是荆棘草莽、虎视眈眈,充满着来自内部各方势力“拉帮结派”“抢班夺权”的激烈较量,贾府的外强中干迹象暴露,说明崩塌已近悬崖边,覆灭已入倒计时。

●尤氏眼中的大观园,门禁形同虚设,隐患乱象明显;稍一过问,即生事端,不服管教者不少,岂止“只顾分菜果”的婆子两个!再说,作者笔下的小人物,无论是这两个出言不逊的婆子,还是跟着尤氏传达“指示精神”的小丫头,虽出场机会仅此一次,但其说话行事活灵活现,个性表现精光四射,令人过而难忘。即便是碰到的两个姑子吧,一言一语之中也性情毕现,奉承讨好的话说得娓娓动听,最能够搔到一个人内心的痒处:难怪世人大都难与这类“三姑六婆”割断联系!

●尤氏对自己受委屈一事,保持了应有的清醒和息事宁人的态度,显示出一个当家主妇不受人挑动的定力。难怪宁府家务管理中的反乱迹象,相比女强人王氏当家的荣国府,确实要少些和小些。

●为处理两个婆子藐视尤氏一事,林之孝家的被传唤进府,继后又进园;因为尤氏“也不是什么大事,谁又把你叫进来,倒要你白跑一遭;不大的事,已经撒开手了”的执意劝阻,只得又回身出园。原文写到她路遇赵姨娘,后者告以传唤的缘故:

> 可巧遇见赵姨娘,姨娘(**前2字程本删**)因笑道:“嗳哟哟,我的嫂子!这会子还不家去歇歇,还(**此字程本删**)跑些什么?”林之孝家的便笑说:“何曾不(**此字程乙本作“没”**)家去的(**此字程本删**)?”如此这般进来了。又是个齐头故事。赵姨娘原是好察听这些事的,且素日又与管事的女人们扳厚,互相连络,好作首尾。方才之事,已竟闻得八九,听林之孝家的如此说,便恁般如此告诉了林之孝家的一遍(**前句“又是个”至此74字程本全删**)。

林之孝家的听了，笑道："原来是这事，也值一个屁！开恩呢，就不理论；心窄些儿，也不过打几下子就完了。"赵姨娘道："我的嫂子，事虽不大，可见他们太张狂了些。巴巴的传进你来，明明戏弄你，顽算你快歇歇去，明儿还有事呢，也不留你吃茶去。"(**本段93字程本改写作：赵姨娘便说："这事也值一个屁！开恩呢，就不理论；心窄些儿，也不过打几下就完了，也值的叫你进来？你快歇歇去，我也不留你喝茶了。"**)

大千世界，芸芸众生，各人有各人的活法，小人自有小人的智慧，不可强求一律，亦不可一概而论！再说，引文210余字，删改后仅剩下90余字，把原来林之孝女人说的话改到了赵姨娘头上，显得张冠李戴，不合情理。

●"习惯把全世界的人当作傻子，一觉醒来，发现自己才是天底下最傻的那个！"平日里机关算尽的二奶奶，因周瑞家的"奉旨行事"播弄是非而引火烧身，自家被人当了枪使，做了一回挡箭牌尚自蒙在鼓里，浑然不知。

●当场放生鸟雀，拣佛豆积寿，展现的是旧时代大户人家"庆生"习俗。

●本回多处写到贾母对族中女孩——喜鸾的偏爱。在宝玉和李纨、尤氏等说笑的时候，也涉笔这个天真的女孩：

喜鸾因笑道："二哥哥，你别这样说，等这里姐姐们果然都出了阁(**此字程本作"门"**)，横竖老太太、太太也寂寞，我来和你作伴儿。"李纨尤氏等都笑道："姑娘也别说呆话，难道你是不出门的，这话哄谁？"说的喜鸾(**此处程本加"也"**)低了头。

按照曹雪芹一贯的构思笔法，如此看中喜鸾，十有八九此女将在后文中有一番表现。可惜，因原作后半部的"迷失"，"生得好"且招贾母喜欢的喜鸾，跟同来参加贾母寿筵的四姐儿一样，自本回惊鸿一现之后，即杳如黄鹤了。

●当鸳鸯进园传达完贾母"要善待喜鸾和四姐儿两个"的旨意，刚至园门前一带，就无意间撞破了在此趁隙幽会的一对情人。这是继秦钟与智能、茗烟与万儿偷情之后，作者笔下又一次呈现出的一对俗世中的"野鸳鸯"。该场景非常富有戏剧性，作者无论对环境的点染还是对人物的描写，均简洁传神，突出了旧时代奴仆阶层争取恋爱婚姻自由自主的曲折艰难，揭示了两性交往中他们"既渴求又害怕"的矛盾隐秘心理。

●司棋的私情败露，隐伏下"绣春囊""累金凤"及"搜检大观园""撵逐晴雯"等惊心动魄事件的线索。本回叙事，为下文几十回故事情节的发展及挽结，埋下不少宿根。

●司棋，《红楼梦》四大烈婢之一，迎春的大丫头，王善保的外孙女，秦显的亲侄女。她脾气刚烈，敢作敢为，品貌风流，身材高大丰壮，做事干脆利落，与其主子“二木头”迎春的性格,适成反差。

书中司棋活动的轨迹如下:第 7 回首次提及她;第 27 回首次有台词,此后 30 余回中绝少专写她的笔墨,只是与其他丫鬟并列,顺带提及而已;第 61 回首次多了点笔墨,写她率小丫头大闹园内小厨房,突出了她的粗率性格;本回写司棋与姑舅兄弟的私情幽会;第 72 回写司棋因被撞破私情抑郁成病,鸳鸯赶去安慰,发誓不会说出;第 73 回写司棋的春宫绣囊(未明写)被傻丫头拾到,为后来的“搜园”肇端;第 73 回迎春“懦小姐不问累金凤”的场景中,司棋暂充配角;第 74 回搜园,被搜出与表弟传情之物,隐私败露,外婆被众人奚落;第 77 回,写司棋被逐。其后,第 78 回借宝玉之口提及司棋,讲到大观园的情形,曲终人散之意越来越明显。至于司棋的悲惨结局,则由第 92 回借他人之口说出了。

司棋与表弟潘又安的爱情,是《红楼梦》一书中得到较为完整充分描写的爱情悲剧之一,令人叹惋。

●须加留意的脂批:

※【戚序回前:叙贾母开寿诞,与宁府祭宗祠是一样手笔,俱为五凤裁诏体。】

编者按:所谓“五凤裁诏体”,即指一种皇帝诏书的笔体。

※贾母因问道:“前儿这些人家送礼来的共有几家有围屏?”凤姐儿道:“共有十六家有围屏,十二架大的,四架小的炕屏。内中只有江南甄家【庚辰双行夹批:好,一提甄家。盖真事将显,假事将尽。】一架大屏十二扇,大红缎子缂丝‘满床笏’,一面是泥金‘百寿图’的,是头等的。还有粤海将军邬家一架玻璃的还罢了。”贾母道:“既这样,这两架别动,好生搁着,我要送人的。”凤姐儿答应了。

编者按:本回出现的这则脂批,常为论者引用。它无疑暗示了全书反映的内容特别是贾府命运的走向,即将从第 71 回起,不可避免地发生“真事将显,假事将尽”的重大转折。也就是说,小说描写的内容特别是贾府的生活内容,将由相当程度上的艺术虚构,向着“历史和现实”中的曹家生活及其命运的真实反映,作更大程度上的接近与贴合。

※【戚序回后总评:叙一番灯火未息,门户未关;叙一番赵姨失体,费婆憋气;叙一番林家托大,周家献勤;叙一番凤姐灰心,鸳鸯传信:非为本文渲染,全为下文引逗;良工苦心,可谓惨淡经营。】

又:【司棋事从鸳鸯误吓得来,是善周全处,方与鸳鸯前后行景不致矛盾:一何精细如此!】

●红楼探照之一五八：

传神写照：周瑞女人的势利与奸猾

“雌虎不发威，只当是病猫。”东府的管家奶奶，即便要越界用权，也会因西府婆子下人们的“门户之见”，效力减半，即便要人“到那边把他们家的凤儿叫来”，也不过虚张声势、虚晃一招而已，岂能与第55回探春借平儿发话，第59回麝月“召将飞符”的立竿见影效果同日而语！尤氏原非多事之人，也有足够的自知之明，难得的一点性气上来准备有所发作的时候，经两个姑子及宝琴、湘云等人的劝说，很快就心平气和了；奈何又遇上了一个有意要将事态扩大，以达一己之私的周瑞家的！且看一个跳蚤式人物，她那煞有介事的搬演：

> 说话之间，袭人早又遣了一个丫头，去到园门外找人。可巧遇见周瑞家的，这小丫头子就把这话告诉周瑞家的（**前4字程本作“他了”**）。周瑞家的虽不管事，因他素日仗着王夫人的陪房，原有些体面，心性乖滑，专惯各处献勤讨好，所以各房主子都喜欢他。他今日听了这话，忙的便（**前2字程本删**）跑入怡红院来（**此字程本删**），一面飞走，一面口内（**前2字程本删**）说：“气坏了奶奶了（**前6字程本后移4字**），可了不得！我们家里，如今惯的太不堪了（**此句12字程本全删**）。偏生（**此字程本删**）我不在跟前，若在跟前（**前4字程本删**），且打给（**此字程本删**）他们几个耳刮子，再等过了这几日（**此字程本作“天”**）算账。”
>
> 尤氏见了他，也便笑道：“周姐姐你来，有个理你说说。这早晚门（**此字程本作“园门”**）还大开着，明灯蜡烛，出入的人又杂，倘有不防的事，如何使得？因此叫该班的人吹灯关门，谁知一个人芽儿也没有。”周瑞家的道：“这还了得！前儿二奶奶还吩咐（**此处程本加“过的”**）了他们，说这几日事多人杂，一晚就关门吹灯，不是园里人不许放进去。（**前28字程本全删**）今儿就没了人。这事（**前2字程本删**）过了这几日，必要打几个才好。”尤氏又说小丫头子的话。周瑞家的道（**此字程本作“说”**）：“奶奶不要（**此字程乙本作“用”**）生气，等过了事，我告诉管事的，打他个臭（**此字程乙本作“贼”**）死。只问他们，谁叫他们（**前3字程本删**）说这（**此字程本删**）‘各家（**此字程本删**）门各家（**此字程本删**）户’的话！我已经叫他们吹了灯，关上正门和角门子（**前11字程本作“吹灯关门呢。奶奶也别生气了”**）。”……
>
> 一时周瑞家的得便（**前2字程本删**）出去，便把方才的事回了凤姐，又说：“这两个婆婆就是管家奶奶，时常我们和他说话，都似狠虫一般。奶奶若不戒饬，大奶奶脸上过不去（**前句“又说”至此40字程本全删**）。”凤姐道（**此**

字程本作“便命”):“既这么着(**前4字程本删**),记上两个人的名字(**前8字程本作“将那两个的名字记上”**),等过了这几日,捆了送到那府里凭大嫂子(**前2字程本作“奶奶”**)开发,或是打几下子(**前3字程本删**),或是开恩饶了他们(**前4字程本删**),随他去就是了(**前4字程本作“就完了”**),什么大事。”周瑞家的听了,巴不得一声儿(**此字程本删**),素日因与这几个人不睦,出来了便命一个小厮到林之孝家(**此处程本加“去”**)传凤姐的话,立刻叫林之孝家的进来见大奶奶;一面又传人立刻捆起这两个婆子来,交到马圈里派人看守。

第71回的相关描写,出现了周瑞家的性格为人中的“新元素”。“周瑞家的”称呼后面“家的”二字,是过去时代对成家妇女的一种习惯性的叫法,现今犹存于内地乡村一些老辈人口头,譬如川北称之为“某某某家里的”或“某某某屋头的”即是。周瑞家的,是王夫人的陪房,冷子兴的岳母;丈夫周瑞,管春秋两季地租子,闲时带小爷们出门;她本人,则在荣国府里管太太奶奶们出行的事,常在大观园及凤姐、王夫人处行走。

此妇出场较早,抛头露面的机会也多。第6回刘姥姥就是借重她的体面,得以进入贾府并见到了凤姐的;第39回刘姥姥“二进荣国府”,仍为她所引见。第7回周瑞家的受命送宫花十二支,遍串各姑娘奶奶活动处,十二钗即见其八;送宫花时,还受到林黛玉的甩脸,她只能忍耐而不发一言。第29回清虚观打醮,府门前车轿纷纷,众人说笑不绝,经此妇照看诫饬,秩序得以维持;第45回其子在凤姐寿日当天借故吵闹,“无法无天”,险些被凤姐撵了不用,因赖嬷嬷的主动过问并由周瑞家的“跪下央求”方免;本回贾母寿日惩治婆子及第74回抄检大观园矛盾风波中,周瑞家的要么公报私仇、小题大做,要么狐假虎威、火上浇油,足见其二层管家妇的不良心性、恶劣人品。续书第112回中,因干儿子何三招来伙盗抢劫贾府事发,与其关系不清不白的此妇,即被开除。可以说,周瑞家的是一个贯串全书首尾的重要角色,是活跃于贵族大家庭生活中具有一定权力、脸面的仆妇典型。

眼下,你看她为了讨好宁国府的管家大奶奶,那夸张的动作、表情和失惊打怪的语言,真是穷形尽相,入木三分,活画出了她谄媚、虚假、打肿脸充胖子的滑稽嘴脸。奸诈狡猾的周妇,将情况汇报并听取了凤姐的意见之后,借机公报私仇,趁势兴风作浪,大搞挟嫌报复,有意将凤姐处理意见中的“等过了这几日”的时限作“选择性忽略”,单将“捆送”二字拈出,事不过夜,立马执行。两个“立刻”,表现出周妇“一朝权在手,便把令来行”的有恃无恐、急切得意。

扬汤止沸,浑水摸鱼,断章取义,阳奉阴违,借题发挥,狐假虎威,唯恐天下不乱。这些“底下‘奴’字号的奶奶们”(本回鸳鸯语)的“挟天子以令诸侯”性质的行为,正印证了第16回中凤姐对贾琏所言:“你是知道的,咱们家所有的这些管家奶奶们,那一位是好缠的?错一点儿他们就笑话打趣,偏一点儿他们就指桑骂槐的报怨。‘坐山观虎斗’‘借剑杀人’‘引风吹火’‘站干岸儿’‘推倒油瓶儿不扶’,都是全挂子的武艺。”周瑞家的表现,正好做凤姐这话的注脚。

●红楼探照之一五九:

窝里斗:深宅大院的“传统保留节目”

荣府大房和二房的矛盾,首先在下人严重的“心理失衡”中显露出来。作者的一支笔,首先指向了大家族主妇陪房婆子——费婆子的忿忿不平:

> 这费婆子原是邢夫人的陪房,起先也曾兴过时,只因贾母近来不大作兴邢夫人,所以连这边的人也减了威势。凡贾政这边有些体面的人,那边各各皆虎视耽耽。这费婆子常倚老卖老,仗着邢夫人,常吃些酒,嘴里胡骂乱怨的出气。如今贾母庆寿这样大事,干看着人家逞才卖技办事,呼幺喝六弄手脚,心中早已不自在,指鸡骂狗,闲言闲语的乱闹。这边的人也不和他较量。如今听了周瑞家的捆了他亲家,越发火上浇油,仗着酒兴,指着隔断的墙(**自段首至此176字,程本作“这费婆子原是个大不安静的,便隔墙”**)大骂了(**此字程本删**)一阵,便(**此字程乙本删**)走上(**此字程本作“了”**)来求邢夫人,说他(**此字程乙本作“我”**)亲家并没什么不是(**前6字程本删**),“不过和那府里的(**前7字程本作“与”**)大奶奶的小丫头白斗了两句话,周瑞家的便调(**前2字程本作“挑”**)唆了咱家(**前2字程本删**)二奶奶(**此处程本加“现”**)捆到(**此字程本作“在”**)马圈里,等过了这(**前2字程本删**)两日还要打(**此处程本加“呢”**)。求太太——我那亲家娘也是七八十岁的老婆子(**此句15字程本全删**)——和二奶奶说声,饶他这(**此字程本删**)一次罢。”

老实说,天下之大,世事之艰,人心难测,何止费婆子才深有权势的失落感和借机生事的心理冲动啊!主妇邢夫人长期受婆母冷落,被置于家政管理权力中心的边缘,心中更窝着满肚子的愤怨要借机发泄呢。第71回原文对其嫉妒挟怨、伺机报复的阴暗心理,有恰如其分的剖析:

> 邢夫人自为要鸳鸯之后(**前2字程本删**)讨了没意思,后来见(**前3字程本删**)贾母越发(**前2字程本删**)冷淡了他,凤姐的体面反胜自己(**前9字程本全删**);且前日南安太妃来了(**此字程本删**),要见他姊妹(**前5字程本删**),贾母又只(**此字程本作“单”**)令探春出来,迎春竟似有如无(**前7字程本全**

删），自己心内早已怨忿不乐，只是使不出来（**前8字程本全删**）。又值这（**前2字程本作“有”**）一干小人（**前4字程本后移二字**）在侧，他们（**前2字程本删**）心内嫉妒挟怨（**此处程本加“凤姐”**）之事不敢施展，便背地里造言生事，调拨主人。先不过是告那边的奴才，后来渐次告到凤姐“只哄着老太太喜欢了他好就中作威作福，辖治着琏二爷，调唆二太太，把这边的正经太太倒不放在心上。”后来又告到王夫人，说：“老太太不喜欢太太，都是二太太和琏二奶奶调唆的。”邢夫人纵是铁心铜胆的人，妇女家终不免生些嫌隙之心（**前“之事”至此131字程本全删**），近日因此（**前4字程本作“便调唆的邢夫人”**）着实恶绝（**前2字程本作“憎恶”**）凤姐。今（**此字程本作“如今又”**）听了如此一篇话，也不说长短。

……邢夫人直至晚间散时，当着许多人（**前3字程本作“众人”**）陪笑和凤姐求情说：“我听见（**前2字程本后移四字**）昨儿（**此字程本作“日”**）晚上二奶奶生气，打发周管家的娘子（**前2字程乙本作“奶奶儿”**）捆了两个老婆子（**此字程乙本删**），可也不知犯了什么罪。论理我不该讨情，我想老太太好日子，发狠的还（**此字程本作“还要”**）舍钱舍米，周贫济老，咱们家（**此字程本删**）先倒折磨（**前2字程甲本作“磨折”；程乙本作“挫磨”**）起（**此处程本加“老”**）人家（**前2字程甲本作“家人”；程乙本作“奴才”**）来了。（**此处程甲本加“便”；程乙本加“就”**）不看我的脸，权且看老太太，（**此处程本加“暂且”**）竟放了他们罢。”说毕，上车去了。

话说邢夫人和王夫人二妯娌，在大家庭相处，一直以来都有些貌合神离；愈到后来，她们的关系就愈加微妙，愈加复杂，钩心斗角、相互防范之心愈深。究其原因，家奴挑唆的作用不可忽视，但围绕家政大权带来的脸面和实际利益，才是她们明争暗斗的根本。甲辰、梦稿、程高本将引文中“一干小人在侧”到“着实恶绝凤姐”之间的130余字删除殆尽，使得邢夫人忽然表现出来的对凤姐和王夫人无以复加的嫉妒憎恨，以及眼下发生的公然挑衅行为，一定程度上失去了充分的心理依据。

平心而论，邢夫人憎恶儿媳妇，诚然与长期以来王凤姐对公婆的藐视有关，也跟她嫉妒凤姐的权势以及憎恨凤姐跟王夫人一系的亲密有关，更有自己长期以来得不到婆母欢心而产生的气恼和羞惭有关。随着贾府家势的败落，随着婆母的年事增高，随着凤姐的心劳日拙，邢夫人内心压抑着的不满和心理上的失衡只会越来越严重，只会越来越公开大胆地表露出来，只会越来越挤压王凤姐在家族事务中腾挪发挥的空间，越来越撕扯并扩大着凤姐与贾琏本已存在的夫妻感情裂痕。潜滋暗长，此消彼长。邢王二夫人两派势力的较量，只会越来越激烈，夹在她们钩心斗角漩涡中的牺牲品,只会越来越众多。而大家族内部生生不息、愈演愈烈的“窝里斗”,往往又与家族外部的异己力量相纠结,对家族的兴衰成败整体命运,产生更大的颠覆效果。这些后果,显然是邢夫人之流始料不及,亦无暇顾及的。

当然,毕竟是大家子出身的朝廷命妇,邢夫人可不是那种“一说就跳,一点就着”的浅薄人。你看她,听了费婆子的“告状”,不动声色,行若无事,一直等到晚夕贾母退场、众人将散的恰当时刻,才利剑出鞘,忽然发飙,咄咄逼人,表面上是“陪笑和凤姐求情”,实际上面目狰狞,无异于当众狠狠地扫了尚不知事情原委的大管家——自己的儿媳王熙凤的脸;而且还是“说毕,上车去了”,一骑绝尘,傲然而别,根本就不给对方以任何解释的机会,也根本不给在场其他人以任何解劝转圜的时间。留在其身后无地自容的,当然就是那个猝然之间被婆母羞辱,“当着许多人,又羞又气,一时抓寻不着头脑,憋得脸紫涨”的王凤姐,以及被间接打脸了的,对前因后果一无所知的王夫人了!你看,邢夫人做事就是这么“绝门”:不发作则已,一发作就会“一剑封喉”,眼镜王蛇发起强势攻击一般又阴,又准,又狠!

复盘凤姐对待处理“尤氏受屈”这件生活小事的初衷,的确是做到了“推己及人”“设身处地”为宁府大奶奶尤氏着想,怕她多心,怕因自己府内婆子的“无礼”妄言,伤了她的脸面;殊不知当事人却装糊涂,不买账,不领情,还故作轻松,推得一干二净。凤姐这一次的“热脸”,无异于贴了尤氏的“冷屁股”!更令凤姐料想不到的是,别有用心的周瑞女人,恰恰钻了她的空子,有选择性地利用了她发出的口头指令,挟带私货,小题大做,蓄意报复,借机打压别人,端端又去触碰了邢夫人的“逆鳞”,捅了荣府“在野党”一派的“马蜂窝”。“恶人还得恶人磨”,由仆妇轻举妄动甩来的黑锅,却要凤姐自己背着;由此惹来的气恼,也要她扎扎实实地承受。“由你奸似鬼,吃了老娘的洗脚水!”聪明一世的王熙凤,竟然无形之间被仆妇所颠弄,无论如何都使人觉得人生的讽刺!

最可笑的,恰恰是在场的王夫人。一贯的反应迟钝,她根本就没有识破邢夫人甩脸起身、愤然走掉的真实意图,分明就是项庄舞剑,意在挑动她的神经,迫其出手干预,进而带给凤姐心灵上更大的冲击和精神上的伤害。愚不可及的王夫人,没有看懂老嫂子邢夫人的心思,又偏要摆出“高高在上”“不偏不倚”“永远正确”“可以严格约束自己人”的架势,不分青红皂白,糊里糊涂中招,不但不听自己亲侄女的分辩解释,还对“你太太说的”话大加肯定,听起来真叫人心寒!要命的是,她还直接无视凤姐的职权,当众做出现场处置,回头命人去放了那两个婆子,一点都没有顾及凤姐的脸面,一点都没有顾及凤姐含冤受屈的感受!

对此难堪局面,凤姐由不得越想越气越愧,不觉灰心转悲,滚下泪来。因赌气回房哭泣,又不使人知觉,一腔苦水只有往心里流;即便是见了一向疼爱她的贾母,还只得假装坚强,强颜欢笑!……真是主客异位,时光颠倒,当初跃居众人之上,耀武扬威不可一世的王凤姐,也有了落下风、被委屈、遭羞辱的时候!这不仅是她个人权威的失落,本质上也标志着长期以来维系贾府秩序的、外强中干的统治力量正在遭遇越来越大的挑战,走向衰落和全面瓦解的下场隐约可见。而"一号女强人"的悲凉结局,也就在这家族内部矛盾日趋激化的过程中,显露端倪了。

●红楼探照之一六〇:

淡漠:宝玉对家运的一贯态度

第71回凤姐受气哭泣之事,为琥珀、鸳鸯察知,说给贾母。贾母虽未在现场,却心如明镜:

"这才是凤丫头知礼处。难道为我的生日,由着奴才们把一族中的主子都得罪了,也不管罢?这是(**此处程本加"大"**)太太素日没好气,不敢发作,所以今儿拿着这个作法子(**此字程本删**),明是当着众人给凤儿(**前2字程本妄作"凤姐儿"**)没脸罢了。"

仅凭这一点,相比之下,身为贵妇的王夫人,其判断识别及临场处置能力之差,就如"竹签穿豆腐——别提了"。继后在晓翠堂,围绕近期林林总总的纷纭家事,众人发表议论,说出了各自的生活态度和生活感受:

这里尤氏笑道:"老太太也太想的到。实在我们年轻力壮的人,捆上十个也赶不上。"李纨道:"凤丫头仗着鬼聪明儿(**此字程本删**),还离脚踪儿不远。咱们是不能的了。"鸳鸯道:"罢哟,还提'凤丫头''虎丫头'呢,他(**此处程本加"的为人"**)也可怜见儿的。虽然这几年没有在老太太、太太跟前有个错缝儿,暗里也不知得罪了多少人。总而言之,为人是难作的:若太老实了没有个机变,公婆又嫌太老实了,家里人也不怕;若有些机变,未免又'治一经损一经'。如今咱们家里(**此字程本删**)更好,新出来的这些底下'奴'(**此字程本妄删**)字号的奶奶们,一个个心满意足,都不知要怎么(**此字程甲本删**)样才好,少有(**此字程乙本删**)不得意,不是背地里咬(**此字程本作"嚼"**)舌根,就是挑(**此字程乙本作"调"**)三窝四的。我怕老太太生气,一点儿也不肯说。不然我告诉出来,大家别过太平日子。这不是我当着三姑娘说,老太太偏疼宝玉,有人背地里(**此字程本删**)怨言还罢了,算是偏心;如今老太太偏疼你，我听着也是不好。这可笑不可笑？”探春笑道：“糊涂人多，那里较量得许多！我说倒不如小（**此字程乙本作“小户”**）人家人少（**前2字程本删**），虽然寒素些，倒是（**此处程本加“天天娘儿们”**）欢天喜地，大家快乐。我们这样人家人多（**前2字程本删**），外头（**前2字程本作“人都”**）看着我们不知千金万金小姐（**前2字程本删**），何等快乐，殊不知我们（**前2字程本删**）这里说不出来的烦难，更利害。”

这一段人物对话，性情毕现。针对贾母“留下的喜姐儿和四姐儿虽然穷，也和家里的姑娘们是一样，大家照看经心些。我知道咱们家的男男女女都是‘一个富贵心，两只体面眼’，未必把他两个放在眼里。有人小看了他们，我听见可不依”的专程传话，尤氏发出的是由衷感叹，老太太了不起，十个抵不上她一个；李纨表达的是自谦，凤姐跟老太太相比差不多，自己还不行；鸳鸯表达的满是对凤姐的理解和同情，虽说是多少代表老太太立言，有体贴回护凤姐之意，但“近朱者赤”，话语间仍然表现出了鸳鸯长期生活在贾母身边耳濡目染而来的“见事精明透彻”“是非烟云尽收眼底”的不凡气质；探春表达的，是对小户人家真切亲情的向往，以及身处大家庭矛盾荆棘丛中的“烦难”。其实，家家都有一本难念的经，人人都有对生活的类似感受。大户人家的姑娘，哪里知道小户人家过的日子，或许寒素简单，却充满着更多的烦难辛劳和酸苦呢？

不过，这里最应该引起注意的，倒是贾府成年男子——宝玉对家族兴衰命运“视有如无”“放任不管”的漠然态度：

宝玉道：“谁都像三妹妹好（**此字程乙本删**）多心。事事（**前4字程本作“多心多事”**）我常劝你，总别听那些俗语，想那（**此字程本作“那些”**）俗事，只管安富尊荣才是；比不得我们没这清福，该应（**前2字程本作“应该”**）浊（**前字程本作“混”**）闹的。”尤氏道：“谁都像你，真（**此字程本删**）是一心无挂碍，只知道和姊妹们顽笑，饿了吃，困了睡，再过几年，不过还（**此字程本删**）是这样，一点后事也不虑。”宝玉笑道：“我能够和姊妹们过一日是一日，死了就完了，什么后事不后事。”李纨等都笑道：“这可又是胡说（**此处程本加“了”**）。就算你是个没出息的，终老在这里，难道他姊妹（**前2字程乙本作“姐儿”**）们都不出门（**此处程乙本加“子”**）的（**此字程乙本作“罢”**）？”尤氏笑道：“怨不得人（**此字程乙本删**）都说他是假（**前3字程乙本作“你空”**）长了一（**此字程乙本删**）个（**此处程乙本加“好”**）胎子，究竟是个又傻又呆的（**此句9字程乙本作“真真是个傻东西”**）。”宝玉笑道：“人事莫（**此字程乙本作“难”**）定，知道（**前2字程本删**）谁死谁活？倘或我在今日明日、今年明年死了，也算是遂（**此字程本作“随”**）心一辈子了。”众人不等说完，便说：“可是又疯了（**前5字

程乙本作“越发胡说了”),别和他说话才好。若(**此字程乙本作“要”**)和他说话,不是呆话就是疯话(**此处程甲本加“了”**)。”

这一段写怡红公子宝玉当着众姊妹的面,谈到“后事”(即家族的未来、家人的生计、自己的位置和应该担当的责任等),仍一如既往地表现出心理上、情感上对“姊妹们”难舍的依恋,仍一如既往地表现出对人生的困惑迷茫,以及对生死问题的看空看淡,流露出一种“人事莫定”“死了拉倒”的人生洒脱和终极悲凉。看来,悲凉的雾气,已经遍布于贾府表面的繁华,身处其中能感觉到这种隐隐变化的,恐怕只有宝玉一个人了!因而感情细腻而又敏感的他,对生活的现状迷迷瞪瞪,对家族的未来不抱期待,对公众事业的责任更缺少明确的认识和担当,以致人生道路没有任何前瞻性规划,更谈不上为追求家族事业的持续发展去付出任何主观努力了。

这就是曹雪芹笔下,那个“既清醒又糊涂”“既心事重重又心无挂碍”“既忙忙碌碌又无所作为”的宝玉。可以说,他除了“安富尊荣”、悠游岁月,除了在周围美丽优异的青春女儿那里吮吸精神营养、寄托美好梦想之外,真是一无所为一无所求了!也因此,在李纨及尤氏等局外人看来,宝玉的这一类言行确实难以理喻,因此对他吐露的心曲,要么视之为“胡说”,要么定性为“不是呆话就是疯话”。因为没有共同语言,于是她们干脆就此打住,不再对牛弹琴,跟他讨论交流这一类关于“生活与成长”“责任与未来”等沉重话题了。实际上,这也是作者“于极热闹时生冷淡根芽”,借宝玉所说的“人事莫定,谁死谁活”一类疯话,暗示从此以后,贾府家运无可挽回地走向彻底衰败。

这一段关于家事的言谈,恰与第62回黛玉谈及家计“后手不接”之际宝玉所持的“随心所欲”“冷眼旁观”态度一脉相承,并形成前后映照。总之,与众姊妹,包括与诗人气质的爱侣黛玉相比,宝玉对家族的现状和未来,对自己在家族事业传承网格中所处的位置及责任,的确算是非常淡漠和超脱的了!这既是宝玉的糊涂处,也是宝玉的清醒处;既是他的可爱处,也是他的可怕处。当代川籍藏族作家阿来的小说《尘埃落定》中,那个“最聪明的傻子”之言谈举止,似乎与宝玉有些类似。

第七十二回　王熙凤恃强羞说病　来旺妇倚势霸成亲

内容提要:司棋因姑舅兄弟惧罪私逃而病倒。贾琏请求鸳鸯暂把老太太查不着的金银家伙偷着运出一箱子,暂押千数两银子支腾过去。来旺家的请求凤姐贾琏出面,强娶彩霞作儿媳。林之孝向贾琏建议压缩人头开支以应付困难局面,并带来了“雨村降职”的消息。

●开篇接写鸳鸯无意间惊散司棋与潘又安的幽会之后的心理活动。且看她，出了角门，“脸上犹红，心内突突的”，因想这事非常，若说出来，奸盗相连，关系人命，还保不住带累了旁人。因横竖与自己无干，打定主意“且藏在心内，不说与一人知道”，只是从此凡晚间便不大往园中来；又思园中尚有这样奇事，何况别处，因此连别处也不大轻走动了。此种情况，恰为第102回状写大观园因成“恐怖世界”而致彻底废弛张本。

●回叙司棋与姑舅兄弟私情的由来，描写私情被人发现后女方的忐忑不安，男方的惊惧私逃，以及由此带给女方巨大的精神压力和身体伤害：心内不快，百般支持不住，一头睡倒，恹恹成了大病。对此，且看鸳鸯的反应：

> 鸳鸯闻知那边无故走了一个小厮，园内司棋又(**此字程本删**)病重，要往外挪，心下料定是二人惧罪之故，“生怕我说出来，方吓到这样(**前5字程本删**)”，因此自己反过意不去，指着来望候司棋，支出人去，反自己立身(**前2字程本作“赌咒”**)发誓，与司棋说：“我(**此处程本加“若”**)告诉一个人，立刻现死现报！你只管放心养病，别白糟踏了小命儿。”司棋一把拉住，哭道：“我的姐姐，咱们从小儿耳鬓厮磨，你不曾拿我当外人待，我也不敢待(**此字程本作“怠”**)慢了你。如今我虽一着走错(**此处程乙本加“了”**)，你若果然不告诉一个人，你就是我的亲娘一样。从此后我活一日是你给我一日。我的病好之后(**前3字程本作“要好了”**)，把你立个长生牌位，我天天焚香礼拜(**前4字程本作“烧香磕头”**)，保佑你一生(**前2字程本作“一辈子”**)福寿双全(**此处程本加“的”**)；我若死了时，变驴变狗报答你。再俗语说：‘千里搭长棚，没有不散的筵席。’再过三二年，咱们都是要离这里的。俗语又说：‘浮萍尚有相逢日，人岂全无见面时。’倘或日后咱们遇见了，那时我又怎么报你的德行。”(**前句中“再俗语说”至此68字程本改作“倘或咱们散了，以后遇见，我自有报答的去处”**)一面说，一面哭。
>
> 这一席(**此字程甲本作“夕”**)话反把鸳鸯说的心酸(**前2字程乙本作“酸心”**)，也哭起来了。因点头道：“正是这话(**此句4字程本作“你也是自家要作死哟”**)。我又不是管事的人，何苦我(**前11字程本作“我作什么管你这些事”**)坏你的声名(**前2字程本作“名儿”**)，我白去献勤(**此处程本加“儿”**)。况且这事我自己(**前2字程本删**)也不便开口向(**此字程乙本作“和”**)人说。你只放心。从此养好了，可要安分守己(**此处程本加“的”**)，再不许(**前2字程本作“别”**)胡行乱作(**此字程本作“闹”**)了。”司棋在枕上点首不绝。

鸳鸯诚然为一厚道善良、有情有义之人！但司棋的“丑事”(婚前未遂的性行为)，在那个年代无疑算得上是一桩涉及道德风化的严重事件，足以让女方蒙羞丢脸,无颜面世的。司棋的求告,既有“千里搭长棚,没有不散的筵席”这一类人生的透彻感悟,又有“如今我虽一着走错,你若果然不告诉一个人,你就是我的亲娘一样”的内心惶恐和脆弱:这就是压抑与恐怖重压之下一个府内普通女儿的青春!反观府内那些身居上位者,整日里游手好闲,拈花惹草,妻妾成群,兀自悠哉游哉,自得其乐,享尽人间艳福;而丫头小厮等普通人众,即便是青梅竹马,两小无猜,爱情真心实意,生活脚踏实地,也因为地位身份所限,稍有逾轨便百身莫赎,负罪感深!这人世间的不平等,真是处处皆有啊!

●本回借鸳鸯的几处行走为线索,串联起半数以上的情节内容。譬如眼下,鸳鸯安慰了司棋一番出来,因知贾琏不在家中,又因这两日凤姐儿声色怠惰了些,不似往日一样,因顺路也来望候。作者借此将凤姐患病尚不消停,以及贾琏向鸳鸯求告,将银钱短缺等情况和盘托出,以见当前荣府财政危机的严重性和紧迫性。

●“恶疾”找上了一向精明要强、打扮得“神仙妃子下凡”一样的凤姐,真是让人感慨人生的无常!而凤姐身体健康严重受损、病痛缠身的隐秘情况,则借由鸳鸯和平儿的屋内私语中透出,凤姐本人“恃强羞说病”的表现,也借由平儿说出,可见作者文心之细密。

●本回首现官媒婆朱嫂子的身影。因平儿的“因有什么孙大人家来和咱们求亲,所以他这两日天天弄个帖子来赖死赖活”一句话,逗引出迎春即将出嫁的婚姻消息。

●就贾府整个局势看来,造成现在及未来处境艰困的因素,既有府内因“窝里斗”产生的严重内耗,更有外部异己势力迟早到来的倾轧。林之孝面见贾琏,首先就带来了“方才听得雨村降了”的消息。

从贾琏对贾雨村的不良印象,“将来有事,只怕未必不连累咱们”的顾虑担心,以及所持的与“东府大爷和他更好,老爷又喜欢他,时常来往”大为不同的“敬而远之”态度,明明白白地暗示了将来贾府垮台,百分之百也与此人有关。而林之孝的刻意停留,还在于要提出下面的家务管理“节流”建议:

> 因又说起家道艰难,便趁势又(**此字程本删**)说:“人口太重(**此字程本作“众”**)了。不如拣个空日回明老太太老爷,把这些出过力的老家人用不着的,开恩放几家出去。一则他们各有营运,二则家里一年也省些(**此字程本删**)口粮月钱。再者里头的姑娘也太多。俗语说:‘一时比不得一时’,如今说不得先时的例了,少不得大家委屈些,该使八个的(**此字程甲本删**)使六个,该(**此字程本删**)使四个的便(**此字程本删**)使两个。若各房算起来,一年也可以省得(**此字程本删**)许多月米月钱。况且里头的女孩子们一半都太

(**此字程本删**)大了,也该配人的配人。成了房,岂不又孳生出(**此处程乙本加“些”**)人来。”贾琏道:“我也这样(**此字程乙本作“么”**)想着(**此字程本删**),只是老爷才回家来,多少大事未回,那里议到这个上头?前儿官媒拿了个庚帖(**此处程甲本加“子”**)来求亲,太太还说老爷才来家,每日欢天喜地的说‘骨肉完聚’,忽然就(**此字程本删**)提起这事,恐老爷又伤心,所以且不叫提这事(**前2字程本作“起”**)。”林之孝道:“这也是正理,太太想的周到。”……

要改变现状,理由千千万;要维持现状,借口万万千。虽众所周知“一时比不得一时”,但台阶难下,脸面要紧,一切动议胎死腹中,说出来也不过秋风过耳,对牛弹琴!像林之孝一类的建议,从第13回的秦可卿开始,提及的人还少吗?为什么当事者不能采纳听取一二呢?……面子面子还是面子,惰性惰性还是惰性,习惯习惯还是习惯!人不陷绝境,家不到分崩,就难以反悔。世事人情往往如是,岂只贾府一家哉!

●在旺儿家逼婚的情况下,可怜的彩霞孤立无援,束手无策,求而不得,厌而难拒,“父母之命,媒妁之言”的左右下,只好嫁鸡随鸡,嫁狗随狗。这就是那个时代累见不鲜的适龄女孩所面临的困境,以及悲剧性的宿命!

●作为王夫人身边的两个丫头,书中“彩霞”与“彩云”两个名字,常常交互甚至重叠出现,但又有合二为一的现象发生。说起来,这种情况客观上反映了长篇小说创作过程中作者最容易出现的个别性、局部性人物情节的“疏漏”,不足为奇。譬如第23回彩云、彩霞同时现名,程本彩霞作“彩凤”;第25回贾环叫彩云倒茶,“众丫鬟们素日厌恶他,都不答理;只有彩霞还和他合的来,倒了一钟茶来递与他”;第59回也同时出现二人之名:可见,彩霞、彩云是不同的两个丫头。但同时又有将彩霞的事,写到彩云身上的。譬如第30回金钏告诉宝玉“你往东小院子里拿环哥儿同彩云去”;第61回及第62回,写彩云私赠茯苓霜给贾环,后来事被吵出,彩云说出真情且情愿承担责罚;继后宝玉自愿顶缸瞒赃,引起贾环猜忌,赌气摔了赠物,大伤了彩云之心,从此与之分手。从情节及人物一贯表现来看,这几处的“彩云”,都应是前文“和贾环合得来”的彩霞。本回彩霞的情节表现,正与前文合榫:她被迫嫁给旺儿媳妇家,无疑也是板上钉钉的事。因此第77回出现在王夫人身边的那个彩云,才是真正体现了作者人物设计意图的“彩云”。

应该说,作者当初设置彩云、彩霞两个丫头在王夫人身边,本来就是要各自派上用场的。彩霞钟情贾环,贾环无意彩霞,落花有意流水无情:一则也可见贾环人品轻薄,对女孩子的真情不及宝玉一星半点;二则可见彩霞的运气机遇以及心胸见识,跟晴雯、鸳鸯、司棋、紫鹃等比较,也差之甚远。

●须加留意的原文脂批：

※【戚序回前：此回似着意似不着意，似接续似不接续，在画师为浓淡相间，在墨客为骨肉停匀，在乐工为笙歌间作，在文坛为养局为别调：前后文气，至此一歇。】

※凤姐道："不是我说没了能耐的话，要象这样，我竟不能了。昨晚上忽然作了一个梦，说来也可笑，【庚辰双行夹批：反说"可笑"，妙甚！若必以此梦为凶兆，则思反落套，非红楼之梦矣。】梦见一个人，虽然面善，却又不知名姓，【庚辰双行夹批：是以前授方相之旧，数十年后矣。】找我。问他作什么，他说娘娘打发他来要一百匹锦。我问他是那一位娘娘，他说的又不是咱们家的娘娘。我就不肯给他，他就上来夺。正夺着，就醒了。"【庚辰双行夹批：妙！实家常触景闲梦必有之理，却是江淹才尽之兆也，可伤。】旺儿家的笑道："这是奶奶的日间操心，常应候宫里的事。"【庚辰双行夹批：淡淡抹去，妙！】一语未了，人回："夏太府打发了一个小内监来说话。"贾琏听了，忙皱眉道："又是什么话，一年他们也搬够了。"

编者按：脂批"以前授方相之旧，数十年后矣"一句究竟何意，颇为费解。首先说"方相"，是指驱疫避邪的神祇。第13回有秦可卿"魂托凤姐"的家计长策，可谓"语语见道，句句伤心"。其中，既有"盛极必衰、荣辱自古周而复始"的千古不易之理，又有为衰败之时留退路的，蕴含着古老"耕读传家"智慧的治本之策。想来秦可卿之魂，彼时郑重其事地托付凤姐要对家族命运攸关于心，要趋利避害、谋前虑后的表现，在"表里皆有喻"的《红楼梦》中，堪称"方相"。而可卿托梦的"数十年后"，"娘娘夺锦"这个梦又暗示了什么呢？纵观前八十回，王熙凤做过两次梦：其中一次是她梦见秦可卿警告她"登高必跌，荣辱自古周而复始"，劝她早作预备，万一大难临头，可保贾府子孙不至于流离失所，甚至还有东山再起的希望。此外，还暗示凤姐将有一件喜事，就是不久之后的元春封妃，贾府成为正式的皇亲国戚；于是就有了后来的元春省亲，以致贾府达到了前所未有的鼎盛阶段的一幕。……在笔者看来，王熙凤的梦是比较准的。而这次王熙凤梦见"娘娘夺锦"的类似情景，按道理，后来也应该要被证实。

《红楼梦》中无闲笔。娘娘夺锦的梦，除了暗示贾府在经济上被宫里的太监蚕食掏空外，应该还暗示贾府在政治上被"宫里的娘娘"夺走了百年基业。不是么，王熙凤的梦境里，有一位娘娘打发一个人来要一百匹锦；因为她不是元妃，所以王熙凤不给，来人就上来抢夺。"一百"这个数字，在《红楼梦》书中，有着非同寻常的指代和象征意义。因此，这"一百匹锦"，或许就暗喻着贾府"百年"成就的基业发展到最后，就因为“宫斗”，元春落败，内外夹攻中贾府也应声倒台，归于寂灭。这无异于贾府的百年基业，被异己势力的代表——“宫里的娘娘”等派的人劫夺，而“雨打风吹去”了吧。

※【戚序回末总评：夏雨冬风，常不解其何自来，何自去。鸳鸯与司棋相哭发誓，事已瓦释冰消，及平地风波一起，措手不及，亦不解何自来，何自去。】

●红楼探照之一六一：

熟悉的口吻　原作的胎记
——且说“一语未了”等曹氏惯用语词的使用

每一个人都有自己的行文风格和遣词造句特点。尤其是对于一个成熟的作家而言，这些习惯就像是笔迹一般，于无意识中形成，又由不经意间留下，却无法被他人完全模仿和替代。在《红楼梦》一书中，就有一些频繁出现的语词，体现出作者个人写作的风格习惯，无形之中带上了曹氏原作的“标志”。

有人曾将通行本120回共分为前、中、后三部分，通过对特定词语在三个部分中使用分布的情况，作过如下统计：

“一面说，一面……”一词，在前四十回出现65次，在中四十回出现65次，在后四十回出现8次；“一语未了”一词，在前四十回出现10次，在中四十回出现32次，在后四十回没有出现；“素日”一词，在前四十回出现63次，在中四十回出现101次，在后四十回出现11次；“可巧”一词，在前四十回出现47次，在中四十回出现43次，在后四十回出现1次；“因此”一词，在前四十回出现92次，在中四十回出现70次，在后四十回出现15次；“如此说”一词，在前四十回出现41次，在中四十回出现55次，在后四十回出现2次；“听说”一词，在前四十回出现144次，在中四十回出现113次，在后四十回出现20次；“不在话下”一词，在前四十回出现36次，在中四十回出现27次，在后四十回出现4次：通过全书前、中、后三部分的两两比较，可以发现频用词在前四十回和中四十回两部分出现的频率大致相近，而和后四十回有较大差异。

以上统计是否完全准确，笔者无暇去做一一验证。只能说，情况大致如此。因为“一语未了”“一言未了”或“话犹未了”四字，实为曹雪芹笔下最具代表性的惯用语词之一。据笔者不完全统计，自第3回先后两次出现“一言(语)未了”之后，该组语词在前八十回的22个章节中至少出现过四五十次以上，而且还至少在后四十回的第 81 回和第 105 回中，赫然出现过呢。

且说事有做不成、话有说不尽者，须用意外一事截断。如柳絮填词，议论纷纷，则以风筝一响剪断；赵姨求情刺刺未休，则以窗屉一响剪断；也有在内容情节转换处，以惯用语词作提点的。譬如第 72 回叙事，密集出现了蕴涵相近的生活画面。这些生活画面，大都通过曹雪芹惯用的“一语未了”“一言未了”“话犹未了”四字，以表头绪之纷繁，笔墨之紧张，要借此实现画面与画面的剪接和情节内容上的转换了。仅眼下的第 72 回就 4 次用到了该语词，以作情节内容的承接与隔断，贯串起琏凤等当家人因“银钱出入短缺”“家道运转艰难”而“苦恼焦躁”“不择手段”等生活场面。具体情况如下：

第一处“一语未了”，是小丫头跑进来作“二爷进来了”的通报，打断了平儿和鸳鸯关于“朱大娘又来了”的话题，接续上了贾琏追问“油冻的佛手”去向一事，间接流露出贾琏对凤姐管家的不信任情绪。接着，他又向鸳鸯哭穷，意有所求：

> 这两日因老太太的(**此字程本删**)千秋，所有的几千两银子(**前 2 字程本删**)都使了。几处房租地税(**此字程本作“租”**)通(**此字程本作“统”**)在九月才得，这会子竟接不上。明儿又要送南安府里的礼，又要预备娘娘的重阳节礼(**此字程本删**)，还有几家红白大礼，至少还得三二千两银子用，一时难去支借。俗语说(**此处程本加“的好”**)，“求人不如求己”。说不得，姐姐担个不是，暂且把老太太查不着的金银家伙，偷着搬(**此字程本删**)运出一箱子来，暂押千数两银子支腾过去。不上半年(**此字程本妄作“月”**)的光景，银子来了，我就赎了交还，断不能叫姐姐落不是。

透过贾琏的求告，清清楚楚表明荣府社会交际广泛，人情世故往来不绝，日用开支费用浩繁却又财源日渐枯竭，支撑不住局面了。束手无策之际，贾琏只得目光向内，饮鸩止渴，瞒骗借当，将攫取钱财之手伸向老太太身边。仅此，即见贾府的败落景象，宛若眼前。

正当二人相互试探着“作案”底线的时候，又来了个“一语未了”。原来是忽有贾母那边的小丫头子忙忙走来找鸳鸯，鸳鸯听说，忙的且去见贾母。于是贾琏不得不中止“借当”的话头，只得回来瞧凤姐：

> 谁知凤姐已醒了，听他和鸳鸯借当，自己不便答话，只躺在榻上。听见鸳鸯去了，贾琏进来，凤姐因问道：“他可应准了？”贾琏笑道：“虽然(**此字程本删**)未应准，却有几分成手(**此字程本作“了”**)，须得你晚上(**前 2 字程本删**)再(**此字程本作“再去”**)和他(**此处程本加“说”**)一说，就十(**此字程本作“十分”**)成了。”凤姐笑道：“我不管这(**此字程本作“这些”**)事。倘或说准了，这会子说得(**此字程乙本作“着”**)好听，到有(**此字程本后移一字**)了钱的时

节，你就丢（**此字程乙本作“撂”**）在脖子后头（**此处程本加“了”**），谁去（**此字程本删**）和你打饥荒去？倘或老太太知道了，倒把我这几年的脸面都丢了。”贾琏笑道：“好人，你若（**此字程乙本作“要”**）说定了，我谢你如何（**前2字程本删**）？”凤姐笑道：“你说（**此字程甲本删**），谢我什么？”贾琏笑道：“你说（**此字程甲本删**）要什么，就给你（**前2字程本作“有”**）什么。”

平儿一旁笑道：“奶奶倒不（**前2字程乙本作“不用”**）要谢（**此字程本作“别”**）的。昨儿（**前2字程本作“刚才”**）正说，要作一件什么事，恰少一二百银子使，不如借了来，奶奶拿（**此处程本加“这么”**）一二百银子，岂不两全其美。”凤姐笑道：“幸亏提起我来，就是这样（**此字程乙本作“么”**）也罢（**此处程本加“了”**）。”贾琏笑道：“你们太也狠了。你们这会子别说一千两的当头，就是现银子要三五千，只怕也难不倒。我不和你们借（**此处程甲本加“也”**）就罢了，这会子烦你说一句话，还要个利钱，真真了不得（**前5字程乙本作“难为你们和我……”**）。”凤姐听了（**前2字程乙本作“不等说完”**），翻身起来说（**此处程本加“道”**）：“我有（**此字程本删**）三千五万（**此字程本作“千”**），不是赚的你的。如今里里外外上上下下（**前8字程乙本作“里外上下”**），背着我（**此字程本删**）嚼说我的不少（**此处程本加“了”**），就差（**此字程本作“短”**）你来说了，可知‘没家亲引不出外鬼来’。我们王家可那里来的钱，都是你们贾家赚的？别叫我恶心了！（**前句“我们王家”至此24字程本全删**）你们看着你家什么石崇邓通？把我王家的地（**此字程乙本妄删**）缝子扫一扫，就够你们过（**此字程本后移三字**）一辈子呢（**此字程本作“的了”**）。说出来的话也不怕（**此字程本作“害”**）臊！现有对证：把太太和我的嫁妆细看看（**此字程甲本删**），比一比，你们的（**前3字程本删**），（**此处程本加“我们”**）那一样是配不上你们的。”贾琏笑道：“说句顽话（**此处程本加“儿”**）就急了。这有什么这样的（**前3字程乙本作“的呢”**），（**此处程本加“你”**）要使（**此字程甲本删**）一二百两银子值什么，多的没有，这还有（**此字程本作“能够”**），先拿进来，你使了再说（**此处程本加“去”**），如何？”凤姐道：“我又不等着衔口垫背，忙了（**此字程本删**）什么（**此处程本加“呢”**）。”贾琏道：“何苦来，不犯（**此字程乙本前移一字**）着这样肝火盛。”

凤姐听了，又自（**此字程本删**）笑起来（**此处程本加“道”**），“不是我着急，你说的话戳人的心。我因为我（**此字程本删**）想着后日是尤（**此字程乙本删**）二姐的周年，我们好了一场，虽不能别的，到底给他上个坟烧张纸，也是姊妹一场。他虽没留下（**前2字程本后移三字**）个男（**此字程本作“儿”**）女，也（**此处程本加“别”**）要（**此字程乙本删**）‘前人撒土迷了后人的眼’才是。”一语倒把贾琏说没了话,低头打算了半晌,方道:"难为你想的周全,我竟忘了。既是后日才用,若明日得了这个,你随便使多少就是了。"(**前句"一语倒把"至段末52字,程本作"贾琏半晌方道:'难为你想的周全。'凤姐一语倒把贾琏说没了话,低头打算,说:'既是后日才用,若明日得了这个,你随便使多少就是了。'"**)

上面是凤、琏、平夫妻妾之间围绕"借当"和"好处费",展开的一场钩心斗角;其间,贾琏的畏妻如虎,胸中全无主意,描画入神。悲哀的是,夫妻言谈中展露的各自心思、不平乃至怨愤情绪,以及相互之间的算计,除了银钱利益,感情的纽带是多么的脆弱!……一直以来,只知道逞能要强,只知道犯罪害人的王凤姐,如今病痛缠身,恶名在外,部属离心,加之婆媳关系紧张,夫妻感情淡薄,说不得心气衰减,肝火上升,已经没有多少傲人的资本可供挥霍了;除了金钱上捞一把算一把,除了将自己娘家的势力拖出来震慑一下,将过去王家女儿出阁时"高人一等"的嫁妆抬出来炫耀一下,以求得心理上一时的优越感、满足感之外,她还有什么做人做事随心所欲的底气呢!最后,为了软化丈夫的立场,她居然又"猫哭老鼠——假作慈悲",将她一手治死了的尤二姐抬出来,表示要在死者周年忌日去上坟烧纸……以如此现成的"富有人情味"的借口要钱,不是比平儿插嘴时临时编造的理由更加耸人耳目吗?不是比截取"利钱"的贪婪表现更加隐晦吗?不是"一语倒把贾琏说没了话",最终做出慷慨表态了吗?真是天下鬼精灵,首数凤姐儿!

接着,又出现了第三个"一语未了",只见旺儿媳妇走了进来,话题自然而然发生转换,故事情节由此向前发展。来人先说她儿子求娶彩霞一事搁浅,引得不明真相的贾琏顺口搭言干预,于是一桩骇人听闻的"强人所难,捆绑成亲"的封建包办婚姻死灰复燃,迎来转机,而事关一个清净女儿的终身幸福,就在这些人片刻之间的轻慢疏忽中被生生断送!因为旺儿夫妇是凤姐的陪房,关系一向密切,凤姐放债等机密事务都是这类人出面经办,于是在贾琏暂离期间,她们的话题自然而然转到凤姐催着"收债"一事上,以见荣府的内外两个当家管事之人,面对银钱短缺、财源枯竭的困难局面,表现出来的无所措其手脚的沮丧情绪和精神颓废:

凤姐忙道:"……旺儿家(**此处程本加"的"**)你听见(**此处程本加"了"**),说了(**前2字后移两字**)这事,你也忙忙的给我完了事来。说给你男人:外头所有的账(**此字程本作"账目"**),一概赶今年年底下(**此字程甲本删;程乙本作"都"**)收了(**此字程乙本删**)进来,少一个钱我(**此字程本删**)也不依的(**此字程本删**)。我的名声不好,再放一年,都要生吃了我呢。"旺儿媳妇笑道:"奶奶也太胆小了。谁敢议论奶奶,若收了时,公道说,我们倒还省些事,不大得罪人。"凤姐冷笑道:"(**前"公道说"至此20字程本全删**)我也是一场痴心白使了(**此句10字程本并入旺儿媳妇的话,极谬**)。(**此处程本加"凤姐道:"**)我真个的(**此字程本删**)还等钱作什么?不过为的是日用出的多,进的少。这屋里有的没的,我和你姑爷一月的月钱,再连上四个丫头的月钱,通共一二十两银子,还不够三五天的(**此字程本后移两字**)使用呢。若不是我千凑万挪的,早不知道(**此字程本作"过"**)到什么破窑里去了。如今倒落了一个放账破落户(**前3字程本删**)的名儿。既这样,我就收了回来。我比谁不会花钱?咱们以后就坐着花,到多早晚(**此处程本加"就"**)是多早晚。这不是样儿:前儿老太太生日,太太急了两个月,想不出法儿来;还是我提了一句,后楼上现有些没要紧的大铜锡家伙四五箱子,拿(**此处程本加"出"**)去弄了三百银子,才把太太遮羞礼儿搪过去了。我是你们知道的,那一个金自鸣钟卖了五百六十两银子。没有半个月,大事小事倒有(**前2字程本作"没"**)十来(**此字程本删**)件,白填在里头。今儿外头也短住了,不知是谁的主意,搜寻上老太太了。明儿再过一年,各人(**前2字程本作"便"**)搜寻到头面衣服(**此字程乙本作"裳"**),可就好了!"旺儿媳妇笑道:"那一位太太奶奶的头面衣服(**此字程乙本作"裳"**),折变了不够过一辈子的?只是不肯罢了(**此字程乙本作"咧"**)。"

贾琏哭穷,凤姐叫苦,两人先后发急!正是借这对夫妻搭档的府内外大管家的惶惶不安,以及相继赌气抱怨,明白无误地表明:荣府"海涸水干"的日子终于来临;一群群游手好闲、吃喝玩乐、尚不消停的寄生虫们,他们那长久以来醉生梦死、丰衣足食的生活,已经到头了!想想,缺乏了过去伸手即来的优裕供养,不知道他们又何以安身立命,会不会像潮汐退去后被裸身丢弃在沙滩上的鱼虾龟鳖,要么坐以待毙,要么换一种活法呢?

而正当精明能干的王凤姐,为荣府内外交困的财政经营状况感到无可奈何,并提起昨晚做过的那个"娘娘打发他来要一百匹锦,不给,就夺"的怪梦之时,紧接着又是一个"一语未了"。之后,宫里的"邪祟"们指派的"小鬼",就真的神气活现、明目张胆地又找上门勒索来了!

●红楼探照之一六二:

笑在脸上　恨在心底
——面对要命之际的"剜肉补疮"

与内宫的联系,一直以来就是贾府政治上的敏感神经。因为重大,所以敏感。元妃作为皇妃,她的政治影响虽说一定程度上延缓了贾府的败亡,但娘家一群败家子的胡作非为,太监们毫无休止的敲诈勒索,无时无地不在威胁和反噬着元妃的生命。

可以想见:一身系家族安危的深宫女子,一定也有力不从心、身不由己、身心俱疲的时候;一定也有“伴君如伴虎”,深感“如临深渊,如履薄冰”的时候;最终,也一定会有身遭不测而“眼睁睁,把万事全抛;荡悠悠,把芳魂消耗;望家乡,路远山高”的时候!

可以想见:在导致贾贵妃“悲险之至”命运的各种复杂因素中,一定少不了地下鬼魅一样的宫廷太监,因贪得无厌、心有不满而来的隐形挟制和有意作祟。

更不难想见:一旦来自元妃娘家的“供养”断流,这一群“靠山吃山靠水吃水”的寄生虫们,怎么不会猝然翻脸,在“活埋”惯了人的内宫深渊里兴风作浪呢?这些家伙,不但会置油尽灯枯、朝不保夕的贾府于不顾,十有八九还会恨恼之余迁怒于人,拿失去家族雄厚财力支撑的孤凄女儿元春出气。或许暗地使绊子,在极有可能存在的宫廷内斗中,使之动辄得咎,有苦难言;甚而至于内引外联,挑动皇妃与主子娘娘和皇帝等人的关系,将之打入“冷宫”幽闭甚至赐死,从而给风雨飘摇、乱象丛生的元妃娘家带来致命打击,使其败落的局面更加不可收拾。一定程度上说,内宫中行走的这些“不男不女”“半阴半阳”的家伙,跟他们服务的对象(包括贾贵妃)实际上形成的,是一种“共生共灭”的依存关系。贾妃活动的空间、能量的大小、处境的顺逆,无不与这些大小太监们的喜怒哀乐、爱恨情仇相关。不是么,第72回写维持贾府日常运转已然发生严重困难的情况下,贾府的内外大当家,对宫中来人——哪怕只是一个前来传话的小太监,都那么“油灯”般擎着,不敢有丝毫的疏忽与慢待。可见这类人,对维系全府的政治生命是多么的关键!……尽管贾琏躲到一边避而不见,由凤姐自己出面周旋接待,她也不得不故作亲热大方,拆东墙补西墙,打肿脸充胖子,让夏太监府小内监如愿以偿,将白花花二百两银子高高兴兴“搬”走了呀。但来自内宫的搅扰,何只这一时,也何只这一遭啊!原文写道:

> 这里贾琏出来笑道:“这一起外祟,何日是了!”凤姐笑道:“刚说着,就来了一股子。”贾琏道:“昨儿周太监来,张口一千两。我略应(**此字程本后移一字**)慢了些,他就(**此字程本删**)不自在。将来得罪人之处不少。这会子再发个三二百(**前3字程乙本妄作“三五”**)万的财就好了。”

听见“债主”来了,赶紧“藏猫猫”的贾琏,真是痴人说梦!在贾府经济“寅年吃了卯年的粮”,“拆东墙补西墙”尚且顾不过来的情况下,还妄想“这会子再发个三二百万的财就好了”,真是可爱而又可笑!

贾琏口中念叨的“三二百万”,梦稿、甲辰、程甲本与庚辰本同;但蒙府、戚序、俄藏本中，说话人的“期望值”却大大缩水，数字变成了“三二万”，或程乙本的“三五万”。其实，将贾琏“再发个三二百万的财就好了”的期望，大幅度缩水成“三二万”或“三五万”的区区小数目，表面上看是切合当时贾府内外开支捉襟见肘的“实际情况”的，但实际上却是小看了我们这位贾琏先生的胃口，也拉胯了他那“千金散尽还复来”“打肿脸也要充胖子”的豪门阔少“狂妄自大”“目空一切”“盲目乐观”“不切实际”的性情和气度！曾经沧海难为水，除却巫山不是云，“三二万”“三五万”的期待，岂是曾几何时经手过无数个“三五万”大笔钱财的贾二舍大老爷应有的身份和口吻啊！

说起来，一切社会单元的生存发展，经济是基础；一旦经济基础被掏空，则整个社会单元的事业，便难以为继。早在《红楼梦》第 2 回，即通过“冷子兴演说荣国府”，发出了以贾府为代表的封建家族各种危机（特别是经济危机！）即将到来的信号。纵观全书，曹雪芹挥动他的如椽大笔，以令人震撼和信服的艺术力量，展示了整个家族必然走向自我绝灭、彻底败落的全过程。可以说，“狼来了”的警讯，一直不绝于耳；但这一回，是千真万确的“狼来了”！

第七十三回　痴丫头误拾绣春囊　懦小姐不问累金凤

内容提要：宝玉为温习功课应付父亲可能的抽考而手忙脚乱；经晴雯怂恿受惊装病，躲过一劫。园内发现赌博现象，贾母得知发怒，下令查赌，一批人因此受罚。邢夫人遇见傻大姐拾到绣春囊，秘而不宣；继后无端斥责迎春及其哥嫂泄愤。住儿媳妇索讨累金凤，迎春放任自流，探春为之打抱不平。

●小丫头小鹊通风报信，侧面反映出大家族内部房室之间“你中有我”“我中有你”的复杂人际关系，又借此一石激浪，打破怡红院生活的平静，引出后面相关的故事情节及人物表现，一举多得。

●通过宝玉对目前功课完成情况的清算盘点，客观上向我们展示了中国封建社会中后期“知识教育”“道德教育”的基本内容，以及一般学子接受这种教育的实际情况。借宝玉的心思，作者也间接表明了自己对“八股时文一道”不屑用功的态度：

> 更有时文八股一道，因平素深恶此道（**前 2 字程乙本删**），（**此处程乙本加“说这”**）原非圣贤之制撰，焉能阐发圣贤之微（**此字程本删**）奥，不过作（**此字程本作“是”**）后人饵名钓禄之阶。虽贾政当日起身时（**此字程本删**）选了百十篇命他读的，不过（**此处程本加“是后人的时文”**）偶因（**此字程本删**）见其中或（**此字程本删**）一二股内，或承起之中，有作的或（**此字程本删**）精致，或流荡，或游戏，或悲感，稍能动性者，偶（**此字程本作“偶尔”**）一读之（**此字**

程本删),不过供一时之兴趣,究竟何曾成篇潜心玩索。如今若温习这个,又恐明日盘诘(此字程本作"究")那个。若温习那个,又恐盘驳这个。况(此字程本删)一夜之功(此字程本作"工"),亦不能全然温习,因此越添了焦燥。

这段议论,看上去多少肯定了八股时文在艺术形式、风致格调等方面的一些可取之处,但也一针见血地指出了这种形式主义严重的文章作为科举仕途的敲门砖作用,揭露了它"不过作后人饵名钓禄之阶"的实用主义本质,清楚表达了"平素深恶此道"的立场。这类言论,在作者所处的时代,无异于离经叛道而又振聋发聩的呐喊。说起来,曹雪芹对科举时文的反感和鄙夷,与略早他半个多世纪的蒲松龄一生中,对科举仕进道路既痛恨又迷恋的表现,大不相同;倒是与几乎同属一个时代的《儒林外史》的作者——封建大家庭的"败家子"吴敬梓,对科举制度比较彻底的批判否决态度,有得一比。

●宝玉"平时不烧香,临时抱佛脚",自己功课未按要求完成,却带累着一房丫鬟们陪着,皆不能睡。怡红院内,众人上下忙乱而又爱莫能助的可笑可叹场景,历历在目。它生动描画了"应试教育"背景下学子读书备考的艰辛苦恼,以及宝玉身边一干人的殷勤小心和干着急。

●源于内心深处对少主已怀几分暗恋的情愫,晴雯因风鼓浪,急中生智,趁势编谎,要宝玉装着受惊生病,并虚张声势发动了"园内灯笼火把,直闹了一夜;至五更天,就传管家男女,命仔细查一查,拷问内外上夜男女等人"的一场人为骚乱,终于换来了宝玉功课查考的侥幸逃脱。如此小题大做,不惜犯上冒险,可谓胆大包天,亦可谓忠心可悯也!好在贾母抓住由头,见微知著,借题发挥,来了一场弄假成真的严厉的查赌禁赌,才一时压住了大观园的"邪气"升腾和乱象纷呈。在此背景之下,怡红院上下作弊的真相,才被遮掩过去。

●宝玉等人为逃脱功课查考而人为掀起的"夜惊"风波,实为后来愈演愈烈的"乱象纷呈"之前奏;园内婆子妇人们赌局的开设,以及"半月前竟有争斗相打之事"的发生,预示着今后这类现象还会变本加厉,不断冒头。

●当贾母出头欲将园内秩序进行整顿,探春闻言也当面揭发了园内赌局争斗等严重事实必须引起高度关注之时,一旁的凤姐便赶忙表白:"偏生我又病了。"言外之意就是她不在岗,她没责任。

●"夜吓"一事刚罢,"聚赌"一事才平,"绣春囊"事件又接踵而至。自此,偌大贾府,首先从一向风平浪静、风和日丽的大观园开始,正式步入了惊风密雨的"多事之秋"。

●根据故事情节发展的需要,作者笔下生机不断,不时又有新的过场人物、新的生活场景推出。傻大姐,绣春囊,无非不足轻重的小人物和不起眼的小物件而已，作者却以此为线索，演成了一场“席卷风流而去”的大灾祸。曹雪芹构撰篇章情节的腕力，令人惊佩。

●对傻大姐情况的文字介绍，无不体现出曹雪芹笔下语言形神兼备、简洁明快、丰润绵腴的独特风格。

●傻大姐是书中形象和性格鲜明生动的极次要人物之一，更是一个作者借来助推相关故事情节发展的线索人物之一。本回系她首次出现，继后在第96回又一次登场。就是这个傻乎乎的姑娘，在长袖善舞的作者笔下得到妙用：她不但将玩耍中发现的“绣春囊”示人，引发一场园内查抄风暴；还在续书中将宝二爷要娶宝姑娘的机密，不经意间当面泄露给了林姑娘，直接导致了林黛玉获悉真相后的绝望而死。

●本回查赌曝光继而被严厉处罚的三个“头家”，即林之孝家的两姨亲家、园内厨房内柳家媳妇之妹、迎春之乳母，均系行文需要而被顺手拈来作间接描写的“陪衬式人物”。倒是迎春乳母的儿媳——王住儿媳妇，一副伶牙俐齿，因欺迎春软弱，欲将婆婆借来押作赌本的累丝金凤头饰一口赖掉而终被探春和平儿制伏的场景，被进行了一番着力描绘。

●小丫头绣桔，初见于第29回，只浮光掠影；本回出场，表现出色。为维护迎春利益，她舌战王住儿媳妇，出言锋利，性情又稍显躁急，与其主子姑娘的软弱迟钝，适成有趣对比。

●本回极写迎春懦弱可怜，一味省事，异时受男方折磨的情形则可想而知；极写探春锋利可畏，敢于碰硬，又先为下回“拒绝搜检”铺垫一笔。

●脂批自第39回之后明显减少，不少回目只寥寥可数几条，但自第70回后，又有明显增多的现象。本回须加留意的脂批：

※【戚序回前总批：贾母一席话，隐隐照起全文，便可一直叙去。接笔却置贼不论，转出赌钱；接笔却置赌钱不论，转出奸证；接笔却置奸证不论，转出讨情：一波未平，一波又起，势如怒蛇出穴，蜿蜒不就捕。】

编者按：该批指出本回主要内容为“贼”“奸”“赌”“闹”相连，以及“一波未平一波又起”，层层相因、环环相扣的特点，可谓精准。

※麝月笑指着书道：“你暂且把我们忘了，把心且略对着他些罢。”【庚辰双行夹批：此处岂是读书之处，又岂是伴读之人？古今天下误尽多少纨绔！何况又是此等时之怡红院，此等之鬟婢，又是此等一个宝玉哉！】

编者按：宝玉温习旧书无从措手，又时时刻刻分心在身边女儿们身上。多情公子的怜香惜玉、爱博心劳，描写如画。

※今日正在园内掏促织,忽在山石背后得了一个五彩绣香囊,其华丽精致,固是可爱,但上面绣的并非花鸟等物,一面却是两个人赤条条的盘踞相抱,一面是几个字。这痴丫头原不认得是春意,便心下盘算:"敢是两个妖精打架?不然必是两口子相打。"左右猜解不来,正要拿去与贾母看。【庚辰双行夹批:险极,妙极!荣府堂堂诗礼之家,且大观园又何等严肃清幽之地,金闺玉阁尚有此等秽物,天下浅闲浦募之家宁不慎乎!虽然,但此等偏出大官世族之中者,盖因其房室香宵、鬟婢混杂,焉保其个个守礼持节哉?此正为大官世族而告诫。浅闲浦募之处,毋如主婢日夕耳鬓交磨,一止一动悉在耳目之中,又何必谆谆再四焉!】

编者按:原文的描写,令一个缺知少识、傻里傻气的"痴丫头"形象跃然纸上。而批语原文错字甚多,经过俞平伯、朱一玄、陈庆浩等诸先生的接力校订,大部分问题得到解决。特别是批语中两次出现的"浅闲浦募"四字,有如天书,令人绞尽脑汁,也不知所云。朱一玄《红楼梦资料汇编》中校正为"浅阁薄幕";吴铭恩校本作"浅闺薄幕";周汝昌校本照录;当代川籍作家邓遂夫从草书形讹的角度仔细推考,指出该四字为"寒门薄莒"的误写误认(见邓遂夫校订、作家出版社出版的《脂砚斋重评〈石头记〉庚辰校本》修订版,第1266—1267页),可作参考。

※邢夫人接来一看,吓得连忙死紧攥住,【庚辰双行夹批:妙!这一"吓"字方是写邢夫人之笔。虽前文明写邢夫人之为人稍劣,然亦在情理之中,若不用慎重之笔,则邢夫人直系一小家卑污极轻贱之人矣,岂得与荣府联房哉?所谓此书针线缜密处,全在无意中一字一句之间耳,看者细心方得。】忙问:"你是那里得的?"傻大姐道:"我掏促织儿在山石上拣的。"邢夫人道:"快休告诉一人。这不是好东西,连你也要打死。皆因你素日是傻子,以后再别提起了。"这傻大姐听了,反吓的黄了脸,说:"再不敢了。"磕了个头,呆呆而去。邢夫人回头看时,都是些女孩儿,不便递与,自己便塞在袖内,心内十分罕异,揣摩此物从何而至,且不形于声色,且来至迎春室中。

编者按:原文写邢夫人发现傻大姐手中的绣春囊,"接来一看,吓得连忙死紧攥住"所表现出来的神经过敏,"快休告诉一人"的警告威吓,以及眼见"吓的黄了脸"的傻大姐呆呆而去,"回头看时,都是些女孩儿,不便递与,自己便塞在袖内,心内十分罕异,揣摩此物从何而至,且不形于声色"等一连串的动作、心理、行为的描摹,声口性情毕现,十分准确而又精细地勾画出作为大家贵妇的邢夫人,尽管平常"为人稍劣",但在事关家族"风化名誉"等重大严肃问题上所持的谨小慎微态度,以及她把柄在手、引而不发、持重待机的复杂心计性情。批语又一次点明了曹雪芹在刻画艺术形象的过程中,是充分照顾到人物各自身份地位、思想性格等因素所带来的逻辑规定性的，体现出了形形色色人物言行表现上的分寸感和彼此之间的“角色区分度”。

※旁边伺侯的媳妇们便趁机道：“我们的姑娘老实仁德，那里像他们三姑娘伶牙俐齿，会要姊妹们的强。他们明知姐姐这样，他竟不顾恤一点儿。”【庚辰双行夹批：杀杀杀！此辈专生离异。余因实受其蛊，今读此文，直欲拔剑劈纸。又不知作者多少眼泪洒出此回也。又问：不知如何“顾恤些”？又不知有何可“顾恤”之处？直令人不解。愚奴贱婢之言，酷肖之至！】邢夫人道：“连他哥哥嫂子还如是，别人又作什么呢。”

编者按：一段满是情绪化的批语，流露出评批者本人及小说作者对既往岁月中，“奴辈对姊妹骨肉关系肆行离间挑拨”等一类不愉快经历的遗痛和余恨。

※走至院中，听得两三个人较口。探春从纱窗内一看，只见迎春倚在床上看书，若有不闻之状。【庚辰双行夹批：看他写迎春，虽稍劣，然亦大家千金之格也。】探春也笑了。

编者按：批语发现的，仍然是曹雪芹笔下人物呈现出的鲜明个性化特征，以及人物所处生活环境、身份位置等对人物言谈举止表现的逻辑规定性。

※【戚序回末总批：一篇奸盗淫邪文字，反以《四子书》《五经》《公羊》《谷梁》、秦汉诸作起，以《太上感应篇》结，彼何心哉！他深见“书中自有黄金屋”“书中有女美如玉”等语误尽天下苍生，而大奸大盗从此出，故特作此一起结，为五阴浊世顶门一声棒喝也。眼空似箕，笔大如椽，何得以寻行数墨绳之。】

又：【探春处处出头，人谓其能，吾谓其苦；迎春处处藏舌，谓其怯，吾谓其超。探春运符咒，固足役鬼驱神；迎春说因果，更可降狼伏虎。】

●红楼探照之一六三：

何必多此一举
——四说程本对原作的不当修改

第 73 回写邢夫人对迎春的训斥，包含了太多的狭隘自私以及对家人的铁面冷心：

迎春正因他乳母获罪，自觉无趣（**前 4 字程本删**），心中不自在，忽报母亲来了，遂接入内室（**前 2 字程本删**）。奉茶毕，邢夫人因说道：“你这么大了，你那奶妈子行此事，你也不说说他。如今别人都好好的，偏咱们的人做出这事来，什么意思？”迎春低着（**此字程本删**）头弄衣带，半晌答道：“我说他两次,他不听也(**此处程本加"叫我"**)无(**此字程乙本作"没"**)法(**此字程本作"法儿"**)。况且他是妈妈,只有他说我的,没有我说他的。"邢夫人道:"胡说!你不好了他原该说,如今他犯了法,你就该拿出小姐(**前2字程本作"姑娘"**)的身分来。他敢不从,你就回我去才是。如今直等外人共知,(**此处程本加"这可"**)是什么意思?再者,只他去(**前3字程本删**)放头儿,还恐怕(**前2字程本作"只怕"**)他巧言花语的和你借贷些簪环衣履(**此字程甲本作"服";程乙本作"裳"**)作本钱,你这心活面软,未必不周接(**此字程本作"济"**)他些。若被他骗(**此处程本加"了"**)去,我是一个钱没有的,看你明日怎么过节!"迎春不语,只低(**此字程本作"低着"**)头弄衣带(**前3字程本删**)。

面对继母邢夫人的责问,两次写到迎春"低头弄衣带"的细微动作,要么"不语"保持沉默,要么"半晌答道"反应迟缓,活画出二姑娘迎春心性的迟钝与懦弱;而面对眼前的"活死人",气不打一处来的邢夫人只好转移攻讦的目标,借机将一腔私愤发泄到迎春哥嫂,名义上也是她自己的儿子儿媳王熙凤和贾琏身上:

邢夫人见他这般,因冷笑道:"总是你那好哥哥好嫂子,一对儿赫赫扬扬,琏二爷凤奶奶,两口子遮天盖日,百事周到,竟通共这一个妹子,全不在意。但凡是我身上吊下来的,又有一话说——只好凭他们罢了。况且你又不是我养的,你虽然不是同他一娘所生,到底是同出一父,也该彼此瞻顾些,也免别人笑话。我想天下的事也难较定,(**此前邢夫人说的话自"总是"至此共计118字,程本全删**)你是大老爷跟前(**此处程本加"的"**)人养的,这里探丫头也(**此字程本删**)是二老爷跟前(**此处程本加"的"**)人养的,出身一样。如今你娘死了,从前看来你两个的娘,只有(**前17字程本全删**)你娘比如今(**前2字程本删**)赵姨娘强十倍的(**前3字程本作"十分"**),你(**此处程本加"也"**)该比探丫头强才是。怎么(**此处程本加"你"**)反不及他一半(**前2字程乙本作"一点"**)!谁知竟不然,这可不是异事(**此句11字程本全删**)。倒是我一生(**前2字程本删**)无儿无(**此字程本删**)女的,一生干净,也不能惹人笑话议论为高(**前4字程本删**)。"

旁边伺候的媳妇们便趁机道:"我们的姑娘老实仁德,那里像他们三姑娘伶牙俐齿,会要姊妹们的强。他们明知姐姐这样,他竟不顾恤一点儿。"邢夫人道:"连他哥哥嫂子还如是,别人又作什么呢。"一言未了,(**前"旁边伺候"至此80字,程本全删**)人回:"琏二奶奶来了。"邢夫人听了,冷笑两声,命人出去说:"请他自去(**前2字程本作"自己"**)养病,我这里不用他伺候。"接着又有探春(**前2字程本作"探事"**)的小丫头来报说:"老太太醒了。"邢夫人方起身前边来。

眼见得邢夫人与王凤姐婆媳矛盾已然公开化、激烈化，尤其是邢夫人竟然不顾起码的家庭礼节，对凤姐上门前来“伺候”的公然拒绝和蔑视嘲讽，清楚地表明婆媳关系业已破裂。婆母首先撕破脸皮，预示着双方矛盾已发展到了不可调和的地步。由此，完全可以想见：一旦贾琏要与凤姐断绝夫妻法定关系，邢夫人等辈是绝对不会感到遗憾可惜的；指望她居间调停加劝阻诚然是妄想，说不准，人家还会顺水推舟再加把力呢！

令人遗憾的是，这一段近400字的引文，甲辰本及梦稿本加以妄删妄改，继后又被程高本在编辑整理的过程中全盘接受下来，并压缩成了160来字的一段“凉白开”般寡淡内容；区别只是在甲辰、程高本将原文中的“十倍”改成了“十分”，而梦稿本未改；梦稿、程高本将“一半”改成“一点”，而甲辰照旧而已。此外，程高本还将脂本中的“请他自去养病”改成“请他自己养病”。虽一字之差，但还是造成了说话者语气中原有的恶毒冷酷意味大减。本来，揭露封建礼教的虚伪和宗法关系掩盖下家族内部的深刻矛盾，是《红楼梦》思想艺术的重要特色；邢夫人和王熙凤之间难以化解的婆媳矛盾，是其中重要组成部分。程高本等删去本回及前71回中的相关描写，造成了这方面表现内容不应有的削弱。

纵观程高本对前80回的增删改，相对而言，程乙本对原著的改动更大些。它除几乎全部保留了程甲本对原著字词句的增删改，以及涉及小说情节内容、人物性格经历及相互间关系等方面的明显变动外，对原作造成的“二度伤害”主要表现在：改动字词句的较多，“口语化”“通俗化”语言风格取向比较明显。不过，无论出于什么目的，无论是对脂本原文大段大段的删改还是随处可见的一字一词一句的零星删改，无论从思想还是从艺术上看，大都乏善可陈。因为它相当程度上，改变了原作写景状物、表情达意中蕴涵的“浓郁文气”和“饱满诗意”，降低了语言表达的精准性，模糊了作品人物语言的“个性化”“场景化”特征，减弱了原作“社会生活内容的丰泽度”和“思想的深刻性”。毫无疑问，这给原作造成了实质性伤害，而且这种伤害，隐蔽性很强，破坏力更大。因为只有熟读并将《红楼梦》不同文字版本费时费力比对阅读，才能觉察辨识，才能切实感受到曹雪芹与程高等删改者在语言艺术、文化常识，特别是对历史，对生活，对人性幽微复杂表现的认知程度等方方面面的差距。而这，却正是曹雪芹的不幸，《红楼梦》的不幸，历代读者的不幸！

第七十四回　惑奸谗抄检大观园　矢孤介杜绝宁国府

内容提要：邢夫人将绣春囊封存并转交王夫人，意在问责；王夫人惊恐，以为是凤姐所遗，于是当面审问。凤姐跪着哭辩，继后商议暗中察访一事。王善保家的走来添油加醋,并告晴雯黑状。王夫人派人趁夜突袭,一场抄检风暴突如其来。

●第61回里一伙人"顶替厨头"的努力,因功亏一篑而心怀不满。这一次却借风点火,穷追不舍,一定要彻底拱倒柳家媳妇才罢。你看,一见贾母下令严厉查赌,"有素与柳家不睦的人",便不惜添油加醋,趁势来告柳二媳妇和她妹子"通同开局,凡妹子所为都是他作主"。"易涨易退山溪水,易反易覆小人心"!可叹人世间,往往越是同一阶层,有着相似境遇,又在一起相处,就越见不得"鸡窝里头飞凤凰",就越想不通"凭什么你就比我们过得好"!怕你富,又嫌你穷;恨你有,又笑你无:人性之鄙陋,令人难以适从。

●凤姐对有人私下告状柳二媳妇设赌这件事所持的"姑妄言之姑听之"的态度,可以明显看出凤姐思想观念向"消沉""消极"方面的变化。她就此事跟平儿交谈,将其婉曲的心思和盘托出:

> "……我想,你素日肯(**此字程乙本作"常"或"曾"**)劝我'多一事不如省一事',就可闲一时心(**前6字程本删**),自己保养保养也是好的。我因听不进去,果然应了些(**此字程本删**),先把太太得罪了,而且自己(**前3字程本删**)反赚了一场病。如今我也看破了,随他们闹去罢,横竖还有许多人呢。我白操一会子心,倒惹的万人咒骂。我且养病要紧,便是(**前8字程本作"不如且自家养养病。就是病"**)好了,我也作个(**前2字程本作"会做"**)好好先生,得乐且乐,得笑且笑,一概是非都凭他们去罢。所以我只答应着知道了,白不在我心上(**前6字程本全删**)。"平儿笑道:"奶奶果然如此,便(**此字程本作"那就"**)是我们的造化(**此处程本加"了"**)。"

稍早前,平儿因"累金凤"一事,对王住儿媳妇当面打压教训及转身之后的善意交涉,彰显了平儿一贯的办事公道精明但又体谅人情,得理饶人、得势让人的好品性。这恰与凤姐"打蛇打七寸""害人害到底"的一贯狠毒霸凌作风不同。眼下,又令人信服地写出了凤姐思想及言行的持续软化。因为遭受不止一次的挫折打击,又加之身体健康严重受损,使得一贯强势霸道、威风要尽的她,不得不接受了平儿"多一事不如省一事""得过且过""与人为善"等思想观念的影响,渐渐心灰意懒,不时心平气和,变得不那么较劲认真、凶狠无情、锐意行权了。这种"统治激情的退潮",这种"管理意志的弱化",这种"积极入世"精神的不断衰减,对个人的消怨避祸、保养身心或许大有益处,但对勉力维持一个偌大家族的日常运转是不利的。凤姐旺盛心气和斗争精神的大幅度跌落,折射出了一个百年望族走向衰败命运的无可挽回,令人可伤可叹!

●本回跟上回一样,均两次使用了"话犹未了"或"一语未了"的场景转换提示语。第一次“一语未了”出现之后，“只见贾琏进来，拍手叹气”的一番抱怨，前有所呼，后有所应：一是表明第72回贾琏当面恳求鸳鸯“担个不是，暂且把老太太查不着的金银家伙，偷着搬运出一箱子来，暂押千数两银子支腾过去”一事，终于有了着落；二是通过贾琏的抱怨和凤姐无奈只得将金项圈抵押变现打发婆母勒索一事，从一个重要侧面表现了邢夫人对银钱利益的贪婪攫取，表现了贾琏的“病笃乱投医”，以及这一家子相互之间赤裸裸的金钱关系；三是借凤姐为鸳鸯担心的话，为后来极有可能发生的事端预留伏笔。第48回戚序本回后评语中，不是就有“求古董于古坟，争盆景而荡产”一类的情节暗示吗？且看原文：

这里凤姐和平儿猜疑，终是谁人走的风声(**前8字程本作“走风的人”**)，竟拟不出人来。凤姐儿又道：“知道这事还是小事，怕的是小人趁便又造非言，生出别的事来。当紧那边正和鸳鸯结下仇了，如今听得他私自借给琏二爷东西，那起小人眼馋肚饱，连没缝儿的鸡蛋还要下蛆呢，如今有了这个因由，恐怕又造出些没天理的话来也定不得。在你琏二爷还无妨，只是鸳鸯正经女儿，(**前“竟拟不出”至此122字程本全删**)带累了他受屈(**前6字程本作“反叫鸳鸯受累”**)，岂不是咱们的过失(**前3字程乙本作“之过”**)。”平儿笑道：“这也无妨。鸳鸯借东西看的是奶奶，并不为的是二爷。一则鸳鸯虽应名是他私情，其实他是回过老太太的。老太太因怕孙男弟女多，这个也借，那个也要，到跟前撒个娇儿，和谁要去，因此只装不知道。纵闹了出来，究竟那也无碍。”凤姐儿道：“理固如此。只是你我是知道的，那不知道的，焉得不生疑呢。”(**前“平儿笑道”至此120字程本全删**)一语未了(**前4字程本作“正在胡想”**)，人报：“太太来了。”凤姐听了诧异，不知为(**此字程本删**)何事亲来(**前2字程本删**)，与(**此字程本作“遂与”**)平儿等忙迎出来。

这段凤姐与平儿对“鸳鸯借当”敏感一事的私下议论，从一个重要侧面，反映了荣国府内上至贾母、下至家人奴仆之间错综复杂的人情关系；对“鸳鸯借当”的可行性，也做了必要的交代。但经程高等人一删改，就变成了一段无关事情真相，无关各方痛痒的一句没头没脑的话。

●本回的中心事件是“抄检大观园”。这起严重事件，是因为园内发现了“违禁物品”——绣春囊而引起。事件的发生虽属“偶然”，但事态的扩大，确有“人为”的因素。起因是邢夫人得到绣春囊之后，以为攥住了王熙凤管理家务失职、自身行为又不检点的把柄，刻意封了并打发王善保家的专程送去王夫人瞧，无异于“隔空喊话”。其言外之意明矣：请问这管的什么家？治家严谨，自身干净，还会出现如此关系重大、有伤风化的淫秽品吗？你们都是当家的，天下人都知道你们又是亲姑侄关系，这下，倒要看看你怎么秉公办事了！要包庇隐瞒压下不问么？这东西可是从老太太身边傻大姐那里取得的！……也难怪王夫人接到邢夫人不怀好意送来的“礼物”之后，“气了个死”，继而“气色更变”，立马就找上门来，向她的亲侄女——王熙凤兴师问罪了！不用说，王熙凤在拥有更大权势家长这里的“信任危机”，无疑就此产生，并逐渐强化，以致最终在她最大的靠山——贾母死后，失去了来自王夫人的支持和依靠，完全孤立无援了。

●针对绣春囊究竟是不是自己遗落的猜疑，一时陷于被动的凤姐从五个方面入手，通过一番有根有据、合情合理的分析排查和尽力申诉，不但将自己的“嫌疑”洗刷得一干二净，“就连平儿我也可以下保的”，言之凿凿，信誓旦旦，也由不得王夫人不信服。在对待“绣春囊”这桩突发事件上，血缘上的姑妈与亲侄女，名份上的女主人与被授权代理的内当家，截然有别的心理和语言、神情和态度，进一步凸显了凤姐的随机应变、能言善辩，亦进一步突出了王夫人的心性迟钝、能力平庸。

●随着姑侄间“达成和解”，凶险话题逐渐远离凤姐本人，而朝着大不利于园内其他人的方向转移：

> 凤姐道：“太太快别生气。若被众人觉察了，保不定老太太不知道。且平心静气暗暗访察，才得确实(**前4字程本作“才能得这个实在”**)；纵然访不着，外人也不能知道。这叫作‘胳膊折在袖内’(**此句9字程本全删**)。如今惟有趁着赌钱的因由革了许多的(**此字程本删**)人这空儿，把周瑞媳妇、旺儿媳妇等四五个贴近不能走话的人安插在园里，以查赌为由。再，如今他们的丫头也太多了，保不住人大心大，生事作耗，等闹出事(**此字程本删**)来，反悔之不及。如今若无故裁革，不但姑娘们委屈烦恼(**前2字程乙本删**)，就连太太和我也过不去。不如趁此(**前2字程乙本作“趁着这个”**)机会，以后凡年纪大些的，或有些咬(**前字程乙本作“磨”**)牙难缠的，拿个错儿撵出去，配了人：一则保得住没有别的(**此字程本删**)事，二则也可省些用度。太太想我这话如何？”

可见“暗中察访大观园”的馊主意，实由凤姐肇端。其手法一箭双雕，目的不可告人，意在转嫁矛盾，用心源于忧患，落脚在损人利己。而反观王夫人的态度，不过是瞻顾历史，只看眼前，无意于今后的：

> 王夫人叹道：“你说的何尝不是，但从公细想，你这几个姊妹，也甚可怜了。也不用远比，只说如今你林妹妹的母亲，未出阁时，是何等的娇生惯养，是何等的金尊玉贵，那才象个千金小姐的体统。如今这几个姊妹，不过比人家的丫头略强些罢了。通共(**前句自“也甚可怜”至此74字程本全删**)每人只有两三个丫头象个(**此字程本删**)人样(**此字程本删**)，余者纵有四五个小

丫头子(**前9字程本删**),竟是庙里的(**前3字程本删**)小鬼(**此字程本作"鬼儿似的"**);如今还要裁革了去(**前6字程本作"再去了"**),不但于(**此字程本删**)我心(**此处程本加"里"**)不忍,只怕老太太未必就依。虽然艰难,难(**此字程本作"也还穷"**)不至此。我虽没受过大荣华富贵(**前2字程本删**),比你们是强的(**此字程本作"些"**)。如今我(**此字后移三字**)宁可省些,别委曲了他们。以后要省俭先从我来倒使的(**此句12字程本全删**)。(**此处程本加"你"**)如今且叫人传了(**此字程本删**)周瑞家的等人进来,就吩咐他们快快暗地访拿(**前4字程本作"暗访"**)这事要紧。"

王夫人的话,补叙出了当年林黛玉的母亲、她自己的小姑子,在未出阁前娇生惯养、金尊玉贵的"体统",以跟现今主子姑娘们所受的"委屈"形成对照。再说,对贾府过去的繁华富贵生活,王夫人在感情上未必一定难以割舍,只是自己"于心不忍",担心"老太太未必就依"。站在王夫人的角度,要说她对凤姐有关裁减府内小姐们的丫头数量以"省心"和"省些用度"的建议,持迟疑顾虑和婉拒的态度,可以理解,所谓"由俭入奢易,由奢入俭难",本来就是人之常情嘛。然而就是这样一段体察人情、描画人物的好文字,在甲辰、梦稿、程高本中却被大砍大削,不但将王夫人深有感触提及的当年小姑、后来出阁后的林母贾敏,在娘家所享受的金枝玉叶般公主待遇的历史内容一笔勾销,还将王夫人话语中细数的府内几个主子姑娘使用丫头的情况做了删节改写。这样一来,就使得人情味极强,其中颇见说话人性情见识以及失落情绪的一段喁喁絮语,如风干的橘子般色味全失,王夫人复杂婉曲的心思,自然也就变得直截和浅表化了。

●本回是全书情节发展的一个高潮,也是贾府内部矛盾的一次总爆发,更是荣府中不当家的邢夫人一伙与当家秉政的王夫人一伙之间一次"明里过招"和"暗中较劲"。导火索诚然是落到邢夫人手里的园内发现的绣春囊,王夫人见后,以为是凤姐不小心丢失的;但经凤姐令人信服的一番申辩后,又怀疑起园内的丫头们。于是她叫来自己这边的几家陪房亲信商议布置,见前来催查进度、窥探究竟的邢夫人心腹王善保家的到场,居然"敌我阵营"不分,也将之安排到"暗地访拿"的队伍里面。这倒好,别人在虎视眈眈,磨刀霍霍;她却还在不以为意,假寐养神,递送橄榄枝,大搞所谓"一视同仁""亲善友爱",似乎"历来就是高姿态"这一套!当然,你也可以认为这是王夫人为了处理好妯娌关系,而不得不表现出来的"宽怀大度""难得糊涂"和"有限度的让步"!在笔者看来,正是由于王夫人的糊涂昏聩,听信王善保家的谗言,强化了对园内女孩特别是对儿子身边俏丫头晴雯的恶感,不但当面羞辱了晴雯,而且继后还全盘接受并采纳了"唯恐天下不乱"的王家的馊主意,才亲手造成了一场席卷大观园和谐安乐生活而去的热风暴,成为断送大观园活力和生机的罪魁祸首。

●前有费婆子，现有陪房王善保家的，内心愤愤不平，个个张牙舞爪，有如恶狗饿狼一般长期依附盘踞于刻薄寡恩、惟钱是命的邢夫人身边。如此恶劣生态之下，身为贵妇的邢夫人怎么能“与人友善”呢？曹雪芹熟谙人情，洞察人心，理解人性，在他笔下将各类人物，包括费婆子、周瑞家的、王善保家的、赵姨娘等次要人物性格成因中的心理因素把握得非常精准，表现得恰如其分。这种恰切表现人物性格心理特征的“立体感”和“分寸感”，实非一般作家所能及！

●“查抄大观园”的馊主意，出自王善保家的。这个主意较之凤姐稍早前提出的“平心静气暗暗访察，才得确实”“趁此机会，以后凡年纪大些的，或有些咬牙难缠的，拿个错儿撵出去配了人”一类的建议，手段更直接，用心更狠毒，害人更厉害。但王夫人就是不计后果，首先被诱惑被打动，赶忙表态：“这话倒是。若不如此，断不能清的清，白的白。”因问凤姐如何。凤姐只得答应说：“太太说的是，就行罢了。”王夫人继续赞赏说：“这主意很是，不然一年也查不出来。”她要的，就是快节奏、斩乱麻的立竿见影！于是大家商议已定。

在这里，凤姐的态度耐人寻味。尽管从抄检过程看，凤姐只是奉命行事，并无故意加害园中人的险恶用心，但因要去己身之疑，又因有“官大一级”的王夫人亲自主持其事，再有婆母邢夫人的耳目撺掇怂恿且喧宾夺主、摩拳擦掌、跃跃欲试在侧，夹在中间的王凤姐几乎被整个事态牵着鼻子，相当被动地拖着往下走。直到“突袭查抄”行动有了意外的“重大发现”，且这种“发现”顿令耀武扬威的王善保家的一下子泄了气的时候，凤姐的权威才“王者归来”，大管家的心理优势才有所恢复。

●鉴于李纨的身份年龄以及一向的行事为人，应该说，“有关风化”的人和事与她是不会沾边的。为此，轰轰烈烈的园内抄检中，对她无可写处，于是就一笔带过不写了。

●如果说“抄检大观园”是后来皇命大抄家的预兆，那么“杜绝宁国府”就是惜春出家的根由。惜春的孤介执拗性格，无疑在本回得到充分体现。只是不知这种品行如何养成，全书缺少这方面的描写。不过，只知一力自保，非常自我，极度的冷漠自私，表现在惜春的身上，多少带有其父贾敬、叔父贾赦二人做事为人偏偏与众不同，非要“扭着来”“倒着行”的秉性传承，飘忽着这类自私鬼的清晰面影。或许，正是贾府这类“败家子”前辈们的间接影响，一定程度上造就了贾惜春“难与人共处”的极度怪僻自私的性格。

●抄检结束，凤姐归寝。写她“夜里又连起来几次，下面淋血不止，至次日便觉身体十分软弱，起来发晕，遂撑不住”：可见病情凶险，病势养成，且病况难与人言；可知凤姐心力已衰，身体已垮，离悲惨结局不远矣！也因其病，有老嬷嬷们拿了方子回过王夫人，不免又添一番愁闷，遂将司棋等事暂搁置未理，直到第77回才旧事重提，一一过问发落，于是一众女孩的悲惨结局最终来临。从文势上看，这样的有急促有舒缓、有间隔有过渡的行文节奏，不但符合生活实际，而且情节故事引人入胜，加强了读者要将小说继续读下去，以“一探究竟”的欲望。

●须加留意的脂批：

※【戚序回前批：司棋一事在七十一回叙明，暗用山石伏线；七十三回用绣春囊在山石上一逗便住；至此回可直叙去，又用无数曲折渐渐逼来，及至司棋，忽然顿住，结到入画。文气如黄河出昆仑，横流数万里，九曲至龙门，又有孟门、吕梁峡束，不得入海，是何等奇险怪特文字，令我拜服！】

编者按：可见“绣春囊”微小一物，在编织故事、推动情节、结构线索等方面的重要作用。引起一场大风波的导火索——绣春囊，显然系第71回司棋、潘又安山石背后幽会被惊散时慌忙遗落。对此，书上有暗示，但没有明言。

※平儿笑道：“这也无妨。鸳鸯借东西看的是奶奶，并不为的是二爷。一则鸳鸯虽应名是他私情，其实他是回过老太太的。老太太因怕孙男弟女多，这个也借，那个也要，到跟前撒个娇儿，和谁要去，因此只装不知道。【庚辰双行夹批：奇文神文！岂世人意想得出者？前文云“一箱子”，若私拿出，贾母其睡梦中之人矣。盖此等事作者曾经，批者曾经，实系一写往事，非特造出，故弄新笔，究竟不记不神也。】【鸳鸯借物一回于此便结。】纵闹了出来，究竟那也无碍。”凤姐儿道：“理固如此。只是你我是知道的，那不知道的，焉得不生疑呢。”

编者按：“盖此等事作者曾经，批者曾经，实系一写往事，非特造出，故弄新笔”等批语，又一次点明小说《红楼梦》的素材，部分来自作者和批者的亲身经历，并非完全向壁虚构。

※谁知竟在入画箱中寻出一大包金银锞子来，约共三四十个，【庚辰双行夹批：奇。为察奸情，反得贼赃。】【庚辰眉批：似批语，故别之。】又有一副玉带板子并一包男人的靴袜等物。

编者按：“为察奸情，反得贼赃”八字，各本均误作正文，只庚辰本的脂批，对此做了辨别。

※【戚序回末总批：诸院皆宴息，独探春秉烛以待，大有提防，的是干才，须另置一席款待。】

又：【凤姐喜事，忽作打破虚空之语；惜春年幼，偏有老成练达之操：世态何常，知人其难！】

●红楼探照之一六四:

独裁与孤弱
——且说王夫人等辈的后发制人

发生在第74回的这次大观园抄检,集中暴露了荣府内部矛盾的日益加深:主子与主子的矛盾,主要表现在邢、王二妯娌之间,以及邢夫人和凤姐二婆媳之间;主子与奴仆的矛盾,主要表现在贾探春和王善保家的、凤姐和王善保家的之间;奴仆与奴仆的矛盾,主要表现在晴雯、周瑞家的和王善保家的等人之间。这三组矛盾纠结一起,贯串在"抄检"事件的过程中。恶性事件的最终结果,一是逐撵了晴雯、司棋、芳官、四儿等无辜女孩,造成了她们悲惨的结局,相当程度上斫丧了大观园的生机,致使欢乐大观园变成了悲情大观园;二是与其他因素叠加,加速了贾府的衰败与没落。"内抄"为"外抄"的预演,"小抄"为"大抄"做好了铺垫。

话说人世间,的确是"宁可得罪君子,不可得罪小人"。王善保家的阴告园内女孩们的"黑状",大都源于平时的生活接触中因自己感觉没有得到应有的尊重和利益照顾,于是心中忿怨不平,以致伺机便要大抖威风,恶毒报复,以求补偿。撮其害人的心思和手法,大致如下:

一、扇风点火,耸人听闻。不惜扩大事态,以便趁隙而入,乱中取胜,落井下石,心生快意。

二、实行"无差别对待",将攻击的矛头指向园内所有丫鬟们。一定程度上,这是园内与园外,两个不同年龄层次、不同位阶群体之间的"互不买账"。

三、突出重点,定向打击。挑唆之下,将她们最忌恨的晴雯,推到了先行惩戒的前台:

> 这(**此字程本删**)王善保家的正(**此字程本删**)因素日进园去那些丫鬟们不大趋奉他,他心里大(**此字程本删**)不自在,要寻他们的故事又寻不着,恰好生出这事来,以为得了把柄;又听王夫人委托(**此处程本加"他"**),正撞在心坎上,说(**此字程本作"道"**):"这个容易。不是奴才多话,论理这事该早严紧(**此处程本加"些"**)的。太太也不大往园里去,这些女孩子们一个个倒象受了封诰似的,他们就成了千金小姐了。闹下天来,谁敢哼一声儿。不然,就调唆姑娘的丫头(**前3字程本删**)们,说欺负了姑娘们了,谁还耽得起。"
>
> 王夫人(**此处程乙本加"点头"**)道:"这也有的(**前2字程乙本作"是"**)常情(**此句程乙本后移至"娇贵些"之后**),跟姑娘(**此处程本加"们"**)的丫头,原(**此字程本删**)比别的娇贵些。你们该劝他们。连主子们的姑娘不教导尚且

不堪，何况他们（**前“你们该劝”至此24字程本全删**）。”王善保家的道：“别的都（**此字程本删**）还罢了。太太不知道（**此字程本删**），一个（**前2字程本作“头一个是”**）宝玉屋里的晴雯，那丫头仗着他生的模样儿比别人标致些。又生（**此字程乙本作“长”**）了一张巧嘴，天天打扮的象个西施的（**此字程本删**）样子，在人跟前能说惯道，掐（**此字程本作“抓”**）尖要强。一句话不投机，他就立起两个（**此字程本作“只”**）骚（**此字程本妄删**）眼睛来骂人，妖妖趫趫（**前2字程本作“调调”**），大不成个体统。”

王夫人听了这话，猛然触动往事，便问凤姐道：“上次我们跟了老太太进园逛去，有一个水蛇腰、削肩膀（**此处程本妄加“儿”**），眉眼又有些像你林妹妹的，正在那里骂小丫头。我的（**此字程本删**）心里很看不上那狂样子，因同老太太走，我不曾说得。后来要问是谁，又偏忘了。今日对了坎儿，这丫头想必就是他了。”凤姐道：“若论这些丫头们，共总比起来，都没晴雯生（**此字程乙本作“长”**）得好。论举止言语，他原有些轻薄。方才太太说的倒很像他，我也忘了那日的事，不敢乱（**此字程乙本作“混”**）说。”王善保家的便道：“不用这样，此刻不难叫了他来太太瞧瞧。”王夫人道：“宝玉房里常见我的只有袭人麝月，这两个笨笨的倒好。若有这个，他自（**此字程本作“自然”**）不敢来见我的（**此字程乙本妄作“呀”**）。我一生最嫌这样（**此处程本加“的”**）人，况（**此字程本删**）且又出来这个事。好好的宝玉，倘或叫这蹄子勾引坏了，那还了得！”

王善保家的“点穴式”的人身攻击，也算火力全开，片甲不留了；王善保家的所用的语言，也算鄙薄挖苦，穷形尽相了（程高本又将颇见说话人粗俗的“骚”字去掉，将其愤憎、攻讦的语气改轻微了改文雅了）！

四、极力挑动对青春女儿的恶感，激活王夫人曾经有过的不愉快记忆，以旁敲侧击，借刀杀人。最要命的是，不久前一次偶然的机会，王夫人恰巧就见识过晴雯那“水蛇腰、削肩膀，眉眼又有些像你林妹妹”的风流体态，以及“正在那里骂小丫头”的“狂样子”，曾引起过内心的反感；眼下，因王善保家的告状而瞬间激活了那一段不愉快的记忆，恰与入耳的谗言产生叠加效应，不用说心中对晴雯的恶感和敌意陡然上升，无法遏止。于是，一场由晴雯等女孩首当其冲的劈头盖脸的打击，就不可避免了。而此时此际，反观凤姐对王夫人的问话，不敢明目张胆地替晴雯申辩；但鉴于她一向与怡红院众人的友好相处，她也不能落井下石，便只好含糊其辞，聊作应对了。

最耐人寻味的是，与晴雯留给自己的“恶劣”印象相比，王夫人对怡红院袭人和麝月的所谓“好”印象。

近水楼台先得月。因为心高气傲的俏丫头晴雯,不屑于经常寻找机会要在痛恨青春美色的王夫人跟前抛头露面,引起关注;或许更是有意的敬而远之,不想与之迎头相撞:“宝玉房里常见”她的大丫头,就只有袭人和麝月入眼了。二人居然就给她留下了“这两个笨笨的倒好”这样的完全与实际情况不符的印象。

王夫人所谓的“笨笨的”,大概就是指在主子面前,经常表现出的那种低眉顺眼、殷勤小心、言听计从,“足将进而趑趄,口将言而嗫嚅”,看上去非常单纯老实,乃至于像她那样略显呆板、迟钝一类的模样及做派吧。欣赏与自己同一类型的人,无疑是“自恋情结”特别严重的人。再说,袭人行事低调,言语谨慎,善于伪装,轻易不露牙爪,说她“笨笨的”,倒还勉强;麝月一贯老道,而且伶牙俐齿,风头正健,怎么也成了“笨笨的”一流了?回想当今社会,职场上有一句流行语:“真相假相,关键是上司印象;金杯银杯,总不如群众口碑。”事实上,“印象”不可靠,“口碑”亦骗人。就眼下来看,要说对王夫人的宝贝儿子施行过“勾引”的,恰恰与“手爪灵活”“容貌一流”的俏丫头晴雯一点儿都不沾边;又恰恰是王夫人认定的“笨笨的倒好”的花袭人,是最早与宝玉发生了性关系的。而且这种超乎寻常的关系,早就得到了身为主家婆的她之默认,在府内,可是“公开的秘密”呀!即便她眼中又一个“笨笨的”麝月姑娘吧,跟宝玉不是照样也有“篦头”一类异性间的亲昵举动么,这算不算男女之间蜻蜓点水式的“勾引”呢,或者是有实质性交情萌发的“前戏”呢?由此可见,身为贵妇的王夫人不但缺乏“自知之明”,而且严重缺少“知人之智”:下,心智与才干比不上侄女王熙凤;上,经验能力和人格魅力,离婆母的“脚踪儿”更远。而这,就是“不鸣则已,一鸣惊人”的,一贯刚愎自用的,论事认人喜欢带上“有色眼镜”的偏听偏信偏看的王夫人!

另外,王夫人话语之间竟两次涉及黛玉,亦显得意味深长:一次是提及林黛玉的母亲,当初在娘家出阁前是何等的风光娇贵;一次是将那“轻狂样子”“妖精一样”“水蛇腰,削肩膀”的晴雯,与林黛玉的“眉眼”相提并论。

从艺术手段上去看,由内心十分反感乃至于极度憎恶的晴雯“那蹄子”的眉眼,自然联想到寄养于自家府内的“小姑家来到”的黛玉,无疑是曹雪芹惯用的“一击两鸣”“相互映衬”的笔法,而且它还将隐藏于王夫人内心深处的、对林黛玉母女的不屑不满情绪,做了十分巧妙而又隐秘可见的披露。从心理分析的角度去看,王夫人的话清楚表明,在她的内心深处,对寄人篱下的孤女林黛玉,是没有什么怜惜和欣赏的。提一提当初林黛玉母亲那未出阁时的娇贵,难说就没有一丝轻微的嘲讽和不经意的调侃包含其中。通读全书,也确实没有见到过王夫人对她儿子最喜欢、最在乎的林姑娘有着什么关心,有着什么好感,有着什么疼爱的表示;要不是有强大权势和威望的贾母罩着,王夫人对黛玉的“不喜欢”“不满意”情绪，恐怕早就表露出来，便要使那任性敏感的姑娘，早就在贾府难以立足安身了！

再说当下，不用想，就知道王夫人将“身上不自在”的晴雯忽然叫来，当面打量并予以侮辱申斥的场面，是多么的难堪！而王夫人的恶毒辣狠，也尽在其中也！你听，“病西施”“妖精似的东西”“你天天作这轻狂样儿给谁看”“我看不上这浪样儿”“死人”“明儿揭你的皮”“这就该打嘴”“明儿回了老太太，再撵你”“谁许你这样花红柳绿的妆扮”这一类极度叱责讽刺、羞辱威胁的话，就这样一溜一串地自尊贵的王夫人嘴中吐出。真不知敏感要强的晴雯，情何以堪！你看，她只得出来，这气非同小可，“一出门便拿手帕子握着脸，一头走，一头哭，直哭到园门内去。”

面对俏丫头因忽遭巨大的羞辱打击而急剧抽搐的背影，两耳灌满她那满腔说不出来的委屈怨愤又不得不强力隐忍的恸哭，谁能不对晴雯的惨遭厄运而疾首痛心，进而悲从中来呢！

●红楼探照之一六五：

穿插互补　对比映衬
——同一场景不同人物表现的“区分化”描写

犹如第 33 回“宝玉挨打”一样，第 74 回艺术上的精彩之处，在于通过一个事件，写活了一群角色。亦即通过“惑谗抄检”这一事件中一连串生活场景的展现，生动刻画了一群人物各自不同的性格风采。行文过程中，高明的作者并没有摊铺笔墨，平均用力，而是根据突出人物性格特征，以及揭示人物相互间关系的需要，着墨有明有暗，有浓有淡，主次分明，详略得当，使人物形象的塑造极具层次感和分寸感。其中的晴雯和探春，在“抄检”现场类似但又并不雷同的抗争表现，还达到了相互映射，相互补充，总体上节省笔墨而达到相得益彰的奇特效果。

一

回顾整个抄检进程，按时间顺序自然形成几个阶段。

先说预热阶段。至晚饭后，待贾母安寝、宝钗等入园时，王善保家的便请了凤姐一并入园，喝命将角门皆上锁，便从上夜的婆子处抄检起，不过抄检出些多余攒下的蜡烛灯油等物。王善保家的道：“这也是赃，不许动，等明儿回过太太再动。”可见查抄行动，名义上是凤姐为头，实际上却是狐假虎威、小题大做的王善保家的带队。首站即到怡红院中，喝命关门。当下宝玉正因晴雯不自在，忽见这一干人来,不知为何直扑了丫头们的房门去,因迎出凤姐来,问是何故。此时,查抄队意气正盛、行动迅猛、吃相难看;"喝命"的气势汹汹,"直扑"的来者不善,活画出王善保家的等人对怡红院丫头们平素的积怨,以及此时急欲捣乱、肆行报复的丑态。面对王善保家的一伙的肆意妄为,袭人选择的是"顺从"加"配合","自己先出来打开了箱子并匣子,任其搜检一番";晴雯选择的,是发飙式的反抗:

……挨次都一一搜过。到了(**此字程本删**)晴雯的箱子,因问:"是谁的,怎不开了让搜(**前6字程本作"怎么不打开叫搜"**)?"袭人等(**此字程本删**)方欲代(**此字程乙本作"替"**)晴雯开时,只见晴雯挽着头发闯进来,豁(**此字程本作"豁啷"**)一声将箱子掀开,两手捉(**此字程本妄作"提"**)着底子,朝天(**前2字程本删**)往地下尽情(**前2字程本删**)一倒(**此字程甲本妄作"翻"**),将所有之物尽都倒出(**此字程本作"出来"**)。王善保家的也觉没趣(**此字程本作"趣儿"**),(**此处程本添写238字,见下**)看了一看,也无甚私弊之物。

怡红院内最后一个出场的晴雯,就这样挟风带雨,气性冲天,动作生猛,情绪强烈,如狂飙忽至,若战神降临,大有张翼德断桥单挑而千军避易的大无畏英雄气概:

豁出去了,看你怎么着!

亮了,这"沉默中的爆发"!

够了,这俏丫头回击的力度!

二

平心而论,几个时辰之前才刚刚遭受了别人暗算,被王夫人施以严重羞辱和打压的晴雯,眼下采取这种剧烈的、沉默的,对王善保家的这类"狗腿子""害人精"为虎作伥行为,当面示之以颜色的回应方式,无疑是这个聪敏勇敢女孩所能采取的最恰当方式,而且这种方式,也最契合她一向"斗力不斗智""动嘴不动心"的鲜明个性特征,深深打上了晴雯反抗精神的独特烙印。程高本及它之前的梦稿本,不能深谙曹雪芹写人叙事的高妙精准,擅自在脂本原文"王善保家的也觉没趣"和"看了一看,也无甚私弊之物"之间,增写了一段长达近240字的赘文:

……便紫胀了脸,说道:"姑娘你别生气。我们并非私自就来的,原是奉太太的命来搜察,你们叫翻呢,我们就翻一翻,不叫翻,我们还许回太太去呢。那用急的这个样子!"晴雯听了这话,越发火上浇油,便指着他的脸说道:"你说你是太太打发来的,我还是老太太打发来的呢!太太那边的人我也都见过,就只没看见你这么个有头有脸大管事的奶奶!"凤姐见晴雯说话锋利尖酸,心中甚喜,却碍着邢夫人的脸,忙喝住晴雯。那王善保家的又羞又气，刚要还言，凤姐道："妈妈，你也不必和他们一般见识，你且细细搜你的，咱们还到各处走走呢。再迟了走了风，我可担不起。"王善保家的只得咬咬牙，且忍了这口气，细细的……

这段增文，如果只作一段脱离前后文的孤立的描写内容来看，似乎写得还差强人意，读起来似乎还特别解气。因为其中不但有凤姐的语言及心理描写，还在前文晴雯尽力掀箱倒物以泄愤的描写基础上，添加了晴雯与王善保家的之间的语言交锋。尤其是那指着王善保家的脸，加以讥诮挖苦的神情动作，尽管跟后面探春的拒止"动作"何其相似，但看上去显得是何等的胆大性直、爽快人心啊！仿佛如此这般，晴雯的反抗精神就体现得淋漓尽致无以复加了！也难怪一直以来，诸多的学术大家一谈到程高本中的这一类增添文字，就每每兴高采烈，叹赏不绝，以此作为范例；难怪不乏学者将此类增文视为至宝，并以此为凭论证《红楼梦》诸多版本中，"唯有程高本最称完美，其中又唯有程乙本最称优异"云云。

事实上，上面所引增文内容的不合理，除了与紧接着的后文状写探春"指着鼻子"，对狐假虎威的王善保家的一顿"训斥"加"掌掴"等一类神情动作的描写相比显得笔墨重复之外，在笔者看来，它至少有如下之失：

一、晴雯的不但摔砸，还要当面指斥，不太符合晴雯一向"嘴才见短"的特点。怡红院里发生的几次三番争吵，袭人口拙有意避让，晴雯勇敢性躁，舌战每落下风；不得已，几次都是"干架高手"的麝月出面，或抵挡或进攻，才震住了场子，将不懂规矩的坠儿的娘，以及何婆子等人的吵嚷打闹，强行压制下去的呢。眼下的晴雯，怎么一下子就变得伶牙俐齿起来了？

二、联系平日里的处事为人，晴雯在众丫头队伍中，"身为下贱"却"心比天高"，突出表现在她身上的奴性最少，一向无视尊卑贵贱、地位等级的个性，非常突出。但增文中的她，竟然当众声称"我还是老太太打发来的呢"，言外之意中，确有自抬身价，自我标榜，借势压人之嫌。这类居高临下的口吻出自晴雯，多少令人感到诧异。

三、正所谓"此一时，彼一时"也。把晴雯的强烈义愤，放在当时她所处的具体而又特殊的生活环境去考察，纵使晴雯平时锋芒毕露、敢怒敢言，但天性聪敏的她，何尝没有意识到自己目前所面临的动辄得咎的艰难处境？她已经知道自己被人告了黑状，被人暗算了；她已经意识到了王夫人对她的强烈敌意，以及更严厉的惩罚随时可能降临自身的危险。眼下，她还会一如平时那般放言无忌，抬出"老太太打发来的"这一类名头来力压群凶，授人以柄，"以鸡蛋去硬碰石头"么？如果一味那么莽撞，那么不识时务，还是那个"风流灵巧"的晴姑娘么！

晴雯自从来到宝玉身边，长达五六年了。王夫人竟然对自己宝贝儿子身边最出色的丫头晴雯还不甚认识,更谈不上有所了解的原因,就在于晴雯深知王夫人偏执古怪的性情,平日里总是尽量避免自己出现在她的视线范围内,更不会有意去奉承和“亲近”,以至于王夫人对袭人、麝月的熟悉认可程度,远超她儿子最钟爱的“俏丫头”晴雯之上呢!反观晴雯的前主子——贾母,尽管对她颇有好感,但已渐渐年老,不轻易自作主张了;即便有所主张,也未必管用了。而王夫人听信谗言,在园内肆行“抄检”的前夕,才刚刚对她进行了严重威胁和无情羞辱呢!她岂能不长记性,岂能不有所顾忌?看前文,晴雯应对王夫人的“隐忍”表现,可知她并非一味蛮干不知分寸者。由此可见,增文读起来虽然解气,但对刻画晴雯的性格未免过火了,走偏了。

四、全书人物众多,事件纷繁,因限于篇幅,逼得作者曹雪芹不得不在谋篇布局、整体构思、时空集约、人物群体集中交互表现等方面别出心裁,独辟蹊径,异乎寻常地讲究,精益求精地追求,以尽最大可能,在有限的时空中表现出最为全面复杂丰富和立体的有关历史、社会、人生、哲学等内涵。《红楼梦》思想的博大精深,《红楼梦》艺术结构的奇巧精密,《红楼梦》人物描写的形象精细,被人统称为“浓缩的精华”,往往得力于此。因而,基于曹雪芹在书中体现出来的一贯的笔意笔法,是不会滥用笔墨写人的。

即如这第74回“大观园抄检”事件中写到的,这时隔不长的几段生活场景,相关人物的表现也同中有异,异中见同,相互对照,相互补充,大得异曲同工、相得益彰之妙。论反抗,晴雯的态度、动作等再激烈,鉴于她当下的艰难处境以及一直以来她难以尽行摆脱的婢女地位,她的反抗具有明显的“情绪化”和“爆发性”。一定程度上看,这也是对外界超强压迫力的一种“既强烈又单薄”“既决绝又无奈”的应激反应。它岂能跟甚有主见和脾气的主子姑娘,一向心志及应世理家能力超高超强的三姑娘贾探春那般的有模有样、有声有色、有攻有守、进退自如的“立体反抗”相比?论出色,晴雯是众丫头队伍中唯独一个敢于反抗,示压迫者以颜色的硬角色。论性情,夺门而入,一气摔砸,“此时无声胜有声”般的绝地反击,对于表现刻画晴雯之勇,亦足矣!论风头,她不能也不该抢去探春的。因为从作者刻画人物形象的艺术角度及其效果来看,排兵布阵、出面抵挡,将借动作发飙以响亮一击,又借题发挥出言谴责的风头,留给稍后出场的探春来出彩,不是更好,更恰当,更合情理么!

应该说,诸如此类的人物情节安排,瞻前顾后,适得其人,互补而不重叠,映照又互不遮蔽,相得益彰,恰如其分。这才是曹雪芹的别具匠心;这才是曹雪芹“天才创造”的绝顶高明!因此,对程高本这一类单独看来似乎“非常不错”的增添笔墨,我们一定不要断章取义,只见树木不见森林;而是要进山探宝,淘沙拣金，最好遵循曹雪芹原稿的创作思路，深谙一个天才作家的精密“文心”，结合具体的语言环境下各类人、事、物、情、境、性（即一个人的思想性格特征）的逻辑规定性，将描写片段放在整本书、整个章节、整个事件全流程中去定位考察，比对分析。只有这样，才能甄别出不同笔法的长短优劣呢；只有这样，才有可能真正识得曹雪芹小说的苦心孤诣和高超绝妙之处呢！单看像稻苗，环顾是稗草。多方审视的阅读方法，才最适合于《红楼梦》原稿与程高本改稿的文字内容之间的对勘比较呢。

三

怡红院一番小打小闹之后，一行人就近来到了潇湘馆。这一段是略写，算整个“抄检事件”进程中的一个过渡和缓冲。此处没有什么有价值的发现，搜检出来的，都是一些宝玉孩提时代的留存物，不过表明宝黛之间由来已久的频密往来而已；倒是来此处的途中，凤姐对“抄检积极分子”说的几句话，足可留意：

> ……说着，一径出来，因向王善保家的道：“我有一句话，不知是不是：要抄检（**此字程甲本作“拣”**）只抄检（**此字程甲本作“拣”**）咱们家的人，薛大姑娘屋里，断乎抄检（**此字程甲本作“拣”**）不得的。”王善保家的笑道：“这个自然。岂有抄起亲戚家来（**此处程本加“的”**）。”凤姐点头道：“我也这样说呢。”

有不少《红楼梦》论者据此认为，凤姐等人总是秉持“双重标准”，碰到抄检一类的坏事，就将亲缘关系贴近的薛宝钗一家纳入“亲戚家”排除在外，将同样是“亲戚家”的林黛玉算进“咱们家的人”了。其实，这是不顾情理事实的“主观认定”，不足为训。因为书中即有多处交代，自黛玉父母双亡由外婆家收养后，众人都视之为“咱们家的人”了。不是么，第 35 回贾母就曾当面对众人说：“提起姊妹，不是我当着姨太太的面奉承，千真万真，从我们家四个女孩儿算起，全不如宝丫头。”请注意，贾母口中的“四个女孩儿”，除了迎探惜“三春”，敢将贵为皇帝妃子的元春算进去么？显然不能。那除了林黛玉，还会是其他人吗？显然不会。再看第 22 回，贾母给薛宝钗过生日这天，贾母内院中搭了家常小巧戏台，定了一班新出小戏，排了几席家宴酒席。这时候书中有这样一句表述：

> 并无一个外客，只有薛姨妈、史湘云、宝钗是客，余者皆是自己人。

这里明明白白圈定了一个范围：只有薛姨妈母女和湘云是客，余者（包括在场的林黛玉），都是贾家自己一家人。再说，通观前八十回，贾母没有给自己的三个孙女庆祝过生日，也没有给林黛玉单独过过生日，说明贾母早就把无依无靠的黛玉和“三春”，当成自己家的女孩对待了。第 28 回元春在端午节赐礼的时候，林黛玉和“贾府三春”的礼物一样，这其中自有深意，但表面上也是可以将其理解为在元春心里，一样把黛玉当成了自家姐妹因而不再那么在意礼节一类的事了。因此说，阅读《红楼梦》，理解人物事件线索，必须前后瞻顾、左右勾连、多方考查，才能准确清晰地得出结论，从而避免盲人摸象、道听途说、人云亦云的种种“误读”陷阱。

四

再说眼下。抄检队伍不可一世的嚣张气焰，在怡红院猝遭晴雯的发作，不再上涨，但只有来到秋爽斋，再经探春的一番敲打之后才真正被压了下去，直到迎春处司棋私情露馅，王善保家的那无地自容的“喜剧性一幕”出现之后，方告彻底熄灭。总的来说，由凤姐受命带队、王善保家的踊跃介入的园内深夜抄检行动，所到之处，大都不得不被动接受，只有两处抵抗。

一处就是前面说到的宝玉处，在凤姐安抚宝玉的间隙，由王家的等人动手开箱倒柜。对此局面，袭人顺从，自觉配合；而生病在床的晴雯披头挽发，一跃而起，旋风一般闯进来，以剧烈的动作行为表达了严重的抗议，扫了一伙手忙脚乱者的兴头，使之无可言说，只得避其锋芒，悻悻而走。即便是在潇湘馆，一向言辞尖利心思敏感的黛玉被凤姐好言安抚在床，也只有任由一伙人翻箱倒柜地一阵搜查了事。

只是到了探春的秋爽斋，对这深更半夜不得人心的查抄行为的反抗，才达到了最全面、最尖锐、最激烈的高潮。这伙“奉命而来”“有恃无恐”的人，才真正大触了霉头，尝到了厉害，显得拳脚无法施展，抄检难以进行，下风落尽，脸面扫光，不得不知难而退。作者生动展现了这一惊心动魄的家庭生活场景，笔酣墨饱，正气磅礴，有如罡风劲吹，狂飙忽落，电闪雷鸣，在激烈的矛盾冲突中凸显出“刺玫瑰”独特的性格锋芒以及她那出色的斗争艺术和真正政治家一样的迷人风采。比较之下，园内几处被查抄搅扰的居室主人，在面对威胁和羞辱之际，只有贾探春明目张胆地站出来，犹如勇敢无畏的母鸡妈妈翼蔽身后弱小的鸡雏群一样，尽全力护持着身后一班相对处于极端弱势地位的丫头们，同时也借此显示出了一个未出阁女儿“威武不能屈”的自尊与胆识。

只有她，事先得到消息而有所准备，排兵布阵，主动迎战，森严壁垒，秉烛而待。

只有她，至始至终抓住主要矛盾中起主要作用的人物，敢于施加压力，敢于短兵相接，将斗争的矛头对准台前幕后、随波逐流的大管家，直斥，谴责，讥讽，使得王凤姐在这场“迎头相撞”中，躲避不及，始终处于被动地位。

只有她，指东打西，欲擒故纵，有意将王善保家的视作空气，就是要将自己作为主子姑娘的身份和架势摆出来让你瞧，就是要挑动对方的虚荣心和显示欲让你跳，就是要诱使对方产生误听误判误为，一旦逼出破绽后抓个正着，毫不留情，一巴掌便扇在带头为虎作伥者的老脸上；并且还加以劈头盖脸的羞辱和打击，使得对方除了认怂，别无选择！

只有她，凛然无畏，敢作敢当，且断然出手有理有力，以退为进有利有节，上风占尽还让人觉得她受了天大的屈辱，眼看着她在忿忿不平、振振有词中全身而退！

也只有她，真正意识到眼前发生的抄检行为的恶劣性质，以及必会带来的灾难性后果。因此，不由得对家族形象的受损，以及置身激烈漩涡之中自身命运的不可预测，而格外的伤感痛心：

> "……你们别忙，自然连（**此字程本妄删**）你们抄的日子有呢！你们今日早起不曾议论甄家，自己家里（**前2字程本作"盼着"**）好好的抄家，果然今日真抄了。咱们也渐渐的来了。可知这样大族人家，若从外头杀来，一时是杀不死的，这（**此处程本加"可"**）是古人曾（**此字程本删**）说的'百足之虫，死而不僵'，必须先从家里自杀自灭起来，才能一败涂地（**此处程本加"呢"**）！"说着，不觉流下泪来。

这就是有威严气度，有责任担当，有忧患意识，有敢于抗争精神的贾府三小姐！这就是有政治家的眼光、胸襟、情怀和悲感的大观园的"铿锵玫瑰"！

五

作者的一支生花妙笔，不但皴染了探春的鲜明形象使其立体化，同样写活了在场的不少人：

一是行事为人与探春风格截然相反的惜春。当抄检到多年跟随服侍她的丫头入画私藏了她哥哥寄存的金银锞子及男人衣物时，惜春生怕沾染，竟连连声明，赶紧撇清："我竟不知道。这还了得！二嫂子，你要打他，好歹带他出去打罢，我听不惯的"，"嫂子别饶他这次方可。……嫂子若饶他，我也不依"，甚而至于主动将私下为丫头们传递物品的后门上的张妈供了出来。真是不可理喻，不近人情，不通人性，自私冷漠到了不可思议的"变态"的地步！随后，她还与走上门来的嫂子尤氏大闹别扭，话冷心硬，执拗无情，并从此断绝和宁府往来，与自己的出身地彻底划清了界限。

二是身处矛盾漩涡中，"主动作为"与"被动言行"集于一身的凤姐。你看她，对各处公子小姐态度稍有差别的友善小心，慑于探春的威势，对其咄咄逼人的攻势表现出来的隐忍不发，对王夫人偏听偏信的无奈顺从，对王善保家的狐假虎威、狗仗人势所表现出来的先虚与委蛇,后幸灾乐祸。这些均建立在凤姐平时与众位姊妹有来有往,彼此了解的情感基础之上;均建立在凤姐因婆媳矛盾激化,少不了对邢夫人身边活跃人物——王善保家的等辈,有所忌惮和避让的心理基础之上;同时,也符合主要由王夫人发起的这场不得人心的抄检行动中,她不得不受命带队,跟随压阵的尴尬角色定位之上。由此可见,曹雪芹在创作过程中,将各类人物之间错综复杂的人际关系,把握得何等细致精准,一点都不含糊苟且,且人物各自的现实表现,与其身份地位、性格为人、彼时彼地的处境和心绪意念严丝合缝,一点都不别扭和错位走样。

三是王善保家的"鸡毛作令箭",不识时务,最终自取其辱的凶相和丑态,也得到了入骨三分的刻画。

四是整个抄检过程中,周瑞家的等人惟主子马首是瞻,见风使舵,见缝插针,或息事宁人适可而止,或寻机报复偏要较真,或幸灾乐祸落井下石,帮派体系下的小人嘴脸暴露无遗,"变色龙"的形象跃然纸上。

●红楼探照之一六六:

平庸手笔　低俗爱好
——五说程本对原文的不当修改

第 74 回程高本在甲辰本、梦稿本的基础上,做了多处删节改写。总的来说,无异于佛头浇粪,令人恶心。兹举明显二例说明之。

一处是写司棋私情暴露,王善保家的瞬间落入"只恨无地缝儿可钻"的狼狈境地。画风陡转之时,原文活画了凤姐及众人的幸灾乐祸:

> 凤姐只瞅着他(**此处梦稿、程本均加"抿着嘴儿"**)嘻嘻的笑,向周瑞家的笑(**此字甲辰、梦稿、程本均删**)道:"这倒也好。不用你们作(**前 3 字梦稿、程本作"他";前 2 字甲辰本删**)老娘的(**此字甲辰、梦稿、程本删**)操一点儿心(**前 2 字甲辰、梦稿、程本均作"心儿"**),他(**此字梦稿、程本删**)鸦雀不闻的(**此字甲辰、梦稿、程本均删**)给你(**前 2 字梦稿、程本作"就给他"**)们弄了(**此字甲辰本删**)一(**此字甲辰、梦稿、程本删**)个好女婿来(**此处甲辰、梦稿、程本加"了"**),大家倒省心(**前 5 字甲辰、梦稿、程本均删**)。"周瑞家的也笑着凑趣儿。王家的气无处泄(**前 4 字甲辰作"无处息气";梦稿、程本作"无处煞气"**),便自己回手(**前 5 字甲辰、梦稿、程本作"只好"**)打着自己的脸,骂道:"老不死的娼妇,怎么造下孽了!说嘴打嘴,现世现报在人眼里(**前 4 字甲辰、程本删**)。"众人见这般,俱笑个不住,又半劝半讽(**此字甲辰本误写作**

“疯”)的(**此句16字梦稿、程本改写作“众人见他如此,要笑又不敢笑,也有趁愿的,也有心中感动报应不爽的”**)。

这段文字落到程高等人手里,虽然大致上保持了原脂本的内容、篇幅,但他们依然不嫌鄙陋而自出心裁,删去了“大家倒省心”“在人眼里”等语词,添加了这些平庸写手最为钟爱,在凤姐贾蓉身上都有使用的“抿着嘴儿”等自以为绝妙的形容描述。不是么,脂本第15回有智能儿“抿着嘴笑道”的描写;第23回有写金钏儿、彩云、彩霞、绣鸾、绣凤等众丫鬟一见宝玉来,“都抿着嘴笑”的表现;第28回有黛玉打趣宝玉后“抿着嘴笑”的得意;第67回有兴儿因失言自打嘴巴的时候,“把凤姐儿倒怄笑了,两边的丫头也都抿嘴儿笑”的场面。那可都是让人感到岁数不大的,一团天真可爱的姑娘们的动作表情啊!但程高却不分对象,将这“抿着嘴笑”的神情动作,随意搬到了凤姐和贾蓉这两个成年的,也未必那么可爱的人身上,真是肉麻太过!此外,程高本还在这里改换并混淆了“他们”“你们”“他”等满含讥诮的称呼,改写了在场众人的反应:凤姐眼见“查抄积极分子露相”而来的称心如意的刻毒表现,各色人等“看别人出丑”时的奚落嘲讽和鄙夷不屑态度,反映得不再那么辛辣露骨了。而且,原文所谓的“众人”,根据前文的相关描述,显然指的就是周瑞家的一伙人。在她们的眼里,这个王善保家的跟自己可不是一个锅里舀饭、一个主子旗下混的,凭什么狗仗人势、拿腔作调、越俎代庖?这下可好,好不容易碰上这个家伙“搬起石头砸了自己的脚”而当众出乖露丑,如此的“超级开心”,怎么不“俱笑个不住,又半劝半讽的”?这才是这群喜欢“窝里斗”的周瑞家的等人应有的反应,怎么“要笑又不敢笑”啦?在场带队的“大人物”王凤姐,不是口含讥讽,心里早就乐开花了吗?

由此可见,改文的表达,是多么的荒腔走板不靠谱!当然,笔者的本意,不是说曹雪芹笔下的文字就天衣无缝、完美无缺,一点一撇犹如圣旨不能变易,只是说,如果像程高一类本来也还不错的文学写手去“修改”一个天才作家“批阅十载,增删五次”,历经千锤百炼、精心打磨的天才之作,确非他们的水平所能胜任。虽然说,这种擅改大师作品的行为,在小说普遍不受社会重视,作家的劳动成果得不到起码的尊重和保护的乾隆时代,无可厚非;但在今天看来,绝对就是一种轻率,一种妄为,一种笑话了。他们费尽心机的增删改,只能算胡乱涂鸦,胆大妄为,是“关公面前舞大刀——自不量力”的表现!最令人感到啼笑皆非的是,这些人增删改的态度越认真越细致,带给《红楼梦》的损伤就越深入越惨重!弄巧成拙,事与愿违,后世除对程高等人将《红楼梦》续编尽量以完整的面目面世,特别是将文本的传播由手工抄录阶段提升至刻板印刷新阶段,大大促进了该书流传的莫大功绩予以肯定外,对他们施加于脂本原文的大量删改(甲辰本特别是梦稿本,实已“造孽”在前了),实在是深有不满,乃至于认为他们“功不抵罪”的!

再看另一处写王善保家的。当孤介胆小、生怕牵连的贾府四小姐不打自招,顺口将张妈供述出来后,在原文“凤姐听说,便命人记下,将东西且交给周瑞家的暂拿着,等明日对明再议”与“于是别了惜春,方往迎春房内来”之间,梦稿本及程高本均有如下大段文字的增写:

> 谁知那老张妈原和王善保家有亲,近因王善保家的在邢夫人跟前作了心腹人,便把亲戚和伴儿们都看不到眼里了。后来张家的气不平,斗了两次口,彼此都不说话了。如今王家的听见是他传递,碰在他心坎儿上,更兼刚才挨了探春的打,受了侍书的气,没处发泄,听见张家的这事,因撺掇凤姐道:“这传东西的事关系更大。想来那些东西,自然也是传递进来的。奶奶倒不可不问。”凤姐儿道:“我知道,不用你说。”

添写这 160 余字有多大意义呢? 王善保家的刚刚遭受了一场猝不及防的打击和说不出的羞辱,垂头丧气、自怨自艾都来不及,哪还有什么心思再去煽风点火,嫁祸于人? 嫉恨心再强,也有个场合也有个限度呀,何况增文还点明了的该妇与老张妈“亲戚和伴儿们”的关系摆在那! 程高等本罔顾事实情理而作的一厢情愿的改写中,所表现出来的“坏人无处不坏”“一坏便坏到底”的创作倾向,是十分浅薄而又有害的。

第七十五回　开夜宴异兆发悲音　赏中秋新词得佳谶

内容提要:贾母听说甄家被抄,心里不自在。尤氏走近家内赌博场所,耳听邢大舅论钱势,发泄对姐姐邢夫人的不满。贾珍提前于会芳园丛绿堂赏月作乐,邻近宗祠有异响,听去毛骨悚然,贾珍疑惧。八月十五,众人簇拥贾母上山到凸碧山庄赏月。席间,贾政、贾赦讲笑话,宝玉、贾兰、贾环相继作诗。贾政看了贾兰的诗喜不自胜,遂讲与贾母听时,贾母也十分欢喜。作者借此暗示贾兰因“新词”“得佳谶”,“前程”可观。贾赦独对贾环的诗大加赞赏,并“论及后事”,用心险恶。

●“甄家抄没”的消息传来,实又为后文“贾府被抄”作引。至于“甄家抄没”一事,虽借第 74 回探春口中吐出,若不补写明白,便有疏漏和疑窦;若细数原委,又难免冗杂。今借跟从尤氏的老嬷嬷们背后悄悄说出,既作透露,又不着痕迹:

> 话说尤氏从惜春处赌气出来,正欲往王夫人处去。跟从的老嬷嬷们因悄悄的回(**此字程本删**)道:“(**此处程本加“回”**)奶奶且别往上房去。才有甄家的几个人来,还有些东西,不知是作(**此字程乙本删**)什么机密事。奶奶这一去,恐(**此字程本作“恐怕”**)不便。”尤氏听了道:“昨日听见你爷(**此字程本**

作“老爷”)说，看(此字程本作“看见”)邸(此字程本作“抄”)报(此处程本加“上”)甄家犯了罪，现今抄没家私，调取进京治罪。怎么又有人来?”老嬷嬷道:“正是呢。才来了几个女人，气色不成气色，慌慌张张的，想必有什么瞒人的事情也是有的(前5字程本删)。”尤氏听了，便不往前去，仍往李氏(前2字程本作“李纨”)这边来了。

这段描写似有隐衷而闪烁其辞，无疑是作者借老嬷嬷之口，暗有所指(续书第107回借贾母之口，对此内容亦做出了回应):表面上，是在自己的小说中点写甄家，在抄家前夕有闻风暗地转移部分财产的诡秘;实际上，这无疑也触及了当初自家被抄前或许同样发生过类似的事件。历史上，抄家惨祸之后的曹家举家北返京城之际，人财稀少，恓恓惶惶，估计当时刚十二三岁的敏感少年曹雪芹，对此“家难”曾有过“担惊受怕”“忍耻蒙羞”等切身感受，且对抄家的险恶内幕和狼狈场景留下的屈辱记忆，始终在大脑中挥之不去吧。于是，抄家前后的隐秘情景，作者青少年时代积淀而成的人生经验，以及这种人生经验中刻骨铭心的感受、体悟或者“情意综”，经过情绪酿造、审美过滤和思想发酵，就无可避免地通过高度“典型化”“艺术化”的方式，一鳞半爪地反映到了曹雪芹的笔端。

事实上，小说中江南的甄家，按照作者的取材和构思，对应的就是南京的织造府曹家;曹家，就是艺术化了的甄家的“生活原型”。甄家的被抄，本回只是作为故事情节推演的重要背景，作者并没有对它作任何正面的详尽的描写，只是前后由探春和老嬷嬷的话微露口风，略加点染，欲言又止;其后，又由尤氏前去贾母处眼见“贾母歪在榻上，王夫人说甄家因何获罪，如今抄没了家产，回京治罪等语，贾母听了正不自在”的一幕，又加一次提点而已。

●老嬷嬷悄悄描述“甄家几个人来”时的异常情景，那紧张神秘气氛经渲染而出的精妙笔法，恰为后世鲁迅《阿Q正传》等小说所借鉴。不是么，革命党要进城了，举人老爷惶恐至极，深更半夜用船将家产偷偷运到未庄寄放的情景，犹在眼前。

●贾珍第69回离家“送柩归籍”，到本回又开始现身。就是此人以“习射”为名，在家挑头搞起赌博活动，从而大大加速败家进程的。

●小说首次出现了正面反映赌场生活的新内容。这一天宁府的三套赌摊上，除薛蟠是少不了喜欢“送钱与人”的角色外，作品又适时新推出了邢德全等一帮赌徒形象。

●本回借赌博及赌徒暂停手中活儿吃饭的场景，通过邢大舅的牢骚，众人的玩笑，以及两个娈童的自嘲，调侃了“钱势冲淡一切骨肉情感”的炎凉世态。实际上，这也是在为贾府即将出现的“家亡人散各奔腾”局面，预作宣告。

●邢家老姊妹的情况，由“与邢夫人不睦，每遭邢夫人弃恶，扳出怨言”的亲弟——邢大舅说出,从另一侧面丰富了邢夫人的身世经历和性格内涵,其形象也日趋丰满。

●本回描写赌场人物活动的内容,程高本又做了多处不合理的删节和改写;仅就将邢大舅行状介绍文字中“待人无二心”,做“待人无心”的一字之删,便见荒唐。

●侍妾佩凤来回传递贾珍和尤氏关于当天十四日晚间“家内吃酒赏月”一事,可见贾珍、尤氏的夫妻关系平淡如水,也可见尤氏与佩凤等人尚能和平共处。这种家庭关系,与荣府中另一对夫妻凤姐和贾琏日益恶化的情况,隐然形成对比,跟凤姐一直以来肆意打压、排挤陷害贾琏身边人的做法,也隐然形成对比。

●原文描写佩凤与尤氏的对话中,有这么似乎很不起眼的一句:

> 佩凤道:“爷说早饭在外头吃,请奶奶自己吃罢。”尤氏问道:“今日外头有谁?”佩凤道:“听见说(**此字程本删**)外头有两个南京新来的,倒不知是谁。”

奇怪的一笔!依据曹雪芹选材构思并加以艺术表现的惯用笔法,他笔下一人一物的出现,一般都会派上用场的。此处忽然提到“外头有两个南京新来的”,还要使得宁府的一家之主贾珍专门在外陪着吃饭,可见来人应不是等闲之辈。作者在此不经意间的略作提点,想来绝非闲笔。联系上文几处都做过交代的“甄府被抄”的凶讯推测,要么跟昨日进了荣府的几个甄家女人,那“气色不成气色,慌慌张张的,想必有什么瞒人的事情”有关;要么后文的故事情节,与这两个南京来人有关。按照常理,他们绝不会无缘无故就出现在对小说胸有全局、惜墨如金的曹雪芹笔下。只可惜,因全书后半部的“迷失”,我们已经无法根据类似的“针头线脑”,去追寻相关具体情节内容的描写了!

●本回处处渲染贾府生活的衰败混乱和凄凉冷落,特别是状写贾珍一家男女夜宴、欢歌笑语之际,忽如其来的阴森恐怖:

> 果然贾珍煮了一口猪,烧了一腔羊,余者桌菜及果品之类,不可胜记,就(**前14字程本作“备了一桌菜蔬果品”**)在宁府(**前3字程本删**)会(**此字程本作“汇”**)芳园丛绿堂中,屏开孔雀,褥设芙蓉,贾珍(**前10字程本全删**)带领妻子姬妾,先饭后酒(**前4字程本作“先吃过晚饭,然后摆上酒”**),开怀赏月(**前2字后移二字**)作乐。将一更时分,(**此处程本加“真是风清月朗,银河微隐”**)贾珍因要行令,尤氏便叫(**前7字程本作“命”**)佩凤等四个人也都入席,下面一溜坐下,猜枚划拳,饮了一回。贾珍有了几分酒,益发高兴(**前4字程本作“高兴起来”**),便命取了一竿(**此字程本作“支”**)紫竹箫来,命佩凤吹箫,文花唱曲,喉清嗓嫩(**前2字程本作“韵雅”**),真(**此字程本作“甚”**)令人魄醉

魂飞(**前4字程甲本作“魄消魂散”;程乙本作“心动神移”**)。唱罢复又行令。

(**此处程本加“那天”**)将到(**此字程本作“有”**)三更时分,贾珍酒已八分。大家正添衣饮(**此字程本作“喝”**)茶、换盏更酌之际,忽听那边墙下有人长叹之声,大家明明听见,都(**此处程本加“毛发”**)悚然疑畏起来(**前4字程本删**)。贾珍忙厉声叱咤(**此字程本删**),问:“谁在那里?”连问几声,没有(**前2字程本作“无”**)人答应。尤氏道:“必是墙外边家里人也未可知。”贾珍道:“胡说。这墙四面皆无下人的房子,况且那边又紧靠着祠堂,焉得有人。”

一语未了,只听得一阵风声,竟过墙去了。恍惚闻得祠堂内槅扇开阖之声。只觉得风气森森,比先更觉凉飒(**前2字程本作“凄惨”**)起来,月色惨淡,也(**前5字程本作“看那月色时,也淡淡的”**)不似先明朗。众人都觉毛发倒竖。贾珍酒已(**此处程本加“吓”**)醒了一半,只比别人撑持(**前2字程甲本作“掌”;程乙本作“拿”**)得住些,心下也十分疑(**此字程本作“警”**)畏,便大没兴头起来(**前2字程本删**)。勉强又坐了一会子(**此字程本删**),(**此处程本加“也”**)就归房安歇去了。

众所周知,曹雪芹著书虽用“荒唐言”,但绝少后40回中那么多的神鬼巫筮等怪诞之文;此处写贾氏祠堂内外一带发生的令人毛骨悚然的“异兆悲音”,应为其笔下特例。揣摩作者的用意,在于昭示身为宁府的当家人、荣宁贾府大家族的现任族长——贾珍长期以来的不负责任,以及眼下变本加厉的倒行逆施,连祖宗的灵魂都不得安宁了;连设在宁府的宗祠都在显示“超自然”的阴森恐怖的怪异之声,来作“大难即将临头”的预兆了。宁府宗祠的强烈预警,祖宗灵魂的深长叹息,这近似于现代马尔克斯(1927—2014)“魔幻现实主义”的典型笔法,显见得宁府的招灾惹祸,已经到了天怒人怨、鬼神难容的地步!

●中秋节,作者又换过一副笔墨来写人记事。它的篇幅达一个半回,是先写热闹欢乐场景,其间穿插别扭杂音,最后又写酒阑人散满园的落寞凄凉。前前后后,无论贾母怎么样振作精神,强颜欢笑,也无论天上圆月多么的明洁,寓意美好,总遮掩不住贾母等人因家族命运日薄西山、气息奄奄的强烈感受所带来的忧伤和惆怅。不用说,家境决定处境,处境影响精神;影因人摄,相为心生,贾府的败落,已经无可挽回。

●须加留意的原文脂批:

※【庚辰回前:乾隆二十一年五月初七日对清。缺中秋诗,俟雪芹。】

编者按:就研究《红楼梦》的版本演变而言,庚辰本这则回前批语所披露的情况,关系匪浅,意义重大。“乾隆二十一年”,属丙子年,即1756年。此年年中的

“五月初七日对清”,毋庸置疑,就是当初该书经抄写校对至本回,而留存下来的时间记录。这个时间节点,上距“甲戌”(1754)本抄评,仅隔两三年;下距“庚辰”(1760)抄评,也仅隔两三年。而“缺中秋诗俟雪芹”七字,又再次成为该书确为曹雪芹所著之铁证。

※尤氏道:“你随他去罢,横竖洗了就完事了。”炒豆儿忙赶着跪下。尤氏笑道:“我们家下大小的人只会讲外面假礼假体面,究竟作出来的事都够使的了。”【庚辰双行夹批:按尤氏犯“七出”之条,不过只是“过于从夫”四字,此世间妇人之常情耳。其心术慈厚宽顺,竟可出于阿凤之上,特用此明犯“七出”之人从公一论,可知贾宅中暗犯“七出”之人亦不少。似明犯者反可宥恕,其饰己非而扬人恶者,阴昧僻谲之流,实不能容于世者也。】【此为打草惊蛇法,实写邢夫人也。】

编者按:就传统意义上的“妇德”而言,尤氏自有超越王凤姐、邢夫人之处,有比较才有鉴别。

※贾母点头叹道:“咱们别管人家的事,且商量咱们八月十五日赏月是正经。”【庚辰双行夹批:贾母已看破狐悲兔死,故不改正,聊来自遣耳。】

编者按:贾母颇为现实的生活态度,实有可取之处:人老了,对凭一己之力不能左右的事,干脆置之脑后,顺其自然,乐以忘忧,不自寻烦恼,亦未为不可。

※于是尤氏一行人悄悄的来至窗下,只听里面称三赞四,耍笑之音虽多,【庚辰双行夹批:妙!先画赢家。】又兼有恨五骂六,忿怨之声亦不少。【庚辰双行夹批:妙!又画输家。】

编者按:就各类生活场景的描述而言,曹雪芹的确是中外文学史上屈指可数的“素描”和“写意”高手!

※次日一早起来,乃是十五日,带领众子侄开祠堂行朔望之礼,细查祠内,都仍是照旧好好的,并无怪异之迹。贾珍自为醉后自怪,也不提此事。礼毕,仍闭上门,看着锁禁起来。【庚辰双行夹批:未写“荣府庆中秋”,却先写“宁府开夜宴”;未写荣府数尽,先写宁府异兆。盖宁乃家宅,凡有关于吉凶者,故必先示之。且列祖祠在此,岂无得而警乎?凡人先人虽远,然气运相关,必有之理也。非宁府之祖独有感应也。】

编者按:揭示了作者笔下呈现“异兆”的用意,就是为贾府大厦的即将塌陷,及时预警。

※于是又击鼓,便从贾政传起,可巧传至宝玉鼓止。宝玉因贾政在坐,自是踧踖不安,花偏又在他手内,因想:“说笑话倘或不发笑,又说没口才,连一笑话不能说,何况是别的,这有不是。若说好了,又说正经的不会,只惯油

嘴贫舌，更有不是。不如不说的好。”【庚辰双行夹批：实写旧日往事。】

编者按：脂批又一次点明生活素材的来源。

※贾环近日读书稍进，其脾味中不好务正也与宝玉一样，故每常也好看些诗词，专好奇诡仙鬼一格。今见宝玉作诗受奖，他便技痒，只当着贾政不敢造次。如今可巧花在手中，便也索纸笔来立挥一绝与贾政。【庚辰双行夹批：偏写贾政戏谑已是异文，而贾环作诗实奇中又奇之奇文也。总在人意料之外。竟有人曰：贾环如何又有好诗，似前文不搭后文矣，故不可详。试问：贾环亦荣公之正脉，虽少年顽劣，见今古小儿之常情耳，读书岂无长进之理哉？况贾政之教是弟子，自己大觉疏忽矣；若是贾环连一平仄也不知，岂荣府是寻常膏粱不知诗书之家哉？然后知宝玉之一种情思，正非有益之聪明，不得谓比诸人皆妙者也。】贾政看了，亦觉罕异，

编者按：脂批正确指出了文学作品中的人物，其各种现实表现不能脱离其生活环境的规定性，不能因作者的个人情感偏好而违背生活常识，即便是令人讨厌的贾环这类人，也不能无视他的家庭文化生活背景，将之视作目不识丁的傻瓜。生活在贵族之家，又在严父的管教之下，会连一首像样的诗都写不出么？由此可见，曹雪芹严格的现实主义创造原则及其态度，真正做到了“一丝不苟”“无微不至”。

※【戚序回前批：贾珍居长，不能承先启后，丕振家风；兄弟问柳寻花，父子呼幺喝六，贾氏宗风，其坠地矣，安得不发先灵一叹！】

※【戚序回末总批：下回有一篇极清雅文字，下幅有半篇极整齐文字，故先叙抢快摸牌，沉湎酒色为反振，有骏马下坡、鸷鸟将翔之势。】

又：【看聚赌一段，宛然“宵小群居终日图”；看赏月一段，又宛然“望族序齿燕毛录”。说火则热，而说冰则寒，文心固无所不可。】

●红楼探照之一六七：

逆境中的惜福与狂纵

第75回前半部分情节，以尤氏的行程为线索，借她一路走来的亲见亲闻、亲身感受，描写了整个荣宁二府业已显露出来的衰败气象：要么经济萎缩日子萧条，连贾母的饮食都要严格计划，没有宽裕；要么表面尚能维持，但以宁府贾珍为首的一伙老少爷们却在醉生梦死中胡作非为，自我找死，违禁在家公然设局开赌，搞得一团乌烟瘴气，无异于在彻底败家的不归路上，发力狂奔。根据本回的艺术描写，贾府全府的衰败气象，至少表现在如下几个方面的“打破常规”上：

一是主奴上下“等级森严”的规矩，首先被打破。已由尤氏的言行在先，贾母的怀柔表现在后，不再在“家下大小的人”前，讲究那么多的“假礼假体面”了。

二是殷勤待客之道被打破，不再遵从“挽留亲戚在家长住”的“礼道”了。对薛宝钗的借故搬离，李纨和尤氏明白那是大观园内部查抄事件带来的影响，但识破不说破；倒是言辞愤激的探春，索性将温情脉脉的亲戚情面这层“窗户纸”主动戳破：

“正是呢，有叫(**此字程本作“别”**)人撵的，不如我先撵。亲戚们好，也不在(**此字程本删**)必要死住着才好。咱们倒是一家子亲骨肉呢，一个个不象乌眼鸡(**此处程本加“似的”**)，恨不得你吃了我，我吃了你!”

三是“各房另外孝敬的旧规矩”，在贾母的一再重申下逐渐破除。贾母心知肚明“如今比不得在先辐辏的时光了”，因此带头适应贾府经济入不敷出，各方面的浪费不得不有所节制和收敛的严峻形势了。

四是居丧期间“不得游顽旷荡”“又不得观优闻乐作遣”的孝道“规矩”，被贾珍等打破。因耐不住居丧期间的寂寞，在家聚众赌博，变着法儿寻欢作乐，这居然成了父丧期间贾珍等人的“日常功课”并乐此不疲。

总的说来，前三个“规矩”的打破，无疑是对以往生活方式的一种调整适应，是府内以贾母为代表的成年女性生活智慧的体现，以及对家族忧患的条件反射。可叹可悲的是，它只出自贾府部分女性的自觉自为。而贾珍等一群纨绔子弟，无视“居家过日子”所必守的“规矩”，还在变本加厉地声色犬马，倒行逆施，为贾府的彻底覆灭，积极地创造着各种条件。面对银根缩紧、家道的日渐艰困，与府内这群败家子形成鲜明对比的，倒是年高德劭的老太太表现出来的恢弘大度不改、宽厚慈善不变，不急不躁，豁然怡然，一副“忧德不忧贫”的旷达放怀风范。尤其是她心平气和，最能体谅年轻一辈当家人的难处，不止一次地主动提出蠲免每天给自己“送饭送菜”的旧例，对王夫人等“巧媳妇做不出没米的粥”一类的无奈，给予充分理解；同时，还不时通过将自己的粥菜给小一辈的凤哥儿、颦儿、宝玉以及兰小子等送去这一类让人感怀的方式，表达来自长辈对他们的无时不有的关心体贴和爱护信任之意。尤其难能可贵的是，她作为封建大家族最高精神领袖那宽厚慈爱的人性光辉，还尽可能倾洒普照到身边所有的人。艰难岁月到来之际，贾母对众人生活上的体贴和关照，展现了一位大家庭“老祖母”慈祥宽厚的道德风尚及性情风貌：

贾母因问：“有(**此字程本作“拿”**)稀饭(**此处程本加“来”**)吃些罢了(**此字程本删**)。”尤氏早捧过一碗来，说是红稻米粥。贾母接来吃了半碗，便吩咐：“将这粥送给凤哥儿吃去，”又指着“这一碗笋和这一盘风腌果子狸给颦

> 儿宝玉两个吃去，那一碗肉给兰小子吃去。”（**前句32字程本妄作“这一盘果子：‘独给平儿吃去。’”**）又向尤氏道：“我吃了，你就来吃了罢。”尤氏答应（**此处程本加“着”**），待贾母漱口洗手毕，贾母便下地和王夫人说闲话行食。尤氏告坐（**此处程本加“吃饭”**）。探春宝琴二人也起来了，笑道：“失陪，失陪。”尤氏笑道：“剩我一个人，大排桌的吃不惯。”（**前句“探春宝琴”至此32字程本全删**）贾母笑道：“鸳鸯琥珀来趁势也吃些，又作了陪客。”（**前句19字程本改作陈述句“贾母又命鸳鸯等来陪吃”**）
>
> 尤氏笑道：“好，好，好，我正要说呢。”贾母笑道：“看着多多的人吃饭，最有趣的。”又指银蝶道：“这孩子也好，也来同你主子一块来吃，等你们离了我，再立规矩去。”尤氏道：“快过来，不必装假。”贾母负手看着取乐。因见伺候添饭的人手内捧着一碗下人的米饭（**本段“尤氏笑道”至此共96字程本全删**）。（**此处加“贾母见”**）尤氏吃的仍是白粳（**此字程本删**）米饭，贾母（**前2字程本作“因”**）问道：“你怎么昏了，盛这个饭来给你奶奶（**前句“你怎么”至此14字程本改写作“怎么不盛我的饭？”**）。”那人（**前2字程本作“丫头们回”**）道：“老太太的饭吃（**此字程本删**）完了。今日添了一位姑娘，所以短了些。”鸳鸯道：“如今都是可着头做帽子了，要一点儿富余也不能的。”王夫人忙回道：“这一二年旱涝不定，田（**此字程本作“庄”**）上的米都不能按数交的。这几样细米更艰难了（**此字程本删**），所以都（**此处程本作“都是”**）可着吃的多少关去（**前4字程本作“做”**），生恐一时短了，买的不顺口（**此句11字程本全删**）。”贾母笑道：“这（**此字程本删**）正是‘巧媳妇做不出没米的（**此字程本作“儿”**）粥’来。”众人都笑起来。……

“看着多多的人吃饭，最有趣的”，“这孩子也好，也来同你主子一块来吃，等你们离了我，再立规矩去”，“这正是‘巧媳妇做不出没米的粥’来”，听着这些出自贾母口中的舒心俏皮话，你不觉得在小日子一天不如一天的艰难困窘之下，没有比贾府老祖宗表现得更若无其事、更宽怀大度、更善解人意的老人了吗？反观鸳鸯的插话及王夫人的解释，你不觉得这不是更加透露出了贾府内囊空虚，已经临近山穷水尽的窘迫境地了吗？

程高本不懂作者的匠心别意，在本回留下了多处肆意“糟蹋”的痕迹。仅以上引的这段文字为例，他们也没有少做不合理的删改。譬如将“一碗笋和这一盘风腌果子狸”，变成了“果子”；取消了贾母分送宝、黛、兰三人小菜的细节，将菜品简化后改派给了平儿；尤氏吃的“白粳米饭”变成了“白米饭”；又将在场的探春、宝琴视作空气，删去了二人与尤氏吃饭前的礼让细节；接着一发不可收拾，几乎全部删去了贾母招呼鸳鸯、琥珀以及尤氏丫头银蝶趁便一起吃饭的语言，删去了对表现贾母神情心理、思想性格极为重要的笑语独白“看着多多的人吃饭,最有趣的”,以及“贾母负手看着取乐”等处的传神写照;删去了“你怎么昏了”“生恐一时短了,买的不顺口”等这类活画人物特定情境之下神情心理的个性化语言,实在让人跌足痛惋,却又无可奈何!

●红楼探照之一六八:

不须频鉴照　妍丑自分明
——荣府老小聚会中的情态一瞥

名人有言:欣赏艺术,就是欣赏困难的克服。

曹雪芹克服了“批判社会现实”“抨击世道人心”“表达理想愿望”与当时“政治环境不宽松”“文字狱大案迭出”之间的巨大的矛盾,在小说中创造性地采用了“谐音拆字”“隐喻象征”“言此意彼”“双关暗示”“意在言外”等一系列曲笔表现手法,形成了震古烁今、独树一帜的“《红楼梦》笔法”。可以说,全书一字一句不落窠臼,用笔的“狡猾”(脂批语)令人刮目相看,看似逸文闲笔,却处处暗藏机括,将中国文字的“玄妙”“幽微”发挥到了极致。如果体会不到这种文字的妙处,那就白费了作者许许多多的“慧眼婆心”,就会跟胡适晚年所体会的“《红楼梦》,不过尔尔”一样了。

即便是在谋篇布局考虑相关人物在最恰当的场合,按各自“性格逻辑”及人物间相互社会关系、情感关系的“生活逻辑”登台表演的时候,作者也没有避重就轻回避矛盾,而是直面挑战,勇辟蹊径,绕道禁区,创造出在夹缝中开拓艺术表达广阔前景的奇迹。譬如在几乎同一时空,作者会适时推出相关人物出场表演以进行群体塑造,使人物各自的面貌在相互的对比映衬中,得到更加鲜明、立体的展现。即如第75回下半部分,为充分表现荣府贾政、贾赦、贾宝玉、贾兰、贾环等五个老少爷们的精神面貌及思想性格特征,作者不惜跟自己为难,硬是将这些人物统统放在“同一个场合”“同一个平台”上作具有鲜明“区分度”的对比描写,借说笑话或写诗评诗,将这群人物独具一格的形象,做了一次极为成功的“凸显”。……且看中秋晚宴,家人承欢的集体场合,作者借“击鼓传花”,且偏偏选取了三个最不适宜当众戏谑的人物,来“讲笑话”了。

一是以“卫道士”贾政的笑话开端。其内容诚然引人发笑,但格调低俗,与本人平常“道貌岸然”“一本正经”的形象反差极大,不经意间暴露了此类人物冠冕堂皇的外表之下,所包藏着的一肚子庸俗和鄙陋。贾政无意中流露出来的堪称“低俗”的生活趣味,恰与他相当偏护赵姨娘一类的鄙贱女人,胃口吻合。事实上，贾府中的男性主子如贾赦、贾珍、贾琏、贾蓉等，大都道德败坏。他们享受着家族的荣华，却没有维护这种荣华的意识和力量；而且连他们的堕落，也不具有《金瓶梅》中西门庆身上所具备的那种“邪恶的生气”。与这一群人成为对照的，恰恰就是这个贾政。第22回他所拟的一则谜语“身自端方，体自坚硬”句，颇有自我写照、自我标榜的意味，而他的一切行为和人生趋向，也是很符合封建卫道士的标准。然而，正如他讲的这段笑话所显示，他不过是一个智力平庸、才能低下、趣味卑俗的人物；在“缺乏生气”这一点上，他和前一类人物毫无二致。所以说，就体现贾府之衰败不可挽回而言，就导致贾宝玉的天赋材质被视作“废物”而言，他的形象甚至比前一类人物，更显得深刻。

二是轮到宝玉有意藏锋。宝玉因贾政在坐，自是踧踖不安，左右为难，花偏又在他手内，因想：“说笑话倘或不发笑，又说没口才，连一笑话不能说，何况是别的，这有不是；若说好了，又说正经的不会，只惯油嘴贫舌，更有不是：不如不说的好。”乃起身辞道：“我不能说笑话，求再限别的罢了。”如此一笔，即写出了宝玉的为难与聪明。经贾政允许，宝玉挥笔作了一首即景诗，方告过关。

三是轮到贾府的“恶霸分子”贾赦吐酸。他的笑话中也有笑料，但更多的是一种微讽、一种影射，有意无意之间，便将针砭的矛头刺向了在场的老母亲，暴露了他与老母之间由来已久的深刻矛盾，当然也引起了贾母的多心和不悦。贾赦长期以来对母亲“偏心”的不满，借笑话发泄出来，巧妙而又阴狠。其大逆不道之心，亦昭然若揭。……面对大儿子贾赦的挑衅，“廉颇老矣”的贾母或许因年事已高，威慑力下降；或许因中秋团圆，不想为自己的发作，弄得“一人向隅，满座不欢”；或许是因家境艰困，没有心肠跟逆子计较。你看她，也只得吃半杯酒，半日笑道：“我也得这个婆子针一针就好了。”聪明的老人，不得不以自嘲自解的方式隐忍下来。这也间接表明，贾母的威势，随着她的来日不多，随着家族势力的瓦解，随着府内各种激烈矛盾的形成而江河日下了；更间接表明，随着家族内部派系力量的此消彼长，贾母王夫人王凤姐一系势力日渐式微，而长期被排斥在家政大权边缘因此愤愤不平的“在野党”贾赦邢夫人一系，已然按捺不住“要有所为”的欲望冲动，已经跃跃欲试地操戈跑马，耀武扬威，犹如《水浒传》开篇洪太尉误放的魔君，要借端生事，“搅乱天下”，给本已处于风雨飘摇境地的贾府致命一击。贾赦的笑话，无异于发出一个明白无误的强烈危险信号：随着贾赦一类人的日趋活跃和嚣张，小鬼登台，群魔乱舞，贾府的末日，会来得更快！

接着，写“后起之秀”贾兰赢得喜彩。贾兰见奖励宝玉，他便出席也做一首递与贾政看。“贾政看了喜不自胜，遂并讲与贾母听时，贾母也十分欢喜，也忙令贾政赏他”一句，即是对回目中“新词得佳谶”的照应。读者要留意：自本回稍早前贾母吩咐将自己餐桌上的饭菜分送她宠爱的凤姐、宝黛后,又指明“那一碗肉给兰小子吃去”开始,作者就已经开始了对李纨母子结局的预作安排了。

再看“害群之马”贾环的表现。贾环近日读书稍进,今见宝玉作诗受奖,他便技痒,只当着贾政不敢造次。如今可巧花在手中,便也索纸笔来立挥一绝与贾政。贾政看了,亦觉罕异,只是词句终带着不乐读书之意,遂有不悦。

要说当下最令人感到奇怪的,则是贾赦的阴阳怪气、别有用心:

> 贾赦乃要诗瞧了一遍(**此句9字程本作“贾赦道:‘拿诗来我瞧’”**),(**此处程本加“便”**)连声赞好,道:“这诗据我看,甚是有骨气(**前2字程本作“气骨”**)。想来咱们这样人家,原不比那起寒酸,定要‘雪窗荧火’,一日蟾宫折桂,方得扬眉吐气。咱们的子弟都原该(**前“原不”至此33字程本作“原不必寒窗萤火,只要”**)读些书,不过比别(**此字程本删**)人略明白些,可以做得官时,就跑不了一个官(**此字程本作“官儿”**)的。何必多费了工夫,反弄出书呆子来?所以我爱他这诗,竟不失咱们侯门的气概。”因回头吩咐人去取了(**此字程本删**)自己的许多玩物来赏赐与他。因又拍着贾环的头(**此字程本作“脑袋”**),笑道:“以后就这么做去,方是咱们的口气(**此句7字程本全删**),将来这世袭的前程定(**此字程本作“就”**)跑不了你袭呢(**此字程本作“了”**)。”贾政听说,忙劝说:“不过他胡诌如此,那里就论到后事了。”说着便斟上酒,又行了一回令。

或许是同病相怜,或许是借题发挥;最有可能是声东击西,不怀好意。你看,贾赦偏偏要跟贾政唱反调,对庶出的、阴邪的、最不受人待见的贾环之诗作,他不但大加赞赏,还自鸣得意、旁若无人地兜售宣扬他那一套“官儿自然有”“读书无用论”的歪理邪说;甚而至于还把“将来这世袭的前程”“定跑不了”由贾环袭取,这样一个在情理上根本就讲不通的“敏感话题”,当众抛了出来:这不是明目张胆地在“继承权”上,挑动事端吗?这不是极大程度上莫大刺激贾环这类人觊觎“家政大权”的野心勃发吗?因此,你能说贾赦的话,没有含沙射影、挑拨离间、火上浇油、刻意添堵的恶毒用心吗?

反观作者笔下贾赦这一段耐人寻味的话语,是非常富有个性化的。口口声声自称“咱们这样人家”“咱们的子弟”“咱们侯门的气概”“咱们的口气”:这一连串“咱们的”,真是如见如闻。这种狂妄自大、目中无人的口气,恰与第53回贾珍因领取朝廷“年祭”赏赐之际,和儿子贾蓉言谈中那种得意忘形的口气一脉相承,穷形尽相地活画出了贾府大老爷那妄自尊大、鄙视用功、不走正道,还恬不知耻、胡说八道、自视高明的“反派”“流氓”“邪门”角色的嘴脸!言谈间,恍惚间,贾赦那摇头晃脑、手舞足蹈、油腔滑调,觑旁人如无物的夸耀说教架势,赫然如在眼前!他的话,浑然如伤人的毒刺,螫着的何尝是贾环们的耳朵哟!醉翁之意不在酒。只不知贾母、王夫人等辈听了,心中将作何感想,将有着什么样的滋味呢?好在贾赦笑里藏刀的笑话以及这席不怀好意的评弹,自其臭嘴毒舌喷出之后不久,即被贾母打发离场。这在一定程度上,也表明了贾母"不屑与之为伍"的态度。

第七十六回　凸碧堂品笛感凄清　凹晶馆联诗悲寂寞

内容提要:贾母吃酒闻笛,对贾赦的笑话耿耿于怀。黛玉因贾母叹人少而触景伤感,湘云劝慰,二人同到凹晶馆联句;后妙玉走出来续联,三人同到栊翠庵暂歇。

●开篇接写贾赦、贾政带领贾珍等散去,以女客为主的贾母这里,又呈现出另一番情境:

> 且说贾母这里命将围屏撤去,两席并而为一(**前6字程本作"两席并为一席"**)。众媳妇另行擦桌整果,更杯洗箸,陈设一番。贾母等都添了衣,盥漱吃茶,方又入坐(**前2字程本作"坐下"**),团团围绕。贾母看时,宝钗姊妹二人不在坐内,知他们(**此字程本删**)家去圆月去了(**前2字程本删**),且李纨凤姐二人又病着(**此字程本删**),少了(**此处程本加"这"**)四个人,便觉冷清了好些。
>
> 贾母因笑道:"往年你老爷们不在家,咱们越性(**前2字程甲本作"越发";程乙本作"都是"**)请过姨太太来,大家赏月,却十分闹热。忽一时想起你老爷来,又不免想到母子夫妻儿女不能一处,也都没兴。及至今年你老爷来了,正该大家团圆取乐,又不便请他们娘儿们来说说笑笑。况且他们今年又添了两口人,也难丢(**此字程乙本作"撂下"**)了他们跑到这里来。偏又把凤丫头病了,有他一(**此字程本作"一个"**)人来(**此字程乙本删**)说说笑笑,还抵得十个人的空儿。可见天下事总难十全。"说毕,不觉长叹一声,遂(**此字程本作"随"**)命拿大杯来斟热酒。
>
> 王夫人笑道:"今日得母子团圆,自比往年有趣。往年娘儿们虽多,终不似今年自己(**前2字程本删**)骨肉齐全的好。"贾母笑道:"正是为此,所以(**此处程本加"我"**)才高兴拿大杯来(**此字程甲本删**)吃酒。你们也换大杯才是。"邢夫人等只得换上大杯来。因夜深体乏,且不能胜酒,未免都有些倦意,无奈贾母兴犹未阑,只得陪饮。贾母又命将罽毡(**前2字程本作"毡毯"**)铺于(**此字程本作"在"**)阶上,命将月饼西瓜果品等类都叫搬下去,令丫头媳妇们也都团团围坐赏月。
>
> 贾母因见月至中天,比先越发精彩可爱,因说:"如此好月,不可不闻笛。"因命人(**此字程本作"又"**)将十番上女孩子(**前3字程本作"女子"**)传来。贾母道:"音乐多了,反失雅致,只用吹笛的远远的吹起来就够了。"……

中秋半夜贾母一连串的发号施令,居中调停,恩威并举,又一次彰显了她作为贾府“精神领袖”的不凡气度。孟子有言,独乐乐,不如与人乐乐;与少乐乐,不若与众乐。你看,越是家境每况愈下,贾母越是表现得慈爱宽厚,越是要规避上下尊卑、模糊主奴界限,力所能及地以自己亲善随和的人格魅力团结并影响身边众人,营造尽可能和谐友好的大家庭环境氛围。这本来就是历经岁月沧桑的老人身上一直有的雍容大气。可惜的是,尽管内心悲凉却仍要强颜欢笑的贾母等,却尽是一帮女客!府内的大多数男人,面对家族惨淡现状及未必美妙的前景,要么身犹梦中,沉酣不醒;要么欢歌笑舞,视而不见;其中一些破坏分子还在末日疯狂,继续造孽捣乱,躁动不止呢!

●邢夫人趁便离席,离德离心的叛相几不掩饰;隔房尤氏偏留下陪伴,对比之下足见其人的贤惠孝心。

●借贾母尤氏的闲谈,言明尤氏续弦贾珍“已经是十来年的夫妻,也奔四十岁的人了”,夫妻感情平平淡淡;言明现今“孝服未满”,交代自第63回贾敬死亡迄今,时间“已是二年多了”,以见贾府败落的颓势是何等的迅疾。

●借黛玉湘云之口,补叙当初“凸碧堂”和“凹晶馆”命名的由来及其“更觉新鲜,不落窠臼”的特点,更可见两人读书广览博收、学以致用的优长。

●借小小的一个茶杯充当寻人线索,引出黛玉湘云同往凹晶馆“看月联句”妙文,也可见贾母打盹、姊妹先散的情形:构思细巧,且出人意表。

●“只是不犯着替他们颂圣去”“又说他们作什么,不如说咱们”两句,以及稍早前“可恨宝姐姐,姊妹天天说亲道热,早已说今年中秋要大家一处赏月,必要起社,大家联句,到今日便弃了咱们,自己赏月去了。社也散了,诗也不作了。倒是他们父子叔侄纵横起来。你可知宋太祖说的好:‘卧榻之侧,岂许他人酣睡。’他们不作,咱们两个竟联起句来,明日羞他们一羞”的指责抱怨中,可见湘云的豪情不减,快意当前。而话中的几处“他们”,指代的对象各有不同,阅读时不可含混。

●池中的黑影,倒使得深闺少女提到“鬼”来。但史湘云“不怕鬼”“石片打鬼”的豪气冲淡了鬼气,一扫夜半周围的寥落阴森和不祥。

●须加留意的原文脂批:

※【戚序回前批:此回着笔最难。不叙中秋夜宴则漏,叙夜宴又与上元相犯;不叙诸人酬和则俗,叙酬和又与起社相犯。诸人在贾政面前吟诗,诸人各自为一席,又非礼。既叙夜宴,再叙酬和,不漏不俗,更不相犯。云行月移,水流花放,别有机括,深宜玩索。】

编者按:《红楼梦》的作者不避繁难,书中屡用远近对比或明暗对比等方法,硬是要将相似的生活场景或身份修养相似的人物写出"同中之异""异中之同"来，正是"难者不会""会者不难"的艺术上乘表现，非常难得。

※宝玉近因晴雯病势甚重，诸务无心，【庚辰双行夹批：带一笔，妙！更觉谨密不漏。】王夫人再四遣他去睡，他也便去了。

编者按：前八十回内容，历经曹雪芹"增删五次"的细致修改，处处体现了文笔的严深细实；即便晴雯的结局不是本回的描写内容，作者也没有忘记在此提点一笔，以作照应。

因此处房宇不多，且又矮小，故只有两个老婆子上夜。今日打听得碧山庄的人应差，与他们无干，这两个老婆子关了月饼果品并犒赏的酒食来，二人吃得既醉且饱，早已息灯睡了。【庚辰双行夹批：妙极！此书有进一步写法。如王夫人云"他姊妹可怜，那里像当日林姑妈那样"，又如贾母云"如今人少，当日人多"等数语：此谓"进一步法"也。有退一步法，如宝钗之对邢岫烟云"此一时也，彼一时也，如今比不得先的话了，只好随实守分"，又如凤姐之对平儿云"如今我也明白了，我如今也要作好好先生罢"等类，此谓"退一步法"也。今方收拾过贾母高乐，却又写出二婆子高乐：此进一步之实事也。如前文海棠诗四首已足，忽又用湘云独成二律反压卷：此又进一步之实事也。所谓"法法皆全，丝丝不爽"也。】

编者按：批语对《红楼梦》高超的、丰富多彩的艺术表现方法技巧，多有精要的总结；"进一步法"及"退一步法"，即其中之一。这里的"进一步法"，是说作者已经表现一层境界或表述一件事，但意犹未尽，又去做了进一步的表述；"退一步法"，是指以此时的情境，叙述反衬出不如过去的景况。

※【戚序回末总评：诗词清远闲旷，自是慧业才人，何须赘评？须看他众人联句填词时，各人性情，各人意见，叙来恰肖其人。二人联诗时，一番讥评，一番赏叹，叙来更得其神。再看漏永吟残，忽开一洞天福地，字字出人意表。】

又：【只一品笛，疑有疑无，若近若远，有无限逸致。】

●红楼探照之一六九：

"花魂"还是"诗魂"

第 76 回中秋赏月活动期间，有着对众人眼中、心中月景月色的生动描写：

这里贾母仍带（**前 4 字程本删**）众人赏了一回桂花，又入席换暖酒来。正说着闲话，猛不防只听（**前 2 字程本删**）那壁厢桂花树下，呜呜咽咽，悠悠扬扬（**前 8 字程本作"呜咽悠扬"**），吹出笛声来。趁着这明月清风，天空地

> 净，真令人烦心顿解（前字程本作“释”），万虑齐除，都（此字程本删）肃然危坐，默默相赏。听约两盏茶时，方才止住，大家称赞不已。于是遂又斟上暖酒来。贾母笑道：“果然可听么？”众人笑道：“实在可听。我们也想不到这样，须得老太太带领着，我们也得开些心胸（前2字程本作“心儿”）。”贾母道：“这还不大好，须得拣那曲谱越慢的吹来越好（此字程本作“好听”）。”说着，便将自己吃的一个内造先视退穰月饼（前18字程本全删），又（此字程本作“便”）命斟一大杯热（此字程本删）酒，送给谱（此字程本作“吹”）笛之人，慢慢的吃了再细细的吹一套来。……大家陪着又饮，说些笑话。只听桂花阴里，呜呜咽咽，袅袅悠悠，（前8字程本删）又发出一缕笛音来，果真（前2字程本作“果然”）比先越发凄凉。大家都寂然而坐。夜静月明，且笛声悲怨，贾母年老带酒之人，听此声音，不免有触于心，禁不住堕下泪来（前“且”字至此30字，程本全删）。众人彼此都（前3字程本删）不禁有凄凉寂寞之意，半日，方知贾母（前13字程本全删）伤感，才（此字程本删）忙转身陪笑，发语解释。又命暖酒，且住了（前3字程本作“止”）笛。

间隔时长不久的两段悲怨清凄笛音，有助于深夜明净月光之下众人情绪的酝酿发酵。而且，吹奏的曲子越慢，众人的感触越深。不是么，贾母“年老带酒之人，听此声音，不免有触于心，禁不住堕下泪来”了；众人一时有感于心，也听得如痴如醉，“半天”才反应过来；这才发现贾母伤感，“忙转身陪笑，发语解释”。一个“忙转身”的动作细节，生动贴切地描摹出了众人一时忘情，被笛音带了节奏，均沉浸在月色和笛音带来的“凄凉寂寞”境界中的神情姿态和心理意绪。这里，作者不但写出了同样的中秋月明、同样的闻笛感触，更写出了年事已高的贾母与在场众人“情动于中”的不同程度和不同表现。遗憾的是，曹雪芹笔下的这种人与人之间的相互关系以及特殊情境之下情态、情感的细微区别，却因程高本的删改而被一笔抹杀掉了。

再说中途“逃席”，躲到了相隔不远的另一处谈心赏月的、深有文化修养的两个孤独少女，趁此良宵月夜，又有一番与众大不相同的表现了：

> 说着，二人便（前字程本删）同下了（前字程本删）山坡。只一转弯，就是池沿，沿上一带竹栏相接，直通着那边藕香榭的路径。因这几间就在此山怀抱之中，乃凸碧山庄之退居，因洼而近水，故颜其额曰“凹晶溪馆”。因此处房宇不多，且又矮小，故（前“因这”至此46字程本全删）只有两个老婆子上夜。今日打听得（前5字程本作“因知在”）凸碧山庄的人应差（前4字程本作“赏月”），与他们无干，这两个老婆子关了月饼果品并犒赏的酒食来，二人吃得既醉且饱（前“这两个”至此27字程本全删），早已熄灯睡了。黛玉湘云

见熄了灯，湘云（**前2字程本作"都"**）笑道："倒是他们睡了好。咱们就在这卷棚底下近水赏月如何（**前6字程本作"赏这水月何如"**）？"

二人遂在两个湘妃（**前2字程本删**）竹墩上坐下。只见天上一轮皓月，池中一轮水月（**前4字程本作"一个月影"**），上下争辉，如置身于晶宫鲛室之内。微风一过，粼粼然池面皱碧铺纹，真令人神清气净（**前字程本作"爽"**）。湘云笑道："怎（**此字程本作"怎么"**）得这会子坐（**此字程本删**）上船吃酒倒好。这（**此字程本删**）要是（**此处程乙本加"在"**）我家里这样（**前2字程乙本删**），我就立刻坐船了。"黛玉笑（**此字程本删**）道："正是古人常说的好（**此字程本删**），'事若求全何所乐'。据我说，这也罢了，（**此处程乙本加"何必"**）偏要坐船起来（**前2字程乙本删**）。"湘云笑道："得陇望蜀，人之常情。可知那些老人家说的不错。说贫穷之家自为富贵之家事事趁心，告诉他说竟不能遂心，他们不肯信的；必得亲历其境，他方知觉了。就如咱们两个，虽父母不在，然却也忝在富贵之乡，只你我竟有许多不遂心的事。"黛玉笑道："不但你我不能趁心，就连老太太，太太以至宝玉探丫头等人，无论事大事小，有理无理，其不能各遂其心者，同一理也，何况你我旅居客寄之人哉！"湘云听说，恐怕黛玉又伤感起来，忙道："休说这些闲话，咱们且联诗。"（**前句"可知"至段末171字程本全删**）

正说间，只听笛韵悠扬起来。……湘云方欲联时，黛玉指池中黑影与湘云看道："你看那河里怎么象个人在（**前字程本作"到"**）黑影里去了，敢是个鬼罢（**此字程本删**）？"湘云笑道："可是又见鬼了。我是不怕鬼的，等我打他一下。"因弯腰拾了一块小石片向那池中打去，只听打得水响，一个大圆圈将月影荡（**前字程本作"激荡"**）散（**此处程本加"而"**）复聚者几次。只听那黑影里嘎然（**前字程本作"的"**）一声，却飞起一个大（**此字程本删**）白鹤来，直往藕香榭去了。黛玉笑道："原来（**前字程本删**）是他，猛然想不到，反吓了一跳。"湘云笑道："（**此处程本加"正是"**）这个鹤有趣，倒助了我了。"因联道：

窗灯焰已昏。寒塘渡鹤影，

林黛玉听了，又叫好，又跺足，说："了不得，这鹤真是助他的了！这一句更比'秋湍'不同，叫我对什么才好？'影'字只有一个'魂'字可对，况且'寒塘渡鹤'，何等自然，何等现成，何等有景且又新鲜，我竟要搁笔了。"湘云笑道："大家细想就有了，不然就放着明日再联也可。"黛玉只看天，不理他，半日，猛然笑道："你不必说嘴，我也有了，你听听。"因对道：

冷月葬诗魂。

湘云拍手赞道："果然好极！非此不能对。好个'葬诗魂'！"因又叹道：

“诗固新奇,只是太颓丧了些。你现病着,不该作此过于清奇诡谲(**前4字程本作“凄清奇谲”**)之语。”黛玉笑道:“不如此如何压倒你。下句竟还未得(**此句6字程本全删**),只为用工在这一句了。”

两个身世相近的孤女,当此水月交辉的良夜,先是对眼前情景有感而发,会心交流,相互启发开导,曲尽情谊;接着,便是一场兴味盎然、性情别具的智力才华竞赛,成就了大观园诗社活动的余音绝响。两人的诗情诗意,始终不离当下的月貌月色以及月下人的心情意绪及相关活动氛围。最令人叫绝的,是因受下半夜孤清澄明水月画面的激荡启发,使她们各自得出了半句最见功夫和性情的绝妙好诗!至于首先给才思敏捷的湘云带来创作灵感的那只水面忽起的大白鹤,岂不就是苏东坡《石钟山记》《后赤壁赋》中,那夜晚惊飞鸣叫的“栖鹘”、“鹳鹤”或“孤鹤”的化身和精魂呢?实际上,即便是本回作者笔下描写中秋水月的文笔和意境,也是大有苏东坡前后《赤壁赋》、《记承天寺夜游》等散文的笔法和笔意的;而且,“寒潭”“鹤影”的意象,也恰好衬托了湘云凄凉的身世,隐写了湘云将来寡居的情形。

众所周知,《红楼梦》新创了不少深具曹氏风格的“小说笔法”,大大丰富了中国小说艺术表现手段。但曹雪芹的创造,还远不仅此。凭着渊博的学识、广阔的见闻、独特的观察、深切的体验,以及卓越的艺术才华和超人的艺术胆识,曹雪芹将中国古典文学艺术与其他门类艺术兼收并蓄,融会贯通,为我所用。特别是在小说创作过程中,将散文、诗歌、戏剧、绘画、音乐、雕塑、编织、印染等诸多艺术门类的表现方法(即所谓的“散文笔法”“春秋笔法”“诗歌手法”“绘画技法”等)熔于一炉,锻炼再造,推陈出新,继往开来,生动描绘了丰富多彩的历史时代风貌以及广阔的社会生活画面,成功塑造了数量众多的“典型”人物,极大拓展了小说反映生活的范畴和容量,极大深化了小说反映人性的内涵和程度,极大提高了小说的内在品质及其在艺术领域中的地位和影响。

曹雪芹“以事写人”“以景写心”,寥寥数笔便觉新奇巧妙,人所难及;而细细体会,仍不脱古人论诗所谓的“状难写之景如在目前,含不尽之意见于言外”这一类诗情画意的上乘境界。至于林黛玉“冷月葬诗魂”一句,意境孤绝,格调低沉,尽管传递的是黛玉“将不久于人世”的缕缕悲音,但其艺术品位奇高,实“天然意趣,妙手偶得”。说起来,《红楼梦》的作者是非常善于将诗化的山水和人物的精神面貌相互融合,从而创造出许多令人难忘的优美意境的。譬如黛玉葬花时的飞燕飘絮,衬着落花流水;宝黛共读《西厢》时的落红阵阵,衬着沁芳闸下的白瀑银练;湘云醉卧石凳的红香散乱,衬着蜂蝶飞舞;宝琴出现在贾母眼中的倩影,红梅衬着白雪,等等。而眼下,身世孤苦、惺惺相惜的两个才女即景联诗之际,一轮冷月衬着寒潭鹤影等诗境入画，画中有诗，使得所描写的人物更添神采，涉及的景物更具气韵。整个作品的叙事，因有浓郁的抒情笔调而带上了一种空灵、高雅、优美、蕴藉的风格。

清代的各个版本中，“冷月葬诗魂”中的“诗”字，庚辰本原本写作“死”，后被点改作“诗”；俄藏本、甲辰本和程高本作“诗”；戚序本、蒙府本、梦稿本却作“花”。庚辰本的“死魂”一词，文字粗鄙且与场景不合，被认为是抄写过程中“花”、“死”的形讹所致；从诗句的表意来看，无论“花魂”抑或“诗魂”都通。那么，在曹雪芹的原稿中，到底是“花魂”还是“诗魂”呢，这可成了一个长期以来各路专家学者各持己见、争论不休的问题。

红学家宋淇、林冠夫、蔡义江等主张原稿为“花魂”，理由是：一、熟读《红楼梦》的读者都知道，曹雪芹喜欢以花喻人，用一种花代表一个人物，暗示其际遇性情或结局命运。譬如在第63回的描写中，老梅象征李纨，牡丹象征宝钗，海棠象征湘云，芙蓉象征黛玉，杏花象征探春，桃花象征袭人，荼蘼象征麝月，等等。所谓“千红一窟(哭)，万艳同杯(悲)”，既是说花，也是喻人。既然如此，曹雪芹写林黛玉联句，似乎首先想到的就应该是“花魂”而非“诗魂”。二、从对句看，“花魂”似乎比“诗魂”更合当时的具体环境。联句，这种作诗的方法，常常是诗人们较量才华的一种方式。因此，用“花魂”对“鹤影”的工对，要比用“诗魂”对“鹤影”的宽对更符合情理。尽管作诗一道，未必“工对”就一定比“宽对”好。只是这里情况有些特殊，因为排律的对仗要求，本来更加规范和严格，其中五言尤甚；何况又是彼此较量“谁强谁弱”的联句呢？这首诗各联的对仗皆属工对或较为工严的，唯独这关键出彩的一句却对不出工对来，这岂是一向不甘人后的黛玉之所愿为？再说，诗句争胜，也还得看是否切题：秋季群芳过尽，唯有冷月皎洁，故曰“冷月葬花魂”；此，正“中秋夜即景”的题中之义，与湘云所出上联恰好铢两悉称。若说“葬诗魂”，便关人事而非写景了。三、“花魂”一词，在小说原文中的多次出现，也提供了若干“葬花魂”的内证。除了“花魂默默无情绪”一联对句外，在林黛玉全部哀音中最有代表性的《葬花吟》里也说：“昨宵庭外悲歌发，知是花魂与鸟魂，……花魂鸟魂总难留，鸟自无言花自羞。”《葬花吟》中所写的种种，是林黛玉悲剧命运的艺术象征，“葬花”也罢，“花魂”也罢，都有比拟红颜薄命的意思，而黛玉最终就是在“风刀霜剑严相逼”下，红消香断，花落人亡的。“冷月葬花魂”是黛玉夭亡的诗谶，这正如“寒塘渡鹤影”的凄清孤独意境，同样暗示着湘云未来的不幸一样。在暗示人物未来命运的关键之处，用词前后有所照应，说来也是作者为了让读者加深印象而常常使用的一种艺术手法。

主张原稿应为“诗魂”的，以红学家冯其庸为代表，也不乏其人。他们认为黛玉此句或借用李贺"秋坟鬼唱鲍家诗"的意境,或可能从元代乔梦符《红绣鞋·书所见》中"凉风醒醉眼,明月破诗魂"一句点化而来,意思是:清冷的月光埋葬了诗人的精魂。其中的"诗"较"花",更能反映出作者是把黛玉作为"诗"的化身的;"诗"字,也更切合黛玉清高孤傲的个性,更能写出黛玉才华被毁灭的悲剧命运。

笔者是比较赞同学者石问之的观点的。毋庸讳言,如果孤立地看,"诗"对"鹤",似乎确实没"花"对"鹤"那样自然天成;但如果把"诗"与"魂"联合起来,用"诗魂"去对"鹤影",则优于"花魂"对"鹤影"了。"诗魂"是个多义词,既可指诗的内在精神,也可指诗人的亡魂,还可指诗人作诗的精神,具体含义得结合具体诗文来判断。如杨万里的《晓登小楼雾失南高峰塔》中的"独将诗魂去,恣绕月胁游",即指诗人作诗的精神。所以,单独说"诗",则只能指诗本身;如果"诗"与"魂"联合使用且作"诗人作诗的精神"理解的时候,实则指人。"诗魂"对"鹤影",即人的精神对鹤的身影,同具动感,岂不优于"花魂"哉!就算"诗"对"鹤"果不如"花"对"鹤"好,但只要联系第48回香菱学诗之际曹雪芹借林黛玉、香菱之口阐释的"原来这些格调规矩竟是末事,只要词句新奇为上"和"词句究竟还是末事,第一立意要紧。若意趣真了,连词句不用修饰,自是好的,这叫做'不以词害意'"等诗学观点来看,即便是"诗"对"鹤"不如"花"对"鹤"为工,也无伤大雅。譬如王勃的"落霞与孤鹜齐飞,秋水共长天一色"一联中,"飞"与"色"连词性都不同呢,可对它成为千古名句带来丝毫影响了吗?何况,认为"花"和"鹤"是具体名词,而"诗"却是抽象名词的说法,本身就站不住脚。"鹤"属动物,"花"属植物,"诗"属于人的精神产品,虽然各自类别不同,但均属具象名词,均属具体对具体,怎么就不算"工对"啦?此外,通读凹晶馆联诗的前后文,会发现完全没有提到跟花有关的景致。没有景,又如何"即景"呢?史湘云因受飞鹤的神助激发了艺术灵感,瞬间吟成了"寒塘渡鹤影"。对此不利局面,黛玉除了感慨和惊叹,便是举首望天,陷入沉思冥想,半日方吟出了"冷月葬诗魂"的绝对。原文写得非常清楚,沉吟构思之际的黛玉,"只看天"(没看"花",也无花可看!),实际上是在放飞思绪而不是在观景体物。要说眼下最美的风景,无疑是两个性情才华别具一格的美丽姑娘构成的"人"之本身;此时此刻,最高的境界无疑是"物我交融":黛玉被湘云逼得无景可借、无句可对但又不肯认输,最后以自己入景,对出了绝妙下联,难道不值得惊佩激赏么?

从文法看,"花魂"与"诗魂"皆语出有凭。"花魂"沿袭自己和前人旧语,略显重复老套;"诗魂",也有借鉴化用前人诗意之处,但在《红楼梦》全书中仅此一见,构思的"过于清奇诡谲",正如湘云所言。从文理看,作为即景联句,"花魂"缺乏现实风景作为凭借,语涉牵强;而"诗魂"则主客浑然一体,物我交融,合情合理。

从文艺创作的角度看,“冷月葬诗魂”一句,在眼望天空静思冥想的那一刻,林黛玉以身入景,超然物外,用自己的灵魂对话仙鹤的掠影,此时诗的意境已经从史湘云“以我观物”的“有我之境”,进入了林黛玉“物我交融”的“无我之境”,所以她非常自信地对史湘云说“我也有了”,并确信能“压倒”湘云。事实上,湘云因惊佩黛玉的出众才华,自动认输。再说,“冷月葬诗魂”一联,不但有其独特的艺术表达功能,而且还关系全书结构性的艺术,也关合人物的命运。黛玉与湘云所作的凹晶馆联句起于叙事,继之以即景,最终巧妙归结于人。要说诗的结尾归结到人,这也是诗词创作的惯常范式。在《红楼梦》第 26 回回末,紧承黛玉的悲泣,便有作者“花魂默默无情绪,鸟梦痴痴何处惊”的同情咏叹;第 27 回,故事处于序幕的时候,黛玉葬花,感念花魂、鸟魂的漂泊无依,可以说是寓意于物,含蓄委婉,体现黛玉对美好事物不能长存的心理预感,显得哀而不伤;故事演变到第 76 回,已然接近悲剧即将来临的尾声,黛玉欲“葬诗魂”,可以说是悲凄难抑,直抒胸臆,其人的不幸已成定局,红楼故事即将挽结,其基调已经不再是含蓄了,而是更加直白,既哀且伤。故此,史湘云说“太颓丧了”,妙玉不仅说“过于颓败凄楚”,甚至说出了“此亦关人之气数而有”如此直白的话来。你看,前有“葬花”为引,今用“葬诗魂”作结,从花谢花飞到曲终人散,确实预示着全剧即将悲剧落幕的走向。

综上所述,“花魂”和“诗魂”两个字眼(也是两种不同的意境意象)均有出处,早就出现在前人的诗词吟咏之中;即便是今天,不是照常有“武魂”“师魂”之类的称谓吗?“花魂”一词,系小说作者及其笔下人物黛玉的习惯用语,分别出现在《红楼梦》的第 26 回、第 27 回、第 37 回;本回即景联诗,倘若出自黛玉之口,实属一脉相承,读来亲切自然;而且,由眼前“花”的飘落,到感伤“花魂”的无依,再到“花魂”的归葬,内涵深化,悲感倍增,说来也是相当契合黛玉自己以及大观园众多青春女子们命运已接近大悲剧结局的演变趋势,与全书构建的叙事节奏似乎也高度协和。而“诗魂”二字,系本回(第 76 回)新出词语,因其言出意表,由境及人,由人及己,恰与本人的诗性才华和灵异高蹈的诗格诗风高度契合,可谓苦心孤诣,呕心沥血,语不惊人死不休。试想当时的黛玉抬头望月之际,忽然到来的意象灵感有若一道电光石火,瞬间接通了现实凄清处境跟冥想世界中自己未来命运间的联系,照亮了也昭示了自己注定短暂而悲苦人生归宿的黯淡和寂灭;或许耳畔已经传来了深山杜鹃召唤诗魂“不如归去!不如归去!”的啼血之声;难怪也引得湘云和妙玉为这“奇异诡谲”之音而警觉和叹惋。我们知道,黛玉的前身是西方灵河岸上的一株绛珠仙草,她又是芙蓉花神的化身,具有香草的气质、花朵的容颜。尽管她“秉绝代姿容,具稀世俊美”(见第 26 回),也难免有着跟大观园众姊妹一样因花谢花飞、花魂漂泊、命不由人而来的无奈和感伤,因此说“冷月葬花魂”也未为不可。但与众姊妹迥然不同且高出至少一格的是，林黛玉的身上不仅寄寓了“花”和“花魂”的形与神，她更是诗人的化身，是大观园诗才诗性的杰出代表；她有着大胆而又执着追求理想爱情、个性自由、人格舒展的意志与精神，所以她更是以“自由和性灵”为内在特质的“诗的精魂”之所在，是诗性少女身上最为可贵的品质。

“花魂”是从容貌来说的，是说黛玉像花儿一样美丽；“诗魂”是从才情来说的，突出了黛玉超拔不羁的诗才。富有诗性才情的黛玉，无疑是喜欢新奇句子的。所谓诗魂，是晴空皓月，是雕弓利剑，是大漠飞雪，是夜雨红烛；也是生命的喷薄，更是心灵的悸颤。古诗中不乏“诗魂”的旧典，譬如南宋词人周密的词有“恼乱诗魂”句，元代耶律楚材的诗有“顿令哀叟诗魂爽”句，段成己的诗有“一片诗魂招不得，九霄直与月俱清”句，明代丘濬诗开端即云“峨眉亭下吊诗魂，千古才名世共闻”，清初诗人成永健、孙原湘和妻子席佩兰以及另一女诗人金逸等人笔下均出现过“诗魂”的字眼。可见“诗魂”跟“花魂”一样，并非曹雪芹的杜撰生造。因此完全可以说，“花魂”和“诗魂”两个字眼虽寓意皆可，但一个是青春女儿美好生命形象及其不幸命运在审美观照中的一种“对象化”灌注与投射，一个是主人公对自我形象及其命运定格中产生的认知回归及其人格升华，两者的层次和内涵已然不同。而当下，言及“诗魂”的埋没和葬送，是黛玉强烈预感并清楚地标示了她自身即将遭受的毁灭。若是孤立来考察这幅对联，单就文字对仗的精工严整、诗情诗意表达的流畅自然来看，当以“花魂”句为首选；若结合上下文文意的关联性及意脉的密合度而言，则以“诗魂”联为最佳。说起来，一个是妙手偶得的奇思妙想，一个是出自慧心灵舌的绵缈情怀，均属难能可贵；但“葬花魂”的构思和用语，称得上“过于清奇诡谲”么？能与后文妙玉所言“此亦关人之气数而有”的意思，粘连得上么？

需要强调的是，曹雪芹不但善于小说整体结构内容的周密规划，还特别重视小说章节、段落等各部分的精雕细刻，用字用词非常考究，而且笔下最忌讳的是各式各样的“重复”。正如同样是一种幽美的境界，第 27 回的“花魂”与第 76 回的“诗魂”，因“时地人”“事境景”的不同而有别：前者在众人皆乐的春日里，不脱惆怅感伤的基调；后者在寂寥清冷的氛围中，更多了悲凄伤逝的气息。因此，在笔者看来，创作才能异常丰沛的曹雪芹，他是不会让意象、意境俱佳的“花魂”二字，不分时地的一用再用；何况，彼时正是暮春，是闺中女儿感伤花开花落、青春易逝而出门葬花的时节。而本回的季节已在中秋，又时值深更半夜，头顶一轮明月，眼前何处有花容花影？事实上，文中也没有一笔写到中秋月夜的花呀草呀什么的，这就使得“花魂”二字再好，也没有了实地实景的依托。再从作者以诗作谶，让黛玉写照自身结局命运的惯用笔法来看，从反映黛玉借以存身的生活环境（贾府）正明显走向更快的没落凄凉大趋势来看，从黛玉写诗一贯追求的清奇婉丽风格和当下的落寞心境来看："花魂"未为不可，但有"诗魂"二字在，当以后者为优选。说起来，"天生瑜，何生亮"，这也是没有办法的事！再说，根据创作的需要，笔下不断有各种艺术形象和艺术境界的迭次出新，有如地下蕴藏量丰富的优质矿泉，只要地面上戳个眼就会冒出头来汩汩流淌似的。不用说，曹雪芹是有此磅礴底气和雄厚实力的。

2022 年的人文版"红研本"第四版，将前版本已慎重校选的"诗魂"二字，又改回了初版和再版的"花魂"。其理由是："葬花魂"和《葬花吟》是呼应的，还与前句"寒塘渡鹤影"对照，"花魂"对"鹤影"恰切；此外，还有明末女子叶小鸾的诗"戏捐粉盒葬花魂"为旁证。在笔者看来，"官方版本"此次进行的"否定之否定"性质的修订，正是红学家和编辑们一丝不苟、认真考究的专业精神体现；一定程度上，这种现象也说明了"葬诗魂"和"葬花魂"二语词的意境意象之近和品择优选之难。

●红楼探照之一七〇：

诡异神奇的预感
——由妙玉的"联句接力"及"诗歌点评"所想到的

第 76 回的八月中秋深夜，大观园中的凹晶馆，远离众人的黛湘二位才女孤处一隅，对月吟诗。正当二人联诗中的精尖绝妙之句已出，显得一时后力不加之际，独步月下同样有着满腹才华和难言孤愁的妙玉恰巧走来，有如神助：

> 一语未了，只见栏外山石后转出一个人来，笑道："好诗，好诗！果然太悲凉了。不必再往下联（**此字程本作"做"**），若底下只这样去，反不显这两句了，倒觉（**此字程本作"弄"**）得堆砌牵强。"二人不防，倒唬（**此字程本作"吓"**）了一跳。细看时，不是别人，却是妙玉。
>
> 二人皆诧异，因问："你如何到了这里？"妙玉笑道："我听见你们大家赏月，又吹的好笛，我也出来玩赏这清池皓月。顺脚走到这里，忽听见你两个联（**此字程本作"吟"**）诗，更觉清雅异常，故此（**此处程本加"就"**）听住了。只是方才我听见这一首中，有几句虽好，只是过于颓败凄楚。此亦关人之气数而有（**前 2 字程乙本删**），所以我出来止住（**此处程乙本加"你们"**）。如今老太太都已早（**前 2 字程本作"早已"**）散了，满园的人想俱已睡熟了，你两个的丫头还不知在那里找你们呢。你们也不怕冷了？快同我来，到我那里去吃

杯茶,只怕就天亮了。”黛玉笑道:“谁知道就这个时候了。”

中秋的大观园,除了前面众人围坐中的赏月听笛,何曾有人会想到暗地里还有一个才华横溢而内心极度孤寂的幽尼兀自徘徊月下,寻寻觅觅,冷冷清清,凄凄惨惨戚戚!而此番妙玉自幽暗处走出,一是适时叫停了黛玉和湘云的联句竞赛,向沉浸在诗歌艺术世界里已经忘乎所以的二人告诉了园中酒阑人散的情景;二是借妙玉的出言打断,作者笔下不露痕迹地实现了描写内容的自然转换,巧妙地避免了行文的单调。更重要的是,借妙玉对二人已联诗句的评析,加深了读者对黛湘联句“有几句虽好,只是过于颓败凄楚:此亦关人之气数而有”这一类意蕴的关注与理解;同时,也为妙玉自告奋勇,借机崭露杰出的诗歌才华,创造了机会。

“振林千树鸟,啼谷一声猿”“芳情只自遣,雅趣向谁言”两句,既是妙玉孤凄自怜形象的自我写照,亦是对妙玉深感知音难觅的低落无奈心情的准确描画。读者不但会跟黛玉、湘云一样,惊异于妙玉难得一露的诗歌才华,感叹于妙玉续句中表现出来的性情本色,以及平常幽闭在大龄女孩内心深处难以完全寂灭的青春情怀;或许还会因妙玉申说自己替二人完成联句理由时所发的议论,产生另外的有关曹雪芹构思写作后半部情况的一些联想。且看原文:

> 妙玉忙命小(**此字程本删**)丫鬟引他们到那边去坐着歇息吃茶。自(**此处程本加“却”**)取了笔砚纸墨出来,将方才的诗命他二人念着,遂从头写出来。黛玉见他今日十分高兴,便笑道:“从来没见你这样高兴。我也不敢唐突请教,这还可以见教否?若不堪时,便就烧了;若或可改,即请改正改正。”妙玉笑道:“也不敢妄加评赞(**前4字程本作“妄评”**)。只是这才有了(**此字程本删**)二十二韵。我意思想着你二位警句已出,再若(**此字程本删**)续时,(**此处程本加“倒”**)恐后力不加。我竟要续貂,又恐有玷。”黛玉从没见妙玉作过诗,今见他高兴如此,忙说:“果然如此,我们的(**此字程本删**)虽不好,亦可以带好了。”妙玉道:“如今收结,到底还该(**此字程本删**)归到本来面目上去。若只管丢了真情真事且去搜奇捡怪,一则失了咱们的闺阁面目,二则也与题目无涉了。”(**此处程本加“林史”**)二人皆道极是。
>
> 妙玉遂(**此字程本删**)提笔(**此处程乙本加“微吟”**)一挥而就,递与他二人道:“休要见笑。依我必须如此,方翻转过来,虽前头有凄楚之句,亦无甚碍了。”二人接了看时,只见他续道:……黛玉湘云二人皆赞赏(**前2字程本作“称赞”**)不已,说:“可见我们(**前2字程乙本作“咱们”**)天天是舍近而(**此字程本删**)求远。现有这样诗仙(**此字程本妄作“人”**)在此,却天天去纸上谈兵。”妙玉笑道:“明日再润色。此时想也快(**前3字程本作“已”**)天亮(**此字**

> **程本作“明”**)了,到底要(**此字程本作“也”**)歇息歇息才是。”林史二人听说,便起身告辞,带领(**此处程本加“了”**)丫鬟出来。妙玉送至门外,看他们去远,方掩门进来。

首先要注意的是,眼下的妙玉跟第41回的妙玉在接人待物态度方面的明显变化:彼时言语尖刺,孤僻冷傲;现在却和颜悦色,显得谦抑亲近。只是身在尼庵,难免心在红尘,碰巧三个孤女月下走在一起而吟诗续句之际,她也并未忘记“咱们的闺阁面目”:可见其内心深处,对自己青春女儿身份及其情怀的自重。特别是她对黛湘二人吟诗“警句已出,再若续时,恐后力不加”的判断,以及“我竟要续貂,又恐有玷”这跃跃欲试中的自谦之意,如果移植过来,去指曹雪芹借此坦言自己的《红楼梦》一书,前八十回“精华已出”,而后半部接续文字难免“后力不加”,即便勉强挽结成一部表面上看来首尾圆合的作品也无异于“续貂”的话,真可谓是旷世天才对自己作品最后命运的“终极预言”了!

人是神奇的“宇宙精华”,《红楼梦》无异于千古绝唱。作为天纵其才的文学大师曹雪芹,在前后长达十余年的小说创作过程中,是不是非常清楚地意识到自己作品留存于世之后的无可替代性,生前即对费尽自己心血的《红楼梦》最终摆脱不了“残缺之命运”有所意识,有所预感,有所遗憾,于是便在前半部接近尾声的本回,借妙玉的议论,以及第52回“勇晴雯病补雀金裘”时“若不留心,再看不出的”“补虽补了,到底不象”等当事人的话语,做了蜻蜓点水般的吐露,以及旁敲侧击般的暗示了?

第七十七回　俏丫鬟抱屈夭风流　美优伶斩情归水月

内容提要:王夫人过问前日搜检之事,周瑞家的和凤姐商议后如实相回。于是司棋被逐,晴雯四儿等被撵;芳官蕊官藕官先被遣散给各自干娘照管,因不堪忍受歧视和虐待,宁愿削发作尼,进而被骗入尼庵做了“活使唤”。宝玉疑心袭人,独自私下去看望晴雯,经历一番生离死别。

●作者一支笔,由第75回剑拔弩张、丑态百出的“抄检”,中经第76回中秋夜的月白风清、笛声凄凉、人心暗淡的纯文学境界描写的舒缓过渡,又回到了本回对府内刀光剑影、电闪雷鸣等重大变故的生动展现上来。这种自然而又富于节奏变化的叙事行文,故事情节不断向前演进,人物的思想性格得到不断深化,形成了曹雪芹笔下艺术品位极高的宛如波翻潮涌般的脉动张力,十分难得!

●借王夫人配药需用“二两上等人参”却寻而不得,只好去外头购买的细节,透视出荣府内囊确实“尽上来了”的残酷现实;又借贾母处搜寻出来的一包人参,经医生的鉴定结论,蕴涵了更深更大的意义。小小一棵陈年人参,竟然能以小寓大,暗喻着百年大族必将走向衰亡的宿命!它异常形象地象征着贾府的气运消乏,表明代表着家族精神的贾母等人的威势,已成“过眼烟云”和“明日黄花”。

●宝钗告诉王夫人“如今外头卖的人参都没好的。虽有一枝全的,他们也必截做两三段,镶嵌上芦泡须枝,掺匀了好卖,看不得粗细”等语,揭露了不良商家惯于掺杂弄假,糊弄外行,谋取不法利益的黑心伎俩。小小一个生活细节,一是表明宝钗的能干精细,深悉世道人心和生意行情;二是表明宝钗非比闺阁寻常女子的不谙事务,她事事留心,应对得体,堪作内助。此外,对王夫人知晓内情后的叹息,宝钗笑着劝慰的话,也同样表现出这个知书达理的姑娘一直以来对人对事的舒坦与大气。

●一时宝钗去后,因见无别人在室,王夫人遂唤周瑞家的来问前日园中搜检的事情,可得个下落。周瑞家的是已和凤姐等人商议停妥,一字不隐,遂回明王夫人。试问:为什么要“一字不隐”回明王夫人呢?其实,这中间隐藏着凤姐的小小心机:得罪人的事,特别是涉及婆母敏感神经的“糗事”,自己长了记性,还会去硬弓上弦,针锋相对,从而自寻烦恼自讨没趣么?当下,遇事“缩头”,才是她最理智的选择呢。何况她的心气,早就泄下来了!

●且看对周瑞家的如实汇报,家主的反应:

> 王夫人听了,虽惊且怒(**前4字程本妄作“吃了一惊”**),却又作难(**前4字程本删**),因思(**前2字程本作“想到”**)司棋系迎春之人(**前2字程本作“丫头”**),皆(**此字程本作“乃”**)系那边的人,只得令人去回邢夫人(**前3字程本作“邢氏”**)。

引文中,程高本把“因思”换成“想到”,“皆系”换成“乃系”,“邢夫人”换成“邢氏”,虽无必要,尚无关痛痒;不过,把“虽惊且怒”改为“吃了一惊”,又删去“却又作难”四字,就大错特错了。单从字面上看,虽说改动不大;但经过这么一改,就将王夫人的心理活动简单化、浅表化了。脂本是“惊”和“怒”,程本“怒”的意思没有了;而“怒”,恰恰是表示王夫人对司棋行为的气恼,紧接着对司棋加以驱逐的严重惩处,才因此显得顺理成章。再看接下来一句“却又作难”,这无疑是对王夫人下手之前心理矛盾犹豫状态的准确描摹。因为司棋是邢夫人那边的人,而邢、王之间存在着复杂而又微妙的矛盾;只是王夫人不是邢夫人,她的身份、地位和性格,决定了她不会采取邢夫人那样的以眼还眼、以牙还牙的伺机报复手段,她更多考虑到的是必须维持整个家族的平顺与团结,哪怕只是形式上和表面上的,都无所谓。你看,“却又作难”四字,就包含着如此丰富、复杂的生活内容和当事人曲折回环的心理机制。

由于曹雪芹对笔下人物之间的复杂关系及人物复杂的思想感情(包括其中

细致微妙的变化)都了如指掌,并能准确而又生动地描述出来。杰出的思想艺术才华,使得他笔下的语言如虎添翼,无不具有丰富的创造性和卓越的表现力,几达“一字千金”且“千金不易”的程度。反观程高等人,不仅没有这一类的生活经历以及对生活全面、深入、细致的观察体验,就连对曹雪芹已经观察体验到的东西,他们也缺乏足够的认同和感知,因此才敢大笔挥舞,对脂本原文滥加斧斫了。

●大观园的丫头姑娘,作为一个最活泼、最无辜的幼弱群体惨遭飞来横祸,众人对之所持的态度和表现各不相同。宝玉的忿忿不平、悲痛欲绝但又无计可施,姑且不论;袭人等既觉得脸上无光、内心颤抖,却又因自身没有成为这一波处分打击的对象而暗自侥幸;平常就对园内深怀愤怨的众婆子、媳妇们,当然大都心满意足,恨不得以手加额,弹冠相庆了。其中,周瑞家的出言斥责讥讽,几个婆子的连声称愿,活画出这些人的幸灾乐祸和睚眦必报。

●为什么宝玉前去看望晴雯要“将一切人稳住”,“独自得便”后,才出得门去?回来后,又“且喜无人知道”,到了自己房内,“告诉袭人只说在薛姨妈家去的,也就罢了”?……种种迹象,只能表明:迭经变故的宝玉,已经敏感到周围环境的不友好,已经意识到袭人一类人的接近而不可依靠。一向对身边人宠护友爱、信任有加的宝玉,思想性格无疑在发生着某种裂变,开始对自己一向熟悉的生活环境有了几分疏离感和防范心,他与身边的袭人等辈思想感情上的“裂痕”显现。随着生存环境的日渐恶化,这种变化还会加深加快,以致促成宝玉对整个家庭、社会和出身阶级的彻底反叛。只是到得那一时,回首既往,一切都晚了。

●再看怡红院室内的一幕晚景。一时铺床,袭人不得不问今日怎么睡。宝玉道:“不管怎么睡罢了。”由此引出原文影视屏幕一般,对近年来宝玉与袭人实质关系的“回放”:

> 原来这一二年间(**此字程乙本作“来”**),袭人因王夫人看重了他了(**此字程本删**),越发自要尊重,凡背人之处或夜晚之间,总不与宝玉狎昵,较先幼(**此字程本作“小”**)时反倒疏远了。况(**此字程本删**)虽无大事办理,然一应针线并宝玉及诸小丫头们凡(**前2字程本删**)出入银钱、衣履、什物等事,也甚烦琐;且有吐血旧(**此字程本作“之”**)症虽愈(**前2字程本删**),然每因劳碌风寒所感,即嗽中带血,(**前句“然每因”至此14字程本全删**)故迩(**此字程本作“近”**)来夜间总不与宝玉同房。宝玉夜间常醒,又极(**前4字程本全删**)胆小,每醒必(**前3字程本作“醒了便要”**)唤人。因晴雯睡卧警醒,且举动轻便,(**前5字程本全删**)故夜晚(**此字程本作“间”**)一应茶水起坐呼唤之任(**此字程本作“事”**)皆悉(**前2字程本作“悉皆”**)委他一人,所以宝玉外床只是他睡(**前2字程本作“晴雯睡着”**)。今他(**前2字程本作“他今”**)去了,袭人只

得要问,因思此任比日间紧要之意。宝玉既答不管怎样,(**前句“袭人只得”至此25字程本全删**)袭人只得还依旧年之例,遂仍(**前8字程本全删**)将自己的铺盖搬来设于(**前2字程本作“铺设”**)床外。

可见,宝玉与袭人早年发生过的肉体关系,早已接近名存实亡;随着宝玉房中亲密伙伴晴雯的无辜被撵,同处一室的宝袭之间貌合神离的倾向,愈加明显。这实际上也是作者在为袭人的最终结局,预做铺垫了。再则,从该段文字的叙述中,也可以看出:过去的一两年间,晴雯负责夜班值守,铺位如此贴近宝玉,要是她也跟当初的袭人一样,趁便跟睡在里床的年青多情公子“来点什么”,岂不是近在咫尺,易如反掌!事实上,置身瓜田李下的晴雯,除了坚持自己的职责操守外,确实没有跟宝玉发生过任何“苟且”;甚至冰清玉洁的纯情少女,恐怕连这样“自然而然”的勾当,想都没有去想过!难怪晴雯临死前,反复念叨自己被人诬陷而“担了虚名”,有些愤激,有些酸楚,有些无奈,也有些后悔了。反观袭人,因为王夫人“看重了他,就越发自要尊重”等“道学”原因,凡背人之处或夜晚之间总不与宝玉狎昵亲近,以致带来相互关系“较先幼时反倒疏远”的结果,为后来宝玉的不告而别、形同遗弃,布设下了阴影。想来又令人感慨莫名。

●偷偷跑出去,与病倒在床的晴雯“依依惜别”之后,又不得不迅速回归怡红院的宝玉,心理意绪如何?你看,长久发呆,“长吁短叹”,一夜辗转反侧,心绪不宁,睡梦中惊醒仍呼其名;跟第13回秦可卿离世时有预感一样,朦胧中又梦见即将离世的晴雯前来告辞;“哭了”等一连串的生活细节:突出了宝玉对晴雯的深挚感情,同时也反衬出袭人对同伴生死的淡而无味、漠不关心。

●因事关芳官、蕊官、藕官的结局,曹雪芹笔下便又一次出现了水月庵的智通与地藏庵的圆心等这一类盗世欺名、花言巧语的宗教人物。她们表现出来的逢场作戏、察言观色、逢迎巴结的心智和能力,令人叹为观止!作者将巧舌如簧、骗人骗财的她们,称之为“拐子”,虽言之不恭,却一针见血。

●须加留意的脂批:

※【戚序回前批:司棋一事,前文着实写来,此却随笔收去;晴雯一事,前文不过带叙,此却竭力发挥。前文借晴雯一衬,文不寂寞;此文借司棋一引,文愈曲折。】

※那几个媳妇不由分说,拉着司棋便出去了。宝玉又恐他们去告舌,恨的只瞪着他们,看已去远,方指着恨道:“奇怪,奇怪,怎么这些人只一嫁了汉子,染了男人的气味,就这样混账起来,比男人更可杀了!”【庚辰眉批:“染了男人的气味”实有此情理,非躬亲阅历者亦不知此语之妙。】守园门的婆子听

了，也不禁好笑起来，因问道："这样说，凡女儿个个是好的了，女人个个是坏的了？"宝玉点头道："不错，不错！"婆子们笑道："还有一句话我们糊涂不解，倒要请问请问。"方欲说时，只见几个老婆子走来……

编者按：基于后世不可查考因而不能悉知的生活经历，作者投射在贾宝玉身上的"女儿洁净论"，无疑反映了在曹雪芹的心中：女儿的世界，就是天真烂漫的世界；女儿的世界，就是和谐相处、各展其长、各美其美的世界；女儿的世界，就是较少沾染男权社会争权夺利、尔虞我诈、乌七八糟的世界。大观园前中期的集体生活，大观园主要由青少年活跃其间的世界，无疑都带上了作者理想社会的色彩；但随着贾府的彻底败落，与成年社会、世俗社会相对隔离的大观园中，众人的青春快乐日子一去不返，作者的理想当然完全归于寂灭。将女性分为"女儿"和"女人"两类，以为"凡女儿个个是好的了，女人个个是坏的"，的确是有失偏颇的孩子气的愤激之辞，难怪有些经不住守园门婆子们的当面质疑，显得有些底气不足了。此外，脂批又一次指明了"染了男人的气味"一类的人物语言，"躬亲阅历者"方"知此语之妙"。

※因又吩咐袭人麝月等人："你们小心！往后再有一点份外之事，我一概不饶。因叫人查看了，今年不宜迁挪，暂且挨过今年，明年一并给我仍旧搬出去心净。"【庚辰双行夹批：一段神奇鬼讶之文，不知从何想来！王夫人从来未理家务，岂不一木偶哉？且前文隐隐约约已有无限口舌，浸润之谮，原非一日矣。若无此一番更变，不独终无散场之局，且亦大不近乎情理。况此亦是余旧日目睹亲闻、作者身历之现成文字，非捏造而成者，故迥不与小说之离合悲欢窠臼相对。想遭零落之大族子弟见此，虽事有各殊，然其情理似亦有默契于心者焉。此一段不独批此，直从抄检大观园及贾母对月兴尽生悲，皆可附者也。】说毕，茶也不吃，遂带领众人又往别处去阅人。

编者按：批语首先指明了大观园内的一番抄检整顿及事后的人员"清理"，写得惊心动魄，"神奇鬼讶"。它既是王夫人作为内当家职责的自觉履行，同时也是借此"一番更变"，以推进"散场之局"的形成。其次，批语作者又一次指明类似王夫人严整家务、逐撵众人一类事件，包括"贾母对月兴尽生悲"等描写，创作素材来源于现实生活的"写实"，而"非捏造而成"；具体而言，就是源自批语作者的"旧日目睹亲闻"，源自《红楼梦》作者的亲身经历（即"身历"）。这在一定程度上，又透露了曹雪芹当初成长过程中的家庭生活点滴。

尽管现在有关曹雪芹的身世经历可考的史料稀少，但《红楼梦》作品中的有关家庭生活描写，以及脂批中友人（家人？）屡次透露出来的有关他生活经历的点点滴滴，让我们相信：曹雪芹的见闻及亲身经历，绝不会如一般人那样简单！因为没有丰富复杂的人生经历和人生体验,怎么都写不出万古长青的《红楼梦》!

※【戚序回末总批:看晴雯与宝玉永绝一段,的是消魂文字;看宝玉几番呆论,真是至诚种子;看宝玉给晴雯斟茶,又真是呆公子。前文叙袭人奔丧时,宝玉夜来吃茶,先呼袭人;此又夜来吃茶,先呼晴雯。字字龙跳天门、虎卧凤阙;语语婴儿恋母、雏鸟寻巢。】

编者按:这是对“宝晴诀别”一段描写内容的精彩评述。

●红楼探照之一七一:

芳官:“哭辩”好,还是“笑辩”好

第77回的怡红院内,眼睁睁看着晴雯被羞辱、四儿被家人领出,自己被婆子指认,并立即受到王夫人“唱戏的女孩子,自然是狐狸精了!上次放你们,你们又懒待出去,可就该安分守己才是,你就成精鼓捣起来,调唆着宝玉无所不为”这类的厉声叱责,芳官说:“并不敢调唆什么。”芳官顶嘴不服而嘀咕这句话的时候,其神情意态究竟是诸本中的“笑辩道”好还是甲辰本、周校本中的“哭辩道”好,论者众说纷纭,各有各的道理。相比之下,程乙本倒好,索性改程甲本的“芳官笑辩道”为“芳官等辩道”,轻轻巧巧就回避了这个两难取舍的问题。

“哭”跟“笑”二字,因字形相近,书写确实容易混淆。主张“哭辩”者,认为诸版本中的“笑”字实为误抄所致,因为鉴于当时的严厉打压氛围,一个唱戏的女孩再大胆,也不会“笑”着顶嘴的;何况她才十来岁,见到过那样电闪雷鸣、泰山压顶般的阵仗吗?不吓哭才怪!这解析,听来倒是合乎常情常理,但笔者却认为“笑辩”二字,才更见传神,更加贴切:“笑辩”着顶嘴,好似初生牛犊不怕虎,恰恰突出了优伶出身的女孩——芳官童真未泯且有点泼辣放肆的特点,确为曹雪芹凸显芳官“童稚”“无畏”性格的“神来之笔”。

要说所谓“红楼十二女伶”中的芳官,品貌像宝玉,豪爽似湘云,刁钻似晴雯;一往无前、悍然不顾欺压的气概,又使得她既像鸳鸯又像尤三姐。她有着孩子的天真,又拥有美人的姿色,是一个混沌未凿、天真烂漫、爱玩爱闹、无拘无束的女孩子,在众女孩中更是个“异类”。在我们读《红楼梦》的时候,字里行间总感觉到她不像是生活在贾府的女孩,因为孩子气的自然本真本色,似乎丝毫没有沾染上这里少不了的污浊世俗之气。她的淘气任性,倚娇恃宠;她的不安分,不怕事,好逞能;她的野蛮生长不服压制,四处树敌不知收敛,懵懂无知还目中无人,在第58—63回有较多展示。特别是戏班解散分拨到宝玉身边后,芳官如一枝清新带露的春花,在大观园,在怡红院,进入了她短暂而又美丽的花季。于是我们看到,宝玉的偏护下，芳官的个性显得比晴雯还张扬，比秋纹更跋扈，连晴雯和袭人都拿她没办法。

这种天真未凿的浑金璞玉，犹如世间的“愣头青”，面对灾祸临头，她能深知其中不可承受的厉害吗？她会一下子吓破了胆哭起来吗？联系这之后她被王夫人“发配”到干娘家养活期间，“就疯了似的，茶也不吃，饭也不用”，不服看管不说，还“勾引上藕官蕊官，三个人寻死觅活，只要剪了头发做尼姑去”，并且“越闹越凶，打骂着也不怕”的一连串激烈反抗表现来看，这稍早之前的眼下，面对王夫人的严厉叱责和悍然打压，她抗颜“笑辩”的态度，或许才是最合乎芳官“天不怕地不怕”“纯粹假小子一个”的性格特征的。

本来，曹雪芹笔下的一字一词一言一语，人物的一举一动一颦一笑，均经过反复推敲琢磨，大都是非常讲究的，而描写表达上的精准绝妙，确非一般人所能轻易窥破以及移花接木的。

●红楼探照之一七二：

岂是“茹素念经者”所为
——略论王夫人性情的亦佛亦魔

第 74 回抄检事件的主要受害者，无一例外都是奴仆。这既是抄检之后事态发展的必然结果，也是大观园行将风云流散、萧条荒凉的前奏。

首当其冲的，是迎春的丫鬟司棋。当初抄出她的“罪证”之后，她只是“低头不语，也并无畏惧惭愧之意”；是怕她“夜间自愧去寻拙志，遂唤两个婆子监守起来”的对象。因此，王夫人决定“快办了这一件，再办咱们家的那些妖精”，当即由周瑞家的会齐了那几个媳妇，先到迎春房里打过招呼，便命“有罪在身”的司棋立即打点上路。即便是司棋恳求哭告让她“到相好的姊妹跟前辞一辞”，周瑞家的等人皆各有事务，作这些事便是不得已了，况且又深恨她们素日大样，如今哪里有工夫听她的话？继后，碰上宝玉，拉住求情，被周瑞家的发躁向司棋道：

> 你如今不是副小姐了，若（**此字程乙本作“要”**）不听话（**此字程甲本作“说”**），我就打得你（**此处程本加“了”**）。别想着往日（**此处程本加“有”**）姑娘护着，任你们作耗。越说着，还不好（**此处程甲本加“好的”；程乙本加“生”**）走。如今和小爷们拉拉扯扯，成个什么体统！（**前句 16 字程甲本作“如今有了小爷见面，又拉拉扯扯，成何体统！”；程本作“一个小爷见了面，也拉拉扯扯，什么意思！”**）

那几个媳妇一听，不由分说，拉着司棋便出去了。紧接着被强行驱逐的，便是晴雯。此为王夫人亲自出马过问,而且也是当着闻讯赶来的儿子宝玉的面进行的。

晴雯本就四五日水米不曾沾牙,恹恹弱息。如今,“现从炕上拉了下来,蓬头垢面,两个女人才架起来去了”。这悲惨一幕,令人不忍目睹;这节泣血惨痛的文字,令人不忍卒读!心里最难受的,无疑是多情公子贾宝玉!他眼睁睁地看着自己最喜爱、最知心的丫头,被逼成这样的“人不像人鬼不像鬼”,而自己却不敢怒不敢言,根本无能为力。此时此际,宝玉的剜心之痛,恐怕与安史之乱中奔逃途中受众军挟制,眼见爱妃玉环被当作“替罪羊”活活吊死,而“掩面救不得”“回看血泪相和流”的唐玄宗相比,只有过之而无不及的!更有甚者,王夫人将冤屈无辜的晴雯死狗般架出去之后,似乎余恨未消,竟然吩咐只许把被撵者贴身衣服撂出去,余者好衣服留下给她所谓的“好丫头们”穿!接着,又命把这里所有的丫头们都叫来,一一过目。

为什么要痛下杀手,对儿子身边珠围翠绕的丫头们,作如此严重的“大清洗”?原文有交代:

> 原来王夫人自那日着恼之后,王善保家的去趁势告倒了晴雯,本处有人和园中不睦的,也就随机趁便下了些话。王夫人皆记在心中。因节间有事,故忍了两日,今日特来亲自阅人,一则为晴雯犹可,二则因竟有人指宝玉为由,说他大了,已解人事,都由屋里的丫头们不长进教习坏了。因这事更比晴雯一人较甚(**前句“自那日”至此118字程本压缩成“惟怕丫头们教坏了宝玉”等10字**),乃从袭人起以至于极小(**此处程本加“的”**)作(**此字程本删**)粗活的(**此字程本删**)小丫头们,个个亲自看了一遍。

墙倒众手推,鼓破万人捶。一向与外界相对隔离,自成一方天地的大观园,骤然之间来了一场狂风暴雨,为许多人所料想不及。王夫人算得上制造这场风波的始作俑者。这是一个平日里不露声色,必要时刻定会“以霹雳手段”“显冷硬心肠”之人。王夫人心性愚钝,内心沉闷,对人事的是非曲直往往缺乏起码的正确判断,虽吃斋念佛好为清净,但对儿子宝玉的监督和控制却是一刻都没有松懈过,对身边“妖精似的女孩”就从来没有好感过放心过。她对谗言从来不表示怀疑,以一个封建贵妇人惯有的“傲慢与偏见”,几次三番不惜扯下念佛之人的慈善面具,对那些生活在宝玉身边,伴随着儿子快乐成长的丫头们,主观臆断为影响她儿子“不听话”“不长进”的罪魁,“竟这样雷嗔电怒的”屡屡出手打压,丝毫都不留情。由此可以想见,她后来对待更加影响儿子“听话”和“长进”的林黛玉,还会客气吗?

出于母性的狭隘自私,王夫人就这样罔顾儿子的心理感受,粗暴剥夺其“爱与被爱”的权利,肆意践踏其人格尊严,破坏促其健康成长的良性生态,一步步撕碎了儿子对世界、对人生的美好愿望。究其初心，是为了儿子的“长进”，将儿子紧紧拉在母亲的身边守望相助；所得的结果，却适得其反。说到底，她是以儿子万难接受的方式，釜底抽薪，挖坑断流，将儿子推得离自己越来越远。同邢夫人一样“愚犟”的王夫人何曾想到，因为越来越多的打击(包括来自王夫人的强力压制)，使得宝玉对社会、对家庭、对感情、对人生的意义越来越怀疑，对现实生活的无力感、无趣感、绝望感越来越严重，导致最终他的悬崖撒手，置父母养育之恩、夫妻患难之情于不顾，调头西去，有去无回，将热爱他同样也逼迫他、剥夺他的人，统统丢在了残存记忆中那干冷板结、荒凉空旷的沙滩上，也让他们深味精神空壳、无所寄托的悲哀，亲身感受体验一下灵魂无所皈依而来的痛苦，那不正是他们唯恐避之不及的吗?

王夫人无疑算是“正邪两赋”一类的矛盾复杂人物。她对待奴仆态度是“无情中的有情”“留情中的绝情”，在能够辩证看人、精于深入写人的曹雪芹笔下，同样得到充分表现。

说她恶，也不尽恶；说她善，离至善更远。譬如第12回贾瑞病重寻药，王夫人要凤姐尽力帮助，申明“救人一命，也是你的好处”，似乎不乏恻隐之心。第32回怒逐金钏儿，任对方无论怎样求情都九牛不回，心肠可谓歹毒；但金钏儿跳井自杀后，她又暗自流泪愧悔，还开恩让死者的妹妹多吃了一份“空饷”，似乎又恢复了几分人性。本回她对待众侍女的恶劣态度，特别是血口喷人，将奄奄一息的无辜女孩晴雯强行架逐出去的野蛮行径，惨无人道，令人切齿；将本无大过的四儿、芳官等女孩，揪住小辫子，即行逐撵，又吩咐上年凡有姑娘们分的唱戏的女孩子们，一概不许留在园里，如此的滥及无辜，仿佛凶残无比。但就在这场“以霹雳手段”，“显示了蛇蝎心肠”之后，面对芳官“自前日蒙太太的恩典赏了出去，他疯了似的，茶也不吃，饭也不用，勾引上藕官蕊官，三个人寻死觅活，只要剪了头发做尼姑去”的集体反抗，以及她们“越闹越凶，打骂着也不怕”的决绝态度，加上听进了水月庵智通与地藏庵圆心二人存心拐骗的一番花言巧语，王夫人竟然顺从了她们的选择，在亲手将芳官等小女孩送入“牢笼”“火坑”之前还慎重其事地亲自召见了芳官三人，“问之再三”，当面考察了她们的态度和意愿，“见他们意皆决断，知不可强了，反倒伤心可怜，忙命人取了些东西来赍赏了他们，又送了两个姑子些礼物”:如此看来，王夫人身上又体现出了一丝人道主义精神，沾带上了一些佛家“仁慈悲悯”的情怀。

恶行中有善念，善意中有罪孽。因此，我们不得不说:王夫人身上，亦真正体现了人性的丰富和复杂。

此外，在反复阅读《红楼梦》的过程中，揣摩曹雪芹描写各类人物的笔意笔致,笔者竟然发现了一个有趣的现象:凡是涉及对贾政夫妇思想性情、现实言行等方面的负面反映,作者总是心存戒惧,有意遮掩。譬如第 4 回写到薛蟠一家进贾府,因为贾府子弟的堕落,“竟引得薛蟠比当初坏了十倍”的时候,笔下就赶紧为身为家长的贾政开脱责任。第 30 回写王夫人凶相毕露,小题大做,因为跟宝玉的一句玩笑话,不但狠扇了金钏儿的耳光,还狠心将服侍了她十来年的丫头立即撵了出去。叙述至此,大概觉得对王夫人揭露得太无情了吧,作者笔下又赶忙找补几句,打圆场说“王夫人固然是个宽仁慈厚的人,从来不曾打过丫头们一下,今忽见金钏儿行此无耻之事,此乃平生最恨者,故气忿不过,打了一下,骂了几句”,微露为王夫人减轻罪责之意。特别是到了第 74 回,写王夫人听信谗言,捕风捉影,一口咬定晴雯是要勾引她儿子的“狐狸精”;当生病在床的晴雯被叫到面前时,写到王夫人一见晴雯“钗亸鬓松,衫垂带褪,有春睡捧心之遗风,而且形容面貌恰是上月的那人,不觉勾起方才的火来”,便赶忙申明:王夫人原是天真烂漫之人,喜怒出于心臆,不比那些饰词掩意之人。第 77 回被撵走的芳官等人吵着要出家的时候,作者笔下又念叨王夫人的好处,说她:“原是个好善的……反倒伤心可怜,忙命人取了些东西来赍赏了她们。”王夫人的行为,无异于一手纵火又一手救火,一边杀人又一边招魂,作者借此写出了这类封建女主性格的矛盾和复杂。因此,我们不能认为这种言行和心理上的纠葛矛盾,就一定出于人物的伪善。

作者对笔下人物,在加以深刻揭露和无情鞭挞的同时,又有些“心有不忍”“情有不愿”的矛盾表现,大概与小说中人物贾政夫妇确实是以曹雪芹亲生父母(或养父养母)曹頫夫妇作为“生活原型”有关。《诗经》中有“哀哀父母,养我劬劳”的吟咏,《春秋穀梁传》也有“为尊者讳耻,为贤者讳过,为亲者讳疾”的说法。因此涉笔隐写父母等亲族长上的过错乃至于罪责,有如第 13 回借秦可卿的死隐写封建大家族内部道德沦丧的肮脏内幕一样,小说作者在努力克服自身心理障碍,秉笔直书“家族秽史丑闻”“长上荒唐虚怯”等不良行迹之余,又多少表现出心中的一丝怜悯,流露出对骨肉亲情有所保留、有所瞻顾的态度,是完全可以理解的。“见人之所未见,发人之不敢发”,曹雪芹的艺术勇气,深令人感佩。他的秉笔直书无所避忌,对他所处的时代、历史、阶级的局限性,以及自身认识的局限性,已经多所突破了,已经非常难得的了!因此,我们是没有任何理由,因他笔下对传统伦理道德、对生身父母亲情的适当瞻顾,而去苛责于他。

●红楼探照之一七三：

“像我们这样粗粗笨笨的倒好”
——有感于花袭人的自是与自嘲

第77回逐撵晴雯出园事件发生后的第一时间，宝玉与袭人在屋内曾有一番言谈，心理如画，各见性情：

如今且说宝玉只当王夫人不过来搜检搜检，无甚大事，谁知竟这样雷嗔电怒的来了。所责之事，皆系平日之(**此字程本作“私”**)语，一字不爽，料必不能挽回的。虽心下恨不能一死，但王夫人盛怒之际，自不敢多言一句，多动一步(**前6字程本删**)，一直跟送王夫人到沁芳亭。王夫人命：“回去好生念念那书！仔细明儿问你，才已发下恨(**此字程本作“狠”**)了。”宝玉听如此说，方(**此字程本作“才”**)回来，一路打算：“谁这样犯舌？况这里事也无人知道，如何就都说着了？”一面想，一面进来，只见袭人在那里垂泪。且去了第一等的人，岂不伤心，便倒在床上也(**此字程本作“大”**)哭起来。

袭人知他心内别的还(**此字程本删**)犹可，独有晴雯是第一件大事，乃推他(**前2字程本删**)劝道：“哭也不中用了(**此字程本删**)。你起来，我告诉你，晴雯已经好了，他这一家去，倒心净养几天。你果然舍不得他，等太太气消了，你再求老太太，慢慢的叫进来也不难。不过(**前2字程本后移二字**)太太偶然信(**此字程本作“听”**)了人(**此字程本作“别人”**)的诽(**此字程本作“闲”**)言(**此字程甲本作“话”**)，一时(**前2字程本作“在”**)气头上如此(**前2字程本删**)罢了。”宝玉哭(**此字程本妄删**)道：“我究竟不知晴雯犯了何等(**前2字程本作“什么”**)滔(**前字程本作“迷”**)天大罪！”袭人道：“太太只嫌他生的太好了，未免轻佻(**此字程本作“狂”**)些。在(**此字程本删**)太太是深知这样美人似的人，(**此处程本加“心里是”**)必(**此字程本妄删**)不(**此字程本作“不能”**)安静(**此处程本加“的”**)，所以恨(**此字程本妄作“很”**)嫌他，像我们这样粗粗笨笨的倒好。”宝玉道：“(**此处程本加“美人似的，心里就不安静么？你那里知道，古来美人安静的多着呢”等15字**)这也罢了。咱们私自顽话怎么也知道了？又没外人走风的(**此字程本删**)，这可奇怪(**此处程本加“了”**)。”袭人道：“你有甚(**此字程本作“什么”**)忌讳的？一时高兴了(**此字程本删**)，你就不管有人无人了。我也曾使过眼色，也曾递过暗号，倒被那别人已(**前6字程本作“被那人”**)知道了，你反(**此字程本作“还”**)不觉。”宝玉道：“怎么人人的不是太太都知道(**此处程本加“了”**)，单不挑出你和麝月、秋纹来？”

袭人听了这话,心内一动,低头半日,无可回答,因便笑道:“正是呢。若论我们也有顽笑不留心的孟浪(**前2字程本删**)去处,怎么太太竟忘了?想是还有别的事,等完了再发放我们,也未可知。”宝玉笑道:“你是头一个出了名的至善至贤之(**此字程本作“的”**)人,他两个又是你陶冶教育的,焉得还有孟浪(**前4字程本作“有什么”**)该罚之处!只是芳官尚小过于伶俐些,未免倚强压倒了人,惹人厌。四儿是我误了他,还是那年我和你拌嘴的那日起,叫上来作些(**此字程本删**)细活(**此处程本加“的”**),(**此处程本加“众人见我待他好”**)未免夺占了地位,(**此处程本加“也是有的”**)故有今日。只是晴雯也是和你(**此字程本妄作“你们”**)一样,从小儿在老太太屋里过来的,虽然他(**前2字程本删**)生得比人强(**此处程乙本加“些”**),也没甚(**此字程本作“什么”**)妨碍(**此处程本加“着谁的”**)去处。就是(**此字程本作“只是”**)他的性情爽利,口角锋芒些(**前字程本删**),究竟也不曾得罪你们(**此句9字程本作“竟也没见他得罪了那一个”**)。(**此处程本加“可是你说的”**)想是他过于生得好了,反被这(**此字程本作“这个”**)好所误(**前2字程本作“带累了”**)。”说毕,复又哭起来。

袭人细揣此话,好似(**前2字程本作“直是”**)宝玉有疑他之意,竟不好再劝,因叹道:“天知道罢了。此时也查不出人来了,白哭一会子也无益(**此处程本加“了”**)。倒是养着精神,等老太太喜欢时,回明白了再要他是正理(**前“倒是”至此23字程本全删**)。”宝玉冷笑道:“你不必虚宽我的心。等到太太平服了再瞧势头去要时,知他的病等得等不得(**前“你不必”至此31字程本全删**)。(**此处程本加“原是想”**)他自幼上来(**前2字程本删**)娇生惯养(**此处程本加“的”**),何尝受过一日委屈。连我知道他的性格,还时常冲撞了他。他这一下去,就(**前“连我”至此21字程本全删**)如同(**前2字程本作“如今是”**)一盆才抽(**此字程本作“透”**)出嫩箭来(**前字程本删**)的兰花送到猪窝(**此字程本作“圈”**)里去一般。况又是一身重病,里头一肚子的闷气。他又没有亲爷(**此字程本作“爹”**)热娘,只有一个醉泥鳅姑舅哥哥。他这一去,一时也不惯的(**前6字程本删**),那里还等得几日(**前2字程本作“一月半月”**)。知道还能(**前4字程本作“再不能”**)见他(**此字程本删**)一面两面不能(**前2字程本作“的”**)了!”说着,又(**此字程本删**)越发伤心(**前2字程本作“心痛”**)起来。

也难怪宝玉对自己身边的袭人、麝月、秋纹等大起疑心。因为王夫人逐撵院内众人,一是不涉及袭人麝月等,二是无论是对晴雯的血口喷人,还是对芳官四儿的抓住一点不及其余,都似乎有些把柄在手;而这些“小辫子”一抓一个准,似乎都来自平日院内一团丫头们和宝玉的“私自顽话”，没人去“学舌”，别个怎么会知道呢？因此宝玉所作的推测分析，也未必不合情理。

在笔者看来，对宝玉身边一干人来说，袭人的“首席大丫头”地位早已确立，她的“候补姨娘”之待遇尽人皆知。因此，按她为人处世的风格，她实在没有任何必要去排挤打压宝玉一直喜欢着、偏护着的晴雯等人。一定程度上说，各安其位，和谐共处，不是正好倍显她“至善至贤”的影响吗？站在袭人的角度，对王夫人“深知这样美人似的人必不安静，所以恨嫌他”的心理推测，应该说是比较准确的。

在宝玉看来，四儿芳官被逐，要么因年纪“尚小过于伶俐些，未免倚强压倒了人，惹人厌”，要么“是我误了他，还是那年我和你拌嘴的那日起，叫上来作些细活，未免夺占了地位，故有今日”；但就是不明白晴雯“犯了何等滔天大罪”！

王夫人，本来就是一个内心阴暗、性情沉闷的女主，连自己的丈夫贾政对她，都似乎只有尊重而少亲近。人到中年，她要保住的，就只是自己的儿子以及因儿子才有的家庭地位名分了……或许是当年因性格高冷、反应迟钝、没有情趣等原因，导致在获取男人宠爱欢心的争风吃醋中落败而形成了深深的“心理暗疾”吧。不然，她怎么会在现实生活中，不但对当年依娇夺宠的赵姨娘一类“伺机上位者”那般的恨之入骨，而且对晴雯和黛玉等一类聪明伶俐、善解人意，特别容易讨得男子娇宠和疼爱的青春女孩，这般的充满下意识的厌恶和排斥？只是她平日里寡言少语，对自己的爱憎情绪不轻易流露，或竟以吃斋念佛来作掩饰和平衡，不轻易暴露自己“内心的软肋”而已。

不用说，王夫人的理智，往往被心中的仇视所蒙蔽。你看她的脾气，不爆发则已，一爆发就会“雷嗔电怒”，伤及无辜，无遗噍类。在贾府“透心凉”的全面危机，已经到来而且日见严重之际，王夫人的屡出杀招发散戾气，无异于雪上加霜自断生机，与贾赦贾珍一伙败家子的公然作乱、长城自毁的恶劣，不相上下；与贾母的恢弘慈爱、收拢人心的举动，适成对比。

再说晴雯这类人，吃亏在性格。“性格即命运”的悲剧喜剧，在现实生活中累见不鲜。

首先说，晴雯这一号人，不是没有缺点的；在世人眼中，甚至缺点还很严重。这类缺点，本来也是可以通过后天的教养和生活的历练，得到纠正的。试想，如果晴雯长得没有那么好，个性没有那么倔，手工针凿等技能没有那么特别的强；如果晴雯对待众人的态度，尽量平和圆融含混、团结友爱包容一些，爱憎不那么分明，性情不那么直切，口舌不那么锋利，对人不那么本色，对事不那么较真一些；又尤其是最大限度搞好身边各方面人际关系的同时，如果尽量多跟王夫人一类话语权甚大的“家主”亲近靠拢一些，必要之时即便内心高傲，不以为然，也要装得老实愚笨、低声下气、言听计从一些；看场合，懂得起，时间精力“多以琢磨人而少琢磨事”一些，竭尽所能也要多为主子着想一些：一句话，如果晴雯能力平庸一点、表现中庸一点，那么，我们就可以拍胸脯保证，晴雯这类人的悲剧就会大为减少；“黄钟毁弃，瓦釜雷鸣”的不合理现象，就能尽少发生；一个群体中“长短互补，优劣共存，彼此相安无事”的平稳局面，就容易形成！不过，果真如此，晴雯就不是晴雯了；果真如此，这个万紫千红的世界，就不再是那么多姿多彩了；果真如此，这复杂社会就变得太简单太透明了！鲁迅曾经说过，他宁愿与“有缺点的战士”为伍，而不愿与世上“完美的苍蝇”周旋，大概就是出于生活中的教训得来的经验吧。其实，面对晴雯的天大冤屈，多情的宝玉也不必那么义愤填膺。因为导致晴雯落入这种悲惨境地的原因，不仅仅是晴雯平常表现出来的“性格缺陷”，不仅仅是少数心怀不满的婆子、媳妇等人的“学舌”，不仅仅是王夫人的偏听偏信，不仅仅是她忠心耿耿对待的宝玉眼睁睁无能为力。说到底，是可怜的晴雯生错了时代，生错了地方。

“楚人无罪，怀璧其罪。”古代中国是深受儒家传统思想影响的，其社会环境、制度文化、大众心理等，一定程度上是容不得“心比天高”而“身为下贱”，又“风流灵巧”远超众人之上者的！不是么，个性倔、本领强、奴性弱者，难免处处“招人怨”，是很难很难飞高走远，有好的前途、好的待遇、好的命运、好的归宿等着他们的！……本回的袭人，在谈到太太对已然遭罪被撵的晴雯“只嫌他生的太好了未免轻佻”，又说太太“是深知这样美人似的人，必不安静，所以恨嫌他”的时候，暗自得意之余也说出了“像我们这样粗粗笨笨的倒好”这样的切身体会。为此，中国历史典籍《后汉书》中所谓的“峣峣者易缺，皎皎者易污”，楚辞名篇《卜居》中所谓“世溷浊而不清，蝉翼为重，千钧为轻；黄钟毁弃，瓦釜雷鸣；谗人高张，贤士无名”，还有民间谚语中所谓的“枪打出头鸟”“出头的椽子先烂”“树大招风”“才高遭嫉”这一类的社会现实，以及西方人常言的“劣币驱逐良币”等类似社会现象，难道不应该引起我们现代人足够的反思和高度的警惕吗？

跟展示王夫人形象的丰富性、复杂性一样，作者对袭人的性格和人品，照样进行了多角度、多侧面的立体化展示，同样写出了这个大丫头身上可钦可敬的地方，也暴露了这类女孩身上客观存在的可鄙可怕的封建思想毒瘤。你看，一旦意识到自己准备终身依靠的男人心目中身边丫头晴雯的分量比自己超重，有“灭过”她的“次序”去的异常危险，她就不惜露出尖利的牙齿，表现出“有她无我”的嫉恨醋妒和排斥压制的狠劲，表现出强烈的等级观念和领地保护意识。原文写道：

袭人听了这篇痴话，又可笑，又可叹，因笑道："真真的这话越发说上我的气来了。那晴雯是个什么东西，就费这样心思，比出这些正经人来！还有一说，他纵好，也灭（**此字程本作"越"**）不过我的次序去。便（**此字程本作"就"**）是这海棠，也该先来比我，也还轮不到他。想是我要死（**此处程本加"的"**）了。"宝玉听说，忙握（**此字程本作"掩"**）他的嘴，劝道："这是何苦！一个未清（**此字程乙本作"足"**），你又这样起来。罢了，再别提这事，别弄的去了三个，又饶上一个。"袭人听说，心下暗喜道："若不如此，你也不能（**前4字程本作"也没个"**）了局。"

对同伴遭殃，袭人唇亡齿寒，未必会幸灾乐祸；但这种同情和伤心，也未必程度多深，时间能持续多久。以平平常常的个人资质，竟然先后赢取了王夫人母子欢心的袭人，无疑是怡红院中最大的"既得利益者"。在她的心目中，恐怕早就忘记了自己的本来面目，丧失了应有的自知之明，反而因现有的格局地位，而逐渐养成了针对晴雯等人特有的心理优势，难免不经意间会表现出妄自尊大和自以为是，暴露出一个小女人自私狭隘的一面。因此，这个时候的袭人，嘴脸无疑是丑陋的，言谈也格外令人厌恶。特别是眼下，与宝玉谈及同伴刚刚遭受到的冤屈悲惨之际，袭人竟然发出了几次"笑"。此为作者的"诛心之笔"，直将一个表面"至贤至善"，实际上内心"深不可测""深不可问"的小女人心性这属于个人情感世界中最可叹可怕的一面，轻轻揭开。但紧接着，当读到她表明已经将晴雯"素日所有的衣裳以至各什各物总打点下了""且等到晚上，悄悄的叫宋妈给他拿出去"，并且"还有攒下的几吊钱也给他"的时候，我们又不得不承认此人的身上，仍然不乏善良温热人性的熠熠闪光！

千古一人的曹雪芹，就是这样辩证地看待复杂社会生活中的复杂人物；就是这样紧扣特定环境条件之下，各类人物的堪称稳定的性格特征。同时，又精准把握住常常处于"不定状态"下的人物心理意绪的流动变化，既映照出人物性格隐藏未露的冰山角落，又不时反映出人物性格的全面和主流。正是这样本着严格的现实主义创作原则，不溢美，不隐恶，不走样，几乎完全跳出了传统小说"好人尽好，坏人尽坏"的范式窠臼，为现实主义的"写实文学"树立了光辉的典范，大大提高了中国古典文学（又特别是其中的长篇小说）在世界文学史上的身份和地位。

托尔斯泰说过："小说中的人物完全和我们自己一样，是杂色的，好的和坏的方面同时并存于一个人身上。"《红楼梦》中的贾宝玉、王夫人、花袭人、王熙凤、薛宝钗、林黛玉、贾探春、史湘云、刘姥姥等数以百十计的典型形象，从曹雪芹笔下"正邪两赋"路数而来，无疑都是些复杂的人、真实的人，深刻反映了历史、时代、社会、生活以及人性本质的人。

总而言之,自本次“抄检事件”后续处理结果出来之后,宝玉与袭人、王夫人等人的心理隔阂加深、感情的裂痕扩大,从他“将一切人稳住,便独自得便出了后角门,央一个老婆子带他到晴雯家去瞧瞧”等表现来看,对袭人的“不信任感”明明白白。这也为后来“袭人出嫁”一事,埋下了伏笔。

●红楼探照之一七四:

“兰箭”困“猪窝”
——俏丫头晴雯临终的悲惨

根据第77回介绍,晴雯的身世很悲惨。幼小时就被卖(或许还不仅一次性的转卖),记事起就没有了“家乡父母”的印象,十岁时由赖大家用银子买来,因常跟着赖嬷嬷进府,贾母见了喜欢,就被孝敬给了贾母使唤,后来才辗转到了宝玉房里。观察晴雯的人品行事,有多个视角。这里,可以从她对自己“沦落在外”的姑舅哥哥的牵念和尽可能的照顾,从贾母和赖嬷嬷两人对她一致的喜欢,从赖家“见晴雯虽到贾母跟前,千伶百俐,嘴尖性大,却倒还不忘旧”的良好印象,以及看在小姑娘的面上,“又将她姑舅哥哥收买进来,把家里一个女孩子配了他”的极尽笼络等方面,见到端倪。纵观晴雯短暂的一生,生活的“幸与不幸”,真是如影随形;其中亲情的缺失,无疑又是晴雯极大不幸的一个重要方面。她唯一记得的亲人,就是多浑虫这样的死男人;让人最感奇葩的,还是她哥嫂的生活态度及生活方式:

> 成了房后,谁知他姑舅哥哥一朝身安泰,就忘却当年流落时,任意吃死酒,家小也不顾。偏又娶了个多情美色之妻,见他不顾身命,不知风月,一味死吃酒,便不免有蒹葭倚玉之叹、红颜寂寞之悲。又见他器量宽宏,并无嫉衾妒枕之意,这媳妇遂恣情纵欲,满宅内便延揽英雄、收纳材俊,上上下下竟有一半是他考试过的。若问他夫妻姓甚名谁,便是上回贾琏所接见的多浑虫灯姑娘儿的便是了。目今晴雯只有这一门亲戚,所以出来就在他家。

人世间还有比她姑舅哥哥这样的更混账的男人吗?还有比她嫂子更放纵情欲的女人吗?作者以幽默调侃笔墨,写到她嫂子“满宅内便延揽英雄,收纳才俊,上上下下竟有一半是他考试过的”的事实,是多么的骇人听闻!所谓“考试”,直接地说,就是跟她上床!身心一尘不染、性格任性要强的晴雯,摊上这么一门毫无做人尊严和出息的亲戚,无法为她遮风避雨、排忧解难不说,要在这里修养一下身心,治疗一下病痛,岂不是天方夜谭!就在晴雯命悬一线、奄奄一息之际,倒是宝玉悄悄地找来了。临死前的绝境中,生离死别的惨痛文字描述,让人忍不住地泪眼婆娑：

此时多浑虫外头去了，那灯姑娘（**段首至此程本作“这晴雯一时被撵出来，住在他家。那媳妇那里有心肠照管”**）吃了饭去（**此字程本作“便自去”**）串门子，只剩下晴雯一人，在外间房（**此字程本作“屋”**）内爬着。宝玉命那婆子在院门（**前2字程本作“外”**）瞭哨（**前字程本作“望”**），他独自（**此字程本删**）掀起草（**此字程本作“布”**）帘进来，一眼就看见晴雯睡在（**此处程本加“一领”**）芦席土炕（**前2字程本删**）上，幸而衾（**此字程本作“被”**）褥还是旧日铺（**此字程本作“铺盖”**）的。心内不知自己怎么才好，因上来含泪伸手轻轻拉他，悄唤两声。当下晴雯又因着了风，又受了他（**此字程本删**）哥嫂的歹话，病上加病，嗽了一日，才朦胧睡了。忽闻有人唤他，强展星（**此字程本妄作“双”**）眸，一见是宝玉，又惊又喜，又悲又痛，忙（**此字程本妄删**）一把死攥住他的手。哽咽了半日，方说出半句话来（**前5字程本作“道”**）：“我只当（**此字程本作“道”**）不得见你了。”接着便嗽个不住。宝玉也只有哽咽之分。

晴雯道：“阿弥陀佛，你来的好，且把那茶倒半碗我喝。渴了这（**此字程本删**）半日，叫半个人也叫不着。”宝玉听说，忙拭泪问：“茶在那里？”晴雯道：“那（**此字程本作“在”**）炉台上就是（**前2字程本删**）。”宝玉看时，虽有个黑沙（**前2字程本作“黑煤乌嘴的”**）吊子，却（**此字程本作“也”**）不象个茶壶。只得桌上去拿了一个碗，也甚大甚粗，不象个茶碗（**前10字程本全删**），未到手内，先就（**此字程本删**）闻得油膻之气。宝玉只得拿了来，先拿些水洗了两次，复又用水汕过（**此句6字程本改写作“复用自己的绢子拭了，闻了闻还有些气味，没奈何”**），方（**此字程本删**）提起沙壶（**前2字程本作“壶来”**）斟了半碗。看时，绛红的，也太不成茶（**前句5字程本作“也不大象茶”**）。晴雯扶枕道：“快给我喝一口罢！这就是茶了。那里比得咱们的茶（**此处程本妄加“呢”**）！”宝玉听说，先自己尝了一尝，并无清香，且无茶味，只一味苦涩，略有茶意而已。尝毕，方（**前句“并无”至此22字程本作“并无茶味，咸涩不堪，只得”**）递与晴雯。只见晴雯如得了甘露一般，一气都灌下去了。

晴雯重病在身，临近死亡，无人照料，几同等死的惨状，历历在目；饥不择食、渴不择饮的狼狈，令人痛惋；“芦席土炕”“草帘”“炉台”一类陈设的简陋寒酸，令人心痛！尤其是那生活用品中的“黑沙吊子”茶壶；质地形状“甚大甚粗”，“未到手内先就闻得油膻之气”的肮脏茶碗；“并无清香，且无茶味，只一味苦涩，略有茶意而已”的绛红色劣质茶汤：直将晴雯被逐撵出门后，无奈依栖姑舅哥嫂家所遭受的非人待遇，笔笔画出，令人坠泪！

我们知道，这是宝玉和晴雯的永诀；宝玉离开后的当夜，晴雯就病逝了。换句话说,宝玉偷偷跑上门来看望晴雯的“最后一眼”,就是晴雯留给宝玉的“最后记忆”。固然,晴雯留赠给他的指甲,彼此互换的贴身旧红绫袄,见面所说的每一句话、每一个表情、每一个动作,包括不停的咳嗽声,以及生离死别之际知宝玉难行,“遂用被蒙头,总不理他”的深情而又断然绝情的姿势,都会久久地占据着宝玉的心。

经验告诉我们:刻骨铭心的记忆,往往伴随着相应的场景。正如引文所描写,昏睡中的晴雯,被宝玉悄悄唤醒之后的第一反应,就是又惊又喜,又悲又痛,忙一把死攥住他的手,哽咽了半日,方说出半句话来:“我只当不得见你了。”接着,便嗽个不住。而短暂的见面中,她提出的第一件事,就是讨茶喝。这是她生命的第一需要啊,“渴了这半日,叫半个人也叫不着。”不用说,寄居受困在“猪窝”中的她,叫天天不应,呼地地不灵,几乎快要被渴死了!宝玉倒茶之际,那茶壶形色的怪异,茶碗的粗大和油膻,茶水的劣质和苦涩,无一给过惯了精致生活的贵公子留下刀凿斧削般深刻的印象;而平日里生活颇为娇气的晴雯,一见有水,那“扶枕”的期待,那“如得了甘露一般,一气都灌下去了”的急切和贪婪,只有令宝玉撕心裂肺而泪流不止的……这一细节,犹如影视作品中的特写。它作为“世事无常”“造化弄人”的证明,作为闺中琼英的俏丫头饱受无端迫害和凌辱的印迹,作为肮脏“猪窝”中摆放进去的一盆“才抽出嫩箭来的兰花”被摧残践踏的狼藉,绝对会永远永远定格在宝玉的心上,让他在人世间永远永远也难以得到内心的安宁!

●红楼探照之一七五:

纯粹是糟蹋
——六说程本对原文的不当修改

第 77 回程高本与早期脂本相比较,从文字到情节,从语言到形象,都是改动较大的一回。程甲本的大段删文,即有九处计千余字;增文五处,多达一千一百余字;个别字句的增删改,随处可见。其中涉及宝玉和晴雯生离死别的内容,自甲辰本肇端,梦稿本接续,程高本变本加厉,更成了他们妄自删改的“重灾区”。下面仅举数例,以见造成的伤害之深之广。

一

且说宝玉偷偷来到多浑虫家探视晴雯,只见她独自病卧在炕,饥渴难耐,却无人照管;等宝玉倒过一碗茶来,便“如得了甘露一般,一气都灌下去了”。庚辰本接着写道:

宝玉心下暗道:“往常那样好茶,他尚有不如意之处;今日这样。看来,可知古人说的‘饱饫烹宰，饥餍糟糠’，又道是‘饭饱弄粥’，可见都不错了。”一面想，（**段首至此56字程本改写作“宝玉看着，眼中泪直流下来，连自己的身子都不知为何物了”**）一面流泪（**前2字程本删**）问道：“你有什么说的，趁着没人告诉我。”晴雯呜咽道：“有什么可说的！不过（**此处程本加“是”**）挨一刻是一刻，挨一日是一日。我已知横竖不过三五日的光景，（**此处程本加“我”**）就好回去了。只是一件，我死也不甘心的（**此字程本删**）：我虽生的比别人略（**此字程本妄删**）好些，并没有私情密意（**前2字程本删**）勾引你怎样（**前2字程本删**），如何（**前2字程本作“怎么”**）一口死咬定了我是个狐狸精！我太不服（**前4字程本删**）。（**此处程本加“我”**）今日既已（**此字程本删**）担了虚名，而且临死（**前4字程本作“况且没了远限”**），不是我说一句后悔的话，早知如此，我当日也另有个道理。不料痴心傻意，只说大家横竖是在一处。不想平空里生出这一节话来，有冤无处诉（**此句“我当日”后的话共计39字程本全删**）。”说毕又哭（**前4字程本增写作“说到这里，气往上咽，便说不出来，两手已经冰凉。宝玉又痛又急，又害怕，便歪在席上，一只手攥着他的手，一只手轻轻的给他捶打着。又不敢大声的叫，真真万箭攒心。两三句话时晴雯才哭出来”**）。

宝玉拉着他的手，只觉瘦如枯柴，腕上犹戴着四个银镯。因泣（**此字程本作“哭”**）道：“且卸下这个（**前5字程本作“除下”**）来，等好了再戴上（**此处程本加“去”**）罢。”因与他卸下来，塞在枕下（**前10字程本全删**）。又说：“可惜这两个指甲，好容易长了二寸长，（**前15字程本全删**）这一病好了，又损（**此字程本作“伤”**）好些。”

晴雯拭泪，就伸手取了剪刀，将左手上两根葱管一般的指甲齐根铰下；又伸手向被内将贴身穿着的一件旧红绫袄脱下，并指甲都与宝玉道：“这个你收了，以后就如见我一般。快把你的袄儿脱下来我穿。我将来在棺材内独自躺着，也就象还在怡红院的一样了。论理不该如此，只是担了虚名，我可也是无可如何了。”宝玉听说，忙宽衣换上，藏了指甲。晴雯又哭道：“回去他们看见了要问，不必撒谎，就说是我的。既担了虚名，越性如此，也不过这样了。”（**此段引文自“晴雯拭泪”至此175字，程本改写作：把那手用力拳回，搁在口边狠命一咬，只听“咯吱”一声，把两根葱管一般的指甲齐根咬下，拉了宝玉的手，将指甲搁在他手里。又回手扎挣着，连揪带脱，在被窝内将贴身穿着的一件旧红绫小袄儿脱下，递给宝玉。不想虚弱透了的人，那里禁得这么抖搂，早喘成一处了。宝玉见他这般，已经会意，连忙解开外衣，将自己的袄儿褪下来，盖在他身上。却把这件穿上，不及扣钮子，只用外头衣裳掩**

了。刚系腰时,只见晴雯睁眼道:“你扶起我来坐坐。”宝玉只得扶他。那里扶得起?好容易欠起半身,晴雯伸手把宝玉的袄儿往自己身上拉。宝玉连忙给他披上,拖着膊,伸上袖子,轻轻放倒,然后将他的指甲装在荷包里。晴雯哭道:“你去罢!这里腌脏,你那里受得?你的身子要紧。今日这一来,我就死了,也不枉担了虚名!”)

程本将宝玉眼见晴雯喝茶时的“急切”和“满足”而引起的今昔对比、深有感触,做了简化处理。事实上,这一处心理描写,笔触深入宝玉思想感情的深处,由身边人遭受严重的生活打击,而不得不加以“接受”和“适应”而表现出来的恓惶无助,无疑深深刺痛了宝玉的神经,客观上增强了宝玉对人世间残酷现实的感知。富贵公子因晴雯前后生活待遇的巨大反差而来的亲身观照和切肤之痛,实际上也为他自己后来家败落难时不得不忍受生活条件断崖式的降落,饱尝“寒冬噎酸虀,雪夜围破毡”的贫困酸辛,构成一大心理基础:将之删掉,诚然可惜。继后,程本不但将晴雯猛然“剪掉指甲”的用意删掉,使得晴雯的这个断然中饱含深情的动作显得无由无因;且又将晴雯的哭诉拦腰斩断,并改写了这句话后面的一大段描述内容,譬如将原文中的“晴雯拭泪,就伸手取了剪刀,将左手上两根葱管一般的指甲齐根铰下”,改写成“晴雯拭泪,把那手用力拳回,搁在口边,狠命一咬,只听‘咯吱’一声,把两根葱管一般的指甲齐根咬下”这类看似生猛刚劲却极不合生活情理常识的动作;还将二人“互换小袄”过程中,那有着一连串语言、动作、神态等方面的深情悲怆描写,几乎完全变成了纯粹的动作比划。改文不但笔墨拖沓琐碎,人物的举止还如拙劣的哑剧表演,显得生硬突兀浅表,哪还有原文半分的行文流畅、描写精准和表达上特有的神韵体现哟!

二

再说晴雯落难,寄身姑舅哥哥“吴贵”家的情况吧。多浑虫及老婆多姑娘,在前21回第一次出场,展示的是男人醉酒在炕,女人趁机与贾琏缠绵交合的丑态。因此,庚辰本、戚序本、列藏本等脂本在本回补叙晴雯姑舅哥嫂的基本情况时,就有了“若问他夫妻姓甚名谁,便是上回贾琏所接见的多浑虫、灯姑娘儿的便是了”这么一句对前文的照应,以引起读者的回想。在程高本第77回中,这一段的人物情节均做了改动。其文字如下:

却说这晴雯当日系赖大买的。还有个姑舅哥哥,叫做吴贵,人都叫他贵儿。那时晴雯才得十岁,时常赖嬷嬷带进来,贾母见了喜欢,故此赖嬷嬷就孝敬了贾母。过了几年,赖大又给他姑舅哥哥娶了一房媳妇。谁知贵儿一味胆小老实,那媳妇却倒伶俐,又兼有几分姿色,看着贵儿无能为,便每日家

> 打扮的妖妖调调，两只眼儿水汪汪的。招惹的赖大家人如蝇逐臭，渐渐做出些风流勾当来。那时晴雯已在宝玉屋里，他便央及了晴雯转求凤姐，合赖大家的要过来。目今两口儿就在园子后角门外居住，伺候园中买办杂差。

改文不但没有了贾母当初见晴雯"生得伶俐标致，十分喜爱"的追述；也没有了赖家的见晴雯"虽到贾母跟前，千伶百俐，嘴尖性大，却倒还不忘旧，故又将他姑舅哥哥收买进来，把家里一个女孩子配了他"的这一类表面看是赖家的"爱屋及乌"，实际上是换了一个角度来点赞晴雯个性品质的描写。此外，还将脂本中的"多浑虫夫妇"变成了与之风马牛不相及的"吴贵和吴贵媳妇"；并且将这一对夫妇奇葩关系所反映的人性幽微之处进行了填埋覆盖性质的"表面化处理"，实际上是将曹雪芹笔下对这一类奇葩人物身上的扭曲人性所作的"惊世骇俗""入木三分"的披露，用俗笔一把抹去了。那么，第 77 回程高本为什么要将"多浑虫夫妇"改成"吴贵夫妇"呢？这关系到前面第 21 回、第 44 回、第 64 回有关情节的"变与不变"。

先说在庚辰本第 21 回，首次出现了被称之为"多浑虫夫妇"的人物。此处提到的这一对夫妻在现实生活中的奇葩表现，虽没有第 77 回再次介绍他们生活情况时对"人性"解析得那么深入，语气那么调侃诙谐，但二人的秉性作为，前后还是保持高度一致的。"灯姑娘"的称呼，也不过是"多姑娘"的另一诨名而已。上述这段文字，程高本除个别字句有所改动外，基本情节与脂本相同。

第 44 回叙述贾琏趁凤姐过生日的空档私通鲍二家的，被凤姐发觉，当天鲍二媳妇就自己吊死了。这一段，程高本的基本情节，与脂本是相同的。

第 64 回，叙述贾琏偷娶尤二姐，鲍二夫妇被贾珍派去服侍。这一回庚辰本缺，系用蒙府本抄配。原文如下：

> 不过几日，早将诸事办妥。已于宁荣街后二里远近小花枝巷内买定一所房子，共二十余间。又买了两个小丫鬟。贾珍又给了一房家人，名叫鲍二，夫妻两口，以备二姐过来时服侍。那鲍二两口子听见这个巧宗儿，如何不来呢？

这里只说"鲍二两口子"，至于其中媳妇是谁，并没有交代。但在梦稿本、程高本的第 64 回中，"鲍二媳妇"就摇身一变而成了"多姑娘"：

> 不过几日，早将诸事办妥，已于宁荣街后二里远近小花枝巷内买定一所房子，共二十余间，又买了两个小丫鬟。只是府里家人不敢擅动，外头买人又怕不知心腹，走漏了风声。忽然想起家人鲍二来，当初因和他女人偷情，被凤姐儿打闹了一阵，含羞吊死了，贾琏给了一百银子，叫他另娶一个。那鲍二向来却就合厨子多浑虫的媳妇多姑娘有一手儿，后来多浑虫酒痨死了，

这多姑娘儿见鲍二手里从容了,便嫁了鲍二。况且这多姑娘儿原也和贾琏好的,此时都搬出外头住着。贾琏一时想起来,便叫了他两口儿到新房子里来,预备二姐儿过来时服侍。那鲍二两口子听见这个巧宗儿,如何不来呢。

在这里,改写者不惜笔墨,比较清楚地交代多浑虫"酒痨死了",其妻因与鲍二有旧,便改嫁给了鲍二。人死焉能复生?到了第77回,程高本就不得不将原脂本中晴雯的姑舅哥哥——多浑虫两口子,改成吴贵夫妇:因前而改后,这就导致了相关人物关系的整个改变了。

三

无独有偶,梦稿本、程高本在第77回,还在宝玉前去探望晴雯即将告别之际,插入了一段"画蛇添足"的描写,将脂本原文写淫荡成性的多姑娘,在窗外偷听多时,此刻忽然闯进来,一番搅扰之后又自行告退,并申明"如今我反后悔错怪了你们:既然如此,你但放心,以后你只管来,我也不罗唣你"的难能可贵的表现,改写成了吴贵媳妇下流无耻,闯进来对宝玉一味的死皮赖脸纠缠寻欢,以致晴雯气得当场昏晕过去了的庸俗笔墨。改笔至此,又怎样了结这场羞辱尴尬呢?程高本(包括梦稿本)又不得不为此增写了520余字的一大段节外生枝、啰里啰唆的内容:

正闹着,只听窗外有人问:"这晴雯姐姐在这里住呢不是?"那媳妇子也吓了一跳,连忙放了宝玉。这宝玉已经吓怔了,听不出声音。外边晴雯听见他嫂子缠磨宝玉,又急又臊又气,一阵虚火上攻,早昏晕过去。那媳妇连忙答应着,出来看,不是别人,却是柳五儿和他母亲两个,抱着一个包袱。柳家的拿着几吊钱,悄悄的问那媳妇道:"这是里头袭姑娘叫拿出来给你们姑娘的。他在那屋里呢?"那媳妇儿笑道:"就是这个屋子,那里还有屋子?"

那柳家的领着五儿刚进门来,只见一个人影儿往屋里一闪。柳家的素知这媳妇子不妥,只打量是他的私人。看见晴雯睡着了,连忙放下,带着五儿便往外走。谁知五儿眼尖,早已见是宝玉,便问他母亲道:"头里不是袭人姐姐那里悄悄儿的找宝二爷呢吗?"柳家的道:"嗳哟,可是忘了。方才老宋妈说:'见宝二爷出角门来了。门上还有人等着,要关园门呢。'"因回头问那媳妇儿。那媳妇儿自己心虚,便道:"宝二爷那里肯到我们这屋里来?"柳家的听说,便要走。这宝玉一则怕关了门,二则怕那媳妇子进来又缠,也顾不得什么了,连忙掀了帘子出来道:"柳嫂子,你等等我,一路儿走。"柳家的听了,倒唬了一大跳,说:"我的爷,你怎么跑了这里来了?"那宝玉也不答言,一直飞走。那五儿道:"妈妈,你快叫住宝二爷不用忙,留神冒冒失失,被人碰见倒不好。况且才出来时，袭人姐姐已经打发人留了门了。”说着，赶忙同他妈来赶宝玉。这里晴雯的嫂子干瞅着，把个妙人儿走了。

庚辰本等脂本中，作者以多姑娘的后悔并转而同情宝玉晴雯的态度，进一步彰显了宝晴之间的纯洁关系，并同时发掘出来了多姑娘这类“动物性极强的女人”身上，那尚未被放纵恣睢生活完全消磨一尽的温暖善良人性“闪光的一刹那”。而改本中，吴贵媳妇缠磨宝玉之际，又写柳妈和五儿母子受袭人派遣，前来送包袱和钱给晴雯，宝玉才因此摆脱了浪荡女人的死死纠缠。再看，原脂本写宝玉和晴雯的依依惜别深情，恸断人肠；特别是晴雯用被蒙头不理宝玉，以促其尽早离开这是非之地、伤心之境的动作“特写”，倍显晴雯即便到死也在为宝玉痴心着想的情真意切。而改本的结尾，竟是晴雯昏死过去，宝玉在吴贵媳妇的纠缠之下狼狈逃离，说起来真是大煞风景！续书第102回还继续污化吴贵媳妇，说她自晴雯死后不敢出门，后因吃错药而亡，又被讹为妖精所害，搅扰得贾府上下惊扰不安。看来这类庸俗的、平淡的、表面化的描写，所表现出来的“好人尽好，坏人尽坏”的创作倾向，尚未得到这类人的警觉呢。

四

无可讳言，与对曹雪芹原作改动较少的庚辰、蒙府、戚序、俄藏等脂本比较，梦稿、程高本对脂本文字过多的增删改，是极不可取的。它带给曹雪芹小说的只能是伤害，只能是自身不高的思想境界、艺术趣味、写作水平、表达能力的相形见绌。

通过《红楼梦》的人物描写，不难看出：对大千世界中以千姿百态生活着的形形色色的人们身上所表现出来的“共性和个性”“常态与变异”“真假善和恶美丑”“是非清浊与表里敌我”等复杂而又辩证的关系，曹雪芹都有着不同流俗的观察感受与出色本真的艺术表达。他笔下的绝大部分人物的塑造，已经跳出了“概念化”“单向化”“模式化”“绝对化”陷阱，跃上了“个性化”“生活化”“情境化”“人本化”的艺术平台。曹雪芹通过卓越的艺术描写，表现“人”在理想生活状态下应有的道德风貌、人格魅力、嘉言懿行，从而有效提升“人”的地位与价值的同时，也深刻揭示出了复杂社会现实中“人”的矛盾、困惑、痛苦、挣扎等生活原生态，及“人”多有的本来面目。

反观程高等人，很显然，不甚谙人性的复杂幽微，只会用固化、僵直、单一、纯粹的眼光去打量和评判世间的芸芸众生。他们所作的增删改之中，明显表现出了一种简单化、极端化的思想倾向。具体表现在：单纯以道德评判来捆绑对人物的艺术描写，只知道将人分为好人、坏人两类，信奉“人好好上天，人坏坏到底”，无视人性的隐显好坏常变之间,实际上也存在着大量模糊、流变、交汇地带,从而有意无意之间抹杀了人性本有的斑驳色彩、厚重底蕴和复杂状态,造成人物的整体形象有失立体丰满、思想性格趋向单一的不良后果。譬如,容不得尤三姐曾有的“淫奔”经历,不惜多处篡改原文,千方百计要将这个美丽的、刚烈的、令人同情痛惜的女孩,改写成从来就是“冰清玉洁”一路的人物。在他们看来,一个令人钦佩的、个性闪光的女子,身上无论如何是不能有任何“劣迹”的,“金无足赤”“瑕不掩瑜”一类的道理,他们是懂不进去的。反之,对多姑娘这一类堪称“淫荡”的人物,又容不得她们身上有任何(哪怕是一时的有限的)一点善念或义举。仿佛这类人,就应该是天生的“坏”,而且只能是永远地“坏”下去,任何“人性的闪光”都是匪夷所思的;任何半道悔过,痛改前非的表现,都是不能接受的。由此可见,程本对书中的人物,特别是对生活在社会底层女性人物的性格改变,是沿着两个不同的方向进行的:一是“漂白”,以尤三姐为代表,人为去除其身上的污秽,将她从人世间的污泥浊水中打捞上岸,不惜作一番文字上的清理,让原来的可疑可叹之处尽力删除,并增补相应文字加以粉饰圆美;二是“染黑”,以对多姑娘的抹黑到底,最为典型。

实际上,曹雪芹笔下的多姑娘,是红楼里的异类,是“美而淫”的化身。以传统的眼光来看,她绝对不是个好女人。多姑娘是如何变成了现在这个样子的,是源于生性放荡,还是对无能无耻丈夫的失望透顶,抑或是精神空虚需要时时寻求刺激补偿?无人知晓。反正,她的路数众人心知肚明:只要有钱,漂亮的多姑娘,就是你的多姑娘。再说,多姑娘虽没别的好处,人却是清醒的:人从花间过,片叶不沾身;她只出卖色相,只要身体的放纵娱乐,其余的无暇也无心去过问。这一点,可比鲍二家的洒脱和聪明多了。不是么,鲍二家的自以为是根葱,一边和贾琏偷情,一边置喙别人的家事,特别是还要“勇闯”别人家夫妻妾之间关系的禁区,为此说三道四,打抱不平,无异于找死!但我们的多姑娘,却完全没那个的兴趣,或许是她心如明镜:彼此只是“性伙伴”而已,不能违反了“游戏规则”。因此,与外面的诸多男人鬼混,她并不为此感觉有何不妥,甚至就压根儿没有想过要改变什么:大家不过取乐,自己何尝不是如此?她真正看穿了,因而也就无所谓了。心理上没有了什么指望乃至奢求,身体不过就是一皮囊而已。

不用说,美貌而淫滥的多姑娘属于“今朝有酒今朝醉”的女人,就跟她家里的“死男人”多浑虫有吃有喝就万事抛开一样。但她的遭遇和命运,是令人唏嘘的。想当年,她或许也曾跟当初的尤氏姐妹一样是一个又美丽又聪慧的女儿,长大了才逐渐掉进了社会的“染缸”,修炼成了贾府内外不少男人喜赴巫山的“大众女神”……多姑娘“得过且过”“游戏人生”的态度,恰恰说明了她的生活过得有多么糟糕。她凭自己的亲身经验，早已认定府内外男人皆如贾琏之流。但这一遭，遇上了追求一种精神之爱的宝玉和晴雯，为其平生见所未见，闻所未闻，这才知道自己是彻彻底底的错了：人见人爱的贾宝玉，和贾琏们拈花惹草、偷鸡摸狗、放纵情欲的一贯行为，是有着天壤之别的。这一次的隔壁偷听，也算是给她长了见识，知道了人世间的男人并非全都是些"身体需要才是需要"的淫滥之辈；也就是在这个时候，放荡成性的多姑娘表现出了"性"的克制收敛，表现出了人性中真善美的一面，那令人叹赏的一面。不得不说，多姑娘正经起来时，是很明白事理的。她懂得"闻名不如见面""风传的事儿当不得真"，在同情心迸发之下，她一边说，一边走，有意给这对"生死之交"留下依依惜别的时间……你瞧，这样一个看似无德无行无耻的女人，却将宝玉和晴雯的关系看得如此真真切切。要说这眼光，可比饱食终日、见事不明的王夫人厉害多了。

五

程高等版本的改文，还表现出了一种不好的审美倾向：动辄搞私情"曝光"，容不得脂本原作中有关两性关系之间的任何依稀朦胧、似有似无的描写。凡是有所涉及，都要刻意强化，哪怕是无中生有，也要照改不误。譬如凤姐和贾蓉的暧昧，宝玉跟香菱偶尔的朦胧，都被他们特别提点出来，加以渲染，加以放大，加以坐实，表现出一种挥之不去的低俗趣味。此外，还存在把原著中为表现某一类女性人物情绪失控，尤其是气急败坏之时所使用的少量粗俗字眼删除殆尽的倾向。这种所谓的语言"提纯"，是不合艺术表现的根本逻辑的。鉴于"红楼探照之一一〇"篇对此有深入解析，此处不赘。

第七十八回　老学士闲征姽婳词　痴公子杜撰芙蓉诔

内容提要：王夫人向贾母回明打发晴雯、芳官等事，并对袭人大加褒扬。宝玉回来，说这次出去会客作诗不但没丢丑，还得了许多东西。继后又被父亲招呼前去，与贾环、贾兰一道现场写诗，追念林四娘事迹。闻听晴雯已死，宝玉悲痛不已，作《芙蓉女儿诔》以祭，抒发一腔愤懑。

●王夫人竭力挽留宝钗园内常住，微露其内心关注的重点隐然由雷厉风行、"大功告成"的"清君侧"，逐渐向儿子的"择偶"一事上转移了。

●宝钗执意告辞回家，不单因园内避嫌，更是作者为她将来李代桃僵、说亲出阁预留地步。

●宝钗借王夫人尽力挽留的好意，不但讲了一番自己必须要搬出园去的道理，还干脆把话挑明，向亲姑转达了自己关于治家"减省"人员及其费用的意见和

建议:

> “如今彼此都大了,也彼此皆有事(**此句6字程本全删**)。况姨娘这边历年皆遇不遂心的事故(**前3字程本作“之事”**),(**此处程本加“所以”**)那园子也太大(**前3字程本作“里”**),(**此处程本加“倘有”**)一时照顾不到(**此处程本加“的”**),皆有关系,惟有少几个人,就可以少操些心(**此处程本加“了”**)。所以今日不但我执(**此字程本作“决”**)意辞去,之(**此字程本作“此”**)外还要劝姨娘如今该减(**此字程本作“减省”**)些(**此字程本删**)的就减(**此字程本作“减省”**)些,也不为失了大家的体统。据我看,园里这一项费用也竟可以免的,说不得当日的话。姨娘深知我家的,难道我们(**此字程本作“家”**)当日也是这样冷(**此字程本作“零”**)落不成?”凤姐听了这篇话,便向王夫人笑道:“这话竟是,不必强了(**前8字程本作“这话依我竟不必强他”**)”王夫人点头道:“我也无可回答,只好随你便罢了。”

由辩白转为建言,光明磊落,实事求是,诚恳真切。听宝钗的一番劝解,你觉得世界上还多这样深谋远虑、实话实说、心胸坦荡、进退有据的姑娘吗?还多这样的自己要远祸避嫌,也要姨娘趁早抽身退步的聪明姑娘吗?

●迎春的婚事,借“迎春妆扮了前来告辞过去”一句,提点带出;薛蟠的婚事,也借宝钗搬出园去的理由申述,顺便带出:看似无意牵连,恰是作者构撰匠心。

●宝玉外出参加聚会,回家带来不少物品,并一一点明系梅翰林、杨侍郎、李员外所赠。继而又写宝玉从怀中取出一个旃檀香小护身佛来,说:“这是庆国公单给我的。”宝玉口中这一类人物的出现,有实写,有虚陪,应属“特笔”,十有八九应是为后文可能出现的“庆国公”等人与贾府牵连的有关故事情节,预做铺垫。

●晴雯夭亡之后,身为家主的王夫人只给了烧埋银10两,意味着俏丫头晴雯死后,连惯例20两丧葬银的最低补贴标准都未得到。更有甚者,王夫人还将死者污蔑到底,以莫须有的“女儿痨”为借口,下令以最快的速度将遗体火化。这无异于挫骨扬灰,以此实现了对她一向厌憎之人要彻底地、干净地作“肉体消灭”的目的:一个吃斋礼佛之人如此行事,心肠何其狠毒也!

●尽管宝玉宁愿相信惨死的晴雯受上天所招去做了芙蓉花神,“虽然超出苦海,从此不能相见,也免不得伤感思念”,于是准备“去灵前一拜,也算尽这五六年的情常”。去了晴雯哥嫂家,只见大门紧锁;回至园内,又几处扑空:一种悲戚、孤独、失落、无聊之感,压上了他的心头:

> (在晴雯哥嫂家紧锁的门前)宝玉自立(**前2字程本作“站”**)了半天,别无法儿(**前4字程本作“并无别法”**),只得复身进入园中。待(**此字程本作“及”**)回至房中,甚觉无味,因乃(**此字程本删**)顺路来找黛玉。偏黛玉(**前**

3字程本删）不在房中，问其何往，丫鬟们回说："往宝姑娘那里去了。"宝玉又至蘅芜苑中，只见寂静无人，房内搬的（**此字程乙本作"出"**）空空落落的（**此字程本删**），不觉吃一大惊。忽见个老婆子走来，宝玉忙问这是什么原故。老婆子道："宝姑娘出去了。这里交我们看着，还没有搬清楚。我们帮着送了些东西去，这也就完了。你老人家请出去罢，让我们扫扫灰尘也好，从此你老人家省跑这一处的腿子了。"（**前面"忽见"至此92字程本作"才想起前日彷佛听见宝钗要搬出去，只因这两日工课忙就混忘了，这时看见如此，才知道果然搬出。"**）

宝玉听了（**前4字程本删**），怔了半天，因（**此字程本作"转念一想"；之后至"也无济于事"处188字程本全删**）看着那院中的香藤异蔓，仍是翠翠青青，忽比昨日好似改作凄凉了一般，更又添了伤感。默默出来，又见门外的一条翠樾埭上也半日无人来往，不似当日各处房中丫鬟不约而来者络绎不绝。又俯身看那埭下之水，仍是溶溶脉脉的流将过去。心下因想："天地间竟有这样无情的事！"悲感一番，忽又想到去了司棋、入画、芳官等五个；死了晴雯；今又去了宝钗等一处；迎春虽尚未去，然连日也不见回来，且接连有媒人来求亲：大约园中之人不久都要散的了。纵生烦恼，也无济于事。不如还是找黛玉去相伴一日，回来还是和袭人厮混（**前两句21字程本作"不如还是和袭人厮混，再与黛玉相伴"**），只这两三个人，只怕还是同死同归的（**此字程本删**）。想毕，仍往潇湘馆来，偏黛玉尚（**此字程本作"还"**）未回来。宝玉想亦当出去候送才是，无奈不忍悲感，还是不去的是，遂又垂头丧气的回来（**前句"宝玉想亦"至此32字程本全删**）。

一段情景交融的心理描写，衬托出宝玉因遭受生活中的连串打击而生的悲观失望、无可奈何、伤感沮丧。发生在自己身边人事的种种变故，使他强烈地预感到"大约园中之人，不久都要散的了"，不再坚持一直以来他聊以自慰的"由姊妹们陪着"的人生梦想，仅存"还是找黛玉去相伴一日，回来还是和袭人厮混，只这两三个人，只怕还是同死同归的"这一类已然缩水收窄了的一点可怜的心理慰藉了。眼下的宝玉，初尝痛彻骨髓的人生失意，他根本预想不到后来事态的发展，阴差阳错，事与愿违，连他目前这一点点人生理想也会因黛玉的夭亡，袭人的出嫁，以及贾府的彻底败落而灰飞烟灭呢！遗憾的是，这么一段生动描写中恰切反映了主人公对人生悲凉况味有所感悟和参透的重要心迹，却被甲辰、梦稿、程高本删除，只剩下寥寥数语了。

●据初步统计，本回程高一系版本对脂本大段删去的文字即有1200字以上。程高本对脂本前八十回的删改，各回都有；情形也不一样，有的多些，有的少些。即如本回就跟第 1 回、第 75 回、第 77 回等章回一样,大段大段被删改的现象,算比较严重的了。至于数句乃至一词一字的修改,更是大量的、经常的、普遍的;也是不经过一番细致的阅读比对就很难察觉的。某种意义上说,这比大段大段的删改更为严重地改变了原著的思想、艺术、风格面貌,虽未伤筋动骨,但留下了暗疾处处,对原著造成的损害更大更深,更难以估量。因为曹雪芹笔下的一字一词一句,往往寄寓着丰富复杂的内涵,无可替代,无可更改;往往就是一字之差,神情顿改,韵味全失。而改本与原著在思想、艺术、语言等方面的优劣高下和庸常绝妙,常常就在这些地方体现出来。不然,“都云作者痴,谁解此中味”的期待,有谁能懂得?“字字看来皆是血,十年辛苦不寻常”的感叹,又有谁会理解?

●奉父命所作的三首诗中,贾兰、贾环的诗平淡无奇,算大众水平,实为宝玉诗的陪衬,因此评无可评。倒是众幕宾随喜称赞贾兰、贾环的话中,不经意提到的一个“十三岁”、一个“大不多两岁”的年龄标识,值得特别注意。因为这是前八十回小说正文里,曹雪芹为我们留下的全书有关人物最后到达的,且唯一可考的年龄阶段标识。如果以此为据,对照推算的话:既然此时贾兰 13 岁、贾环 15 岁,那么宝玉就应该是 17—18 岁了;又据宝玉的年龄推算,那么“大两岁”的袭人和宝钗就应该是 19—20 岁,“小一岁”的黛玉就应该是 16—17 岁了;第 4 回交代当时的贾兰“方五岁”,那就意味着第 4 至 78 回,时间已经过去八九年了;再据宝玉当下的年龄推算,第 25 回至本回的故事演变,已经过去四五年了。

●宝玉作诗过程中,贾政及众幕宾那似本真、似做作、似夸张的态度口气,无不显示出各自的身份才情;也依稀可见第 17 回“大观园试才题对额”时的类似场景。其间插入的不少关于歌行体创作的议论,譬如说“这个题目似不称近体,须得古体,或歌或行,长篇一首,方能恳切”“我说他立意不同:每一题到手,必先度其体格宜与不宜,这便是老手妙法,就如裁衣一般,未下剪时,须度其身量。这题目名曰《姽婳词》,且既有了序,此必是长篇歌行方合体的。或拟白乐天《长恨歌》,或拟咏古词,半叙半咏,流利飘逸,始能尽妙”;譬如说作诗起头要“古”,“第三句便古朴老健,极妙;这四句平叙出,也最得体”,接着要“看转的如何”;譬如又说“长歌也须得要些词藻点缀点缀,不然便觉萧索”“布置,叙事,词藻,无不尽美。且看如何至四娘,必另有妙转奇句”;“铺叙得委婉”“太多了,底下只怕累赘”等等:均可视作曹雪芹自己写诗的经验之谈。

●须加留意的脂批:

※【戚序回前批:文有宾主不可误。此文以《芙蓉诔》为主,以《姽婳词》为宾;以宝玉古歌为主,以贾环、贾兰诗绝为宾。文有宾中宾不可误。以清

客作序为宾，以宝玉出游作诗为宾中宾。由虚入实，可歌可咏。】

※【戚序回末总评：前文入一院，必叙一番养竹种花，为诸婆争利渲染。此文入一院，必叙一番树枯香老，为亲眷凋零凄楚。字字实境，字字奇情，令我把玩不释。】

又：【《姽婳词》一段，与前后文似断似连，如罗浮二山，烟雨为连合，时有精气来往。】

●红楼探照之一七六：

难得的一次超常发挥
——"谎精"王夫人的心机和口才

平时看上去心性迟缓、话语不多、精神疲倦的王夫人，也偶尔有心眼灵活、应对自如的时候。你看第78回写她，瞧着"贾母喜欢"，"趁便"将逐撵晴雯、芳官等女孩之事向婆母回明之际，居然把准了对方的心理路数，以一席入情入理的谎言、无根无由的污蔑，竟然将精明的老太太忽悠得云里雾里，糊里糊涂，得过且过，不再追究。说起来，王夫人真是厉害！因为她知道，对芳官等人的对待处理，婆母并不上心；唯独对当初经其亲自考察试用极度满意之后才有意放到宝贝孙子跟前作"备选姨娘"的俏丫头晴雯，才是婆母心上翻不过去的坎呢。不信，眼下你听：

"……但晴雯那丫头，我看他甚好，怎么就这样起来？我的意思这些丫头的模样爽利（**前句"怎么"至此20字程本全删**）言谈针线多（**此字程本作"都"**）不及他，将来只他（**前2字程本删**）还可以给宝玉使唤得。谁知变了。"

可见在阅人无数的"百事通"贾母心目中，对晴雯的印象和评价都是很好的，是超过包括袭人在内的所有"这些丫头"们的。听说自己挑中的人"变了"，她不得不表示深度的怀疑和不解。对此，王夫人对答如下：

王夫人笑道："老太太挑中的人原不错。只怕（**此字程本作"是"**）他命里没造化，所以得了这个病。俗语又说：'女大十八变。'况且有本事的人，未免就有些调歪。老太太还有什么不曾经验（**此字程本作"历"**）过的。三年前我也就留心这件事。先只取中了他，我便（**此字程本删**）留心。冷眼（**前2字程本删**）看（**此字程乙本作"看了"**）去，他色色虽（**此字程本删**）比人强，只是不大沉重。若说沉重（**前4字程本删**）知大礼（**此字程本作"体"**），莫若袭人第一。虽说贤妻美妾，然（**此字程本删**）也要性情和顺举止沉重的更好些。就是（**前2字程本删**）袭人（**此处程本加"的"**）模样虽比晴雯略（**此字程本删**）次一等,然放在房里,也算得一二等的了(**此字程本删**)。况且行事大方,心地老实,这几年来(**此字程本删**),从未逢迎着(**前3字程本作“同着”**)宝玉淘气。凡宝玉十分胡闹的事,他只有死劝的。因此品择了二年,一点不错了,我就(**此字程本删**)悄悄的把他丫头的月分(**此字程本删**)钱止住,我的月分银子里批出二两银子来给他。不过使他自己知道越发小心学(**此字程本作“效”**)好之意。且不(**此字程本作“没有”**)明说者(**此字程本删**),一则宝玉年纪尚小,老爷知道了又恐说耽误了书;二则宝玉再自为已是(**前5字程本作“自以为自己”**)跟前的人不敢劝他说他,反倒纵性起来。所以直到今日才回明老太太。”

针对贾母因晴雯被驱逐而所持的异议,王夫人不急不躁,而是胸有成竹、云淡风轻地“笑着”予以开导解释,并加欺骗忽悠。你看她,以退为进,首先肯定“老太太挑中的人原不错”,以此满足一下老年人的虚荣心;然后对晴雯“命里没造化,所以得了这个病”为借口,惺惺作态,表示惋惜。“一年之间,病不离身”,本来就是王夫人为驱逐晴雯编造的弥天大谎;这里她老是强调她为晴雯捏造的这“莫须有”的“病”,可见这个借口带来的杀伤力!接着,她又再次强调“女大十八变”的“变”字,并搬出了跟稍早前运用过的“唱戏的女孩子,自然是狐狸精了”“你连你干娘都欺倒了,岂止别人”一类的混账逻辑,认为“有本事的人,未免就有些调歪”。此外,还不惜继续随口编造“三年前”她就在留心考察晴雯的“神话”(其实这之前,她连晴雯究竟是谁,都还认不出来!),一并抛出了自己历经两三年时间“留心”考察和慎重物色的结论,以“他色色虽比人强,只是不大沉重”的评语,对“先只取中了”的晴雯,做了事实上的“一票否决”。针对婆母视晴雯为无可替代的“将来只他,还可以给宝玉使唤得”的观点,王夫人立即将自己早已“品择”好了的“候补姨娘”花袭人——一下子推了出来,不但跟晴雯进行了一番优劣长短的比较,而且还将自己“先斩后奏”“生米煮成熟饭”性质的名分待遇安排,趁势表明。这在事实上,将婆母逼到了辩无可辩,只能听之任之的墙角。且看贾母的反应:

贾母听了,笑道:“原来这样,如此更好了。袭人本来从小儿不言不语,我只说他(**此字程本删**)是没嘴的葫芦。既是你深知,岂有大错误的。而且你这不明说与宝玉的主意更好。且大家别提这事,只是心里知道罢了。我深知宝玉将来也是个不听妻妾劝的。我也解不过来,也从未见过这样的孩子。别的淘气都是应该的,只他这种和丫头们好却是难懂。我为此也耽心,每每的冷眼查看他:只和丫头们闹,必是人大心大,知道男女的事了,所以爱亲近他们。既细细查试,究竟不是为此。岂不奇怪。想必原是个丫头错投了胎不成。”说着，大家笑了(**前句“而且”至此158字程本全删**)。王夫人又回今日贾政如何夸奖，又(**此字程本删**)如何带他们逛去。贾母听了，更加喜悦。

贾母毕竟老了！也不想固执己见，多找麻烦了！面对王夫人的一套解释开导加分析的循循善诱，以及貌似缜密理智的对待处理，她除了睁只眼闭只眼，顺其自然，颐养天年，还能还愿还敢旗帜鲜明，据理力争，甚至勃然大怒，怪话连篇，去驳儿媳的面子，将害了传染病“女儿痨”的晴雯接回府里，来给自己和儿媳添堵吗？得过且过、可乐则乐这类老年人的心态，别人有的，贾母凭什么就不能有呢？不过，贾母的一句“既是你深知，岂有大错误的”，语气的细微之处，还是多少表现出了贾母对王夫人舍弃晴雯、取中袭人的言行，未必完全认同的“有所保留”态度。

接下来，她们的话题说到宝玉。“我深知宝玉将来也是个不听妻妾劝的”：这无疑是出于贾母对爱孙“凡事认准，便不回头”性格的了解；更是作者借此为宝玉最终结局而暗渡陈仓，进行的舆论导向了。要注意的是，积六七十年大家族生活经验于一身的贾母，最能理解儿孙辈贾赦、贾琏等人在女色嗜好上的“滥淫”，却为宝玉“这种和丫头们好”但经“细细查试”，又不是因“人大心大，知道男女的事了”的现象深感奇怪，坦承：“我也解不过来，也从未见过这样的孩子。”并以一句“想必原是个丫头错投了胎不成？”的玩笑话，来解释贾宝玉的性情。在笔者看来，这其实是作者借贾母一直以来的细心观察，从一个老人家的角度描述宝玉跟女孩子们日常相处中的感情和睦友好乃至于亲密的“闹”，并不是为了肉欲情色的追逐。这一点，对我们理解贾宝玉的性格，是很有帮助的。

总之，第78回这段文字紧接在晴雯被逐之后。从贾母的角度来说，是为了表现她对宝玉的回护和疼爱；从读者的角度看，却感到其中有为晴雯辩解之意。可惜这样一段重要内容，在甲辰、梦稿、程高等版本中，被统统删却了！

●红楼探照之一七七：

真相之“惨”与想象之“美”
——关于怡红院姑娘晴雯的“死亡”

第78回宝玉进园回房途中，对前来接引的麝月秋纹提到晴雯时“叹着”“笑着”说的一类淡而无味的话，只装听不见；继而支开了她们，带了两个小丫头到一石后，连发四问，袒露关怀，直抵内心：一问“自我去了，你袭人姐姐打发人瞧晴雯姐姐去了不曾”，显见得对袭人的为人，特别是她身边那班人对晴雯惨遭不幸的态度有了疑问;当听说“打发宋妈妈瞧去了”之后,二问“回来说什么”,显见得他是多么地急于知道晴雯的近况;当听说“回来说晴雯姐姐直着脖子叫了一夜,今日早起就闭了眼,住了口,世事不知,也出不得一声儿,只有倒气的分儿了”的时候,忙发第三问“一夜叫的是谁”,表明痴情公子内心的急切期待;当小丫头子回答“一夜叫的是娘”之时,宝玉拭泪又再问“还叫谁”,仍然有所期待;当听到小丫头子回答“没有听见叫别人了”的时候,只得说“你糊涂,想必没有听真”,可见宝玉的沮丧失望失落之极!

正当宝玉情绪黯然之际,旁边那个小丫头最伶俐,听宝玉如此说,便上来随着宝玉的心愿,编造了一套“善意的谎言”,居然平伏了宝玉落寞的情绪,冲淡了晴雯不幸夭亡给他所带来的巨大悲催,一定程度上减轻了宝玉因“临终未见一面”而感到的深深遗恨。由此,也反衬出与晴雯多年朝夕相处的袭人、麝月、秋纹等人,对晴雯惨死的无动于衷或缺情少意。

紧接第44回对比描写过惨遭凤姐掌掴的两个小丫头之后(见“红楼探照之一〇三”),此处联袂出现在宝玉面前的两个无名小丫头,尽管是“惊鸿一现”,出场表现只此一遭,但仍然形神毕具,令人过目难忘。先说话的小丫头,老实巴交,缺少心眼,问啥说啥,实话实答,将晴雯临死时孤凄、悲伤、惶惑、痛苦的惨相,原原本本,和盘托出,却又相当程度上无视了问话人宝玉的心理感受,令多情公子在了解了晴雯临死前的惨状之后,又深感她竟然没有想到呼叫自己名字的遗憾和失望,因此还怨小丫头“你糊涂,想必没有听真”。相比之下,倒是“旁边那一个小丫头最伶俐”,反应机敏灵活,善于察言观色,充分揣测并顾及到了问话人隐秘的心理需求,口舌便利,见景生情,随风而舞,一番讨好言辞,虚虚实实,琐琐碎碎,娓娓道来,将宝玉最为关心在意的晴雯临死的情况做了很好的描述补充。其间,小丫头善于进入角色,把自身摆进去,俨然是以自己的亲身经历见闻,将不幸姐姐离世之际的痛苦绝望凄惨情景做了恰如其分的淡化甚至美化,使之尽可能地投合宝玉的意愿和想象,以致“宝玉听了这话,不但不为怪,亦且去悲而生喜”。事实上,就是因这篇“善意的谎言”,宝玉心中因晴雯离世而有的“沉重而又浓黑的”痛苦和悲哀,一定程度上得到了稀释和缓解……生活在这未必事事随心如意的世界上,人是需要心理安慰的,是需要以悲作喜进行情绪转移的,甚至有时候也是需要自我麻醉的。宝玉是活生生的人,宝玉自然不能免俗。宝玉与小丫头关于晴雯死后做了“芙蓉花神”的这段对话描写,直可与前39回“村姥姥是信口开合”“情哥哥偏寻根究底”一节对看,均活画出宝玉的天真和痴情。

再说晴雯死亡前后的凄惨,可谓怵目惊心;死后连尸骨都被赶紧销毁,一切荡然无存。你看,她姑舅哥嫂见她一咽气便回了进去,希图早些得几两发送例银:这就是“亲情”!袭人、麝月、秋纹等“言笑晏晏”多年的同伴,生前未见一人前去探视,临死也未见一人赶去送终,死后未见一人前去送殡:这就是“友情”!王夫人闻知,便命赏了十两烧埋银子,又命“即刻送到外头焚化了罢。女儿痨死的,断不可留”:这就是家主对待奴仆的“仁慈”!她哥嫂听了王夫人的指示,一面得银,一面就雇了人来入殓,抬往城外化人场上去了;剩的衣履簪环,约有三四百金之数,她兄嫂自收了为后日之计:这就是被冤屈致死的,十五六岁正当豆蔻年华的“俏丫头”——晴雯,最终的结局和命运!

尤其令人感到世态炎凉,人性残忍的,是第77回晴雯临死前,面对宝玉所言“快把你的袄儿脱下来我穿;我将来在棺材内独自躺着,也就象还在怡红院的一样了”的唯一愿望,也因王夫人的弥天大谎和挫骨扬灰而归于破灭。可怜的晴雯,设若芳魂艳魄有知,真不知她将哭向何处!而痴情公子明知“上帝垂旌,花宫待诏,生侪兰蕙,死辖芙蓉”的“小婢之言,似涉无稽”,却为什么要“以浊玉之思,则深为有据”呢?无他,面对自己无法挽回的局面,面对自己无法改变的残酷现实,宝玉只有选择逃避,通过这一类“自欺自娱”的浪漫想象,来进行精神的漫游,来转移自己的情绪,来将那溅落扇面的“淋漓鲜血”涂抹成了一束“绚烂的桃花”,去惊,去叹,去鉴,去赏的啊!

●红楼探照之一七八:

“古板”不等于“铁板”
——且说贾政对宝玉期望值的调低

庚辰本第78回写贾政以林四娘为题,命他三个儿孙前来作诗,算是当面对他们平日间读书作文情况的查考。查考之前有一段叙述,是先从一个严厉老父亲的角度,后又以作者旁白的形式,对贾宝玉的才学、性格以及自己“人过中年”之后出现的思想和性格变化做了一番议论:

> ……他两个虽能诗,较腹中之虚实虽也去宝玉不远,但第一件他两个终是别路,若论举业一道,似高过宝玉,若论杂学,则远不能及;第二件他二人才思滞钝,不及宝玉空灵娟逸,每作诗亦如八股之法,未免拘板庸涩。那宝玉虽不算是个读书人,然亏他天性聪敏,且素喜好些杂书,他自为古人中也有杜撰的,也有误失之处,拘较不得许多;若只管怕前怕后起来,纵堆砌成一篇,也觉得甚无趣味。因心里怀着这个念头,每见一题,不拘难易,他便毫无费力之处,就如世上的流嘴滑舌之人,无风作有,信着伶口俐舌,长篇大论,胡扳乱扯,敷演出一篇话来。虽无稽考,却都说得四座春风。虽有正言厉语

之人，亦不得压倒这一种风流去。

近日贾政年迈，名利大灰，然起初天性也是个诗酒放诞之人，因在子侄辈中，少不得规以正路。近见宝玉虽不读书，竟颇能解此，细评起来，也还不算十分玷辱了祖宗。就思及祖宗们，各各亦皆如此，虽有深精举业的，也不曾发迹过一个，看来此亦贾门之数。况母亲溺爱，遂也不强以举业逼他了。所以近日是这等待他。又要环兰二人举业之余，怎得亦同宝玉才好，所以每欲作诗，必将三人一齐唤来对作。

这四百余字的内容，类似于现代话剧作品中的人物旁白，有利于增进对贾政、贾宝玉父子二人性格特征的把握，又特别是有利于增进对贾政思想性格的变化内因以及随着这种变化而来的父子关系调整的理解。遗憾的是，这弥足珍贵的内容，却被梦稿、程高本视作可有可无而被一笔删除。

《红楼梦》塑造人物最难能可贵的，是贯串全书，基本具有人生完整履历的人物，都能令人信服地写出他们性格的发展变化。这种变化，与人物的经历境遇、感受体验等情况同步，是符合生活逻辑及各人的性格逻辑的，是不与人物思想性格主轴相背离的，是对人物思想行为起着主导作用的性格作进一步丰富和凸显的。

譬如，眼下说到的贾政，随着年纪的衰老、阅历的增加而“名利大灰”，具体表现在竟然对儿子宝玉的性情、才华也能持几分宽容欣赏的态度，关系不再如往常那么僵硬敌对了。王夫人呢，不知是岁月沧桑的无情，是长期的心情郁闷、精神压抑，是丈夫的敬而远之，家务的琐碎烦杂；还是大儿子贾珠的早夭，小儿子的淘气；抑或是因女儿独处深宫“高处不胜寒”所带来的担心恐惧，麻木了那颗敏感的心。你看，人过中年的她，已经看不出当年刘姥姥心目中那个“着实响快，会待人，倒不拿大”(第6回)的未出阁“王家二小姐”的动人风采了！即便是前些年那个意气风发、斗志昂扬的王凤姐，虽然年纪轻轻，却也经不住越来越多的生活挫折，逐渐变得心灰意冷，急流勇退，相信阴间鬼神而“知命强英雄”了。而随着家族的败落，权势和威望曾经如日中天的贾母，随着年纪的增大，家族势力的衰减，老人家对家人奴仆们的态度也明显有了软化，亲和力和容忍度都在明显提升。此外，更不用说诸如宝玉、黛玉等中心人物，宝钗、探春、湘云等重要人物，贾琏、薛蟠、贾雨村、刘姥姥等次要人物，他们的思想性格，都在发生着程度不一的发展变化。

当然，诸如此类人物身上呈现出来的这种“变化”，严格意义上说都是有迹可寻、有案可查的。万变不离其宗。无论他们的性格随年龄阅历、境遇修炼等因素发生了怎样的改变，其思想性格的主要方面，依然存在并继续对其外在的各种现实表现，以及内在的心理机制发挥着主导性、决定性作用。

写出如此众多人物思想性格符合逻辑的变化发展，这在古今中外的长篇小说中，并不多见。其他作家作品在文学艺术上难以与之并肩或超越，往往就体现在这些地方。作为读者，也要根据这种情况，以变化发展的眼光来审视和把握这一类人物形象的思想性格特征，既要触摸到他们性格变化的外在影响和内在机理，又要始终注意到这种变化发展总是围绕着他们的主要思想性格特征在进行。在阅读过程中，前后瞻顾，左右勾连，综合评定，既见人物思想性格的脱胎换骨之处，又不忘始终有一脉而相承，不去拿他们早年的言行一味说事，也不能盖棺论定，单以他们后来的表现，完全抹煞了前面的渐变轨迹。

●红楼探照之一七九：

可歌可泣的深情
——从两首长诗读懂宝玉的思想性格

第 78 回宝玉的《姽婳词》，是一首悲壮的荡气回肠的旧体诗。至于怎样从诗词的角度去解读欣赏，书中贾政和清客们的评论已经告诉我们了。笔者觉得从全诗的意旨意境到行文风格来看，它都与白居易的《长恨歌》有异曲同工之妙：《姽婳词》，简直称得上是一篇“简化版”的《长恨歌》了！

且说前代妇女林四娘奋不顾身、捐躯御寇的血腥事件，历经时光风雨的淡化，在思想正统的贾政及其一帮清客相公眼里，像是一把血迹染成艳丽花瓣的“桃花扇”，“最是千古佳谈，‘风流隽逸，忠义慷慨’八字皆备”倒成了作挽诗的“好题目”！贾兰贾环的诗，正是秉承父命据此歌咏了林四娘“酬王德”而不惜“红粉”“捐躯”所表现出来的“忠义”和“风流”。其间，只有深具人道主义情怀的宝玉，独具机杼，琵琶反弹，发掘出了这“风流韵事”题材背后所隐含的巨大历史悲剧性意义，并勇敢地揭开了事后皇帝褒奖鼓励、众人津津乐道的所谓“忠义”“风流”事迹的假面具背后，掩盖着的帝王无耻无道，朝中文武无才无能，林四娘一类女性在大难临头之际无依无靠，只有奋力一搏但终将无济于事的残忍真相：

天子惊慌恨失守，此时文武皆垂首。

何事文武立朝纲，不及闺中林四娘？

这就是宝玉独出心裁“发现”“发掘”出来的有关历史事实（或者历史传说）中的诗意、诗眼和诗心。其间的奚落嘲讽，直指至高无上的“天子”及手下一帮文武将相。由此可见，对同一件事情、同一类人物的认识和评价，因各人的性情志趣、修养经历、处境立场等的不同而褒贬不同；在一贯视“女儿为上”的多情公子贾宝玉眼里，那个高高在上的恒王，就是一个不懂得怜香惜玉的，一个不敢担当也担当不起“保护红颜”起码责任的草包；那些在朝廷上惯于慷慨激昂的文武大员呢，紧要关头，无疑就是一些木胎泥塑、百无一用的酒囊饭袋！可以说，作者曹雪芹借《姽婳词》一诗，以历史事实或传说发端，对中国古老封建社会普遍存在的“歧视妇女”“摧残妇女”“视女性生命为草菅”的反动落后思想观念，进行了毫不留情的揭露和批判。这种批判无疑是够大胆叛逆的，无疑会使一些政治人物望文生义、敏感生疑，从而心惊肉跳，汗颜不止的。

结合本回宝玉所作的《芙蓉诔》，更能够加深对《姽婳词》的理解。老实说，《芙蓉诔》首先是哀挽晴雯的，但也是哀挽天下所有的像晴雯、黛玉那样命运极其不幸的女子的。此诗在落笔之前，有一段关于宝玉构思作文的心理活动描写，性情毕现，痛快淋漓，切中时弊，言近旨远，非常精彩：

> 独有宝玉一心凄楚，回至园中，猛然(**此字程本删**)见池上芙蓉，想起小鬟(**此字程本作“丫鬟”**)说晴雯作了芙蓉之神，不觉又喜欢起来，乃看着芙蓉嗟叹了一会。忽又想起死后并未到(**此字程本作“至”**)灵前一祭，如今何不在芙蓉前一祭，岂不尽了礼，比俗人去灵前祭吊又更觉别致(**此句13字程本全删**)。想毕，便欲行礼。忽又止住(**此字程本删**)道：“虽如此，亦不可太草率(**此处程本加“了”**)，也(**此字程本删**)须得衣冠整齐，奠仪周备，方为诚敬。”想了一想，“如今若学那世俗之奠礼，断然不可；竟也还别开生面，另立排场，风流奇异，于世无涉，方不负我二人之为人。况且至此(**前“如今若学”至此46字，程本全删**)古人有(**此字程本删**)云：‘潢污行潦，苹蘩蕴藻之贱，可以羞王公，荐鬼神。’原不在物之贵贱，全在心之诚敬而已。(**此后至“竟杜撰成一篇长文”278字，程本删除殆尽**)此其一也。二则诔文挽词也须另出己见，自放手眼，亦不可蹈袭前人的套头，填写几字搪塞耳目之文，亦必须洒泪泣血，一字一咽，一句一啼，宁使文不足悲有余，万不可尚文藻而反失悲戚。况且古人多有微词，非自我今作俑也。奈今人全惑于功名二字，尚古之风一洗皆尽，恐不合时宜，于功名有碍之故。我又不希罕那功名，不为世人观阅称赞，何必不远师楚人之《大言》《招魂》《离骚》《九辩》《枯树》《问难》《秋水》《大人先生传》等法，或杂参单句，或偶成短联，或用实典，或设譬寓，随意所之，信笔而去，喜则以文为戏，悲则以言志痛，辞达意尽为止，何必若世俗之拘拘于方寸之间哉。”宝玉本是个不读书之人，再心中有了这篇歪意，怎得有好诗文作出来。他自己却任意纂著，并不为人知慕，所以大肆妄诞，竟杜撰成一篇长文。(**前278字经程本压缩，作“然非自作一篇诔文，这一段凄惨酸楚，竟无处可以发泄了”等23字**)用(**此字程本作“因用”**)晴雯素日所喜之

冰鲛縠一幅，楷字写成，名曰《芙蓉女儿诔》，前序后歌。

一大段创作心理活动的描述，写尽了多情宝玉的愁肠百结和心思的回环往复，梳理了宝玉写作挽词之前忽悲忽喜、嗟叹迟疑的复杂情绪，以及宝玉在这种感伤、悲愤的情绪笼罩下，对挽词文体的选择、文情辞意的处理、文章风格的确定、创作意图的宣示、表达方式的借鉴和创新等问题的思考，展示了宝玉丰富复杂的内心情感世界，凸显了宝玉鄙弃名利、向往真诚自由的思想天地，表达了宝玉（实际上也代表作者）不同凡响的文学见解、艺术追求以及独树一帜的审美情趣。

更为重要的是，鉴于引文这段"创造心语"明显流露出来的鄙视功名利禄的思想，尤其是要推出这篇体式奇特、内容奇崛，所用历史典故中蕴涵的思想锋芒直指封建政治黑暗的诔文，客观上也需要作者将自己的真实意图巧妙地隐藏起来，以所谓的"尚古之风""远师楚人""以文为戏""任意纂著""大肆妄诞""歪意""杜撰"等作缭绕的烟幕、护身的铠甲。

引文中"古人多有微词，非自我今作俑"一句，特别值得注意。因为它明白地告诉我们：诔文是有所寄托的。所谓"微词"，即通过对小说中虚构的人物情节所作的褒贬来讥评当时的现实，特别是当时的黑暗政治。何以见得？宝玉笔下所引为先例的"楚人"作品，不同程度上都是讽喻政治的；其中诔文在文词文意上借用最多的，无疑是屈原的《离骚》。这并非偶然。大家或许知道，《离骚》中的"美人香草"，实际上与男女之情无关，完全是楚国政治家、文学家屈原用以表达自己政治理想的代名词。而清代与"百家争鸣"的战国时期各国各地区的情况是大不一样的，特别是雍乾年间文禁酷严，朝野惴恐，笔端稍有"干涉朝廷"之嫌，难免就要招来惨烈的"文字狱"之祸。落魄的世家子弟曹雪芹，诚然是"不希罕那功名"，写作不去追求"为世人观阅称赞"，逆潮流而动，走自己的路，骨头还是比较硬的。但鸡蛋碰不得石头呀，要在这样的严酷环境之下无情揭露社会政治的黑暗腐朽，还必须力避牵连触网，枉作牺牲，那就得把自己写作小说的真实意图极其巧妙地隐藏起来。因为表现手法及艺术风格，实由思想内容所决定；他于是借师古而脱罪，隐真意于玩文，似乎是模拟前人而实际上是大胆创新，格调既幽默而又沉痛无比。明乎于此，就不难理解：为什么在这篇表面上写儿女悼亡之情的诔文中，要用贾谊、鲧、石崇、嵇康、吕安等这些在历朝历代的政治纷争中惨遭横祸者的事迹典故了。但就是这样一段颇见作者风骨性情、时政顾虑、文学机智的心理描写，还是被甲辰、梦稿、程高本删除殆尽，只剩下区区的二百一十余字了。

《芙蓉女儿诔》感情真挚，寓意深刻，文采飞扬，批判得锋芒夺目，全面体现了作者曹雪芹在文学艺术上的不世文才。在《红楼梦》全部的诗文词赋中，这是最长的一篇，也是作者发挥文学才能最充分，表现政治态度最鲜明、最激烈的一篇。

作者在诔文中表现出强烈的爱憎态度,不惜用最美好的语言,对晴雯这个“心比天高,身为下贱,风流灵巧招人怨”的女仆加以热情洋溢的颂赞,同时毫不掩饰自己对惯用鬼蜮伎俩陷害忠良的邪恶势力的痛恨和谴责。《芙蓉女儿诔》的结尾,模拟《离骚》的写法,展开了奇特的想象:想象着晴雯被上帝任命为芙蓉花神,乘云气,驾飞龙,在天界遨游;又想象她感于深情公子致祭的诚意,在众神的簇拥之下,于仙乐飘飘、香气氤氲的境界中降临凡间。诔文感情缠绵,意境凄美,词采绚烂,卓绝古雅,通常被认为是对晴雯人格悲剧的明写,更是对黛玉人格悲剧的隐射,还寄寓着曹雪芹对人世间的种种爱恨情仇而有的喜怒哀乐,堪称千古绝调。

第七十九回　薛文龙悔娶河东狮　贾迎春误嫁中山狼

内容提要:黛玉赞祭文新奇,可与《曹娥碑》并传,并与宝玉就其中的“红绡帐里”一句进行交流。贾赦把迎春许与孙绍祖,娶亲的日子临近,宝玉感慨作诗。香菱喜滋滋告知薛蟠要娶夏金桂一事,宝玉为香菱耽心虑后,香菱反而不悦。宝玉因近期多种变故影响,加上风寒外感,酿成一疾,卧床不起,百日后方许出门。期间,迎春出嫁,薛蟠娶亲,金桂制服薛蟠。

●回目中“悔娶”“误嫁”相对,借两家儿女婚事的扭逆,真实反映了旧时代(岂止旧时代!)常见的“恶姻缘”现象。一是懦弱女子所遇非人,被挫磨而死;一是霸王遭逢克星,闹得家败人亡。这两桩“恶姻缘”,无疑是从内外、男女两个重要侧面,反映了贾王史薛“四大家族”势力的严重废替;并预示着仅就儿女婚事而言,接踵而至的宝黛钗等人的“婚恋”悲剧,更是从内部促进着贾府贵族势力的加速瓦解,振兴希望的日渐破灭。一定程度上说,迎蟠二人各自境遇不同的婚姻不幸,就是宝黛钗等人婚恋悲剧的远兆近影;“四大家族”的彻底败落,那“忽喇喇似大厦倾,昏惨惨似灯将尽”的惨淡恐怖气息,就有部分是从贾府出嫁女儿的悲泣哭诉、薛家媳妇的搅扰打闹声中,泄露而出的。

●常言道:善良不禁凶诈欺,恶人需得恶人磨。可怜可叹的香菱,尽管一再不幸,但对人世间的人情冷暖、人性险恶仍然缺乏基本的认知,犹如虎狼成群出没的大森林中一只失群小鹿,一双温顺和善的眼睛总是在茫然地寻找着自己的藏身栖息之地。薛家,诚然被她一直视作栖身之所,这一家大小她也视作自己应该信任和依靠的亲人。可惜,天不佑善,随着“搅家精”的到来,她的生命也就无可避免地将走向尽头。

●与呆霸王薛蟠配对成了夫妻的搅家精,系何许人也?原文介绍如下:

> 原来这夏家小姐今年方十七岁,生得亦颇有姿色,亦颇识得几个字。若论心中的丘壑经纬(**前2字程本作“泾渭”**),颇步熙凤之后尘。只吃亏了一

件：从小时父亲去世的早，又无同胞弟（**此字程本后移一字**）兄，寡母独守此女，娇养溺爱，不啻珍宝；凡女儿一举一动，彼母（**前2字程本作“他母亲”**）皆百依百随（**此字程本作“顺”**）；因此未免娇养太过，竟（**前5字程本删**）酿成个盗跖的性气（**前2字程本作“情性”**）：爱（**此字程本删**）自己尊若菩萨，窥（**此字程本删**）他人秽如粪土；外具花柳之姿，内秉风雷之性。在家中（**此字程乙本作“里”**）时常就（**前3字程本删**）和丫鬟们使性弄（**此字程本作“赌”**）气、轻骂重打的。

今日出了阁，自为要作当家的奶奶，比不得作女儿时腼腆温柔，须要拿出这（**此字程本删**）威风来，才钤压得住人。况且见薛蟠气质刚硬、举止骄奢，若不趁热灶一气炮制熟烂（**前2字程本删**），将来必不能自竖旗帜矣。又见有香菱这等一个才貌俱全的爱妾在室，越发添了“宋太祖灭南唐”之意，“卧榻之侧，岂容他人酣睡”之心（**此句12字程本全删**）。因他家多桂花，他（**此字程甲本删**）小名就唤（**此字程本作“叫”**）做金桂。他在家时（**此字程乙本作“里”**），不许人口中带出“金”“桂”二字来；凡有不留心误道（**此字程甲本作“道出”**）一字者，他便定要苦打重罚才罢。他因想“桂花”二字是禁止不住的，须（**此字程本加“须得”**）另换一名，因（**此字程本删**）想桂花曾有“广寒嫦娥”之说，便将桂花改为“嫦娥花”，又寓自己身分如此（**前2字程乙本删**）。

由此看来，夏金桂的头脑心机、读书见识，与王熙凤有得一拼；而独生子女出身及其自视奇高、目中无人的秉性，与呆霸王薛蟠适成绝配。强强相克，要么两败俱伤；要么一方受罪，还累及无辜。一向无法无天的牛魔王——薛蟠，终于在新进门媳妇接二连三的打闹算计中，软了气骨，塌了脊梁，失去了尊严，成为被其母亲指斥的“骚狗也比你体面些”一类的脓包蛋。

●新婚燕尔期间，两人的气概此消彼长。那薛蟠本是个怜新弃旧的人，且是有酒胆无饭力的，如今得了这样一个妻子，正在新鲜兴头上，凡事未免尽让她些。那夏金桂见了这般形景，便也试着一步紧似一步逼上来：一月之中，二人气概还都相平；至两月之后，便觉薛蟠的气概渐次低矮了下去；又经过几次哭闹饿饭装病，并借助不明真相的婆母对儿子的训骂，彻底辖制住了一贯胡作非为的薛家霸王。那金桂见丈夫旗纛渐倒，婆婆良善，也就渐渐的持戈试马起来：先时不过挟制薛蟠，后来倚娇作媚，将及薛姨妈，又将至薛宝钗；宝钗久察其不轨之心，每随机应变，暗以言语弹压其志；金桂知其不可犯，每欲寻隙，又无隙可乘，只得曲意附就，将主要矛头转移到了侍妾香菱身上。曹雪芹的一支笔，真是写尽了天下“不和谐家庭”悲欢离合中的众生相。

●须加留意的脂批:

※宝玉道:"我又有了,这一改可妥当了。莫若说:'茜纱窗下,我本无缘;【庚辰双行夹批:双关句,意妥极。】黄土垄中,卿何薄命。'"【庚辰双行夹批:如此我亦认为妥极。但试问当面用"尔""我"字样,究竟不知是为谁之谶,一笑一叹。一篇诔文,总因此二句而有,又当知虽晴雯而又实诔黛玉也,奇幻至此!若云必因晴雯诔,则呆之至矣。】【靖藏眉:观此知虽诔晴雯,实乃诔黛玉也。试观"证前缘"回黛玉逝后诸文便知。】黛玉听了,忡然变色,【庚辰双行夹批:慧心人可为一哭。观此句,便知诔文实不为晴雯而作也。】心中虽有无限的狐疑乱拟,【庚辰双行夹批:用此事更妙,盖又欲瞒观者。】外面却不肯露出,反连忙含笑点头称妙。

编者按:脂批反复申明,本回宝玉以《芙蓉女儿诔》哀挽已死的晴雯,真正的用意是在为呈现黛玉的结局命运作引。从靖藏本的眉批可知,曹雪芹后半部原稿中,尚有黛玉逝后"证前缘"一回文字。

※因此天天到紫菱洲一带地方徘徊瞻顾,见其轩窗寂寞,屏帐翛然,不过有几个该班上夜的老妪。【庚夹:先为"对景悼颦儿"作引。】

编者按:庚辰本夹批,更是透露了原稿后半部中有宝玉"对景悼颦儿"一节描写。

※再看那岸上的蓼花苇叶,池内的翠荇香菱,也都觉摇摇落落,似有追忆故人之态,迥非素常逞妍斗色之可比。既领略得如此寥落凄惨之景,是以情不自禁,乃信口吟成一歌曰:【庚辰双行夹批:此回题上半截是"悔娶河东狮",今却偏连"中山狼",倒装上下情孽,细腻写来。可见迎春是书中正传,阿呆夫妻是副,宾主次序严肃之至。其婚娶俗礼一概不及,只用宝玉一人过去,正是书中之大旨。】池塘一夜秋风冷,吹散芰荷红玉影……。

编者按:批语指明了一个回次篇幅中所包含的两起婚姻悲剧之间的主次关系。同时,指出了这几乎同时进行的内外两起婚事,"婚娶俗礼一概"略去未写,只是通过卧病在家的宝玉的耳边风,略作了交代。这样的详略安排,体现了作者笔法的苦心孤诣。

※"……只是娶的日子太急,所以我们忙乱的很。【庚辰双行夹批:阿呆求妇一段文字,却从香菱口中补明,省却多少闲文累笔。】我也巴不得早些过来,又添一个作诗的人了。"【庚辰双行夹批:妙极!香菱口声,断不可少。看他下"作诗"语,便知其心中略无忌讳疑虑等意,直是浑然天真之人。余为一哭。】宝玉冷笑道:【庚辰双行夹批:忽曰"冷笑",二字便有文章。】"虽如此说,

但只我听这话，不知怎么倒替你耽心虑后呢。”【庚辰双行夹批：又为香菱之谶，偏是此等事体等到。】

编者按：脂批的阅读分析，往往能深入作品之微细处，切中肯綮，值得重视。

※【戚序回前批：静含天地自宽，动荡吉凶难定。一啄一饮系生成，何必梦中说醒。】

※【戚序回末总评：作诔后，黛玉飘然而至，增一番感慨，及说至迎春事，遂飘然而去；作词后，香菱飘然而至，增一番感慨，及说至薛蟠事，遂飘然而去：一点一逗，为下文引线。且二段俱以“正经事”三字作眼，而正经里更有大不正经者在，文家固无一呆字死句。】

又：【从起名上设色，别有可玩。】

●红楼探照之一八〇：

爱博心劳贾宝玉

第79回前半部分，以宝玉为视点，先写宝玉祭完了晴雯，只听花影中有人声，倒唬了一跳。走出来细看，不是别人，却是林黛玉。于是围绕祭文中“红绡帐里，公子多情；黄土垄中，女儿薄命”一句，宝黛进行了各见性情且又在不经意间涉及二人婚恋悲剧结局的交流讨论。

你听，黛玉说前半句可改为“茜纱窗下，公子多情”，宝玉连说“不敢”；宝玉说改作“茜纱窗下，小姐多情；黄土垄中，丫鬟薄命”，黛玉又说晴雯不是她的丫头，况且“小姐丫鬟”字样，“亦不典雅”；源于宝玉对婚恋未来严重的“不确定性”，他又顺口说，可改成“茜纱窗下，我本无缘；黄土垄中，卿何薄命”；不想出言冒失，由不得黛玉听了忡然变色，心中“有无限的狐疑乱拟”，但外面却不肯露出，反连忙含笑点头称妙；而宝玉自己尚浑然不知。其实，作者在宝玉作祭文的时候，有心安排让黛玉在一旁无意间听到；在两人碰面后，就是要拈出祭文中“多情”“薄命”这一句做文章，明里暗里显示出两人婚恋失败阴影的进一步浓重和扩展，表明宝黛婚恋悲剧结局正在加快进程，向我们走来……

与此表现手法类似的，是有关香菱即将到来的不幸遭遇结局的预示，也是借由本回宝玉与香菱的不期而遇，继而的短暂交谈引发的。

正当宝玉听说迎春今年就要出嫁，又听说“要陪四个丫头过去”而跌足感叹、情绪低落，在紫菱洲一带地方徘徊瞻顾，并以诗寄情的时候，忽闻背后有人笑道：“你又发什么呆呢?”宝玉回头忙看是谁，原来是香菱。于是，忍不住好奇的宝玉，面对急急慌慌、说话如炒豆般的香菱，连发六问。作者借香菱的一一对答，非常自然而又省力地将薛蟠与夏家姑娘的巧遇、相亲、议婚、订亲、备娶等全过程,一气说出;并借香菱对新娘的家世、出身、文化、容貌等基本情况的介绍,特别是借香菱讲述过程中不加掩饰流露出来的"对新娘来家"一事的热切期待、天真想法和美好愿望,再一次对香菱的简单纯朴、毫无防范,不知追风夺命灾难近在咫尺的童真幼稚心性,进行了生动描画。同时也借宝玉的"隐忧"及"泼冷水"般的提醒,预示了香菱对未来生活的幻想不过是镜花水月,好梦一场。

此后,就在贾府和薛家都在大张旗鼓而又紧锣密鼓地准备一嫁一娶的热闹繁忙档口,宝玉忽然病倒在床;一月之后,方才渐渐的痊愈。又因有贾母的明确规定:过百日后,方可出门行走;这一百日内,连院门前皆不许到。这种"让主人公歇息下来"的类似绘画中"飞白"技法的情节设置,实为作者构思行文中的匠心独运。它是表现人物性格的需要,更是结构行文、推动情节的需要。你看,原文先交代这天受到黛玉的疑心和香菱的抢白后,宝玉无精打采地回到怡红院。接着写他一夜不曾安稳,睡梦之中犹唤晴雯,或魇魔惊怖,种种不宁;次日便懒进饮食,身体作热。分析原因,皆由近日"抄检大观园""逐司棋""悲晴雯""别迎春"等事件所引起的羞辱、惊恐、悲凄之所致,兼以风寒外感,故酿成一疾,卧床不起。继后,不但写了王夫人为"不合因晴雯过于逼责了他"的暗自后悔,还重点反映了贾母对他的溺爱,不但"天天亲来看视",亲自过问饮食及其禁忌,为有益于养病还限定了"百日内"宝玉的行动自由和活动方式。且看这百日以内,宝玉的所见所闻,所感所想,所作所为:

> 四五十日后,就把他拘约(**此字程本删**)的火星乱迸,那里忍耐得住。虽百般设法,无奈贾母王夫人执意不从,也只得罢了。因此和那(**此字程本删**)些丫鬟们无所不至,恣意耍笑作戏(**前4字程本作"顽笑"**)。又听得薛蟠(**此处程本加"那里"**)摆酒唱戏,热闹非常,已娶亲入门,闻得这夏家小姐十分俊俏,也略通文翰,宝玉恨不得就过去一见才好。再过些时,又闻得迎春出了阁。宝玉思及当时姊妹们一处(**前3字程本删**),耳鬓厮磨,从今一别,纵得相逢,也(**此字程本删**)必不(**此处程本加"得"**)似先前那等亲密了。眼前又不能去一望,真令人凄惶迫切之至(**前4字程本作"不尽"**)。少不得潜心忍耐,暂同这些丫鬟们厮闹释闷,幸免贾政责备逼迫读书之难。这百日内,只不曾折毁了怡红院,和这些丫头们无法无天,凡世上所无之事,都顽耍出来。

在此,不必说被困在家休闲养病的宝玉,那无法无天、尽情玩乐的癫狂;不必说百日期间宝玉和园内丫头们,究竟玩耍出了怎么样"出格"的新鲜花样;也不必说这些"出格"花样,对后来的贾府内外重大变故有没有直接或间接的牵连;只说这百日之内发生的"风光当下""遗祸未来"的两桩儿女婚姻嫁娶大事,就在宝玉不甚关心、作者也似乎无意详加描写的情况下，交由百十余字的简述，一笔带过了。作者对相关生活内容裁剪布局大起大落、大开大合的手段和气魄，出奇制胜，令人叹服！它与第16回叙述宝玉虽闻得元春晋封之事，却因好友秦钟之病而未解愁闷，便以五个"如何"，"隐过了多少繁华势利闲文，却有无限烟波蕴涵其中"，有异曲同工之妙，值得激赏！

第八十回　美香菱屈受贪夫棒　丑道士胡诌妒妇方

内容提要：金桂用丫头宝蟾作诱饵，挑拨薛蟠几次赶逐香菱，香菱不得不随了宝钗，并酿成干血之症。宝玉往天齐庙还愿烧香，向道士讨要治疗妇女嫉妒的药方。迎春向王夫人哭诉孙绍祖的不堪，王夫人归之于她的"命"。

●现第79回及第80回内容，俄藏本并未分回；作为整第79回，题为"薛文龙悔娶河东狮，贾迎春误嫁中山狼"。庚辰本有分作两回的标识，第79回回目同俄藏本，但第80回的回目便告阙如，可见当初曹雪芹最后完成的定稿只到第79—80回这部分内容，尚未来得及完善最后这部分内容的回目。其他版本分回，并补撰回目：梦稿本作"懦迎春肠回九曲，娇香菱病入膏肓"，不符合全本回目皆为八字的通例；蒙府、戚序本作"懦弱迎春肠回九曲，娇怯香菱病入膏肓"；甲辰本作"美香菱屈受贪夫棒，丑道士胡诌妒妇方"；程本同甲辰本，只"丑道士"作"王道士"。笔者认为，诸本所拟第80回的回目中，当以甲辰本最佳。程本回目中，姓氏"王"，是不能与形容词"美"字形成对偶的，因此当以"丑"字为是。

●迎春的婚姻，乃其父做主许配给孙家的。男方名唤绍祖，第79回介绍其基本情况是"生得相貌魁梧，体格健壮，弓马娴熟，应酬权变，年纪未满三十，且又家资饶富"：表面看上去，与当初出道前后的贾雨村、出嫁前后的夏金桂一样，似乎形象和为人都不错；殊不知到头来，现出的本相竟是那等的"穷凶极恶"。就说曹雪芹笔下的这两个外表形象一流，但内在品质特别污糟的男人吧，正与历史上明代嘉靖年间的权奸严嵩相似。

●在为迎春择婿一事上，贾赦的"青目"，无疑是看走了眼；贾母感觉不满意，又不想多事；贾政了解孙家的历史，似乎有先见之明，劝谏过两次，无奈贾赦不听，也只得罢了：一个豆蔻年华的年轻女子，婚后的人生之路，就这样在封建家长们的漫不经心之下，生生断绝！续书完成了迎春的悲剧，在第109回写到她被折磨而死。只是具体情节和原作构思似乎有较大出入。根据第5回迎春的判词及《喜冤家》曲词的暗示，孙绍祖既然是"中山狼"一类的人物，就应该在后文表现出他"忘恩负义"的一面。但纵观全书，确实表现了孙绍祖"贪""淫"的一面；但"骄奢淫荡贪还构"中的"构"字，尚未落到实处。想来原著后文还可能写到孙绍祖其人,写他有着贾雨村一样的中山狼式的忘恩负义表现,大致是眼见贾府摊上事情,不但隔岸观火见死不救,反过来还要构陷贾府,落井下石,使得妻子迎春也成了这场大悲剧的殉葬者这样一类的描写吧。只是因为“后半部迷失”,我们不可能再读到这类惊心动魄的内容了。至此,我们也不难看出,小说在前八十回的尾声部分,通过“抄检大观园”这一相关情节链的延展,已经非常明显地预示了贾府正急剧地走向彻底败落的历史命运。按照这一初步形成的“惊风密雨大节奏”和“无可挽回的大趋势”写下去,八十回以后当有更大的变故和更加惨烈的死亡相继出现。遗憾的是,程高续书并没有很好地承担起并完成好这一撕心裂肺大悲剧的表现。

●须加留意的脂批:

※【戚序回前批:叙桂花妒,用实笔;叙孙家恶,用虚笔。叙宝玉病,是省笔;叙宝玉烧香,是停笔。】

编者按:所谓“实笔”“虚笔”“省笔”“停笔”,均是指小说叙述事件、推动情节、描写人物、点化场景所使用的明暗虚实详略断续等表现手法。

※谁知金桂是有心等候的,料必在难分之际,便叫丫头小舍儿过来。原来这小丫头也是金桂从小儿在家使唤的,因他自幼父母双亡,无人看管,便大家叫他作“小舍儿”,专作些粗笨的生活。【庚辰双行夹批:铺叙小舍儿首尾,忙中又点“薄命”二字,与痴丫头遥遥作对。】金桂如今有意独唤他来吩咐道:“你去告诉秋菱,到我屋里将手帕取来,不必说我说的。”【庚辰双行夹批:金桂坏极!所以独使小舍为此。】

编者按:金桂跟前的丫头“小舍儿”,就“专作些粗笨的生活”而言,的确与贾母跟前使唤的“傻大姐”相似。但眼前这个小舍儿,不过是女主手中借以螫人的毒蜂尖刺。为了整倒香菱,夏金桂无所不用其极。她利用薛蟠“得陇望蜀”之心,将自己的陪嫁丫头宝蟾作为诱饵,抛给了荒淫无耻的薛蟠,并趁着两人暗地里初次交合、难分难解之际,唆使小舍儿诱骗香菱前去,让一无所知的香菱撞破了薛蟠的“好事”,激发出了该动物性色蠢男人的冲天恼怒与无比憎厌,达到了借男人之手羞辱和驱逐香菱的目的。脂批所谓的“金桂坏极”,正是针对金桂其人为陷害无辜香菱所使用手段的下流和用心的阴险。这种下流和阴险,在笔者看来,它与史书中记载的著名奸臣赵高为了篡权,对权倾朝野的宰相李斯下套所使用的“下三滥”手段,如出一辙。《史记·李斯列传》中的相关描写如下:

高闻李斯以为言,乃见丞相曰:“关东群盗多,今上急益发繇治阿房宫,聚狗马无用之物。臣欲谏,为位贱。此真君侯之事,君何不谏?”李斯曰:“固也,吾欲言之久矣。今时上不坐朝廷,常居深宫,吾有所言者,不可传也,欲见无间。"赵高谓曰:"君诚能谏,请为君候上间语君。"于是赵高待二世方燕乐,妇女居前,使人告丞相:"上方间,可奏事。"丞相至宫门上谒,如此者三。二世怒曰:"吾常多间日,丞相不来。吾方燕私,丞相辄来请事。丞相岂少我哉?且固我哉?"

引文中的"少"为意动用法,即"以之为少(年幼)"的意思;"固",即"以之为固(浅陋)"的意思。

※(金桂)说着,一面痛哭起来。薛蟠更被这一席话激怒,顺手抓起一根门闩来,【庚辰双行夹批:与前要打死宝玉遥遥一对。】一径抢步找着香菱,不容分说便劈头劈面打起来,一口咬定是香菱所施。

编者按:跟社会现实生活中一样,薛蟠这样的混账人物,尽管有时性情憨顽粗蠢,令人喷饭,却也不掩几分纯朴和幼稚;尤其是他对待母妹和朋友的态度,知错认错,重情重义,令人觉得可恕。但这种家伙,由于家庭教育的缺失,特别是文明礼仪等方面修养的缺失,做事不考虑后果,吃亏不接受教训,尚性弄气,无法无天;一旦凶悍作恶便肆无忌惮,面目狰狞,毫不迟疑手软,显得格外愚昧狂妄和残忍,终至劣迹斑斑,罪在不赦。脂批由眼前薛蟠的凶悍动作,联想到"顺手抓起一根门闩",跑出门"要打死宝玉"的一幕,发生在宝玉挨打之后(见第34回)。

※王一贴笑道:"正是呢。哥儿别睡,仔细肚里面筋作怪。"说着,满屋里人都笑了。【庚辰双行夹批:王一贴又与张道士遥遥一对,特犯不犯。】

编者按:都是道士,心性灵敏乖滑。但一个身居庙堂,脸面风光,人多势众,一路呵呵笑声中有意表现出仙风道骨,频见其虚伪做作;一个混迹江湖,亦道亦商,贩卖膏药自吹自擂,虽言谈举止透着幽默油滑,但其对人对事尚不失几分实诚可爱。这就是张、王两个道士在性格境遇等方面的同与不同,即"犯"与"不犯"。

※先辞过贾母及王夫人,然后与众姊妹分别,更皆悲伤不舍。还是王夫人薛姨妈等安慰劝释,方止住了过那边去。【庚辰双行夹批:凡迎春之文,皆从宝玉眼中写出。前"悔娶河东狮"是实写,"误嫁中山狼",出迎春口中可为虚写:以虚虚实实变幻体格,各尽其法。】又在邢夫人处住了两日,就有孙绍祖的人来接去。迎春虽不愿去,无奈惧孙绍祖之恶,只得勉强忍情作辞了。

编者按:此批,现存其他脂评本皆缺,唯独庚辰本才有的最后一条脂批。其内容是谈本回艺术手法的,看似无甚新意,但有文献史料价值。

※【戚序回末总批:此文一为择婿者说法,一为择妻者说法。择婿者必以得人物轩昂,家道丰厚,荫袭公子为快;择妻者必以得容貌艳丽,妆奁富厚,子女盈门为快。殊不知以貌取人,失之子羽。试看桂花夏家、指挥孙家,何等可羡可乐;卒至迎春含悲、薛蟠遗恨,可慨也夫!】

编者按:严格意义上说,戚序本的回前及回后批语,几乎已成戚序本的固定格式,大多为戚序本整理者所加,不算脂批。但因其中相当部分批语,对《红楼梦》的思想内容、艺术特色、人物形象等方面的分析总结颇有见地,且言简意赅,因此照录下来,以作参考。此批无疑是指出了迎春、薛蟠婚姻因“以貌取人”而遭反噬的教训,以此警醒世人。

●红楼探照之一八一:

“搅家精”怎及“多面手”
——兼论香菱被毁灭的悲惨命运

作者笔下比较细致地描写展示了夏金桂与薛蟠一家在家庭生活中的严重内耗,揭开了宗法社会脉脉温情面纱之下,掩盖着的夫妻、妻妾、婆媳、媳姑之间错综复杂且难以调和的矛盾。蟠桂等人对香菱的肆意凌辱践踏,将人性的阴暗歹毒一面暴露无遗,令正常人既咬牙切齿,又不寒而栗。

纵观金桂打压同类、排陷小妾的目的心机和手段,以及所采取的方法步骤,几乎是步了凤姐的后尘,想来简直可以视作当年凤姐迫害贾琏身边侍妾后来又致死尤二姐等恶毒行径的“背书”或“翻版”。

夏金桂的形象尽管更加恶劣不堪,但一定程度上却恰与王凤姐的“妒悍”,形成反映详略隐显等方面的映射互补。特别是对夏金桂丑陋恶毒“戏法”全过程的描写揭露,正可弥补小说中对凤姐当年千方百计构陷排贬、逼死、逼走贾琏身边陪伺丫头等丑恶行为的“展示不足”。因此要说王熙凤挑唆秋桐,是借剑杀人;那么,夏金桂抛舍宝蟾,便是以新间旧:一样心思,两样手法。挤走香菱如愿以偿之后,金桂又将矛头指向了当初为陷害香菱而沆瀣一气的“盟友”宝蟾。此种情形,与当初凤姐利用“半路杀出”的秋桐以害死尤二姐前后所使用的“一箭双雕”手法,何其类似!只是宝蟾之烈,大出人之意料;她与女主的生死对决,更增添了薛家内乱的戏剧性。

凤姐与金桂在“心机深重”“妒悍狠毒”方面虽有几分相似之处,但因二人出身的家庭背景不同,教养方式有异,说到底,还是两个本质上有区别的人物。凤姐的狠毒贪婪虽饱受诟病,但其八面玲珑的处世态度,杀伐决断的行事风格,雷厉风行的实干做派,再加语言表达上的伶牙俐齿诙谐幽默,可圈可点处,也实在不少。反观夏金桂,虽然书上说她“若论心中的丘壑经纬,颇步熙凤后尘”,但实际上她的不良教养导致的不堪积习,注定了她除了撒泼使坏,以胡搅蛮缠、搅家败家见长之外,是无法与治家理事、处世为人等方面堪称“多面手”的凤姐相提并论的。

那么“颇步熙凤后尘”的夏金桂，为何又与凤姐有如此大的不同呢？其实，根本原因在于二人的教养不同。凤姐毕竟出身大家族，从王夫人、薛姨妈身上，可以看到封建官僚家庭的王家对女儿的教养不失宽宏，而且中规中矩：薛姨妈性情平和良善，王夫人也被人称作“佛爷似的”，嫁到夫家，她们都是能守着大家庭出身女儿的规矩尺度说话行事的。与两位姑妈相比，凤姐虽才干超强但个性张扬，善于表演。不过，她即便是恃强凌弱、阳奉阴违，也终究不敢像金桂一样明目张胆地跟婆婆斗气，也不敢无所不用其极地辖制丈夫。而夏家金桂之所以如此的恶赖不堪，实源于原生家庭中寡母溺爱，娇生惯养，缺乏管教。特别是出身一个锱铢必较的纯粹的商人家庭，又任由自己拳打脚踢，野蛮生长，心高气傲，就难免使得日后良好个性品质、气度修养等的严重缺失。

“城门失火，殃及池鱼。”在此混乱背景之下，作为《红楼梦》中首位登场亮相的女性人物，香菱真是一生命苦！不是么，四岁出门被拐，十二三岁又被抢被卖；落到丰衣足食的薛家，幻想着遮风避雨，能过上几天安心日子，孰知粗蠢男人不顾多年生活照顾的情分，竟为讨进门新娘的邪恶欢心，就跟她反目为仇；薛母一气之下，也要立马将她卖掉以求心静；若不是宝钗临危收揽，真不知可怜的香菱，又将寄身何方？但经此致命打击，香菱还能含垢忍耻，行若无事吗？原文做了如下交代：

> 香菱早已跑到薛姨妈跟前，痛哭哀求，只（**此字程本删**）不愿出去，情愿跟着（**此字程本删**）姑娘。薛姨妈也（**此字程本删**）只得罢了。自此以后（**前2字程甲本作“后来”**），香菱果跟随宝钗去了，把前面路径竟一心（**前3字程本作“竟自”**）断绝。虽然如此，终不免对月伤悲，挑灯自叹。本来怯弱（**前4字程本删**），虽（**此字程本作“虽然”**）在薛蟠房中几年，皆由（**此字程本作“因”**）血分中有病，是以并无胎孕。今复加以气怒伤感（**此字程本作“肝”**），内外折挫不堪，竟酿成干血之症，日渐羸瘦作烧（**前2字程本删**），饮食懒进，请医诊视（**前2字程本删**）服药亦（**此字程本删**）不效验（**此字程本删**）。

心地纯朴善良的女儿，饱受泼妇的百般刁难、凌辱折辱，还遭到男人的赶撵毒打，形同弃妇。这一而再、再而三地遭受生活中的种种磨难，即便不被薛蟠撵出，即便不得“干血痨”绝症，她油尽灯枯的生命还能够久延岁月吗？按曹雪芹的原意和前八十回中的所有描写及暗示，香菱被遗弃、被彻底毁灭的悲剧，无可避免。何况蒙府、戚序、梦稿本回目，均有“姣香菱病入膏肓”的明确标示。为此，独不解通行本第100回、第103回、第120回写夏金桂自取灭亡之后，为什么还要安排香菱被扶为正室，虽死于难产但尚留一子“以承薛家宗祧”这样忽悠人心、让人“满足”的情节。莫非这是程高等辈下意识中,那“苦尽甘来”“善恶有报”一类佛家劝世观念的又一处反映?

●红楼探照之一八二:

回归原点 探寻本来
——简论《红楼梦》后四十回的来源及其内容

程高本 120 回《红楼梦》的“后四十回”,近三十万字的内容,是与当时社会相当范围内已流传开来的前八十回拼合在一起,于乾隆五十六年(公元 1791 年)冬至后,首次以“木活字排印本”形式公之于众的。不少人对此本持有特别的歧视和偏见,喜欢将之打入另册,称之为“狗尾续貂”。

那么,这后四十回是怎么形成的呢?被后代红学家称之为“程甲本”的初印本,卷首有程伟元和高鹗所作《序言》,对此过程做了简要说明:

《红楼梦》小说,本名《石头记》,作者相传不一,究未知出自何人,惟书内记雪芹曹先生删改数过。好事者每传抄一部,置庙市中,昂其值得数十金,可谓不胫而走者矣!然原目一百廿卷,今所传只八十卷,殊非全本;即间称有全部者,及检阅仍只八十卷,读者颇以为撼。不佞以是书既有百廿卷之目,岂无全璧?爰为竭力搜罗,自藏书家甚至故纸堆中无不留心。数年以来,仅积有廿余卷。一日,偶于鼓担上得十余卷,遂重价购之;欣然翻阅,见其前后起伏尚属接榫,然漶漫不可收拾。乃同友人细加厘剔,截长补短,抄成全部,复为镌板,以公同好,红楼全书始自是告成矣。书成,因并志其缘起,以告海内君子,凡我同人或亦先睹为快者欤?小泉程伟元识。

予闻《红楼梦》脍炙人口,几廿余年,然无全璧,无定本。向曾从友人借观,窃以染指尝鼎为憾。今年春,友人程子小泉过予,以其所购全书见示,且曰:“此仆数年铢积寸累之苦心,将付剞劂,公同好;子闲且惫矣,盍分任之?”予以是书虽稗官野史之流,然尚不谬于名教,欣然拜诺,正以波斯奴见宝为幸,遂襄其役。工既竣,并识端末,以告阅者。时乾隆辛亥冬至后五日,铁岭高鹗叙并书。

时间跨越两三个月后的 1792 年初春,由程伟元主持、高鹗参与的 120 回再印本(后世称之为“程乙本”)面世。卷首,又有两人联署的《红楼梦引言》,进一步做了交代:

一、是书前八十回,藏书家抄录传阅几三十年矣,今得后四十回合成完璧。缘友人借抄,争睹者甚夥,抄录固难,刊板亦需时日,姑集活字刷印。因急欲公诸同好，故初印时不及细校，间有纰缪。今复聚集各原本详加校阅，改订无讹，惟识者谅之。

一、书中前八十回钞本，各家互异。今广集核勘，准情酌理，补遗订讹。其间或有增损数字处，意在便于披阅，非敢争胜前人也。

一、是书沿传既久，坊间缮本及诸家所藏秘稿，繁简歧出，前后错见。即如六十七回，此有彼无，题同文异，燕石莫辨。兹惟择其情理较协者，取为定本。

一、书中后四十回，系就历年所得，集腋成裘，更无它本可考。惟按其前后关照者略为修辑，使其有应接而无矛盾。至其原文，未敢臆改，俟再得善本，更为厘定，且不欲尽掩其本来面目也。

一、是书词意新雅，久为名公钜卿赏鉴。但创始刷印，卷帙较多，工力浩繁，故未加评点。其中用笔吞吐虚实掩映之妙，识者当自得之。

一、向来奇书小说，题序署名，多出名家。是书开卷略志数语，非云弁首，实因残缺有年，一旦颠末毕具，大快人心，欣然题名，聊以记成书之幸。

一、是书刷印，原为同好传玩起见，后因坊间再四乞兑，爰公议定值，以备工料之费，非谓奇货可居也。

壬子花朝后一日，小泉、兰墅又识。

甲乙两本的《序言》和《引言》相互补充印证，将 120 回全本后四十回残稿的来源，以及全本整理印刷的目的和过程，交代得再清楚不过。特别是程乙本的《引言》，叙述更为具体。其中有四条，即涉及两次刊印所做的整理工作。

第一条说明“初印”程甲本的时候，“因急欲公诸同好”，存在“不及细校，间有纰缪”的问题；申明本次再印，是在“复聚集各原本详加校阅，改订无讹”的基础上进行的。字里行间，可见这两次出书程高手头据以校勘整理的前八十回“原本”，不只一种；而且所说的这类文字样貌不尽统一的前八十回文本经藏书家抄录传阅“几三十年矣”的情况，与曹雪芹生前身后《红楼梦》前八十回在相当范围内被抄录散布不胫而走的历史事实，完全吻合。

第二条说明本次刊印之前，曾对照手头掌握的诸抄本，对前八十回内容做了“广集核勘，准情酌理，补遗订讹”的工作，也坦言其间存在因“意在便于披阅”，“或有增损数字处”的情况。事实上，甲乙两本之间确实存在二万字左右的异文。据沈治钧和文而弛的《谈〈红楼梦〉程甲本》一文称：程乙本对程甲本删改的字数达 19 568 字，其中前四十回 10 068 字，中四十回 4 308 字，后四十回 5 192 字，可见改动幅度之大；而且还可见程乙本改动的侧重点是前八十回，又特别是前四十回，目的是使相关内容与后四十回相统一。这前后两个程本(甲本、乙本)文字内容上存在种种“异文”现象，客观上也印证了程高的这一说法并未撒谎：虽然有些轻描淡写，但大致属于实事求是的。

第三条指出前八十回“原本”的文字，不少地方存在“繁简歧出，前后错见”的情况；并以第67回的“此有彼无，题同文异”现象为例，说明编辑出版者为此所做的准情酌理、择善而从的校勘工作，非常必要。其所举例证，虽只提及第67回这一回，但用了“即如”二字，意在说明仅举此回而并非只有此回才存在编选校订的客观需要。事实上，诸脂本的确存在“繁简歧出，此有彼无”的情况。譬如现存的内容比较完整的俄藏本就缺第5—6回；己卯、庚辰本两本均缺第第64、67回；蒙府本的第64、67回，系据程甲本补配。设若我们认真比较阅读程高、梦稿本序列的第67回和戚序、俄藏、甲辰等版本序列的第67回，就会明显感觉出前者的文字内容较之于后者，远为优胜。可见针对诸脂本内容“繁简歧出，此有彼无”等情况，程高二人在版本校勘、文字选用等方面，的确是付出了一番心血，也收到了相当成效的。

第四条说明了后四十回内容，无可对照参考的“孤本”属性。“孤本”的来龙去脉，程甲本序言已经说得够明白了：由于“无它本可考”，所以程高对“历年所得”“集腋成裘”的稿件之“原文”，只做了一些“略为修辑，使其有应接而无矛盾”的编辑整理性质的工作。程高引言说的很清楚：刊行程甲本前，对后四十回曾作过“细加厘剔，截长补短”；而这第二次刊印，只是在前刊行本的基础上“略为修辑”“未敢臆改”。这样做，除希望“俟再得善本，更为厘定”的打算外，亦应该与甲乙两本排版刊行的时间间隔太短(只两个多月)，来不及对后出刊印本做更多从容细致修订工作的实际情况有关。

综合程甲本《序言》和程乙本《引言》内容，佐以相关资料并加之合理解读推考，可以说，正如程高自己所言：他们只是后四十回内容的搜集者、整理者、编辑者和出版者，而不是它的完全意义上的撰述者和续写者。所谓的“补”，实在是指他们自己所说的“截长补短”的“补”，是修补的“补”，“打补丁”的“补”，是把那些在传抄、流布过程中漶漫遗失的文字，按照前后情节铺展、人物性格的逻辑，尽可能遵循原作的精神和风格给与补救的“补”。

由此判断，又引来了一连串的问题：关于它的作者究竟是谁；这后四十回表达的思想、刻画的人物、反映的社会现实以及续写者显露出来的文学艺术素养水平，与公认写得非常成功的前八十回比，究竟是相差甚远还是大致接近、持平甚至某些方面有所超越等一系列问题，争鸣异常激烈。

一

对成书过程产生质疑的，早期以裕瑞（1771—1838）为代表。裕瑞一生经历了八十回抄本至百二十回刻本的时代，又经历了“一时风行，几于家置一集”的嘉庆时期。程、高刻本问世，裕瑞正当弱冠之年；以他的宗室王公身份，是完全有可能见到过《红楼梦》抄本的。他不但精读细阅过八十回抄本，还对程高后续四十回以及当时社会上流传的各种续书，进行过潜心的研究分析和比较。《枣窗闲笔》中，他这样说：

《红楼梦》一书，曹雪芹虽有志于作百二十回，书未告成即逝矣。诸家所藏抄八十回书及八十回书后之目录，率大同小异者，盖因雪芹改《风月宝鉴》数次始成此书，抄家各于其所改前后第几次者，分得不同，故今所藏诸稿本未能划一耳。此书由来非世间完物也，而伟元臆见，谓世间必当有全本者在，无处不留心搜求，遂有闻故生心思谋利者伪续四十回，同原八十回抄成一部，用以贻人。伟元遂获赝鼎于鼓担，竟是百二十回全装者，不能鉴别燕石之假，谬称连城之珍；高鹗又从而刻之，致令《红楼梦》如《庄子》内外篇，真伪永难辨矣。不然即是明明伪续本，程高汇而刻之，作序声明原委，故捏造以欺人者。斯二端无处可考，但细审后四十回，断非与前一色笔墨者，其为补者无疑。作《后红楼梦》者遂出，杀风景之处，故知雪芹万不出此下下也。

裕瑞关于程高本后四十回为“伪续”的看法，并非空穴来风。但问题在于：程高在自己负责收集整理并加以刻印的甲乙两个印本的《序言》和《引言》中，对手头得到的三四十回残稿“是不是曹雪芹的原稿”这个问题，根本就没有刻意的明说或者暗示。或许这在当时并非全社会读者关心的问题；或许他们对此问题，本来就有意避而不谈。就《序言》中叙述的“即间称有全部者，及检阅仍只八十卷，……不佞以是书既有百廿卷之目，岂无全璧？爰为竭力搜罗”的情况，不是恰恰就在对程高续书的真伪表示严重关切的裕瑞笔下，由一句“诸家所藏抄八十回书及八十回书后之目录，率大同小异”得到证实了吗？令人感到特别留意的是，明明前后相隔多年的两个一生并无交集的文人，要么声称“是书既有百廿卷之目”，要么声称平生曾见过不止一家所藏的抄本上载有“八十回书后之目录”。这类异口同声的陈述，无疑表明：

一、在程伟元将散落在民间的、不知出于何人之手的《红楼梦》八十回之后的稿件能收尽收之前，在市面上确实已经有了抄录在前八十回正文之后的比较完整的后四十回的回目了。

二、这后四十回的回目，内容文字“率大同小异”，是曾经裕瑞等人核对过的;这种情况,还在不止一人的笔下被提及。

三、回目具在,而与之相关的具体章节内容却无存。这种现象令人感到奇怪:是不是其中必有隐情呢,是不是"事出反常必有妖"呢?

四、这种回目具在而章回的具体内容缺失的文本现象,至少也能表明后四十回的大致内容,已经在程伟元用心收集之前写成;且无名氏的创作年代,距离曹雪芹身后更近:这种可能性存在所带来的好处,不言而喻。

五、按照长篇章回小说创作常识,回目是一个章节内容的总括,往往是从具体的章节内容中抽取概括出来作画龙点睛之笔的;既然有了比较完备的回目存在,表明围绕回目展开的相关人物、事件、情节、环境等要素的具体描写,不是完全子虚乌有。对此,程伟元的判断无疑是正确的,决定去搜寻佚稿的做法也是合情合理的。可惜程伟元只是通过出版《序言》概述了自己收集、发现四十回佚稿的大致过程,且有些语焉不详,后人凭此无法考证出更多的他们所需要了解的东西来。因此,也就没有办法彻底解除"有关后四十回的作者有哪些""具体描写内容为何出现了与曹雪芹原意不符"等种种疑问了。

六、除了附着在"诸家所藏抄本"后的"八十回书后之目录",裕瑞本人其实也并没有见到过与之相关的后四十回内容。他认为:《红楼梦》本来就是一部没有完成的著作,程高本中呈现的后四十回是"心思谋利者伪续",是"同原八十回抄成一部,用以贻人"的;程高以为那是曹雪芹原稿,其实是受骗上当了。裕瑞的推断,未免有些主观臆断。因为程高在出版《序言》《引言》中,并没有说他们收集整理的后四十回,就一定是曹雪芹的原稿呀!何况,裕瑞也始终没有见到过程高本之前任何版本中附载有后四十回章节的具体内容呀!倒是稍早前的周春(1729—1815),在他的《阅〈红楼梦〉随笔》中说到:

> 乾隆庚戌(**乾隆五十五年,1790年**)秋,杨畹耕语余云:"雁隅以重价购钞本两部:一为《石头记》八十回,一为《红楼梦》一百二十回,微有异同,爱不忍释手,监临省试,必携带入闱,闽中传为佳话。"时始闻《红楼梦》之名,而未得见也。壬子(**乾隆五十七年,1792年**)冬,知吴门坊间已开雕矣。兹茗贯以新刻本来,方阅其全。

根据周春的记述,可知早在程高本开印前的一二年间,两种并存的红楼梦抄本(八十回及一百二十回)就在市面上有交易行为了;而且,两相比较,它们的内容只是"微有异同":可见所谓的"一百二十回",也只是带有后四十回回目的八十回抄本而已。这种文本状貌,与程高本序言中说到的"即间称有全部者,及检阅仍只八十卷"的情况,高度吻合,并无二致。由此,再次旁证了程高之言的可信度。

如此说来,《红楼梦》120回全本,真的和曹雪芹毫无关系而主要是某个不知名者假托原作者的名义所作的续写吗?

二

在笔者看来,曹雪芹离世直至这后四十回被"有心人"程伟元得到,确有二三十年的时间间隔。要说某无名氏续作者要将《石头记》前八十回书中的人物故事情节等内容一一吃透并做到烂熟于心,一门心思要构撰出《红楼梦》续书这么长达三四十回、总计三十来万字的小说内容来的话,其基本条件还是要比后来的所有续写者有利得多。因为,至少所处的时代特征和社会生活的形态、氛围变化不大;创作时间非常宽裕;特别是因离原作者身后不远,与书有关的东西尚未从人世间完全蒸发,如果有心要去追踪曹家下落,走访曹氏的亲友故交,探访其平生的飞鸿指爪,总不会两手空空一无所获的吧;说不准,还可以从曹雪芹的亲友故交那里,得到一些诸如出示残稿、口述见闻、提供素材、指明路径等这一类可遇而不可求的切实可靠的帮助呢!为此,根据程伟元所述,他历年收集和最后那一次于"鼓担上"得到的总计三四十回稿件中,有没有夹带着部分曹雪芹的原稿,谁能说得清"一定有"或"一定没有"呢?

不过,即便如此,也少不了新的质疑。因为在我们看来,后四十回中一些相当精彩动人乃至于令人荡气回肠的章节,似乎非曹雪芹的手笔莫属。但反观脂批中透露出的相关回目及人物情节(包括一些涉及后半部的用语和人物故事细节,以及全书以"情榜"的形式作挽结的总体构想),却又在续书中完全找不到半点蛛丝马迹。这种现象作何解释,真还不好自圆其说。基于此,你敢说它中间,就一定有脂砚斋、畸笏叟等人曾经亲眼见到过的曹氏的"后半部旧稿"在内吗?会不会是鉴于曹雪芹"后半部未定稿"内容的高度尖锐性敏感性,为了维护家族的整体利益,为了该书得以凭完整(即后半部与已经面世的前八十回合拢)的面貌呈现并能够在"文字狱"巨大威胁的阴影中流传开,曹雪芹故去后,畸笏叟自己动手或与他的某几位亲友一起努力,对原稿中的某些特别刺眼锥心,又特别容易引发别人联想的涉及敏感时政内容的文字,做了尽可能的删除或改头换面的技术性处理?如此下来,原来脂批曾经透露过的那些有关原稿的构思以及部分现成文字,就这样被废弃而"牺牲"掉了呢?

此外,还有一种可能。我们说,在曹雪芹生前,按照长篇小说创作的常情常理,《红楼梦》后半部应该至少是基本上形成了未定稿的。之所以说它是"未定",是指这部分总的人物活动和故事框架已经设定,一些涉及重要人物和重要情节的篇章大致写成;至于若干人物故事情节的修改完善,因尚未来得及做出安排,当然也就在整个后半部的内容结构等方面留下了不少“空白”乃至于“破绽”。孰知后来曹雪芹遽然离世,由原作者修订全书而“毕其功于一役”的计划,也就无从谈起。在此情况之下,即便是曹雪芹的全部或大部分遗稿尚存,那继后而来的续补者因阅历、才情、现实生活处境等主客观因素的制约,也未必能够“萧规曹随”,完全按照原作者设定的写作思路和艺术表达习惯一路畅行无阻地写下去。不是么,人与人不同,花有百样红,续作者心志再高,也有他本身的优劣长短,若不适当照顾自身的特点,以扬长避短,那就很有可能一头栽进“画虎不成反类犬”的模仿陷阱。说起来,笔在我手、手随我心,续补者在创作中尽管是“摸着石头过河”“带着镣铐跳舞”,处处要照顾前八十回的内容限定,时时要考虑最大程度上达到与前半部内容、风格等方面的契合;但实际上,作为创作主体,他还是有着一定程度上的书写自由的。他至少可以决定对曹雪芹后半部遗稿在结构布局上做些调整,在情节内容上做些取舍,在大致忠实于原作的基础上,写出最契合自己的思想观念、生活基础以及艺术表达习惯的文字来。于是,通行本后四十回呈现出不少与曹雪芹未定稿构思以及相关内容不同的文字,有什么大惊小怪的呢?

这还是假定曹雪芹旧稿的基本部分尚留存在续补者手中可供参照的情况下,发生的写作现象呢。如果续补者手中凭借的曹雪芹旧稿数量不多的话,那么,他苦思冥想、自由发挥的创作空间不是就更大了吗?基于此,我们后世的读者论者动辄要将脂批中透露出来的有关曹雪芹后半部的一些构思以及十分零碎散落的情节文字,作为衡量优劣得失的唯一尺度标准,来与程高本后四十回一一比对,扣合者奉若神明,不合者视作垃圾:这不是典型的畸重畸轻、强人所难吗?

三

且说畸笏叟等人或者我们现在已经无法获悉其究竟姓甚名谁的无名氏,为了引起世人对《红楼梦》后半部内容的强烈关注,为他们适时推出自己的后半部做好前期心理准备,会不会先将后四十回的回目抛出来投石问路,以此激发读者对各回目下具体内容“必欲一睹为快”的浓厚兴趣。如此这般地使之悬望那么三年五载之后,才逐步将他们在曹雪芹旧稿基础上做了若干修改订正的后半部内容,挤牙膏般分阶段、有目的地抛售出来,从而公诸于世呢?或许只是由于“人算不如天算”,他们苦心孤诣修订完成的后半部,照样经不住时光的流逝和岁月的沧桑,部分章节内容照样出现了残缺脱漏(或许本来就是他们当初的修订工作,最终没有完成),只有寄希望于后来者的再次加工整理了?退一万步想,设若无名氏没有曹氏旧稿作依据,而是完全靠自己在吃透原著,基于梳理出人物故事情节发展演变的基本线索和基本逻辑开笔,“焚膏油以继晷,恒兀兀以穷年”,最终就竟然独立完成了全书后续四十个章节的写作，并总体上达到了“差强人意”的水平了呢？只是不敢想象，要给这么一部堪称“思想内容最丰富最复杂，艺术结构最精密最机巧，人物形象个性色彩鲜明而且数量众多的长篇人情小说”的《石头记》作超长篇幅达四十个章回的续写，其中的创作难度有多大，写成的可能性有多低！

那么，有没有如下这种可能呢？在程高本正式付印之前，正是程高等人自己，在暗地里通过各种渠道努力已经续成了后四十回；但细加检阅续书与前八十回确实存在的“非一色笔墨”问题，他们自己也心知肚明。或许出于对有人要去置疑它的“前世今生”的担心，或许更出于抬高程高品牌续书身价的考虑，他们便有意按照市场运作的手段，将拟定的四十回回目先行抛出，再耐住性子等几年将各路关心《红楼梦》后半部“去向何方”的“红迷”们的欲望吊足之后，便借“散落稿”的收集和整理大致完成的名义，趁势将自己炮制好了的后四十回正文“金猴献宝”一般隆重推出……新版《红楼梦》的横空出世，既满足了读者对完整阅读该书的强烈愿望，又凭借新版本内容齐全、活版印刷相对廉价等优势迅速打开并占领了市场，而当初形形色色价值不菲的手抄八十回本《石头记》则相形见绌，不得不整体性地逐渐退出历史舞台。由此，程高等人当初出书的规划大获成功。

如此看来，《红楼梦》是小说，内容情节有传奇性；《红楼梦》出版前后过程，似乎也充满了戏剧性！只是对此类追寻和猜想，读者诸君觉得程高等人是否有为了推出主要由别人写成的后四十回而处心积虑、绞尽脑汁，不惜百般撒谎“为他人作嫁衣裳”的丁点必要呢？又设若程高等人确实是续作者，确实是他们自己写出了这长达三四十万字的续书，说起来，其间必有一番创作的甘苦滋味在；但在程高本两个版次的序言或引言中，均未见一字提及他们续书写作的体会和感慨，倒完全是一副置身事外者的平静淡然口气呀！

再说，一部书的文字差错难免，出第二版时作者有可能予以纠正，也有可能遗留未动，但不可能一而再再而三地把原来正确无误的文字改错的。而在程本《红楼梦》的后四十回中，程乙本竟然不止一处将程甲本无错的文字改错，造成文意完全相反。还有几处文字，应该是底本的原因，程甲本使人感到莫名其妙，程乙本改了一下，但仍没解决问题。譬如有专家发现，通行本第100回写“那雪雁虽是宝玉娶亲这夜出过力的，宝钗见他心地不甚明白，便回了贾母王夫人，将他配了一个小厮，各自过活去了”一句，程甲本的表述是没有问题的，但到了程乙本，却将“宝钗”改成了“宝玉”，于是意思全错。这无疑说明高鹗等人根本就没有领会清楚这句话的意思，随手一改便改错了。试问：如果续书是他们自己动脑筋写的，在修改时他会出此洋相么？再看第101回，对照程甲本关于凤姐夜遇秦可卿鬼魂之后“神色更变,不似往日”的描写,程乙本将“只是见他”改成“凤姐见他”。虽只是二字之改,却导致了琏凤夫妻二人身份错位、个性颠倒的不可理喻之错。此外,还有第118回写“那贾芸听见贾蔷的假话”与他“心里便没想头”,又有什么关系呢?但程本均未做修改完善;第112回写赵姨娘中邪时的胡言乱语,程甲本表述上有矛盾,即便是程乙本改了,也只算得上打了个马虎眼。

从程甲和程乙两个版本出现的异文以及几处明显的问题,反证了程本所依据的“曹氏”或哪位“无名氏”底稿的客观存在。因为在我们看来:如果程高真是后四十回的续作者的话,那么,他们自己改自己笔下的文字,无论如何,是不会把前文中自己写好的故事情节反而改得这么错谬百出或不明不白的。

为此,不得不说,《红楼梦》全书问题成堆谜团太多,令人困惑不解的怪圈和考证“陷阱”,一个接着一个;要全部解除它,在现有的资料条件的局限下,真无可能!

四

持“高鹗续书说”的人总认为程高在新版本《序言》《引言》中,说的尽是谎话;而在我们看来,程高或许正是对实事实情的实话实说:孰是孰非,悬而难决。但无论如何,程甲本一面世,即以其强大的传播优势(包括价格优势)后来居上,终结了《石头记》的手写传抄历史,开启了《红楼梦》120回全本刊印的全新时代,却是铁的事实。期间,虽然也有像裕瑞一样的少数“有心人”提出了后四十回不是曹雪芹手笔的质疑,但绝大多数读者论者对此漠不关心,更没有意识到手头的120回通行本中的前八十回与后四十回有啥不符的地方。直到1921年以来,经学者胡适、俞平伯等人的考证,得出后四十回系“高鹗伪续”的论断之后,世人将全本《红楼梦》“视为一体”的“浑然不觉”,才如梦初醒;红学界才开始对后四十回“另眼相待”,有如中国传统寓言中的“亡鈇者”一样,对后四十回越看越不顺眼起来。

这种歧视与偏见,相当程度上拉低了《红楼梦》的整体水平,贬低了后四十回的独特思想和艺术价值,不利于广大读者和专家的阅读理解和分析判断。坦率地说,笔者多次阅读过整本《红楼梦》,每每读到后四十回,的确有一种在前八十回基础上“断崖式坠落”的“异样”阅读感受;但尽管如此,还是不时为该四十回中的一些精彩章节、精彩段落、精彩片段所震撼,所感动。本次写作该书的分回回评,就又须得将前后两部分均作认真的阅读和比较了。倘若不是老同学开金先生郑重建议要将后四十回也纳入点评方显全书体系完整的话,我的初衷是评鉴完前八十回,就搁笔了事。事实上,幸亏有人提醒,笔者在进一步深入阅读这多数人并不看好的四十回以备评点的过程中，才有了更多的意外的“惊喜发现”，才逐渐明白自己在《红楼梦》后四十回的阅读理解上，存在不小的认知误区。也因此，拙著《品鉴》的严重“遗珠之憾”，方因挚友一言而得以幸免！

自程高本肇始，为《红楼梦》写续书者为数不少。但无论怎么说，《红楼梦》自问世以来多达几十种续书以及林林总总的演绎改编作品中，唯有程高本这后四十回得以附原作的骥尾而流传。这种现象，本身就证明了程高本后四十回非同寻常的价值。虽然后四十回与前八十回写作水平上存在落差，但是如果拿它跟其他续书相比，程高本的后四十回与前八十回的契合度还是最高的，它将其他续书落下的距离简直不能以道里计；以至于很长时间以来，人们将程高本的120回内容视为一体，直到今天各种通行的整理本大都还不得不保留着它，不敢轻易割舍。原因很简单，专家的研究可以排除它，读者却不能没有它呀。为此，笔者就相关问题再做梳理，并作基本判断如下：

一、1791年程高本的推出，在《红楼梦》传播史上意义重大。它给更大范围、更多数量的读者阅读该书提供了前所未有的便利，从而扩大了该书的社会影响，推进了该书更广泛的流传，功德无量。

二、程高本的面世，极大程度上终止了因为人工抄录对原文不可避免带来的篡改、错讹、遗漏等“次生灾害”。这对于最大程度上保留曹雪芹原著的本来面目，促进这部神奇著作“不严重走样”的流传，居功至伟，善莫大焉。但与此同时，程高本策划编辑、排印出版之前，对自己手头掌握的绝对不只一种的脂本所作文字校勘的过程中，一些全凭己意的取舍不当，尤其是印本中随处可见的对前八十回文字内容的拙劣“修改”造成对原著严重伤害的事实，我们也不能避而不谈视而不见。

三、程伟元，只是《红楼梦》后四十回残稿锲而不舍的收集者和该书全本整理出版的主持者；高鹗，只是受邀参与了该书全本整理、编排、删改和补续工作的编辑者而非后四十回严格意义上的创作者。二人所作的程甲本上的《序言》及程乙本上的《引言》，基本内容真实可信；不然，为什么一篇“序”和“引言”随程高印本一出继而风行天下的过程中，并没见曹家的亲戚朋友以及与作者有关的知情人对程高的表白提出任何异议呢？即便是个别猜测性的意见，是不能作为依据的。也因此，作为晚出二三百年之后的读者论者，在各方面历史资料极度缺乏的情况下，绝对不能主观臆断、简单粗暴地上下嘴唇一碰，就言之凿凿“续书是伪作”，就一口咬定“序言是谎言”！

四、就程高本的后四十回内容本身来看，程高据以整理编辑的三四十回篇幅的所谓“收集”稿，大概出于某位不知名的作者之手；其中，也绝对不能排除该无名氏写作过程中曾经利用了数量不明的曹雪芹旧稿之可能性。或许,这类旧稿已经旁人做过改动涂抹了,或者竟然就是当初曹雪芹一直秘而不宣、写而未定的后半部“迷失稿”的残篇余什。正因其“未定”,缺少前八十回那样的反复修改、勘磨打造,因而书稿的整体质量成色,就无法与“定本”的精彩和纯粹相提并论了。这样看来,世人对程高本后四十回的或褒或贬,程高二人、无名氏、曹雪芹等人似乎都有份;因此张冠李戴无功受禄,或者替人背锅无端受过,都是有失公允的。这样看来,人民文学出版社“红研本”第三版、第四版将120回《红楼梦》署名为“前八十回曹雪芹著;后四十回无名氏续;程伟元、高鹗整理”,是有道理的。

五、要客观评价后四十回的内容,就必须好处说好坏处说坏,分析比较,鉴别判断;不主观臆断,不一概而论。具体来说,首先肯定后四十回写得确实很不错,远超其后出现的所有数量众多的续书;但同时也要明白,后四十回与前八十回相比,在整体的思想性艺术性上,还是逊色不少。

五

冯其庸在《论程甲本问世的历史意义》一文中认为,《红楼梦》后四十回与前八十回相比,至少有三个方面的“不如”:一是思想不如曹雪芹,民主思想明显地比前减弱了,锋芒不见了,调和色彩增加了;二是生活积累不如曹雪芹,前八十回的生活都是作者身经的,因此有生活实感,叙事就像是从作者的肺腑里流出来的,处处都给人一种生活的新鲜感、亲切感,而后四十回大部分都显得有些模仿的痕迹;三是文笔不如曹雪芹,文字的味道神韵和叙事的内涵比起前八十回有明显的逊色,表达显得捉襟见肘而无回旋之力。戚蓼生所说的“注彼而写此,目送而手挥,似谲而正,似则而淫”的这种境界就比较少见。同时他又认为,曹雪芹实在太过崇高了,所以后四十回难与比肩,但是如果拿后四十回与当时及后来的众多续书来比,仍然是其中的一座高峰。

学者张锦池在《论〈红楼梦〉后四十回》一文中说:《红楼梦》以它残存的前八十回成为中国封建社会的百科全书,这是文学史上的奇迹;高鹗辈续写的后四十回竟然能达到“乱真”的程度,这也是文学史上的奇迹:一部书有此双重奇迹,可说独秀世界文林。

红学家吕启祥在《不可企及的曹雪芹——从美学素质看后四十回》一文中指出:后四十回不仅缺少优美的意境,也缺少生活的气脉,亦即它往往注重写事件而不注重写人物,不能像生活本身那样天然浑成、生气流贯;像傻丫头不傻、司棋和潘又安了结的不合情理等情形很多。在他看来,后四十回的存在,除有助于前八十回的流传外,还在于能够成为一种鲜明的反衬,反衬曹雪芹及曹雪芹前八十回的"不可企及"。

作家王蒙在《红楼启示录》中，也认为：续作的最大缺陷，与其说在于情节安排的偏颇，不如说是在于艺术描写的缺乏。显然安排失当的情节也是有的，但更多的情况属于情节安排不无道理（至少是有得有失，难以臧否），可整个写得缺少一种艺术生命，缺少贯注的生气、独到的发现、奇妙的细节、别致的处理，以及令人边读边欲跳起来的那种紧张的艺术激情、艺术才华、艺术想象的喷薄。总之，续作四十回的主要缺陷在于艺术魅力的缺乏，它不再是艺术精品而沦为平常之作。

客观上看，就后四十回文字本身来说，还是有不少可观之处的。鲁迅认为：

> 后四十回虽数量止初本之半，而大故迭起，破败死亡相继，与所谓"食尽鸟飞独存白地"者颇符，惟结末又稍振。（《中国小说史略》）

这段话既指出了后四十回的优长，也点明了它的缺点。在总的倾向上，程高本后四十回接续了前八十回既成事实中的主要线索，顺延了那业已形成的悲剧趋势及氛围，大体上保持了相关艺术形象的生活和思想性格发展逻辑，完成了全书"四大家族"及其一众附生寄命者一齐落入败亡命运的大悲剧结局。在艺术描写上，它也尽量照应前八十回，一些情节片段以及行文的语言风格刻意模仿前文，譬如写妙玉的尘缘未断终致走火入魔的心病，写黛玉的杯弓蛇影、焚稿断情的凄惨，写贾政管家治理的混账低能，写李十儿的狐假虎威，写贾雨村的欺心负友，写随处可见的吏治腐败和人心散乱，写众人奉旨抄家明火执仗的公然抢劫，写袭人出嫁离府过程中的矛盾复杂心理意绪等，照样写得不同凡响，不乏艺术感染力……这些成就，构成了两百多年以来后四十回为读者广泛接受的重要原因。不过，后四十回思想和艺术方面的缺陷，也是显而易见的：

一是贾府结局的错误逆转。前八十回中，曹雪芹通过种种方法，暗示了贾府彻底败落的不可逆转的结局。续书在前二三十回中似乎还是很注意到了这一点，尽管相当程度上减缓了贾府形势"急跌"的速度和冲击力，但还是通过描写甄府被抄、薛家囊尽、元春薨逝、王子腾暴亡，以及宁荣二府被抄，贾赦贾珍被捕充军，贾母、王熙凤先后郁郁而死等重大人事变故，保持了贾府等贵族家庭继续向衰败谷底大幅滑落的大趋势。可惜后来却又出现了贾政承袭世职、宝玉贾兰中举、贾赦贾珍免罪遣返、薛蟠出狱归正、宝钗怀有身孕后继有人等一派"兰桂齐芳，家道复初"的可喜景象，拖下了一个虚假的、慰藉世人庸常心理需要的"光明"的尾巴。这样的结局，不仅在艺术上落入了曹雪芹所深恶痛绝的"大团圆"小说旧套，更重要的是一定程度上违反了历史和生活的真实，冲淡《红楼梦》的浓黑的悲剧气息，削弱了"家亡人散各奔腾"大悲剧所具有的"呼啸而至""震撼人心"的思想和艺术力量。

说起来,《红楼梦》前八十回的作者,在思想艺术追求上表现出来的不同流俗,实在令人感叹。不是么,正是世人习惯品评"非好即坏,一看便知"的纯粹角色,而作者提供的偏偏是些真假难辨,瑕瑜互见,一时也说不清、道不明的复杂典型;正是读者一心期待的"大团圆"结局,作者给的偏偏只是一场冰水浇头的"空欢喜"呢! 诸如此类公然"打破窠臼,得罪读者"(俞平伯语)的反其道而行之,哪知道却正是卓异天才作家思想和艺术的"成熟""深刻"之处。

二是一些情节的描写,悖于常情常理。譬如前八十回中,曹雪芹从第5回的判词以及第63回众姐妹抽签活动中,多次暗示出探春的结局"也是个王妃不成";然而程高等人笔下的探春,只是嫁给了镇海总制的公子:这"公子"与"王子",虽一字之差,但政治地位和社会影响力的差别,可就大着去了。再说,得知探春远嫁的消息之后,众人心里都不是滋味,但探春的亲生母亲赵姨娘却是一派幸灾乐祸,竟然还希望探春的婚姻,落得像迎春一样的悲惨!——亲娘在女儿出嫁前,为什么会给予这样的"祝福"呢? 儿行千里母担忧,虎毒尚且不食子,赵姨娘难道完全失去了人性了么? 真不可思议! 此外,还有巧姐的年龄骤大骤小的现象更加明显,等等。

三是人物性格的莫名突变。一些人物形象的思想性格,出现了不合逻辑的变化走样。譬如贾宝玉是封建统治阶级的叛道者,向来蔑视封建礼教和功名利禄;但在后四十回的一些章节中,身上却不时带上了拥护封建礼教和追求封建功利主义的"禄蠹"成分了。机灵鬼贾芸,在前八十回中表现尚可圈点,但在后四十回中竟然品质变坏,成了投机取巧、吃喝玩乐、出卖巧姐的"狠舅奸兄"中的一员。人是吃五谷杂粮的,贾芸也并不是不可以变坏,但关键是这种品行上的变化缺乏交代,无迹可寻。

四是"怪力乱神"现象的迭次出现。譬如第89回写水月庵的尼姑疑似"中邪",半夜满口吐白沫;继而凤姐屋里的小丫头听见空屋子中像有人在叹气,半夜凤姐惊醒,寒毛一乍。第95回中写宝玉失玉,请人测字算命,继后还请来妙玉扶乩。第101回,写凤姐在凄寂的大观园中遇到陡然出现的大狗,还有秦可卿的鬼魂。第102回,写尤氏从大观园中路过,撞了"伏尸白虎",谵语绵绵;继而贾珍亦病,到大观园中烧纸后方好。第113回,写赵姨娘在铁槛寺内也"被鬼附身",因为"使了毒心害人被阴司里拷打死了";还有凤姐梦见了尤二姐以及疑似自尽的守备公子和重情女孩金哥这"一男一女";等等。其中的一些描写,虽能衬托大观园凄凉荒芜景象和人"做贼心虚"的心理现象,但是如此大量的篇幅去描写鬼怪神灵,让人感受更多的,是在宣扬宿命论和因果报应。这一定程度上,削弱了《红楼梦》批判旧世界旧文化的思想力量。

此外，在艺术表现方面，也出现了王蒙总结的“情节未尽灵气尽，故事未完情趣完，人物未终发展终，全书未结文气结”等缺陷。蔡义江在《〈红楼梦〉续作与原作的落差》一文中，罗列了后四十回存在的几个致命弱点：

（一）变了主题，与书名旨意不合：续书让黛玉死去，宝玉继后出家，一定程度上保持了小说的悲剧结局虽说难得，但悲剧被缩小了减轻了，性质也改变了，因此误导了读者。

（二）过于穿凿，求戏剧性而失真。最典型的例子，就表现在编造宝玉婚姻的“调包计”情节的设计上。

（三）扭曲形象，令角色前后判若两人。主要表现在黛玉对读书科举的态度转变上，宝玉文思才情的丢失和将其思想情感的庸俗化上，以及贾芸、袭人等辈处世为人风格的变化上。

（四）语言干枯，全无风趣与幽默。

（五）缺乏创意，重提或机械模仿前事。

（六）装神弄鬼，加重了迷信成分。

（七）因袭前人，有时难免出丑。主要表现在诸如“掉包”“焚稿”“施毒计金桂自焚身”等情节，借鉴了前人作品中类似的写法；特别是多处引用或拼凑的前人诗词，颇露弄巧成拙的马脚。

以上几位先生的归纳总结，应该说还是有些道理的。下面各回，笔者将紧扣文本阅读，与前八十回作适当比较，对续书的思想及艺术表达上的长短得失（譬如创新与承袭、主曲与变奏、得当与偏颇等方面），力求做到实事求是、恰如其分的分析评点。

第八部分(第81—120回)

第八十一回　占旺相四美钓游鱼　奉严词两番入家塾

内容提要:宝玉在母亲跟前为迎春婚姻的不幸抱不平,因此对黛玉大哭;继后去跟探春、李纹、李绮、岫烟等一起比赛钓鱼,看谁的运气好。贾母叫来宝玉和凤姐,告知马道婆恶行败露的消息。贾政叫来宝玉要他收心多念文章,并亲自送宝玉到家塾,向代儒叮嘱一番。

●宝玉想出要贾母出面接迎春来家不放回去的主意及一番说辞,满满的孩子气,倒也与平日里宝玉的心思性情接近。王夫人对不懂世事艰难的儿子责备中的开导,涉及家长里短,符合生活实情,比较切合她的身份见识。所谓"嫁鸡随鸡,嫁狗随狗",本来就是中国千百年来绝大多数女人的宿命;再说,两个人的婚姻组合,本来就会有程度不同的磨合期:王夫人说得可没大错。

●宝玉到黛玉处,提起昔日初结海棠社"那时候何等热闹",叹息宝钗、香菱、迎春等"几个知心知意的人都不在一处","再过几年园中不知作何光景,不如早死"等语,触起黛玉心事:与前后文遥相照应,有利于贯通全书血脉。

●经王夫人狠心整治,宝玉的"爱巢"几近人去楼空,母子之间的感情疙瘩已经结下,貌合神离的状态岂能迅速解除?这个时候,却写宝玉因二姐姐迎春的婚姻不幸前去向母亲诉苦,是不是搭错脉找错了对象?而被母亲开导一番之后仍一肚子闷气无处可泄的宝玉,有意前来潇湘馆,刚进门"便放声大哭起来"的突兀举动,不但将黛玉"倒吓了一跳",他接着申诉的话题,明知都是足以引起对方的敏感难过却还要一吐为快:为什么宝玉如此一反常态,神经兮兮,对他一向怜惜有加的病弱妹妹,竟如此粗心大意了?又特别是告辞黛玉之际,当着几个丫头的面,竟然说出"要想我的话时,身子更要保重才好"这一类唐突之言,往日多情公子的细心体贴去哪里了?这种现象只能说明:续作对宝玉的性格特征以及宝玉与黛玉的关系分寸,虽然走笔很小心,但具体行文中却因拿捏得不是特别精准到位,以致本想掀起一点波澜或来一点"温故知新",却不料过犹不及,成为败笔。

●"四美钓游鱼"一节,写得倒还生动活泼、细腻体贴,但无如语言锤炼的功夫不到，与前八十回精彩描写片段中叙事语言的蕴藉古雅、人物语言的个性突出富有神采相比，显得拖滞而有些逊色了。

●借钓鱼占兆，独宝玉落空，钓竿折断，为即将到来的种种不顺心乃至最终的出家结局预告。

●曹雪芹以表“文情转折”的惯用语“一言未了”出现，一定程度上表明“钓鱼占兆”情节，或许源自其身后佚稿。只是因为佚稿二三十年之后被发现之时已经残破得很了，程高等整理编写者不得不为“缺失”的部分“打补丁”。这种“补丁”，不用说，既有整回的加写，更有大段的嵌入，还有一些字句的依顺。

●马道婆事败，伏赵姨娘将来鬼附自责一事；宝玉再入家塾学做八股，为后来的中举作准备。只是马道婆败露一事，由王夫人口中转述道出详情，不但神神道道，化虚为实，有宣示“邪术”之嫌，而且从头至尾，娓娓道来，与前八十回中说话者“木讷”“寡言”的形象大相径庭。特别是叙写老夫老妻会面闲谈一节，写王夫人对贾政“嗤的一笑”，写她把宝玉的言语又“笑述了一遍”，写“贾政也忍不住的笑”：此类近似恩爱夫妻甚或小儿女的情调情态，虽为柴米夫妻生活中常见，严格说来，却扣合不住前八十回中这二人的身份性格和已经定格形成了的相敬如宾、近而不亲的关系。不过，在笔者看来，再固执死板缺少情趣的人，随着年岁的增大、境遇的变迁，思想性格总会发生一些哪怕是微不足道、难以察觉的调整与变化的。贾政夫妇亦然。只要作品中描写人物形象的这种变化符合情理，都是允许的。我们不能一边对前八十回写出了人物思想性格的变化和发展赞赏有加，一边又反过头来，对后四十回这方面的努力作一票否决：文学艺术上的“双重标准”，照样是万不可取的。

●红楼探照之一八三：

苦心孤诣　续貂不易
——从宝玉再入学堂一事说起

第 81 回贾政又一次过问宝玉的功课并将之亲送学堂学习举业，符合贾政一向的思想性格以及常情常理。这种对成年孩子学业的重视、督促甚至“威逼”，从古至今的家长皆然，与第 78 回中对贾政心理所作的分析，并无特别尖锐的前后矛盾。何况程高 120 回本为了保持前后统一，已经将脂本第 78 回中“近日贾政年迈，名利大灰……遂也不强以举业逼他了”一段心理坦露内容，悉数删除，于是与眼下要宝玉再次学习学举业的出尔反尔行为，不再自相矛盾了。

走笔至此，笔者倒觉得：衡量后四十回写得成不成功的主要标准，应该不是看它的有关内容在多大程度上与原著相吻合，而是要看它表现生活达到了怎样的深广度和美学的高度。在保持前八十回故事发展的框架、走向，以及人物、环境主要特征规定性的前提下，续作者有理由也更有必要保持一定程度上的创作自由；即便是因风点火、借巢下蛋，也可以尽最大可能写出自己对生活的独特观察和感受体验来，以此增加作品的新意。为此，我们不能时时处处将后四十回与脂本前八十回一一对照，尽去寻找两者之间的差距；而是要将程高 120 回视为一个整体，将已经删改的程高本前八十回与后四十回相比较，这样去找出前后两部分之间的长短优劣，才有说服力。闲言少叙，且看荣府二老爷见了塾师的一番托付：

> 贾政道："我今日自己送他来，因要求托一番。这孩子年纪也不小了，到底要学个成人的举业，才是终身立身成名之事。如今他在家中只是和些孩子们混闹，虽懂得几句诗词，也是胡诌乱道的，就是好了，也不过是风云月露，与一生的正事毫无关涉。"代儒道："我看他相貌也还体面，灵性也还去得，为什么不念书，只是心野贪玩？诗词一道，不是学不得的，只要发达了以后，再学还不迟呢。"贾政道："原是如此。目今(**此字程乙本作"前"**)只求叫他读书，讲书，作文章。倘或不听教训，还求太爷认真的管教管教他，才不至有名无实的白耽误了他的一世。"说毕，站起来，又作了一个揖。

正如稍后贾代儒对宝玉所言："如今论起来，你可也该用功了。你父亲望你成人，恳切的很！"可叹中国家庭对后辈勉为其难的管教，大都是在"为孩子将来负责"这面"爱的大旗"下进行的。尽管贾政对宝玉读书仕进早已失去了希望，望子成龙的期望值业已明显下降(正如第 78 回他坦露的心迹)，但毕竟关系到孩子的一生以及家族的未来，作为一向思想比较正统、为人比较朴质的父亲，他不会对自己的儿子撒手不管的。对儿子的教育成长放任自流，这不符合贾政的性格；何况，家长制作风俨然的贾政，对宝玉再次入学，除了"自今日起，再不许作诗作对的了，单要习学八股文章。限你一年，若毫无长进，你也不用念书了，我也不愿有你这样的儿子了"的嘱咐外，并没有下达什么明确的、硬性的奋斗目标。再说，对宝玉整装出发、入学读书一事，府内上下除了以前的黛玉曾随口微讽过，谁人(也包括现在的黛玉)不是持喜悦和认同态度的？因此对宝玉来说，再次入学只是迟早的事。

让宝玉再入家塾读书学习，并不违背情理，同时也是为了照应后文"宝玉中举"情节的必需。但诸如此类的情节设计，犹如不仅按下了"暂停键"，还启动了"倒退键"，造成的后果无疑就是拖长了《红楼梦》全书的篇幅，减弱了前八十回已然形成的贾府命运"急转直下"的迅猛势头，延缓了以它为代表的"四大家族"败落覆灭相继、令人怵目惊心的时间过程。如果后四十回内容的大部分，确系曹雪芹之外的其他人所续写，他完全可以在前八十回“江河日下”整体趋势氛围已经明显形成的故事框架之下，急管繁弦，大落大起，随开随合，有如“临门一脚”，迅速将贾府推上政治经济动乱的风口浪尖，快刀斩乱麻一般将之送向终残之局。而有意放缓“急跌”节奏、苟延“衰败”过程，只能表明续作者在创作上并不善于“借势”和“藏拙”了。

第八十二回　老学究讲义警顽心　病潇湘痴魂惊噩梦

内容提要：贾母说宝玉“野马上了笼头”；贾政要宝玉学做人的道理；黛玉要宝玉在八股文章上下些功夫，宝玉深感诧异。代儒令宝玉解说“后生可畏”和“好色过于好德”的命题。袭人为晴雯“兔死狐悲”，怀疑宝玉要娶黛玉。黛玉做梦父亲来接；黛玉痰中带血，探春、湘云来察看并作安慰；黛玉看透诸人关心的表象。

●续作开篇的几个章回，特别注意通过“温习”，与前八十回相关的情节和人物实现最大程度上的对接，令读者有“似曾相识”之感；但由此也难免导致了部分人物情节及生活场景的重复。后四十回的写作，总体上缺乏创意，缺少前八十回中比比皆是的使人读起来“眼前一亮”“心中一动”之类的新异神奇笔墨；而一些模仿、温习性质的内容，尽管有前八十回的笔意，却往往达不到曹雪芹曾有的笔力：可见“接续旧作”与“开创新篇”之间矛盾难免，写作续书的“追赶”与“跨越”之难。

●上学一段，仅仅写到宝玉一个学生出场与塾师交流，而且几乎全是有关功课方面的对话，内容显得单薄。它与第 9 回“起嫌疑顽童闹学堂”一节的丰富精彩、趣味盎然，是无法相比的。平心而论，后四十回总体上还是写得不错的，但也确实有些章节或片段出现了明显败笔。比较而言，续书 40 回中的开篇七八回，或许是因为整理者可以凭借的旧稿已经严重缺失；或许是续作者一开始写作时没有找到感觉，因此写得甚为逊色。

●续作的叙事节奏有快有慢，对前八十回已经展开并激化的一些矛盾有所缓和，却让黛玉的病情急转直下，即将一病不起。这样的构思，倒顺应了前文已经反映出来了的贾府生活及命运“急跌”的趋势，有利于后面故事情节的展开。

●探春、湘云写得只见其形不见其神，了无新意；惜春听到黛玉病情加重，虽寥寥一语，却性情毕现。同时本回的袭人写得有些“走形”：她居然因自己将来的地位、处境，去试探冰雪聪明的黛玉，无疑太莽撞冒失；她居然也学起了赵姨娘一类人的手势动作，搞背后非议，鬼鬼祟祟。这还是前八十那个做人行事一贯细心谨慎的袭人么？同此场景下的黛玉，又为什么要口无遮拦地发表一通尖锐的议论,将家庭成员之间有你无我的“斗争哲学”不加掩饰地宣示出来呢?只是逞一时的口舌之快,还是续作者把握不准描写人物的分寸?

●黛玉吐血一段,写得惊心动魄;尤其是“痰中一缕紫血,簌簌乱跳”一句,可谓飞来神笔。

●红楼探照之一八四:

“全盘否定”与“有所保留”
——试看宝黛对举业的不同态度

举业,是指隋唐实行开科取士以来,封建士子为应科举考试而准备的学业;明清时专指八股文。八股文,也称制义、制艺、时文、八比文。而所谓“股”,也称“比”,有对偶的意思。八股文有一套相对固定的写作格式,其题目取自四书五经,以四书命题占多数。文章论述的内容,要根据朱熹的《四书章句集注》等书而展开,不能随意发挥。每篇开始以两句点破题意,称为“破题”;然后承接破题进行阐发,称为“承题”;接着转入“起讲”,即开始议论;后再为“入手”,意为起讲后的入手之处;以下再分为起股、中股、后股、束股四部分;末尾又有数十字或百余字的总结性文字,也称“大结”。从起股到束股,每组都有两组排比对偶的文字,共为八股,所以称为“八股文”。

贾宝玉当时被逼着学习的文章样式,毫无疑问是以八股文为主的。这种文章形式自问世以来历经挞伐、饱受非议,其弊端毋庸讳言。但是后世之人没有深究根底,人云亦云,又造成了对八股文“百无一是,纯粹垃圾”的印象。其实,这是一种认识上的误区。

八股文是应科举考试的需要而产生的。从积极意义来说,它对于传承儒家文化,推动钩沉古籍学风的形成功不可没;其次,八股文的写作理论和技巧为后人提供了难得的写作借鉴。吴敬梓在《儒林外史》第 11 回借人物之口所讲“八股文若做的好,随你做什么东西,要诗就诗,要赋就赋,都是一鞭一条痕,一掴一掌血”的话,并非无稽之谈。八股文在文章形式上有极其严格的限制,要求在极短的时间内成文,且立意、文辞均要有可取之处,这对应试者思维及其文字表达能力的训练严酷而有效,由此能在科举考试中脱颖而出的人,应该不尽是庸才。

科举考试制度是时代的产物,在其存在并得到延续的大部分历史时期是有合理性的。否则,就很难解释为什么通过这种机制选拔的人才,能支撑庞大帝国运作几百年的时间。与科举制度密切相关的八股文,之所以遭到后世的非议,主要还在于它的思想内容越来越陈腐单调,形式主义越来越严重,“仕进”敲门砖的负面作用越来越明显，相当程度上禁锢了读书人的灵魂，不利于新时代的进步。第 82 回写宝玉鄙薄功名利禄，因此特别痛恨八股文章，将其批得体无完肤，一无是处；反而是黛玉持论公允，没有偏见与傲慢，实在令人不得不刮目相看：

宝玉接着说道："还提什么念书，我最厌这些道学话。更可笑的是八股文章，拿它诓功名混饭吃也罢了，还要说'代圣贤立言'。好些的，不过拿些经书凑搭凑搭还罢了，更有一种可笑的，肚子里原没有什么，东拉西扯，弄的牛鬼蛇神，还自以为博奥。这那里是阐发圣贤的道理！目下老爷口口声声叫我学这个，我又不敢违拗，你这会子还提念书呢。"

黛玉道："我们女孩儿家虽然不要这个，但小时跟着你们雨村先生念书，也曾看过。内中也有近情近理的，也有清微淡远的。那时候虽不大懂，也觉得好，不可一概抹倒。况且你要取功名，这个也清贵些。"宝玉听到这里，觉得不甚入耳，因想黛玉从来不是这样人，怎么也这样势欲熏心起来？又不敢在他跟前驳回，只在鼻子眼里笑了一声。

有专家考证说，续书作者高鹗是一个"八股迷"，醉心科举仕进；但细读宝黛二人关于科举八股的议论，不得不对这种说法表示怀疑。谁能如此清醒毒辣地看透"八股文章，拿他诓功名混饭吃"的本质，并胆敢借笔下人物以极度鄙夷不屑的怪话风凉话口吻说出来！宝玉对明清时代科举功名的"必修课"和"敲门砖"持全盘否定的态度，一方面说明了他思想离经叛道、与主流社会的要求格格不入；一方面也表明了他因自身优裕生活条件的保障，而罔知前路的艰难。谁叫这个时期的年青公子，饱食终日，无所用心，活脱脱还是一个包裹在"花柳繁华地，温柔富贵乡"之中，不历经人生的多次折磨打击就难以走向成熟的"巨婴"呢？

与宝玉哥哥的懵懂顽劣及偏激言辞相比，倒是经常沉浸在书香世界里的黛玉，能以大致客观理性平和的态度知人论世衡文。黛玉对宝玉痛恨的八股文章，没有"一概抹倒"，而是看到了"内中也有近情近理的，也有清微淡远的"可取一面，并表达了"况且你要取功名，这个也清贵些"的观点。这个观点，不但使书中人物宝玉大觉逆耳，也同样使得后世的读者论者感到匪夷所思。其实，在这里，黛玉不过是随口说说，泛泛而论，并没有什么"要激励督促宝玉去用心读书、猎取功名"一类的深意。何况，就事论事，黛玉的观点也没有错到那里去呀。早就进入了青春期的两个有自己思想的有情人，"巨婴"尚可躺在"富贵闲人"的席梦思上悠游岁月；而作为深具知识分子情怀的才女，长期的寄人篱下，忧郁愁闷，你能让她完全成为一个横草不拈、竖草不拿、任事不想、啥见解没有的精神白痴么？

●红楼探照之一八五:

孤女末路:心有余悸梦魂惊

做梦,是现实生活中人们最常见的一种生理、心理现象。一定程度上,梦境就是梦者现实生活的一种变形化翻版。

做梦的原因各有不同,梦境也千差万别。梦境最大的特点就是恍惚迷离,时空颠倒,场景叠加,情节结构跳跃性大,忽东忽西;梦境的演变没有清晰的逻辑性,常伴以不同程度的夸张、变形、捏合等"非现实因素"。

写梦的用意,大致有二:一种是出于推动情节展现、方便相关人物出场、勾画某种非人世境界行为的需要,譬如第1回中的"甄士隐梦幻识通灵";更多的是为了揭示人物特定心理、反映人物个性、推动情节发展。小说前八十回有大量成功的梦境描写;第82回所写的"黛玉惊梦",描写篇幅算得上全书最长,也堪称续书中写得最成功的章节之一。

黛玉的这个梦,是被日间送荔枝前来的薛家老婆子"怨不得我们太太说,这林姑娘和你们宝二爷是一对儿,原来真是天仙似的""这样好模样儿,除了宝玉,什么人擎受的起"这两句"混说白道"刺激起来的。时当黄昏人静,千愁万绪堆上心来,她不得不考虑到自己的婚姻问题,想起:"自己身子不牢,年纪又大了,看宝玉的光景,心里虽没别人,但是老太太、舅母又不见有半点意思;深恨父母在时,何不早定了这头婚姻。"又转念一想道:"倘若父母在时,别处定了婚姻,怎能够似宝玉这般人材心地?不如此时尚有可图。"心内一上一下,辗转缠绵,竟像辘轳一般。

黛玉的这些念头和想法,不知不觉引出了一场噩梦。先是梦见贾雨村来给她道喜,南京还有人来接;接着又见凤姐和邢、王夫人等都来与她道喜送行,说她父亲升了湖北的粮道,娶了一位继母,由继母做主将她许了一位什么亲戚,还说是续弦;黛玉心上着急,只得向贾母求救,表示自己"南边是死也不去的","情愿自己做个奴婢过活,自做自吃"也不离开贾府;但这些请求都遭到贾母的无情拒绝:"这个不干我的事","续弦也好,倒多得一副妆奁","做了女人,总是要出嫁的;你孩子家不知道,在此地终非了局","鸳鸯,你来送姑娘出去歇歇,我被他闹乏了"。黛玉走投无路,只得找宝玉直率地表白爱情,而宝玉为证明自己的忠诚,用刀子划开胸口,要掏出心来给黛玉看;黛玉又颤又哭,又怕人撞破,抱住宝玉痛哭;宝玉眼睛往上一翻,"咕咚"就倒了;黛玉拼命放声大哭,一翻身却原来是一场噩梦。

这场噩梦以夸张的形式,无情暴露黛玉周围环境和人物的冷酷,几无遮拦地显示了黛玉追求幸福爱情、人生归宿的热烈和执着；实属这一时期黛玉忧愁、烦恼乃至于痛苦恐惧情绪的自然流露，是黛玉希望与绝望、追求幸福的意愿与理想必将破灭的预感交织而成的复杂心理的产物，更预示着以后情节发展的轨迹。

这个梦的过程回环反复。整个梦基本上都是严格按照生活事理逻辑渐次展开，因此显得梦的“非现实因素”少了些，有点“梦不像梦”；又特别是宝玉为表爱情忠心，竟然“拿着一把小刀子往胸口上一划，只见鲜血直流”“还把手在划开的地方儿乱抓”的一幕，直观而又血腥，有些缺乏艺术美感，也不甚吻合林黛玉在读者脑海里一向脆弱善良的美少女印象。但这个梦境的描写，总体上还是值得称道的。梦中王夫人、邢夫人对黛玉请求的不理不睬，“都冷笑而去”，以及贾母对孙女哭求的推脱和厌烦，都入木三分，表现得恰到好处；宝玉对黛玉的告急，先若无其事、后转变态度、再剖胸挖心表达赤诚的描写，也是不错的。尤其是黛玉梦醒时分情景的描写，文笔清丽，情景交融，细腻生动，颇见功力，有前八十回精彩文字的回响余韵，值得品味。

第八十三回　省宫闱贾元妃染恙　闹闺阃薛宝钗吞声

内容提要：窗外婆子骂外孙女，黛玉误会，气得几乎晕死。府内财政更加吃紧，凤姐束手无策，还从外部传言中意识到“危险”。元妃得病，贾母等进宫探视。金桂和宝蟾闹事，薛家母女劝说不住。

●本回写到的府内外几件事，意在合力将贾府尽快地推向彻底的败落境地创造条件，从此“四大家族”苟延残喘的日子进入倒计时，相关人物特别是目前已经染病的贾元春、病入膏肓的林黛玉，生命将首先走向尽头。这符合原作的情节走向，勉强接续上了前八十回已然形成了的“急跌”节奏；无如描写的过程还是显得有些鸡零狗碎，有些滞胀啰嗦。

●黛玉噩梦中有鲜血淋漓一幕，宝玉半夜便喊“心疼”，算又一次写到了息息相通者之间的心灵感应。

●当亲眼目睹黛玉病情的两个姑娘来到贾母那边，探春因提起黛玉的病来，且看贾母的反应：

> 贾母听了，自是心烦，因说道：“偏是这两个玉儿多病多灾的。林丫头一来二去的大了，他这个身子也要紧。我看那孩子太是个心细。”众人也不敢答言。贾母便向鸳鸯道：“你告诉他们，明儿大夫来瞧了宝玉，就叫他到林姑娘那屋里去。”鸳鸯答应着，出来告诉了婆子们，婆子们自去传话。

病这么重，贾母非但没有去看视，还啧有烦言“我看那孩子太是个心细”，第一次流露出极度的不满意和不耐烦。这对寄人篱下的病弱女子还说，无异于一个极度危险的信号。长期以来精神物质等方面最大的也几乎是唯一的亲情依靠,对全府事务有着强大影响力的外婆一旦“变脸”了,意味着黛玉非但嫁给宝玉的可能性为零,连众人对她生活起居的照顾,或许都会大打折扣。

贾母对黛玉病体的气恼,亦印证了黛玉梦境中贾母的态度。看来黛玉除了等死,别无他法。平心而论,一直以来,作为黛玉唯一可靠的亲人,贾母对外孙女的关爱,可谓深厚矣!但黛玉还是有些不争气,特别是涉及一个女孩子谈婚论嫁之时最优先被考察的脾气性格和身体健康因素,却始终让贾母感到不安。眼下“林丫头一来二去的大了,他这个身子也要紧”,不就是说黛玉到婚嫁年龄了,体质却每况愈下,令自己深深失望了吗?

●黛玉病情的严重程度,通过周瑞家的给凤姐回事过程中顺便提起的“我方才到林姑娘那边,看他那个病竟是不好呢:脸上一点血色也没有;摸了摸身上,只剩了一把骨头。问问他,也没有话说,只是淌眼泪”一句,得到强调。同时,借紫鹃“打算要问二奶奶那里支用一两个月的月钱”的话头,通过凤姐对仆妇“近来你也知道,出去的多进来的少,总绕不过弯儿来”的坦言,又通过仆妇对坊间有关“宁国府,荣国府,金银财宝如粪土。吃不穷,穿不穷,算来总是一场空”一类传言的转述,再次表明了贾府“急跌”的经济财政形势,为全书走向“大结局”做极限蓄势。

●对朝夕相处的园内姊妹,在权力、能力范围内总少不了尽量关照;对社会上的传言,仍保持了清醒的头脑和必要的警觉:不失凤姐作为大管家的本来面目。

●薛家争吵甚有看头。叙事简洁,内容丰满,言此及彼(譬如金桂两次说到自己的“守活寡”三字,即可理解为影照宝钗的将来),描写不乏精彩之处,颇有曹雪芹的笔法笔意。

●金桂的泼妇性格,刻画生动,“胭脂虎”的形象跃然纸上;薛家不经此一闹,薛蟠不离家惹事,薛家的结局便一时难于挽结。

●喧嚣吵闹环境下,宝钗仍大致保持了一贯的风度气质和沉稳个性,十分难得。

●红楼探照之一八六:

追赶尚且不及

——且说续书的殷勤和无奈

续书为了接应原脉,扣合前情,免不了有仿照已有故事情节、勾连从前人物表现的成分。但这样的仿作,却没有翻出新意,倒多成了冗笔。

譬如第 83 回王太医被请来给黛玉把脉诊病一节的描写，即与第 10 回“张太医论病细穷源”的情景几乎雷同，且还有借此炫耀病理药理知识之嫌。第 29 回及第 31 回出现的“庙里的老道士送给宝二爷的小金麒麟儿，后来丢了几天，亏了史姑娘捡着，还了他”等一类情节，作为前八十回的“针头线脑”，又被续书缝合在了自己身上，但也未必见好。特别是“元春得病”，适得其时，情节构思不错；但遗憾的是，具体描写手法太糟：

一是像例行公事，既不关前情也不涉后事。

二是叙述太多描写太少，叙述也无轻重缓急之分。

三是可数的人物描写文字，也非常平庸：元春的性格内涵没有得到任何丰富拓展；贾母作为探望者代表讲了三句话，没任何实际意义；贾政夫妇一句话也没有；最会说话且被垂询的凤姐，也只有“尚可支持”四字。

四是环境描写只有“奎壁辉煌，琉璃照耀”一句套话，目光所及脚步所到，几乎空空如也；几个隐形人般的太监宫女有如跑龙套，面目模糊：一场郑重其事的探望，七八百字的过程展示，没有一个人物出彩，没有一处描写让人过目不忘，没有一处生活场景让人有身临其境的感觉。读者只需将此段落与第 17—18 回中描写省亲的元春“驾临”贾府时的情景两相对照，就可见文学水平的天差地别了。

即便是一些似曾相识的语词吧，续书也未必运用得恰到好处。譬如“颤颤巍巍”一词，最先用于对黛玉柔柔弱弱、袅袅婷婷身姿的描写；无如续书中频现：第 82 回用到薛家婆子身上，此回又用到了贾母身上。“虎头上捉虱子”的俗语，第 83 回出自金桂口中，第 84 回末又出自赵姨娘之嘴：一用再用，不嫌重复。有一句名言，说“第一个把女人比喻成鲜花的，是天才；第二个把女人比喻成鲜花的，是庸才；第三个把女人比喻成鲜花的，是蠢材”：对此，续书者能不心有愧怍乎？

第八十四回　试文字宝玉始提亲　探惊风贾环重结怨

内容提要：元妃病愈。贾母就宝玉提亲一事，与贾政交换意见。贾政检查宝玉作文并做当面评点指导，继而还命题以考察宝玉的文思文字。贾母过问薛姨妈家事，并谈及对宝钗的极度好感，还将钗黛二人做了褒贬比较。有贾政新进的清客拟为宝玉做媒，贾母打探女家底细后断然回绝，经凤姐指出“现放着天配的姻缘，何用别处去找”，大家心领神会。贾环受母亲指派前来探视巧姐病情，因毛手毛脚弄倒了药铞子，被凤姐和赵姨娘责骂。

●“讲学”“试文字”一段，总体上显得内容枯燥，对生活素材缺少剪裁，叙述也无波澜，略显沉闷琐碎、苍白无趣。与此相比，《金瓶梅》第 74 回全程展示“吴月娘听宣黄氏卷”一节，毛病更甚。

●说到家事的烦难,写薛姨妈一次是"满脸飞红,叹了口气,道……",一次是"把手绢子不住的擦眼泪,未曾说,又叹了一口气,道……":落魄妇女的神情心理,描摹如画。

●新出现的清客相公王作梅者,谐音"妄做媒":此等命名,为曹雪芹惯用手法。

●红楼探照之一八七:

亲情岂止在"利己的冰风"中凌乱
——且看贾母对孤女的"始爱终弃"

第84回叙事比较紧凑,因一事自然牵连攀扯出另一事的笔法,颇得前八十回神韵。特别是贾母与儿子、儿媳等围坐一处闲聊宝玉亲事一节,文笔清雅顺畅,情趣新意满满。其间,贾母说到自己平日里对爱孙宝玉的偏袒,反省中有自得;回顾贾政"年轻时候,那一种古怪脾气",怨怪中多疼爱。这些看似矛盾纠结的表现,无疑丰富了老人家的性格内涵,也非常符合老太君的身份气度。

贾母处的这一顿便饭,也安排得别具匠心。其用意在于引出一连串轻松而又沉重、自然而又敏感的心思与话题:一是通过薛家搅家精掀起的"内乱",彰显出宝钗的贤德、沉稳和大气;二是借此巧妙触动贾母要为爱孙求偶的心事,加深她对尚处难堪境地中宝钗的怜悯顾惜之意;三是凸显了薛、贾两大家族要通过儿女联姻"抱团取暖"的必要性和紧迫性;四是首次明确了贾母关于宝玉婚配对象的褒贬取舍态度。你听,在谈到薛家内乱、宝钗受累、处境艰难之际,贾母对宝钗的赞扬,毫不吝惜:

> 我看宝丫头性格儿温厚和平,虽然年轻,比大人还强几倍。前日那小丫头子回来说,我们这边还都赞叹了他一会子。都像宝丫头那样心胸儿脾气儿,真是百里挑一的。不是我说句冒失话,那给人家作了媳妇儿,怎么叫公婆不疼,家里上上下下的不宾服呢。

提到自己外孙女——黛玉病的时候,她更是直截了当:

> 林丫头那孩子倒罢了,只是心重些,所以身子就不大很结实了。要赌灵性儿,也和宝丫头不差什么;要赌宽厚待人里头,却不济他宝姐姐有耽待、有尽让了。

长期以来,在贾府寄人篱下却从不低三下四,满望一向对她慈爱有加的外祖母能在关键的婚姻大事上为自己力排众议、去忧解难的黛玉,遇到如此这般釜底抽薪、掉头他顾、始爱终弃的老人,尚有何说?尚有何求?要说前第50回,也曾有贾母有意要为宝玉求配宝琴,因对方有了人家也就没再提起一事;可眼下老人家的心意已决,只是话在嘴边心在沉吟,故借凤姐的"打开窗子说亮话",一点即通,一拍即合:

贾母接着因把刚才的话告诉凤姐。凤姐笑道:"不是我当着老祖宗太太们跟前说句大胆的话,现放着天配的姻缘,何用别处去找。"贾母笑问道:"在那里?"凤姐道:"一个'宝玉',一个'金锁',老太太怎么忘了?"贾母笑了一笑,因说:"昨日你姑妈在这里,你为什么不提?"凤姐道:"老祖宗和太太们在前头,那里有我们小孩子家说话的地方儿。况且姨妈过来瞧老祖宗,怎么提这些个?这也得太太们过去求亲才是。"贾母笑了,邢、王二夫人也都笑了。贾母因道:"可是我背晦了。"

听了凤姐的"点醒",在场的贾母"笑了",邢王二夫人"也都笑了",可见意见不谋而合,彼此心照不宣。只是宝黛长期以来孜孜以求的愿望和梦想,就这样在众人背地里的轻松谈笑间,灰飞烟灭了!

不用说,贾府"四大女主"一起议婚,规格不可谓不高。钗、宝的婚事一旦被说破,经贾母一锤定音,大家意见高度统一,似乎展示了贾府内部"团结和谐"的一面;但接踵而至的,则是"捣蛋鬼"的冒失闯祸、两个女人的厉声责骂以及贾环由此激发而出的无比怨毒,无疑又展现了贾府内部即将"分崩离析"的一面。只是笔者觉得,这"山雨欲来风满楼"的蓄势过程似乎漫长了一些,行文的节奏似乎缓慢单调了一些,以致整个贾府的命运走向时伏时起,生存状态时乱时治,阴晴不定,乍暖还寒,竟足足花费了长达40回的篇幅方告终结。

第八十五回　贾存周报升郎中任　薛文起复惹放流刑

内容提要:贾政、贾赦等爷儿五人前去北静王府拜寿,北静王对宝玉特别亲热,透露其父即将升职的"喜兆",并以一块仿制玉赠送。宝玉说通灵玉晚上"竟放起光来了,满帐子都是红的",凤姐说"这是喜信发动了",宝玉不解。王夫人告诉贾母向薛家求亲之事。袭人去黛玉处打探亲事消息,无处入话。贾芸急着要给宝玉提亲。贾政升郎中,府内摆酒唱戏,亦趁便给黛玉做生日。众人高兴之际,忽有薛蟠致人死命的凶信传回,金桂吵嚷,薛家忙乱。

●不用说,宫中贾元春的宠辱,直接关系到贾府的兴衰;而北静王府的顺逆,亦直接关系到贾府政治上的安危。贾府与北静王府的往来,北静王对宝玉一如既往的喜爱,背后应有政治上的考量。本回贾府爷儿五个前往拜寿的情节,隐含作者要为贾府糟糕未来"埋根"之用意,构思很好。但叙述的整个过程中,对此无一字暗示,只能靠读者结合前后文自己去感悟领会。

按一些红学探佚者的猜想和推断,曹雪芹的原稿构思与现在的120回通行本多有不同,譬如元妃的忽然殒命,贾府的彻底败亡,除了贾府一群纨绔子弟们的“自作孽不可活”成因外,宫内红颜的失宠,府外靠山北静王府与诸如第33回曾一露狰狞面目的忠顺王府这两大政治势力较量的最终失败,合力演成了元春及其娘家贾府的深重命运悲剧。这与续书中轻描淡写的肤浅揭露,迥乎不同。——遗憾的是,有可能这样惊心动魄的深刻描写的内容,随着曹雪芹的不幸早逝,随着旧稿的“迷失”,我们恐怕永远无缘读到了。

●宝玉说亲的事,在水到渠成的基础上,一直在府内四五个女主以及薛姨妈之间暗中进行。不但宝黛两个受害者一无所知,甚至还在梦中沾沾自喜;即便是敏感而又心细的袭人等,都一律蒙在鼓里,还要盲人骑瞎马,向同处蒙蔽中人处去试行打探:真是可笑可叹!

●以几大段文字,来写急急切切的贾芸几次三番前来,要找宝玉提亲:岂不是多此一举,白凑热闹的“浪费笔墨”?且一个府外的小青年,辈分小一辈,年纪大五六岁,“人微言轻”的道理他不懂吗?这还是原来那个聪明干练的贾芸吗?此外,一个无关紧要的人,递送来一纸莫名其妙的书帖儿(具体内容直到第117回,方借贾芸本人的抱怨补出),不但使袭人等身边人“摸不着头脑”而心生反感,还竟然使得宝玉如懵懂小儿,一会儿“怔怔的坐着”,一会儿“仍是闷闷的歪在床上”,一会儿“忽然掉下泪来”,一时间又“‘扑哧’的一声笑了”:情绪失常,神经兮兮,至于么?

●宝玉在贾母处与众人见面的场景,写出了大家庭中的家常气氛,值得肯定。但有几处有关“冒失”的描写,值得斟酌:

一是获悉父亲升官的消息,宝玉便一路欢喜,“笑着进了房门”。见众人在此,“喜的无话可说,忙给贾母道了喜,又给邢王二夫人道喜”。这种欣喜溢于言表的表现,放在其他任何人身上都不奇怪,但放在前几年遇着自己亲姐姐荣升皇帝贵妃那样“天大的喜事”,尚置若罔闻、不以为意的宝玉身上,是不是意味着宝玉成长太快了,不再顽劣不再异类,逐渐回归传统、回归家庭了?

二是对凤姐说话失言走神的描写。刚与贾母和邢、王二夫人密谋策划过宝玉与宝钗结亲一事,转身就居然开起了使人不得不产生“天然好姻缘”联想的宝黛两人的玩笑,岂不是厚颜无耻太甚!试问:向来对待园内的姊妹们,凤姐也是如此地当面一套背后一套吗?幸亏她自己意识到了自己的“出言冒失”,立马打住,正准备“拿话岔开”来作找补时,仿佛得了传染病似的,一旁的宝玉也忽然冒出一句“林妹妹,你瞧芸儿这种冒失鬼……”的半截囫囵话来,照样冒失!

●自己被人“暗算”了,却浑然不知,还在留意自己的生日宴会上别人缺席,反衬黛玉被蒙蔽麻痹的可怜；妙在薛姨妈的回答，虚与委蛇，有如杨柳之风，吹面不寒：

> ……大家坐了。那黛玉留神一看，独不见宝钗，便问道："宝姐姐可好么？为什么不过来？"薛姨妈道："他原该来的，只因无人看家，所以不来。"黛玉红着脸，微笑道："姨妈那里又添了大嫂子，怎么倒用宝姐姐看起家来？大约是她怕人多热闹，懒待来罢。我倒怪想她的。"薛姨妈笑道："难得你惦记他。他也常想你们姊妹（**前2字程乙本作"姐儿"**）们，过一天我叫她来大家叙叙。"说着，丫头们下来斟酒上菜，外面已开戏了。

●本回借戏曲暗喻人物结局命运的构思，悲喜氛围场景忽然转换的"风云突变"写法：均与前八十回一脉相承。

●本回的黛玉庆生，实为贾府回光返照、垂死挣扎之际，由凤姐提醒、王夫人记起、贾母响应并做出安排的。这些人对黛玉姑娘生日热心张罗，潜意识中是否包含着因完全断绝了对方婚姻念想而来的一丝愧疚，也未可知。

●续书描写薛家家事纷乱的内容，情节合理，笔墨紧凑，人物表现前后一贯，值得赞赏。

●薛蟠命案调查处理过程的详细展示，再一次暴露了封建社会司法的极度黑暗和腐败。复审翻案的现场，知县假作声势，要打要夹，贪官情状等情节写得惟妙惟肖。这回文字，既批判了封建官僚机构的堕落腐化，又揭露了封建社会中"财可通神"的丑恶现实。它与第4回"葫芦僧乱判葫芦案"中掀开的判案黑幕；与第68回察院因钱权被区区一妇人玩于股掌之上、都察院瞻顾人情干脆"不作为"等行径的揭露；以及第99回对"守官箴恶奴同破例"过程的展示：丰富了封建官场丑恶内容，增强了全书的批判力量。这种笔墨，与前代经典小说《水浒传》《金瓶梅》的相关描写一脉相承，与康熙年间文人方苞（1668—1749）纪实散文《狱中杂记》中所记述的监押人犯的"人间地狱"中种种暗无天日、骇人听闻的残酷事实，相互映照。

第八十六回　受私贿老官翻案牍　寄闲情淑女解琴书

内容提要：薛蟠因不满酒店跑堂的"尽着拿眼瞟"蒋玉菡，次日借故用碗将之砸死。薛姨妈托王夫人转求贾政帮忙。薛家不断使钱，死罪被免。黛玉给宝玉讲抚琴要遇知音的道理；王夫人给宝黛各送一盆兰花来。黛玉见花落泪，感叹身世。

●本回的主要情节围绕薛蟠官司展开，审案与家中的请托打点活动交叉描写，有相互掩映之妙。

●因薛蟠致人死亡命案,将小说笔触又一次延伸到了当时民间下层社会普通民众的生活及官场黑暗、法律虚设的现实,又一次展现了人情社会中金钱权势的魔力,提供了旧时代“三尺衙门对南开,有理无钱莫进来”“有钱能使鬼推磨”“有权能使黑成白”这一类活生生的典型事例。

●借薛蟠生气惹祸一事,顺便牵扯出睽违已久的蒋玉菡之行踪下落,为后文袭人出嫁离府预作准备。

●薛蟠案件发生后,薛姨妈自来见王夫人,托王夫人转求贾政。贾政“问了前后,也只好含糊应了,只说等薛蝌递了呈子,看他本县怎么批了,再作道理”的淡然;以及继后儿子的命案因为多方打点有了松动,薛姨妈即刻又到贾府与王夫人说明原委,恳求贾政,贾政“只肯托人与知县说情,不肯提及银物”的迂腐:均符合贾政古板正统、不谙民间及官场“潜规则”等世故人情的一贯作风和性格表现。

●元妃的死亡(应该是猝发的、意外的、非正常性质的迫死,而非第95回那样的寿终正寝)意味着贾府政治靠山的塌陷。该事件自第58回老太妃薨逝写起,直至第83回“染恙”的预热、本回的“周贵妃薨逝”的过渡,以及薛姨妈转述的贾母幻觉暗示、宝钗转述的算命先生曾经的推算,一路写来,烘托皴染,起伏不定,线索穿越近三十个章节但悬念始终未下,显得情节发展节奏太缓,无关紧要的描写过多!

●宝钗口中转述的“这两天那府里这些丫头婆子来说”的话,内容涉及命相学中不少专业术语,竟然被表述得那样层次清晰、一板一眼,俨然行话:令人疑心这些人都经过命相学的专门培训,否则焉能及此!如此一来,人物语言的个性化,又去何处体现?

●“一个人知书达礼,就该往上巴结才是;就是心爱的人来了,也叫他瞧着喜欢尊敬啊”:可见袭人心性如昨。

●宝黛关于琴理的讲求,颇见才女功课学养;惜乎略显冗长,且粘带有一丝说教气,不似平日常有的灵心慧舌。

●见别处送来的一盆兰花有几枝双朵儿的,黛玉“心中忽然一动,也不知是喜是悲,便呆呆的呆看”;继后回到房中,看着花,又感叹自身“只恐似那花柳残春,怎禁得风催雨送”:未免脆弱多情太甚!

第八十七回　感秋深抚琴悲往事　坐禅寂走火入邪魔

内容提要:宝钗写信给黛玉,引黛玉为“同心”和“知音”。探春、湘云、李纹、李绮前来看望黛玉,论到“南边”的风景及“人总有一个定数,大凡地和人总是各自有缘分的”等话题。黛玉归房,触景生情,想起刚才“南边”“北边”的话来,感叹自己如今的寄人篱下；饭后预备给宝钗的回信，看到宝玉旧帕及自己题诗，触物伤情，感怀旧事，不觉得簌簌泪下；继后写赋四章翻入琴谱，抚琴操演指法。宝玉悄看惜春同妙玉下棋；宝玉送妙玉归去的途中，听黛玉抚琴，琴弦断裂。当夜，妙玉走火入魔。

●黛玉、探春、湘云与李氏姊妹有关“南边”的对话，一是为继后黛玉独处时的有感而发做铺垫；一是借此议论突出了湘云一贯通脱豁达的气度；同时也暗示了探春远嫁南方的命运结局。

●“抿着嘴(儿)笑”，前八十回程高改文多以之来形容一个人笑的情味情态；续书最近几个章节，更见频密使用。譬如第85回写邢、王二夫人，本回写李纹、李绮，第88回写鸳鸯、写贾兰，第89回写黛玉和雪雁、紫鹃两个，均不分男女老少，一有会心都以“抿着嘴(儿)笑”言之。这种屡见不鲜的文字现象，显示了这些人对该类语词的偏爱，以致不惜滥用；同时凭此类惯用语“胎记”，倒也间接证明了程高对其负责编辑整理的120回本子的前前后后，的确还做过一番“认真”的修补润色工作。

●柳嫂子的女儿(五儿)在本回复活了，并在第92回、第109回做了特意描写。这显然是程高续补后四十回的过程中，因审稿不细心留下的遗漏。如果他们在统稿的过程中发现了续书与前八十回中王夫人说的“幸而那丫头短命死了”(见第77回)一句相矛盾，恐怕大笔一挥，早就将这露馅的话删除净尽，不留丝毫痕迹了。

●本回后半节写得内涵饱满、元气淋漓，语言精致、妙趣横生，颇有前八十回文字的精气神韵，值得叹赏：

一是将宝玉和妙玉这一对有着“微妙”情愫的青春儿女偶然碰面中的心思神态活画了出来，真实贴切，引而不发；

二是将妙玉的走火入魔的前因后果，交代得一清二楚，描写得一波三折；

三是借此巧妙暗示了后文妙玉遭人抢窃不知所终的悲惨结局；

四是对惜春的个性把握得非常精准，说话行事合乎这个古怪姑娘一贯的心性气质；

五是作者笔下出现了前八十回没有表现过的新的生活内容，譬如围棋技法，譬如灵魂出窍、走火入魔等病态心理的描写；

六是又一次暴露了世间诸多庸医的职业常态，譬如专业欠火候，说话口气模糊游移，表达意见莫衷一是，最怕承担医家责任等毛病。

●本回宝钗写给黛玉的诗文以及继后黛玉的和作，风格雷同，内容情感多不出古人诗词的旧套。尤其是宝钗的诗文，无论在情感的宣泄上还是在语言的表达上,更显得矫揉造作,无病呻吟。

●红楼探照之一八八:

“知我者谓我心忧”
——宝钗需要争取黛玉的理解同情吗

宝玉被家长秘密定亲,本来就是在完全违背当事者意愿的情况下暗中进行的。眼下,宝黛尚蒙在鼓里,宝钗却早已知情。她的内心想法如何,心理上有没有纠结,鉴于她一贯深藏不露的性格,他人几乎无从得知。这也是全书对宝钗直接的心理描写笔墨很少的原因之一。不过,狐狸总有尾巴要露出;再深沉的人,也有情感需要表达的时候。于是,在宝黛婚姻被悄然斩断的敏感微妙时刻,一封主动写给黛玉倾诉自己感情的书信,让多少我们窥测到了薛姑娘隐忧复杂的内心。

宝钗明知自己身有所属,与宝玉的婚姻大事已定。这无异于在几个家长或管事人等的策划操弄下,后来者居上,也如当初自己的亲哥哥霸占了冯渊的意中人一样,变相充当了“鸠占鹊巢”“夺人之爱”的不甚光彩角色。见多识广、善体人情的成熟姑娘,她一贯理性的头脑是绝对不会想不到这一层的。

想到对方浑然不觉“婚恋”之天已经塌陷的可怜,想到一旦真相大白对方剧烈反应的可怕,她能做到百分之百的心安理得、无事一场吗?但当时的社会风俗,“父母之命,媒妁之言”的惯例与规制,她能抗拒吗?她愿意抗拒吗?何况又刚处在“举家纾难”的节骨眼上,正需要借助贾家、王家等亲戚家的力量,去搭救和捞取自己家那个犯了浑惹下了人命案的哥哥呢!她能不顾客观情势的紧迫需要,罔顾手足的性命,漠视这来之不易的、以联姻的古老形式来巩固家族利益的绝好机会吗?但她内心的极度不安,是显而易见的;再封闭的内心世界,也是需要打开天窗透透气,让人给于同情和理解的。尤其是她今后要如何面对将爱情视作唯一生命的林妹妹呢?能以“身不由己”四字作遁词掩饰么?木已成舟,她会接受自己的解释么?自己百口莫辩,又将何以自处?自己又不能明知局势的发展,而悠然自得、行若无事呀!以目前尚未公开的身份,去主动做些沟通,不暴露婚姻迹象,有欺友之嫌;若真情实告,又从何说起!几经反复,在实情无法启齿的前提下,写信以纾解,倾诉以勾连,提前作缓冲,似乎成为了薛姑娘向即将被她彻底伤害的人寻求理解、同时也给自己的良心多少作一点安抚的无奈之选。

“生辰不偶,家运多艰”的诉说,“北堂有萱兮,何以忘忧”的系念,“何去何从兮,失我故欢”的惶恐,“搔首问兮茫茫,高天厚地兮,谁知余之永伤”的失落,“忧心炳炳兮我哀吟，吟复吟兮寄我知音”的信任与期待，说不尽了宝钗心中的含混：认她是伪君子的，必然以为是在欺骗愚弄黛玉；认她为真君子的，一定以为她是在万般无奈的情况下，曲折隐晦地表达自己的遗憾和抱歉。——是耶非耶，只有任人评说了。而且，就笔者看来，宝钗在封建包办婚姻事涉“瓜田李下”的敏感时节，主动给婚姻已然发生了重大变故而本人尚蒙鼓中的黛玉写信寄诗，“无病呻吟”，寄托友情的作法，非但画蛇添足，就其诗文本身的思想内容和艺术性而言，也不伦不类，一无可取。

●红楼探照之一八九：

黛玉有这类想法奇怪么

第 87 回写黛玉送走探春等四个姑娘之后，有一段感叹自身沦落，颇引得后世读者、论者非议的心理描写：

> （黛玉）进来坐着，看看已是林鸟归山，夕阳西坠。因史湘云说起南边的话，便想着：“父母若在，南边的景致，春花秋月，水秀山明，二十四桥，六朝遗迹。不少下人服侍，诸事可以任意，言语亦可不避。香车画舫，红杏青帘，惟我独尊。今日寄人篱下，纵有许多照应，自己无处不要留心。不知前生作了什么罪孽，今生这样孤凄！真是李后主说的，‘此间日中，只以眼泪洗面’矣！”一面思想，不知不觉神往那里去了。

千金小姐林黛玉因父母双双早亡、长期寄人篱下，生活中有许多不如意之处，由此产生一些自叹自惜的落寞情绪，应属自然。但有些“带着别样眼光”的阅读者，觉得类似描写导致了人物形象的“走形”，是将一向清高自许、目下无尘的黛玉变得有些庸俗自私，再不那么可爱了。在他们看来，黛玉留恋、向往的那种有父母陪伴，“不少下人服侍，诸事可以任意，言语亦可不避，香车画舫，红杏青帘，惟我独尊”的贵族小姐生活，简直就是不应该有的；既然有了，就是不健康的、封建剥削阶级思想的自然流露，就是封建等级观念在这个姑娘头脑中的反映。

类似看法的幼稚，让人哑然失笑。马克思主义理论认为物质决定意识。从意识角度看，人人心中都有属于自己的一隅，任何人都不可能独自生活在真空中；个人的思想观念、意识形态等，是难以摆脱其所处时代社会、阶级阶层、文化教育程度、个人的阅历见识、目前的地位职业等多种环境因素及自身条件的制约、影响和塑造的。身为五代列侯之后，又长期生活在条件特别优越的贾府那样的贵族官僚家庭，朝夕相处，耳濡目染，深受封建贵族文化的熏陶特别是贵族生活方式影响的黛玉，触景生情，感叹身世，有这类想法不是非常自然的吗？难道我们能企望曹雪芹时代的黛玉,与我们现代社会的普通公民一样,去胼手胝足,自食其力吗?甚或也如古代的普通劳动妇女(或如现代版的“刘三姐”那样),亲自去纺纱织布、做饭洗衣、挑水灌园、栽种收割,过着粗茶淡饭、布衣荆裙、睁眼即醒、倒头便睡的日子而心甘情愿么?或还是如第82回黛玉自己梦中哭求的“在这里情愿自己做个奴婢过活,自做自吃”那样安身立命,才能洗刷掉鬼魂般附着于身的所谓“剥削阶级思想”和“封建等级观念”,因而才显得有些可爱且值得同情了么?

第八十八回　博庭欢宝玉赞孤儿　正家法贾珍鞭悍仆

内容提要:贾母因许愿,授意惜春等人帮着写经。李纨陪贾母打“双陆”游戏。宝玉给贾母送来一笼蝈蝈解闷,转告师傅夸奖贾兰“明日一定有大出息”的话,贾母、李纨因此动容。贾珍贾琏怒打闹架的周瑞、何三和鲍二。贾芸给凤姐送东西欲找事干,被凤姐婉拒;贾芸和小红相见情深。晚饭时平儿报告说水月庵的师傅自惊自吓受病,又有一小丫头跑进院子说“鬼话”,凤姐因此心神恍惚不宁。

●亏心事做不得!水月庵的师傅因拆散别人姻缘,有损阴骘;凤姐图财害命,迟早报应:除非做了亏心缺德事而心肠铁石,终生不悔。净虚的疑神疑鬼忽然得病,凤姐的心神恍惚不宁终至后来的死前悔悟,均展露了普通人身心上的“暗疾”,符合常人的心理发展逻辑,也是佛家善恶果报观念的间接反映。

●“正家法贾珍鞭悍仆”之后,下人群体中“人多嘴杂,纷纷不一”,负面舆论尽多,且都毫无例外指向了贾珍等统治阶层。这种可怕的人心向背动向,表明主家已经失去了维系人心的最低限度道义力量,内乱只会越来越多、越来越凶险,一旦外力加持,贾府天崩地裂的“最后一刻”即告来临。

●“事情虽不要紧,但这风俗儿断不可长。此刻还算咱们家里正旺的时候儿,他们就敢打架,以后小辈儿们当了家,他们越发难制伏了”:可见对下人闹架恶劣行为可能产生的后果,凤姐洞若观火,善于站在一定的高度看问题,不脱敏锐本色,并非危言耸听。

●“却说贾政,自从在工部掌印,家人中尽有发财的”一句,暗示继后贾政外放江西粮道期间被下人蒙骗的无可避免。

●塞翁失马,焉知非福。贾芸送礼走门子谋事,无奈碰了软钉子,又遭巧姐儿莫名其妙的畏惧排斥,只得知难而退;岂知又因此与小红接续上了前缘,两人都不失时机地增进了彼此的默契,推动了爱情的深化发展。

●凤姐对小丫头的喝骂,可见心气还在。但半夜惊醒,莫名其妙地恐惧不安,心神恍惚不宁,亦可见心气渐落,已近“临界点”了。

●贾母李纨宝玉的闲聊中,“这孩子明儿大概还有一点儿出息”,“小孩子胆儿小,一时逼急了,弄出点子毛病来,书倒念不成,把你的工夫都白遭塌了”等语;巧姐儿见了贾芸哭了又哭等描写;凤姐深夜的心绪不宁:均为暗示笔法,预告着后文的有关情节;只是贾母因贾兰有出息而对李纨作善意提醒的“白糟蹋”之意,续书中没见体现。

●红楼探照之一九〇:

节奏舒缓中的冗长

第88回回笔描画府内生活场景,虽笔触不失轻盈细腻,但如此一来,回环往复,磕磕绊绊,拖泥带水,减弱了贾府命运“急转直下”的猛烈势头,客观上导致了后四十回篇幅上本不应有的冗长。譬如本回提及贾珍贾琏鲍二、焦大、贾芸小红、净虚凤姐、秋桐等人的旧事,照应了前文曾着力描写过的贾芸送礼走后门、庄头送贡品进府、家主惩戒奴仆闹事等情节,重温之中尚有内容的更新拓展。特别是贾母与李纨因贾兰的“争气”,有爱惜有担心有感伤有泪滴,写得委婉动人。其他如写鲍二与周瑞的干儿子何三干架,周瑞试图隔岸观火一走了之的表现;周瑞被踢,另两人被鞭打并被撵了出去之后,下人群体背地里的负面舆论;贾芸前来,小红开门见喜,凤姐对送礼上门者既亲切又疏离、既坦言相告又有所拒止的一番滴水不漏的漂亮言辞:均曲尽人情事理,描摹如画;惜乎场面转换几次,情节、人物出彩有限,笔墨稍显平庸拖沓。

在笔者看来,经过曹雪芹前八十回的卓越描写,处于“末世”深重危机之中的贾府乱象纷呈,败像日显,彻底崩溃的总趋势已经形成。差,就差在迅雷不及掩耳般的重大事件尚未接踵到来;差,就差在那内外因素发酵,导致政治上、经济上彻底塌陷的“火山”尚未爆发;差,就差在呼应这种总趋势,将贾府这幢封建贵族百年大厦推向万劫不复的深渊,将依附贾府而生的众人迅速推送至最终命运结局前“临门一脚”,尚未踢出了。

“秋叶凋零,只欠冰风”,为什么到了全书该加紧收场的时候,一定要继续“温水煮青蛙”呢?——火候已到,“青蛙”临死,还不顺势将沸水翻腾的“锅”兜底掀翻,让火尽烟灭锅碎蛙死,尚待何时!巧合的是,红学家俞平伯也有类似同感,曾经说过“依作者底原意做下去,其悲惨凄凉必十倍于高作,其开罪世人亦必十倍之”的话,但他又认为“真要补完全书,至少也得八十回……因《石头记》以梦幻为本旨,必始于荣华终于憔悴,然后梦境乃显。现存的八十回正是荣华未谢之时,说不到穷愁潦倒,更说不到自色悟空。以前八十回行文格局推之,以后情事即极粗略写去,亦必八十回方可……就事实论,截至现存八十回看,十二钗已结局者只一可卿,将尽者有迎春,巧姐则尚未正式登场。副册中将下世者有香菱,已死者有晴雯、金钏、尤二姐、尤三姐,其余大观园中人物均尚无恙。知其结局虽极匆匆,亦决非四十回所能了。况且宝玉将由富贵而贫贱,由贫贱而衰病,由衰病而出家;若曲折尽量写去,即百回亦不嫌其多,况乃仅仅四十回。观高君续作末数回,匆促忙乱之象,不是行文,大类写帐,可见原作决不止百二十回之数”的结论,笔者却实难苟同了。说到后四十回,或许是无名氏续编的过程中,因自身缺乏曹雪芹那样“构建大框架”“设计大情节”“表现大气魄”“逼出大结局”的能力才华,故而只能按部就班,尽量踩着前作的鼓点节拍,左右瞻顾,小心翼翼地将故事情节往前推进,以期最终接近曹雪芹业已规定了的大悲剧之终点吧。一定程度上,我们也要足够理解续书者“戴着镣铐学跟舞”的创作为难之处;虽然这后四十回,写得有些零碎琐屑、节奏缓慢、小里小气也是事实。

第八十九回　人亡物在公子填词　蛇影杯弓颦卿绝粒

内容提要:黄河决口淹了州县,贾政公事繁忙常在衙门不回,宝玉功课相应放松。宝玉因目睹旧物怀念晴雯,烧香写祝词后到潇湘馆看望黛玉。黛玉窃听到雪雁私下告诉紫鹃说别人在说“宝玉定了亲了”的话,便信以为真,故意糟蹋自己绝粒待毙。贾母王夫人等不过请医调治,只说黛玉常病,那里知她的心病;紫鹃等虽知其意,也不敢说。

●第 78 回已经有了一篇长长的感伤激愤、荡气回肠的“痴公子杜撰《芙蓉诔》”;本回前半部分让宝玉酝酿了一番情绪,最终写出一首平庸之作后才将晴雯放下的描写,无异于“画蛇添足”,毫无必要。

●“蛇影杯弓颦卿绝粒”,虽由几个误听误信的“巧合”造成,但整个过程的描写细致,符合生活逻辑,也符合黛玉自身性格发展及心理演变转化逻辑。特别是黛玉本来就因“宝玉近来说话,半吐半吞,忽冷忽热”有所疑心之际,“又窍听了紫鹃雪雁的话,虽不很明白,已听得了七八分,如同将身撂在大海里一般。思前想后,竟应了前日梦中之谶,千愁万恨,堆上心来。左右打算,不如早些死了,免得眼见了意外的事情,那时反倒无趣。又想到自己没了爹娘的苦,自今以后,把身子一天一天的遭塌起来,一年半载,少不得身登清净”的心理感受和慢性自杀的心理准备,以及弥留之际“黛玉日间听见的话,都似宝玉娶亲的话;看见怡红院中的人,无论上下,也象宝玉娶亲的光景”一类的心神恍惚状态描写,很见功力。

●俗话说:纸包不住火。宝玉定亲“必须保密”一事,虽有家长们达成的默契,但走漏消息只是迟早而已。因探春的丫头将“炒剩饭”的消息做了误听误传,黛玉及丫头一时又误信，遂演出一场危险的、“张冠李戴”性质的小小悲喜剧，为后文描写真正的“狼来了”局面，预做铺垫。作者的文思，不可谓不细密。但笔者倒觉得，若将黛玉的这次绝望，在充实一些内容后接着写下去直至死亡，不是更好些吗？何必再相隔七八个章节，又才回过头来描写她的悲惨离世呢？

●本回有几处描写，值得斟酌：

一是宝玉托词要找一处清静屋子暗祭，于是就从袭人的口中提到晴雯曾经有过这样的单独房间以供使用。一个丫头竟然有单独房间，前文从未提过；按生活常识和旧时代大家规矩，也不会有的：此处细节，似乎失真。

一是宝玉从关心爱护黛玉“手冷”的角度，劝说她不要弹琴了，说：“我想琴虽是清高之品，却不是好东西，从没有弹琴里弹出富贵寿考来的，只有弹出忧思怨乱来的……”能说这话，还是那个一向“视富贵若浮云”“弃之如敝屣”的宝玉吗？

一是写黛玉生命垂危之际精神处于“杯弓蛇影”的恍惚状态，竟然有因为“薛姨妈来看，黛玉不见宝钗，越发起疑心，索性不要人来看望，也不肯吃药，只要速死。睡梦之中，常听见有人叫‘宝二奶奶’的”描写。——明明听到的是宝玉与一个“什么知府家的”定了亲，怎么一下子扯到了与此毫不相干的宝钗身上去了？且未卜先知地称起了对方为“宝二奶奶”了？没有征兆更没有任何凭据，此时宝玉定亲宝钗的消息还处于封锁得密不透风阶段的呀！黛玉何以得知？怎么黛玉也学会张冠李戴了？这不太符合一个正常人的心理逻辑了吧！

第九十回　失绵衣贫女耐嗷嘈　送果品小郎惊叵测

内容提要：侍书到潇湘馆看望，与雪雁谈及宝玉亲事未定，老太太要“亲上作亲”的话；说者无意，听者有心，黛玉以为非自己莫属，于是阴极阳生，病情转好。对黛玉的病时坏时好的现象，众人疑惑，贾母倒猜出了八九。邢王二夫人、凤姐在贾母房中说闲话，贾母主张娶钗嫁黛；王夫人担心黛玉知道了，“倒不成了事了”；最后商定“先给宝玉娶了亲，然后给林丫头说人家”，并要暂时保密。宝蟾、金桂在家色诱薛蝌，薛蝌保持定力未上钩。

●心病终须心药治，解铃还是系铃人。因为一连串的巧合和误会，林黛玉的心游走于“彻底绝望”与“有所期待”之间，倒弄得雪雁、紫鹃的心，因热心“多嘴”而七上八下了。虽说贾母尚通情达理，对两个婢女的表现未予过多责怪，但此次事故无疑给黛玉身边两个丫头留下了不小的“心理阴影”：“大惊小怪”的教训倒是汲取了，但下次再遇着事关姑娘终身大事的负面传闻，又有谁为她奔走相告、着急上火呢？说来这也是继后雪雁心灰意冷、掉头不顾主人死活的内在原因之一。

●从情节内容的编排来说，黛玉的这场“杯弓蛇影”，无异于宝黛爱情悲剧即将落幕前的预演。它一方面前承第 82 回的“惊梦”,进一步写出了黛玉的无可救药的心病;同时也为后面宝玉亲事的一系列安排,做好铺垫。

●“失绵衣贫女耐嗷嘈”一节和“送果品小郎惊叵测”一节,单独看还是写得不赖:人物形象未走样,情节语言也还明朗简截生动。但严格地说,前一节内容显得重复,似无必要再写。因为岫烟父母家的穷酸,她本人的淡雅自重,以及凤姐、平儿深怀同情怜悯之心给予她的衣物接济,已经在第 51 回得到过比较充分的展现;此节描写,内容上并无新的开掘,只能算旧调重弹,缺少价值。至于因岫烟的清苦而引出的后部分内容的穿插,以继续深化薛家内部成员的矛盾,展示隐秘中的闺阁丑态,加紧薛家彻底败落的进程,这种构思是不错的;但将过多的笔墨篇幅,放在了全书的边缘人物和次要角色的薛蝌身上,造成后半部人物描写重心有所偏移,得不偿失。

●与前八十回的语言丰富多彩、文心变幻莫测,时有“惊人之笔”不同,第 88 回写贾珍“听得门上闹的翻江搅海”,本回又来了一个薛家“被金桂搅得翻江倒海”。这跟第 83 回金桂“虎头上捉虱子”一语刚出,第 84 回赵姨娘的口中又再次被念叨一样,显得语汇重复、捉襟见肘。

●红楼探照之一九一:

梦想破灭终怪谁

黛玉的病,病也病得奇怪,好也好得奇怪。由此引起了府内各方面反应,不但紫鹃和雪雁在私下里讲究,就是众人也都知道并三三两两、唧唧哝哝地议论着。不多几时,连凤姐儿也知道了,邢、王二夫人也有些疑惑,倒是贾母略猜着了八九。正是黛玉病情的怪异和反复,加快了宝黛婚恋悲剧的结局进程,倒逼贾母亮明态度,做出了破灭自己外孙女生活唯一指望的最终决断:

> 那时正值邢王二夫人、凤姐等在贾母房中说闲话,说起黛玉的病来。贾母道:“我正要告诉你们。宝玉和林丫头是从小儿在一处的,我只说小孩子们,怕什么?以后时常听得林丫头忽然病,忽然好,都为有了些知觉了。所以我想他们若尽着搁在一块儿,毕竟不成体统。你们怎么说?”王夫人听了,便呆了一呆,只得答应道:“林姑娘是个有心计儿的。至于宝玉,呆头呆恼,不避嫌疑是有的。看起外面,却还都是个小孩儿形象。此时若忽然或把那一个分出园外,不是倒露了什么痕迹了么?古来说的:‘男大须婚,女大须嫁。’老太太想,倒是赶着把他们的事办办也罢了。”贾母皱了一皱眉,说道:“林丫头的乖僻,虽也是他的好处,我的心里不把林丫头配他,也是为这点子。况且林丫头这样虚弱,恐不是有寿的。只有宝丫头最妥。”王夫人道:“不但老

太太这么想,我们也是这样。但林姑娘也得给他说了人家儿才好。不然,女孩儿家长大了,那个没有心事?倘或真与宝玉有些私心,若知道宝玉定下宝丫头,那倒不成事了。”贾母道:“自然先给宝玉娶了亲,然后给林丫头说人家。再没有先是外人后是自己的,况且林丫头年纪到底比宝玉小两岁。依你们这样说,倒是宝玉定亲的话,不许叫他知道倒罢了。”凤姐便吩咐众丫头们道:“你们听见了?宝二爷定亲的话,不许混吵嚷;若有多嘴的,堤防着他的皮!”

“只有宝丫头最妥”:不用说,几个权势妇人的一席话,便将一场绵绵十余年的生死之恋,推送到了尽头。在这里,作者对荣府参与宝玉婚姻的谋划决策者们性格和相互关系把握很准,描写是很到位的。

为了防微杜渐,主动提出要将宝黛隔开并明确表态,说出鉴于黛玉性格的“乖僻”、身体“这样虚弱,恐不是有寿的”,因此心里不把宝玉婚配她的理由的,正是府内地位至高无上的、黛玉的亲外婆贾母。说到底,她有这个“一锤定音”的位份资格,以及“义无反顾”的胆量胸襟。同时,尽管一直以来不乏对自己外孙女的顾惜疼爱,可一旦关系到自己嫡孙宝玉以及整个家族的未来,只有她才敢于说出“再没有先是外人后是自己的”这样听来特别生疏、绝情的话!

因为有婆母的表态在前,且婆母的意见正中自己下怀,王夫人当然乐得顺从,并趁热打铁、快马加鞭地提出“赶着把他们的事,办办也罢了”的建议。只是该妇虑事细心,充分考虑到了贾母的感受,以及此事对婚姻落选的外甥女可能造成的严重影响,因此同时提出缓冲意见:“林姑娘也得给他说了人家儿才好”。宝玉是她的亲生儿子,宝钗是她嫡亲内侄女,两人结合,从亲缘关系来说,王夫人无疑是最大的受益者;何况宝钗在她眼中心中,早就比另一候选人亲近得多了。因此,内心无比喜悦舒畅的同时,出于怜悯,她站在受了伤害打击的黛玉立场上考虑得多一些。这样,一可慰贾母取舍的“两难”之心;二亦可向府内各方交代,以显自己的大度仁慈。这既是有人情味儿的表现,更是王夫人的聪明厚道之处,切合她的身份地位和性格特征。

邢夫人因为事不关己,采取高高挂起的态度。未发一言的表现,也与她向来跟婆母、妯娌、儿媳妇心有隔阂,以及她自身的特别自私秉性有关。而一向“坏事做绝好话说尽”的凤姐,在撮合、促成两宝婚姻一事上发挥在先作用;这一次的“定亲”,她就退避三舍,只是秉承贾母的旨意,面向“众丫头们”打招呼申明保密纪律,也似乎“可恶”得有限了。

有读者、论者一谈到宝黛婚恋的悲惨结局便义愤填膺,将所有的同情倾注在孤女黛玉身上,将所有罪责归结到贾母、王夫人,又特别是王熙凤等人那里,说到激愤处,恨不得寝其皮而食其肉。这种态度,既是自然的,亦是有失偏颇的。对待发生在封建社会“包办婚姻”制度大背景下的宝黛婚恋悲剧,我们需要以客观理性、系统深刻、辩证历史的眼光去观察分析;即便以普通意义上的“人性人情”角度去看,宝黛婚恋悲剧所引出的教训也是多层次、多方面的,不能感情用事,以偏概全,一叶障目,不见泰山。

“要得公道,打个颠倒”,设身处地一下吧:若你作为已入人生暮年的贾母,具有她那样的身份地位和实际影响,你做得到置自己庞大家族利益之急需于不顾,置自己嫡亲爱孙之长远幸福于不顾,置身边最优选择之婚姻对象于不顾,单单只考虑两个“不懂事”孩子一厢情愿的“爱情”,而完全顺从了他们的心意么?人生的要义,只有“爱情至上”“爱情是命”之一端,因此“失去爱,毋宁死”么?——如果远离曹雪芹时代二三百年的现代人,都还难以绝对保证做到婚姻的选择只考虑“有没有爱情”这唯一因素,那我们还有什么理由苛责那个时代贾母们的选择呢?“没有爱情的婚姻是不道德的”,诚然有理;但“婚姻是爱情的坟墓”现象,又作何解释?

“惟所爱各有不同,而各人性格与思想又各互不了解,各人站在个人的立场上说话,不能反躬,不能设身处地,遂至情有未通而欲亦未遂。悲剧就在这‘未通未遂’上各人饮泣以终,这是最悲惨的结局。”哲学家牟宗三《红楼梦悲剧之演成》一文中,作如是说。

第九十一回　纵淫心宝蟾工设计　布疑阵宝玉妄谈禅

内容提要:宝蟾、金桂设计色诱勾引薛蝌,薛蝌拿不准她们究竟何意。薛蟠来信告知案情发生反复,催促家里托情打点,弄得一家手忙脚乱,宝钗累急生病。贾政和王夫人商量早娶宝钗一事。黛玉借话语“机锋”流露心事,探询宝玉与宝钗“好”与“不好”的关系相处问题;宝玉借“谈禅”做出坚定回应,保证“任凭弱水三千,我只取一瓢饮”。

●夏三者,谐音“下三(滥)”矣。此人身份及为人不尴不尬,实为金桂饥不择食的下酒菜而已。

●薛蟠案情出现反复,急需薛家继续花更多的钱、托更多的人情去“运作”。“吞金兽”们再一次张开血盆大口,大肆榨取钱财,彻底耗干薛家引以为傲的“财势”,直到薪尽火灭、空空如也的一天。

●薛宝钗第一次重病卧床。写宝钗得病,正是为了加紧宝玉与她的包办婚姻进程,缩短黛玉绝命的时间。

●薛蝌又有信回来。薛姨妈看了,怕宝钗耽忧,也不叫她知道,自己来求王夫人,并述了一会子宝钗的病。薛姨妈去后,王夫人又求贾政。贾政道:“此事上头可托,底下难托,必须打点才好。”榆木脑袋终于开通开窍了一回,懂得了一点人情世故和官场上下的“潜规则”，殊为难得。这既是贾政的“进步”，也是贾政的“堕落”。继后，王夫人经与贾政商量，听从了丈夫“今冬且放了定，明春再过礼；过了老太太生日，就定日子娶”的意见，并将之告知了薛姨妈和贾母等人。“开弓没有回头箭”，事关黛玉生死的“宝玉大婚”，进入倒计时。

●令人唏嘘的是，两宝婚姻铁板钉钉、定局已成的形势之下，心心相印的一对恋人尚蒙鼓里，黛玉还在继续探寻自己在宝玉心里的分量位置，还在抓住最后机会，察考、巩固、提升宝玉对爱情的坚贞程度呢！尤其是视爱情为生命的黛玉，在支持自己爱情的内外部条件正在加快丧失，大环境极度恶化，几处于“弹尽粮绝”“孤立无援”的境地下，还兀自攥住最后一根稻草，为保卫“神圣的爱情”做最后的挣扎。其情可悯，其命其运可悲！再说，此时二人的态度越执着越认真，后来的失落感挫败感越强，读者对宝黛爱情悲剧的同情就越深切：作者真是深谙其间的“艺术三昧”。

●红楼探照之一九二：

薛家妻妾：狗盗鼠窃为哪般

第91回叙事结构紧凑，内容充实，文字清朗，世态人情的描写生动贴切，总体上接近前八十回的风格水平。尤其是对处于非常时期的薛家内部，二女一男之间微妙相处过程中生发的种种复杂、细密、婉曲心思的揣摩描写，真切细腻，脉动可见，远超古往今来一般通俗小说的水平。

混账男人在外出事，妒悍女人不安于室，即便是薛家母女多方设法，也制止不了震慑不住，可见薛家的势力早已“式微”。

金桂与宝蟾之间的相互猜忌、相互利用以致最终的同恶相济，揭示出人性阴暗丑陋的一面。作者对富贵人家这类女人不甘寂寞的心理，以及善于揣摩利用人性的软弱达成自己不可告人欲望的“智谋心机”，描写非常到位。民间俗语“奸嫖滑赌”的归纳，第27回“怪道从古至今那些奸淫狗盗的人，心机都不错”这句宝钗的感慨，在此又一次得到事实上的验证。

一样无耻、做贼心虚的主仆二人，敞开心扉之前的一番相互揣测、掩饰、试探中，金桂心眼颇多，略显矜持；倒是具有“填房丫头”身份的宝蟾直言不讳，不乏爽快机灵。有其主，必有其仆。宝蟾对金桂“哪个耗子不偷油”的一番建议分析，真是知彼知己，对症下药，算无遗策，显示出一个放纵情欲女子对普通人性软弱处的强大洞察力，以及无视封建妇德将之踩踏脚下的可怕驱动力。宝蟾精于盘算的头脑以及言语之间表现出来的淫邪智慧，令人联想到《水浒传》里那个以“十件挨光计”将一对狗男女牵线搭桥、撮合成功的“人精”“坏蛋”王婆子。

相比之下，薛蝌心眼比较实在，也坚守对尚未过门媳妇的婚约。但他毕竟年轻经历不多，对身边两个女人的下套设陷，虽非一无所知，但一时也琢磨不透，因此有犹疑不定、“过意不去”等反应，合情合理。作者笔下并没有像众多的通俗小说那样有意渲染色情，从而降低了自己作品的思想艺术品位。这也是《红楼梦》续书取得相当成功的奥秘之一。

第九十二回　评女传巧姐慕贤良　玩母珠贾政参聚散

内容提要：老太太要办消寒会，宝玉为可能见着宝姐姐而高兴。宝玉给巧姐讲《列女传》，并当面夸她。司棋撞墙，表兄殉情，凤姐吩咐旺儿给司棋母亲撕掳官司。冯紫英上门推销要价两万银子的母珠等洋货，贾政说“东西好是好，就只没银子”，凤姐说“东西自然是好的，但是那里有这些闲钱”，贾赦也说“我们家里比不得从前了，这会儿也不过是个空门面”；接着众人议论“贾雨村又要升了”等官场话题。

●开篇即写秋纹叫宝玉，怕他不来，故意说老爷叫他。——真是岂有此理！是谁借给了怡红院丫头如此大的胆子，竟敢也如第 26 回的“呆霸王”薛蟠一样编谎哄骗，只是要宝玉早些出来见面的？紧接着，回到怡红院后的宝玉，竟将自己刚刚才与黛玉打禅语表心迹的事对袭人和盘托出，毫无保留，表现出对袭人的充分信任。——这类描写所展示的宝袭之间和谐亲密、毫无芥蒂的关系，与第 77 回晴雯饱受屈辱惨死之后宝玉对袭人的隔阂防范之心日渐加深的情况，不相吻合。仅此两例，即见此回的作者拿捏秋纹、宝玉等人物的身份地位、性格特征、言行举止、相互关系等方面的分寸，并不是很准的。

●念叨“明儿不是十一月初一日么？年年老太太那里必是个老规矩，要办消寒会，齐打伙儿坐下喝酒说笑”，还因此“已经在学房里告了假”的宝玉，虽在上学了，但贪玩、多情的秉性难改。推测其心思，恐怕是要借众人欢会的场合，见一见久未露面的宝姐姐吧。

●借袭人的转述，侧面表现“兰哥儿念书真好，他打学房里回来，还各自念书作文章，天天晚上弄到四更多天才睡”的情形，暗示贾兰经过自身努力，一定会有一个不错的未来。

●袭人、麝月在对待宝玉请假不上学一事上，态度不一样；继后二人的斗嘴，均见各自性情。

●贾母房中宝玉与小侄女的对谈，部分话题生硬，不合人物的年龄或性格特征。此时的巧姐儿，似乎猛然间长大了不少，全书首次正面写她开口说话，居然还带上了懂事的大孩子般的口气！第88回中，她还是一个望了陌生贾芸几眼，便要莫名其妙哭了又哭的幼稚小屁孩呀，怎么眼下不但可以以读过的书来讨教，还有意透露叔叔一听必然满意的讯息来“讨喜”呢！

●类似“你道宝玉呆的是什么”“且说凤姐因何不来”的自问自答，似乎不是曹雪芹表述的习惯。

●为了爱情，司棋撞墙而死，潘又安自杀身亡。通过求情者的转述，突出了司棋性气的刚烈以及她和表兄私定终身婚恋爱情的惨苦悲壮。

●红楼探照之一九三：

结构松散　笔墨冗余
——小说续书最常见的通病

第92回借冯紫英到贾府推销售卖外洋贵重物件，似无必要地又一次突出了贾府财政上的山穷水尽。至于掌管内部家务的凤姐当着众人，鹦鹉学舌般将第13回秦可卿临终前托梦说给她听的一番言辞抛出，俨然代表着家族利益的维护者，让贾琏等驳无可驳，辩无可辩，只好以一句埋怨“老太太还没开口，你便说了一大堆丧气话”挽结。

接着是写几个男人在一起的闲谈。一席闲谈，无异于小说作者刻意安排的“信息发布会”，借以推动故事情节发展，反映说话人的性格特征和精神风貌，显示人物之间的各种自然联系与社会联系，实为《红楼梦》驾轻就熟、频繁使用并达到炉火纯青地步的艺术表达技巧。本次闲谈，除了冯紫英和贾政提起贾珍“令郎续娶的媳妇远不及头里那位秦氏奶奶了”“我们这个侄孙媳妇儿也是这里大家，从前做过京畿道的胡老爷的女孩儿”“胡道长我是知道的，但是他家教上也不怎么样”等情况属于“家长里短”一类话题外，还涉及了有关贾雨村的生平行状，特别是此人至今以来沉浮不定的官场轨迹，以及目前他“又要升了”的官场最新动态，透露的意义，则要敏感和重要得多。

接下来，因对甄家前些年“还很热闹”，“一回儿抄了原籍的家财，至今杳无音信，不知他近况若何”的遭遇所持态度的差异，显现出有关人物不同的性格特征和精神风貌：

冯紫英道：“人世的荣枯，仕途的得失，终属难定。”贾政道：“(**此处程乙本添加“天下事都是一个样的理哟。比如方才那珠子，那颗大的就象有福气的人似的，那些小的都托赖着他的灵气护庇着。要是那大的没有了，那些小的也就没有收揽了。就象人家儿当头人有了事，骨肉也都分离了，亲戚也都**

零落了,就是好朋友也都散了。转瞬荣枯,真似春云秋叶一般。你想做官有什么趣儿呢"等121字,以此方将回目中"叁聚散"的"叁"字落到了实处,弥补了程甲本表述之疏漏)像雨村算便宜的了。还有我们差不多的人家(前2字程乙本作"人家儿"),就是甄家,从前一样功勋,一样的(此字程乙本删)世袭,一样的(此字程乙本删)起居,我们也是时常往来(前2字程乙本作"来往")。不多几年他们进京来,差人到我这里请安,还很热闹。一回(此字程乙本作"会")儿抄了原籍的家财,至今杳无音信,不知他近况若何,心下也着实惦记(此处程乙本加"着")。看了这样,你想,做官的怕不怕(此句12字程乙本作"贾赦道:'什么珠子?'贾政同冯紫英又说了一遍给贾赦听")。"贾赦道:"咱们家是最(此字程乙本作"再")没有事的。"冯紫英道:"果然,尊府是不怕的。一则里头有贵妃照应;二则故旧好,亲戚多;三则你家自老太太起,至于少爷们,没有一个刁钻刻薄的。"贾政道:"虽无刁钻刻薄(此处程乙本加"的"),却没有德行才情,白白的衣租食税,那里当得起!"贾赦道:"咱们不用说这些话,大家吃酒罢。"

一场无意之间引出的有关贾府自身前途命运的严肃话题,就在大老爷贾赦不以为然的拦截中不了了之。很显然,对自家前途命运的忧虑,充斥着贾二老爷那简单僵化的头脑,可见其尚有自知之明,自省意识、忧患意识残存;但贾赦却一如既往地盲目乐观,狂妄自大,听不进逆耳之言,对家族的荣辱兴衰毫不攸关于心,"活在当下"的,全是自我感觉特别良好的沾沾自喜洋洋得意呢。

反观这一段对话描写,除了对比突出贾赦、贾政等人的性格特征外,作者还是有意借此开始引入正题,将涉及即将到来的贾府因受宫廷政治影响而内外交困、不得不走向彻底陨落败亡结局命运的敏感政治因素,烘托出来。可惜,续书后面却在此问题上做了不应当的但实际上也可以给予体谅的"畏缩",浅尝辄止,知难而退,造成导致贾府败亡的重大政治因素的描写笔墨相对不足,一定程度上削弱了小说深入社会批判、大胆政治揭露所能产生的思想和艺术冲击力。

本回从小说章法上来看,没有重要故事情节,几乎全是过渡性安排,要么是暗接前脉,要么是铺垫后文,均是我们一路阅读过来已经相当熟悉了的一些人物在做串场表演。根据长篇小说创作原则,行文中非重点人事的情节内容应该简略,可是本回却概述少,而过程一一叙述、一般场景详细的描写多,落下了结构松散、笔墨抛洒的毛病。譬如宝玉向幼孩讲述女流事迹,古今上下,滔滔不绝,这些笔墨对表现宝玉个性、扩展小说生活内容、推动情节发展似乎作用些微;对冯紫英推销几样物品的情况,完全不必花费那么长的篇幅去作细致描写。只说这个过程描写中众人的言谈举止等表现吧,读者在前文中已多有见识;而本次出场,没有看出其中有什么令人耳目一新的内容拓展、个性深化。因此，在全书大结局渐渐逼拢来的时节，实在是没有必要去一而再、再而三地让这些老嘴脸们待在舞台的聚光灯下，老作同类剧目的、同个模样的、毫无新鲜创意的比比划划。

因此，总的说来，出人意表的情节构思，收放自如的行文妙笔，呼之欲出的人物形象，毫不留情的批判精神，雄浑大气的悲剧效果，精妙高卓的美学境界，有机熔铸成的《红楼梦》前八十回的美学品貌，在后四十回中却显得不那么连贯，也更不那么清晰了。

第九十三回　甄家仆投靠贾家门　水月庵掀翻风月案

内容提要：南安王府来人请去看戏，贾赦带上宝玉去应酬，席间宝玉邂逅蒋玉菡。贾琏等追回被当地县衙抢去的大车及物品。包勇投靠贾府，贾政询问甄宝玉的情况，包勇说“改邪归正”了。水月庵“风月案”发，贾政气急，亲自过问；贾琏、赖大等替贾芹遮羞掩丑，贾政终被蒙蔽。

●开篇接续上回曾经点染过的贾府与南安王府的“亲热”关系，其间是否包含着后文欲揭示贾府彻底败落的政治因素的用意，不得而知。但它至少是为两个方面的情节推进作准备的：近，是为了翌日因受邀到该府看戏的宝玉，在席间偶遇蒋玉菡并侧面了解到他目前的职业、财产、婚姻等现状一事搭建平台，并为后来袭人的离府出嫁预做铺垫；远，是为了探春的“代人远嫁”（佚稿情节）暗埋伏笔。

●亲眼见识蒋玉菡的戏剧表演的扮相、神情、唱腔等魅力，加深了宝玉的良好印象，亦为后来宝玉促成袭人、玉菡姻缘（佚稿情节）加分。

●自上回闲谈中贾政提及甄家的不幸，本回便有了甄家家奴包勇前来投靠一事。应贾政垂询，书里书外人皆知包勇口中的“我们老爷只是太好了，一味的真心待人，反倒招出事来”，就跟贾二老爷的风格一样；涉及甄家宝玉的经历及目前的转变，譬如“老爷知他醒过来了，连忙调治，渐渐的好了。老爷仍叫他在姐妹们一处玩去，他竟改了脾气了：好着时候的玩意儿一概都不要了，惟有念书为事。就有什么人来引诱他，他也全不动心。如今渐渐的能够帮着老爷料理些家务了”一类的表现，完全契合封建家长对贾家宝玉的期待，一定程度上也预示着贾家宝玉的未来。

●包勇口中“那一年太太进京”一事，前应第56回。

●再一次点明凤姐内心对馒头庵图财害命事件的内疚不安。

●贾琏头脑手腕的机灵活络，处事的圆滑周全，在处理“揭帖”这件棘手事件中，因为不露痕迹利用相关人脉资源，调处摆平各方面利益关系，为自身留下足够腾挪空间等表现，得到淋漓尽致的反映。可惜，这样手眼灵活之人，却没有将精力智能用在正途上。

●贾芹趁空在水月庵闹出“风月”丑闻,实在也是贾府子弟堕落、治理乱象频出而暴露出来的“冰山一角”。不怪贾琏“心里抱怨”,这确实也算凤姐公权私用、用人不当造成的恶果之一,前应第 23 回及第 53 回有关描写。

●回末一段话,写得有些蹊跷:

> (前略)说罢,贾芹又磕了一个头,跟着赖大出去。到了没人的地方儿,又给赖大磕头。赖大说:“我的小爷,你太闹的不像了!不知得罪了谁,闹出这个乱儿。你想想,谁和你不对罢?”贾芹想了一想,忽然想起一个人来。未知是谁,下回分解。

大概出于作者写作或整理编辑过程中的疏忽遗漏吧,说是“下回分解”,下回却再不提了,以后也不见补叙;以至于我们始终不知贾芹想起了谁在跟他过不去。“这人”,是不是与后文的造反作乱有关呢?难说。

●红楼探照之一九四:

“天下无能第一”
——贾政一成不变的老爷作风

贾政作为荣府的二老爷,又是唯一在朝廷重要部门担任实职的贵妃的父亲,一言九鼎,作用特殊;奈何其人能力欠缺,影响有限,只能在长期极度的忧愁焦虑中,眼睁睁看着家族在内外交困的严重危机中,无可挽回地走向覆灭。第 93 回写到的三件事,可见他虚高其位、无所作为的老爷作风,一成不变,已经发展到了何等严重的地步:

一是上班前遇着两个管屯里地租子的家人走来,请了安磕了头旁边站着,贾政仅问了他们是哪个村来的之后就再不问,竟与贾赦各自说了一回话儿散了。在内囊日渐干瘪、府内财政危机尽行暴露的情况下,地租收入的管理是何等的重要,但两个家长对此上心并过问过一句么,没有;是没有时间么,也不是。这就是荣府两个“文字辈”老爷向来的作风:任事火烧眉毛,只知一概放任、撒手不管,图的是自我的洒脱随意、一身轻松呢。

二是一旦遇事,无论大小,都迷迷瞪瞪,缺乏有效应对。譬如听说城外地方衙门差役抢车打人居然闹到了贾府头上一事,贾政昧于“外头都是这样”的黑暗现实,居然以惯性思维发出疑问:“既无官票,到底是何等样人在那里作怪?”可见他平日里的不问世事、不谙世情、不了解世道,发展到了闭目塞听、百无一能的地步。

三是即便是严重事态摆在了自己面前，又涉及败坏家族“名声”的丑闻吧，对待处理的过程中也是虎头蛇尾，还竟然让鬼精灵的侄儿催离了现场，由着贾琏自己与当事人贾芹、负责带人调查的知情者赖大等串通一气，并借王夫人的名义将此事做了裁决处理，无异于完全架空了他，使之在事件的审查了解过程中成了聋子的耳朵——尽是摆设。而实际上受了欺骗和蒙蔽的贾政，或许还因这件足以让他恼火的事儿没有过多牵扯、耗费他的时间精力而感到解脱呢！

文中对听到有人报告并递上无名揭帖的时候，“贾政看了，气的头昏目晕，赶着叫门上的人不许声张”，并打招呼“不许泄漏”，继而“气的衙门也不能上了，独坐在内书房叹气”一类描写；以及贾琏一番鬼话“贾政听来有理，只得上班去了”的叙写；最终有了贾琏赖大汇报后，因他“本是省事的人，听了也便撂开手了”的旁白（见第 94 回）：前后一贯，表现了贾政对待处理家政家务低下的能力水平。

“百无一能是书生”，就是贾政一类人的真实写照。严格地说，贾政还算不上真正意义上的“书生”，只是略带些泥古不化“书生气”的一个封建大家庭出身的中上层官僚而已。本质上说，他是思想正统，为人正派，但缺少情趣，懒惰自私，治家理政均属低能之人。

第九十四回　宴海棠贾母赏花妖　失宝玉通灵知奇祸

内容提要：怡红院枯了一年的海棠突然于十一月开花，众人闻讯都前来观看。贾赦说“必是花妖作怪”，贾政说“见怪不怪，其怪自败”，独独贾母高兴，还叫宝玉、贾环、贾兰作诗志喜，并安排酒席赏花。宝玉因忙着陪贾母出去赏花，换衣服未将玉戴上，回来却找寻不着，全家忙乱。

●开篇叙写“揭帖”事件的处理过程，描写得当，人物性格特征把握精准。特别是王夫人听了贾琏的报告之后，视情而断，分类处理，合符其身份气度，展现了王夫人决断中又不失仁慈人道的一面，依稀可见当年王夫人作为大管家媳妇的待人处事的风采和手段。

●“这些东西，一刻也是留不得的”一语，可见王夫人对出身戏子的女孩，歧视和忌刻心理仍在。

●“独有那些无赖之徒，听得贾府发出二十四个女孩子来，那个不想”的旁白，可见贾府一旦有风吹草动，社会舆论给予的关注甚多。这正如前文写到妙玉在庵内因走火入魔的异常表现，曾经引起社会上的非议一样，对贾府形象的维护及后来非常时期的局面稳定，殊为不利。

●傅试家过来请安的两个女人，献宝似的在老太太跟前夸耀他家姑娘一事，借由紫鹃与鸳鸯的闲谈道出，再撒有关宝玉亲事的烟雾弹。作者倒是为此煞费苦心,岂知这纯属老调重弹,除了温习和重复第35回的相关内容外,毫无意义。

●紫鹃见鸳鸯匆匆离去之后回园路上的一段心理活动描写,表明了什么作者意图,不甚明白。特别是坦露紫鹃对宝黛婚姻“并不那么看好”的苗头,暗示着她对二人婚恋毫无保留的支持力度及坚定信心有所下降、有所抵消么?种种想法看法,切合她的一贯秉性么?难怪有读者论者认为:此处对紫鹃的心理描写,出现了“人物性格走形了”的败笔。实际上,现实生活中,人的心理是经常处于波动变化状态的。紫鹃对宝黛二人性格上的缺陷,并非因爱护体贴而选择完全“无视”,因而对“林姑娘真配了宝玉,他的那性情儿也是难服侍的;宝玉性情虽好,又是贪多嚼不烂的”的情况有所担心,难道不正常么?对二人要五体投地、顶礼膜拜,才是赤胆忠心的“慧紫鹃”么?何况,原文交代得很明白:眼下的紫鹃,是“左思右想,一时烦躁起来”的紫鹃呢。

●对院内的海棠树枯而复活、海棠花本应开在三月却开在十一月的怪事:腹诽者,以在场的探春和不在场的凤姐为代表;公开表达不同意见者,是贾赦、贾政二人;贾母出于老年人偏向喜乐的心理,表示高兴;李纨等人是随声附和;独有黛玉听说是喜事,心里触动,引经据典说明其合理性,并结合眼下“二哥哥认真念书,舅舅喜欢”强作附会,真是可爱而又可怜!

●奉贾母之命而作的三首诗,格调水平均不高:宝玉的诗,自问自答,浅薄媚俗欲讨贾母喜欢的心思,隐然可见;贾环的诗,平淡写来,妄自尊大,沾带了赦老爷说话一贯目中无人的口气,倒符合其个性;贾兰的诗稍有诗的味道,有自我写照的影子在内,含蓄蕴藉,略占上风。

●宝玉失去通灵宝玉的情节构思诚然不错,但竟用如此之长的篇幅去敷衍成篇,甚为不取。尽管整个描写过程中,相关人物性格尚未走形,却也没有新的发展;有些语段像是回锅翻炒过的冷饭,读来有令人“滞胀”的不适之感。也许,这也是续书难写的原因吧:不时时注意接续前文(包括所有情节的针头线脑),便易走样脱节;处处瞻顾前文,一不小心就会跌入翻炒旧事的“陷阱”。总之两难,极考续作者的平衡兼顾手艺!

第九十五回 因讹成实元妃薨逝 以假混真宝玉疯癫

内容提要:经岫烟再三请求,妙玉破例为查找失玉扶乩。王夫人望候“已升内阁大学士”的王子腾来京。贾母等进宫探视,元妃痰气壅塞,不能言语,不久即死。宝玉失玉后精神逐渐失常,众人着急。贾母安排悬赏事宜,并将宝玉搬去与她同住。贾政不认同“这会子又大张晓谕的找玉”的做法,但又不敢违拗。有人送假玉来,被认出退回。

●好不容易才将前几回慢条斯理、无关紧要的絮絮叨叨一页翻过，作者笔下终于转入了对逼出“大结局”有关的大关节、大事件的正面具体描写了！贾府的命运，也正式进入了“望山山塌陷，望水水断流”的最后阶段。

●有关元妃的死，全书几经铺垫，本回终于写到。元妃之死，在《红楼梦》整部书中，应算得上是一桩具有重要政治象征意义的家族大事。毫无疑问，它将改变贾府的地位和现实处境，进而影响到宝玉等所有重要人物的命运和结局。

回想元春归省时，曹雪芹曾花费了多少笔墨，融汇了何等丰富复杂的历史生活内容，呈现了何等精彩震撼的社会生活场面啊！但令人颇为失望的是，续书写元妃之死，竟然“雷声大雨点小”，将这一场关系到贾府最终命运结局的大事，轻描淡写、平铺直叙得如此简单，近乎草草收场的地步：没有一点“事出意外”的政治因素卷入，没有一点打动人心的悲感内容；贾妃就这样说死就死了，没有一点异常，没有一句遗言，没有对生前身后事做过任何交代和安排，就波澜不惊地一命归西了。总之，元妃之死留给贾府的，似乎只有失去亲人的悲戚，没有整个家族命运急速下滑之际猛然失去擎天支柱而应有的惶恐和哀伤，是这一节描写显得特别单薄和草率的重要原因。

●通灵宝玉失踪后，府内众人的手忙脚乱、惶惶不安、各有揣测。特别是王夫人要向婆母和丈夫尽力隐瞒的苦衷，贾政获悉实情而来的抱怨和烦恼，贾母想出的重金悬赏的办法，以及府外一些人闻讯而来鱼目混珠、企图骗财的举动，倒也写得络绎不绝，热热闹闹。其实，作者构想宝玉因失玉而浑噩疯傻的情节，主要是为继后宝玉娶亲、完成“拉郎配”创造必要条件的；否则定情于黛玉的他，是不会背叛爱情、轻易就范的。同时，这也是在为失去性灵的宝玉一个时期内回归普通人的家庭生活、读书生活，提供必需的理由。否则，“牛不喝水强按头”的事，在宝玉身上就行不通，也解释不通。

●悬赏出去，即有痴心妄想者行骗上门。贾母的对待方法，无疑充满了生活的智慧，与她一贯的恢弘豁达气度有关。这种生活智慧，与历史上郭隗劝说燕昭王“千斤市马骨”以不绝来路的经典做法，一脉相承。

●在宝玉失玉、众人惶急与宫内噩耗即将传来之间，忽然插入了贾琏的报喜，内容是“雨村打发人来告诉咱们二老爷，说舅太爷升了内阁大学士，奉旨进京，……半个多月就要到了”云云：惊风密雨，喜忧参半，实乃《红楼梦》巧妙编排情节内容的惯用笔法。

●第 94 回出现了街头“测字”的内容展示，本回又对“扶乩”全过程进行了描写。作者的失误，不在“写没写”这些旧时代常见的社会生活内容，而是在一门心思地对这一类颇具主观唯心迷信色彩活动的描写未加节制上。说起“扶乩”，最早就曾在第4回出现过。那只是作为门子在判案现场操纵的借以愚弄原告被告的欺骗手段,一笔叙过而已;并未象本回作如此篇幅的过程及其情景展示,虽也包含了借此提点暗示宝玉的前世今生以及未来归宿的用意,但毕竟作用有限。可见同样的写作素材利用,前后立意还是有高下之别的。

●本回描写宝钗的文字不多,却很重要。行文过程中随机穿插,补叙了薛姨妈告诉她定亲之事,以及她知道宝玉"失玉"之后的反应:

> 宝钗也知失玉。因薛姨妈那日应了宝玉的亲事,回去便告诉了宝钗。薛姨妈还说:"虽是你姨妈说了,我还没有应准,说等你哥哥回来再定。你愿意不愿意?"宝钗反正色的对母亲道:"妈妈这话说错了。女孩儿家的事情是父母做主的。如今我父亲没了,妈妈应该做主的;再不然,问哥哥;怎么问起我来?"所以薛姨妈更爱惜她,说她虽是从小娇养惯的,却也生来的贞静,因此在他面前,反不提起宝玉了。宝钗自从听此一说,把"宝玉"二(**此字程乙本作"两"**)字自然更不提起了。如今虽然听见失了玉,心里也甚惊疑,倒不好问,只得听旁人说去,竟像不与自己相干的。

显而易见,宝钗对这桩由梦想变成了现实的亲事是满意的。不过,一向持重的姑娘并没有做出忸怩羞涩的模样,而是泰然自若,随口说出了一个不正面表达自己意见态度的、既模棱两可又冠冕堂皇的理由。这才是那个大事坚定、小节不拘的贤宝钗,这才是十分乖觉、善体母怀的孝顺大女孩。读者完全可以想象得到,此情此景之下的宝钗,心情不可能静如止水,像她表面上所反映出来的那样;但究竟心海里或翻滚着或隐藏着何种复杂难辨的漂浮物,作者给我们提供了足够描摹、想象、发挥的空间。至于宝钗得知"失玉"事故发生之后,既攸关于心又无法对人启齿打听,因而表面上若无其事的表现,是符合宝钗的身份修养和性格特征的。

第九十六回　瞒消息凤姐设奇谋　泄机关颦儿迷本性

内容提要:王子腾进京途中病死;王夫人悲女哭弟,为儿子担忧;贾政被放江西粮道,也即将离家远行。老太太请来贾政商量,要借迎亲给宝玉冲喜,逼着贾政表态同意宝玉的婚事急办,自己一切听从安排。凤姐献"掉包儿计"。黛玉从傻大姐那里得知了宝玉娶亲的消息,心里迷惑,行为失常,去问宝玉,两人傻笑。

●续书由第82回的"黛玉惊梦"到第89回的"颦卿绝粒",再到本回的"凤姐设谋",以致下回的"黛玉焚稿",最后第98回的"黛玉离魂",可谓顺流直下,一气呵成,较好地挽结了宝黛爱情悲剧。这是后四十回写得最精彩的地方,读者论者普遍认可的地方。

●元春刚下葬，王子腾又意外得病死亡："四大家族"中最有权势影响的两位遽然接踵死去，不过是加快贾府彻底崩塌的进程而已。跟前文叙写元春的死一样，王子腾死就死了，丧事一毕，这一页就彻底翻过去了，没有任何牵涉敏感政治时事的话题，也缺少任何直接导致家族灭顶之灾的蛛丝马迹。

●宝玉成婚一事，本来不甚紧急，却因宝玉的"病情等不及"和贾政的"即将奔赴外任"这两个因素，促成了这一出"借尸还魂"闹剧的搬演。为此，作者铺垫得力。

●"一概鼓乐不用"，"一概亲友不请"，这是贾母为娶亲日定的调；"因赴任事多，部里领凭，亲友们荐人，种种应酬不绝，竟把宝玉的事听凭贾母交与王夫人凤姐儿了；惟将荣禧堂后、王夫人内屋旁边一大跨所二十余间房屋指与宝玉，余者一概不管"，这是贾政对待儿子亲事的态度；"外头一概不许提起"，这是凤姐为封锁消息、掩盖娶亲真相的又一次警告。文中四个"一概"，串联起相关情节链条，将这场贾府家长们精心策划而又具有临时性质的宝玉迎亲一事的组织、运行、规格、氛围，以及贾政等人在其间扮演的角色等情况，做了简明扼要的勾勒，给了读者以清晰而又完整的印象。

●虑事细心，患得患失，但也能顾及方方面面，这是袭人一贯的性情和风格。作为宝黛爱情一路走来的见证人，她对宝玉和宝钗的结合，觉得"水落归漕，倒也喜欢"，觉得"果然上头的眼力不错，这才配的是，我也造化！若他来了，我可以卸了好些担子"；继后想到黛玉"若知道了，又不知要闹到什么分儿了"，又转喜为悲；还特别担心宝玉"若是如今和他说要娶宝姑娘，竟把林姑娘撂开，除非是他人事不知还可，倘或明白些，只怕不但不能冲喜，竟是催命了"，并立即意识到"我再不把话说明，那不是一害三个人了"后果的严重性，这才有了第一时间向王夫人做出情况反映的行动。

这是继第 34 回宝玉挨打之后，袭人又一次因事关重大，主动向家长进言。袭人的汇报，无疑引起了贾母等家长的烦恼担心，变相催生了凤姐的"万全主意"的出笼。

●回目中所谓"瞒消息凤姐设奇谋"，重心落在一个"瞒"字。其实，只要贾府的家长们意见统一，宝玉身边的袭人等一条藤上的人配合默契，只要薛家母子忍受得了亲事如此"将就"办理的天大委屈，并继续对潇湘馆封锁消息让宝黛等人如在锅底：那就天下太平，没有什么大不了的事儿。因此，凤姐献上的偷梁换柱"掉包计"，并无多少"智慧"的成分，根本当不得一个"奇"字！

●凤姐的瞒骗计策，并非出于故意，也没有明显的恶意，不过是最高家长娶定宝钗的既定决策下的一时权宜之计。妙招也罢，损招也罢，无非执行方式而已；要说责任，那也首先是贾母和王夫人的。

●傻大姐作为《红楼梦》中的一个小人物,在第73回第一次出场捡到绣春囊,无意中引发了一场“大观园抄检”风波;本回是写她的第二次出场,带着挨打后满肚子的困惑不解和辛酸委屈,竟然误泄了家长们严密封锁的宝玉婚配宝钗的“天大机密”,彻底击倒了本已孱弱不堪的林黛玉,将之推向了死亡的快车道:小人物发挥大作用,这也算是续书对这个智力不健全女孩的“人尽其用”了。

●本回对黛玉的描写相当出色,似乎前八十回中那个光彩照人的黛玉又回来了。不期而至的巨大打击,恰中黛玉数年的心病,一时急怒,遂使她迷惑了本性,精神恍惚,行为失常。先是“心里竟是油儿、酱儿、糖儿、醋儿倒在一处的一般,甜苦酸咸,竟说不上什么味儿来了”;然后,“那身子竟有千百斤重的,两只脚却象踩着棉花一般,早已软了”;继后,落在赶来的紫鹃眼中的黛玉,是“颜色雪白,身子恍恍荡荡的,眼睛也直直的,在那里东转西转”;来到宝玉处,“两个人也不问好,也不说话,也无推让,只管对着脸傻笑起来”,“心中迷惑不减于宝玉”;离开之际,“回身笑着出来了,仍旧不用丫头们搀扶,自己却走得比往常飞快”;走到离潇湘馆门口不远时,只因紫鹃“阿弥陀佛,可到了家了”一句话的触发,“只见黛玉身子往前一栽,‘哇’的一声,一口血直吐出来”:续书对黛玉得知不幸消息后一系列心理生理、神态动作、语言行为的描写,合乎情理,层次感强,达到了较高的艺术造诣。

●林黛玉“梦醒心碎时分”的惨苦,读来令人痛彻心扉。

第九十七回　林黛玉焚稿断痴情　薛宝钗出闺成大礼

内容提要:黛玉吐血,奄奄一息。面对贾母、王夫人的看望,黛玉反应冷淡。贾母怨怪黛玉的“心病”,对黛玉的治疗失去信心。薛蝌向关押中的薛蟠征求宝钗出嫁的意见,薛蟠很知礼地同意按母亲的意见办。黛玉焚毁诗稿。宝玉成亲,贾政远行。

●第89回“杯弓蛇影颦卿绝粒”,是要慢性自杀;一旦真相大白,深感绝望,“反不伤心,惟求速死”:痴于情者不惜命,往往如是。

●因为宝玉病,要给他结亲冲喜,“借大妹妹的金锁压压邪气,只怕就好了”(凤姐语);因为黛玉的病“只怕难好”,贾母便招呼凤姐“你们也该替他预备预备,冲一冲,或者好了,岂不是大家省心”:多好的借口,多么符合我们普通人的惯性思维和心理期待。

●宝玉成婚现场,本是要紫鹃前去,紫鹃拒绝;还是在此短暂停留的平儿顾全大局打了圆场,让黛玉身边的丫头雪雁顶替去了:这无疑也是一种智慧,叫“偷梁换柱”;只是没有凤姐搞得那样神秘复杂。

●借亲事"过礼",开出了一份明细物品及折银清单,从中亦可窥见贾府家底的日渐消耗。

●筹备和正式举办宝玉婚礼期间,作者笔下先后分别调遣黛玉身边的两个丫头紫鹃、雪雁到彼处观察感受:叙事的视角富有变化,有关的氛围衬托和心理描写婉曲细致,颇见匠心。

●对宝黛病情的发展叙写真切,特别是黛玉弥留之际的种种表现,描写得非常细腻,足见作者对生活的观察体验之深。

●贾政远行之际,嘱咐王夫人"明年乡试,务必叫他下场"的话,伏第118—119回宝玉举业用功、进场中举一事。

●红楼探照之一九五:

取舍得失之间
——贾母和宝钗选择的艰难

第97回写黛玉生命垂危,贾母带着王夫人凤姐等过来看视。在一病不起的黛玉床前,出现了令人心碎的一幕:

> 只见黛玉微微睁眼,看见贾母在他旁边,便喘吁吁的说道:"老太太!你白疼了我了。"贾母一闻此言,十分难受,便道:"好孩子,你养着罢,不怕的!"黛玉微微一笑,把眼又闭上了。

"白疼了"这句话,算是黛玉生命的最后时刻说给外婆听的。这三个字,绵里藏针,带着深深的怨恨和千般的凄凉无奈,如鞭子一样抽在暮年贾母的心上,难怪她"一闻此言",便"十分难受"。

出自临终前黛玉口中的"白疼了"三字,一是表明你疼我,疼在表面疼不在内心,疼在平时遗弃在眼前,总之疼得肤浅疼得虚假疼得有限;二是表明母亲死后幼小的我被接到你身边,父亲死后再次前来依附,但最终还是被当作是"外人",找不到归属感。这不,生命之灯即将熄灭,难道你不感到养育了一场的遗憾?毫无疑问,黛玉是怀着对亲外婆的怨恨,绝望地离开这个虚假无情的世界的!对贾母最后一句安慰,难怪她一笑闭眼,有如谢客,简直不愿搭理你了!——此时此际,当着众人的面,真不知道受到外孙女临死前的轻言谴责和明显冷遇的老人,情何以堪!幸好有"外面丫头进来回凤姐道:'大夫来了。'于是大家略避"的插曲发生,才使得贾母等离开了病室,摆脱了令人尴尬、令人窒息的局面。紧接着,作者借贾母的抱怨和纳闷,间接描述了老人复杂婉曲的心情:

> 贾母又问了紫鹃一回,到底不知是那个说的。贾母心里只是纳闷,因

说:“孩子们从小儿在一处儿玩,好些是有的。如今大了,懂的人事,就该要分别些,才是做女孩儿的本分,我才心里疼她。若是他心里有别的想头,成了什么人了呢!我可是白疼了她了。你们说了,我倒有些不放心。”因回到房中,又叫袭人来问,袭人仍将前日回王夫人的话并方才黛玉的光景述了一遍。贾母道:“我方才看她却还不至糊涂,这个理我就不明白了。咱们这种人家,别的事自然没有的,这心病也是断断有不得的。林丫头若不是这个病呢,我凭着花多少钱都使得;若是这个病,不但治不好,我也没心肠了。”

贾母先后找紫鹃、找袭人问话调查之后,纳闷稍解,但还是不甚明白黛玉的“心病”何以发生,何以严重到了如此不可救药的地步!一旦证实了黛玉是因失恋而病,贾母即发出公开的谴责:“成了什么人了呢,我可是白疼了他了。”继而申明:“就是这个病,不但治不好,我也没心肠了。”态度之决绝,面目之冷硬,与之前的慈爱外祖母形象判若两人。

从贾母的立场上看,她现在是贾府最高权威的家长,中国宗法社会赋予了她对家人的教育管理和引导责任,一言一行关乎家风家教的价值取向,尤其关系着爱孙贾宝玉的终身幸福。为此她不敢含糊,亦不愿含糊,不能含糊;为此哪怕是要牺牲一方(哪怕是自己同样疼爱的外孙女)的利益乃至于年轻宝贵的生命,在封建礼教、严格家规面前,她也无以选择,无从逃避!这也是她因此对黛玉的“心病”深感愤懑,因而背后怒怼黛玉埋怨指责的原因。这无疑也是作品深刻思想性所在。因为读者可以看到:即便是一向视你为掌上明珠者、心肝宝贝者,一旦在诸如婚姻选择等人生的关键问题上,他们都是以不违背封建礼教、不损害家族整体利益为前提的,很少(甚至从来不会)有意顾及青年男女当事人的强烈意愿和真实感受的。这就是那个时代、社会、人性的残酷现实,任何人都难以超脱或跳出这个“三界”“五行”之内。贾母等人在宝黛悲剧中扮演的角色,这类角色身上的可恶、可恕之处,均源于此。

见多识广的老祖宗,就一定不懂什么是青梅竹马、什么是女怨男痴么,甚至自己的一生就从来没有这方面的经历或体会么?贾母从来就不是一个缺少感情的、蛮不讲理的人,但封建礼教的虚伪、封建家长制度的罪恶,纠结起来作祟,是容易泯灭人世间最可珍贵的亲情和爱情等一切美好浪漫的感情的。在这里,笔者也无意为贾母等封建家长应付的历史责任去作什么辩护,只是说:人活在世上,各有各的权责利好,各有各的困苦艰难;正由于相互间的位置处境责任不同,思想性格行为方式有异,因此相互间体谅包容,以及最起码程度上的理解尊重,是必须的。事实上,这种道理,知易说易却行难。

再说宝玉亲事备办的过程中,薛家母女也受了部分的委屈和蒙蔽。譬如过礼前夕，王夫人便按着凤姐的话和薛姨妈商量，只说："姨太太这会子家里没人，不如把妆奁一概蠲免，明日就打发蝌儿告诉蟠儿，一面这里过门，一面给他变法儿撕掳官事。"她并不提宝玉的心事，接着还催促自己的妹妹："既作了亲娶过来，早好一天，大家早放一天心。"加之贾母差鸳鸯过来候信，薛姨妈虽恐宝钗委屈，但也没法儿，只得满口应承，回家去做自己女儿的劝说和疏通工作了。而一旦薛姨妈回家，将这边的话细细的告诉了宝钗，还说自己"已经应承了"。宝钗对此的反应，"始则低头不语，后来便自垂泪"，无论如何，却始终未发一言。这个时候的候嫁女孩，心里在想着些什么呢？

《红楼梦》的作者顺应自己笔下已经定型了的宝钗沉稳理性、情绪较少外露的性格特征，很少对她进行如黛玉那样的细腻心理描写。因此，读者只有通过对其外在的神情姿态、言语动作去分析揣摩，才有可能进入其丰富复杂的内心世界，触摸到这个颇有涵养的年轻姑娘思想的频频脉动。眼下，听着母亲将贾母、王夫人等男方家长的意愿及宝玉本人的疯傻情况如实转告，你看她一开始"低头不语"，可见其内心的纠结矛盾；继而听到母亲说一切"已经应承了"，她便知悔悟已晚，一切只能听天由命了。但这又是什么命啊？"急就章"一般结亲，嫁过去的还是一个半痴呆者！她进退维谷，还能有什么更好的选择吗？自家哥哥监狱在押，还等着想办法去解救呢！——可怜的姑娘，面对凭自身一己之力不能改变的"命运"，她只有认了！如此的前前后后一想，她便只有在那里暗自"垂泪"了！至于婚礼现场，她始终"低头不语"的隐忍；婚房中，"宝玉昏沉睡去"之时，她"置若罔闻，也便和衣在内暂歇"中的凄惨无奈滋味，又有谁能想见？

在这场严重的婚姻悲剧中，因作者追求某种突出的戏剧效果，便有意将宝玉、宝钗的婚礼与黛玉的绝命构成因果关系，并将悲喜、庄谐形成鲜明对比色彩的两个生活场景，放在几乎同一个时段、相隔距离不远的地点展现，以致读者不但不悲悯宝钗的狼狈处境，还将同情黛玉悲惨遭遇而来的忿忿不平情绪部分转移到了同样是被操纵者和受害者的宝钗身上，怒火，脏水，一股脑儿地冲她而去。严格意义上说，这种情绪化反应，也是不公正的。

●红楼探照之一九六：

生死之际看人情

一场封建包办性质的"闪婚"过程中，众位家长在"爱"的名义之下，以令人发指的残忍手段逼死了林黛玉，同时利用宝玉神志的不清，强行剥夺了他"爱的权力"，强加给了他并不乐意的婚姻。这些人，是应该受到谴责的；宝玉后来抛家离舍、掉头不顾的“情极之毒”,一定程度上说,就是对眼下生吞活剥了宝黛爱情者们的报复。

且说黛玉向来病着,自贾母起直到妹妹们的下人,常来问候。今见贾府中上下人等都不过来,连一个问的人都没有,睁开眼,只有紫鹃一人。自料万无生理,陷入了彻底的绝望之中。她会采取什么行动呢?躺在床上等死么,这样写来无助于增添黛玉的性格光辉;当面找负情人算账么,前面已经去过了,除了傻笑还是傻笑,去了更有悖于黛玉的性格发展逻辑。作者的高明之处,在于独具匠心地给黛玉设计了“焚稿”的细节,恰如其分地表现了此时此刻黛玉的伤惨破碎心境,使其思想性格又一次得以升华。黛玉富有性情才华,她用自己的青春、生命、爱情写就的那些诗篇,曾经伴随她走过激情燃烧的岁月,是她才情和理想的见证;特别是她最不能忘怀的那块题诗定情的旧帕,浸渍着她的斑斑泪痕,是她与宝玉爱情的记录与见证。眼下,这生命中最宝贵的东西,连同自己奄奄一息的生命,都显得多余了,就让它们一起燃尽成灰好了!

第 97 回“黛玉焚稿”的情节,在艺术描写上非常细腻。生命垂危而又绝望愤激的女子,说话语气的急促简短吃力,伴随着瞪眼咳嗽吐血,指着箱子的僵直动作;以及因雪雁不明其意而无奈发急的举止,紫鹃先开箱拿出白绫绢子,继后又才应声找出那块题诗的旧帕等细节:前后作数层周折,写黛玉病中,情景如画。

本回的事件人物描写,尚无败笔。即便是雪雁的离弃姑娘的行为,也写出了她的情有不愿、身不由己;即便是前来要人去婚礼现场使唤的林之孝家的,因为“立在那里不走”,特别是因为她“头里听了紫鹃的话,未免不受用,……又见紫鹃哭的泪人一般,只好瞅着他微微的笑”,后来又是“笑着”和李纨说着话离开:两个“笑”字,将此等势利妇人的铁石心肠暴露在了纸上。此妇对年轻姑娘悲惨死亡若无其事的冷漠,没有丝毫感同身受的人性流露表现,与李纨、探春等人的惨痛悲戚,更成鲜明对照。

第九十八回　苦绛珠魂归离恨天　病神瑛泪洒相思地

内容提要:宝玉嚷着不想活了;宝钗说明黛玉已离世,宝玉为之昏死;醒来觉得金石姻缘已定,自己也无可奈何。黛玉临死前,要紫鹃叫他们送她回原籍,还直声叫着宝玉的名字,恨怨地闭上了眼睛。贾母等人知道黛玉死讯后深感悲痛,宝钗还飞红了脸;继后都到黛玉灵柩前,哭了一场。宝玉渐将爱黛玉之心移至宝钗身上,逐步被动接受了婚姻现实。

●凤姐择机缓缓地将黛玉的事回明,贾母、王夫人听得,都唬了一大跳。贾母眼泪交流,一句“是我弄坏了他了”的自责,一番“你替我告诉他的阴灵,并不是我忍心不来送你，只为有个亲疏……”等哭诉，写出了贾母的真悲切。

●黛玉死了两三天之后，贾母趁空告诉了宝钗这个不幸消息：

那时宝钗尚未回九，所以每每见了人，倒有些含羞之意。这一天，见贾母满面泪痕，递了茶，贾母叫她坐下。宝钗侧身陪着坐了，才问道：“听得林妹妹病了，不知她可好些了？”贾母听了这话，那眼泪止不住流下来，因说道：“我的儿！我告诉你，你可别告诉宝玉。都是因你林妹妹，才叫你受了多少委屈！你如今作媳妇了，我才告诉你：这如今你林妹妹没了两三天了，就是娶你的那个时辰死的。如今宝玉这一番病，还是为着这个。你们先都在园子里，自然也都是明白的。”宝钗把脸飞红了，想到黛玉之死，又不免落下泪来。

宝钗为何“把脸飞红了”并一言不发？是良心发现，觉得黛玉之死与己有关而因此愧对？还是因贾母话中有话，窥破了一直以来她对宝玉的那份执着的暗恋？好在她能很快恢复平静，面对宝玉又疯又傻的残酷现实，自此千回万转，想出了一个破釜沉舟的主意，就是将黛玉已死的情况索性直言相告不再隐瞒，以此直击宝玉心灵，打破宝玉对婚恋的一切幻想，导引宝玉将心底郁积发散开来，从而有利治疗。宝钗的无情，令人一时难以理解；但无情中的有情、温柔中的果敢，却要事后众人去慢慢参透：这个宝钗，还是曹雪芹笔下的那个宝钗！

●众人在黛玉灵柩前的恸哭，无疑算是真情流露，描写细腻而又有层次。

●一旦尘埃落定，贾母即安排宝玉、宝钗“圆房”事宜。对薛姨妈的一番歉意，也足见老人家处事的善体人情。

●回末写凤姐前来，有意搞笑，一是说明宝玉经过身心的调理治疗，情况好转；同时也表明新婚夫妇之间的关系已经“解冻”，亲昵再现。此外，作者也借此调节近几回以来的紧张、沉郁、悲伤气氛，为接下来的另开场面，预做铺垫。至于本回几处写到的宝玉一边对黛玉生死难忘，一边却又经不住床前的红颜诱惑，“禁不住生来旧病”，“要流氓”（当今世人的惯用调侃语）要与已成妻子的宝钗亲热的表现，它完全合乎人性，非常自然而又准确地勾画出了宝玉感情的演变；同时也表明，在亲情和人性的围城里，“悬崖撒手”之前的宝玉，“情极之毒”还需要足够的郁积，面前摆下的一段人生的泥泞路尚需蹚过才行呢。

●本章节首次出现了一个姓毕别号知庵的穷医。此人是在“城外破寺中住着”；是在贾府“各处遍请名医，皆不识病源”的情况下被找到；准确诊断出了宝玉的病源，并度量用药迅速见效的：可见其医术的高明和身处的穷困。联系曹雪芹晚年穷居城外西山的经历，再看此人“毕知庵”的姓名，若按照曹雪芹小说命名的习惯，取谐音即为“必知俺”或“彼知俺”。他是否与北京西山一带民间曹雪芹的传说有关呢?

> 据传,曹雪芹用了近十年才写完了《红楼梦》,然后进行反复修改,前前后后修改了五次。可他对书的后半部总是不太满意,于是就将书稿的前八十回拿给亲朋好友看,谁知不久就传抄开了,而那后半部却一直在修改之中。这时候他的身子骨越来越差了,不久就去世了。在料理他的后事时,有人找出许多写满字的纸张,可一想人都没了,留着这些纸也没有用,于是就都剪成了纸钱。就在要烧这些有墨迹的"纸钱"的时候,曹雪芹的好友鄂比看见了,连忙抢了过来展开一看,发现它们正好是《红楼梦》的后半部书稿,虽然被剪得很乱,有些已经面目全非了,好在大部分都还在,只要小心拼对就能够大致复原,于是他便将所有带字的纸收集了起来。后来他就开始修补那些被剪坏的书稿。因为这书稿剪得太乱,数量又多,于是就找来一位叫高鹗的私塾先生帮助,二人用了很长的时间才将书稿修补好。高鹗先将书稿拿回去阅读,他是越看越爱看,真是从心里喜欢,于是用了一个多月的时间把整个书稿重抄了一遍,并在上面写下许多眉批。可他还没来得及还给鄂比,书稿又被几位朋友借去了。从此,《红楼梦》的后四十回就开始在民间流传开了……

台湾作家高阳的小说《曹雪芹》,以这段传说为创作素材,在此基础上做了人物、情节等多方面的演绎,写得有鼻子有眼儿。但这只是传说和文人小说而已,增加趣味,不能作为考证依据的。

●红楼探照之一九七:

恸断人肠的黛玉之死

第98回部分内容采取了倒叙法。先是叙写亲事举办之后,宝玉日日延医诊治,服药不效,索性连人也认不明白了,"回九"之期也只好被人搀弄过去勉强走了个过场。宝钗也明知其事,心里只怨母亲办得糊涂,事已至此,不肯多言;独有薛姨妈看见宝玉这般光景,心里懊悔,只得草草完事:看来,薛家母女的一腔酸苦,只好"嚼嚼咽了"。好在天无绝人之路,在"各处遍请名医,皆不识病源"的情况下,居然碰上了城外破寺中住着个穷医姓毕别号知庵的,诊得病源,于是度量用药,至晚服了,二更后,果然省些人事,便要喝水;针对"片时清楚"的宝玉因娶的是宝姐姐而寻死觅活,宝钗除讲了一篇纲常伦理的"大道理",将宝玉"你便要死"的资格和理由悉数剥夺外,还索性将"那两日你不知人事的时候,林妹妹已经亡故了"的消息告诉了宝玉;导致宝玉一听,"不禁放声大哭,倒在床上",恍然一梦后死而复生：

> (迷梦中)宝玉听了这话，又被这石子打着心窝，吓的即欲回家，只恨迷了道路。正在踌躇，忽听那边有人唤他。回首看时，不是别人，正是贾母、王夫人、宝钗、袭人等围绕哭泣叫着。自己仍旧躺在床上。见案上红灯、窗前皓月，依然锦绣丛中、繁华世界。定神一想，原来竟是一场大梦。浑身冷汗，觉得心内清爽；仔细一想，真正无可奈何，不过长叹数声而已。
>
> 宝钗早知黛玉已死，因贾母等不许众人告诉宝玉知道，恐添病难治。自己却深知宝玉之病实因黛玉而起，失玉次之，故趁势说明，使其一痛决绝，神魂归一，庶可疗治。贾母、王夫人等不知宝钗的用意，深怪他造次，后来见宝玉醒了过来，方才放心，立即到外书房请了毕大夫进来诊视。那大夫进来诊了脉，便道："奇怪！这回脉气沉静，神安郁散，明日进调理的药，就可以望好了。"说着出去。众人各自安心散去。
>
> 袭人起初深怨宝钗不该告诉，惟是口中不好说出。莺儿背地也说宝钗道："姑娘忒性急了。"宝钗道："你知道什么！好歹横竖有我呢。"那宝钗任人诽谤，并不介意，只窥察宝玉心病，暗下针砭。

上述描写，可见婚礼之后宝玉的病情能够起死回生并逐步有所好转，既与医生找到病源对症下药有关，更有宝钗因病施策，暗下针砭，断然采取心理调整、精神治疗措施的功劳。不用说，危难时刻宝钗的任人褒贬、敢于担当的心胸勇气，"心病还需心药治"的高明策略，又一次凸显了她的沉稳精明和理性干练，令人感佩。

待宝玉病情稳定之后，作者方调转笔墨，趁势回叙黛玉"魂归离恨天"的情景。传统文章学有"一笔难写两家事"和"花开两朵，各表一枝"的说法，意思是说作者笔下遇着同一时空(或相近时空)下两个或两个以上相对独立而又有牵连的重要人物、事件、生活场景都需要着力再现的情况，为避免轻重失衡、缠夹裹挟、路数不清，就必须而且只能略分先后，逐一加以叙述描写。本回作者的高妙之处在于，他不但清楚展示了"两宝婚"和"黛玉死"这两个事件的全过程，而且还写出了这两个事件之间或明或暗的因果联动关系，甚至于还安排了不只一人交叉出现在两个事件发生演进的现场，起到两个生活场景的相互探照、映射、衬托、对比等作用。一边是熙熙攘攘，热闹喜庆非凡；一边是冷冷清清，凄凄惨惨戚戚。通过强烈的对比映衬，一方面表现出家族统治者的"狠毒冷淡"(本回紫鹃语)，同时也倍增了宝黛爱情的悲剧色彩和艺术感染力。

且说黛玉临死之际，将紫鹃改称为"妹妹"，打破了一向的主奴界限；继而又断断续续做出的临终吩咐：

妹妹！我这里并没亲人，我的身子是干净的，你好歹叫他们送我回去。

这一句恸断人肠，也格外耐人寻味："没亲人"，连外婆也排除在亲人之外；贾府的"他们"与"我"，界限何其分明。特别是最后那一声"宝玉，宝玉，你好……"的微弱呼喊，令人不忍听闻！这是内涵极其丰富而又异常含蓄的一笔，妙处在说到"好"字后，黛玉便"浑身冷汗，不作声了"。这六字，固然是黛玉临死之际真实情状的写照；更重要的是，它戛然而止又韵味无穷：是爱，是恨，是怨，还是其他，这无疑给读者留下了想象和思索的广阔余地。

再说作者写到黛玉临终"两眼一翻"情形，或许是心有不忍，"呜呼"二字后，便赶紧以一句"香魂一缕随风散，愁绪三更入梦遥"的联句咏叹作挽结。这种笔法，与第66回尤三姐之死的挽结方式极为类似。从创作及读者欣赏文学作品的角度而言，是没有人乐见并欣赏悲剧性人物的悲惨死亡的。因为那样的场景，的确太令人难以接受了，尤其是涉及我们心爱人物的死亡。死亡，总会给那些与书中角色亲爱的人们带去心理的冲击、灵魂上的颤栗和精神上的戒惧的。因此，对悲剧性人物不得不进行的死亡的描写之后，需要作者对同情悲悯的读者以适当的心理和情绪的调适和抚慰。一句诗词的作结，有助于在彼此同情的咏叹中，牵动读者与悲戚惨苦的阅读情绪告别，犹如将撕裂的感情伤口加以尽快缝合，以此实现彼此心神上的慰藉和补偿，这是非常契合读者的阅读心理和作者的审美期待的。

续书围绕黛玉之死的环境氛围描写，也是非常成功的：

当时黛玉气绝，正是宝玉娶宝钗的这个时辰。紫鹃等都大哭起来。李纨、探春想他素日的可疼，今日更加可怜，也便伤心痛哭。因潇湘馆离新房子甚远，所以那边并没听见。一时，大家痛哭了一阵，只听得远远一阵音乐之声，侧耳一听，却又没有了。探春、李纨走出院外再听时，惟有竹梢风动，月影移墙，好不凄凉冷淡！

此时此地，此情此景，由不得人不心碎神伤！特别是那隐隐约约、似有似无的音乐，加上"竹梢风动，月影移墙"的月夜景色，无疑给整个环境罩上了一层神秘、寂静、凄凉的氛围。

结合笔者的阅读感受，总觉得本回描写宝玉迷梦过程中，作者笔下流露出来的那种因世事洞明、人情练达而来的哲人眼光，以及一语道破的智者口吻，酷似曹雪芹；至于行文习惯、语言风格、结构特点、人物性格风貌，也总有一种与曹雪芹拦头相遇、似曾相识的感觉。笔者甚至认为：与最近两回中的精彩片段尚觉仍有些零汤滴水的瑕疵相比，第98回的文字纯粹优美，最具曹雪芹的一贯行文习惯和语言风格，因此感觉它极有可能出自曹雪芹之手，而且还是他后半部未定稿中最接近于成熟定型的部分。因为本回从行文习惯、语言风格、情节环境的水乳交融、人物思想性格的精准把握等方面来看，堪与前八十回中写得最好的章节媲美。

风格，有如作家的体味，神秘的气息只可细细感知；有如人体的基因密码，别人往往是替代不了也模仿、改篡不了的。不是么，仅以本章节的风格特点而言，笔者就感觉到了曹雪芹文笔的风致：结构上回环反复，穿插映照，此起彼伏，摇曳多姿；语言"质而实绮，癯而实腴"，清奇古貌、醇厚绵密、特耐咀嚼回味的叙事语言风格，以及个性化的人物语言风格，与前八十回有着最大、最高程度上的契合。为此，笔者坚信：程高本《红楼梦》后四十回中，绝对包含着部分曹雪芹的未定稿；一些章节或章节里的片段，绝非另手所能摹写。

第九十九回　守官箴恶奴同破例　阅邸报老舅自担惊

内容提要：贾母、薛姨妈正想黛玉，凤姐却来赶上说宝玉、宝钗的笑话。贾政在江西粮道衙门一心要做清官，却受到李十儿一伙家奴和差役的愚弄。海疆镇守周琼来书求取儿女姻缘，贾政准备"写字与他商议"。

●凤姐对宝玉、宝钗内室拉拉扯扯情状的形容比划，与第30回里她形容打趣宝玉、黛玉两个"在一处对赔不是了，对笑对诉，倒像黄鹰抓住了鹞子的脚，两个都扣了环了，哪里还要人去说合"的情形，遥相对照，人生莫测的况味尽在其中。

●凤姐的一番笑话，说得贾母等高兴起来，"猴儿"的昵称，又一次出现在贾母的嘴上。

●借大病初愈的宝玉"到底是爱动不爱静的，时常要到园里去逛"一事，顺便交代了当初活跃在园内的亲戚薛宝琴、史湘云、邢岫烟、李绮李纹等人现状去向，文思严密，疏而不漏。

●与当初贾政外任学差的情况未作反映不同，本回借贾政到江西粮道履职的过程，将地方官场"生态"做了正面描写和重点反映。其内容主题不但与前八十回中门子弄鬼、雨村徇情、凤姐闹事、察院收银等章节的描写形成互补，而且还有所深化。

通过李十儿为代表的一帮寄生在州县衙门上下其手、火中取栗的胥吏差役形象的成功塑造，通过这帮坏蛋以其非凡的邪恶智慧、邪恶见识、邪恶本领，各自展示他们的人生经历、渴望诉求，将地方衙门吏治的黑暗腐败惊人内幕，一一暴露在了世人面前。同时，也将贾政极度低能，遇事既不能准确观察又不能正确处理的"迂腐"形象，做了进一步的凸显。与第4回的相关描写比较，本回的人物表现及相互关系又与之隐然形成对比:前回出场作正面描写的衙门差役只有一个,本回却是以李十儿为首的一窝;前回的门子是由贾雨村利用之后被赶走,本回的李十儿们却是为了巧妙利用了贾政而狐假虎威、借势捞钱,事后也未见任何惩罚反而越受信任;前回里的上司精明干练,能够掌控局面,一切心中有数,而本回的上司却饱受下人的蒙蔽愚弄而始终没有觉悟,稀里糊涂,愚不可及。

●本回对地方官场黑暗现实的揭露,应该说是很成功的;人物刻画、情节设置、典型社会环境的描写等,并不是对前八十回官场生活描写内容的简单重复。特别是李十儿等衙门"饥鼠"们的形象,有新意,有代表性;他们为了攫取实际利益,穷凶极恶,贪婪索取,成群结伙,欺上瞒下,将主官玩于股掌之上而对方浑然不觉的经验是丰富的,邪恶的智慧本领以及由此产生的能量也是惊人的。作者对他们的描写,拿捏准确,反映细致,也是非常真实而又深刻的。整节文字,符合曹雪芹作品的行文习惯和语体风格。读者如若不信,去将《官场现形记》《二十年目睹之怪现状》《醒世姻缘传》等旧小说中的相关描写对照阅读一番,就知道两者差距之大了。

●贾政任上接到一封书信,以此启动家内探春出嫁行程;无意间打开邸报,忧惧京中外甥命案,以此接续薛家命运不测的线索。

●贾政看邸报上有关薛蟠案情的通报内容,想到自己因曾受薛姨妈之求,托过知县,若请旨革审起来牵连着自己,好不放心。接着,心中狐疑不定,更加害怕起来,只是纳闷,发怔,一见李十儿,便道:"这便怎么处?"——一副烦恼煎迫、一筹莫展的模样!遇事如此,其心胆脆弱、能力的极度缺乏可知。

●后四十回出现了一些新的人物,譬如王作梅、吴良、夏三、吴贵、包勇、大了、刘铁嘴、毛半仙、甄应嘉等,大都一晃而过,没有给读者留下多么深刻的印象;倒是本回出现的李十儿塑造得生龙活虎,将一个混迹豪门多年的管事人身上的机敏、狡黠、流气、手段、心机,展现得惟妙惟肖,几可与前八十回中的门子和倪二等人并肩。

●红楼探照之一九八:

小人物　大能耐
——话说李十儿们的超强操弄本领

《红楼梦》第 4 回及第 99 回都出现了门子及家奴李十儿一类的官场"边角料"人物,他们身份卑贱,子孙连参加科举的资格都没有,却谙熟官场潜规则,人小鬼大,一面巴结长官,一手攥住小民,上下其间,游刃有余。一件公事的处理上，我们就可以看到他们超级的手腕和能量，他们代表着封建社会官场一个不可或缺的庞大群体——胥吏。

嘉庆皇帝曾有一句名言："本朝与胥吏共天下。"嘉庆这话还是顾及朝廷脸面的，实际上清代从京城到直省，几乎所有的衙门都是胥吏掌权，所谓"铁打的衙门流水的官"，衙门中只有胥吏这个群体是铁打不动，世代经营的。胥吏或管钱粮，或管徭役，或管文书，不属于官僚系统的正式编制。自康熙以后，朝廷规定胥吏不再发放饭食银，所有开销全部自理，连笔墨等基本的办公用品也得自备。上班不拿工钱甚至还要倒贴，这种亏本的工作任谁也不会干，所以各衙门的胥吏们自然有一套捞钱的本事；而整个国家机器、官僚体制，是一刻也离不开胥吏这个群体的。道理很简单。以举业而入宦的地方官员，虽然通晓诗书，但是对法律、钱粮等实务诚然一窍不通，对地方势力格局、民俗民情等情况也几乎两眼漆黑；通常情况下，在一个地方任职的时间又不会太长，又不习惯深入民间去搞什么"微服查访""调查研究"之类，于是就不得不依赖既具备专业素养熟悉办事程序，又与地方势力关系深厚的胥吏们来替自己跑腿办事分忧担责了。胥吏虽然承担行政具体事务甚多，但因为社会地位不高，待遇低下，出路狭窄，不可能指望他们具有多高的道德水准，一切以"谋生赚钱""养家糊口"为目的。在社会生活里，这类人基本上属于破坏性力量；文学作品中，素以"奸诈"著称。

如果说《红楼梦》描写的官场现象，反映了封建社会中央部院和地方衙门内部的黑暗的话，那么先后作为地方官长行事的贾雨村和贾政二人，在这个"大染缸"中都未能做到独善其身：前者虽属干练官员，却不得不向豪门势力低头；后者虽为清廉官员，却不能不受胥吏的挟制。"守官箴恶奴同破例"一节，从一个重要侧面展示了清代地方官场的恶劣生态，给我们考察这个时期封建地方衙门内部利益争夺的历史现象，提供了生动范例。

贾政所在的江西粮道，在世人心目中应该算是一个油水可捞的肥缺；跟他上任的一帮家奴长随们，无不抱着发财的打算，早就在一边欢欣鼓舞，摩拳擦掌，跃跃欲试了。虽因贾政的迂腐固执，爱惜羽毛，逼得部分人捞无可捞，只好怏怏离职，怨声载道；但这种情势，却恰恰为等待最佳时机出手的李十儿等人发挥"邪恶智慧"带来了便利。不用说，粮道衙门内部各种关系盘根错节，你中有我，我中有你，沉浮其间的龟鳖鱼虾比比皆是：这潭水，实在是有点深的！李十儿在与本衙门根深蒂固的"老资格"书办互相试探交底之后，就摒弃前嫌，里外联手，迅速地结成了最大限度攫取利益的"统一战线"；而且连堂上堂下的一班差役、轿夫等，都被动员调度起来，踊跃参与了"众人开桨划大船""集体怠工将你玩"的精彩滑稽剧表演，硬是将"死要面子活受罪"的贾政收拾得服服帖帖，"被迫"充当了这一伙狐假虎威者贪赃枉法、鱼肉民众的“保护伞”，自己还浑然不觉！

你看，这伙人因为利益关系结成一体，虽居处“食物链”的不同段位，但都懂得与官长各守分界，彼此相安：你不动我的奶酪，我就不捣你的砂罐；在上吃肥肉，在下啃骨头，都不饿着。你要独立特行，将你的“尽职尽忠”付诸行动并认真坚持到底，他们那饥肠辘辘的肚皮可不答应！这些人有的是掀桌子的手段，有的是使绊子的心机，有的是在你眼皮底下兴风作浪的本领，挟制你捉弄你羞辱你教训你，出你的丑捣你的乱扫你的脸杀你的威，看你怎么办！如此这般叫你事事不遂心，处处招难受，自觉已成孤家寡人，甚至还神经紧张，感觉到“部属”要引爆自身与你同归于尽的生命危险；等你“醒悟”过来，要么赶紧离开这“马蜂窝”，要么赶紧改弦易辙适应环境，多照顾“手下利益”，即遵循李十儿辈所教导的“官也要顾，民也要顾”兼顾路线，大家和衷共济，互通有无，到头来在下的腰包鼓起来，在上的位子稳下来，各得其所，何乐不为呢？为什么要像贾政一样一心要做“清官”，执意追求好名声呢？在他们看来，这叫典型的“不识时务”！何况，他们可不缺少来自现实生活中的典型事例呢！这些发生在身边的正反事例鲜活生动，顺手拈来，瞬间令人遵奉的正统观念土崩瓦解，甚至达到心理防线全面崩溃的奇效！且看第99回，写李十儿等为达到贾政就范的目的，精彩导演了一场集体怠工的游戏，捉弄得贾政颇无面子；隔一天，“管厨房的上来要钱，贾政带来银两付了，以后便觉样样不如意，比在京的时侯倒不便了好些”。趁其银钱正缺之际，李十儿又出来花样，使得贾政一时难以应付：

> 无奈，便唤李十儿问道：“我跟来这些人，怎样都变了？你也管管。现在，带来银两早使没有了，藩库俸银尚早，该打发京里取去。”李十儿禀道：“奴才那一天不说他们？不知道怎么样，这些人都是没精打彩的，叫奴才也没法儿。老爷说家里取银子，取多少？现在打听节度衙门这几天有生日，别的府道老爷都上千上万的送了，我们到底送多少呢？”贾政道：“为什么不早说？”李十儿说：“老爷最圣明的：我们新来乍到，又不与别位老爷很来往，谁肯送信？巴不得老爷不去，便好想老爷的美缺(**此处程乙本加“呢”**)。”贾政道：“胡说！我这官是皇上放的，不与节度做生日，便叫我不做不成！”李十儿笑着回道：“老爷说的也不错。京里离这里很远，凡百的事，都是节度奏闻：他说好便好，说不好便吃不住；到得明白，已经迟了。就是老太太、太太们，那个不愿意老爷在外头烈烈轰轰的做官呢？”

李十儿所说的官场陋习，诚然是事实；官场中上下左右结成的种种利益关系，实在令置身其中者不得不多长心眼小心翼翼，稍有不慎，就极有可能陷于被动的现象，无疑也是事实。此人的确是一个老滑吏，深知“新官上任三把火”的惯常作风。贾政以“洁身自好”自居，他偏要大泼冷水，逐步解除其清高和顾虑。且看二人思想见识的一番碰撞和交流：

李十儿说道：“那些书吏衙役，都是花了钱买着粮道的衙门，那个不想发财？俱要养家活口。自从老爷到了(**此字程乙本删**)任，并没见为国家出力，倒先有了口碑载道。”贾政道：“民间有什么话？”李十儿道：“百姓说，凡有新到任的老爷，告示出得愈(**此字程乙本作“越”**)利害，愈(**此字程乙本作“越”**)是想钱的法儿。州县害怕了，好多多的送银子。收粮的时候，衙门里便说新道爷的法令，明是不敢要钱，这一留难叨蹬，那些乡民心里(**此处程乙本加“反”**)愿意花几个钱，早早了事。所以那些人不说老爷好，反说不谙民情。便是本家大人，是老爷最相好的，他不多几年，已巴到极顶的分儿，也只为识时达务，能够上和下睦罢了。”贾政听到这话，道：“胡说！我就不识时务吗？若是上和下睦，叫我与他们‘猫鼠同眠’吗？”李十儿回说道：“奴才为着这点忠(**此字程乙本删**)心儿掩不住(**前3字程乙本作“不敢掩住”**)，才这么说；若是老爷就是这样做去，到了功不成名不就的时侯，老爷又(**此字程乙本删**)说奴才没良心，有什么话不告诉老爷了(**此字程乙本删**)。”

贾政道：“依你怎么做才好？”李十儿道：“也没有别的，趁着老爷的精神年纪、里头的照应、老太太的硬朗，为顾着自己就是了。不然，到不了一年，老爷家里的钱也都贴补完了，还落了自上至下的人抱怨：都说老爷是做外任的，自然弄了钱藏着受用。倘遇着一两件为难的事，谁肯帮着老爷？那时办(**此字程乙本作“辩”**)也办(**此字程乙本作“辩”**)不清，悔也悔不及。”贾政道：“据你一说，是叫我做贪官吗？送了命还不要紧，必定将祖父的功勋抹了才是？”李十儿回禀道：“老爷极圣明的人，没看见旧年犯事的几位老爷吗？这几位都与老爷相好，老爷常说是个做清官的，如今名在那里？现有几位亲戚，老爷向来说他们不好的，如今升的升，迁的迁。只在要做的好就是了。老爷要知道，民也要顾，官也要顾。若是依着老爷，不准州县得一个大钱，外头这些差使谁办？只要老爷外面还是这样清名声原好；里头的委屈，只要奴才办去，关碍不着老爷的。奴才跟主儿一场，到底也要掏出忠(**此字程乙本作“良”**)心来。”

贾政被李十儿一番言语，说得心无主见，道：“我是要保性命的，你们闹出来，不与我相干！”说着，便踱了进去。

以上一段对话，内涵非常丰富。通过李十儿的如簧巧舌，将封建官场肮脏可怕的生态和盘托出；通过贾政对地方事务因缺乏认知而措手无策、甘受胥吏胁制和播弄的表现,将只知“保性命”“要名声”的执拗呆傻形象跃然纸上。李十儿这番别有用心的坦白和规劝,以贾政“最相好”的“本家大人”贾雨村,因“识时达务,能够上和下睦”,不多几年官位“已巴到极顶的分儿”为榜样;以“现有几位亲戚”,并不因他们的“不好”就停止了仕途上的升迁为反证;以贾政认识了解的“旧年犯事的几位老爷”,并不因为是“清官”就不倒霉为镜鉴:将这一连串“事实胜于雄辩”的活生生例子,摆在了脑子注水不大开窍的贾二老爷面前!它与第4回中门子劝告贾雨村“依老爷这一说,不但不能报效朝廷,亦且自身不保,还要三思为妥”一类的“苦口良言”相比,出发点大同小异,但效果却是非常具有说服力和杀伤力的!究其原因,不是说门子和李十儿的“上课艺术”一定超过了教授级别,或是“二贾”对世情人情的认知就真正赶不上幼儿园小朋友的水平,恰恰是残酷的社会现实摆在那里,这才给足了两个小人物给主子“上课”的底气,也才让两位官长不得不接受来自下属的“洗脑”教育。特别是这个对衙门生活并非一窍不通、对官场恶习并非毫不知情、对上下沆瀣一气的后果并非没有警觉的贾政,眼下不但“被李十儿一番言语,说得心无主见”,还公然说出由着“你们闹出来”,只是“不与我相干”这样的混账话来。如此的荒唐和放任,居然还出现了如下的滑稽效果:

> 李十儿便自己做起威福,钩连[1]内外一气的哄着贾政办事,反觉得事事周到,件件随心。所以贾政不但不疑,反多(**此字程乙本作“都”**)相信。便有几处揭报,上司见贾政古朴忠厚,也不查察。惟是幕友们耳目最长,见得如此,得便用言规谏,无奈贾政不信。

但不管怎么说,一心想做好官的贾政终未做成。因为他的颟顸无能,他栽在了跟着自己的奴才家人手里。远在京城的王夫人得到消息,她对贾琏说:

> 自从你二叔放了外任,并没有一个钱拿回来,把家里的倒掏摸了好些去了。你瞧,那些跟老爷去的人,他男人在外头不多几时,那些小老婆子们便金头银面的妆扮起来了,可不是在外头瞒着老爷弄钱?你叔叔便由着他们闹去。若弄出事来,不但自己的官做不成,只怕连祖上的官也要抹掉了呢。(见第103回)

真是不幸而言中,贾政果然被“那些家人在外招摇撞骗,欺凌属员,已经把好名声都弄坏了”。经节度使参劾,由皇帝下旨:“失察属员,重征粮米,苛虐百姓,本应革职,姑念初膺外任,不谙吏治,被属员蒙蔽,着降三级,加恩仍以工部员外上行走,并令即日回京”(见第102回),才让灰头土脸的他离开了地方任所,一走了之。

毋庸讳言,封建官场“黄钟毁弃,瓦釜雷鸣”的普遍现象,“劣币驱逐良币”的

---

① 今为“勾连”,全书同。

残酷现实，使很多人不得不放弃官箴的坚守，向“趋吉避凶”“相时而动”的方向迈进；即便是心有不甘，也不得不按“潜规则”出牌。就连小说《西游记》中到达西天的唐僧，都不得不将自己随身携带的唯一值钱的金饭碗——唐王御赐的紫金钵盂交给公然挡道索贿的如来佛座下弟子阿傩伽叶，才“顺利”求得了有字真经。

回顾《红楼梦》一书，前有葫芦僧，后有李十儿，为什么个个有恃无恐，跟主官讲话讨好中总带一丝训导的语气，隐隐含有挟制长官的意思，还不好理解吗？只不过前者是半路出家，入行不久，终被贾雨村“寻了个不是，远远的充发了他”。——谁叫他了解长官的过去，气焰又那么嚣张，又不幸遇上了贾雨村这么个“枭雄”式的人物，终以“强龙”之力压住了“地头蛇”；要是遇上了贾政这个只知钻牛角尖的“绣花枕头”，玩其于股掌之上不是很容易吗？其实，贾雨村与门子、贾政与李十儿这一组矛盾关系，倒也真实地反映了地方长官与胥吏之间既对立博弈又共生共存的脆弱关联：胥吏势力扩张，侵犯长官容忍底线；长官有能力手腕，同样可以反戈一击。

有人说：红楼的后门通梁山。这句话言简意赅，将《水浒传》和《红楼梦》两部古典小说名著核心内容的某一个方面，一下子贯通了。按笔者理解，它至少包括两个意思：一是指“红楼世界”“贵族社会”的某一角落，是留给贾雨村、门子、李十儿这一类官场大小蠡贼竞技跑马徇私舞弊的，此种场合讲究的是跟水浒“强梁世界”“江湖社会”几乎相同的“游戏规则”；一是指官逼民反、物极必反的现象及其规律，大致趋同。就总体的形式内容而言，尽管两部作品所反映的思想主题、展现的社会历史生活内容的点面和层级大不一样，作品的风格、题材、笔法、形象系统等差异也较为明显，但《红楼梦》与《水浒传》在思想艺术上还是有不少曲径通幽之处。《红楼梦》虽然没有明显涉及《水浒传》那样彰明昭著的平民啸聚山林水泽群起造反内容的描写，但“红楼世界”中封建统治秩序的严重毁坏却是不争的事实，其最终发展的结果无疑除了毁灭还是毁灭：就这一点来说，“两个世界”的末路，都是指向了同一方向的。

古代政治，特别是自宋朝施行“文官统治”以来，无论改朝换代如何刷新，依赖胥吏行政治民的体制机制没有变过；而且也从来没有建立起真正管用的监管制度，导致胥吏这个封建官场的“毒瘤”恶性膨胀，把天下好事统统弄坏，把天下坏事弄得更糟。

第一〇〇回　破好事香菱结深恨　悲远嫁宝玉感离情

内容提要：薛家家财耗尽，薛姨妈又气又疼，日夜啼哭。宝钗时常过来劝解，说薛蟠“本来没造化”“无奈命里应该，也算自作自受”，并“趁哥哥的活口现在，问问各处的账目”;知道家财已空后,又劝慰母亲并对家事做了规划安排,进而承诺“妈妈这一辈子,想来还不至挨冻受饿”。金桂色迷心窍,继续勾搭薛蝌,丑态百出。探春即将远嫁,贾母王夫人忙着筹备,赵姨娘感到高兴,宝钗感到惋惜,宝玉哭倒,袭钗规劝。

●正当贾政被部属和家奴勾结陷之于官场被动之际,恰海疆羽书飞来,意料之外居然因未来的亲家镇海总制的关系,攀扯上了自己的顶头上司——节度使。可见人生的际遇巧合,不幸之中有万幸!

●金桂的自暴自弃以及为色迷心,合乎其生理心理需要,也是薛家败落行迹。

●探春聘嫁一事如“风乍起,吹皱一池春水”,府内众人的反应各有不同,除其亲生母亲赵姨娘的反应有些过分之外,人的态度均合乎本人的一贯心性:贾母为担心“道儿太远”“我们的孩子太单”而落泪;王夫人少见的长篇大论,条分缕析入情入理,以迎春近嫁的不幸为例现身说法,即宽慰了婆母的心,又顺势表达了对迎春婚姻不幸的悲悯同情,其间作者又借此透露了迎春不幸婚姻的悲惨现状,暗示她的青春生命将不久于人世;宝钗只是心里叫苦“我们家的姑娘们就算他是个尖儿;如今又要远嫁,眼看着这里的人一天少似一天了”,合乎老朋友、新媳妇的身份;袭人也很不受用;宝玉的反应虽然最激烈,但也合乎他一贯的重情而又胡闹的性格。

●只有赵姨娘听见探春即将远嫁这事,反喜欢起来,心里一番抱怨不说,还居然带诅咒意味地想“只愿意他象迎丫头似的,我也称称愿”。试问:天下还有这样丧心病狂、不可理喻的母亲吗?是不是作者在鄙夷不齿之余,对赵姨娘这个人物形象的塑造,在有关“人性”的表现分寸上有些拿捏失准了呢?

●宝玉因探春的远嫁,情绪反应强烈,所言不脱小儿本色。对比之下,还是宝钗有见识有办法,不但让宝玉自知理亏从此“定心”,还从此被堵嘴,不再发“等我化了灰的时候,再散也不迟”一类的幼稚可笑之辞了。

●红楼探照之一九九:

事缓从恒　事急从权
——且为理智处事的宝钗一辩

薛蟠的案情,到了第 99 回又一次发生颠覆。薛姨妈为着薛蟠这件人命官司,各衙门内不知花了多少银钱,才定了误杀具题。原打量将当铺折变给人,备银赎罪,不想刑部驳审。又托人花了好些钱,总不中用,依旧定了个死罪,监着守候秋天大审。薛姨妈又气又疼，日夜啼哭。宝钗时常过来劝解，一番谴责，一番疏导，一番提醒，曲尽人情事理，表现出对娘家以及娘家老母应有的责任。接着薛姨妈的一番哭诉，将家财耗尽、两底朝天的情况说得再明白不过；宝钗哭劝中的怨愤，同样将家财败尽之际人性的丑陋数说殆尽。从薛家因官司彻底败落过程中出现的种种卷包逃离、负心背主等现象，可见世道人心的不可预测和不可依恃。虽然感恩戴德、以德报怨、扶危济困、滴水涌泉、雪中送炭的人大有人在，而树倒猢狲散、墙倒众人推、隔岸观火、釜底抽薪、见死不救，甚至浑水摸鱼、趁机打劫、雪上加霜的现象，也是屡见不鲜。“人情如纸，世事如棋”，“只见新人笑，不闻旧人哭”，金钱社会中大多数人的良心呀人性呀，实际上是经不住考验的。再说，这个时候薛家遇见的势利景况，正处于彻底败落过程中的贾府、王府等，哪家不会遇见呢？

当此困境，作为薛家的一份子，宝钗能忍心置身事外、袖手旁观、不管不顾吗？但不只一个论者，在谈到对薛宝钗所作所为的观感时，总喜欢引用本回宝钗疏导劝解母亲“趁哥哥的活口现在，问问各处的账目”的话，以及埋怨薛蟠“就该安安顿顿的守着过日子”“就该改过，做起正经人来，也该奉养母亲才是”“大凡养儿女是为着老来有靠，便是小户人家，还要挣一碗饭养活母亲，那里有将现成的闹光了，反害的老人家哭的死去活来的？不是我说，哥哥的这样行为，不是儿子，竟是个冤家对头”等话，来证明薛宝钗的残忍无情。

果真是这样的吗？在笔者看来，这是欲加之罪，何患无辞，典型的“站着说话不腰疼”的偏见！试问：一个日子富足、四门有靠的好端端家庭，因为一个败家子反复折腾鼓捣，最后竟然落得个山穷水尽、人财两空，不怪薛蟠怪谁？母亲动用家里所有的银钱、所有能靠的人脉资源，拼尽全力打捞已被关押的亲哥，作为他唯一的亲妹，宝钗说过半个“不”字吗？眼下，什么时候了，女儿面对老母绝望的“又气又疼，日夜啼哭”，她顾眼前、重实用、疼父母的态度，难道不好吗？在生活的磨难不期而遇、重大变故纷至沓来之际，家庭成员不需要这种实事求是、就事论事、理性对待和正确处理重大家务，至少确保年长者衣食无虞的能力吗？贾政那样不谙世事、不懂经营，一遇事要么不上心，要么就搓手跺脚干着急的平庸愚蠢之辈还少吗？

在我们一些从来就没有过换位思考，从来就没有设身处地、实事求是过的论者看来，人世间就没有合他们胃口、让他们能够满意的人：贾政么，遇事太简单浮躁、能力低下了；薛宝钗么，遇事太理性了，起码男孩子在她面前不敢称大丈夫，女孩子永远不敢矫情；林妹妹么，值得男人将心完全托付，她会为爱情坚贞到底，可惜身体太弱，眼泪太多，脾气难侍候；史湘云么，英姿飒爽，大大咧咧，心不藏奸,倒好相处,但活脱脱一个假小子,为友尚可,作妻不可;花袭人么,倒小心翼翼,在家里能知疼着热,使你的大男子主义畅通无阻,但此人心机不浅,水随风转,久而久之你就缺少安全感、踏实感了,因此见了还是要忍痛割爱,及时走开……这样子看来,做人真是太难了! 说到底,这不仅仅是做人确实难,而是这些坐而论道者的混乱逻辑,使人倍感处事之难。

事实上,本来就难得十全十美之人。看人看长处,要察其思想性格、言谈举止、事业作为中表现出来的主流,这样世界上就不乏可为我友、为我所用之人;若看人不看其优长,察人不但细察其一言一行的现实表现,还要透视其内心一波一折的所谓"目的"与"动机",将阴影聚焦放大,一味求全责备,那么世界上就很难有可信可用可爱之人。特别是一个人的内心世界是非常丰富和复杂的,而且不可能一直波平浪静,明澈见底,纯而又纯,简直没有一点阴影和杂质;关键是要考察它的常态是什么,最终的外在表现是什么。中国古人观人之细微、察人之深切,天下无双,给今人留下了许多知人论世的名言。"万恶淫为首,百善孝为先"的俗语,大家耳熟能详,其实它们各自的下句,才真正体现了老祖宗的深沉大智慧。它的完整表述是:"百善孝为先,论心不论迹,论迹寒门无孝子;万恶淫为首,论迹不论心,论心世上无完人。"——字里行间什么意思,需要我们细品。

第一〇一回　大观园月夜感幽魂　散花寺神签惊异兆

内容提要:凤姐去秋爽斋路上遇大狗相随,恍惚间有秦氏鬼魂相问,被惊吓。贾琏因王仁求托打探一事砸茶碗;凤姐对平儿说出"我也不久了"的极度悲观话语来。凤姐眼见宝玉和宝钗夫妻恩爱缠绵的情景,由人及己,感到伤心;后又因遇鬼而信神,求签得"衣锦还乡"之句,众人皆认为是好签,独有宝钗看出"还有原故",留下后话。

●本回开篇便写凤姐月夜入园遇狗跟踪、遇鬼质问一节,寥寥数笔,便将诡异阴森的环境营造而出,人物的心理意绪波动自然,文字精炼,情景交融;且遥相呼应了第13回秦可卿临终时对王熙凤的托付,为后文描写贾府的落败再做铺垫。接下来落笔贾琏桌上的抄报,提到"鲍音"(报应),"贾范"(假犯)、"裘世安"(求事安)、"时福"(食福)、"贾化"(假话)等几个犯事人员。这些犯人都与贾氏人家关涉,暗示了贾府将有大事发生。而这种姓名谐音是曹雪芹最喜欢用的,后四十回比较少见。需要注意的,是本回有两个新的人物出现:一个是贾琏为打探消息欲见而未见到的总理内庭都检点太监裘世安,只此一现,再无后文;一个是散花寺的姑子大了,因其一番说法,引起凤姐心动,这才有了接下来的"求签"情节。

●利用尘世中人一心求福求财求官等心理,巧言令色以骗取钱财的种种表现，大了与第25回的马道婆，如出一辙。

●本回凤姐及凤姐的家庭生活，是描写重点。譬如身体健康，大成问题；月夜入园遇鬼，心虚胆怯；女儿遭奶妈欺负；娘家兄弟做事缺德，被贾琏甩脸色数落等，没有一件称心如意的事。难怪她一向坚韧的心，也变得脆弱伤感起来；难怪听到女儿半夜啼哭，她想得那么多：

> 凤姐冷笑道："你瞧瞧，这会子不是我十旺八旺的呢！明儿我要是死了，撂下这小孽障，还不知怎么样呢。"平儿笑道："奶奶，这是怎么说！大五更的，何苦来呢？"凤姐冷笑道："你那里知道？我是早已明白了，我也不久了。虽然活了二十五岁，人家没见的也见了，没吃的也吃了，（**此处程乙本加"衣禄食禄"**）也算全了，所有世上有的也都有了，气也算（**此字程乙本删**）赌尽了，强也算争足了，就是'寿'字儿上头缺一点儿，也罢了。"平儿听说，由不的滚下泪来（**前4字程乙本作"眼圈儿红了"**）。

●贾琏出门之前，匆匆浏览桌上"昨日送来的抄报"，内容均与贾氏家人犯罪有关。至于看后为什么"心中不自在起来"，直到第104回方由贾政的亲身经历道出原由。

●在因王仁不择手段捞钱一事引出的夫妻长篇对话中，凤姐的委曲求全、心气低落，贾琏的气气愤愤、不满不屑，对比鲜明，描写生动，预示着今后凤琏夫妻关系的发展走向。此外，夫妻私房话中，贾琏提到的以下内容，值得留意：

> 你知道我起早为什么？这（**此字程乙本删**）如今因海疆的事情，御史参了一本，说是大舅太爷的亏空，本员已故，应着落其弟王子胜、侄（**此字程乙本作"侄儿"**）王仁赔补。爷儿两个急了，找了我给他们托人情。我见他们吓的那么（**此字程乙本删**）个样儿，再者又关系太太和你，我才应了。想着找找总理内庭都检点老裘替办办，或者前任后任挪移挪移，偏又去晚了，他进里头去了，我白起来跑了一趟。他们家里还那里定戏摆酒呢。你说说，叫人生气不生气？

贾琏口里说到的"说是大舅太爷的亏空，本员已故，应着落其弟王子胜、侄儿王仁赔补""前任后任挪移挪移"这些话，暗合曹雪芹的爷爷曹寅身后的实际情况：是续作者了解曹家的历史有意写上的，还是一种生活素材运用上的巧合；甚或是出自曹雪芹的遗稿原貌，是他对自家遭罪历史的执着反映？值得研究。

●贾琏对内弟王仁的背后指责，可见他还有做人的底线；倒是厚颜无耻的王仁，指着自己叔父的丧事索取、借给自己的长辈庆生的名义大肆敛财的行径，为人不齿。

●本回有两处描写,值得推敲:

一是大姐儿的年龄忽大忽小。巧姐在前八十回年龄虽偶见参差,但总处于孩提时代,已经不甚合情理了;而续书中的年龄忽大忽小,尤为人所诟病。续书第 84 回写巧姐患惊风,贾母等人眼中,“只见奶子抱着,用桃红绫子小绵被儿裹着,脸皮趣青,眉梢鼻翅微有动意”,看来顶多四岁;第 92 回写她已经读过好多书,识得三千多字,女工针黹都会几样了,看来至少也有七八岁了;到了本回,怎么又变成了一个受了欺负都不会吱声而只知道张嘴大哭的三岁小儿了呢?前回的聪明伶俐劲儿哪去了?第 117 回,需要巧姐出嫁了,贾蔷说她“模样儿是好的很的,年纪也有十三四岁了”,骤然长成了一个大姑娘了。你看,巧姐的年龄在续书中就成了可大可小的气球!此外,那个隔壁的李妈因为恼恨大姐儿夜哭将她吵醒,不但心中没好气,狠命地拍了几下,口里嘟嘟囔囔地骂,还一面说,一面咬牙,向孩子身上拧了一把,拧得孩子“哇”的一声大哭起来。这样公然“挫磨”凤姐独生女儿,是谁借给她的包天大胆?这样的细节描写,可信度何在?

二是全书第一次出现了宝钗袭人递烟、凤姐抽起烟来的细节,有些不可思议:前面就从未写过贾珍、贾琏、薛蟠等时髦人物抽烟,怎么一下子冒出来府内一个女人抽烟呢?那个时代,一个女人抽烟,不是太特别太显眼太另类太不可思议了么?——应该是细节出了问题。

●从总体上看,本回还是写得不错的。贾琏跟前,凤姐平儿“这一对娇妻美妾又尖利又柔情”的表现,写得宛然如在眼前;凤姐前去宝玉房间,目睹宝玉宝钗夫妇之间感情的亲密因而触景生情、想起贾琏方才那种光景,甚实伤心,坐不住,便起身告辞的场景,非常真实;作为读者在书中已经见惯不惊了的佛门中人的大了,一见面一开口,总喜欢夸大事实,借“有几位诰命夫人不时在庙里起坐,所以不得空儿来”等说辞以自抬身价,也合乎这一类人的一贯表现;至于凤姐在身体健康严重受损、诸事大不顺心的情况下,由心虚而胆怯,因胆怯而惊疑,由惊疑而内省,由内省反思迷失自我,而一步步走向神鬼迷信,这种引起系列心理嬗变的机制脉络,是符合凤姐心气低落、前途黯淡的实际处境和她由强走弱的性格逻辑的。

第一〇二回　宁国府骨肉病灾祲　大观园符水驱妖孽

内容提要:探春赴婚,辞别远行。尤氏进园染病发狂,贾蓉请来毛半仙求卦。贾珍等相继病倒,府内谣言四起人心惶惶,于是园中不敢住人,皆为禽兽所栖。贾赦入园察看究竟,心虚胆怯,半道而返,继后不得不请法师入园驱邪逐妖。贾政被参革职,回京任职,着降三级。

●开篇即写王夫人给宝钗交代家务，明确指出“诸事该管的，也别说只管吞着，不肯得罪人；将来这一番家事，都是你的担子”，同时提醒对宝玉房中“不是个很安顿的”一类丫头“留点神儿就是了”，还说“你们屋里，就是袭人那孩子还可以使得”，可见该妇对儿子身边美色的防范，执念犹存；对袭人的好感，未加稍减。

●探春将要起身，宝玉难割难分。探春倒将纲常大体的话，说得宝玉始而低头不语，后来转悲作喜，似有醒悟之意：探春还是那个探春，只是作为曹雪芹笔下精光四射的干练三姑娘的远别，如此三言两语，写得似乎太过简略。相比之下，反而是什么“柳家媳妇的丫头补位”呀，“金桂对小叔子的死力纠缠”呀，半仙打卦、大了说法呀等枝枝蔓蔓的人物情节，花费不少笔墨，使续书在总体上看来带上了结构稍显松散、内容不够紧凑的毛病。

●今日大观园的“凄凉满目，台榭依然”景象，由不常进园的尤氏眼中心中透出；以尤氏出园之后不久即病狂一事，作满府人心惶惶局面的开端。

●对毛半仙“算卦”现场及其把戏操演过程，作者不厌其详，将普通人听不懂也不感兴趣的所谓“卦理”做了较长篇幅的呈现。这种对生活素材缺乏严格剪裁的自然主义创作倾向，实属艺术败笔。好在它为数不多，不像《金瓶梅》中那么普遍。

●回末，贾琏受命去吏部打听叔父被参革职回京传言一事，突出了贾琏的心眼灵活，腿脚轻便，见事透彻，耳聪目明，办事水平能力的差强人意。可惜，这样的人在贾府并没有真正派上用场，以充分发挥正面作用。至于此人口中提及的江西引见知县之惋惜，以及“节度大人早已知道，也说我们二叔是个好人”等虚言安慰，亦可侧面窥见作为“好人”“好上司”的贾政，在地方任上的口碑和作为。

●红楼探照之二〇〇：

人犹如此　园何以堪
——简析大观园废弛的不可避免性

见证了昔日家族的鼎盛繁华，继后又见证了众多青春儿女的烦恼和快乐的“人间仙境”大观园，终于走向了没落，风光不再。大观园的零落衰败，诚为贾府最终命运的一大缩影一大折射；世态的炎凉、靠山的倒塌、人心的离散、家主的昏庸、管理的缺失、谣言的扩散、恐怖情绪的叠加等，各种负面因素的相互作用，也尽在其中。

大观园借以维持和修葺的名义，因贾妃薨逝而不再拥有；何况，贾府的内囊已经到了“尽上来了”的时候。到了宝玉娶亲，黛玉一死，湘云、宝琴回去，李纨姊妹、探春、惜春等俱挪回旧所居住,园中便只有看园的几家住着。偌大园林,人烟稀少,天又寒冷,其寂寞荒凉本在所难免;孰知自第102回尤氏进园"中招"发病之后,"大观园中有了妖怪"的种种传言推波助澜,甚嚣尘上,竟将昔日美好的青春游乐园,编派成了一个人人唯恐避之不及的恐怖世界:

贾珍等进去安慰定了(**前2字程乙本删**),只闻尤氏嘴里乱说:"穿红的来叫我!穿绿的来赶我!"地下这些人又怕又好笑。贾珍便命人买些纸钱,送到园里烧化。果然那夜出了汗,便安静些;到了戌日,也就渐渐的好起来。由是,一人传十,十人传百,都说大观园中有了妖怪,唬得那些看园的人也不修花补树、灌溉果蔬。起先,晚上不敢行走,以致鸟兽逼人;近来,甚至日间也是约伴持械而行。过了些时,果然贾珍也病,竟不请医调治,轻则到园化纸许愿,重则详星拜斗。贾珍方好,贾蓉等相继而病,如此接连数月。

这样的一番夸大其词、自乱阵脚的炒作,已然造成"闹的两府俱怕"的严重后果。天下本无事,庸人自扰之。从此全府上下风声鹤唳,草木皆妖,园中出息一概全蠲,各房月例重新添起,反弄得荣府经济雪上加霜,更加拮据。

岂知谣传四起,妖言惑众,因风鼓荡,扰攘不休。谣言一旦产生而不加有效控制,便会像热带风暴一样,连锁反应,愈演愈烈。且说那些看园的没有了想头,个个要离此处,每每造言生事,便将花妖树怪编派起来,各要搬出,将园门封固,再无人敢到园中,以致崇楼高阁、琼馆瑶台,皆为禽兽所栖:这无疑是"人祸"给大观园带来的"天灾"。不久,又因住在园门口的吴贵媳妇日间吃错了药,晚上死在炕上,外面的人便说妖怪爬过墙来吸了精去死的。一犬吠形,百犬吠声,一时间谣言不胫而走,谎言越说越像,严重影响上层人物的意志与判断,导致局面完全失控。连一向甚有见识的贾母也在情急之下,轻举妄动,另派了好些人将宝贝孙子的住房围住,巡逻打更地守护。贾母因溺爱而开创的先例,客观上坐实了传言的存在,加强了恐惧情绪的蔓延。小丫头们还添油加醋,吵嚷不休,唬得宝玉天天害怕。尽管宝钗有些把持,无奈谣言难止、乱象不息,各房的人疑人疑鬼的不安静,也上行下效,添人坐起更来。

独有贾赦不大很信。你看他挑了个风清日暖的日子,还带了好几个家人,手内持着器械,到园踹看动静,可见一开始他心中就不踏实,装模作样,色厉内荏。到了园中,果然阴气逼人,贾赦还扎挣前走,跟的人都探头缩脑的。恰在众心不定的节骨眼上,戏剧性的一幕出现:明明是个大公野鸡忽然飞过去了,内中有个年轻的家人本来心虚,此刻竟吓离了眼,瘫坐于地,声称"亲眼看见一个黄脸红胡子绿衣裳一个妖精!走到树林子后头山窟窿里去了";其他几个人都顺水推舟,替他圆谎,说得贾赦信以为真,害怕起来,赶紧出园,还欲盖弥彰地吩咐小子们

“不用提及，只说看遍了，没有什么东西”。岂知那些家人无事还要生事，今见贾赦怕了，不但不瞒着，反添些穿凿，说得人人吐舌。可见贾赦的一番作为，虎头蛇尾，适得其反，不但没有因自己的“勇敢行为”释人之疑，反因“虎头蛇尾”授人以柄。贾赦没法，只得请道士到园作法，驱邪逐妖。于是一番兴师动众的“捉妖”表演之后，或许是出于心理暗示，或许竟然是巧合，下人去了疑心不再大惊小怪；贾珍等因病愈复原，都道是“法师神力”！

通过多事之秋贾府内外种种不正常事态人心的生动描写，将谣言的滋生、形成、扩散、叠加机制与相关因素的相互作用及其舆情影响做了逼真反映，有利于增强我们对这种常见社会现象的形成机制、演变过程、要害实质的认识。兰亭已矣，梓泽丘墟，美丽的大观园被糟蹋得谣言不胫而走、怪事层出不穷，说到底还是贾府颓败的家运、低迷的心气所致。逆天改命，有谁能为？偌大园林，缺少维护；又加人去楼空，任其寥落破败，草木疯长，鸟兽逼人，日久天长焉能不生怪异？偏值贾府风雨飘摇、朝不保夕之际，众人已成惊弓之鸟，精神涣散，心绪不宁，一受刺激便草木成兵，哪里还扛得住种种恐怖信息前后叠加造成的心理冲击？俗语说，疑神生暗鬼；又说，影不吓人人自恐，风不射鸟鸟自惊；还说，谣言本止于智者。可惜人心浮躁、流言纷乱之际，却没有一个重量级的家长作为“中流砥柱”站出来，凭借自己的权力、威望和影响，立即加大园务治理，有效凝聚散乱的人心，掐断流言传播途径，以拨乱反正，标本兼治，从源头上堵住恐惧情绪的扩散；反而是平时为人“不靠谱”、紧要时刻做事又“掉链子”的贾赦出头，入园巡行之先本已半信半疑，稍受惊吓便钳口结舌，倒闹了一出笑话，搞得满府上下秩序更乱，以至稍有风吹草动，便大惊小怪，昏招迭出，反应过度，不但增加了贾府早已不堪重负的财政负担，还严重损坏了贾府的内外部形象，加深加快了整个家族分崩离析的进程。这是大观园的悲哀，亦是整个贾府的悲哀！

大观园冷落荒凉，诚为盛极必衰，气数使然；其叙病祟驱妖等事，所谓妖由人兴，实属抄没预兆。本回描写和展现贾府园内整个“捉妖”过程，重点突出，笔墨简练，作者对类似生活题材处理得当，艺术表现恰到好处，写出了整个仪式的一本正经、煞有介事，也通过贾蓉等小弟兄背地都笑个不住的话，不经意间就轻巧地揭去了这类迷信活动的荒谬。道士驱妖，原属捣鬼，而人心为之而定，可见幻由人兴也由人灭，妖在人心尔。恰如众人（包括贾赦贾珍等）大都醺醺然迷信于鬼神、觉得法术有用之际，独有一个小子“我们都替他圆了个谎，大老爷就认真起来；倒瞧了个很热闹的坛场”的一句笑说，有如惊天魔术的秘密被点破，有如花里胡哨的西洋镜被戳穿，有如神圣的“皇帝的新衣”被一把扯下，突出了这场“捉妖”闹剧的荒诞滑稽色彩，加深了对这类自欺欺人、装神弄鬼现象的“反讽”意味。

续作者(无论是曹雪芹还是无名氏,甚或是高鹗、程伟元)笔下,虽然展现了不只一种封建迷信活动,但实际上,却并不像有些读者、论者所认为的那样是宣扬封建迷信那套愚昧落后的思想;反而是通过生动的场景再现和底面泄漏,揭露了“禳星拜斗”“打卦测字”等封建迷信活动虚诈骗人的本质,揭去了包裹在这类活动组织者身上的“画皮”,给世人以足够的启蒙启示。作者所表现出来的“超越迷信”的思想高度,远超中国古代小说对同类题材的描写,这无疑也是《红楼梦》续书认识价值之所在。

第一〇三回　施毒计金桂自焚身　昧真禅雨村空遇旧

内容提要:王夫人说贾政在外作官家里陪钱,下人跟着办事家中沾光,深为贾政平安回京庆幸。金桂想药死香菱反药死自己,一场扰攘后,事态平息。雨村偶遇甄士隐,见死不救。

●在王夫人看来,自己的丈夫在外为官,不但“并没有一个钱拿回来,把家里的倒掏摸了好些去了”;而那些跟了去的人呢,“男人在外头不多几时,那些小老婆子们都金头银面的妆扮起来了”:显而易见,王夫人见微知著的观察和判断没有错。贾政“就由着他们闹去”,后果当然严重,“弄出事来,不但自己的官做不成,只怕连祖上的官也要抹掉了呢”:在家的王夫人倒把一切看得很明白,奈何自己的丈夫就是如此的为官糊涂大不争气!其沮丧、愤激心情,跃然纸上。

●“施毒计金桂自焚身”一节,其中虽有借鉴关汉卿杂剧《窦娥冤》情节转圜之处,但较之一般旧小说中的案情描写,要出色得多。它篇幅较长,但场面描写层次清晰,语言简净,人物关系清楚,情节发展中含有一定的“戏剧冲突”成分,一波二折,可读性较强;特别是注重在激烈矛盾冲突中对各类人物形象的刻画,以及各种复杂社会生活及其内在矛盾的反映;人物的表现,合乎本人的身份处境和性格发展逻辑,其中就包括夏家丫头宝蟾态度“逆转”,说破案情症结以及平时对夏家母子作为的“反戈一击”表现。

●宝蟾与之撒泼打滚,寻死觅活地闹均从夏家的家风家教的熏陶感染得来。

●金桂没有给过宝蟾温情和温暖,宝蟾又凭什么对她忠心耿耿?小说虽然没有正面描写两个人在娘家夏家的生活情形,看宝蟾的刁恶尖刻,就可以想到她大概从来没有被夏家好好对待过。夏金桂出嫁前,不是就养成了一个“盗跖”的脾气,对家里的丫鬟轻骂重打的吗?宝蟾是近身伺候的,自然免不了受气;这一肚子的憋屈,一旦有了接近男主子的机会,难免生出非分之想,因此轻狂张扬也是有的。虽然姨娘不可能与正室平起平坐,但宝蟾与金桂积怨已久,又受主子的影响,更带一身“夏家的脾气”,她才不会任由金桂挫磨呢,因此而有的反抗和背叛，在所难免。

●“昧真禅雨村空遇旧”一节，写得有新意，有深度。由叙述语言的沉郁精致特色、人物语言的个性化程度，特别是甄贾二人对话形式内容的颖悟机锋、言近旨远、意在言外等笔意笔致来看，应出于曹雪芹的笔下才是。

●“知机县”“急流津”“正要渡过彼岸”“天色将晚，快请渡河”“速登彼岸，见面有期，迟则风浪顿起”等地名的名称及人物言辞，注彼写此，语带双关。“见机而作，急流勇退”八字，人人皆晓，而能行其事者，今古寥寥。

●近两个章节中出现的贾雨村，作为“口言善，身行恶”的“国妖”“奸雄”一类人物，其思想性格在原有基础上，得到了进一步的拓展和深化。“雨村知是有些来历的”“雨村原是个颖悟人”“雨村虽则心里狐疑，究竟是名利关心的人，那肯回去看视”“雨村听毕，心下明白”等旁白，“学生虽溯洄思切，自念风尘俗吏，未由再睹仙颜”的表白，以及下回的“欲待回去，又恐误了过河；若不回去，心下又不安”等处心理描写，将一个金玉其外、败絮其中的封建官僚，首鼠于仁义道德与忘恩负义之间的独特秉性、纠结心理和虚伪言行笔笔画出，字字诛心，直击灵魂。

●文中“离别来十九载”一句，泄露并暗示了全书故事演进的重要时间节点；“果蒙不弃，贫道他日尚在渡头候教”一句，实为挽结全书结局的伏笔铺垫。

第一〇四回　醉金刚小鳅生大浪　痴公子余痛触前情

内容提要：眼见庙中火起，贾雨村不肯回去看视，只是交代随从等火灭了再进去瞧那老道在与不在，即来回禀。倪二酒醉闯驾，被贾雨村手下鞭打后抓走；妻女找贾芸帮忙，贾芸找凤姐、宝玉均未果，只好设辞推脱。倪二出狱后不明就里，怀恨在心，欲报复贾府。贾政被皇帝召见，心惊胆战，内阁众人提醒他要注意侄辈所为，暗示几位侍郎和内监里头有人找麻烦。贾政在家问起黛玉，知道已死，吃惊掉泪叹息。宝玉央求袭人找紫鹃说明自己与宝钗成婚的苦衷，申明自己不是“负心的人”，“都是老太太她们捉弄的”。

●颇有江湖流氓气的倪二再次出场，“醉金刚”的形象再次生动展现。因恃酒撒泼，躺在街心，见官不避，还敢大言，结果被贾雨村喝令打了几鞭，又被众衙役拴了拉着就走。“倪二负痛，酒醒求饶”，“求也不中用”，最终由妻女另托人将他弄了出来，虽也没定什么罪，但还是被“打了几板”。

●在以“人治”为主的社会，法律严重边缘化，有事首先找关系托人情跑门路，实属古代国人的思维行为习惯，岂止倪二妻女哉！但贾芸不知人情有门槛也有保鲜期，是馅饼也是陷阱，却轻于承诺，话说得很满，未料到事与愿违，求告无门，只得知难而返；事已至此，他更不该打肿脸充胖子，以谎言相告，以致被人识破,反遗恨于人:聪明反被聪明误,贾芸的教训可谓大也。老子《道德经》有言:轻诺必寡信。谁叫你一张嘴就满口应承,似乎小事一桩,手到擒来,给了人家无数的希望;到头来却一无所获还要忽悠人呢?再说,求人一方和帮人一方,都是烧香没找对庙门,都是遇事不顺心就喜欢把账记在别人头上。倒是倪二进衙门监狱走了一遭,认得了"好几个有义气的朋友",长了一番见识;回家听得妻女的一面之词之后,迁怒到贾府头上,发誓要将"他家怎么欺负人,怎么放重利,怎么强娶活人妻,吵嚷出去,有了风声到了都老爷耳朵里头,这一闹起来,叫他们才认得倪二金刚呢"!——可见社会底层的小人物,也未必轻易就招惹得的;强龙压不住地头蛇,何况此时的贾府早已气息奄奄,坐以待毙了!可悲的是,贾府背地里中招,尚不知敌手何人何处:世道人心之险,令人不寒而栗,也防不胜防。

●且说雨村回到家中,歇息了一夜,方将道上遇见甄士隐的事告诉了他夫人一遍:

> 夫人便埋怨他:"为什么不回去瞧一瞧?倘或烧死了,可不是咱们没良心!"说着,掉下泪来。雨村道:"他是方外的人了,不肯和咱们在一处的。"正说着,外头传进话来,禀说:"前日老爷吩咐瞧火烧庙去的回来了回话。"雨村踱了出来。那衙役打千请了安,回说:"小的奉老爷的命回去,也不等火灭,便冒火进去瞧那个道士,岂知他坐的地方多烧了。小的想着那道士必定烧死了。那烧的墙屋往后塌去,道士的影儿都没有,只有一个蒲团,一个瓢儿,还是好好的。小的各处找寻他的尸首,连骨头都没有一点儿。小的恐老爷不信,想要拿这蒲团、瓢儿回来做个证见,小的这么一拿,岂知都成了灰了。"雨村听毕,心下明白,知士隐仙去,便把那衙役打发了出去。回到房中,并没提起士隐火化之言,恐他妇女不知,反生悲感,只说并无形迹,必是他先走了。

一个"踱"字,将贾封建官僚贾雨村视人命为儿戏,压根儿就没有把甄士隐死活问题略萦心上的冷酷做了穷形尽相的勾勒;之后,他怕夫人饶舌,干脆将甄士隐火化之事,隐瞒不再提起……就这样,作者将一个忘本变质的官场人物,一而再,再而三地忘恩负义、恬不知耻的狠毒嘴脸,活画纸上,令人厌憎!

●贾政上朝觐见皇帝而被质询的贾化、贾范案情,已由第101回伏下一笔,此回方作呼应。且看他觐见完毕出来,"带着满头的汗",又说"现在虽没有事,究竟主上记着一个'贾'字就不好"的一副惊魂未定模样,写出了封建时代臣子"伴君如伴虎"的恐惧和紧张。借由贾政描述的接见场合,写到皇帝忽而"笑了",忽而"变色",忽而"哼了一声",这瞬间的表情变化,固然显得天威莫测;而皇帝当面问话的内容,指向性明确,更耐人寻味:其中,是否有作者将曹家家史片段作为生活素材，融入到了自己的小说写作并通过艺术表现的方式，触及了社会历史及现实生活中某些真实而又本质的方面呢？

●先借醉金刚口中说起重利盘剥及张华旧事，可见人言籍籍，口碑载道，为御史风闻题参张本；再借众京官说侍郎内监不甚和睦，已露参劾消息。内阁众人与贾政的客套话中，旁敲侧击，话里有话，特别是他们暗示并作善意提醒的“有几位侍郎心里不大和睦，内监里头也有些。想来不怕什么，只要嘱咐那边令侄，诸事留神就是了”一语，大有“山雨欲来风满楼”之势，一定程度上表明政治上大不利于贾府的外部势力，正在捏合形成。至于是不是存在朝堂上有人与“内监里头”联手，是不是这些人领着皇帝的旨意，出于政治倾轧的目的，意欲彻底拱倒贾府的情况，因作品未予反映，我们也不便对此作过多揣测。

●王夫人在外任归来的丈夫面前所道的两个“不敢”，符合封建家庭纲常礼教对妇德的规定，是旧时代贤妻良母应有的懿范，现代人对此不要大惊小怪。

●家中事务的过问过程中，“贾珍拣可说的说了”；贾政对内阁众人的善意提醒，也只是点到为止、并未深究。这均合乎常情常理，表现出大家庭生活中各家庭成员之间“难得糊涂”的相处之道；同时也表现出各人对家族责任感的淡漠，符合贾珍贾政等人平时一贯的治家理念和作风。

●“痴公子余痛触前情”一节，对深化人物的思想性格意义不大；宝玉恳求袭人向紫鹃解释自己对死去黛玉的“心”，实属勉强而又多余。特别是“晴雯到底是个丫头，也没有什么大好处”一语，竟然出现在一向对晴雯护爱有加、死而不忘的多情公子的口中，令人觉得匪夷所思。尤其是诸如“她是我本不愿意的，都是老太太她们捉弄的，好端端把一个林妹妹弄死了”，此类的掏心窝子的胆大之言，竟然是宝玉对着本已对之失去信任、眼下在自己与宝钗的个人生活中早已边缘化了的袭人倾吐，是“病笃乱投医”，心智糊涂到难以置信的地步了么？当然，设身处地，我们也可以理解为：宝玉故意贬低晴雯在自己心目中的分量，完全是为了照顾一直以来就对晴雯有醋意的袭人的感受，完全是出于此刻要通过袭人传达自己情意于紫鹃的“有求于人”。

第一〇五回　锦衣军查抄宁国府　骢马使弹劾平安州

内容提要：贾政在家摆酒庆贺自己外任归来，忽然有人奉旨前来抄家。宁府同时被抄，贾赦、贾珍被捆走，两府大乱。

●本回文字结构紧凑，表现的历史、生活内容丰富，描写场面生动活泼，人物形象对比鲜明，人物表现活灵活现，如赵堂官的幸灾乐祸，众番役的穷凶极恶，西平郡王的爱莫能助，贾府众人的魂飞天外、手足无措，落墨不多却栩栩如生，宛若眼前。

●对贾府抄家,具体执行者的赵堂官与坐镇指挥者的二王爷态度有明显差异。一方急吼吼地摩拳擦掌,意在穷追猛打,一网捞尽;一方迟延缓和,暗含怜悯瞻顾之情:细微之处见心神,一定程度上也反映了朝廷内部政治斗争的复杂性;特别是让北静王充当贾府的暗中保护人,情顺理通。

●针对清代康乾时代常见的抄家行为,北静王口中的"荼毒";邢夫人那边一直声地嚷进来者口中的"穿靴带帽"的"强盗";贾琏一进屋门,只见箱开柜破,"物件抢得半空"一句中的"抢"字:一字一词,皮里阳秋,皆寓褒贬。

●当两位王爷问到"所抄家资,内有借券,实系盘剥,究是谁行的"时,在旁窃听的贾琏连忙走上,跪下禀说:"这一箱文书既在奴才屋里抄出来的,敢说不知道么?只求王爷开恩。奴才叔叔并不知道的。"可见还是贾琏聪明,反应迅速,以自己的出头担当避免了对贾政的牵连,翼蔽了妻子的不法,遏止了事态的扩大。

●抄没宁府情形,只在贾政听见登记件上写出,可见番役查抄时,两府内外人等俱看守严密,消息不通。而天翻地覆、人人自危之际,忽以补笔、旁笔写出正文,插入府内外两个边缘人物焦大吵闹及薛蝌的奔走相告,将贾珍等平日作为以及被抄情形、亲友态度等世情细说一通,叙事视角独辟蹊径而又不失全面,写作思路高远而又不失针脚细密,行文活跳。

●写贾政在内室外,"心惊肉跳,拈须搓手的等候旨意";写贾政听着焦大闯进来的哭诉,虽不理他,但是心里刀搅一般,便道"完了,完了!不料我们一败涂地如此";写贾政尚未听完薛蝌的报告,便跺脚道"了不得!罢了!"叹了一口气,扑簌簌地掉下泪来;薛蝌再次前来报告打探的讯息时,写贾政没有听完,复又顿足道"都是我们大老爷忒糊涂!东府也忒不成事体!如今老太太和琏儿媳妇是死是活还不知道呢……"以上多处直将贾政的呆傻僵直的形象,一笔画出。

●贾府危难之际,写薛蝌勇于出力探事,不但见亲情之厚、薛蝌之能,更显其余亲友之龟缩、世态之炎凉。

●按道理,抄家是因荣国府的贾赦"交通外官,依势凌弱"、宁国府的贾珍"引诱世家子弟赌博""强占良民之妻为妾,因其不从,凌逼致死"等原因引起,则通常情况下的描写就应该是以两府中宁国府作抄没主场、荣国府内贾赦一房作事件的"风暴眼"重点聚焦才是。但作者笔下,却把几乎全部笔墨都放在了贾政身上,通过此人的见闻和切身感受,表现了他对家产抄没、世职被革、家人受累、老母几死等惨景的沉痛与绝望,把这场自天而降之惨祸的猝发、惊心、恶果,描写得面面俱到、重点突出,让抄家的残酷性赫然在目,震慑人心。

相比之下,贾赦一房的被抄,仅仅以"那些亲友听见,就一溜烟如飞的出去了；独有贾赦贾政一干人，唬得面如土色，满身发颤”“贾赦等听见，俱俯伏在地”“这一言不打紧，唬得贾政上下人等面面相看，喜得番役家人摩拳擦掌，就要往各处动手”“着赵堂官提取贾赦回衙”等寥寥几句一笔带过；至于家人受伤害的程度，也是通过邢夫人的感受来进行了补充的。而宁府的情况，是借焦大奔来哭诉“珍大爷蓉哥儿都叫什么王爷拿了去了，里头女主儿们都被什么府里衙役抢的披头散发，圈在一处空房里，那些不成材料的狗男女都象猪狗似的拦起来了；所有的都抄出来搁着，木器钉的破烂，磁器打的粉碎；他们还要把我拴起来”等几句，以作交代；其后又以尤氏的痛切感受做了补充的。——如此剑走偏锋，倒生成了艺术表达上“以一当十”的奇特效果。

●从艺术构思的精巧，叙事线索的细密，场面描写的生动形象、层次分明，特别是“抄家”题材的特殊性、敏感性等因素综合考察，笔者认为本回的文字内容至少有大部分都应为曹雪芹所写。因为“抄家”这样的大情节大场面，未曾亲身经历者是很难下笔的；即便勉强下笔，也是无法描写得如此真切的。一部百万字长篇小说的写作，总体构思是一定有的，犹如裁剪结构复杂的衣物，到了最后的成衣阶段，尽管有一些针头线脑需要穿插搭配、一些边边角角布料尚未齐全，但大块的布料（譬如如书中重大的人物事件）的剪裁工作，必然是完成或近乎完成了的。因此说，续书中的“黛玉之死”“宝玉娶亲”“贾府查抄”等重大事件的描写，应该有曹雪芹写成的初稿在；至于这类初稿，是否包含在通行本四十回续书内，则另当别论。

●继第 81 回之后，第 105 回的正文中又一次出现了“一言未了”这个在前八十回频繁使用，明显带有曹雪芹个人用语习惯的“身份标志性”语词。这无疑在很大程度上，增加了本回文字至少大部分出于曹雪芹笔下原稿的可信度。

●红楼探照之二〇一：

抹不去的惨痛记忆
——管窥曹家“抄家”祸乱在续书中的艺术呈现

第 105 回开篇颇似第 16 回的写法，均为贾政在家摆酒设宴的欢庆时刻，忽有意外之事忽如其来；都是有人煞有介事地前来宣旨，而且来人见面都带着一脸诡异的“笑”，令人高深莫测，一时祸福难料。只不过，前次带来的是元春封妃的惊喜；本次带来的却是一场始料未及的抄家惨祸：拜贾府内外一群不肖子孙之所赐，皇上变脸，狂飙天落，席卷荣华富贵、欢乐年华而去的超级飓风猝然而至，留给偌大贾府的无疑就是家破人亡，风流云散。

或许是对自家曾遭的“抄家”苦难记忆犹新，或许是对抄家过程中执行者狐假虎威、盛气凌人现象的余恨未消,作者笔下对前来耀武扬威、以查抄家产之名行公然抢劫之实的锦衣府赵堂官等一伙,充满了极度的厌憎和愤恨。你看那个不待通报就闯进荣府二门来的家伙,后面跟着五六位司官,来势凶猛,不怀好意,一径走上厅来,仰着脸不大理人,只拉着贾政的手笑着说了几句寒温的话;等到主持人进来,他就抢上去请了安,立即发号施令安排"府役把守前后门",继后便转过一副脸来,催促王爷宣明旨意;而王爷宣旨的话音刚落,他便"一叠声叫",连接发布命令了:几笔勾画,那赵堂官自恃皇命在身,迫不及待要趁火打劫一番的凶残嘴脸,更是暴露无遗了。

赵堂官趁人之危、急不可耐,西平王有心维护但力有不足,随着有更大权势和威望的北静王爷驾临后再宣旨意、尽力弹压,于是紧张的局势方告缓和,一场塌天大祸戛然而止,显示了作者描写重大事件举重若轻的非凡笔力。回看北静王所宣旨意,对查抄对象、负责查抄者的职责范围进行的清晰界定,一定程度上减轻了贾府遭受致命打击的力度,有意显示了来自高高在上封建帝王的些须仁慈。如果本章节主要情节内容确实出于曹雪芹之手的话,只能说明作者的聪明和顾全大局。因笔下涉及父辈曾经遭受的"抄家"惨祸这种敏感的历史素材,考虑到距今年代不远,要秉笔直书、一吐为快的话,有无可规避的政治风险,于是笔带藏锋,文有婉曲,在以自家被抄没的历史为创作素材描写贾府的这场灾难时,除了活画出以赵堂官为代表的一伙内官、衙役们趁火打劫的丑恶嘴脸,彰显了"历史的真实"外,还是对皇帝旨意的英明、两王爷暗中的维护做了适当反映。以此减缓了因暴露抄家行径之野蛮或许会对敏感政治带来的冲击,可谓用心良苦!

当贾赦、贾琏被带走,抄出的家资物品被扣押,门上还有官役看守之际,贾政进内,只见:

> 满屋里的人俱哭个不住,恐哭坏老母,即收泪说:"老太太放心罢。本来事情原不小,蒙主上天恩,两位王爷的恩典,万般轸恤。就是大老爷暂时拘质,等问明白了,主上还有恩典。如今家里一些也不动了。"贾母见贾赦不在,又伤心起来,贾政再三安慰方止。

贾政所说既是安慰语,又是肺腑言。它一定程度上也代表了作者(如果的确是曹雪芹的话)已经跳出了个人或一家一族不幸命运的狭窄视野,没有因个人身世遭遇的不幸,而影响了自己对社会、对历史、对人生本质的艺术反映,表现在对来自自己家族历史的现实生活素材并未不加选择、不加剪辑地照单全收,其中有取舍有拼接有实写有虚构,浸透了作者的心血,体现了作者写作中既立足生活又高于生活、既忠实历史又超越历史的文学艺术创造水平。家难并没有转化为家仇。这不,一边进行着以自家那段难忘历史为原始素材的描写,一边还一再在那字里行间感念“主上天恩”、“王爷的恩典”等“万般轸恤”，继之以浓墨重彩展示了“复世职政老沐天恩”的殊遇一幕了么？

或许，续书有关贾府抄没的描写场景，尚不及曹雪芹当初构思写作时的那样的惊心动魄，骇人听闻。因为按照脂批的透露，贾府事败抄没之后，有如历史上的曹家一样，子孙流散，家破族灭。其中，就包括宝玉、凤姐等人都曾被捕入狱监押，宝玉一度穷困到“寒冬噎酸齑，雪夜围破毡”的惨苦地步。这当然与现实生活中曹雪芹中晚年的凄凉贫困境遇更加接近，而续书却将“抄没”事件写得平缓了许多。譬如查抄刚开始，即有西平王暗中保护，继后又有北静王第一时间前来宣旨，将如狼似虎的锦衣府堂官赵全权力架空并驱离现场；且只遵旨查抄了贾赦一房的家产（即便如此，贾琏凤姐房中的家财，也难免被抢劫一空），不久又被从宽发落：只从宽将贾赦世职革去，发往台站效力赎罪；贾珍从宽革去世职，派往海疆效力赎罪；贾蓉年幼无干，不追究；贾琏着革去职衔，免罪释放（见第106回）；贾政因“主上甚是悯恤，并念及贵妃溘逝未久，不忍加罪，着加恩仍在工部员外上行走；所封家产，惟将贾赦的入官，余俱给还，并传旨令尽心供职”（见第106回），免“治家不正”之罪，不久旨意又将荣国公世职着他承袭了（见第107回）。甚至到了后来，赶上朝廷大赦，“大爷爷的罪名免了；珍大爷不但免了罪，仍袭了宁国三等世职；荣国世职，仍是爷爷袭了，俟丁忧服满，仍升工部郎中；所抄家产，全行赏还”（见第119回）；最末一回又借甄士隐之口，宣布了“现今荣宁两府，善者修缘，恶者悔祸，将来兰桂齐芳，家道复初”的可喜可贺大结局。以上种种清楚地表明，曾经抄家惨痛的贾府，并未沦落到一败涂地、万劫不复的地步。

续书这一艺术处理，确实是严重损害了原情节构思的思想意义，相当程度上减弱了原构思创作的悲剧力量。但平心而论，作为大千世界组成部分的人，无一不是活在具有一定局限性的历史条件下的现实生活中，封建社会“溥天之下，莫非王土；率土之滨，莫非王臣”的格局，又有谁能轻易改变呢？因此，对作者创作过程中的心有顾忌而笔下的有所避讳，我们不能给予应有的同情和理解么？能无理要求作者将自家抄家惨祸的前因后果，去作原原本本、不加掩饰的反映（即便如此，艺术上也未必可取），而以身犯险，甘冒“文字狱”的杀身之祸么？

●红楼探照之二〇二：

一纸穷酸清单的背后

《红楼梦》第53回和第105回出示的两份种类、数量比较详细的物品清单，一前一后，一进一出，遥相呼应，相互补充，均从一个重要侧面反映了贾府贵族生活惊心动魄的“历史真实”。

只说眼下的贾府被抄。起底的主要对象是宁国府,不过荣国府这边由于两位王爷的保护,贾母、贾政这边虽基本没动,但贾赦及贾琏凤姐一房却大受牵连。贾赦屋内被抄物品,即有清单罗列如下:

赤金首饰共一百二十三件,珠宝俱全。珍珠十三挂,(**程乙本将前句“珍珠十三挂”5字移至句首,并一起后移至单末的“朝珠九挂”之后;此处添加“伽楠寿佛一尊,伽楠观音像一尊,佛座一件,伽楠念珠二串,金佛一堂,镀金镜光九件,玉佛三尊,玉寿星八仙一堂;伽楠金、玉如意各二柄;古磁瓶炉十七件;古玩软片共十四箱;玉缸一口,小玉缸二件,玉盘二对;玻璃大屏二架,炕屏二架;玻璃盘四件,玉盘四件,玛瑙盘二件”等105字**)淡金盘二(**此字程乙本作“四”**)件;金碗二(**此字程乙本作“六”**)对,金抢碗二(**此字程乙本作“八”**)个,金匙四十把;银大碗八十个,银盘二(**此字程乙本作“银大碗、银盘各六”**)十个,三镶金象(**此字程乙本删**)牙筯二(**此字程乙本作“四”**)把;镀金执壶四(**此字程乙本作“十二”**)把,镀金(**前2字程乙本删**)折盂三对,茶托二件;银碟七十六件,银酒杯三十六个(**前11字程乙本作“一百六十件”**)。黑狐皮十八张,青狐六张(**前4字程乙本删**),貂皮三(**此字程乙本作“五”**)十六张,黄狐三十张(**前5字程乙本作“黄白狐皮各四十四张”**),猞猁狲皮十二张,麻叶皮三张,洋灰皮六十张,灰狐腿皮四十张,酱色羊皮二十张,猢狸皮二张,黄狐腿二把,小白狐皮二十块;洋呢三十度,毕叽二(**此字程乙本作“三”**)十三度,姑绒十二(**前2字程乙本作“四十”**)度,(**前句“洋呢”至此16字,程乙本作数字变动后,移至“倭股十二度”之后**)香鼠筒子十件,豆鼠皮四方,天鹅绒一卷,梅鹿皮一方,云狐筒子二件,貉崽皮一卷,鸭皮七把,灰鼠一百六十张,獾子皮八张,虎皮六张,海豹三张,海龙十六张,灰色羊四十把,黑色羊皮六十三张,元狐帽沿十副,倭灰色羊四十把,黑色羊皮六十,刀帽沿十二副,貂帽沿二副,小狐皮十六张,江貉皮二张,獭子皮二张,猫皮三十五张;(**前句“麻叶皮三张”至此185字,除后移16字的呢绒毕叽三种洋货外,程乙本将剩余物品分门别类整理为“云狐筒子二十五件,海龙二十六张,海豹三张,虎皮六张,麻叶皮三张,獭子皮二十八张,绛色羊皮四十张,黑羊皮六十三张,香鼠筒子二十件,豆鼠皮二十四方,天鹅绒四卷,灰鼠二百六十三张”**)倭股十二度(**此句程乙本作“倭缎三十二度”;此处有后移句至此**)绸缎一百三十卷,纱绫一百八十卷,羽(**此字程乙本删**)线绉三十二卷,(**此处程乙本加“羽缎、羽纱各二十二卷”**)氆氇三十卷,妆蟒缎八(**此字程乙本作“十八”**)卷,葛布三捆(**前4字程乙本删**),各色布三(**此字程乙本作“三十”**)捆,各色(前2字程乙本删)皮衣一百三十二件,棉夹单纱绢衣三百四十件。玉玩三十二件(前6字程乙本删),带头九副,铜锡等物五百余件,钟表十八件,朝珠九挂,(此单首句后移至此)各色妆蟒三十四件,上用蟒缎迎手、靠背三分(前18字程乙本作"上用黄缎迎手、靠背三分"),宫妆衣裙八套,脂玉圈带一(此字程乙本作"二")条,黄缎十二卷。潮银五千二百两,赤金五十两,钱七千吊(此句16字程乙本作"潮银七千两,淡金一百五十二两,钱七千五百串")。

除了单子上开列的物件,连同荣国府"赐第"、家具、"房地契纸、家人文书"也都造册封存。为此,贾政捏着一把汗:只要皇上一声令下,他一大家子很可能就会被扫地出门!

这张长长的查抄清单,乍看起来很是吓人;可细读之下,又觉得实在寒酸:贾家作为百年望族、皇亲国戚,难道只有这点财产?就说只是贾赦名下的部分吧,毕竟是公爵之后、一等将军啊!清单里的"赤金首饰"只有百多件,金器只"淡金盘二件,金碗二对,金抢碗二个",另有几件镀金的执壶、折盂之类而已,余下的各种皮革、绸缎、布料,种类倒是不少,数量、品格却都有限,东一卷西一捆,像是进了杂货铺。而前八十回府内屡次出现的书画、古玩(包括贾赦从石呆子那里弄来的20把古扇)、瓷器、铜器及各种工艺品、贵重家具以及各种各样的高级服饰面料,不见踪迹;各种各样的洋货,只笼统地提到了"钟表十八件"。至于金银及铜钱,则有限得很。说起来,一个因"交通外官、依势凌弱"被革职查办的官员,只有这点儿财产,无法交代啊;何况贾赦、邢夫人二人,还是非常在意积攒家财的主啊!

大概连程甲本的编撰者也觉得这张清单有点寒酸单薄,实在说不过去吧。翌年刊出程乙本时,他们特地对这张清单的内容做了修改:清单开头添加了一批贵重物件,譬如佛祖像、观音像、寿星、八仙、如意等,质地不是金的玉的,就是用贵重香木雕刻的;此外,还添加了一批名贵瓷器、玉缸、玛瑙盘、屏风摆件、名人字画(即软片);同时删掉了一些不太值钱、名目又过于琐碎且归类混淆的物事,譬如"鸭皮七把""獾子皮八张""猫皮三十五张"及各色"帽沿"之类;多达九种的各种狐皮,删去了六种;保留下来的物品,大都大幅度地增加了数量。经过一番调整增删,清单所显示的财力,似乎与"瘦死的骆驼比马大"的贾府应有的富贵气象更接近了一些。尽管如此,跟我们所知的"史上最牛"的几位贪官相比,这份清单显示的贾家财力真还可以忽略不计!譬如前明大贪官严嵩,抄查清单品类繁多,竟能装订成册;曹雪芹离世三十年后倒台的乾隆宠臣和珅一家被抄,据清人薛福成《庸庵笔记》记载,仅金元宝即有一千个,每个重一百两……银元宝一千个,每个重一百两,又有“赤金”“生沙金”计 780 万两!贾家的财力与之相比连九牛一毛都算不上,更遑论历史上的曹家了!

那么曹家被抄时的经济状况又如何?曹家被抄的详细清单目前尚未发现,不过当曹頫被革职抄家后,继任的江宁织造隋赫德,就曾向雍正皇帝报告过曹家的财产情况:

……及奴才到后,细查其房屋并家人住房十三处,共计四百八十三间;地八处,共十九顷零六十七亩;家人大小男女共一百十四口;余则桌椅、床杌、旧衣零星等件及当票百余张外,并无别项,与总督所查册内仿佛。又家人供出,外有所欠曹頫银,连本利共计三万二千余两;奴才即将欠户询问明白,皆承应偿还。

这里反映的,便是曹家最后的经济状况:房子、土地确实有一些,不过那时房价地价都不很高,按同期价格计算,上好的瓦房一间值银 35 两,土地一亩值银一两,连房带地也不过价值两万两白银;然而作为不动产,也只能收些租金贴补家用,余下的则是些“桌椅、床杌、旧衣零星等件及当票百余张”了。如此看来,曹家三代四人做织造官,前后长达六十来年,曹寅还曾兼任过两淮巡盐御史的肥缺,难道混来混去家中就只剩下些桌椅板凳、零杂旧物了吗?雍正就曾怀疑曹頫暗中转移财产应对查抄,不过最终也无实据。不过,我们从曹家被查抄时搜出“当票百余张”的情况,可以推测这个贵族之家,大概原有不少值钱的古董、瓷器、字画之类,只不过此时早已陆续送进当铺变现去了吧!

不错,曹家世代在内务府当差,织造就是为宫中供应丝绸等制品的衙门。曹家父祖因受康熙宠信,同时还要应承皇上派下的许多差使,其中一些差使要办好,少不了要自己砸钱进去。譬如康熙六次南巡,到了江宁就有四次直接或间接由织造府负责接待;曹家为了接驾,“银子花的淌海水似的”。这么多银子从哪儿来,只能是挪用公款,拆东墙补西墙。曹寅就因为此亏空太多,压力过大,一病身亡;曹寅死后,康熙开恩,由李煦替曹寅“代管”盐差一年,才一次性将三十余万银的欠账抹平。曹颙接手三年,经济运转如何,不得而知;可做事、为人颇与书中贾政相似的曹頫继任十年,新的亏空再度出现。“屋漏偏逢连天雨”,新主子即位,待曹家便没有了当初老主子的那份理解和包容的感情了;因进奉的绸缎出现落色、跳纱,曹頫被连年“罚俸”,几乎是“零收入”做官,就跟小说中的外任江西粮道贾政一个样!可怜的曹家末代织造,做官非但没有银钱进项,还要设法填补任内亏空,补交替皇上代卖人参的货款,又要养活一大家子人。穷途末路的曹頫,只有一靠典当,二靠放债来维持局面了。隋赫德在该奏折中提到曹頫有放债行为,跟《红楼梦》书中所写的从凤姐屋里抄出一箱子“借票”的情形,完全吻合。至于典当,《红楼梦》中就出现过不止一次:薛家就开有不止一处的典当铺;邢岫烟就当过棉衣,还差点闹出笑话;贾母私房中的几箱子“金银家伙”、贾府库房里“没要紧的大铜锡家伙”、凤姐的金项圈,都曾进过当铺,换现救急。这一类描写,屡次出现在曹雪芹的笔下,本非偶然。早在康熙五十四年(1715 年)曹頫初任江宁织造之际,就曾向老主子报告过家产状况。他在《江宁织造曹頫覆奏家务家产折》中写道:

奴才到任以来,亦曾细为查检,所有遗存产业,唯京中住房二所,外城鲜鱼口空房一所,通州典地六百亩,张家湾当铺一所,本银七千两,江南含山县田二百余亩,芜湖县田一百余亩,扬州旧房一所。此外并无买卖积蓄。奴才问母亲及家下管事人等,皆云奴才父亲在日费用狠(很)多,不能顾家。此田产数目,奴才哥哥曹颙曾在主子跟前面奏过的,幸蒙万岁天恩,赏了曹颙三万银子,才将私债还完了……

曹頫被抄的罪名之一是“亏空”。据清人萧奭《永宪录续编》记述,曹頫“因亏空罢任,封其家赀,止银数两、钱数千、质票值千金而已。上闻之恻然”。而这次抄家所得,大概勉强补齐了亏空,然而有一笔“三〇二两二钱银子”的“骚扰驿站”罚款,直到八年后都不见缴齐;曹頫也因此被枷号一年,身受其辱!可见显赫一时的曹家,经济上确实只剩下个空壳子。据此一看,程甲本中呈现的这张有点寒酸的查抄清单,没准就是“内囊已尽上来了”的曹家最后经济状况的真实写照啊!据此,我们也可以推测本章节的文字内容,出自曹雪芹(或其亲友)之手的可能性,确实是比较大的。

第一〇六回　王熙凤致祸抱羞惭　贾太君祷天消祸患

内容提要:北静王府来人传达王爷谕旨,继后旨意又到。贾政过问家务,贾琏受到指责。各位亲友前来看候,带来外界各种消息。贾琏流露厌弃凤姐之意,凤姐羞愧,指望早死。贾母安抚凤姐、邢夫人、尤氏等人。贾母悲切,祈祷神灵宽免儿孙,愿以死承罪。史家派人前来请安,说起湘云婚事。贾政查人,喝骂奴才“没良心”。

●抄家之后的内廷谕旨,由北静王府长史先行传达,北静王爷对贾府的曲尽斡旋、一心爱护之意,尽在其中。但这场抄家风暴,带给贾府的灾难,仍有“不可承受之重”:赫赫宁国府府第入官,所有财产房地并家奴等俱造册收尽,只剩得尤氏婆媳两个并佩凤、偕鸾二人,不得不接受贾母的收容;荣国府所有贾赦名下的家产及男妇人等造册入官,抄出借券令北静王爷查核,如有违禁重利的一概照例入官;可怜贾琏屋内东西,虽未尽入官的,早被查抄的人尽行抢去,导致夫妇二人历年的积聚的不下七八万金一朝而尽,凤姐从此一无所有,贾琏更是债务满身。百年贵族府,“忽喇喇似大厦倾,昏惨惨似灯将尽”的末日,终于不可避免地来临。

●贾琏尽失家财还被责怪的委屈痛苦,凤姐所有什物尽被抄抢一光后的心内郁结,贾政不得不过问家务时的张皇和埋怨,均通过各人的心理感受和个性化语言,得到表现。

●家族危难之际,只有贾母还在注意包容内外、收揽人心,力图稳住阵脚。抄家之后的第一时间,为了凝聚人心,维持局面,保住大家族最后的脸面尊严,贾母尽自己最大的努力,对凤姐、邢夫人以及因抄家彻底失去了栖身之所的尤氏婆媳等,倾洒“爱”的阳光雨露,使这些因抄家丧家沮丧至极的妇人们不但得到了亲情的关照,还获得了实打实的物质上的帮助。贾母领袖群伦的恢弘气度、善于体贴众心的慈悲情怀,以及救亡图存的智慧格局,确实难得。

●虽然被查抄后的贾府有一八十余岁老母凭一己之力做勉力支撑,但独木难支,而且杯水车薪。在此艰难时世,且看贾琏的作为:

> 那贾赦、贾珍、贾蓉在锦衣府使用,账房内实在无项可支。如今凤姐(**此处程乙本加“儿”**)一无所有,贾琏况又多(**前3字程乙本作“外头”**)债务满身,贾政不知家务,只说:“已经托人,自有照应。”贾琏无计可施,想到那亲戚里头,薛姨妈家已败,王子腾已死,余者亲戚虽有,俱是不能照应(**此处程乙本加“的”**),只得暗暗差人下屯,将地亩暂卖了(**此字程乙本删**)数千金,作为监中使费。贾琏如此一行,那些家奴见主家势败,也便趁此弄鬼,并将东庄租税也就指名借用些。

不用说,贾琏有贾琏的难处:事要责成自己出面去办理,必须花费的银钱却无人提供,他不去暗中想法“差人下屯,将地亩暂卖了”变现作为“监中使费”,他还等什么!但饮鸩止渴,割肉补疮,动摇家族安身立命之本的这一“绝招”的使用,无异于将贾府经济已经彻底破产的“底细”公诸于世了,由此引发“多米诺骨牌效应”,后果无疑是非常严重的。因为土地资产在中国封建社会经济结构中的重要而又特殊的地位作用,绝非今天城镇化了的“脱农新生代”们所能理解!贾琏暗中出卖屯地的做法,恰与第13回秦可卿临死前对家族事业的建言背道而驰。

●贾母的自我检讨、忏悔、希冀、诉求、一身担当,尽在“祷天消祸患”仪式的祝告之中;其内容和虔诚态度,恰与第43回的茗烟井台代祝、第69回的凤姐因二姐的病而假祝,前后遥照,适成对比。

●贾母处满屋的哭声,直将贾府抄家之后的凄惨,表现得一览无余。而众人的悲切情绪感染的情景,与第29回写宝黛袭紫等四人的“无言对泣”如出一辙。

此处，因宝钗的哭，还出现了全书中难得一见的对其本人心理意绪的捕捉描写：

> 宝钗更有一层苦楚：想哥哥也在外监，将来要处决，不知可减缓否（**前3字程乙本作“能减等”**）；翁姑（**前2字程乙本作“公婆”**）虽然无事，眼见家业萧条；宝玉依然疯傻，毫无志气。想到后来终身，更比贾母、王夫人哭的更痛。

如此看来，林黛玉在贾府大难来临之前绝尘而去虽则不幸，但与宝钗等人所遭受到的无数岁月磨难的“零刀碎剐”相比，倒免去了无尽的烦恼和悲伤。

●安排史家来人，是为下回湘云婚后来贾府看望老祖宗预热。从作者布局行文的角度来看，贾府遭难，史家派人前来请安慰问，情理应当；同时作者借贾母的关心询问，自然而又巧妙地将湘云的婚姻情况拖带而出。此外，借亲友家人前来闲谈一阵，也是为了适当缓解近几个章节因“抄家”等一连串不幸、一连串哭声带来的悲怆压抑气氛，变换行文节奏，以避免笔墨的死板单调，扫除读者容易出现的阅读沉闷。

●红楼探照之二〇三：

漏船载酒泛中流
——且说贾府急难时的无才可用

第106回写正在贾政独自悲切的时候，有各亲友进来看候。有的抱打不平，虚言安慰；有的怪三怪四，避重就轻；有的话里有话，点到为止；有的自我表白，以显先见之明：倒是第一时间，作者将外界及亲友圈对贾府被抄事件的反应等方面信息，摆在了桌面上。特别是来人“都是奴才们闹的，你该提防些；如今虽说没有动你的家，倘或再遇着主上疑心起来，好些不便呢”等一类提醒，虽足以添堵增气，但也算实话实说，令人格外惊心。至于在众人七嘴八舌中提及的混账孙绍祖“说大老爷该他一种银子，要在二老爷身上还的”一类无耻谰言，薛蝌跑进来报告的“锦衣府赵堂官必要照御史参的办去，只怕大老爷和珍大爷吃不住”等紧急讯息，均说明了事态的严重和世情的复杂。

面对贾政的当面质询，贾琏尽管心情沉痛复杂但应答从容，分别对自己“办家事，所有出入的账目”“现在这几年库内的银子出多入少”的情况，以及“这些放出去的账是那里的银子”等三个问题，均做出了明确答复。虽有卸责甩锅之嫌，但听来似乎还是显得头脑清醒、问心无愧；无如贾政一句“据你说来，连你自己屋里的事还不知道，那些家中上下的事更不知道了”的硬邦邦回怼，以及“现今你无事的人”这一类让人自尊心受到特别伤害的称谓，足以令长期受托管事的贾琏灰心丧气，无地自容！如此看来，贾政在焦头烂额之余，也算“不奉情面”得很了；但遇事应不为已甚，这一类问得“特别有理”的话，鞭子一般抽向别人脸嘴的同时，他也在扪心自问。且看贾琏一心委屈，含着眼泪答应了出去之后，贾政的表现：

> 贾政叹气，连连的(**前3字程乙本作“连连”并前移2字**)想道：“我祖父勤劳王事，立下功勋，得了两个世职，如今两房犯事，都革去了。我瞧这些子侄没一个长进的。老天啊，老天啊！我贾家何至一败如此！我虽蒙圣恩格外垂慈，给还家产，那两处食用自应归并一处，叫我一人那里支撑的住？方才琏儿所说，更加诧异，说不但库上无银，而且尚有亏空，这几年竟是虚名在外。只恨我自己为什么糊涂若此。倘或我珠儿在世，尚有膀臂；宝玉虽大，更是无用之物。”想到那里，不觉泪满衣襟。又想：“老太太偌大年纪，儿子们并没有自能奉养一日，反累他吓得死去活来。种种罪孽，叫我委之何人！”……

瞧，此时此际的政老儿，其绝望与悲愤、自省与怨责、一丝清醒与满心的惶惑，像不像因理想被现实击碎之后行吟泽畔的孤独屈原，像不像穷途末路举手向天的执拗的杜甫？文人不得不面对惨淡局面，不得不亲操井臼实务的时候，情态心理往往如是，不独贾政为然。再看贾政被客观情势逼到墙角，稍微接触了一下家务的“实际”之后，那惊慌失措、一筹莫展的模样：

> 一时，贾政不放心，又进来瞧瞧老太太，见是好些，便出来传了赖大，叫他将合府里管事家人的花名册子拿来，一齐点了一点。除去贾赦入官的人，尚有三十余家，共男女二百十二名。贾政叫现在府内当差的男人共二(**此字程乙本作“四”**)十一名进来，问起历年居家用度，共有若干进来，该用若干出去。那管总的家人将近来支用簿子呈上。贾政看时，所入不敷所出，又加连年宫里花用，账上(**此处程乙本加“多”**)有在外浮借的也不少(**前3字程乙本删**)。再查东省地租，近年所交不及祖上一半，如今用度比祖上更加(**前2字程乙本作“加了”**)十倍。贾政不看则已，看了急得跺脚道：“这了不得！我打量虽是(**前2字程乙本删**)琏儿管事，在家自有把持，岂知好几年头里，已就(**前2字程乙本作“加了”**)寅年用了卯年的，还是这样装好看，竟把世职俸禄当作不打紧的事情，为(**此字程乙本作“有”**)什么不败(**此处程乙本加“的”**)呢？我如今要就(**此字程乙本删**)省俭起来，已是迟了。”想到那里，背着手踱来踱去，竟无方法。
>
> 众人知贾政不知理家，也是白操心着急，便说道：“老爷也不用焦心(**前2字程乙本作“心焦”**)，这是家家这样的。若是统总算起来，连王爷家还不够(**此处程乙本加“过的呢”**)。不过是装着门面，过到那里就到那里(**前4字程乙本作“是那里罢咧”**)。如今老爷到底得了主上的恩典，才有这点子家

> 产；若是一并入了官，老爷就不用（此字程乙本删）过了不成？”贾政嗔道：“放屁！你们这班奴才最没有良心的：仗着主子好的时候（此处程乙本加“儿”），任意开销；到弄光了，走的走，跑的跑，还顾主子的死活吗？如今你们道是没有查封（此字程乙本作“抄”）是好（前2字程乙本删），那知道（前3字程乙本作“你们知道吗？”）外头的名声。（此处程乙本加“连”）大本儿都保不住（此处程乙本加“了”），还搁得住你们在外头支架子，说大话，诓人骗人？到闹出事来，往主子身上一推就完了。如今大老爷与（此字程乙本作“和你”）珍大爷的事，说是咱们家人鲍二在外传播（前2字程乙本作“吵嚷”）的，我看这人口册（前3字程乙本作“册子”）上并没有鲍二，这是怎么说？”众人回道：“这鲍二是不在册档（前2字程乙本作“档子”）上的。……老爷数（此字程乙本作“几”）年不管家（此字程乙本作“家务”）事，哪里知道这些事来（此字程乙本作“呢”）？老爷（此处程乙本加“只”）打量册（此字程乙本作“册子”）上没（此字程乙本删）有（此处程乙本加“这个”）名字的（此字程乙本删）就只有这个人（此处程乙本加“呢”）？不知（此字程乙本作“知道”）一个人手下亲戚们也有好几个，奴才还有奴才呢！”贾政道：“这还了得！”想去（此字程乙本作“来”）一时不能清理，只得喝退众人。

通过点名查账，一向不问家务的贾政猛然之间意识到了问题的严重性。但他能找到解决问题的方法途径，采取有效的措施来应对么？恰恰在这些要命的地方，暴露出旧时代几乎所有文人官僚们心理的大缺陷和智能的大短板。一是置身事外，坐而论道，责人不责己。譬如贾政就将败家的几乎全部责任一股脑儿地堆在了其他人身上，自己深刻反省并由此改弦易辙的，就非常有限。二是情绪化严重，知人论世缺乏历史辩证思维。出自贾政之心之口的“宝玉虽大，更是无用之物”“我瞧这些子侄没一个长进的”“你们这班奴才最没有良心的”等话语，表明一旦他心有不满、情有不顺，就最爱将身边人贬得一无是处，一棍子打死，一船人掀翻，只图一时口舌之快，罔顾怨天尤人会带来什么后果。三是做事“三分钟的热情”，缺乏“咬牙坚持到底”的狠劲和韧劲，往往浅尝辄止，半途而废，虎头蛇尾，前功尽弃。譬如贾政被逼着放下身段来料理家事，一时半刻，稍微接触并深入了那么一点点家务“实际”，刚刚触碰到了长期以来令其坐立不安的问题的“实质”，就满足于一知半解，睁只眼闭只眼，将摆在面前的矛盾困难轻易放过去了，以致全府上下依然故我，百弊丛生，乱象迭出，步入深渊，失去任何自我拯救、变革新生的希望。

此外，本章节引出的有关“奴才”的话题，特别耐人寻味，它大概与当初导致曹家彻底败落的惨痛教训有关。从小说艺术描写的角度来看，贾政对“这班奴才，最没有良心”行为前所未有的谴责，除了他对败家根源有所察觉有所警惕的心理反应外,实实在在也来源于前不久他在江西粮道外任上遭受"一班奴才"的蒙蔽拖累而来的愤怒和屈辱的情绪体验。"这了不得""这还了得":贾政的装腔作势,声口如闻。"想到那里,背着手踱来踱去,竟无方法""想去一时不能清理,只得喝退众人":贾政的才短气粗,昭然若揭。

至于众人知道贾政不知理家,操心着急不起任何作用,于是出口劝慰他,同时也是麻醉他、忽悠他的什么"家家这样的",什么"过到那里就到那里",什么"若是(这点子家产)一并入了官,老爷就不用过了不成"等语,暴露了管家层面中赖大一类"蛀虫"长期以来明吃暗拿、掏空主家资财的底层逻辑和欺哄心术。"比上不足,比下有余"这一类"经典性"劝慰,最容易使人听来心安理得,而送上这类悦耳之言的所谓"众人"者,十有八九是既得利益者,或是既得利益者的代言人。接着,趁机说出"一个人手下亲戚们也有好几个,奴才还有奴才呢"这一类家政混乱、用人唯亲真相的所谓"众人"者,十有八九就是府内不满现状者。你看,当着主人贾政"现场办公"的面,一起主动搭言,或相机应讯回复,即便是以"众人"的名义,反映出来的也是府内各办事阶层之间复杂的派系斗争,隐然阵营对垒。这种情势,正与当初凤姐代理宁国府时相似,惜乎贾政没有能力和智慧因势利导、为我所用,只徒增纷扰而已。

第一〇七回　散余资贾母明大义　复世职政老沐天恩

内容提要:内廷宣旨,对贾府罪案酌情从宽处理,革去两个世职(不久之后贾政袭了贾赦丢掉的世职),贾赦、贾珍分别发往台站和海疆效力赎罪。了解到"银库早已虚空,不但用尽,外头还有亏空""东省的地亩,早已寅年吃了卯年的租"等真实情况,贾母忧急之下只好散发自身余资,对全府家务做出应急安排,并带着王夫人等亲去看视病中的凤姐。往后,贾琏为应付亏空,难免典房卖地;府内家人几个有钱的,都装穷躲事,甚至告假不来,各自另寻门路。包勇醉骂贾雨村,后者不予理会。

●贾政上朝,见了枢密院各位大人及北静王等各位王爷,一番"一应家务,并未留心伺察,实在糊涂;不能管教子侄,这就是辜负圣恩"的检讨,言辞沉重,态度诚恳,满心惶恐。北静王据辞转奏,不多时,传出旨来,旨意涉及抄家一案罪款的具体人物细节,实为王爷根据皇帝旨意的转述。否则,高高在上、日理万机的封建帝王,怎么可能事无巨细,对一家一族内部事务了解和表述得那么清楚?

●抄家被难之后,荣国府三个重要人物贾政、贾母、凤姐,对过去自身行为都有检讨。相比之下,应对被查抄一事负重要责任的凤姐,其检讨的内容避重就轻,最为肤浅。尽管有当着平儿所作的自查自省自责,但一旦觉察到贾母不知自己敛财犯法的真相，意识到老祖宗对自己的宠爱并未消减，凤姐“哀兵必胜”“以退为进”“自怨自艾”一类的神情语态，仍不脱奸雄的本色：

凤姐正在气厥。平儿哭得眼红（**前2字程乙本作“眼肿腮红”**），听见贾母带着王夫人，宝玉、宝钗（**前4字程乙本作“等”**）过来，疾忙出来迎接。贾母便问：“这会子怎么样了？”平儿恐惊了贾母，便说：“这会子好些（**此处程乙本加“儿”，后11字全删**）。老太太既来了，请进去瞧瞧。”她先跑进去（**前5字程乙本作“说着，跟了贾母等进来，赶忙先走过去”**），轻轻的揭开帐子。凤姐开眼瞧着，只见贾母进来，满心惭愧。先前原打算（**前2字程乙本作“打量”**）贾母等恼她，不疼的了，是死活由她的。不料贾母亲自来瞧，心里一宽，觉那拥塞的气略松动些，便要扎挣坐起。贾母叫平儿按着，“不要动。你好些么？”凤姐含泪道：“（**此处程乙本加“我好些了”**）我（**此字程乙本作“只是”**）从小儿过来，老太太、太太怎么样疼我。那知我福气薄，叫神鬼支使的失魂落魄，不但（**前2字程乙本删**）不能够在老太太（**此处程乙本加“太太”**）跟前尽点孝心，公婆前（**前3字程乙本删**）讨个好（**此处程乙本加“儿”**），还是（**此字程乙本删**）这样把我当人，叫我帮着料理家务，被我闹的七颠八倒，我还有什么脸儿（**此字程乙本删**）见老太太，太太呢！今日老太太、太太亲自过来，我更当不起了，恐怕该活三天的又折上了两天去了。”说着悲咽。贾母道：“那些事原是外头闹起来的，与你什么相干？就是你的东西被人拿去，这也算不了什么呀！我带了好些东西给你，任你自便（**前4字程乙本作“你瞧瞧”**）。”说着，叫人拿上来给她瞧瞧（**此字程乙本删**）。

凤姐本是贪得无厌的人，如今被抄尽净（**前2字程乙本作“净尽”**），本是（**前2字程乙本作“自然”**）愁苦，又恐人埋怨，正是几不欲生的时候。今儿（**此字程乙本作“见”**）贾母仍旧疼她，王夫人也没（**此字程乙本作“不”**）嗔怪，过来安慰她；又想贾琏无事：心下安放好些。便在枕上与贾母磕头，说道：“请老太太放心。若是我的病托着老太太的福好了些（**此字程乙本删**），我情愿自己当个粗使（**此处程乙本加“的”**）丫头，尽心竭力的服侍老太太、太太罢。”贾母听她说得伤心，不免掉下泪来。

●贾雨村的恶劣品质及其残忍自私行为，于包勇的道听途说以及他听后的怀恨痛骂写出，笔墨节省。耐人寻味的是，面对陌生小人物包勇大街上的公然挑衅，贾雨村这次选择的是隐忍。大概是做贼心虚了吧，不然他怎么不会像第104回对待醉金刚倪二那样抖起官家的威风，立马发作呢？装聋作哑，无事一场，抽身离去，让你兴高采烈地骂了个寂寞：真不得不佩服这种官场“冷血杀手”的涵养！

●红楼探照之二〇四:

最难改的是本质和趋势
——略谈“四大家族”衰亡的必然性

贾府财政保障机制的彻底塌陷,经济危机前所未有的严重程度,一旦意识到山穷水尽苦日子临头的主子们心惊胆颤的表现,生龙活现于第107回贾政、贾母二人的对话之中:

(见邢夫人、尤氏痛哭不已)贾母不忍,便问贾政道:“你大哥和珍儿现已定案,可能回家?蓉儿既没他的事,也该放出来了。”贾政道:“若在定例(**此处程乙本加“呢”**),大哥是不能回家的。我已托人徇个私情,叫我们大老爷同(**前7字程乙本作“叫我大哥同着”**)侄儿回家,好置办行装,衙门内业已应了。想来蓉儿同着他爷爷、父亲一起出来。只请老太太放心,儿子办去。”

贾母又道:“我这几年老的不成人了,总没有问过家事。如今东府是全抄(**前2字程乙本作“抄了”**)去了,房屋(**此字程乙本作“子”**)入官不消(**此字程乙本作“用”**)说的(**此字程乙本删**)。你大哥那边,琏儿那里,也都抄去了。咱们西府(**此处程乙本加“里的”**)银库,(**此处程乙本加“和”**)东省地土,你知道到底(**前2字程乙本删**)还剩了多少?他两个起身,也得给他们几千银子才好。”贾政正是没法,听见贾母一问,心想着:“若是说明,又恐老太太着急;若不说明,不用说将来,(**此处程乙本加“只”**)现在怎样办法(**此处程乙本加“呢”**)?”定了主意(**前4字程乙本作“想毕”**),便回道:“若老太太不问,儿子也不敢说。如今老太太既问到这里,现在琏儿也在这里,昨日儿子已查了:旧库的银子早已虚空,不但用尽,外头还有亏空。现今大哥这件事,若不花银托人,虽说主上宽恩,只怕他们爷儿两个也不大好,就是这项银子尚无打算。东省的地亩,早已寅年吃了卯年的租儿了,一时也算不转来(**前4字程乙本作“弄不过来”**),只好尽所有的蒙圣恩没有动的衣服、首饰折变了,给大哥(**此处程乙本加“和”**)珍儿作盘费罢了。过日的事,只可再打算。”

贾母听了,又急得眼泪直淌,说道:“怎么着,咱们家到了这样(**此字程乙本作“个”**)田地了么?我虽没有经过,我想起我家向日比这里还强十倍,也是摆了几年虚架子,没有出这样事,已经塌下来了,不消一二年就完了。据你说起来,咱们竟一两年就不能支了?”贾政道:“若是这两个世俸不动,外头还有些挪移。如今无可指称,谁肯接济?”说着,也泪流满面,“想起亲戚来,用过我们的,如今都穷了;没有用过我们的,又不肯照应了(**此字程乙本删**)。昨日儿子也没有细查,只看家下的人丁册子,别说上头的钱一无所出,那底下的人也养不起许多。"贾母正在忧虑(后略)……

这是母子之间就全府抄家后面临的严峻经济形势,展开的一段椎心泣血式的对话:贾府面临的绝境,隐然可见。也正是在这次抄家之后,作为荣国府家政主宰的母子二人,这才从富贵迷梦中睁开了眼睛,可惜迟了!构成家族经济收入两大主要来源的"世俸"被取消,"西府银库"的积存早已用尽尚有亏空,"东省地土"的租金早已提前预收,眼前维持家族日常生活的经费统统没有着落,何况两个"败家子"上路还得筹措一笔路费!客观情势之下,谁能逆天改命?没有办法,贾政只好表态要将抄家没有卷走的衣服和首饰折变了,给贾赦和贾珍作盘费;贾母也只好挺身而出,"散余资"以"明大义"了。

从贾母对自己娘家——史家,曾几何时也是显赫富贵,由于坐吃山空、无所作为,即便是没有遭遇到夫家——贾家这样的抄家惨祸,也照样"塌下来了,不消一二年就完了"的历史回顾,人们可以清楚地看到:一切腐朽、落后、反动的阶级,无论在苟延残喘的过程中会不会险遭不测,终归都逃不出衰败覆灭的宿命;因为他们不劳而获,坐享其成,无论如何都改变不了自己阶级剥削民众、贪图享乐、奢靡退化的本质。这或许就是作者运用如椽之笔,深刻反映以贾府为代表的封建贵族阶级生活及其命运"终不能长久"的命意所在;这种生活及命运的不能长久,并不因过程中的种种偶然性所改变,他们的衰败和覆灭,是具有历史必然性的。

就"四大家族"而言,薛家的败落是因为人丁不旺、独子难教,终被惹下的人命官司掏光了所有的资产;王家自家族的支柱、朝廷的命官——王子腾暴亡之后,宵小无德,群龙失首,树倒猢狲散了;史家的情况,就正如贾母所言,没有大的人事折腾,没有意外灾难发生,一切都在习以为常的享乐中度过,岂知家族的繁华经不住时间的消耗,温水煮青蛙,浑然而不觉,就这样在岁月长河的浸泡中自然而然、似乎是"无疾而终"般地垮掉了。最具有代表性的是贾家,处处讲排场,人人图享受,很少有人为家族利益奔走谋划,为家族事业添砖加瓦,反而是尽多城狐社鼠坐吃山空,还不断地造孽生事,什么家族的前途命运,什么个人的道德规范、理想信仰、团结奋斗乃至于纪律约束,一概没有;一旦醉生梦死、群体退化的顽疾养成,便无可救药,抄家事件只是加速了他们败亡覆灭的进程而已。——毋庸置疑,贾家最终是要连裤衩都要输掉的;所谓"食尽鸟投林,落了片白茫茫大地"的清空而又惨淡的境地是一定会出现的。尽管续书改变了曹雪芹的原意,让全书的结局拖上了一个"光明"的尾巴,贾府似乎将勉强撑持局面并苟延残喘下去,但事实上只要封建社会最根本的土地剥削、私人占有的体制不变,贾府后代"寄生虫"式的生活方式、生活本质不变,那么贾府最终的败亡命运还是无可避免的。这是铁定的历史、社会规律,不以任何人的意志为转移的。面对贾府层出不穷的腐败堕落现象,即便有历史上诸葛孔明那样善于"苦撑危局"的精英降生,即便有当代才识卓绝的"铁腕人物"介入,来一番拨乱反正,但个人的力量终归有限,也终究只能在一定程度上延缓大势,而不能改变其彻底败亡、最终覆灭的命运。贾府不是曾有"新生代"的代表探春施行过内部改革么,最终还不是"无疾而终",她也淹没在礼崩乐坏、群体堕落、内外乱象纷呈的污泥浊水之中,被人忽略而完全遗忘了!

古语云:道德传家十代以上,耕读传家次之,诗书传家又次之;富贵传家,不过三代。"君子之泽,五世而斩",这似乎是一个难以打破的家族历史"魔咒"。古往今来的中国历史上,除了吴越钱氏家族、山东曲阜孔氏家族等极少数家族的命运能够赓续千年,基本上保持长盛不衰、人才时有的状态外,无数名门望族无不是爆竹一般,最多轰轰烈烈、风光显赫三五代人之后,便迅速由盛到衰,寂没无闻,甚至被铲门灭族,从历史上销声匿迹了。

《红楼梦》一书(包括它的后四十回),无疑是以非凡的思想深度和卓越的艺术描写,无可辩驳地向我们表明:贾府及其依附的整个统治阶级,因为自身不可克服的矛盾,他们最终都会由盛而衰,由兴而亡,走向彻底的没落和毁灭的;其间没有任何的"例外""偶然"和"插曲""奇迹"可言。一部人情和世情小说,其中蕴涵着多么深刻的思想性和非凡的历史洞察力啊!至于惶急之下的贾政,为了自己兄长子侄被朝廷发配之事,也懂得了要找人说情,也知道了办事求人需要银钱打点的现象,只能表明世道艰难、世风浇薄的大环境之下,即便是清正呆直如贾政者,也只有"随俗"才能开步走了:这是贾政一类"夫子"者的"进步",又何尝不是时代堕落的悲哀!

●红楼探照之二〇五:

夕阳余晖:贾母最后的贡献

从第107回贾母"散余资"的对象、标准、用途以及理由申说等情节来看,老太太堪称偌大贾府的精神领袖和一个气度不凡的财主。她虑事周密,安排妥当,公平公正,情理皆通,表现出一位历经沧桑世故的老祖母、老母亲的深沉智慧,以及她那临危不惧、面面俱到、雨露均沾的大气。你看她,分派调度滴水不漏,轻重缓急汤清水白,好事办好不落人话柄,念兹在兹妥善处理黛玉归葬后事,令人口服心服。再则,内囊再有限,也不忘优先偿还外面的欠账,表现了中国人"讲诚信""要自尊"的传统美德。总之,写贾母主动"开仓放粮",安顿眷口度日,送回黛玉棺柩,以及送还甄家银两,减省男女婢仆,无不气定神闲,井井有条;从中可窥见贾母少年理家，宽严得体、出入有经、调度有法，较之凤姐的苛刻作威不得人心，无疑有云泥之别。最后她还当着众人，诚恳检讨了自己的过失，坦白了自己曾经的想法。实际上，这也是在不失时机现身说法，以委婉的方式引导教育大难之后的儿孙们从此要借势收敛，稳住阵脚，守住门头，努力将坏事变成好事：

> 你们别打量我是享得富贵受不得贫穷的人哪，不过这几年看看你们轰轰烈烈，我落（**此字程乙本作“乐”**）得都不管，说说笑笑，养身子罢了。那知道家运一败，直到这样！若说外头好看，里头空虚，是我早知道的了。只是“居移气，养移体”，一时下不得（**此字程乙本作“了”**）台来（**此字程乙本作“就是了”**）。如今借此正好收敛，守住这个门头（**此处程乙本加“儿”**），不然，叫人笑话你（**此字程乙本删**）。你还不知，只打量我知道穷了，便着急的要死。我心里是想着祖宗莫大的功勋，无一日不指望你们比祖宗还强，能够守住也就罢了。谁知他们爷儿两个做些什么勾当！

此外，贾母在分发余资、交代后事之际，还曾说：

> 我索性说了罢，江南甄家还有几两银子，二太太那里收着，该叫人就送去罢。倘或再有点事（**此处程乙本加“儿”**）出来，可不是他们躲过了风暴又遇了雨了么！

贾母的吩咐，与第 75 回篇首尤氏与老嬷嬷之间有关“昨日听见你爷说，看邸报甄家犯了罪，现今抄没家私，调取进京治罪。怎么又有人来”“正是呢。才来了几个女人，气色不成气色，慌慌张张的，想必有什么瞒人的事情也是有的”等话语中透露的隐秘信息有关联，值得注意。究其实，它应该涉及“抄家前曹家得到风声便紧急行动起来”的这段秘史，在时隔多年之后，才在作者笔下隐隐约约透露并得到艺术化的反映。说到这里，你能一口咬定《红楼梦》后四十回中完全没有曹雪芹的旧稿残留么？你能人云亦云，轻易相信“《红楼梦》的著作权与曹雪芹无关”一类的说法么？

●红楼探照之二〇六：

高深莫测话“天威”

根据旨意，贾府除去丢掉两个世职，宁国府财产全部没收，荣国府没收了贾赦名下财产，贾赦、贾珍分别处以流放赎罪外，“覆巢”之下，尚余贾政这一枚“完卵”，说起来实在是万幸！第 107 回写惊魂未定的贾政，转身即叩求王爷代奏下忱，主动并及时表达了“犯官仰蒙圣恩，不加大罪，又蒙将家产给还，实在扪心惶愧，愿将祖宗遗受重禄，积余置产，一并交官”的愿望，经王爷及众官劝说之后，方才闭嘴。但他心中无底,到底还是借第二日进内谢恩的机会,将赏还府第园子备折奏请入官,等到内廷降旨“不必”之后,才得放心回家,以后循分供职。

在这里,贾政似乎显得有些矫情。但实际上在官场摸爬滚打过大半辈子的他,这回算长了记性:一次、再次地请求上交荣国府府邸及大观园,是借口;试探最高级别“首长”(当今主上)对他所在一房的真实态度,才是目的。“放心”二字,才是他内心最想要的答案呢!由此可见,贾政在官场没有白混,危急存亡关头,他也有着使用“苦肉计”以投石问路的心眼,努力去揣摩和掌握那眨眼之间便可对臣民生杀予夺者的隐秘心思呢。

这里不得不说到封建时代的君臣关系。一般情况下,君臣之间,当然是君主占有强势地位,臣子必须绝对服务、服从于君主;尽管君主发号施令,要做到令行禁止,也需要臣子的配合。他们两者之间,存在一种利用与被利用、制约与反制约的关系。通常情况下特别是封建皇权专制发展到登峰造极地步的情况下,这一对关系就会发生严重的倾斜,臣子便要经常接受来自君主的各种测试、考验以及程度不同的挟制与威慑了。

且看书中的描写。第104回写贾政从地方任职回京,被主上召见时那紧张惶恐、满头大汗的狼狈相,我们还记忆犹新;皇帝的喜怒无常和高深莫测,给我们留下了直观印象。本回写贾府抄家的过程中,明知北静王府和贾雨村两方都跟贾府有着感情上的瓜葛,但皇帝老儿却偏偏要指派北静王去临场坐镇,事后涉及贾府重利盘剥票据的核实定性等活儿也要他去一手操办。这种蹊跷的人事安排,敢说没有对该王爷的政治定力和政治品性顺便进行测试一下的更深用意吗?而对“现在的府尹,前任的兵部,是他们的一家”的贾雨村的考验,更见当朝君王的心机。贾府的劣迹,御史虽参了,主子还叫府尹去“查明实迹再办”:这不是秃子头上的虱子——明摆着的“考验”吗?结果呢,贾雨村“本沾过两府的好处,怕人说他回护一家,他便狠狠的踢了一脚,所以两府里才到底抄了”。不用说,贾雨村顺利通过了最高统治者对他政治忠诚度的考验,不但“公事公办”,毫不瞻顾徇情,反而还要过河拆桥、反戈一击,不惜以矮化自身的人格、牺牲自己的江湖名声,来为皇权专制鸣锣开道、两肋插刀。

如果说,皇帝此番是以“一石二鸟”之法,来测试测试北静王和贾雨村履职的“忠诚度”的话,那么出身显赫的年青王爷基本上做到了就事论事、实事求是,既忠实执行了皇上严肃抄家问罪的旨意,又深切领悟并及时申明转达了“主上仁慈待下,明慎用刑,赏罚无差”的原则,不搞瓜蔓株连,不搞“自选动作”,不擅自扩大打击范围加重友家受损程度。王爷政治上的表现应该是勉强“及格”的;何况,皇帝老儿还有“做人留一线,日后好见面”的考量在里边,一边在测试他,一边也在卖人情给他:明知你平日里与贾府来往密切,这一次紧要关头再给你创造一次“适当关照”的机会好啦;等到事情办下来,贾府必然要感恩于你,你也要领情于我才是呀。

但急于邀功请赏的京兆尹贾雨村就不同了。他的过分卖力的表现,政治上得到“优异”评级,大概是不成问题的。不过,人心具有两面性。站在皇帝的角度看,自己的贵妃娘娘尸骨未寒,便将其娘家——一个百年贵族之家,一时之间搞得七颠八倒、七荤八素、七零八落,无论怎么说,都不是一件令人特别开心之事。但从地方基层一路爬上来的办事官员贾雨村,为什么就没有很好地“体贴朕怀”,拿捏好办差的分寸呢?不说稍加瞻顾,反还要过河拆桥、变本加厉,真是毫无心肝!天子天生英明睿智,要说“无情无义”,怪就只能怪贾雨村这类人在执行旨意的过程中出现了“理解上的偏差”。

或许是接触主上的机会有限的缘故吧,或许是趁机递送“投名状”的愿望如火烧火燎了吧,善于窥测上意、政治投机,堪称全书“最大厚黑教主”的贾雨村,这一次自作聪明的操作多少有些失算了。他似乎并没有察觉在对待贾府抄家一事上主上态度的微妙之处,没有深刻领会帝王统驭术中那“既打又拉”“适可而止”手法的高妙之处,因为一心要树立自己“为王前驱”“义无反顾”的形象,一心要以彻底搞垮贾家来向主上证明自己的大义灭亲、忠诚可靠,贾雨村就不惜将事做绝。孰知如此一来,过犹不及,适得其反,恰恰暴露了他政治品格低下、“翻脸比翻书还快”的可怕嘴脸。贾雨村后来“被罚下场”的结局,足以证明:在政治上,他这样的三翻四覆、见风使舵的“冷面杀手”,行得快,却是走不远的。

●红楼探照之二〇七:

续书:世态人情的大镜鉴

俗语说“患难见真情,日久见人心”;又说“疾风知劲草,板荡识诚臣”。意思就是说,尽管一个人的能力特别是人品究竟如何,在其日常生活中和为人处事时大致可见,但还是要在一些面临重大考验的关键紧要处、困难处境中,才显露最充分,才最能够被人看准。贾府惨被抄家之祸,势力消解银钱短缺人心惶惶之际,作者见缝插针多处涉笔贾府亲友、家人、家奴们的势利表现,以见人情的浇薄、世道的险恶,以及人性的丑陋。

理想很丰满,现实太骨感。寄身于本有诸多缺陷的现实生活中,很难有人能做到处事为人随心所欲任我行的!所谓的“人性”,在残酷的现实面前,往往经不住考验。人世间诚然少不了生死不渝的爱情、义重如山的友情和相濡以沫的亲情;但爱情不长久、友情遭背叛、亲情易褪色的现象,也普遍存在。莫泊桑的小说

《我的叔叔于勒》,将金钱社会中亲情的虚伪、人情的淡薄和人性的脆弱,表现得多么淋漓尽致啊！再看《红楼梦》第107回贾府被抄,因为旨意明确"将荣国公世职,着贾政承袭了",已被打翻在地正晕头转向的贾府命运,似乎又绝处逢生。或许源自曹家被抄之后曾经的冷遇、背叛而余恨未消,或许是作者有感于冷暖炎凉、难以言说的世情,这里便出现了对两类势利人物面相的勾勒:

一类是"先前贾宅有事,都远避不来;今儿贾政袭职,知圣眷尚好,大家都来贺喜"的亲戚朋友,可见嫌贫爱富、锦上添花、趋炎附势者尽多,济困扶贫、雪中送炭、不离不弃者稀少。对此类现象,还是东汉思想家王符在其《潜夫论》"交际"篇中分析得好:

语曰:"人惟旧,器惟新。昆弟世疏,朋友世亲。"此交际之理,人之情也。今则不然,多思远而忘近,背故而向新;或历载而益疏,或中路而相捐,牾先圣之典戒,负久要之誓言。斯何故哉?退而省之,亦可知也。势有常趣,理有固然。富贵则人争附之,此势之常趣也;贫贱则人争去之,此理之固然也。夫与富贵交者,上有称举之用,下有货财之益。与贫贱交者,大有赈贷之费,小有假借之损。今使官人虽兼桀、跖之恶,苟结驷而过士,士犹以为荣而归焉,况其实有益者乎?使处子虽苞颜、闵之贤,苟被褐而造门,人犹以为辱而恐其复来,况其实有损者乎?故富贵易得宜,贫贱难得适。好服谓之奢僭,恶衣谓之困厄,徐行谓之饥馁,疾行谓之逃责,不候谓之倨慢,数来谓之求食,空造以为无意,奉贽以为欲贷,恭谦以为不肖,抗扬以为不德。此处子之羁薄、贫贱之苦酷也。……夫交利相亲,交害相疏。是故长誓而废,必无用者也。交渐而亲,必有益者也。俗人之相于也,有利生亲,积亲生爱,积爱生是,积是生贤,情苟贤之,则不自觉心之亲之、口之誉之也。无利生疏,积疏生憎,积憎生非,积非生恶,情苟恶之,则不自觉心之外之、口之毁之也。是故富贵虽新,其势日亲;贫贱虽旧,其势日疏,此处子所以不能与官人竞也。

一类是家下众人的离心离德,苟且瞒骗,排除异己(其中定然少不了"府内几个有钱的家人"中最大的一支——赖家人):

(贾府)家计萧条,入不敷出;贾政又不能在外应酬。家人们见贾政忠厚;凤姐抱病不能理家;贾琏的亏缺一日重似一日,难免典房卖地:府内家人几个有钱的怕贾琏缠扰,都装穷躲事,甚至告假不来,各自另寻门路。独有一个包勇,虽是新投到此,恰遇荣府坏事,他倒有些真心办事,见那些人欺瞒主子,便时常不忿。奈他是个新来乍到的人,一句话也插不上。他便生气,每天吃了就睡。

众人嫌他不肯随和,便在贾政前说他终日贪杯生事,并不当差。贾政道："随他去罢。原是甄府荐来，不好意思。横竖家内添这一（**此处程乙本加"个"**）人吃饭，虽说是穷，也不在他一人身上。"并不叫来驱逐。众人又在贾琏跟前说他怎（**此处程乙本加"么"**）样不好，贾琏此时也不敢自作威福，只得由他。……那荣府的人本嫌包勇，只是主人不计较他，如今他又在外闯（**此字程乙本作"惹"**）祸，不得不回，（**前4字程乙本删，此处加"正好"**）趁（**此处程乙本加"着"**）贾政无事，便将包勇喝酒闹事的话回了（**此处程乙本加"贾政"**）。

贾政此时正怕风波，听得（**此字程乙本作"见"**）家人回禀，便一时生气，叫进包勇（**此处程乙本加"来"**）骂了几句，（**此处程乙本加"也不好深究责罚他"**）便派去看园，不许他在外行走。那包勇本是（**此处程乙本加"个"**）直爽的脾气，投了主子，他便赤心护主，岂（**此字程乙本作"那"**）知贾政反倒责（**此字程乙本作"听了别的人话"**）骂他。他也不敢再辩，只得收拾行李，往园中看守浇灌去了。

家门不幸，哪来的勠力同心？有钱的家人装穷躲事，甚至告假不来，鼠窃狗偷，吃里扒外，饥附饱扬，身在曹营心在汉；其余的人更是三心二意，以欺哄瞒骗、得过且过为能事，何来包勇那样的赤胆忠心？古语曰："以利相交，利尽则散；以势相交，势去则倾；以权相交，权失则弃；以情相交，情逝人伤；唯以心相交，淡泊明志，友不失矣。"包勇的"不肯随和"和"赤心护主"，落在没奈何要混碗饭吃的本家众人眼里，竟是那样的"异类"，深感如芒在背、如鲠在喉，必欲去之而后快呢！何况眼下的贾政有如惊弓之鸟，正怕"风波"又来；包勇醉骂贾雨村的鲁莽行为无异于闯祸添乱，因此被用心不良的家人群起攻之，被吓破了胆的主人加以责罚，正在情理之中。

有不少人因受"人云亦云"的影响，又对相关内容缺乏反复的阅读体会，非常鄙薄通行本《红楼梦》的后四十回的内容，将其丰富独特的思想和艺术价值，贬低到了极点。这其实是大错而特错的。在笔者看来，这长达40个章节的社会生活描写，内涵是相当丰富而具有现实意义的。它特别适合已经具有相当生活阅历和人生体验的成年人阅读。通过细心阅读，有利于我们积累恶劣环境条件下应对复杂困难局面的经验，以及相应的综合快反能力。

书中的爱情，随着它的标志性人物——林黛玉的死亡，渐渐远去；各色人等置身"大变局"中的命运展演，随着贾府的被查抄而纷至沓来。《红楼梦》后四十回的艺术描写中，饱含着有关修身、齐家、治国、理政等方面的丰富教训和经验；这些东西一经个性化实践的运用和提升，就会转化成千金难买的历史经验和生活智慧。特别是安常处顺、吃喝玩乐的舒心日子过惯了的人们，《红楼梦》一书特别是其后四十回,无疑是枕边的清凉书,不时翻开读一读、悟一悟,定会心有所动。因为有效的借鉴阅读,有助于一个人把握历史、社会、人生的要义,认识到生活的本质和人性的复杂,从贾府走向败落的过程中获得正反两个方面的经验教训,梳理总结出一套因应"逆境和变局"的策略和方法,从而始终保持清醒头脑,自觉增强忧患意识;一旦身陷事业的低谷和人生的沼泽,便能把握正确方向,作持续有效的努力,而不至于一遇困境险情或意外变故,就六神无主、章法大乱,以致困守愁城,无所作为,坐失良机,追悔莫及!

续书所反映的贾府乱局中的世态人心,具有普遍性。贪生怕死,好逸恶劳;攀比依附,投机取巧;嫌贫爱富,厌旧喜新;人走茶凉,过河拆桥;好日子易过,紧日子难熬;共患难易,同富贵难;"墙倒众人推"……这些现象几乎是不少人的人性反映。特别是世俗社会中的人们相处日久,容易形成一定范围内的小气候和小天地,一旦发现"异类",最容易发生群体性的、条件反射式的"排异反应"。作为管理者,对此类现象尤其要保持警惕,不要被"群言"迷惑,不要被"群情"激愤,不要去干"得不偿失""亲痛仇快"的蠢事。在这里,包勇初到贾府遭误解、遭排贬的遭遇很能说明问题。幸亏包勇秉性如此能够坚守到底;幸亏贾政宅心仁厚,有包容心,没有被周围的熟人社会完全带偏了节奏进而搞砸了友情。

第一〇八回　强欢笑蘅芜庆生辰　死缠绵潇湘闻鬼哭

内容提要:贾政将包勇罚看荒园。王夫人将家中内事仍交凤姐办理。贾母受湘云怂恿拿一百银子给宝钗做生日,并宴请众人。宝玉中途退席去看尤氏,经潇湘馆隐约听到鬼哭的声音。

●开篇即点明此时贾政理家,又奉了贾母之命将人口渐次减少,"诸凡省俭,尚且不能支持"的总体情况。"病来如山倒,病去如抽丝",查抄之后的贾府要真正起死回生、恢复元气,那得付出多少人的艰辛、多少年的努力才成啊!幸喜凤姐为贾母疼惜,治家办事尚能出力,但近来因被抄以后诸事运用不来、施展不开,也是每形拮据;那些房头上下人等,原是宽裕惯的,如今较之往日十去其七,怎能周到,不免怨言不绝。老实说,形势变了,人心散了,队伍真不好带了。凤姐,不是治家能力超强吗?可一旦大环境发生了变化,权力的大棒不能再随意舞动,金钱的控制力不在己手,她又有过去为非作歹、恃强凌弱的历史包袱背着,又怎么能够轻装上阵、锐意革新、重新做人呢?最后还不是落了个"哭向金陵事更哀"的悲惨境地了!

●贾母和湘云策划的这场生辰宴会,算是苦中作乐,意在振奋精神,奈何众心不齐,阴影难去,最终落得不欢而散。这次活动,也算是老祖宗为了维持局面、凝聚人心所作的最后一次努力。尽管没有达到预期目的，但贾母的气度、精神仍然值得嘉许，特别是她褒贬其中的席间议论，用心良苦：

倒是珠儿媳妇还好，他有的时侯是这么着，没的时候他也是这么着，带着兰儿静静儿的过日子，倒难为他。

大凡一个人，有也罢，没也罢，总要受得富贵、耐得贫贱才好（**此处程乙本加"呢"**）。你宝姐姐生来是个大方的人：头里他家这样好，他也一点儿不骄傲；后来他家坏了事，他也是舒舒坦坦的。如今在我家里，宝玉待他好，他也是那样安顿；一时待他不好，（**此处程乙本加"也"**）不见他有什么烦恼。我看这孩子倒是个有福气（**此字程乙本删**）的。你林姐姐，那是个（**前3字程乙本作"他就"**）最小性儿，又多心的（**此字程乙本删**），所以到底（**此处程乙本加"儿"**）不长命（**此处程乙本加"的"**）。凤丫头也见过些事，很不该略见些风波就改了样子。他若这样没见识，也就是小器了。

平心而论，李纨的静默贞守，宝钗的涵养包容，当得起老人的夸奖。

●掷骰行令一节，系模仿前文，但缺少新意，读来冗长乏味。当然，也不能尽怪作者没有写出这种席间游戏的情趣，而是当时贾府被抄之后的众人情绪黯然，实在鼓不起兴来所致。宝钗心事难言，凤姐带病勉强，邢、尤二氏褊浅妒忌，迎春满腔苦楚，宝玉疯傻孩气；只有史湘云一人新婚燕尔，从中助兴：一人向隅，举座尚且不乐；何况众人向隅，一人岂能独乐？

●写宝玉离开大观园"将及一载"之后，再次进得园来。只见满目凄凉，花木枯萎，几处亭馆彩色久经剥落，远远望去，那曾经魂牵梦绕的地方，一丛修竹，倒还茂盛；相隔不远，就"明明听见有人在内啼哭"，听守园的婆子们说"这里林姑娘死后，常听见有哭声，所以人都不敢走的"。宝玉痛切呼告、痛哭一阵之后，被赶来的袭人和秋纹两人拉着出了园。从宝玉的呼告中可以看出：他跟宝钗的感情基础是不稳定的；他们的婚姻始终存在变数。

第一〇九回　候芳魂五儿承错爱　还孽债迎女返真元

内容提要：宝玉欲梦黛玉而不得，呆性复发之际移情于五儿。贾母积食受凉，胸口饱闷，开始发病；因疼宝玉，又想宝钗孝顺，便将祖上所遗一个汉玉玦取出来转赠宝玉。贾母病情加重，妙玉前来请安；贾政告假，日夜同王夫人亲视汤药。迎春离世，贾母悲伤，想念湘云，湘云却因丈夫得了暴病不能前来。贾府开始为贾母准备后事。

●这一回写得比较差劲，潦草琐碎满纸，枝枝蔓蔓的情节敷衍太多。

●贾母患病期间，有一段贾政和贾琏商议外请大夫的小插曲。姑且不论贾政“医道却是极难的,愈是不兴时的大夫倒有本领”这类说法的逻辑古怪,只说贾琏提到的“记得那年宝兄弟病的时候,倒是请了一个不行医的来瞧好了的,如今不如找他”,怎么转眼之间变成了“新近出城教书去了,过十来天进城一次”的刘大夫了呢?应该是第98回出现的那个“城外破寺中住着个穷医,姓毕别号知庵的”呀,可见续书叙事得不够严谨。

●借妙玉进园,为后文即将发生的“活人遭抢”事件埋根。借其入园,全书首次将仙风道骨、表面超脱的妙玉的穿着,进行了描绘:

> 只见妙玉头带妙常髻(**此字程乙本作“冠”**),身上穿一件月白素绸袄儿,外罩一件水田青缎镶边长背心,拴着秋香色的丝绦,腰下系一条淡墨画的白绫裙,手执尘尾念珠,跟着一个侍儿,飘飘拽拽的走来。

你看,妙玉的装扮是不是显得有些不伦不类呢?特别是走路“飘飘拽拽”,这还是那个有出世离尘的年青貌美女尼么?

●红楼探照之二〇八:

降格相就　屈尊下从
——且说宝钗对宝玉躁动情绪的抚慰

从现代人的观点来看,婚姻的基础应该是爱情;而爱情的基础往往是男女之间对彼此的好感和偏爱。从根本上看,爱情是一种本能,一种性的吸引和需求。在人的所有自然需求当中,性是仅次于吃喝的需求。其中,传宗接代是生命意志的最高体现,而寻求自身身心的快乐则是本质需求。这两方面的需求,深藏在每个正常发育的人身上;在人成年后,满足这种需求则成为保持其生理健康和精神健康的重要条件。

而男女之爱,又大致可分为情爱和性爱两种表达形式。有人说,男人是因性而爱,女人是因爱而性;无论怎么说,性爱和情爱虽不能完全混为一谈,但也难截然分开。爱与性应该是彼此的土壤。爱情是一种浪漫色彩的情感,而性则是这种浓烈情感的表达方式。只有基于爱情的土壤,性爱之花才会尽情绽放,才容易促进彼此精神上的升华。没有爱情只有性欲,只是一种动物本能的释放;没有性内容充实的爱情,则缺少了生活中应有的甜美和丰盈。不是爱情或者性欲主宰了谁,互相滋养才是最饱满的人生状态。

诚然,爱情是婚姻的要素,婚姻是承担责任的爱情。爱情是精神生活,遵循理想原则;婚姻是社会生活,遵循现实原则。爱情里充满了海誓山盟、浪漫幻想,来时轰轰烈烈,它的一切都是美好的、令人向往的;而婚姻事关柴米油盐、吃喝拉撒，平淡而烦琐。那么，婚姻不需要爱情去巩固么，爱情不需要性爱去维护么？小说第109回对宝钗宝玉新婚生活的描写，无疑带给现代人不少关于家庭夫妻关系相处方面的启示。

从性生理和性心理的角度来看，宝玉并没有随包办婚姻时间的延长而放弃对灵魂伴侣黛玉的思念。本回写宝玉倍感精神寥落之际分心走神，与侍女"色授魂与"，要不是五儿胆怯心虚，几乎成事。实际上，宝玉的移情别恋，差点出轨，问题还主要出在宝钗身上。宝钗其人其性，适宜供奉不适宜亲昵。婚后，她与勉强成婚的宝玉若即若离，关系近而不昵。虽然她有着"女孩"向"新妇"身份转换过渡过程中难免的羞涩，并有顾及到宝玉体质虚弱需要静养的成分在内；但根本上还在于她尚未从封建礼教对自己身心的束缚中解放出来。加之生性偏于理智高冷，缺少爱的激情，有如《静静的顿河》中那屡遭遗弃的贞静姑娘娜塔莉娅，对英雄豪迈的丈夫就没有热情奔放的邻妇阿克西尼亚那样具有约束力和吸引力，久而久之，婚姻因为缺少情爱和性爱的滋养，分道扬镳的悲剧就会不可避免地发生一样。本来，世俗社会中夫妻间的感情，性的纽带作用就不容低估："纵欲"诚然不可取，但"禁欲"也迟早会坏事。好在作为知识女性的宝钗非常聪明，一旦警觉到危险，对自己婚姻生活中存在的"清高"和"矜持"行为便有所调整，有所改变，体现了她"勇于纠偏"的现实主义精神：

> （先是听了五儿的汇报）她低头一想："这话明是为黛玉了。但尽着叫他在外头，恐怕心邪了，招出些花妖月姊（**前2字程乙本作"狐怪"**）来。况兼他的旧病原在姊妹上情重，只好设法将他的心意挪移过来，然后能免无事。"想到这里，不免面红耳热起来，也就讪讪的进房梳洗去了。……宝钗恐宝玉思郁成疾，不如假以词色（**前4字程乙本作"稍示柔情"**），使得稍觉（**前2字程乙本删**）亲近，以为"移花接木"之计。于是当晚袭人果然挪出去。宝玉因心中愧悔，宝钗欲拢络宝玉之心（**前16字程乙本作"这宝玉固然是有意负荆，那宝钗自然也无心拒客"**），自（**此字程乙本作"从"**）过门至今日，方才如鱼得水，恩爱缠绵（**前8字程乙本作"是雨腻云香，氤氲调畅"**），所谓"二五之精，妙合而凝"的了（**前2字程乙本删**）。

宝钗"移花接木"，借坡下驴，放平身段，对宝玉的躁动欲求做出主动迎合和安抚，实出于对宝玉长期意有未遂则可能经不住性的冲动而移情别恋的担心。看来，夫妻之间的投怀送抱，恰到好处的肉体接触，对维持和深化彼此的感情关系是不可或缺的。俗话说"室内无君子"，关起门来的夫妻生活是应该有烟火气的，若是道貌岸然的"非礼勿视，非礼勿听，非礼勿言，非礼勿动"，时间久了，是谁也受不了的。庆幸的是，一向习惯于掩饰自己真实感情（特别是过去青春期性心理的萌动和冲动,以及眼下夫妻之间对性行为的乐从)的薛宝钗,因外部因素的刺激,经过一番自我心理调适找到了夫妻性生活的理由,尽管在自觉自愿之中还深怀“笼络”之心,但向自己的夫君敞开怀抱,则是显明的事实。

《红楼梦》对新婚夫妇生活情态的描写,符合生活实际,真正触及到了“人性中的本真”。它告诉我们:正常婚姻关系的维持中,性的固结纽带作用是不容忽视的。当然,两性关系特别是其中的婚姻关系,性的纽带作用也并非唯一要素,说到底它只是维系爱情和婚姻的基础,还有比它更重要的实质和内涵。宝玉最终遗弃家庭,置父母养育之恩和娇妻美妾之情于不顾,毅然决然孑然出走,并非家庭中的两性生活出现了什么问题;而是与宝玉长期以来,跟整个社会包括自己的家人在思想观念、爱情理想、人生追求、性情偏好等诸多方面的格格不入和裂痕甚深难以弥合直接相关。实际上,这又涉及婚姻关系要得到维持并不断巩固,除性之外的另外一个关键性因素,即双方是否“情投意合而又志同道合”的话题了。

第一一〇回　史太君寿终归地府　王凤姐力诎失人心

内容提要:贾母去世,贾府治丧,内外具体事务仍着贾琏和凤姐总理。凤姐仗着自己的才干,原想大有一番作用,孰料人少钱缺,处处掣肘,上下结怨,事情办砸,身败名裂。

●贾母临终遗言,除对自己“从年轻的时候到老来,福也享尽了”的一生表示满足毫无遗憾外,除对“自你们老爷起,儿子孙子也都算是好的了”表示安慰和鼓励外,还对眼前的宝玉、贾兰、凤姐、宝钗四人做了特别的关怀,表现出一个老祖母参透世事的深沉智慧和慈爱悲悯的情怀。其中,对凤姐“我的儿,你是太聪明了,将来修修福罢”一句,是欣赏,是关爱,更是暗示和提醒;对宝钗是“又瞧了一瞧”,只是“叹了口气”的表现,更耐人寻味。即将离世的老人家心中疼护宝玉是真,但又因其所嫁非偶,预感到了年轻贤德孙媳日后生活的艰难而有所牵挂、有所不忍呢?

●贾母寿终正寝,贾政报了丁忧,礼部奏闻,主上“深仁厚泽,念及世代功勋,又系元妃祖母,赏银一千两,谕礼部主祭”。由此产生的连锁反应,是众亲友的“虽知贾家势败,今见圣恩隆重,都来探丧”,以此调侃世情、讥讽人情,其意甚明!

●借众人之口,将贾母丧葬期间贾兰与宝玉叔侄二人截然不同的表现以做对比,预示着贾兰大有出息的将来;同时,不忘将同一时期贾环“更不象样儿”的表现,做了描画。

●借众人之口,将前八十回曾经亮相、后来无暇描写的“咱们本家的什么喜姑娘咧、四姑娘咧”以及“蔷二爷”等，再次提及，以备后文（第117回）情节编织的需要。

●借宝玉一双惯于审美观照之眼，略将出殡之前哀哀哭灵的湘云、宝琴、宝钗的动人风韵映照而出。其间，对宝玉“不疼祖母疼知己”的“放声大哭”有所讥刺。

●红楼探照之二〇九：

憋屈：英雄落败时的感受

时来天地皆同力，运去英雄不自由。可惜凤姐对贾府大环境的急剧变化还是缺乏足够的敏感，兀自打着“仗着自己的才干，原打量老太太死了，她大有一番作用”的如意算盘，以为承办贾母的丧事，已经有当初“协理宁国府”的经验垫底，应该是轻车熟路好运作，至少不会落人褒贬的。岂知到头来，身不由己，事与愿违，不但贾母的丧事办砸，还赔进了自己的生命健康。真是运去金成铁，时来铁成金；离开了权力的平台，你什么都不是！

且说第110回凤姐受命办理贾母丧事，一开始就出师不利，以后时时不顺，处处掣肘；不同方面又步步紧逼，难以协调，乃至于内外毫无章法，举止失措，全盘皆输。影响凤姐能力发挥的因素不少，如可供调派的人手严重短缺哪；府内上下不理解不支持，除了平儿和李纨瞧出她的苦处多少给于一点体谅之外，其他尽是责怪抱怨离间找茬使绊子哪；贾政、王夫人不明就里，与邢夫人等一唱一和，根本就没有考虑过办事人的死活，紧紧卡住银钱不放手哪；等等。其中最关键的是，她与贾琏被责成办理内外一大摊事，但所必需的资金又操之他手；凡是花钱的事，他们都表不了态，做不了主，必须时时处处请示；而需要请示的人，又不只一个！

其中，特别令人气愤的是“每逢大事必糊涂”的贾政，偏死死抱定一己执念，成事不足，败事有余：

一是以“不忍心”为由，禁止动用老母专为自己预备下的丧事办理银钱；孰料便宜了后面出现的盗贼，竟被一抢而光；

二是置眼前老母丧葬大事急需资金保障的实际情况于不顾，盘算着要将丧葬专项资金公然挪作他用，以致自己德高望重母亲的丧事被办得一塌糊涂，招人耻笑，事实上已严重背离孝道；

三是以一心要“哭丧尽哀”为“忙里偷闲”的借口，将大量事务性工作（包括棘手的困难矛盾）统统推给剥夺了家政实权的贾琏、凤姐去代劳，自己充当“甩手掌柜”不说,却又丝毫不授信授权于对方。特别是紧紧卡住专项资金不放手,致使整个丧葬事务的运转失去最基本的传动力,这些事只好在扰攘不休、低效混乱的状态下,趋于停摆。

事情,首先就坏在贾政这种不懂人情世故、不懂管理运筹而又自以为是的“呆老爷”手里!贾政“怕招摇”(鸳鸯语)的畏忌心理,将权力死死攥在手里,“又要马儿跑得好,又要马儿不吃草”的恶劣行为,恰恰正中邢夫人要趁机攒钱之下怀。于是该妇依循所谓的“家族礼法”,公然跳到前台来充当要角,一举成为了凤琏办事过程中最难逾越的鸿沟:

> 鸳鸯见凤姐这样慌张,又不好叫他回来,心想:“他头里作事,何等爽利周到,如今怎么掣肘的这个样儿!我看这两三天连一点头脑都没有,不是老太太白疼了他了吗!”那里知邢夫人一听贾政的话,正合着将来家计艰难的心,巴不得留一点子作个收局。况且老太太的事原是长房作主,贾赦虽不在家,贾政又是拘泥的人,有件事便说:“请大奶奶(**前2字程乙本作“太太”**)的主意。”邢夫人素知凤姐手脚大、贾琏的闹鬼,所以死拿住不放松。鸳鸯只道已将这项银两交了出去了,故见凤姐掣肘如此,便疑为不肯用心,便在贾母灵前唠唠叨叨哭个不了。邢夫人等听了话中有话,不想到自己不令凤姐便宜行事,反说:“凤丫头果然有些不用心。”

这就是本次老太太丧事办理过程中,具体负责办事者面对的权力格局!有钱鬼使神差,无钱寸步难行。这一次的凤姐寒心之余,就得痛切体验一把“钱乃虎之胆,无胆虎成猫”的残酷现实了。一段凤姐和贾琏的对话,突出了两口子办事的艰难:

> 凤姐道:“银子发出来了没有?”贾琏道:“谁见过银子!我听见咱们太太听见了二老爷的话,极力的撺掇二太太和二老爷说:‘这是好主意。’叫我怎么着?现在外头棚杠上要支几百银子,这会子还没有发出来。我要去,他们都说有,先叫外头办了回来再算。你想,这些奴才们(**此字程乙本删**),有钱的早溜了;按着册子叫去,有的(**此字程乙本后移三字**)说告病,有的(**此字程乙本后移六字**)说下庄子去了。(**此处程乙本加“剩下几个”**)走不动的有几个(**前3字程乙本删**),只有赚钱的能耐,还有赔钱的本事么?”凤姐听了,呆了半天,说道:“这还办什么!”

一段凤姐与众人的对话,揭示了各方办事难协力同心的症结所在:

> 凤姐不敢再言,只得含悲忍泣的出来,又叫人传齐了众人,又吩咐了一会,……那些人回道:“奶奶办事,不是今儿个一遭儿了,我们敢违拗吗?只是这回的事,上头过于累赘。只说打发这顿饭罢,有的(**此字程乙本后移四**

字)在这里吃,有的(**此字程乙本后移五字**)要在家里吃;请了那(**此字程乙本作“这”**)位太太,又是那位奶奶不来:诸如此类,那得齐全?还求奶奶劝劝那些姑娘们不要挑饬就好了。”凤姐道:“头一层是老太太的丫头们是难缠的,太太们的也难说话,叫我说谁去呢?”

众人道:“从前奶奶在东府里还是署事,要打要骂,怎么这(**此字程乙本作“那”**)样锋利,谁敢不依?如今这些姑娘们都压不住了?”凤姐叹道:“东府里的事,虽说托办的,太太虽在那里,不好意思说什么。如今是自己的事情,又是公中的,人人说得话。再者,外头的银钱也叫不灵,即如棚里要一件东西,传了出来(**前4字程乙本作“传出去了”**),总不见拿进来,这叫我什么法儿呢?”众人道:“二爷在外头,倒怕不应付么?”凤姐道:“还提那(**此字程乙本作“这”**)个!他也是那里为难。第一件,银钱不在他手里,要一件得回一件,那里凑手?”众人道:“老太太这项银子不在二爷手里吗?”凤姐道:“你们回来问管事的,便知道了。”众人道:“怨不得!我们听见外头男人抱怨,说:‘这么件大事,咱们一点摸不着,净当苦差。’叫人怎么能齐心呢?”凤姐道:“如今不用说了,眼面前的事大家留些神罢。倘或闹的上头有了什么说的,我(**此处程乙本加“可”**)和你们不依的。”众人道:“奶奶要怎么样,我们敢抱怨吗?只是上头一人一个主意,我们实在难周到的(**此字程乙本删**)。”凤姐听了(**此处程乙本加“也”**)没法,只得央说(**此字程乙本作“求”**)道:“好大娘们!明儿且帮我一天,等我把姑娘们闹明白了,再说罢咧。”众人听命而去。

当日何等的八面威风,现在竟要向下人乞怜:凤姐办事的艰难程度,无以复加!究其原因,一是“外头的银钱也叫不灵”,银钱短缺,内外交困,直接影响“里头”凤姐发号施令的效能;有钱能使鬼推磨,没有了钱的魔力,还使得动谁去白推磨!二是“上头一人一个主意”,仅贾政和邢夫人的想法就各有不同,政出多门,号令不一,令办事者无所适从,“实在难周到”;三是“人人说得话”,亦即人人都是评论家,站着说话不腰疼!尤其是办丧事是用贾母自己留下的钱,天公地道,那还不该办得风风光光顺顺当当的吗?老实说,这中间除了最直接的问题——“资金”被卡住呼叫不灵外,最大的问题还是“人”的问题。

就上层管理者而言:贾政惟知悲戚,邢夫人但知省俭,王夫人偏听偏信,只有凤姐竭力支撑,困兽欲斗,却力难持久。

就凤姐、贾琏手下的办事者而言:一是人手不够;二是这些人本就不好使;三是贾府抄家元气大伤、贾政当家又毫无起色,导致家族的影响力、凝聚力荡然无存,这些人心中早已失去了对家法的敬畏;四是上下掣肘、左右离心、内外失调的局面,导致当差者怨声载道,抵触情绪更强,办事效率更差。

但你能一味责怪所剩不多、不敷使用的底下人办事不来气么？抛开部分“只有赚钱的能耐，没有赔钱的本事”者不论，那么你有什么理由要求其他“雇佣劳动者”只知道出力干事，而不去获取他们理所应当得到的劳动报酬呢？大家族悬崖掉落、众心分崩离析之际，他们最在乎的，必须死死踩住的，亦仅仅只是自己脚下那一点现实利益的“泥皮”而已！事实上，经过苦口婆心的“思想动员”“责任唤醒”，能够感应“道德召唤”不计个人得失，甘于对团体利益做出牺牲奉献的，或许只能是少数“有觉悟”者；对看不出自己养家活口等“责任义务”，跟贾府的生死存亡有什么直接关系的大多数家人而言，“鹪鹩巢于深林，不过一枝；偃鼠饮河，不过满腹”，因此通常情况下他们是犯不着去“瞎张罗”“白忙活”的。也难怪在凤姐眼中，他们一个个看上去那样的“死眉瞪眼”！生活的艰辛，压缩了他们中大多数人对主家的“责任感”；主子们的吃喝玩乐以及眼前一些家人依仗主家势力的发迹变泰，恐怕早就令这些人心怀不满，从而蒸发掉了他们仅存的那一点点要去救亡图存的所谓“主人翁精神”！如果有“精气神”的话，他们的精气神恐怕早就跟贾府及其贾府的主子们一起沦落凋残了。因此责怪他们是没有任何意义的……什么叫“同归于尽”，这也是一种“同归于尽”！眼下，叙事视角又转向凤姐，着力描写她置身困境中的痛切感受：

> 凤姐一肚子的委屈，愈想愈气，直到天亮，又得上去。要把各处的人整理整理，又恐邢夫人生气；要和王夫人说，怎奈邢夫人挑唆。这些丫头们见邢夫人等不助着凤姐的威风，更加作践起她来。幸得平儿替凤姐排解，说是：“二奶奶巴不得要好，只是老爷、太太们吩咐了外头，不许糜费，所以我们二奶奶不能应付到了。”说过几次，才得安静些。虽说僧经道忏，上祭挂帐，络绎不绝，终是银钱吝啬，谁肯踊跃，不过草草了事。连日王妃诰命也来得不少，凤姐也不能上去照应，只好在底下张罗，叫了那个，走了这个；发一回急，央及一会；胡弄(**前2字程乙本作“支吾”**)过了一起，又打发一起。别说鸳鸯等看去不象样，连凤姐自己心里也过不去了。

邢夫人挑唆，有意为难；王夫人受其蛊惑，不给侄女撑腰；平儿等地位又低下，根本说不上话。老鼠钻风箱——两头都受气，凤姐之苦累委屈，可向谁人诉说？何况她自己明知过去积怨甚多，现在银钱事务上又做不了主，又有一身病痛，眼下接二连三的挫折已经让她身心俱疲了！接着作者变换叙事角度，以几组人物行为的对比，特别是重点通过李纨的观察感受，侧面突出了凤姐办事之苦：

> 邢夫人虽说是冢妇，仗着“悲戚为孝”四个字，倒也都不理会；王夫人落得跟了邢夫人行事，余者更不必说了。独有李纨瞧出凤姐的苦处，也不敢替他说话，只自叹道：“俗语说的‘牡丹虽好，全仗绿叶扶持’，太太们不亏了凤

丫头，那些人还帮着吗？若是三姑娘在家还好，如今只有他几个自己的人瞎张罗，面前背后的也抱怨，说是一个钱摸不着，脸面也不能剩一点儿。老爷是一味的尽孝，庶务上头不大明白：这样的一件大事，不撒散几个钱就办的开了吗？可怜凤丫头闹了几年，不想在老太太的事上，只怕保不住脸了。"于是抽空儿叫了他的人来，吩咐道："你们别看着人家的样儿，也糟踏起琏二奶奶来。别打量什么穿孝守灵就算了大事了，不过混过几天就是了。看见那些人张罗不开，便插个手儿，也未为不可。这也是公事，大家都该出力的。"那些素服李纨的人都答应着说："大奶奶说得很是，我们也不敢那么着。只听见鸳鸯姐姐们的口话(**此字程乙本作"气"**)儿，好象怪琏二奶奶的似的。"李纨道："就是鸳鸯，我也告诉过他。我说琏二奶奶并不是在老太太的事上不用心，只是银子钱都不在他手里，叫他巧媳妇还作的上没米的粥来吗？如今鸳鸯也知道了，所以也不怪他了。……"

当局者迷，旁观者清，还是万事随缘、相对超脱、远离矛盾漩涡的李纨将整个局势看得清楚。她不但对凤姐"银子钱都不在他手里，叫他巧媳妇还作的上没米的粥来吗"的困难境地感同身受，深表同情；最难得的是，她还对主持家务的公公"一味的尽孝，庶务上头不大明白"的糟糕表现洞若观火，甚至斗胆说出"别打量什么穿孝守灵就算了大事了，不过混过几天就是了"这样起底事实真相却大有悖于封建礼教的话来！

总之，对贾政等人鄙吝糊涂、不明事理行为大不以为然的李纨，敢于在背后为窝囊憋屈的妯娌鸣不平，敢于对最高决策层在丧葬办理过程中存在的"不着实际"、处处掣肘等问题直言不讳，一针见血！千人之诺诺，不如一士之谔谔。这与第45回那个做人一向内敛低调，但必要的时候也敢于对别人冒犯予以狠狠回击的"硬朗"形象，一脉相承而又有所深化。

凤姐与李纨，同样是孙媳，同样是正当人生盛年的一对妯娌。因为主客观原因，二人在大家庭中分处不同的位置、有着不同的性格和作为，最终的结局也大相径庭：一个因年轻守寡，不得不退处阃闱，大家庭的事务除非委托便一概不闻不问，不多事不惹事也不怕事，无为而有为；一个任性逞能自命不凡，错把平台当本事，错把位子当高度，错把圈子当人脉，置身家族内部矛盾斗争的激烈漩涡之中，虽踌躇满志、风光无限一时，孰料四处结怨八方树敌，恣意妄为，罪孽沉重，最终成为被人厌弃的孤家寡人以致身败名裂，权势与钱财也如竹篮打水——一场空了。

对照凤姐与李纨二人的人生际遇与实际作为，善恶强弱、得失取舍、利弊成败之间的是是非非，一时真难以言说！

第一一一回　鸳鸯女殉主登太虚　狗彘奴欺天招伙盗

内容提要:鸳鸯上吊自杀。宝玉闻讯先哭后笑,袭人以为"又要疯了",宝钗却说"他有他的意思"。邢夫人不准贾琏为鸳鸯之灵行礼;宝钗偏偏要哭祭鸳鸯。众人外出送葬期间,贾府发生重大盗财抢人事件。混战中包勇奋力,打死引狼入室的周瑞的干儿子何三。

●自该回始,至小说结束的这十个章节,内容零零碎碎,文字拉拉杂杂,少有精彩之笔,总体上只能算达到了明清以来写得较好的通俗小说的水平。不但与前八十回相比,即便是与续书第87—110回相比,都屡屡有"断崖式坠落"的阅读感觉。就整体而言,全书最后十回,在笔者看来,绝不会出自曹雪芹的手笔;而且越往后看,有关"甄家"的笔墨,离历史上曹家的事迹越远。

●《后汉书·隗嚣传》有言:"鱼不可脱于渊,神龙失势,即还与蚯蚓同。"民间俗语也有"落魄的凤凰不如鸡"的说法。凤姐因受气累吐血倒地,不能继续履行职责,邢夫人却毫无体恤,不但无一语安慰,还打量凤姐是"推病藏躲":婆母凉薄,媳妇心寒。

●尽管落魄,但有凤姐在场,余威犹存,局面尚勉强维持;一旦凤姐病倒离场,家下人等失去约束,偷闲歇力,乱乱吵吵,已闹得七颠八倒,更不成事体。

●鸳鸯悬梁自尽的方式,实由秦氏亡魂指示。由此可见小说第13回中可卿之死,实系上吊自杀而非长期卧病致死。对秦氏系"吊死"的暗示,恰与第5回该妇名下的判词之背景图内容吻合;此类情节中的细节(亦即第13回打下的哑谜)一以贯之,直到本回露底,也为续书中确有雪芹旧稿之内证。

●对鸳鸯的死,贾府男女家长们和平儿、袭人、莺儿等人的态度各有不同:悲者自悲,喜者自喜,无所谓者仍无所谓。宝玉的反应,却最为反常。你看他"听见此信,便唬的双眼直竖",继而"死命的才哭出来",心里竟然认为鸳鸯这样的死法"算得了死所",于是又笑起来:悲而复喜,这还是以前那个视天下女儿为命,因而珍惜万分的痴情公子么?

●因鸳鸯以死陪葬贾母之举,给整个家族特别是贾政、王夫人脸上贴了金;王夫人等人心满意足之余遂与邢夫人商量,在老太太项内赏了鸳鸯嫂子一百两银子,还说等闲了将鸳鸯所有的东西俱赏他们。对于这"喜出望外"的重大收获(走此"大运"的,还有第77回的晴雯嫂子灯姑娘儿),且看一向与小姑不睦的女人之反应:

> 他嫂子磕了头出去,反喜欢说:"真真的我们姑娘是个有志气的,有造化的:又得了好名声,又得了好发送。"旁边一个婆子说道:"罢呀,嫂子!这会子你把一个活姑娘卖了一百银子(**此字程乙本删**)便这么喜欢了,那时候儿

(此处程乙本加“要”)给了大老爷,你还不知得多少银钱呢,你该更得意了。”一句话戳了他嫂子的心,便红了脸走开了。刚走到二门上,见林之孝带了人抬进棺材来了,他只得也跟进去,帮着盛殓,假意哭嚎了几声。

小姑的不幸死亡,竟让生前关系冷淡的嫂子发了意外之财:世事难料,人生荒谬,令人无言!眼下鸳鸯的自寻绝路,又换来了什么呢?还是她嫂子归纳得好:又得了好名声,又得了好发送!从事后府内上下人等几乎“一边倒”的一片赞扬声来看,鸳鸯不死,反而无法向各方交代!不是么,后面的袭人的遭遇,就是鲜明对比。最末一回写事到临头了,袭人必须离府出嫁了,但她既没有干脆去死,也没有赖着不走,而是顺从了命运的安排,碰上了也接着适应了新的环境、新的家庭生活,半推半就地拥抱住了青春的岁月,快快乐乐地生活了下去。袭人生活道路的顺其自然以及最终选择,几乎不曾被两个多世纪以来无数的文人墨客、凡夫俗子们骂了个狗头喷血,差不多被铺天盖地的唾沫淹死了吗?眼下,鸳鸯姑娘一条活生生的年轻生命,有如当初殉葬女主的丫头瑞珠一样,在周围明里暗里、有声无息的百般“鼓励”和“威胁”之下,就这样断送了!想想大家闺秀出身的李纨和宝钗,不是也是在贾氏家族类似的物质与精神等方面的多重“鼓励”之下,一前一后,自觉埋葬了自己的红颜青春,心无旁骛地守节教子,从而度过了孤凄惨淡的一生吗?——《红楼梦》于不经意处,对人性深处的阴暗丑陋、对封建习俗文化极其野蛮恶毒的一面,真是揭露无遗了!

●福不双降,祸不单行。一场入室盗窃抢人案,暴露出贾府“日常管理”及“应急管理”上存在的严重问题。

来自官家明火执仗的查抄被抢之后,贾府再次遭到内贼勾引配合之下江湖盗贼的抢财劫色,实为自身管理上不可原谅的颟顸行事、疏忽大意所造成。譬如说辞灵以后,外头贾政叫了贾琏问明送殡的事,便商量着派人看家。因叔侄二人对抄家之后贾府面临的复杂、危险局势缺乏起码的认识,由此预见性和警惕性特差,竟然安排府内众人倾巢出动。而作为“大后方”的偌大府第空空如也,其安全保卫及丧事扫尾工作,竟然全由毫无实力、权威和责任感的外圈层人物贾芸和林之孝一家子照应;里头,竟然只指派了一贯胆小怕事的惜春和病着尚需人照顾的凤姐看家。如此“外重内轻”“顾此失彼”“只需遮脸面不怕露屁股”的荒唐方案,不但是对贾政等见识短浅、能力低下的极度讽刺,也同样是对宗法社会的守丧制度、家族管理制度背离常情常理之处,提出的严重质疑。

值得注意的是,留守方案的形成,并非草率。它初经贾政提出,斟酌的过程中贾琏慑于贾政的权威,又不敢充分表达自己的不同意见,知而不言,言而未尽,实在难辞其咎;行前留守方案的最后商定,并未集思广益慎重其事,仍只算走走过场而已;来至铁槛寺安灵之后,本来可以安排一些男性回返,加强“大后方”的人力防护,岂知又要求“所有孝男等俱在庙伴宿”,于是偌大贾府几成空宅,无异于燃油招火、开门揖盗。加上荣府规例,一交二更,三门掩上,男人便进不去了,里头只有女人们查夜;而这次里头留下的,也只有患病动不了身的凤姐、平儿同着惜春等少数手无寸铁的女流之辈了。如此势单力薄,形若无人,难怪内外留守的家人听说盗贼进来,一个个畏敌如虎裹足不前,或者只会缩成一团瑟瑟发抖,只好眼睁睁地由着盗贼们如入无人之境,大肆抢劫,自由来去;如若不是被罚守园的包勇跳出来一阵抵挡,那么盗财劫色的“狂飙”之下,手无缚鸡之力而又偏处一隅、孤立无援的惜春平儿等青春女儿就惨了。因为等待她们的,要么坐以待毙,要么被拖曳而去,是不太可能幸免于难的。只是真到了那副田地,贾府的内囊洞穿不说,脸面太难堪,残存的尊严也扫地以尽了。因此,从尽力撑持危局、保全府内遗产、维护家人人身安全的角度来看,贾政德不配位,尤其是才干奇缺,实属封建官场和封建贵族豪门孵化培养的“怪胎一个”“废物一枚”!

●盗案的发生,写得环环相扣;盗案的性质,严重而且恶劣。

●盗案发生之后,林之孝便叫人开了门,报了营官,立刻到来踏察贼迹。为什么面对众上夜的齐声吵嚷“这不是贼,是强盗”,营官要“着急”予以辩白否认?不过是怕承担“未保一方平安”的责任,因此要极力淡化这件严重抢劫事件的性质而已。

●今夕何夕:盗案抢劫事件,居然发生在堂堂天子脚下的京城,亦可见世道的颠覆和混乱发展到了何种程度!

●抄家之后,又连遭洗劫,经济更陷困顿,人心愈加浮动:屋漏偏遭连夜雨,贾府大厦不彻底坍塌分崩,尚待何时!

第一一二回　活冤孽妙尼遭大劫　死雠仇赵妾赴冥曹

内容提要:妙玉为贼所抢。惜春下定决心要出家。赵姨娘中邪病倒。贾政回府,询问前后被盗一事,怒斥奴才,指责贾琏。

●但凡遇事,惜春只知哭泣,自尊要强,反复强调的是“我的脸搁在哪里”;包勇一味喧嚷,粗枝大叶,不谙礼体:均合各人平时性情。

●贾政赶回家的次日一早,方找人询问前后被盗情况,可见见事迟缓;林之孝并将周瑞供了出来,又说“衙门拿住了鲍二,身边搜出了失单上的东西,现在夹讯,要在他身上要这一伙贼呢”,可见贾府“窝里已反”。至于盗案案发现场发现的“周瑞的干儿子被打死”的线索,当然可以顺藤摸瓜牵涉到周瑞;但鲍二怎么又夹在了中间了?前后文对此缺乏交代,实属续书行文中的情节遗漏。

●续书仍然极力丑化赵姨娘，写她在送葬期间的铁槛寺满嘴白沫，眼睛直竖，把舌头吐出，一阵胡言乱语。文本中“众人听见，早知是鸳鸯附在她身上”一句，各本均同程甲本；唯程乙本改作“众人先只说鸳鸯附着他，后头听说马道婆的事，又不象了”，才使得前后文意，得以贯通。

●越是事故频发意外事多，贾政的脾气就越是见风看涨，悲观失望，动辄哀叹“不料家运衰败，一至如此”。像他这样的人，大敌当前，危难之际，作为“舍我其谁”的当家人不精于理事，不勤于反思，不善于用人，反而精神颓丧，事事责怪他人：这怎么能够凝聚众心，一致赴难，共渡险关呢？

●红楼探照之二一〇：

“转眼不知身后事”
——令人唏嘘的妙玉结局

盗贼又杀“回马枪”，劫财之后又劫色，可谓胆大包天；而贾府内部空虚，疏于防范，可谓上下皆“盲瞽”，左右多“饭桶”。

且说第112回盗案发生的当晚，贾政在外厢房伴灵，邢、王二夫人等在内，一宿无非哭泣。到了第二日，重新上祭摆饭之时，接到贾芸呈报。贾政听了发怔；邢、王二夫人等也在里头听见了，都唬得魂不附体，并无一言，只有啼哭；过了一会子，贾政才决定“报官缉贼”，并要求在失单物品的数量上减少、品级上压低。贾政的应对处置虽不着要领，但开具失单的细节上有所担心，尚不失聪明。但府内留守的凤姐和惜春等出于忌惮心理，仍然在刻意隐瞒妙玉被抢走一事；继后，为了稳定惜春的情绪，彩屏等人又串通一气，“不必声张，就是妙玉被抢，也当作不知”：一桩京城国公府家被公然抢劫的包天大祸，差一点就被没有胆量见识的妇人女子们，如此这般悄悄地抹过去了！

但盗贼未退，祸事未完。尽管府内贼去关门，众人更加小心，却经不住盗贼艺高胆大再次前来，居然用闷香放倒了守夜人，明火执仗将青春妙龄的女尼妙玉活活抢走了。且看当晚发生在园内栊翠庵那骇人听闻、不忍卒读的一幕：

> （妙玉）自己坐着，觉得一股香气透人囟门，便手足麻木，不能动弹，口里也说不出话来，心中更自着急。只见一个人拿着明晃晃的刀进来。此时妙玉心中却是明白，只不能动，想是要杀自己，索性横了心，倒不怕他。那知那个人把刀插在背后，腾出手来，将妙玉轻轻的抱起，轻薄了一会子，便拖起背在身上。此时妙玉心中只是如醉如痴。可怜一个极洁极净的女儿，被这强盗的闷香熏住，由着他掇弄了奔南海而去（**前5字程乙本作“去了”**）。

要说妙玉被强盗抢劫之后,是甘受污辱苟且偷生,还是不屈而死下落不明?全书悬念未解,我们不得而知,但作者字里行间暧昧隐晦的措辞,还是耐人寻味,能够激发读者想象的。

妙玉才华馥郁,品位高雅,美丽聪颖,傲岸自负,不屑随俗,遭人嫉恨,举世难容,到头来却似乱世飘萍,横遭厄运,被贼寇劫掠下海,身不由己,生死不明,不用说命运最为悲惨。第 5 回的《世难容》曲词,就预示了妙玉结局是“风尘肮脏违心愿”。“风尘”,一说指扰攘的尘世,一说是指娼妓的生活;“肮脏”,在清代除表示“不屈不阿”外,已有“污秽不洁净”的含义;“风尘肮脏”,即指扰攘尘世中最污浊的地方,联系妙玉的遭遇,它要么是指“贼窝”“匪巢”,要么是指“妓院”“私窠”,要么是盗贼洗脚上岸、改恶从新、融入社会之后落脚的“大杂院”“贫民窟”一类的处所。什么叫“违心愿”?妙玉在贾府做女尼,环境清幽,生活无虞,心中还有宝玉这个“白马王子”想着,不时感受到来自这个“王子”真诚爱护,尽管她情有不遂,但也谈不上这种生活有违心愿;“违心愿”的生活,只能是指她被劫持胁迫后“从贼”,虽心有极度不愿,却身不由己,叫天天不应,呼地地不灵,万般无奈之下只有破帽遮颜,去接受并适应那种以泪洗面、苟且偷生的屈辱生活。

人的生命生活的欲望,无疑是强烈的;人的现实处境,又往往是尴尬得令人唏嘘。在笔者看来,被劫持之后的妙玉并没有死,她最终选择的,大概是与“强盗”一起生活下去:侥幸一点,是被掳去遥远之地做了“押寨”女人;最悲惨而又可怕的,莫过于充当了盗贼们泄欲的工具。

对于一个“气质美如兰,才华馥比仙”的孤高冷傲知识女性而言,妙玉如此这般的惨痛结局,无疑是典型的“黑色幽默”,充斥着人生的阴暗、荒诞、无奈色彩,昭示着一个人命运际遇中尊卑贵贱、清浊优劣、顺逆起落之间常有的“不确定性”。

“黑色幽默”是 20 世纪 60 年代在美国兴起的文学流派,以存在主义哲学思想为基础,折射在荒诞的世界中人们的悲观绝望和愤世嫉俗,是一种把痛苦与欢乐、异想天开的事实与平静等不相称的反应、残忍与柔情并列在一起的喜剧。它是一种哭笑不得的幽默,着意表现世界的荒诞、社会的疯狂、人的异化变态,以及理性原则破灭后的惶惑、自我挣扎的徒劳。“世情恶衰歇,万事随转烛。”纷纷扰扰的人世间,适逢贾府彻底败落之际,人命危浅朝不保夕,即成为众生生命的常态;而一个天下之大却举目无亲的娇弱女子,是很难找到掩体庇护的。

事实上,妙玉悲惨而又无奈的命运结局,早就蕴藏于曹雪芹原有的构思中。除第 5 回的亲笔暗示外,靖藏本第 41 回有一则文字凌乱不堪的眉批,提到:“他日瓜洲渡口,各示劝惩,红颜固不能不屈从枯骨,岂不哀哉?”这里“红颜”与“枯骨”(风烛残年的老朽)极不和谐的搭配,透露出妙玉那古怪扭曲而又荒谬悲凉的命运,岂能容人凭空捏造?它不正是熟谙曹雪芹艺术构思的脂砚斋等人,在自己笔下对小说中妙玉最终的不堪结局所作的透露吗?而续书中妙玉的悲惨遭遇,成就的不过是悠悠众口之中那残忍血腥间夹杂着一抹柳绿桃红的绯闻传说而已!

针对幽尼妙玉,《红楼梦》原稿设计的“残忍而又深刻”的悲剧结局,毋庸讳言,已经远远超出那个时代读者的思维定势和心理承受能力。这正如偏要打破“大团圆”结局期待,偏要打破“好人尽好,坏人全坏”的认知窠臼,偏要呈现“善者频遭殃,恶者终免罚”的现实场景等笔墨,均为人情所不喜、不适一样。因此,后四十回的编撰者把原著原构思中“尖刻”的思想高度适当调低至平缓一点的水准上来,大概也是一种客观情势的需要吧。

第一一三回　忏宿冤凤姐托村妪　释旧憾情婢感痴郎

内容提要:凤姐病情加重,屡见亡魂索命。刘姥姥闻讯前来,凤姐视其为救命之人,并将自己的女儿托付给她。因妙玉被抢一事,宝玉纳闷。宝玉要找紫鹃表白自己对黛玉的心,被麝月找回。紫鹃被宝玉一招,越发心里难受,直直地哭了一夜;后来一片酸热之心,一时化作冰冷。

●赵姨娘临死前鬼魂附体、精神分裂、极度痛苦的描写,充斥着对“恶人”惨遭恶报时的快意。这种表现方法,缺少“人道”的观照,冲淡了艺术的美感,有失浅薄。

●随着贾琏对凤姐态度的进一步恶化,随着家里上下对凤姐态度的进一步冷淡,凤姐心里更加悲苦,只求速死,心里一想,邪魔悉至,于是经她之手致死的尤二姐、张金哥、守备之子等冤魂皆来索命。对此,尽管她“心里害怕”“心里明白”,但始终“不肯说出来”,直到刘姥姥来了之后方暗解心结:可见凤姐硬性要强的性格,始终未变。至于凤姐病中的幻觉,王充在《论衡》一书的《订鬼》篇中有精辟分析:

> 凡天地之间,有鬼,非人死精神为之也,皆人思念存想之所致也。致之何由?由于疾病。人病则忧惧,忧惧见鬼出。凡人不病则不畏惧。故得病寝衽,畏惧鬼至。畏惧则存想,存想则目虚见。何以效之?传曰:“伯乐学相马,顾玩所见,无非马者。宋之庖丁学解牛,三年不见生牛,所见皆死牛也。”二者用精至矣!思念存想,自见异物也。人病见鬼,犹伯乐之见马,庖丁之见牛也。伯乐、庖丁所见非马与牛,则亦知夫病者所见非鬼也。病者困剧,身体痛,则谓鬼持棰杖殴击之,若见鬼把椎锁绳,立守其旁。病痛恐惧,妄见之也。初疾畏惊,见鬼之来;疾困恐死,见鬼之怒;身自疾痛,见鬼之击;皆存

想虚致,未必有其实也。

对凤姐的临终忏悔,清代评点家陈其泰(1800—1864)在其《桐花凤阁评〈红楼梦〉》中也说:

凡人作恶太甚,一切损人利己之事无所不为。当其运隆气壮,行之但觉快心,毫无忌惮,虽鬼神亦莫能难焉。及乎年衰疾至,落魄失时,智计不生,良心渐现,回光一照,悚惧难安,一切冤家,自然毕集,而地狱即在眼前矣。此等果报,万无一爽。若说阴司受罪,来世偿冤,谁人见来?

此论对做过亏心事者常于衰病之际,感到精神脆弱、恐惧的现象,做了符合心理学逻辑的分析,甚为的确。"为人切莫用欺心,举头三尺有神明;若还作恶无报应,天下凶徒人吃人"一诗,也可佐证。

●凤姐"骨瘦如柴,神情恍惚"的病态,经由刘姥姥眼中看出。本章节中出现的刘姥姥,性情、谈吐未变,仍然保持着村屯老妇人见多识广、关心他人的本色。她自言"一年多不来"的这段时间,贾府人事发生了多么大的变化呀,难怪她一见面感慨连连!

●发生在凤姐眼前的一幕,可见风雨飘摇的贾府日常运转不灵,已经到了何种地步:

平儿及(**此字程乙本作"急"**)到床前,凤姐又不言语了。平儿正问丰儿,贾琏进来,向炕上一瞧,也不言语,走到里间,气哼哼的坐下。只有秋桐跟了进去,倒了茶,殷勤一回,不知嘁嘁喳喳的说些什么。回来,贾琏叫平儿来问道:"奶奶不吃药么?"平儿道:"不吃药。怎么样呢?"贾琏道:"我知道么!你拿柜子上的钥匙来罢。"平儿见贾琏有气,又不敢问,只得出来(**此处程乙本加"在"**)凤姐耳边说了一声。凤姐不言语,平儿便将一个匣子搁在贾琏那里就走。贾琏道:"有鬼叫你吗!你搁着叫谁拿呢?"平儿忍气打开,取了钥匙,开了柜子,便问道:"拿什么?"贾琏道:"咱们有什么吗?"平儿气得哭道:"有话明白(**此字程乙本删**)说,人死了也愿意!"贾琏道:"这还要说么!头里的事是你们闹的。如今老太太的还短了四五千银子,老爷叫我拿公中的地账弄银子,你说有么?外头拉的账不开发,使得么?谁叫我应这个名儿!只好把老太太给我的东西折变去罢了。你不依么?"平儿听了,一句不言语,将柜里东西搬出。

平儿与贾琏的对话描写可谓精彩。一方强忍悲痛,息事宁人;一方气急败坏,连珠炮一般发出反问,以发泄不满:均口声如闻,性情毕现,形象如画。

●妙玉被抢一事,贾府的人虽都知道,只为贾政新丧且又心事不宁,也不敢将这些"没要紧的事"回禀。只有惜春知道此事,日夜不安。渐渐传到宝玉耳边,宝玉听得，十分纳闷。一个活生生的人自贾府园内消失，居然如石沉大海，无人关心过问，可见乱世之中，人命的卑微、人心的冷酷、世事的变幻无常！

●“释旧憾情婢感痴郎”一节描写，文字累赘重复，特别是宝玉的絮絮叨叨，有如紫鹃说的那样：我们跟着听俗了。

第一一四回 王熙凤历幻返金陵 甄应嘉蒙恩还玉阙

内容提要：凤姐死后丧事从简，王仁为此不依而混闹，并嫌弃巧姐；平儿拿出自己的钱帮贾琏渡难关。甄应嘉来京陛见，先来贾府拜望并托付家眷。贾政也托他照看探春。

●薛家娶亲过门办酒席的情况，岫烟嫁到薛家之后的情况，薛家屡经薛蟠折腾消耗之后的家产资财情况，均于宝钗宝玉二人的闲谈中说出：笔墨俭省。

●“势败休云贵，家亡莫论亲”。大舅子王仁见妹子已死，夫家诸事将就，心下便不舒服，借故向贾琏发难；贾琏不理，便转向巧姐儿进行挑拨，岂知外甥女并不附和，倒弄得彼此生下隔阂，为后文王仁“串卖外甥女”的行为埋下伏笔。

●续书最后几回写到的甄家，其人其事已经远离历史上的江宁织造府曹家了。因此，是不能仅凭小说这几回写到的甄家情况，就以虚推实，来对照考证出我们无从得知的历史上曹家的情况的。

●红楼探照之二一一：

“超级废物”谁造就
——是是非非说贾政

生死存亡之际，整个家族后继乏人不说，眼下能够勉强撑持局面、应付当务之急的人也没有，这不能不说是百年贾府的最大悲哀。尽管眼下救亡图存、兴家立业的人才短缺，已成贾府必然走向彻底败亡的宿命；但世事也在人为，绝处尚可逢生，如果不是当家人贾政特别的疲软无用而是具有足够的才干、见识和铁腕治乱的手段，一定程度上还是可以力撑危局、延缓跌势，减轻整体败亡给家人带来的伤害程度的。可惜，贾政其人，实在蹩脚。

第114回写贾母死后，贾政在家守孝。那时清客相公渐渐的都辞去了，只剩一个姓程的还在那里，时常陪着说说话儿。提起“家运不好”“家计愈难”等话题，贾政忧心忡忡，一副束手无策模样；也就是这个暂时还追随主人、不离不弃的程日兴，不失时机地给他分析客观形势，寻找破局出路了：

程日兴道：“我在这里好些年，也知道府上的人，那一个不是肥己的？一年一年都往他家里拿，那自然府上是一年不够一年了；又添了大老爷、珍大爷那边两处的费用；外头又有些债务；前儿又破了好些财，要想衙门里缉贼追赃，是难事。老世翁若要安顿家事，除非传那些管事的来，派一个心腹的人各处去清查清查，该去的去，该留的留；有了亏空，着在经手的身上赔补。这就有了数儿了。那一座大的园子，人家是不敢买的。这里头的出息也不少，又不派人管了。那(**此字程乙本作"几"**)年老世翁不在家，这些人就弄神弄鬼儿的，闹的一个人不敢到园里，这都是家人的弊。此时把下人查一查，好的使着，不好的便撵了，这才是道理。"

贾政点头道："先生，你(**此处程乙本加"有"**)所不知。不必说下人，便是自己的侄儿，也靠不住。若要我查起来，那能一一亲见亲知？况我又在服中，不能照管这些了(**此字程乙本作"个"**)。我素来又兼不大理家，有的没的，我还摸不着呢。"程日兴道："老世翁最是仁德的人，若在别(**此处程乙本加"人"**)家的(**此字程乙本删**)，这样的家计，就穷起来，十年五载还不怕，便向这些管家的要，也就够了。我听见世翁的家人还有做知县的呢。"贾政道："一个人若要使起家人们的钱来便了不得了，只好自己俭省些。但是册子上的产业，若是实有还好，生怕有名无实了。"程日兴道："老世翁所见极是。晚生为什么说要查查呢？"贾政道："先生必有所闻。"程日兴道："我虽知道些那些管事的神通，晚生也不敢言语的。"贾政听了，便知话里有因，便叹道："我自(**此字程乙本作"家"**)祖父以来，都是仁厚的，从没有刻薄过下人。我看如今这些人一日不似一日了。在我手里行出主子样儿来，又叫人笑话。"

可惜，头脑冬烘的贾政，自己闭目塞听、一无所长，遇事束手无策，却总听不进别人的意见和建议！认真阅读这二人的对话，看得出作为幕僚的程日兴态度还是非常诚恳的，看问题还是相当准确的，对贾政理家提供的思路、方法、策略等还是合情合理、完全可行的：首先是派人各处清查，弄清家底；二是有了亏空，着在经手的身上赔补；三是酌情压减人数，减少开支；四是将闲置资产——大观园的产业管理恢复起来，使之有所产出；五是抓住管家、管事者"贪占"的软肋，要他们回吐一部分非法收入出来，贴补主家渡过难关。特别是这最末一条，羊毛出在羊身上，家主向着家奴讨：道义上能够立住脚，而且施行起来绝对管用，效果也会立竿见影。——可惜是对牛弹琴！要么贾政以"若要我查起来，那能一一亲见亲知；况我又在服中，不能照管这些了"为托词，将责任推过一边；要么声称"一个人若要使起家人们的钱来便了不得了，只好自己俭省些"，大惊小怪，眼光向内，本性保守，无所作为；要么就是标榜祖德，作茧自缚，借口"在我手里行出主子样儿来，又叫人笑话"，来掩饰自己的迂腐无用：不肯使家人银钱，固是仁厚和自尊；但明知家业凋残，既不能目光向外损有余以补自身不足，又不能挖掘潜力清查自家资产，真是进退失据，废物无双！

贾家当前的一号人物、百年大族的“末代”主持人，如此胆量，如此见识，如此的一连串混账逻辑：他哪里能够承担起除旧布新、起死回生的家族责任？风雨飘摇中的贾府，遇到如此一位拉稀摆带的掌舵人，家族“救亡图存”事业哪里还有半点希望？——一切看去都是宿命，宿命，宿命；反正说来都是该死，该死，该死！

贾政管家，顾此失彼，丢三落四，又毫无主见和预见性，倔强性气适足以添乱，诚“成事不足败事有余”者也！值此家族多事之秋，不得不担当管家理事责任的贾政，才干、胆识、经验等均极度欠缺的“短板”暴露无疑，性格缺陷还被极度放大到了令人难以容忍的地步。一定程度上说，他是导致贾府无可挽回地走向彻底败落的一大罪人！

他的最大毛病，在于自身极度缺少各方面的才干见识却又显得特别的刚愎自用、浮躁糊涂，从不知道要平心静气地向实践学习、向别人讨教，紧要关头完全是派不上用场的“跛脚鸭”一只，只有令人特别气恼失望的。要说这个既不能“治国”，又不能“齐家”的废物“是怎样炼成的”，那恰恰就与贾政成长的经历，家庭和社会环境，受益于封建“恩荫制”以及外戚“裙带关系”等密切相关；也与其本人长期以来养尊处优、不学无术，追求悠闲享乐的生活态度和方式密切相关。

像贾政这种出身富贵、条件优渥、娇生惯养环境下长大的“官三代”，在整个家族事业全线下跌且全面告急的严峻情势下能够稳住心神、维持现状就已经勉为其难了，还能指望他们激发破釜沉舟的勇气、卧薪尝胆的毅力，以上率下，群策群力，励精图治，改过自新么？试问：毒蛇噬臂、壮士断腕的勇气，因何而生？洗心革面、向死求生的内生动力，从何而来？改革者必须具备的才干胆识、能力素质以及经验办法等，谁人具有？面对贾府已经到来的危局，唯有全面彻底的强力改革才有可能找到出路，否则就只有死路一条；但平心而论，这种自上而下的改革，既要在战略上布好局，又要在关键处落好子，持续发力，不畏强权，不惧风险，敢于斗争，谈何容易！贾府日暮途穷，众人承平日久、精神懈怠、不思进取之际，缺少治家本领的贾政，尽管一直以来对家族命运似乎忧戚于心，但真正想有一番作为，也难。一是他自身资历、能力局限，难担大任；二是他即使要对家族事务厉行变革，也独木难支、孤掌难鸣。这之前，贾府内部产生的唯一一个具有足够强大的改革意识及才干胆识的人物——三姑娘贾探春已经远嫁，鞭长莫及姑且不论，腐朽落后的封建社会男权专制，也不可能留给“才自清明志自高”的她以任何实质性改革的用武之地。贾府众人，大都被长期以来的荣耀繁华迷住了双眼，只知道蝇营狗苟、坐享其成；整个统治集团，早已失去了励精图治、变革维新的自强意识,骄奢淫逸、得过且过成为常态,已经没有任何人有心有力将这艘在风雨飘摇中千疮百孔即将遭受灭顶之灾的“巨轮”拖向安全地带加以维护整修以获解救,只能眼看它由着历史的、自身的惯性彻底葬身于海底深渊而万劫不复了。

说起来,这何尝不是贾府大家族的一种悲剧,一种宿命!在中华文化世代赓续、历久弥新的历史传承中,以改革自新的姿态攻坚克难、赢取未来,本有着深远的历史渊源和深厚的文化根基的。自古以来,中国大地上就发生过无数起拯衰救危、变革图强运动,创造过不少“向死求生”“中兴再造”等人间奇迹;也正是诸如“天行健,君子以自强不息;地势坤,君子以厚德载物”的人格力量,“苟日新,日日新,又日新”的变革精神,“言必信,行必果”的坚守诚信、勇于实践的可贵品质,书写了光辉灿烂的中华文明。因此,完全可以说,过往由若干问题倒逼出来的改革自新意识,早就融入了中华儿女的精神血脉,成为促进中华民族生产与发展的强大动力。事实上,虽然类似历史上南明小朝廷一样摆烂沉沦、内乱纷争、自取灭亡的人和事屡见不鲜。但像越王勾践一样通过卧薪尝胆、发愤图强、十年生聚、十年教训,终至东山再起、卷土重来、反败为胜、一雪前耻的事迹,也不乏其例。可见,天下兴亡、家族盛衰、世事轮转之中,除“天时”“地利”等客观因素外,有能够担当责任的“人”以及“人”的主观能动性发挥,实在不可或缺。其实,早在明代思想家李贽的笔下,就给贾政这一类道学派头十足的人士画过像了。他在《焚书》卷4《因记往事》中曾经愤慨感叹:

> 嗟乎,平居无事,只解打恭作揖,终日匡坐,同于泥塑,以为杂念不起,便是真实大圣大贤人矣。其稍学好诈者,又搀入良知讲席,以阴博高官,一旦有警,则面面相觑,绝无人色,甚至互相推诿,以为明哲。盖因国家专用此等辈,故临时无人可用!

试以小说中的贾雨村和贾政兄弟做一比较。前者固然精通八股制艺,作诗出口成章,论“治理之才“,也不失为当时官场的风云人物。贾政与之相比,哪方面都相形见绌;贾赦与贾政相比,则又等而下之。才情呈此高下,难道是天赋如此?书中没有这么说,却在第75回荣府小聚会的场合,明白无误地告诉了贾赦的一种具有代表性思想:“想来咱们这样人家,原不比那起寒酸,定要‘雪窗荧火’,一日蟾宫折桂,方得扬眉吐气。咱们的子弟都原该读些书,不过比别人略明白些,可以做得官时,就跑不了一个官的。何必多费了工夫,反弄出书呆子来。”这是一种典型的封建特权等级思想,而悲剧恰恰在于:这种思想又正好符合社会现实。按当时的封建世袭制规定,贾赦作为荣国公的长孙,岂但“做得官时,就跑不了一个官”,并且还轻轻松松稳稳当当地官居“一等将军”!他当然没有变成“书呆”,却修炼成了地地道道的“色魔”。贾政虽然没有抢着出生在哥哥前头,因而在袭爵问题上吃了亏，按说要位列朝班，应从科甲出身，但他毕竟是荣国公的次孙，也有“恩荫制度”作阶梯。事实上，根据第2回交代，贾政官居工部员外郎，也是其父“代善临终时遗本一上，皇上因恤先臣，即时令长子袭官外，问还有几子，立刻引见，遂额外赐了这政老爹一个主事之衔，令其入部习学”而顺势升迁的结果。因其如此，弟弟就比混账哥哥要显得正派些勤谨些。而当初的贾雨村，“虽则也是诗书仕宦之族，因他生于末世，父母祖宗根基已尽，人口衰丧，只剩得他一身一口，在家乡无益，因进京求取功名，再整基业。自前岁来此，又淹蹇住了，暂寄庙中安身，每日卖字作文为生”，实际上曾沦落为贾赦所鄙夷的“寒酸”。但此人靠自身努力，不但精通那些“时尚之学”，还逐渐汲取教训，学得了“钻门子”等全挂武艺，生生练就了全书“首席厚黑教主”，在官场摸爬滚打，“高光”了好一阵子。显然，单就才干而言，贾家两兄弟，是根本无法与他们的“冒名本家”贾雨村相提并论的。这无疑告诉我们：依仗特权与沉迷酒色，最容易使人碌碌无为，平庸昏聩；反之，最有可能促进一个人穷则思变，学得才干优长，精明练达。

不过，平心而论，虽然贾政在职场应对、家政料理等方面的表现乏善可陈，言行作为令人气愤；但客观地说，此人在偌大贾府大大小小的男人中，还算是品性较好的凤毛麟角。尽管才能平庸、头脑僵化、行事糊涂，起码他还有道德观念，有做人的基本准则，对家庭有责任感，对家族的前途命运一直忧心忡忡；即便在公务处理上“名声要紧”，也基本上守住了最后的底线。因此总的来说显得清正，算得上是家里和社会上的正派人物。这种人带有“人格上的面具”，动辄装腔作势令人觉得难以亲近，但至少不算坏人。他的昏聩无能，尽管对家族的事业发展不利，但对社会的危害却是较小的，甚至是可以忽略不计的。因此不能把他与贾赦、贾珍等一群败家子同日而语，更不能与虽然精明能干但品质不端，对整个社会有着严重危害的贾雨村之流相提并论。

作为贾府走向彻底败落关键时间节点上的当家人贾政，无疑是《红楼梦》后四十回描写、反映的重点人物。其鲜明的思想性格在续书中得到了符合逻辑的发展，丰富的形象内涵得到了进一步的深化。总之，这是一个得到了成功塑造的泥古不化、道貌岸然、志大才疏、百无一用的艺术典型。

第一一五回　惑偏私惜春矢素志　证同类宝玉失相知

内容提要：贾政叫宝玉念书写文章，他要检查。地藏庵两个姑子来贾府，受到宝钗冷遇，却转身激发了惜春出家的决心。贾宝玉与甄宝玉貌象而心性不同，宝玉呆病发作。和尚送来“宝玉”，宝玉死而复生。

●贾政找来宝玉打了招呼，又开始督促宝玉的功课了。作者写宝玉退了出来,正撞见赖大诸人拿着些册子进来,宝玉“一溜烟回到自己房中”。这里的“一溜烟”,实在用错了对象:一是宝玉早已不是小孩子了,身段没有那么轻盈;二是他还是有病之身,岂能冲刺般奔跑!

●宝玉病到极危时,忽有和尚送还通灵,一见便好,喜出望外;正要坐起时,一闻麝月“砸破”一言,忽然晕倒:文情变幻,神鬼莫测。

●红楼探照之二一二:

得失之间　瑕不掩瑜
——且说续书中人物思想性格的发展

《红楼梦》中设置的和尚道士,譬如茫茫大士、渺渺真人、空空道人等主要起了揭示根由、编串故事、设局收尾等结构性作用外,就其形象本身,大致属于正面;但一些上了年纪,一有机会便要巧言令色骗人骗财的尼姑及尼姑庵中的女执役者——道婆,基本上都是些现实生活中品质行为不端的奸佞之人。譬如前有第15回馒头庵的老尼净虚,中有第25回游走在三街六巷、钻隙觅缝的马道婆,接着有第77回骗走芳官的水月庵智通、骗走蕊官藕官的地藏庵圆心,第101回来了个散花寺的姑子大了;第115回又出现了地藏庵来的两个未点名的成年姑子,也照样是察言观色、口吐莲花的“骗子”,骗人骗财不说,还最喜欢抬高自己,贬低同仁。譬如对同样是尼姑的栊翠庵妙玉的悲惨遭遇,她们竟无丝毫的怜悯同情,反而幸灾乐祸并溢于言表:

> 惜春便问起水月庵的姑子来。那姑子道:“他们庵里闹了些事,如今门上也不肯常放进来了。”便问惜春道:“前儿听见说,栊翠庵的妙师父怎么跟了人去(**此字程乙本作“走”**)了?”惜春道:“那里的话!说这个话的人提防着割舌头!人家遭了强盗抢去,怎么还说这样的坏话?”那姑子道:“妙师父的为人怪僻(**前2字程乙本作“古怪”**),只怕是假惺惺罢?在姑娘面前,我们也不好说的。那里像我们这些粗夯人,只知道讽经念佛,给人家忏悔,也为着自己修个善果。……我们修了行的人,虽说比夫人、小姐们苦多着呢,只是没有险难的了。虽不能成佛作祖,修修来世或者转个男身,自己也就好了。不像如今脱生了个女人胎子,什么委屈烦难都说不出来。姑娘,你还不知道呢,要是人家(**前2字程乙本删**)姑娘们(**此处程乙本加“到了”**)出了门子,这一辈子跟着人,是更没法儿的。若说修行,也只要修得真。那妙师父自为才情比我们强,他就嫌我们这些人俗。岂知俗的才能得善缘呢,他如今到底是遭了大劫了。”

人世间“斥鷃每闻欺大鸟，昆鸡长笑老鹰非”的现象，不是在在皆有、司空见惯了的吗？岂独书中这两个蠢妇为然！全书以这一类社会群体中人物的思想性格、言谈举止进行互补，入木三分地揭露了她们欺世盗名、骗人骗财的本来面目。

再说甄贾两个宝玉终于见面，先是慕名而试探，继而双方却发现彼此形同而神异，思想上根本就没有了共同语言。究其原因，或许当初二人的性情禀赋相近，但在残酷的现实生活面前，甄宝玉自觉顺应环境，断然改弦易辙，向着“言忠言孝”“立德立言”“显亲扬名”“文章经济”的传统道路靠拢，完成了自身的成长“蜕变”，前途隐然可见；而贾宝玉却初心不改，始终游走在封建正统道路的悬崖边，找不到人生的确切位置和前行方向，以致成为“顽石”一块，因形同自我放弃，也就无缘派上用场去“补天”，从而在一个世俗的家庭、一个世俗的社会、一个“盛极而衰”的时代发挥应有的作用，顺利实现自身的人生价值了。

反观甄宝玉人生道路的选择，与其经历的人生挫折和因挫折带来的思想觉悟以及人生态度、行为的调整转变是密切相关的。正如二人客套对话所言：

> 甄宝玉道：“弟少时不知分量，自谓尚可琢磨。岂知家遭消索，数年来更比瓦砾犹贱，虽不敢说历尽甘苦，然世道人情，略略的领悟了好些（**前2字程乙本作“些须”**）。世兄是锦衣玉食，无不遂心的，必是文章经济高出人上，所以老伯钟爱，将为席上之珍。弟所以才说尊名方称。”
>
> 贾宝玉听这话头又近了碌蠹的旧套，想话回答。贾环见未与他说话，心中早不自在。倒是贾兰听了这话，甚觉合意，便说道：“世叔所言，固是太谦，若论到文章经济，实在从历练中出来的方为真才实学。在小侄年幼，虽不知文章为何物，然将读过的细味起来，那膏粱文绣，比着令闻广誉，真是不啻百倍的了。”甄宝玉未及答言，贾宝玉听了兰儿的话，心里越发不合，想道：“这孩子从几时也学了这一派酸论？”便说道：“弟闻得世兄也诋尽流俗，性情中另有一番见解。今日弟幸会芝范，想欲领教一番超凡入圣的道理，从此可以净洗（**前2字程本作“洗净”**）俗肠，重开眼界。不意视弟为蠢物，所以将世路的话来酬应。”
>
> 甄宝玉听说，心里晓得：“他知我少年的性情，所以疑我为假。我索性把话说明，或者与我作个知心朋友，也是好的。”便说道：“世兄高论，固是真切。但弟少时也曾深恶那些旧套陈言，只是一年长似一年，家君致仕在家，懒于酬应，委弟接待。后来见过那些大人先生，尽都是显亲扬名的人；便是著书立说，无非言忠言孝，自有一番立德立言的事业：方不枉生在圣明之时，也不致负了父亲、师长养育教诲之恩，所以把少时那一派迂想痴情，渐渐的淘汰了些。如今尚欲访师觅友，教导愚蒙，幸会世兄，定当有以教我。适才所言，

并非虚意。”

贾宝玉愈听愈不耐烦,又不好冷淡,只得将言语支吾。幸喜里头传出话来说:“若是外头爷们吃了饭,请甄少爷里头去坐呢。”宝玉听了,趁势便邀甄宝玉进去。

真是“酒逢知己千杯少,话不投机半句多”!不说贾宝玉大失所望,为自己“渴慕已久”肠子都要悔青了;估计这个时候的甄宝玉,要结合自己亲身经历来说服贾宝玉,也只有瞎子点灯——白费蜡!就思想性格、人生经历、道路选择而言,两个宝玉适成两面镜子,彼此都可以照出自己的过去与未来。但贾宝玉最终没有“醒悟”,没有像另一个宝玉那样经历过一番挫折打击之后猛然回头,皈依现实生活,讲求文章经济,争取一番作为,切实担当起了世俗社会中一个男人对父母、家庭的责任。诚然,贾宝玉以他特有的执著(顽固?)保持住了自己的本色和初心,将自己一直以来与所处社会的“正统思想”“世俗要求”背道而驰的人生道路坚持走了下去,最终走向了大荒空寂世界,趋于幻灭。一定程度上说,他惨胜了,但就是在他始终坚持自己的人生探索并付出惨痛代价的背后,何尝不是恋人黛玉、家人贾政王夫人宝钗等辈无尽的哀伤和痛苦啊!从这个意义上说,他的坚持又显得何等的顽冥不化和残忍无情啊!

平心而论,贾宝玉身上,的确有很多作为“人”来说最可宝贵的品质。譬如他身上的“赤子之心”所表现出来的率直纯真、诚信善良、自由博爱、热爱生命、尊重他人、同情弱者、克己恕人、平等待人、好奇而富于想象力等品质,就最容易被整天陷于名缰利锁、一日三餐的世人所淡忘和丢失。儒家“亚圣”孟子认为,人之所以为人,是因为不失恻隐之心、羞恶之心、辞让之心、是非之心等“四心”。他还阐释说:“恻隐之心,仁之端也;羞恶之心,义之端也;辞让之心,礼之端也;是非之心,智之端也。人之有是四端也,犹其有四体也。”是啊,人活着活着,不小心就容易“丢失了自己”,也就是说丢失了这“四端”。这是一种遗憾,亦是一种悲哀。中外现当代文学作品对此多有关注和反映;而贾宝玉的痛苦迷茫以及他的不懈追求探索,恰恰在这些地方给世人以深刻的人生启示。当然,就现实生活对任何一个时代年青人的期望和要求来说,贾宝玉的探索精神殊为难得,但贾宝玉式的“理想主义”也确实有脱离实际、伤害他人(特别是家人)的一面,应为人所警惕。且看甄贾两个宝玉见面后,宝玉和宝钗夫妇的一段对话:

且说宝玉自那日见了甄宝玉之父,知道甄宝玉来京,朝夕盼望。今儿见面,原想得一知己,岂知谈了半天,竟有些冰炭不投。闷闷的回到自己房中,也不言,也不笑,只管发怔。宝钗便问:“那甄宝玉果然像你么?”宝玉道:“相貌倒还是一样的。只是言谈间看起来,并不知道什么,不过也是个禄蠹。”宝钗道:“你又编派人家了。怎么就见得也是个禄蠹呢?”宝玉道:“他说了半天,并没个明心见性之谈,不过说些什么‘文章经济’,又说什么‘为忠为孝’,这样人可不是个禄蠹么?只可惜他也生了这样一个相貌。我想来,有了他,我竟要连我这个相貌都不要了。”宝钗见他又发(**此字程乙本作“说”**)呆话,便说道:“你真真说出句话来叫人发笑,这相貌怎么能不要呢?况且人家这话是正理,做了一个男人,原该要立身扬名的,谁像你一味的柔情私意。不说自己没有刚烈,倒说人家是禄蠹。”宝玉本听了甄宝玉的话甚不耐烦,又被宝钗抢白了一场,心中更加不乐,闷闷昏昏,不觉将旧病又勾起来了,并不言语,只是傻笑。

“有了他,我竟要连我这个相貌都不要了”这类充满孩子气的话,也只有宝玉才能说出。其实,宝钗对甄宝玉“做了一个男人,原该要立身扬名的”这类理念持赞赏态度,是不难理解的;她对眼前宝玉的思想性格缺陷给予的褒贬,显然是一针见血的。如果你是一个负责任的父亲,恐怕你也绝对不会容忍并骄纵自己的孩子像贾宝玉这样长年悠游岁月还要不时惹是生非;如果你是一个贤惠的妻子,恐怕你早就为贾宝玉这样不务正业、不求上进的“脓包”丈夫暴跳如雷,吵着要分道扬镳了。但此时此际的薛宝钗还在努力争取,还在因势利导地用一个优秀女性的正统思想和人格魅力去影响和试图改变对方,你能说宝钗活得容易吗?

其实,薛宝钗与贾宝玉思想的交锋,尚不只此处。在督促宝玉认真备考科举之前的第118回,夫妻二人之间发生过一场有关什么才是“真正的赤子之心”的争论之后,他们针尖对麦芒的思想交流交锋方告结束。也就是在诸如此类的场景演进的过程中,相关人物的思想性格得到了进一步的发展,有关个性特征得到了进一步的强化。这也正是四十回续书在人物形象描写塑造等方面取得的不容小觑的成功啊!

第一一六回　得通灵幻境悟仙缘　送慈柩故乡全孝道

内容提要:宝玉二历太虚幻境,对世间人事多有感悟。贾政趁“丁忧无事”,责成贾琏看家,自己带人护送贾母、黛玉、秦氏等灵柩回原籍安葬。

●“悟仙缘”一节,遵循第5回“神游太虚境”的故事套路,用意是在全书大结局之前,对有关人事回头加以照应,以利下一步行文。可惜因笔力有限,以致描写既无深刻之处,人物表现也了无新意、淡淡平平,通篇仅起到了“借神游历幻之历促宝玉觉醒进程”这样一个情节推动作用。

●宝玉神游幻境,除在世诸人自当不见外,已死的除贾母、尤二姐、赵姨娘等未提及外,迎春、黛玉、凤姐、秦氏、尤三姐、鸳鸯、晴雯等,皆恍惚相见;元妃虽未露面,但有“特来救你”的旨意下达,可见文思细密,甚少遗漏。因此,值得注意的是,作为“十二金钗”之一并在宝玉情感世界中占有一席之地的妙玉,若真正被害,亦应回归幻境而与宝玉一见;何况宝玉对她的下落,还耿耿于怀呢。但此处竟未提及,可见妙玉尚存人世,只是作者对妙玉的生死,因其不堪而有所隐讳而已。

●贾政南行之前托付贾琏管家,并就贾母等人的灵柩运送安葬经费筹措事宜,进行商议:

> 贾琏道:“如今的人情过于淡薄。老爷呢又丁忧;我们老爷呢,又在外头:一时借是借不出来的了。只好拿房地文书出去押去。”贾政道:“住的房子是官盖的,那里动得?”贾琏道:“住房是不能动的,外头还有几所可以出脱的。等老爷起复后再赎,也使得;将来我父亲回来了,倘能也再起用,也好赎的。只是老爷这么大年纪,辛苦这一场,侄儿们心里实(**此字程乙本作“却”**)不安。”贾政道:“老太太的事,是应该的。只要你在家谨慎些,把持定了才好。”贾琏道:“老爷这倒只管放心,侄儿虽糊涂,断不敢不认真办理的。况且老爷回南,少不得多带些人去,所留下的人也有限了,这点子费用,还可以过得来。就是老爷路上短少些,必经过赖尚荣的地方,可也(**此字程乙本作“以”**)叫他出点力儿。”贾政道:“自己的(**此字程乙本删**)老人家的事,叫人家帮什么(**此处程乙本加“呢”**)!”贾琏答应了(**此处程乙本加“个”**)“是”,便退出来,打算银钱。

叔侄二人的行前对话涉及世道人心,也活画出眼下贾府几经折腾财政山穷水尽的窘迫处境。对贾琏“经过赖尚荣的地方,可也叫他出点力”的建议,脑子永不开窍的贾政仍然是一味古板愚拙,不予采纳;借此,也为第118回赖大儿子的虚与委蛇、薄情寡义,预埋伏笔。至于这一次贾政南行“少不得多带些人去,所留下的人也有限了”的情况,更是为下回贾琏因急事离家后,芸蔷环等聚党行恶留下空间。

●贾政行前,对贾琏交代说“今年是大比的年头”,要求“务必叫宝玉同着侄儿考去,能够中一个举人,也好赎一赎咱们的罪名”的话,已在为后文宝玉温习功课、迎考中举预热了。

●宝玉“幻境悟仙缘”之后,身体也渐渐的复原起来,但性情大变,除了一如既往地厌弃功名仕进,还前所未有地“竟把那儿女情缘也看淡了好些”:看破红尘的宝玉走向最终结局的“三部曲”,已然奏响;似乎脱胎换骨了的宝玉,令周围人陌生得无所适从。

第一一七回　阻超凡佳人双护玉　欣聚党恶子独承家

内容提要：宝玉要还和尚那块“宝玉”，紫鹃、袭人拉住不放；宝钗接过“宝玉”，要宝玉见和尚，宝玉说他们“重玉不重人”。贾赦患痨病，贾琏急着要去探望，行前将女儿托付于王夫人。荣府诸人群龙无首，各顾自己，任由被委托看家的贾芸、贾蔷等辈胡作非为。惜春出家。

●癞头和尚此番前来还玉索银，实际上是借此点化，为最后接引宝玉出家离尘做准备的。宝玉逐渐明白其来意，但家中众人何以得知？由此引一场“护玉”“拉人”的热闹场面：

……宝玉本来颖悟，又经点化，早把红尘看破，只是自己的底里未知。一闻那僧问起玉来，好象当头一棒，便说道：“你也不用银子了（**此字程乙本作“的”**），我把那玉还你罢。”那僧笑道：“也该还我了。”

宝玉也不答言，往里就跑。……迎面碰见了袭人，……宝玉道：“你快去回太太说，不用张罗银两（**前字程乙本作“子”**）了，我把这玉还了他就是了。”袭人听说，即忙拉住宝玉，道：“这断使不得的！那玉就是你的命，若是他拿去了，你又要病着了。”宝玉道：“如今不再（**前2字程乙本作“再不”**）病的了，我已经有了心了，要那玉何用？”摔脱袭人，便要想（**前2字程乙本作“想要”**）走。……袭人顾不得什么，一面赶着跑，一面嚷道：“上回丢了玉，几乎没有把我的命要了！刚刚儿的有了，你拿了去，你也活不成，我也活不成了！你要还他，除非是叫我死了！”说着，赶上一把拉住。……

里面的丫头听见连忙赶来，瞧见他两个人的神情不好，只听见袭人哭道：“快告诉太太去！宝二爷要把那玉去还和尚呢！”丫头赶忙飞报王夫人。……紫鹃在屋里听见宝玉要把玉给人，这一急比别人更甚，把素日冷淡宝玉的主意都忘在九霄云外了，连忙跑出来，帮着抱住宝玉。那宝玉虽是个男人，用力摔打，怎奈两个人死命的抱住不放，也难脱身，叹口气道：“为一块玉，这样死命的不放，若是我一个人走了，又待怎么样呢（**此字程乙本删**）？”袭人、紫鹃听到那里，不禁嚎啕大哭起来。

正在难分难解，王夫人、宝钗急忙赶来。（**此处程乙本加“王夫人”**）见是这样形景，便哭着喝道：“宝玉，你又疯了吗！”……袭人等仍不肯放手，到底宝钗明决，说：“放了手，由他去就是了。”袭人只得放手。宝玉笑道：“你们这些人，原来重玉不重人哪！你们既放了我，我便跟着他走了，看你们就守着那块玉怎么样？”袭人心里又着急起来，仍要拉他，只碍着王夫人和宝钗的面前，又不好太露轻薄，恰好宝玉一撒手就走了。袭人忙叫小丫头在三门口传了茗烟等：“告诉外头照应着二爷，他有些疯了。”小丫头答应了出去。

宝玉问和尚玉的“来路”，继而被和尚的答复点醒，清楚了“自己的底里”，于是即刻要将那块象征着人世间的门第根基、身份地位、特权灵性的“宝玉”交还。须知宝玉这里不是“还玉”，而是要追根溯源、返璞归真，由眼下俗世之人还原成当初大荒山下那块“心中无喜亦无忧”的顽石。宝钗等人不明底里，“夺玉”“护玉”“不还玉”，以为有此“玉”即有此“人”：难怪宝玉说她们是“重玉不重人”！

不只“重玉不重人”一句，暗里机锋，灵警异常；即便诸人言语中涉及的“人”“心”“玉”“守”“放手”“去了”等概念与说法，往往一语双关，蕴涵丰富，富有哲学意味。

●真是“无巧不成书”，贾府多事之秋，远在流放地的贾赦又节外生枝身患痨疾，无异于忙中添乱。前事不忘，后事之师。可惜贾琏没有记取不久前贾府内部空虚因而盗贼入室抢劫的惨痛教训，匆忙中决意前往探视，行前又所托非人，于是风雨飘摇中的贾府，又因府内主事之人的又一次出现“清空”，再遭劫难。正是身负“看家”之责的贾琏，仓惶远走，正好为继后留守家人的为非作歹、骗卖自己的女儿巧姐创造了条件。

●借贾琏离家前交代事务，说秋桐“是天天哭着喊着，不愿意在这里，侄儿叫了她娘家的人来领了去了”“包勇又跟了他们老爷去了”，以此了过秋桐结局，交代清包勇的去向；继后，借平儿找人帮着陪伴照顾巧姐一事，说“丰儿、小红因凤姐去世，告假的告假，告病的告病”“四姐儿新近出了嫁了，喜鸾也有了人家儿，不日就要出阁”，以此交代过四人下落：笔墨减省，文思周密，避免了遗漏。

●贾府的当家男人要么被遣送远方出力赎罪，要么因送灵柩回原籍带一帮人走，要么有亲父远地忽发重病不得不急急赶去，尽留下一些权力威望不足、管理智能欠缺、不方便抛头露面的妇女在家留守。多事之秋，中军帐空，不出幺蛾子才怪：

> 且说贾芸、贾蔷送了贾琏，便进来见了邢、王二夫人。他两个倒替着在外书房住下，日间便与家人厮闹，有时找了几个朋友吃个车箍辘会，甚至聚赌，里头那里知道。一日，邢大舅、王仁来，瞧见了贾芸、贾蔷住在这里，知他热闹，也就借着照看的名儿，时常在外书房设局赌钱喝酒。所有几个正经的家人，贾政带了几个去，贾琏又跟去了几个，只有那赖、林诸家的儿子、侄儿。那些少年托着老子娘的福，吃喝惯了的，那知当家立计的道理；况且他们长辈都不在家，便是没笼头的马了；又有两个旁主人怂恿，无不乐为。这一闹，把个荣国府闹得没上没下，没里没外。

常言道：“物必自腐，然后虫生”。薛蟠虽被关押，但贾府腐败堕落的窝子里少不了大大小小的“薛蟠”们应运而生，群魔乱舞，在各种娱乐场野蛮生长，扮演末日的疯狂。日薄西山、气数已尽的贾府，此时此际俨然陷入“群龙无首”“乱者为王”的严重无政府状态，不彻底烂掉、垮掉也是万幸，怎么可能出现“兰桂齐芳”“家道复兴”的前景呢？除非贾府后辈中奇迹般出现才识卓绝的“孤臣”式铁腕人物，破釜沉舟，重拳出击，方有可能扶正祛邪，涵养生态，起死回生，带领族人走出家破人散的困境和绝地。

●贾芸编派宝玉、宝钗、黛玉的一段故事，不但勾画出此人活脱脱一副小人嘴脸，而且借此将第85回他要兴冲冲给宝玉说亲的实情补明，同时引出邢大舅、王仁、贾环等人的怀恨泄愤，为后文的“串卖巧姐”一事埋根。

●继续叙写宝玉的思想变化，以及由此引起的与宝钗、袭人等辈感情关系的逐渐疏远。

●交代荣府住的人虽不少，竟是各过各的，谁也不肯出头做谁的主。在此背景之下，贾蔷等一班狐群狗党愈闹得不像话了，甚至偷典偷卖，不一而足；贾环更加宿娼滥赌，无所不为：已成一盘散沙的贾府，继续从内部、从根上烂掉。

●又是一次众人喝酒行令讲笑话情景的描写，但内涵浅淡，新意了无。倒是借赖、林两家的子弟从外头带来的贾雨村贪索被参、披枷带锁的消息，以及这些人带来的“恍惚听说有个内地里的人，城里犯了事，抢了一个女人下海去了；那女人不依，被这贼寇杀了”的传闻，还有赖家人说做了知县的赖尚荣也如犯事的贾雨村一样“手长”的坦言，深化了小说的社会生活内涵。

至于这伙闲人闲聚闲聊中随口谈到的“妙玉叫人杀了”的话题，仅为谈资，并未坐实，一切都在街谈巷议、道听途说的云遮雾绕之中，不可确信。

第一一八回　记微嫌舅兄欺弱女　惊谜语妻妾谏痴人

内容提要：惜春出家修行，紫鹃自愿作陪。贾环出主意给贾芸、王仁、邢大舅等，欲串卖巧姐。贾政捎回家书，嘱咐宝玉、贾兰准备功课应考。宝钗与尽想着出世离群的宝玉思想交锋，激辩中，宝钗以古圣贤“以忠孝为赤子之心”立论启发宝玉，宝玉似有所动，继后到静室用功准备应考。宝钗、袭人既为宝玉的“变化”而高兴，同时又担心宝玉与女孩儿爱打交道的旧病复发。

●扰扰攘攘多年的惜春出家一事，终于尘埃落定；只是紫鹃自愿终身服侍，不改初衷，甚为难得。

●“世乱奴欺主，时衰鬼弄人。”为人自尊，从未放低身段想到过要家下人接济的贾政，万般无奈之下仅有的一次借贷，却被暴发户小儿生生地羞辱了一场。不过，碰上了性气特别“较真”的政老儿，眼皮尚浅的新贵赖尚荣，毕竟根基浅薄，官声不佳，竟敢如此无视主家的求助，也算是忘乎所以、自断来路、因小失大了。是啊，设若他做官贪鄙的劣迹一旦暴露，朝中又有谁愿意为这种过河拆桥的角色撑起保护伞呢？难怪因自己的敷衍小气、势利吝啬惹恼贾政之后，经与家人紧急磋商，他小子就趁此辞官告退，溜之大吉了！从做官保位的角度看，倾三代之力好不容易实现了阶层逆袭的赖家，到底还是输给了自家先天不足的眼界和狭隘格局。

●邢夫人的愚犟，一如既往；平儿的聪敏善良，依然闪光。

●巧借王夫人之口，将邢岫烟、薛宝琴、史湘云出嫁后的生活现状一一叙清。又借王夫人的回想，点明甄宝玉和李绮的婚姻，业经她本人做媒撮合，目前已进入“甄家要娶过门”的阶段。

●宝玉和贾兰的应考，已箭在弦上。促使宝玉下定决心“博得一第”以告慰家人的想法，源于夫妻之间的最后一场思想交锋。其内容，堪称本回的“点睛之笔”：

> 却说宝玉送了王夫人去后，正拿着《秋水》一篇在那里细玩。宝钗从里间走出，见他看的得意忘言，便走过来一看，见是这个，心里着实烦闷。细想：“他只顾把这些出世离群的话当作一件正经事，终究不妥。”看他这种光景，料劝不过来，便坐在宝玉旁边，怔怔的坐(**此字程乙本作“瞅”**)着。宝玉见她这般，便道：“你这又是为什么？”宝钗道：“我想你我既为夫妇，你便是我终身的倚靠，却不在情欲之私。论起荣华富贵，原不过是过眼烟云，但自古圣贤以人品根柢为重……”
>
> 宝玉也没听完，把那书本搁在旁边，微微的笑道：“据你说‘人品根柢’，又是什么‘古圣贤’，你可知古圣贤说过‘不失其赤子之心’。那赤子有什么好处？不过是无知无识、无贪无忌。我们生来已陷溺在贪嗔痴爱中，犹如污泥一般，怎么能跳出这般尘网？如今才晓得‘聚散浮生’四字，古人说了，不曾提醒一个。既要讲到人品根柢，谁是到那太初一步地位的？”宝钗道：“你既说‘赤子之心’，古圣贤原以忠孝为赤子之心，并不是遁世离群、无关无系为赤子之心。尧、舜、禹、汤、周、孔时刻以救民济世为心，所谓赤子之心，原不过是‘不忍’二字。若你方才所说的，忍于抛弃天伦，还成什么道理？”宝玉点头笑道：“尧舜不强巢许，武周不强夷齐。”宝钗不等他说完，便道：“你这个话益发不是了。古来若都是巢、许、夷、齐，为什么如今人又把尧、舜、周、孔称为圣贤呢？况且你自比夷齐，更不成话，伯夷、叔齐原是生在(**此处程乙本加“殷”**)商末世，有许多难处之事，所以才有托而逃。当此圣世，咱们世受国恩，祖父锦衣玉食；况你自有生以来，自去世的老太太，以及老爷、太太视如珍宝：你方才所说，自己想一想，是与不是？”宝玉听了，也不答言，只有仰头微笑。

宝钗因又劝道:“你既理屈词穷,我劝你从此把心收一收,好好的用用功,但能博得一第,便是从此而止,也不枉天恩祖德了。”宝玉点了点头,叹了口气,说道:“一第呢,其实也不是什么难事,倒是你这个‘从此而止,不枉天恩祖德’,却还不离其宗。”宝钗未及答言,袭人过来说道:“刚才二奶奶说的古圣先贤,我们也不懂。我只想着我们这些人,从小儿辛辛苦苦跟着二爷,不知陪了多少小心,论起理来原该当的,但只二爷也该体谅体谅。况二奶奶替二爷在老爷、太太跟前行了多少孝道,就是二爷不以夫妻为事,也不可太辜负了人心。……”宝玉听了,低头不语。

争论的焦点,是怎么样的行为才真正算得上体现了“赤子之心”。宝玉似乎成竹在胸,因而侃侃而谈,倒显得一向信心十足的宝钗有些仓促应战了。争论中,两人的观点泾渭分明:宝钗立论的基础是儒家道德,中途还搬出了政治和家庭伦理;而宝玉凭借的,却是佛道思想的尖锐武器。

很显然,宝钗和宝玉在“怎样才算赤子之心”这个问题上,各有依恃,各执一词,谁也说服不了谁。双方虽然打了个平手,但宝玉在战略上寸步未让,只是为宝钗的苦口婆心所打动,顺势接过宝钗要自己“从此把心收一收,好好的用用功,但能博得一第,便是从此而止,也不枉天恩祖德了”的话头,在战术上做了调整,决定自己出世离尘之前,去“诳个功名”,以此了却家族和家人寄予自己的最低也是最高的愿望,便“从此而止”,转身与人世间爱他念他羁绊他的人们作最后的挥手告别了。从这个意义上讲,一场论战下来,宝钗虽持论公允正大,论述情理皆通,间或还咄咄逼人,令宝玉不好驳倒,但归根结底还是输了;而踏上了佛道不归路的宝玉,虽在非实质问题上有所妥协退让,但原则问题毫不动摇的态度更加决绝,更让身边人感到思想的陌生、危险并为之惴惴不安了。

老实说,面临人生重大抉择之际,猝然爆发在这对貌合神离的新婚夫妇之间的这场有关人生哲学的激烈争论,意义非同一般。二人对“赤子之心”的不同理解和阐释,实际上是儒、道争锋,反映了我国思想界长期以来的斗争状况。一定程度上说,宝玉对宝钗之论的嘲笑、轻视乃至于抛弃,无异于对儒家正统思想的践踏,是对儒家正统人生观、中国人传统价值观的一种蔑视和挑战。这些地方,也正是《红楼梦》思想的深刻性、丰富性的具体表现所在。

●袭人对宝玉身边丫头进行排查甄别,大搞“情色隔离”的一番建议,夸大其词,危言耸听,不但有逢迎讨好宝钗之意,还有排挤同辈五儿、麝月、秋纹之嫌:殊失厚道,其心可诛。

●宝玉在静室冥心危坐,适逢莺儿端了一盘瓜果进来,说到“造化”一语,他“又觉尘心一动”,可见摆脱世间情缘,亦并非易事。

第一一九回　中乡魁宝玉却尘缘　沐皇恩贾家延世泽

内容提要:应考起身之际众人辞别,宝玉说的话"又像有理,又像疯话",言谈举止令人捉摸不透。邢夫人受骗,做主打发巧姐;平儿和巧姐儿逃出,同去刘姥姥庄上避难。下考之后,宝玉走失;众人发急,适遇探春回家劝解。宝玉贾兰中举。宝玉失踪一事,皇帝亲自过问。继后贾府复官,赏还家产,贾琏等回家团圆,邢王二夫人"彼此心下相安"。

●考试进场前夕,宝玉就已有种种反常表现。赴考者与众人辞别之际,各说各话,误打误撞,各自的心理神情毕现,写得精彩微妙,直接可作话剧剧本上台搬演。其中,特别是宝玉辞别话中的"走"字,语带双关,别具凄凉和断然意味,颇耐咀嚼回味:

> 次日,宝玉、贾兰换了半新不旧的衣服,欣然过来见了王夫人。王夫人嘱咐道:"你们爷儿两个都是初次下场,但是你们活了这么大,并不曾离开我一天。就是不在我眼前,也是丫鬟媳妇们围着,何曾自己孤身睡过一夜。今日各自进去,孤孤凄凄,举目无亲,须要自己保重。早些作完了文章出来,找着家人早些回来,也叫你母亲、媳妇们放心。"王夫人说着,不免伤心起来。贾兰听一句答应一句。只见宝玉一声不哼,待王夫人说完了,走过来给王夫人跪下,满眼流泪,磕了三个头,说道:"母亲生我一世,我也无可答报。只有这一入场,用心作了文章,好好的中个举人出来,那时太太喜欢喜欢,便是儿子一辈(**此处程乙本加"子"**)的事也完了,一辈子的不好也都遮过去了。"王夫人听了,更觉伤心起来……
>
> 那宝玉走到跟前,深深的作了一个揖。众人见他行事古怪,也摸不着是怎么样,又不敢笑他。只见宝钗的眼泪直流下来,众人更是纳罕。又听宝玉说道:"姐姐,我要走了。你好生跟着太太,听我的喜信儿罢。"宝钗道:"是时候了,你不必说这些唠叨话了。"宝玉道:"你倒催的我紧,我自己也知道该走了。"回头见众人都在这里,只没惜春、紫鹃,便说道:"四妹妹和紫鹃姐姐跟前替我说一句罢,(**此处程乙本加"他们两个"**)横竖是再见就完了(**前3字程乙本作"的"**)。"
>
> 众人见他的话又像有理,又像疯话。大家只说他从(**此字程乙本作"从来"**)没出过门,都是太太的一套话招出来的,不如早早催他去了,就完了事了,便说道:"外面有人等你呢,你再闹就误了时辰了。"宝玉仰面大笑道:"走了,走了!不用胡闹了,完了事了!"众人也都笑道:"快走罢。"独有王夫人和宝钗娘儿两个倒像生离死别的一般,那眼泪也不知从那里来的,直流下来,几乎失声哭出。但见宝玉嘻天哈地,大有疯傻之状,遂从此出门走了(**前**

2字程乙本作"而去")。正是:走求(此字程乙本作"来")名利无双地,打出樊笼第一关。

宝玉与母亲和妻子生离死别的情景,读来惊心动魄、催人泪下。宝玉赴考时辞别王夫人、李纨、宝钗的话,字字都带"风萧萧兮易水寒"的凄厉,句句都有"一去不返"的决绝,也有着对亲情的眷恋以及有负母亲养育之恩和妻子等人陪伴之情的深深歉意:文笔玲珑,尽作"手挥目送";"仰面大笑",实为长歌当哭!

再说王夫人、宝钗二人一样流泪,却是两样心事:王夫人是说话伤心,宝钗是慧心窥破;王夫人尚可明说,宝钗竟有言不能明说——是真正的苦不堪言。对宝钗来说,他的心情比宝玉更加复杂:她早就预感到在丈夫身上,迟早有不测发生,但又无力阻止;眼见宝玉一步步离她而去,她无可奈何,只有默默地忍受。特别是眼前宝玉那怪异的深揖,一声"姐姐,我要走了"的道别:情潮呼啸,泪眼婆娑,生离死别,何言可诉?——宝钗的苦,真是苦到了心里!

●巧姐的被陷和在刘姥姥平儿帮助下的出逃,在贾府最后的乱局中,只能算一个小小的插曲了。

●贾府乱局中,巧姐和平儿之所以在刘姥姥等的接应下能够从后门出逃,虎口脱险,这既与平日里邢夫人处世为人刻薄寡恩、不得人心有关,更与众人的配合,"明知此事不好,又都感念平儿的好处,所以通同一气,放走了巧姐"有关。邢夫人责骂看门的人,惹得众人索性说破了贾芸等人平日里的胡作非为:

> 那贾环、贾芸、邢夫人三个人互相埋怨,说道:"如今且不用埋怨。想来死是不死的,必是平儿带了她到那什么亲戚家躲着去了。"邢夫人叫了前后的门(此处程乙本加"上")人来骂着,问:"巧姐儿和平儿,知道哪里去了?"岂知下人一口同音,说是:"大太太不必问我们,问当家的爷们就知道了。在大太太也不用闹,等我们太太问起来,我们有话说。要打大家打,要发(前字程乙本作"罚")大家都发(前字程乙本作"罚")。自从琏二爷出了门,外头闹的还了得!我们的月钱月米是不给了,赌钱喝酒闹小旦,还接了外头的媳妇儿到宅里来,这不是爷吗?"说得贾芸等顿口无言。

敢于将邢夫人的责骂顶回去的,无疑是将王夫人称之为"我们太太"门下的人;克扣别人的基本劳动报酬,自身行为又极不检点,怎怨得别人不撕破脸皮、攥住把柄,反唇相讥,反戈一击,使之当场出乖露丑,无言以对呢!通过下人的揭发,可见恶少们的劣迹昭著,也可见贾府的内乱已经发展到了何等严重的程度!

●宝玉走失的节骨眼上,探春婚后第一次回府。因有见识颇高的三姑娘开导,惊慌失措的众人不至于惶惑慌乱过甚。

●李纨、探春、惜春、焙茗等人议论宝玉走失一事,说法各有不同,均有一定道理;惟宝钗、袭人心中无限苦楚,一字说不出来:情事逼真。

●借宝玉、贾兰籍贯,引起皇帝的留意,继而引出对元妃一族的瞻顾;又以海疆靖寇班师、天下大赦作大背景,引出贾珍、贾赦亦可宥罪复职,给还家产,薛蟠亦得赎罪回家,以便归结全书:头绪清楚,构思巧妙。

●写科举考试结束,知贡举将考中的卷子奏闻,皇上一一披阅,见第七名贾宝玉和第一百三十名贾兰均是金陵籍贯,便传旨询问二人是否为贾妃一族。一旦弄清贾家一族三代的情况及现有状况之后,皇上甚是悯恤,命有司将贾赦犯罪情由查案呈奏。之后,贾家又赶上了海疆靖寇班师、皇上心情愉悦、朝廷大赦天下的好机会,不但贾赦、贾珍的罪名免了,贾珍仍袭了宁国三等世职,贾政袭了荣国世职,俟丁忧服满仍升工部郎中,而且所抄家产,全行赏还。天大的好事,尚不止于此呢!接下来,贾宝玉的文章,皇上看了甚喜,问知是元妃兄弟,又听北静王奏说人品亦好,便要传旨召见;一旦得知此人"出场时迷失,现在各处寻访",便又降旨着五营各衙门用心寻访;等到第120回贾政回家,尽管尚未服阕,但抵不住圣恩浩荡,即命陛见;圣上又降了好些旨意,说宝玉若在朝中,可以进用,既不敢受圣朝的爵位,便赏了一个"文妙真人"的道号给他:一个从里到外都已经烂透了的百年大族分崩离析之余,竟然又时来运转,梦幻般地"狗屎运"重来,岂不是令人又一次感到世事的无常!

再说,天下一太平,圣心一高兴,就传旨"大赦天下",于是胡作非为甚至罪大恶极的一干牛鬼蛇神便时来运转,重获自由了。贾赦、贾珍免罪,抄没的财产全部归还,剥夺了的爵位尽行恢复;两次致人死命的薛蟠赎罪回家;犯了婪索案件审明定罪的"全书首席厚黑人物"贾雨村,也仅被褫籍为民。犯罪之身,赶上大赦,否极泰来,真是侥幸!

●据第118回王夫人与李婶娘的闲谈中说,贾兰"他爷爷做粮道的起身时,给他们爷儿两个援了例监了",可见贾兰、贾宝玉参加"乡试"的资格,是没有问题的(贾环是因为其亲母丧亡未满三年,按规矩不能参加)。或许,有读者要心生疑窦:怎么这次京城考区拟录取的百十号以上人员的考卷,都要呈送皇上御览呢?日理万机的皇上即便时间和精力过余,就没有更重要的、更感兴趣的事儿去做了吗?其实,小说对封建时代科考情况的反映,是基本符合历史和生活真实的。

顺天府(即今北京),为明清两代的首善之区。顺天府乡试的规模全国最大,在某些方面与其他行省乡试也有不同:

一是命题者不同。顺天乡试第一场试题,通常为皇帝钦定;后两场的试题,也要由皇帝过目圈定才能投放考场。

二、顺天乡试的主考级别更高。通常为一二品的大员,在清后期,多由内阁大学士、协办大学士、尚书等要员担任，以显重视。

三、皇帝参与录取。查考制定于乾隆二十九年（1764）、颁行于乾隆三十五年（1770）的《钦定礼部则例》卷91《乡会试场规》末款，就有“顺天乡试及会试主考官，阅卷后拟定前十名，将朱卷固封具折，交监临、知贡举进呈，恭请钦定；如遇皇帝时巡，应否免其进呈之处，乡试由顺天府、会试由礼部，均先期具奏，得旨移会至公堂，转行内帘遵照”的明确规定。

因此本章节中“知贡举的将考中的卷子奏闻，皇上一一的批阅……见第七名贾宝玉是金陵籍贯”“北静王奏人品亦好，皇上传旨召见”的情节，即便是“小说家言”，也没有过分离谱。

●红楼探照之二一三：

续书的悲剧气息何以减弱了

第119回巧姐的一番逃难，居然因祸得福，意外修成了婚姻上的善果。对方不但“家财巨万，良田千顷”，而且“只有一子，生得文雅清秀，年纪十四岁，他父母延师读书，新近科试，中了秀才”，可见家庭条件优越，孩子形象气质好，还听话争气有出息。起因是那日孩子的母亲看见了巧姐，心里羡慕，是刘姥姥知其心事便顺水推舟，立马做媒，迅速促成了这桩美事。于是几次风波几番磨难之后，宝玉贾兰双双中举，探春远方荣归，遣戍之人遇赦免罪，贾府复职，被抄家产悉数归还，巧姐富嫁，薛蟠赎罪，廉价的“大团圆”结局，便全然呈现。

说起来，《红楼梦》后四十回为了“续貂”成功，是煞费苦心的。编著者十分注意追踪摄迹，照应前八十回中有关情节的暗示和人事线索的；也十分注意于大家庭生活的方方面面、点点滴滴中展示人物的性格特征以及社会生活的某些本质的。只不过因为自身思想观念的局限以及艺术表达能力等方面的局限，就续书内容的整体而言，缺少了适应贾府大塌陷、大混乱、大败亡命运结局而必有的大手笔和大悲怆；写作的眼界和格局与曹雪芹原先的构思比，确实是狭窄了很多，平庸了很多。姑且不说究竟要呈现出怎么样的败落场景，才算得上贾府的一败涂地吧；单说人物的命运，根本就没有曹雪芹当初设想的那么残酷惨苦，令人感到特别的难堪和绝望。

举例说，后四十回中贾元春临死前还“圣眷隆重”，只是“身体发福，未免举动费力”，后因“侍宴回宫，偶沾寒气”勾起痰疾旧病而死，并没有什么宫廷内斗皇上翻脸一类的惨剧发生。贾宝玉呢，在爱情梦碎之后，体验了一把家庭生活中夫妻性爱之乐以及科举功名唾手可及的潇洒，不是离家出走不负前盟了么，但其身后却带给了家人不小的荣耀:他并没有遭受旧稿中写到的牢狱之灾,也没有沦落到脂批透露的“寒冬噎酸齑,雪夜围破毡”(落雪的冬夜只能围个破毡子御寒,流落街头竟穷困到要吃别人倒掉的酸菜渣子)那样极度困苦落魄的境地,当然也就谈不上危难之时曾接受过小红、茜雪、醉金刚倪二和马贩子王短腿等下层社会人物的救助,以及袭人和蒋玉菡夫妇的短暂供养一类情节的发生了。王凤姐尽管境遇大不如前,但最终还是死在了贾府的怀抱,并没有被夫家一脚踢出大门而凄凄惨惨一路哭向金陵的娘家呀。她的女儿贾巧姐虽随缘下嫁乡间,但也是有读书种子的大富人家呀,并没有太掉价;也并没有被骗卖到妓院接客以致过分辱没贾府的家声呀。惜春呢,最终进入了贾府的家庙,相当于做了栊翠庵的住持,身边还有紫鹃等人的陪伴照料,也并没有沦落到在外沿门托钵“缁衣乞食”的地步呀……与曹雪芹后半部的原构思情节内容比,程高本后四十回的描写,毫无疑问,是将那几乎让人窒息的、悲观的、绝望的、浓重得几乎化解不开的悲剧气氛稀释了,将那惊世骇俗、撕心裂肺的悲剧描写所形成的对读者心理带来的巨大冲击波的力度减轻减弱了。于是贾府及其诸多人物的结局命运,当然也就变得不那么令人感到特别的惨痛悲切而难以接受了!

《红楼梦》大结局,究竟以什么样的面貌呈现;不同的面貌呈现,究竟孰得孰失,也不能简单地一概而论。一定程度上,它也取决于作者写书的目的动机、书中要表达的意旨,以及写成的作品首先考虑(至少是潜意识中)是要提供给社会上哪一类人阅读的。

在笔者看来,《红楼梦》首先是写给当时社会上那些有闲阶层看的。正如作者开篇第一回所言:“只愿他们当那醉淫饱卧之时或避世去愁之际,把此一玩,岂不省了些寿命筋力?就比那谋虚逐妄,却也省了口舌是非之害、腿脚奔忙之苦。”可见他本来就不是写给那些“引车卖浆者流”看的。基于此,写作过程中作者也就无需过多考虑这一类不识字或识字不多的普通民众的阅读感受,特别是不用过多顾及这类社会成员因为自身生活的太多恣睢艰辛不如意而对文学作品中“大团圆”结局所持有的异乎寻常热切的心理预期;而是完全凭借自己长期以来对历史现象、社会现实生活广泛深入的观察思考,并结合自己或亲友家族的惨痛经历,将社会和人生的终极毁灭命运展开,以强大的思想穿透力和艺术感染力,昭示世人。天才作家笔下,那一幕幕来自生活的人事和场景,尽管相当程度上是胡适所言的“忍心害理”以及俞平伯感叹的“得罪读者”,确实有悖于世人的庸常看法和惯常心理,但谁说就定然不会引起阅读者的警觉和反思,从而激发他们对历史规律、社会本质、人生的目标意义及其价值的进一步探索和追寻,增强他们对自己身上尚存的顽固积习和品性心理等方面严重“缺陷”加以纠正克服的自觉性呢?

人总是忍受不了太多的真实,人喜欢或习惯于在自欺的玫瑰色氛围中生活,尽管这是导致文学趋向肤浅、虚饰的一个重要原因。说起来,基督教造就了西方的忏悔意识,这一传统表现在文学上就是无所畏惧地探求世情的真相、心灵的真实。相比之下,中国儒家文化教导我们要"讳",既要"为尊者讳",还要"为贤者讳",更要"为亲者讳",恐怕有时还得"为自己讳"。其间,自然包含着倡导者的一番苦心,但是,至少在文学上,这种主张带来了一个副作用,即阻碍了文学向人性底蕴的触摸和掘进。想来,续书大概是顾及到了社会大多数人的阅读心理,自觉不自觉将作品原有的无情批判、深刻揭露带来的惨淡污秽血迹,涂抹上了几分虚幻、柔和、浅薄的粉红,自欺欺人,聊以慰人慰己的吧。

第一二〇回　甄士隐详说太虚情　贾雨村归结红楼梦

内容提要:贾政闻讯回京途中,忽遇宝玉前来道别。薛蟠赎罪回家,誓改前非,将香菱扶正;薛姨妈以李纨比宝钗,预示着女儿未来。袭人不得已而出嫁蒋玉菡。甄士隐与贾雨村会面,归结全书;空空道人与曹雪芹言谈交接,留下后话。

●宝钗袭人二人,正在熬过失去宝玉后那段最艰难的日子。袭人病中一梦,已有出嫁之念;后经薛姨妈一劝,才肯听从。

●贾政若不于途次舟中亲见宝玉、亲聆歌词,则到家之后,岂有不竭力寻访之理?必得如此见闻,方可了悟因缘,付之度外:文章善于归结,全凭作者匠心独运。

●宝玉最后一次现身船头上微微的雪影里,以"光着头,赤着脚,身上披着一领大红猩猩毡的斗篷,向父亲倒身下拜,站起来打了个问讯,面上的表情似喜似悲,展眼便被一僧一道夹住,一道飘然登岸而去"的形象,定格在老父寂寞旅程、凄凉时分、孤独的心上,继而消失在"白茫茫一片旷野"之中;只有那"大有玄妙"的歌声,钻入徒劳追赶的老父耳孔,使之有所了悟:雪天雪影背景下,扑朔迷离的踪迹,境界空阔,笔调苍凉,可谓神来之笔!

●借惊魂未定的贾政之口,追述了前三次"一僧一道"与自家宝玉的渊源,并以一句"岂知宝玉是下凡历劫的,竟哄了老太太十九年!如今叫我才明白"慨叹,无异于点明了宝玉在人世间体验生活的时间结点。

《红楼梦》全书,从贾宝玉前身(大荒山废弃顽石)写起,写到他的化身投胎,成长经历,最终离家出走,前后延续了二十来年时间。期间,小说的故事情节发展演变的时间轨迹,虽然难免也有模糊甚至前后不相吻合之处,但总体而言,时间线索还是相当清晰的。小说作者为了方便读者的阅读,也时不时瞻前顾后,有意在小说的正文中作上时间标记(譬如四季的转换、人物不同阶段的年龄等)。

其中,最重要的两个时间节点:一是此处的“十九年”,一处是第25回的“十三年”,均具标志性意义。

●贾政即将抵家,先有书信赶到,贾兰念到贾政亲见宝玉的一段,众人听了都痛哭起来,王夫人、宝钗、袭人等更甚。继后,对众人加以疏导劝解的场面描写,笔法细腻精妙,各人的心思如画。其中,薛家母女的感伤,王夫人的歉意以及她对袭人两难处境的担忧和体谅,均做出了恰如其分的表现。

●宝钗身怀有孕,惜春入住栊翠庵,巧姐许字周家,贾赦居村静养:俱见缝插针,随笔补明,简而不漏。

●红楼探照之二一四:

凭什么嫁人就该死
——兼论袭人形象的精彩挽结

针对袭人的生死不决,旧时代的文人往往认为:袭人与蒋玉菡的前缘已定,即果真要死,亦断不能死;况袭人如果死心塌地要死,则如尤三姐、司棋、鸳鸯等转眼之间即可毙命,为何还要转辗思量,踌躇不决?自古忠臣义士、侠客烈女,一念既决便义无反顾,慷慨赴死;若稍有转念,特别是“不得已”的遁词一出,便死之甚难了。作者说袭人“怀必死之心”,不只是因怜爱袭人有意为之庇护,也是对类似情况下常人常情的一种如实反映。而在我们现代人看来,世人“怀必死之心”赴死,而最终未跨出最后一步者并不少见。难道说,这些人当初想死,都是装模作样的吗?再说,为什么袭人非要去死?为什么非要袭人去死?“蝼蚁尚且偷生”,一个并没有犯下什么罪恶的花样年华女子,她凭什么就不该活命?她为什么不可以去寻找适合于自己的生活,去寻找能给自己提供一席安身之地的生命掩体?

姑且不说贾府穷途末路之际,摆在袭人面前的生活选择,尚不止一端。姑且不说盲目的自杀,本来就有违上天的“好生之德”;姑且不说基督教戒律中,凡是自行了断生命的人,死后灵魂均上不了天堂;只说放在现代社会,袭人的选择当属天经地义,即便是放在那特别要求妇女“三从四德”的封建时代,袭人的行为,也照样无可厚非呀!只要设身处地想想,就知道作为身份不明的宝玉房中的大丫头,如果在男主子已然消失了的情况下,袭人在贾府赖着不走,她凭借什么样的可与人言的名分和心怀什么样的期待,腆颜苟活下去?一个已经败落了的大家庭,经济上还有多大的宽裕来乐意养活她这样的零落者?是她没有想到去死么?事实上,她至少有三次试图去赴死而一了百了的。是她主观意愿或实际行为背叛贾宝玉了么?丝毫没有,反而是贾宝玉残忍无情,抛弃了整个家庭,抛弃了一群陪伴依附于他的女人,不顾她们被迫“裸泳”的恓惶,头也不回地走了。

袭人是精细人,也是自尊心、上进心一向较强的聪明人,她非常明白自己当下的尴尬艰难处境……她能给宝钗比么?人家有夫妻名分,又有即将出生的孩子为依靠,她完全可以以李纨为样板,享受全家的优待,凭着男人留下的遗脉,有若完成神圣使命一样,可以将已完全成为“空壳和传说”的婚姻进行到底。但袭人自己呢,虽老早就与宝玉有了肉体上的关系,而名义上还是丫头,并没有经过什么仪式被正式收之为妾,自然而然,她的去留就成了问题。除了以前宝玉的另眼相待之外,她一无所有,名分没有,孩子没有,娘家的经济基础也没有:“皮之不存,毛将焉附”呀?已经被客观情势晾晒到赤裸沙滩上的她,面对巍然大厦已然倾圮、凄凉一片废墟、众人自顾不暇而自己又无处存身的情况,她只能破帽遮颜,选择“一走”。何况,她的“走”还是被动的“走”,是在薛家母女善意的筹划安排之下另谋生路,从容出嫁的“走”。因此,要恼恨袭人没有当真去寻死,进而站在虚伪残忍透顶的封建道德制高点上,去大肆谴责袭人的人生选择(被动接受命运安排,开始自己新的生活)为“朝三暮四”“人品缺陷”“见新忘旧”“鲜廉寡耻”:真不知这一类毫无人性和人道气息的话,怎么说得出口?遗憾的是,在论及袭人的形象意义时,心理扭曲、一味苛求、不惜草菅人命、摆出一副道学家古怪模样的人,又何其多也!

就艺术描写的角度而言,第120回袭人出嫁过程中的前瞻后顾、矛盾委屈,以及最终的认命屈从乃至安之若素的表现,是写得非常精彩的。作者紧扣住了袭人一直以来的主要性格特征,将旧时代一个有涵养有心计,本质上不失柔弱善良的城市平民家女孩那“身不由己”而又能“随遇而安”的形象刻画出来,画龙点睛,使之跃然纸上,引来世人对于人生复杂际遇命运的深深感喟。因此,完全可以说,袭人的形象也借这最后精彩的一笔,得到了完美的挽结和“定型”。

●红楼探照之二一五:

余韵犹存说结尾

为着全书结构的首尾圆合、人事内容的有始有终,最末一回有如全书开局一样,依然由一“真”(甄)一“假”(贾)出场,来归结全书。甄贾二人包括继后再次出现的空空道人,除了在全书的总体艺术构思中起到穿针引线、贯串始终的结构性作用外,也照样具备作为小说人物形象本身的思想性格特征。

且说甄士隐尽管“健谈”,书中有关人物事件的前因后果尽收他老人家眼底,一切都似乎了然于心,但笔者总觉得此老的表现过于豁达洒脱,显得“健忘”过甚。譬如眼前出现的贾雨村,他早年曾经善待鼓励并以实际行动接济过的丧家之犬,后来的品性那么凉薄,行为那么糟糕,但几次见面他都如隔三秋一见如故,对此人屡次三番的对友情对良知的背叛居然毫不计较也从不提起,眼下还从那几乎被别人看着烧死了自己的渡头草棚里出来"执手相迎":是所谓的"难得糊涂",还是"度尽劫波兄弟在,相逢一笑泯恩仇"的胸怀抱负使然?令人不解!再说这个良心烂透、坏事做绝,堪称全书"厚黑教主"的贾雨村,一见被自己屡次伤害过的恩人,居然还一副若无其事、相见恨晚、明月清风般的道貌岸然状;一经邀请,就"欣然领命,两人携手",且说且行,心照不宣,表现出过去对甄家父女见死不救、忘恩负义的斑斑"劣迹"无丝毫的做贼心虚愧悔反省之意:其腆颜无耻的厚黑功夫修炼,赫然已达"忘我"的程度,令人咋舌!

此番贾雨村遇见士隐,便抓住难得的机会,连珠箭一般抛出心中"六问":一是从想不到贾宝玉出家的态度竟如此之决绝谈起,问早年何以能见到宝玉此人;二是问现今宝玉的下落何处;三是问那宝玉既有如此的来历,又"何以情迷至此,复又豁悟如此";四是问"敝族闺秀如此之多,何元妃以下,算来结局俱属平常";五是问那荣宁两府,尚可如前否;六是针对老仙翁说的"兰桂齐芳",又道宝玉"高魁子贵",询问"莫非他有遗腹之子,可以飞黄腾达的么"。当然,问来问去,一个自私自利者,最终关心的还是他自己!你看,饭后的贾某不甘心,"还要问自己的终身",却被甄士隐借口要去了却自己女儿英莲的后事截住,甩下心中恍恍惚惚的他,就在这急流津觉迷渡口的草庵中睡着了……通观甄贾二人见面谈到的话题,有些出于奸雄对自己最终结局的关心,有些是出于对贾府命运及其人物际遇前因后果的打探好奇,有的也是明知故问,有意做出"请教"的架势以博取对方的好感。但总的说来,大部分话题都是作者借问话者、答话者之口,以解读者心中的疑团,适当满足读者对贾府以及贾府相关人物的"后事"有所牵念、有所好奇的心理而已。至于甄士隐随口谈及的"福善祸淫,古今定理""家道复初,兰桂齐芳"等话题,则是讽谕劝世、残存念想之意,读者不必过分较真。

全书结尾,借贾雨村睡意朦胧中的指点,虚拟一段空空道人与曹雪芹的见面谈话。其间,又有再现世情的一处妙笔:

> (空空道人)想毕,便又抄了,仍袖至那繁华昌盛的地方,遍寻了一番,不是建功立业之人,即系糊口谋衣之辈,那有闲情更去和石头饶舌?直寻到急流津觉迷渡口,草庵中睡着一个人,因想他必是闲人,便要将这抄录的《石头记》给他看看。那知那人再叫不醒。

世人的生存状态皆如此,难怪闲睡于"草庵中"的人,也一样"再叫不醒"!"再叫不醒"四字,针砭世道,入木三分,预示着贾雨村们因秉性难移,恶习难除,利欲熏心，必致终身执迷不悟。此类笔法，恰与首回空空道人与“石兄”的一段论说，遥相呼应。这之后，又以一段申说对读者做了提醒：

曹雪芹先生笑道：“说你空（**此字程乙本作“空空”**），原来你肚里果然空空。既是假语村言，但无鲁鱼亥豕以及背谬矛盾之处，乐得与二三同志，酒余饭饱，雨夕灯窗之下（**前2字程乙本删**），同消寂寞，又不必大人先生品题传世。似你这样寻根究底，便是刻舟求剑、胶柱鼓瑟了。”那空空道人听了，仰天大笑，掷下抄本，飘然而去。一面走着，口中说道：“果然（**前2字程乙本作“原来”**）是敷衍荒唐！不但作者不知，抄者不知，并阅者也不知。不过游戏笔墨，陶情适性而已！”

自雨村“睡熟草庵”至回末，独成一段。段中，作者自述《红楼梦》为游戏笔墨，以此廓清意境，扫空一切。接着，又训诫后世的读者论者不必对小说处处“寻根究底”，再加一帚；但又在有意无意之间，留下了谁是“作者”，谁是“抄者”，谁是“阅者”的存疑悬想，以此“余音袅袅”“似有似无”之笔法，挽结收尾了全书。

在说到“学而优则仕”的代表——贾雨村蜕变的时候，笔者想到了十年前(2014)剑阁县高考大捷后接受县委指名下达的撰写任务，经爱人罗清华协助完成，并在当年隆重举行的“全县百名优秀学子座谈表彰会”上由县内著名主持人李红梅老师当众吟诵，继后在《广元日报》予以公开发表的《剑阁优秀学子赋》来。其赋曰：

巍巍剑门，汤汤嘉陵，钟灵毓秀，人杰地灵。五丁开山兮人事悲壮，穷塞渐通大道；政权割据兮战守艰难，蛮昧向往文明。昔黄裳博学，三代高天借心智；中夫俊雅，五州厚土响足音。伯约斗胆欲回天，万千生灵遭涂炭；诸葛鞠躬以尽瘁，临关树阁秋风黯。然普安兼山旧书院，千年文脉斫难断；下寺清江新杏坛，翰林精魂日彰显。所然者何？兵戈扰攘，王旗变幻，腥风血雨，朝飞暮卷，天地翻覆一时间；文化浸染，青葱园田，移风易俗，排杂斩乱，治理综合多能贤！煌煌庠序，滋养一方之水土；莘莘学子，担负家国之承传！

光阴荏苒，岁月飞旋；改革开放，日月新天。虽地处盆周边缘兮，激情超越羁绊；已明知闻溪壅滞兮，文教擦亮金砖。可敬地方党政，力牵区域统筹之领口；难得社会贤达，牢树教育强县之理念。登高望远，弘扬重教兴学传统；济急纾困，把握改革发展关键。攻坚克难，破体制机制之瓶颈；开源节流，解安全稳定之倒悬。走向不明勤指引，路径不畅促开拓，方法不灵共求索。有效教学风水起，生本教育手脑活。上行下效兮，风气好转；凝心聚力兮，勇往直前。三年磨一剑，成绩尤斐然：春风化雨，捷报翩翩；蜡炬成灰，喜泪涟涟。十年三高峰，甲午领其先；硬线一千三，重本立史巅；名校群星耀，北大双乌悬。足以振士气,聊可慰心田;足以高起点,技艺求精专;足以正心意,敬业讲奉献;足以推改革,山青花欲燃。奔走相告诉,父老动欢颜;在校就读生,信心倍增添。恭贺我学子,一朝梦初圆;回顾拼搏路,谁人识苦甘!积累靠平时,决战炎暑天;基础小初起,一步一台阶。寄语众学子,好马快着鞭!

美玉雕琢兮凭巧匠,追求卓越;鲲鹏展翅兮抟九霄,志存高远。仰望星空,必须脚踏实地;怀瑾握瑜,更应勇于实践。继先贤鸿志,谱家国新篇。大气博雅睿智,乃现代教师品位;求真爱国上进,是优秀学子风范。实现理想价值,不只一场考试;追求人生梦想,德业修行在前。涵养美好道德,安身立命根本;获取适用技能,头顶一片蓝天。心无旁骛,书香校园;领异标新,删繁就简。告别校门,不失儒雅本色;出身社会,不忘师长训诫;浮游商海,不学黑心钱奴;跻身官场,不作贪残鹰犬。为人效力,诚信为本,勤谨恪尽职守;主政为官,廉洁清正,不辱宗师祖先。能行好风,吹拂万物,和煦温柔遍大地;可布时雨,沃野千里,德泽辉光被民间。书到用时,方恨知之甚少;事要经过,才知举步维艰。人生有涯,学无止境;终身嗜学,琴心剑胆。

嗟乎!河岳英灵钟此辈,国家元气在斯文。少怀壮志,天下兴亡舍我其谁;长成报国,负势竞上木秀于林。十载面壁,精鹜八极;三冬苦读,心游万仞。深虑而独思,唯陈言之务去;旁搜而远绍,定推陈而出新。噫!秦岭虽高,扶摇可接;剑门虽险,虎跃龙腾。知人生之短暂,必笃学而长勤。含英咀华,齿颊清芬;弘道归仁,文质彬彬。佩鸣玉以比洁,举圣火而传薪。

幸哉,剑阁优秀之学子!伟哉,华夏巨龙之传人!

其实,只有我们写作者深知,赋中除了对当年全县高考取得历史性突破,录取人数居全市县区之首的成绩深感欣喜之情外,在对学习成绩优异者寄托了殷切期望的同时,还流露出了怕他们日后经不住复杂世事的考验而初心顿改的一丝隐忧呢。

●红楼探照之二一六:

不幸之中有万幸
——《石头记》后半部“迷失”原因探析

《红楼梦》通行本前八十回为曹雪芹所作,后四十回为程伟元、高鹗所补。这是大多数人所持的观点,但问题的关键在于怎样理解这个“补”字。是高鹗等人在完全没有蓝本的情况下,独出心裁,自起炉灶,写出了一个完全违背曹雪芹本意的四十回来呢；还是如程伟元所说的“截长补短”的补，是修补的“补”，打补丁的“补”，是把那些在传抄、流布过程中漶漫遗失的文字，以前八十回的描写内容为基础，按照前后情节的铺展、或明或暗的线索以及既有人物思想性格的逻辑，尽可能遵循原作的精神和风格，去拼接续写、补充完善的“补”呢？在笔者看来，它应该是指后者。

尽管现在有人大费周章，以多种方式（譬如传统意义上的文字比对梳理，或利用电脑进行数据统计分析等）论证出“前后120回均出于曹雪芹笔下”的结论，但这种结论，着实令人难以接受。原因很简单，最起码的一条是它不符合读者自身的阅读感受。只要读者具备一定的文学鉴赏能力，又舍得下功夫去阅读作品，进行一番比较中的细心品味，一定会强烈感受到全本《红楼梦》的后四十回虽也不乏精彩的篇章段落，但就这四十回而言，它所能达到的思想和艺术水平与前八十回比较，确实存在整体上的截然差距。这种差距，不是续补者前涂后抹、补隙弥缝，就能轻易摆平的；也不是一些专家学者的轻率论断，就能让人心悦诚服的。

正因为全书前八十回与后四十回两个部分思想水平和艺术境界等各方面反差较大，基于对程高续补四十回的反感排斥，自然激发了后人对出于曹雪芹之手的“后半部”内容加以探索追寻的兴趣。这种对原著文本的追根溯源，亦即“红学探佚”工作，当然是有价值的。但问题是，仅凭小说前八十回对有关人物命运结局的暗示以及脂砚斋等人批语中所透露的有关后半部情节内容的有限文字线索，又有谁有足够的本领将这一类简要提纲式的“残编断简”，连缀成篇并达到曹雪芹小说“前半部”那样世所罕见的水平呢？再说，小说结尾部分的人物事件情节，定要跟前面开篇之际的整体构思严丝合缝，一点都不变形不走样不做调整，即便是同一个作者，又有谁能够完全做到呢？因此，我们不得不问：关于《红楼梦》，曹雪芹是不是只写到前八十回就搁笔了呢？如果不是，那为什么只有前八十回在他生前流传开来，其余的部分哪里去了呢？

首先说曹雪芹原稿究竟设置了多少回的问题。除了120回，也有学者如周汝昌、邓遂夫等认为是104回、108回、110回、100回。笔者倒认为《红楼梦》原稿不会超过110回，亦即是说后半部的规模，在30回上下比较合适：40回似乎拉长了，显得拖泥带水；20回又似乎短促了，难免虎头蛇尾。事实上，通行本120回确实有些零碎拉杂，精魂离散，远不及前八十回的思想深透、笔墨紧凑、语言精彩、开合讲究。再说，前八十回以第53—54回这两个章节，作为贾府兴衰际遇的“分水岭”；其后，贾府的生活便明显呈现出快速下行、日趋没落的走势；发展到第71回，脂批就明白无误地指出此后小说描写的内容是“真事将显，假事将尽”，意思是说，全书自此已正式进入了“树倒猢狲散”“图穷匕首见”的“大爆雷”

“大塌方”“大扫尾”阶段。阅读第72回，不是就明显感觉到贾府的内囊已确实“尽上来了”吗？你看，凤姐和贾琏夫妇两个，作为曾几何时炙手可热、左右逢源的内外大管家，面对府内众多花销和复杂人事，不是已经应对乏术，继而叫苦连天了吗？不用说，这个时候的贾府全府上下财源枯竭，内外经济断流，人心日渐离散，秩序日渐混乱，“打肿脸充胖子”的混账局面实在难以继续撑持。应该说，苟延残喘不了多长时间，“家亡人散各奔腾”“落得片白茫茫大地真干净”的终场，就会裸然呈现。届时，这部人世间生活的大书、情感的大书、哲学的大书，就会自然而然地合上它最后的页面。庚辰本第42回的回前有脂批谈到全书的篇幅，说：

钗玉名虽两个，人却一身，此幻笔也。今书至三十八回时已过三分之一有余，故写是回使二人合而为一。请看黛玉逝后宝钗之文字，便知余言不谬矣。

按这段文字提供的数字信息去推算，《红楼梦》全书不会超过114回。按周汝昌的主张“前八十回中每9回可以视作相对独立的情节单元”来对待的话，那么全书写到108回，甚或在此基础上多两回少两回，都是有可能的。关键的问题是，这大致三十回篇幅的内容，为什么没有流传下来？

有人认为，八十回以后尚未完成，作者因家遭变故一病不起，很快就“泪尽而逝”了；即便手中存有后半部未定稿，因身后萧条缺少照料，也就必然随人世的沧桑、岁月的流逝而湮没无闻了。台湾作家高阳在小说《曹雪芹别传》中发挥想象，进行了如下叙事：这年的旧年除夕，人们都忙着辞旧迎新；穷居京郊西山一隅的曹雪芹，由于前不久的八月中秋独子夭折，长期的忧愤、积劳加上丧子以来的无尽悲痛，竟使得一息仅存的他在这新年即将到来的前夜撒手人寰、溘然而逝了。由于身边缺少照料，“死也没拣个好日子”(第51回麝月嘲戏晴雯的话，孰料一语成谶竟应验在了作者自己身上)，稀世奇才曹雪芹像当年落魄江湖、客死湘江破船上的唐代“诗圣”杜甫一样，就这样被无情的专制社会遗忘了，被忙着祝福新年的世人忽略了，被倍感沮丧和惨痛的家人给草草收殓和匆匆埋掉了；之后，新妇也飘零不知去向了；而照样浸透了作者心血的后半部书稿，也就在那种“苦雨凄风人恓惶”的愁惨慌乱氛围中，被住在家附近闻讯赶来帮忙的不识字的好心老大娘聊作纸钱，剪落山道，飘撒半空，悠悠忽忽，追随亡魂去了！

在我们看来，《红楼梦》全书的写作，本来就有着严密而又完整的总体构思。何况，畸笏叟等人的批语中，就不只一次地透露他们阅读过后半部书稿的部分内容，其中的一些回目文字、情节片段、人物表现及其最后结局，还有一些语词的前后对应情况，他们都记忆犹新；甚至全书最后一回“警幻情榜”的情节设计，以及作者在情榜上给予宝黛等书中要角“情情”“情不情”等挂牌定性的文字，都明明白白地提及。为此，你能说全书没有大致上已经写完么？至于通行本后四十回有关情节内容的安排、人物命运结局的描写，跟第5回的太虚幻境判词以及脂批所披露的有关信息之间存在诸多矛盾的现象，这在有着丰富的长篇小说创作经验的大作家王蒙看来，正常不过。在《红楼启示录》中，他站在作家的立场上追问：“什么叫小说结局？结局不是一个审案的判决而是一个过程，是一个生活过程，是一个艺术过程，是一个人物的发展过程也是一个作者吟咏摹写的过程。读小说读的是这个过程而不是结论。需要使读者信服、使读者感动、使读者击节赞赏的首先是这个过程而不是结局结论。如此说来，把‘太虚幻境’的判词曲词看成《红楼梦》的宪法，不是按照小说文本去体会或修改这些判词曲词而是要求按照判词等去修改文本，岂不是本末倒置？或如第一百二十回所云，叫作‘刻舟求剑’‘胶柱鼓瑟’了？”学者余纪在《天下谁能续红楼》一文（见《红楼梦学刊》2008年第六辑）中，也针对后四十回结尾处情节的安排、人物的命运同第五回的判词和脂批所披露的消息之间存在诸多矛盾的现象阐释说，曹雪芹开始构思写作《红楼梦》的时候，对生活素材的依赖很大，所以小说人物的命运在很大程度上与现实生活中的原型相重合，这就成了落在金陵十二钗正、副、又副册页上的消息；而作为“朋友加编辑”的脂砚斋等人，一直参与曹雪芹创作的讨论，也就一直在依照第五回那部“命运宪法”的限定在作批，这又从旁印证了《红楼梦》写作开始时候曹雪芹所持有的写作思路。然而，随着写作实践活动的深入，作者必然从他所创造的那一“生活”的“上帝”的位置上跌落下来，融入那一“生活”，并成为其中的一分子。这个时候，作者就只能顺应那一被自己创造出来的“生活”的逻辑去“生活”，亦即继续完成长篇小说的中后期写作；而当这种“生活”与他当初的构思发生龃龉的时候，他最终只能选择“违宪”，亦即对原来的作品构思以及与之相关的既成文字进行适应性的修改调整。如果时间允许的话，写到作品后期结穴处的作者回过头来“修宪”，倒也并非难事。可惜天不假年，没有给曹雪芹留下修改判词从而从容完成整部作品统稿事宜的机会。

也有人认为，后半部书稿不但写完了，而且文字也是改定了的。只因为内容敏感，笔锋尖锐，情感愤激，集中表现了贾府（曹家的影子）“大难临头”之际的种种政治生态和人情世故，其中就难免涉及以封建皇帝为代表的最高统治阶层对“日渐式微”的功臣后裔通过“追查”“清算”等方式施行的无情打击。这样，艺术描写与原型生活之间的时空距离被急剧拉近缩短，现实针对性大大增强；特别是笔锋所指或已及“当今皇上”，于是作者以及他身边为数不多的几个一直以来负责稿件批注、抄录、收转、保存的家人及亲友无不担心“文字狱”的严重威胁，始终不敢将小说后半部拿出来示人，更不敢推动它的尽早面世；甚至还因出现“内廷索阅”之类的震恐和惊吓，被迫藏匿或干脆销毁了颇多“碍语”的后半部书稿。这方面，论说最离奇的，当以最富想象力的周汝昌为代表！为了坐实程伟元、高鹗二人的所谓“伪续阴谋”，他甚至推断，当初后半部原稿被送呈宫廷，一经御目观览即引起高度警觉，本想将其就地销毁灭迹以绝后患，但考虑到该书前半部日渐扩散的社会影响一时间难以消除，精明而又阴鸷的乾隆皇帝便授意权相和珅等密谋策划，对书稿来了一番“出奇料理”。具体做法是：借鉴程高本中封建家长们在对待处理宝黛钗婚姻一事上所使用的“偷天换日”“李代桃僵”等“巧法儿”，暗聘举人高鹗做写手，将书稿内容做了大幅度篡改，使之尽可能地与封建专制统治政治经济文化等方面的需要相对接；特别是在“篡稿”中设置了诸如借皇帝的旨意将出家之后的宝玉封为带有官方色彩称号的“文妙真人”等情节，将封建社会典型的离经叛道者纳入封建正统体制的监管照顾之下，并不惜将本该一败涂地、万劫不复的贾府再次扶持起来，不但全府“善者修德，恶者悔祸”，而且还给后来的贾政一脉安排了“兰桂齐芳，家道复初”的良好愿景。由此，在不知不觉之间，通过“篡稿”潜移默化的影响，消解了世人阅读该书最容易萌发的怀疑心、叛逆心，最终将他们的思想意识重新扳回到崇奉封建正统道德和社会既有秩序的轨道上来，从而达到“有益世道人心”的目的。在一向富有阶级斗争意识、最善于编串离奇剧情的周老先生看来，《红楼梦》一书关涉一场“惊天黑幕”中的“政治阴谋”，关涉乾隆皇帝亲自导演、御前大臣负责编创的一场“借壳上市”的热闹把戏。因此，极力贬低通行本《红楼梦》存在的价值，恶毒诅咒“伪续”该本后四十回的作者高鹗和程伟元，就成了他至死不改的“特别喜好”。

还有人认为，曹雪芹尽管在思想建树和艺术成就上超凡脱俗，但现实生活中的他仍然是一个普通意义上的人。长期困顿落魄的生活，加上“十年辛苦”的“不寻常”付出，使他在创作小说后半部的时候便出现了心血耗尽、后力不加等现象。于是，所谓的“后半部”的写作，就不得不半途而废，在作者生前搁置而不了了之了。

在笔者看来，在鸿篇巨制的创作过程中出现这种越往后写越艰难、越吃力、越缺乏精彩的情况，中外文学史上，代不乏人。譬如中国古代的小说《三国演义》《水浒传》以及五本二十折杂剧《西厢记》，德国歌德的诗剧《浮士德》，后半部总不及前半部的珠圆玉润、精彩纷呈；写出了现实批判主义杰作《死魂灵》（第一部）的俄国作家果戈里就是在懊恼之余，将“无论怎么写，自己都不满意”的续写手稿（第二部）焚毁了的。同样，《红楼梦》写到八十回之后，长篇大作创作过程中屡见不鲜同时也挥之不去的“梦魇”和“烦恼”出现了，再是天才的作家也难以完全幸免的“写作瓶颈”不期而遇了。这个时候，早已身心疲惫的伟大创造者深感笔下的人物已经不好安排，情节已经不好推动，主题和材料、材料和艺术表现间的矛盾已经变得不好调和。其原因在于：自己多年来苦心孤诣构建成功的红楼世界，旋转剔透，缤纷五彩，回环反复，早已浇铸凝结成了一个具有强大生命活力的、一时难以撼动的思想艺术融会贯通的有机整体了。或许是江郎才尽，或许是生命透支，或许是要借家中另有事务需要料理来转换一下脑筋，作者不得不将接近完稿的《红楼梦》后半部的写作暂缓下来，心想的是来日方长不用着急，因为初稿既然草就，那么剩下的功夫不过就是在这原有基础上的斟酌修改，加以补充完善而已。哪知道后来生活连遭变故，子殇，己亡，只好“眼睁睁把万事抛”，将没来得及最后定稿的后半部抛在了身后！

此外，更有一种看法与众不同，认为曹雪芹不但写完了《红楼梦》全书，而且后半部还更加出彩。之所以出现后半部残缺的模样，实出于作者囿于“大圆即大缺”的美学原则，寓成就于破坏之中，通过自戕自残刻意“断尾”造成的。他们的描述如下：作为中国“第一大作家”“第一大美学家”的曹雪芹，看到自己多年精心构撰而成的全本《红楼梦》首尾圆合、精光四射，已成“宇宙间之至美”，深感辛劳没有白费；但踌躇满志之余，转念世人对至真至纯至美的东西反而不甚珍惜的毛病，于是思忖再三，琵琶反弹，毅然决然将八十回之后的内容统统砍掉。天才的作家和美学家就是要通过这种“震世骇俗”“匪夷所思”的行为，打破世人的惯性思维，让一件看上去圆满无缺的艺术精品，转瞬变成了又一具只有独特的眼光才能欣赏的“断臂维纳斯”。无独有偶，正是这种“剔除局部出彩保证整体惊艳”的做法，恰与后来法国最伟大的雕塑家罗丹创作巴尔扎克像的过程中砍掉塑像的精美双手之举一脉相通、异曲同工！

熟悉西方文化的人们或许记得，被誉为“爱与美神”的断臂维纳斯雕像，是曹雪芹离世半个多世纪后的1820年，在爱琴海米洛斯岛的一个山洞中发现的。从发现的第一天起，它就被公认为迄今为止希腊女性雕像中最美的一尊。而就我们普通人的观感而言，这尊举世闻名的雕像，至今仍然双目无瞳、芳臂残断，无论怎么说都是“美中不足”的巨大存在，但为什么就成为世界公认的女性“古典美”“艺术美”的永恒典范了呢？很多人都认为，断臂维纳斯是“残缺美”“想象美”“再造美”的代表。日本作家清冈卓行在《米洛斯的维纳斯》一文中竟然声称：“她为了如此秀丽迷人，必须失去双臂”。而罗丹创作的巴尔扎克像雕塑，成型之初确实也是四肢齐全的，只是因为那双手被雕刻得太神奇生动了，不但容易分散观赏者的注意力以致审美观照不得要领，而且与雕塑者立意要通过披着宽袖长袍的傲岸身姿，以及头部微仰、双唇紧闭、额纹紧蹙、目光深邃等轻蔑而又痛苦的面部神态表情来彰显文学大师巴尔扎克那独特精神风貌和个性气质的创作意图,有所背离。有鉴于此,罗丹全然不顾在场观摩者对那双叠合在胸前的妙手异口同声的惊叹和赞美,毅然决然把作品中的那双"过于扯眼球"的因而也是"冗余的"部件铲掉了。这样看来,巴尔扎克像雕塑的大获成功,是罗丹砍去"完美的双手"之后获得的;"爱与美神"的盛誉,也恰恰是因维纳斯"双臂的残缺"而加分。

其实,断臂维纳斯的原作是有手臂的,只是因为成了碎片,其手臂的姿势和手上的动作无从知道了。虽然后来不少人依照各自的想象与推测,设想过三百多个方案试图补塑她的双臂,但结果总觉得不协调,无法达到原作的气质神韵。这种情况,与诸多的《红楼梦》续书无论怎么卖力都难以获得读者认同的现象如出一辙。可以说,断臂维纳斯因其断臂,获得了一种"不可逾越之美";而曹雪芹"后半部"原稿的迷失,也必将后世读书写书人"欲一探究竟"的胃口吊足,并一直吊下去。当然,要说"断尾的《红楼梦》"的认识价值和审美价值,是绝对不在"断臂的维纳斯"之下的。只不过,曹雪芹自己动手砍掉本已写好了的"后半部"而有意致残自己作品的说法,显得太"外来",太牵强,也太"搞笑"了些。因为这种臆想的情况,与《红楼梦》的实际写作和成书的情况明显不符:断臂去手,局部诚然残缺,整体形象表面有损但其内在品质反而得到彰显;砍去整个小说的"后半部",却意味着作品被"腰斩",受损严重,形若残废,谈何实质上的完美?何况,一件雕塑作品的精美和复杂程度,本来就远远无法与《红楼梦》这种内容具有"百科全书"性质的杰出长篇小说相提并论的。

《红楼梦》后半部为什么会"迷失",还有没有可能"失而复得"?这实在是一个难以回答的问题,一个难以破解的谜团。破解这个谜团,可以有无数个"偶然"与"可能"。因为在产生《红楼梦》的封建专制时代,艺术家的地位通常是有限的,于是"一切皆有可能"。不过,无论怎么说,《红楼梦》的后半部应该是初稿已成,只不过由于某些后人难以确知的原因而未全部流传下来而已。总的来说,对《红楼梦》后半部的残缺,今人可作如下观:

一、曹雪芹有生之年,由于或有事缠身无暇顾及,或有意搁置静观时局变化,或深感题材性质严重必须慎之又慎,或苦寻艺术上最恰当的表达方式,或估摸最适宜的出书时机等原因,来不及完成后半部的定稿。何况,"好作品是改出来的"这条写作原则和经验,对长篇叙事小说的创作尤其适用;即便是曹雪芹这样的文学天才,亦未独成例外。

二、《红楼梦》在曹雪芹之手,绝对是有头有尾接近完稿了的。只有这样,才合乎长篇小说写作的常情常理常态。只不过前半部的精雕细刻、反复推求,不但花费了作者太多的时间和精力,而且修改的内容还极有可能很大程度上牵扯、影响了后半部的构思和表达；而后半部内容的定稿，同样也极有可能牵扯、影响、导致前八十回的相关内容需要参照后面的文字做出相应的调整。实际上，情节结构错综复杂，前后人事相关相连，有时甚至牵一发而动全身，前后内容均需做出相应的变动调整，才能保证整部小说最后的定型终篇。而一具血肉丰满的生命活体、一架结构复杂的精密机器、一个气象万千的艺术世界，一旦初创成功成为一个具有生命活力的“物质与精神实体”，要去变动它，改进它，实际操作起来是何等的艰难啊！把握不好，抽刀断水，骨碎筋连，更不好收场呢！

要说作家写作的过程，其实也是作家自己的思想境界、美学修养、写作技巧不断充实提高完善的过程。作家创造了作品，作品也影响着作家。这在长篇小说的创作过程中，表现得更加明显。一般说来，相对诗歌、散文、戏剧、小说中的中短篇在内的这些篇幅相对短小、内容相对简单、艺术表现手段相对明了的各类文学作品的创作而言，长篇小说最难经营和驾驭的部分，也是最考验作者写作的知识经验、能力素养和耐性匠心的部分。长篇小说因受社会内容的广泛、思想意蕴的深刻、人物形象的众多、生活场景的纷繁迭出、各种艺术构思及其表现手法的错综复杂，以及写作过程的漫长、工作量的巨大等因素的影响，使得创作者对其整体上的谋篇布局以及具体写作过程中笔墨的收放、穿插、点染、交织、对比、隐伏、照应等技巧技法的运用和驾驭，比其他任何篇幅和体裁的文学创作都丰富、复杂得多，也困难、麻烦得多。开笔之初，作家诚然可以在相当程度上轻松自如地驾驭自己笔下的作品，让有关人物、情节、场景随心驱遣，纷至沓来；但写作过程中，前期一旦形成了作品自身的生命现象及生命逻辑，却又往往会反过来对赋予了自己生命活力的作家接下来的中后期写作形成钳制，以致作家被“异化”，有时候还不得不回过头来，对大部头的原有构思做出相应调整甚至接近颠覆性的改变。想来，撰写小说第 5 回初稿时候的曹雪芹，尚属长篇小说创作的新手；尽管伴随着写作过程的持续，经验在不断积累，境界在不断打开，但形象塑造和有关情节设置等方面不好协调、统和的难题，也同样会越来越频繁地出现。诸多写作难题的出现，他不可能事先都能预料得到；而且这些麻烦，也只能在推陈出新、克服困难中探索解决。就拿全书“落了片白茫茫大地真干净”这一终极主题来说，究竟是真实反映自家以及舅祖李煦等家族一败涂地的遭遇，让自己笔下的一干人落得王熙凤等下了大狱、贾宝玉沿街乞讨、史湘云做了船妓等惨不忍闻的结局，令读者阅读的期待统统落空的好；还是像我们看到的通行本中呈现的“家道复初”“兰桂齐芳”“高魁子贵，一脉延续”的大团圆结局更符合普世的愿望，让当下的读者心有戚戚、手不释卷的好？面对诸如此类可能出现的写作“迷思”，曹雪芹极有可能采取的对应策略，便是暂时放下已成初稿的后半部，集中时间和精力修改完善前八十回。因为只要前八十回内容基本就绪,后半部的修改就有了可靠的凭借,按图索骥,顺势而为,挽结画圈,就容易得多;而且,后半部究竟要以何种面貌出现,在创作上从不马虎和丝毫苟且的曹雪芹看来,也必须在尽快完成前八十回绝大部分内容定稿的基础上,预留足够的时间,以事后半部内容的补充完善,从而最终实现小说前后两部分内容完全意义上的统合。精彩绝伦的前八十回,在曹雪芹手中,经过"批阅十载,增删五次"的精心打磨,确实实现了文本的基本成型。

应该说,这"十载"之后的曹雪芹与"十载"之前的曹雪芹,写作过程中的思想情感、知识经验、技能技巧等,不是一成不变的;而且,既然已经"增删五次",倘使作者一路写下来,笔笔都符合自己的原有构思,处处都体现自己写作实践过程中必然不断提高的美学追求,那又何必费心劳神去增删?既然进行多达五次以上的增删,就无疑证明了前面四次的写作和修改,都存在令人不满意的地方;而诸多的不满意中,难道就不包括当初设定的情节构思中所固有的缺陷吗?再说,前八十回内容的基本定型,也并不意味着后半部挽结全书就有丝毫的轻松。"行百里者半九十",它必然在很大程度上加重作者脑力劳动的强度,增加小说前后两部分内容统稿的难度,影响后半部修改定稿的进度。

三、据庚辰本第71回双行夹批提示,自该回起作者的笔下"一提甄家,盖真事将显,假事将尽"。也就是说,贾家、甄家这两家必然大潮迭起,变故多多,真实历史事件重现中的"魅影"重重,曹家李家悲惨结局带给作者刻骨铭心的记忆片段与所处时代社会生活的巨大变迁影像交相叠印,作品揭露批判的锐利锋芒不可避免地将突破现实黑暗政治的禁锢;而惊心动魄的内容一经抖露,很有可能给家人家族带来灭顶之灾。顾忌"放笔写去"的"政治关碍"后果,作者对"后半部"的修改和面世,在时间上就不得不有所延宕了。其实,只要回顾一下当时的历史,设身处地,我们就能够体会那时曹雪芹所处的社会环境是多么的危险和恶劣。

中国封建社会中文字狱古已有之。清朝文字狱不仅数量较前代增多,也格外残酷。130余年的清朝康雍乾时期,虽称"盛世",但政治高压政策一直没有缓解,反而愈演愈烈。特别是乾隆时期,大案迭起,到中后期发展到登峰造极、丧心病狂的地步,成为有清一代文字贾祸的最恐怖时代。且说乾隆上台(1736)伊始,鉴于其父雍正为政过于刚猛苛严搞得天怒人怨的教训,立意施行所谓的"宽猛相济"政策,即位之后的十五六年间,大清王朝的文化领域大抵风平浪静、波澜不惊,算得上清代为数不多的"文化生态宽松"时期。一时之间,那些曾为严酷的文字狱惊破了胆、放下了笔的文人学士们,又开始摇头晃脑,吟风弄月,评古论今了。曹雪芹的《红楼梦》,也就是在这个政治环境相对宽松的时期开始写作并接近完成的。但好景不长,从乾隆十六年(1751)起,皇帝心态骤变,宽松的文化政策迅速收紧。而最高统治者的“陡然翻脸”,虽然有一个渐变的过程,但其最大的刺激,还是源于这年七月间突发的“伪孙嘉淦奏稿案”,一下子搅乱了皇帝的心思、心情,搅动了全国的政治局势。原来,当时社会上秘密流传着一份假托当时极富社会声望的工部尚书孙嘉淦之名所做的万言奏稿,其中特别指斥了乾隆施政过程中的“五不解十大过”,并弹劾了许多在朝的权贵重臣。伪稿对当朝皇帝过失毫不留情的揭露,使一向自视英明的乾隆感到了无比的愤懑委屈和恼怒,以致发疯一般谕令各个部门和大批官员在全国范围内严厉追查,务必要查出幕后真凶,千刀万剐以解心头之恨。据史料反映,案发后的一年多时间,皇帝的全部注意力几乎都放在了对这篇“伪稿”的炮制者和传播者的追查上。于是各级官员都被动员起来,数千人被逮捕入狱,全国风声鹤唳,草木皆兵。然而追查了一年多,网越撒越大,牵涉的人越来越多,整个案情仍然是一团乱麻。眼看如此下去,除了把伪稿内容传播扩散得更加广泛之外不可能有任何结果,乾隆只好匆匆结案,把两名传抄过这个稿子的低级武官定为主谋,杀掉了事。因为内心深处的愤憎难解,此案持续发酵,以致后来乾隆皇帝将“文字狱”的淫威发挥到了极致……不难想象,这种严酷的时代氛围之下,多少人成为惊弓之鸟,多少家庭惟望保命全躯,多少士族祸不旋踵。因穷困已搬到城外西山定居的曹雪芹,身处帝国京城这个政治漩涡中心的边缘地带,在他生命的最后十年里,竟然将继续修改完善《红楼梦》后半部的工作一拖再拖,并不急于让它以首尾完整的样貌面世流传,想来是多么合乎情理的一件事了!

四、曹雪芹的晚年生活出现极度困难。穷愁潦倒,三餐不继,加之猝不及防的天灾人祸接踵而至,特别是京城内外肆虐一时的瘟疫带给他中秋痛失独子的惨剧,使得他心力交瘁,一病不起,也如自己笔下家破人亡的甄士隐那样“急忿怨痛,已有积伤,暮年之人,贫病交攻,竟渐渐的露出那下世的光景来”,以致全书特别是其中的“后半部”虽然大体写成却未来得及做系统的修改整理,便“泪尽而逝”了。

五、曹雪芹不幸离世,身后极度萧条,这自然影响了他生前已见散佚的“后半部”手稿的存废命运。按常情常理推测,遗稿自然保存于亲人(畸笏叟的可能性最大)之手。畸笏叟既然在作者生前就已经深度介入并见证了小说创作过程,且他对书稿的来龙去脉一向上心,他当然知道《红楼梦》书稿、特别是那尚未像前八十回一样在亲友圈中流传的“后半部”书稿之珍贵。岁至晚年,余生何求?面对儿子辛劳半生的“未竟事业”,面对已然绝嗣的儿子身后的凄凉,半世寥落而又性情执拗刚健的官场“畸零人”,会被当时严重的“文字狱”隐形威胁吓倒,为保一己残躯,忍心将儿子初步写成的“后半部”书稿弃如敝履或暗自销毁从而导致全书成为“断尾蜻蜓”么?想来,他必会以千方百计保存儿子的遗稿为己任,并想方设法创造条件使得《红楼梦》一书能够以首尾齐全的完整形式流传下去的。但即便如此,一个落魄的老人能够熬得过时光的流逝么?秘而不宣的手稿逐渐零落或残破以及一些章回被借阅者不慎丢失或有意隐藏等情况,能完全避免么?此外,畸笏叟在曹雪芹身后究竟活到了什么时候?在1763年曹雪芹病故至程伟元收集完残留旧稿动手整理编辑的1791年这二十八年间,畸笏叟离世时间越迟,意味着曹雪芹后半部书稿的有效保存时间就越长,零散残破迷失的程度和可能性就会越小。不是么,从庚辰本第16—28回有27条署年最晚的“丁亥”评语来看,畸笏叟在乾隆三十二年(1767)还活着,此时离程高本出世也不过二十三年;从靖本第42回批语署年最晚的“辛卯”来看,畸笏叟在乾隆三十六年(1771)还活着,此时离程高本出世不过二十年;从甲戌本第1回批语署年最晚的“甲午”来看,畸笏叟在乾隆三十九年(1774)还活着,此时离程高本出世也不过十五年嘛。再则,老人离世前将书稿托付给了可信可靠的人了么?这部分内容未必齐全的书稿,在被程伟元得到之前,又中经哪些人的修补、涂鸦或转手?诸如此类的情况,后人均不得而知!好在被不断传抄转录的书稿,来源和去向多了,最终必然会有部分内容存世;此外,也不能完全排除珍藏后半部书稿期间畸笏叟等人自出心裁,对书稿加以修改整理试图使得全书能以尽量完美无缺的形式流传下去所做出的种种主观努力;所幸经过书商程伟元等人多年的留意搜集,这才最终于作者故去二十八年之际,经过对残稿的修补连缀,缝合出了内容相对完整的流传至今的《红楼梦》。

六、曹雪芹生前,不但后半部是半成品尚待进一步修改完善,即便是定稿的前八十回,不是照样有一些内容情节上的漏洞和文字空缺处需要弥补吗?只是因为作者生前没来得及着手去解决而已。为此,小说文本中存在的一些问题,不能处处都要“好心做了坏事”的程伟元和高鹗来顶缸担责。如果有人带着偏见,执意要把全本《红楼梦》的后四十回贬得一无是处,那他尽管去试着续写几章就知道难易深浅了。姑且不说通行本《红楼梦》后四十回所表现出来的“悲剧的眼光”“悲剧的精神”甚为难得,即便是把这四十回的文字放到1791年至今这二百三十余年间的中国长篇小说史中考察,试问又有哪一位作家的哪一部作品,无论是思想深度、美学境界,还是写作技巧、文字功夫,抑或社会认可度,在总体上能超过它的?特别是不少篇章中呈现出来的出人意表的情节构思、收放自如的行文妙笔、呼之欲出的人物形象、毫不留情的批判精神、雄浑大气的悲剧效果、精妙高卓的美学境界，说是由一个从来没有小说创作经验的高鹗仅凭数月的时间打造出来的，岂不是荒诞不经的超级神话？

七、《红楼梦》第1回正文中作者即有坦陈，曾于悼红轩中“批阅十载，增删五次”。这里的“批阅”及“增删”，应该是针对全书（至少是前八十回）而绝非只涉及部分章节内容的。从全书已表现出来的首尾伏应、前后映带、始终贯通的整体构思，以及稿子初成后再三推敲、反复修改的情况看，作者不可能在构建这部鸿篇巨制的过程中，搁下后半部任其空白或任其残缺的。事实上，《红楼梦》的后半部内容，不是还有当初脂砚斋特别是畸笏叟等少数评批者见过读过并在自己笔下屡屡提到过吗？但是，谁又能够说清楚这些已见诸脂畸笔下的文字内容，为什么在通行本《红楼梦》后四十回中几乎完全找不到了呢？因此说曹雪芹的原稿后半部内容大致“迷失”了的推断，也并非毫无道理。

要说类似情况，在那个艺术家几乎不被重视的时代，是完全可能发生的。譬如成书于清嘉庆十三年(1808)的《浮生六记》一书，今天读来，多好的文笔，多真挚的感情，多少今昔对比而来的凄凉和悲怆！特别是作者笔下对于柴米夫妻间生死缠绵爱情的描写，是多么的细腻入微和感人至深！但读者可知道，这本书得以流传，无异于一个奇迹。据专家考证，作者沈复(1763—1832?)写这本书主要是写给自己看的，当初并无“藏之名山”的雄心；因为生活困顿，写成之后也没有刊印行世的打算。因此在作者身后数十年间，并没有多少人知道这本书的存在。如果不是道光二十七年(1847)一个叫杨引传的有心人因偶然路过的机会，在苏州的冷摊上翻阅并看中这部书稿，又不忍其埋没，于是在几十年后集资捐助将其刊印发布出来要与世人共享的话，那么，我们今天就极有可能没有机缘见到这部古往今来“记事写情”的上乘之作了。事实上，此书被发现的时候，距离作者离世不过短短十余年的时间，那不过六卷几万字的手稿，其后两卷却已经散失了。再说，那一首悲怆凄婉、如泣如诉的二胡名曲，被日本著名指挥家小泽征尔称之为“要跪着听”的《二泉映月》，不知感动了多少人，赚下了他们多少眼泪！但如果不是中华人民共和国成立之初那几个有识之士出于危机感赶紧录制的话，“民族的瑰宝”岂不是要随另一些“天籁”般的绝调，一同被瞎子阿炳(1893—1950)带入黄土而永永远远地湮没无闻了吗？

总之，曹雪芹的《红楼梦》后半部，由于无数个“也许……也许……”的不明原因而迷失，从此芳踪难寻；即便是曹雪芹身后二三十年间被程伟元费心竭力各处打捞搜救起来的散稿中全部或者部分属于失而复得的作者原稿，但这未定稿上留下的巨大缺憾又有谁能弥补得了呢？也难怪作家张爱玲在其研红力作《红楼梦魇》中，把“红楼梦无尾”称作“平生三大恨事”之一了！庚辰本第二十回眉批，

有一段署名“畸笏叟”的文字:

> 茜雪至“狱神庙(回)”方呈正文。袭人正文目曰:“花袭人有始有终”,余只见有一次誊清时,与“狱神庙慰宝玉”等五六稿,被借阅者迷失。叹叹!

这段文字无疑又由此及彼地牵扯出了“《红楼梦》佚稿”的问题。从批语的文字内容上看,被“借阅者迷失”的所谓“五六稿”,正涉及作品后半部关于一些人物最终结局、命运、作为的描写。联系到畸笏叟在后期批语中一再痛心疾首地谈及部分稿件的遗失问题,可以推断,即便是作者曹雪芹,他自己做梦也未想到他身后留给我们的《红楼梦》,竟然是现在这个品相残缺不齐、内容还曾被人窜改、“糟蹋”过了的样子!

当然,有这个样子,已经算是不幸中之万幸了!真不敢想象,在群星闪烁的世界文学史上,就长篇文学体裁的创作成果而言,如果没有曹雪芹这部文本未必那么完整的《红楼梦》,有着五千年文明史的泱泱中华还可以拿出多少势均力敌的过硬作品,来跟具有世界级声誉影响的文学巨匠荷马、莎士比亚、拜伦、歌德、巴尔扎克、雨果、陀思妥耶夫斯基、托尔斯泰、高尔基、肖洛霍夫们的巅峰之作去比长量短、平分秋色,甚至还可以在不少地方独擅胜场、略高一筹的!

《红楼梦》,作为一个令天下所有中华儿女特别自豪和倍感骄傲的伟大审美存在,和诞生于西方的《荷马史诗》等伟大作品一样,将永远保持着日月般的魅力并永远放射着超越时空的光辉和异彩。

后记

立志要写的这本专著终于接近完成。两千余个日日夜夜，就这样在废寝忘食、乐而忘忧的伏案写作中逝水一般过去。不管拙著能不能出版、以何种形式出版，我都坚信其品位和价值。

《红楼梦》无疑是笔者一生最大最久的钟爱。仅购置此书，自入职的当月购买"红研版"三卷本开始，至今已有各种版本百余套在手；不少书卷中，都留下了自己多年来披览查阅、感悟书写的浓淡笔迹。这一次的潜心写作，就是要为自己几十年来的读书钻研作一个阶段性交代和总结，也是要为一年半载退休之后能安享晚年寻找一个能够说服和取悦自己的借口和理由。

说起来，工作学习生活了大半辈子，无论个人处境顺逆、状态忙闲、在家在外，《红楼梦》一书如影随形，始终与我相亲相伴。我深以"铁杆红迷"为荣，也深以太多世人不读此书、不懂此书为憾。正如当下文化传播明星学者蒙曼女士所言，虽然《红楼梦》是半部残书，然而就算是这八十回的残卷也足够让我们读出人生的美好与无奈，读出中国传统文化的美好与无力。除了《红楼梦》，任何一部作品，无论是《论语》还是《史记》，都不能让人如此细致的理解中国人和中国。虽然说这两部书本身就塑造了中国人，也塑造了中国；但是把中国人的言谈话语、举止坐卧乃至兴寄风骨都如同工笔一样一笔一笔地描摹出来，让你不由自主地跟着他们，走进他们的生活之中，随着他们喜怒哀乐的，却只有《红楼梦》！少年读红楼，读的是儿女情长；中年读红楼，读的是人生百态；晚年读红楼，读的是万象归一。人生的每个阶段，我们都能从《红楼梦》中读出自己的人生镜像。《红楼梦》是一定要读起来的，这是作为中国人的基本资质。如果说"半部《论语》治天下"，我们也可以说"半部《红楼》懂中国"。读懂了《红楼梦》，就读懂了古老中国的国情世情人情，读懂了博大精深的中国传统文化。

这样看来，毛泽东关于党的高级领导干部读一读《红楼梦》的劝诫，真是太耐人寻味和语重心长了！可惜太多太多的世人忙忙碌碌，根本不读这本书；叹惋太多太多的世人即便接触过这本书，却浅尝辄止入味不深，甚至路径方向严重走偏！东晋的大诗人陶潜不是特别崇尚“奇文共欣赏，疑义相与析”的阅读交流境界么？笔者也老觉得“美食独享，其心难安”，何况哲人有言“赠人玫瑰，手有余香”呀！因此不揣学浅识陋，下决心将自己几十年来的“一己之得”整理爬梳出来，意欲诚惶诚恐地芹献给天下所有想要认真阅读、深切理解这本书的有缘人。要说“有情怀”，这也算得上时下社会一个底层知识分子的一点渡人济世的孜孜情怀吧。

再说，笔者关注当代红学发展现状多年，也曾自掏腰包订阅过多年的《红楼梦学刊》及相关书籍，深为中国红学发展的扰乱困境忧心。《品鉴》书中不少地方的辩驳论证，实际上也是作为一个忠实的红学爱好者，对红学领域中常见的一些迷乱纷争的回应。至于本书在前八十回点评中设置“须加留意的原文脂批”一节，其用意在于通过“编者按”的形式，对内容及数量相当庞杂的各类脂批稍加选择、甄别及做必要阐释，以彰前人之灼见；非敢借光掠美，也不屑拾人牙慧，实在是因为脂批是评批鉴赏《红楼梦》谁都绕不过去的“坎”。何况，解读脂批，实际上也是解读曹雪芹其人其文的终南捷径。此意说来，似乎只可与高人言而难与俗士道也。

此外，经典名著鉴赏一类的书籍，不可能不引用原文。本书为节省篇幅，摒弃了对小说原文九十余万字内容全部照录的通常做法；连手机一查便知的包括典章制度等百科知识在内的“语词注释”之类，也一并免去了。而必引原文处，往往笔下斟酌再三，加以精心节选，尽量一引多用，使行文中对原文的分析，特别是与“程高本跟庚辰本”“程甲本跟程乙本”之间不同版本的文字对照、比较甄别等功能结合起来，庶几可免“拼凑字数”之嫌；更可为深层次阅读《红楼梦》者减少四处翻查检索之苦，为广大读者增进文学鉴赏能力、提高写作水平带来切实的帮助。

笔者深知，品鉴《红楼梦》这等非同寻常的经典名著，不联系历史，绝对没有深度；不联系社会现实，就绝对没有高度；不适当结合一下自身的人生经历和感受，就绝对没有温度。我是力争要写出一本适合大众阅读的，同时又兼具一点学术性和专业性，并带有一点个性色彩的书的。这是我的坚定目标，也是我一门心思的追求。至于拙著是否经得住时光的过滤，会不会被人糊墙覆瓿视作废纸一堆，那就不是自己所想所愿和所能左右的事了。呜呼！知我者谓我心忧，不知我者谓我何求！识我知我者，也在“青林黑塞”抑或“穷途末路”乎？

二零二三年孟夏

又及：今当书稿审校结束即将付印之际，回顾整个著书出书过程，笔者要衷心感谢桂勇、何开金、蒲文化、岳向荣、潘旭等一干同窗好友以及何龙、杨旭、苟坤明等平生至交一直以来的鼓励和支持；要感谢出版社编审排校者们的严谨和细致；要感谢家人的理解尤其是徐雯、徐丹两个孩子和小弟徐建波的大力襄助；要感谢中国人民大学岳永逸教授的欣然作序，让拙著争光添彩不少。事实上，正是源于各方面的关爱赋能，才使得我不惮于夙兴夜寐、追梦前行并坚持到底的。此外，令我特别感念的，还有广元日报社。前不久，当社里得知市内竟然有人要在近期推出红学专著的讯息后，赓即安排记者前来查证采访，并先后以视频和专文专版的形式给予了宣传报道。对一向甘于寂寞的作者，这无疑是一种难得的精神激励。尽管我对报道所采用的“醒目”标题不甚认同，对“××家”一类拔高称谓万不敢当，但鉴于报道内容本乎事实，不但追溯了鄙人读书成长的大致经历，还尽力探寻了作者几十年来潜心笃学的基本成因，这对争取广大读者给予我以及我的作品更多的“理解基础上的同情”，何其有益！故此，我也乐从朋友的意见建议，且不避脸上贴金之嫌，将其全文照录于后。

二零二四年立秋日

附录

蜀道旁的“红学家”

侯存丰　广元日报全媒体记者　杨俸润

“蜀道多早花，江间饶奇石。”

一个剑门山区的读书人，怎么会去染指在世人看来高深而清寂的红学？而且不惜40年的刻苦钻研，继而焚膏继晷、伏案写成了156万字的《红楼梦品鉴》！

得到这个消息后，记者不禁想起了杜甫千年前的这句诗。

大作出版之前的7月3日，记者走进了作者徐剑峰的书屋。

40年心血
凝成一部红学巨著

剑门关前清江河畔，有徐剑峰简陋的万册书屋。走近书柜一看，各种中外名著都有，最多的还是琳琅满目的各种版本《红楼梦》，以及红学刊物和相关专著。

徐剑峰说，今年，他多年研究红学心得汇集而成的《红楼梦品鉴》书稿，已顺利通过河海大学出版社三审二校，正式出版指日可待。

现年58岁的徐剑峰，是一位资深的“红楼迷”，他收藏的各种版本《红楼梦》多达百余套。二十世纪九十年代初，他即开始涉足红学研究，为拓宽眼界、深化学养，自1991年初，即订阅国内外研究红学的最高权威刊物《红楼梦学刊》，可以说，他一开始就靠近了一个较高的学术平台。

1992年6月，在剑阁县白龙中学教语文的徐剑峰撰写了《可卿出身未必高贵——与刘心武同志的几点商榷》，与刘心武发表在《红楼梦学刊》1992年第2期的《可卿出身未必寒微》一文针锋相对，就其观点与材料的形成运用提出不同看法。该文投到《红楼梦学刊》，得到编辑部的来信鼓励和认可。

原来红学并非高山巍巍，不可攀登。他说："虽然偏处一隅，与都市大学者研究红学的环境条件不可相提并论，难免偶有'独学而无友，则孤陋而寡闻'之叹，但山区人自有山区人执着求进的精气神和筋骨肉，笨鸟先飞、水滴石穿一类的理念根深蒂固。只要热爱，长期坚持，保持定力就行。"

于是，只要能闲下来，他就会手不释卷，像脂砚斋评批红楼一样，勾画、圈点、批注，以一手流利潇洒的行书，在有限的书页上写下密密麻麻的解读，以致几十年来的不少书卷中，都留下了他披览查阅、感悟生发的浓淡笔迹。现在翻开这些发黄的旧书，看看这些经过长久岁月沉淀的批注，作者的博览与专攻、阅读与思考的基本功，似乎尽收眼底；其间，对世态人情的关注，对历史社会的洞察，对事业人生的情怀，也无不凝聚其中。

到后来，每有心得，每有一次新的发现，他就会心生无上喜悦，并伴随一丝莫名的激动。批注文字越来越精湛，观点越来越成熟，探究越来越深邃，表达越来越精彩。日复一日，年复一年，这样"啃"书不断，竟然使得他这样一个山区学子在世人望而生畏的红学领域登堂入室，学有所成了。

读书悟书是基础，写书出书是梦想。利用退休前的空闲时间，他开始了"筑梦""圆梦"的艰难跋涉，既构建了全书的新体例，又逐渐完善了专著的大体系，力求对《红楼梦》原文及其脂批做反复探查考究，在深入细研加以品咂的基础上，借鉴曹学、脂学、版本学、探佚学等红学路径成果，对纷扰至今的红学诸般疑难杂症，既望闻问切，又解剖透视，尽可能做出严肃认真的解构和切中肯綮的分析。

"为完成这本专著，两千多个日日夜夜，就这样在废寝忘食、乐而忘忧地伏案写作中，流水一般过去。"他望着窗外的江水，语调出奇的平静。

浸染蜀道文化
红学一脉相承

1966 年，徐剑峰出生在剑阁县一户农家。房后即是翠云廊，爬坡一二公里，翻过皇柏梁就是外婆家，沿翠云廊走五六公里就是大爸、二爸和大哥家。小时候，徐剑峰常站在家门口，远望剑山流云，近观廊道古柏，古典的道路上那些爽朗的笑声里，总是充满了好奇。

待到他读到古典的著作中那块通灵宝玉，是在读到初中语文课本中的《葫芦僧乱判葫芦案》的时候，有关"四大家族"的顺口溜，也牢牢嵌入他的记忆，并奇丽丛生。1985 年，徐剑峰就读四川师范学院（今西华师范大学）中文系。后来，作为高中语文老师的他在教到选自《红楼梦》第三回的《林黛玉进贾府》时，竟然全书通读，逐渐深爱上了整部《红楼梦》。有道是"好风凭借力，送我上青云"，可以如期盼读的《红楼梦学刊》，又顺势将这个红楼小说的爱好者、痴迷者带进了专业的“红学”研究领域中。

红学，被誉为“中国现代学术的开端”，是中国近现代以来“三大显学”之一，是一门涉及多学科的综合性相当强的正宗国学，也是具有世界性影响的一门大学问。研究它，不仅与一个人知识的深度和广度以及生活阅历密切相关，而且对阅读写作水平有相当高的要求。徐剑峰从小就挚爱文学，文科特别优秀，中考语文成绩曾斩获全县第一。

正如翠云廊“衔空三百里，一色郁青苍”，知识的光芒穿越时空，辉映着剑门山区的人们。徐剑峰的心灵无疑感受和接纳到了这道光芒，蜀道历史掌故、诗词歌赋无不激励着他，也为他的红学研究浸染了一层深厚的人文色彩。

“中国传统文化深层内涵是一脉相承、相得益彰的。我生活的这片土地，蜀道文化兼容并蓄源远流长，特别是古柏坚定执着、百折不挠、立足本土、心在蓝天的禀赋气质，无不给一个普通读书人以精神的滋养和醍醐灌顶的启示……”徐剑峰似乎有说不完的话。

出版社中肯评价
解读《红楼梦》的大手笔

徐剑峰红学研究成果，收录在《红楼梦品鉴》书稿中。接触过书稿的几家高端出版社，譬如重庆、译林、凤凰以及河海大学出版社的编辑，均评价这部书稿“体量超大，质量上乘，是关于《红楼梦》解读的大手笔”；欣然为该书作序的中国人民大学教授岳永逸，亦给予了充分肯定和很高评价。

“研究红学，读《红楼梦》，我们还能从中读出自己人生每个阶段的镜像。有人说，少年读红楼，读的是儿女情长；中年读红楼，读的是人生百态；晚年读红楼，读的是万象归一，非常有道理。”徐剑峰接着说，“读懂了《红楼梦》，就读懂了古老中国的国情、世情、人情，就读懂了博大精深的中国传统文化……”

事实上，《红楼梦品鉴》一书创设“导读（总论）—概述（分论）—逐回点评—脂批选评（仅限前八十回）—红楼探照（专论）”撰著体例，构筑形成了各章回之间以及章回各部分内容之间相得益彰的互补互鉴关系，汇聚了作者对红学研究的独到见解。譬如，他根据《红楼梦》原文字里行间的曲笔暗示和脂批的屡次提点，并综合小说成书时代的相关资料，研判出《红楼梦》作者只能出自江宁织造府曹家的后人，并且只能圈定在曹寅的孙辈曹雪芹身上。此外，对《红楼梦》版本、脂批、探佚诸领域，特别是《红楼梦》小说本身的思想内容、艺术成就、社会影响等诸多方面都有若干新的见解和艺术范式地阐释和表达。

中国红学研究者多，难免良莠不齐。针对红学领域“妖氛犹重”、“群魔乱舞”、“奇谈怪论”、“歪理邪说”以及“过度娱乐化消费”等现象，徐剑峰抚摸着手中沉甸甸的《红楼梦品鉴》书稿，微笑着说：“希望我手中的书稿出版后能对这些现象有所遏制，红学议题中一些常见的困惑和迷乱，一定程度上能得以澄清和扫除。”

他表示，品鉴《红楼梦》这样非同寻常的经典名著，不联系历史，绝对没有深度；不联系社会现实，绝对没有高度；不适当结合一下自身的人生经历和感受，就绝对没有温度。“我是力争要写出一本适合大众阅读同时又兼具一点学术专业性并带有一点个性色彩的书。这是我的坚定目标，也是我一门心思的追求。至于拙著是否经得住时光的过滤，会不会被人糊墙覆瓮视作废纸一堆，那就不是自己所想所愿和所能左右的事了。”

记者问到出书后有什么打算，徐剑峰说，人生有涯，学无止境，自己眷念故土，情系蜀道，痴心不改。笃学多年，现在似乎开出了一朵小花，倒真的希望家乡文化能因“本土红学”的注入，增添一抹亮色。